BIBLIOTHÈQUE
DE LA PLÉIADE

MILAN KUNDERA

Œuvre

ÉDITION DÉFINITIVE

I

PRÉFACE
ET BIOGRAPHIE DE L'ŒUVRE
PAR FRANÇOIS RICARD

nrf

GALLIMARD

Entre 1985 et 1987, les traductions des ouvrages
contenus dans le présent volume
ont été entièrement revues par l'auteur et, dès lors,
ont la même valeur d'authenticité que le texte tchèque.

CE VOLUME CONTIENT :

Préface
Note sur la présente édition
par François Ricard

RISIBLES AMOURS

LA PLAISANTERIE

LA VIE EST AILLEURS

LA VALSE AUX ADIEUX

LE LIVRE DU RIRE
ET DE L'OUBLI

L'INSOUTENABLE
LÉGÈRETÉ DE L'ÊTRE

Biographie de l'œuvre
par François Ricard

PRÉFACE

L'œuvre de Milan Kundera est maintenant complète. L'ampleur qu'elle n'a cessé de prendre au fil des décennies, la beauté singulière qui est la sienne et le degré de plénitude auquel elle est parvenue lui confèrent désormais ce caractère d'évidence et de totalité qui est l'apanage des œuvres durables, celles qui commandent notre admiration et méritent d'être rassemblées en une grande édition comme celle-ci, où apparaissent clairement l'unité et la cohérence du monde *qu'elles forment, en même temps que la richesse et la diversité de tout ce que ce monde contient. Réunissant les seize livres que Kundera a publiés entre le milieu des années 1960 et les années 2010, cette édition transforme ainsi la succession de ces œuvres particulières en une seule* Œuvre, *au singulier, c'est-à-dire en un ensemble dans lequel celles-ci, détachées du contexte immédiat qui les a vues naître, deviennent rigoureusement contemporaines les unes des autres, se tenant toutes ensemble devant nous dans ce présent perpétuel qui est le temps des « classiques », le temps autonome et toujours inachevé de l'art.*

L'œuvre de Kundera appartient au petit nombre des œuvres contemporaines dont l'importance et la valeur jouissent maintenant d'une reconnaissance unanime. Des lecteurs l'aiment passionnément, d'autres sont plus réservés ; on peut s'identifier totalement à elle, ou on peut la critiquer ; mais nul ne songerait à en contester l'originalité et la force, ou à nier qu'il s'agit de l'une des œuvres majeures de notre époque. En témoignent, notamment, l'abondance des lectures et des interpré-

tations dont elle est l'objet et le fait que les livres de Kundera sont traduits, lus, admirés et étudiés dans le monde entier, si bien que cette œuvre apparaît comme l'une des plus éminentes et des plus authentiquement « universelles » de la littérature contemporaine.

★

Mais s'agissant de Kundera, l'« entrée » dans la Bibliothèque de la Pléiade a encore une autre signification. Elle confirme l'importance que l'auteur attache à ce qu'on pourrait appeler l'existence française de son œuvre. Qu'il ait choisi de rassembler dans cette collection — et ainsi de parachever — l'ensemble de son Œuvre *et d'en laisser publier ce qui devra être considéré désormais comme l'édition de référence, montre en effet que c'est bel et bien à travers notre langue, ou à partir d'elle, que passe pour lui l'accès à ce qu'il a toujours regardé, depuis ses débuts et jusqu'à aujourd'hui, comme l'horizon ultime de toute entreprise littéraire digne de ce nom : l'espace goethéen de la « littérature mondiale ».*

Ce qui ne doit pas nous empêcher de nous demander, même s'il s'agit d'une question insoluble : à qui, à quel corpus ou à quelle littérature cette œuvre, écrite pour moitié en tchèque et pour moitié en français, et cet auteur, qui a vécu la moitié de sa vie en Tchécoslovaquie et l'autre moitié en France, appartiennent-ils ?

Certes, Kundera est né là-bas, en Bohême, et son œuvre de même. Ses huit premiers livres (sans compter ses écrits de jeunesse) ont tous été écrits dans la langue de Hasek et de Nezval, et il est certain que sa vision du monde, que son art même n'auraient pas été les mêmes s'il avait vécu dans un autre pays, où il n'aurait pas connu les expériences que lui a fait connaître l'histoire mouvementée de la Tchécoslovaquie depuis la Deuxième Guerre mondiale, de la révolution communiste de 1948 jusqu'à l'invasion russe de 1968, et où surtout, on l'oublie trop souvent, il n'aurait pas été marqué par l'étonnante histoire culturelle de cette « petite nation » d'Europe centrale. Je pense en particulier à cet extraordinaire climat d'effervescence et de créativité qu'ont su créer les artistes et intellectuels praguois de l'entre-deux-guerres puis de l'après-guerre, férus de modernité et de cosmopolitisme et passionnément attachés à l'« occidentalité » de leur pays, c'est-à-dire à son appartenance européenne et, par là, à sa vocation universelle. En ce sens, non seulement l'œuvre de Kundera est profondément tchèque, mais on peut même dire que la littérature et la culture tchèques du XXe siècle trouvent en elle — et dans les œuvres de quelques-uns de ses compatriotes de la même génération, poètes, cinéastes, dramaturges ou romanciers — leurs réalisations les plus marquantes, témoignages éclatants de cette décennie exceptionnelle qu'a couronnée en 1968 le fameux Printemps de Prague.

Mais tchèque, l'œuvre de Kundera, en même temps, ne l'est pas, ne l'est plus, et même a cessé très tôt de l'être, ou de se vouloir telle. Ce déracinement est à la fois brusque et progressif. Brusque, dans la mesure où, peu de temps après l'arrivée des chars russes à Prague, Kundera se voit interdit de publication dans son pays, où son œuvre, littéralement, cesse d'exister pendant vingt ans, autant dire une éternité. Vingt années pendant lesquelles, vivant d'abord en Tchécoslovaquie (jusqu'en 1975), puis en France, il écrit toujours en tchèque, mais sans pouvoir être édité dans cette langue[1]*. Si bien que, peu à peu, le tchèque va céder la place au français, langue qui était depuis le début des années 1970 celle de la première édition de tous ses livres, et qui deviendra à compter des années 1980 (pour les essais) et 1990 (pour les romans) son unique langue d'écriture.*

Évidemment, le renoncement au tchèque est dû d'abord et avant tout aux contraintes de l'actualité politique ; Kundera a moins abandonné le tchèque, en vérité, que le tchèque ne lui a été enlevé par l'Histoire. Mais cette émigration, si douloureuse et traumatisante qu'elle ait pu être, répondait en même temps à un besoin qui se trouvait inscrit dans sa sensibilité et dans ses convictions artistiques dès l'origine : le besoin, la nécessité pour toute œuvre véritable, si elle veut s'accomplir, de refuser les limites — et le confort — de son milieu national ou linguistique particulier — de son « petit contexte », comme dira l'auteur du Rideau *— pour se situer dans le seul espace proprement sien, le seul où habitent ses vrais « compatriotes » du passé et du présent : l'espace transnational, translinguistique et transhistorique de son art.*

Continuer, comme le font certains, de considérer Kundera uniquement ou avant tout comme un auteur tchèque, c'est donc commettre un anachronisme, et soumettre son œuvre à des interprétations indûment réductrices ; mais c'est ignorer, surtout, un aspect essentiel de son projet esthétique. Alors, faut-il le considérer comme un auteur français ? À

1. Sauf à Toronto (Canada), à partir de 1979, par la petite maison 68 Publishers dirigée par Josef et Zdena Skvorecky.

cette question je ferai la même réponse de Normand : oui bien sûr, mais bien sûr que non.

Milan Kundera vit en France depuis 1975 ; depuis le milieu des années 1980 il écrit ses livres en français et il est édité d'abord à Paris ; qui plus est, il tient à ce que les traductions françaises de ses livres tchèques revues par lui soient tenues pour aussi authentiques, aussi originales, en quelque sorte, que les originaux eux-mêmes. Pourtant, là encore, on ne peut pas dire que son œuvre appartienne d'emblée au corpus et à l'histoire de la littérature française ni que la valeur de cette œuvre puisse être expliquée ou comprise à l'intérieur de ce cadre. Par rapport à la production littéraire française qui lui est contemporaine ou immédiatement antérieure, l'œuvre de Kundera, en effet, a quelque chose d'inexplicable, de complètement « étranger ». Ses références, ses modèles, ses interlocuteurs, une grande partie de son public, bref, l'horizon dans lequel elle se situe se trouvent ailleurs (notamment dans l'histoire culturelle de l'Europe centrale, ignorée de la plupart des écrivains français d'après-guerre). Si bien que même en France, pays dont le rayon d'influence et le prestige littéraires dépassent ceux de la plupart des autres pays d'Europe et, en tout cas, sont incomparablement plus importants que ceux de sa Tchécoslovaquie natale, Kundera continue de ne pas être tout à fait chez lui.

En fait, l'œuvre qu'on s'apprête à lire n'est pas vraiment l'œuvre d'un Tchèque ni vraiment celle d'un Français. Outre celui d'Européen, son auteur ne revendique qu'un seul titre : romancier.

★

C'est dans l'univers du roman que Kundera, dès qu'il a quitté son « âge lyrique » et pris conscience de ce qu'allait être sa vocation artistique, a tenu à situer toute son œuvre et toute sa pensée. Aussi le contenu de la présente édition relève-t-il entièrement et exclusivement du roman : outre les dix romans proprement dits de Kundera auxquels il associe le recueil de nouvelles Risibles amours, *on y trouvera cinq autres ouvrages qui, sans être des romans, n'en appartiennent pas moins à l'univers du roman : la pièce* Jacques et son maître, *célébration, à travers Diderot, de l'œuvre oubliée des « vieux » romanciers européens, puis la suite des quatre essais où l'auteur réfléchit à sa pratique de romancier et expose la vision personnelle qu'il se fait de la nature et de l'histoire de son art ; Kundera, dans ces essais, porte aussi son regard sur le monde actuel et aborde des questions touchant, par exemple, le sort de la culture ou celui de l'Europe, mais c'est toujours en romancier qu'il le fait, depuis cet observatoire unique que lui fournissent sa connaissance et son amour du roman.*

Par roman, *il ne faut pas entendre ici un simple « genre » littéraire, une façon parmi d'autres de faire de la littérature ou de « s'exprimer », mais bien un* art, *au sens le plus fort du terme, c'est-à-dire une manière particulière, unique, irréductible à quoi que ce soit d'autre, d'être dans le monde, de l'affronter, de l'interpréter, et de le saisir en tant que beauté. En ce sens, l'art du roman est pour Kundera ce que leurs arts respectifs ont pu être pour ses maîtres, la poésie pour Apollinaire, la musique pour Stravinski, la peinture pour Picasso ou le cinéma pour Fellini : non seulement un savoir-faire ou un ensemble de procédés techniques, mais surtout un moyen de connaissance, une éthique, voire une métaphysique.*

Le recul nous manque pour bien évaluer l'apport exact de Kundera à l'évolution du roman contemporain. Chose certaine, cet apport est crucial, aussi bien sur le plan « pratique », par les romans qu'il a écrits, que sur le plan « théorique », par ses réflexions de praticien sur son art. Chacun sait dans quel état de « crise », en proie à quel sentiment d'« épuisement » pouvait se trouver le roman (français et même européen) au tournant des années 1960, alors que le Nouveau Roman, essoufflé mais encore vivace, perpétuait la vieille méfiance des avant-gardes contre le roman, que le mot même de « roman » était devenu plus ou moins suspect (on lui préférait « écriture », « texte », « fiction », « antiroman », etc.), et que personne, semblait-il, ne savait que faire pour redynamiser un art dont la grandeur paraissait de plus en plus écrasante et désuète et dont les virtualités semblaient toutes avoir été réalisées, bref, un art dont il n'y avait plus rien à attendre, sauf à se prêter à diverses « transgressions » et défigurations par lesquelles on espérait non tant le renouveler que se débarrasser enfin de lui. Or, si le roman — je veux dire : le roman comme art de plein droit (et non comme simple marchandise) — a réussi à survivre à cette époque bizarre ; s'il n'a pas subi alors le triste sort de la poésie ou du théâtre dit d'auteur et ne s'est pas trouvé relégué dans les limbes de la littérature, d'où il est presque impossible ensuite de s'échapper ; s'il a pu, au contraire, dans les dernières décennies du XX*e siècle, retrouver une confiance en soi et un prestige qu'il avait plus ou moins perdus auprès des lecteurs exigeants, et poursuivre son aventure avec une vigueur et une* *créativité tout à fait extraordinaires, au point que Guy Scarpetta osera voir dans cette période l'un des « âges d'or » du roman ; si, en somme, loin de périr et loin de renoncer à lui-même, le roman est devenu — jusqu'à nouvel ordre — l'art littéraire majeur de notre temps, je ne dis pas que nous le devons uniquement à Milan Kundera, puisque cette renaissance a été le fait de toute une génération de romanciers venus de divers horizons (romanciers auxquels il se sent d'ailleurs lié par une fraternité esthétique, qu'il s'agisse de Carlos Fuentes, Gabriel Garcia Marquez, Philip Roth, Salman Rushdie, Danilo Kis ou d'autres), mais certainement nous le lui devons beaucoup.*

Nous lui devons, en particulier, d'avoir réconcilié le roman avec le modernisme, c'est-à-dire d'avoir fait en sorte que cet art encombré jusque-là de conventions et de contraintes éculées devienne — ou redevienne — un lieu d'expérimentation et de recherche aussi inventif et hardi qu'avaient pu l'être en leur temps la peinture cubiste ou la poésie surréaliste. Mais ce renouveau, curieusement, ne passe pas chez lui par la révolte contre les formes communes, à la manière des avant-gardes, mais bien par une autre réconciliation : celle du roman avec la totalité de son passé. Être moderne, en effet, ce n'est pas tant rejeter ce que le roman est devenu que redécouvrir tout ce qu'il a été et, à partir de là, imaginer tout ce qu'il pourrait être *mais n'est pas encore. D'où la place qu'occupe, dans la pensée et dans l'« atelier » de Kundera, l'exemple de Rabelais, de Cervantès et des romanciers de la « première mi-temps », chez qui le roman moderne peut renouer avec sa fraîcheur et son audace natives. D'où également l'importance à ses yeux de la grande « pléiade » des romanciers centre-européens de la première moitié du* XXe *siècle (Kafka, Musil, Broch, Gombrowicz), qui ont résolument tourné le dos au canon hérité du siècle précédent et osé annexer au territoire du roman des régions de la pensée et de l'imagination qui lui étaient restées jusqu'alors étrangères, sinon inaccessibles. C'est dans le sillage de cette double tradition à la fois lointaine et toute proche (tradition qu'il est le premier à mettre en lumière et à assumer de manière aussi consciente) que Kundera élabore sa propre conception du roman et situe son travail de romancier, soucieux dans chacune de ses œuvres de pousser toujours plus loin cette entreprise de rénovation continuelle de ses formes et de ses contenus par quoi le roman, s'il est vraiment moderne, peut continuer de vivre et, pour reprendre le mot d'Aragon à propos de* La Plaisanterie, *demeurer « indispensable à l'homme, comme le pain ».*

★

Tout artiste véritable est un héritier : il recueille et préserve comme un trésor les leçons, l'expérience et les découvertes de ses maîtres. Mais tout artiste véritable est aussi un fondateur : prenant personnellement possession de l'art qu'il hérite, il en reformule pour ses propres besoins la définition et les principes, apportant à cet art une autre conscience de lui-même, un autre sens des tâches et des pouvoirs qui sont les siens, et donc une puissance d'invention renouvelée.

Ainsi, ce que les grands artistes modernes ont fait pour la poésie ou pour la peinture, Kundera l'accomplit pour le roman : il lui donne à nouveau naissance, il le réinvente, si bien qu'il n'est plus possible, après lui, d'écrire, de lire ou de comprendre le roman de la même façon qu'auparavant. Par exemple, nous ne pouvons plus, en toute innocence, prétendre que le devoir ou l'ambition du roman soit de peindre une époque ou un milieu, d'exprimer la vie intime d'un auteur, de défendre une cause ou une idéologie quelconque, ou même de raconter une histoire. En le définissant — et en le pratiquant — comme une « méditation sur l'existence », Kundera délivre le roman des obligations inutiles qui l'alourdissaient, lui confère une nouvelle légitimité et une nouvelle responsabilité « cognitives » et lui assigne un domaine propre. Inépuisable, puisqu'il recouvre toute l'énigme de l'existence humaine, c'est-à-dire ce que devient dans notre monde désenchanté l'expérience concrète d'être un homme, de vivre, de vieillir, de mourir, ce domaine est en même temps un domaine exclusif, puisque aucun autre art, aucun savoir ni aucune philosophie ne peut y avoir accès ni en percer les couches secrètes comme le fait la « sonde existentielle » du roman.

Pour mener à bien cette « méditation interrogative », le roman dispose d'une « méthode » à lui, que Kundera est le premier à comprendre d'une manière aussi précise : c'est la méthode de la prose, *la prose en tant que regard radicalement anti-lyrique sur le monde et sur l'existence. Par nature, la prose est corrosive, elle profane tout ce qui se donne pour sacré, rabaisse le poète au rang du bourreau, le surhomme au rang du bouffon, et transforme la moindre certitude, la moindre évidence en question. Elle n'attaque rien, ne dénonce ni ne proclame rien, mais expose tranquillement toutes les « valeurs », y compris les plus intouchables (l'Histoire, la Jeunesse, la Poésie, la Procréation, le Sentiment, la Sexualité, le Moi, l'Exil, etc.), à l'air limpide et satanique de l'humour, c'est-à-dire de l'incroyance et du rire. C'est pourquoi lire un roman de Kundera est toujours une expérience de la désillusion ; car à l'épreuve de la prose (si cette épreuve est conduite jusqu'au bout, comme elle l'est singulièrement dans cette œuvre), la « vérité » dernière de toute aventure, de tout destin, voire de tout désir, est de se découvrir à la fois comme défaite et comme plaisanterie, dans un monde qui n'est plus qu'un immense carnaval de la tromperie, du « kitsch » et de la dévastation.*

Mais le paradoxe merveilleux du roman, c'est que la découverte de la dévastation y est en même temps une expérience de la beauté, de cette beauté encore jamais vue, et pourtant toute proche, qui jaillit de la réalité de l'existence humaine dès qu'on la débarrasse de son « tralala » lyrique, moral ou idéologique et qu'on la regarde en face, toute nue, risible et insoutenable, si imparfaite, si coupable et si innocente à la fois, et si faible devant les assauts du mensonge et de l'oubli. Tableau impitoyable de notre époque « terminale », le roman pour Kundera n'est rien d'autre que la poursuite de cette beauté-là, dont la révélation est accordée à la plupart de ses grands personnages lorsqu'ils parviennent au bout de leur course (ou plutôt de leur « chute »), à la fois comme une ultime consolation et comme le signe de leur possible délivrance.

Si elle illumine les découvertes auxquelles conduit la méditation prosaïque sur l'existence, l'expérience romanesque de la beauté tient aussi à l'objet roman lui-même, c'est-à-dire à la valeur et à la nouveauté de sa forme. *À cet égard, il y a très peu de romanciers contemporains qui aient eu autant que Kundera le souci, tout en délestant le roman des automatismes et des interdictions dont il était encombré, de multiplier, d'élargir jusqu'à leurs limites ses possibilités formelles encore inédites.*

Cela veut dire, d'abord, qu'un roman de Kundera peut enfreindre à loisir toutes les règles et les habitudes du récit ; il peut, par exemple, entremêler les registres (le réel et le rêvé ; l'univers des personnages et celui du romancier), faire se chevaucher des temporalités différentes (l'époque présente et le passé historique), accueillir les fantaisies les plus extravagantes (comme de donner la parole à un pénis réfractaire ou de faire dialoguer des morts illustres) ; il peut même suspendre le récit à n'importe quel moment pour faire place à diverses réflexions (philosophiques, historiques, musicologiques, etc.) qui, bien que rédigées sur le mode de l'essai, sont encore et toujours du roman. En fait, tout a droit de cité dans un roman de Kundera, toutes les surprises, tous les hasards, toutes les dissonances et les bifurcations : la liberté du romancier est totale.

Mais ce qui ajoute au bonheur de notre lecture, c'est qu'une matière aussi hétérogène puisse tenir parfaitement ensemble, dans une harmonie sans failles. Comment cela est-il possible ? Essentiellement, grâce à un nouvel art de la composition en vertu duquel l'unité d'un roman repose non plus sur l'action qu'il raconte ou sur le monde qu'il décrit, mais bien sur la présence, de la première à la dernière page, d'un *thème existentiel*, ou d'une constellation de tels thèmes, autour de quoi s'articule toute la « méditation », sans que sa signification se tarisse jamais. D'où le sentiment de plénitude ou, mieux, de *densité* qu'éprouve le lecteur : puisque tout, ici, concourt à la présence et à l'élucidation du thème, c'est-à-dire à l'approfondissement de la problématique existentielle qui constitue la matière du roman (souvent annoncée par son titre général et par les titres de ses parties), cela signifie que chaque mot, chaque phrase, chaque chapitre, si autonome qu'il puisse sembler, entre en relation avec chacun des autres et porte en soi une charge sémantique maximale. Si le roman accueille tout, tout y est en même temps, jusqu'au plus infime détail, jusqu'à la digression en apparence la plus frivole, d'une nécessité absolue.

Une telle alliance de la liberté et de la rigueur, de l'improvisation et de la construction, une telle approche à la fois ludique et exigeante de l'écriture romanesque deviennent de plus en plus conscientes et somptueuses à mesure que l'œuvre de Kundera se développe. On les retrouve d'ailleurs dans la manière dont l'auteur compose ses essais, où l'expression des idées se fait la plus déliée possible et en même temps la plus fortement structurée, comme ne peut l'être qu'une pensée de *romancier*.

★

L'œuvre de Kundera durera-t-elle ? L'art du roman, le regard et la sagesse du roman que cette œuvre défend et illustre avec tant de pénétration et de constance depuis un demi-siècle, combien de temps encore en éprouvera-t-on le besoin ? Combien de temps l'ironie, la perplexité, le sens de l'existence concrète, le goût de la forme belle et complexe et la foi dans le pouvoir d'innovation et d'élucidation de l'art continueront-ils de paraître désirables et nécessaires ? Victoire (fragile) de la liberté et du rire contre l'ordre irrationnel du monde et de l'Histoire, dernier *sourire de l'homme au milieu des ruines qui s'étendent, le roman peut-il échapper à cette fin dont le pressentiment hante toute l'œuvre de Kundera, tel « un embrasement du ciel à la fin du jour » ? Personne ne le sait, bien sûr.*

FRANÇOIS RICARD.

NOTE SUR LA PRÉSENTE ÉDITION

Cette édition de l'*Œuvre* de Milan Kundera doit être lue comme une œuvre de Milan Kundera : le titre, le contenu et la présentation en ont été décidés par lui et reflètent ses intentions et ses partis pris esthétiques.

Contenu de l'édition.

Qu'est-ce que l'*œuvre* ? En 1991, après la fin de l'occupation russe, *La Plaisanterie* est réédité en Tchécoslovaquie. Pour renouer le contact avec ses lecteurs, contact interrompu pendant vingt ans, Kundera y ajoute une longue « Note de l'auteur[1] » où, entre autres choses, il écrit ceci :

> Il existe deux conceptions de ce qui est « œuvre ». Ou bien on considère comme œuvre tout ce que l'auteur a écrit ; c'est de ce point de vue, par exemple, que sont souvent édités les écrivains dans la célèbre collection de la Pléiade : à savoir, avec tout : avec chaque lettre, chaque note de journal. Ou bien l'œuvre n'est que ce que l'auteur considère comme valable au moment du bilan. J'ai toujours été un partisan véhément de cette deuxième conception. Je trouve immoral qu'un auteur offre aux lecteurs quelque chose que lui-même sait imparfait, quelque chose qui, à lui-même, n'apporte plus de plaisir.

1. Une version française partielle de ce texte est annexée à l'ouvrage de Kvetoslav Chvatik, *Le Monde romanesque de Milan Kundera*, Gallimard, 1995.

Dans la même « Note de l'auteur », le romancier précise quels sont ceux de ses écrits qu'il ne veut plus republier : premièrement, « ce qui est immature » (sa poésie, sa monographie sur Vladislav Vancura publiée sous le titre *L'Art du roman* et sa pièce *Les Propriétaires des clés*) ; deuxièmement, « ce qui n'est pas réussi » (sa pièce de 1966, *Ptakovina*, qu'il aime mais juge intraduisible, et trois nouvelles éliminées de *Risibles amours*) ; enfin, troisièmement, « ce qui est seulement de circonstance » (tous ses articles, à l'exception de ceux qu'il a repris dans ses quatre livres d'essais ; même des textes aussi connus — et applaudis — que « Un Occident kidnappé ou la Tragédie de l'Europe centrale », par exemple, lui apparaissent comme des écrits de circonstance et il refuse de les laisser réimprimer).

Quinze ans plus tard, dans *Le Rideau*, il aborde de nouveau ce thème, sous un angle plus général. À ce qu'il appelle la « morale de l'archive », qui justifie la publication de tout ce qui porte la griffe d'un auteur (juvenilia, textes de commande, écrits privés, etc.), il oppose la « morale de l'essentiel », en vertu de laquelle ne fait « œuvre » que ce que l'auteur lui-même juge digne d'être retenu, c'est-à-dire uniquement ceux de ses écrits dans lesquels il estime avoir pleinement réalisé l'originalité et l'unicité de son projet artistique. Le reste, même signé par lui, appartient sans doute à sa biographie ou, à la rigueur, aux marges de son œuvre, mais n'a plus de place dans cette œuvre même.

Entre-temps, Kundera profite d'une réédition de *L'Art du roman* dans la collection « Folio » en 1995 pour ajouter à son dictionnaire personnel qui en forme la sixième partie cet article on ne peut plus explicite :

> TESTAMENT. Nulle part au monde et sous quelque forme que ce soit ne peuvent être publiés et reproduits, de tout ce que j'ai jamais écrit (et écrirai), que les livres cités dans le catalogue des Éditions Gallimard, le dernier en date. Et pas d'éditions annotées. Pas d'adaptations.

La volonté de l'auteur étant pour nous décisive, le lecteur ne trouvera donc pas dans les deux volumes de la présente édition ce qu'on a coutume d'appeler les « œuvres complètes » de Kundera, au pluriel, mais bien son *œuvre complète*, au singulier, c'est-à-dire les seize livres qui en constituent l'intégralité, s'ordonnant en cette unité « continue et changeante », comme dirait l'auteur de *L'Immortalité*, qui fait la beauté et la richesse des œuvres accomplies.

L'ordre de présentation de ces seize livres suit ici leur répartition en trois grands « genres ». Viennent d'abord, par ordre chronologique, le recueil de nouvelles et les dix romans que Kundera a publiés entre 1967 et 2014 ; les six premiers titres (de *Risibles amours* à *L'Insoutenable Légèreté de l'être*) forment la matière du volume I ; les cinq autres (de *L'Immortalité* à *La Fête de l'insignifiance*) ouvrent le deuxième volume, où leur font suite la pièce *Jacques et son maître* et, de nouveau par ordre chronologique, les quatre essais édités entre 1986 (*L'Art du roman*) et 2009 (*Une rencontre*).

Le texte.

Kundera appartient à cette famille d'écrivains qui ne cessent pas de se corriger : « De l'esquisse à l'œuvre, le chemin se fait à genoux », écrit le poète Vladimir Holan cité dans *L'Art du roman.* Même après qu'un de ses livres a été publié, le romancier continue de le considérer comme perfectible et se permet, d'une édition ou même d'un tirage à l'autre, d'y apporter des retouches dans l'espoir de le rendre toujours plus parfait, plus clair, plus sobre et, surtout, plus « exact », c'est-à-dire plus conforme à l'intention expressive qui l'habite. Ces retouches concernent tantôt le vocabulaire, tantôt la syntaxe, très souvent la ponctuation, et peuvent aller jusqu'à la suppression d'une phrase ou d'un paragraphe (les ajouts sont extrêmement rares) ; mais elles n'affectent ni le contenu, ni la signification, ni même le style des textes (en parler comme de « réécritures » est donc inexact). Cela dit, on n'est jamais sûr, s'agissant d'un texte de Kundera, que l'auteur, un jour, n'y apportera pas encore de nouvelles corrections…

Espérons que le processus, grâce à cette édition, va maintenant s'arrêter. Car le texte des livres ici réunis (y compris leurs tables des matières et la disposition de leurs chapitres et paragraphes) se veut aussi *définitif* que possible. Pour les huit livres écrits d'abord en tchèque (*Risibles amours*, les six premiers romans et *Jacques et son maître*), ce texte est celui de leurs traductions françaises publiées aux Éditions Gallimard, traductions que Kundera a révisées avec tant de soin qu'il les tient pour aussi « authentiques » que leurs versions originales, sinon davantage, comme il le dit parfois. Qu'il s'agisse de ces livres traduits ou des huit autres qu'il a écrits en français et publiés chez Gallimard (ses quatre derniers romans et ses quatre essais), le texte que nous publions s'appuie sur celui de leur réimpression la plus récente[1] révisée par l'au-

1. Ces réimpressions sont celles de la collection « Folio », datées de 2010 pour

teur et parfois amendée par celui-ci en vue de la présente édition.

Et l'apparat critique ?

La réponse est simple : il n'y en a pas. Ni relevé de variantes ni notes explicatives. Et ce, pour deux raisons. Premièrement, parce que cette édition n'est pas destinée en premier lieu aux spécialistes, mais aux *lecteurs* de bonne volonté, ces « lecteurs oisifs » évoqués dans le Prologue du *Don Quichotte*, qui n'ont nul besoin de lunettes empruntées pour comprendre et apprécier une œuvre aussi ouverte et limpide que celle de Kundera. Et deuxièmement, parce que telle est, là encore, la volonté expresse du romancier.

Sur le sujet des variantes, il suffit, pour comprendre ce qu'il en pense, de relire le passage où l'auteur du *Rideau* parle de ces « armées de chercheurs qui, guidés par [la "morale de l'archive"], accumulent tout ce qu'ils peuvent trouver pour embrasser le Tout, but suprême. Le Tout, à savoir une montagne de brouillons, de paragraphes rayés, de chapitres rejetés par l'auteur mais publiés par les chercheurs dans des éditions dites "critiques", sous le nom perfide de "variantes", ce qui veut dire, si les mots ont encore un sens, que tout ce que l'auteur a écrit se vaudrait, serait pareillement approuvé par lui. » Dans une des dernières pages des *Testaments trahis*, où il s'en prend aux « fouilleurs de poubelles », Kundera exprime encore plus clairement sa position à ce sujet : « la volonté esthétique se manifeste aussi bien par ce que l'auteur a écrit que par ce qu'il a supprimé. Supprimer un paragraphe exige de sa part encore plus de talent, de culture, de force créatrice que de l'avoir écrit. Publier ce que l'auteur a supprimé est donc le même acte de viol que censurer ce qu'il a décidé de garder[1]. »

Quant aux notes censées expliquer ou « éclairer » ce que l'auteur a écrit, elles n'ont aucune raison d'être s'agissant d'un écrivain comme Kundera, pour qui toute l'information nécessaire à l'intelligence d'une œuvre doit se trouver dans cette œuvre même et nulle part ailleurs et qui manifeste donc, dans ses romans comme dans son théâtre et ses essais, un souci presque maniaque de la clarté et de la précision. Ce n'est pas pour rien que dans son « Testament » de *L'Art du roman* cité plus

tous les titres, sauf *La Fête de l'insignifiance* (2015), *Jacques et son maître* (2008), *Les Testaments trahis* (2009), *Le Rideau* (2006) et *Une rencontre* (2011).

1. Frédéric Pollaud-Dulian se réclame de ce passage dans son ouvrage sur *Le Droit d'auteur*, Economica, 2005, p. 452.

haut il interdit explicitement toute « édition annotée » de ses livres.

Il y a encore une chose qui est absente de la présente édition : la chronologie de la vie de l'auteur. Il s'agit là, bien sûr, d'une décision de Milan Kundera lui-même. Elle s'explique à la fois par la pudeur d'un homme désireux de garder sa vie à l'abri des regards (comme c'est le droit de n'importe quel individu, médecin, ingénieur ou ouvrier) et par l'hostilité spontanée d'un artiste à l'égard des explications biographiques (inévitablement inexactes et réductrices) des œuvres, une hostilité qu'il a si souvent justifiée (surtout dans la cinquième et la neuvième partie des *Testaments trahis*) qu'il est inutile d'y revenir ici.

Cette édition n'est pas le portrait ni l'histoire d'un homme ; c'est le bilan définitif d'une *Œuvre*.

Biographie de l'œuvre.

Donc, pas de biographie de l'auteur. Mais plutôt, à la fin de chaque volume, une « Biographie de l'œuvre », consistant en une suite de chapitres consacrés à chacun des livres contenus dans ledit volume. À partir de l'idée que les livres ont leurs propres aventures, leur propre destin, *Habent sua fata libelli*, et de la conviction que ces aventures méritent d'être racontées parce qu'elles contribuent à une meilleure compréhension de l'œuvre, ces chapitres poursuivent un triple but : relater les circonstances (historiques, littéraires ou personnelles) dans lesquelles chaque livre de Kundera est né ; mettre en lumière la signification de ce livre dans l'évolution de son esthétique romanesque et le situer dans l'ensemble de son *Œuvre* ; retracer le parcours de ce livre dans l'édition, à travers les traductions et auprès de la critique, en rappelant les débats qu'il a soulevés et l'influence qu'il a exercée. Ce que le lecteur doit chercher ici, ce n'est donc pas un récit de la carrière de Milan Kundera, mais bien l'histoire de son œuvre, c'est-à-dire la suite des étapes (et des hasards, parfois) qui ont permis à celle-ci de prendre forme et de suivre sa propre trajectoire dans le contexte de la littérature contemporaine. De grands pans de cette histoire (qui comporte aussi sa « préhistoire ») ont évidemment lieu en Tchécoslovaquie, le pays natal de l'œuvre de Kundera, et en France, le pays adoptif où cette œuvre a trouvé son principal point d'attache depuis déjà très longtemps ; mais la scène, on le verra, ne tarde pas à devenir beaucoup plus vaste, couvrant en fait l'ensemble de l'Europe, l'Amérique et une grande partie de l'Asie, bref, tout l'espace réel de la « littérature mondiale » à la fin du XXe et au début du XXIe siècle.

La préparation de cette Biographie de l'œuvre — et du Choix bibliographique qui se trouve à la fin du tome II — aurait été impossible sans la collaboration amicale de Milan Kundera et sans la gentillesse de Vera Kundera, qui m'a ouvert généreusement ses dossiers. Je les en remercie.

F. R.

RISIBLES AMOURS

Titre original :
SMESNE LASKY

Traduit du tchèque par François Kérel.

PERSONNE NE VA RIRE

I

« Verse-moi encore un verre de slivovice », me dit Klara, et je ne fus pas contre. Nous avions trouvé pour ouvrir la bouteille un prétexte qui n'avait rien d'extraordinaire, mais qui tenait : je venais de toucher ce jour-là une assez jolie somme pour une longue étude parue dans une revue d'histoire de l'art.

Si mon étude avait fini par être publiée, ça n'avait pas été sans mal. Ce que j'avais écrit n'était qu'épines et polémiques. C'est pourquoi la revue *La Pensée plastique*, avec sa rédaction grisonnante et circonspecte, avait refusé ce texte que j'avais finalement confié à une revue concurrente, moins importante il est vrai, mais dont les rédacteurs sont plus jeunes et plus irréfléchis.

Le facteur m'avait apporté le mandat à la faculté, ainsi qu'une lettre. Lettre sans importance et que je parcourus à peine le matin, frais émoulu de ma toute nouvelle grandeur. Mais une fois de retour à la maison, tandis que l'on approchait de minuit et que le niveau baissait dans la bouteille, pour nous amuser je pris cette lettre sur mon bureau et la lus à Klara :

« Cher camarade — et si je peux me permettre d'user de ce terme — cher collègue — pardonnez à un homme auquel vous n'avez jamais parlé de votre vie de prendre la liberté de vous écrire. Je m'adresse à vous pour vous prier de bien vouloir lire l'article ci-joint. Je ne vous connais pas personnellement mais je vous estime, car vous êtes à mes yeux l'homme dont les opinions, le raisonnement, les conclusions m'ont toujours paru corroborer de manière surprenante les résultats de mes propres recherches… » Suivaient de grands éloges de mes mérites et une requête : il me demandait d'avoir l'obligeance de rédiger une note de lecture à l'intention de la revue *La Pensée plastique* qui, depuis six mois, refusait et dénigrait son article. On lui avait dit que mon avis serait décisif, de sorte que j'étais désormais son seul espoir, la seule lueur dans ses ténèbres têtues.

Klara et moi, nous échangions toutes sortes de blagues sur ce M. Zaturecky dont le nom pompeux nous fascinait ; des blagues, bien entendu, tout à fait cordiales, car l'éloge qu'il m'avait adressé me rendait généreux, surtout avec une bouteille d'excellente slivovice à portée de la main. Si généreux qu'en ces instants inoubliables j'éprouvais de l'amour pour le monde entier. Ne pouvant faire des cadeaux au monde entier, j'en faisais du moins à Klara. Et sinon des cadeaux, du moins des promesses.

Klara, avec ses vingt ans, était une jeune fille de bonne famille. Que dis-je de bonne, d'excellente famille ! Son père, ancien directeur de banque, et représentant par conséquent de la grande bourgeoisie, avait été expulsé de Prague vers 1950 et il était allé s'installer au village de Celakovice, à une distance respectable de la capitale. Sa fille, mal notée par la section des cadres, travaillait comme couturière devant une machine à coudre dans l'immense atelier d'une entreprise de confection praguoise. Ce soir-là, assis en face d'elle, j'encourageais son penchant pour moi en lui vantant à la légère les avantages de la place que je promettais de lui procurer avec l'aide de mes amis. J'affirmai qu'il était inadmissible qu'une aussi charmante fille perdît sa beauté devant une machine à coudre et je décidai qu'elle devait devenir mannequin.

Klara ne me contredit pas et nous passâmes la nuit dans une heureuse harmonie.

2

Nous traversons le présent les yeux bandés. Tout au plus pouvons-nous pressentir et deviner ce que nous sommes en train de vivre. Plus tard seulement, quand est dénoué le bandeau et que nous examinons le passé, nous nous rendons compte de ce que nous avons vécu et nous en comprenons le sens.

Je m'imaginais, ce soir-là, boire à ma réussite et je ne me doutais pas le moins du monde que c'était le vernissage solennel de ma fin.

Et parce que je ne me doutais de rien, je m'éveillai de bonne humeur le lendemain, et tandis que Klara dormait encore d'un sommeil heureux je pris l'article joint à la lettre de M. Zaturecky et me mis à le lire au lit avec une indifférence amusée.

L'article, intitulé « Un maître du dessin tchèque, Mikolas Ales », ne méritait même pas cette demi-heure distraite que je lui accordai. C'était un ramassis de lieux communs accumulés sans le moindre sens du développement logique, sans la moindre idée originale.

C'était, incontestablement, une ineptie. Ce que le docteur Kalousek, rédacteur en chef de la revue *La Pensée plastique* (personnage au demeurant des plus antipathiques), me confirma le jour même par téléphone. Il m'appela à la faculté et me dit : « As-tu reçu la dissertation de M. Zaturecky ? Eh bien, rends-moi le service de rédiger cette note, cinq spécialistes lui ont démoli son article, mais il continue d'insister et il s'imagine que tu es la seule et unique autorité. Écris en quelques lignes que ça ne tient pas debout, tu es bien placé pour cela, tu sais être acerbe, et il nous fichera la paix. »

Mais quelque chose en moi se rebiffa : pourquoi devais-je être, justement moi, le bourreau de M. Zaturecky ? Était-ce moi qui touchais pour cela un salaire de rédacteur en chef ? Je me rappelais d'ailleurs fort bien que *La Pensée plastique* avait jugé prudent de refuser mon étude ; en outre, le nom de M. Zaturecky était fortement lié pour moi au souvenir de Klara, de la bouteille de slivovice et d'une belle soirée. Et enfin, je ne vais pas le nier, c'est humain, je pourrais compter sur les doigts de la main et probablement sur un seul doigt les gens qui me prennent pour « la seule et unique autorité ». Pourquoi me faire un ennemi de cet unique admirateur ?

Je terminai l'entretien avec Kalousek par quelques mots spirituels et vagues que chacun de nous pouvait considérer comme il l'entendait, lui comme une promesse et moi comme une échappatoire, et je raccrochai, fermement résolu à ne jamais écrire de note de lecture sur M. Zaturecky.

Je pris donc du papier à lettres dans mon tiroir et j'écrivis à M. Zaturecky une lettre où j'évitais soigneusement de formuler une appréciation quelconque sur son travail et lui expliquais que mes idées sur la peinture du XIXe siècle sont en général tenues pour erronées, surtout à la rédaction de *La Pensée plastique*, si bien que mon intervention risquerait d'être plus nuisible qu'utile ; en même temps, j'accablais M. Zaturecky d'une éloquence amicale où il ne pouvait pas ne pas voir une marque de sympathie à son égard.

Aussitôt cette lettre mise à la boîte, j'oubliai M. Zaturecky. Mais M. Zaturecky ne m'oublia pas.

3

Un beau jour, comme je venais de terminer mon cours (j'enseigne l'histoire de la peinture), la secrétaire, Mme Marie, affable dame d'un certain âge qui me prépare le café et répond que je ne suis pas là quand se font entendre au téléphone d'indésirables voix féminines, vint frapper à la porte de la classe. Elle passa la tête et me dit qu'un monsieur m'attendait.

Les messieurs ne me font pas peur. Je pris congé de mes étudiants et sortis le cœur léger dans le couloir où un monsieur de petite taille, en costume noir usé et chemise blanche, me salua. Puis il m'annonça très respectueusement qu'il s'appelait Zaturecky.

Je fis entrer mon visiteur dans une pièce vide, lui offris un fauteuil et j'engageai la conversation d'un ton jovial, parlant de tout et de rien, du vilain été que nous avions et des expositions praguoises. M. Zaturecky acquiesçait poliment à mes futilités, mais cherchait aussitôt à rattacher chacune d'elles à son article qui se trouva soudain entre nous dans son invisible substance comme un irrésistible aimant.

« J'écrirais bien volontiers une note sur votre travail, dis-je enfin, mais je vous ai expliqué dans ma lettre que personne ne me tient pour un spécialiste de la peinture tchèque du XIXe siècle et qu'en plus je ne suis pas dans les meilleurs termes avec la rédaction de *La Pensée plastique* où l'on voit en moi un moderniste invétéré, si bien que même une appréciation favorable de ma part ne pourrait que vous nuire.

— Oh ! vous êtes trop modeste, répliqua M. Zaturecky. Comment un spécialiste comme vous peut-il être aussi pessimiste sur sa position ! On m'a dit à la rédaction que tout dépendait désormais de votre avis. Si vous êtes favorable à mon article, il sera publié. Vous êtes ma seule chance. Ce travail représente trois années d'études, trois années de recherches. Tout est maintenant entre vos mains. »

Avec quelle insouciance et de quel pauvre métal forgeons-nous nos subterfuges ! Je ne savais que répondre à M. Zaturecky. Levant machinalement les yeux pour le regarder en face, je vis d'innocentes petites lunettes démodées, mais aussi une profonde ride énergique, tracée verticalement sur son front. Dans un bref instant de lucidité, un frisson parcourut ma colonne vertébrale : cette ride attentive et opiniâtre ne reflétait pas seulement le martyre intellectuel de son propriétaire penché sur les dessins de Mikolas Ales, mais une force de volonté peu commune. Perdant toute présence d'esprit, je ne parvenais plus à trouver d'excuses suffisamment habiles. Je savais que je ne rédigerais pas cette note de lecture mais je savais aussi que je n'avais pas la force de le dire en face au petit homme suppliant.

Je me mis à sourire et à proférer de vagues promesses. M. Zaturecky me remercia en disant qu'il reviendrait bientôt se renseigner ; je le quittai avec des sourires plein la bouche.

Il revint effectivement quelques jours plus tard, je parvins adroitement à l'éviter, mais on m'annonça le lendemain qu'il m'avait de nouveau demandé à la faculté. Je compris que ça tournait mal. J'allai aussitôt trouver Mme Marie afin de prendre les mesures qui s'imposaient.

« S'il vous plaît, Marie, si jamais ce monsieur revient et me demande, dites-lui que je suis parti faire un voyage d'études en Allemagne et que je ne serai pas de retour avant un mois. Autre chose : tous mes cours ont lieu le mardi et le mercredi. Désormais, je ferai mes cours le jeudi et le vendredi. Seuls mes étudiants en seront informés, ne le dites à personne et ne modifiez pas l'emploi du temps. Il faut que je passe dans la clandestinité. »

4

Peu de temps après, M. Zaturecky vint effectivement me demander à la faculté et parut désespéré quand la secrétaire lui annonça que j'étais précipitamment parti pour l'Allemagne. « Mais c'est impossible ! M. l'assistant doit écrire une note sur mon article ! Comment a-t-il pu partir comme ça ? — Je n'en sais rien, répliqua Mme Marie, mais il sera de retour dans un mois. — Encore un mois... se lamenta M. Zaturecky. Et vous ne connaissez pas son adresse en Allemagne ? — Je ne la connais pas », dit Mme Marie.

Et j'eus la paix pendant un mois.

Mais le mois passa plus vite que je ne l'imaginais et M. Zaturecky se retrouva dans le bureau de la secrétaire. « Non, il n'est pas encore rentré », lui dit Mme Marie, et quand elle me vit, elle me demanda d'un ton suppliant : « Votre bonhomme est encore venu, qu'est-ce que vous voulez que je lui dise ? — Dites-lui, Marie, que j'ai la jaunisse en Allemagne et que je suis à l'hôpital à Iéna. » « À l'hôpital ? Mais c'est impossible, M. l'assistant devait écrire une note de lecture sur mon article ! s'écria M. Zaturecky quand la secrétaire lui annonça cette nouvelle, quelques jours plus tard. — Monsieur Zaturecky, dit la secrétaire d'un ton de reproche, M. l'assistant est gravement malade à l'étranger, et vous ne pensez qu'à votre article ! » M. Zaturecky rentra la tête dans les épaules et sortit, mais quinze jours plus tard, il était de nouveau là : « J'ai envoyé une lettre recommandée à Iéna. La lettre m'est revenue ! » « Je vais devenir folle avec votre bonhomme, me dit Mme Marie le lendemain. Ne vous fâchez pas, mais que vouliez-vous que je lui dise ? Je lui ai dit que vous étiez de retour, il faut vous débrouiller tout seul avec lui ! »

Je n'en voulais pas à Mme Marie, elle faisait ce qu'elle pouvait et, d'ailleurs, j'étais loin de m'avouer vaincu. Je me savais insaisissable. Je ne vivais plus que clandestinement, je faisais clandestinement mes cours le jeudi et le vendredi, et je venais, toujours clandestinement, le mardi et le mercredi, me tapir sous la porte cochère d'un immeuble, en face de la faculté, et je m'amusais du spectacle de M. Zaturecky qui guettait ma sortie de la faculté. J'avais envie de me mettre une perruque et une barbe postiches. Je me prenais pour Sherlock Holmes, Jack l'Éventreur, l'Homme invisible cheminant à travers la ville. J'étais d'excellente humeur.

Mais un jour, M. Zaturecky finit par se lasser de faire le guet et frappa un grand coup contre Mme Marie. « Mais enfin, quand le camarade assistant fait-il ses cours ? — Vous n'avez qu'à consulter l'emploi du temps, répliqua Mme Marie en désignant sur le mur un grand tableau quadrillé où l'horaire des cours est indiqué avec une clarté exemplaire.

— Je sais, dit M. Zaturecky qui ne s'en laissait pas conter, mais le camarade ne vient jamais faire son cours le mardi, ni le mercredi. Est-il en arrêt de travail ?

— Non », répondit Mme Marie, gênée.

Et le petit homme accabla alors Mme Marie. Il lui reprocha de ne pas avoir mis l'emploi du temps à jour. Il demanda ironiquement comment il se pouvait qu'elle ignorât à quel moment les professeurs faisaient leurs cours. Il annonça qu'il allait porter plainte contre elle. Il vociféra. Il déclara qu'il allait également se plaindre du camarade assistant qui ne faisait pas ses cours. Il demanda si le recteur était présent.

Par malheur, le recteur était là.

M. Zaturecky frappa à la porte de son bureau et entra. Dix minutes plus tard, il était de retour dans le bureau de Mme Marie et lui demandait sèchement l'adresse de mon domicile personnel.

« 20, rue Skalnikova à Litomysl, dit Mme Marie.

— Comment cela, à Litomysl ?

— M. l'assistant n'a qu'un pied-à-terre à Prague et ne souhaite pas que j'en communique l'adresse...

— J'exige que vous me donniez l'adresse du domicile de M. l'assistant à Prague », s'écria le petit homme d'une voix chevrotante.

Mme Marie perdit courage pour de bon. Elle livra l'adresse de ma mansarde, de mon pauvre abri, de mon heureuse tanière où je devais être traqué.

5

Oui, mon domicile permanent est à Litomysl. J'ai là-bas ma mère et des souvenirs de mon père ; chaque fois que je le peux, je quitte Prague pour aller travailler et étudier à la maison, dans le petit logement de maman. De sorte que j'ai gardé l'adresse de ma mère comme adresse permanente. Mais à Prague je n'avais même pas été capable de trouver un studio convenable, comme il eût été nécessaire et normal, et j'habitais en sous-location dans un quartier périphérique, sous les toits, dans une petite mansarde entièrement indépendante dont je cachais autant que possible l'existence afin d'éviter l'inutile rencontre de visiteurs indésirables avec mes compagnes éphémères.

Je ne saurais donc prétendre que ma réputation dans l'immeuble fût précisément des meilleures. En outre, pendant mes séjours à Litomysl, j'avais plusieurs fois prêté ma chambre à des camarades qui s'y étaient si bien divertis que personne dans la maison n'avait pu fermer l'œil de la nuit. Tout cela suscitait l'indignation de certains locataires qui me livraient une lutte sourde, laquelle se manifestait de temps à autre par les avis que formulait à mon égard le comité de rue et même par le dépôt d'une plainte au service du logement.

À l'époque dont je parle, Klara, qui commençait à trouver pénible de venir travailler à Prague depuis Celakovice, avait décidé de dormir chez moi, d'abord timidement et dans des cas exceptionnels, puis elle avait déposé une robe, ensuite plusieurs robes, et au bout de quelque temps mes deux costumes furent écrasés au fond de l'armoire et ma mansarde fut transformée en salon féminin.

J'avais un grand faible pour Klara ; elle était belle ; il me plaisait que les gens se retournent sur nous quand nous sortions ensemble ; elle avait treize ans de moins que moi et cette circonstance ne pouvait qu'accroître mon prestige aux yeux de mes étudiants ; en un mot, j'avais mille raisons de tenir à elle. Cependant, je ne voulais pas que l'on sache qu'elle habitait chez moi. Je redoutais que l'on s'en prenne à mon brave propriétaire, un homme âgé qui se montrait discret et ne s'occupait pas de moi ; je tremblais qu'il ne vînt un beau jour, à son corps défendant et le cœur gros, me prier de mettre mon amie à la porte afin de sauvegarder sa bonne réputation. Klara avait donc reçu des instructions sévères lui enjoignant de n'ouvrir à personne.

Ce jour-là, elle était seule à la maison. Il faisait une belle journée ensoleillée et dans la mansarde on étouffait presque. Elle s'était donc couchée nue sur mon divan et se consacrait à la contemplation du plafond.

C'est alors que tout à coup on se mit à tambouriner à la porte.

Il n'y avait pas de quoi s'inquiéter. Puisqu'il n'y a pas de sonnette à la porte de ma mansarde, les visiteurs sont bien obligés de frapper. Donc Klara ne se laissa pas troubler par ce vacarme et ne songea nullement à interrompre sa contemplation du plafond. Mais les coups frappés à la porte ne cessaient pas ; ils continuaient au contraire avec une tranquille et incompréhensible persévérance. Klara finit par devenir nerveuse ; elle se mit à imaginer devant la porte un monsieur qui retournait lentement et éloquemment le revers de son veston, et qui allait ensuite lui demander brutalement pourquoi elle n'ouvrait pas, ce qu'elle cachait et si elle était déclarée à cette adresse. Elle céda à un sentiment de culpabilité, cessa de fixer le plafond et chercha du regard l'endroit où elle avait posé ses vêtements. Mais les coups étaient si obstinés qu'elle ne put trouver, dans sa confusion, que mon imperméable accroché dans l'entrée. Elle l'enfila et ouvrit.

Sur le seuil, au lieu d'un méchant visage fouinard, elle ne vit qu'un petit homme qui la saluait : « M. l'assistant est-il chez lui ? — Non, il est sorti ! — C'est dommage, dit le petit homme et il s'excusa poliment. M. l'assistant doit écrire une note de lecture sur un article dont je suis l'auteur. Il me l'a promis et cette affaire est très urgente maintenant. Si vous permettez, je voudrais lui laisser au moins un message. »

Klara donna au petit homme du papier et un crayon et le soir je pus lire que le sort de son article sur Mikolas Ales était entre mes mains et que M. Zaturecky attendait avec respect que je rédige la note promise. Il ajoutait qu'il me demanderait de nouveau à la faculté.

6

Le lendemain, Mme Marie me raconta que M. Zaturecky l'avait menacée, qu'il avait vociféré et était allé se plaindre ; la malheureuse avait la voix qui tremblait, elle était au bord des larmes ; cette fois, je me mis en colère. Je ne comprenais que trop bien que Mme Marie, qui s'était jusqu'alors amusée de cette partie de cache-cache (plutôt par sympathie pour moi que par franche gaieté), se sentît maintenant offensée et vît naturellement en moi la cause de ses ennuis. Et si j'ajoutais à ces griefs le fait que Mme Marie avait dû révéler l'adresse de ma mansarde, que l'on avait tambouriné à ma porte pendant dix minutes et que l'on avait effrayé Klara, ma colère tournait à la fureur.

Et comme j'étais là, à arpenter le bureau de Mme Marie, à me mordre les lèvres, à bouillonner, à imaginer une vengeance, la porte s'ouvre et M. Zaturecky paraît.

Dès qu'il m'aperçut, son visage s'illumina de bonheur. Il s'inclina et me dit bonjour.

Il arrivait trop tôt, avant que j'aie eu le temps de méditer ma vengeance.

Il me demanda si l'on m'avait remis son message de la veille.

Je ne dis rien.

Il répéta sa question.

« Oui, répondis-je enfin.

— Et vous allez l'écrire, cette note ? »

Je le voyais devant moi : chétif, têtu, redoutable ; je voyais la ride verticale qui dessinait sur son front le trait d'une unique passion ; je voyais ce trait et je compris que c'était une rectiligne déterminée par deux points : par ma note de lecture et par son article ; et que, hormis le vice de cette ligne maniaque, rien n'existait pour lui dans la vie qu'une ascèse digne d'un saint. Et je cédai à une malveillance salvatrice.

« J'espère que vous comprenez que je n'ai plus rien à vous dire après ce qui s'est passé hier, dis-je.

— Je ne vous comprends pas.

— Ne jouez pas la comédie. Elle m'a tout dit. C'est inutile de nier.

— Je ne vous comprends pas », répéta de nouveau le petit homme, mais d'un ton plus énergique, cette fois.

Je pris un ton jovial et presque amical : « Écoutez, monsieur Zaturecky, je ne veux pas vous faire de reproches. Moi aussi, je suis coureur et je vous comprends. Moi aussi, à votre place, je ferais volontiers des propositions à une jolie fille, si je me trouvais seul avec elle dans un appartement et qu'elle soit nue sous un imperméable. »

Le petit homme blêmit : « C'est une insulte !

— Non, c'est la vérité, monsieur Zaturecky.

— C'est cette dame qui vous a dit cela ?

— Elle n'a pas de secrets pour moi.

— Camarade assistant, c'est une insulte, je suis un homme marié ! J'ai une femme ! J'ai des enfants ! » Le petit homme fit un pas en avant, m'obligeant à reculer.

« C'est une circonstance aggravante, monsieur Zaturecky.

— Que voulez-vous dire ?

— Je veux dire que le fait d'être marié est une circonstance aggravante pour un coureur de femmes.

— Vous retirerez ces paroles ! dit M. Zaturecky d'un ton de menace.

— Entendu ! dis-je conciliant. Le mariage n'est pas nécessairement une circonstance aggravante pour un coureur de femmes. Mais peu importe. Je vous ai dit que je ne vous en voulais pas et que je vous comprenais parfaitement. Mais il y a tout de même une chose qui me dépasse, c'est que vous puissiez exiger qu'un homme rédige une note de lecture sur votre article, alors que vous essayez de séduire son amie.

— Camarade assistant ! C'est M. Kalousek, docteur ès lettres, rédacteur en chef de la revue *La Pensée plastique*, périodique publié sous les auspices de l'Académie des sciences, qui vous réclame cette note et vous devez l'écrire !

— Choisissez ! Ma note de lecture ou mon amie. Vous ne pouvez pas vouloir l'une et l'autre !

— Comme vous vous conduisez ! » s'écria M. Zaturecky, en proie à une colère désespérée.

Chose étrange, j'avais tout à coup le sentiment que M. Zaturecky avait réellement eu l'intention de séduire Klara. J'éclatai et me mis à crier à mon tour : « Vous vous permettez de me faire la morale ? Vous qui devriez me présenter vos plus plates excuses devant notre secrétaire ! »

Je tournai le dos à M. Zaturecky qui sortit de la pièce en titubant, désemparé.

« À la bonne heure ! » dis-je avec un soupir après ce combat difficile mais victorieux, et j'ajoutai à l'intention de Mme Marie : « Je pense qu'il va me fiche la paix avec cette note de lecture, maintenant ! »

Après un moment de silence, Mme Marie me demanda timidement :

« Et pourquoi ne voulez-vous pas lui rédiger cette note ?

— Parce que son article, ma petite Marie, est un tissu d'âneries.

— Et pourquoi n'écrivez-vous pas une note pour dire que c'est un tissu d'âneries ?

— Et pourquoi est-ce à moi de l'écrire ? Pourquoi faut-il que ce soit moi qui me fasse des ennemis ? »

Mme Marie me regardait avec un long sourire indulgent quand la porte s'ouvrit de nouveau ; M. Zaturecky parut, le bras tendu devant lui :

« On verra qui présentera des excuses à l'autre ! »

Il éructa ces mots d'une voix chevrotante et disparut.

7

Je ne me souviens pas exactement, le jour même ou quelques jours plus tard, nous trouvâmes dans la boîte une enveloppe sans adresse. Cette enveloppe contenait une feuille où l'on pouvait lire ces mots tracés d'une grosse écriture maladroite : Madame ! Venez chez moi dimanche pour que nous parlions de l'injure qui a été faite à mon mari ! Je serai à la maison toute la journée. Si vous ne venez pas, je me verrai dans l'obligation d'agir. Anna Zaturecky, Prague III, Dalimolova 14.

Klara prit peur et commença à dire que j'étais responsable. Je balayai ses craintes d'un revers de main et proclamai que le sens de la vie c'est justement de s'amuser avec la vie, et que si la vie est trop paresseuse pour cela il faut lui donner un léger coup de pouce. L'homme doit constamment seller de nouvelles aventures, cavales intrépides sans lesquelles il se traînerait dans la poussière comme un fantassin fatigué. Quand Klara répondit qu'elle avait l'intention de ne seller aucune aventure, je lui garantis qu'elle ne rencontrerait jamais M. Zaturecky ni son épouse, et que l'aventure que j'avais moi-même choisi de chevaucher je la dompterais sans l'aide de personne.

Au matin, au moment où nous sortions de l'immeuble, le concierge nous arrêta. Le concierge n'est pas un ennemi. Je lui avais sagement donné cinquante couronnes quelque temps plus tôt et je vivais depuis lors avec l'agréable conviction qu'il avait appris à m'ignorer et ne versait pas de l'huile sur le feu qu'entretenaient contre moi mes ennemis de l'immeuble.

« Deux personnes vous ont cherchés hier, dit-il.

— Qui ça ?

— Un nabot avec sa dame.

— Comment était la dame ?

— Elle avait deux têtes de plus que lui. Une femme très énergique. Sévère. Elle a demandé des renseignements sur tout. » Puis, s'adressant à Klara : « Surtout sur vous. Elle voulait savoir qui vous êtes et comment vous vous appelez.

— Grand Dieu, qu'est-ce que vous lui avez dit ? s'écria Klara.

— Que voulez-vous que je lui réponde ? Est-ce que je sais qui vient chez M. l'assistant ? Je lui ai dit qu'il en avait une nouvelle tous les soirs.

— C'est parfait, dis-je, et je sortis un billet de dix couronnes de ma poche. Continuez comme ça !

— Ne crains rien, dis-je ensuite à Klara, dimanche tu n'iras nulle part et personne ne te mettra la main dessus. »

Vint le dimanche, et après le dimanche, le lundi, le mardi, le mercredi. Il ne se passa rien. « Tu vois », dis-je à Klara.

Mais le jeudi arriva. J'expliquai à mes étudiants, à l'occasion d'un cours comme à l'ordinaire clandestin, comment les jeunes fauves, avec ferveur et dans un généreux coude à coude, avaient libéré la couleur de l'impressionnisme descriptif, quand Mme Marie vint ouvrir la porte et me dit à mi-voix : « La femme de ce Zaturecky vous demande ! — Vous savez bien que je ne suis pas là, montrez-lui l'emploi du temps. » Mais Mme Marie hocha la tête : « J'ai dit que vous n'étiez pas là, mais elle a jeté un coup d'œil dans votre bureau et elle a vu votre imperméable accroché au portemanteau. Et elle vous attend toujours dans le couloir. »

Une impasse est le lieu de mes plus belles inspirations. Je dis à mon étudiant préféré : « Pouvez-vous me rendre service ? Allez dans mon bureau, mettez mon imperméable et sortez de la faculté ! Une femme va essayer de vous démontrer que vous c'est moi, mais vous avez justement pour mission de le nier à tout prix. »

L'étudiant sortit et revint un quart d'heure plus tard. Il m'annonça que la mission était accomplie, la voie libre et la dame envolée.

Pour cette fois, j'avais gagné.

Mais le vendredi arriva et en rentrant de son travail, le soir, Klara tremblait.

Ce jour-là, le monsieur courtois qui reçoit les clientes dans le joli salon de l'entreprise de confection ouvrit brusquement la porte qui donne sur le fond de l'atelier où Klara travaille, penchée sur sa machine à coudre, en compagnie de quinze autres ouvrières, et cria : « L'une d'entre vous est-elle domiciliée 5, rue du Château ? »

Klara comprit aussitôt qu'il s'agissait d'elle puisque 5, rue du Château, c'est mon adresse. Mais forte de la prudence que je lui ai soigneusement inculquée, elle ne broncha pas, car elle sait qu'elle habite chez moi clandestinement et que ça ne regarde personne. « C'est bien ce que je lui explique », dit le monsieur courtois voyant que les ouvrières se taisaient, et il sortit. Klara apprit ensuite qu'une sévère voix féminine l'avait obligé, au cours d'une conversation téléphonique, à examiner les adresses de toutes ses employées et s'était efforcée, un quart d'heure durant, de le convaincre que l'une d'elles devait habiter 5, rue du Château.

L'ombre de M. Zaturecky se posa sur notre mansarde idyllique.

« Mais comment a-t-elle fait pour découvrir où tu travailles ? Ici, dans l'immeuble, personne ne sait rien de toi ! » dis-je en élevant la voix.

Oui, j'étais réellement persuadé que personne ne savait rien de notre vie. Je vivais comme ces originaux qui croient échapper aux regards indiscrets, à l'abri de hautes murailles, car ils omettent de tenir compte d'un petit détail : que ces murailles sont de verre transparent.

Je soudoyais le concierge pour qu'il ne révèle pas que Klara logeait chez moi, j'astreignais Klara à la discrétion et à la clandestinité les plus rigoureuses, et malgré cela tout l'immeuble était informé de sa présence. Il suffisait qu'elle eût un jour engagé une conversation imprudente avec une locataire du deuxième étage, et l'on savait où elle travaillait.

Sans nous en douter, nous étions depuis longtemps découverts. Une seule chose restait encore ignorée de nos persécuteurs : le nom de Klara. C'est grâce à ce seul petit secret que nous pouvions encore échapper à Mme Zaturecky qui engageait la lutte avec un esprit méthodique et une obstination qui me donnaient la chair de poule.

Je compris que ça devenait sérieux ; que cette fois le cheval de mon aventure était joliment bien sellé.

8

Donc, cela c'était le vendredi. Et le samedi, quand Klara revint de son travail, elle était de nouveau toute tremblante. Voilà ce qui s'était passé :

Mme Zaturecky était venue, accompagnée de son mari, dans l'entreprise de confection où elle avait téléphoné la veille, et avait demandé au directeur l'autorisation de visiter l'atelier avec son mari et de voir le visage des couturières présentes. Certes, une telle requête surprit le camarade directeur, mais devant l'attitude de Mme Zaturecky, il était impossible de passer outre. Elle proféra quelques paroles inquiétantes où il était question de diffamation, de vie brisée et de procès. M. Zaturecky se tenait à côté d'elle, se taisait et fronçait les sourcils.

Donc, on les introduisit dans l'atelier. Les couturières levèrent la tête avec indifférence et Klara reconnut le petit homme ; elle blêmit et continua de coudre avec une trop voyante discrétion.

« Je vous en prie », dit le directeur avec une politesse ironique au couple pétrifié. Mme Zaturecky comprit qu'elle devait prendre l'initiative : « Eh bien, regarde ! » dit-elle, encourageant son mari. M. Zaturecky leva son regard sombre qu'il promena d'un bout à l'autre de la pièce. « Est-elle ici ? » demanda Mme Zaturecky à voix basse.

Même avec ses lunettes, M. Zaturecky n'avait pas le regard assez perçant pour embrasser d'un seul coup d'œil ce vaste local en désordre, encombré de tout un bric-à-brac et de vêtements accrochés à de longues barres horizontales, avec les ouvrières turbulentes qui n'arrivaient pas à se tenir immobiles face à la porte, mais tournaient le dos, bougeaient sur leurs chaises, se levaient ou détournaient le visage. M. Zaturecky dut finalement se décider à s'avancer dans l'atelier pour les examiner une à une.

Quand les femmes se virent ainsi dévisagées, et pour comble, par un personnage aussi peu désirable, elles éprouvèrent un sentiment confus de honte et exprimèrent leur indignation par des quolibets et de la grogne. L'une d'elles, une forte jeune femme, s'écria avec insolence : « Il cherche partout la salope qui l'a engrossé ! »

Le rire brutal et sonore des femmes s'abattit sur les deux époux qui l'affrontèrent, timides et obstinés, avec une étrange dignité.

« Maman, cria l'insolente à Mme Zaturecky, vous surveillez mal votre gamin ! Si j'avais un aussi beau gosse, il ne mettrait pas le nez dehors !

— Regarde », chuchotait l'épouse à l'époux, et le pauvre petit homme, d'un air morose et timide, faisait pas à pas le tour de l'atelier, comme s'il avançait entre une double haie de coups et d'insultes, mais d'une démarche ferme, sans omettre d'examiner un seul visage.

Le directeur, pendant toute cette scène, souriait d'un sourire neutre ; il connaissait ses ouvrières et savait qu'il n'en viendrait pas à bout ; affectant de ne pas entendre leur tapage, il demanda à M. Zaturecky : « Mais comment était-elle cette femme, à la fin ? »

M. Zaturecky se tourna vers le directeur et répondit d'une voix lente et grave : « Elle était belle… elle était très belle… »

Pendant ce temps, Klara se recroquevillait dans un coin de la pièce, et contrastait avec toutes ces femmes déchaînées, par son air inquiet, sa tête penchée, son activité fébrile. Ah, comme elle jouait mal son rôle de jeune fille insignifiante et effacée ! Et M. Zaturecky était maintenant à deux pas de sa machine ; d'un moment à l'autre, il allait la dévisager !

« Vous vous souvenez qu'elle était belle mais ça ne signifie rien, fit courtoisement observer le camarade directeur à M. Zaturecky. Il y a beaucoup de jolies femmes ! Était-elle grande ou petite ?

— Grande, dit M. Zaturecky.

— Était-elle brune ou blonde ?

— Elle était blonde », répondit M. Zaturecky après une seconde d'hésitation.

Cette partie de mon récit pourrait servir de parabole sur le pouvoir de la beauté. Le jour où M. Zaturecky avait vu Klara, chez moi, il en avait été à ce point ébloui qu'il ne l'avait en fait pas vue. La beauté interposait devant ses yeux une sorte de diaphragme opaque. Diaphragme de lumière qui la dissimulait comme un voile.

Car Klara n'est ni grande ni blonde. Seule la grandeur interne de la beauté pouvait lui prêter aux yeux de M. Zaturecky l'apparence de la grandeur physique. Et la lumière qui émane de la beauté prêtait à ses cheveux l'apparence de l'or.

Quand le petit homme arriva enfin dans l'angle de la pièce où Klara, en salopette marron, se penchait, crispée, sur les pièces d'une jupe, il ne la reconnut pas. Il ne la reconnut pas car il ne l'avait jamais vue.

9

Quand, d'une façon décousue et pas très intelligible, Klara eut achevé son récit, je lui dis : « Tu vois, nous avons de la chance ! »

Mais elle se rebiffa en sanglotant : « Comment, nous

qu'ils forment un ensemble cohérent qui illustre avec éloquence votre mentalité et votre attitude.

— Mais quel délit ! m'écriai-je. J'expliquerai publiquement les choses comme elles se sont passées ; si les êtres humains sont des êtres humains, ils ne pourront qu'en rire.

— Comme vous voudrez. Mais vous vous apercevrez que les êtres humains ne sont pas des êtres humains ou que vous ne saviez pas ce que sont les êtres humains. Ils ne riront pas. Si vous leur expliquez les choses comme elles se sont passées, on constatera non seulement que vous ne vous êtes pas acquitté de votre tâche comme il était prescrit dans l'emploi du temps, c'est-à-dire que vous n'avez pas fait ce que vous deviez faire, mais que, par-dessus le marché, vous avez fait vos cours clandestinement, c'est-à-dire que vous avez fait ce que vous ne deviez pas faire. On constatera ensuite que vous avez insulté un homme qui vous demandait de l'aider. On constatera que vous menez une vie dissolue, qu'une jeune fille loge chez vous sans être déclarée, ce qui produira une impression extrêmement défavorable sur la présidente du comité d'entreprise. La chose s'ébruitera certainement et Dieu sait quelles rumeurs cela va susciter, à la grande joie de tous ceux qui vous détestent pour vos idées mais préfèrent vous attaquer sous un autre prétexte. »

Je savais que le professeur ne cherchait ni à m'effrayer ni à m'induire en erreur, mais je le considérais comme un original et je ne voulais pas céder à son scepticisme. J'avais moi-même enfourché ce cheval ; je ne pouvais donc admettre qu'il m'arrache la bride des mains et m'emporte où il le jugeait bon. J'étais prêt à livrer bataille.

Et le cheval ne refusait pas la lutte. En rentrant chez moi, je trouvai dans la boîte aux lettres une convocation à la prochaine réunion du comité de rue.

10

Le comité de rue siégeait autour d'une longue table dans une ancienne boutique désaffectée. Un homme poivre et sel, à lunettes et au menton fuyant, me désigna une chaise. Je remerciai, je m'assis et il prit la parole. Il m'annonça que le comité de rue m'avait à l'œil depuis quelque temps, que l'on savait fort bien que je menais une vie dissolue, ce qui produisait une mauvaise impression sur mon entourage ; que les locataires de l'immeuble où j'habitais s'étaient déjà plaints de ne pas avoir pu fermer l'œil de toute une nuit à cause du tapage dans mon logement ; que tout cela suffisait pour qu'on se fît une juste idée de ma personne ; et que pour comble, la camarade Zaturecky, qui était la femme d'un travailleur scientifique, venait de solliciter l'aide du comité de rue : je devais depuis plus de six mois rédiger une note sur le travail scientifique de son mari et je ne l'avais pas fait, bien que je sache parfaitement que le sort de ce travail était entre mes mains.

« Il est difficile de qualifier ce travail de scientifique, c'est une compilation d'idées reçues ! fis-je observer, interrompant l'homme au menton fuyant.

— C'est curieux, camarade, intervint alors une blonde dans la trentaine, habillée en femme du monde, avec un sourire radieux collé (une fois pour toutes, semblait-il) sur son visage. Permettez-moi de vous poser une question : quelle est votre spécialité ?

— L'histoire de l'art.

— Et quelle est la spécialité du camarade Zaturecky ?

— Je n'en sais rien. Peut-être cherche-t-il à travailler dans le même domaine.

— Voyez-vous, s'écria la blonde en s'adressant avec enthousiasme aux autres membres du comité, pour le camarade un travailleur scientifique de sa spécialité n'est pas un camarade mais un concurrent.

— Je continue, dit l'homme au menton fuyant. La camarade Zaturecky nous a dit que son mari est venu te voir chez toi et y a rencontré une femme. Il paraît que cette femme l'a ensuite calomnié auprès de toi, en prétendant que le camarade Zaturecky avait cherché à abuser d'elle sexuellement. La camarade Zaturecky peut bien entendu produire des preuves irréfutables d'où il ressort que son mari est incapable d'un tel acte. Elle veut connaître le nom de cette femme qui a calomnié son mari et porter plainte auprès de la commission pénale du Comité national, car cette calomnie risque de nuire à son mari et de le priver de ses moyens d'existence. »

J'essayai tout de même encore une fois d'amputer cette affaire de sa pointe hypertrophiée : « Écoutez, camarade, dis-je, tout cela n'en vaut pas la peine. Le travail en question est tellement faible que personne n'accepterait de le recommander, pas plus que moi. Et s'il s'est produit un malentendu entre cette femme et M. Zaturecky, ce n'est tout de même pas une raison pour convoquer une réunion.

— Heureusement, camarade, ce n'est pas à toi de décider de l'opportunité de nos réunions, me répondit l'homme au menton fuyant. Et si tu prétends maintenant que le travail du camarade Zaturecky ne vaut rien, il nous faut considérer cela comme une vengeance. La camarade Zaturecky nous a fait lire une lettre que tu as écrite à son mari après avoir pris connaissance de son travail.

— Oui. Mais dans cette lettre je ne dis pas un mot de la qualité de cette étude.

— C'est exact. Mais tu as écrit au camarade Zaturecky que tu l'aiderais volontiers ; et il apparaît clairement à la lecture de ta lettre que tu appréciais son travail. Et tu dis maintenant que c'est une compilation. Pourquoi ne pas le lui avoir écrit tout de suite ? Pourquoi ne pas le lui avoir dit franchement ?

— Le camarade est un homme à double face », dit la blonde.

À ce moment une femme d'un certain âge avec une indéfrisable intervint dans la discussion ; elle aborda d'emblée le fond du problème : « Nous voudrions que tu nous dises, camarade, qui était cette femme que M. Zaturecky a rencontrée chez toi. »

Je compris qu'il n'était manifestement pas en mon pouvoir de retirer à cette affaire son absurde gravité et qu'il ne me restait plus qu'une issue : brouiller les traces, éloigner tous ces gens de Klara, les détourner d'elle, comme la perdrix qui détourne le chien de chasse de son nid en offrant son corps à la place du corps de ses petits.

« C'est fâcheux, dis-je, mais je ne me rappelle pas le nom de cette femme.

— Comment ? Tu ne te rappelles pas le nom de la femme avec qui tu vis ? demanda la femme à l'indéfrisable.

— Vous semblez avoir une conduite exemplaire avec les femmes, camarade, dit la blonde.

— Je pourrais peut-être m'en souvenir, mais il faudrait que je réfléchisse. Savez-vous quel jour M. Zaturecky est venu me voir ?

— C'était… une seconde s'il vous plaît, dit l'homme au menton fuyant en regardant dans ses papiers. C'était le 14, donc mercredi après-midi.

— Mercredi 14… Attendez… » Je pris ma tête entre mes mains et je réfléchis. « Bon, cette fois, je me souviens. C'était Hélène. » Je constatais qu'ils étaient tous suspendus à mes lèvres.

« Hélène… Bon, et ensuite ?

— Ensuite ? Malheureusement je n'en sais rien. Je n'ai pas voulu lui poser de questions. À vrai dire, je ne suis même pas certain qu'elle s'appelait Hélène. Je l'appelais Hélène parce que son mari m'a paru roux comme Ménélas. J'ai fait sa connaissance mardi soir dans un dancing et j'ai réussi à échanger quelques mots avec elle pendant que son Ménélas prenait un cognac au bar. Elle est venue me voir le lendemain et elle a passé l'après-midi chez moi. Vers le soir, j'ai dû la quitter pour deux heures à cause d'une réunion à la faculté. Quand je suis rentré, elle était écœurée, elle m'a dit qu'un monsieur était venu et lui avait fait des propositions. Elle a cru que j'étais de connivence avec lui, elle s'est sentie offensée et n'a plus voulu entendre parler de moi. Alors, vous voyez, je n'ai même pas eu le temps d'apprendre son vrai nom.

— Camarade, que ce que vous dites soit vrai ou non, dit la blonde, il me semble parfaitement inconcevable qu'un homme comme vous puisse éduquer la jeunesse. Comment se fait-il que la vie dans notre pays ne vous incite qu'à boire et à séduire les femmes ? Soyez certain que nous ferons connaître sur ce point notre opinion à qui de droit.

— Le concierge ne nous a pas parlé d'une dénommée Hélène, intervint à son tour la femme à l'indéfrisable, mais il nous a dit que tu héberges depuis un mois, sans la déclarer, une jeune personne qui travaille dans une entreprise de confection. N'oublie pas que tu es en sous-location, camarade ! T'imagines-tu que tu peux loger n'importe qui ? Prends-tu ta maison pour un bordel ? Si tu ne veux pas nous donner son nom, la police saura bien le trouver. »

11

Le sol se dérobait sous mes pieds. Je commençais moi-même à sentir l'atmosphère de défaveur dont m'avait parlé le professeur. Certes, personne ne m'avait encore convoqué, mais j'entendais ici et là des allusions et Mme Marie, dans le bureau de qui les professeurs venaient prendre le café et ne faisaient guère attention à leur langue, me révélait certaines choses avec compassion. La commission devait se réunir dans quelques jours et recevait de toutes parts avis et appréciations ; j'imaginais les membres de la commission en train de lire le rapport du comité de rue, ce document dont je ne savais qu'une chose : il était secret et je ne pouvais formuler aucune remarque à son sujet.

Il y a des moments dans la vie où il faut battre en retraite. Où il faut abandonner les positions les moins importantes pour sauvegarder les positions vitales. Or, l'ultime position me semblait être mon amour. Oui, en ces jours mouvementés, je commençais soudain à comprendre que j'aimais ma couturière, que je l'aimais vraiment.

Ce jour-là, je lui avais donné rendez-vous devant une église. Pas à la maison, non. Car la maison était-elle la maison ? Une pièce aux murs de verre peut-elle être encore une maison ? Une pièce que des observateurs surveillent à la jumelle ? Une pièce où vous devez dissimuler, comme une marchandise de contrebande, la femme que vous aimez ?

Chez nous donc, nous n'étions pas chez nous. Nous nous faisions l'effet d'intrus qui se sont introduits dans un territoire étranger et risquent à tout moment d'être assaillis, nous perdions notre sang-froid dès que retentissaient des pas dans le couloir, nous nous attendions à chaque instant que quelqu'un cogne à la porte, et avec insistance. Klara était retournée à Celakovice et nous n'avions plus envie de nous retrouver, même pour quelques instants, dans ce chez-nous qui nous était devenu étranger. C'est pourquoi j'avais demandé à un ami peintre de me prêter son atelier pour la soirée. Et ce jour-là, c'était la première fois qu'il m'en confiait la clé.

Donc nous nous retrouvâmes sous les toits, dans une immense pièce avec un unique petit divan et une vaste fenêtre en plan incliné, d'où l'on découvrait Prague dans la lumière du soir ; au milieu d'une quantité de tableaux appuyés le long des murs, dans cette crasse et ce désordre insouciant d'artiste, je retrouvai d'un seul coup mes anciennes impressions de douce liberté. Je me vautrai sur le divan, enfonçai le tire-bouchon dans le bouchon et débouchai la bouteille de vin. Libre et gai, je bavardais et me réjouissais de la belle soirée et de la belle nuit que nous allions passer.

Seulement, l'angoisse qui venait de m'abandonner tomba de tout son poids sur Klara.

J'ai déjà dit qu'elle était venue s'installer chez moi sans le moindre scrupule, et même avec le plus grand naturel. Mais maintenant que nous nous trouvions pour quelques instants dans un atelier étranger, elle se sentait mal à l'aise. Plus que mal à l'aise. « Ça m'humilie, dit-elle.

— Qu'est-ce qui t'humilie ? demandai-je.

— Que tu aies emprunté un appartement.

— Pourquoi est-ce que ça t'humilie que j'aie emprunté un appartement ?

— Parce que ça a quelque chose d'humiliant.

— Nous ne pouvions pas faire autrement.

— Je sais, dit-elle, mais dans un appartement prêté je me fais l'effet d'une putain.

— Mon Dieu ! Pourquoi te fais-tu l'effet d'une putain parce que nous sommes dans un appartement prêté ? Les putains exercent généralement leur activité à domicile et pas dans un appartement prêté. »

Il était vain de s'attaquer rationnellement à la solide barrière de l'irrationnel dont est pétrie, comme on dit, l'âme féminine. Dès le début notre discussion s'engageait sous de mauvais auspices.

Je rapportai à Klara ce que m'avait dit le professeur, je lui racontai ce qui s'était passé au comité de rue et je tentai de la persuader que nous viendrions finalement à bout de tous les obstacles.

Klara garda un instant le silence puis affirma que j'étais responsable de tout. « Pourras-tu au moins me faire sortir de cet atelier de confection ? »

Je répondis qu'à présent il lui faudrait patienter un peu.

« Tu vois, dit Klara, ce n'étaient que des promesses et en fin de compte tu ne feras rien. Et maintenant je ne m'en sortirai pas, même si quelqu'un d'autre acceptait de m'aider, parce que par ta faute j'aurai un mauvais dossier. »

Je donnai à Klara ma parole d'honneur qu'elle n'aurait pas à pâtir de mes démêlés avec M. Zaturecky.

« Je n'arrive tout de même pas à comprendre, dit Klara, pourquoi tu refuses d'écrire cette note de lecture. Si tu l'écrivais, on serait tout de suite tranquilles.

— Il est de toute façon trop tard pour cela, Klara, dis-je. Si j'écris cette note de lecture maintenant, ils prétendront que je condamne ce travail par vengeance, et ils seront encore plus déchaînés.

— Et pourquoi faut-il que tu condamnes ce travail ? Donne un avis favorable !

— Je ne peux pas faire cela, Klara. Cet article est impossible.

— Et puis après ? Ça te va bien de jouer les défenseurs de la vérité ! Est-ce que ce n'était pas un mensonge quand tu as écrit à ce bonhomme que tes avis n'avaient aucun poids à *La Pensée plastique* ? Est-ce que tu n'as pas menti quand tu lui as dit qu'il avait essayé de me séduire ? Est-ce que tu n'as pas menti quand tu as parlé de cette Hélène ? Alors, puisque tu as tellement menti, qu'est-ce que ça peut bien te faire de mentir une fois de plus et de donner un avis favorable sur son article ? C'est le seul moyen de tout arranger.

— Vois-tu, Klara, dis-je, tu t'imagines qu'un mensonge en vaut un autre, mais tu as tort. Je peux inventer n'importe quoi, me payer la tête des gens, monter toutes sortes de mystifications, faire toutes sortes de blagues, je n'ai pas l'impression d'être un menteur ; ces mensonges-là, si tu veux appeler cela des mensonges, c'est moi, tel que je suis ; avec ces mensonges-là, je ne dissimule rien, avec ces mensonges-là je dis en fait la vérité. Mais il y a des choses à propos desquelles je ne peux pas mentir. Il y a des choses que je connais à fond, dont j'ai compris le sens, et que j'aime. Je ne plaisante pas avec ces choses-là. Mentir là-dessus, ce serait m'abaisser moi-même, et je ne le peux pas, n'exige pas ça de moi, je ne le ferai pas. »

Nous ne nous comprîmes pas.

Mais j'aimais vraiment Klara et j'étais résolu à tout faire pour qu'elle ne me reproche rien. Dès le lendemain, j'écrivis à Mme Zaturecky une lettre où je lui disais que je l'attendrais à deux heures, le jour suivant, dans mon bureau.

12

Fidèle à son esprit méthodique, Mme Zaturecky frappa à la porte de mon bureau exactement à l'heure fixée. J'ouvris la porte et l'invitai à entrer.

Donc je la voyais enfin. C'était une grande femme, très grande, et deux yeux bleu pâle se détachaient de son visage maigre et oblong de paysanne.

« Débarrassez-vous », lui dis-je, et elle retira avec des

gestes maladroits un long manteau marron foncé, serré à la taille et bizarrement coupé, qui m'évoquait l'image des vieilles capotes militaires.

Je ne voulais pas attaquer le premier ; je voulais que l'adversaire commence par abattre son jeu. Quand Mme Zaturecky fut assise, je l'incitai en quelques mots à engager la discussion.

Elle dit d'une voix grave et sans aucune agressivité : « Vous savez pourquoi je vous cherchais. Mon mari a toujours eu pour vous beaucoup d'estime, et pour l'homme et pour le savant. Tout dépendait de votre note de lecture. Et vous avez refusé de la rédiger. Mon mari a consacré trois années entières à ce travail. Il a eu la vie plus dure que vous. Il était instituteur, il faisait soixante kilomètres tous les jours pour aller enseigner à la campagne. C'est moi qui l'ai obligé à prendre un congé l'année dernière, pour qu'il puisse se consacrer exclusivement à la science.

— M. Zaturecky ne travaille pas ? demandai-je.

— Non…

— Et de quoi vivez-vous ?

— Pour le moment, il faut que je joigne les deux bouts toute seule. La science, c'est sa passion. Si vous saviez tout ce qu'il a étudié. Si vous saviez tout le papier qu'il a noirci. Il dit toujours qu'un véritable savant doit écrire trois cents pages pour n'en garder qu'une trentaine. Puis il y a eu cette femme. Croyez-moi, je le connais, il ne ferait certainement pas une chose comme celle dont cette femme l'a accusé, qu'elle répète cela devant nous ! Je connais les femmes, il se peut qu'elle vous aime et que vous ne l'aimiez pas. Elle voulait peut-être éveiller votre jalousie. Mais vous pouvez me croire, jamais mon mari n'aurait osé ! »

Tandis que j'écoutais Mme Zaturecky, il m'arriva soudain quelque chose d'étrange : j'oubliai qu'à cause de cette femme j'allais être obligé de quitter la faculté, qu'à cause de cette femme une ombre s'était glissée entre Klara et moi, qu'à cause de cette femme j'avais passé tant de journées dans la colère et les tourments. Tout lien entre elle et l'histoire où nous jouions tous deux je ne sais quel triste rôle me semblait maintenant confus, lâche, fortuit. Je comprenais soudain que ce n'était de ma part qu'une illusion si je m'étais imaginé que nous sellions nous-mêmes la cavale de nos aventures et que nous en dirigions nous-mêmes la course ; que ces aventures ne sont peut-être pas du tout les *nôtres*, mais nous sont en quelque sorte imposées de *l'extérieur*; qu'elles ne nous caractérisent en aucune manière ; que nous ne sommes nullement responsables de leur cours étrange ; qu'elles nous entraînent, étant elles-mêmes dirigées on ne sait d'où par on ne sait quelles forces étrangères.

D'ailleurs, quand je regardais Mme Zaturecky dans les yeux, il me semblait que ces yeux ne pouvaient voir jusqu'au terme des actes, que ces yeux ne regardaient pas du tout ; qu'ils ne faisaient que flotter à la surface du visage.

« Vous avez peut-être raison, madame Zaturecky, dis-je d'un ton conciliant. Peut-être que mon amie a menti. Mais vous savez ce que c'est qu'un homme jaloux ; je l'ai crue et mes nerfs ont cédé. Ce sont des choses qui arrivent à tout le monde.

— Oui, bien sûr que oui, dit Mme Zaturecky, visiblement soulagée d'un grand poids. Puisque vous le reconnaissez vous-même, c'est bien. Nous avions peur que vous ne croyiez cette femme. Elle aurait pu gâcher toute la vie de mon mari. Je ne parle même pas de l'ombre que cela projette sur lui du point de vue moral. Cela, on l'aurait encore supporté. Mais mon mari attend tout de votre note de lecture. On lui a assuré, à la rédaction de cette revue, que cela ne dépendait que de vous. Mon mari est persuadé que si son article était publié, il serait enfin admis à la Recherche scientifique. Allez-vous rédiger cette note, maintenant que tout est éclairci ? Et pouvez-vous le faire rapidement ? »

Le moment de me venger et d'apaiser ma colère était enfin venu, mais à cette minute je n'éprouvais plus aucune colère, et ce que je dis à Mme Zaturecky, je le dis parce que je ne pouvais plus me dérober : « Madame Zaturecky, en ce qui concerne cette note, il y a une difficulté. Je vais vous expliquer franchement comment tout cela s'est passé. Je déteste dire en face des choses désagréables. C'est ma faiblesse. J'ai tout fait pour ne pas rencontrer M. Zaturecky et je pensais qu'il finirait par comprendre pourquoi je l'évitais. La vérité, c'est que son étude est faible. Elle n'a aucune valeur scientifique. Me croyez-vous ?

— C'est une chose que j'ai peine à croire. Non, je ne vous crois pas, dit Mme Zaturecky.

— D'abord ce travail n'est pas du tout original. Comprenez-vous ? Un savant doit toujours apporter quelque chose de nouveau ; un savant n'a pas le droit de copier des choses déjà connues, ce que d'autres ont écrit.

— Mon mari n'a certainement pas copié cet article.

— Madame Zaturecky, vous l'avez sûrement lu… » Je voulais continuer, mais Mme Zaturecky m'interrompit.

« Non, je ne l'ai pas lu. »

J'étais surpris. « Dans ce cas, lisez-le.

— J'ai une mauvaise vue, dit Mme Zaturecky. Je n'ai pas lu une seule ligne depuis cinq ans, mais je n'ai pas besoin de lire pour savoir si mon mari est honnête ou non. Ce sont des choses que l'on sent, on n'a pas besoin de lire pour ça. Je connais mon mari, comme une mère connaît son enfant, je sais tout de lui. Et je sais que tout ce qu'il fait est toujours honnête. »

Il me fallut subir le pire, je lus à Mme Zaturecky quelques passages de l'article de son mari et les passages correspondants de différents auteurs auxquels M. Zaturecky avait emprunté les idées. Bien entendu, il ne s'agissait pas de plagiat délibéré, mais plutôt d'une soumission aveugle à des autorités qui inspiraient à M. Zaturecky un respect sincère et démesuré. Il était toutefois évident qu'aucune revue scientifique sérieuse ne pouvait publier ce texte.

Je ne sais dans quelle mesure Mme Zaturecky prêtait attention à mes explications, dans quelle mesure elle les suivait et les comprenait. Elle était docilement assise dans son fauteuil, soumise et obéissante comme un soldat qui sait qu'il ne doit pas abandonner son poste. Je parlai une bonne demi-heure. Puis elle se leva de son fauteuil, fixa sur moi ses yeux translucides et me pria d'une voix blanche de l'excuser. Mais je savais qu'elle n'avait pas perdu foi en son mari. Adressait-elle des reproches à quelqu'un, c'était à elle-même, pour ne pas avoir fait front à mes arguments qui lui paraissaient obscurs et incompréhensibles. Elle enfila sa capote militaire et je compris que cette femme était un soldat, un soldat corps et âme, un soldat triste et fidèle, un soldat fatigué par de longues campagnes, un soldat qui n'était pas capable de comprendre le sens des ordres mais les exécuterait toujours sans regimber, un soldat qui partait vaincu, mais sans tache.

13

« Et maintenant, tu n'as plus rien à craindre », dis-je à Klara à la Taverne dalmate, après lui avoir rapporté ma conversation avec Mme Zaturecky.

« Je ne vois pas ce que j'avais à craindre, répondit Klara avec une assurance qui me surprit.

— Comment cela ? Si ça n'avait pas été pour toi, je n'aurais jamais rencontré Mme Zaturecky !

— C'est une bonne chose que tu l'aies rencontrée, parce que c'est très mal ce que tu as fait à ces gens-là. Le docteur Kalousek dit qu'un homme sensé peut difficilement le comprendre.

— Quand as-tu vu Kalousek ?

— Je l'ai vu, dit Klara.

— Et tu lui as tout raconté ?

— Et après ? C'est un secret peut-être ? Maintenant je sais fort bien ce que tu es.

— Ah oui ?

— Veux-tu que je te le dise ?

— Je t'en prie.

— Tu es un cynique stéréotypé.

— Est-ce Kalousek qui t'a dit cela ?

— Pourquoi Kalousek ? Tu crois que je ne peux pas trouver ça toute seule ? Tu me crois incapable de voir clair dans ton jeu ? Tu aimes bien mener les gens en bateau. Tu as promis une note de lecture à M. Zaturecky…

— Je ne lui ai jamais promis de note de lecture…

— Et moi, tu m'as promis une place. Tu t'es servi de moi contre M. Zaturecky et de M. Zaturecky contre moi. Mais si tu veux savoir, je l'aurai tout de même, cette place.

— Grâce à Kalousek ? » Je m'efforçais d'être sarcastique.

« Certainement pas grâce à toi ! Toi tu es brûlé partout, tu ne peux même pas savoir à quel point.

— Et toi, tu le sais ?

— Oui, ton contrat ne sera pas renouvelé et tu pourras t'estimer heureux si on t'accepte comme employé dans une galerie de province. Mais il faut que tu comprennes que tout cela est arrivé par ta faute. Si je peux te donner un conseil, à l'avenir, tu ferais mieux d'être sincère et de ne pas mentir, parce qu'une femme ne peut pas avoir d'estime pour un homme qui ment. »

Elle se leva, me tendit la main (visiblement pour la dernière fois), me tourna le dos et sortit.

Il me fallut encore un moment pour comprendre que mon histoire (malgré le silence glacial qui m'entourait) n'est pas du genre tragique, mais plutôt comique.

Ce qui m'apporta une sorte de consolation.

LA POMME D'OR
DE L'ÉTERNEL DÉSIR

MARTIN

Martin est capable de choses dont je suis incapable. D'accoster n'importe quelle femme dans n'importe quelle rue. Je dois avouer que depuis que je le connais (et cela fait pas mal de temps), j'ai beaucoup profité de son talent, car j'aime les femmes tout autant que lui mais je n'ai pas son impétueuse audace. En revanche, Martin a commis la faute de réduire l'accostage à un exercice de virtuosité devenu une fin en soi. De sorte qu'il se compare souvent, non sans une certaine amertume, à l'attaquant généreux passant des balles sûres à son coéquipier qui marque ainsi des buts faciles et récolte une gloire bon marché.

Lundi après-midi à la sortie de mon travail, je l'attendais dans un café de la place Saint-Venceslas, absorbé dans la lecture d'un gros livre allemand qui traite de l'ancienne culture étrusque. Il avait fallu plusieurs mois à la bibliothèque de l'université pour me procurer cet ouvrage qu'elle avait emprunté pour moi en Allemagne ; comme, ce jour-là, je venais enfin de le recevoir, je le portais avec moi telle une relique et j'étais au fond tout à fait content que Martin se fît attendre, et de pouvoir feuilleter sur une table de café le bouquin tant désiré.

Je ne peux songer à ces vieilles cultures antiques sans une sorte de nostalgie. De nostalgie et aussi d'envie à la pensée, sans doute, de la douce lenteur de l'histoire de ce temps. L'ancienne culture égyptienne occupe plusieurs millénaires, l'Antiquité grecque a duré près de mille ans. À cet égard, la vie humaine imite l'Histoire : elle est d'abord enfouie dans une immobile lenteur, puis, peu à peu et de plus en plus, elle s'accélère. Il y a deux mois, Martin a franchi la quarantaine.

L'AVENTURE COMMENCE

C'est lui qui coupa court à ma méditation. Il apparut soudain dans la porte vitrée de la brasserie et s'avança vers moi, avec des grimaces et des gestes expressifs en direction d'une jeune fille assise à une table devant une tasse de café. Il s'assit près de moi sans la quitter des yeux et me demanda : « Qu'en dis-tu ? »

Je me sentis honteux. C'était vrai ; j'étais si profondément plongé dans mon livre que je n'avais pas encore remarqué la jeune fille ; il fallait admettre qu'elle était belle. Au même moment, elle redressa le buste, appela le maître d'hôtel au nœud papillon noir : elle voulait payer.

« Paye, toi aussi ! » m'ordonna Martin.

Nous pensions déjà qu'il faudrait courir après elle dans la rue, mais nous eûmes la chance qu'elle s'arrête encore au vestiaire. Elle y avait laissé un sac qu'une employée alla chercher je ne sais où avant de le poser devant elle sur le comptoir. Puis la jeune fille tendit quelques pièces de dix centimes à l'employée et, à ce moment-là, Martin m'arracha des mains mon gros livre allemand.

« Mettons ça ici, dit-il avec un naturel souverain, et il rangea soigneusement le livre dans le sac de la demoiselle qui sembla étonnée mais ne sut que dire.

— Ce n'est pas facile de tenir ce truc à la main », dit encore Martin, et il me reprocha de ne pas savoir me conduire, car la jeune fille s'apprêtait à porter elle-même le sac.

Elle était infirmière dans un hôpital de province. Elle n'avait fait qu'un saut à Prague et devait se dépêcher pour reprendre son car. Il nous suffit de l'accompagner jusqu'à l'arrêt du tram pour apprendre l'essentiel à son sujet et convenir que nous viendrions à B… le samedi suivant, afin de retrouver cette charmante demoiselle qui devait certainement avoir une jolie collègue, comme Martin ne manqua pas de le souligner avec éloquence.

Le tram arrivait lentement. Je tendis le sac à la jeune fille qui fit mine d'en retirer le livre, ce dont Martin l'empêcha d'un geste magnanime ; qu'elle nous le rende le samedi suivant et le feuillette d'ici là... Elle riait d'un rire gêné, le tram l'emportait et nous lui adressions de grands signes.

Je n'y pouvais rien. Le livre que j'avais si longtemps attendu se trouvait tout à coup dangereusement loin ; à considérer les choses froidement, c'était assez fâcheux ; mais je ne sais quelle folie me soulevait sur ses ailes promptement déployées. Martin, sans perdre une minute, se mit à chercher des prétextes à l'intention de sa femme pour le samedi après-midi et la nuit du samedi au dimanche (car c'est ainsi : Martin est marié, il a une femme jeune et, ce qui est pire, il l'aime ; et, ce qui est encore pire, il en a peur ; et, ce qui est encore bien pire, il a peur *pour* elle).

UN REPÉRAGE RÉUSSI

J'empruntai donc une jolie Fiat pour notre expédition, et le samedi à deux heures je vins prendre Martin devant chez lui ; il m'attendait et nous nous mîmes en route aussitôt. On était en juillet, il faisait affreusement chaud.

Nous voulions arriver à B... le plus tôt possible, mais quand nous aperçûmes, dans un village, deux jeunes gens en culotte de gymnastique et les cheveux mouillés, j'arrêtai la voiture. L'étang n'était pas loin, derrière les maisons. J'avais besoin de me rafraîchir ; Martin était d'accord.

Nous mîmes nos slips de bain et nous plongeâmes. J'eus vite atteint la rive opposée, mais Martin ne fit que se tremper, s'ébrouer et sortir. Au moment de reprendre pied sur la rive, après avoir traversé l'étang en sens inverse, je le trouvai perdu dans une profonde contemplation. Un groupe d'enfants s'ébattait bruyamment sur la berge, des jeunes du village jouaient au ballon un peu plus loin, mais Martin gardait les yeux rivés sur le corps vigoureux d'une jeune fille qui se tenait à une quinzaine de mètres de nous et nous tournait le dos. Elle fixait, dans une immobilité presque parfaite, l'eau de l'étang.

« Regarde, dit Martin.

— Je regarde.

— Et qu'en dis-tu ?

— Que veux-tu que j'en dise ?

— Tu ne sais pas ce que tu devrais en dire ?

— Il faut attendre qu'elle se retourne.

— Je n'ai pas besoin d'attendre qu'elle se retourne. Ce qu'elle montre de ce côté-ci me suffit amplement.

— D'accord ! mais nous n'avons pas le temps.

— Le repérage, répliqua Martin, le repérage ! » et il se dirigea vers un gamin qui enfilait une culotte de gymnastique. « Petit gars, s'il te plaît, tu ne sais pas comment s'appelle cette fille ? » Il désigna la jeune fille qui gardait toujours la même pose, en proie à une étrange apathie.

« Celle-là ?

— Oui, celle-là.

— Elle n'est pas d'ici », dit le gamin.

Martin s'adressa alors à une fillette d'une douzaine d'années qui prenait un bain de soleil à côté de nous.

« Petite, tu ne sais pas qui est cette fille, celle qui est debout au bord de l'eau ? »

La petite se leva docilement : « Celle-là, là-bas ?

— Oui.

— C'est Marie.

— Marie comment ?

— Marie Panek, de Pouzdrany… »

La jeune fille se tenait toujours au bord de l'étang, de dos par rapport à nous. Elle se penchait pour prendre son bonnet de bain et, quand elle se redressa et le mit sur ses cheveux, Martin était déjà près de moi : « C'est une nommée Marie Panek, de Pouzdrany. On peut partir. »

Il était tout à fait calme et rasséréné et ne pensait manifestement qu'à poursuivre le voyage.

UN PEU DE THÉORIE

C'est ce que Martin appelle le *repérage*. De sa vaste expérience, il a tiré la conclusion que le plus difficile, pour quiconque a dans ce domaine de grandes exigences numériques, n'est pas tant de *séduire* une jeune fille que de *connaître* un nombre suffisant de jeunes filles que l'on n'a pas encore séduites.

Il prétend donc que nous devons constamment, en tout lieu et en toute circonstance, procéder au repérage systématique des femmes ou, en d'autres termes, inscrire dans un carnet ou dans notre mémoire le nom des femmes qui nous ont plu et que nous pourrions un jour *aborder*.

L'*abordage* est un degré supérieur d'activité et signifie que l'on entre en contact avec telle ou telle, que l'on fait sa connaissance et que l'on s'en facilite l'accès.

Ceux qui, avec vantardise, aiment à se tourner vers le passé insistent sur le nombre de femmes *conquises* ; mais ceux qui regardent en avant, vers l'avenir, doivent d'abord se soucier de disposer d'un nombre suffisant de femmes *repérées* et *abordées*.

Il n'existe, au-delà de l'abordage, qu'un seul et dernier degré d'activité, et je me plais à souligner, pour faire plaisir à Martin, que ceux qui n'aspirent qu'à cet ultime degré sont des hommes misérables et inférieurs qui rappellent les footballeurs villageois que l'on voit s'élancer tête baissée vers les buts de l'adversaire, oubliant qu'il ne suffit pas pour marquer un but (et plusieurs buts) du désir frénétique de shooter, mais qu'il faut d'abord jouer un jeu consciencieux et systématique sur le terrain.

« Crois-tu que tu aies jamais l'occasion d'aller la voir à Pouzdrany ? demandai-je à Martin comme nous roulions de nouveau sur la route.

— On ne peut jamais savoir, répondit-il.

— En tout cas, fis-je observer à mon tour, la journée commence bien pour nous. »

LE JEU ET LA NÉCESSITÉ

Nous arrivâmes à l'hôpital de B… d'excellente humeur. Il était à peu près trois heures et demie. Nous fîmes appeler notre infirmière par téléphone, depuis la loge du concierge. Elle descendit un instant plus tard en coiffe d'infirmière et blouse blanche et je constatai qu'elle avait rougi, ce qui me parut un heureux présage.

Martin prit promptement la parole et la jeune fille nous annonça que son service se terminait à sept heures. Elle nous pria de l'attendre, à cette heure-là, devant l'hôpital.

« Avez-vous déjà parlé à votre collègue ? » demanda Martin, et la jeune fille acquiesça :

« Oui. Nous serons deux.

— Parfait, dit Martin, mais nous ne pouvons pas mettre mon ami devant le fait accompli.

— Bon, dit la jeune fille, on peut aller la voir. Elle est en chirurgie. »

Nous traversâmes lentement la cour de l'hôpital et je demandai timidement : « Avez-vous encore mon livre ? »

L'infirmière fit oui d'un signe de tête : elle l'avait encore et même ici, à l'hôpital. Je me sentis soulagé d'un poids et j'insistai pour qu'elle aille d'abord chercher le livre.

Bien entendu, Martin dut juger déplacé que je préfère, et si ouvertement, un livre à la femme qui allait m'être présentée, mais ce fut plus fort que moi. Je dois avouer que j'ai beaucoup souffert pendant ces quelques jours où le livre sur la culture étrusque s'est trouvé hors de portée de mon regard. Il m'a fallu un gros effort de volonté pour le supporter sans broncher, car je ne voulais en aucune circonstance gâcher le Jeu, cette valeur que j'ai appris à respecter depuis le temps de ma jeunesse et à laquelle je sais assujettir tous mes intérêts et désirs personnels.

Tandis que je retrouvais mon livre avec émotion, Martin continuait de discuter avec l'infirmière et était même allé si loin que la jeune fille lui avait promis d'emprunter pour la soirée le chalet d'un collègue, près de l'étang de Hoter. Nous étions tous trois on ne peut plus satisfaits et nous repartîmes vers le petit bâtiment vert qui abritait le service de chirurgie.

Juste à ce moment, une infirmière accompagnée d'un médecin traversait la cour en sens inverse. Ce médecin était un grand maigre ridicule aux oreilles décollées, ce qui me fascinait. Notre infirmière me donna un coup de coude et je me mis à ricaner. Quand le couple s'éloigna, Martin se tourna vers moi : « Tu en as de la chance, mon vieux. Tu ne mérites pas une fille aussi superbe ! »

Je n'osais répondre que je n'avais regardé que le grand maigre et j'exprimai donc une opinion flatteuse. D'ailleurs, ce n'était aucunement de ma part une marque d'hypocrisie. Je me fie plus au goût de Martin qu'à mon propre goût, car je sais que son goût est étayé par un *intérêt* beaucoup plus grand que le mien. J'aime en toute chose l'ordre et l'objectivité, y compris dans les choses de l'amour, et je fais beaucoup plus cas d'un connaisseur que d'un dilettante.

Certains jugeront peut-être qu'il est hypocrite, de la part de l'homme divorcé que je suis et qui raconte justement une de ses aventures (assurément pas exceptionnelle), de se qualifier de dilettante. Et pourtant : je suis un dilettante. On pourrait dire que je *joue* ce que Martin *vit*. Il me semble parfois que toute ma vie polygame n'est qu'une imitation des autres hommes ; je ne nie pas trouver un certain plaisir à cette imitation. Mais je ne peux m'empêcher de penser qu'il y a dans ce plaisir ce je-ne-sais-quoi de tout à fait libre, gratuit, révocable, qui caractérise la visite d'une galerie de tableaux ou la découverte de paysages exotiques et n'est nullement soumis à cet impératif catégorique que je pressens derrière la vie érotique de Martin. Ce qui m'en impose chez Martin, c'est bien cet impératif catégorique. Qu'il prononce un jugement sur une femme, il me semble que la Nature en personne, la Nécessité elle-même s'expriment par sa bouche.

LE RAYON DU FOYER

Quand nous sortîmes de l'hôpital, Martin me fit observer avec force que tout nous réussissait à merveille. Puis il ajouta : « Ce soir il faudra faire vite. Je veux être rentré à neuf heures. »

Les bras m'en tombèrent : « À neuf heures ? Mais cela signifie qu'il faudra partir d'ici à huit heures ! Il était inutile de venir, dans ces conditions ! Je pensais que nous avions toute la nuit devant nous !

— Pourquoi veux-tu que nous perdions notre temps ?

— Ça ne rime à rien d'être venus ici pour une heure. Que veux-tu faire de sept à huit ?

— Tout. Tu as entendu, j'ai trouvé un chalet. Dans ces conditions, ça marchera comme sur des roulettes. Tout dépend de toi, il faudra que tu te montres suffisamment résolu.

— Et peux-tu me dire pourquoi tu dois être rentré à neuf heures ?

— Je l'ai promis à Jarmila. Nous faisons notre partie de cartes tous les samedis soir avant de nous coucher.

— Grand Dieu ! soupirai-je.

— Jarmila a encore eu des ennuis hier à son travail et tu voudrais que je la prive de cette petite joie du samedi ? Tu le sais, c'est la meilleure femme que j'aie jamais connue. »

Et d'ajouter : « D'ailleurs, tu seras content d'avoir encore toute la nuit devant toi, à Prague. »

Je compris qu'il était inutile de discuter. Rien ne peut apaiser les craintes que Martin éprouve pour la tranquillité d'esprit de son épouse, et rien ne peut ébranler sa confiance dans les infinies possibilités érotiques de chaque heure et de chaque minute.

« Viens, me dit Martin. D'ici à sept heures, il nous en reste encore trois. Nous n'allons pas chômer ! »

LA SUPERCHERIE

Nous nous engageâmes dans la grande allée du jardin public qui sert de boulevard aux habitants de la ville. Nous examinâmes plusieurs couples de jeunes filles qui passaient près de nous ou étaient assises sur des bancs, mais nous étions mécontents de leurs caractéristiques.

Martin en aborda tout de même deux avec qui il engagea la conversation, prenant même rendez-vous, mais je savais que ce n'était pas sérieux. C'est ce qu'il appelle l'*abordage d'entraînement*, exercice auquel il se livre de temps à autre de peur de perdre la main.

Contrariés, nous sortîmes du jardin public et gagnâmes les rues qui s'enfonçaient dans le vide et l'ennui de la petite ville de province.

« Viens prendre quelque chose, dis-je à Martin. J'ai soif. »

Nous trouvâmes un bâtiment surmonté de l'inscription « Café ». Nous entrâmes, mais ce n'était qu'un self-service ; salle carrelée, froide et peu accueillante ; nous nous dirigeâmes vers le comptoir pour acheter à une dame rébarbative de l'eau colorée, que nous allâmes ensuite poser sur une table maculée de sauce qui aurait dû nous inciter à sortir au plus vite.

« Ne fais pas attention, dit Martin, la laideur a une fonction positive dans notre monde. Personne ne veut s'attarder nulle part, dès que l'on est dans un endroit on a hâte d'en sortir, ce qui donne à la vie le rythme souhaité. Mais ne nous y laissons pas prendre. Nous pouvons nous raconter pas mal de choses, protégés par la laideur tranquille de ce bistrot. » Il but sa limonade et me demanda : « As-tu déjà abordé ton étudiante en médecine ?

— Bien sûr que oui, dis-je.

— Et comment eѕt-elle ? Décris-la-moi bien. »

Je lui décrivis l'étudiante en médecine, ce qui ne me donna guère de mal, bien que l'étudiante en médecine n'existe pas. Oui. Cela projette sans doute sur moi un jour défavorable, mais c'est ainsi : *je l'ai inventée.*

On peut me croire sur parole : je n'ai pas agi pour de noirs motifs, pour briller devant Martin ou pour le faire marcher. J'ai inventé cette étudiante en médecine pour la simple raison que je ne pouvais plus résister à l'insistance de Martin.

Martin est extrêmement exigeant en ce qui concerne mon activité. Il est persuadé que je rencontre chaque jour de nouvelles femmes. Il me voit autre que je ne suis et si je lui disais franchement que je n'ai pas, de toute une semaine, possédé ou même effleuré une femme nouvelle, il me prendrait pour un hypocrite.

Je m'étais donc vu contraint de lui raconter, quelques jours plus tôt, que j'avais repéré une étudiante en médecine. Il avait paru satisfait et m'avait encouragé à passer à l'abordage. Ce jour-là il s'assura de mes progrès.

« Et c'est de la classe de qui ? C'est de la classe de... » Il ferma les yeux, cherchant dans la pénombre un point de comparaison ; puis il se souvint d'une amie commune : « ... c'est de la classe de Sylvie ?

— C'est beaucoup mieux », dis-je.

Martin s'étonna : « Tu plaisantes...

— C'est de la classe de ta Jarmila. »

Sa propre femme est pour Martin le critère suprême. Martin fut très satisfait de mon rapport et s'abandonna à la rêverie.

UN ABORDAGE RÉUSSI

Puis une jeune fille en pantalon de velours entra dans la salle. Elle s'avança vers le comptoir et attendit son eau colorée. Puis, elle s'arrêta à une table voisine de la nôtre, et elle but sans s'asseoir.

Martin se tourna vers elle : « Mademoiselle, dit-il, nous ne sommes pas d'ici et nous voudrions vous demander quelque chose. »

La jeune fille sourit. Elle était tout à fait jolie.

« Nous étouffons et nous ne savons que faire…

— Allez vous baigner !

— Justement. Nous ne savons pas où est la baignade dans cette ville.

— Il n'y en a pas.

— Comment cela ?

— Il y a bien une piscine, mais voilà un mois qu'elle est vide.

— Et la rivière ?

— On est en train de la draguer.

— Alors où peut-on se baigner ?

— Il n'y a que l'étang de Hoter, mais c'est au moins à sept kilomètres.

— Ce n'est rien ça, nous sommes en voiture, il suffirait que vous nous conduisiez.

— Vous serez notre nautonier, dis-je.

— Plutôt notre pilote, dit Martin.

— Notre étoile », dis-je.

La jeune fille, déconcertée, accepta finalement de nous accompagner ; mais elle avait encore une course à faire et il fallait qu'elle aille chercher son maillot de bain ; nous la retrouverions au même endroit une heure plus tard exactement.

Nous étions satisfaits. Nous la regardions s'éloigner, balançant joliment les fesses et secouant ses boucles noires.

« Tu vois, dit Martin, la vie est courte, il faut profiter de chaque minute. »

ÉLOGE DE L'AMITIÉ

Nous retournâmes dans le jardin public afin d'examiner les couples de jeunes filles assises sur les bancs, mais quand l'une était jolie, ce qui arrivait parfois, sa voisine ne l'était jamais.

« C'est une étrange loi de la nature, dis-je à Martin. La femme laide espère profiter de l'éclat de son amie plus jolie, et celle-ci espère briller d'un plus grand éclat sur le fond de la laideur ; il en résulte pour nous que notre amitié est soumise à d'incessantes épreuves. Et je suis très fier que nous ne laissions jamais ni au hasard ni à la compétition le soin de décider à notre place. Entre nous le choix est toujours une question de courtoisie. Chacun propose à l'autre la plus jolie fille, et nous ressemblons en cela à deux messieurs vieux jeu qui ne peuvent entrer dans une pièce car ils ne sauraient admettre que l'un précède l'autre.

— Oui, dit Martin, attendri. Tu es un véritable ami. Viens, asseyons-nous un moment. J'ai mal aux jambes. »

Et nous allâmes nous asseoir, le corps délicieusement renversé en arrière avec le soleil en pleine figure, et nous laissâmes le monde, pour quelques minutes, poursuivre sa course autour de nous sans nous en soucier.

LA PETITE JEUNE FILLE EN BLANC

Soudain Martin se dressa (mû sans doute par un sens mystérieux), le regard braqué sur l'allée solitaire du parc où avançait une jeune fille en robe blanche. Même à distance, alors que l'on ne distinguait pas encore nettement les proportions du corps et les traits du visage, on devinait en elle un charme particulier, difficile à saisir ; une sorte de pureté ou de tendresse.

Quand elle passa devant nous, nous constatâmes qu'elle était très jeune. Ce n'était ni une enfant ni une jeune fille, ce qui nous mit aussitôt dans un état d'extrême excitation. Martin se leva d'un bond : « Mademoiselle, je suis le metteur en scène Forman. Vous savez, le cinéaste. »

Il tendit la main à la petite jeune fille qui, avec une expression d'extrême stupeur dans les yeux, la serra.

Martin tourna la tête vers moi et dit : « Je vous présente mon cameraman.

— Je m'appelle Ondricek », dis-je, lui tendant la main à mon tour.

Elle s'inclina.

« Nous sommes bien embarrassés, mademoiselle. Je cherche ici des extérieurs pour mon prochain film. Mon assistant, qui connaît bien la région, devait nous attendre ici, mais il n'est pas venu. Nous nous demandons par où commencer notre visite de la ville et des environs. Mon cameraman, plaisanta Martin, étudie la question dans ce gros livre allemand, mais malheureusement il n'y trouvera rien. »

Cette allusion au livre dont j'avais été privé pendant toute une semaine m'agaça. Je passai à l'attaque contre mon metteur en scène : « Dommage que vous ne vous soyez pas intéressé davantage à ce livre. Si vous vous occupiez sérieusement de la préparation et ne laissiez pas tout le travail de documentation à vos cameramen, vos films seraient peut-être moins superficiels et contiendraient un peu moins d'erreurs. » Puis je présentai des excuses à la petite jeune fille : « Pardon, mademoiselle. Nous ne voulions pas vous importuner avec nos discussions professionnelles ; en effet, nous préparons un film historique sur la culture étrusque en Bohême.

— Oui, dit-elle en s'inclinant.

— C'est un livre passionnant, regardez ! »

Je tendis le livre à la petite jeune fille qui le prit avec une crainte presque religieuse et se mit à le feuilleter distraitement comme je semblai l'y inviter.

« Je crois que le château de Pchacek n'est pas loin d'ici, c'était le centre des Étrusques tchèques, mais comment y aller ? dis-je encore.

— C'est à deux pas, dit la petite jeune fille, et elle s'anima soudain car sa connaissance de la route de Pchacek lui offrait enfin un terrain plus solide dans ce dialogue un peu obscur.

— Comment ? Vous connaissez ce château ? demanda Martin, simulant un grand soulagement.

— Bien sûr, dit-elle. C'est à une heure d'ici.

— À pied ? dit Martin.

— Oui, à pied, dit-elle.

— Mais nous avons une voiture, dis-je.

— Soyez notre nautonier », dit Martin, mais je préférai ne pas continuer le rite habituel des jeux de mots, car j'ai un diagnostic psychologique plus sûr que Martin, et je sentis que des plaisanteries faciles risqueraient de nous nuire et qu'un sérieux total serait notre meilleur atout.

« Nous ne voulons pas abuser de votre temps, mademoiselle, dis-je, mais si vous aviez l'obligeance de nous consacrer une heure ou deux et de nous montrer les endroits que nous souhaitons voir dans la région, nous vous en serions très reconnaissants.

— Mais oui, dit la petite jeune fille, s'inclinant de nouveau. Je voudrais bien, mais… » À ce moment seulement nous constatâmes qu'elle tenait à la main un filet à provisions où il y avait deux laitues… « Il faut que je porte la salade à maman, mais c'est tout près d'ici et je reviens tout de suite.

— Bien sûr, il faut porter la salade à votre maman, dis-je. Nous vous attendons ici.

— Oui, j'en ai au plus pour dix minutes », dit-elle.

Elle s'inclina de nouveau et s'éloigna avec empressement.

« Saperlipopette ! dit Martin.

— De tout premier ordre, n'est-ce pas ?

— Je te crois. Je suis prêt à lui sacrifier les deux infirmières. »

LE PIÈGE D'UNE FOI EXCESSIVE

Dix minutes passèrent, puis un quart d'heure et la petite jeune fille ne revenait pas.

Martin me rassurait : « Sois sans crainte, s'il est une chose dont je suis certain, c'est qu'elle viendra. Notre numéro était parfaitement plausible et la petite était aux anges. »

J'étais aussi de cet avis, si bien que nous restions là à attendre, chaque minute avivant notre désir de cette adolescente encore enfant. De ce fait, nous avions laissé passer l'heure de notre rendez-vous avec la fille en pantalon de velours. Absorbés par l'image de la petite en blanc nous ne songions même pas à nous lever.

Et le temps passait.

« Écoute, Martin, je crois qu'elle ne viendra plus, dis-je enfin.

— Comment expliques-tu cela ? Elle nous a crus comme Dieu le Père.

— Oui. Et c'est justement cela notre malheur. Elle nous a *trop* crus.

— Et alors ? Tu voudrais peut-être qu'elle ne nous ait pas crus ?

— Ça aurait sans doute mieux valu. Une foi trop ardente est le pire des alliés. » Entraîné par cette idée je commençai un discours : « Dès que l'on prend une chose à la lettre, la foi pousse cette chose à l'absurde. Le véritable défenseur d'une politique ne prend jamais au sérieux les *sophismes* de cette politique, mais seulement les *objectifs pratiques* qui se dissimulent derrière ces sophismes. Car les clichés politiques et les sophismes ne sont pas faits pour qu'on y croie ; ils servent plutôt d'excuse tacitement convenue ; les naïfs qui les prennent au sérieux y découvriront tôt ou tard des contradictions, commenceront à se révolter et finiront ignominieusement dans la peau d'hérétiques ou de renégats. Non, une foi excessive n'apporte jamais rien de bon ; et pas seulement aux systèmes religieux et politiques ; même à notre système, dont nous nous sommes servis pour attirer cette petite jeune fille.

— Je ne te comprends plus, dit Martin.

— C'est pourtant bien compréhensible : nous n'étions plus pour cette petite que deux messieurs très sérieux et elle a voulu bien se conduire, en enfant bien élevée qui cède sa place aux personnes âgées dans le tram.

— Mais alors, pourquoi ne s'est-elle pas bien conduite jusqu'au bout ?

— Justement parce qu'elle nous a tellement crus. Elle a porté les salades à sa maman et lui a tout raconté avec enthousiasme : le film historique, les Étrusques en Bohême… Et la maman… »

Martin me coupa la parole : « Oui… Je comprends la suite. » Puis il se leva.

LA TRAHISON

Le soleil commençait à descendre lentement sur les toits de la ville ; le vent fraîchissait légèrement et nous étions tristes. Nous allâmes à tout hasard jusqu'au self-service pour voir si la fille en pantalon de velours nous y attendait encore. Bien entendu, elle n'y était pas. Il était six heures et demie. Nous redescendîmes vers la voiture. Nous nous prenions soudain pour deux hommes bannis d'une ville étrangère et de ses joies, et il ne nous restait plus qu'à chercher refuge dans notre voiture qui semblait jouir ici du privilège d'exterritorialité.

« Eh bien ! s'écria Martin, une fois dans la voiture. Ne fais pas cette tête d'enterrement ! Le principal est devant nous. »

J'avais envie de répondre que nous ne disposions que d'une heure pour le principal, à cause de sa Jarmila et de sa partie de cartes, mais je préférai me taire.

« D'ailleurs, ajouta Martin, la journée a été bonne. Repérage de la petite de Pouzdrany, abordage de la fille en pantalon de velours ; tout est prêt pour nous dans cette ville, nous n'avons plus qu'à revenir une autre fois. »

Je ne répondis rien. Oui. Le repérage et l'abordage étaient admirablement réussis. Tout cela était en ordre. Mais je pensai soudainement que Martin, hormis ces repérages et ces abordages, n'arrivait, depuis un an, à rien d'autre.

Je le regardais. Ses yeux brillaient comme à l'accoutumée de leur lueur éternellement avide ; je sentis à cette minute combien Martin m'est cher, combien je chéris la bannière derrière laquelle toute sa vie il a défilé : la bannière de l'éternelle poursuite des femmes.

Le temps passait et Martin dit : « Il est sept heures. »

Nous garâmes la voiture à une dizaine de mètres de la grille de l'hôpital, pour que je puisse observer l'entrée dans le rétroviseur.

Je continuais de penser à cette bannière. Je me disais que dans cette poursuite des femmes, à mesure que passent les années, il s'agit de moins en moins des femmes et de plus en plus de la poursuite en tant que telle. À condition qu'il s'agisse d'une poursuite d'avance *inutile*, on peut chaque jour poursuivre un nombre infini de femmes et faire ainsi de la poursuite une *poursuite absolue.* Oui : Martin se plaçait dans la situation de la poursuite absolue.

Nous attendions depuis cinq minutes. Les jeunes femmes ne venaient pas.

Cela ne m'inquiétait nullement. Qu'elles viennent ou qu'elles ne viennent pas n'avait aucune importance. Car, seraient-elles venues, pouvions-nous en une heure les conduire dans un chalet lointain, gagner leur confiance, coucher avec elles pour prendre poliment congé à huit heures et nous en aller ? Non, à partir du moment où Martin avait décidé que tout devait être terminé à huit heures, il avait transféré (comme tant de fois !) cette aventure dans le domaine du jeu illusoire.

Nous attendions depuis dix minutes. Personne ne se montrait à l'entrée de l'hôpital.

Martin s'indignait et criait presque : « Je leur donne encore cinq minutes, je n'attendrai pas davantage. »

Martin n'est plus jeune, pensais-je encore. Il aime fidèlement sa femme. Il mène, à vrai dire, la vie conjugale la plus rangée qui soit. C'est la réalité. Et, au-dessus de cette réalité, au niveau d'une innocente et touchante illusion, la jeunesse de Martin continue, jeunesse inquiète, turbulente et prodigue, réduite à un simple jeu qui ne parvient plus à franchir les lignes de son terrain pour atteindre la vie et devenir réalité. Et, comme Martin est le chevalier aveugle de la Nécessité, il convertit ses aventures en innocence du Jeu, *sans même s'en douter*; il continue d'y mettre toute son âme ardente.

Bon, me disais-je, Martin est prisonnier de son illusion, mais moi ? Mais moi ? Pourquoi est-ce que je l'assiste dans ce jeu ridicule ? Moi qui sais que tout cela n'est qu'un leurre ? Ne suis-je pas encore plus ridicule que Martin ? Pourquoi feindre d'espérer une aventure amoureuse quand je sais fort bien que je peux tout au plus m'attendre à perdre une heure, ratée d'avance, avec deux femmes inconnues et indifférentes ?

C'est alors que je vis dans le rétroviseur les deux jeunes femmes franchir la grille de l'hôpital. Même à cette distance, on distinguait l'éclat de la poudre et du rouge sur leur visage, elles étaient vêtues avec une élégance tapageuse et leur retard était certainement lié à leur mise si bien apprêtée. Elles regardaient autour d'elles et se dirigeaient vers notre voiture.

« Tant pis, Martin, dis-je, feignant de ne pas avoir vu les deux femmes. Le quart d'heure est passé. Partons. » Et j'appuyai sur l'accélérateur.

LE REPENTIR

Nous allions sortir de la ville de B…, passer les dernières maisons, pénétrer dans un paysage de champs et d'arbres, avec le soleil qui descendait sur les crêtes.

Nous nous taisions.

Je songeais à Judas Iscariote, dont un auteur spirituel a dit qu'il a trahi Jésus justement parce qu'il *croyait* infiniment en lui ; il n'a pas eu la patience d'attendre le miracle par lequel Jésus devait manifester à tous les Juifs sa puissance divine ; il l'a donc livré aux sbires pour le contraindre enfin à l'action. Il l'a trahi parce qu'il voulait hâter l'heure de sa victoire.

Hélas, me disais-je, si j'ai trahi Martin, c'est au contraire parce que j'ai cessé de croire en lui (et dans la puissance divine de sa course aux filles) ; je suis un hybride infâme de Judas Iscariote et de Thomas, celui qu'on appelle l'Incrédule. Je sentais que ma culpabilité augmentait encore ma sympathie pour Martin et que sa bannière de l'éternelle poursuite des femmes (cette bannière que l'on entendait frémir sans cesse au-dessus de nos têtes) m'attendrissait jusqu'aux larmes. Je commençais à me reprocher ma précipitation.

En effet, serai-je capable, un jour, de renoncer moi-même à ces gestes qui signifient la jeunesse ? Et que pourrai-je faire d'autre, sinon me contenter de les *mimer*, et tenter de trouver dans ma vie raisonnable un petit enclos pour cette activité déraisonnable ? Qu'importe que tout cela soit un jeu inutile ? Qu'importe que je le sache ? Vais-je renoncer à jouer le jeu, simplement parce qu'il est vain ?

LA POMME D'OR DE L'ÉTERNEL DÉSIR

Martin était à côté de moi sur son siège et se remettait lentement de son dépit.

« Écoute, me dit-il, ton étudiante en médecine, c'est vraiment de si grande classe ?

— Je te l'ai dit. De la classe de ta Jarmila. »

Martin me posa d'autres questions. Il fallut encore une fois que je lui décrive l'étudiante en médecine.

Puis il dit : « Tu pourrais peut-être me la passer, après ? »

Je voulus être vraisemblable : « Je crains que ce ne soit difficile. Ça la gênerait car tu es mon ami. Elle a des principes…

— Elle a des principes… » répéta Martin tristement, et je vis bien qu'il le déplorait.

Je ne voulais pas le tourmenter.

« À moins que je ne fasse semblant de ne pas te connaître, dis-je. Tu pourrais peut-être te faire passer pour quelqu'un d'autre.

— Bonne idée ! Par exemple, me faire passer pour Forman, comme aujourd'hui.

— Les cinéastes ne l'intéressent pas. Elle préfère les sportifs.

— Pourquoi pas ? dit Martin. Tout est possible », et nous étions de nouveau en pleine discussion. Le plan se précisait de minute en minute, il allait bientôt se balancer devant nos yeux, dans le soir qui commençait à tomber, comme une belle pomme mûre et radieuse.

Permettez que j'appelle cette pomme, avec une certaine emphase, la pomme d'or de l'éternel désir.

LE JEU DE L'AUTO-STOP

I

L'aiguille du compteur d'essence oscilla brusquement vers le zéro et le jeune chauffeur dit que c'était fou ce que ce cabriolet pouvait bouffer. « Pourvu qu'on ne tombe pas en panne d'essence comme la dernière fois », fit observer la jeune fille (d'environ vingt-deux ans) et elle lui rappela plusieurs endroits où cela s'était déjà produit. Le jeune homme répondit qu'il ne s'en faisait pas, car tout ce qui lui arrivait avec elle avait pour lui le charme de l'aventure. La jeune fille n'était pas de cet avis : quand ils tombaient en panne d'essence en rase campagne, c'était à l'entendre toujours une aventure pour elle et pour elle seule, car il se cachait et elle devait user et mésuser de ses charmes féminins : héler une voiture, se faire conduire jusqu'au poste d'essence le plus proche, puis arrêter une autre voiture et revenir avec un jerrican. Le jeune homme fit observer que les chauffeurs qui la prenaient à leur bord devaient être bien antipathiques pour qu'elle parle de sa mission comme d'une corvée. La jeune fille répondit (avec une coquetterie maladroite) qu'ils étaient parfois fort sympathiques mais qu'elle ne pouvait guère en profiter, encombrée qu'elle était avec le jerrican et obligée de les quitter sans avoir eu le temps de rien entreprendre. « Monstre », dit-il. Elle répliqua que s'il y avait un monstre, c'était lui. Dieu sait combien de jeunes femmes l'arrêtaient sur les routes quand il roulait seul ! Tout en conduisant, il lui enlaça les épaules et lui donna un baiser sur le front. Il savait qu'elle l'aimait et qu'elle était jalouse. La jalousie n'est pas un trait de caractère bien sympathique, mais si l'on se garde d'en abuser (si elle s'accompagne de modestie), elle a, en dépit de tous ses inconvénients, je ne sais quoi de touchant. Du moins le pensait-il. Parce qu'il n'avait que vingt-huit ans, il se croyait vieux et s'imaginait connaître des femmes tout ce qu'un homme peut en connaître. Ce qu'il appréciait chez la jeune fille assise à côté de lui, c'était justement ce qu'il avait jusqu'ici trouvé de plus rare chez les femmes : la pureté.

L'aiguille était déjà sur le zéro quand il aperçut à droite de la route un panneau indiquant qu'il y avait un poste d'essence à cinq cents mètres. À peine eut-elle annoncé qu'elle se sentait soulagée, il mettait son clignotant à gauche et montait sur le terre-plein devant les pompes à essence. Mais un énorme camion avec une grosse citerne était arrêté devant les pompes et les remplissait à l'aide d'un gros tuyau. « On tombe mal », dit-il, et il descendit. « Vous en avez pour longtemps ? cria-t-il au pompiste. — Pour une minute. — Pour une minute, on connaît ça. » Il voulait se rasseoir dans la voiture, mais il constata que la jeune fille était descendue par l'autre portière. « Excuse-moi, dit-elle. — Où vas-tu ? » demanda-t-il exprès pour la mettre dans l'embarras. Il y avait bien un an qu'ils se connaissaient, mais elle parvenait encore à rougir devant lui et il aimait beaucoup ses instants de pudeur ; primo, parce qu'ils la distinguaient des femmes qu'il avait connues avant elle, secundo, parce qu'il connaissait la loi de l'universelle fugacité qui lui rendait précieuse même la pudeur de son amie.

2

La jeune fille détestait devoir le prier (il roulait souvent plusieurs heures d'affilée) de stopper devant un bouquet d'arbres. Elle s'irritait toujours de la surprise feinte avec laquelle il lui demandait pourquoi. Sa pudeur était ridicule et démodée, elle le savait. À son travail, elle l'avait maintes fois constaté, on se moquait d'elle et on la provoquait délibérément à cause de sa décence. Elle rougissait toujours d'avance à l'idée qu'elle allait rougir. Elle désirait se sentir à l'aise dans son corps, sans soucis ni anxiété, comme savaient l'être la plupart des jeunes femmes qu'elle côtoyait. Elle avait même inventé, pour son usage personnel, une méthode originale d'autopersuasion : elle se répétait que tout être humain reçoit en naissant un corps parmi des millions d'autres corps prêts à porter, comme si on lui attribuait un logement pareil à des millions d'autres dans un immense building ; que le corps est donc une chose fortuite et impersonnelle ; rien qu'un article d'emprunt et de confection. Voilà ce qu'elle se répétait sous toutes les variations possibles, mais sans pouvoir s'inculquer cette façon de sentir. Ce dualisme de l'âme et du corps lui était étranger. Elle se confondait trop avec son corps pour ne pas ressentir celui-ci avec anxiété.

Cette anxiété, elle l'éprouvait même auprès du jeune homme ; elle le connaissait depuis un an et était heureuse, sans doute parce qu'il ne distinguait jamais entre son corps et son âme de sorte qu'avec lui elle pouvait vivre corps et âme. Le bonheur venait de cette absence de dualité, mais il n'y a pas loin du bonheur au soupçon et elle était pleine de soupçons. Par exemple, elle se disait souvent qu'il y avait d'autres femmes plus séduisantes (sans anxiété, celles-là) et que son ami qui connaissait ce type de femme et ne s'en cachait pas la quitterait un jour pour l'une d'elles. (Le jeune homme, certes, déclarait qu'il en avait assez connu comme ça pour le restant de ses jours, mais elle le savait plus jeune qu'il ne le croyait lui-même.) Elle le voulait à elle tout entier et se voulait tout entière à lui, mais plus elle s'efforçait de tout lui donner, plus elle avait le sentiment de lui refuser ce que donne un amour peu profond et superficiel, ce que donne le flirt. Elle se reprochait de ne savoir allier le sérieux à la légèreté.

Mais ce jour-là elle ne se tourmentait pas et ne pensait à rien de tel. Elle se sentait bien. C'était leur première journée de vacances (quinze jours de vacances qui avaient été pendant toute l'année le point de convergence de ses désirs), le ciel était bleu (toute l'année elle s'était demandé avec angoisse si le ciel serait vraiment bleu) et il était avec elle. Après son « où vas-tu ? », elle rougit et partit en courant, sans un mot. Elle contourna la station-service, qui se trouvait au bord de la route en rase campagne ; à une centaine de mètres (dans la direction qu'ils devaient prendre ensuite) commençait une forêt. Elle s'élança dans cette direction et, abandonnée à une sensation de bien-être, disparut derrière un buisson. (Même la joie que procure la présence de l'aimé, il faut être seul pour l'éprouver dans sa plénitude.)

Puis elle sortit de la forêt et regagna la route ; de l'endroit où elle se trouvait, on apercevait la station-service ; le gros camion-citerne était déjà parti. Le cabriolet s'avança vers la colonne rouge de la pompe à essence. Elle marchait le long de la route ; à peine se retournait-elle de temps à autre pour voir s'il n'arrivait pas. Elle l'aperçut enfin ; elle s'arrêta et se mit à faire signe, comme une auto-stoppeuse fait signe à une voiture inconnue. Le cabriolet freina et s'arrêta juste à sa hauteur. Le jeune homme se pencha vers la vitre, la baissa, sourit et : « Où allez-vous, mademoiselle ? demanda-t-il. — Allez-vous à Bystrica ? s'enquit-elle à son tour avec un sourire coquet. — Je vous en prie, montez », dit-il en ouvrant la portière. Elle monta et la voiture se mit en marche.

3

Le jeune homme était toujours content de la voir de bonne humeur ; ça n'arrivait pas si souvent : elle avait un travail assez dur (atmosphère désagréable, beaucoup d'heures supplémentaires sans récupération) et en plus une mère malade à la maison ; souvent fatiguée, elle n'avait pas les nerfs solides, manquait d'assurance et succombait facilement à la peur et à l'angoisse. Il accueillait donc de sa part toute marque de gaieté avec la tendre sollicitude d'un frère aîné. Il lui sourit et dit : « J'ai de la chance aujourd'hui. Depuis cinq ans que je roule je n'ai jamais pris à mon bord une auto-stoppeuse aussi jolie. »

La jeune fille accueillait avec gratitude le moindre compliment de son ami ; pour en retenir un peu la chaleur, elle dit :

« Vous savez bien mentir.

— Ai-je l'air d'un menteur ?

— Vous avez l'air de bien aimer mentir aux femmes », dit-elle et un peu de sa vieille angoisse perça à son insu dans ses paroles, car elle croyait vraiment que son ami se plaisait à mentir aux femmes.

D'ordinaire il s'irritait des accès de jalousie de son amie, mais il lui fut facile ce jour-là de ne pas y prêter attention car cette phrase ne s'adressait pas à lui mais à un chauffeur inconnu. Il se contenta d'une question banale : « Ça vous gêne ?

— Si j'étais votre amie ça me gênerait », dit-elle, et c'était là une subtile leçon de morale à l'intention du jeune homme ; mais la fin de la phrase ne s'adressait qu'au chauffeur étranger : « Ça ne me gêne pas puisque je ne vous connais pas.

— Une femme pardonne toujours plus facilement à un étranger qu'à son ami. » (C'était là une subtile leçon de morale qu'il adressait à son tour à la jeune fille.) « Donc nous pourrions bien nous entendre puisque nous sommes étrangers l'un à l'autre. »

Elle feignit de ne pas saisir la nuance didactique sous-entendue dans cette remarque et décida de ne plus s'adresser qu'au chauffeur inconnu. « À quoi ça nous avance, puisque nous allons nous quitter dans quelques minutes ?

— Pourquoi ? demanda-t-il.

— Vous savez bien que je vais descendre à Bystrica.

— Et si je descendais avec vous ? »

À ces mots elle leva les yeux sur le jeune homme et constata qu'il était exactement tel qu'elle l'imaginait aux heures les plus déchirantes de sa jalousie ; elle s'effrayait de cette coquetterie avec laquelle il s'adressait à elle (à l'auto-stoppeuse inconnue) et qui le rendait si séduisant. Elle répliqua donc avec une impertinence provocante :

« Je me demande bien ce que *vous* feriez de moi ?

— Je n'aurais pas besoin de beaucoup réfléchir pour savoir quoi faire d'une aussi jolie fille », dit-il galamment, et cette fois encore il s'adressait beaucoup plus à la jeune fille qu'au personnage de l'auto-stoppeuse.

Ces mots flatteurs, ce fut pour elle comme de le prendre en flagrant délit, comme un aveu arraché par un habile subterfuge ; elle se sentit saisie d'un brusque et bref mouvement de haine et dit : « Vous prenez vos désirs pour des réalités ! »

Il l'observait : le visage têtu de la jeune fille était crispé ; il éprouva pour elle une étrange pitié et souhaita retrouver son regard habituel, familier (qu'il disait simple et enfantin) ; il se pencha vers elle, lui enlaça les épaules et, voulant annuler le jeu, prononça doucement le petit nom qu'il lui donnait dans l'intimité.

Mais elle se dégagea et dit : « Vous y allez un peu vite !

— Pardon mademoiselle », dit-il, éconduit. Puis il fixa la route devant lui, sans mot dire.

4

La jeune fille se départit de cette jalousie aussi rapidement qu'elle y avait succombé. Elle avait suffisamment de bon sens pour savoir que tout cela n'était qu'un jeu ; elle se trouvait même un peu ridicule d'avoir repoussé son ami dans un mouvement de jalousie ; elle ne souhaitait pas qu'il s'en aperçût. Heureusement, elle possédait la miraculeuse faculté de modifier après coup le sens de ses actes et décida qu'elle ne l'avait pas repoussé par dépit, mais seulement pour continuer le jeu dont l'insouciance convenait si bien à une première journée de vacances.

Donc, elle était de nouveau l'auto-stoppeuse qui venait de repousser le chauffeur trop entreprenant, mais seulement pour retarder la conquête et lui donner plus de sel. Elle se tourna légèrement vers lui et dit d'une voix câline : « Je ne voulais pas vous blesser, monsieur.

— Excusez-moi, je ne vous toucherai plus », dit-il.

Il lui en voulait de ne pas l'avoir compris et d'avoir refusé d'être elle-même au moment où il le désirait ; et puisqu'elle insistait pour garder son masque, il reporta sa colère sur l'auto-stoppeuse inconnue qu'elle représentait ; alors il découvrit subitement le personnage de son rôle : il renonça aux galanteries qui étaient un moyen détourné de faire plaisir à son amie et se mit à jouer l'homme dur qui, dans ses rapports avec les femmes, met l'accent sur les aspects plutôt brutaux de la virilité : la volonté, le cynisme, l'assurance.

Ce rôle était en totale contradiction avec la tendre sollicitude qu'il éprouvait pour la jeune fille. Il est vrai qu'avant de la connaître il s'était montré moins délicat avec les femmes, mais même alors il n'avait rien de l'homme dur et satanique, car il ne se distinguait ni par sa force de volonté ni par son absence de scrupules. Néanmoins, s'il ne ressemblait pas à ce type d'homme il avait, autrefois, d'autant plus désiré y ressembler. C'est certainement un désir assez naïf, mais qu'y faire : les désirs puérils échappent à tous les pièges de l'esprit adulte et lui survivent parfois jusqu'à la lointaine vieillesse. Et ce désir puéril saisit l'occasion de s'incarner dans le rôle qu'on lui proposait.

La distance sarcastique du jeune homme convenait à la

jeune fille : elle la libérait d'elle-même. Car elle-même, c'était d'abord la jalousie. Dès que son ami cessa d'exhiber ses talents de séducteur pour ne montrer que son visage fermé, sa jalousie s'apaisa. Elle pouvait s'oublier et s'abandonner à son rôle.

Son rôle ? Lequel ? Un rôle tiré de la mauvaise littérature. Avait-elle arrêté la voiture, ce n'était pas pour aller ici ou là, mais pour séduire l'homme assis au volant ; l'auto-stoppeuse n'était qu'une vile séductrice qui savait admirablement user de ses charmes. La jeune fille se glissa dans la peau de ce ridicule personnage de roman avec une facilité qui la surprit elle-même et l'enchanta.

C'est ainsi qu'ils étaient l'un à côté de l'autre : un chauffeur et une auto-stoppeuse ; deux inconnus.

5

Ce que le jeune homme regrettait le plus de ne pas trouver dans la vie, c'était l'insouciance. La route de sa vie était tracée avec une implacable rigueur : le travail faisait plus qu'absorber huit heures par jour ; il imprégnait le reste de la journée de l'obligatoire ennui des réunions et de l'étude à domicile ; et il imprégnait, par les regards d'innombrables collègues, jusqu'au maigre temps de sa vie privée qui ne restait jamais cachée et qui avait fait à plusieurs reprises l'objet de ragots et de discussions publiques. Même les deux semaines de vacances ne procuraient aucun sentiment de délivrance ou d'aventure ; ici aussi s'étendait l'ombre grisâtre d'une stricte planification ; en raison de la pénurie de logements de vacances, il avait dû retenir six mois d'avance une chambre dans les Tatras, et il lui avait fallu pour cela une recommandation du Comité syndical de l'entreprise où il travaillait, dont l'âme omniprésente ne cessait pas un instant de suivre ses faits et gestes.

Il avait fini par accepter tout cela, mais il avait parfois l'horrible vision d'une route où il était poursuivi sous le regard de tous, sans jamais pouvoir s'en écarter. Juste à ce moment cette vision surgit et, par un étrange court-circuit, la route imaginaire se confondit pour lui avec la route réelle où il roulait ; cette étrange et brève association d'idées l'amena à une soudaine extravagance :

« Où avez-vous dit que vous alliez ?

— À Bystrica.

— Et qu'allez-vous faire là-bas ?

— J'ai rendez-vous.

— Avec qui ?

— Avec un monsieur. »

Le cabriolet arrivait justement à un grand carrefour. Le jeune homme ralentit pour lire le poteau indicateur ; puis il prit à droite.

« Et que se passera-t-il si vous n'allez pas à votre rendez-vous ?

— Ce sera votre faute et il faudra que vous vous occupiez de moi.

— Vous n'avez pas vu que je viens de prendre la route de Nové Zamky ?

— Vraiment ? Vous avez perdu la tête !

— Ne craignez rien ! Je m'occuperai de vous », dit-il.

Le jeu acquit d'emblée une qualité nouvelle. La voiture s'éloignait non seulement du but imaginaire — Bystrica — mais aussi du but réel, pour lequel elle avait pris la route le matin même : les Tatras et la chambre réservée. L'existence jouée empiétait sur l'existence réelle. Le jeune homme s'éloignait à la fois de lui-même et de la route rigoureuse d'où il ne s'était encore jamais écarté.

« Vous m'aviez pourtant dit que vous alliez dans les Tatras, s'étonna-t-elle.

— Je vais où j'ai envie d'aller, mademoiselle. Je suis un homme libre et je fais ce que je veux et ce qui me plaît. »

6

La nuit commençait à tomber quand ils arrivèrent à Nové Zamky.

Le jeune homme n'y avait jamais mis les pieds et il lui fallut un bon moment pour s'orienter. Il stoppa plusieurs fois pour demander à des passants où se trouvait l'hôtel. Les rues étaient défoncées et ils mirent près d'un quart d'heure pour arriver enfin à l'hôtel pourtant tout proche (à en croire les passants interrogés) après maints détours et déviations. L'hôtel n'avait rien d'engageant, mais c'était le seul de la ville et le jeune homme était las de rouler. « Attendez-moi ici », dit-il, et il sortit de la voiture.

Une fois sorti, il redevint lui-même. Subitement, il lui déplaisait de se retrouver dans un endroit tout à fait imprévu ; d'autant que personne ne l'y avait contraint et qu'à vrai dire il ne l'avait pas lui-même voulu. Il se reprochait son extravagance, puis il résolut de ne plus s'inquiéter : la chambre dans les Tatras attendrait jusqu'au lendemain, et quel mal y avait-il à célébrer cette première journée de vacances par un peu d'imprévu ?

Il traversa la salle à manger, enfumée, bondée, bruyante, et demanda la réception. On lui désigna le fond du hall, au pied de l'escalier, où une blonde fanée trônait sous un tableau couvert de clés ; il obtint à grand-peine la clé de la dernière chambre libre.

Une fois seule, la jeune fille, elle aussi, sortit de son rôle. Mais elle n'était pas fâchée du changement d'itinéraire. Elle était tellement dévouée à son ami qu'elle ne mettait en doute rien de ce qu'il faisait et, avec confiance, elle lui offrait les heures de sa vie. Puis, elle imagina que d'autres jeunes femmes qu'il avait rencontrées pendant ses voyages l'avaient attendu dans cette voiture comme elle l'y attendait en ce moment. Chose étrange, cette pensée ne lui faisait pas mal ; elle souriait ; cela lui semblait beau que, cette fois, ce soit elle cette étrangère ; cette étrangère, irresponsable et indécente, une de celles dont elle était tellement jalouse ; elle croyait ainsi leur couper l'herbe sous le pied ; avoir trouvé le moyen de s'emparer de leurs armes ; offrir enfin à son ami ce qu'elle n'avait pas encore su lui donner : la légèreté, l'insouciance, l'impudeur ; elle éprouvait une satisfaction particulière à la pensée qu'elle seule pouvait être toutes les femmes et pouvait ainsi (elle seule) accaparer toute l'attention de son bien-aimé et l'absorber tout entière.

Le jeune homme ouvrit la portière et fit entrer la jeune fille dans la salle du restaurant. Dans un coin, au milieu du vacarme, de la crasse et de la fumée, il découvrit la seule table libre.

7

« Maintenant on va voir comment vous allez vous occuper de moi, dit la jeune fille d'un ton provocant.

— Vous prendrez bien l'apéritif ? »

Elle n'était guère portée sur l'alcool ; elle buvait un peu de vin et aimait bien le porto. Mais cette fois elle répondit à dessein : « Une vodka.

— Parfait, dit-il. J'espère que vous n'allez pas vous soûler.

— Et après ? » dit-elle.

Il ne répondit pas et appela le garçon, commanda deux vodkas et deux steaks. Un instant plus tard, le garçon apporta deux verres et les posa devant eux.

Il leva son verre et dit : « À vous !

— Vous ne pouvez rien trouver de plus original ? »

Il y avait quelque chose, dans le jeu de la jeune fille, qui commençait à l'irriter ; maintenant qu'ils étaient face à face, il comprit que si elle lui faisait l'effet d'une autre ce n'était pas seulement à cause de ses *paroles*, mais parce qu'elle était tout *entière* métamorphosée, dans les gestes et dans la mimique, qu'elle ressemblait avec une regrettable fidélité à ce type de femme qu'il ne connaissait que trop bien et qui lui inspirait un léger dégoût.

Il modifia donc (tout en tenant son verre dans sa main tendue) son toast. « Bon, je ne bois pas à vous, mais à votre espèce qui allie aux meilleures qualités de l'animal les défauts de l'être humain.

— Quand vous parlez de mon espèce, voulez-vous parler de toutes les femmes ? demanda-t-elle.

— Non, seulement de celles qui vous ressemblent.

— De toute façon, je ne trouve pas très spirituel de comparer une femme à un animal.

— Bon, répliqua-t-il, tenant toujours son verre à bout de bras, je ne boirai donc pas à vos semblables, mais à votre âme ; êtes-vous d'accord ? À votre âme qui s'allume quand elle descend de la tête dans le ventre et qui s'éteint quand elle remonte du ventre dans la tête. »

Elle leva son verre. « Entendu, à mon âme qui descend dans mon ventre.

— Encore une petite rectification, dit-il. Buvons plutôt à votre ventre où descend votre âme.

— À mon ventre », dit-elle, et son ventre (quand ils le désignèrent par son nom) sembla répondre à l'appel ; elle sentait chaque millimètre de sa peau.

Puis le garçon apporta les steaks. Ils commandèrent une deuxième vodka et de l'eau gazeuse (cette fois ils burent aux seins de la jeune femme) et la conversation se poursuivit sur un ton bizarrement frivole. Il s'irritait de plus en plus de voir à quel point son amie *savait* se conduire en femme facile ; puisqu'elle sait si bien devenir ce personnage, se disait-il, c'est qu'elle l'*est* vraiment ; en effet, ce n'était pas l'âme d'une autre, surgie on ne sait d'où, qui s'était insinuée sous sa peau ; celle qu'elle incarnait ainsi, c'était elle-même ; ou au moins la part de son être qu'elle tenait habituellement enfermée sous les verrous mais que le prétexte du jeu avait fait surgir de sa cage ; elle croyait sans doute se *renier* en jouant ce jeu ; mais n'était-ce pas justement le contraire ? n'était-ce pas ce jeu qui la rendait elle-même ? et qui la délivrait ? Non, en face de lui, ce n'était pas une autre femme dans le corps de son amie ; c'était bien son amie, elle-même et personne d'autre. Il la regardait avec une répugnance croissante.

Mais ce n'était pas que de la répugnance. Plus elle lui était étrangère *mentalement* plus il la désirait *physiquement* ; l'étrangeté de l'âme singularisa son corps de femme ; bien mieux, cette étrangeté fit enfin de ce corps un corps, comme si ce corps n'avait jusqu'alors existé pour lui que dans le brouillard de la compassion, de la tendresse, de la sollicitude, de l'amour et de l'émotion ; comme s'il était perdu dans ce brouillard (oui, comme si le corps était *perdu* !). Pour la première fois, le jeune homme croyait *voir* le corps de son amie.

Après la troisième vodka à l'eau gazeuse, elle se leva et : « Excusez-moi, dit-elle avec un sourire coquet.

— Puis-je vous demander où vous allez, mademoiselle ?

— Pisser, avec votre permission », et elle se faufila entre les tables vers le rideau de velours au fond du restaurant.

8

La jeune fille était satisfaite de l'avoir laissé comme abasourdi par ce mot — certes bien anodin — mais qu'il ne lui avait jamais entendu prononcer ; rien, à son avis, n'exprimait mieux le personnage de la femme qu'elle incarnait que l'emphase coquettement placée sur ce mot ; oui, elle était satisfaite, elle était en excellente forme ; le jeu la fascinait ; il lui procurait des sensations toutes nouvelles : par exemple, *le sentiment d'une irresponsable insouciance.*

Elle qui tremblait toujours pour la minute à venir se sentait soudain totalement détendue. Cette vie d'une autre où elle se trouvait subitement plongée était une vie sans pudeur, sans déterminations biographiques, sans passé et sans avenir, sans engagement ; c'était une vie exceptionnellement libre. Devenue l'auto-stoppeuse, elle pouvait tout ; *tout lui était permis* ; tout dire, tout faire, tout éprouver.

En traversant la salle elle nota qu'on l'observait de toutes les tables ; cela aussi c'était une sensation nouvelle, qu'elle ne connaissait pas : *le plaisir impudique que lui procurait son corps.* Jusqu'à présent elle n'avait jamais su se libérer totalement de l'adolescente de quatorze ans qui a honte de ses seins et éprouve une désagréable sensation d'indécence à l'idée qu'ils font saillie sur son corps et qu'ils sont visibles. Bien qu'elle fût fière d'être belle et bien faite, cet orgueil était immédiatement corrigé par la pudeur : elle sentait bien que la beauté féminine agit d'abord par son pouvoir de provocation sexuelle, et c'était là pour elle quelque chose de déplaisant ; elle souhaitait que son corps ne s'adresse qu'à l'homme qu'elle aimait ; quand les hommes regardaient sa poitrine dans la rue, il lui semblait que ces regards souillaient un peu de son intimité la plus secrète qui n'appartenait qu'à elle et qu'à son amant. Mais maintenant, elle était l'auto-stoppeuse, la femme sans destin ; elle s'était libérée des tendres chaînes de son amour et commençait à prendre intensément conscience de son corps ; et ce corps l'excitait d'autant plus que les regards qui l'observaient lui étaient plus étrangers.

Elle passait près de la dernière table quand un homme entre deux vins, voulant sans doute se distinguer par sa connaissance du monde, l'interpella en français : « Combien, mademoiselle ? »

La jeune femme comprit. Elle bombait le torse et vivait intensément chaque mouvement de ses hanches ; elle disparut derrière le rideau.

9

C'était un drôle de jeu. L'étrange venait, par exemple, de ce que le jeune homme, s'il s'était parfaitement mis dans la peau du chauffeur inconnu, ne cessait pas un instant de voir, dans l'auto-stoppeuse, son amie. Et c'était justement ce qui était pénible ; il voyait son amie occupée à séduire un inconnu et avait le triste privilège d'assister à la scène ; de voir de près ce dont elle avait l'air et ce qu'elle disait quand elle le trompait (quand elle le trompera) ; il avait l'honneur paradoxal de servir lui-même d'appât pour son infidélité.

Le pire, c'est qu'il l'adorait encore plus qu'il ne l'aimait ; il s'était toujours dit que la jeune fille n'avait de *réalité* que dans les limites de la fidélité et de la pureté et qu'au-delà de ces limites, tout simplement, elle n'existait pas ; qu'au-delà de ces limites elle aurait cessé d'être elle-même comme l'eau cesse d'être l'eau au-delà du point d'ébullition. Quand il la voyait franchir cette effroyable frontière avec une élégance si naturelle, il sentait monter sa colère.

Elle revint des toilettes et se plaignit : « Un type m'a dit : "Combien, mademoiselle ?"

— Ne vous étonnez pas ! Vous avez l'air d'une putain.

— Savez-vous que je m'en fiche ?

— Vous auriez dû rester avec ce monsieur !

— Mais puisque je suis avec vous.

— Vous pouvez le rejoindre plus tard. Vous n'avez qu'à vous entendre avec lui.

— Il ne me plaît pas.

— Mais ça ne vous dérangerait nullement d'avoir plusieurs hommes dans la même nuit.

— Pourquoi pas ? S'ils sont beaux gosses.

— Préférez-vous les avoir l'un après l'autre ou tous à la fois ?

— Les deux. »

La conversation devenait de plus en plus scabreuse ; elle

en était un peu choquée, mais ne pouvait protester. Dans le jeu on n'est pas libre, pour le joueur le jeu est un piège ; s'il ne s'était agi d'un jeu et s'ils avaient été, l'un pour l'autre, deux inconnus, l'auto-stoppeuse aurait pu depuis longtemps se sentir offensée et partir ; mais il n'y a pas moyen d'échapper à un jeu ; l'équipe ne peut pas fuir le terrain avant la fin du match, les pions du jeu d'échecs ne peuvent pas sortir des cases de l'échiquier, les limites de l'aire de jeu sont infranchissables. La jeune fille savait qu'elle était tenue de tout accepter, justement parce qu'il s'agissait d'un jeu. Elle savait que plus le jeu serait poussé loin, plus ce serait un jeu et plus elle serait obligée de le jouer docilement. Et il ne servait à rien d'appeler au secours la raison et d'avertir l'âme étourdie d'avoir à garder ses distances et de ne pas prendre le jeu au sérieux. Justement parce que c'était un jeu, l'âme n'avait pas peur, ne se défendait pas et s'abandonnait au jeu comme à une drogue.

Le jeune homme appela le garçon et paya. Puis, il se leva et dit : « On y va.

— Où ça ? demanda-t-elle, feignant de ne pas comprendre.

— Ne pose pas de questions et viens !

— Comme vous me parlez !

— Comme à une putain. »

10

Ils montaient l'escalier mal éclairé ; sur le palier un groupe d'hommes un peu gris attendait devant les toilettes. Il l'enlaça par-derrière, de façon à tenir un de ses seins dans la paume de sa main. Les hommes près des toilettes s'en aperçurent et se mirent à lancer des gaudrioles. Elle voulut se dégager, mais il lui imposa silence. « Tiens-toi tranquille ! » dit-il, ce que les hommes saluèrent avec une brutale solidarité, adressant à la jeune fille quelques messages obscènes. Ils arrivaient au premier étage. Il ouvrit la porte de la chambre et tourna l'interrupteur.

C'était une petite chambre à deux lits avec une table, une chaise et un lavabo. Le jeune homme poussa le verrou et se tourna vers la jeune fille. Elle se tenait en face de lui, dans une attitude de défi, avec une sensualité insolente dans

qu'il vit, ce fut une femme nue en dessous noirs dansant sur le couvercle luisant d'un piano. Il n'y avait pas de piano dans la chambre d'hôtel, il n'y avait qu'une petite table appuyée au mur et recouverte d'une nappe. Il ordonna à son amie d'y grimper. Elle eut un geste suppliant mais il dit : « On t'a payée. »

Devant l'implacable résolution qu'elle lisait dans son regard, elle s'efforça de poursuivre le jeu, mais elle ne pouvait plus, elle ne savait plus. Les larmes aux yeux, elle grimpa sur la table. La table mesurait à peine un mètre sur un mètre et elle était bancale ; debout sur cette table, elle avait peur de perdre l'équilibre.

Mais il était satisfait de voir ce corps nu qui se dressait devant lui et dont la pudique incertitude le rendait encore plus tyrannique. Il voulait voir ce corps dans toutes les postures et sous tous les angles, comme il s'imaginait que d'autres hommes l'avaient vu et le verraient. Il était grossier, obscène. Il lui disait des mots qu'elle ne lui avait jamais entendu prononcer. Elle voulait résister, échapper à ce jeu, elle l'appela par son prénom, mais il lui imposa silence, disant qu'elle n'avait pas le droit de lui parler sur ce ton familier. Elle finit par céder, éperdue et au bord des larmes. Elle se pencha en avant et s'accroupit selon son désir, fit le salut militaire, puis se déhancha pour exécuter un numéro de twist ; mais elle fit glisser la nappe dans un mouvement brusque et faillit tomber. Il la rattrapa et l'entraîna sur le lit.

Il s'unit à elle. Elle se réjouit à la pensée que ce malheureux jeu était enfin terminé, qu'ils allaient être de nouveau tous les deux, tels qu'ils étaient vraiment et tels qu'ils s'aimaient. Elle voulut presser ses lèvres contre les siennes, mais il la repoussa et répéta qu'il n'embrassait que les femmes qu'il aimait. Elle éclata en sanglots. Mais il ne lui fut même pas donné de pleurer, car la furieuse passion de son ami s'emparait peu à peu de son corps qui finit par étouffer le gémissement de son âme. Sur le lit il n'y eut bientôt plus que deux corps parfaitement unis, sensuels et étrangers l'un à l'autre. Ce qui se produisait maintenant, c'était ce qu'elle avait toujours redouté plus que tout au monde, ce qu'elle avait toujours anxieusement évité : l'amour sans sentiment et sans amour. Elle savait qu'elle avait franchi la frontière interdite, au-delà de laquelle elle évoluait désormais sans la moindre réserve et en totale communion. À peine, dans un recoin de son esprit, éprouvait-elle une sorte d'effroi à la pensée qu'elle n'avait jamais éprouvé un tel plaisir et autant de plaisir que cette fois-ci — au-delà de cette frontière.

12

Puis tout fut fini. Le jeune homme s'écarta d'elle et tira sur le long cordon qui pendait au-dessus du lit ; la lumière s'éteignit. Il ne voulait pas voir son visage. Il savait que le jeu était terminé, mais il n'avait aucune envie de retourner dans l'univers de leurs rapports habituels ; il redoutait ce retour. Il gisait à côté d'elle dans l'obscurité, évitant tout contact avec son corps.

Au bout d'un instant il entendit des sanglots étouffés ; d'un geste timide, enfantin, la main de la jeune fille toucha sa main ; elle le toucha, se retira, le toucha de nouveau puis une voix se fit entendre, suppliante, entrecoupée de sanglots, qui l'appelait par son prénom et disait : « Je suis moi, je suis moi… »

Il se taisait, ne bougeait pas et ne comprenait que trop bien la triste inconsistance de l'affirmation de son amie, où l'inconnu se définissait par le même inconnu.

Les sanglots cédèrent la place à un long pleur ; la jeune fille répéta encore longtemps cette émouvante tautologie : « Je suis moi, je suis moi, je suis moi… »

Alors il commença à appeler au secours la compassion (et il dut l'appeler de loin, car elle n'était nulle part à portée de main) pour pouvoir consoler la jeune fille. Ils avaient encore devant eux treize jours de vacances.

LE COLLOQUE

PREMIER ACTE

LA SALLE DE GARDE

La salle de garde (dans n'importe quel service de n'importe quel hôpital de n'importe quelle ville) a réuni cinq personnages et tressé leurs actes et leurs discours en une histoire dérisoire, et d'autant plus joyeuse.

Il y a là le docteur Havel et l'infirmière Élisabeth (tous deux sont de service de nuit) et il y a deux autres médecins (un prétexte plus ou moins futile les a amenés ici pour bavarder et vider quelques bouteilles ensemble) : le patron avec son crâne chauve et une jolie doctoresse dans la trentaine, qui fait partie d'un autre service et dont tout l'hôpital sait qu'elle couche avec le patron.

(Le patron est évidemment marié et il vient de proférer sa phrase favorite, qui doit attester à la fois son sens de l'humour et ses intentions : « Mes chers collègues, le plus grand malheur de l'homme, c'est un mariage heureux. Aucun espoir de divorce. »)

Outre ces quatre personnages, il y en a un cinquième, mais à vrai dire il n'est pas ici car, étant le plus jeune, on vient de l'envoyer chercher une nouvelle bouteille. Et il y a la fenêtre, qui est importante parce qu'elle est ouverte sur l'obscurité du dehors et laisse continuellement entrer dans la pièce, avec l'été tiède et parfumé, la lune. Et enfin, il y a la bonne humeur que laisse deviner le bavardage complaisant de tous, mais surtout du patron qui écoute ses propres fariboles avec des oreilles amoureuses.

Un peu plus tard (et c'est à ce moment que notre récit commence), une certaine tension se fait sentir : Élisabeth a bu plus qu'il ne convient à une infirmière qui est de service, et, pour comble, elle a affiché à l'égard du docteur Havel une aguichante coquetterie qui l'énerva et provoqua de sa part un avertissement plutôt vif.

L'AVERTISSEMENT DU DOCTEUR HAVEL

« Ma chère Élisabeth, je ne vous comprends pas. Tous les jours, vous pataugez dans des plaies purulentes, vous piquez les fesses racornies de vieillards, vous donnez les lavements, vous videz les bassins. Le destin vous a donné l'enviable occasion de saisir la nature charnelle de l'homme dans toute son inanité métaphysique. Mais votre vitalité refuse d'entendre raison. Rien ne peut ébranler votre volonté tenace d'être un corps et seulement un corps. Vos seins se frottent aux hommes à cinq mètres de distance ! J'en ai le vertige, rien que de vous voir marcher, à cause des éternelles spirales que dessine votre infatigable croupe. Que diable, éloignez-vous un peu ! Vos seins sont omniprésents comme Dieu ! Vous avez déjà dix minutes de retard pour les piqûres ! »

LE DOCTEUR HAVEL EST COMME LA MORT. IL PREND TOUT

« S'il vous plaît, Havel, demanda le patron quand Élisabeth (ostensiblement vexée) fut sortie de la salle de garde, condamnée à piquer deux vieilles fesses, pouvez-vous m'expliquer pourquoi vous repoussez si obstinément cette malheureuse Élisabeth ? »

Le docteur Havel but une gorgée et répondit : « Patron, il ne faut pas m'en vouloir. Ce n'est pas parce qu'elle est laide ou parce qu'elle n'est plus tellement jeune. Croyez-moi ! J'ai déjà eu des femmes encore plus laides et beaucoup plus âgées.

— Oui, on vous connaît : vous êtes comme la mort ; vous prenez tout. Mais puisque vous prenez tout, pourquoi est-ce que vous ne prenez pas Élisabeth ?

— C'est sans doute, dit Havel, parce qu'elle manifeste son désir de façon si expressive que cela ressemble à un ordre. Vous dites que je suis comme la mort envers les femmes. Seulement, la mort n'aime pas qu'on lui donne des ordres. »

LE PLUS GRAND SUCCÈS DU PATRON

« Je crois que je vous comprends, répondit le patron. Quand j'avais quelques années de moins, j'ai connu une fille qui couchait avec tout le monde, et, comme elle était jolie, j'avais décidé de l'avoir. Et figurez-vous, elle n'a pas voulu de moi ! Elle couchait avec mes collègues, avec le chauffeur, avec le cuisinier, avec le porteur de cadavres, j'étais le seul avec qui elle ne couchait pas. Vous pouvez imaginer ça ?

— Certainement, fit la doctoresse.

— Si vous voulez le savoir, reprit avec humeur le patron qui vouvoyait sa maîtresse en public, à cette époque-là, je n'étais diplômé que depuis quelques années et j'avais beaucoup de succès. J'étais persuadé que toute femme est accessible, et j'étais parvenu à le démontrer avec des femmes d'un accès plutôt difficile. Et vous voyez, avec cette fille pourtant si facile, j'ai échoué.

— Tel que je vous connais, vous avez certainement une théorie pour expliquer ça, dit le docteur Havel.

— Oui, répliqua le patron. L'érotisme n'est pas seulement désir du corps, mais, dans une égale mesure, désir d'honneur. Un partenaire que nous avons eu, qui tient à nous et qui nous aime, devient notre miroir, il est la mesure de notre importance et de notre mérite. De ce point de vue-là, ma petite putain n'avait pas la tâche facile. Quand on couche avec tout le monde, on cesse de croire qu'une chose aussi banale que l'acte d'amour puisse encore avoir une importance quelconque. Le vrai honneur érotique, on le cherche donc du côté opposé. Seul un homme qui la voulait mais qu'elle refusait pouvait offrir à ma petite putain la mesure de sa valeur. Et comme elle voulait être à ses propres yeux la meilleure et la plus belle, elle s'est montrée extrêmement sévère et exigeante quand il a fallu choisir celui-là, l'unique, qu'elle honorerait de son refus. C'est moi qu'elle a finalement choisi, et j'ai compris que c'était un honneur exceptionnel, et aujourd'hui encore je considère cela comme mon plus grand succès amoureux.

— Vous avez un don surprenant pour changer l'eau en vin, dit la doctoresse.

— Vous êtes vexée parce que ce n'est pas vous que je considère comme mon plus grand succès ? dit le patron. Il faut me comprendre. Bien que vous soyez une femme vertueuse, je ne suis tout de même pour vous (et vous ne pouvez pas savoir à quel point ça me chagrine) ni le premier ni le dernier, tandis que pour cette petite putain je l'étais. Croyez-moi, elle ne m'a jamais oublié, et aujourd'hui encore elle se souvient avec nostalgie qu'elle m'a repoussé. D'ailleurs, je n'ai raconté cette anecdote que pour montrer l'analogie avec l'attitude de Havel à l'égard d'Élisabeth. »

ÉLOGE DE LA LIBERTÉ

« Bon Dieu, patron, dit Havel, vous n'allez tout de même pas prétendre que je cherche en Élisabeth la mesure de ma valeur humaine.

— Certes non ! dit la doctoresse, sarcastique. Vous nous avez déjà expliqué ça. L'attitude provocante d'Élisabeth vous fait l'effet d'un ordre et vous voulez conserver l'illusion de choisir vous-même les femmes avec qui vous couchez.

— Vous savez, puisque nous parlons franchement, ce n'est pas exactement ça, dit Havel, pensif. En fait, je voulais seulement être spirituel quand j'ai dit que ce qui me gêne c'est l'attitude provocante d'Élisabeth. À vrai dire, j'ai eu des femmes beaucoup plus provocantes, et ça faisait tout à fait mon affaire qu'elles soient provocantes, parce que les choses ne traînaient pas.

— Alors, diable, pourquoi ne prenez-vous pas Élisabeth ? s'écria le patron.

— Patron, votre question n'est pas aussi absurde que je l'ai cru tout d'abord, car je constate qu'il est très difficile d'y répondre. Pour être franc, je ne sais pas pour quelle raison je ne prends pas Élisabeth. J'ai pris des femmes plus laides, plus âgées et plus provocantes. On peut en conclure que je finirai, nécessairement, par la prendre. C'est ce que penseraient tous les statisticiens. Toutes les machines cybernétiques concluraient en ce sens. Et voyez-vous, c'est sans doute pour cela que je ne la prends pas. J'ai sans doute voulu dire non à la nécessité. Faire un croc-en-jambe au principe de causalité. Déjouer d'un caprice du libre arbitre la morne prévisibilité du cours universel.

— Mais pourquoi avoir choisi Élisabeth dans ce but ? s'écria le patron.

— Justement, parce qu'il n'y a pas de raison. S'il y en avait une, on pourrait d'avance la découvrir et déterminer d'avance ma conduite. C'est justement dans cette absence de raison que se trouve ce fragment de liberté qui nous est accordé et vers lequel nous devons tendre inlassablement pour que subsiste, en ce monde de lois implacables, un peu du désordre humain. Mes chers collègues, vive la liberté ! » dit Havel, et il leva tristement son verre pour trinquer.

ÉTENDUE DE LA RESPONSABILITÉ

À ce moment une nouvelle bouteille sur laquelle se reporta aussitôt toute l'attention des médecins présents fit son apparition dans la pièce. Le charmant jeune homme dégingandé, qui se tenait dans la porte avec la bouteille à la main, c'était Fleischman, étudiant en médecine qui faisait un stage dans le service. Il posa (lentement) la bouteille sur la table, chercha (longuement) le tire-bouchon, ensuite il planta (sans hâte) le tire-bouchon dans le bouchon et l'enfonça (pensivement) dans le bouchon, qu'il finit par extraire (rêveusement). Les précédentes parenthèses sont destinées à mettre en lumière la lenteur de Fleischman, cette lenteur qui attestait, plutôt que de la gaucherie, l'admiration nonchalante avec laquelle le jeune étudiant en médecine regardait attentivement au fond de son être, négligeant les détails insignifiants du monde extérieur.

« Tout ça ne rime à rien, dit le docteur Havel. Ce n'est pas moi qui repousse Élisabeth, c'est elle qui ne veut pas de moi. Hélas ! Elle est folle de Fleischman.

— De moi ? » Fleischman leva la tête, puis, à longues enjambées, il alla remettre le tire-bouchon à sa place, revint ensuite auprès de la table basse et versa du vin dans les verres.

« Vous êtes bon, dit le patron, faisant chorus avec Havel.

Tout le monde est au courant sauf vous. Depuis le moment où vous avez mis les pieds dans le service, elle est invivable. Et voici deux mois que ça dure. »

Fleischman regarda (longuement) le patron et dit : « Je n'en sais vraiment rien. » Et il ajouta : « De toute façon, ça ne m'intéresse pas.

— Et tous vos nobles discours ? Toutes vos péroraisons sur le respect de la femme ? dit Havel, simulant une très grande sévérité. Vous faites souffrir Élisabeth et ça ne vous intéresse pas ?

— J'ai de la compassion pour les femmes et je ne pourrais jamais leur faire de mal consciemment, dit Fleischman. Mais ce que je fais inconsciemment ne m'intéresse pas parce que je n'y peux rien, et par conséquent je n'en suis pas responsable. »

Ensuite, Élisabeth revint. Elle avait sans doute décidé que ce qu'elle avait de mieux à faire c'était d'oublier l'affront et de se conduire comme s'il ne s'était rien passé, si bien qu'elle se conduisait avec une extraordinaire affectation. Le patron lui avança une chaise et remplit son verre. « Buvez, Élisabeth ! Oubliez tous les tourments !

— Bien sûr », répliqua Élisabeth avec un large sourire, et elle vida son verre.

Et le patron s'adressa de nouveau à Fleischman : « Si l'on n'était responsable que des choses dont on a conscience, les imbéciles seraient d'avance absous de toute faute. Seulement, mon cher Fleischman, l'homme est tenu de savoir. L'homme est responsable de son ignorance. L'ignorance est une faute. C'est pourquoi rien ne peut vous absoudre, et je déclare que vous vous conduisez comme un mufle avec les femmes, même si vous le niez. »

ÉLOGE DE L'AMOUR PLATONIQUE

Havel repartit à l'attaque contre Fleischman.

« Avez-vous enfin procuré à Mlle Klara l'appartement que vous lui avez promis ? » dit-il, lui rappelant ainsi la cour inutile qu'il faisait à une certaine jeune fille (connue d'eux tous).

« Pas encore, mais je m'en occupe.

— Je vous ferai observer que Fleischman est un gentleman avec les femmes. Il ne leur raconte pas d'histoires, intervint la doctoresse, prenant la défense de Fleischman.

— Je ne peux pas supporter qu'on soit cruel avec les femmes, parce que j'ai de la compassion pour elles, répéta l'étudiant en médecine.

— De toute façon, Klara vous tient la dragée haute », dit Élisabeth à Fleischman, et elle éclata d'un rire incongru de sorte que le patron se vit contraint de reprendre la parole :

« Haute ou pas, c'est beaucoup moins important que vous ne le pensez, Élisabeth. Comme chacun sait, Abélard était châtré, et ça ne les a pas empêchés de rester des amants fidèles, lui et Héloïse, et leur amour est immortel. George Sand a vécu pendant sept ans avec Frédéric Chopin, immaculée comme une vierge, et on parle encore de leur amour ! Je ne veux pas, en une compagnie aussi auguste, rappeler le cas de la petite putain qui m'a accordé le plus grand honneur qu'une femme peut accorder à un homme, en me repoussant. Prenez-en bonne note, ma chère Élisabeth, il y a entre l'amour et ce à quoi vous pensez constamment des liens beaucoup plus lâches qu'on ne le croit. N'en doutez pas, Klara aime Fleischman. Elle est gentille avec lui, pourtant elle se refuse à lui. Ça vous paraît illogique, mais l'amour c'est justement ce qui est illogique.

— Mais qu'y a-t-il à cela d'illogique ? dit Élisabeth, riant à nouveau d'un rire incongru. Klara a besoin d'un appartement, c'est pour ça qu'elle est gentille avec Fleischman. Mais elle n'a pas envie de coucher avec lui parce qu'elle a sans doute quelqu'un d'autre avec qui elle couche. Mais ce quelqu'un d'autre ne peut pas lui procurer d'appartement. »

À ce moment, Fleischman leva la tête et dit : « Vous me tapez sur les nerfs. On dirait une bande d'adolescents. Elle hésite peut-être par pudeur ? Ça ne vous vient même pas à l'esprit ? Ou elle a peut-être une maladie qu'elle me cache ? Une cicatrice qui l'enlaidit ? Il y a des femmes qui ont une pudeur terrible. Seulement, ce sont des choses auxquelles vous ne comprenez pas grand-chose, Élisabeth.

— Ou bien, dit le patron, venant en aide à Fleischman, Klara est pétrifiée d'angoisse amoureuse devant Fleischman, au point de ne pouvoir faire l'amour avec lui. Vous ne pouvez pas imaginer, Élisabeth, que vous pourriez aimer quelqu'un au point qu'il vous serait impossible de coucher avec cette personne ? »

Élisabeth affirma que non.

LE SIGNAL

Ici, nous pouvons cesser un instant de suivre la conversation (perpétuellement alimentée de nouvelles fadaises) pour expliquer que, depuis le début de la soirée, Fleischman s'efforçait de regarder la doctoresse dans les yeux car elle lui plaisait terriblement depuis qu'il l'avait vue (il y avait de cela un mois) pour la première fois. La majesté de ses trente ans l'éblouissait. Jusqu'ici, il ne l'avait vue qu'en passant, et cette soirée était la première occasion qui lui était offerte de se trouver pendant quelque temps avec elle dans la même pièce. Il avait l'impression qu'elle répondait de temps à autre à ses œillades, et il en était ému.

Donc, après un échange de regards, la doctoresse se leva brusquement, s'approcha de la fenêtre et dit : « Comme il fait beau dehors. C'est la pleine lune... » Et de nouveau son regard se posa machinalement sur Fleischman.

Celui-ci, qui avait du flair pour les situations de ce genre, comprit aussitôt que c'était un signal, un signal qui lui était destiné. Et juste à ce moment, il sentit une vague se gonfler dans sa poitrine. Sa poitrine était en effet un instrument sensible, digne de l'atelier de Stradivarius. Il lui arrivait, de temps à autre, d'éprouver cette sensation exaltante et il était à chaque fois persuadé que la vague dans sa poitrine avait l'irrévocabilité d'un présage annonçant l'avènement de quelque chose de grandiose et d'inouï qui surpasserait ses rêves.

Cette fois, il était étourdi par cette vague, et aussi (dans un recoin de son cerveau, qui échappait à l'étourdissement) surpris : comment se pouvait-il que son désir eût une telle force, qu'à l'appel de son désir la réalité accourût docilement, prête à s'accomplir ? Sans cesser de s'étonner de son pouvoir, il guettait le moment où la discussion deviendrait plus animée, où il échapperait à l'attention des adversaires. Dès qu'il jugea que ce moment était venu, il disparut de la salle.

LE BEAU JEUNE HOMME AUX BRAS CROISÉS

Le service où avait lieu ce colloque improvisé occupait le rez-de-chaussée d'un joli pavillon construit (à proximité d'autres pavillons) dans le vaste jardin de l'hôpital. C'était dans ce jardin que venait d'entrer Fleischman. Il s'adossa au tronc d'un grand platane, alluma une cigarette, contempla le ciel : on était en plein été, des parfums flottaient dans l'air, et la lune ronde était suspendue dans le ciel noir.

Il s'efforçait d'imaginer ce qui allait suivre : la doctoresse qui venait de lui faire signe de sortir attendrait que son chauve fût plus absorbé par la conversation que par le soupçon, et ferait discrètement comprendre qu'un petit besoin intime l'obligeait à s'absenter un instant.

Et que se passerait-il ensuite ? Ensuite, il préférait ne rien imaginer. La vague dans sa poitrine annonçait une aventure et cela lui suffisait. Il avait confiance dans sa chance, confiance dans son étoile d'amour, confiance dans la doctoresse. Bercé par son assurance (assurance toujours un peu étonnée) il s'abandonnait à une agréable passivité. Car il se voyait toujours sous les traits d'un homme séduisant, désiré et aimé, et il lui plaisait d'attendre les aventures les bras (élégamment) croisés. Il était persuadé que les bras croisés aiguillonnent et subjuguent les femmes et le destin.

Il vaut sans doute la peine de noter, à cette occasion, qu'il arrivait souvent, sinon constamment, à Fleischman de *se voir*, de sorte qu'il était constamment accompagné d'un double et que sa solitude devenait tout à fait divertissante. Ce soir-là, par exemple, non seulement il était adossé à un platane et il fumait, mais il observait en même temps avec délectation cet homme (beau et juvénile) qui était adossé à un platane et qui fumait nonchalamment. Il se réjouit longuement de ce spectacle et finit par entendre des pas légers qui venaient vers lui depuis le pavillon. Il fit exprès de ne pas se retourner. Il tira encore sur la cigarette, souffla la fumée et garda les yeux au ciel. Quand les pas furent tout proches, il dit d'une voix tendre, insinuante : « Je savais que vous viendriez. »

URINER

« Ce n'était pas tellement difficile à deviner, lui répondit le patron. Je préfère uriner dans la nature plutôt que dans les installations modernes, qui sont infectes. Ici, bientôt, le mince filet doré m'unira miraculeusement à l'humus, à l'herbe et à la terre. Car, Fleischman, je suis poussière, et dans un instant, au moins partiellement, je retournerai en poussière. Uriner dans la nature est un rite religieux par lequel nous promettons à la terre d'y retourner, un jour, tout entier. »

Fleischman se taisait et le patron lui demanda : « Et vous ? Vous êtes venu regarder la lune ? » Fleischman se taisait obstinément et le patron ajouta : « Vous êtes un lunatique, Fleischman, c'est pour ça que je vous aime bien. » Fleischman interpréta les paroles du patron comme un sarcasme, et il dit d'un ton qu'il voulait distant : « Laissez-moi tranquille avec la lune. Moi aussi je suis venu ici pour pisser.

— Mon petit Fleischman, dit le patron, attendri, j'interprète cela comme un exceptionnel témoignage d'affection à l'égard de votre chef vieillissant. »

Et ils se campèrent tous deux sous le platane pour accomplir l'opération que le patron, avec un enthousiasme inlassable et des images sans cesse renouvelées, comparait à un office divin.

DEUXIÈME ACTE

LE BEAU JEUNE HOMME SARCASTIQUE

Ils revenaient par le long couloir et le patron tenait l'étudiant en médecine par les épaules, fraternellement. L'étudiant en médecine était certain que ce chauve jaloux avait deviné le signal de la doctoresse et qu'il se payait sa tête avec ses épanchements amicaux ! Certes, il ne pouvait pas rejeter la main du patron de son épaule, et il n'en était que plus irrité. Une seule chose le consolait : c'était que, bouillant de colère, il se *voyait* dans cette colère, il voyait l'expression de son propre visage, et il était satisfait de ce jeune homme furieux qui retournait dans la salle de garde et, à la surprise générale, allait soudain se montrer sous un jour tout à fait différent : sarcastique, mordant, démoniaque.

Lorsqu'ils pénétrèrent dans la salle de garde, Élisabeth se tenait au centre de la pièce et se déhanchait terriblement, tout en fredonnant les notes d'une mélodie. Le docteur Havel baissait les yeux et la doctoresse expliqua, pour devancer la frayeur des nouveaux venus : « Élisabeth danse.

— Elle est un peu grise », ajouta Havel.

Élisabeth ne cessait de mouvoir ses flancs et d'onduler du buste devant le visage baissé du docteur Havel.

« Où donc avez-vous appris cette jolie danse ? » demanda le patron.

Fleischman, gonflé de sarcasme, fit entendre un rire ostensible. « Ah ! ah ! ah ! Une jolie danse ! Ah ! ah ! ah !

— C'est un numéro que j'ai vu dans une boîte à strip-tease de Vienne, répondit Élisabeth au patron.

— Eh bien, eh bien, s'indigna le patron, tendrement. Depuis quand nos infirmières fréquentent-elles les boîtes à strip-tease ?

— Ce n'est tout de même pas défendu, patron ! » fit Élisabeth en ondulant du buste autour de lui.

La bile affluait dans le corps de Fleischman, cherchant une issue : « C'est de bromure, dit-il, que vous avez besoin, pas de strip-tease. Vous allez finir par nous violer.

— Vous, vous n'avez rien à craindre. Les morveux ne m'amusent pas, coupa Élisabeth en ondulant du buste autour du docteur Havel.

— Et il vous a plu, ce strip-tease ? interrogea le patron, amicalement.

— Je vous crois ! Il y avait une Suédoise aux seins énormes, mais j'en ai de plus beaux, moi, des seins ! (et en disant cela, elle se caressait la poitrine), et il y avait aussi une fille qui faisait semblant de prendre un bain dans de la mousse de savon, dans une espèce de baignoire en carton, et une mulâtresse qui se masturbait devant le public, ça, c'est ce qu'il y avait de mieux !

— Ah ! ah ! dit Fleischman, portant le sarcasme diabolique à son paroxysme. La masturbation, c'est exactement ce qu'il vous faut ! »

UN CHAGRIN EN FORME DE CROUPE

Élisabeth continuait de danser, mais son public était sans doute bien moins bon public que les spectateurs de la boîte à strip-tease de Vienne : Havel baissait la tête, la doctoresse regardait avec malice, Fleischman avec réprobation, et le patron avec une paternelle indulgence. Et la croupe d'Élisabeth, sur laquelle se tendait l'étoffe blanche du tablier d'infirmière, croisait à travers la pièce comme un soleil magnifiquement rond, mais un soleil éteint et mort (enveloppé dans un linceul blanc), un soleil que les regards indifférents et gênés des médecins présents condamnaient à une pitoyable inutilité.

Vint un moment où l'on crut qu'Élisabeth allait vraiment retirer ses vêtements l'un après l'autre, de sorte que le patron intervint d'une voix anxieuse : « Mais Élisabeth ! On n'est pas à Vienne, ici !

— De quoi avez-vous peur, patron ? Au moins vous saurez à quoi doit ressembler une femme nue ! » claironna Élisabeth, et, se tournant à nouveau vers le docteur Havel, elle le menaça de ses seins : « Eh bien, mon petit Havel ! Qu'est-ce que c'est que cette tête d'enterrement ? Lève la tête ! Quelqu'un est mort ? Tu es en deuil ? Regarde-moi ! Je suis vivante, moi ! Je ne suis pas près de mourir ! Je suis encore bien vivante ! Je vis ! » et comme elle disait cela, sa croupe n'était plus une croupe mais le chagrin même, un chagrin magnifiquement moulé qui traversait la salle en dansant.

« Je crois que ça suffit maintenant, Élisabeth, dit Havel, les yeux rivés sur le parquet.

— Ça suffit ? dit Élisabeth. Mais c'est pour toi que je danse ! Et maintenant, je vais te faire un strip-tease ! Un grand strip-tease ! » et elle détacha son tablier, noué sur les reins, et, d'un geste de danseuse, le jeta sur le bureau.

De nouveau, peureusement, le patron se fit entendre : « Élisabeth, ce serait beau que vous nous fassiez un strip-tease, mais ailleurs. Ici, vous comprenez, on est à l'hôpital. »

LE GRAND STRIP-TEASE

« Je sais me conduire, patron ! » répondit Élisabeth. Elle était dans son habit réglementaire, bleu pâle à col blanc, et continuait de se trémousser.

Ensuite elle posa les mains à plat sur les hanches, les fit glisser le long des flancs, les leva au-dessus de la tête ; puis sa main droite remonta le long de son bras gauche levé et sa main gauche le long de son bras droit, après quoi elle exécuta un mouvement des bras en direction de Fleischman, comme si elle lui jetait son corsage. Fleischman eut peur et sursauta. « Bébé, tu l'as laissé tomber ! » lui cria-t-elle.

Ramenant ensuite les mains à ses hanches, elle les fit glisser le long des jambes ; courbée, elle leva la jambe droite, puis la jambe gauche. Ensuite, elle regarda le patron et fit un mouvement du bras droit en lui lançant sa jupe imaginaire. Le patron tendit sa main et referma le poing ; avec son autre main il lui envoya un baiser.

Encore quelques trémoussements et quelques pas, et Élisabeth se dressa sur la pointe des pieds, plia les bras en arrière, les doigts se rejoignant au milieu du dos. Puis, avec des gestes de danseuse, elle ramena les bras en avant, se caressa l'épaule droite avec la main gauche et l'épaule gauche avec la main droite et, de nouveau, elle fit du bras un mouvement gracieux, cette fois en direction du docteur Havel qui, à son tour, fit de la main un geste timide et gêné.

Mais déjà Élisabeth arpentait majestueusement la pièce ; elle faisait le tour de ses quatre spectateurs, l'un après l'autre, érigeant devant chacun la symbolique nudité de son buste. Pour finir, elle s'arrêta devant Havel, se remit à onduler des hanches et, s'inclinant légèrement, fit glisser ses deux mains le long de ses flancs ; alors (comme tout à l'heure), elle leva d'abord une jambe, puis l'autre, et elle se redressa triomphalement, levant sa main droite avec, entre le pouce et l'index, le slip invisible. Et de nouveau, gracieusement, elle fit un mouvement vers le docteur Havel.

Tendue dans toute la gloire de sa nudité fictive, elle ne regardait plus personne, pas même Havel. Les yeux mi-clos, la tête penchée sur le côté, elle regardait son propre corps ondoyant.

Ensuite, la fière posture se brisa et Élisabeth s'assit sur les genoux du docteur Havel. « Je suis épuisée », dit-elle en bâillant. Elle saisit le verre de Havel et but une gorgée. « Docteur, dit-elle à Havel, tu n'aurais pas des cachets pour me réveiller ? Je ne vais tout de même pas aller me coucher !

— Pour vous, tout ce que vous voudrez, Élisabeth ! » dit Havel ; et il souleva Élisabeth de ses genoux, la fit asseoir sur la chaise et se dirigea vers la pharmacie. Il y trouva un somnifère puissant et en donna deux cachets à Élisabeth.

« Ça va me réveiller ? demanda-t-elle.

— Aussi vrai que je m'appelle Havel », dit ce dernier.

LES MOTS D'ADIEU D'ÉLISABETH

Quand elle eut avalé les deux cachets, Élisabeth voulut se rasseoir sur les genoux de Havel, mais celui-ci écarta les jambes et Élisabeth tomba.

Aussitôt Havel le regretta, car il n'avait pas eu l'intention d'infliger à Élisabeth cette humiliation, et le mouvement qu'il avait fait était plutôt un réflexe machinal provoqué par le dégoût sincère qu'il éprouvait à l'idée de toucher la croupe d'Élisabeth avec ses cuisses.

Il essaya donc de la relever, mais Élisabeth adhérait au plancher de tout son poids, avec une plaintive obstination.

Fleischman se campa devant elle : « Vous êtes soûle et vous devriez aller vous coucher. »

Élisabeth le regarda de bas en haut avec un immense mépris et (savourant le masochisme pathétique de son être-à-terre) elle lui dit : « Goujat, imbécile. » Et une fois encore : « Imbécile. »

De nouveau, Havel tenta de la relever, mais elle se dégagea violemment et éclata en pleurs. Personne ne trouvait rien à dire et les sanglots d'Élisabeth s'élevaient comme un solo de violon dans la pièce silencieuse. Après un bon moment, la doctoresse eut l'idée de siffler doucement. Élisabeth se leva d'un bond, se dirigea vers la porte et, quand elle eut la main sur la poignée, elle se retourna et dit : « Goujats. Goujats. Si vous saviez. Mais vous ne savez rien. Vous ne savez rien. »

LE RÉQUISITOIRE DU PATRON CONTRE FLEISCHMAN

Le départ d'Élisabeth fut suivi d'un silence que le patron fut le premier à interrompre : « Vous voyez, mon petit Fleischman. Vous prétendez avoir de la compassion pour les femmes. Mais si vous avez de la compassion pour les femmes, pourquoi n'avez-vous pas de la compassion pour Élisabeth ?

— En quoi est-ce que ça me concerne ? répliqua Fleischman.

— Ne faites pas semblant de ne rien savoir ! On vous l'a dit tout à l'heure. Elle est folle de vous !

— Est-ce que j'y peux quelque chose ? demanda Fleischman.

— Vous n'y pouvez rien, dit le patron. Mais vous êtes grossier avec elle et vous la faites souffrir, et ça vous y pouvez quelque chose. Pendant toute la soirée, elle ne s'intéressait qu'à une chose, à ce que vous alliez faire, si vous alliez la regarder, lui sourire, lui dire un mot gentil. Et rappelez-vous ce que vous lui avez dit !

— Je ne lui ai rien dit de si terrible, répliqua Fleischman (mais il y avait un doute dans sa voix).

— Rien de si terrible, ironisa le patron. Vous vous êtes moqué d'elle quand elle a dansé bien qu'elle n'ait dansé que pour vous, vous lui avez recommandé du bromure, vous lui avez dit que ce qu'elle pouvait faire de mieux c'était de se masturber. Rien de terrible ! Quand elle a fait son strip-tease, vous avez laissé tomber son corsage par terre.

— Quel corsage ? répliqua Fleischman.

— Son corsage, dit le patron. Ne faites pas l'imbécile. Pour finir vous l'avez envoyée se coucher, bien qu'elle ait pris des cachets contre la fatigue.

— Mais c'est après Havel qu'elle en avait ! se défendit Fleischman.

— Ne jouez pas la comédie, dit sévèrement le patron. Que vouliez-vous qu'elle fasse, puisque vous ne vous occupiez pas d'elle ? Elle vous provoquait. Et elle ne désirait qu'une chose, quelques miettes de votre jalousie. Vous parlez d'un gentleman !

— Fichez-lui la paix, maintenant, dit la doctoresse. Il est cruel, mais il est jeune.

— C'est l'archange du châtiment », dit Havel.

LES RÔLES MYTHOLOGIQUES

« Oui, c'est exact, dit la doctoresse. Regardez-le : un archange beau et terrible.

— Nous sommes une vraie société mythologique, souligna le patron d'une voix somnolente. Parce que toi, tu es Diane. Froide, sportive, méchante.

— Et vous, vous êtes un satyre. Vieux, lascif, bavard, dit la doctoresse. Et Havel, c'est don Juan. Pas vieux, mais vieillissant.

— Allons donc ! Havel, c'est la mort », répliqua le patron, revenant à sa thèse de tout à l'heure.

LA FIN DES DON JUAN

« Si vous me demandez si je suis un don Juan ou la mort, je dois, bien qu'à contrecœur, me ranger à l'avis du patron, dit Havel, et il avala une bonne gorgée. Don Juan était un conquérant. Et avec des majuscules, même. Un Grand Conquérant. Mais, je vous le demande, comment voulez-vous être un conquérant dans un territoire où personne ne vous résiste, où tout est possible et où tout est permis ? L'ère des don Juan est révolue. L'actuel descendant de don Juan ne *conquiert* plus, il ne fait que *collectionner*. Au personnage du Grand Conquérant a succédé le personnage du Grand Collectionneur, seulement le Collectionneur n'a absolument plus rien de commun avec don Juan. Don Juan était un personnage de tragédie. Il était marqué par la faute. Il péchait gaiement et se moquait de Dieu. C'était un blasphémateur et il a fini en enfer.

« Don Juan portait sur ses épaules un fardeau tragique dont le Grand Collectionneur n'a pas la moindre idée, car dans son univers toute pesanteur est sans poids. Les blocs de pierre se sont changés en duvet. Dans le monde du Conquérant, un regard comptait ce que comptent, dans le monde du Collectionneur, dix années de l'amour physique le plus assidu.

« Don Juan était un maître, tandis que le Collectionneur est un esclave. Don Juan transgressait effrontément les conventions et les lois. Le Grand Collectionneur ne fait qu'appliquer docilement, à la sueur de son front, la convention et la loi, car collectionner fait désormais partie des bonnes manières et du bon ton, collectionner est presque considéré comme un devoir. Si je me sens coupable, c'est uniquement de ne pas prendre Élisabeth.

« Le Grand Collectionneur n'a rien de commun ni avec la tragédie ni avec le drame. L'érotisme, qui était le germe de catastrophes, est devenu, grâce à lui, une chose pareille à un petit déjeuner ou à un dîner, à la philatélie, au ping-pong, ou à une course dans les magasins. Le Collectionneur a fait entrer l'érotisme dans la ronde de la banalité. Il en a fait les coulisses et les planches d'une scène où le vrai drame n'aura jamais lieu. Hélas, mes amis, s'écria Havel d'un ton pathétique, mes amours (si je peux me permettre de les appeler ainsi) sont les planches d'une scène où il ne se passe rien.

« Chère doctoresse et cher patron. Vous avez opposé don Juan à la mort, comme les termes d'une contradiction. Par pur hasard et par inadvertance, vous avez ainsi mis en lumière le fond du problème. Regardez. Don Juan bravait l'impossible. Et c'est cela qui est tellement humain. En revanche, dans le royaume du Grand Collectionneur rien n'est impossible, parce que c'est le royaume de la mort. Le Grand Collectionneur, c'est la mort qui est venue chercher par la main la tragédie, le drame, l'amour. La mort qui est venue chercher don Juan. Dans le feu infernal où l'a envoyé le Commandeur, don Juan est vivant. Mais dans le monde du Grand Collectionneur où les passions et les sentiments voltigent dans l'espace comme un duvet, dans ce monde-là, il est définitivement mort.

« Allons donc, chère madame, dit tristement Havel, moi et don Juan ! Ce que je donnerais pour voir le Commandeur, pour sentir sur mon âme l'atroce poids de sa malédiction, sentir croître en moi la grandeur de la tragédie ! Allons donc, madame, je suis tout au plus un personnage de comédie, et même cela ce n'est pas à moi que je le dois, mais justement à lui, don Juan, car c'est uniquement sur l'arrière-plan historique de sa gaieté tragique que vous pouvez encore saisir, tant bien que mal, la comique tristesse de mon existence de coureur de jupons, existence qui, sans ce repère, ne serait qu'une grisaille banale, un paysage fastidieux. »

NOUVEAUX SIGNAUX

Fatigué par cette longue tirade (pendant laquelle le patron ensommeillé laissa par deux fois sa tête retomber sur sa poitrine), Havel se tut. Après une pause pleine d'émotion, la doctoresse prit la parole : « Je ne savais pas, docteur, que vous étiez aussi bon orateur. Vous vous êtes dépeint sous les traits d'un personnage de comédie, de la grisaille, et de l'ennui, comme un zéro ! Malheureusement, la façon dont vous vous êtes exprimé était un peu trop noble. C'est votre maudit raffinement : vous vous traitez de mendiant, mais vous choisissez pour cela des mots princiers, pour être quand même plus prince que mendiant. Vous êtes un vieil imposteur, Havel. Vaniteux jusque dans les moments où vous vous roulez dans la boue. Vous êtes un vieil et vil imposteur. »

Fleischman rit d'un rire sonore, car il croyait, à sa grande satisfaction, discerner dans les paroles de la doctoresse du mépris à l'égard de Havel. C'est pourquoi, encouragé par l'ironie de la doctoresse et par son propre rire, il s'approcha de la fenêtre et dit d'un air entendu : « Quelle nuit !

— Oui, dit la doctoresse. Une nuit splendide. Et Havel qui joue à la mort ! Avez-vous seulement remarqué, Havel, qu'il fait une nuit magnifique ?

— Bien sûr que non, dit Fleischman. Pour Havel, une femme est une femme, une nuit en vaut une autre, l'hiver et l'été c'est du pareil au même. Le docteur Havel refuse de distinguer les attributs secondaires.

— Vous m'avez percé à jour », dit Havel.

Fleischman estima que cette fois-ci son rendez-vous avec la doctoresse serait réussi : le patron avait beaucoup bu et la somnolence à laquelle il succombait depuis quelques minutes semblait émousser considérablement sa vigilance. « Oh ! ma vessie », dit Fleischman, discrètement, et après un regard à l'intention de la doctoresse il se dirigea vers la porte.

LE GAZ

Une fois dans le couloir, il songea avec plaisir que la doctoresse avait passé toute la soirée à se moquer des deux hommes, le patron et Havel qu'elle venait, avec beaucoup d'à-propos, de traiter d'imposteur, et il s'émerveilla de voir se répéter une situation qui l'étonnait chaque fois, justement parce qu'elle se répétait avec une telle régularité : il plaisait aux femmes, elles le préféraient à des hommes expérimentés, ce qui, dans le cas de la doctoresse — et c'était visiblement une femme extraordinairement exigeante, intelligente et assez (mais agréablement) hautaine —, constituait un triomphe nouveau et inattendu.

C'est dans cet état d'esprit que Fleischman traversa le long couloir et se dirigea vers la sortie. Il était presque arrivé à la porte qui donnait sur le jardin quand une odeur de gaz frappa tout à coup ses narines. Il s'arrêta et renifla. L'odeur était concentrée du côté de la porte qui séparait le couloir de la petite salle de repos des infirmières. Soudain, Fleischman se rendit compte qu'il avait très peur.

Son premier mouvement fut de courir chercher le patron et Havel, mais ensuite il se décida à poser la main sur la poignée de la porte (sans doute parce qu'il supposait que la porte serait verrouillée ou barricadée). Mais à sa grande surprise, la porte s'ouvrit. Le plafonnier était allumé et éclairait, étendu sur le divan, un grand corps de femme, nu. Fleischman jeta un regard circulaire à travers la pièce et s'élança vers un petit réchaud. Il tourna le robinet à gaz, qui était ouvert. Puis il courut jusqu'à la fenêtre et l'ouvrit toute grande.

REMARQUE ENTRE PARENTHÈSES

(On peut dire que Fleischman a agi avec sang-froid et, somme toute, avec présence d'esprit. Il y a une chose, cependant, qu'il n'a pas enregistrée avec la tête suffisamment froide. Certes, il a gardé les yeux fixés pendant une bonne seconde sur le corps nu d'Élisabeth, mais il avait tellement peur qu'il n'a pu, derrière l'écran de cette peur, saisir ce que nous pouvons maintenant savourer tout à loisir, profitant d'un recul avantageux :

Ce corps était splendide. Il était étendu sur le dos avec la tête légèrement détournée, les épaules étaient un peu rapprochées, et les deux beaux seins se serraient l'un contre l'autre, offrant leur forme pleine. Une jambe était étendue et l'autre légèrement pliée, de sorte que l'on pouvait voir la remarquable plénitude des cuisses et l'ombre noire, extraordinairement épaisse, de la toison.)

L'APPEL AU SECOURS

Ayant ouvert toutes grandes la fenêtre et la porte, Fleischman s'élança dans le couloir et appela à l'aide. Ce qui suivit se déroula avec une prompte efficacité : respiration artificielle, coup de téléphone au service des urgences, arrivée du chariot pour le transport des malades, remise de la malade au médecin de garde, nouvelle séance de respiration artificielle, retour à la vie, transfusion sanguine et, pour finir, profond soupir de soulagement quand il fut évident que la vie d'Élisabeth était sauvée.

TROISIÈME ACTE

QUI A DIT QUOI

Lorsque les quatre médecins sortirent du service des urgences et se retrouvèrent dans la cour, ils semblaient épuisés.

Le patron dit : « Elle nous a gâché notre colloque, cette petite Élisabeth. »

La doctoresse dit : « Les femmes insatisfaites portent toujours la poisse. »

Havel dit : « C'est curieux. Il a fallu qu'elle ouvre le gaz pour qu'on s'aperçoive qu'elle est bien faite. »

À ces mots, Fleischman regarda (longuement) Havel et il

dit : « Je n'ai plus envie de boire ni de faire de l'esprit. Bonne nuit. » Et il se dirigea vers la sortie de l'hôpital.

LA THÉORIE DE FLEISCHMAN

Fleischman trouvait infects les propos de ses collègues. Il y voyait l'insensibilité d'hommes et de femmes vieillissants, la cruauté de leur âge qui se dressait devant sa jeunesse comme une barrière hostile. C'est pourquoi il se réjouissait d'être seul et il allait à pied, délibérément, pour savourer pleinement son exaltation : il ne cessait de se répéter, avec un effroi délicieux, qu'Élisabeth s'était trouvée à deux doigts de la mort et que cette mort il en était responsable.

Bien entendu, il n'ignorait pas qu'un suicide résulte, non pas d'une cause unique, mais d'ordinaire de toute une constellation de causes ; seulement, il ne pouvait nier que l'une de ces causes, et sans doute la cause décisive, c'était lui, du simple fait de son existence et de son comportement d'aujourd'hui.

À présent, il s'accusait pathétiquement. Il se disait qu'il était un égoïste au regard vaniteux rivé sur ses succès amoureux. Il se jugeait grotesque de s'être laissé aveugler par l'intérêt que lui avait témoigné la doctoresse. Il se reprochait d'avoir fait d'Élisabeth un simple objet, un récipient dont il s'était servi pour déverser sa bile lorsque le patron jaloux avait empêché son rendez-vous nocturne. De quel droit avait-il ainsi traité une innocente créature ?

Cependant, le jeune étudiant en médecine n'était pas un être primitif ; chacun de ses états d'âme contenait en soi la dialectique de l'affirmation et de la négation, de sorte qu'à la voix intérieure de l'accusateur répliquait maintenant la voix intérieure du défenseur : les sarcasmes qu'il avait adressés à Élisabeth étaient assurément déplacés, mais n'auraient sans doute pas eu des conséquences aussi tragiques si Élisabeth n'avait été éprise de lui. Or Fleischman y pouvait-il quelque chose, si une femme était amoureuse de lui ? Devenait-il automatiquement responsable de cette femme ?

Il s'arrêta à cette question qui lui semblait être la clé de tout le mystère de l'existence humaine. Il s'arrêta même de marcher et formula la réponse le plus sérieusement du monde : oui, il avait eu tort, tout à l'heure, quand il avait dit au patron qu'il n'était pas responsable de ce qu'il provoquait à son insu. En effet, pouvait-il réduire sa personne à ce qui était conscient et délibéré ? Ce qu'il infligeait inconsciemment ne faisait-il pas aussi partie de la sphère de sa personnalité ? Qui d'autre que lui pourrait en être responsable ? Oui, il était coupable ; coupable de l'amour d'Élisabeth ; coupable d'ignorer cet amour ; coupable de le négliger ; coupable. Pour un peu, il aurait tué un être humain.

LA THÉORIE DU PATRON

Pendant que Fleischman se livrait à cet examen de conscience, le patron, Havel et la doctoresse regagnaient la salle de garde. Ils n'avaient vraiment plus envie de boire ; ils gardèrent pendant quelque temps le silence ; puis : « Qu'est-ce qui a bien pu se passer dans la tête d'Élisabeth ? dit le docteur Havel.

— Pas de sentimentalité, dit le patron. Quand quelqu'un fait des conneries de ce genre, je m'interdis toute émotion. D'ailleurs, si vous ne vous étiez pas entêté et si vous aviez fait avec elle ce que vous n'hésitez pas à faire avec toutes les autres, ça ne serait pas arrivé.

— Je vous remercie de me rendre responsable d'un suicide, dit Havel.

— Soyons précis, répondit le patron. Il ne s'agit pas d'un suicide, mais d'une manifestation suicidaire arrangée de manière à éviter la catastrophe. Mon cher docteur, quand on veut s'asphyxier au gaz on commence par fermer la porte à clé. Mieux que ça, on prend soin de boucher toutes les fissures pour que la présence du gaz soit décelée le plus tard possible. Seulement, Élisabeth ne pensait pas à la mort, elle pensait à vous.

« Dieu sait depuis combien de semaines elle se réjouissait à la pensée qu'elle allait être avec vous de service de nuit, et depuis le début de la soirée elle s'est concentrée impudiquement sur vous. Mais vous vous êtes buté. Et plus vous vous êtes buté, plus elle a bu, et plus elle s'est montrée provocante : elle a parlé, elle a dansé, elle a voulu faire un strip-tease…

« Voyez-vous, je me demande s'il n'y a tout de même pas quelque chose d'émouvant dans tout cela. Quand elle s'est rendu compte qu'elle ne pouvait attirer ni vos yeux ni vos oreilles, elle a tout misé sur votre odorat et elle a ouvert le gaz. Et avant d'ouvrir le gaz, elle s'est déshabillée. Elle sait qu'elle a un beau corps, et elle a voulu vous obliger à vous en rendre compte. Rappelez-vous ce qu'elle a dit en partant : *Si vous saviez. Vous ne savez rien. Vous ne savez rien.* Maintenant vous le savez, Élisabeth a un visage laid, mais elle a un beau corps. Vous l'avez reconnu vous-même. Vous voyez bien que son raisonnement n'est pas si bête. Je me demande même si vous n'allez pas vous laisser faire, à présent. »

Havel haussa les épaules. « Ça se peut, dit-il.

— J'en suis certain », dit le patron.

LA THÉORIE DE HAVEL

« Ce que vous dites peut paraître convaincant, patron, mais il y a une faille dans votre raisonnement : vous surestimez mon rôle dans cette affaire. Parce qu'il ne s'agit pas de moi. Je ne suis tout de même pas le seul qui ait refusé de coucher avec Élisabeth. Personne ne voulait coucher avec elle.

« Tout à l'heure, quand vous m'avez demandé pourquoi je ne voulais pas prendre Élisabeth, je vous ai répondu je ne sais quelles balivernes sur la beauté du libre arbitre et sur ma liberté que je tiens à préserver. Mais ce n'étaient que des propos en l'air destinés à masquer la vérité qui est juste à l'opposé et pas flatteuse du tout : si j'ai refusé Élisabeth, c'est parce que je suis incapable de me conduire en homme libre. Parce que c'est une mode de ne pas coucher avec Élisabeth. Personne ne couche avec elle, et si quelqu'un couchait avec elle, il n'en conviendrait jamais parce que tout le monde se moquerait de lui. La mode est un terrible dragon et je lui ai servilement obéi. Seulement, Élisabeth est une femme mûre, et ça lui est monté au cerveau. Et, peut-être, ce qui lui est monté au cerveau plus que tout le reste, c'est que je la refuse, *moi*, parce que tout le monde sait que je prends tout. Seulement, la mode m'était plus chère que le cerveau d'Élisabeth.

« Et vous avez raison, patron : elle sait qu'elle a un beau corps, et elle estimait que cette situation est tout à fait absurde et injuste, et elle a voulu protester. Souvenez-vous que pendant toute la soirée elle n'a pas cessé d'attirer l'attention sur son corps. Quand elle a parlé de la strip-teaseuse suédoise qu'elle a vue à Vienne, elle s'est caressé les seins et elle a déclaré qu'ils étaient plus beaux que ceux de la Suédoise. Et rappelez-vous : pendant toute la soirée, ses seins et sa croupe ont envahi cette pièce comme une foule de manifestants. Je parle sérieusement, patron, c'était une manifestation.

« Et rappelez-vous son strip-tease, rappelez-vous comme elle le vivait ! Patron, c'est le strip-tease le plus triste que j'aie jamais vu. Elle se déshabillait avec passion, mais sans se dégager du fourreau détesté de son uniforme d'infirmière. Elle se déshabillait, mais elle ne pouvait pas se déshabiller. Et tout en sachant qu'elle ne se déshabillerait pas, elle se déshabillait parce qu'elle voulait nous faire part de son triste et irréalisable désir de se déshabiller. Patron, ce n'était pas un déshabillage, c'était le chant élégiaque du déshabillage, le chant sur l'impossibilité de se déshabiller, sur l'impossibilité de faire l'amour, sur l'impossibilité de vivre ! Et même ça, nous n'avons pas voulu l'entendre, nous baissions la tête et nous prenions l'air indifférent.

— Oh, romantique coureur ! Vous croyez vraiment qu'elle voulait mourir ? s'écria le patron.

— Souvenez-vous, dit Havel, de ce qu'elle m'a dit en dansant ! Elle m'a dit : *Je suis encore vivante ! Je suis encore bien vivante !* Vous vous souvenez ? À partir du moment où elle a commencé à danser, elle savait ce qu'elle allait faire.

— Et pourquoi a-t-elle voulu mourir toute nue, hein ? Comment expliquez-vous cela ?

— Elle voulait entrer dans les bras de la mort comme dans les bras d'un amant. C'est pour ça qu'elle s'est déshabillée, coiffée, fardée…

— Et c'est pour ça qu'elle n'a pas fermé la porte à clé, hein ? Je vous en prie, n'essayez pas de vous persuader qu'elle voulait vraiment mourir.

— Peut-être ne savait-elle pas exactement ce qu'elle voulait. Vous le savez, vous, ce que vous voulez ? Qui d'entre nous sait ce qu'il veut ? Elle voulait mourir, et elle ne le voulait pas. Elle voulait très sincèrement mourir et, en même temps (tout aussi sincèrement), elle voulait suspendre l'acte qui la conduisait à la mort, et dont elle se sentait grandie. Vous comprenez bien qu'elle ne voulait pas qu'on la voie quand elle serait toute brune, puante et déformée par la mort. Elle voulait nous montrer son corps, si beau, si sous-estimé, qui dans toute sa gloire s'en allait copuler avec la mort ; elle voulait qu'au moins en cet instant essentiel nous enviions ce corps à la mort et que nous le désirions. »

LA THÉORIE DE LA DOCTORESSE

« Messieurs, commença la doctoresse qui s'était tue jusque-là et avait écouté attentivement les deux médecins, ce que vous avez dit tous les deux me paraît logique, autant qu'une femme peut en juger. En elles-mêmes, vos théories sont assez convaincantes et témoignent d'une profonde connaissance de la vie. Elles n'ont qu'un défaut. Elles ne contiennent pas une once de vérité. Élisabeth ne pensait pas au suicide. Ni au suicide réel, ni au suicide simulé. À aucun suicide. »

La doctoresse savoura pendant un instant l'effet de ses paroles et reprit : « Messieurs, on voit que vous avez mauvaise conscience. Quand nous sommes revenus du service des urgences, vous avez évité la salle de repos. Vous ne vouliez plus la voir. Mais moi, je l'ai soigneusement examinée, pendant que vous faisiez de la respiration artificielle à Élisabeth. Il y avait une casserole sur le réchaud. Élisabeth a mis de l'eau à chauffer pour se faire un café, et elle s'est endormie. L'eau a débordé et a éteint la flamme. »

Les deux médecins se rendirent dans la salle de repos avec la doctoresse. C'était exact, il y avait une petite casserole sur le réchaud et il y restait même un peu d'eau.

« Mais dans ce cas, pourquoi était-elle toute nue ? s'étonna le patron.

— Regardez bien », dit la doctoresse, montrant les quatre coins de la pièce : la robe bleu pâle traînait par terre sous la fenêtre, le soutien-gorge pendait, accroché à la petite armoire à pharmacie, et la petite culotte blanche avait été jetée par terre dans l'angle opposé. « Élisabeth a jeté ses vêtements de tous les côtés, ce qui prouve qu'elle a voulu réaliser, même pour elle seule, la séance de strip-tease que vous avez jugé prudent d'interdire, patron !

« Quand elle a été toute nue, elle s'est sans doute sentie fatiguée. Ça ne faisait pas son affaire, parce qu'elle n'avait pas renoncé à ses espérances pour cette nuit. Elle savait que nous allions finalement partir et que Havel resterait seul. C'est pour ça qu'elle a demandé des cachets pour se réveiller. Elle voulait se faire un café et elle a mis une casserole d'eau sur le réchaud. Ensuite, elle a de nouveau regardé son corps, et ça l'a excitée. Messieurs, Élisabeth avait un avantage sur vous. Elle ne voyait pas sa tête. Pour elle, elle était donc d'une beauté sans défaut. Son corps l'a excitée et elle s'est lascivement étendue sur le divan. Mais, visiblement, le sommeil l'a surprise avant la volupté.

— Certainement, dit Havel. D'autant plus que je lui avais donné des somnifères !

— Ça vous ressemble, dit la doctoresse. Alors, y a-t-il encore quelque chose de pas clair ?

— Oui, dit Havel. Rappelez-vous ce qu'elle nous a dit : *Je ne suis pas près de mourir ! Je suis encore bien vivante ! Je vis !* Et ces dernières paroles : elle les a dites si pathétiquement, comme si c'étaient des paroles d'adieu : *Si vous saviez. Vous ne savez rien. Vous ne savez rien.*

— Voyons, Havel, dit la doctoresse. Comme si vous ne saviez pas que quatre-vingt-dix-neuf pour cent de toutes les paroles qu'on prononce sont des paroles en l'air. Est-ce que vous-même, la plupart du temps, vous parlez pour autre chose que pour parler ? »

Les médecins bavardèrent pendant quelque temps encore, puis sortirent ; le patron et la doctoresse serrèrent la main à Havel et s'éloignèrent.

DES PARFUMS FLOTTAIENT DANS L'AIR NOCTURNE

Fleischman arriva enfin dans la rue de banlieue où il habitait chez ses parents dans une petite villa entourée d'un jardin. Il ouvrit la grille et, sans aller jusqu'à la porte d'entrée, s'assit sur un banc au-dessus duquel se penchaient des roses soigneusement entretenues par sa maman.

Des parfums flottaient dans l'air nocturne de l'été et les mots « coupable », « égoïsme », « aimé », « mort » tournoyaient dans la poitrine de Fleischman et la remplissaient d'un plaisir exaltant ; il avait l'impression qu'il lui poussait des ailes dans le dos.

Dans cet afflux de bonheur mélancolique, il comprit qu'il était aimé comme jamais. Évidemment, plusieurs femmes lui avaient déjà donné des preuves tangibles de leurs sentiments, mais, à présent, il se contraignait à une froide lucidité : est-ce que ça avait toujours été l'amour ? est-ce qu'il n'avait pas quelquefois succombé à des illusions ? est-ce qu'il ne lui arrivait pas d'imaginer plus qu'il n'y avait en réalité ? est-ce que Klara, par exemple, n'était pas plus intéressée qu'amoureuse ? est-ce qu'elle ne tenait pas plus à l'appartement qu'il allait lui procurer qu'elle ne tenait à lui ? Tout était bien pâle auprès de l'acte d'Élisabeth.

De grands mots flottaient dans l'air et Fleischman se disait que l'amour n'a qu'un seul critère : la mort. Au terme du véritable amour, il y a la mort, et seul l'amour au terme duquel il y a la mort est l'amour.

Des parfums flottaient dans l'air et Fleischman se demandait : quelqu'un l'aimerait-il jamais autant que cette femme laide ? Mais qu'était la beauté ou la laideur auprès de l'amour ? Qu'était la laideur d'un visage auprès d'un sentiment dont la grandeur reflétait l'absolu ?

(L'absolu ? Oui. Fleischman est un adolescent projeté depuis peu dans le monde incertain des adultes. Il fait de son mieux pour séduire les femmes, mais ce qu'il cherche c'est surtout l'étreinte consolante, infinie, rédemptrice, qui le sauvera de l'atroce relativité du monde récemment découvert.)

QUATRIÈME ACTE

LE RETOUR DE LA DOCTORESSE

Le docteur Havel était étendu depuis quelques moments sur le divan, sous une mince couverture de laine, quand il entendit des coups frappés contre la vitre. Il aperçut le visage de la doctoresse à la lueur de la lune. Il ouvrit la fenêtre et demanda : « Qu'est-ce qui se passe ?

— Ouvrez-moi », dit la doctoresse et elle se dirigea d'un pas leste vers la porte du pavillon.

Havel boutonna sa chemise, poussa un soupir et sortit de la pièce.

Quand il eut ouvert la porte du pavillon, la doctoresse s'avança sans donner davantage d'éclaircissements, et lorsqu'elle fut installée dans un fauteuil dans la salle de garde, en face de Havel, elle se mit à expliquer qu'elle n'avait pu rentrer chez elle, qu'elle s'était sentie terriblement troublée, qu'elle ne pourrait pas s'endormir et qu'elle demandait à Havel de faire encore un brin de causette avec elle afin de retrouver le calme.

Havel ne croyait pas un mot de ce que disait la doctoresse et il était suffisamment mal élevé (ou imprudent) pour le laisser voir.

C'est pourquoi la doctoresse lui dit : « Bien sûr, vous ne me croyez pas, parce que vous êtes persuadé que je ne suis revenue que pour coucher avec vous. »

Le docteur fit un geste de dénégation, mais la doctoresse poursuivit : « Don Juan vaniteux ! Évidemment. Dès qu'une femme vous voit, elle ne pense qu'à ça. Et vous, contraint et dégoûté, vous accomplissez votre triste mission. »

De nouveau, Havel fit un geste de dénégation, mais la doctoresse, ayant allumé une cigarette et soufflé nonchalamment la fumée, poursuivit : « Mon pauvre don Juan, ne craignez rien. Je ne suis pas venue pour vous importuner. Vous n'avez rien de commun avec la mort. Tout cela, ce ne sont que les paradoxes de notre cher patron. Vous ne prenez pas tout, pour la bonne raison que toutes les femmes ne sont pas prêtes à se laisser prendre. Moi, par exemple, je peux vous le garantir, je suis absolument immunisée contre vous.

— C'est ça que vous êtes venue me dire ?

— Peut-être. Je suis venue pour vous consoler, pour vous dire que vous n'êtes pas comme la mort. Que moi, je ne me laisserai pas prendre. »

LA MORALITÉ DE HAVEL

« C'est gentil de votre part, dit Havel, gentil de ne pas vous laisser prendre et d'être venue me le dire. Vous avez raison, je n'ai rien de commun avec la mort. Non seulement je ne prends pas Élisabeth, mais je ne vous prendrai pas davantage.

— Oh ! fit la doctoresse.

— Je ne veux pas dire par là que vous ne me plaisez pas. Bien au contraire.

— Tout de même, dit la doctoresse.

— Oui. Vous me plaisez beaucoup.

— Alors, pourquoi ne voulez-vous pas me prendre ? Est-ce parce que je ne m'intéresse pas à vous ?

— Non, je crois que ça n'a pas de rapport, dit Havel.

— Alors, pourquoi ?

— Parce que vous êtes la maîtresse du patron.

— Et après ?

— Le patron est jaloux. Ça lui ferait de la peine.

— Vous avez des scrupules ? dit la doctoresse en riant.

— Vous savez, dit Havel, j'ai eu pas mal d'intrigues avec des femmes dans ma vie, si bien que je n'en apprécie que davantage l'amitié masculine. Cette amitié qui n'est pas éclaboussée par la bêtise de l'érotisme est la seule valeur que j'aie connue dans la vie.

— Vous considérez le patron comme un ami ?

— Le patron a fait beaucoup pour moi.

— Encore plus pour moi, répliqua la doctoresse.

— C'est possible, dit Havel. Mais il ne s'agit pas de gratitude. C'est un ami, c'est tout. C'est un type épatant. Et il tient à vous. Si j'essayais de vous avoir, je serais obligé de me considérer comme un salaud. »

LE PATRON CALOMNIÉ

« Je ne m'attendais pas, dit la doctoresse, à entendre de votre bouche un aussi fervent éloge de l'amitié ! Je vous découvre, docteur, sous une apparence pour moi toute nouvelle et absolument inattendue. Non seulement vous possédez, contre toute attente, la faculté de sentir, mais vous exercez cette faculté (et c'est bien émouvant) à l'égard d'un monsieur âgé, gris et déplumé, dont on ne remarque que le ridicule. L'avez-vous observé tout à l'heure ? Vous avez vu comme il se donne constamment en spectacle ? Il veut toujours prouver des choses que personne ne peut croire.

« D'abord, il veut prouver qu'il est spirituel. Vous l'avez entendu. Il a passé la soirée à parler pour ne rien dire, il amusait la galerie, il faisait de l'esprit, le docteur Havel est comme la mort, il inventait des paradoxes sur le malheur d'un mariage heureux (ça fait bien cent fois que j'entends la chanson !), il essayait de faire marcher Fleischman (comme s'il fallait être spirituel pour cela !).

« Deuxièmement, il veut se faire passer pour un type généreux. En réalité, il déteste quiconque a encore des cheveux sur la tête, mais il se donne d'autant plus de mal. Il vous flattait, il me flattait, il était paternel et tendre avec Élisabeth, et s'il s'est payé la tête de Fleischman il a pris soin que Fleischman ne s'en aperçoive pas.

« Et troisièmement, et c'est le plus grave, il veut prouver qu'il est irrésistible. Il tente désespérément de cacher sa physionomie d'aujourd'hui sous son apparence d'autrefois, qui n'est malheureusement plus et dont aucun de nous ne se souvient. Vous avez vu comme il s'y est pris habilement pour nous raconter l'histoire de cette petite putain, qui ne voulait pas de lui, uniquement pour évoquer à cette occasion son visage d'autrefois et faire ainsi oublier sa triste calvitie ? »

DÉFENSE DU PATRON

« Tout ce que vous dites est presque vrai, chère madame, répondit Havel. Mais je ne vois là que des raisons supplémentaires, et de bonnes raisons, d'aimer le patron, car tout cela me touche de plus près que vous ne le pensez. Pourquoi voulez-vous que je me moque d'une calvitie à laquelle je n'échapperai pas ? Pourquoi voulez-vous que je me moque de cet effort obstiné du patron pour ne pas être ce qu'il est ?

« Ou bien un vieil homme accepte d'être ce qu'il est, c'est-à-dire ce résidu pitoyable de soi-même, ou bien il n'accepte pas. Mais que doit-il faire, s'il n'accepte pas ? Il ne lui reste qu'à feindre de ne pas être ce qu'il est ; il ne lui reste qu'à recréer, par une simulation laborieuse, ce qui n'est plus, ce qui est perdu ; à inventer, jouer, mimer sa gaieté, sa vitalité, sa cordialité. À faire revivre son image juvénile, à s'efforcer de se confondre avec elle et de la substituer à soi-même. Dans cette comédie du patron, c'est moi que je vois, c'est mon propre avenir. S'il me reste encore assez de force pour refuser la résignation qui est certainement un mal pire que cette mélancolique comédie.

« Vous avez peut-être vu clair dans le jeu du patron. Mais je ne l'en aime que davantage, et je ne pourrai jamais lui faire de mal, d'où il résulte que je ne pourrai jamais coucher avec vous. »

LA RÉPONSE DE LA DOCTORESSE

« Mon cher docteur, répondit la doctoresse, il y a moins de divergences entre nous que vous ne le pensez. Moi aussi je l'aime bien. Moi aussi, j'ai pitié de lui, tout comme vous. Et je lui dois plus que vous ne lui devez. Sans lui, je n'aurais pas une aussi bonne place. (Vous le savez bien, tout le monde ne le sait que trop bien.) Vous croyez que je le fais marcher ? Que je le trompe ? Que j'ai d'autres amants ? Avec quelle joie tout le monde lui en ferait part ! Je ne veux faire de mal à personne, ni à lui ni à moi, et je suis par conséquent moins libre que vous ne l'imaginez. Je suis complètement liée. Mais je suis contente que nous nous soyons si bien compris, tous les deux. Parce que vous êtes le seul homme avec qui je peux me permettre d'être infidèle au patron. En effet, vous l'aimez sincèrement et vous ne voudriez jamais lui faire de mal. Vous serez scrupuleusement discret. Je peux avoir confiance en vous. Je peux donc coucher avec vous... » et elle s'assit sur les genoux de Havel et commença à le déboutonner.

QU'A FAIT LE DOCTEUR HAVEL ?

Que pouvait-il faire...

CINQUIÈME ACTE

DANS UN TOURBILLON DE NOBLES SENTIMENTS

Après la nuit vint le matin et Fleischman descendit dans le jardin pour y couper un bouquet de roses. Puis il prit le tram jusqu'à l'hôpital.

Élisabeth avait une chambre particulière dans le service des urgences. Fleischman s'assit au chevet de son lit, posa le bouquet sur la table de nuit et prit la main d'Élisabeth pour lui tâter le pouls.

« Ça va mieux ? demanda-t-il ensuite.

— Oui », dit Élisabeth.

Et Fleischman dit d'une voix pleine de sentiment : « Vous n'auriez pas dû faire une bêtise pareille, ma chérie.

— Vous avez raison, dit Élisabeth, mais je me suis endormie. J'ai mis de l'eau à chauffer pour me faire un café et je me suis endormie comme une idiote. »

Fleischman contemplait Élisabeth avec stupeur, car il ne s'attendait pas à tant de générosité de sa part : Élisabeth voulait lui épargner les remords, elle ne voulait pas l'accabler avec son amour, et elle reniait cet amour !

Il lui caressa les joues et, transporté par ses sentiments, il se mit à la tutoyer : « Je sais tout. Tu n'as pas besoin de mentir. Mais je te remercie de ton mensonge. »

Il comprenait qu'il ne pourrait trouver chez aucune autre tant de noblesse, d'abnégation et de dévouement, et il faillit céder à la force de la tentation et lui demander de devenir sa femme. Mais, au dernier moment, il se domina (on a toujours le temps de présenter une demande en mariage) et dit seulement :

« Élisabeth, Élisabeth, ma chérie. C'est pour toi que j'ai apporté ces roses. »

Élisabeth fixait Fleischman d'un air hébété et dit : « Pour moi ?

— Oui, pour toi. Parce que je suis heureux d'être ici

— Vous voyez bien, dit le patron en riant. Et pour un peu, Havel nous pousserait tous au suicide.

— Évidemment », dit la doctoresse. Et elle s'approcha de la fenêtre. « Il va encore faire une belle journée. Le ciel est tellement bleu. Qu'en dites-vous, Fleischman ? »

Quelques instants plus tôt, Fleischman se reprochait presque d'avoir agi hypocritement en se tirant d'affaire avec un bouquet de roses et quelques jolies paroles, mais maintenant il se félicitait de ne pas avoir brusqué les choses. Il capta le signal de la doctoresse et le comprit. Le fil de l'aventure allait donc reprendre, au point où il s'était rompu, la veille, lorsque l'odeur du gaz avait fait échouer le rendez-vous de Fleischman et de la doctoresse. Et Fleischman ne put s'empêcher de sourire à la doctoresse, même sous le regard jaloux du patron.

L'histoire reprend donc là où elle s'est achevée hier, mais Fleischman croit y rentrer beaucoup plus âgé et beaucoup plus fort. Il a derrière lui un amour grand comme la mort. Il sent une vague se gonfler dans sa poitrine, et c'est la vague la plus haute et la plus puissante qu'il a jamais connue. Car ce qui l'exalte si voluptueusement, c'est la mort : la mort dont on lui a fait présent ; une mort splendide et revigorante.

QUE LES VIEUX MORTS CÈDENT LA PLACE AUX JEUNES MORTS

I

Il rentrait chez lui, longeant une rue d'une petite ville de Bohême où il habitait depuis pas mal d'années, résigné à une vie sans beaucoup d'intérêt, à des voisins cancaniers et à la monotone grossièreté qui l'entourait au bureau, et il allait avec une telle indifférence (c'est ainsi que l'on marche sur une route des centaines de fois suivie) qu'il faillit la manquer. Mais elle le reconnut de loin, et tout en s'avançant à sa rencontre, elle le regardait avec un sourire qui finit par déclencher, au tout dernier moment, alors qu'ils arrivaient à la même hauteur, un déclic dans sa mémoire et le tira de sa somnolence.

« Je n'arrivais pas à vous reconnaître », dit-il, mais c'était une excuse maladroite qui les aiguilla d'emblée sur un sujet pénible qu'il eût été préférable d'éviter : ils ne s'étaient pas vus depuis quinze ans et ils avaient l'un et l'autre vieilli. « J'ai tellement changé ? » demanda-t-elle, et il répondit que non, et bien que ce fût un mensonge, ce n'en était pas un tout à fait, parce que ce sourire réservé (où s'exprimait pudiquement et modestement une faculté d'enthousiasme éternel) lui parvenait jusqu'ici à travers une distance de plusieurs années, inchangé, et le troublait : car ce sourire évoquait en lui l'ancienne apparence de cette femme si distinctement qu'il dut faire un effort pour oublier ce sourire et la voir telle qu'elle était à présent : c'était presque une vieille femme.

Il lui demanda où elle allait et si elle avait des projets, et elle lui répondit qu'elle était venue régler des affaires et qu'il ne lui restait plus qu'à attendre le train qui devait la reconduire à Prague dans la soirée. Il exprima le plaisir que lui causait leur rencontre inopinée, et comme ils tombèrent d'accord pour déclarer (à juste titre) que les deux brasseries de l'endroit étaient sales et bondées, il l'invita dans son studio qui n'était pas éloigné, où il pourrait lui préparer du thé ou du café et, surtout, qui était un endroit propre et tranquille.

2

La journée avait mal commencé pour elle. Son mari (voici trente ans, ils avaient vécu ici pendant quelque temps étant alors jeunes mariés, puis ils s'étaient installés à Prague où il était mort il y avait dix ans) était inhumé dans le cimetière de cette petite ville, à la suite d'un vœu bizarre qu'il avait exprimé dans ses dernières volontés. Elle avait donc acquis une concession pour dix ans, et, voici quelques jours, elle avait constaté qu'elle avait oublié de la renouveler et que le délai était écoulé. Elle avait d'abord envisagé d'écrire au bureau du cimetière mais, se souvenant que toute correspondance avec l'administration est une entreprise interminable et vaine, elle était venue.

Bien qu'elle connût par cœur le chemin qui menait à la tombe de son mari, elle avait l'impression, ce jour-là, de voir le cimetière pour la première fois. Elle n'arrivait pas à trouver la tombe et croyait s'être égarée. Elle comprit enfin : là où était autrefois un monument en grès avec le nom, en lettres dorées, de son époux, se dressait maintenant (elle fut certaine de reconnaître l'endroit aux deux tombes voisines) un monument en marbre noir avec, en lettres dorées, un nom tout à fait inconnu.

Bouleversée, elle se rendit au bureau du cimetière. Là, ils lui dirent qu'à l'expiration des concessions les tombes étaient automatiquement liquidées. Elle leur reprocha de ne pas l'avoir avertie qu'il fallait renouveler la concession, et ils lui répondirent qu'il y avait peu de place au cimetière et que *les vieux morts devaient céder la place aux jeunes morts.* Elle était indignée et leur dit, réprimant avec peine un sanglot, qu'ils n'avaient ni sens de la dignité humaine ni respect pour autrui, mais elle ne tarda pas à comprendre que la discussion était inutile. De même qu'elle n'avait pu empêcher la mort de son mari, elle était sans défense devant cette deuxième mort, cette mort d'un *vieux mort* qui n'avait même plus droit à une existence de mort.

Elle retourna vers le centre ville, et sa tristesse fut bientôt mêlée d'inquiétude car elle se demandait comment elle pourrait expliquer à son fils la disparition de la tombe paternelle et excuser devant lui sa négligence. Ensuite, vint la fatigue : elle ne savait pas comment passer les longues heures d'attente jusqu'au départ du train qui devait la ramener à Prague, car elle ne connaissait plus personne ici, et elle n'avait même pas envie de faire une promenade sentimentale, la ville ayant à ce point changé au cours des années que des lieux autrefois familiers lui offraient aujourd'hui un visage tout à fait étranger. C'est pourquoi elle accepta avec reconnaissance l'invitation du vieil ami (à moitié oublié) qu'elle venait de rencontrer par hasard : elle put se laver les mains dans la salle de bains et s'asseoir ensuite dans un fauteuil moelleux (elle avait mal aux jambes), examiner la pièce et écouter derrière la cloison qui séparait le coin cuisine du studio frémir l'eau bouillante.

3

Il avait eu récemment trente-cinq ans et il avait soudain constaté que ses cheveux étaient nettement clairsemés sur le sommet de son crâne. Ce n'était pas encore tout à fait une calvitie, mais on la devinait déjà (les cheveux laissaient transparaître la peau) : elle était tout à fait inéluctable et assez proche. Il est certainement ridicule de faire un problème vital de la perte de ses cheveux, mais il se rendait compte que la calvitie lui changerait le visage et que donc la vie d'une de ses apparences (manifestement la meilleure) touchait à sa fin.

Alors, il se demanda quel était au juste le bilan de ce personnage (chevelu) qui petit à petit s'en allait, ce qu'avait au juste vécu ce personnage et quelles joies il avait au juste connues, et il constata avec stupeur que c'était bien peu de chose, ces joies ; il se sentait rougir rien qu'à cette pensée ; oui, il avait honte : parce qu'il est infamant d'avoir vécu si longtemps sur cette terre et d'avoir si peu vécu.

Que voulait-il dire exactement, quand il disait qu'il avait

peu vécu ? Pensait-il aux voyages, au travail, à la vie publique, aux sports, aux femmes ? C'était certainement à tout cela qu'il pensait, mais c'était d'abord aux femmes ; parce que, si sa vie était pauvre dans d'autres domaines, cela le tourmentait bien un peu, mais il ne pouvait pas s'estimer coupable de cette pauvreté-là : ce n'était tout de même pas sa faute si son métier était sans intérêt et sans perspectives ; ce n'était pas sa faute s'il ne pouvait voyager, n'ayant pour cela ni argent ni attestation de la section des cadres ; pas sa faute s'il s'était rompu le ménisque à vingt ans et s'il avait dû renoncer aux sports qu'il aimait. En revanche, le domaine féminin était pour lui une sphère de relative liberté, et là il ne pouvait invoquer aucune excuse. Là il aurait pu montrer qui il était, il aurait pu manifester sa richesse ; les femmes étaient devenues pour lui le seul critère justifié de la *densité* vitale.

Mais, pas de chance ! ça n'avait jamais très bien marché avec les femmes : jusqu'à vingt-cinq ans (bien qu'il fût beau garçon) il était paralysé par le trac ; ensuite il était tombé amoureux, il s'était marié et, pendant sept ans, il essaya de se persuader que l'on peut trouver dans une seule femme l'infini de l'érotisme ; puis il avait divorcé, l'apologétique de la monogamie (l'illusion de l'infini) céda la place à un agréable et audacieux désir de femmes (du fini bariolé de leur multitude), mais hélas ce désir et cette audace étaient fortement freinés par une situation financière difficile (il devait verser une pension alimentaire à son ex-épouse pour un enfant qu'il était autorisé à voir une ou deux fois par an) et par les conditions de vie dans une petite ville où la curiosité des voisins était aussi illimitée qu'était restreint le choix des femmes à séduire.

Après cela, le temps avait passé, très vite et, soudain, il se trouva devant la glace ovale placée au-dessus du lavabo de la salle de bains, il tenait dans la main droite un petit miroir rond au-dessus de son crâne, et, envoûté, regardait sa calvitie naissante ; d'un seul coup (sans aucune préparation) il comprit la vérité banale : on ne rattrape pas ce qu'on a laissé échapper. Depuis lors, il souffrait de mauvaise humeur chronique et il avait même des idées de suicide. Évidemment (et il faut le souligner afin de ne pas le prendre pour un hystérique ou pour un imbécile), il avait conscience de ce que ces idées avaient de comique et qu'il ne les réaliserait jamais (il riait lui-même à la pensée de sa lettre d'adieu : *Je n'accepterai jamais d'être chauve : adieu !*), mais il suffit que ces pensées, même platoniques, lui soient venues à l'esprit. Faisons un effort pour le comprendre : ces idées lui venaient à peu près comme vient à un coureur de marathon le désir irrésistible d'abandonner lorsqu'il constate, au milieu de la course, qu'il est sur le point de perdre (et pour comble, à cause de ses propres erreurs). Lui aussi, il considérait que la course était perdue et il n'avait pas envie de continuer à courir.

Et maintenant, il se penchait sur la petite table et posait une tasse de café devant le divan (où il allait s'asseoir lui-même ensuite) et une autre devant le fauteuil confortable où s'était assise la visiteuse, et il se disait que c'était une étrange méchanceté du sort d'avoir rencontré cette femme, dont il était autrefois follement amoureux et qu'il avait alors laissée échapper (à cause de ses propres erreurs), juste au moment où il se trouvait dans une si mauvaise disposition d'esprit et où il n'était plus possible de rien rattraper.

4

Elle n'aurait certainement pas deviné qu'elle était à ses yeux *celle qu'il avait laissée échapper* ; certes, elle se souvenait toujours d'une nuit qu'ils avaient passée ensemble, elle se souvenait de son apparence d'alors (il avait vingt ans, ne savait pas s'habiller, rougissait et l'amusait avec ses manières de gamin), elle se souvenait aussi de celle qu'elle était alors (elle avait plus de quarante ans et une soif de beauté la jetait dans les bras d'inconnus, mais l'en repoussait aussitôt ; car elle avait toujours pensé que sa vie devait ressembler à *une exquise danse*, et elle redoutait de transformer ses infidélités conjugales en une hideuse habitude).

Oui, elle s'imposait la beauté, comme d'autres s'imposent un impératif moral ; eût-elle aperçu de la laideur dans sa propre vie, elle aurait succombé au désespoir. Et, comme elle comprenait que son hôte devait la trouver bien vieille après quinze ans (avec toutes les laideurs que cela implique), elle s'empressa de déployer devant son visage un éventail imaginaire, et elle l'accabla de questions : elle voulait savoir comment il était venu dans cette ville ; elle l'interrogeait sur son travail ; elle faisait l'éloge de son studio qu'elle trouvait très agréable, avec la vue sur les toits de la ville (elle dit que cette vue n'avait évidemment rien d'extraordinaire mais donnait une sensation de grand air et de liberté) ; elle nomma les auteurs de quelques reproductions encadrées de peintures impressionnistes (ce n'était pas difficile car on était certain de trouver les mêmes reproductions bon marché chez la plupart des intellectuels tchèques impécunieux), puis elle se leva, tenant sa tasse à la main, et se pencha sur le petit bureau où plusieurs photographies étaient disposées dans un cadre (elle constata qu'il n'y avait pas une seule photographie de jeune femme) et demanda si le visage de femme âgée que l'on voyait sur une de ces photos était le visage de sa mère (il acquiesça).

Ensuite, il lui demanda ce que c'étaient, ces affaires qu'elle était venue régler comme elle le lui avait dit au moment de leur rencontre. Elle n'avait aucune envie de parler du cimetière (ici, au cinquième étage de cet immeuble, elle était comme suspendue au-dessus des toits et aussi, sensation plus agréable encore, au-dessus de sa vie) ; mais, comme il insistait, elle finit par avouer (mais très brièvement, car l'impudeur d'une franchise excessive lui avait toujours été étrangère) qu'elle avait autrefois habité dans cette ville, il y avait de cela bien des années, que son mari était enterré ici (elle ne dit rien de la disparition de la tombe) et qu'elle venait ici tous les ans avec son fils, à la Toussaint.

5

« Tous les ans ? » Cette révélation l'attristait et il pensa de nouveau à la méchanceté du sort ; s'il l'avait rencontrée six ans plus tôt, lorsqu'il était venu s'installer dans cette ville, tout aurait encore été possible : elle n'aurait pas encore été marquée par l'âge à ce point et elle n'aurait pas été à ce point différente de l'image de la femme qu'il avait aimée quinze ans plus tôt ; il aurait eu la force de surmonter la différence et de percevoir les deux images (l'image présente et celle du passé) comme une seule. Mais à présent elles étaient désespérément éloignées, les deux images.

Elle avait bu sa tasse de café, elle parlait et il s'efforçait de déterminer exactement l'ampleur de cette métamorphose, à cause de laquelle elle allait *une deuxième fois* lui échapper : le visage était ridé (ce que plusieurs couches de poudre s'efforçaient en vain de réfuter) ; le cou était fané (ce qu'elle s'efforçait en vain de cacher sous un col montant) ; les joues étaient pendantes ; les cheveux (mais ça, c'était presque beau !) grisonnaient ; cependant, ce qui l'attirait le plus, c'étaient les mains (que ni la poudre ni le fard ne peuvent, hélas, embellir) : le réseau bleu des veines qui s'y dessinait en relief en faisait presque des mains d'homme.

Le regret se mêlait en lui à la colère ; il eut envie d'alcool pour oublier que cette rencontre avait lieu trop tard ; il lui demanda si elle n'avait pas envie d'un cognac (il avait une bouteille entamée dans l'armoire, derrière la cloison) ; elle répondit que non et il se souvint qu'elle ne buvait presque pas voici quinze ans, de peur sans doute que l'alcool ne prive son jeu d'une modération de bon goût. Et quand il vit le geste délicat de la main qu'elle esquissa pour refuser l'offre du cognac, il comprit que ce charme du bon goût, cette séduction, cette grâce qui l'avaient envoûté étaient toujours les mêmes bien qu'ils fussent cachés sous le masque de l'âge, et toujours aussi attirants, même derrière un grillage.

Quand il se dit que ce grillage était *le grillage de l'âge*, il éprouva pour elle une immense pitié, et cette pitié la lui rendit plus proche (cette femme jadis éblouissante, qui lui faisait perdre l'usage de la parole) et il eut envie de bavarder avec elle comme un ami avec une amie, longuement, dans l'atmosphère bleutée de la résignation mélancolique. Et de fait, il parlait avec volubilité et fit allusion pour finir à ses idées pessimistes qui l'assaillaient depuis quelque temps. Bien entendu, il ne dit rien de sa calvitie naissante (de même qu'elle n'avait rien dit de la tombe disparue) ; la vision de la calvitie fut transsubstantiée dans des phrases quasi philosophiques au sujet du temps qui court trop vite pour que l'homme puisse le suivre, de la vie marquée par l'inévitable décomposition et dans d'autres phrases semblables, auxquelles il attendait que la visiteuse fît écho par une remarque compatissante ; mais il attendit en vain.

« Je n'aime pas tous ces discours, dit-elle presque avec véhémence, c'est terriblement superficiel, tout ce que vous dites là. »

6

Elle n'aimait pas que l'on parle du vieillissement et de la mort, car il y avait dans ces discours l'image de la laideur physique qui lui répugnait. Elle répéta plusieurs fois à son hôte, presque avec émotion, que ses vues étaient *superficielles* ; l'homme, disait-elle, est plus que son corps qui dépérit, car l'essentiel c'est l'œuvre de l'homme, ce que l'homme laisse pour les autres. Ce n'était pas, de sa part, un argument nouveau ; elle y avait eu recours trente ans plus tôt, lorsqu'elle s'était éprise de son futur époux, qui avait dix-neuf ans de plus qu'elle ; elle n'avait jamais cessé de le respecter sincèrement (malgré toutes ses infidélités dont il ne savait rien ou dont il ne voulait rien savoir) et elle s'efforçait de se convaincre elle-même que l'intelligence et le rôle de son mari compensaient le lourd fardeau de ses années.

« Quelle œuvre, je vous le demande ! Quelle œuvre voulez-vous que nous laissions ! » répliqua-t-il avec un rire amer.

Elle ne voulait pas invoquer son défunt mari, bien qu'elle fût fermement convaincue de la valeur durable de tout ce qu'il avait accompli ; elle se contenta donc de répondre que tout homme ici-bas accomplit une œuvre, aussi modeste soit-elle, et que c'est cela, et cela seulement, qui lui donne sa valeur ; elle se mit à parler d'elle-même avec volubilité, de son travail dans une maison de la culture de la banlieue de Prague, des conférences et des soirées de poésie qu'elle y organisait ; elle parlait (avec une emphase qui lui parut déplacée) des « visages reconnaissants du public » ; puis elle dit qu'il est beau d'avoir un fils et de voir ses propres traits (son fils lui ressemblait) changer peu à peu pour devenir un visage d'homme, qu'il est beau de lui donner tout ce qu'une mère peut donner à un fils et de s'effacer sans bruit sur les traces de sa vie.

Ce n'était pas un hasard si elle s'était mise à parler de son fils car, ce jour-là, son fils était présent dans chacune de ses pensées et lui reprochait son échec au cimetière ; c'était étrange ; elle n'avait jamais permis à un homme de lui imposer sa volonté, mais son propre fils la tenait sous le joug, sans qu'elle pût comprendre comment. Si l'échec au cimetière l'avait à ce point bouleversée, c'est surtout parce qu'elle se sentait coupable devant lui et redoutait ses reproches. Son fils veillait avec un soin jaloux à ce qu'elle honore dignement la mémoire de son père (c'était lui qui insistait chaque année à la Toussaint pour qu'ils n'oublient pas d'aller au cimetière !), et, elle s'en doutait depuis longtemps : ce souci était moins dicté par l'amour du père décédé que par le désir de tyranniser la mère, de la maintenir dans des limites convenables pour une veuve ; car c'était ainsi, bien qu'il ne l'eût jamais avoué et qu'elle s'efforçât (en vain) de l'ignorer : il lui répugnait de penser que sa mère pût avoir une vie sexuelle, il considérait avec dégoût tout ce qui pouvait subsister en elle (même comme virtualité) de sexuel et, comme l'idée du sexuel est liée à l'idée de la jeunesse, il considérait avec dégoût tout ce qui subsistait en elle de juvénile ; il n'était plus un enfant et la jeunesse de sa mère (associée à l'agressivité de la sollicitude maternelle) formait comme un obstacle entre lui et la jeunesse des filles qui commençaient à l'intéresser ; il lui fallait une mère âgée pour qu'il pût supporter son amour et qu'il fût capable de l'aimer. Et elle, bien qu'elle se rendît compte, parfois, qu'il la poussait ainsi dans la tombe, avait fini par lui céder, par capituler sous sa pression et même par idéaliser cette capitulation en se persuadant que la beauté de sa vie provenait justement de ce silencieux effacement derrière une autre vie. Au nom de cette idéalisation (sans laquelle les rides de son visage l'auraient brûlée davantage encore), elle mettait dans la discussion avec son hôte une ardeur si inattendue.

Mais son hôte se pencha soudain sur la table basse qui les séparait, lui caressa la main et dit : « Pardonnez-moi si j'ai dit des bêtises, vous savez bien que j'ai toujours été un imbécile. »

7

Leur discussion ne l'avait pas irrité, bien au contraire, la visiteuse ne faisait que confirmer à ses yeux son identité : dans la protestation qu'elle avait élevée contre ses propos pessimistes (mais n'était-ce pas avant tout une protestation contre la laideur et le mauvais goût ?) il la retrouvait telle qu'il la connaissait, de sorte que son personnage et leur aventure d'autrefois emplissaient toujours davantage sa pensée, et il ne souhaitait plus qu'une chose, que rien ne vînt rompre cette atmosphère bleutée si propice à la conversation (c'est pourquoi il lui avait caressé la main et s'était traité d'imbécile) et pouvoir lui parler de ce qui lui paraissait maintenant essentiel : leur aventure commune ; car il était persuadé qu'il avait vécu avec elle quelque chose de tout à fait extraordinaire dont elle n'avait pas conscience et pour quoi il devait chercher et trouver lui-même des mots précis.

Il ne se souvenait même plus comment ils avaient fait connaissance, elle était sans doute venue se joindre à un groupe d'amis étudiants, mais il se souvenait encore parfaitement du discret petit bar praguois où ils s'étaient donné leur premier rendez-vous : il était assis en face d'elle dans un box tendu de velours rouge, il était gêné et silencieux, mais en même temps littéralement enivré par les signes délicats au moyen desquels elle lui faisait comprendre sa sympathie. Il essayait de se représenter (sans oser espérer la réalisation de ces rêves) comment elle serait s'il l'embrassait, la déshabillait et l'aimait, mais il n'y parvenait pas. Oui, c'était étrange : il tenta des milliers de fois de l'imaginer dans l'amour physique mais en vain : son visage continuait de le regarder avec le même sourire tranquille et doux et il ne pouvait pas (même au prix du plus opiniâtre effort d'imagination) y voir la grimace d'exaltation amoureuse. *Elle échappait totalement à son imagination.*

C'était une situation qui ne s'est plus jamais reproduite dans sa vie : il s'était trouvé confronté à *l'inimaginable.* Il venait de vivre cette période trop brève de la vie (la période *paradisiaque*) où l'imagination n'est pas encore saturée par l'expérience, n'est pas devenue routine, où l'on connaît et où l'on sait peu de choses, de sorte que l'inimaginable existe encore ; et si l'inimaginable est sur le point de se transformer en réalité (sans l'intermédiaire de l'imaginable, sans la passerelle des images), on est pris de panique et de vertige. Et réellement, il fut saisi de vertige lorsque, après plusieurs autres rencontres au cours desquelles il ne put se résoudre à rien, elle se mit à l'interroger en détail et avec une éloquente curiosité sur la chambre d'étudiant qu'il occupait dans une cité universitaire, l'obligeant presque à l'inviter.

La chambre de la cité universitaire où il habitait avec un camarade qui lui avait promis, moyennant un verre de rhum, de ne pas rentrer avant minuit ce soir-là, ne ressemblait guère au studio d'aujourd'hui : deux lits métalliques, deux chaises, une armoire, une ampoule aveuglante sans abat-jour, un épouvantable désordre. Il fit le ménage et à sept heures (elle était toujours exacte, cela faisait partie de son élégance) elle frappa à la porte. On était au mois de septembre et l'obscurité commençait à tomber lentement. Ils s'assirent sur le bord du lit métallique et ils commencèrent à s'embrasser. Ensuite il fit de plus en plus sombre et il ne voulait pas allumer, car il était heureux qu'on ne puisse pas le voir et il espérait que l'obscurité soulagerait la gêne qu'il ne manquerait pas d'éprouver quand il se déshabillerait devant elle. (S'il savait tant bien que mal déboutonner le corsage des femmes, il se déshabillait devant elles avec une hâte pudique.) Mais cette fois-là, il hésita longuement avant de défaire le premier bouton de la blouse (il se disait que le geste initial du déshabillage doit être un geste élégant et délicat dont seuls sont capables les hommes expérimentés et il redoutait de trahir son inexpérience), de sorte qu'elle se leva d'elle-même et lui demanda avec un sourire : « Est-ce que je ne ferais pas mieux d'enlever cette cuirasse ?... », et elle commença à se déshabiller ; mais il faisait noir et il ne voyait que les ombres de ses mouvements. Il se déshabilla à la hâte et il n'éprouva une certaine assurance que lorsqu'ils commencèrent (grâce à la patience dont elle fit preuve) à s'aimer. Il regardait son visage mais, dans la pénombre, son expression lui échappait et il n'arrivait même pas à distinguer ses traits. Il regrettait de ne pas avoir allumé mais il lui semblait impossible de se lever maintenant pour se diriger vers la porte et tourner l'interrupteur ; donc, il continuait de se fatiguer inutilement les yeux : il ne la reconnaissait pas ; il avait l'impression d'aimer quelqu'un d'autre ; un personnage postiche, abstrait, désindividualisé.

Ensuite elle s'assit sur lui (et même alors, il ne voyait d'elle que son ombre dressée) et, ondulant des hanches, elle dit quelque chose d'une voix étouffée, dans un murmure, mais il était difficile de savoir si elle disait cela pour lui ou pour elle-même. Il ne distinguait pas les mots et il lui demanda ce qu'elle disait. Elle continuait de chuchoter, et même quand il la serra de nouveau contre lui il ne put comprendre ses paroles.

8

Elle écoutait son hôte et elle était de plus en plus captivée par des détails qu'elle avait oubliés depuis longtemps : par exemple, ce tailleur bleu pâle en tissu léger d'été, dans lequel elle ressemblait, disait-il, à un ange intangible (oui, elle se souvenait de ce tailleur), ou ce gros peigne en écaille qu'elle avait dans les cheveux et qui lui donnait, disait-il, une noblesse surannée de grande dame, ou bien cette habitude qu'elle avait, dans le bar où ils se donnaient rendez-vous, de toujours commander un thé au rhum (son seul péché d'alcoolisme), et tout cela l'emportait agréablement, loin du cimetière, de la tombe disparue, loin des jambes endolories, de la maison de la culture, loin des yeux réprobateurs de son fils. Ah, songeait-elle, j'ai beau être telle que je suis à présent, je n'aurais pas vécu inutilement si un peu de ma jeunesse continue de vivre dans la mémoire de cet homme ; et elle se dit ensuite que c'était là une nouvelle confirmation de sa conviction : toute la valeur de l'être humain tient à cette faculté de se surpasser, d'être en dehors de soi, d'être en autrui et pour autrui.

Elle l'écoutait et ne se défendait pas quand il lui caressait de temps à autre la main ; ce geste s'accordait avec l'atmosphère intime de la conversation et il en émanait une désarmante ambiguïté (à qui s'adressait-il, ce geste ? à celle *dont* on parlait ou bien à celle *à qui* l'on parlait ?) ; d'ailleurs, celui qui la caressait lui plaisait ; elle se disait même qu'il lui plaisait plus que le petit jeune homme d'il y avait quinze ans, dont la juvénilité, si elle s'en souvenait bien, était plutôt pénible.

Quand il arriva, dans son récit, au moment où son ombre mobile se dressait au-dessus de lui, et où il tentait vainement de saisir ses paroles, il se tut un instant, et elle (naïvement comme s'il connaissait ces paroles et comme s'il voulait, après tant d'années, les lui rappeler comme un secret oublié) lui demanda doucement : « Et qu'est-ce que je disais ? »

9

« Je ne sais pas », répondit-il. Il ne le savait pas, en effet ; elle avait échappé alors non seulement à son imagination mais à ses perceptions ; à son regard comme à son oreille. Quand il ralluma la lumière dans la petite chambre de la cité universitaire, elle était déjà rhabillée, tout sur elle était de nouveau lisse, éblouissant, parfait, et il cherchait vainement le lien entre ce visage éclairé et le visage qu'il devinait dans l'obscurité quelques instants plus tôt. Ils ne s'étaient pas encore quittés, ce soir-là, et déjà il appelait à lui son souvenir : il s'efforçait d'imaginer comment était son visage (dissimulé dans la pénombre) et son corps (dissimulé dans la pénombre) quelques instants plus tôt, pendant l'amour. En vain ; elle échappait toujours à son imagination.

Il se promit que la prochaine fois il lui ferait l'amour en pleine lumière. Mais il n'y eut pas de prochaine fois. Elle l'évitait adroitement et poliment et il cédait au doute et au désespoir : ils avaient bien fait l'amour, peut-être, mais il savait aussi à quel point il avait été impossible, *avant*, et il en avait honte ; il se sentait condamné, parce qu'elle l'évitait, et il n'osa plus persister à la revoir.

« Dites-moi, pourquoi est-ce que vous m'évitiez ?

— Je vous en prie, dit-elle de sa voix la plus tendre. Il y a si longtemps de cela. Qu'est-ce que j'en sais ? » et, comme il insistait encore, elle dit : « Il ne faut pas toujours revenir sur le passé. Il suffit déjà qu'on lui consacre tant de temps malgré soi, au passé ! » Elle avait dit cela pour calmer un peu son insistance (et cette dernière phrase prononcée avec un léger soupir la ramenait sans doute à sa dernière visite au cimetière), mais il interpréta autrement sa déclaration : comme si celle-ci était destinée à lui faire brusquement et délibérément comprendre (ce fait évident) qu'il n'y avait pas deux femmes (celle d'aujourd'hui et celle d'autrefois), mais une seule et même femme et que cette femme, qui lui avait échappé quinze ans plus tôt, était maintenant ici, était à portée de sa main.

« Vous avez raison, le présent est plus important », dit-il avec une intonation significative, et ce disant il regardait très intensément son visage souriant où les lèvres entrouvertes découvraient une rangée de dents ; à ce moment, un souvenir lui revint à l'esprit : ce soir-là, dans la petite chambre de la cité universitaire, elle lui avait pris les doigts et les avait mis dans sa bouche, elle les avait mordus très fort, au point de lui faire mal et, pendant ce temps, il lui palpait tout l'intérieur de la bouche, et il s'en souvenait encore distinctement ; d'un côté, il lui manquait quelques dents au fond (alors, cette découverte ne l'avait pas dégoûté ; au contraire, ce petit défaut s'accordait avec l'âge de sa partenaire, âge qui l'attirait et l'excitait). Mais à présent, en regardant dans la fente qui s'ouvrait entre les dents et le coin de la bouche, il put constater que les dents étaient trop parfaitement blanches et qu'il n'en manquait aucune, et il en fut contrarié : une fois encore, les deux images se détachaient l'une de l'autre, mais il ne voulait pas l'admettre, il voulait à nouveau les réunir, par la force et par la violence, et il dit : « Vous n'avez vraiment pas envie d'un cognac ? », et comme elle refusait, avec un sourire charmant et les sourcils légèrement levés, il se retira derrière la cloison, sortit la bouteille de cognac, l'inclina vers sa bouche et but rapidement. Il se dit ensuite qu'elle risquait, à son haleine, de découvrir ce qu'il venait de faire en cachette, prit deux verres, la bouteille, et les apporta dans la pièce. De nouveau, elle hocha la tête. « Au moins symboliquement », dit-il, et il remplit les deux verres. Il trinqua avec elle : « Pour que je ne parle plus de vous qu'au présent ! » Il vida son verre, elle humecta ses lèvres, il s'assit à côté d'elle sur le bras du fauteuil, et il lui prit les mains.

10

Elle ne soupçonnait pas, quand elle avait accepté de l'accompagner dans son studio, qu'un *tel* contact pût se produire et, sur le coup, elle en fut effrayée ; comme si ce contact s'était produit avant qu'elle ait eu le temps de s'y préparer (cet *état de préparation permanente*, tel que le connaît la femme mûre, elle l'avait depuis longtemps perdu) ; (on pourrait déceler, peut-être, dans cette frayeur, quelque chose de commun avec la frayeur de l'adolescente qui vient d'être embrassée pour la première fois, car si l'adolescente n'est pas *encore* prête et si elle, la visiteuse, ne l'est *plus*, ce « plus » et cet « encore » sont mystérieusement liés comme le sont la vieillesse et l'enfance). Ensuite, il la fit asseoir sur le divan, la serra contre lui, la caressa sur tout le corps, et elle se sentait molle entre ses bras (oui, molle : car son corps avait depuis longtemps perdu cette sensualité souveraine qui communiquait à ses muscles le rythme des contractions et des relâchements et l'activité de centaines de tropismes délicats).

Mais la frayeur du premier instant se dissipa vite sous ses caresses, et elle, pourtant si éloignée de la belle femme mûre qu'elle était autrefois, retournait maintenant à une vitesse vertigineuse dans cet être disparu, dans sa sensibilité, dans sa conscience, elle retrouvait l'ancienne assurance d'amante expérimentée, et comme elle n'avait pas éprouvé cette assurance depuis longtemps, elle l'éprouvait maintenant plus intensément que jamais dans le passé ; son corps qui, l'instant d'avant, était encore surpris, effrayé, passif et mou, s'animait, répondait maintenant par ses propres caresses, et elle sentait la précision et le savoir de ces caresses et cela l'emplissait de bonheur ; ces caresses, la manière dont elle posait son visage sur son corps, les mouvements délicats par lesquels son buste répondait à l'étreinte, elle retrouvait tout cela non pas comme une chose apprise, quelque chose qu'elle savait et qu'elle exécutait à présent avec une froide satisfaction, mais comme quelque chose d'essentiellement *à elle*, avec quoi elle se confondait dans l'ivresse et l'exaltation, comme si elle retrouvait son continent familier (ah, le continent de la beauté !), d'où elle avait été bannie et où elle retournait solennellement.

À présent, son fils était infiniment loin ; quand son hôte l'enlaça, elle l'aperçut qui la blâmait dans un recoin de sa pensée, mais il disparut bien vite, et maintenant, à cent lieues à la ronde, il n'y avait plus qu'elle et l'homme qui la caressait et l'étreignait. Mais quand il posa sa bouche sur sa bouche et voulut ouvrir ses lèvres avec sa langue, tout changea : elle revint à la réalité. Elle serra fermement les dents (elle sentait son dentier, collé contre son palais, et avait l'impression d'en avoir plein la bouche), puis le repoussa doucement : « Non. Vraiment. Je vous en prie. Il ne faut pas. »

Et comme il continuait d'insister, elle le saisit aux poignets et répéta son refus ; puis elle lui dit (elle parlait avec peine, mais elle savait qu'il fallait qu'elle parle si elle voulait qu'il lui obéisse) que c'était trop tard pour qu'ils fassent l'amour ; elle lui rappela l'âge qu'elle avait ; elle dit que s'ils faisaient l'amour, il n'éprouverait pour elle que dégoût, et elle en serait désespérée, parce que ce qu'il lui avait dit sur leur aventure d'autrefois était infiniment beau et important pour elle ; son corps était mortel et s'abîmait, mais elle savait à présent qu'il en restait quelque chose d'immatériel, quelque chose qui ressemblait à un rayon qui continue de briller, même après que l'étoile est éteinte ; et peu importait qu'elle vieillît si sa jeunesse restait intacte, présente dans un autre être. « Vous m'avez élevé un monument dans votre mémoire. Nous ne pouvons pas permettre qu'il soit détruit. Comprenez-moi, disait-elle pour se défendre. Vous n'avez pas le droit, vous n'en avez pas le droit. »

11

Il lui assura qu'elle était toujours belle, qu'en réalité rien n'était changé, que l'on reste toujours soi-même, mais il savait qu'il mentait et qu'elle avait raison : il ne connaissait que trop bien son excessive sensibilité à l'égard des choses physiques, la répugnance, chaque année plus prononcée, qu'il éprouvait envers les défauts du corps féminin, et qui, ces dernières années, le conduisait auprès de femmes de plus en plus jeunes et donc, comme il s'en rendait compte avec amertume, de plus en plus vides et stupides ; oui, il ne pouvait y avoir aucun doute à ce sujet : s'il la persuadait de faire l'amour, il y aurait au bout du compte le dégoût, et ce dégoût ne pourrait que souiller, non seulement l'instant présent, mais l'image d'une femme aimée depuis longtemps, cette image qu'il conservait dans sa mémoire comme un joyau.

Il savait tout cela, mais tout cela ce n'étaient que des idées, et les idées ne pouvaient rien contre le vouloir, qui ne savait qu'une chose : la femme dont l'intangibilité et l'insaisissabilité l'avaient tourmenté pendant quinze ans, cette femme était ici ; il allait pouvoir enfin la voir en pleine lumière, il allait pouvoir enfin, dans son corps d'aujourd'hui, déchiffrer son corps d'autrefois, dans son visage d'aujourd'hui déchiffrer son visage d'autrefois. Il allait enfin pouvoir découvrir son inimaginable mimique amoureuse, son inimaginable spasme amoureux.

Il lui enlaça les épaules et la regarda dans les yeux : « Ne vous défendez pas. Cela n'a pas de sens de résister. »

12

Mais elle hocha la tête, parce qu'elle savait qu'il n'était nullement absurde de lui résister, elle connaissait les hommes et leur attitude à l'égard du corps féminin, elle savait qu'en amour même l'idéalisme le plus fervent ne peut ôter à la surface d'un corps son terrible pouvoir ; certes, elle avait encore une silhouette tout à fait convenable, qui avait conservé ses proportions initiales, et elle avait encore l'apparence tout à fait jeune, surtout quand elle était habillée, mais elle savait qu'en se dévêtant elle révélerait les rides de son cou et qu'elle mettrait à nu sa longue cicatrice, séquelle d'une opération de l'estomac qu'elle avait subie dix ans plus tôt.

Et, au fur et à mesure qu'elle reprenait conscience de son apparence physique actuelle, qu'elle avait oubliée quelques instants plus tôt, les angoisses de la matinée d'aujourd'hui montaient des profondeurs de la rue jusqu'à la fenêtre du studio (qu'elle avait cru pourtant suffisamment haut pour la mettre à l'abri de sa vie), elles emplissaient la pièce, se posaient sur les reproductions encadrées, sur le fauteuil, sur la table, sur la tasse à café vide, et le visage de son fils menait leur cortège ; dès qu'elle l'aperçut, elle rougit et chercha refuge quelque part tout au fond d'elle-même : folle qu'elle était, elle avait failli s'écarter de la route qu'il lui avait tracée et qu'elle avait jusqu'à présent suivie avec le sourire et des paroles enthousiastes ; elle avait voulu (même pour un bref instant) fuir et voilà qu'elle devait docilement reprendre son chemin et reconnaître que c'était le seul qui lui convenait. Le visage de son fils était à ce point sarcastique qu'elle se sentait, dans sa honte, devenir de plus en plus petite devant lui, au point de n'être plus, au comble de l'humiliation, que la cicatrice qu'elle avait sur l'estomac.

Son hôte la tenait par les épaules et répétait : « Ça n'aurait pas de sens de résister », et elle hochait la tête, mais tout à fait machinalement, car ses yeux ne voyaient pas l'hôte mais le visage du fils ennemi qu'elle détestait davantage à mesure qu'elle se sentait plus petite et plus humiliée. Elle l'entendait qui lui reprochait la tombe disparue, et, du chaos de sa mémoire, au mépris de toute logique, surgit cette phrase qu'elle lui cria au visage, rageusement : *Les vieux morts doivent céder la place aux jeunes morts, mon petit !*

13

Il ne pouvait plus douter le moins du monde que cela finirait par le dégoût car, à présent, même le regard qu'il posait sur elle (regard scrutateur et pénétrant) n'était pas exempt d'un certain dégoût mais, chose étrange, cela ne le gênait pas, cela l'excitait et le stimulait, comme s'il souhaitait ce dégoût : le désir de coït se rapprochait en lui du désir de dégoût ; au désir de lire sur son corps ce qu'il avait dû si longtemps ignorer se mêlait le désir de souiller aussitôt le secret nouvellement déchiffré.

D'où lui venait cette passion ? Qu'il en eût ou non conscience, une occasion unique s'offrait à lui : sa visiteuse incarnait pour lui tout ce qu'il n'avait pas eu, tout ce qui lui avait échappé, tout ce qu'il avait manqué, tout ce dont l'absence lui rendait insupportable son âge d'à présent avec ses cheveux qui commençaient à tomber et ce bilan pitoyablement vide ; et lui, qu'il en eût clairement conscience ou qu'il s'en doutât vaguement, il pouvait maintenant priver de signification toutes ces joies qui lui avaient été refusées (et dont les couleurs chatoyantes rendaient sa vie si tristement incolore), il pouvait découvrir qu'elles étaient dérisoires, qu'elles n'étaient qu'apparence et déchéance, qu'elles n'étaient que poussière qui parade, il pouvait se venger d'elles, les humilier, les anéantir.

« Ne me résistez pas », répétait-il, tout en s'efforçant de l'attirer contre lui.

14

Elle avait toujours devant les yeux les traits sardoniques de son fils et quand son hôte l'attira de force contre lui, elle dit : « S'il vous plaît, laissez-moi une seconde », et elle lui échappa ; elle craignait en effet de rompre le fil de ses idées : les vieux morts devaient céder la place aux jeunes morts et les monuments ne servaient à rien, même ce monument à sa mémoire que l'homme qui était maintenant à côté d'elle avait révéré pendant quinze ans ne servait à rien, tous les monuments étaient pour rien, pour rien. Voilà ce qu'elle disait à son fils en pensée, et elle regardait avec une satisfaction vengeresse son visage qui se crispait et qui lui criait : « Tu n'as jamais parlé comme ça, mère ! » Elle le savait bien, qu'elle n'avait jamais parlé comme ça, mais cet instant était plein d'une lumière qui rendait toute chose parfaitement claire :

Elle n'a aucune raison de donner à des monuments la préférence devant la vie ; son propre monument n'a plus pour elle qu'une seule raison d'être : elle peut en abuser maintenant, pour le bien de son corps méprisé ; car l'homme qui est assis à côté d'elle lui plaît, il est jeune et c'est probablement (presque certainement même) le dernier homme qui lui plaît et qu'elle peut avoir, et cela seul compte ; si ensuite elle lui inspire du dégoût et ruine son propre monument dans sa pensée, elle s'en moque, parce que ce monument est en dehors d'elle-même, comme sont en dehors d'elle-même la pensée et la mémoire de cet homme, et rien ne compte de ce qui est en dehors d'elle-même. « Tu n'as jamais parlé comme ça, mère ! » Elle entendait l'exclamation de son fils, mais n'y prêtait pas attention. Elle souriait.

« Vous avez raison, pourquoi est-ce que je résisterais ? » dit-elle doucement et elle se leva. Puis elle commença lentement à dégrafer sa robe. Le soir était encore loin. Cette fois, il faisait tout à fait clair dans la pièce.

LE DOCTEUR HAVEL VINGT ANS PLUS TARD

I

Le jour où le docteur Havel partit faire une cure, sa belle épouse avait les yeux mouillés de larmes. Sans doute étaient-ce des larmes de compassion (Havel souffrait depuis quelque temps d'une affection de la vésicule biliaire et sa femme ne l'avait encore jamais vu souffrir), mais il est également vrai que la perspective de trois semaines de séparation éveillait en elle les tourments de la jalousie.

Que dites-vous ? Que cette actrice, belle, admirée, et beaucoup plus jeune, était jalouse d'un monsieur vieillissant qui, depuis plusieurs mois, ne sortait pas de chez lui sans mettre dans sa poche une fiole de comprimés pour se prémunir contre les douleurs perfides ?

C'était ainsi pourtant, et personne ne la comprenait. Pas même le docteur Havel qui, lui aussi, l'avait jugée, selon son apparence, invulnérable et souveraine ; il n'en avait été que plus séduit, il y a quelques années, quand il avait commencé à mieux la connaître et qu'il avait découvert sa simplicité, sa nature casanière, sa timidité ; c'était étrange : même quand ils s'étaient mariés, l'actrice n'avait pas un instant tenu compte de l'avantage que lui assurait sa jeunesse ; elle était comme envoûtée par son amour et par la terrible réputation érotique de son époux lequel lui semblait toujours fuyant et insaisissable, et bien qu'il s'efforçât, jour après jour, de la convaincre, avec une patience infinie (et une totale sincérité), qu'elle n'avait et ne pourrait jamais avoir d'égale, elle était douloureusement et violemment jalouse ; seule sa noblesse naturelle parvenait à maintenir sous le couvercle ce mauvais sentiment qui n'en bouillonnait que plus violemment.

Havel savait tout cela, tantôt il en était ému, tantôt agacé, et déjà un peu las, mais parce qu'il aimait sa femme il faisait tout pour soulager ses tourments. Cette fois encore, il essayait de l'aider : il exagérait ses douleurs et la gravité de son état, car il savait que la peur que sa femme éprouvait à la pensée de sa maladie était pour elle une peur tonique et réconfortante, tandis que les craintes que lui inspirait sa bonne santé (pleine d'infidélités et d'embûches) la minaient ; c'est pourquoi il mettait souvent la conversation sur la doctoresse Frantiska qui allait s'occuper de lui pendant sa cure ; l'actrice la connaissait et l'image de son physique, parfaitement débonnaire et absolument étranger à toute image lascive, la rassurait.

Lorsque le docteur Havel, une fois dans le car, vit les yeux larmoyants de la jolie femme debout sur le quai, c'est à vrai dire une impression de soulagement qu'il ressentit, car l'amour de son épouse était certes agréable, mais pesant. Il n'en restait pas moins qu'à la station thermale ça n'allait pas si bien que ça. Après avoir pris les eaux, dont il devait abreuver sa carcasse trois fois par jour, il avait des douleurs, il se sentait fatigué, et quand il rencontrait de jolies femmes sous les arcades, il constatait avec effroi qu'il se sentait vieux et qu'elles ne lui faisaient pas envie. La seule femme qu'il lui fût permis de voir à satiété, c'était la brave Frantiska, qui lui faisait des piqûres, lui prenait sa tension, lui palpait l'abdomen et le renseignait abondamment sur ce qui se passait à la station thermale et sur ses deux enfants, surtout sur son fils qui, paraît-il, lui ressemblait.

Il était dans cet état d'esprit quand il reçut une lettre de sa femme. Ah malheur ! Cette fois la noblesse de son épouse n'avait pu tenir fermé le couvercle à l'abri duquel bouillonnait la jalousie ; c'était une lettre pleine de gémissements et de plaintes : elle ne voulait rien lui reprocher, disait-elle, mais elle ne pouvait pas fermer l'œil de la nuit ; elle savait bien, disait-elle, que son amour le gênait, et elle imaginait sans peine combien il était heureux de pouvoir se reposer loin d'elle ; oui, elle ne comprenait que trop bien qu'elle l'agaçait ; et elle savait aussi qu'elle était trop faible pour changer sa vie, que traversaient toujours des cortèges de femmes ; oui, elle le savait, elle ne protestait pas, mais elle pleurait et ne pouvait pas dormir…

Lorsque le docteur Havel eut achevé cette longue liste de lamentations, il évoqua les trois vaines années pendant lesquelles il s'était patiemment efforcé d'apparaître à sa femme comme un débauché repenti et un époux aimant ; il éprouva une lassitude et un désespoir immenses. Il froissa la lettre avec colère et la jeta à la corbeille.

2

Le lendemain, il se sentait mieux ; sa vésicule ne lui faisait plus mal et il eut faiblement mais nettement envie de plusieurs femmes qu'il vit le matin se promener sous les arcades. Malheureusement, ce modeste progrès fut effacé par une découverte beaucoup plus grave : ces femmes passaient près de lui sans la moindre marque d'attention ; pour elles, il se confondait avec le cortège maladif des pâles buveurs d'eau minérale…

« Tu vois, ça va mieux, lui dit Frantiska, la doctoresse, après l'avoir ausculté le matin. Surtout, observe scrupuleusement ton régime. Heureusement, les malades que tu croises sous les arcades sont trop âgées et trop mal portantes pour pouvoir te troubler, et ça vaut mieux pour toi, parce que tu as surtout besoin de calme. »

Havel rentrait sa chemise dans son pantalon ; ce faisant, il se tenait devant le petit miroir accroché dans un coin au-dessus du lavabo, et il observait amèrement son visage. Puis, il dit avec une grande tristesse : « Tu te trompes. J'ai remarqué que parmi les vieilles qui se promènent sous les arcades il y a quelques très jolies filles. Seulement, elles ne m'ont même pas regardé.

— Je veux bien croire tout ce que tu voudras, mais pas ça ! » répliqua Frantiska, et le docteur Havel, détournant les yeux du triste spectacle qu'il voyait dans le miroir, plongea son regard dans les yeux crédules et fidèles de la doctoresse ; il éprouva pour elle de la gratitude, tout en sachant fort bien qu'elle ne faisait qu'exprimer une croyance dans une tradition, une croyance dans le rôle qu'elle était accoutumée de lui voir jouer (rôle qu'elle désapprouvait, mais toujours avec attendrissement).

Puis on frappa à la porte. Frantiska ouvrit, la tête d'un jeune homme qui s'inclinait respectueusement parut. « Ah c'est vous ! Je vous avais complètement oublié ! » Elle fit entrer le jeune homme dans le cabinet de consultation et elle expliqua à Havel : « Voilà deux jours que le rédacteur en chef du journal local essaye de te joindre. »

Le jeune homme commença par s'excuser avec volubilité de déranger aussi inopportunément le docteur Havel et s'efforça (hélas ! avec une expression un peu désagréablement tendue) de prendre un ton léger : il ne fallait pas que le docteur Havel en voulût à la doctoresse d'avoir révélé sa présence car, de toute façon, le journaliste aurait fini par le découvrir, au besoin dans sa baignoire d'eau thermale ; et le docteur Havel ne devait pas non plus en vouloir au journaliste de son effronterie car c'était là une qualité indispensable à la profession journalistique, sans laquelle il n'aurait pu gagner sa vie. Puis il parla longuement du magazine illustré que la station thermale publiait une fois par mois et dont chaque numéro contenait un entretien avec un malade célèbre qui faisait une cure dans la station ; il mentionna à titre d'exemple plusieurs noms, dont celui d'un membre du gouvernement, celui d'une cantatrice et celui d'un joueur de hockey sur glace.

« Tu vois, dit Frantiska, les jolies femmes des arcades ne s'intéressent pas à toi, mais, en revanche, tu intéresses les journalistes.

— C'est une affreuse déchéance », dit Havel. Mais il était heureux de cet intérêt ; il sourit au journaliste et il rejeta son offre avec un manque de sincérité si manifeste qu'il en était touchant : « En ce qui me concerne, monsieur, je ne suis ni un membre du gouvernement, ni un joueur de hockey, et encore moins une cantatrice. Certes, je ne veux pas sous-estimer mes travaux scientifiques, mais ils intéressent plutôt les spécialistes que le grand public.

— Mais ce n'est pas vous que je veux interviewer ; je n'y avais même pas songé, répondit le jeune homme avec une rapide franchise. C'est votre femme. J'ai entendu dire qu'elle vous rendrait visite pendant votre cure.

— Vous êtes mieux renseigné que moi », dit plutôt froidement le docteur Havel ; puis, s'approchant du miroir, il examina de nouveau son visage, qui lui déplaisait. Il boutonnait son col de chemise et se taisait, cependant que le jeune journaliste plongeait dans un embarras qui lui fit vite perdre son effronterie professionnelle si fièrement proclamée ; il s'excusa auprès de la doctoresse, il s'excusa auprès du docteur et il se sentit soulagé quand il fut dehors.

3

Le journaliste était plutôt un écervelé qu'un imbécile. Il n'appréciait pas beaucoup le magazine de la station thermale, mais comme il en était l'unique rédacteur, il devait tout faire pour en remplir chaque mois les vingt-quatre pages avec les photos et les mots indispensables. En été il y parvenait tant bien que mal car la station grouillait d'hôtes de marque, divers orchestres venaient donner des concerts en plein air, et les petites nouvelles à sensation ne manquaient pas. En revanche, pendant les mois pluvieux, les arcades étaient envahies par les paysannes et l'ennui, et il fallait saisir la moindre occasion. Aussi, quand il avait appris la veille que la station comptait actuellement parmi ses hôtes l'époux d'une actrice célèbre, celle justement qui jouait dans le nouveau film policier qui réussissait depuis quelques semaines à distraire les mornes curistes, il avait humé le vent et s'était aussitôt mis à sa recherche.

Mais à présent, il avait honte.

En effet, comme il doutait toujours de lui, il était dans un état de dépendance servile à l'égard des gens qu'il fréquentait ; craintivement, il cherchait dans leur regard la confirmation de ce qu'il était et de ce qu'il valait. Or, il estimait qu'on l'avait trouvé lamentable, stupide, importun, et cette idée lui était d'autant plus pénible que l'homme qui l'avait ainsi jugé lui était de prime abord sympathique. C'est pourquoi, talonné par l'inquiétude, il téléphona le jour même à la doctoresse pour lui demander qui était en fait le mari de l'actrice, et il apprit que ce monsieur n'était pas seulement une sommité du monde médical mais un personnage très fameux même sans cela ; se pouvait-il que le journaliste n'en eût jamais entendu parler ?

Le journaliste avoua que non et la doctoresse lui dit avec mansuétude : « Évidemment, vous êtes encore un enfant. Et heureusement, dans la spécialité où le docteur Havel s'est si brillamment distingué vous n'êtes qu'un ignorant. »

Quand il comprit, après avoir posé d'autres questions à d'autres personnes, que la spécialité à laquelle la doctoresse avait tant fait allusion ne pouvait être que l'érotisme, domaine dans lequel le docteur Havel, paraît-il, était sans égal dans son pays, il eut honte d'avoir été taxé d'ignorant et d'avoir, au reste, confirmé cette appréciation par le fait qu'il n'avait jamais entendu parler du docteur Havel. Et comme il avait toujours rêvé d'être un connaisseur comme cet homme-là, il était froissé à l'idée qu'il s'était conduit, devant lui justement, devant son maître, comme un odieux imbécile ; il se souvenait de son bavardage, de ses plaisanteries stupides, de son manque de tact, et il ne pouvait que reconnaître humblement le bien-fondé du verdict qu'il avait cru lire dans le silence réprobateur du maître et dans son regard absent fixé sur le miroir.

La station thermale où a lieu ce récit n'est pas grande, et tout le monde s'y rencontre plusieurs fois par jour, bon gré mal gré. Le jeune journaliste n'eut donc pas de mal à rencontrer bientôt l'homme auquel il pensait. C'était en fin d'après-midi et la foule des hépatiques allait et venait sous les arcades. Le docteur Havel sirotait une eau malodorante dans un gobelet de porcelaine. Le jeune journaliste s'approcha de lui et commença à présenter confusément des excuses. Il ne se doutait nullement, disait-il, que l'époux de Mme Havel, l'actrice célèbre, c'était lui, le docteur Havel, et pas un autre Havel ; il y avait beaucoup de Havel en Bohême, et le journaliste n'avait malheureusement pas établi le rapport entre l'époux de l'actrice et le médecin illustre dont il avait évidemment entendu parler depuis longtemps, non seulement comme d'une sommité du monde médical, mais aussi — il pouvait sans doute se permettre de le dire — d'après les rumeurs et les anecdotes les plus diverses.

Il n'y a aucune raison de nier que le docteur Havel, dans l'humeur maussade où il était, entendit avec plaisir les paroles du jeune homme, surtout son allusion aux rumeurs et aux anecdotes, dont le docteur Havel savait fort bien qu'elles étaient soumises, comme l'homme lui-même, aux lois du vieillissement et de l'oubli.

« Vous n'avez pas besoin de vous excuser », dit-il au jeune homme, et comme il voyait son embarras il le prit doucement par le bras et l'invita à déambuler avec lui sous les arcades. « Ça ne vaut même pas la peine d'en parler », affirma-t-il pour le rassurer mais, en même temps, il s'attardait lui-même avec complaisance sur ces excuses et il répéta plusieurs fois : « Alors, comme ça, vous avez entendu parler de moi ? », et à chaque fois, il éclatait d'un rire heureux.

« Oui, acquiesça fébrilement le journaliste. Mais je ne vous imaginais pas du tout comme ça.

— Et comment m'imaginiez-vous ? » demanda le docteur Havel avec un intérêt sincère, et comme le journaliste, ne trouvant rien à dire, bredouillait quelque chose, il dit avec mélancolie : « Je sais. Contrairement à nous, les personnages des romans, des légendes ou des histoires drôles sont faits d'une matière qui n'est pas soumise à la corruption de l'âge. Non, je ne veux pas dire par là que les légendes et les histoires drôles sont immortelles ; il est certain qu'elles vieillissent aussi, et que leurs personnages vieillissent avec elles ; seulement ils vieillissent de telle façon que leurs traits ne se modifient pas et ne s'adultèrent pas, mais s'estompent, s'effacent lentement et finissent par se confondre avec la transparence de l'espace. C'est ainsi que disparaîtront Pépé le Moko et Havel le Collectionneur, et aussi Moïse et Pallas Athéna ou saint François d'Assise ; mais songez que François va s'estomper lentement avec les petits oiseaux posés sur son épaule, avec le faon qui se frotte contre sa jambe et avec le bouquet d'oliviers qui lui prête son ombre, songez que tout son paysage va lentement s'effacer avec lui et se muer avec lui en azur consolateur, tandis que moi, cher ami, tel que je suis, nu, arraché à la légende, je vais disparaître sur l'arrière-plan d'un paysage aux couleurs implacablement criardes et sous les yeux d'une jeunesse sarcastiquement vivante. »

Le journaliste était à la fois décontenancé et enthousiasmé par la tirade de Havel, et les deux hommes se promenèrent encore un long moment dans la nuit qui commençait à tomber. Quand ils se séparèrent, Havel déclara qu'il en avait assez de la nourriture de régime et qu'il ferait volontiers un bon dîner le lendemain ; il demanda au journaliste s'il n'accepterait pas de se joindre à lui.

Bien sûr qu'il accepta.

4

« Ne le dites pas à la doctoresse, dit Havel quand il fut à table en face du journaliste et qu'il se fut emparé du menu, mais j'ai une conception originale du régime : j'évite soigneusement tous les plats dont je n'ai pas envie. » Puis il demanda au jeune homme ce qu'il voulait prendre comme apéritif.

Le rédacteur n'avait pas l'habitude de prendre un alcool avant les repas et, ne trouvant rien d'autre à dire : « Une vodka », répondit-il.

Le docteur Havel parut mécontent : « La vodka, ça pue l'âme russe !

— C'est exact », dit le jeune homme, et à partir de ce moment il fut perdu. Il était comme un candidat au baccalauréat devant le jury. Il ne cherchait pas à dire ce qu'il pensait et à faire ce qu'il voulait, mais il s'efforçait de donner satisfaction aux examinateurs ; il s'efforçait de deviner leurs idées, leurs caprices, leurs goûts ; il souhaitait être digne d'eux. Pour rien au monde, il n'eût admis que ses dîners étaient mauvais et vulgaires, qu'il n'avait aucune idée du vin qu'il faut boire avec telle viande. Et le docteur Havel le faisait involontairement souffrir en le consultant interminablement sur le choix du hors-d'œuvre, du plat principal, du vin et du fromage.

Quand le journaliste constata que le jury lui avait mis une mauvaise note à l'oral de gastronomie, il voulut compenser cette perte par un zèle accru et pendant la pause, entre le hors-d'œuvre et le plat principal, il examina ostensiblement les femmes présentes dans le restaurant ; il tenta ensuite, par quelques remarques, de démontrer son intérêt et son expérience. De nouveau, mal lui en prit. Quand il dit qu'une femme rousse, qui était assise deux tables plus loin, serait certainement une excellente maîtresse, le docteur Havel lui demanda sans malveillance ce qui lui faisait dire ça. Le rédacteur fit une réponse vague, et quand le docteur l'interrogea sur ses expériences avec les rousses, il s'embrouilla dans d'invraisemblables mensonges et se tut rapidement.

Le docteur Havel, en revanche, se sentait à l'aise et heureux sous les yeux admiratifs du journaliste. Il commanda une bouteille de vin rouge pour accompagner la viande, et le jeune homme, encouragé par l'alcool, fit une nouvelle tentative pour se montrer digne de la faveur du maître ; il parla longuement d'une jeune fille qu'il avait rencontrée récemment et à laquelle il faisait la cour depuis quelques semaines avec un grand espoir de succès. Sa confession fut assez nébuleuse, et le sourire contraint recouvrant son visage aurait dû exprimer, par son ambiguïté délibérée, ce qui n'était pas dit mais il n'exprimait qu'une incertitude péniblement surmontée. Havel sentait bien tout cela et, mû par la sympathie, il interrogeait le journaliste sur les caractéristiques physiques les plus diverses de la jeune fille en question, pour lui permettre de s'attarder sur un sujet qui lui était cher et de parler plus librement. Mais cette fois encore le jeune homme échoua : ses réponses étaient remarquablement vagues ; il ne fut pas capable de décrire avec quelque précision ni l'architecture générale du corps de la jeune fille ni les divers aspects de son anatomie, moins encore son caractère. Donc, le docteur Havel finit par faire lui-même tous les frais de la conversation, et, se laissant peu à peu griser par le confort de la soirée et par le vin, il imposait au journaliste un spirituel monologue fait de ses propres souvenirs, de ses anecdotes et de ses bons mots.

Le journaliste buvait lentement son vin, écoutait et, ce faisant, il éprouvait des sentiments contradictoires : tout d'abord, il était malheureux : il se sentait insignifiant et stupide, il se faisait l'effet d'un douteux apprenti devant un maître indubitable, et il avait honte d'ouvrir la bouche ; mais en même temps il était heureux : il se sentait flatté, parce que le maître s'était assis en face de lui, s'entretenait avec lui en camarade et lui confiait toutes sortes d'observations personnelles extrêmement précieuses.

Comme le discours de Havel se prolongeait, le jeune homme eut envie d'ouvrir la bouche à son tour, d'ajouter son mot, de faire chorus, de se montrer bon partenaire ; c'est pourquoi il fit à nouveau glisser la conversation sur son amie et demanda confidentiellement à Havel s'il accepterait de la rencontrer le lendemain pour lui dire comment il la jugeait à la lumière de son expérience ; en d'autres termes (oui, c'est le mot qu'il prononça dans son élan) pour qu'il l'*homologue*.

D'où lui venait cette idée ? N'était-ce qu'une idée soudaine née des vapeurs du vin et du désir fébrile de dire quelque chose ?

Aussi spontanée qu'elle fût, le journaliste en attendait un triple avantage :

— la conspiration de l'expertise commune et clandestine (l'homologation) créerait entre lui et le maître un lien secret, renforcerait la camaraderie, la complicité à laquelle aspirait le journaliste ;

— si le maître donnait son approbation (comme le jeune homme l'espérait, car il était lui-même fortement attiré par la jeune fille en question), ce serait une approbation pour le jeune homme, pour son choix, pour son goût, et il serait ainsi promu, aux yeux du maître, du rang d'apprenti au rang de compagnon, et de ce fait il gagnerait en importance à ses propres yeux ;

— et enfin : la jeune fille elle-même n'en aurait que plus de prix aux yeux du jeune homme, et le plaisir qu'il retirait de sa présence se changerait d'un plaisir fictif en un plaisir réel (car le jeune homme avait parfois le sentiment que le monde où il vivait était pour lui un labyrinthe de valeurs dont le sens ne lui apparaissait que de manière extrêmement confuse et qui ne pouvaient se changer de valeurs apparentes en valeurs réelles qu'après avoir été *vérifiées*).

5

Quand le docteur Havel se réveilla le lendemain, il sentit que sa vésicule était légèrement douloureuse à cause du dîner de la veille ; et quand il regarda sa montre, il constata qu'il devait être à sa séance d'hydrothérapie dans une demi-heure et qu'il devait par conséquent se dépêcher, bien que se dépêcher fût une des choses qu'il détestait le plus au monde ; et en se coiffant, il aperçut dans la glace un visage qu'il trouva déplaisant. La journée commençait mal.

Il n'eut même pas le temps de prendre son petit déjeuner (cela aussi lui parut mauvais signe, car il tenait beaucoup à ses habitudes de vie régulières) et il se dirigea à la hâte vers l'établissement thermal. Là, il s'engagea dans un long couloir ; il frappa à une porte et une jolie blonde en blouse blanche apparut ; elle lui fit remarquer d'un air maussade qu'il était en retard et l'invita à entrer. Havel commença à se déshabiller dans une cabine, derrière la cloison. « Alors, ça vient ? » entendit-il au bout d'un instant. La voix de la masseuse, de plus en plus impolie, blessait le docteur Havel et l'incitait à la vengeance (hélas ! le docteur Havel, depuis des années, ne connaissait qu'une seule forme de vengeance à l'égard des femmes !). Donc, il enleva son slip, rentra le ventre, bomba le torse et voulut sortir de la cabine ; mais ensuite, écœuré par cet effort indigne de lui, qui lui aurait paru tellement ridicule chez un autre, il laissa confortablement retomber son ventre et, avec une nonchalance qu'il jugeait seule digne de lui, il se dirigea vers la grande baignoire et se plongea dans l'eau tiède.

La masseuse, tout à fait indifférente à sa poitrine et à son ventre, tournait des robinets sur la plaque de commande, et quand le docteur Havel fut allongé au fond de la baignoire elle s'empara de sa jambe droite et appliqua sous l'eau, contre la plante de son pied, la bouche d'un tuyau d'où jaillissait un jet violent. Le docteur Havel, qui était chatouilleux, remua la jambe, et la masseuse le rappela à l'ordre.

Il n'aurait certainement pas été difficile, par un bon mot, un bavardage, une question spirituelle, de contraindre la blonde à renoncer à sa froide impolitesse, mais Havel était trop agacé, trop offensé. Il se disait qu'elle était digne d'un châtiment et qu'il n'avait pas à lui faciliter les choses. Comme elle lui appliquait le tuyau sur le bas-ventre et qu'il dissimulait ses parties sexuelles avec ses mains, car il redoutait que le jet violent ne lui fasse mal, il lui demanda ce qu'elle faisait ce soir-là. Sans le regarder, elle lui demanda pour quelle raison son emploi du temps l'intéressait. Il lui expliqua qu'il habitait seul dans une chambre à un lit et qu'il voulait qu'elle vienne l'y rejoindre. « Je crois que vous vous trompez d'adresse », lui dit la blonde et elle l'invita à se tourner sur le ventre.

Donc, le docteur Havel était couché sur le ventre au fond de la baignoire, et il levait le menton pour respirer. Il sentait le jet violent lui masser les cuisses et il était satisfait du ton juste sur lequel il s'était adressé à la masseuse. Car le docteur Havel avait de tout temps châtié les femmes rebelles, insolentes ou gâtées, en les conduisant froidement, sans la moindre tendresse et presque en silence, jusqu'à son divan d'où il les congédiait tout aussi froidement. Il lui fallut un instant pour comprendre qu'il s'était adressé à la masseuse avec la froideur appropriée et sans la moindre tendresse, mais qu'il ne l'avait pas conduite, et qu'il ne la conduirait sans doute pas jusqu'à son divan. Il comprit qu'il était rejeté et ce fut un nouvel affront. Il fut heureux de se retrouver seul dans la cabine, enveloppé dans une serviette de bain.

Ensuite, il sortit à la hâte de l'établissement et se dirigea vers le panneau d'affichage du cinéma *Le Temps*, où étaient exposées trois photographies publicitaires, dont l'une était celle de sa femme que l'on pouvait voir, épouvantée, agenouillée devant un cadavre. Le docteur Havel contemplait ce tendre visage déformé par la terreur, et il éprouvait un amour sans bornes et une immense nostalgie. Il fut un long moment sans pouvoir détacher les yeux de la vitrine. Puis il décida de passer chez Frantiska.

6

« Demande l'interurbain, s'il te plaît, il faut que je parle à ma femme », dit-il lorsque la doctoresse eut pris congé de son malade et l'eut invité à entrer dans son cabinet de consultation.

« Il est arrivé quelque chose ?

— Oui, dit Havel. Je me sens seul ! »

Frantiska le regarda avec méfiance, composa le numéro de l'interurbain et répéta le numéro que Havel lui indiquait. Puis elle raccrocha l'écouteur et dit : « Toi, tu te sens seul ?

— Et pourquoi pas ? dit Havel avec humeur. Tu es comme ma femme. Vous voyez en moi un homme que j'ai cessé d'être depuis longtemps. Je suis humble, je suis esseulé, je suis triste. Je prends de l'âge. Et je peux te le dire, ce n'est guère agréable.

— Tu devrais avoir des enfants, lui répondit la doctoresse. Tu ne penserais pas autant à toi. Moi aussi je prends de l'âge, et je n'y pense même pas. Quand je vois mon fils grandir, je me demande de quoi il aura l'air quand il sera un homme, et je ne me lamente pas sur les années qui passent. Figure-toi qu'il m'a dit hier : "À quoi servent les médecins puisque les gens meurent de toute façon ?" Qu'est-ce que tu en dis ? Que répondrais-tu à ça ? »

Par chance, le docteur Havel n'eut pas à répondre car le téléphone sonnait. Il souleva l'écouteur et quand il entendit la voix de sa femme il lui dit aussitôt qu'il était triste, qu'il n'avait personne avec qui parler, personne qu'il eût envie de regarder, qu'il ne supporterait pas de rester seul ici.

Une petite voix se fit entendre dans l'écouteur, d'abord méfiante, paralysée, presque bégayante, mais qui finit par céder un peu sous la pression des paroles de l'époux.

« S'il te plaît, viens ici, viens me rejoindre ici, dès que tu pourras ! » disait Havel dans le microphone et il entendait sa femme lui répondre qu'elle viendrait volontiers mais qu'elle avait une représentation presque tous les jours.

« Presque tous les jours, ce n'est pas tous les jours », dit Havel, et il entendit sa femme lui répondre qu'elle avait congé le lendemain, mais qu'elle ne savait pas si ça valait la peine de venir pour une journée.

« Comment peux-tu dire ça ? répliqua Havel. Tu ne sais donc pas comme c'est précieux, une journée, dans une courte vie ?

— Et tu ne m'en veux vraiment pas ? demanda la petite voix dans l'écouteur.

— Pourquoi est-ce que je t'en voudrais ?

— À cause de cette lettre. Tu as des douleurs, et moi je t'embête avec une lettre stupide de femme jalouse. »

Le docteur Havel inonda le microphone d'un flot de tendresse et sa femme annonça (d'une voix maintenant tout à fait attendrie) qu'elle viendrait le lendemain.

« Tout de même, je t'envie, dit Frantiska quand Havel eut raccroché. Tu as tout. Des maîtresses tant que tu en veux, et tout de même un beau ménage. »

Havel regardait son amie qui parlait d'envie mais qui était sans doute trop bonne pour pouvoir envier qui que ce soit, et il eut pitié d'elle car il savait que la joie que donnent les enfants ne peut remplacer d'autres joies, et qu'une joie sur laquelle pèse l'obligation de remplacer d'autres joies est bien vite une joie usée.

Il alla ensuite déjeuner, après le déjeuner il fit la sieste, et au réveil il se souvint que le jeune journaliste l'attendait au café pour lui présenter son amie. Donc, il s'habilla et sortit. En descendant l'escalier de la maison de cure, il aperçut dans le hall, au vestiaire, une grande femme qui ressemblait à un beau cheval de course. Ah, il ne manquait plus que ça ! Car c'étaient justement ces femmes-là qui, depuis toujours, rendaient fou le docteur Havel. La dame du vestiaire tendit son manteau à la grande femme et Havel s'avança pour l'aider à enfiler une manche. La femme pareille à un cheval remercia négligemment et Havel lui dit : « Puis-je encore faire quelque chose pour vous, madame ? » Il lui sourit, mais elle, sans sourire, répondit que non, et sortit précipitamment.

Havel ressentit cela comme une gifle et, dans un état d'esseulement renouvelé, se dirigea vers le café.

7

Le journaliste était installé, depuis un long moment, dans un box à côté de son amie (il avait choisi une place d'où l'on pouvait voir l'entrée) et il ne parvenait pas à se concentrer sur la conversation qui, d'habitude, bruissait entre eux, gaiement et infatigablement. Il avait le trac à cause de Havel. Pour la première fois depuis qu'il connaissait son amie, il tentait de la regarder d'un œil critique, et pendant qu'elle parlait (heureusement, elle ne cessait pas une seconde de parler, de sorte que l'inquiétude du jeune homme passait inaperçue), il découvrit à sa beauté plusieurs petits défauts ; il en fut troublé, mais il se rassura aussitôt à l'idée que ces menus défauts rendaient sa beauté plus intéressante et que c'était justement à cause de ces défauts que tout son être lui était si tendrement proche.

Car le jeune homme aimait bien son amie.

Mais s'il l'aimait bien, pourquoi donc avait-il cédé à l'idée, pour elle si humiliante, de la faire *homologuer* par un médecin lubrique ? Et même si nous lui accordons des circonstances atténuantes, en admettant, par exemple, que ce n'était pour lui qu'un jeu, comment se fait-il qu'un simple jeu l'ait à ce point troublé ?

Ce n'était pas un jeu. Le jeune homme ne savait vraiment pas ce qu'il devait penser de son amie, il était vraiment incapable de prendre la mesure de son charme et de sa beauté.

Était-il donc tellement naïf et inexpérimenté qu'il ne pouvait pas distinguer une jolie femme d'une laide ?

Non, il n'était pas à ce point dépourvu d'expérience, il avait déjà connu plusieurs femmes et il avait eu avec elles toutes sortes d'intrigues, mais il s'était toujours beaucoup plus soucié de lui-même qu'il ne s'était occupé d'elles. Considérons par exemple ce détail remarquable : il se rappelait exactement comment il était habillé le jour où il était sorti avec une telle, il savait que tel et tel jour il portait un pantalon trop large et qu'il en était malheureux, il savait qu'un autre jour il portait un sweater blanc dans lequel il se faisait l'effet d'un sportif élégant, mais il ne se rappelait absolument pas comment étaient habillées ses amies.

Oui, c'est en effet remarquable : à l'occasion de ses brèves aventures, il se livrait, devant la glace, à de longues et minutieuses études de sa propre personne, alors qu'il n'avait qu'une perception globale et superficielle de ses vis-à-vis de sexe féminin ; il se souciait beaucoup plus de l'image qu'il donnait à sa partenaire que de l'image que celle-ci lui offrait. Cela ne veut pas dire que c'était pour lui sans importance si la jeune femme avec qui il sortait était belle, ou ne l'était pas. Bien au contraire. Car, outre qu'il était vu lui-même par les yeux de sa partenaire, tous deux étaient vus et jugés ensemble par les yeux des autres (par les yeux du monde), et il tenait beaucoup à ce que le monde fût satisfait de son amie, sachant qu'en la personne de son amie, son choix, son goût, son niveau seraient jugés, donc lui-même. Mais précisément parce qu'il s'agissait du jugement des autres, il n'osait pas trop se fier à ses propres yeux ; jusque-là, au contraire, il s'était contenté de prêter l'oreille à la voix de l'opinion générale et de s'identifier à elle.

Mais qu'était la voix de l'opinion générale comparée à la voix d'un maître et connaisseur ? Il regardait avec impatience vers l'entrée et quand il vit enfin la silhouette du docteur Havel à travers la porte vitrée, il joua la surprise et dit à son amie que, par pur hasard, un homme éminent qu'il voulait prochainement interviewer pour son magazine entrait dans le café. Il se dirigea à la rencontre du docteur Havel et le conduisit à sa table. La jeune fille, interrompue quelques instants par les présentations, ne tarda pas à renouer le fil de l'intarissable bavardage.

Le docteur Havel, éconduit dix minutes plus tôt par la femme pareille à un cheval de course, examinait longuement la gamine gazouillante et s'abandonnait toujours davantage à son humeur maussade. La gamine n'était pas une beauté, mais elle était tout à fait charmante et il n'y avait aucun doute que le docteur Havel (dont on avait prétendu qu'il était comme la mort et prenait tout) l'aurait prise au moindre signal, bien volontiers. Elle avait en effet certains traits remarquables par leur ambiguïté esthétique : elle avait à la racine du nez une fine pluie de taches dorées, qui pouvait passer pour une tare sur la blancheur de la peau, mais aussi pour un joyau naturel sur cette blancheur ; elle était extrêmement gracile, ce que l'on pouvait interpréter comme une imperfection par rapport aux proportions féminines idéales, mais tout aussi bien comme l'émoustillante délicatesse de l'enfant qui persiste dans la femme ; elle était excessivement bavarde, ce qui pouvait passer pour une pénible manie, mais aussi pour une heureuse disposition qui permettait à son partenaire de s'abandonner à ses propres pensées sans risque d'être surpris.

Le journaliste observait discrètement et anxieusement le visage du médecin, et comme ce visage lui semblait dangereusement pensif (ce qui n'était pas de très bon augure) il appela le garçon et commanda trois cognacs. La jeune fille protesta, disant qu'elle ne boirait pas, puis elle se laissa longuement convaincre qu'elle pouvait et devait boire, et le docteur Havel comprit avec tristesse que cette créature esthétiquement ambiguë, qui révélait dans un fleuve de paroles toute la simplicité de son âme, serait très probablement son troisième échec de la journée, s'il faisait une tentative, car le docteur Havel, jadis souverain comme la mort, n'était plus celui qu'il avait été.

Ensuite le garçon apporta les cognacs, ils levèrent tous trois leurs verres pour trinquer, et le docteur Havel plongea dans les yeux bleus de la jeune fille comme dans les yeux hostiles d'un être qui ne lui appartiendrait pas. Et quand il eut saisi ces yeux comme hostiles, il leur rendit cette hostilité et ne vit soudain devant lui qu'une créature dont le caractère esthétique était tout à fait clair : une gamine chétive, au visage éclaboussé par la saleté des taches de rousseur, intolérablement bavarde.

Bien que cette métamorphose fît plaisir au docteur Havel, comme lui faisait plaisir le regard du jeune homme suspendu sur lui avec une interrogation anxieuse, ces joies étaient bien petites auprès de l'abîme d'amertume qui s'ouvrait en lui. Il se dit qu'il aurait tort de prolonger cette rencontre qui ne pouvait lui apporter aucun plaisir ; il prit donc la parole, fit devant le jeune homme et son amie quelques mots d'esprit charmants, exprima sa satisfaction d'avoir pu passer avec eux un si agréable moment, annonça qu'il était attendu et prit congé.

Quand le docteur fut arrivé à la porte vitrée, le jeune homme se frappa le front et dit qu'il avait complètement oublié de convenir d'un rendez-vous pour l'interview. Il sortit précipitamment du box et rejoignit Havel dans la rue. « Alors, comment la trouvez-vous ? » demanda-t-il.

Le docteur Havel regarda longuement dans les yeux du jeune homme dont l'impatiente admiration lui faisait chaud au cœur.

Par contre, le silence du docteur mettait le journaliste mal à l'aise, si bien qu'il prit les devants : « Je sais, ce n'est pas une beauté.

— Certainement pas », dit Havel.

Le journaliste baissa la tête : « Elle est un peu bavarde. Mais à part ça, elle est gentille !

— Oui, gentille, dit Havel. Mais un chien aussi peut être gentil, un canari ou un canard qui se dandine dans la cour d'une ferme. Ce qui compte dans la vie, ce n'est pas d'avoir le plus grand nombre possible de femmes, parce que ça, ce n'est qu'une réussite apparente. Il s'agit plutôt de cultiver une exigence particulière vis-à-vis de soi-même. Retenez bien, mon ami, que le vrai pêcheur rejette à l'eau les petits poissons. »

Le jeune homme commença à s'excuser et affirma qu'il avait lui-même de sérieux doutes au sujet de son amie, ce dont témoignait d'ailleurs le fait qu'il avait demandé l'avis du docteur Havel.

« Ça n'a pas d'importance, dit Havel. Ne vous inquiétez pas pour si peu. »

Mais le jeune homme continuait de s'excuser et de se justifier, et il finit par dire qu'en automne il y avait peu de jolies femmes dans la station et qu'on était bien obligé de prendre ce qu'on trouvait.

« Sur ce point, je ne suis pas d'accord avec vous, répliqua Havel. J'ai vu ici plusieurs femmes extrêmement séduisantes. Mais je vais vous dire une chose. Il y a une superficielle joliesse de la femme que le goût provincial considère à tort comme la beauté. Et puis, il y a la vraie beauté érotique de la femme. Mais bien sûr, reconnaître cette beauté-là du premier coup d'œil, ce n'est pas une chose facile. C'est tout un art. » Puis il tendit la main au jeune homme et s'éloigna.

8

Le journaliste était au désespoir : il comprenait qu'il était un incorrigible imbécile, égaré dans le désert infini (oui, il le croyait infini) de sa propre jeunesse ; il comprenait que le docteur Havel lui avait mis une mauvaise note ; et il lui apparaissait, sans aucun doute possible, que son amie était insignifiante, inintéressante et pas belle. Quand il revint s'asseoir à côté d'elle, il se dit que tous les clients du café, ainsi que les deux garçons qui allaient et venaient, le savaient et le regardaient avec une pitié malveillante. Il demanda l'addition, et il expliqua à son amie qu'il avait un travail urgent et qu'il devait la quitter. Elle se rembrunit et il sentit son cœur se serrer : tout en sachant qu'il allait, comme un vrai pêcheur, la rejeter à l'eau, il continuait tout de même, en son for intérieur (secrètement et avec une sorte de honte), de l'aimer.

Le lendemain n'apporta aucune lueur dans son humeur maussade, et quand il croisa devant l'établissement thermal le docteur Havel en compagnie d'une dame élégante, il céda à un sentiment d'envie qui ressemblait presque à de la haine : cette femme était scandaleusement belle, et l'humeur du docteur Havel, qui lui fit signe gaiement dès qu'il l'aperçut, était scandaleusement radieuse, de sorte que le jeune journaliste se sentait encore plus misérable.

« Je te présente le rédacteur en chef du journal de la station, dit Havel. Il a cherché à faire ma connaissance uniquement pour avoir une chance de te rencontrer. »

Quand le jeune homme comprit qu'il se trouvait devant une femme qu'il avait vue à l'écran, son embarras ne fit que croître ; Havel le contraignit à les accompagner, et le journaliste, ne sachant que dire, se mit à expliquer son projet d'interview et le compléta par une idée nouvelle : publier dans son magazine une double interview de Mme Havel et du docteur.

« Mon cher ami, répliqua Havel, les propos que nous avons échangés étaient agréables et, grâce à vous, même intéressants. Mais dites-moi, pourquoi faudrait-il les publier dans une feuille destinée à des hépatiques et à des ulcères du duodénum ?

— Je les imagine sans peine, vos propos, dit en souriant Mme Havel.

— Nous avons parlé des femmes, dit le docteur Havel. J'ai trouvé en monsieur un partenaire et un causeur de premier ordre, le compagnon lumineux de mes jours sombres. »

Mme Havel se tourna vers le jeune homme : « Il ne vous a pas ennuyé ? »

Le journaliste était heureux que le docteur l'eût appelé son compagnon lumineux, et à son envie se mêlait de la gratitude : c'était plutôt lui qui avait ennuyé le docteur ; il n'était que trop conscient de son inexpérience et de son manque d'intérêt, de son insignifiance, finit-il par ajouter.

« Ah mon cher, dit l'actrice, comme tu as dû te vanter ! »

Le jeune journaliste prit la défense du médecin. « Ce n'est pas vrai ! Vous dites ça parce que vous ne savez pas, chère madame, ce que c'est qu'une petite ville, ce que c'est que ce trou où j'habite.

— Mais c'est une jolie ville, protesta l'actrice.

— Oui, pour vous, parce que vous y êtes pour peu de temps. Mais moi, j'y habite et je continuerai d'y habiter. Toujours le même cercle de gens que je connais déjà par cœur. Toujours les mêmes gens, qui pensent tous la même chose, et tout ce qu'ils pensent n'est que niaiseries et platitudes. Il faut que je fasse bon ménage avec eux, que je le veuille ou non, et je m'adapte à eux, petit à petit, sans m'en rendre compte. Quelle horreur ! Dire que je pourrais devenir un des leurs ! Dire que je pourrais voir le monde avec leurs yeux myopes ! »

Le journaliste parlait avec une fièvre croissante et l'actrice crut saisir dans ses paroles le souffle de l'éternelle protestation de la jeunesse ; elle en fut captivée, elle en fut bouleversée et elle dit : « Non, il ne faut pas vous adapter. Il ne faut pas !

— Il ne faut pas, acquiesça le jeune homme. Le docteur m'a ouvert les yeux, hier. Il faut à tout prix que je sorte du cercle vicieux de ce milieu. Du cercle vicieux de cette petitesse, de cette médiocrité. Il faut que j'en sorte, répéta le jeune homme, que j'en sorte.

— Nous avons dit, expliqua le docteur Havel à sa femme, que le goût banal de la province se fait un faux idéal de la beauté, et que cet idéal est fondamentalement a-érotique, voire anti-érotique, alors que le vrai charme, érotique, explosif, reste inaperçu de ce goût-là. Il y a autour de nous des femmes qui pourraient faire connaître à un homme les plus vertigineuses aventures des sens, et personne ne les voit.

— C'est ça, approuva le jeune homme.

— Personne ne les voit, reprit le médecin, parce qu'elles ne correspondent pas aux normes d'ici ; en effet, le charme érotique se manifeste plutôt par l'originalité que par la régularité ; plutôt par l'expressivité que par la mesure ; plutôt par l'anormalité que par la banale joliesse.

— Oui, approuva le jeune homme.

— Tu connais Frantiska ? dit Havel à sa femme.

— Oui, dit l'actrice.

— Et tu sais que beaucoup de mes amis donneraient tout ce qu'ils possèdent pour passer une seule nuit avec elle. Je donnerais ma tête à couper que personne ne la remarque dans cette ville. Eh bien, dites-moi, mon ami, vous qui la connaissez, avez-vous déjà remarqué que Frantiska est une femme extraordinaire ?

— Non, vraiment pas ! dit le jeune homme. Il ne m'est jamais venu à l'esprit de la regarder comme une femme !

— Ça ne m'étonne pas, dit le docteur Havel. Vous ne la trouviez ni assez mince ni assez bavarde. Elle n'avait pas assez de taches de rousseur !

— C'est ça, dit le jeune homme d'un air malheureux. Vous avez bien vu hier à quel point je suis stupide.

— Mais avez-vous quelquefois remarqué sa démarche ? poursuivit Havel. Avez-vous déjà remarqué que ses jambes parlent littéralement quand elle marche ? Mon ami, si vous entendiez ce que disent ces jambes, vous en rougiriez, et pourtant, tel que je vous connais, vous êtes un sacré débauché. »

9

« Tu aimes bien te payer la tête des innocents, dit l'actrice à son mari quand ils furent seuls.

— Tu sais que chez moi c'est un signe de bonne humeur, dit-il. Et je te jure que c'est bien la première fois que ça m'arrive depuis que je suis ici. »

Cette fois, le docteur Havel ne mentait pas ; quand l'autocar était entré dans la gare, le matin, et qu'il avait vu par la vitre sa femme assise, puis quand il l'avait vue souriante sur le marchepied, il s'était senti heureux, et comme les journées précédentes avaient laissé intactes en lui des réserves entières de gaieté, il avait toute la journée manifesté sa joie d'une manière un peu folle. Ils s'étaient promenés tous deux sous les arcades, ils avaient mordu à belles dents dans des gaufres rondes et sucrées, ils étaient passés chez Frantiska pour y entendre les commentaires sur les derniers propos de son fils, ils avaient fait avec le journaliste la promenade décrite au chapitre précédent et ils s'étaient moqués des curistes qui faisaient leur balade hygiénique dans les rues de la station. À cette occasion le docteur Havel nota que quelques passants avaient les yeux fixés sur l'actrice ; en se retournant il put constater qu'ils s'étaient arrêtés pour les regarder.

« On t'a reconnue, dit Havel. Ici les gens ne savent pas quoi faire et vont au cinéma avec passion.

— Ça t'ennuie ? demanda l'actrice qui considérait comme un péché la publicité inhérente à sa profession, car, comme tous ceux qui aiment d'un amour vrai, elle désirait un amour paisible et caché.

— Au contraire », dit Havel, et il rit. Puis ils s'amusèrent longuement d'un jeu puéril, essayant de deviner quels seraient les passants qui la reconnaîtraient ou ne la reconnaîtraient pas, et pariant sur le nombre de personnes qui la reconnaîtraient dans la prochaine rue. Et les gens se retournaient, de vieux messieurs, des paysans, des gosses, et aussi les quelques jolies femmes qui faisaient une cure à cette saison.

Havel qui vivait depuis quelques jours dans une humiliante invisibilité se délectait de l'intérêt des passants et désirait que les rayons de l'attention tombent aussi le plus possible sur lui ; il prenait l'actrice par la taille, lui chuchotait à l'oreille toutes sortes de douceurs et d'obscénités, et elle se serrait en retour contre lui, levait vers son visage ses yeux enjoués. Et Havel, sous tant de regards, sentait qu'il recouvrait sa visibilité perdue, que ses traits indécis devenaient perceptibles et nets, et il était fier à nouveau de la joie que lui procuraient son corps, ses pas, tout son être.

Ils longeaient ainsi, amoureusement enlacés, les vitrines de la rue principale, quand le docteur Havel aperçut dans un magasin d'accessoires de chasse la masseuse blonde qui l'avait si cavalièrement traité la veille ; elle était dans la boutique vide et bavardait avec la vendeuse. « Viens, dit-il soudain à sa femme étonnée. Tu es la plus merveilleuse créature que je connaisse ; je veux te faire un cadeau », et il la prit par la main et l'entraîna dans le magasin.

Les deux femmes se turent ; la masseuse regarda longuement l'actrice, puis brièvement Havel, puis de nouveau l'actrice et de nouveau Havel ; celui-ci s'en aperçut avec satisfaction, mais sans lui consacrer un seul regard il passa rapidement en revue les articles exposés ; il voyait des bois de cerf, des besaces, des carabines, des jumelles, des cannes, des muselières.

« Que désirez-vous ? demanda la vendeuse.

— Un moment », dit Havel ; il finit par découvrir des sifflets sous le verre du comptoir et il les montra du doigt. La vendeuse lui en tendit un, Havel le porta à ses lèvres, siffla, puis l'examina de nouveau sous tous les angles et siffla encore une fois doucement. « Excellent », dit-il à la vendeuse et il posa devant elle les cinq couronnes demandées. Il tendit le sifflet à sa femme.

L'actrice voyait dans ce cadeau un de ces enfantillages qu'elle aimait tant chez son époux, une pitrerie, son sens du non-sens, et elle le remercia d'un beau regard amoureux. Mais Havel jugea que ce n'était pas suffisant et lui dit à mi-voix : « C'est comme ça que tu me remercies d'un aussi beau cadeau ? » L'actrice lui donna un baiser. Les deux femmes ne les quittaient pas des yeux et les suivaient encore du regard quand ils furent sortis du magasin.

Après cela ils reprirent leur promenade dans les rues et le jardin public, ils mordirent dans des gaufres, ils sifflèrent dans le sifflet, ils s'assirent sur un banc et ils firent des paris, s'amusant à deviner combien de passants allaient se retourner. Le soir, au moment où ils pénétrèrent dans le restaurant, ils faillirent se heurter à la femme pareille à un cheval de course. Elle posa sur eux un regard étonné, longuement sur l'actrice, plus brièvement sur Havel, puis de nouveau sur l'actrice, et quand elle regarda de nouveau Havel elle le salua comme malgré elle. Havel la salua à son tour et, se penchant à l'oreille de sa femme, il lui demanda à mi-voix si elle l'aimait. L'actrice leva sur lui un long regard amoureux et lui caressa la joue.

Ensuite, ils s'assirent à une table, prirent un repas léger (car l'actrice veillait scrupuleusement sur le régime de son mari), burent du vin rouge (le seul que le docteur Havel avait le droit de boire) et Mme Havel eut sa minute d'émotion. Elle se pencha sur son époux, lui prit la main et lui dit que cette journée était l'une des plus belles qu'elle avait connues ; elle lui avoua qu'elle s'était sentie très triste quand il était parti faire sa cure ; elle s'excusa encore une fois de lui avoir écrit une lettre stupide de femme jalouse et elle le remercia de lui avoir téléphoné et de lui avoir demandé de le rejoindre ; elle dit qu'elle serait toujours heureuse de venir le rejoindre, même si elle ne devait le voir qu'une minute ; puis elle expliqua longuement que la vie avec Havel était pour elle un tourment et une incertitude de tous les instants, comme si Havel était perpétuellement sur le point de lui échapper, mais que, précisément pour cette raison, chaque jour était pour elle une joie renouvelée, un nouveau recommencement de l'amour, un nouveau don.

Puis ils gagnèrent ensemble la chambre du docteur Havel et la joie de l'actrice atteignit bientôt à son paroxysme.

10

Le surlendemain, le docteur Havel se rendit à sa séance d'hydrothérapie et il arriva de nouveau en retard, car, à vrai dire, il n'était jamais à l'heure. Et il fut accueilli par la même masseuse blonde, mais cette fois elle ne lui montra pas un visage sévère, au contraire, elle lui sourit et l'appela *docteur*, et Havel en conclut qu'elle était allée consulter sa fiche au bureau de l'établissement ou qu'elle s'était renseignée à son sujet. Il nota cet intérêt avec satisfaction et alla se déshabiller derrière la cloison de la cabine. Quand la masseuse lui annonça que la baignoire était pleine, il sortit en faisant saillir fièrement son nombril et s'étendit avec délices dans la baignoire.

La masseuse tourna le robinet sur la plaque de commande et demanda à Havel si sa dame était toujours avec lui. Havel dit que non et la masseuse lui demanda si on allait bientôt la revoir dans un beau film. Havel dit que oui, et la masseuse lui souleva la jambe droite. Comme le jet lui chatouillait la plante du pied, la masseuse sourit et dit que le docteur semblait avoir le corps très sensible. Puis ils continuèrent à bavarder, et Havel fit observer que la vie était ennuyeuse, ici. La masseuse eut un sourire éloquent et dit que le docteur savait certainement s'arranger pour ne pas s'ennuyer. Et quand elle se pencha en avant pour lui appliquer le tuyau sur la poitrine et que Havel la complimenta sur ses seins dont il voyait bien la partie supérieure, dans la posture où il se trouvait, la masseuse répondit que le docteur en avait certainement déjà vu de plus beaux.

De ces propos, Havel conclut que le bref séjour de sa femme l'avait totalement métamorphosé aux yeux de cette gentille fille musclée, qu'il avait acquis brusquement du charme et, bien mieux : que son corps était pour elle l'occasion de se lier secrètement à une actrice célèbre, de devenir l'égale d'une femme illustre sur laquelle tout le monde se retournait. Havel comprit que d'emblée tout lui était permis, tout lui était promis tacitement, d'avance.

Seulement voilà, c'est une chose qui arrive souvent dans la vie ! Quand nous sommes satisfaits, nous refusons volontiers et avec superbe les occasions qui s'offrent à nous, pour nous confirmer ainsi dans une bienheureuse satiété. Il suffisait que la jeune femme blonde eût renoncé à sa morgue insultante, qu'elle eût la voix douce et le regard humble, pour que le docteur Havel n'en ait plus envie.

Ensuite, il dut se tourner sur le ventre, maintenir le menton hors de l'eau et se laisser asperger des pieds à la tête par un jet violent. Cette posture lui semblait être la posture religieuse de l'humilité et du remerciement : il pensait à sa femme, il pensait comme elle était belle, comme il l'aimait et comme elle l'aimait, et qu'elle était son heureuse étoile qui lui gagnait les faveurs du hasard et des filles musclées.

Et quand le massage fut terminé et qu'il se mit debout pour sortir de la baignoire, la masseuse à la peau moite lui parut d'une beauté tellement saine et tellement savoureuse, et son regard si humblement soumis, qu'il eut envie de s'incliner dans la direction où il devinait, au loin, sa femme. Car il lui semblait que le corps de la masseuse était debout sur la grande main de l'actrice et que cette main le lui tendait comme un message d'amour, comme une offrande. Et l'idée lui vint qu'il ferait injure à sa femme en refusant cette offrande, en refusant cette tendre attention. Il sourit à la jeune femme en sueur et lui dit qu'il lui avait réservé sa soirée et qu'il l'attendrait à sept heures à la Fourche. La jeune fille accepta et le docteur Havel s'enveloppa dans une grande serviette de bain.

Quand il fut habillé et coiffé, il constata que son humeur était extraordinairement bonne. Il avait envie de bavarder et il s'arrêta chez Frantiska, pour qui cette visite tombait à point car elle était, elle aussi, dans d'excellentes dispositions. Elle parlait de tout et de rien, sautait du coq à l'âne, mais revenait constamment au sujet qu'ils avaient effleuré lors de leur dernière rencontre : son âge ; dans des phrases ambiguës, elle tentait de suggérer qu'il ne faut pas capituler devant le nombre des années, que le nombre des années n'est pas toujours un handicap, et que c'est une sensation absolument merveilleuse de découvrir soudain que l'on peut tranquillement parler d'égal à égal avec des gens plus jeunes. « Et les enfants ne sont pas tout, dit-elle à brûle-pourpoint. Tu sais comme j'aime mes enfants, mais il y a aussi d'autres choses dans la vie. »

Les réflexions de Frantiska ne sortirent pas une seconde des limites d'une vague abstraction, et pour quiconque, non initié, ce ne pouvait être qu'un simple bavardage. Seulement, Havel était initié et il devina le contenu qui, derrière le bavardage, se cachait. Il en conclut que son propre bonheur n'était qu'un maillon dans une longue chaîne de bonheurs, et comme il avait le cœur généreux sa bonne humeur décupla.

11

Oui, le docteur Havel voyait juste : le journaliste se rendit chez la doctoresse le jour même où son maître lui en fit l'éloge. Au bout de quelques phrases, il se découvrit une surprenante audace et lui dit qu'elle lui plaisait, qu'il voulait la voir. La doctoresse d'une voix craintive lui dit qu'elle était plus âgée que lui et qu'elle avait des enfants. À cette réponse, le journaliste sentit croître son assurance, et il n'eut aucune peine à trouver ses mots : il affirma que la doctoresse possédait une beauté secrète qui était plus précieuse qu'une banale joliesse ; il fit l'éloge de sa démarche et dit que ses jambes parlaient quand elle marchait.

Et deux jours plus tard, à l'heure où le docteur Havel arrivait tranquillement à la Fourche et apercevait de loin la jeune femme blonde et musclée, le journaliste arpentait avec impatience son étroite mansarde ; il était presque certain du succès, mais il n'en redoutait que davantage l'erreur ou le hasard qui pourrait le lui dérober ; il ouvrait la porte à chaque instant pour regarder en bas dans la cage d'escalier ; enfin, il la vit.

Le soin avec lequel la doctoresse s'était habillée et fardée faisait presque oublier l'apparence familière de cette femme en pantalon blanc et blouse blanche ; dans son trouble, le jeune homme se disait que le charme érotique de Frantiska, qu'il n'avait jusque-là que pressenti, était là devant lui, presque impudiquement dénudé, et il se sentit gagné par la timidité qu'engendre le respect ; pour la surmonter, il saisit la doctoresse dans ses bras avant même d'avoir refermé la porte et il se mit à l'embrasser avec violence. Elle s'effraya de cette soudaineté et le pria de la laisser s'asseoir. Il y consentit, mais s'assit aussitôt à ses pieds et baisa ses bas sur les genoux. Elle lui mit la main dans les cheveux et tenta de le repousser doucement.

Prêtons l'oreille à ce qu'elle lui disait : tout d'abord, elle répéta plusieurs fois : « Il faut que vous soyez sage, il faut que vous soyez sage, promettez-moi d'être sage. » Quand le jeune homme lui dit : « Oui, oui, je serai sage », tout en avançant ses lèvres un peu plus haut sur le nylon rugueux, elle dit : « Non, non, pas ça, non, non », et quand il les posa encore plus haut, elle se mit brusquement à le tutoyer et affirma : « Oh tu es fou, oh tu es fou ! »

Cette affirmation décida de tout. Le jeune homme ne rencontra plus aucune résistance. Il était extasié ; extasié de lui-même, de la rapidité de son succès, extasié du docteur Havel dont le génie était avec lui et pénétrait en lui, extasié de la nudité de la femme couchée sous lui dans l'étreinte amoureuse. Il voulait être un maître, il voulait être un virtuose, il voulait démontrer sa sensualité et sa voracité. Il se souleva légèrement, pour examiner d'un regard avide le corps étendu de la doctoresse, et murmura : « Tu es belle, tu es splendide, tu es splendide… »

La doctoresse cacha son ventre avec ses deux mains et dit : « Je te défends de te moquer de moi…

— Qu'est-ce que tu dis là ! Comme si je me moquais de toi ! Tu es splendide !

— Ne me regarde pas, dit-elle, en le serrant contre son corps pour qu'il ne la voie pas. J'ai eu deux enfants. Tu le sais ?

— Deux enfants ? dit le jeune homme sans comprendre.

— Ça se voit. Je ne veux pas que tu me regardes. »

Cette remarque refroidit quelque peu l'ardeur initiale du jeune homme et il ne retrouva qu'avec peine le degré d'excitation approprié ; pour mieux y parvenir, il tenta de nourrir avec des mots l'ivresse fuyante et chuchota à l'oreille de la doctoresse que c'était beau qu'elle fût ici avec lui, nue, toute nue, toute nue.

« Tu es gentil, tu es follement gentil », lui disait la doctoresse.

Le jeune homme parla encore de la nudité de la doctoresse et lui demanda si cela l'excitait elle aussi d'être ici avec lui, nue.

« Tu es un enfant, dit la doctoresse. Bien sûr que cela m'excite », mais elle ajouta après un bref silence que tant de médecins l'avaient déjà vue nue que ça en devenait banal.

« Plus de médecins que d'amants », dit-elle et, sans interrompre leurs mouvements amoureux, elle se mit à parler de ses accouchements difficiles. « Mais ça valait la peine », dit-elle en guise de conclusion : « J'ai deux beaux enfants. Si beaux, si beaux ! »

Une fois de plus, l'excitation péniblement acquise abandonnait le journaliste, il avait tout à coup l'impression d'être au café et de bavarder avec la doctoresse devant une tasse de thé ; il en était révolté ; ses mouvements devinrent rageurs et il tenta de l'intéresser à des considérations plus sensuelles : « La dernière fois que je suis allé te voir, tu savais qu'on ferait l'amour ?

— Et toi ?

— Je le *voulais*, dit le journaliste, je le *voulais* tellement ! » et il mit dans le mot « voulais » une immense passion.

« Tu es comme mon fils, lui dit la doctoresse à l'oreille. Lui aussi, il voudrait tout avoir. Je lui demande toujours : “Tu n'as pas envie d'une montre avec un jet d'eau ?” »

C'est ainsi qu'ils faisaient l'amour ; la doctoresse parlait et elle était ravie de leur conversation.

Ensuite, quand ils furent assis côte à côte sur le divan, nus et las, la doctoresse caressa le journaliste dans les cheveux et lui dit : « Tu as une houppette comme lui.

— Qui ça ?

— Mon fils.

— Tu parles tout le temps de ton fils, remarqua le journaliste avec une désapprobation timide.

— Tu sais, dit fièrement la doctoresse. C'est le chouchou de sa maman, le chouchou de sa maman. »

Puis elle se leva et se rhabilla. Et tout à coup, dans cette petite chambre de jeune homme, elle eut le sentiment d'être une jeune, une toute jeune femme, et elle se sentit délicieusement bien. Au moment de partir, elle serra le journaliste dans ses bras ; elle avait les yeux humides de gratitude.

12

Après une belle nuit, une belle journée commençait pour le docteur Havel. Pendant le petit déjeuner il échangea quelques paroles prometteuses avec la femme pareille à un cheval de course et à dix heures, quand il revint de son traitement, une lettre d'amour de sa femme l'attendait dans sa chambre. Ensuite, il alla se promener sous les arcades dans le cortège des curistes ; il tenait contre ses lèvres le gobelet rempli d'eau de source et rayonnait de bien-être. Les femmes qui, quelques jours plus tôt, passaient près de lui sans le remarquer avaient les yeux braqués sur lui, et il s'inclinait légèrement pour les saluer. Quand il aperçut le journaliste, il l'aborda gaiement : « Je suis passé chez la doctoresse tout à l'heure et d'après certains signes qui ne peuvent échapper à un bon psychologue, j'ai l'impression que vous avez réussi ! »

Le jeune homme n'avait pas de plus cher désir que de se confier à son maître, mais la façon dont s'était déroulée la soirée de la veille le laissait un peu perplexe ; il n'était pas tellement certain que cette soirée fût aussi fascinante qu'elle aurait dû l'être, et il ne savait pas si un compte rendu précis et fidèle rehausserait son prestige aux yeux du docteur Havel, ou le rabaisserait ; il se demandait ce qu'il fallait avouer ou cacher au médecin.

Mais quand il vit le visage de Havel, rayonnant d'impudeur et de gaieté, il ne put que lui répondre sur le même ton, gai et impudent, et il fit en termes enthousiastes l'éloge de la femme que le docteur Havel lui avait recommandée. Il dit qu'il avait été séduit dès qu'il avait commencé à la regarder avec d'autres yeux que ceux de la province, il raconta qu'elle avait accepté avec empressement de venir chez lui et qu'elle s'était donnée avec une excellente promptitude.

Quand le docteur Havel commença à lui poser des questions, précises et détaillées, afin d'analyser la chose sous toutes ses nuances, le jeune homme, dans ses réponses, dut bon gré mal gré serrer de plus en plus près la réalité, et il finit par reconnaître que s'il était à tous égards parfaitement satisfait, pourtant, la conversation que la doctoresse avait menée avec lui pendant l'amour l'avait laissé un peu dans l'embarras.

Le docteur Havel fut très intéressé et quand le journaliste, sur ses instances, lui répéta le dialogue en détail, il ponctua son récit d'exclamations enthousiastes : « Excellent ! Parfait ! » « Ah, cet éternel cœur de mère ! » Et : « Je vous envie, mon ami ! »

À ce moment, la femme pareille à un cheval de course vint se camper devant les deux hommes. Le docteur Havel s'inclina et la grande femme lui tendit la main. « Excusez-moi, dit-elle, je suis un peu en retard !

— Ça n'a pas d'importance, dit le docteur Havel. J'ai une discussion très intéressante avec mon ami. Je vous prie de m'excuser un instant, je voudrais terminer cette conversation. »

Et sans lâcher la main de la grande femme, il se tourna vers le journaliste : « Cher ami, ce que vous venez de me dire dépasse toutes mes espérances. Car il faut bien comprendre que les divertissements charnels laissés à leur mutisme sont d'une maussade monotonie, une femme imite l'autre dans le plaisir et toutes y sont oubliées dans toutes. Et pourtant, si nous nous précipitons dans les plaisirs de l'amour c'est pour nous en souvenir. Pour que leurs points lumineux joignent d'un ruban radieux notre jeunesse à notre grand âge. Pour qu'ils entretiennent notre mémoire dans une flamme éternelle ! Et sachez, mon ami, que seul un mot prononcé dans cette situation, la plus banale de toutes, peut l'éclairer d'une lumière qui la rende inoubliable. On dit que je suis un collectionneur de femmes. En réalité, je suis bien plutôt un collectionneur de mots. Croyez-moi, vous n'oublierez jamais la soirée d'hier, et vous en serez heureux toute votre vie ! »

Puis il adressa un signe de tête au jeune homme, et tenant la main de la grande femme pareille à un cheval il s'éloigna lentement avec elle le long des arcades.

ÉDOUARD ET DIEU

I

Commençons l'histoire d'Édouard dans la petite maison villageoise de son frère aîné. Celui-ci était étendu sur un divan et disait à Édouard : « Tu peux aller trouver sans crainte cette bonne femme. C'est certainement une salope, mais je crois que même ces gens-là ont une conscience. Justement parce qu'elle m'a joué autrefois un tour de cochon, elle sera peut-être contente, à présent, de te rendre service pour racheter sa faute. »

Le frère d'Édouard était toujours le même : un brave type et un paresseux. Sans doute était-il pareillement vautré sur son divan, dans sa mansarde d'étudiant, il y avait déjà pas mal d'années de cela (Édouard n'était encore qu'un gamin), le jour de la mort de Staline, qu'il avait passé chez lui à flâner et à somnoler ; le lendemain il était allé à la faculté sans se douter de rien, et il avait aperçu une de ses condisciples, la camarade Cechackova, qui se tenait au milieu du hall, dans une pompeuse immobilité, semblable à la statue de la douleur ; il fit trois fois le tour de la jeune fille et partit d'un terrible éclat de rire. La jeune fille, vexée, qualifia ce rire de provocation politique et le frère d'Édouard dut abandonner ses études et partir travailler dans un village, où il avait à présent une maison, un chien, une épouse, deux enfants et même un chalet de week-end.

Et maintenant il était étendu sur son divan, dans cette maison villageoise, et il expliquait à Édouard : « On l'appelait le bras vengeur de la classe ouvrière. Mais il ne faut pas que ça t'intimide. C'est une femme mûre, aujourd'hui, et elle a toujours eu un faible pour les jeunes gens ; c'est pourquoi elle t'aidera. »

Édouard était très jeune en ce temps-là. Il venait d'achever ses études à la faculté (celle-là même d'où son frère s'était fait expulser) et cherchait un poste. Ayant suivi le conseil de son frère, il vint le lendemain frapper à la porte du bureau de la directrice. Il découvrit une grande femme osseuse aux cheveux noirs et gras, aux yeux noirs, avec un duvet noir sous le nez. Cette laideur lui épargna le trac qu'il éprouvait toujours, dans sa jeunesse, en présence de la beauté féminine, de sorte qu'il put causer avec elle sans se troubler, avec toute la gentillesse et toute la galanterie souhaitables. Ce ton fit manifestement plaisir à la directrice, et elle affirma à plusieurs reprises, avec une exaltation nettement perceptible : « Nous avons besoin de jeunes, ici. » Elle promit à Édouard de soutenir sa candidature.

2

C'est ainsi qu'Édouard devint instituteur dans une petite ville de Bohême. Il n'en était ni malheureux ni heureux. Il s'efforçait toujours de faire la distinction entre le sérieux et le non-sérieux, et rangeait sa carrière d'instituteur dans la catégorie du *non-sérieux*. Non que la profession d'enseignant, en elle-même, fût dépourvue de sérieux (d'ailleurs il y tenait beaucoup, car il n'aurait pu gagner sa vie par d'autres moyens), mais il la jugeait non-sérieuse par rapport à l'essence de soi-même. Il ne l'avait pas choisie. Elle lui avait été imposée par la demande sociale, les appréciations de la section des cadres, les attestations du lycée, les résultats du concours d'entrée. Il avait été, par l'action conjuguée de ces forces, lâché (comme une grue lâche un sac sur un camion) du lycée à la faculté. Il s'y était inscrit à contrecœur (l'échec de son frère était de mauvais augure), mais il avait fini par se résigner. Il comprenait cependant que son métier ferait partie des hasards de sa vie. Qu'il lui collerait à la peau comme une moustache postiche qui prête à rire.

Mais si une chose *obligatoire* est une chose non-sérieuse (qui prête à rire) le sérieux est sans doute ce qui est *facultatif* : à sa nouvelle résidence Édouard rencontra bientôt une jeune fille qu'il trouvait belle, et il commença à se consacrer à elle avec un sérieux presque sincère. Elle s'appelait Alice et, comme il put s'en convaincre à sa grande tristesse dès leurs premiers rendez-vous, elle était réservée et vertueuse.

Il fit plusieurs tentatives, lors de leurs promenades vespérales, pour lui enlacer les épaules de manière à effleurer par-derrière le bord de son sein droit, et, chaque fois, elle saisit sa main et la repoussa. Un soir qu'il répétait une fois de plus cette tentative et qu'elle venait (une fois de plus) de repousser sa main, elle fit halte et dit : « Est-ce que tu crois en Dieu ? »

Les oreilles délicates d'Édouard perçurent dans cette question une discrète insistance, et il oublia aussitôt le sein.

« Crois-tu en Dieu ? » Alice répéta sa question et Édouard n'osa pas répondre. Ne lui reprochons pas de ne pas avoir eu le courage de la franchise. Il se sentait trop abandonné dans cette ville où il était un nouveau venu et Alice lui plaisait trop pour qu'il risquât de perdre sa sympathie par une seule et simple réponse.

« Et toi ? demanda-t-il pour gagner du temps.

— Moi, oui », dit Alice et elle insista de nouveau pour qu'il lui répondît.

Jusqu'à présent, l'idée ne lui était jamais venue de croire en Dieu. Mais il comprenait qu'il ne devait pas l'avouer, bien au contraire, qu'il devait saisir l'occasion et faire de sa foi un joli cheval de bois dans le ventre duquel il pourrait se dissimuler, selon l'exemple antique, pour se glisser ensuite discrètement dans le cœur de la jeune fille. Seulement, Édouard était incapable de dire à Alice, tout simplement, *oui, je crois en Dieu* ; il n'était pas impudent et avait honte de mentir ; la grossière simplicité du mensonge lui répugnait ; si le mensonge était indispensable, du moins voulait-il lui garder la plus grande ressemblance avec la vérité. Il répondit donc, d'une voix extrêmement pensive :

« Je ne sais même pas, Alice, ce que je dois te répondre à cette question. Bien sûr, je crois en Dieu, mais… » Il fit une pause et Alice leva sur lui des yeux surpris. « Mais je veux être tout à fait franc avec toi. Est-ce que je peux être tout à fait franc avec toi ?

— Il le faut, dit Alice. Sans cela, nous n'aurions rien à faire ensemble.

— Vraiment ?

— Vraiment, dit Alice.

— J'ai des doutes quelquefois, dit Édouard d'une voix étranglée. Quelquefois, je me demande s'Il existe vraiment.

— Mais comment peux-tu en douter ? » dit Alice, et elle criait presque.

Édouard se tut et, après un instant de réflexion, il pensa à l'argument classique : « Quand je vois tant de malheur autour de moi, je me demande souvent s'il est possible qu'il existe un Dieu qui permet tout cela. »

Il parla d'une voix si triste qu'Alice lui prit la main : « Oui, c'est vrai, il y a beaucoup de malheur ici-bas. Je ne le sais que trop bien. Mais c'est justement pour cela qu'il faut croire en Dieu. Sans Lui, toute cette souffrance serait vaine. Rien n'aurait de sens. Et en ce cas-là je ne pourrais plus vivre.

— Tu as peut-être raison », dit Édouard d'un air songeur, et il l'accompagna à l'église le dimanche suivant. Il humecta ses doigts dans le bénitier et fit le signe de croix. Ensuite, ce fut la messe et on chanta, et il chanta avec les autres un chant religieux dont il se rappelait vaguement la mélodie et dont il ignorait les paroles. Donc, il décida de remplacer les paroles par diverses voyelles, et il attaquait chaque note avec une fraction de seconde de retard, car il ne connaissait pas si bien que ça la mélodie. Cependant, quand il eut constaté qu'il chantait juste, il s'abandonna au plaisir de faire retentir sa voix car, pour la première fois de sa vie, il venait de s'apercevoir qu'il avait une belle basse. Puis on récita le Notre Père et quelques vieilles dames s'agenouillèrent. Il ne put résister à la tentation et s'agenouilla lui aussi sur les dalles. Il faisait le signe de croix avec des gestes démesurés, et, ce faisant, il éprouvait une sensation merveilleuse à la pensée qu'il pouvait faire une chose qu'il n'avait encore jamais faite de sa vie, qu'il ne pouvait faire ni en classe, ni dans la rue, nulle part. Il se sentait merveilleusement libre.

Quand tout fut fini, Alice le regarda avec des yeux ardents et demanda : « Peux-tu encore dire que tu doutes qu'Il existe ?

— Non », dit Édouard.

Et Alice dit : « Je voudrais t'apprendre à L'aimer comme je L'aime. »

Ils se tenaient sur les larges marches du parvis et son âme était pleine de rire. Malheureusement pour lui, juste à ce moment, la directrice passait à proximité, et elle les aperçut.

3

Voilà qui était fâcheux. Je dois en effet rappeler (pour ceux à qui l'arrière-plan historique risquerait d'échapper) qu'en ce temps-là les églises n'étaient pas interdites mais qu'il n'était tout de même pas sans danger de les fréquenter.

Cela n'est pas tellement difficile à comprendre. Ceux qui se sont battus pour ce qu'ils appellent la révolution en conservent une grande fierté : *la fierté d'être du bon côté de la ligne du front.* Dix ou douze ans après (c'est vers cette période que se situe notre récit), la ligne du front commence à disparaître, et avec elle le bon et le mauvais côté de cette ligne. Il n'est donc pas surprenant que les anciens partisans de la révolution se sentent frustrés et cherchent avec impatience des fronts de *remplacement.* Grâce à la religion, ils peuvent (dans leur rôle d'athées luttant contre les croyants) se trouver à nouveau du bon côté, et garder intacte l'habituelle et précieuse emphase de leur supériorité.

Mais à vrai dire, ce front de remplacement était aussi une aubaine pour les autres, dont, et il n'est peut-être pas prématuré de le révéler, Alice faisait partie. De même que la directrice voulait être du *bon* côté, Alice voulait être du côté *opposé.* La boutique de son papa avait été nationalisée pendant les journées dites révolutionnaires et Alice détestait ceux qui lui avaient joué ce mauvais tour. Mais comment pouvait-elle manifester sa haine ? Devait-elle prendre un couteau et s'en aller venger son père ? Ce n'est pas l'usage en Bohême. Alice avait un meilleur moyen de manifester son opposition : elle entreprit de croire en Dieu.

C'est ainsi que le Bon Dieu venait au secours des deux parties, et grâce à lui Édouard fut pris entre deux feux.

Le lundi matin, lorsque la directrice vint trouver Édouard dans la salle des professeurs, il se sentait extrêmement mal à l'aise. En effet, il ne pouvait pas invoquer l'ambiance amicale de leur premier entretien car, depuis ce jour-là (par naïveté ou négligence), il n'avait jamais renoué le fil de leur conversation galante. La directrice put donc lui demander avec un sourire ostensiblement froid :

« On s'est vus hier, n'est-ce pas ?

— Oui, on s'est vus, dit Édouard.

— Je ne comprends pas comment un homme jeune peut aller à l'église », poursuivit la directrice. Édouard haussa les épaules d'un air gêné et la directrice hocha la tête : « Un homme jeune.

— J'étais allé visiter l'intérieur baroque de la cathédrale, dit Édouard en manière d'excuse.

— Ah, c'est ça, dit ironiquement la directrice. Je ne savais pas que vous vous intéressiez à l'architecture. »

Cette conversation ne plut pas du tout à Édouard. Il se souvenait que son frère avait fait trois fois le tour de sa condisciple, puis qu'il était parti d'un terrible éclat de rire. Les mésaventures familiales semblaient se répéter, et il prit peur. Le samedi il téléphona à Alice pour s'excuser et lui dit qu'il n'irait pas à l'église parce qu'il avait pris froid.

« Tu es bien douillet », lui dit Alice d'un ton de reproche quand ils se revirent la semaine suivante, et Édouard eut l'impression que les paroles de la jeune fille étaient dénuées de sensibilité. Il commença donc à lui parler (énigmatiquement et vaguement, parce qu'il avait honte d'avouer sa peur et ses véritables causes) des misères qu'on lui faisait à l'école et de la terrible directrice qui le persécutait sans raison. Il voulait éveiller la compassion d'Alice, mais elle lui dit :

« Moi, ma patronne est très chic », et elle se mit à raconter en pouffant les ragots de son travail. Édouard écoutait son joyeux babillage et il était de plus en plus sombre.

4

Mesdames et messieurs, ce furent des semaines de tourment ! Édouard avait une envie infernale d'Alice. Son corps l'excitait et ce corps était absolument inaccessible. Également tourmentant était le décor dans lequel avaient lieu leurs rendez-vous : ils erraient une heure ou deux à travers les rues noires, ou bien ils allaient au cinéma ; la monotonie et les insignifiantes possibilités érotiques de ces deux variantes (il n'y en avait pas d'autres) incitaient Édouard à penser qu'il remporterait peut-être auprès d'Alice des succès plus marquants s'il pouvait la rencontrer dans un autre cadre. Il lui proposa donc, avec un visage candide, d'aller avec lui passer le week-end à la campagne chez son frère qui avait un chalet au bord de l'eau dans une vallée boisée. Il lui dépeignit avec enthousiasme les charmes innocents de la nature, mais Alice (toujours naïve et confiante en d'autres domaines) comprit où il voulait en venir et refusa brutalement. Car ce n'était pas seulement Alice qui lui résistait. C'était, en personne (éternellement circonspect et vigilant), le Dieu d'Alice.

Ce Dieu tirait toute sa substance d'une seule idée (il n'avait pas d'autres désirs, pas d'autres opinions) : l'interdiction des rapports sexuels hors mariage. C'était donc un Dieu plutôt comique, mais ne nous moquons pas d'Alice pour autant. Des Dix Commandements que Moïse a transmis à l'humanité, il y en avait bien neuf auxquels son âme ne faisait courir aucun danger, car Alice n'avait envie ni de tuer, ni de déshonorer son père, ni de convoiter les époux de son prochain ; un seul commandement lui semblait ne pas aller de soi et constituer par conséquent un véritable défi : c'était le septième, le fameux *tu ne forniqueras point*. Pour accomplir, montrer et démontrer sa foi religieuse, c'était justement sur ce commandement-là, et sur celui-là seulement, qu'elle devait faire porter toute son attention. C'est ainsi que d'un Dieu vague, diffus et abstrait, elle avait fait un Dieu parfaitement déterminé, intelligible et concret : *Dieu Anti-Fornicateur*.

Mais je vous le demande, où commence au juste la fornication ? Chaque femme établit cette limite d'après des critères tout à fait mystérieux. Alice se laissait bien volontiers embrasser par Édouard, et après d'innombrables tentatives de sa part elle finit par consentir à ce qu'il lui caresse les seins, mais, au milieu de son corps, elle traçait une ligne de démarcation rigoureuse et infranchissable, au-dessous de laquelle s'étendait le territoire des saintes interdictions, de l'intransigeance de Moïse et de la colère divine.

Édouard commença à lire la Bible et à étudier les écrits théologiques ; il avait décidé d'affronter Alice avec ses propres armes.

« Ma petite Alice, lui dit-il, rien n'est interdit à celui qui aime Dieu. Lorsque nous désirons une chose, nous la désirons par Sa grâce. Le Christ ne souhaitait qu'une chose, que nous soyons guidés par l'amour.

— Sans doute, dit Alice, mais pas l'amour auquel tu penses.

— Il n'y a qu'un seul amour, dit Édouard.

— Ça ferait ton affaire, hein ? dit Alice. Seulement, Dieu a établi certains commandements et nous devons nous y conformer.

— Oui, le Dieu de l'Ancien Testament, dit Édouard. Mais pas le Dieu des chrétiens.

— Comment ? Dieu est unique, répliqua Alice.

— Oui, dit Édouard, seulement les Juifs de l'Ancien Testament ne le concevaient pas exactement comme nous. Avant la venue du Christ, l'homme devait avant tout se conformer à un système de lois et de commandements divins. Ce qui se passait dans son âme ne comptait pas tellement. Mais le Christ considérait toutes ces interdictions et injonctions comme quelque chose d'extérieur. Ce qu'il y avait de plus important, à ses yeux, c'était l'homme tel qu'il est dans son for intérieur. À partir du moment où l'homme suit l'élan de son être fervent et croyant, tout ce qu'il fait est bien et plaît à Dieu. C'est pourquoi saint Paul disait : "Tout est pur pour ceux qui sont purs."

— À condition d'être pur, dit Alice.

— Et saint Augustin disait, poursuivit Édouard : "Aime Dieu et fais ce que voudras." Comprends-tu, Alice ? Aime Dieu et fais ce que voudras.

— Seulement, ce que tu veux n'est pas ce que je veux », répondit Alice, et Édouard comprit que pour cette fois son offensive théologique avait complètement échoué ; c'est pourquoi il dit :

« Tu ne m'aimes pas.

— Si, dit Alice avec un terrible laconisme. C'est pourquoi je ne veux pas que nous fassions une chose que nous ne devons pas faire. »

Comme je l'ai déjà dit, ce furent des semaines de tourment. Et le tourment était d'autant plus vif que le désir qu'Édouard avait d'Alice n'était pas seulement le désir d'un corps désirant un autre corps ; au contraire, plus ce corps le repoussait, plus il devenait triste et nostalgique et plus encore il désirait aussi le cœur de la jeune fille. Mais ni le corps ni le cœur d'Alice ne s'intéressaient à sa tristesse, tous deux étaient pareillement froids, pareillement refermés sur eux-mêmes et satisfaits d'eux-mêmes.

Ce qui irritait le plus Édouard, chez Alice, c'était son imperturbable mesure. Bien qu'il fût lui-même un jeune homme plutôt pondéré, il se mit à rêver d'une action extrême qui ferait sortir Alice de cette imperturbabilité. Et comme il était trop risqué de la provoquer par des excès dans le blasphème et le cynisme (auxquels le poussait sa nature) il dut choisir des excès opposés (donc beaucoup plus difficiles), qui découleraient de l'attitude même d'Alice mais qui porteraient cette attitude à de telles extrémités qu'elle aurait honte de sa tiède réserve. Autrement dit : Édouard afficha une piété exagérée. Il ne manquait plus une seule occasion d'aller à l'église (le désir qu'il avait d'Alice était plus fort que la crainte des ennuis) et il s'y conduisait avec une excentrique humilité. Il s'agenouillait au moindre prétexte, tandis qu'Alice disait ses prières et faisait le signe de croix debout à ses côtés, car elle avait peur de filer ses bas.

Un jour, il lui reprocha la tiédeur de sa foi. Il lui rappela les paroles du Christ : « Ceux qui me disent : Seigneur, Seigneur ! n'entreront pas tous dans le royaume des cieux. » Il lui dit que sa foi était formelle, extérieure, fragile. Il lui reprocha sa vie confortable. Il lui reprocha d'être trop satisfaite d'elle-même. Il lui reprocha de ne rien voir autour d'elle que sa propre personne.

Et tandis qu'il parlait (Alice ne s'attendait pas à cette attaque et se défendait mollement), il aperçut un calvaire ; une vieille croix de bronze avec un Christ en fer-blanc rouillé, qui se dressait au milieu de la rue. Il dégagea vigoureusement son bras du bras d'Alice, il s'arrêta (pour protester contre l'indifférence de la jeune fille et marquer le début de sa nouvelle offensive), et il fit le signe de croix avec une agressive ostentation. Mais il ne put se rendre compte de l'effet que ce geste produisait sur Alice, car, juste à ce moment, il aperçut la concierge de l'école sur l'autre trottoir. Elle le regardait. Édouard comprit qu'il était perdu.

5

Ses craintes furent confirmées le surlendemain lorsque la concierge l'arrêta dans le couloir et lui annonça à haute et intelligible voix qu'il devait se présenter le lendemain à midi dans le bureau de la directrice : « Nous avons besoin de te parler, camarade. »

Édouard fut saisi d'angoisse. Le soir, il se rendit à son rendez-vous avec Alice, comme à l'ordinaire, pour flâner avec elle dans les rues, mais il avait renoncé à sa ferveur religieuse. Il était abattu et voulait faire part à Alice de ce qui lui arrivait, mais il n'en eut pas le courage, car il savait que pour conserver son emploi mal aimé (mais indispensable) il trahirait le Bon Dieu sans hésitation. Donc, il ne dit rien de la funeste convocation, et, par conséquent, ne put s'attendre à aucun mot de consolation. Il entra le lendemain dans le bureau de la directrice avec le sentiment d'un total esseulement.

Quatre juges l'attendaient dans la pièce : la directrice, la concierge, un collègue d'Édouard (petit et à lunettes) et un monsieur (grisonnant) qu'il ne connaissait pas et que les autres appelaient camarade inspecteur. La directrice invita Édouard à s'asseoir et lui dit ensuite qu'on l'avait convoqué à un entretien tout à fait amical et officieux, car ils étaient tous extrêmement préoccupés de la manière dont Édouard se comportait en dehors de l'école. Ce disant, elle regardait l'inspecteur, et l'inspecteur hochait la tête en signe d'approbation ; puis elle tourna son regard sur l'instituteur à lunettes, qui n'avait pas cessé de la regarder attentivement pendant tout ce temps-là, et qui dès qu'il eut saisi son regard, commença un long discours. Il dit que nous voulions éduquer une jeunesse saine et exempte de préjugés et que nous étions entièrement responsables de cette jeunesse parce que nous (les enseignants), nous lui servions d'exemple ; c'est pourquoi nous ne pouvions tolérer parmi nous la présence de calotins ; il développa longuement cette idée et finit par déclarer que l'attitude d'Édouard était un scandale pour tout l'établissement.

Quelques minutes plus tôt, Édouard était persuadé qu'il renierait son Dieu frais reconnu et qu'il avouerait que sa visite de l'église, son signe de croix en public n'étaient qu'une pitrerie. Mais maintenant qu'il voyait la situation en face, il sentait qu'il était impossible d'avouer la vérité ; après tout, il ne pouvait pas dire à ces quatre personnes si sérieuses et passionnées qu'elles se passionnaient pour un malentendu, pour une bêtise. Il comprenait qu'en leur disant cela il ne ferait malgré lui que tourner en dérision leur sérieux ; il comprenait que ces gens n'attendaient de lui que des faux-fuyants et des excuses, et qu'ils étaient prêts à les rejeter. Et il comprit (d'un seul coup, car il n'avait pas le temps de réfléchir) que le plus important pour lui, en cet instant, c'était de demeurer semblable à la vérité, ou, plus exactement, semblable à l'idée que ces gens s'étaient faite de lui ;

s'il voulait, dans une certaine mesure, rectifier cette idée, il devait aussi, dans une certaine mesure, l'accepter.

« Camarades, puis-je parler franchement ? dit-il.

— Évidemment, dit la directrice. C'est pour cela que vous êtes ici.

— Et vous ne m'en voudrez pas ?

— Dites ce que vous avez à dire, répliqua la directrice.

— Eh bien, je vais tout vous avouer, dit Édouard. Je crois vraiment en Dieu. »

Il leva les yeux sur ses juges et put constater qu'ils paraissaient tous soulagés ; seule la concierge lui cria : « Aujourd'hui, camarade ? À notre époque ? »

Édouard poursuivit : « Je savais bien que vous alliez vous fâcher, si je vous disais la vérité. Mais je ne sais pas mentir. Ne me demandez pas de vous raconter des mensonges. »

La directrice lui dit (doucement) : « Personne ne vous demande de mentir. Vous avez raison de dire la vérité. Mais ce que je voudrais, c'est que vous m'expliquiez comment vous pouvez croire en Dieu, un jeune homme comme vous !

— Aujourd'hui, à l'heure où nous lançons des fusées sur la lune, renchérit l'instituteur, tout excité.

— Je n'y peux rien, dit Édouard. Je ne veux pas croire en Dieu. Vraiment. Je ne veux pas.

— Comment ça, vous ne voulez pas, puisque vous croyez ! » intervint le monsieur aux cheveux gris (d'un ton excessivement aimable).

Édouard répéta tout bas son aveu : « Je ne veux pas croire, et je crois. »

L'instituteur à lunettes rit : « Mais il y a une contradiction là-dedans !

— Camarades, je vous dis les choses comme elles sont, dit Édouard. Je sais parfaitement que la foi en Dieu nous écarte de la réalité. Qu'adviendrait-il du socialisme, si tout le monde croyait que l'univers est au pouvoir de Dieu ? Personne ne ferait rien et chacun s'en remettrait à Dieu.

— Très juste, approuva la directrice.

— Personne n'a jamais démontré l'existence de Dieu », déclara l'instituteur à lunettes.

Édouard poursuivit : « La différence entre l'histoire de l'humanité et sa préhistoire, c'est que l'homme a pris en main son destin et n'a plus besoin de Dieu.

— La foi en Dieu conduit au fatalisme, dit la directrice.

— La foi en Dieu est un vestige du Moyen Âge », dit Édouard, après quoi la directrice dit de nouveau quelque chose, puis l'instituteur, puis Édouard, puis l'inspecteur, et toutes ces réflexions se complétaient harmonieusement, de sorte qu'à la fin l'instituteur à lunettes n'y tint plus et coupa la parole à Édouard :

« Alors, pourquoi fais-tu le signe de croix dans la rue, puisque tu sais tout cela ? »

Édouard posa sur lui un regard infiniment triste et dit : « Parce que je crois en Dieu.

— Mais il y a une contradiction là-dedans, répéta l'instituteur à lunettes en jubilant.

— Oui, dit Édouard, il y a une contradiction entre la connaissance et la foi. Je reconnais que la foi en Dieu conduit à l'obscurantisme. Je reconnais qu'il vaudrait mieux que Dieu n'existe pas. Mais que puis-je faire quand ici, au fond de moi — et ce disant, il pointait un doigt sur son cœur —, je sens qu'Il existe ? Je vous en prie, camarades, comprenez-moi ! Je vous dis les choses comme elles sont, il vaut mieux que je vous dise la vérité, je ne veux pas être un hypocrite, je veux que vous me connaissiez tel que je suis vraiment », et il baissa la tête.

L'instituteur avait la vue courte ; il ne savait pas que même le révolutionnaire le plus rigoureux ne voit dans la violence qu'un mal nécessaire, alors que le *bien* de la révolution, c'est la rééducation. Lui-même, qui s'était converti au credo révolutionnaire du jour au lendemain, il n'inspirait guère de respect à la directrice, et il ne se doutait pas qu'en cet instant Édouard, qui venait de se mettre à la disposition de ses juges, comme un difficile mais malléable objet de rééducation, avait mille fois plus de valeur que lui. Et parce qu'il ne s'en doutait pas, il se livrait maintenant à une attaque brutale contre Édouard, déclarant que les hommes comme lui, qui étaient incapables de renoncer à une foi moyenâgeuse, étaient des hommes du Moyen Âge et n'avaient pas leur place dans l'école nouvelle.

La directrice le laissa achever et le rappela à l'ordre : « Je n'aime pas qu'on fasse tomber les têtes. Le camarade a été sincère et nous a dit la vérité. C'est une chose dont nous devons tenir compte. » Puis, se tournant vers Édouard : « Les camarades ont évidemment raison de dire qu'un calotin ne peut éduquer notre jeunesse. Alors, dites vous-même ce que vous proposez.

— Je ne sais pas, camarades, dit Édouard d'un air malheureux.

— Voici ce que je pense, dit l'inspecteur. La lutte entre l'ancien et le nouveau a lieu non seulement entre les classes, mais en chaque individu. C'est à ce combat que nous assistons chez le camarade. Il sait, mais sa sensibilité le ramène en arrière. Nous devons aider le camarade pour que sa raison l'emporte. »

La directrice acquiesça. Puis : « Très bien, dit-elle. Je vais m'occuper de lui personnellement. »

6

Édouard avait donc réussi à écarter le danger immédiat ; l'avenir de sa carrière d'instituteur était entre les mains exclusives de la directrice, ce qu'il constatait somme toute avec satisfaction : il se souvenait en effet de la remarque de son frère, qui lui avait dit que la directrice avait toujours eu un faible pour les jeunes gens, et, avec toute l'instabilité de son assurance juvénile (outrée un jour, sapée par le doute le lendemain), il décida de sortir vainqueur de l'épreuve en gagnant, en tant qu'homme, la faveur de sa suzeraine.

Lorsqu'il se rendit quelques jours plus tard, comme convenu, dans le bureau de la directrice, il tenta de prendre un ton désinvolte et ne perdit pas une occasion de glisser dans la conversation une remarque familière ou un compliment délicat, ou de souligner avec une discrète équivoque le caractère singulier de sa situation : celle d'un homme à la merci d'une femme. Mais il ne lui fut pas permis de choisir lui-même le ton de la conversation. La directrice lui parlait aimablement, mais avec une extrême réserve ; elle lui demanda ce qu'il lisait, indiqua elle-même le titre de plusieurs livres et lui recommanda de les lire car elle voulait manifestement entreprendre un travail de longue haleine sur son esprit. Pour finir, elle l'invita à venir la voir chez elle.

Cette réserve avait eu raison de la belle assurance d'Édouard, et il pénétra dans le studio de la directrice la tête basse et sans la moindre intention de lui en imposer par son charme masculin. Elle le fit asseoir dans un fauteuil et engagea la conversation sur un ton très amical ; elle lui demanda de quoi il avait envie : de café peut-être ? Il dit que non. Alors, d'un alcool ? Il se sentit gêné : « Si vous avez du cognac. » Et il redouta aussitôt d'avoir dit quelque incongruité. Mais la directrice répondit aimablement : « Non, je n'ai pas de cognac, tout ce que j'ai c'est un peu de vin… », et elle apporta une bouteille à moitié vide, dont le contenu fut juste suffisant pour remplir deux verres.

Puis elle dit qu'Édouard ne devait pas la considérer comme un inquisiteur ; chacun avait, bien entendu, le droit d'avoir les convictions qu'il croyait justes ; on pouvait évidemment se demander (ajouta-t-elle aussitôt) si une telle personne avait ou non sa place dans l'enseignement ; c'est pourquoi ils s'étaient vus dans l'obligation de convoquer Édouard (bien qu'à contrecœur) et de discuter avec lui, et ils étaient très satisfaits (elle-même et l'inspecteur, en tout cas) qu'il leur ait parlé sincèrement et qu'il n'ait rien cherché à nier. Elle avait ensuite parlé très longuement d'Édouard avec l'inspecteur, et ils avaient décidé de le convoquer dans six mois pour un nouvel entretien ; d'ici là, la directrice devait, par son influence, faciliter son évolution. Et elle souligna une fois encore que l'aide qu'elle voulait lui apporter ne pouvait être qu'une *aide amicale*, qu'elle n'était ni un inquisiteur ni un flic. Elle parla ensuite de l'instituteur qui avait si durement attaqué Édouard, et elle dit : « Il a des ennuis, lui aussi, et il serait bien content de mettre les autres dans le pétrin. La concierge elle aussi raconte partout que vous avez été insolent et que vous êtes obstinément resté sur vos positions. Elle estime qu'il fallait vous renvoyer de l'école, et il n'y a pas moyen de la faire changer d'avis. Évidemment, je ne suis pas d'accord avec elle, mais, d'un autre côté, il faut la comprendre. Moi non plus, ça ne me plairait pas tellement de confier mes enfants à un maître qui fait publiquement le signe de croix dans la rue. »

C'est ainsi que la directrice exposait à Édouard, en un flot continu de phrases, tantôt les séduisantes possibilités de sa clémence, tantôt les menaçantes possibilités de sa rigueur, et ensuite, pour montrer que leur rencontre était réellement une rencontre amicale, elle passa à d'autres sujets : elle parla de livres, conduisit Édouard devant la bibliothèque, disserta longuement sur *L'Âme enchantée* de Romain Rolland et s'irrita qu'il ne l'ait pas lu. Puis elle lui demanda s'il se plaisait à l'école, et après une réponse conventionnelle, elle se mit à parler avec volubilité : elle dit qu'elle était reconnaissante au destin de son métier, qu'elle aimait son travail à l'école, parce qu'en éduquant des enfants elle entretenait avec l'avenir des contacts concrets et de tous les instants ; et que seul l'avenir pouvait en fin de compte justifier toute la souffrance qui existait (« oui, dit-il, il faut en convenir ») en abondance autour de nous. « Si je ne pensais pas que je vis pour quelque chose de plus grand que ma propre vie, je serais sans doute incapable de vivre. »

En disant ces mots, elle parut tout à coup très sincère, et Édouard ne comprit pas très clairement si elle voulait par là se confesser ou entamer une polémique idéologique sur le sens de la vie ; il préféra voir dans ces paroles une allusion personnelle et demanda d'une voix étouffée et discrète :

« Et votre vie, en elle-même ?

— Ma vie ? répéta la directrice.

— Oui, votre vie. Elle ne pourrait pas vous satisfaire ? »

Un sourire amer se dessina sur le visage de la directrice, et Édouard eut presque pitié d'elle. Elle était d'une laideur émouvante ; les cheveux noirs encadraient l'osseux visage oblong et les poils noirs sous le nez avaient le relief d'une moustache. Il saisit d'un coup toute la tristesse de sa vie ; il voyait les traits qui révélaient une sensualité violente, et il voyait en même temps la laideur qui révélait l'impossibilité d'assouvir cette violence ; il l'imaginait, qui s'était passionnément métamorphosée en statue vivante de la douleur le jour de la mort de Staline, qui avait passionnément assisté à des milliers de réunions, passionnément lutté contre le malheureux Jésus, et il comprenait que tout cela n'était qu'un morne déversoir pour son désir qui ne pouvait s'écouler où il voulait. Édouard était jeune et sa faculté de compassion n'était pas encore épuisée. Il regardait la directrice avec compréhension. Mais, comme si elle avait honte de son silence involontaire, elle dit d'une voix qui se voulait enjouée :

« De toute façon, la question n'est pas là, Édouard. On ne vit pas que pour soi. On vit toujours pour quelque chose. » Elle le regarda dans les yeux, plus profondément. « Mais il s'agit de savoir pour quoi. Si c'est pour quelque chose de réel ou pour quelque chose de fictif. Dieu, c'est une belle idée. Mais l'avenir de l'homme, Édouard, c'est une réalité. Et c'est pour cette réalité que j'ai vécu, que j'ai tout sacrifié. »

Ces phrases aussi, elle les prononçait avec une telle conviction qu'Édouard ne cessait d'éprouver ce brusque sentiment de compréhension qui s'était éveillé en lui quelques instants plus tôt ; il lui parut stupide de mentir aussi effrontément à son prochain, et il crut que le tour plus intime que prenait la conversation lui offrait enfin l'occasion de renoncer à son indigne (et d'ailleurs difficile) supercherie.

« Mais je suis tout à fait d'accord avec vous, s'empressa-t-il d'assurer. Moi aussi, je préfère la réalité. Vous savez, il ne faut pas la prendre tellement au sérieux, ma piété ! »

Mais il constata aussitôt qu'il ne faut jamais se laisser fourvoyer par un brusque mouvement des sentiments. La directrice le regardait d'un air surpris et dit avec une froideur évidente : « Ne jouez pas la comédie. Ce qui m'a plu, c'est votre franchise. En ce moment, vous essayez de vous faire passer pour ce que vous n'êtes pas. »

Non, il n'était pas permis à Édouard de se débarrasser du déguisement religieux qu'il avait un jour revêtu ; il s'y résigna promptement et s'efforça d'effacer la mauvaise impression qu'il venait de donner : « Mais non, je ne voulais pas me dérober. Bien sûr, je crois en Dieu, et je ne pourrais jamais le nier. Je voulais seulement dire que je crois également dans l'avenir de l'humanité, le progrès, et tout cela. Si je n'y croyais pas, à quoi servirait tout mon travail d'instituteur, à quoi servirait que des enfants viennent au monde, à quoi servirait toute notre vie ? Et justement, je pensais que c'est aussi la volonté de Dieu que la société s'améliore et progresse. Je pensais qu'il est possible de croire à la fois en Dieu et dans le communisme, que les deux choses sont conciliables.

— Non, dit la directrice avec une autorité toute maternelle. Les deux choses sont inconciliables.

— Je sais, dit Édouard tristement. Il ne faut pas m'en vouloir.

— Je ne vous en veux pas. Vous êtes encore jeune et vous vous accrochez obstinément à ce que vous croyez. Personne ne peut vous comprendre aussi bien que moi. Moi aussi, j'ai été jeune comme vous. Je sais ce que c'est que la jeunesse. Et c'est justement votre jeunesse que j'aime en vous. Vous m'êtes sympathique. »

C'était enfin venu. Ni plus tôt ni plus tard, mais juste maintenant, exactement au bon moment. (Ce bon moment, comme on le voit, Édouard ne l'a pas choisi, c'est le moment qui s'est servi d'Édouard pour s'accomplir.) Quand la directrice dit qu'elle le trouvait sympathique, il répondit d'une voix peu expressive :

« Vous aussi, vous m'êtes sympathique.

— Vraiment ?

— Oui.

— Allons donc ! Une vieille femme comme moi », répliqua la directrice.

Édouard ne put que répondre : « Ce n'est pas vrai.

— Mais si », dit la directrice.

Édouard ne put répondre qu'avec beaucoup d'empressement : « Vous n'êtes pas vieille du tout. C'est idiot de dire ça.

— Vous croyez ?

— Bien sûr, vous me plaisez beaucoup.

— Ne mentez pas. Vous savez que vous ne devez pas mentir.

— Je ne mens pas. Vous êtes belle.

— Belle ? fit la directrice avec une moue incrédule.

— Oui, belle », dit Édouard, et comme il redoutait la flagrante invraisemblance de cette affirmation, il s'empressa de l'étayer par des arguments : « Les brunes comme vous, ça me plaît.

— Vous aimez les brunes ? s'enquit la directrice.

— Follement, dit Édouard.

— Et comment se fait-il que vous ne soyez pas venu me voir, depuis que vous êtes à l'école ? J'avais l'impression que vous m'évitiez.

— J'hésitais, dit Édouard. Tout le monde aurait dit que je vous léchais les bottes. Personne n'aurait cru que je venais vous voir uniquement parce que vous me plaisez.

— Vous n'avez plus rien à craindre à présent, dit la directrice. Maintenant, on a *arrêté* que nous devons nous voir de temps en temps. »

Elle le regardait dans les yeux avec ses grands iris bruns (reconnaissons qu'ils n'étaient pas sans beauté), et, lorsqu'il prit congé, elle lui caressa légèrement la main, de sorte que cet étourdi la quitta avec une exaltante sensation de victoire.

7

Édouard était persuadé que cette pénible affaire tournait à son avantage, et le dimanche suivant il se rendit à l'église en compagnie d'Alice avec une désinvolture effrontée ; bien mieux, il avait retrouvé toute son assurance, car (même si cette idée n'éveille en nous qu'un sourire de pitié) sa visite chez la directrice lui fournissait rétrospectivement une preuve éclatante de son charme viril.

D'ailleurs, ce dimanche-là, en arrivant à l'église, il constata qu'Alice avait changé : dès qu'ils furent ensemble, elle lui prit le bras et ne le lâcha plus, même à l'église ; d'ordinaire, elle se montrait discrète et réservée, mais ce jour-là, elle se retournait de tous côtés, et elle adressa un signe de tête souriant à une dizaine d'amis et connaissances.

C'était étrange et Édouard n'y comprenait rien.

Le surlendemain, comme ils se promenaient dans les rues noires, Édouard constata avec étonnement que les baisers d'Alice, d'habitude si tristement prosaïques, étaient devenus soudain humides, chauds, fervents. Quand il s'arrêta avec elle contre un réverbère, il vit deux yeux aimants qui le regardaient.

« Je t'aime, si tu veux le savoir », lui dit Alice à brûle-pourpoint. Et elle lui ferma aussitôt la bouche : « Non, non, ne dis rien. J'ai honte de moi. Je ne veux rien entendre. »

Ils firent encore quelques pas, puis ils s'arrêtèrent et Alice dit : « Je comprends tout, à présent. Je comprends pourquoi tu me reprochais ma tiédeur. »

Mais Édouard ne comprenait rien et préférait se taire ; ils firent encore quelques pas, et Alice dit : « Et tu ne m'as rien dit. Pourquoi ne m'as-tu rien dit ?

— Et que voulais-tu que je te dise ? demanda Édouard.

— Oui, c'est bien toi, dit-elle avec un enthousiasme tranquille. D'autres feraient les fanfarons, mais toi, tu te tais. Mais c'est justement pour ça que je t'aime. »

Édouard commençait à comprendre de quoi il s'agissait, mais il demanda : « De quoi parles-tu ?

— De ce qui t'est arrivé.

— Et comment se fait-il que tu sois au courant ?

— Mais voyons ! Tout le monde est au courant. Ils t'ont convoqué, ils t'ont menacé et tu leur as ri au nez. Tu n'as rien renié. Tout le monde t'admire.

— Mais je n'ai parlé de rien à personne.

— Ne sois pas naïf. Une chose comme ça, ça fait du bruit. Ce n'est pas rien, tout de même. Tu crois que ça existe encore aujourd'hui, quelqu'un qui ait un peu de courage ? »

Édouard savait que dans une petite ville le moindre événement se transforme rapidement en légende, mais il ne soupçonnait pas qu'une légende pourrait naître même de ses propres aventures dérisoires, dont il n'avait jamais surestimé l'importance ; il ne saisissait pas assez clairement à quel point il faisait l'affaire de ses concitoyens qui, comme chacun sait, adorent les martyrs, car ceux-ci les confirment dans leur douce inaction en leur démontrant que la vie n'offre qu'une alternative : être livré au bourreau ou obéir. Nul ne doutait qu'Édouard serait livré au bourreau et tout le monde colportait la nouvelle avec admiration et satisfaction, de sorte qu'Édouard se trouvait maintenant, par l'intermédiaire d'Alice, face à la splendide image de sa propre crucifixion. Il réagit avec sang-froid et dit : « Bien sûr, je n'ai rien renié. Mais c'est tout naturel. N'importe qui en ferait autant.

— N'importe qui ? s'écria Alice. Regarde autour de toi, la façon dont les gens se conduisent ! Ils sont lâches ! Ils renieraient leur propre mère ! »

Édouard se taisait, et Alice se taisait aussi. Ils marchaient et se tenaient la main. Ensuite, Alice dit à voix basse : « Je ferai n'importe quoi pour toi. »

C'était une phrase comme personne n'en avait encore jamais dit à Édouard ; cette phrase-là, c'était un don du ciel. Certes, Édouard n'ignorait pas que c'était un don immérité, mais il songea que puisque le sort lui refusait les dons qu'il méritait, il avait le droit d'accepter ceux qu'il ne méritait pas. Il dit :

« Personne ne peut plus rien pour moi.

— Comment cela ? chuchota Alice.

— On va me chasser de l'école, et ceux qui parlent de moi comme d'un héros ne remueront pas le petit doigt pour moi. Il n'y a qu'une chose dont je suis certain : pour finir, je serai complètement seul.

— Non, dit Alice en hochant la tête.

— Si, dit Édouard.

— Non, répéta Alice, et elle criait presque.

— Tout le monde m'a abandonné.

— Je ne t'abandonnerai jamais, dit Alice.

— Tu finiras par m'abandonner, toi aussi, dit Édouard tristement.

— Jamais de la vie, dit Alice.

— Non, Alice, dit Édouard. Tu ne m'aimes pas. Tu ne m'as jamais aimé.

— Ce n'est pas vrai, chuchota Alice, et Édouard constata avec satisfaction qu'elle avait les yeux humides.

— Non, Alice. Ces choses-là se sentent. Tu as toujours été extrêmement froide avec moi. Une femme qui aime ne se conduit pas comme ça. Je le sais. Et maintenant, tu éprouves de la compassion pour moi, parce que tu sais qu'on veut me détruire. Mais tu ne m'aimes pas et je ne veux pas que tu te mettes des idées fausses dans la tête. »

Ils marchaient toujours, se taisaient et se tenaient par la main. Alice pleurait silencieusement, mais soudain elle s'arrêta et dit au milieu de ses sanglots : « Non, ce n'est pas vrai. Tu n'as pas le droit de dire ça. Ce n'est pas vrai.

— Si », dit Édouard, et comme Alice ne cessait de pleurer, il lui proposa d'aller à la campagne le samedi suivant. Dans une jolie vallée, au bord de la rivière, son frère avait un chalet où ils pourraient être seuls.

Alice avait le visage mouillé de larmes, et elle acquiesça en silence.

8

Cela se passait le mardi, et lorsque Édouard fut de nouveau convié chez la directrice, le jeudi suivant, il s'y rendit avec une joviale assurance, car il était absolument persuadé que le charme de sa personne transformerait définitivement toute l'affaire de l'église en petit nuage de fumée. Mais c'est toujours ce qui se passe dans la vie : on s'imagine jouer son rôle dans une certaine pièce, et l'on ne soupçonne pas qu'on vous a discrètement changé les décors, si bien que l'on doit, sans s'en douter, se produire dans un autre spectacle.

Il était assis dans le même fauteuil, en face de la directrice ; entre eux il y avait une table basse où était posée une bouteille de cognac avec deux verres de part et d'autre. Et cette bouteille de cognac était justement ce nouveau décor auquel un homme perspicace et posé eût immédiatement compris qu'il ne s'agissait plus du tout de l'affaire de l'église.

Mais l'innocent Édouard était tellement infatué de lui-même qu'au début il ne se rendit compte de rien. Il participa avec bonne humeur à la conversation préliminaire (sur un thème vague et général), vida le verre qu'on lui avait offert et s'ennuya le plus candidement du monde. Au bout d'une demi-heure ou d'une heure, la directrice fit glisser discrètement la conversation sur des sujets plus personnels ; elle se mit à parler d'elle-même, longuement, et ces paroles devaient camper devant Édouard le personnage dont elle voulait avoir les traits : le personnage d'une femme raisonnable, d'âge mûr, pas très heureuse, mais digne et résignée à son sort, d'une femme qui ne regrettait rien et se félicitait même de ne pas être mariée, car, sans cela, elle ne pourrait sans doute pas goûter pleinement la saveur mûre de son indépendance et les satisfactions de sa vie privée dans son joli petit appartement où elle était heureuse et où elle espérait qu'Édouard ne se déplaisait pas.

« Non, dit Édouard. Je suis très bien ici », et il dit cela d'une voix étranglée, car brusquement il se sentait mal à l'aise. La bouteille de cognac (qu'il avait imprudemment demandée lors de sa première visite et qui était apparue sur la table avec une hâte menaçante), les quatre murs du studio (qui délimitaient un espace de plus en plus étroit, de plus en plus clos), le monologue de la directrice (qui se concentrait sur des thèmes de plus en plus personnels), son regard (dangereusement fixé sur lui), tout cela lui faisait peu à peu comprendre *le changement de programme* ; il se rendit compte qu'il s'était placé dans une situation dont l'évolution était inéluctable ; et il lui apparut clairement que ce qui mettait en danger sa carrière, ce n'était pas l'antipathie de la directrice à son égard, mais, au contraire, l'antipathie physique qu'il éprouvait pour cette femme maigre qui avait du duvet sous le nez et qui l'encourageait à boire. Il en avait la gorge serrée.

Il obéit à la directrice et vida son verre, mais, à présent, l'angoisse était si forte que l'alcool ne lui fit aucun effet. En revanche, la directrice, qui avait déjà bu plusieurs verres, avait abandonné pour de bon sa réserve habituelle, et ses paroles se chargeaient d'une exaltation presque menaçante : « Il y a une chose que je vous envie, disait-elle. C'est votre jeunesse. Vous ne pouvez pas encore savoir ce que c'est que la déception, la désillusion. Vous voyez encore le monde sous les couleurs de l'espérance et de la beauté. »

Elle pencha son visage vers le visage d'Édouard, pardessus la table basse, et dans un silence mélancolique (avec un sourire figé) elle fixait sur lui des yeux terriblement grands, et lui, pendant ce temps, il se disait que s'il ne réussissait pas à se soûler un peu, la soirée se terminerait pour lui par un terrible fiasco ; il versa du cognac dans son verre et but rapidement une longue gorgée.

Et la directrice poursuivait : « Mais je veux le voir sous les mêmes couleurs, sous les mêmes couleurs que vous ! » Puis elle se leva de son fauteuil, bomba le torse et dit : « C'est vrai que je vous suis sympathique ? C'est vrai ? » Et elle fit le tour de la table et saisit Édouard par la manche : « C'est vrai ?

— Oui, dit Édouard.

— Venez, nous allons danser », dit-elle. Elle lâcha la main d'Édouard et s'élança vers le bouton de la radio, qu'elle manipula jusqu'à ce qu'elle trouve de la musique de danse. Puis elle se dressa, souriante, devant Édouard.

Édouard se leva, saisit la directrice et la conduisit à travers la pièce au rythme de la musique. La directrice posait tendrement la tête sur son épaule, puis la levait soudain pour regarder Édouard dans les yeux, puis elle fredonnait à mi-voix la mélodie.

Édouard était si mal à l'aise qu'il quitta plusieurs fois la directrice pour boire. Il n'avait pas de plus vif désir que de mettre fin à l'horreur de cette interminable déambulation, et en même temps il redoutait cette fin car l'horreur qui suivrait lui semblait encore pire. Donc, il continuait de conduire à travers la pièce étroite la dame qui fredonnait, et ce faisant il guettait (avec une impatience angoissée) l'effet désiré de l'alcool. Quand il eut enfin l'impression que ses sens étaient un peu brouillés par les vapeurs du cognac, il serra d'une main la directrice contre son corps, et il lui posa son autre main sur la poitrine.

Oui, il venait de faire le geste dont la seule idée l'épouvantait depuis le début de la soirée ; je ne sais pas ce qu'il aurait donné pour ne pas avoir à le faire, et s'il l'a tout de même fait, croyez-moi, c'est parce qu'il était vraiment *obligé* de le faire : la situation dans laquelle il s'était fourvoyé dès le début de la soirée n'offrait aucune échappatoire ; on pouvait sans doute en ralentir le cours, mais il était impossible de l'arrêter, de sorte qu'en mettant la main sur le sein de la directrice, Édouard ne faisait qu'obéir aux injonctions d'une inéluctable nécessité.

Mais les conséquences de son geste dépassèrent toutes les prévisions. Comme sur un coup de baguette magique, la directrice se mit à se tordre entre ses bras, puis elle pressa contre sa bouche sa lèvre supérieure velue. Ensuite elle le poussa sur le divan et, avec des gestes convulsifs et de gros soupirs, elle lui mordit la lèvre et le bout de la langue, ce qui fit très mal à Édouard. Après quoi elle s'échappa de ses bras, lui dit « Attends ! » et courut dans la salle de bains.

Édouard se lécha le doigt et constata que sa langue saignait légèrement. La morsure était si douloureuse que l'ivresse péniblement acquise retomba et qu'il sentit de nouveau sa gorge se serrer à la pensée de ce qui l'attendait. Un grand bruit d'eau lui parvenait de la salle de bains. Il saisit la bouteille de cognac, la porta à ses lèvres et but une longue rasade.

Mais déjà la directrice réapparaissait à la porte, vêtue d'une chemise de nuit transparente (ornée de dentelles sur la poitrine), et elle s'avançait lentement vers Édouard. Elle le prit dans ses bras. Puis elle s'écarta et dit d'un ton de reproche : « Pourquoi es-tu habillé ? »

Édouard retira son veston et, tout en regardant la directrice (qui fixait sur lui ses grands yeux), il ne pouvait penser qu'à une chose, que son corps allait très probablement saboter l'effort de sa volonté. C'est pourquoi, uniquement soucieux de fouetter son désir, il dit d'une voix mal assurée : « Déshabillez-vous complètement. »

D'un mouvement brusque, avec une ferveur docile, elle rejeta la chemise de nuit, révélant une frêle silhouette blanche où l'épaisse toison noire se détachait dans un morne abandon. Elle s'approchait de lui lentement et Édouard comprit avec effroi ce qu'il savait de toute façon déjà : son corps était littéralement paralysé par l'angoisse.

Je sais, messieurs, qu'avec les années vous avez pris l'habitude de ces désobéissances provisoires de votre corps, et que cela ne vous inquiète nullement. Mais, comprenez-vous ? Édouard était jeune en ce temps-là ! Le sabotage de son corps le précipitait à chaque fois dans une incroyable panique, et il le considérait comme un stigmate irrémédiable, qu'il eût pour témoin quelque joli visage, ou une figure aussi laide et comique que la figure de la directrice. Et la directrice n'était plus qu'à un pas de lui, et lui, épouvanté et ne sachant que faire, il dit tout à coup, sans même savoir comment (c'était plutôt le résultat d'une impulsion que d'une manœuvre réfléchie) : « Non, non ! Grand Dieu, non ! C'est un péché, ce serait un péché ! » et il s'écarta d'un bond.

Mais la directrice s'approchait de lui et grommelait : « Comment un péché ? Il n'y a pas de péché ! »

Édouard se réfugia derrière la table à laquelle ils étaient

assis quelques instants plus tôt : « Non. Je n'ai pas le droit, je n'ai pas le droit. »

La directrice repoussa le fauteuil qui lui barrait le passage et continua de se rapprocher d'Édouard, sans détacher de lui ses grands yeux noirs : « Il n'y a pas de péché ! Il n'y a pas de péché ! »

Édouard fit le tour de la table, il n'y avait plus derrière lui que le divan ; la directrice était tout près de lui. Il ne pouvait plus échapper, et c'est sans doute le désespoir suprême qui, en cette seconde sans issue, lui fit ordonner à la directrice : « À genoux ! »

Elle le regarda sans comprendre, mais quand, d'une voix désespérée mais ferme, il répéta : « À genoux », elle s'agenouilla devant lui avec ferveur et lui enlaça les jambes.

« Lâche-moi ! cria-t-il. Joins les mains ! »

De nouveau, elle le regarda sans comprendre.

« Joins les mains ! Tu as entendu ? »

Elle joignit les mains.

« Prie ! » ordonna-t-il.

Elle avait les mains jointes et levait sur lui des yeux fervents.

« Prie ! Pour que Dieu nous pardonne ! » cria-t-il.

Elle avait les mains jointes et elle le regardait de ses grands yeux, de sorte qu'Édouard, outre qu'il gagnait un temps précieux, commençait à perdre, dans cette posture où il l'examinait de haut, le pénible sentiment de n'être qu'une proie, et retrouvait son assurance. Il s'écarta pour la voir tout entière, et répéta son ordre : « Prie ! »

Et comme elle continuait de se taire, il lui cria : « À haute voix ! »

Et vraiment : la dame agenouillée, maigre et nue, se mit à réciter : « Notre Père qui es aux cieux, que ton nom soit sanctifié, que ton règne vienne… »

Tout en prononçant les mots de la prière, elle levait les yeux sur lui comme s'il était lui-même Dieu. Il l'observait avec une jouissance croissante : elle était devant lui, la directrice à genoux humiliée par un subordonné ; elle était devant lui, la révolutionnaire nue humiliée par la prière ; elle était devant lui, une femme en prière humiliée par sa nudité.

Cette triple image de l'humiliation le grisait et il se produisit une chose inattendue : son corps mit fin à sa résistance passive ; Édouard banda !

Au moment où la directrice dit : « Mais ne nous soumets pas à la tentation », il se débarrassa à la hâte de tous ses vêtements. Quand elle dit « Amen », il la souleva violemment et la traîna sur le divan.

9

Donc cela, c'était le jeudi et, le samedi, Édouard emmena Alice à la campagne chez son frère. Celui-ci les accueillit aimablement et leur prêta la clé de son chalet.

Les deux amoureux partirent se promener et passèrent tout l'après-midi dans les bois et dans les prés. Ils s'embrassaient et Édouard pouvait constater, de ses mains satisfaites, que la ligne imaginaire tracée à la hauteur du nombril pour séparer la zone de l'innocence de la zone de la fornication avait perdu toute valeur. Son premier mouvement fut de confirmer par des paroles cet événement si longtemps attendu, mais il hésita et comprit qu'il valait mieux se taire.

Il était sans doute bien avisé : la brusque volte-face d'Alice n'avait en effet rien à voir avec l'effort qu'Édouard déployait depuis des semaines pour la convaincre, elle n'avait rien à voir avec l'argumentation *rationnelle* d'Édouard. Au contraire, elle était fondée exclusivement sur la nouvelle du martyre d'Édouard, donc sur une *erreur*, et même entre cette erreur et la conclusion qu'Alice en avait tirée, il n'y avait aucun rapport *logique* ; car réfléchissons un instant : pourquoi le fait qu'Édouard était resté fidèle à la foi jusqu'au martyre devait-il inciter Alice à transgresser la loi divine ? Devait-elle trahir Dieu devant Édouard parce qu'Édouard avait refusé de Le trahir devant la commission d'enquête ?

Dans ces conditions, la moindre réflexion prononcée à haute voix risquait de révéler à Alice l'incohérence de son attitude. Donc, Édouard faisait bien de se taire, et son mutisme ne fut guère remarqué, car Alice parlait elle-même suffisamment, était gaie et rien n'indiquait que la volte-face qui s'était opérée dans son âme eût été dramatique ou douloureuse.

Quand la nuit fut venue, ils rentrèrent dans le chalet, allumèrent, ouvrirent le lit, s'embrassèrent, et Alice demanda à Édouard d'éteindre. Mais comme la fenêtre laissait entrer la pénombre nocturne, Édouard, à la demande d'Alice, dut également fermer les volets. C'est dans une complète obscurité qu'Alice se dévêtit et se donna à lui.

Il avait attendu ces instants pendant tant de semaines et, chose étrange, maintenant qu'ils s'accomplissaient enfin, leur importance ne répondait pas du tout à la longueur de son attente ; l'acte d'amour avait, au contraire, l'air tellement facile et tellement naturel qu'Édouard en était presque distrait et qu'il tentait vainement de chasser les pensées qui lui passaient par la tête : il se représentait ces longues et inutiles semaines pendant lesquelles Alice l'avait tourmenté par sa froideur, il se représentait tous les ennuis qu'elle lui avait causés à l'école, et au lieu de lui être reconnaissant de se donner à lui, il éprouvait une sorte de rancune vindicative. Il s'indignait qu'elle eût trahi, si aisément et sans remords, son Dieu Anti-Fornicateur auquel elle vouait auparavant un culte fanatique ; il s'indignait qu'aucun désir, aucun événement, aucun bouleversement ne fût en mesure de troubler sa sérénité ; il s'indignait qu'elle vécût tout cela sans déchirement intérieur, sûre d'elle-même et facilement. Et quand il fut sous l'emprise de cette indignation, il s'efforça de l'aimer violemment et rageusement, pour lui arracher un cri, un gémissement, un mot, une plainte, mais il n'y réussit pas. La petite fille était muette et, malgré tous les efforts d'Édouard, leur étreinte s'acheva modestement et en silence.

Ensuite, elle se blottit contre sa poitrine et s'endormit rapidement, tandis qu'Édouard resta longtemps éveillé et se rendit compte qu'il n'éprouvait aucune joie. Il essayait de se représenter Alice (pas son apparence physique mais si possible son être dans son essence) et il comprit subitement qu'il ne la voyait que *diffuse*.

Arrêtons-nous un instant à ce mot : Alice, telle qu'elle lui était apparue jusqu'à présent, était à ses yeux, malgré sa naïveté, un être ferme, aux contours bien dessinés : la belle simplicité de son physique semblait correspondre à la simplicité élémentaire de sa foi, et la simplicité de son destin semblait être la raison de son attitude. Jusque-là, Édouard l'avait considérée comme un être monolithique et cohérent : il avait beau se moquer d'elle, la maudire, la circonvenir par ses ruses, il ne pouvait faire autrement (malgré lui) que la respecter.

Mais voilà que le piège de la fausse nouvelle (ce piège qu'il n'avait pas prémédité) brisait la cohérence de ce personnage, et Édouard se disait que les idées d'Alice n'étaient en réalité qu'une chose *plaquée* sur son destin, et que son destin n'était qu'une chose plaquée sur son corps, et il ne voyait plus en elle que l'assemblage fortuit d'un corps, d'idées et d'une biographie, assemblage inorganique, arbitraire et labile. Il se représentait Alice (qui respirait profondément au creux de son épaule) et il voyait d'un côté son corps et de l'autre ses idées, ce corps lui plaisait, ces idées lui paraissaient ridicules, et ce corps et ces idées ne créaient aucune unité ; il la voyait comme une ligne absorbée dans une feuille de papier buvard : sans contours, sans forme.

Oui, ce corps lui plaisait vraiment. Quand Alice se leva le lendemain matin, il l'obligea à rester nue, et elle qui, la veille encore, avait insisté pour qu'on ferme les volets, car la lueur pâle des étoiles la gênait, oubliait maintenant sa pudeur. Édouard l'examinait (elle sautillait gaiement, à la recherche d'un paquet de thé et de biscottes pour le petit déjeuner), et elle s'aperçut au bout d'un instant qu'il avait l'air soucieux. Elle lui demanda ce qu'il avait. Il lui répondit qu'il devait aller voir son frère après le petit déjeuner.

Comme son frère lui demandait comment ça marchait à l'école, Édouard dit que ça ne marchait pas mal, et son frère lui dit : « Cette Cechackova est une salope, mais il y a longtemps que je lui ai pardonné. Je lui ai pardonné parce qu'elle ne savait pas ce qu'elle faisait. Elle voulait me faire du tort, mais c'est grâce à elle que je suis si heureux. Je gagne mieux ma vie comme agriculteur et le contact avec la nature me sauve du scepticisme auquel succombent les gens des villes.

— Moi aussi, cette bonne femme m'a porté chance », dit Édouard d'un air pensif, et il raconta à son frère qu'il était tombé amoureux d'Alice, qu'il avait feint de croire en Dieu, qu'il avait dû comparaître devant une commission, que cette Cechackova avait voulu le rééduquer et qu'Alice s'était finalement donnée à lui, le prenant pour un martyr. Mais il ne raconta pas jusqu'au bout comment il avait obligé la directrice à réciter le *Pater noster*, car il crut saisir un reproche dans les yeux de son frère. Il se tut et son frère lui dit :

« J'ai sans doute des défauts, mais je suis certain d'une chose. Je n'ai jamais joué la comédie et j'ai toujours dit aux gens ce que je pensais, en face. »

Édouard aimait bien son frère et sa désapprobation le blessait. Il voulut se justifier et ils commencèrent à se disputer. Pour finir, Édouard dit :

« Je sais que tu as toujours été un type droit et que tu en es fier. Mais pose-toi une question : *Pourquoi* dire la vérité ? Qu'est-ce qui nous y oblige ? Et pourquoi faut-il considérer la sincérité comme une vertu ? Suppose que tu rencontres un fou qui affirme qu'il est un poisson et que nous sommes tous des poissons. Vas-tu te disputer avec lui ? Vas-tu te déshabiller devant lui pour lui montrer que tu n'as pas de nageoires ? Vas-tu lui dire en face ce que tu penses ? Eh bien, dis-moi ! »

Son frère se taisait, et Édouard poursuivit : « Si tu ne lui disais que la vérité, que ce que tu penses vraiment de lui, ça voudrait dire que tu consens à avoir une discussion sérieuse avec un fou et que tu es toi-même fou. C'est exactement la même chose avec le monde qui nous entoure. Si tu t'obstinais à lui dire la vérité en face, ça voudrait dire que tu le prends au sérieux. Et prendre au sérieux quelque chose d'aussi peu sérieux, c'est perdre soi-même tout son sérieux. Moi, je *dois* mentir pour ne pas prendre au sérieux des fous et ne pas devenir moi-même fou. »

10

Le dimanche s'achevait et les deux amoureux prirent le chemin du retour ; ils étaient seuls dans le compartiment (de nouveau la petite fille babillait joyeusement) et Édouard se souvenait comme il s'était réjoui, tout récemment encore, à l'idée qu'il pourrait trouver dans le personnage *facultatif* d'Alice un sérieux que ses obligations ne pourraient jamais lui procurer, et il comprenait avec tristesse (les roues frappaient idylliquement les joints des rails) que l'aventure amoureuse qu'il venait de vivre avec Alice était dérisoire, faite de hasards et d'erreurs, dépourvue de sérieux et de sens ; il écoutait les paroles d'Alice, il voyait ses gestes (elle pressait sa main), et il se disait que c'étaient des signes sans signification, des billets de banque sans couverture, des poids en papier, qu'il ne pouvait pas leur accorder plus de valeur que Dieu ne pouvait en accorder à la prière de la directrice nue ; et il se dit tout à coup que tous les gens qu'il côtoyait dans cette ville n'étaient en réalité que des lignes absorbées dans une feuille de papier buvard, des êtres aux attitudes interchangeables, des créatures sans substance solide ; mais ce qui était pire, ce qui était bien pire (se dit-il ensuite), c'est qu'il n'était lui-même que l'ombre de tous ces personnages-ombres, car il épuisait toutes les ressources de son intelligence dans le seul dessein de s'adapter à eux et de les imiter, et il avait beau les imiter avec un rire intérieur, sans les prendre au sérieux, il avait beau s'efforcer par là de les ridiculiser en secret (et de justifier ainsi son effort d'adaptation), cela ne changeait rien, car une imitation, même malveillante, est encore une imitation, même une ombre qui ricane est encore une ombre, une chose seconde, dérivée, misérable.

C'était humiliant, terriblement humiliant. Les roues frappaient idylliquement les joints des rails (la petite fille babillait) et Édouard dit :

« Alice, es-tu heureuse ?

— Oui, dit Alice.

— Moi, je suis désespéré, dit Édouard.

— Tu es fou ? dit Alice.

— Nous n'aurions pas dû faire ça. Il ne fallait pas.

— Qu'est-ce qui te prend ? C'est toi qui as voulu !

— Oui, dit Édouard. Mais c'est ma plus grande faute, que Dieu ne me pardonnera pas. C'était un péché, Alice.

— Je t'en prie, qu'est-ce qui t'arrive ? dit calmement la jeune fille. Tu ne faisais toi-même que répéter que Dieu veut l'amour, d'abord l'amour ! »

Quand Édouard constata qu'Alice s'était tranquillement approprié le sophisme théologique qui lui était d'un si faible secours, récemment encore, dans son difficile combat, il vit rouge. « Je t'ai dit cela pour te mettre à l'épreuve. Maintenant je sais comme tu es fidèle à Dieu ! Mais qui est capable de trahir Dieu, est cent fois plus capable de trahir un homme ! »

Alice trouvait toujours de nouvelles réponses toutes prêtes, mais elle eût été bien avisée de n'en pas trouver, car ces réponses ne faisaient qu'attiser la colère vengeresse d'Édouard. Édouard parla longuement et il parla tant et si bien (il employa les mots *nausée* et *dégoût physique*) qu'il finit par arracher à ce paisible et tendre visage (enfin !) un sanglot, des larmes et un gémissement.

« Adieu », lui dit-il à la gare, et il la laissa en larmes. Quand il fut de retour chez lui, ce ne fut qu'au bout de plusieurs heures, et quand cette étrange colère fut enfin apaisée, qu'il comprit toutes les conséquences de ce qu'il venait de faire :

il se représentait ce corps qui, ce matin encore, gambadait tout nu devant lui, et quand il se dit que ce beau corps il l'avait lui-même et volontairement chassé, il se traita d'imbécile et il eut envie de se gifler.

Mais ce qui était fait était fait, et on ne pouvait plus rien y changer.

Je dois d'ailleurs ajouter, pour être fidèle à la vérité, que, si l'idée de ce beau corps qui lui échappait causait à Édouard une certaine tristesse, c'était une perte dont il prit assez vite son parti. Peu après son arrivée dans la petite ville, il avait souffert du manque d'amour physique, mais ce fut une pénurie toute provisoire. Édouard n'avait plus à souffrir de cette pénurie-là. Une fois par semaine il allait voir la directrice (l'habitude avait délivré son corps des angoisses du début), et il avait décidé qu'il irait chez elle régulièrement tant que les choses ne seraient pas définitivement éclaircies à l'école. En plus, il tentait avec un succès croissant de séduire diverses femmes et jeunes filles. Ce qui fait qu'il appréciait bien davantage les moments où il était seul, et il se mit à aimer les promenades solitaires dont il profitait parfois (veuillez consacrer encore un peu d'attention à ce détail) pour faire un tour à l'église.

Non, soyez sans crainte, Édouard n'a pas trouvé la foi. Je n'ai pas l'intention de couronner mon récit par un paradoxe aussi flagrant. Mais tout en étant presque certain que Dieu n'existe pas, Édouard tourne volontiers dans sa tête, et avec nostalgie, l'idée de Dieu.

Dieu c'est l'essence même, tandis qu'Édouard (et il s'est écoulé plusieurs années depuis ses aventures avec Alice et avec la directrice) n'a jamais rien trouvé d'essentiel ni dans ses amours, ni dans son métier, ni dans ses idées. Il est trop honnête pour admettre qu'il trouve l'essentiel dans l'inessentiel, mais il est trop faible pour ne pas désirer secrètement l'essentiel.

Ah, mesdames et messieurs, comme il est triste de vivre quand on ne peut rien prendre au sérieux, rien ni personne !

C'est pourquoi Édouard éprouve le désir de Dieu, car seul Dieu est dispensé de l'obligation de *paraître* et peut se contenter d'*être* ; car lui seul constitue (lui seul, unique et non existant) l'antithèse essentielle de ce monde d'autant plus existant qu'il est inessentiel.

Donc, Édouard vient de temps à autre s'asseoir à l'église

et lève vers la coupole des yeux rêveurs. C'est à un tel moment que nous prendrons congé de lui : l'après-midi s'achève, l'église est silencieuse et déserte, Édouard est assis sur un banc de bois et il se sent triste à l'idée que Dieu n'existe pas. Mais en cet instant, sa tristesse est si grande qu'il voit émerger soudain de sa profondeur le visage réel et *vivant* de Dieu. Regardez ! C'est vrai ! Édouard sourit ! Il sourit et son sourire est heureux…

Gardez-le dans votre mémoire, s'il vous plaît, avec ce sourire.

Écrit en Bohême entre 1959 et 1968.

LA PLAISANTERIE

Titre original :
ZERT

Traduction du tchèque par Marcel Aymonin
entièrement révisée par Claude Courtot et l'auteur,
version définitive.

PREMIÈRE PARTIE

LUDVIK

Ainsi, après bien des années, je me retrouvais chez moi. Debout sur la grande place (qu'enfant, puis gamin, puis jeune homme, j'avais mille fois traversée), je ne ressentais nulle émotion ; au contraire, je pensais que cette place dont le beffroi (semblable à un reître sous son heaume) surplombe les toits rappelait le vaste terrain d'exercice d'une caserne, et que le passé militaire de cette ville de Moravie, jadis rempart contre les raids des Magyars et des Turcs, avait imprimé sur sa face la marque d'une irrévocable hideur.

Des années durant, rien ne m'avait attiré vers ma ville natale ; je me disais qu'elle m'était devenue indifférente, et cela me paraissait naturel : depuis quinze ans déjà je vis ailleurs, je n'ai plus ici que quelques connaissances, ou des copains (que je préfère du reste éviter), ma mère est enterrée dans une tombe étrangère dont je ne m'occupe pas. Mais je m'abusais : ce que j'appelais indifférence était en fait de la rancune ; les raisons m'en échappaient, car il m'était arrivé des choses bonnes ou mauvaises dans cette ville comme dans toutes les autres, en tout cas cette rancune était là ; j'en avais pris conscience à l'occasion de mon voyage : la tâche qui m'amenait ici, j'aurais pu, tout compte fait, l'accomplir aussi bien à Prague, mais j'avais été soudain irrésistiblement attiré par l'occasion offerte de l'exécuter dans ma ville natale justement parce qu'il s'agissait d'une tâche cynique et terre à terre qui, avec dérision, m'acquittait du soupçon de revenir ici sous l'effet d'un mièvre attendrissement sur le temps perdu.

Une fois encore je parcourus d'un œil narquois la place disgracieuse avant de lui tourner le dos pour prendre la rue de l'hôtel où ma chambre était retenue pour la nuit. Le portier me tendit une clé à poire de bois en disant : « Deuxième étage. » La chambre n'était pas très engageante : un lit contre le mur, au milieu une petite table avec une seule chaise, à côté du lit une prétentieuse table de toilette en acajou avec miroir, près de la porte un lavabo écaillé absolument minuscule. Je posai ma serviette sur la table et j'ouvris la fenêtre : la vue donnait sur une cour et sur des maisons présentant à l'hôtel leur dos nu et sale. Je fermai la fenêtre, abaissai les rideaux et m'approchai du lavabo qui comportait deux robinets marqués l'un en rouge, l'autre en bleu ; je les essayai, l'eau en coulait également froide. J'examinai la table, laquelle, à la rigueur, suffirait, une bouteille et deux verres y trouvant fort bien place ; malheureusement, une seule personne pouvait s'y installer, faute d'une seconde chaise dans la pièce. Ayant poussé la table vers le lit, je tentai de m'asseoir sur celui-ci, seulement il était trop bas et la table trop haute ; de plus, il s'enfonçait tellement sous moi qu'il fut aussitôt évident que non seulement il ne pourrait servir que malaisément de siège, mais qu'en outre il remplirait de façon douteuse son office de lit. Je m'y appuyai sur les poings ; après quoi je m'y étendis en soulevant avec précaution mes pieds chaussés afin d'éviter de salir couverture et drap. Le matelas se creusant sous mon poids, j'y étais allongé comme dans un hamac ou une tombe étroite : il n'était pas possible d'imaginer que quelqu'un partageât ce lit avec moi.

Je m'assis sur la chaise, le regard perdu vers les rideaux éclairés en transparence, et je réfléchis. À cet instant, des pas et des voix se firent entendre du corridor ; deux personnes, un homme et une femme, bavardaient et chacune de leurs paroles était intelligible : ils parlaient d'un certain Petr qui s'était enfui de chez lui, et d'une tante Klara qui était idiote et gâtait le petit ; puis se faisaient entendre une clé tournée dans la serrure, une porte qui s'ouvrait et les voix qui poursuivaient dans la chambre à côté ; j'entendis les soupirs de la femme (oui, même les soupirs me parvenaient !) et la décision de l'homme de dire une bonne fois deux mots à Klara.

Je me levai, ma résolution était prise ; je me lavai encore les mains dans le lavabo, les essuyai avec la serviette et quittai l'hôtel sans bien savoir d'abord où j'irais au juste. Je savais simplement que si je ne voulais pas compromettre le succès de tout mon voyage (voyage considérablement long et fatigant) à cause de la seule imperfection de ma chambre d'hôtel, je devais, encore que je n'en eusse pas la moindre envie, faire un appel discret à quelque ami d'ici. Je passai rapidement en revue tous les visages du temps de ma jeunesse, mais pour les écarter aussitôt, parce que le caractère confidentiel du service sollicité m'imposerait l'obligation de jeter un pont laborieux par-dessus les nombreuses années pendant lesquelles je ne les avais pas vus — et cela me déplaisait. Puis je me rappelai qu'ici vivait sans doute un homme à qui j'avais, ici même, autrefois procuré une situation et qui serait, tel que je le connaissais, très heureux d'avoir l'occasion de me rendre service à son tour. C'était un être étrange, tout à la fois d'une sourcilleuse moralité et curieusement inquiet et instable, d'avec qui, à ce que je savais, sa femme avait divorcé depuis des années pour cette simple raison qu'il vivait n'importe où, pourvu que ce ne fût pas avec elle et leur fils. Je tremblais maintenant à l'idée qu'il eût pu se remarier, circonstance qui compliquerait l'accomplissement de ma demande, et je pressai le pas en direction de l'hôpital.

Cet hôpital est un ensemble de bâtiments et de pavillons semés çà et là sur un vaste espace de jardins ; je pénétrai dans la petite guérite qui jouxte le portail et je priai le concierge assis derrière une table de me mettre en communication avec la virologie ; il poussa l'appareil sur le bord de la table de mon côté et dit : « Zéro deux ! » Je formai donc le zéro deux pour apprendre que le docteur Kostka était parti depuis quelques secondes et qu'il était en train de gagner la sortie. Je pris place sur un banc proche de la grande porte pour être sûr de ne pas le manquer, je regardai distraitement les hommes errant par là en peignoir d'hôpital à rayures bleues et blanches, et puis je le vis : il venait, songeur, grand, maigre, sympathique dans son manque d'apparence, oui, c'était bien lui. Je me levai de mon banc et marchai droit à sa rencontre, comme si je voulais le bousculer ; il me jeta un regard mécontent, mais aussitôt me reconnut et ouvrit les bras. J'eus l'impression que sa surprise était presque heureuse et la spontanéité de son accueil me fit plaisir.

Je lui expliquai que j'étais arrivé moins d'une heure plus tôt pour une affaire sans importance qui me retiendrait ici environ deux jours, et il manifesta tout de suite un étonnement joyeux de ce que ma première visite ait été pour lui. Il me fut tout à coup désagréable de n'être pas venu le trouver dans un esprit désintéressé, rien que pour lui, et que la question que je lui posai (je lui demandai jovialement s'il s'était déjà remarié) parût refléter une sincère attention, alors qu'elle procédait, au fond, d'un bas calcul. Il me dit (à ma satisfaction) qu'il était toujours seul. Je déclarai que nous avions beaucoup de choses à nous raconter. Il en convint et regretta de ne disposer, malheureusement, que d'un peu plus d'une heure, vu qu'il lui fallait encore retourner à l'hôpital et, le soir, prendre un car pour quitter la ville. « Vous n'habitez pas ici ? » dis-je, effrayé. Il m'assura que si, un studio dans un immeuble neuf, mais qu'« il est pénible de vivre en solitaire ». Il apparut que Kostka avait dans une autre ville, à vingt kilomètres, une fiancée, institutrice, disposant elle-même d'un deux pièces. « Vous vous installerez chez elle par la suite ? » lui demandai-je. Il dit qu'il trouverait difficilement ailleurs un travail aussi intéressant que celui que je lui avais procuré et qu'inversement sa fiancée aurait du mal à obtenir une place ici. Je me mis à vitupérer (de bon cœur) les lenteurs de la bureaucratie, incapable de faciliter les choses pour qu'un homme et une femme puissent vivre réunis. « Rassurez-vous, Ludvik, me dit-il avec une douce indulgence, ce n'est quand même pas tellement insupportable ! Le voyage me coûte certes de l'argent et du temps, mais ma solitude demeure intacte et je suis libre. — Pourquoi avez-vous, vous, un tel besoin de liberté ? lui demandai-je. — Et vous-même ? dit-il. — Je cours les filles, répondis-je. — Ce n'est pas pour des femmes, c'est pour moi qu'il me faut ma liberté », dit-il, et il ajouta : « Écoutez, venez un moment chez moi, avant que je ne parte. » Je ne demandais que cela.

Sortis de l'enceinte de l'hôpital, nous parvînmes bientôt à un groupe d'immeubles neufs qui, l'un à côté de l'autre, jaillissaient sans harmonie d'un sol poussiéreux non aplani (sans gazon, sans trottoirs, sans chaussées) et formaient un triste décor aux confins des champs, vastes et plats, qui s'étendaient jusqu'aux lointains. Nous franchîmes une porte, montâmes un escalier trop étroit (l'ascenseur ne marchait pas) et nous arrêtâmes au troisième étage où je reconnus le nom de Kostka sur la carte de visite. Lorsque, ayant traversé l'entrée, nous fûmes dans la pièce, j'étais plus que satisfait : un large et confortable divan occupait un coin ; outre le divan, il y avait une petite table, un fauteuil, une grande bibliothèque, un tourne-disque et un poste de radio.

Je fis à Kostka l'éloge de sa chambre et lui demandai comment était sa salle de bains. « Rien de luxueux », dit-il, content de l'intérêt que je marquais, et il me fit passer dans l'entrée d'où s'ouvrait la porte de la salle de bains, petite mais très agréable, avec baignoire, douche, lavabo. « Quand je vois ce magnifique appartement, il me vient une idée, dis-je. Que faites-vous demain après-midi et demain soir ? — Hélas, s'excusa-t-il avec confusion, demain j'aurai une longue journée de service, je ne rentrerai guère qu'aux alentours de sept heures. Le soir, vous ne serez pas libre ? — Il se peut que j'aie ma soirée libre, répondis-je, mais, avant, vous ne pourriez pas me prêter votre studio pour l'après-midi ? »

Ma question l'étonna, mais sur-le-champ (comme s'il craignait que je ne le soupçonne de manquer d'empressement) il me dit : « Bien volontiers, il est à vous. » Et de poursuivre, comme s'appliquant à refuser de chercher les mobiles de ma demande : « Si vous avez des difficultés pour vous loger, vous pouvez coucher ici dès aujourd'hui, car je reviendrai seulement demain matin, et même pas, du reste, puisque j'irai directement à l'hôpital. — Non, c'est inutile. Je suis à l'hôtel. Ce qu'il y a, c'est que ma chambre est assez inhospitalière, et, demain après-midi, j'aurais besoin d'un cadre agréable. Évidemment, pas pour m'y trouver seul. — Oui, fit Kostka en baissant légèrement la tête, je m'en doute. » Au bout d'un instant, il dit : « Je suis heureux de pouvoir faire du bien pour vous. » Puis il ajouta encore : « En supposant, évidemment, que ce soit vraiment du bien. »

Après quoi nous prîmes place autour de la petite table (Kostka avait préparé du café) et bavardâmes un moment (assis sur le divan, j'en constatais avec plaisir la fermeté, il ne s'écrasait ni ne grinçait). Kostka annonça ensuite qu'il allait devoir regagner l'hôpital, aussi se hâta-t-il de m'initier à certains secrets ménagers : il faut serrer à fond en refermant le robinet de la baignoire, l'eau chaude coule, contrairement à toutes les habitudes, du robinet marqué de la lettre F, la prise de courant pour le fil du tourne-disque est cachée sous le divan et il y a dans la petite armoire une bouteille de vodka tout juste entamée. Ensuite, il me remit un trousseau de deux clés et me montra celle de la porte de l'immeuble et celle du studio. Ayant couché dans d'innombrables lits, au cours de ma vie, je me suis construit un culte particulier pour les clés, et je glissai donc celles-ci dans ma poche avec une jubilation silencieuse.

Kostka exprima en partant le vœu que son studio me procure « vraiment quelque chose de beau ». « Oui, lui dis-je, il va me permettre d'effectuer une belle destruction. — Vous pensez que les destructions peuvent être belles ? » dit Kostka, et moi je souris dans mon for intérieur parce que, à travers cette question (proférée doucement mais conçue combativement), je le reconnus exactement tel qu'il était (sympathique et comique à la fois) lors de notre première rencontre quinze ans plus tôt. Je lui répliquai : « Je sais que vous êtes un paisible ouvrier sur l'éternel chantier divin et qu'entendre parler de destructions vous déplaît, mais qu'y puis-je : je ne suis pas, quant à moi, un apprenti maçon de Dieu. Au surplus, si les apprentis maçons de Dieu construisent ici-bas des édifices en murs véritables, il y a peu de chances que nos destructions puissent leur porter préjudice. Or, il me semble qu'à la place de murs je ne voie partout que des décors. Et la destruction des décors est une chose tout à fait juste. »

Nous nous retrouvions là où nous nous étions séparés la dernière fois (peut-être quelque neuf ans plus tôt) ; notre différend revêtait à présent une allure métaphorique parce que nous en connaissions bien le fond et n'éprouvions pas la nécessité d'y revenir ; nous avions besoin de nous répéter seulement que nous n'avions pas changé, que nous étions toujours tous deux pareillement différents l'un de l'autre (à cet égard, je dois dire que j'aimais cette dissemblance chez Kostka et que j'avais, pour cela, plaisir à discuter avec lui parce que ainsi je pouvais toujours, au passage, vérifier qui, en fait, je suis et ce que je pense). Donc, afin de m'enlever toute incertitude à son sujet, il me répondit : « Ce que vous venez de dire sonne bien. Mais dites-moi : sceptique comme vous l'êtes, où prenez-vous l'assurance qui vous fait distinguer le décor du mur ? Ne vous est-il jamais arrivé de douter que les illusions dont vous vous moquez ne soient vraiment qu'illusions ? Et si vous vous trompiez ? Et si c'étaient des valeurs, et vous un destructeur de valeurs ? » Il dit ensuite : « Une valeur galvaudée et une illusion démasquée ont le même pitoyable corps, elles se ressemblent et rien n'est plus aisé que de les confondre. »

Tandis que j'accompagnais Kostka pour regagner l'hôpital à l'autre bout de la ville, je jouais avec les clés au fond de ma poche et je me sentais bien au côté de l'ami de vieille date qui était capable d'essayer de me convaincre de sa vérité n'importe quand et n'importe où, voire maintenant, en traversant le terrain raboteux des quartiers neufs. Kostka savait évidemment que nous aurions pour nous toute la soirée du lendemain, aussi laissa-t-il bientôt la philosophie pour passer aux affaires banales, se persuadant de nouveau que je l'attendrais demain chez lui lorsqu'il rentrerait à sept heures (lui-même ne possédait pas d'autre trousseau de clés), et me demandant si je n'avais véritablement plus besoin de rien. Je me palpai le visage et dis qu'il me restait à passer chez le coiffeur, vu que j'avais une barbe indésirable. « À la bonne heure, fit Kostka, je vais vous procurer un rasage de faveur ! »

Je ne déclinai pas les bons offices de Kostka et me laissai emmener dans un petit salon où devant trois glaces étaient plantés trois grands fauteuils pivotants dont deux étaient occupés par des hommes qui avaient la tête inclinée et le visage ouaté de mousse. Deux femmes en blouse blanche se penchaient sur eux. Kostka s'approcha de l'une d'elles et lui chuchota quelque chose ; la femme essuya son rasoir avec une serviette et appela dans l'arrière-boutique : une jeune fille en blouse blanche en sortit pour donner ses soins au monsieur abandonné dans son fauteuil, tandis que la femme à laquelle Kostka avait parlé m'adressait une brève inclination de tête et m'invitait de la main à m'asseoir dans le fauteuil libre. Kostka et moi prîmes congé l'un de l'autre en nous serrant la main et je m'installai, la tête reposant sur le coussinet qui servait d'appui, et, comme depuis tant d'années je n'aimais pas regarder mon visage, j'esquivai le miroir placé devant moi, levai les yeux et les laissai errer parmi les taches du plafond blanchi à la chaux.

Je maintins mes yeux au plafond même après avoir senti sur mon cou les doigts de la coiffeuse qui glissaient sous le col de ma chemise le bord d'un linge blanc. Puis la coiffeuse s'éloigna d'un pas, je n'entendis plus que le va-et-vient du rasoir sur le cuir à repasser et je me figeai dans une sorte d'immobilité béate pleine d'heureuse indifférence. Peu après, je sentis sur mes joues les doigts humides m'appliquer onctueusement la crème sur la peau et je m'avisai de cette chose étrange : une inconnue qui ne m'est rien, à qui je ne suis rien non plus, me caresse doucement. Après cela, avec un blaireau, la coiffeuse se mit à étendre le savon et il me sembla que je n'étais peut-être même pas assis, mais que simplement je flottais dans l'espace blanc semé de taches. Et alors je m'imaginai (parce que, même dans les moments de repos, les pensées ne suspendent pas leurs jeux) que j'étais une victime sans défense, totalement livré à la femme qui avait affilé le rasoir. Et comme mon corps se dissolvait dans l'espace et que je percevais uniquement mon visage touché par les doigts, je m'imaginai sans peine que ses mains suaves tenaient (faisaient tourner, caressaient) ma tête comme si elles ne la rattachaient aucunement à un corps, mais la considéraient seulement en soi, de telle façon que la lame tranchante qui attendait sur la tablette voisine n'avait plus qu'à parachever cette belle autonomie de ma tête.

Puis, les caresses cessèrent et j'entendis la coiffeuse s'écarter afin, cette fois, de vraiment saisir le rasoir, et je me dis à ce moment (car les pensées continuaient leurs jeux) qu'il me fallait voir quelle apparence avait au juste la maîtresse (l'élévatrice) de ma tête, mon tendre assassin. Je décollai mes yeux du plafond et regardai dans le miroir. Je fus stupéfié : le jeu dont je m'amusais prit subitement des contours bizarrement réels ; il me semblait que cette femme qui se penchait sur moi dans la glace, je la connaissais.

D'une main, elle maintenait le lobe de mon oreille, de l'autre elle raclait méticuleusement la mousse savonneuse de mon visage ; je l'observais, et son identité, l'instant d'avant perçue avec étonnement, s'effritait lentement et disparaissait. Puis elle se courba au-dessus du lavabo, avec deux doigts fit tomber du rasoir un paquet de mousse, se redressa et fit légèrement pivoter le fauteuil ; nos regards alors se croisèrent une seconde et à nouveau il me parut que c'était elle ! Assurément, ce visage était un peu différent, comme si c'était celui de sa sœur aînée, devenu gris, fané, un peu creusé ; mais cela faisait quinze ans que je l'avais vue pour la dernière fois ! Pendant cette période le temps avait imprimé un masque trompeur sur ses traits authentiques, mais par bonheur ce masque avait deux orifices par où de nouveau pouvaient me regarder ses yeux, réels et vrais, tels que je les avais connus.

Mais après survint un nouveau brouillage de la piste : un autre client entra dans le salon, vint se placer derrière mon dos, sur une chaise, pour attendre son tour ; bientôt il s'adressa à ma coiffeuse ; il discourait sur l'été splendide et sur la piscine en construction en bordure de la ville ; la coiffeuse répondait (j'enregistrais sa voix plutôt que ses paroles, au reste insignifiantes) et je constatai que je ne reconnaissais pas cette voix ; le son en était désinvolte, dépourvu d'anxiété, presque vulgaire, c'était une voix tout à fait étrangère.

Maintenant elle me lavait le visage, qu'elle pressait entre ses paumes, et moi (malgré la voix), je me reprenais à croire que c'était bien elle, que j'éprouvais encore, après quinze ans, le contact de ses mains sur mon visage, qu'elle me caressait de nouveau, me caressait longuement avec tendresse (j'oubliais complètement que ce n'étaient point caresses mais ablutions) ; sa voix étrangère n'arrêtait pas cependant de répondre je ne sais quoi au bavardage croissant du type, mais je refusais de croire à la voix, je voulais plutôt croire aux mains, je voulais la reconnaître à ses mains ; à la douceur de leur toucher je m'efforçais de discerner si c'était elle et si elle m'avait reconnu.

Ensuite, elle prit une serviette et me sécha les joues. Le bavard s'esclaffa bruyamment d'une blague qu'il venait de raconter et je remarquai que ma coiffeuse n'avait pas ri, que donc elle ne prêtait sans doute pas grande attention à ce que le type lui disait. Cela me troubla parce que j'y voyais la preuve qu'elle m'avait reconnu et qu'elle ressentait une agitation contenue. Je résolus de lui parler dès que j'aurais quitté mon siège. Elle me débarrassa de la serviette que j'avais autour du cou. Je me levai. Je tirai un billet de cinq couronnes de la poche intérieure de mon veston. J'attendais une nouvelle rencontre de nos regards pour pouvoir lui adresser la parole en l'appelant par son prénom (le type continuait son bavardage), mais elle tournait la tête avec indifférence, elle prit l'argent d'un geste bref, impersonnel, si bien que je me fis brusquement l'effet d'un fou qui a cru à ses propres mirages et je n'eus absolument pas le courage de lui dire un seul mot.

Curieusement insatisfait, je sortis du salon ; tout ce que je savais, c'est que je ne savais rien et que c'était une énorme *grossièreté* que d'hésiter sur l'identité d'un visage autrefois tant aimé.

Bien entendu, il n'était pas difficile d'apprendre la vérité. En hâte je me rendis à l'hôtel (en chemin j'aperçus sur le trottoir d'en face un vieil ami de jeunesse, Jaroslav, chef d'un orchestre avec cymbalum, mais, comme si j'avais fui la musique lancinante et trop forte, je détournai vivement le regard), et de là je téléphonai à Kostka ; il était encore à l'hôpital.

« Dites-moi, cette coiffeuse à qui vous m'avez confié, elle s'appelle Lucie Sebetkova ?

— Aujourd'hui, elle porte un autre nom, mais c'est bien elle. Comment se fait-il que vous la connaissiez ? dit Kostka.

— Ça remonte terriblement loin », répondis-je et, sans même songer à dîner, je quittai l'hôtel (déjà la nuit tombait), pour flâner encore.

DEUXIÈME PARTIE

HELENA

I

Ce soir j'irai me coucher tôt, je ne sais pas si je pourrai m'endormir, mais j'irai me coucher tôt, Pavel est parti cet après-midi pour Bratislava, moi demain de bonne heure en avion jusqu'à Brno et après en car, ma petite Zdena restera deux jours toute seule à la maison, ça ne la dérangera pas, elle ne tient guère à notre compagnie, du moins pas à la mienne, elle adore Pavel, Pavel est sa première idole masculine, il faut reconnaître qu'il sait s'y prendre avec elle, comme il l'a toujours su avec toutes les femmes, moi comprise et ça reste vrai, cette semaine, il a recommencé à se comporter avec moi de la même manière qu'autrefois, il me tapotait le visage et me promettait qu'il passerait me prendre en Moravie à son retour de Bratislava, d'après lui il faut que nous nous remettions à causer, peut-être en est-il lui-même arrivé à reconnaître que ça ne peut plus continuer ainsi, peut-être veut-il que tout redevienne entre nous comme avant, mais pourquoi y pense-t-il si tard, maintenant que j'ai rencontré Ludvik ? J'en suis tout angoissée, pourtant je ne dois pas être triste, je ne dois pas, *que la tristesse ne soit jamais liée à mon nom*, cette phrase de Fucik est ma devise, même torturé, même sous la potence, Fucik n'était jamais triste, et peu m'importe qu'aujourd'hui la joie soit passée de mode, je suis bête, c'est possible, mais les autres ne le sont pas moins avec leur scepticisme mondain, je ne vois pas pourquoi je devrais renoncer à ma bêtise pour adopter la leur, je ne veux pas couper ma vie en deux, je veux que ma vie à moi soit une, d'un bout à l'autre, et c'est pour cela que

Ludvik m'a tellement plu, quand je suis avec lui, je n'ai pas besoin de changer d'idéaux ni de goûts, c'est un homme ordinaire, simple, clair, et c'est cela que j'aime, que j'ai toujours aimé.

Je n'ai pas honte d'être comme je suis, je ne peux être différente de celle que j'ai toujours été, jusqu'à dix-huit ans, je n'ai connu que l'appartement bien rangé de la bourgeoisie provinciale bien rangée, et l'étude, l'étude, la vie réelle se déroulait au-delà de sept murailles, lorsque, ensuite, je suis arrivée à Prague en quarante-neuf, ça a été le miracle, un tel bonheur que jamais je ne l'oublierai, et c'est pour cela précisément que je ne peux pas effacer Pavel de mon âme, même si je ne l'aime plus, même s'il m'a fait du mal, je ne peux pas, Pavel, c'est ma jeunesse, Prague, la faculté, la Cité universitaire et surtout le célèbre Ensemble Fucik de chants et de danses, ensemble estudiantin, personne ne sait plus à présent ce que cela représentait pour nous, c'est là que j'ai connu Pavel, il était ténor et moi contralto, nous avons pris part à des centaines de concerts et de séances récréatives, chantant des chansons soviétiques, des chansons politiques de chez nous, et, bien sûr, des chansons populaires, celles-ci étaient nos préférées, je m'étais alors à ce point éprise des airs de Moravie que moi, native de Bohême, je me sentais morave, j'ai fait de ces chansons le leitmotiv de mon existence, pour moi elles se confondent avec cette époque, avec mes jeunes années, avec Pavel, je les entends chaque fois que le soleil pour moi va se lever, ces jours-ci je les entends.

Comment je me suis d'abord attachée à Pavel, je ne pourrais le dire aujourd'hui à personne, c'est comme de la mauvaise littérature, un jour anniversaire de la Libération il y avait un grand meeting sur la place de la Vieille-Ville, notre Ensemble était lui aussi de la fête, nous allions partout en groupe, petite cohorte parmi des dizaines de milliers de gens, sur la tribune nos hommes d'État et aussi des étrangers, beaucoup de discours et beaucoup d'ovations, puis Togliatti à son tour s'est approché du micro pour une brève allocution en italien et, comme toujours, la place a répondu en criant, en battant des mains, en scandant des mots d'ordre. Par hasard Pavel se trouvait près de moi dans cet immense tohu-bohu et je l'entendais crier tout seul quelque chose dans cette tempête, quelque chose de spécial, je regardais sa bouche et j'ai compris qu'il chantait, il criait plutôt qu'il ne chantait, il voulait que nous l'entendions et que nous nous joignions à lui, il entonnait un chant révolutionnaire italien qui figurait à notre répertoire et qui était très populaire à l'époque : *Avanti popolo, alla riscossa, bandiera rossa, bandiera rossa…*

C'était lui tout craché, il ne se contentait jamais de s'adresser à la raison, il voulait atteindre les sentiments, j'ai trouvé que c'était magnifique de saluer sur une place de Prague un dirigeant ouvrier italien en lui chantant une chanson révolutionnaire de son pays, j'ai souhaité que Togliatti soit ému comme je l'étais moi-même d'avance et donc, de tout mon souffle, je me suis associée à Pavel, d'autres et encore d'autres se sont associés à nous, finalement notre Ensemble au grand complet a crié cette chanson, mais la clameur de la place était terriblement puissante et nous n'étions qu'une poignée, nous étions cinquante et eux cinquante mille au moins, écrasante supériorité, lutte désespérée, pendant toute la première strophe, on a pensé qu'on allait succomber, que personne ne percevrait même ce qu'on chantait, quand le miracle a eu lieu, petit à petit des voix nous rejoignaient plus nombreuses, les gens commençaient à comprendre et, lentement, la chanson se dégageait du grand vacarme de l'esplanade comme un papillon d'une gigantesque et grondante chrysalide. Enfin ce papillon, ce chant, tout au moins ses quelques dernières mesures ont volé jusqu'à la tribune, et nous, avidement, nous fixions les traits de l'Italien grisonnant, comblés lorsqu'il nous a semblé que d'un mouvement de la main il réagissait à la chanson, et moi j'étais même certaine d'avoir vu des larmes dans ses yeux.

Et dans cet enthousiasme et cette émotion, je ne sais comment j'ai saisi Pavel par la main et Pavel m'a rendu mon étreinte et lorsque le calme est revenu sur la place et qu'un nouvel orateur s'est mis devant le micro, j'ai eu peur qu'il ne me lâche la main, mais il l'a gardée, nous avons continué à nous tenir jusqu'à la fin du meeting et nous ne nous sommes pas détachés l'un de l'autre même après la dispersion et, plusieurs heures durant, nous nous sommes promenés à travers Prague en fleurs.

Sept ans plus tard, la petite Zdena avait déjà cinq ans, je n'oublierai jamais cela, il m'a dit, *nous ne nous sommes pas mariés par amour, mais par discipline de parti*, je sais bien qu'on était en train de se disputer, que c'était un mensonge, que Pavel m'avait épousée par amour et qu'il a changé seulement par la suite, mais c'est quand même affreux qu'il ait pu me dire cela, lui justement qui n'a jamais cessé de démontrer que l'amour d'aujourd'hui est autre, qu'il n'est pas une fuite loin des gens mais un réconfort dans le combat, c'est du reste ainsi que nous le vivions, à midi nous n'avions même pas le temps de déjeuner, nous avalions deux petits pains secs au secrétariat de l'Union de la jeunesse, après nous restions parfois sans nous voir jusqu'au bout de la journée, d'ordinaire j'attendais Pavel aux environs de minuit lorsqu'il rentrait de ses interminables réunions qui duraient des six ou huit heures, à mes moments de liberté je lui recopiais les rapports qu'il présentait à toutes sortes de conférences et de stages de formation, ces textes avaient à ses yeux une extrême importance, je suis seule à savoir le prix qu'il attachait au succès de ses interventions politiques, cent fois il répétait dans ses allocutions que l'homme nouveau diffère de l'ancien par le fait qu'il a rayé de sa vie le divorce entre le privé et le public, et voilà qu'il me reproche, après des années, que les camarades n'aient pas, alors, respecté sa vie privée.

Nous nous fréquentions depuis près de deux ans et je commençais à ressentir une pointe d'impatience, rien d'étonnant, nulle femme n'entend se satisfaire d'une simple amourette d'étudiant, Pavel, lui, s'en contentait, accoutumé à ce confort sans obligation, tout homme est un peu égoïste et il appartient à la femme de se défendre et de préserver sa mission de femme, cela, malheureusement, Pavel le comprenait moins bien que nos camarades de l'Ensemble, qui l'ont convoqué devant le comité, j'ignore ce qu'on lui a dit là, jamais nous n'en avons parlé, il est probable en tout cas qu'ils n'ont pas pris de gants avec lui, car on était très strict en ce temps-là, soit, on allait trop loin, mais trop de morale vaut mieux que pas assez comme maintenant. Pendant pas mal de temps Pavel m'a évitée, je pensais avoir tout gâché, j'étais au désespoir, je voulais mettre fin à mes jours, mais ensuite il est venu me trouver, j'avais les genoux qui tremblaient, il m'a demandé pardon et m'a offert en cadeau une breloque représentant le Kremlin, son plus précieux souvenir, jamais je ne le détacherai, ce n'est pas seulement un souvenir de Pavel, c'est bien davantage, j'ai fondu en larmes de bonheur, et quinze jours après c'était notre mariage, auquel l'Ensemble tout entier a assisté, et qui a duré vingt-quatre heures, on a chanté, on a dansé et je répétais à Pavel, si nous devions nous deux nous trahir, nous trahirions tous ceux qui célèbrent ces noces avec nous, nous trahirions et la manifestation de la place de la Vieille-Ville et Togliatti, j'ai envie de rire aujourd'hui quand je pense à tout ce que nous avons finalement trahi par la suite…

2

Je réfléchis à ce que je mettrai demain, par exemple mon pull rose et mon imper, c'est encore ce qui me va le mieux pour la taille, je ne suis plus très mince, mais quoi ! si j'ai des rides, pour compenser je possède d'autres charmes qu'une fille jeune n'a pas, charme de la femme qui a vécu, pour Jindra, j'ai certainement ce charme, le pauvre gosse, je vois encore son désappointement quand il a su que je prenais l'avion de bon matin et que lui ferait le voyage tout seul, il est ravi lorsqu'il peut être avec moi, devant moi il aime se faire valoir du haut de sa virilité de dix-neuf ans, avec moi il ferait certainement du cent trente pour que je l'admire, ce petit laideron, avec ça, comme technicien et comme chauffeur, tout à fait impeccable, les journalistes l'emmènent volontiers pour les petits reportages à l'extérieur et, après tout, quel mal s'il m'est agréable de savoir de quelqu'un qu'il a du plaisir à me voir, ces dernières années je ne suis plus tellement bien vue à la radio, il paraît que je suis une sale vache, fanatique, dogmatique, chien de garde du Parti et tout et tout, seulement, ce qu'il y a, moi, je ne rougirai jamais de l'aimer, le Parti, de lui sacrifier tous mes loisirs. D'abord, qu'est-ce qu'il me reste dans la vie ? Pavel a d'autres femmes, je ne cherche plus à savoir lesquelles, la petite adore son père, mon travail, toujours la même chose depuis dix ans déjà, reportages, interviews, émissions sur l'accomplissement du plan, sur les étables modèles, sur les trayeuses, et mon foyer pareillement sans espoir, seul le Parti ne s'est jamais rendu coupable à mon endroit et je l'ai toujours payé de la même monnaie, même aux heures où tous avaient envie de l'abandonner, en cinquante-six, avec ce déferlement des crimes de Staline, les gens étaient devenus fous alors, ils crachaient sur tout, ils prétendaient que notre presse mentait, les maisons de commerce nationalisées ne marchaient pas, la culture suffoquait, les coopératives rurales n'auraient pas dû voir le jour, l'Union soviétique était un pays sans liberté et le pire était qu'ainsi s'exprimaient des communistes mêmes, dans leurs réunions à eux, Pavel aussi parlait de cette façon, et tout le monde l'applaudissait, Pavel a toujours été applaudi, dès son enfance, fils unique, sa mère dort avec sa photo, enfant prodige mais homme simplement moyen, ne fume pas, ne boit pas, mais incapable de vivre sans applaudissements, c'est son alcool, sa nicotine, si bien qu'il jubilait de pouvoir empoigner le cœur des auditoires qu'il haranguait sur l'horreur des procès staliniens avec un élan tel qu'un peu plus les gens auraient éclaté en sanglots, je sentais comme il était heureux dans son indignation, et je le haïssais.

Le Parti, par bonheur, a su taper sur les doigts des hystériques, ils se sont tus, Pavel, comme les autres, s'est tu lui aussi, son poste de professeur de marxisme à l'Université était trop avantageux pour qu'il le mette en jeu, pourtant un quelque chose restait dans l'air, des germes d'apathie, de méfiance, d'incroyance, germes foisonnant en silence, secrètement, je me demandais que faire contre cela, sinon m'attacher au Parti plus étroitement encore qu'auparavant, comme si le Parti était une créature vivante, à qui je puisse me confier maintenant qu'en somme je n'ai plus rien à dire à personne, et pas seulement à Pavel, les autres, eux non plus, ne m'aiment guère, on s'en est bien aperçu quand il a fallu régler cette pénible affaire, un de nos rédacteurs, un homme marié, entretenait une liaison avec une technicienne, une jeune célibataire, irresponsable et cynique, l'épouse, dans son désespoir, vient demander l'aide de notre comité, nous étudions le cas pendant des heures, nous faisons venir à tour de rôle la femme, la technicienne et les témoins appartenant au service, nous nous efforçons de comprendre tous les aspects de l'affaire et de nous montrer équitables, le rédacteur reçoit un blâme du Parti, la technicienne est admonestée et tous les deux doivent, devant le comité, promettre de rompre. Hélas, les paroles ne sont que des paroles, ils les ont dites pour nous calmer, ils ont continué de se fréquenter, mais, a beau mentir qui vient de loin, nous n'avons pas été longs à découvrir la vérité et, alors, j'ai été pour la solution la plus sévère et j'ai proposé que le collègue soit exclu du Parti, pour avoir sciemment abusé et trompé le Parti, car enfin qu'est-ce qu'un communiste qui ment à son Parti, je déteste le mensonge, cependant ma proposition n'a pas été adoptée, le rédacteur s'en est tiré avec un nouveau blâme et la technicienne a dû quitter la radio.

Ils se sont bien vengés, ils m'ont fait passer pour un monstre, une bête fauve, toute une campagne, ils se sont mis à espionner ma vie privée, c'était mon talon d'Achille, une femme ne peut se passer de sentiment, ou alors ce n'est pas une femme, pourquoi le nier, je cherchais l'amour ailleurs puisque je n'en avais pas sous mon toit, je le cherchais du reste vainement, un beau jour on m'a attaquée là-dessus en réunion publique, j'étais une hypocrite, je clouais les gens au pilori sous prétexte qu'ils détruisaient les ménages, j'avais la prétention de les exclure, de les chasser, de les anéantir, alors que moi-même j'étais infidèle à mon mari autant que je le pouvais, ils s'exprimaient ainsi en séance, mais derrière mon dos ils me traînaient carrément dans la boue, pour la galerie j'étais une bonne sœur, et dans le privé une putain, comme s'ils n'avaient pas su comprendre que moi, justement parce que je savais ce que c'était qu'un mariage malheureux, j'étais, pour cette raison précise, exigeante envers les autres, non parce que je les détestais mais par amour, par amour de l'amour, par amour de leur foyer et de leurs enfants, parce que je voulais les aider, moi aussi j'ai enfant et foyer et je tremble pour eux !

Mais quoi, ils ont peut-être raison, je suis peut-être vraiment une mégère et il faut vraiment laisser aux gens leur liberté, personne n'a le droit de se mêler de leurs histoires personnelles, peut-être avons-nous véritablement mal conçu tout ce monde où nous sommes, et peut-être suis-je réellement un odieux flic qui met son nez dans des affaires qui ne le regardent en rien, seulement moi, je suis comme ça et j'agis toujours comme je le sens, il est maintenant trop tard pour changer, j'ai toujours pensé que la créature humaine était indivisible, seul le bourgeois dans son imposture se partage en un être public et un homme privé, tel est mon credo, je me suis toujours conduite d'après cela, cette fois-là comme les autres.

Que j'aie pu être méchante, j'en conviens sans qu'il faille pour cela m'appliquer la question, j'ai en horreur ces gamines-là, ces petites garces cruelles dans leur jeunesse, dépourvues du moindre brin de solidarité avec la femme un peu plus âgée, comme si un jour elles n'auront pas à leur tour trente ans et trente-cinq ans et quarante ans, et qu'on ne vienne pas me raconter qu'elle l'aimait, qu'est-ce que celle-là peut bien savoir de l'amour, elle couche avec le premier venu, sans complexe, sans pudeur, je suis offensée si quelqu'un ose me comparer à des garces pareilles pour l'unique motif que, mariée, j'ai eu plusieurs liaisons. La différence, c'est que moi j'ai toujours cherché l'amour et si je me trompais, si je ne le trouvais pas là où je le cherchais, je me détournais, avec la chair de poule, et m'en allais ailleurs, je savais pourtant combien il serait simple d'oublier bel et bien mon juvénile rêve d'amour, franchir la frontière pour me retrouver sur les terres de cette étrange liberté où n'existe ni honte, ni retenue, ni morale, dans le domaine de cette bizarre liberté ignoble où tout est permis, où il suffit d'entendre, au-dedans de soi, la pulsation du sexe, cette bête.

Et je sais également que si je passais cette frontière, je cesserais d'être moi, deviendrais quelqu'un d'autre, je ne sais pas qui, et cela, cette effroyable mutation m'épouvante, voilà pourquoi je cherche l'amour, désespérément je cherche un amour où je pourrais vivre telle que j'ai toujours été, telle que je suis encore, avec mes anciens rêves et mes idéaux, car je ne veux pas que ma vie se casse par le milieu, je veux qu'elle demeure une de bout en bout, et c'est à cause de cela que j'ai été à ce point éblouie quand je t'ai connu, Ludvik, Ludvik…

3

Cela avait été au fond franchement comique la première fois que j'étais entrée dans son bureau, il ne m'avait pas spécialement captivée, sans la moindre gêne j'avais dit quels renseignements j'attendais de lui, quelle idée je me faisais de ce reportage radiophonique, mais lorsque ensuite il m'a adressé la parole, je me suis aperçue soudain que je m'embrouillais, que je bafouillais, que je m'expliquais sottement et lui, devant mon trouble, a détourné sur-le-champ l'entretien sur moi, si j'étais mariée, si j'avais des enfants, où j'allais d'habitude en vacances, il dit aussi que je paraissais jeune et que j'étais jolie, il voulait me soulager de mon trac, c'était gentil de sa part, j'ai tant connu de ces vantards tout juste bons à jeter de la poudre aux yeux, même s'ils ne savent pas le dixième de ce qu'il savait, lui, Pavel n'aurait pas arrêté de parler de lui-même, mais le plus comique était qu'au bout d'une heure d'entretien je n'étais pas plus avancée qu'avant sur son institut, chez moi, je m'étais attelée à mon papier, ça ne marchait pas du tout, mais ça m'arrangeait plutôt, j'avais au moins un prétexte pour lui téléphoner, accepterait-il de lire ce que j'avais écrit. Nous nous sommes retrouvés dans un café, mon malheureux reportage faisait quatre pages, il l'a lu galamment et a souri, l'a déclaré excellent, dès le premier instant il m'avait laissé entendre que je l'intéressais en tant que femme et non comme journaliste, je ne savais pas si cela devait me réjouir ou me vexer, il se montrait en tout cas charmant, nous nous comprenions, il n'est pas de ces intellectuels en chambre qui m'assomment, il a derrière lui une riche existence, il a même travaillé dans les mines, je lui ai dit que j'aimais les gens de cette sorte, mais j'étais surtout restée abasourdie d'apprendre qu'il était de Moravie, qu'il avait joué dans un orchestre avec cymbalum, je ne pouvais en croire mes oreilles, j'entendais le leitmotiv de ma vie, je voyais du lointain venir à moi ma jeunesse et je me sentais lui succomber.

Il m'a demandé ce que je faisais toute la sainte journée, je lui ai raconté et il m'a dit, j'entends encore sa voix, mi-gouailleuse, mi-apitoyée, vous vivez mal, Helena, puis il a déclaré qu'il faudrait changer ça, que je devrais me décider à mener une vie différente, me consacrer un peu plus aux *joies de l'existence.* Je lui ai dit que je n'avais rien contre, que j'avais toujours été une fervente de la joie, que rien ne m'irritait davantage que toutes ces mélancolies et autres cafards dans le vent, et il m'a rétorqué que ma profession de foi ne voulait rien dire, que les sectateurs de la joie étaient, pour la plupart, les gens les plus tristes, oh ! comme vous avez raison ! avais-je envie de m'écrier, et puis il a annoncé net qu'il viendrait me prendre le lendemain à quatre heures devant la radio, que nous ferions ensemble une balade quelque part dans la nature, aux environs de Prague. J'essayais de protester, voyons, je suis mariée, je ne peux pas aller me promener comme ça dans la forêt en compagnie d'un homme, d'un étranger, Ludvik a répondu en plaisantant qu'il n'était pas un homme mais seulement un scientifique, et en même temps il était devenu triste, très triste ! Je l'ai remarqué et j'ai ressenti une bouffée de chaleur, plaisir de constater qu'il me désirait, et qu'il me désirait d'autant plus que je lui rappelais que j'étais mariée, comme ça je devenais plus inaccessible, on désire toujours, par-dessus tout, l'inaccessible, avec avidité, je buvais cette tristesse de ses traits et à cet instant j'ai compris qu'il était amoureux de moi.

Et le lendemain, d'un côté les eaux de la Vltava, de l'autre la pente abrupte de la forêt, c'était romantique, j'aime ce qui est romantique, mon comportement devait être un peu fou, peut-être déplacé de la part de la mère d'une gamine de douze ans, je riais, gambadais, je lui ai pris la main et l'ai obligé à courir avec moi, nous nous sommes arrêtés, mon cœur cognait, nous étions face à face, presque à nous toucher, Ludvik s'est incliné légèrement et m'a donné un rapide baiser, je lui ai échappé aussitôt pour m'emparer encore de sa main et nous avons recommencé un peu à courir, je suis cardiaque, au moindre effort je souffre de palpitations, il suffit que je monte un étage, j'ai donc vite ralenti le pas, ma respiration s'est apaisée peu à peu et tout à coup je me suis rendu compte que je fredonnais doucement les deux premières mesures d'un air morave, mon air favori, et quand il m'a semblé qu'il me comprenait, j'ai continué à pleine voix, je n'avais pas honte, je sentais tomber de moi les années, les soucis, les chagrins, des milliers d'écailles grises, et puis après, installés dans un petit bistrot, nous avons mangé du pain et des saucisses, tout était parfaitement ordinaire et simple, le garçon grognon, la nappe tachée, l'aventure était quand même merveilleuse, je dis à Ludvik, savez-vous seulement que je m'en vais dans trois jours en Moravie faire un reportage sur la Chevauchée des Rois. Il m'a demandé où exactement et, après ma réponse, il a dit que c'était là qu'il était né, nouvelle coïncidence qui me laissa toute chose, et Ludvik dit : Je me rendrai libre pour aller avec vous là-bas.

J'ai eu peur, je me suis souvenue de Pavel, cette pauvre lueur d'espérance qu'il avait rallumée en moi, je ne suis pas cynique envers mon mariage, je suis prête à tout faire pour le sauver, ne serait-ce qu'à cause de la petite Zdena, mais pourquoi mentir, surtout à cause de moi, à cause de tout ce qu'il y a eu, à cause du souvenir de ma jeunesse, mais je n'ai pas trouvé la force de dire non à Ludvik, je n'ai pas trouvé cette force, et voilà, les dés sont jetés à présent, la petite Zdena dort, moi j'ai peur et Ludvik à cette heure est déjà en Moravie et il m'attendra demain à ma descente du car.

TROISIÈME PARTIE

LUDVIK

I

Oui ; je suis allé flâner. J'ai fait halte sur le pont de la Morava et regardé le courant. Qu'elle est vilaine, cette Morava (rivière si brune qu'on croirait que son lit contient de la glaise liquide plutôt que de l'eau) et combien lugubre sa rive : une rue de cinq maisons bourgeoises à un étage, séparées, chacune pour soi plantée là, orpheline saugrenue ; peut-être devaient-elles constituer l'embryon d'un quai dont l'ambition prétentieuse ne se réalisa jamais ; deux d'entre elles portent, en céramique et en stuc, des angelots et des motifs qui sont déjà crevassés : l'ange n'a plus d'ailes et les motifs, décapés par endroits jusqu'à la brique, sont devenus inintelligibles. Là où la rue des maisons orphelines se termine, il n'y a plus que les pylônes en fer des lignes électriques, de l'herbe avec quelques oies attardées, et puis des champs, des champs sans horizon et qui s'en vont nulle part, des champs parmi lesquels disparaît la glaise liquide de la Morava.

Les villes savent se servir l'une de l'autre comme d'un miroir, et moi, dans ce panorama (je le connaissais bien, enfant, mais alors il ne me disait rien du tout), je vis d'un seul coup Ostrava, cette ville de mineurs semblable à un gigantesque dortoir provisoire, pleine de bâtiments abandonnés et de rues malpropres débouchant sur le vide. J'étais pris au piège ; je me trouvais sur ce pont comme un homme exposé au tir d'une mitrailleuse. Je ne voulais pas contempler plus longtemps la rue abandonnée et ses cinq maisons éperdues, parce que je me défendais de penser à Ostrava. Donc je fis demi-tour pour suivre la rive à rebrousse-courant.

Par là passait un petit chemin bordé d'un côté par une épaisse rangée de peupliers : une étroite allée-point de vue. Sur la droite, le talus couvert d'herbe et de plantes folles descendait jusqu'au niveau de l'eau ; plus loin, au-delà de la rivière, le regard découvrait des entrepôts, des ateliers et les cours de médiocres fabriques ; à gauche du sentier, c'était d'abord une interminable décharge d'ordures, suivie de vastes champs que piquaient les assemblages métalliques des pylônes portant les câbles à haute tension. Dominant tout cela, j'allais le long de l'allée étroite, comme si j'arpentais quelque longue passerelle au-dessus des eaux — et si je compare ce paysage entier à une immense étendue d'eau, c'est parce que j'en sentais le froid me pénétrer ; et que je longeais cette allée comme si je risquais d'en dégringoler. Je me rendais compte en même temps que l'étrange atmosphère du paysage n'était qu'un décalque de ce que je m'étais interdit d'évoquer après la rencontre de Lucie ; comme si mes souvenirs refoulés imprégnaient tout ce que j'apercevais en ce moment autour de moi, le désert des champs et des cours et des hangars, l'opacité de la rivière et cette froidure omniprésente qui conférait son unité à l'ensemble du décor. J'eus conscience que je n'esquiverais pas mes souvenirs ; ils m'assiégeaient.

2

Par quel itinéraire je suis arrivé au premier naufrage de ma vie (et, par son entremise peu aimable, à Lucie), il ne serait pas difficile de le rapporter sur un ton léger et même amusant : tout fut la faute de ma funeste propension aux mauvaises plaisanteries comme de la funeste inaptitude de Marketa à les comprendre. Marketa était de ces femmes qui prennent toute chose au sérieux (par là s'identifiant à merveille au génie même de l'époque) et auxquelles les fées ont dès le berceau accordé que la capacité de croire serait leur qualité majeure. Je ne veux pas insinuer par euphémisme qu'elle était peut-être simplette ; non : elle était passablement douée et sagace, et de surcroît si jeune (avec ses dix-neuf ans) et si jolie que sa naïve crédulité s'inscrivait plutôt au compte de ses charmes que de ses lacunes. Tous, à la faculté, l'aimions bien et avions plus ou moins tenté sa conquête, ce qui ne nous empêchait pas (quelques-uns du moins) de nous payer sa tête, doucement et en toute gentillesse.

Assurément, l'humour et Marketa, ça n'allait guère ensemble, et moins encore avec l'esprit du temps. C'était la première année après Février quarante-huit ; une vie nouvelle avait commencé, vie vraiment différente, dont la physionomie, telle qu'elle s'est fixée dans mes souvenirs, était d'un sérieux rigide, avec ceci d'étonnant que ce sérieux n'avait rien de sombre, mais au contraire les dehors du sourire ; oui, ces années-là se déclaraient les plus joyeuses de toutes, et quiconque n'exultait pas devenait aussitôt suspect de s'affliger de la victoire de la classe ouvrière ou bien (manquement non moins grave) de plonger en *individualiste* au fond de ses chagrins intimes.

Je n'avais pas, alors, beaucoup de chagrins intimes, au contraire, j'avais un considérable sens de la plaisanterie et pourtant on ne peut pas dire que j'ai pleinement réussi au regard joyeux de l'époque : mes blagues manquaient par trop de sérieux, tandis que la joie contemporaine ne souffrait pas les facéties ou l'ironie, étant, je le répète, une joie grave qui s'intitulait fièrement « l'optimisme historique de la classe victorieuse », une joie ascétique et solennelle, en un mot la Joie.

Je me rappelle qu'à la faculté nous étions alors organisés en « cercles d'études » qui se réunissaient fréquemment pour procéder à la critique et à l'autocritique publiques de tous leurs membres, à partir de quoi une note appréciative était établie sur le compte de chacun. Comme tous les communistes, j'exerçais de multiples fonctions (j'occupais un poste important à l'Union des étudiants) et comme, par ailleurs, mes études ne marchaient pas mal, une telle note appréciative ne pouvait me causer de grands ennuis. Pourtant, les formules élogieuses qui sanctionnaient mon activité, ma diligence, mon attitude positive à l'égard de l'État, du travail et ma connaissance du marxisme étaient généralement assorties d'une phrase relevant que ma personnalité attestait des « résidus d'individualisme ». Pareille réserve n'était pas nécessairement inquiétante, car le bon usage voulait que l'on insérât une observation critique dans les notes personnelles les plus brillantes, à celui-ci on reprochait un « faible intérêt pour la théorie révolutionnaire », à celui-là « de la froideur envers autrui », à un autre son manque de « vigilance et de circonspection », à tel autre enfin un « mauvais comportement à l'égard des femmes » ; bien entendu, dès l'instant qu'une restriction de ce genre n'était plus isolée, qu'une autre venait la corser, ou bien s'il advenait qu'on se vît mêlé à quelque conflit ou encore que l'on fût une cible de suspicion ou de dénigrement, les « résidus d'individualisme » ou le « mauvais comportement à l'égard des femmes » pouvaient devenir germe de catastrophe. Et, comme une étrange fatalité, un tel germe veillait sur la fiche de renseignements de chacun, oui, de chacun d'entre nous.

Parfois (sportivement plus que par appréhension véritable) je m'élevais contre les accusations d'individualisme et j'exigeais des preuves de mes camarades d'études. De particulièrement concrètes, ils n'en avaient pas ; ils disaient : « Parce que tu te conduis comme ça. — Je me conduis comment ? demandais-je. — Tu as tout le temps un drôle de sourire. — Et alors ? J'exprime ma joie ! — Non, tu souris comme si tu pensais quelque chose que tu gardes pour toi. »

Quand les camarades jugèrent que mon comportement et mes sourires sentaient l'intellectuel (autre péjoratif célèbre de ce temps), j'en arrivai finalement à les croire, incapable que j'étais d'imaginer (c'était au-dessus de mon audace) que tous les autres pouvaient se tromper, que la Révolution elle-même, l'esprit du temps, se trompait, tandis que moi, individu, j'avais raison. Je me mis à surveiller quelque peu mes sourires, et ne tardai pas à déceler au-dedans de moi une mince fissure qui s'ouvrait entre celui que j'étais et celui que (selon l'esprit du temps) je devais et voulais être.

Mais qui donc étais-je alors en vérité ? À cette question je veux répondre en toute honnêteté : J'étais celui qui avait plusieurs visages.

Et leur nombre allait croissant. Un mois à peu près avant les vacances, je commençais à me rapprocher de Marketa (elle était en première et moi en deuxième année) et je faisais de mon mieux pour lui en imposer, de la même façon bête que les hommes de vingt ans de tous les temps : je m'affublais d'un masque ; je feignais d'être plus vieux (mentalement et par mes expériences) ; je feignais de garder mes distances par rapport à toutes choses, de considérer le monde de haut et de porter par-dessus ma peau un second épiderme, invisible et à l'épreuve des balles. Je me doutais (du reste à juste titre) que la plaisanterie exprime clairement la distance et, si j'ai toujours aimé plaisanter, avec Marketa je le faisais d'une façon particulièrement zélée, artificielle et affectée.

Mais qui étais-je réellement ? Force m'est de le redire : J'étais celui qui avait plusieurs visages.

Pendant les réunions, j'étais sérieux, enthousiaste et convaincu ; désinvolte et taquin en compagnie des copains ; laborieusement cynique et sophistiqué avec Marketa ; et quand j'étais seul (quand je pensais à Marketa), j'étais humble et troublé comme un collégien.

Ce dernier visage était-il le vrai ?

Non. Tous étaient vrais : je n'avais pas, à l'instar des hypocrites, un visage authentique et d'autres faux. J'avais plusieurs visages parce que j'étais jeune et que je ne savais pas moi-même qui j'étais et qui je voulais être. (N'empêche que la disproportion existant entre tous ces visages me donnait le trac ; à aucun d'eux je ne collais tout à fait et derrière eux j'évoluais pataud, à l'aveuglette.)

La machinerie psychique et physiologique de l'amour est si compliquée qu'à une certaine période de la vie le jeune homme doit se concentrer presque exclusivement sur sa seule maîtrise, si bien que lui échappe l'objet même de l'amour : la femme qu'il aime (de même qu'un jeune violoniste ne peut se concentrer sur le contenu d'un morceau tant qu'il n'a pas réussi à dominer la technique manuelle au point de n'y plus penser pendant qu'il joue). J'ai parlé de mon trouble de collégien lorsque je songeais à Marketa et je dois ajouter qu'il ne découlait pas tant de mon état d'amoureux que de ma gaucherie et du manque d'assurance dont j'éprouvais le poids qui, infiniment plus que Marketa, régentait mes sensations et mes pensées.

Pour faire pièce à cet embarras et à cette maladresse, je prenais avec Marketa des airs supérieurs : je m'évertuais à la contredire ou, carrément, à me moquer de toutes ses opinions, ce qui n'était pas bien difficile, car malgré son talent (et sa beauté qui — comme chaque beauté — suggérait à son entourage une inaccessibilité apparente), c'était une fille innocemment candide ; toujours incapable de regarder *au-delà* d'une chose, elle ne voyait que cette chose elle-même ; elle entendait souverainement la botanique, mais il n'était pas rare qu'elle ne comprît pas une histoire drôle de ses camarades d'études ; elle cédait à toutes les ardeurs enthousiastes de l'époque, mais, témoin de telle ou telle pratique politique ressortissant à la maxime « la fin justifie les moyens », son intellect, comme devant une histoire drôle, à l'instant s'enrayait ; pour cela, d'ailleurs, les camarades estimèrent qu'elle avait besoin de fortifier son ardeur par la connaissance de la stratégie et de la tactique du mouvement révolutionnaire, et ils décidèrent qu'elle devrait, au cours des vacances, participer à un stage de formation du Parti, pendant quinze jours.

Cette décision ne m'arrangeait pas du tout, parce que ces deux semaines, justement, j'avais projeté de les passer seul à Prague avec Marketa pour amener notre relation (laquelle avait consisté jusque-là en promenades, entretiens et quelques baisers) un peu plus loin ; hormis ces quinze jours-là, je n'avais pas le choix (devant consacrer un mois à une brigade agricole et les deux dernières semaines de vacances à ma mère, en Moravie), aussi étais-je meurtri de jalousie du fait que Marketa ne partageait pas mon affliction, ne s'irritait nullement du stage, pis, avait le front de me dire qu'elle s'en réjouissait d'avance !

Du stage (organisé dans un vague château du centre de la Bohême), elle m'envoya une lettre à son image : débordant d'un consentement sincère à tout ce qu'elle vivait ; tout l'enchantait, y compris le quart d'heure de gymnastique matinale, les rapports, les séances de discussion, les chansons ; elle m'écrivait qu'un « esprit sain » régnait là-bas ; et par zèle, elle ajouta encore qu'en Occident la révolution n'allait pas traîner.

Tout bien considéré, j'étais, au fond, d'accord avec chacune des assertions de Marketa, comme elle je croyais même à la révolution en Europe de l'Ouest ; il n'y avait qu'une chose que je n'approuvais pas : qu'elle se sentît contente et heureuse tandis que j'étais en mal d'elle. Alors, j'achetai une carte postale et (pour la blesser, la choquer, la dérouter) j'écrivis : L'optimisme est l'opium du peuple ! L'esprit sain pue la connerie. Vive Trotski ! Ludvik.

3

À ma carte provocatrice, Marketa répondit par une carte d'un libellé aussi bref que plat et ne réagit point aux lettres que je lui envoyai dans le courant des vacances. Quelque part dans les montagnes, je faisais les foins avec une brigade d'étudiants, et le mutisme de Marketa m'accablait d'une lourde tristesse. De là, je lui écrivais des lettres quasi quotidiennes, chargées d'une passion implorante et mélancolique ; je la suppliais de faire en sorte que nous puissions nous voir au moins pendant les quinze derniers jours des vacances, j'étais prêt à ne pas aller chez moi en Moravie, à renoncer à aller voir ma mère délaissée, prêt à me rendre n'importe où pour être avec Marketa ; tout cela non seulement parce que je l'aimais, mais essentiellement parce qu'elle était l'unique femme à mon horizon et que ma situation de garçon sans fille était pour moi intolérable. Mais Marketa ne répondait pas à mes lettres.

Je ne comprenais pas ce qui se passait. Je me rendis à Prague en août et réussis à la trouver chez elle. Nous fîmes ensemble notre promenade coutumière au bord de la Vltava et dans l'île qui s'appelle la Prairie impériale (ce morne pré jalonné de peupliers et de terrains de jeu déserts) et Marketa affirma que rien n'était changé entre nous ; de fait elle se comportait comme avant, mais, justement, cette permanence (le même baiser, la même conversation, le même sourire) était déprimante. Lorsque je demandai à Marketa de la rencontrer le lendemain, elle me dit de lui téléphoner, qu'on se mettrait d'accord après.

Je donnai le coup de fil ; à l'appareil, une voix féminine, pas la sienne, m'annonça que Marketa avait quitté Prague.

J'étais malheureux comme seul peut être malheureux un garçon de vingt ans quand il n'a pas de femme ; garçon encore passablement timide, qui n'avait connu l'amour physique que peu de fois, au vol et imparfaitement, et qui, cependant, n'arrêtait pas de s'en tourmenter l'esprit. Les jours étaient insupportablement longs et vains ; je ne pouvais pas lire, je ne pouvais pas travailler, trois fois par jour j'allais au cinéma, coup sur coup à toutes les séances, en matinée, en soirée, uniquement afin de tuer le temps, pour assourdir le hululement continu de chat-huant qu'émettait mon être profond. Moi, de qui Marketa avait (grâce à ma superbe soigneusement cultivée) l'impression que j'étais, à peu de chose près, blasé à force de femmes, je n'osais pas adresser un mot aux jeunes filles dans la rue, à ces jeunes filles dont les jambes splendides me faisaient mal à l'âme.

C'est donc de bon cœur que je saluai le mois de septembre quand, enfin, il arriva et, avec lui, la rentrée, de deux ou trois jours précédée par la reprise de mes tâches à l'Union des étudiants où j'avais un bureau pour moi seul et toute une série d'obligations variées. Dès le lendemain, un coup de fil m'appelait au secrétariat du Parti. À partir de cet instant, tout, jusqu'aux plus petits détails, s'est gravé dans ma mémoire : la journée était baignée de soleil, je sortis de l'immeuble de l'Union des étudiants et sentis que la tristesse qui m'avait embrumé tout au long des vacances lentement s'éloignait de moi. J'éprouvais une agréable curiosité en me rendant au secrétariat. Je sonnai à la porte que vint m'ouvrir le président du comité, un grand jeune homme au visage étroit, aux cheveux clairs, aux yeux d'un bleu polaire. Je dis « Honneur au travail » comme les communistes se saluaient à l'époque. Il ne répondit pas à mon salut et dit : « Va au fond, on t'attend là-bas. » Au fond, dans la dernière pièce du secrétariat, m'attendaient trois membres du comité des étudiants du Parti. Ils me dirent de m'asseoir. Je m'assis et compris que ça ne tournait pas rond. Les trois camarades, que je connaissais bien et avec qui j'avais coutume de bavarder gaiement, affichaient des mines inabordables ; certes, ils me tutoyaient (suivant la règle entre camarades), sauf que soudain ce n'était plus un tutoiement *amical*, mais officiel et *menaçant*. (J'avoue ressentir, depuis, une aversion pour le tutoiement ; à l'origine, il doit traduire une intimité confiante, mais si les gens qui se tutoient ne sont pas intimes, il prend subitement une signification opposée, il est l'expression de la grossièreté, de sorte que le monde où le tutoiement est d'usage commun n'est pas un monde d'amitié générale, mais un monde d'irrespect général.)

J'étais donc assis devant trois étudiants tutoyants qui me posèrent une première question : si je connaissais Marketa. Je dis que je la connaissais. Ils me demandèrent si j'avais échangé de la correspondance avec elle. Je répondis que oui. Ils me demandèrent si je ne me rappelais pas ce que je lui avais écrit. Je dis que je ne m'en souvenais plus, seulement la carte postale au texte provocant surgit tout à coup devant mes yeux et je commençai à flairer le vent. Tu ne peux pas te rappeler ? me demandaient-ils. Non, disais-je. Et Marketa, qu'est-ce qu'elle t'écrivait ? Je haussai les épaules, afin d'éveiller l'impression que ses lettres traitaient de choses intimes dont il m'était impossible de faire état ici. Au sujet du stage, elle ne t'a rien écrit ? me demandèrent-ils. Si, dis-je, en effet. Et quoi donc ? Qu'elle se plaisait là-bas, répondis-je. Et puis quoi encore ? Que les exposés étaient intéressants et que le collectif était bon, dis-je. Elle t'a écrit qu'un esprit sain animait le stage ? Oui, dis-je, elle a dû m'écrire quelque chose comme ça. Elle t'a écrit qu'elle apprenait à connaître la force de l'optimisme ? demandèrent-ils ensuite. Oui, dis-je. Et toi, l'optimisme, qu'est-ce que tu en penses ? demandèrent-ils. L'optimisme ? Qu'est-ce que je dois en penser ? demandai-je. Personnellement, tu te considères comme un optimiste ? me demandèrent-ils. Sans doute, dis-je timidement. Je blague volontiers, je suis quelqu'un de plutôt gai, notai-je pour essayer d'imprimer un tour plus léger à l'interrogatoire. Même un nihiliste peut être gai, observa l'un d'eux, il peut se gausser des gens qui souffrent. Et de poursuivre : Un cynique aussi peut être gai ! Tu crois qu'il est possible de construire le socialisme sans optimisme ? demanda un autre. Non, dis-je. Alors toi, par conséquent, tu n'es pas partisan de l'édification du socialisme chez nous, déclara le troisième. Comment ça ? protestai-je. Parce que, pour toi, l'optimisme est l'opium du peuple ! éclatèrent-ils. Quoi, l'opium du peuple ? protestai-je encore. Pas d'échappatoire, tu as écrit ça ! Marx a qualifié la religion d'opium du peuple, mais à tes yeux l'opium, c'est notre optimisme ! Tu l'as écrit à Marketa. Je serais curieux de savoir ce qu'en diraient nos ouvriers et nos travailleurs de choc qui dépassent les plans, s'ils apprenaient que leur optimisme, c'est de l'opium, enchaîna aussitôt l'autre. Et le troisième ajouta : Pour un trotskiste, l'optimisme édificateur n'est jamais rien de plus que de l'opium. Et toi, tu es un trotskiste ! Grands dieux, où avez-vous pris ça ? protestai-je. Tu l'as bien écrit, oui ou non ? Il se peut que j'aie écrit une chose pareille, à la rigolade, ça fait tout de même déjà deux mois, je ne m'en souviens plus. Nous pouvons te rafraîchir la mémoire, dirent-ils, et ils me donnèrent lecture de ma carte postale : L'optimisme est l'opium du peuple ! L'esprit sain pue la connerie ! Vive Trotski ! Ludvik. Dans le minuscule local du secrétariat politique, ces phrases prenaient une résonance si formidable qu'elles m'effrayèrent sur le moment, je sentis qu'elles recelaient une puissance dévastatrice à laquelle je ne résisterais pas. Camarades, c'était seulement pour faire une farce, dis-je, et je sentis que personne ne pourrait me croire. Vous trouvez ça drôle, vous ? dit l'un des camarades à l'adresse des deux autres. Ceux-ci hochèrent la tête. Il faudrait que vous connaissiez Marketa ! dis-je. Mais nous la connaissons, me répliquèrent-ils. Eh bien, vous voyez, dis-je. Marketa prend tout au sérieux, nous nous sommes toujours un peu moqués d'elle, pour la choquer. Intéressant, dit l'un des camarades, d'après tes lettres suivantes il ne nous semble pas que tu n'aies pas pris Marketa au sérieux. Quoi, vous avez lu toutes mes lettres à Marketa ? Ainsi donc, sous prétexte que Marketa prend tout au sérieux, s'interposa un autre, toi, tu te moques d'elle. Mais dis-nous un peu, qu'est-ce qu'elle prend au sérieux ? Le Parti, par exemple, l'optimisme, la discipline, pas vrai ? Et tout cela, qu'elle prend au sérieux, elle, tu ne fais qu'en rire. Camarades, comprenez-moi, dis-je, je ne me rappelle même pas comment j'ai écrit cela, ça s'est fait très vite, deux lignes comme ça, pour blaguer, je n'ai même pas pensé à ce que je griffonnais, si j'avais eu une idée mauvaise, je n'aurais tout de même pas expédié ça à un stage du Parti ! Comment tu as écrit cela, c'est sans importance. Que tu l'aies écrit vite ou lentement, sur ton genou ou bien sur une table, tu n'as pu écrire que ce qu'il y avait en toi. Rien d'autre. Il se peut que si tu avais réfléchi davantage, tu n'aurais pas écrit cela. De cette façon, tu l'as écrit sans masque. Comme ça, au moins, nous savons qui tu es. Nous savons que tu as plusieurs visages, un pour le Parti et un second pour les autres. J'eus le sentiment que mes dénégations étaient désormais dépouillées de toute efficacité. J'exposai les mêmes encore plusieurs fois : qu'il s'agissait d'une plaisanterie, que ce n'étaient que des mots sans signification derrière lesquels se cachait simplement mon état d'âme et ainsi de suite. Ils ne voulurent rien entendre. Ils dirent que j'avais écrit sur une carte ouverte, que n'importe qui avait pu la lire, que ces mots avaient une portée *objective* et qu'ils n'étaient assortis d'aucune explication touchant mon état d'âme. Après quoi, ils me demandèrent tout ce que j'avais lu de Trotski. Rien, leur dis-je. Ils me demandèrent qui m'avait prêté ces bouquins. Personne, leur dis-je. Ils me demandèrent quels trotskistes je rencontrais. Aucun, leur dis-je. Ils m'annoncèrent qu'ils me relevaient séance tenante de mes fonctions à l'Union des étudiants et me prièrent de leur remettre la clé du bureau. Je l'avais dans ma poche et la leur donnai. Ils dirent ensuite que, sur le plan du Parti, mon organisation de base à la faculté des Sciences réglerait mon cas. Ils se levèrent sans me regarder. Je dis « Honneur au travail » et partis.

Il me revint un peu plus tard que j'avais pas mal d'affaires à moi dans ma pièce de l'Union des étudiants. Je n'ai jamais été quelqu'un de très ordonné, aussi avais-je des chaussettes dans un tiroir de mon bureau, outre divers papiers personnels, et, dans une armoire pleine de dossiers, une brioche entamée que maman m'avait envoyée de chez nous. L'instant d'avant, j'avais, il est vrai, rendu la clé au secrétariat du Parti, mais il y avait une autre clé chez le concierge au rez-de-chaussée, accrochée, parmi beaucoup d'autres, à un panneau de bois ; je la pris ; je me souviens de tout dans les détails : la clé était attachée par une forte cordelette de chanvre à une minuscule plaquette en bois portant, peint en blanc, le numéro de ma porte. J'entrai donc au moyen de cette clé et m'assis à ma table de travail ; j'ouvris le tiroir et entrepris d'en extraire tout ce qui m'appartenait ; sans hâte et distraitement, car en ce court moment de calme relatif j'essayais de réfléchir à ce qui venait au juste de m'arriver et à ce que je devais faire.

Cela ne dura guère et la porte s'ouvrit. Les trois camarades du secrétariat étaient de nouveau là. Cette fois, leur visage n'était plus froid ni fermé. Maintenant, ils parlaient d'une voix courroucée et forte. Surtout le plus petit, responsable des cadres du comité. Il me demanda rudement comment j'avais fait pour entrer. De quel droit. Si je ne voulais pas qu'il me fasse emmener par un agent de la Sécurité. Ce que j'avais à fouiner dans ce bureau. Je dis que j'étais seulement venu prendre ma brioche et mes chaussettes. Il me dit que je n'avais pas le moindre droit de pénétrer ici, eussé-je même une pleine armoire de chaussettes. Puis il alla au tiroir et il éplucha un à un papiers et cahiers. Il n'y avait là vraiment que mes affaires personnelles, si bien qu'il finit par m'autoriser à les mettre, sous ses yeux, dans une mallette. J'y fourrai les chaussettes, froissées et sales, j'y mis la brioche qui était dans l'armoire sur un papier gras parsemé de miettes. Ils surveillaient chacun de mes mouvements. Je quittai la pièce, la mallette à la main, et le préposé aux cadres me dit en guise d'adieu de ne plus jamais reparaître ici.

À peine hors de portée des camarades du district et de l'invincible logique de leur interrogatoire il m'apparut que j'étais innocent, qu'il n'y avait quand même rien de terrible dans mes formules et que je devais trouver quelqu'un qui connaissait Marketa et qui comprendrait le grotesque de toute cette histoire. J'allai voir un étudiant de notre faculté, un communiste ; après que je lui eus tout raconté, il déclara qu'au secrétariat ils étaient par trop cagots, n'entendaient rien à la blague, mais que lui-même, qui connaissait Marketa, imaginait parfaitement de quoi il s'agissait. Au demeurant, je devais, d'après lui, aller trouver Zemanek, lequel serait cette année président du Parti à notre faculté et connaissait bien, après tout, et Marketa et moi.

4

Que Zemanek fût le prochain président de l'organisation, cela me parut une excellente nouvelle, car je le connaissais réellement et j'étais même certain de jouir de toute sa sympathie, ne fût-ce qu'en raison de mes origines moraves. Zemanek, en effet, adorait chanter les airs de Moravie ; en ce temps, c'était la grande mode de chanter des chansons populaires et de les chanter d'une voix un brin rustique, le bras au-dessus de la tête, avec des mines de véritable *homme du peuple* que sa mère a mis au monde sous un cymbalum pendant quelque partie de danse.

En fait, j'étais le seul véritable Morave de la faculté des Sciences, ce qui me valait des sortes de privilèges ; à chaque occasion solennelle, certaines réunions, fêtes ou Premier Mai, les camarades m'invitaient à prendre une clarinette pour imiter, avec le concours de deux ou trois amateurs recrutés parmi les copains d'études, une authentique musique morave. Ainsi (avec une clarinette, un violon et une contrebasse) deux années de rang nous participâmes au défilé du Premier Mai, et Zemanek, parce qu'il était un beau gosse qui se donnait volontiers en spectacle, s'était joint à nous ; vêtu d'un costume régional emprunté, il dansait en marchant, levait le bras en l'air, et chantait. Ce Praguois de naissance qui n'avait jamais été en Moravie jouait avec fougue au coq de village de chez nous et je le regardais avec amitié, heureux que la musique de ma petite patrie, de temps immémorial paradis de l'art populaire, fût tellement aimée.

Et puis Zemanek connaissait Marketa, ce qui était un second avantage. Différentes circonstances de notre vie d'étudiants nous avaient souvent réunis tous les trois ; un jour (nous étions toute une bande), j'inventai que des tribus naines vivaient dans les montagnes tchèques, citant à l'appui des extraits d'un ouvrage scientifique consacré à ce remarquable problème. Marketa s'étonna de n'avoir jamais entendu parler de cela. Je dis qu'il n'y avait là rien de surprenant : la science bourgeoise taisait, bien sûr, volontairement l'existence de ces nains parce que les capitalistes en faisaient la traite comme d'esclaves.

Mais il faudrait écrire là-dessus ! se récriait Marketa. Pourquoi ne le fait-on pas ? Ça fournirait pourtant un argument contre les capitalistes !

Peut-être s'en abstient-on, dis-je d'un air pensif, à cause du caractère quelque peu délicat et scabreux de toute cette question : les nains étaient capables de performances amoureuses tout à fait exceptionnelles, ce pour quoi ils étaient fort recherchés, et notre République les exportait secrètement contre grasses devises, notamment en direction de la France où des dames capitalistes un peu mûres les engageaient comme domestiques, évidemment pour abuser d'eux, en fait, d'une tout autre manière.

Les copains cachaient leur envie de rire provoquée non pas tant par la particulière astuce de mon élucubration que, plutôt, par la mine attentive de Marketa, toujours prête à s'enflammer pour quelque chose (ou contre) ; ils se mordaient les lèvres, de peur de gâter le plaisir que Marketa prenait à s'instruire et certains (dont surtout Zemanek, précisément) se joignaient à moi afin de corroborer à qui mieux mieux mon information sur les nains.

Comme Marketa voulait savoir à quoi ceux-ci ressemblaient au juste, je me rappelle que Zemanek lui affirma, sérieusement, que le professeur Cechura, qu'avec tous ses camarades d'études elle avait l'honneur de voir régulièrement à sa chaire universitaire, était d'ascendance naine, sinon par son père et sa mère, au moins par l'un des deux. Hule, le maître de conférences, avait, paraît-il, rapporté à Zemanek qu'à je ne sais quelles vacances il était descendu au même hôtel que les époux Cechura, qui, superposés, ne mesuraient pas trois mètres de haut. Ne se doutant pas que les époux dormaient encore, il avait un matin franchi le seuil de leur chambre et était resté pantois : ils étaient couchés dans le même lit, non côte à côte mais tête-bêche, Cechura recroquevillé au pied et sa femme à la tête.

Oui, confirmai-je : dans ce cas-là, naturellement, non seulement Cechura mais aussi sa compagne sont, sans aucun doute possible, de par leur origine, des nains des montagnes tchèques, vu que dormir dans le prolongement l'un de l'autre est une coutume atavique de tous les nains de cette région, lesquels, d'ailleurs, dans le passé, ne bâtissaient jamais leurs huttes suivant un plan circulaire ou carré, mais toujours en rectangle étiré en longueur, parce que ce n'étaient pas seulement les couples, mais les lignées entières qui avaient l'habitude de coucher à la queue leu leu.

Évoquant en ce jour noir nos fariboles d'alors, j'eus l'impression qu'il en luisait une faible étincelle d'espoir. Zemanek qui allait s'occuper de mon cas connaît mon style farceur ; connaissant aussi bien Marketa, il comprendra que la carte que je lui avais adressée n'était qu'une simple gaminerie visant à taquiner une jeune fille que tous nous admirions et (sans doute pour cela même) aimions mettre en boîte. Aussi, à la première occasion, je le mis au courant de mon malheur ; Zemanek écouta avec attention, plissa le front et dit qu'il verrait.

Pendant ce temps, je vivais au jour le jour ; je suivais les cours comme auparavant et j'attendais. J'étais fréquemment appelé devant diverses commissions du Parti qui s'efforçaient plus spécialement d'établir si je n'étais pas affilié à quelque groupe trotskiste ; de mon côté, je démontrais de mon mieux qu'au total je ne savais pas trop ce que c'était, le trotskisme ; je m'accrochais à chaque regard des camarades enquêteurs, avide d'y découvrir un peu de confiance ; ayant eu parfois cette chance, j'étais capable d'emporter ensuite un tel regard, de le garder longtemps en moi et d'en faire patiemment jaillir une parcelle d'espérance.

Marketa continuait de m'éviter. Comprenant que son attitude était en relation avec l'affaire déclenchée par ma carte postale, je me refusais, par amour-propre et par dépit, à lui poser la moindre question. Un jour cependant, elle-même m'arrêta dans un couloir de la faculté : « Je voudrais te parler de quelque chose. »

C'est ainsi qu'après plusieurs mois nous sortîmes de nouveau ensemble ; l'automne était venu, nous étions l'un et l'autre engoncés dans un imperméable trop long, comme on en portait à cette époque (époque radicalement inélégante) ; il bruinait légèrement, les arbres du quai étaient dénudés et noirs. Marketa me raconta comment tout était arrivé : alors qu'elle se trouvait au stage de vacances, les camarades de la direction l'avaient subitement convoquée pour lui demander si elle recevait du courrier ; elle dit que oui. Ils demandèrent d'où venait cette correspondance. Elle dit que sa maman lui écrivait. Et personne d'autre ? Par-ci par-là, un copain d'études, dit-elle. Peux-tu nous dire lequel ? Elle indiqua mon nom. Et qu'est-ce qu'il t'écrit, le camarade Jahn ? Elle fit un mouvement d'épaules, car, en fait, elle ne tenait pas à citer les termes de ma carte. Tu lui as écrit aussi ? demandèrent-ils. Effectivement, dit-elle. À quel sujet ? Comme ça, dit-elle, sur le stage et ainsi de suite. Tu te plais au stage ? lui demandèrent-ils. Oui, beaucoup, répondit-elle. Et tu le lui as écrit ? Oui, bien sûr, répondit-elle. Et lui, qu'est-ce qu'il en a dit ? Lui ? répliqua Marketa évasivement, vous savez, il est bizarre, si vous le connaissiez... C'est que nous le connaissons, dirent-ils, et nous voudrions savoir ce qu'il t'a écrit. Peux-tu nous montrer sa carte postale ?

« Il ne faut pas que tu m'en veuilles, ajouta Marketa, j'ai été obligée de la leur faire voir.

— Ne t'excuse pas, dis-je à Marketa, de toute façon, ils la connaissaient avant de t'en parler ; autrement, ils ne t'auraient pas appelée.

— Je ne songe nullement à m'excuser, je n'ai pas honte de la leur avoir donnée à lire, il ne faudrait pas que tu comprennes de travers. Tu es membre du Parti et le Parti a le droit de savoir qui tu es et comment tu penses », dit Marketa, se regimbant ; après quoi elle me dit qu'elle avait été catastrophée de ce que je lui avais écrit, car enfin nous savons tous que Trotski est le pire ennemi de tout ce pour quoi nous combattons et vivons.

Que pouvais-je bien expliquer à Marketa ? Je la priai de continuer et de dire ce qui avait suivi.

Marketa dit qu'ils lurent le texte de la carte et manifestèrent leur stupéfaction. Ils lui demandèrent ce qu'elle en pensait. Elle dit que c'était abominable. Ils lui demandèrent pourquoi elle n'était pas venue spontanément la leur montrer. Elle haussa les épaules. Ils lui demandèrent si elle ignorait les règles de la vigilance. Elle baissa la tête. Ils lui demandèrent si elle ne savait pas que le Parti avait beaucoup d'ennemis. Elle leur dit qu'elle le savait, mais qu'elle ne croyait pas que le camarade Jahn pût... Ils lui demandèrent si elle me connaissait bien. Ils lui demandèrent quel homme j'étais. Elle dit que j'étais bizarre. Que, sans doute, elle me regardait comme un communiste solide, mais qu'il m'arrivait pourtant quelquefois de tenir des propos parfaitement inadmissibles de la part d'un communiste. Ils lui demandèrent quels propos par exemple. Elle dit qu'elle ne se rappelait pas exactement quoi, seulement que je ne respectais rien. Ils dirent que cette carte postale l'attestait clairement. Elle leur dit qu'elle se disputait souvent avec moi au sujet de bien des choses. Et elle leur dit encore que je m'exprimais différemment lors des réunions et avec elle. En réunion j'étais tout enthousiasme, alors qu'en sa compagnie je ne faisais que plaisanter à tout propos et tout ridiculiser. Ils lui demandèrent si elle estimait qu'un tel personnage pouvait être membre du Parti. Elle répondit par un haussement d'épaules. Ils lui demandèrent si le Parti parviendrait à construire le socialisme si ses membres professaient que l'optimisme était l'opium du peuple. Elle dit qu'un tel parti ne parviendrait pas à construire le socialisme. Ils lui dirent que cela suffisait. Et qu'elle ne devait rien me dire pour le moment, parce qu'ils voulaient surveiller la suite de mes écrits. Elle leur dit qu'elle ne voulait plus jamais me voir. Ils ne furent pas d'accord. Ils lui conseillèrent au contraire de continuer à m'écrire, au moins provisoirement, afin de faire apparaître ce qu'il y avait encore en moi.

« Et après cela tu leur as communiqué mes lettres ? demandai-je à Marketa, en rougissant au fond de l'âme au souvenir de mes effusions sentimentales.

— Qu'est-ce que je pouvais faire ? dit Marketa. Mais quant à moi, après tout cela, je n'étais vraiment plus en état de t'écrire. Je ne vais tout de même pas correspondre avec quelqu'un pour l'unique plaisir de servir d'appeau ! Je t'ai donc encore envoyé une carte postale, et puis fini. Je ne tenais pas à te rencontrer parce qu'on m'avait interdit de rien te révéler, je craignais en outre que tu ne me poses des questions, ce qui m'aurait forcée à te mentir, et je mens toujours à contrecœur. »

Je demandai à Marketa ce qui, dans ces conditions, l'avait amenée à me revoir aujourd'hui.

Elle me dit que c'était le fait du camarade Zemanek. Il l'avait rencontrée au lendemain de la rentrée dans un couloir de la faculté et l'avait introduite dans le petit bureau où l'organisation du Parti à la faculté des Sciences avait son secrétariat. Il lui dit qu'il avait reçu un rapport l'informant que je lui avais adressé au stage une carte postale rédigée en termes hostiles au Parti. Il lui demanda quelles étaient les phrases en question. Elle le lui dit. Il lui demanda son avis là-dessus. Elle lui déclara qu'elle condamnait cela. Il l'approuva et s'inquiéta de savoir si elle continuait à me fréquenter. Troublée, elle fit une réponse dilatoire. Il lui dit que, du stage, était parvenu à la faculté un rapport très favorable sur elle et que l'organisation de la faculté comptait faire appel à elle. Elle dit qu'elle en était heureuse. Il lui dit qu'il n'avait pas l'intention de se mêler de ses affaires privées, mais qu'il pensait que qui s'assemble se ressemble et que fixer son choix sur moi, justement, ne témoignerait guère en sa faveur.

De l'aveu de Marketa, cela lui trottait par la tête depuis plusieurs semaines. Cela faisait quelques mois que nous ne nous étions pas vus, de sorte que l'incitation de Zemanek s'avérait, en fait, superflue ; et pourtant cette incitation même l'avait conduite à réfléchir, à se demander s'il n'était pas cruel et moralement inacceptable d'inviter quelqu'un à rompre avec son ami pour l'unique motif que celui-ci a commis une faute et si, en conséquence, il n'était pas également injuste qu'elle m'ait d'elle-même quitté dès avant. Elle était allée voir le camarade qui dirigeait le stage pendant les vacances, lui demandant si l'interdiction de me dire quoi que ce soit sur ce qui s'était passé autour de la carte postale demeurait en vigueur ; apprenant alors qu'il n'y avait plus lieu de rien cacher, elle m'avait arrêté pour me demander un entretien.

Et la voici à présent qui me confie ce qui la tracasse et lui pèse : oui, elle a mal agi quand elle a pris la résolution de ne plus me voir ; après tout, aucun homme n'est perdu, même s'il s'est rendu coupable des plus graves erreurs. Elle s'est souvenue du film soviétique *Tribunal d'honneur* (œuvre alors extrêmement prisée dans les milieux du Parti) où un médecin-chercheur soviétique accordait la primeur de sa découverte au public étranger avant d'en faire bénéficier ses compatriotes, ce qui fleurait le *cosmopolitisme* (encore un péjoratif célèbre de cette époque), voire la trahison ; Marketa, émue, se référait surtout à la conclusion du film : le chercheur se voyait à la fin condamné par un tribunal d'honneur formé de ses collègues, mais l'épouse aimante, loin de se détourner du mari humilié, s'employait à lui infuser la force de réparer sa lourde faute.

« Ainsi, tu as décidé de ne pas m'abandonner, dis-je.

— Oui, dit Marketa en me prenant la main.

— Mais dis-moi, Marketa, crois-tu que c'est un forfait, ce que j'ai commis ?

— Oui, je le crois, dit Marketa.

— Qu'en penses-tu, ai-je ou non le droit de rester au Parti ?

— Non, Ludvik, je ne le pense pas. »

Je savais que, si j'étais entré dans le jeu où Marketa s'était jetée et dont, à ce qu'il semblait, elle vivait de toute son âme le côté pathétique, j'aurais atteint tout ce que je m'étais acharné en vain à conquérir des mois auparavant : poussée par la passion salvatrice comme un navire par la vapeur, sans aucun doute, elle se donnerait maintenant à moi. À une condition, bien sûr : que sa passion salvatrice fût pleinement assouvie ; et pour qu'elle le fût, il importait que l'objet du salut (hélas ! moi en personne) consentît à reconnaître sa profonde, sa très profonde culpabilité. Or, cela m'était impossible. J'étais sur le point d'avoir le corps de Marketa, cependant je ne pouvais le prendre à ce prix, incapable que j'étais de reconnaître ma faute et de ratifier un verdict intolérable ; entendre un être, qui aurait dû m'être proche, accepter cette faute et ce verdict, je ne le pouvais pas.

Je n'étais pas d'accord avec Marketa, je refusai son aide, et je la perdis ; mais était-il si sûr que je me sois senti vraiment innocent ? Certes, je n'en finissais pas de me persuader du caractère bouffon de toute l'affaire, mais en même temps je commençais à voir les trois phrases de la carte postale avec les yeux de mes enquêteurs ; ces phrases me devinrent un sujet d'effroi : sous leur masque canularesque, peut-être allaient-elles révéler quelque chose de vraiment très grave, à savoir que je ne m'étais jamais fondu tout entier dans la chair du Parti, que jamais je n'avais été un authentique révolutionnaire prolétarien, mais qu'à partir d'une *simple* décision, j'avais « rallié les révolutionnaires » (c'est que l'appartenance à la révolution était par nous ressentie, dirais-je, non pas comme une affaire de *choix*, mais de *substance* ; ou bien on *est* un révolutionnaire et on forme avec le mouvement un tout, ou bien on ne l'est pas, on *veut* seulement l'être ; mais, dans cette alternative, on s'estime perpétuellement coupable de son altérité).

Quand aujourd'hui je songe à ma situation d'alors, par analogie surgit dans ma pensée l'immense pouvoir du christianisme qui rappelle au croyant son état fondamental et permanent de pécheur. C'est ainsi que je me suis tenu (tous, nous nous sommes tenus ainsi), la tête constamment basse, devant la Révolution et son Parti, de sorte que je m'étais peu à peu fait à l'idée que le texte de ma carte, pourtant conçu comme une farce, n'en constituait pas moins un délit, et l'examen autocritique démarrait sous mon crâne : je me disais que ces trois phrases ne m'étaient pas venues à l'esprit par hasard ; déjà auparavant (et sans doute avec raison) les camarades me reprochaient des « résidus d'individualisme » ; je me disais que j'étais devenu trop vaniteux, me complaisant dans mon savoir, ma condition d'étudiant, mon avenir d'intellectuel, et que mon père, ouvrier, mort dans un camp de concentration pendant la guerre, n'eût probablement pas compris mon cynisme ; je m'en voulais de ce que sa mentalité ouvrière fût, hélas ! en moi tarie ; m'accusant de maintes vilenies, je finissais par admettre la nécessité d'un châtiment ; mes efforts ne tendaient plus désormais qu'à ceci : ne pas être chassé du Parti et, par là, marqué comme son *ennemi* ; vivre en ennemi reconnu de ce que j'avais choisi dès mon adolescence, de ce à quoi je tenais vraiment, me semblait désespérant.

Une telle autocritique, qui était en même temps un plaidoyer suppliant, je la développai cent fois en pensée, à dix reprises au moins devant divers comités ou commissions et, finalement, en réunion plénière de notre faculté où Zemanek présenta, sur moi et sur ma faute, un rapport introductif (efficace, étincelant, inoubliable) avant de proposer, au nom de l'organisation, mon exclusion du Parti. La discussion ouverte à la suite de mon intervention autocritique tourna à mon désavantage ; personne ne vint à mon secours, si bien qu'à la fin, tous (une centaine, dont mes professeurs et mes condisciples les plus proches), oui, tous, jusqu'au dernier, levèrent la main pour approuver non pas seulement mon exclusion du Parti, mais de surcroît (à ceci je ne m'attendais pas du tout) l'interdiction de poursuivre mes études.

Dans la nuit suivant immédiatement la réunion, je pris le train pour rentrer chez moi, seulement ce chez-moi ne pouvait m'apporter aucun réconfort vu que, plusieurs jours durant, je n'eus pas le courage d'avouer mon malheur à maman, elle qui tirait de mes études un véritable ravissement. Par contre, j'avais eu dès le lendemain la visite de Jaroslav, un camarade de classe et de l'orchestre avec cymbalum où je jouais lorsque j'étais lycéen. Il exultait de m'avoir joint à la maison : devant se marier deux jours plus tard, il voulait que je sois son témoin. Comment éconduire un vieil ami ? Il ne me restait donc plus qu'à fêter ma chute par une liesse nuptiale.

Le bouquet fut que, patriote morave et folkloriste têtu, Jaroslav profita de ses propres noces pour satisfaire ses passions ethnographiques en réglant les festivités sur le canevas des anciennes coutumes populaires : costumes régionaux, orchestre avec cymbalum, « patriarche » déclamant des bouts de textes fleuris, jeune épousée enlevée à bras-le-corps par-dessus le seuil, chansons, bref tout un cérémonial de la journée entière que Jaroslav avait reconstitué plus à partir des manuels de folklore que de la mémoire vivante. Je notai toutefois une chose étrange : mon copain Jaroslav, animateur de fraîche date d'un groupe de chants et de danses remarquablement prospère, certes observait tous les vieux rites possibles, mais (apparemment soucieux de sa carrière et docile aux mots d'ordre d'athéisme) il se garda de pénétrer dans l'église avec le cortège, quelque impensable que pût être un mariage populaire traditionnel sans curé ni bénédiction divine ; de même laissa-t-il le « patriarche » réciter tous les discours prescrits pour la circonstance, néanmoins il les avait soigneusement expurgés de tous les motifs bibliques, quoique ceux-ci, précisément, fussent la base même de l'imagerie des discours nuptiaux d'antan. La tristesse qui m'empêchait de m'identifier à l'ébriété de cette kermesse matrimoniale me fit percevoir un relent de chloroforme dans l'eau de roche de ces pratiques ancestrales. Si bien que, Jaroslav m'ayant prié (s'attendrissant au souvenir de ma participation active à nos séances d'autrefois) d'empoigner une clarinette et de m'asseoir avec les autres musiciens, je refusai. Je venais en effet de me revoir ainsi jouant, le Premier Mai des deux dernières années, le Praguois Zemanek cabriolant en costume à mes côtés, levant un bras et chantant. Je ne pouvais pas prendre la clarinette en main et je sentais combien tout ce charivari folklorique m'écœurait, m'écœurait, m'écœurait...

5

Privé du droit de poursuivre mes études, je perdais le bénéfice du sursis d'appel au service militaire et je n'avais plus qu'à attendre l'incorporation ; deux longs séjours dans des brigades allaient m'occuper jusque-là : je travaillai d'abord à la réfection d'une route, quelque part du côté de Gottwaldov, au déclin de l'été je me fis embaucher pour des travaux saisonniers à l'usine de conserves et enfin, un matin d'automne, après une nuit blanche en chemin de fer, j'échouai dans la caserne d'un faubourg inconnu et laid d'Ostrava.

Je me vis ainsi dans une cour de quartier, en compagnie d'autres conscrits affectés au même corps ; nous ne nous connaissions pas ; dans la pénombre de ce premier anonymat mutuel, durement se dégage chez les autres tout ce qui est grossier et étranger ; le seul lien humain qui nous unît était le nébuleux d'un avenir au sujet duquel nous échangions de laconiques suppositions. Quelques-uns prétendaient que nous faisions partie des « noirs », d'autres disaient que non, certains ignoraient même le sens de ce mot. Moi qui étais au courant, j'écoutais ces hypothèses avec terreur.

Un sergent vint nous prendre et nous emmena dans un baraquement ; nous nous entassâmes dans un couloir, puis, de là, dans une espèce de grande salle où l'on voyait tout autour d'immenses tableaux muraux rehaussés de slogans, photographies et dessins malhabiles ; épinglée à la cloison du fond, il y avait une grosse inscription découpée dans du papier rouge : NOUS ÉDIFIONS LE SOCIALISME, et sous cette inscription, une chaise près de laquelle se tenait un petit vieux cacochyme. D'un geste, le sergent désigna l'un de nous et celui-ci dut s'asseoir. Le petit vieux lui noua un linge blanc autour du cou, fourragea dans une sacoche posée contre un pied de la chaise, en sortit une tondeuse qu'il enfonça dans la tignasse du gars.

Par la chaise du coiffeur commençait la chaîne qui devait nous transformer en soldats : de cette chaise où nous avions perdu nos cheveux, nous étions dirigés vers un local attenant, là contraints de nous déshabiller complètement, d'emballer nos vêtements dans un sac en papier qu'il fallut lier avec une ficelle et remettre à un guichet ; tondus et nus, nous traversions le couloir pour aller toucher des chemises de nuit dans une autre salle ; en chemise de nuit, nous franchissions une nouvelle porte et recevions des godillots réglementaires ; en godillots et chemise de nuit, nous défilions à travers la cour pour gagner une autre baraque où l'on nous donnait chemises, caleçons, chaussettes de laine, ceinturon et uniforme (les écussons de la vareuse étaient noirs !) ; et nous parvînmes à un dernier baraquement où un sous-officier lut à haute voix nos noms, nous répartit par groupes et nous assigna chambrées et lits.

Ce même jour encore nous fûmes commandés au rassemblement, à la soupe du soir, au coucher ; le lendemain matin, réveillés et conduits à la mine ; rendus sur le carreau, nous fûmes, par groupes, divisés en équipes de travail et dotés d'outils (marteau piqueur, pelle, lampe de mineur) dont nul d'entre nous, ou presque, ne connaissait le maniement ; ensuite, la cage de descente nous entraîna sous la terre. Lorsque nous remontâmes, le corps endolori, les sous-officiers qui nous attendaient nous firent mettre en colonne et nous ramenèrent à la caserne ; nous déjeunâmes et, l'après-midi, il y eut exercice d'ordre serré, travaux de nettoyage, éducation politique, chant obligatoire ; en guise d'intimité, la chambrée et ses vingt châlits. Et les journées se succédèrent, toutes à l'avenant.

La dépersonnalisation qu'on nous infligeait sembla parfaitement opaque les premiers jours ; impersonnelles, imposées, les fonctions que nous exercions se substituèrent à toutes nos manifestations humaines ; cette opacité était, bien entendu, toute relative, causée qu'elle était non seulement par des circonstances réelles mais aussi par un défaut d'accoutumance de la vue (comme lorsqu'on passe d'une zone éclairée dans une pièce obscure) ; avec le temps, elle devait lentement se dissiper, de telle sorte que même dans cette *pénombre de dépersonnalisation* l'humain des hommes devint peu à peu perceptible. Je dois avouer que je fus l'un des derniers à savoir accommoder mon regard à ce changement d'éclairage.

Cela parce que mon être entier refusait d'accepter son lot. Les soldats à écussons noirs au nombre desquels je me retrouvais pratiquaient en effet, sans armes, les seuls exercices d'ordre serré et travaillaient au fond des puits de mine. Leur travail était rémunéré (ce qui, à cet égard, les avantageait par rapport aux autres soldats), mais c'était là pour moi une piètre consolation si je songeais que c'étaient tous des gens auxquels la jeune République socialiste refusait de confier un fusil parce qu'elle les considérait comme ses ennemis. En conséquence, évidemment, on les traitait avec une cruauté accrue et pesait sur eux la menace d'une prolongation de leur temps de service au-delà des deux années légales ; pourtant, ce qui m'effrayait le plus, c'était le simple fait de me trouver parmi ceux que j'estimais mes ennemis jurés, et d'y avoir été envoyé par suite d'une décision de mes propres camarades. Aussi passai-je les premiers temps de mon existence au milieu des noirs dans une solitude têtue ; je ne voulais pas fréquenter mes ennemis. Pour les sorties, c'était, à cette époque, très difficile (le soldat n'y avait nul *droit*, elles lui étaient octroyées à titre de *récompense*) mais moi, tandis que les soldats faisaient en bandes la tournée des bistrots et des filles, je préférais rester seul dans mon coin ; vautré sur mon lit de chambrée, j'essayais de lire ou même d'étudier (il suffit d'ailleurs, quand on est mathématicien, d'un crayon et d'un bout de papier) et me rongeais dans mon inadaptabilité ; je me croyais alors investi d'une seule et unique tâche : poursuivre la lutte pour mon droit à « ne pas être un ennemi », pour mon droit à sortir de là.

À plusieurs reprises, j'étais allé trouver le commissaire politique de l'unité et m'étais évertué à le convaincre que ma présence parmi les noirs résultait d'une erreur ; que j'avais été exclu du Parti pour intellectualisme et cynisme, mais non en tant qu'ennemi du socialisme ; j'expliquais sans relâche (combien de fois !) la ridicule histoire de la carte postale, laquelle du reste n'était plus ridicule du tout mais, rattachée à mes écussons noirs, s'avérait de plus en plus louche et paraissait recouvrir quelque chose que je taisais. Je dois toutefois à la vérité de dire que le commissaire m'avait écouté patiemment et avait fait montre d'une compréhension presque inespérée envers ma soif de justification ; il avait vraiment fini par poser la question quelque part en haut lieu (quelle mystérieuse topographie !), seulement, au bout du compte, il m'avait appelé pour me dire avec une amertume sincère : « Pourquoi as-tu tenté de me tromper ? Je sais maintenant que tu es trotskiste. »

Je commençai à comprendre qu'il n'existait aucun moyen de rectifier l'image de ma personne, déposée dans une suprême chambre d'instance des destins humains ; je compris que cette image (si peu ressemblante fût-elle) était infiniment plus réelle que moi-même ; qu'elle n'était en aucune façon mon ombre, mais que j'étais, moi, l'ombre de mon image ; qu'il n'était nullement possible de l'accuser de ne pas me ressembler, mais que c'était moi le coupable de cette dissemblance ; et que cette dissemblance, enfin, était ma croix, dont je ne pouvais me décharger sur personne et que j'étais condamné à porter.

Néanmoins, je ne voulus pas capituler. Je voulus véritablement *porter* ma dissemblance : continuer à être celui qu'on avait décidé que je n'étais pas.

Une quinzaine de jours me furent nécessaires pour m'habituer tant bien que mal à l'épuisant labeur de la mine, les mains crispées sur un lourd marteau piqueur dont je sentais la vibration me secouer la carcasse jusqu'à la reprise du lendemain matin. N'importe, je travaillais honnêtement et avec une sorte de frénésie ; j'étais résolu à obtenir des rendements de travailleur de choc et bientôt j'y réussis à peu près.

Seulement, personne ne voyait là une manifestation de ma conviction : tous, en effet, nous étions payés pour la tâche accomplie (le prix de notre nourriture et de notre hébergement nous était, il est vrai, retenu, mais nous touchions quand même pas mal d'argent), aussi, de quelque opinion qu'ils fussent, beaucoup d'autres trimaient dur afin d'arracher à ces années perdues au moins quelque chose d'utile.

Bien que nous fussions unanimement tenus pour des ennemis forcenés du régime, toutes les formes de la vie publique en cours dans les collectivités socialistes étaient maintenues à la caserne ; nous, ennemis du régime, organisions des réunions improvisées de dix minutes sous le contrôle du commissaire politique, nous participions à des causeries quotidiennes sur des sujets politiques, nous devions nous occuper des journaux muraux, y collant des photos d'hommes d'État socialistes et les rehaussant, au pinceau, de mots d'ordre concernant l'avenir joyeux. Au début, c'est presque avec ostentation que je me portais volontaire pour tous ces travaux. Mais cela non plus ne prouvait rien aux yeux de personne : d'autres ne s'offraient-ils pas pour faire les mêmes choses, lorsqu'ils avaient besoin que le chef les remarquât et leur accordât une sortie ? Pas un soldat ne regardait cette activité politique comme telle, mais tout simplement comme une singerie vide de sens qu'il fallait exécuter devant ceux qui nous avaient sous leur coupe.

Je finis donc par comprendre que ma révolte était illusoire, que ma dissemblance n'était plus perceptible que pour moi seul, invisible qu'elle était pour les autres.

Au nombre des sous-officiers à la merci desquels nous nous trouvions livrés, il y avait un petit Slovaque aux cheveux noirs, un caporal qui se distinguait par sa modération et son absolu manque de sadisme. Il était bien vu des nôtres, encore que certains mauvais plaisants prétendissent que sa bonhomie ne provenait que de sa sottise. Contrairement à nous, bien sûr, les sous-officiers étaient armés et il leur arrivait d'aller au tir de temps à autre. Un jour, le petit caporal était revenu de cet exercice avec tous les honneurs, ayant, à ce que l'on racontait, totalisé le maximum de points. Pas mal de gars l'avaient complimenté (moitié par sympathie, moitié pour rigoler) ; le petit caporal rougissait de fierté.

Ce même jour, par hasard, je me trouvai seul avec lui. Histoire de bavarder, je lui demandai : « Comment diable faites-vous pour tirer si juste ? »

Le petit caporal me scruta avant de répondre : « Moi, j'ai un truc spécial. Je me dis : c'est pas une cible en fer-blanc, c'est un impérialiste. Alors, furieux, je mets droit dans le mille ! »

Je voulais savoir quelle créature humaine il pouvait bien se représenter sous le concept assez abstrait d'impérialiste quand, allant au-devant de ma question, d'une voix grave et pensive, il me dit : « Je sais pas qu'est-ce que vous avez tous à m'ovationner. Enfin voyons, s'il y avait la guerre, c'est bien sur vous, tout de même, que je tirerais ! »

Lorsque j'entendis cela de la bouche de cet être candide qui pas une fois ne sut hausser le ton pour nous réprimander

— ce à quoi il dut de se voir plus tard muté —, je réalisai que le fil qui m'avait lié au Parti et aux camarades venait, irrévocablement, de me glisser des doigts. J'étais rejeté hors du chemin de ma vie.

6

Oui. Tous les fils étaient cassés.

Brisés, les études, la participation au mouvement, le travail, les amitiés, brisés l'amour et la quête de l'amour, brisé, en un mot, tout le cours, chargé de sens, de la vie. Il ne me restait plus que le temps. Celui-ci, en revanche, j'appris à le connaître intimement comme jamais auparavant. Ce n'était plus ce temps qui naguère m'était familier, métamorphosé en travail, en amour, en toutes sortes d'efforts possibles, un temps que j'acceptais distraitement, car il était lui-même discret, s'effaçant avec délicatesse derrière mes activités. Maintenant il venait à moi dévêtu, tel quel, sous son apparence originelle et vraie, et il me forçait à le désigner de son véritable nom (puisque à présent je vivais le temps pur, un temps purement vide), pour que je ne l'oublie pas un seul instant, pour que je pense perpétuellement à lui, pour que j'éprouve sans cesse son poids.

Lorsqu'une musique retentit, nous l'écoutons, oubliant que ce n'est là qu'un des aspects du temps ; l'orchestre se tait-il, nous entendons le temps ; le temps en lui-même. Je vivais une pause. Non, certes, une pause de l'orchestre (dont la durée est nettement définie par un signe conventionnel), mais une pause illimitée. Nous ne pouvions pas (ainsi qu'il était d'usage dans toutes les autres unités) trancher graduellement les divisions d'un centimètre de tailleur afin de constater chaque jour le raccourcissement de nos deux années de service militaire ; les noirs pouvaient en effet se voir maintenus au corps aussi longtemps qu'on le jugeait bon. Ambroz, un homme de quarante ans de la deuxième compagnie, tirait ainsi sa quatrième année ici.

Se trouver alors sous les drapeaux quand on avait à la maison une épouse ou une fiancée était chose fort amère ;

cela voulait dire guetter continuellement en pensée leur existence incontrôlable. Et cela signifiait de même se réjouir constamment à l'idée de leur venue (si rare !) et trembler sans arrêt de peur que le commandant ne refuse la sortie escomptée ce jour-là et que la femme ne se présente à la porte du quartier pour rien. Entre eux, les noirs (dans leur humour noir) racontaient que des officiers attendaient ces femmes de soldats insatisfaites, les accostant pour ensuite recueillir les fruits d'un désir qui auraient dû appartenir aux hommes consignés à la caserne.

Et pourtant : pour ceux qui avaient une femme chez eux, un fil traversait la pause, peut-être ténu, peut-être d'une angoissante fragilité et qui si facilement risquait de casser, mais fil tout de même. Un tel fil, moi, je n'en possédais pas ; j'avais rompu toutes relations avec Marketa et si quelques lettres me parvenaient, c'était de maman… Quoi, et ce n'était pas un fil, cela ?

Non ; un chez-soi qui n'est que la maison des parents, ce n'est pas un fil ; c'est seulement le passé : les lettres qui arrivent de tes parents, ce sont messages d'un continent dont tu t'éloignes ; pis, cette sorte de lettres ne cesse de te répéter que tu t'es égaré en te rappelant le port d'où tu appareillas dans des conditions si honnêtement, si laborieusement réunies ; oui, te dit une telle lettre, le port est toujours là, immuable, sûr et beau dans son ancien décor, mais *le cap, le cap est perdu* !

Ainsi m'étais-je petit à petit habitué au fait que ma vie avait perdu sa continuité, qu'elle m'était tombée des mains et qu'il ne me resterait plus qu'à commencer enfin à être, même dans mon for intérieur, là où je me trouvais réellement et sans appel. Et, graduellement, ma vue s'accommodait à cette *pénombre de dépersonnalisation* et je commençais à distinguer des gens autour de moi ; avec un certain retard sur les autres, le décalage n'étant néanmoins, par bonheur, pas assez considérable pour que je leur fusse devenu tout à fait étranger.

Le premier à surgir de cette pénombre (de même qu'il émerge aujourd'hui le premier de la pénombre de ma mémoire) fut Honza, un gars de Brno (dont il parlait l'argot faubourien presque inintelligible), échoué parmi les noirs pour avoir esquinté un flic. Il l'avait rossé, parce que c'était un ancien copain de classe au cours supérieur et qu'ils s'étaient disputés, seulement, le tribunal n'avait pas voulu de cette explication, Honza avait tiré six mois de prison avant de venir tout droit ici. Ajusteur qualifié, il était clair qu'il lui était parfaitement égal de retrouver un jour son métier ou de faire n'importe quoi ; il n'était attaché à rien et, à l'égard de son avenir, manifestait une indifférence pleine de liberté.

Pour ce rare sentiment de la liberté, Bedrich, le type le plus bizarre de notre chambrée de vingt, était seul à pouvoir se mesurer à Honza ; il ne nous avait rejoints que deux mois après l'incorporation normale de septembre, ayant d'abord été affecté à une unité d'infanterie où il avait obstinément refusé de toucher une arme parce que c'était contraire à ses rigoureux principes religieux ; on ne savait que faire de lui, surtout après qu'on eut intercepté les lettres qu'il adressait à Truman et à Staline et par lesquelles, sur un ton pathétique, il adjurait les deux hommes d'État de dissoudre toutes les armées au nom de la fraternisation socialiste ; dans leur embarras, ses supérieurs étaient allés, au début, jusqu'à l'autoriser à participer aux exercices d'ordre serré, de sorte que, seul sans arme au milieu des autres soldats, il exécutait les commandements d'« arme sur l'épaule » et de « reposez arme » avec une impeccable perfection, mais les mains vides. Il avait également pris part aux premières séances d'instruction politique, s'empressant de demander la parole lors de la discussion, où il faisait merveille contre les fauteurs de guerre impérialistes. Pourtant, quand il eut pris l'initiative de confectionner et de placarder dans la caserne une affiche où il appelait à déposer toutes les armes, le procureur militaire le fit poursuivre pour rébellion. Les juges furent cependant à ce point troublés par ses harangues en faveur de la paix qu'ils ordonnèrent un examen psychiatrique, hésitèrent longuement avant de l'acquitter et l'envoyèrent chez nous. Bedrich était heureux : unique volontaire pour les écussons noirs, il était ravi de les avoir conquis. Voilà pourquoi ici il se sentait libre — encore que, chez lui, ce sentiment ne se manifestât pas sous forme d'insolence, comme dans le cas de Honza, mais, juste à l'inverse, sous les dehors d'une calme discipline et d'une ardeur sereine au travail.

Tous les autres étaient beaucoup plus angoissés : Varga, trente ans, Hongrois de Slovaquie, lequel, ignorant les préjugés de nationalité, avait fait la guerre au sein de plusieurs armées successives et avait connu divers camps de prisonniers, des deux côtés du front ; Petran, un rouquin dont le frère avait filé à l'étranger en abattant au passage un garde-frontière ; Josef, le simple d'esprit, fils d'un riche paysan de la vallée de l'Elbe (par trop accoutumé au vaste espace de l'alouette, il suffoquait maintenant de peur devant la perspective d'enfer des puits et des galeries) ; Stana, vingt ans, un dandy d'une banlieue ouvrière de Prague, que le Comité national de son quartier avait gratifié d'un rapport accablant pour s'être, paraît-il, soûlé au défilé du Premier Mai et avoir ensuite uriné *exprès* au bord du trottoir sous les yeux des citoyens mis en joie ; Petr Pekny, étudiant en droit, qui, pendant les journées de Février, s'en était allé, avec une poignée de condisciples, manifester contre les communistes (il ne devait pas tarder à comprendre que j'appartenais au même camp que ceux qui l'avaient chassé de sa faculté au lendemain de Février, et il était le seul à me témoigner sa venimeuse satisfaction de me voir à présent logé à la même enseigne que lui-même).

Je pourrais évoquer le souvenir d'autres soldats qui partagèrent alors mon sort, mais je veux m'en tenir à l'essentiel : c'était Honza que j'aimais le mieux. Je me rappelle une de nos premières conversations ; lors d'une courte pause dans une taille, comme nous nous étions retrouvés (cassant la croûte) l'un à côté de l'autre, Honza m'avait donné une claque sur le genou : « Et toi, le sourd-muet, qui c'est que t'es au juste ? » Sourd-muet, je l'étais alors vraiment (tourné vers mes perpétuels plaidoyers intérieurs) et, laborieusement, j'essayai de lui expliquer (en des termes dont aussitôt je sentis l'artificiel et la recherche) comment j'étais arrivé là et pourquoi, au fond, je n'avais rien à y faire. Il me dit : « Eh con ! Et nous, qu'est-ce qu'on a à faire ici ? » Encore une fois, je voulus lui exposer mon point de vue (en cherchant des mots plus naturels) et Honza, en avalant sa dernière bouchée, articula posément : « Si t'étais aussi grand que t'es bête, le soleil te grillerait la cervelle. » Au travers de cette phrase, l'esprit plébéien des faubourgs ricanait dans ma direction et j'eus tout à coup honte d'invoquer sans cesse, en enfant gâté, mes privilèges perdus, alors que j'avais édifié mes convictions, précisément, sur le refus des privilèges.

Avec le temps, je me rapprochai beaucoup de Honza (j'avais son estime parce que je savais vite débrouiller de tête tous les problèmes de calcul liés au paiement du salaire et ainsi empêcher plus d'une fois qu'on ne nous possédât) ; un jour, il se moqua de mon habitude de moisir au quartier comme un idiot au lieu de profiter des permissions, et il m'entraîna avec sa bande. Je me rappelle très bien cette sortie-là ; nous étions un bon paquet, peut-être huit, il y avait Stana, et puis Varga, et aussi Cenek, un gars des Arts déco en rupture d'études (il était tombé chez les noirs à cause de toiles cubistes qu'il s'entêtait à peindre à l'École ; maintenant, par contre, histoire de gratter quelque avantage par-ci par-là, il ornait au fusain tous les locaux du casernement d'amples dessins de guerriers hussites avec masses et fléaux d'armes). Nous n'avions pas beaucoup de possibilités où aller : le centre de la ville d'Ostrava nous était défendu ; seuls certains quartiers nous étaient permis et, dans ces quartiers, quelques bistrots déterminés. Arrivés au faubourg voisin, la chance nous favorisa : il y avait soirée dansante dans la salle désaffectée d'un gymnase, laquelle ne tombait sous le coup d'aucune interdiction. Moyennant un droit d'entrée insignifiant, nous nous engouffrâmes dans l'établissement. Dans la grande salle il y avait quantité de tables et de chaises, mais pas beaucoup de monde : en tout et pour tout, une dizaine de filles ; trente hommes environ, pour moitié des militaires venus de la caserne d'artillerie du coin ; dès qu'ils nous aperçurent, ils devinrent attentifs et nous éprouvâmes la sensation épidermique qu'ils nous examinaient et nous comptaient. Nous nous installâmes à une longue table qui se trouvait libre et commandâmes une bouteille de vodka, mais la serveuse annonça sèchement qu'il était interdit de vendre de l'alcool, si bien que Honza commanda huit limonades ; puis chacun lui remit une coupure et, dans les dix minutes, il revint avec trois bouteilles de rhum qui allaient améliorer, sous la table, nos verres de limonade. On le faisait avec le maximum de discrétion, car les artilleurs nous surveillaient de près et nous savions qu'ils n'auraient guère hésité à révéler notre consommation clandestine d'alcool. Les formations armées, il faut le noter, nous étaient profondément hostiles : d'une part, leurs membres nous tenaient pour des éléments suspects, des assassins, des criminels et des ennemis prêts à tout moment (suivant la littérature d'espionnage en cours à l'époque) à massacrer traîtreusement leurs paisibles familles, d'autre part (et c'était sans doute là le plus important), ils nous enviaient d'avoir de l'argent et d'être partout en mesure de nous permettre cinq fois plus qu'eux.

Telle était en effet la singularité de notre situation : nous ne connaissions que fatigue et turbin, tous les quinze jours on nous rasait le crâne, de peur qu'avec les cheveux ne nous repoussât une assurance déplacée, nous étions les déshérités qui n'attendaient plus rien de bon de l'existence, mais de l'argent, nous en avions. Pas beaucoup, mais, pour un soldat et ses deux sorties mensuelles, cela représentait une fortune qui faisait qu'à l'occasion de ces quelques heures de liberté (en ces rares lieux autorisés) il pouvait se comporter en richard et par là compenser l'impuissance chronique des autres interminables jours.

Tandis que sur un podium un médiocre orchestre de cuivres débitait valses et polkas pour deux ou trois couples qui virevoltaient sur la piste, nous, tranquillement, reluquions les filles et sirotions une limonade dont le petit goût alcoolisé nous mettait pour l'heure au-dessus de tous les autres ; nous étions d'excellente humeur ; je sentais me monter à la tête une sociabilité joyeuse, un sentiment de bonne fraternité entre copains que je n'avais plus vécue depuis nos dernières séances avec Jaroslav et son orchestre avec cymbalum. Dans l'intervalle, Honza avait imaginé un plan propre à souffler aux artilleurs le plus de filles possible. Le plan était aussi excellent que simple et, sans désemparer, nous passâmes à son exécution. Cenek se montra le plus décidé à l'ouvrage et, crâneur et guignol comme il l'était, pour nous amuser il accomplissait sa mission avec ostentation : il invita à danser une brune très maquillée qu'il amena ensuite à notre table ; pour lui-même comme pour elle il fit servir de la limonade au rhum en lui disant d'un air entendu : « Alors c'est d'accord ! » ; la brune acquiesça et trinqua. Un morveux qui passait, avec sa double sardine de brigadier sur les pattes d'épaule d'une tenue d'artilleur, s'arrêta devant la brune et, de la voix la plus grossière qu'il put, dit à Cenek : « Tu permets ? — Vas-y, vieux frère ! » consentit Cenek. Pendant que la brune se trémoussait au rythme imbécile d'une polka avec le brigadier passionné, Honza s'était dépêché de téléphoner pour avoir un taxi ; dans les dix minutes, le taxi était là et Cenek allait se planter vers la sortie ; la brune termina la danse, s'excusa en disant au brigadier qu'elle allait aux toilettes, et la seconde d'après on entendit démarrer la voiture.

Après le succès de Cenek, ce fut le tour du vieil Ambroz qui se trouva une femme un peu mûre et de minable apparence (ce qui n'avait pas empêché quatre artilleurs de lui tourner assidûment autour) ; au bout de dix minutes, un taxi arriva et Ambroz filait avec la fille et avec Varga (qui prétendait que pas une ne voudrait le suivre), pour aller retrouver Cenek dans un bistrot convenu, à l'autre bout d'Ostrava. Deux des nôtres réussirent encore à lever une fille et nous ne restions plus que trois dans le gymnase : Stana, Honza et moi. Les regards des artilleurs se faisaient de plus en plus méchants parce qu'ils commençaient à soupçonner le rapport entre l'amenuisement de notre effectif et la disparition des trois femmes de leur terrain de chasse. Nous avions beau prendre des mines candides, nous sentions qu'il y avait de la bagarre dans l'air. « Et maintenant un dernier taxi pour un repli honorable », dis-je en observant nostalgiquement une blonde que j'avais pu faire danser une fois au début de la soirée sans avoir osé lui proposer de partir avec moi ; je comptais pour cela sur la prochaine danse, seulement il apparut que les artilleurs la couvaient si bien qu'il me fut impossible de l'aborder. « Inutile d'insister », dit Honza, et il se leva pour aller téléphoner. Mais comme il traversait la salle, les artilleurs quittèrent leurs tables et se précipitèrent autour de lui. Oui, la bagarre était là, elle allait éclater et nous n'avions plus, Stana et moi, qu'à quitter la table pour nous porter à la rescousse du copain menacé. Un groupe d'artilleurs cernait Honza sans mot dire quand soudain fit irruption parmi eux un juteux à moitié soûl (sans doute avait-il, lui aussi, une bouteille cachée sous la table) qui rompit ce silence inquiétant : il entama une homélie, que son père avait été chômeur avant la guerre et que lui ne pouvait plus regarder ces sales bourgeois qui se prélassaient avec leurs écussons noirs, qu'il en avait plus que marre à la fin, et qu'il fallait que les potes le surveillent vu qu'il allait foutre sur la gueule de celui-là. Honza profita d'un petit silence dans le discours du juteux pour demander poliment ce que les camarades artilleurs lui voulaient. Que vous dégagiez d'ici en vitesse, dirent-ils, à quoi Honza répondit que c'était justement ce que nous allions faire, mais, alors, qu'ils le laissent appeler un taxi ! À cet instant, il sembla que le juteux allait tomber en syncope : Ben merde, hurlait-il d'une voix suraiguë, ben merde, nous autres on se crève le cul, on se décarcasse, on n'a pas de pognon, pendant qu'eux, les capitalistes, les agents de la subversion, les fumiers, rouleraient en taxi, ah ça non, plutôt les étrangler avec ces mains-là, ils ne partiront pas d'ici en taxi !

Tous s'absorbaient dans la querelle ; aux types en uniforme s'étaient agglutinés des civils et le personnel de l'établissement qui craignait un incident. C'est alors que j'aperçus ma blonde ; demeurée solitaire à sa table (indifférente à la controverse), elle se leva pour se diriger vers les toilettes ; je me détachai discrètement de l'attroupement et, dans l'entrée, où se trouvaient le vestiaire et les waters (il n'y avait personne hormis la préposée), je lui adressai la parole ; j'étais comme quelqu'un qui se jette à l'eau sans savoir nager et, gêné ou pas, force m'était d'agir ; fouillant dans une de mes poches, j'en sortis plusieurs billets de cent couronnes chiffonnés et dis : « Ça ne vous dirait rien de venir avec nous ? On rigolera mieux qu'ici ! » Elle eut un coup d'œil pour les billets et haussa les épaules. J'ajoutai que je l'attendrais dehors, elle acquiesça, s'éclipsa dans les waters et bientôt sortit, vêtue d'un manteau ; elle me sourit et affirma qu'on voyait tout de suite que je n'étais pas comme les autres. Ce propos me fit plaisir, je glissai mon bras sous le sien et l'entraînai de l'autre côté de la rue, au-delà d'un angle d'où nous nous mîmes à guetter la sortie de Honza et de Stana devant le gymnase éclairé d'une unique lanterne. La blonde me demanda si j'étais étudiant et, comme j'acquiesçais, me confia que la veille, dans les vestiaires de sa boîte, on lui avait volé du fric qui n'était pas à elle mais à l'usine, et qu'elle en était au désespoir parce qu'on pouvait la traîner en justice à cause de ça : elle me demanda si je ne pourrais pas lui prêter, disons, un billet de cent ; j'explorai ma poche et je lui en donnai deux tout froissés.

Nous ne fûmes pas longtemps à attendre ; les deux copains apparurent, en calot et capote. Je sifflai dans leur direction, mais au même moment jaillirent trois autres soldats (sans capote ni calot) qui s'élancèrent à leurs trousses. Je percevais l'intonation menaçante de questions aux mots pour moi indistincts mais dont je devinais le sens ; ils cherchaient ma blonde. Puis l'un d'eux sauta sur Honza et ce fut la rixe. J'accourus à mon tour. Si Stana avait affaire à un artilleur, Honza en avait deux sur lui ; déjà ils étaient en passe de le terrasser lorsque, par chance, je survins juste à temps pour boxer l'un des assaillants. Ils avaient misé sur leur supériorité numérique ; leur élan initial tomba dès que les forces furent à égalité ; l'un des leurs s'étant effondré sous un coup asséné par Stana, nous profitâmes de leur stupeur pour décamper.

Docile, la blonde nous attendait au coin. À sa vue, les gars délirèrent, déclarant que j'étais un crack, voulant absolument m'embrasser. Honza extirpa de sous sa capote une pleine bouteille de rhum (je ne comprends pas comment il était parvenu à la sauver durant l'échauffourée) et la brandit bien haut. Nous étions dans les meilleures dispositions, à ceci près que nous ne savions pas où aller : on venait de nous vider d'un bistrot, l'accès des autres nous était interdit, des rivaux fous furieux nous avaient empêchés de prendre un taxi et, même dehors, nous demeurions à la merci d'une possible expédition punitive. Vite nous nous éloignâmes par une ruelle ; il y avait d'abord des maisons de chaque côté, ensuite seulement un mur d'un côté et des palissades de l'autre ; près d'une palissade se profilait une charrette et, un peu plus loin, une espèce de machine agricole avec un siège en tôle. « Un trône », dis-je, et Honza y fit asseoir la blonde, juste à un mètre au-dessus du sol. La bouteille passait de main en main, nous buvions tous les quatre, la blonde devint volubile et jeta un défi à Honza : « Je parie que tu ne m'avancerais pas cent couronnes ! » Grand seigneur, Honza lui colla un billet de cent et, en moins de deux, la fille eut son trois-quarts relevé et sa jupe retroussée ; l'instant d'après, elle-même enleva son slip. Elle me prit par la main et chercha à m'attirer à elle, mais moi, qui avais le trac, je m'arrachai et à ma place poussai Stana, lequel sans la moindre hésitation se plaça entre ses jambes. À peine restèrent-ils vingt secondes ensemble ; je voulus ensuite m'effacer devant Honza (je tenais à me comporter en amphitryon et, d'autre part, le trac me tenait toujours), seulement, cette fois, la blonde fit acte d'autorité, me plaqua contre elle et quand, après d'encourageants contacts, ma virilité se réveilla, elle me souffla tendrement à l'oreille : « C'est pour toi que je suis là, gros bêta », puis elle se mit à soupirer, en sorte que j'eus soudain vraiment l'impression que c'était une tendre jeune fille, qui m'aimait et que j'aimais, et elle soupirait, soupirait, et j'allai mon train jusqu'au moment où la voix de Honza proféra une obscénité et je pris alors conscience que ce n'était pas la jeune fille que j'aimais et je m'écartai d'elle si brusquement, sans conclure, que la blonde eut presque peur et dit : « Qu'est-ce tu fous ? », mais déjà Honza était près d'elle, et les soupirs reprenaient.

Cette nuit-là, nous ne regagnâmes le quartier qu'aux approches de deux heures. Dès les quatre heures et demie, il fallut nous lever pour le travail volontaire du dimanche, qui rapportait une prime à notre chef et nous valait une sortie un samedi sur deux. Nous manquions de sommeil, nous avions le corps imbibé d'alcool et, en dépit de la mollesse fantomatique de nos mouvements dans le clair-obscur de la galerie, je me remémorais avec plaisir la soirée que nous avions eue.

Ce fut moins brillant quinze jours plus tard ; à cause d'une histoire, Honza était privé de permission ; je sortis donc en compagnie de deux gars d'une autre section que je connaissais seulement très vaguement. Nous allâmes voir (du tout cuit ou presque) une bonne femme que sa monstrueuse longueur avait fait surnommer Lampadaire. C'était une horreur, mais il n'y avait rien à faire : le cercle féminin dont nous pouvions disposer se trouvait fort réduit, notamment en raison du peu de loisirs que nous avions. La nécessité de profiter à tout prix de leurs moments de liberté (si brefs et accordés si rarement) conduisait les soldats à préférer l'accessible au supportable. Avec le temps et grâce à des explorations dont on se communiquait mutuellement les résultats, un réseau (si médiocre fût-il) de telles femmes plus ou moins accessibles (et, certes, à peine supportables) avait été constitué en vue de son utilisation en commun.

Lampadaire faisait partie de ce réseau commun ; cela ne me dérangeait pas le moins du monde ; quand les deux copains s'étaient mis à dire des blagues à propos de sa stature anormale, répétant une cinquantaine de fois que nous devrions dénicher une brique pour mettre sous nos pieds quand viendrait le moment de la chose, j'avais ressenti ces plaisanteries comme curieusement agréables : elles stimulaient ma violente envie de femme ; de n'importe quelle femme ; moins elle serait individualisée, moins elle aurait d'âme, et mieux cela vaudrait ; tant mieux si ce devait être une femme *quelconque*.

Bien que j'eusse beaucoup bu, ma frénétique fringale s'éteignit lorsque je vis la fille qu'on appelait Lampadaire. Tout me parut dégoûtant et vain et, comme ni Honza ni Stana n'étaient là, personne qui me fût sympathique, je sombrai le lendemain dans une abominable gueule de bois qui empoisonna rétrospectivement l'aventure de quinze jours avant, et je me fis serment que jamais plus je ne voudrais d'une fille sur un siège de machine agricole pas plus que d'un Lampadaire ivre…

Quelque principe moral s'était-il ranimé en moi ? Non ; c'était simplement du dégoût. Mais pourquoi du dégoût puisque quelques heures plus tôt j'avais une violente envie de femme, la violence rageuse de cette envie étant liée, précisément, au fait qu'il m'était égal de savoir qui serait cette femme ? Est-ce que j'étais plus délicat que les autres, est-ce que je tenais les prostituées en horreur ? Non : je fus saisi par la tristesse.

Tristesse d'avoir discerné que les aventures que je venais de vivre n'étaient en rien exceptionnelles, que je ne les avais pas choisies par luxe, par caprice, par inquiète aspiration à tout connaître, à tout vivre (le noble ou l'abject), mais qu'elles étaient devenues la condition fondamentale et *habituelle* de mon existence présente. Qu'elles circonscrivaient rigoureusement l'aire de mes possibilités, qu'elles dessinaient d'un trait précis l'horizon de la vie amoureuse qui m'était désormais destinée. Qu'elles exprimaient, non pas ma *liberté* (ainsi que j'aurais pu les concevoir si elles m'avaient été dévolues disons un an auparavant), mais mon déterminisme, mes limites, ma *condamnation*. Et je ressentis la peur. Peur de ce lamentable horizon, peur de ce lot. Je sentais mon âme se recroqueviller sur elle-même, je la sentais reculer, et je m'effrayais à l'idée que, devant cet encerclement, elle n'avait pas où s'évader.

7

La tristesse qui émanait du lamentable horizon de notre vie amoureuse, tous ou presque tous la connaissions. Bedrich (l'auteur des manifestes pour la paix) tentait de lui échapper dans les profondeurs méditatives de son for intérieur, où demeurait apparemment son Dieu mystique ; à cette intériorité pieuse répondait, dans le domaine de l'érotisme, le vice solitaire qu'il pratiquait avec une régularité de rite. Les autres s'étaient organisé une défense plus fallacieuse : ils complétaient leurs cyniques chasses aux grues par un recours au plus sentimental des romantismes ; d'aucuns avaient chez eux un amour qu'à force de réminiscence concentrée ils fourbissaient ici jusqu'à l'éclat le plus resplendissant ; d'aucuns croyaient à la Fidélité durable et à l'Attente fidèle ; d'aucuns en secret se racontaient que la fille qu'ils avaient pêchée ivre dans quelque bistrot brûlait pour eux d'un feu sacré. À deux reprises, Stana avait eu la visite d'une Praguoise, qu'il avait un peu fréquentée avant son service (et qu'il n'avait, alors, sûrement pas beaucoup prise au sérieux) ; du coup, tout attendri, il se décida à l'épouser aussitôt. Il avait beau nous dire qu'il faisait ça seulement à cause des deux jours de permission consentis en cette circonstance, je savais, moi, que ce n'étaient que des propos qui se voulaient cyniques. Cela se passait aux premiers jours de mars, le commandant lui accorda effectivement quarante-huit heures et Stana s'en alla pour le samedi et le dimanche à Prague, se marier. Je m'en souviens très exactement, parce que le jour des noces de Stana a été, pour moi aussi, une date fort importante.

J'avais eu l'autorisation de sortir et, comme j'étais triste depuis la dernière permission gaspillée avec Lampadaire, évitant les copains, j'étais parti tout seul. J'avais pris le tortillard, un vieux tramway à voie étroite reliant entre eux les lointains quartiers d'Ostrava, et je m'étais laissé emporter au hasard. J'étais ensuite descendu au petit bonheur pour, au petit bonheur encore, emprunter une autre ligne ; toute cette périphérie ostravienne interminable, où se mêlent étrangement les usines et la nature, les champs et les décharges d'ordures, les bouquets d'arbres et les terrils, les grands immeubles et les maisonnettes champêtres, m'attirait et me troublait d'extraordinaire façon ; ayant quitté le tram pour de bon, j'entrepris à pied une longue promenade : presque avec passion, je contemplais ce paysage étrange et m'efforçais d'en déchiffrer le sens ; je cherchais le nom de ce qui confère unité et ordre à ce tableau si disparate ; passant auprès d'une maison idyllique enveloppée de lierre, je m'avisai qu'elle avait ici sa vraie place *pour cela* précisément qu'elle jurait tout à fait avec les hautes façades lépreuses qui se dressaient à son voisinage, comme avec les silhouettes de chevalements, de cheminées et de hauts-fourneaux qui lui servaient d'arrière-plan ; je longeai les baraquements d'un bidonville, et je vis une villa un peu plus loin, sale et grise il est vrai, mais entourée d'un jardin et d'une grille ; à l'angle du jardin, un saule pleureur semblait s'être égaré dans ce paysage — et pourtant, me disais-je, c'est justement *pour cela* qu'il a ici sa vraie place. Ces *incompatibilités* me troublaient, non seulement parce qu'elles m'apparaissaient comme le dénominateur commun du paysage, mais, surtout, parce que j'y apercevais l'image de mon propre destin, de mon exil ici ; et naturellement : pareille projection de mon histoire personnelle dans l'objectivité d'une ville entière me proposait une sorte de consolation ; je comprenais que je n'appartenais pas à ces lieux, comme ne leur appartenaient pas le saule pleureur et la petite maison au lierre, comme ne leur appartenaient pas ces rues courtes menant nulle part, rues composées de constructions disparates, je n'appartenais pas plus à ces lieux, jadis allégrement ruraux, que ces hideux quartiers de baraques basses, et, je m'en rendais compte, c'est *parce que* je n'appartenais pas à ces lieux que ma vraie place était ici, dans cette consternante métropole des incompatibilités, dans cette ville dont l'étreinte implacable enchaînait ensemble tout ce qui était l'un à l'autre étranger.

Je me retrouvai dans une longue artère de Petrkovice, ancien village devenu aujourd'hui l'un des proches faubourgs d'Ostrava. Je fis halte au voisinage d'un lourd édifice à un étage, à l'angle duquel se détachait verticalement l'inscription : CINÉMA. Une question me vint, futile comme ne peut s'en poser qu'un flâneur : comment se fait-il que ce cinéma n'ait pas de nom ? Je regardais attentivement, mais rien d'autre n'était écrit sur le bâtiment (qui du reste ne ressemblait aucunement à un cinéma). Entre celui-ci et la maison contiguë, un espace d'environ deux mètres formait une ruelle ; je m'y engageai et passai dans une cour ; là seulement, on constatait que le bâtiment comportait par-derrière une aile en rez-de-chaussée ; au mur étaient fixées des vitrines contenant des affichettes publicitaires et des photos de films ; je m'en approchai, mais, là non plus, pas de nom du cinéma ; je me retournai et, à travers un grillage de séparation, j'aperçus une petite fille dans la courette voisine. Je lui demandai comment s'appelait le cinéma ; la gamine eut un regard étonné et répondit qu'elle ne savait pas. Je me résignai donc à admettre qu'il était anonyme ; que dans cet exil ostravien les cinémas ne pouvaient pas même s'offrir un nom.

Je revins (sans intention d'aucune sorte) aux vitrines et seulement alors m'avisai que le film qu'annonçaient une affichette et deux photographies était *Tribunal d'honneur*, film soviétique. Celui-là même dont Marketa invoquait l'héroïne quand elle avait été prise de l'envie de jouer dans ma vie son grand rôle de miséricordieuse, celui-là même aux sévérités duquel les camarades s'étaient référés lors de la procédure du Parti contre moi ; tout cela m'avait passablement dégoûté de ce film, si bien que je ne voulais plus en entendre parler ; mais voilà, pas même ici, à Ostrava, je n'échappais à son index accusateur... Eh bien quoi, si un doigt levé nous déplaît, il suffit que nous lui tournions le dos. C'est ce que je fis : je voulais retourner dans la rue.

Alors, je vis Lucie pour la première fois.

Elle marchait dans ma direction ; elle allait pénétrer dans la cour du cinéma ; pourquoi, en la croisant, n'ai-je pas continué mon chemin ? fut-ce grâce à l'oisiveté étrange de ma flânerie ? fut-ce le bizarre éclairage de la cour par cette fin d'après-midi qui m'attarda et m'empêcha de regagner la rue ? ou bien cela tint-il à l'apparence de Lucie ? Apparence, pourtant, tout à fait ordinaire, et, bien que, par la suite, cette *ordinarité* même dût me toucher et m'attirer, comment expliquer qu'elle m'arrêta de prime abord ? n'avais-je pas souvent rencontré de telles filles ordinaires sur les trottoirs d'Ostrava ? ou cette ordinarité fut-elle si extraordinaire ? Je ne sais. En tout cas, j'étais resté sur place, regardant la jeune fille : à pas lents, prenant son temps, elle se dirigeait vers la vitrine aux photos de *Tribunal d'honneur* ; puis, toujours sans hâte, elle s'en éloigna et franchit la porte ouverte par où l'on accédait au guichet. Oui, c'était sans doute cette lenteur singulière de Lucie qui m'avait tellement envoûté, lenteur irradiant le sentiment résigné qu'il n'y avait pas de but valant qu'on s'y précipitât, et qu'il était inutile de tendre des mains impatientes vers quelque chose. Oui, peut-être était-ce en vérité cette lenteur pleine de mélancolie qui m'avait contraint à suivre des yeux la jeune fille tandis qu'elle allait à la caisse, sortait de la monnaie, prenait un billet, glissait un coup d'œil dans la salle et puis s'en revenait dans la cour.

Je ne la quittais pas du regard. Elle resta debout, me tournant le dos, à contempler au loin, par-delà la courette, les jardins et les maisons paysannes cernés de petites palissades jusqu'au contour d'une carrière brune qui, là-haut, brisait la perspective. (Jamais je ne pourrai oublier cette cour, aucun de ses détails ; je me rappelle le grillage qui la séparait de la cour voisine où une fillette rêvait sur les marches de la maison ; je me rappelle ces marches qui s'ourlaient d'un muret dont les crans portaient deux pots de fleurs vides et une bassine grise ; je me rappelle le soleil enfumé qui se penchait au ras de la carrière.)

Il était six heures moins dix, cela voulait dire que dix minutes allaient s'écouler avant le début du spectacle. Lucie s'était retournée et, sans se presser, quittait la cour pour la rue ; je marchais à sa suite ; derrière moi s'était refermé le tableau de la campagne ravagée d'Ostrava et c'était de nouveau une rue citadine ; à cinquante pas s'étendait une petite place, entretenue avec soin, avec plusieurs bancs, un square minuscule et, luisant faiblement au travers, les briques rouges d'un édifice faussement gothique. J'observais Lucie : elle s'était assise sur un banc ; pas un instant sa lenteur ne l'avait abandonnée, pour un peu j'aurais dit qu'elle *était assise lentement* ; elle ne regardait pas autour d'elle, ne s'agitait nullement, assise comme dans l'attente d'une opération chirurgicale ou de quelque chose par quoi nous sommes tellement captivés qu'ignorant notre entourage nous concentrons notre attention sur le dedans de nous ; il se peut que je dusse à cette circonstance de pouvoir rôder alentour et l'examiner sans qu'elle s'en doutât.

On parle volontiers de coups de foudre ; je ne suis que trop conscient de ce que l'amour tend à créer une légende de soi-même, à mythifier après coup ses commencements ; aussi me garderai-je d'affirmer qu'il s'agissait ici d'un *amour* aussi prompt ; mais cette fois il y eut vraiment une sorte de voyance : l'essence de Lucie ou — s'il me faut être tout à fait précis — l'essence de ce que Lucie devint ensuite pour moi, je l'avais comprise, ressentie, vue immédiatement et d'un seul coup : c'est elle-même que Lucie m'avait apportée, comme on apporte des *vérités révélées*.

Je la regardais, j'observais sa permanente de village qui émiettait ses cheveux en une masse informe de frisettes, j'observais son petit manteau marron, misérable, râpé et même un rien trop court ; j'observais son visage discrètement joli, joliment discret ; je sentais chez cette jeune fille tranquillité, simplicité et modestie, et je sentis que c'étaient les valeurs dont j'avais besoin ; il me parut que nous étions d'ailleurs très proches ; il me parut qu'il suffirait de l'aborder, de lui parler, et qu'à l'instant où (enfin) elle me regarderait dans les yeux, elle sourirait comme si elle voyait subitement son frère qu'elle n'aurait pas vu de plusieurs années.

Lucie alors leva la tête ; elle regardait l'heure à la tour (ce mouvement, pour toujours, est enregistré dans ma mémoire ; mouvement de la fille qui ne porte pas de montre au poignet et, par automatisme, s'assied toujours en face d'une horloge). Elle quitta son banc et s'en alla du côté du cinéma ; je voulus me joindre à elle ; je ne manquais pas de hardiesse, mais les mots soudain me firent défaut ; j'avais certes des sensations plein la poitrine, mais pas une syllabe dans la tête ; je suivais la jeune fille jusqu'au contrôle d'où l'on voyait la salle déserte. Quelques personnes entrèrent et foncèrent vers le guichet ; les devançant, je pris un ticket pour le film abhorré.

Sur ce, la jeune fille pénétra dans la salle ; je fis de même ; dans ce local à moitié vide, les numéros portés sur les billets perdaient leur sens, chacun s'asseyait où il voulait ; je me glissai dans la même rangée que Lucie et pris place à côté d'elle. Puis éclata la musique criarde d'un disque fatigué, l'obscurité se fit et les publicités apparurent sur l'écran.

Lucie avait dû se rendre compte que ce n'était pas par hasard qu'un soldat à écussons noirs était venu s'asseoir tout juste à son côté, sûrement qu'elle avait perçu et senti ma présence proche, d'autant plus que j'étais moi-même tout concentré sur elle ; de ce qui se passait sur l'écran je n'enregistrais rien (quelle revanche dérisoire : j'étais ravi de ce que le film à l'autorité duquel mes prêcheurs de morale m'avaient maintes fois renvoyé se déroule maintenant devant moi sans que j'y prête attention).

La séance terminée, les lumières se rallumèrent, les rares spectateurs quittèrent leurs sièges. Lucie se leva, prenant son manteau marron sur ses genoux, et enfila une manche. Je coiffai vivement mon calot de peur qu'elle n'aperçût mon crâne tondu à ras et, sans un mot, l'aidai à passer la seconde manche. Elle me regarda brièvement et ne dit rien, tout au plus peut-être inclina-t-elle très légèrement la tête, mais je ne sus si c'était façon de remercier ou mouvement tout à fait involontaire. Puis, à petits pas, elle sortit de la rangée de fauteuils. Revêtant à mon tour prestement ma capote verte (qui, trop longue, m'allait certainement fort mal), je lui emboîtai le pas. Nous n'étions pas encore dehors que je lui adressai la parole.

Comme si deux heures près d'elle, pensant à elle, m'eussent accordé à sa longueur d'onde : je savais soudain lui parler, comme si je la connaissais bien ; je n'entamai pas la conversation par quelque plaisanterie ou paradoxe ainsi que j'avais coutume, j'étais tout à fait naturel — ce qui me surprit moi-même, puisque, en présence des jeunes filles, j'avais toujours jusque-là trébuché sous le poids des masques.

Je lui demandai où elle habitait, ce qu'elle faisait, si elle allait souvent au cinéma. Je lui dis que je travaillais dans les mines, que c'était tuant, que je ne sortais que de loin en loin. Elle dit qu'elle avait un emploi à l'usine, qu'elle logeait dans un foyer de jeunes ouvrières où il fallait être rentré à onze heures, qu'elle allait souvent au cinéma parce que les bals ne l'amusaient pas. Je lui dis que je l'accompagnerais volontiers au cinéma quand il lui arriverait d'avoir encore un soir de libre. Elle dit qu'elle avait l'habitude d'y aller seule. Je lui demandai si c'était parce qu'elle se sentait triste dans la vie. Elle acquiesça. Je lui dis que je n'étais pas gai non plus.

Rien ne rapproche les gens aussi vite (même si c'est souvent un rapprochement trompeur) qu'une entente triste, mélancolique ; cette atmosphère de connivence paisible qui endort n'importe quelle espèce de craintes ou de freins et que comprennent les âmes fines comme les vulgaires, représente le mode de rapprochement le plus facile, et pourtant si rare : il y faut en effet écarter ce « maintien mental » que l'on s'est composé, les gestes et mimiques fabriqués, et se conduire avec simplicité ; j'ignore comment j'étais parvenu à cela (d'un coup, sans préparation), comment j'avais pu en arriver là, moi qui tâtonnais toujours comme un aveugle derrière mes faux visages ; je n'en sais rien ; mais je ressentais cela comme un don inattendu, une libération miraculeuse.

Nous nous disions donc sur nous-mêmes les choses les plus simples ; nous marchâmes jusqu'à son foyer et, là, nous attardâmes un moment ; une lampe inondait Lucie de sa lumière et moi je regardais son petit manteau marron et je caressais non pas son visage ou ses cheveux, mais l'étoffe usée de cet émouvant vêtement.

Je me rappelle encore que la lampe se balançait de-ci de-là, qu'autour de nous passèrent, avec de grands rires déplaisants, des jeunes filles qui ouvrirent la porte du foyer, je revois la perspective verticale de l'immeuble, ses murs gris et nus aux fenêtres sans rebord ; je me rappelle aussi le visage de Lucie qui (comparé à celui d'autres jeunes filles que j'avais connues en de semblables circonstances) restait absolument tranquille, sans trouble, évoquant l'expression de l'élève au tableau, qui se borne à l'humble exposé (sans obstination boudeuse et sans rouerie) de ce qu'elle sait, insoucieuse de la note comme de l'éloge.

Nous convînmes que je lui enverrais une carte pour lui faire savoir quand j'aurais une nouvelle permission et quand nous pourrions nous revoir. Nous nous quittâmes (sans nous embrasser, sans nous toucher) et je m'en allai. À quelques pas déjà, je me retournai et la vis sur le seuil, tenant sa clé, immobile, me regardant ; maintenant seulement que j'étais à quelque distance, elle avait abandonné sa retenue, et ses yeux (jusqu'alors timides) me fixaient longuement. Ensuite, elle éleva sa main à la manière de quelqu'un qui n'a jamais accompli ce geste, ne sait comment s'y prendre, sait simplement qu'on agite la main en signe d'adieu et, pour cette raison, s'est décidé gauchement à risquer ce mouvement. Je m'étais arrêté et lui avais rendu son geste ; nous nous étions regardés de loin, j'étais reparti, avais fait halte de nouveau (Lucie prolongeant toujours son mouvement de la main), et ainsi doucement m'étais éloigné jusqu'au coin de la rue qui nous fit disparaître l'un à l'autre.

8

De ce soir-là, tout en moi était transformé ; j'étais à nouveau habité ; subitement le ménage avait été fait en moi comme dans une chambre et quelqu'un y vivait. La pendule au mur, avec ses aiguilles paralysées depuis des mois, de nouveau tout à coup égrenait son tic-tac. C'était important : le temps, qui jusque-là s'écoulait comme un courant indifférent, de rien vers un autre rien (puisque j'étais dans une pause !), sans jalon, sans barre de mesure, peu à peu reprenait son visage humanisé : il recommençait à s'articuler et à se décompter. J'attachai subitement du prix aux permissions de quitter la caserne, et les jours me devinrent les barreaux d'une échelle que je gravissais pour rejoindre Lucie.

Jamais, depuis, je n'ai voué à une autre femme autant de pensées, autant de silencieuse attention (ce pour quoi, d'ailleurs, je n'ai plus jamais eu autant de temps). Envers aucune autre femme je n'ai jamais éprouvé une telle gratitude.

Gratitude ? De quoi ? Lucie, d'abord, m'arracha au cercle de ce lamentable horizon amoureux qui, tous, nous tenait cernés. Bien sûr : tout jeune marié, Stana, lui aussi, avait à sa façon rompu ce cercle ; il avait désormais chez lui, à Prague, sa femme qu'il aimait, à qui il pouvait penser. Néanmoins, il n'y avait pas de quoi l'envier. Par l'acte de son mariage, il avait mis son destin en branle mais, dès l'instant où il montait dans un train pour revenir à Ostrava, il perdait sur lui toute influence.

Pour avoir découvert Lucie, j'avais, moi aussi, mis mon destin en branle ; mais je ne l'ai pas perdu de vue ; bien qu'espacées, mes rencontres avec Lucie bénéficiaient pourtant d'une périodicité presque régulière et je la savais capable de m'attendre des quinze jours et plus, m'accueillant ensuite comme si notre dernière séparation eût daté de la veille.

Mais Lucie ne m'avait pas seulement libéré de la nausée générale due au désespoir des aventures amoureuses d'Ostrava. Je savais déjà, il est vrai, que j'avais perdu mon combat et que je ne changerais rien à mes écussons noirs, je savais qu'il était absurde d'essayer de me retrancher en moi-même devant des hommes avec qui je devais passer deux ans ou davantage, qu'il était absurde de clamer sans relâche le droit de garder mon propre itinéraire (dont je commençais à comprendre le caractère privilégié), mais ce changement d'attitude n'était que le fait de la raison et de la volonté, donc incapable de tarir le pleur intérieur que je versais sur mon *destin perdu.* Ce pleur intérieur, Lucie le calma comme par sortilège. Il me suffisait de la sentir à côté de moi, avec toute sa vie où ne jouaient aucune espèce de rôle le cosmopolitisme et l'internationalisme, la vigilance et la lutte des classes, les controverses sur la définition de la dictature du prolétariat, la politique avec sa stratégie et sa tactique.

C'est sur ces préoccupations-là (si parfaitement d'époque que bientôt leur vocabulaire deviendra inintelligible) que j'avais fait naufrage ; et c'est justement à elles que je tenais. Appelé à comparaître devant diverses commissions, j'avais pu fournir, par dizaines, les motifs qui m'avaient amené au communisme, mais ce qui, dans le mouvement, m'avait par-dessus tout fasciné, ensorcelé même, ç'avait été *le volant de l'Histoire* près duquel je me suis trouvé (ou ai cru me trouver). En effet, nous décidions alors réellement du sort des gens et des choses ; et cela justement dans les universités : comme en ces temps les membres du Parti au sein des assemblées professorales se comptaient sur les doigts d'une seule main, les étudiants communistes, au cours des premières années, assumaient à peu près seuls la direction des facultés, décidant des nominations de professeurs, de la réforme de l'enseignement comme des programmes. L'enivrement que nous vivions est appelé d'ordinaire griserie du pouvoir, cependant (avec un grain de bonne volonté) je pourrais choisir des mots moins sévères : nous étions envoûtés par l'Histoire ; nous étions ivres d'avoir monté le cheval de l'Histoire, ivres d'avoir senti son corps sous nos fesses ; dans la plupart des cas, ça finissait par tourner à une vilaine soif de puissance, mais (de même que toutes les affaires humaines sont ambiguës) il y avait en même temps là-dedans (notamment pour nous, jeunots) la belle illusion que nous inaugurions, nous, cette époque où l'homme (chacun des hommes) ne serait plus *en dehors* de l'Histoire ni *sous le talon* de l'Histoire, mais la conduirait et la façonnerait.

J'étais convaincu que, loin de ce volant de l'Histoire, la vie n'était pas vie mais demi-mort, ennui, exil, Sibérie. Et voici qu'à présent (au bout de six mois de Sibérie) je distinguais soudain une possibilité d'exister, toute nouvelle et imprévue : devant moi s'étendait, dissimulée sous l'aile de l'Histoire en plein vol, la prairie oubliée du quotidien où une modeste et pauvre femme, digne pourtant d'amour, m'attendait : Lucie.

Que pouvait-elle connaître, Lucie, de cette grande aile de l'Histoire ? À peine si le bruit assourdi en avait jamais frôlé son oreille ; elle ignorait tout de l'Histoire ; elle vivait *au-dessous* d'elle ; elle n'en avait pas soif ; elle ne savait rien des soucis *grands* et *temporels*, elle vivait pour ses soucis *petits* et *éternels*. Et moi, d'emblée, j'étais libéré ; il me semblait qu'elle était venue me chercher pour m'emmener dans son *paradis grisâtre* ; et le pas qui, l'instant d'avant, m'avait paru redoutable, ce pas qui m'avait conduit « en dehors de l'Histoire », fut pour moi subitement le pas du soulagement et du bonheur. Timide, Lucie me tenait le coude et je me laissais conduire...

Lucie était mon ouvreuse grise. Mais, qui était Lucie, selon des données plus concrètes ?

Elle avait dix-neuf ans, mais en réalité beaucoup plus, comme ont beaucoup plus les femmes dont la vie a été difficile et qui ont été balancées, tête la première, de l'enfance dans l'âge adulte. Elle disait qu'elle était née à Cheb, qu'elle était allée à l'école jusqu'à quatorze ans avant d'aller en apprentissage. De sa famille, elle n'aimait guère parler, et si cela lui arrivait, c'était uniquement parce que je l'y forçais. Elle n'avait pas été heureuse chez elle : « Les miens ne m'aimaient pas », disait-elle, avec exemples à l'appui : sa mère s'était remariée ; son beau-père buvait et se montrait méchant envers elle ; une fois, ils l'avaient suspectée de leur avoir dérobé de l'argent ; ils la battaient par-dessus le marché. Quand la discorde eut atteint un certain point, Lucie profita d'une occasion pour s'échapper à Ostrava. Elle vit ici depuis plus d'un an déjà ; elle a des copines ; mais elle préfère sortir seule ; les copines vont danser et amènent leur petit ami au foyer ; et cela, elle ne le veut pas ; elle est sérieuse : elle aime mieux aller au cinéma.

Oui, elle se jugeait « sérieuse », liant cette qualité à son goût du cinéma ; elle appréciait surtout les films de guerre, qu'on projetait beaucoup alors ; sans doute les aimait-elle parce qu'elle les trouvait captivants ; mais il se pouvait que ce fût plutôt à cause des terribles souffrances dont ils étaient remplis et dont Lucie buvait les images chargées de pitié et d'affliction, sentiments qu'elle croyait propres à l'élever et la confirmer dans ce « sérieux » qu'elle prisait en elle-même.

Bien entendu, ce serait une erreur de penser que le seul exotisme de sa simplicité m'attira vers Lucie ; son ingénuité, les lacunes de son instruction ne l'empêchaient pas le moins du monde de me comprendre. Cette compréhension ne reposait pas sur une somme d'expériences ou de savoir, une aptitude à débattre un problème et à donner un conseil, mais sur l'intuitive réceptivité avec laquelle elle m'écoutait.

Je me rappelle un jour d'été : cette fois j'avais pu quitter le quartier plus tôt que Lucie son travail ; j'avais donc pris un livre ; assis sur le petit mur d'une clôture, je lisais ; pour ce qui est de la lecture, cela allait assez mal, j'avais peu de temps et peu de contacts avec mes amis praguois ; mais, dans ma cantine de conscrit, j'avais apporté trois recueils de vers où je me replongeais sans cesse, y puisant réconfort : des poèmes de Frantisek Halas.

Ces livres ont joué dans ma vie un rôle singulier, singulier déjà du fait que je ne suis pas lecteur de poésie et que ce sont les seuls recueils de vers auxquels je me sois jamais attaché. Je les ai découverts après mon exclusion du Parti ; juste à cette époque, le nom de Halas se trouvait *à nouveau* célèbre, car l'idéologue en chef de ces années-là venait d'accuser le poète, depuis peu disparu, de morbidité, de manque de foi, d'existentialisme et de tout ce qui rendait, alors, un son d'anathème politique. (L'ouvrage où il avait réuni ses opinions sur la poésie tchèque et sur Halas était sorti alors à un tirage énorme et des milliers de cercles de jeunes l'étudiaient comme texte obligatoire.)

Même si cela peut paraître un peu ridicule, je l'avoue : le besoin des vers de Halas m'était venu du désir de connaître un autre *excommunié* ; je voulais savoir si mon univers ressemblait vraiment au sien ; je voulais essayer de voir si la tristesse, dont l'influent idéologue clamait le pathologique et le pernicieux, ne pourrait pas, par consonance avec la mienne, me procurer une forme de joie (parce que, dans ma situation, la joie, je ne pouvais pas la chercher dans la joie). J'avais, avant de prendre le chemin d'Ostrava, emprunté les trois petits recueils à un ancien condisciple fervent de littérature et obtenu à force de prières qu'il n'en exigerait pas la restitution.

Quand Lucie, ce jour-là, me trouva à l'endroit convenu, un livre à la main, elle me demanda ce que j'étais en train de lire. Je lui tendis le livre ouvert. « Des poésies, dit-elle, étonnée. — Ça te paraît bizarre que je lise des poésies ? » Ébauchant un haussement d'épaules, elle répondit : « Pourquoi », mais je crois que sa surprise était réelle car, très probablement, la poésie se confondait pour elle avec l'idée de lectures enfantines. Nous étions là à flâner sous ce drôle d'été ostravien plein de suie, un été noir où couraient là-haut, en guise de nuages de lait, des bennes de houille qui filaient sur leurs longs câbles. Ce livre entre mes doigts, je voyais bien qu'il n'arrêtait pas de l'attirer. Aussi, lorsque nous fûmes assis dans un boqueteau étique, je le rouvris, lui demandant : « Ça t'intéresse donc ? » De la tête, elle fit oui.

Pas plus avant qu'après cet épisode, je n'ai jamais lu de vers à quiconque ; je suis pourvu d'un petit système fonctionnant bien, un coupe-circuit à pudeur, qui me garde de trop me dénuder devant les gens, de leur étaler mes sentiments ; or, lire des vers, pour moi ce n'est pas seulement comme si je parlais de mes sentiments, mais comme si, ce faisant, je me tenais en équilibre sur un pied ; quelque chose de compassé, dans le principe même du rythme et de la rime, m'embarrasserait si je devais m'y abandonner autrement qu'étant seul.

Mais Lucie possédait le pouvoir magique (qu'après elle personne plus jamais n'a eu) de faire jouer le coupe-circuit et de lever mes scrupules. En face d'elle, je pouvais tout me permettre : même la sincérité, le sentiment, le pathétique. Et ainsi je lus :

Maigre épi que ton corps
d'où grain tombé ne germera
Comme un épi maigre est ton corps

Écheveau de soie que ton corps
tout écrit de désir jusqu'à sa ride ultime
Comme un écheveau de soie est ton corps

Ciel brûlé que ton corps
Dans tes tissus la Mort guette et rêve
Comme un ciel brûlé est ton corps

Silence unique est ton corps
De ses pleurs frémissent mes paupières
Comme ton corps est silencieux

J'avais passé un bras sur son épaule (tendue de la toile légère d'une petite robe à fleurs) que je sentais sous mes doigts ; je succombais à la suggestion offerte que les vers dont je donnais lecture (cette litanie lente) parlaient de la tristesse du corps de Lucie, corps muet, résigné, condamné à mourir. Puis je lisais d'autres poèmes, et cet autre qui aujourd'hui encore me rend son image et qui s'achève sur ce tercet :

Ô démence des mots trompeurs Je crois au silence
plus fort que la beauté plus fort que tout
Ô fête de ceux qui se comprennent en silence

Brusquement, mes doigts m'apprirent que l'épaule de Lucie s'agitait de courtes secousses ; Lucie sanglotait.

Qu'est-ce qui avait pu lui tirer ces pleurs ? Le sens des vers ? Ou plutôt l'indicible mélancolie qui émanait de la mélodie des mots, du timbre de ma voix ? Ou, peut-être, l'hermétisme grave des poèmes l'avait-il élevée et cette *élévation* l'avait-elle émue aux larmes ? Ou bien, simplement, les vers venaient-ils de faire sauter en elle un verrou secret et de libérer un poids longuement accumulé ?

Je ne sais pas. Comme un enfant, Lucie s'était accrochée à mon cou, sa tête pressée sur le treillis vert qui m'enserrait la poitrine, et elle pleurait, pleurait, pleurait.

9

Combien de fois, ces dernières années, des femmes de toutes sortes m'ont reproché (seulement parce que je ne savais pas payer leurs sentiments de retour) ma suffisance. C'est un non-sens, je ne suis pas suffisant, mais, à vrai dire, je suis moi-même navré d'être incapable, dans mon âge adulte, de trouver le rapport véritable à l'égard d'une femme, de n'en avoir, comme on dit, aimé aucune. Je ne suis pas sûr de connaître les causes de cet échec, je ne sais pas si ces défauts du cœur sont innés ou plutôt s'ils plongent leurs racines dans ma biographie ; je ne veux pas tomber dans le pathétique, mais c'est comme ça : dans mes souvenirs très souvent s'éclaire une salle où cent personnes, en levant le bras, décrètent la cassure de ma vie ; cette centaine de gens ne savaient pas qu'un jour les choses commenceraient lentement à changer ; ils supputèrent que ma proscription serait à perpétuité. Non pour le plaisir de remâcher l'herbe amère, mais, par un entêtement qui est le propre de la réflexion, j'ai à maintes reprises inventé des variantes de mon histoire, imaginant ainsi ce qui eût pu se passer si l'on avait proposé, au lieu de mon exclusion, ma pendaison. Je ne suis jamais arrivé à conclure autrement que, même dans cette éventualité, tout le monde aurait levé la main, surtout si le rapport préliminaire avait, en termes lyriques, motivé la bénéfique opportunité de la peine. Depuis, faisant de nouvelles connaissances, hommes et femmes, nouveaux amis ou maîtresses possibles, je les transfère en pensée dans cette époque et dans cette salle et je me demande s'ils lèveraient la main ; personne ne résiste à cet examen : tous lèvent la main comme naguère le firent (qui avec empressement, qui à son corps défendant, par conviction ou par crainte) mes amis et connaissances. Admettez alors : il est difficile de vivre avec des gens prêts à vous envoyer en exil ou à la mort, il est difficile d'en faire ses intimes, il est difficile de les aimer.

Peut-être était-ce injuste de ma part de soumettre les gens que je fréquentais à un examen imaginaire aussi cruel, quand il était éminemment vraisemblable qu'ils eussent passé à côté de moi une vie plus ou moins calme au-delà du bien et du mal, sans jamais traverser la grande salle où se lèvent des mains. Quelqu'un peut-être ira jusqu'à dire que mon comportement avait un seul but : me hisser, dans une fatuité morale, au-dessus des autres. Mais l'accusation de suffisance ne serait vraiment pas juste ; il est vrai que je n'ai jamais voté la ruine de qui que ce fût, seulement voilà je savais parfaitement que ce mérite était hypothétique, m'étant vu assez tôt privé du droit de lever la main. Longtemps, c'est exact, j'essayai de me persuader au moins qu'en semblable occurrence je ne me fusse pas comporté comme les autres, mais j'avais toutefois suffisamment de probité pour, à la fin, me rire au nez : ainsi moi seul n'aurais pas levé la main ? j'aurais été le seul juste ? ah non, je ne trouvais pas en moi la moindre garantie que je sois meilleur que les autres ; seulement qu'est-ce que ça change dans mes rapports avec autrui ? La conscience de ma propre misère ne me réconcilie nullement avec la misère de mes pareils. Rien ne me répugne comme lorsque les gens fraternisent parce que chacun voit dans l'autre sa propre bassesse. Je n'ai que faire de cette fraternité visqueuse.

Comment donc ai-je pu alors aimer Lucie ? Les réflexions qui m'échappaient à l'instant sont, par bonheur, plus récentes, en sorte que j'ai pu (dans cet âge plus porté au tourment qu'à la réflexion), avec un cœur avide et qui ne doute pas, accepter Lucie comme un don ; un don des cieux (cieux gris et bienveillants). C'était alors pour moi un temps heureux, le plus heureux, peut-être : j'étais vanné, éreinté, recru d'emmerdements, mais au fond de moi chaque jour davantage s'étendait une paix de plus en plus bleue. C'est marrant : si les femmes qui me font aujourd'hui grief de ma suffisance et me soupçonnent de prendre tout le monde pour des imbéciles avaient connu Lucie, elles l'auraient considérée comme une sotte et elles ne pourraient pas comprendre que je l'aie aimée. Et moi, je l'aimais si fort que je n'envisageais même pas qu'on puisse jamais se quitter ; pas une fois, il est vrai, je n'en avais parlé avec Lucie, mais moi-même je vivais avec la conviction que je l'épouserais un jour. Et si cette union m'apparut inégale, cette inégalité m'attirait plus qu'elle ne me repoussait.

Pour ces courts mois de bonheur, j'aurais dû être reconnaissant aussi à notre commandant d'alors ; les sous-officiers nous harcelaient autant qu'ils le pouvaient, fouinant à la recherche de la moindre petite saleté dans les plis de nos uniformes, culbutant nos lits s'ils n'étaient pas faits impeccablement au carré, mais le commandant, lui, était régulier. Plus très jeune, versé chez nous d'un régiment d'infanterie et, de ce fait, rétrogradé, à ce qu'on disait. Donc il était, lui aussi, pénalisé, et cela peut-être nous l'avait secrètement concilié ; de notre part, cela allait de soi, il requérait ordre et discipline, outre une journée de travail volontaire le dimanche par-ci par-là (afin de pouvoir rendre compte de son activité politique à ses supérieurs), mais il ne nous cassait jamais les pieds sans raison et nous accordait sans difficulté les permissions un samedi sur deux ; cet été-là, je crois même que j'ai pu voir Lucie jusqu'à trois fois par mois.

Les jours où j'étais privé d'elle, je lui écrivais d'innombrables lettres et cartes postales. Aujourd'hui, je ne sais plus très bien de quoi ni comment je lui parlais. Mais ce que furent mes lettres n'importe pas tellement ; je voulais plutôt relever que j'en avais écrit beaucoup, et Lucie aucune.

Obtenir qu'elle me répondît était au-dessus de mes moyens ; peut-être mes propres lettres l'avaient-elles effarouchée ; peut-être lui semblait-il qu'elle ne savait pas quoi m'écrire, qu'elle faisait des fautes d'orthographe ; peut-être avait-elle honte de son écriture maladroite, dont je ne connaissais que la signature, sur sa carte d'identité. Je n'ai pas réussi à la persuader que justement sa maladresse et ses ignorances m'étaient chères parce qu'elles révélaient une Lucie intacte, m'offrant ainsi l'espoir de m'imprimer en elle d'un signe d'autant plus profond, d'autant plus indélébile.

Lucie d'abord ne fit que me remercier timidement de mes lettres ; bientôt l'envie lui prit de m'offrir quelque chose en retour et, comme elle ne voulait pas écrire, elle se décida pour des fleurs. Voici comment c'était venu : nous flânions dans un boqueteau clairsemé, Lucie tout à coup se pencha pour cueillir une fleurette qu'elle me tendit. Je trouvai cela touchant et pas du tout surprenant. Mais quand, au rendez-vous suivant, elle m'attendit avec tout un bouquet, je me sentis un peu décontenancé.

J'avais vingt-deux ans, je fuyais tout ce qui pouvait sur moi projeter fût-ce une ombre efféminée ou impubère ; dans la rue, j'avais honte de porter des fleurs, il me déplaisait d'en acheter, et encore plus d'en recevoir. Gêné, j'avais objecté à Lucie que c'étaient les hommes qui les offraient aux femmes, et pas le contraire, mais, la voyant au bord des larmes, je m'étais hâté de lui en faire compliment et de les prendre.

Il n'y avait rien eu à faire. Depuis ce jour, à chacune de nos rencontres, un bouquet m'attendait et j'avais fini par m'y faire parce que la spontanéité du don me désarmait et que je comprenais que Lucie tenait à cette forme de cadeau ; elle souffrait peut-être de la carence de son éloquence et voyait dans les fleurs une façon de parler ; non pas d'après la lourde symbolique des antiques langages des fleurs, mais plutôt dans un sens plus archaïque encore, plus nébuleux, plus instinctif, *prélinguistique* ; peut-être, ayant toujours préféré se taire plutôt que de discourir, Lucie rêvait-elle de ce temps où, les mots n'existant pas, les gens conversaient par menus gestes : du doigt ils se montraient un arbre, ils riaient, l'un touchait l'autre…

Que j'aie ou non élucidé le vrai sens des présents de Lucie, ils m'avaient finalement ému et avaient éveillé le désir de lui faire, moi aussi, un cadeau. Lucie ne possédait que trois robes dont elle changeait toujours dans le même ordre, de sorte que nos rencontres se suivaient à la cadence d'une mesure à trois temps. Je les aimais bien, ces petites robes, l'une comme l'autre, du fait même qu'elles étaient éraillées, usagées, d'assez mauvais goût ; je les aimais aussi fort que son manteau marron (élimé au parement des manches) que j'avais caressé, du reste, avant le visage de Lucie. Et pourtant, je m'étais mis en tête que je lui payerais une robe, une belle robe, un tas de robes. Un jour, j'entraînai Lucie dans une grande maison de prêt-à-porter.

D'entrée de jeu, elle crut qu'on allait là en curieux, observer le flot montant et descendant les escaliers. Au deuxième étage, je m'arrêtai près de longues tringles où des vêtements de dames pendaient en dense procession, et Lucie, ayant remarqué que je les examinais avec intérêt, s'approcha et commenta quelques-unes de ces toilettes. « Celle-ci est jolie », fit-elle en m'indiquant une robe à fleurs rouges imitées dans le détail. Il y avait là vraiment peu de choses jolies, mais enfin on trouverait bien. Je tirai une robe et appelai le vendeur : « Mademoiselle pourrait essayer ça ? » Lucie peut-être aurait protesté, seulement, devant un étranger, le préposé au rayon, elle n'osait pas, de sorte qu'elle se retrouva dans une cabine sans savoir comment.

Au bout d'un moment, j'écartai un coin du rideau pour la regarder ; bien que la robe essayée n'eût rien de sensationnel, je n'en revenais pas : sa coupe à peu près moderne avait, comme par enchantement, fait de Lucie une autre créature. « Vous permettez ? » fit dans mon dos le vendeur et il accabla d'une admiration prolixe Lucie et la robe. Là-dessus, il me regarda, moi et mes écussons, et me demanda (quoique la réponse, d'avance, fût évidente) si je faisais partie des « politiques ». Je fis oui de la tête. Il cligna de l'œil, sourit et dit : « J'aurais de l'article supérieur ; vous ne voulez pas voir ? » et je vis aussitôt un assortiment de robes d'été, plus une robe habillée noire. Lucie les endossa l'une après l'autre, toutes lui allaient à ravir, chacune la métamorphosait et, dans la belle robe noire, je ne la reconnaissais plus.

Les moments décisifs dans l'évolution de l'amour ne procèdent pas toujours d'événements dramatiques, souvent ils sont le fait de circonstances parfaitement insignifiantes à première vue. Telle fut notre visite dans la maison de prêt-à-porter. Jusque-là, Lucie avait représenté pour moi tous les possibles : l'enfant, la source d'attendrissement et de consolation, le baume et l'évasion de moi-même, presque à la lettre elle m'était *tout* — excepté la femme. Notre amour, dans l'acception sensuelle du mot, n'avait pas franchi la limite des baisers. Au demeurant, même la manière qu'avait Lucie d'embrasser était enfantine (j'étais fasciné par les longs baisers chastes des lèvres closes, restées sèches, qui dans leur caresse échangée comptent, ineffablement émouvantes, leurs fines stries verticales).

Bref, jusqu'alors j'avais pour elle de la tendresse, pas de la sensualité ; je m'étais si bien accoutumé à cette absence que je n'y prêtais pas garde ; mon attachement à Lucie me paraissait si beau que l'idée même qu'il y manquait quelque chose ne pouvait m'effleurer. Quelle harmonieuse association : Lucie ; ses robes grises, monacales ; et, monacalement chastes, mes rapports avec elle. À la minute où Lucie avait revêtu une robe nouvelle, l'équation tout entière se trouva bouleversée : Lucie d'un coup déserta mes images de Lucie. Je vis les jambes qui se dessinaient sous une jupe bien coupée, les proportions du corps balancées avec grâce, une jolie femme dont la terne discrétion s'était dissoute dans une toilette de couleur franche et de forme élégante. Cette brusque *découverte de son corps* me laissait haletant.

Au foyer, Lucie occupait une chambre avec trois autres jeunes filles ; les visites n'étaient admises que deux jours par semaine, pendant trois heures seulement, de cinq à huit, encore le visiteur était-il tenu d'inscrire son nom à la conciergerie, au rez-de-chaussée, où il devait déposer sa pièce d'identité et se présenter de nouveau en s'en allant. Par ailleurs, chacune des trois compagnes de Lucie avait un ou plusieurs amants qu'il lui fallait recevoir dans l'intimité de la chambre commune, si bien qu'elles se disputaient, se détestaient et se reprochaient chaque minute mutuellement grignotée. Tout cela était si pénible que je ne m'étais jamais risqué à aller voir Lucie chez elle. Cependant, je savais que ses trois colocataires devaient, dans un mois, rejoindre une brigade agricole de trois semaines. Je dis à Lucie que je voulais profiter de cette période pour la rencontrer chez elle. Elle devint triste et dit que ma compagnie lui plaisait mieux dehors. Je lui dis que je souhaitais me retrouver avec elle en un lieu où nul ni rien ne nous dérangerait, pour que nous puissions être tout à nous-mêmes ; et qu'au surplus je voulais voir comment elle était logée. Lucie ne savait pas me résister et aujourd'hui encore, je me rappelle mon émoi lorsqu'elle finit par consentir à ma proposition.

10

J'avais déjà passé près d'un an à Ostrava et le service, insupportable dans les débuts, m'était devenu quelque chose de banal et d'habituel ; au milieu de tous les embêtements j'arrivais quand même à subsister, je m'étais fait deux, trois copains, j'étais heureux ; c'était pour moi un bel été (les arbres étaient pleins de suie, pourtant mes yeux à peine lavés de l'ombre de la taille les voyaient extrêmement verts), seulement, c'est connu, le germe du malheur se cache au cœur de la félicité : les tristes affaires de l'automne furent conçues durant cet été vert-noir.

Ça a commencé avec Stana. Il s'était marié en mars et, quelques mois plus tard, les premières nouvelles l'atteignaient : sa femme traînait les boîtes de nuit ; inquiet, il lui adressa des lettres chaque jour, les réponses lui arrivaient, apaisantes ; là-dessus (avec les beaux jours) sa mère vint à Ostrava ; ils furent ensemble tout un samedi et il rentra au quartier blême et taciturne ; d'abord, il ne voulut rien dire, de honte ; le lendemain pourtant, il s'ouvrit à Honza, puis à quelques autres ; et quand il vit que tout le monde était au courant, il en parla encore plus et chaque jour et sans cesse : et que sa femme faisait la putain, et qu'il irait lui dire deux mots, et qu'il lui tordrait le cou. Et tout de suite, il alla trouver le commandant pour avoir deux jours de permission, seulement le commandant hésitait à les lui accorder parce que justement, ces jours-ci, il avait reçu de nombreuses plaintes (du casernement aussi bien que des mines) contre Stana, constamment distrait et irrité. Celui-ci supplia donc qu'on lui accorde au moins vingt-quatre heures. Apitoyé, le commandant les lui donna. Stana partit et nous ne le revîmes plus jamais. Ce qui s'est passé, je ne le sais que par ouï-dire :

Il était arrivé à Prague, il avait foncé sur sa femme (je dis femme, mais c'était une gosse de dix-neuf ans !) et elle, avec impudence (et délectation, peut-être), lui avoua tout ; il commença par la battre, elle se défendit, il essaya de l'étrangler et, pour finir, il la frappa d'une bouteille sur la tête ; la gosse s'affaissa sur le parquet et resta sans bouger. Stana, paniqué, s'enfuit ; Dieu sait comment il dénicha un petit chalet au fond des montagnes et, là, vécut dans l'attente d'être pris et envoyé à la potence. On vint en effet l'arrêter après deux bons mois, seulement il fut jugé non pas pour meurtre, mais pour désertion. En effet, peu après le départ de Stana, sa femme avait repris connaissance et, hormis une bosse sur le crâne, elle était indemne. Tandis qu'il était à la prison militaire, elle divorça et est aujourd'hui l'épouse d'un acteur praguois connu que je vais voir de temps en temps, pour me rappeler le vieux copain qui devait ensuite finir tristement : son service actif terminé, il resta mineur ; un accident du travail le priva d'une jambe, et une amputation mal cicatrisée, de la vie.

Cette bonne femme, dont on dit qu'elle brille toujours dans les cercles artistes, n'avait pas porté la poisse au seul Stana, mais bien à nous tous. C'était du moins notre impression, quoiqu'il ne nous ait pas été possible de déceler avec précision s'il y avait vraiment (comme tout le monde le pensait) relation de cause à effet entre le scandale entourant la disparition de Stana et l'arrivée, peu après, d'une commission de contrôle ministérielle dans notre caserne. En tout cas, notre commandant fut cassé et remplacé par un jeune officier (il avait à peine vingt-cinq ans) dont la venue changea tout.

J'ai dit qu'il avait vingt-cinq ans mais il avait l'air beaucoup plus jeune, il avait l'air d'un môme ; il ne s'en donnait que plus de mal pour faire impression. Il n'aimait pas crier, il parlait sec, nous faisant bien comprendre avec un imperturbable calme qu'il nous tenait tous pour des criminels : « Je sais, votre plus cher désir serait de me voir à la potence, nous déclara cet enfant dès son speech d'avènement, le malheur, c'est que s'il y a quelqu'un de pendu, ça sera vous, pas moi. »

Les premiers conflits ne devaient pas se faire attendre. L'histoire de Cenek, en particulier, est demeurée dans mon souvenir, probablement parce qu'elle nous a semblé très amusante : depuis un an qu'il était incorporé, Cenek avait fait beaucoup de grands dessins muraux qui, sous le précédent commandant, avaient toujours eu l'heur de plaire. Ses sujets favoris, je l'ai indiqué plus haut, c'étaient Jan Zizka, le grand capitaine des guerres hussites, et ses hommes d'armes médiévaux ; attentif à divertir les gars, il accompagnait ces groupes de l'image d'une femme nue qu'il présentait au commandant comme un symbole de la liberté ou de la patrie. Le nouveau commandant d'unité, ayant à son tour résolu de recourir aux services de Cenek, l'avait fait appeler afin de lui demander de peindre quelque chose pour agrémenter la salle réservée aux cours d'éducation politique. Il lui avait alors dit de laisser tomber, cette fois-ci, les vieilles lunes de Zizka pour « s'orienter davantage sur le contemporain » ; le tableau devrait représenter l'Armée rouge et son union avec notre classe ouvrière, et puis aussi son importance dans la victoire du socialisme en Février. Cenek avait dit : « Bien, mon commandant ! » et s'était mis à l'ouvrage ; il se démena plusieurs après-midi sur d'immenses papiers blancs, posés à même le sol, qu'il accrocha ensuite avec des punaises sur toute la longueur du mur du fond. Quand nous découvrîmes le dessin achevé (un mètre et demi de haut, huit mètres de long au bas mot), le silence fut total : au milieu, campé dans la pose du héros, un soldat russe chaudement habillé, mitraillette en sautoir, bonnet de fourrure jusqu'aux oreilles, de toutes parts entouré de huit femmes nues. Deux, à ses côtés, le regardaient d'un air coquin, tandis qu'il tenait chacune d'elles par l'épaule, la trogne secouée d'un rire gras ; les autres femmes faisaient cour autour de lui, lui tendaient les bras ou étaient tout simplement plantées là (il y en avait aussi une de couchée), exposant leurs jolies formes.

Cenek se mit devant le tableau (attendant le commissaire, nous étions seuls dans la salle) et prononça une conférence de ce genre : Alors, celle à la droite du sergent, c'est Alena, messieurs, ç'a été la première femme de ma vie, j'avais seize ans quand elle m'a eu, c'était la régulière d'un galonné, donc elle est drôlement à sa place ici. Je l'ai dessinée avec l'allure qu'elle avait à cette époque-là, elle est sûrement moins bien aujourd'hui, mais dans ce temps-là elle était déjà pas mal rembourrée, comme vous voyez principalement d'après les hanches (il les montrait de l'index). Vu qu'elle était beaucoup plus belle de dos, je l'ai dessinée encore une fois là ! (il se déplaça vers un des bords de la composition, pointa son doigt en direction d'une femme qui, montrant son derrière nu au public, paraissait s'en aller quelque part). Vous voyez sa croupe de reine, il se peut que le gabarit dépasse un peu la norme mais c'est exactement comme ça que nous l'aimons. Et regardez celle-là (il montrait la femme à gauche du sergent), c'est Lojzka, quand je l'ai eue, j'avais déjà l'âge, elle avait des petits seins (il les montrait), des jambes longues (il les montrait), un visage terriblement joli (il le montrait encore) et elle était de ma promotion à l'École. Quant à l'autre, là-bas, c'était notre modèle aux Arts déco, je la sais absolument par cœur et les vingt mecs qui étaient avec moi la savaient aussi par cœur, parce qu'elle prenait toujours la pose au milieu de la classe, nous, on s'exerçait à dessiner le corps humain d'après elle et pas un n'y a jamais touché, sa maman l'attendait chaque fois à la sortie pour la ramener illico au bercail, que le Bon Dieu pardonne à cette fille, les gars, nous ne l'avons jamais détaillée qu'en tout bien tout honneur. Par contre, celle-ci, messieurs, c'était une salope (il désigna une personne vautrée sur un singulier sofa stylisé), approchez, venez voir (ce que nous fîmes), sur le ventre, ce point, là, vous voyez ? brûlée avec une cigarette, soi-disant par une jalouse, sa maîtresse, parce que cette dame, messieurs, communiait sous les deux espèces, elle avait un sexe, un véritable accordéon, messieurs, où n'importe quoi trouvait place, nous aurions pu nous y fourrer tous, tant que nous sommes, avec, en prime, nos épouses, nos maîtresses, nos enfants et nos arrière-grands-parents…

Cenek allait manifestement aborder le meilleur passage de son exposé lorsque le commissaire fit son entrée dans la salle de cours, en sorte que nous dûmes regagner nos bancs. Habitué aux travaux de Cenek depuis l'ère de l'ancien commandant, le commissaire, parfaitement indifférent au nouveau tableau, entama à haute voix la lecture d'une brochure éclairant les différences entre une armée socialiste et une armée capitaliste. L'exposé de Cenek résonnait encore en nous ; une douce rêverie nous berçait, quand le môme de commandant apparut dans la salle. Il venait sans doute assister à la séance d'étude, mais, avant d'avoir pu recevoir le rapport réglementaire du commissaire, il avait encaissé le coup de masse de la grande fresque murale ; sans même laisser le commissaire reprendre sa lecture, d'un ton glacial il demanda à Cenek ce que le tableau devait signifier. Cenek sauta, se planta devant son œuvre et déclama : Voilà une allégorie symbolisant l'importance de l'Armée rouge pour le combat de notre peuple ; ici (il montra le sergent), l'Armée rouge ; de chaque côté figurent les symboles de la classe ouvrière (il montra la régulière du galonné) et des glorieuses journées de Février (il montra sa copine d'études). Voici (il montrait d'autres dames) le symbole de la Liberté, celui de la Victoire, celui de l'Égalité ; et ici (il montra la régulière du galonné exposant son postérieur), on reconnaît la bourgeoisie en train de quitter la scène de l'Histoire.

Cenek se tut et le commandant déclara que ce tableau était une insulte à l'Armée rouge, qu'il fallait l'enlever immédiatement ; quant à Cenek, il allait voir ce qu'il allait prendre pour son matricule. Je demandai (entre mes dents) pourquoi. Le commandant, qui avait entendu, me demanda si j'avais des objections à présenter. Me levant, je dis que ce tableau me plaisait. Le commandant dit qu'il n'en doutait pas, étant donné que c'était tout juste bon pour des masturbateurs. Je dis que le grave Myslbek avait sculpté lui aussi la Liberté en femme nue, et que la rivière Jizera sur le célèbre tableau d'Ales est représentée par trois femmes nues ; que les peintres ont fait de même à toutes les époques.

Le môme de commandant me lança un regard perplexe et répéta son ordre d'enlever le dessin. Pourtant, nous avions peut-être réussi à l'entortiller, car il ne sanctionna pas Cenek ; néanmoins, il le prit en grippe et moi avec. Peu de temps après, Cenek écopa d'une peine disciplinaire, et bientôt moi aussi.

Ça s'était passé ainsi : un jour, la section travaillait dans un coin écarté de la caserne, avec des pioches et des pelles ; un caporal fainéant nous surveillait d'un œil nonchalant, si bien qu'à chaque instant nous nous appuyions sur nos outils pour bavarder, sans remarquer le môme de commandant qui s'était posté non loin de là et nous observait. On ne s'en aperçut qu'au bout d'un moment, quand sa voix rogue héla : « Soldat Jahn, à moi ! » J'empoignai ma pelle d'un air résolu et me plantai au garde-à-vous devant lui. « C'est comme ça que vous travaillez ? » me demanda-t-il. Je ne sais plus vraiment quelle réponse je lui fis, sûrement pas une insolence, car je n'avais pas la moindre envie de me compliquer la vie au quartier en asticotant pour des foutaises un type qui avait tout pouvoir sur moi. N'empêche qu'après ma réponse, embarrassée et insignifiante, son regard se durcit, il s'approcha de moi, en un éclair me saisit le bras et, d'une magistrale prise de judo, me jeta par-dessus lui. Puis il s'accroupit tout contre moi et me tint cloué au sol (je n'avais pas esquissé un geste de défense, je m'étonnais seulement). « Suffit ? » demanda-t-il avec force (afin que tous, à quelque distance, l'entendissent) ; je lui répondis que ça suffisait. Il m'ordonna de me remettre au garde-à-vous et, face à la section rassemblée en colonne, annonça : « Je colle deux jours de salle de police au soldat Jahn. Pas parce qu'il a été insolent à mon égard. Cette affaire-là, vous avez vu, je l'ai réglée en un tournemain. Les deux jours de taule, c'est parce qu'il tirait au cul. Et il y en a autant à votre service. » Il fit demi-tour et s'en alla, très content de lui.

Sur le moment, je ne ressentis pour lui que de la haine, et la haine projette une lumière trop vive, où le modelé des objets se perd. Mon commandant m'apparaissait tout simplement comme un rat vindicatif et sournois. Aujourd'hui je le vois surtout comme un homme qui était jeune et qui jouait. Les jeunes, après tout, s'ils jouent, ce n'est pas leur faute ; inachevés, la vie les plante dans un monde achevé où on exige qu'ils agissent en *hommes faits.* Ils s'empressent, par suite, de s'approprier des formes et des modèles, ceux qui sont en vogue, qui leur vont, qui leur plaisent — et ils jouent.

Notre commandant était lui aussi inachevé et, un beau matin, il s'était retrouvé face à notre troupe, parfaitement incapable de la comprendre ; mais il avait su s'en sortir, car ce qu'il avait lu et entendu lui offrait un masque tout fait pour des situations analogues : le héros d'airain des bandes dessinées, jeune mâle aux nerfs d'acier dressant une bande de truands, pas de grands mots, rien que du calme froid, un humour dépouillé qui fait mouche, la confiance en soi et en la vigueur de ses muscles. Plus il avait conscience de son aspect de môme, plus il mettait de fanatisme dans son rôle de superman.

Mais était-ce la première fois que je rencontrais un jeune acteur comme celui-là ? Lors de mon interrogatoire au secrétariat à propos de la carte postale, je dépassais à peine mes vingt ans, mes interrogateurs n'en avaient guère qu'un ou deux de plus. Eux aussi étaient avant tout des mômes dissimulant leurs visages inachevés sous le masque qu'ils croyaient entre tous excellent, celui du révolutionnaire ascétique et inflexible. Et Marketa ? Est-ce qu'elle n'avait pas choisi de jouer les salvatrices, rôle d'ailleurs repéré dans un navet de la saison à l'écran ? Et Zemanek, saisi subitement par le pathos sentimental de la morale ? Ce n'était pas un rôle ? Et moi ? N'avais-je pas même plusieurs rôles ? En désarroi, je courais de l'un à l'autre jusqu'au moment où, coureur penaud, je fus attrapé.

La jeunesse est horrible : c'est une scène où, sur les hauts cothurnes et dans les costumes les plus variés, des enfants s'agitent et profèrent des formules apprises qu'ils comprennent à moitié, mais auxquelles ils tiennent fanatiquement. L'Histoire aussi est horrible, qui sert si souvent de terrain de jeu aux immatures ; terrain de jeu pour un Néron jeunot, pour un Bonaparte jeunot, pour les foules électrisées d'enfants dont les passions imitées et les rôles simplistes se transfigurent en une réalité catastrophiquement réelle.

Quand je songe à ça, c'est toute l'échelle des valeurs qui dans ma pensée bascule et je ressens une haine profonde pour la jeunesse — et inversement une sorte de paradoxale indulgence envers les forbans de l'Histoire dans l'action de qui je ne vois soudain qu'une effroyable agitation d'immatures.

À propos d'immatures je me souviens d'Alexej ; lui aussi jouait son grand rôle qui dépassait sa raison et son expérience. Il avait quelque chose de commun avec notre commandant : il paraissait moins que son âge ; cependant, sa jeunesse (à la différence du commandant) était dépourvue de grâce : un petit corps malingre, des yeux de myope derrière des verres épais, une peau parsemée de points noirs (rançon d'une puberté qui s'éternisait). D'abord, comme appelé du contingent, élève d'une école d'officiers d'infanterie, il s'était vu du jour au lendemain retirer cette prérogative et muter chez nous. On était en effet à la veille des fameux procès politiques et, dans maintes salles (du Parti, de la justice, de la police), des mains sans cesse se levaient pour enlever aux accusés la confiance, l'honneur, la liberté ; Alexej était le fils d'une importante personnalité communiste depuis peu incarcérée.

Il avait fait un jour son apparition dans notre groupe et on lui avait attribué le lit abandonné de Stana. Il avait pour nous un regard semblable à celui dont j'avais, au début, considéré mes nouveaux compagnons ; aussi, était-il renfermé et les autres, lorsqu'ils l'eurent su membre du Parti (son exclusion n'ayant pas encore été prononcée), commencèrent-ils à faire attention à ce qu'ils disaient en sa présence.

Quand il eut appris que j'avais appartenu au Parti, Alexej devint avec moi un peu plus communicatif ; il me confia qu'il devait, coûte que coûte, traverser la grande épreuve que la vie lui avait imposée et ne pas trahir le Parti. Il me lut ensuite un poème qu'il avait composé (quoique n'ayant auparavant jamais écrit de vers) après avoir appris qu'il serait envoyé ici. Il y avait là ce quatrain :

Libre à vous, mes camarades,
de faire de moi un chien et de me cracher dessus.
Sous ce masque de chien, sous vos crachats, camarades,
fidèlement, avec vous, je resterai dans le rang.

Je le comprenais parce que j'avais moi-même ressenti la même chose une année avant. Pourtant, je me trouvais à présent beaucoup moins meurtri : mon ouvreuse du quotidien, Lucie, m'avait détourné de cette zone où les Alexej se tourmentaient si désespérément.

II

Tandis que le môme de commandant instaurait son régime dans notre unité, je me demandais surtout si je décrocherais l'autorisation de sortir ; les compagnes de Lucie étaient depuis longtemps à leur brigade tandis que moi, ça faisait déjà un mois que je n'avais pas quitté le quartier ; le commandant avait bien retenu mon visage et mon nom, ce qui peut arriver de pire au régiment. Maintenant, il ne ratait pas une occasion de me faire comprendre que chaque heure de mon existence dépendait de son caprice. En ce qui concernait les permissions, ça n'allait pas du tout ; d'entrée, il avait déclaré que seuls en auraient ceux qui participeraient régulièrement aux équipes volontaires du dimanche ; du coup, on y allait tous ; seulement, c'était une foutue existence, parce que nous n'avions pas un seul jour sans descente dans la mine, et si enfin l'un de nous bénéficiait, un samedi, d'un vrai quartier libre jusqu'à deux heures du matin, il tombait de sommeil le dimanche, en prenant son travail.

Je m'étais inscrit comme les autres pour ce boulot du dimanche ce qui, du reste, ne me donnait nullement la garantie que j'obtiendrais ma permission parce qu'il suffisait d'un lit mal fait ou de n'importe quelle autre peccadille pour annuler le mérite de l'effort dominical. Pourtant, la fatuité du pouvoir ne se manifeste pas uniquement par la cruauté, mais aussi (bien que plus rarement) par la mansuétude. Ainsi, quelques semaines s'étant écoulées, le môme de commandant avait pris plaisir à être généreux et j'avais obtenu au dernier moment une soirée de congé, deux jours avant le retour des compagnes de Lucie.

Je fus troublé quand la vieille femme de la loge m'inscrivit sur un registre, m'autorisant ensuite à monter au quatrième étage où je frappai à une porte, tout au bout d'un long couloir. La porte s'ouvrit, mais Lucie restait cachée derrière et je n'avais devant moi que la chambre elle-même, à première vue sans aucun rapport avec une chambre de foyer ; j'aurais pu me croire dans une pièce préparée pour je ne sais quels rites religieux : la table resplendissait d'un bouquet de dahlias, deux grands ficus s'élançaient au voisinage de la fenêtre, et partout (sur la table, sur le lit, sur le plancher, derrière les cadres) c'était une jonchée de brins verts (qu'aussitôt je reconnus pour de l'asparagus) comme si on attendait la venue de Jésus-Christ sur son ânon.

J'attirai contre moi Lucie (qui se cachait toujours derrière la porte ouverte) et lui donnai un baiser. Elle était en robe habillée noire, chaussée des escarpins à hauts talons que je lui avais offerts le jour où nous avions acheté les robes. Elle était debout comme une prêtresse dans cette verdure solennelle.

Nous avons fermé la porte et alors seulement j'eus conscience que je me trouvais dans une banale chambre du foyer et que le décor végétal ne recouvrait rien que quatre lits de fer, quatre tablettes de chevet éraflées, une table et trois chaises. Mais cela ne pouvait nullement diminuer l'exaltation qui m'emportait depuis l'instant où Lucie m'avait ouvert sa porte : après un mois, on m'avait enfin relâché pour quelques heures ; mais il y avait plus : pour la première fois après une longue année, j'étais à nouveau dans une *petite pièce* ; le souffle d'une intimité m'enveloppait de ses enivrants effluves et sa vigueur faillit me terrasser.

Jusque-là, pendant toutes les promenades avec Lucie, l'espace ouvert me rattachait à la caserne et à la condition qui y était la mienne ; de son invisible filin, l'air partout flottant à la ronde me liait à la grille que surmontait l'inscription : NOUS SOMMES AU SERVICE DU PEUPLE ; nul endroit, me semblait-il, n'existait où je pusse, un moment au moins, cesser de « servir le peuple » ; de tout un an je ne m'étais vu entre les quatre murs d'une petite chambre privée.

C'était tout à coup une situation inédite ; j'avais l'impression, pour trois heures, d'une liberté totale ; je pouvais, par exemple, dépouiller sans appréhension (contre tous les règlements militaires) non seulement calot et ceinturon, mais aussi vareuse, pantalon, godillots, tout, et je pouvais, le cas échéant, les piétiner ; je pouvais faire n'importe quoi sans qu'on me vît de nulle part ; de surcroît, la pièce était agréablement chauffée, et cette chaleur et cette liberté me montaient à la tête. J'ai enlacé Lucie et l'ai emmenée sur le lit tapissé de verdure. Ces branchettes sur le lit (garni d'une couverture grise bon marché) me troublèrent. Je ne savais les interpréter autrement que comme des symboles nuptiaux ; l'idée me vint (et m'émut) que dans la candeur de Lucie inconsciemment résonnaient les plus anciennes coutumes, en sorte qu'elle avait résolu de dire adieu à sa virginité dans une liturgie solennelle.

Un certain temps me fut nécessaire pour m'apercevoir que Lucie, bien qu'elle me rendît baisers et étreintes, le faisait avec une évidente retenue. Ses lèvres, quelle que fût leur avidité, demeuraient verrouillées ; elle se pressait contre moi de tout son corps, mais lorsque je mis la main sous sa jupe afin de sentir sous mes doigts la peau de ses jambes, elle se dégagea. Je compris que la spontanéité à laquelle je voulais, dans un vertige aveugle, m'abandonner avec elle, restait esseulée ; je me souviens d'avoir alors (il n'y avait pas cinq minutes que j'étais dans la chambre de Lucie) senti dans mes yeux des larmes de déception.

Donc nous nous assîmes l'un à côté de l'autre sur le lit (écrasant les pauvres brindilles sous nos fesses) et nous mîmes à causer. Après pas mal de temps (la conversation languissait), j'essayai à nouveau de l'embrasser mais elle résista ; je commençai donc de lutter avec elle, pourtant je reconnus vite que ce n'était pas là plaisante joute d'amour, mais bien plutôt bagarre tout juste bonne à dégrader notre union en je ne sais quelle laideur, puisque Lucie se défendait pour de bon, sauvage, presque au désespoir. Je n'avais plus qu'à m'arrêter.

J'essayai les paroles pour la persuader ; je me mis à parler ; je lui disais, sans doute, que je l'aimais et qu'aimer signifie se donner l'un à l'autre, totalement ; malgré sa banalité, l'argumentation était tout à fait irréfutable, aussi Lucie n'avait nullement l'air de vouloir la réfuter. Au lieu de cela, elle gardait le silence ou bien implorait : « Non, je t'en prie, non ! » ou : « Pas aujourd'hui, pas aujourd'hui !… », s'efforçant alors (avec une touchante maladresse) de détourner le propos vers quelque autre sujet.

Je reprenais ; est-ce que tu es comme ces filles qui allument leur partenaire pour ensuite le railler ? est-ce que tu es si insensible, si méchante ?… et je l'enlaçai une nouvelle fois, et une nouvelle fois s'engagea une lutte courte et navrante qui, âpre et sans une once d'amour, une nouvelle fois encore me laissa un arrière-goût de laideur.

Je cessai ; soudain je crus comprendre pourquoi Lucie me repoussait ; comment, grand Dieu, ne m'en étais-je pas avisé plus tôt ? Lucie est une enfant, l'amour doit l'effrayer, elle est vierge, elle a peur de l'inconnu ; sur-le-champ je décidai de proscrire de mon comportement ces façons pressantes juste bonnes à la décourager, de me montrer doux, délicat, pour que l'acte d'amour ne différât en rien de nos tendresses, pour qu'il ne fût que l'une de ces tendresses. Je n'insistai donc pas davantage et cajolai Lucie. Je l'embrassais (si terriblement longtemps que je n'y trouvai plus aucun plaisir), la câlinais (sans sincérité), cherchant, sans en avoir l'air, à la coucher de tout son long. J'y parvins ; je lui caressais les seins (Lucie ne s'y était jamais opposée) ; je lui chuchotais que je voulais être tendre envers tout son corps parce que ce corps, c'était elle, et je me voulais tendre pour elle toute ; je réussis même à retrousser un peu sa jupe ainsi qu'à l'embrasser dix ou vingt centimètres au-dessus du genou ; mais je n'arrivai guère plus loin ; comme j'allais glisser ma tête jusqu'à son sexe, Lucie, terrorisée, m'échappa et sauta du lit. Je la regardai, et je vis sur son visage je ne sais quel effort convulsif, expression que jamais je ne lui avais connue.

« Lucie, Lucie, c'est à cause du jour que tu as honte ? Veux-tu qu'il fasse noir ? » lui demandai-je, et elle, attrapant ma question comme une planche de salut, acquiesçait : la clarté la gênait. J'allai à la fenêtre afin d'abaisser le store, mais Lucie dit : « Non, pas ça ! Laisse ! — Pourquoi ? demandai-je. — J'ai peur. — Qu'est-ce qui te fait peur, le noir ou le jour ? » Muette, elle fondit en larmes.

Loin de m'apitoyer, son refus m'apparaissait non-sens, préjudice, iniquité ; il me torturait, je ne le comprenais pas. Je lui demandai si elle me résistait parce qu'elle était vierge, si elle redoutait la douleur physique qu'elle éprouverait. À chaque interrogation de cette sorte, elle acquiesçait docilement, parce qu'elle y voyait un argument pour son refus. Je lui racontai que c'était beau qu'elle soit vierge, et qu'avec moi seulement elle allait tout découvrir, avec moi qui l'aimais. « Tu ne te réjouis donc pas d'être ma femme, totalement ? » Elle dit que si, qu'elle se réjouissait à cette pensée. Encore une fois, je l'enlaçai et encore une fois elle se raidit. J'avais peine à maîtriser ma colère. « Pourquoi te défends-tu ? » Elle répondit : « Je t'en supplie, attends la prochaine fois, oui, je veux bien, mais pas ce soir, une autre fois. — Et pourquoi pas aujourd'hui ? — Non, pas ce soir. — Mais pourquoi pas ? — Je t'en supplie, pas maintenant ! — Quand donc alors ? Comme si tu ne savais pas aussi bien que moi que c'est notre dernière occasion d'être seuls tous les deux, tes copines rentrent après-demain ! Où, après, pourrons-nous nous retrouver sans personne ? — Tu trouveras bien quelque chose, dit-elle. — D'accord, dis-je, je trouverai une solution, mais promets-moi que tu viendras, car il y a peu de chances que je déniche un petit coin aussi sympathique que ta chambre. — Aucune importance, dit-elle, aucune ! Ça sera bien où tu voudras. — D'accord, seulement tu vas me promettre qu'une fois là tu seras ma femme, que tu cesseras de te braquer. — Oui, dit-elle. — Tu le jures ? — Oui. »

Je compris que pour cette fois je ne pourrais emporter qu'une promesse. C'était maigre, mais c'était quand même quelque chose. Je surmontai ma déception et nous avons passé le reste du temps à causer. En m'en allant, j'époussetai ma tenue semée de brins d'asparagus, caressai la joue de Lucie en lui disant que je ne penserais plus qu'à notre prochain revoir (et je ne mentais pas).

12

Quelques jours après cette dernière rencontre avec Lucie (c'était par une pluvieuse journée d'automne), nous marchions en colonne de la mine au casernement, par un chemin de bosses séparant des flaques profondes ; crottés, flapis, trempés jusqu'aux os, nous avions faim de repos. Un mois déjà que la plupart d'entre nous n'avaient pas eu quartier libre un seul dimanche. Cependant, à peine le déjeuner englouti, le môme de commandant fit siffler le rassemblement afin de nous annoncer qu'il avait constaté divers désordres lors de l'inspection de nos chambrées. Là-dessus, il passa le commandement aux sous-officiers, leur enjoignant de rallonger nos exercices de deux heures à titre de sanction.

Puisque nous étions sans armes, nos exercices militaires étaient particulièrement absurdes ; ils n'avaient d'autre objet que de dévaloriser le temps de notre vie. Je me rappelle une fois, sous le règne du môme de commandant, nous avions dû, l'après-midi durant, transporter de lourdes planches d'un coin de la caserne à l'autre, les ramener le lendemain, et continuer ainsi pendant dix jours d'affilée. Tout ce que nous faisions dans la cour de la caserne après notre retour de la mine ressemblait d'ailleurs à ce déplacement de planches. Toutefois, ce jour-là, ce n'étaient pas des planches, mais nos corps que nous déplacions de la sorte ; nous les faisions marcher, nous les tournions à gauche ou à droite, nous les jetions à plat ventre, les faisions courir çà et là et les traînions dans le gravier. Trois heures s'étaient écoulées à ces évolutions quand le commandant surgit ; il donna ses instructions aux sous-officiers pour nous emmener à l'éducation physique.

Tout au fond, en arrière des baraquements, s'étendait une

espèce de stade plutôt exigu, où l'on pouvait jouer au football, mais aussi bien faire la manœuvre ou courir. Les sous-officiers avaient imaginé de nous organiser une course de relais ; la compagnie comptait neuf groupes de dix hommes : neuf équipes concurrentes toutes trouvées. Naturellement les sous-officiers entendaient bien nous secouer les tripes, mais, comme ils avaient, pour la plupart, de dix-huit à vingt ans et des ambitions de leur âge, ils voulurent aussi faire la course, afin de nous prouver que nous ne les valions pas ; donc, ils formèrent contre nous leur propre équipe réunissant dix caporaux ou premiers jus.

Il leur avait fallu un bon moment pour nous expliquer et nous faire comprendre leur plan : les dix premiers devaient galoper d'un bout à l'autre du terrain ; sur la ligne d'arrivée, la série suivante devait se tenir prête à courir en sens inverse, elle-même attendue par un troisième groupe de coureurs déjà préparés au départ, et ainsi de suite. Les sous-officiers nous avaient comptés et répartis aux deux extrémités de la piste.

Après la mine et la séance d'exercice, nous étions morts de fatigue et la perspective de cette course nous rendait fous de rage ; alors je suggérai à deux, trois copains un petit truc : on va tous courir mollo mollo ! L'idée prit instantanément, elle se répandit de bouche à oreille et, très vite, une onde de ricanements satisfaits soulevait à la dérobée la masse épuisée des soldats.

Nous étions finalement, chacun à ses marques, prêts pour une compétition dont le dessein global tenait du pur non-sens : bien qu'en uniforme et lourds godillots, nous devions démarrer en position agenouillée ; ayant à nous passer le témoin d'une façon jamais vue (puisque son destinataire allait accourir à notre rencontre), c'était un vrai bâtonnet-relais que nous serrions dans notre paume et le signal de départ était donné par un vrai pistolet de starter. Un caporal (premier coureur de l'équipe des gradés) ayant pris son élan pour un sprint échevelé, nous nous redressâmes à notre tour (je me trouvais dans le rang de tête) pour nous mettre au galop au ralenti ; nous n'avions pas fait vingt mètres que nous réprimions à grand-peine notre envie de pouffer, car le caporal se rapprochait déjà de l'autre bout du terrain tandis que notre groupe invraisemblablement aligné, toujours pas très loin de la ligne de départ, avait l'air de s'essouffler dans un effort exceptionnel ; des gars qui s'étaient rassemblés aux deux extrémités du parcours nous soutenaient de la voix : « Vas-y, vas-y, vas-y !... » À mi-chemin nous croisâmes le numéro deux des sous-officiers, lequel déjà fonçait vers la ligne que nous venions de quitter. Enfin, nous atteignîmes le but et, en même temps que nous transmettions le témoin, loin dans notre dos un troisième sous-officier, bâton au poing, avait déjà quitté la ligne initiale.

Je me souviens de cette course de relais comme de l'ultime grand défilé de mes copains noirs. Leur invention était sans limites : Honza courait en boitant, tout le monde l'encourageait frénétiquement et lui, de fait, arriva au relais (sous un tonnerre de bravos) comme un héros, deux pas devant les autres. Matlos, le Tzigane, s'était ramassé huit fois pendant sa course. Cenek, lui, levait les genoux à hauteur du menton (ce qui, certainement, devait le fatiguer beaucoup plus que s'il avait poussé au maximum de sa cadence). Nul ne cassa le jeu : ni le discipliné et résigné rédacteur de manifestes en faveur de la paix, Bedrich, qui maintenant, grave et digne, suivait le train lent de tout un chacun, ni Josef le fils de fermier, ni ce Petr Pekny qui ne m'aimait pas, ni le vieil Ambroz qui trottait raide, les bras croisés derrière le dos, ni le rouquin Petran dont le fausset couinait suraigu, ni Varga, le Magyar, qui éructait son « Hourra ! » en cours de route, aucun d'eux ne gâta cette admirable et simple mise en scène dont le spectacle nous faisait crouler de rire.

Sur ces entrefaites, débouchant du côté des baraques, nous aperçûmes le môme de commandant. Un caporal, qui l'avait vu, prit les devants afin d'aller lui rendre compte. Le commandant l'écouta, puis vint observer la course, du bord du terrain. Devenus nerveux, les sous-officiers (leur équipe avait depuis longtemps touché le but) criaient à notre adresse : « Allez, vite ! Maniez-vous ! Du nerf ! », mais leurs encouragements se perdaient dans les nôtres. Déboussolés, nos sous-officiers ne savaient que faire, ils se demandaient s'ils devaient arrêter la compétition, ils trottinaient de l'un à l'autre, se concertaient, louchant en direction du commandant, qui, sans un regard pour eux, se bornait à nous observer d'un œil de glace.

Le dernier groupe décolla ; Alexej en était ; j'avais attendu son comportement avec curiosité, et je ne m'étais pas trompé : il voulait casser le jeu : d'emblée il fonça avec toute sa force et après une vingtaine de mètres il en avait, pour le moins, cinq d'avance. Mais il se passa une chose étrange :

son rythme faiblit et il n'augmenta plus son avance ; je compris subitement qu'Alexej ne pouvait pas casser le jeu même s'il le voulait : c'était un garçon chétif à qui, au bout de deux jours, on avait dû bon gré mal gré assigner des travaux légers, parce qu'il n'avait ni muscle ni souffle ! Il me sembla alors que sa course serait le clou de notre spectacle ; Alexej se donnait à fond mais ressemblait à s'y méprendre aux mecs qui traînassaient cinq pas en arrière, dans la même foulée ; le commandant et les sous-officiers devaient penser que le foudroyant départ d'Alexej figurait au programme de la comédie, ni plus ni moins que la claudication simulée de Honza, les chutes de Matlos ou nos rugissements de supporters. Alexej sprintait poings serrés tout comme ceux-là derrière son dos qui affectaient de peiner et soufflaient avec ostentation. Mais Alexej avait un *vrai* point de côté, et c'est parce qu'il s'appliquait à le dominer avec le plus grand effort, qu'une *vraie* sueur coulait sur son visage ; au milieu de la piste, Alexej dut encore réduire l'allure, de sorte que tous les autres le rattrapèrent sans se presser ; trente mètres avant l'arrivée, ils le dépassèrent ; alors qu'il n'était plus qu'à vingt mètres, il cessa de courir pour terminer en titubant, une main comprimant son côté gauche.

Le commandant avait ordonné le rassemblement. Il voulut savoir la raison de notre lenteur. « On était fatigués, camarade capitaine. » Il demanda à tous les fatigués de lever la main. Nous levâmes la main. J'avais bien regardé Alexej (il était dans le rang devant moi) ; lui seul n'avait pas levé la main. Mais le commandant ne l'avait pas remarqué. Il dit : « Parfait, par conséquent tout le monde. — Non, fit quelqu'un. — Qui est-ce qui n'était pas fatigué ? » Alexej répondit : « Moi. — Tiens, vous pas ? s'étonna le commandant en le dévisageant. Comment ça se fait que vous n'étiez pas fatigué ? — Parce que je suis communiste », répondit Alexej. À ces mots, la compagnie grogna d'une sourde rigolade. « C'était bien vous, la lanterne rouge à l'arrivée ? demanda le commandant. — Oui, dit Alexej. — Et vous n'étiez pas fatigué ? demanda le commandant. — Non, répondit Alexej. — Étant donné que vous n'étiez pas fatigué, vous avez fait exprès de saboter l'entraînement. Donc je vous donne quinze jours de prison pour tentative de mutinerie. Vous, les autres, vous étiez fatigués, ce qui fait que vous avez une excuse. Vu que votre rendement dans les tailles ne vaut pas un clou, c'est que votre fatigue vient des sorties. Dans l'intérêt de votre santé, la compagnie n'aura pas de permissions pendant deux mois. »

Avant de descendre au bloc, Alexej avait tenu à me parler. Il me reprocha de ne pas me conduire en communiste ; avec des yeux sévères, il me demanda si, oui ou non, j'étais pour le socialisme. Je lui répondis que j'étais pour le socialisme, mais qu'ici, au quartier des noirs, c'était absolument indifférent, car ici existe une ligne de démarcation autre qu'à l'extérieur ; d'un côté, il y a ceux qui ont perdu leur propre destin et, de l'autre, ceux qui le leur ont volé et en disposent à leur guise. Alexej ne m'approuvait pas : selon lui, le trait de partage entre socialisme et réaction passait partout ; notre caserne n'était, tout compte fait, qu'un moyen de défense contre les ennemis du socialisme. Je lui demandai comment le môme de commandant défendait le socialisme contre les ennemis alors qu'il l'expédiait, lui Alexej, au trou pour quinze jours et traitait les gens de manière à en faire les ennemis du socialisme, les pires possible. Alexej convint que le commandant ne lui plaisait pas. Mais quand je lui dis que si la caserne était un moyen de défense contre les ennemis, lui Alexej n'aurait pas dû y être envoyé, il me répondit violemment qu'il s'y trouvait de plein droit : « Mon père a été arrêté pour espionnage. Tu mesures ce que ça signifie ? Comment le Parti peut-il me faire confiance ? Le Parti a le *devoir* de n'avoir pas confiance en moi ! »

Puis j'avais causé avec Honza ; je m'étais plaint (en pensant à Lucie) des deux mois sans sortie qui nous attendaient. « Vieux con, me dit-il, on sortira plus qu'avant ! »

Le joyeux sabotage de la course de relais avait fortifié, chez mes camarades, le sens de la solidarité et réveillé leur esprit d'initiative. Honza avait créé une sorte de comité restreint qui s'était vite préoccupé d'étudier les possibilités de faire le mur. En quarante-huit heures, tout était mis au point ; un fonds secret avait été constitué en vue des pots-de-vin ; deux gradés responsables de nos chambrées s'étaient laissé soudoyer ; on avait trouvé l'endroit le plus propice pour couper discrètement le grillage ; c'était tout au bout de la caserne, là où il n'y avait plus que l'infirmerie ; cinq petits mètres séparaient le grillage de la première maison basse de l'agglomération, où habitait un mineur que nous connaissions ; avec lui les copains s'étaient vite entendus : il ne fermerait pas à clé la porte de sa cour ; le soldat en fuite devait en cachette atteindre le grillage, puis, en un clin d'œil, le franchir et courir les cinq mètres ; passé la porte de la cour, il était sauf : il traversait la maisonnette et sortait dans une rue du faubourg.

La voie était donc relativement sûre ; pourvu qu'on n'en abusât pas ; si un trop grand nombre de gars avaient quitté la caserne le même jour, leur absence aurait été aisément décelable ; aussi le comité de Honza était-il obligé de réglementer les sorties.

Mais avant que mon tour n'arrivât, toute l'entreprise de Honza s'écroula. Une nuit, le commandant effectua en personne une visite des baraques et s'aperçut que trois hommes manquaient. Il coinça le caporal (chef de chambrée) qui n'avait pas signalé les absents et lui demanda, comme s'il savait tout, combien il avait touché. Le caporal, croyant qu'il était trahi, n'essaya même pas de nier. Le commandant fit venir Honza pour la confrontation, et le caporal avoua que c'était de lui qu'il avait touché l'argent.

Le môme de commandant nous avait eus, échec et mat. Il expédia le caporal, Honza et les trois soldats clandestinement sortis cette nuit-là au procureur militaire. (Je n'ai même pas pu dire adieu à mon meilleur copain, tout se passa rapidement dans la matinée, pendant que nous étions au fond ; je n'ai appris que bien plus tard qu'ils avaient tous été condamnés, Honza à toute une année de prison.) À la compagnie rassemblée, il annonça qu'elle serait consignée pour une période supplémentaire de deux mois, outre qu'elle subirait dorénavant le régime des unités disciplinaires. Puis il demanda la construction de deux miradors d'angle, la mise en place de projecteurs et la venue de deux types avec leurs chiens-loups pour la garde du casernement.

L'intervention du commandant avait été si foudroyante et précise qu'un même sentiment nous assaillit tous : quelqu'un avait dû trahir l'entreprise de Honza. Non qu'on puisse dire que la délation fleurît particulièrement chez les noirs ; tous, nous la méprisions, mais nous savions qu'en tant que possibilité elle était toujours présente, puisqu'elle s'offrait à nous comme le moyen le plus efficace d'améliorer notre condition, d'atteindre la quille sans retard, avec un bon certificat assurant un avenir vivable. Nous avions réussi (la plupart d'entre nous) à ne pas tomber dans cette ultime bassesse, mais nous n'avions pas réussi à ne pas trop facilement en suspecter les autres.

Cette fois encore, ce genre de suspicion prit racine

tout de suite, bientôt transformée en conviction collective (quoique, évidemment, le coup du commandant pût s'expliquer autrement qu'à la suite d'une dénonciation) visant avec une certitude inconditionnelle Alexej. Celui-ci purgeait alors ses derniers jours de prison ; il descendait néanmoins, cela va de soi, chaque matin à la fosse avec nous ; aussi tout le monde prétendait qu'il avait très bien pu avoir vent (« avec ses oreilles de flic ») de l'entreprise de Honza.

Le malheureux étudiant à lunettes en voyait de toutes les couleurs : le chef d'équipe (un des nôtres) le mettait aux boulots les plus moches ; ses outils, régulièrement, disparaissaient et il devait, sur sa paye, en rembourser le prix ; allusions et insultes ne lui étaient guère ménagées, à côté des mille petites brimades qu'il lui fallait endurer ; sur la cloison de bois au pied de laquelle son châlit était installé, quelqu'un avait peinturluré au cambouis, en grosses lettres noires : ATTENTION, CRAPULE.

Peu de jours après le départ sous escorte de Honza et des quatre autres coupables, j'étais allé, en fin d'après-midi, jeter un coup d'œil dans la chambrée de notre groupe ; il n'y avait personne, sauf Alexej courbé sur son lit qu'il était en train de refaire. Je lui demandai pourquoi il faisait son lit. Il m'expliqua que les gars le lui retournaient plusieurs fois par jour. Je lui dis que tous étaient convaincus que c'était lui qui avait dénoncé Honza. Il protesta, en pleurant presque ; il n'était au courant de rien, et n'aurait jamais mouchardé. « Pourquoi dis-tu ça ? lui dis-je. Tu te prends pour un allié du commandant. Alors, il est logique que tu puisses moucharder. — Je ne suis pas l'allié du commandant ! Le commandant est un saboteur ! » fit-il d'une voix saccadée. Et il m'exposa son opinion, à laquelle, disait-il, l'avaient amené ses réflexions au bloc : les formations de soldats noirs, le Parti les a créées pour ceux à qui il ne peut confier une arme, mais qu'il entend rééduquer. Seulement, l'ennemi de classe ne dort pas, il veut à tout prix contrecarrer cette rééducation ; ce qu'il veut, c'est maintenir les soldats noirs dans une haine furieuse du communisme pour qu'ils puissent servir de réserve à la contre-révolution. Et si le môme de commandant agit vis-à-vis de chacun de façon à provoquer sa colère, il est clair que cela fait partie du plan de l'ennemi ! Je n'ai, paraît-il, aucune idée de tous les recoins où les ennemis du Parti vont se fourrer. Le commandant, certainement, est un agent de l'ennemi. Alexej sait où est son devoir et il a écrit un rapport détaillé des menées du commandant. Je tombais des nues : « De quoi ? Qu'est-ce que tu as écrit ? Où as-tu envoyé ça ? » Il me répondit qu'il avait adressé contre le commandant une plainte au Parti.

Entre-temps, nous étions sortis du baraquement. Il me demanda si je n'avais pas peur de me montrer avec lui devant les autres. Je lui dis qu'il fallait être con pour poser une question comme celle-là, et doublement con pour se figurer que sa lettre parviendrait à destination. À quoi il répondit qu'en tant que communiste il devait en toutes circonstances se conduire de telle manière qu'il n'eût pas à rougir. Et de me rappeler une fois de plus que j'étais moi aussi communiste (même exclu du Parti) et que je devrais me comporter autrement que je ne le faisais : « Nous, les communistes, répondons de tout ce qui se passe ici. » Cela me fit marrer ; je lui dis que la responsabilité était impensable sans la liberté. Il répondit qu'il se sentait suffisamment libre pour agir en communiste ; il devait prouver et prouverait qu'il était communiste. Ce disant, il avait le menton qui tremblait ; quand, aujourd'hui, après tant d'années, je me rappelle cet instant, je suis plus que jamais conscient qu'Alexej avait alors à peine plus de vingt ans, que c'était un jeune homme, un môme et que son destin flottait sur lui comme un costume de géant sur un tout petit corps.

Je me souviens que, peu après l'entretien avec Alexej, Cenek me demanda pourquoi je causais avec cette crapule. « Alexej est un con, lui dis-je, mais pas une crapule » ; et je lui fis part de ce qu'Alexej venait de me relater à propos de sa plainte contre le commandant. Cela n'a pas impressionné Cenek : « Con, je ne sais pas, dit-il, mais c'est certainement une crapule. Parce que pour renier publiquement son père, il faut être une crapule. » Je ne comprenais pas ; il s'étonnait que je ne fusse pas au courant ; le commissaire en personne leur avait montré des journaux vieux de plusieurs mois, où il y avait une déclaration d'Alexej : il reniait son père qui avait, selon lui, trahi et souillé de bave ce que son fils regardait comme le plus sacré.

Vers le soir de cette journée, du haut d'un mirador (construit les jours précédents), pour la première fois des projecteurs éclairaient le casernement ; un garde et son chien longeaient l'enceinte de grillage. Une tristesse insondable s'abattit sur moi : j'étais sans Lucie, je savais que je ne la retrouverais pas de deux interminables mois. Je lui écrivis ce même soir une longue lettre ; je lui disais que je ne pourrais la voir avant longtemps, que nous n'avions pas le droit de sortir de la caserne, et combien je regrettais qu'elle m'ait refusé ce que je désirais et dont le souvenir m'aurait aidé à supporter ces sombres semaines.

Le lendemain du jour où j'avais posté ma lettre, nous faisions les éternels garde-à-vous, en avant marche, couchez-vous. J'exécutais les mouvements prescrits automatiquement et je ne voyais ni le caporal se déchaîner, ni mes copains marcher ou se jeter au sol ; je ne voyais pas davantage ce qui était autour : sur trois côtés de la cour des baraquements, sur le quatrième un grillage bordant une route. Là-bas, de temps en temps, des passants s'arrêtaient (des enfants le plus souvent, seuls ou avec leurs parents qui leur expliquaient que, derrière le grillage, les petits soldats faisaient l'exercice). Tout cela se transformait pour moi en décor sans vie, en toile peinte (tout ce qui était au-delà des fils de fer n'était que toile peinte) ; aussi n'aurais-je pas regardé de ce côté, si quelqu'un n'avait lancé dans cette direction : « Tu rêves, poupée ? »

Alors seulement, je la vis. C'était Lucie. Elle était debout contre le grillage, dans son vieux manteau marron élimé (pourquoi avoir oublié, le jour de nos achats, que, l'été fini, viendraient les froids ?), avec aux pieds les élégants escarpins noirs à hauts talons (mon cadeau). Elle nous observait, immobile. Avec un intérêt croissant, les soldats commentaient son air curieusement patient et mettaient dans leurs propos tout le désespoir sexuel d'hommes maintenus dans un célibat forcé. Même le sous-officier finit par s'aviser de l'effervescence distraite des soldats et, bien vite, de sa cause ; il enragea devant sa propre impuissance : il ne pouvait pas interdire à la jeune fille d'être là ; en dehors des fils de fer s'étendait une aire de relative liberté échappant à ses injonctions. Ayant donc enjoint aux gars de garder leurs remarques pour eux, il éleva et le ton de ses commandements et le tempo de l'instruction.

Tantôt Lucie se déplaçait de quelques pas, tantôt elle sortait tout à fait de mon champ de vision, mais revenait finalement à l'endroit d'où nous pouvions nous voir. Puis la séance d'ordre serré se termina, mais je n'eus pas le temps de m'approcher de Lucie, car il fallut dare-dare se rendre à la leçon d'éducation politique ; nous avons écouté des phrases sur le camp de la paix et sur les impérialistes, et seulement au bout d'une heure je pus m'enfuir (déjà entre chien et loup), et voir si Lucie était restée près du grillage ; elle était là ; je courus vers elle.

Elle me disait de ne pas lui garder rancune, elle m'aimait, elle s'en voulait de savoir que j'étais triste par sa faute. Je lui dis que je ne savais pas quand j'aurais la possibilité d'aller la retrouver. Elle dit que ça ne faisait rien, qu'elle reviendrait ici très souvent. (Des gars passaient derrière mon dos et nous crièrent une obscénité.) Je lui demandai si les grossièretés des soldats ne seraient pas gênantes pour elle. Elle m'assura que c'était sans importance, puisqu'elle m'aimait. Elle me glissa, entre les fils de fer, une rose (le clairon sonna ; on nous appelait au rassemblement) ; nous nous sommes embrassés à travers une maille du grillage.

13

Presque chaque jour, Lucie venait vers l'enceinte de la caserne, quand j'étais à la mine le matin et donc passais au quartier les heures de l'après-midi ; chaque jour, je recevais un petit bouquet (le sergent me les jeta tous par terre, lors d'une revue de paquetage) et j'échangeais avec Lucie quelques rares phrases (phrases stéréotypées, parce qu'en somme nous n'avions rien à nous dire ; nous n'échangions pas des idées ou des nouvelles, nous ne nous confirmions qu'une seule vérité à maintes reprises exprimée) ; en même temps, je lui écrivais à peu près quotidiennement ; ce fut la phase la plus intense de notre amour. Les projecteurs du mirador, l'aboiement bref des chiens vers le soir, le môme qui régnait sur tout cela tenaient une pauvre place dans ma pensée, tendue toute vers la venue de Lucie.

En fait, j'étais très heureux dans cette caserne gardée par des chiens ou au fond de la mine, où je m'appuyais sur le marteau piqueur qui tressautait. J'étais heureux et fier parce qu'en Lucie je possédais une richesse qu'aucun de mes copains ni même des gradés n'avait : j'étais aimé, j'étais aimé à la face de tous, ostensiblement. Bien que Lucie n'incarnât pas l'idéal féminin de mes copains, bien que son amour se manifestât — à leur avis — de manière assez étrange, c'était, malgré tout, l'amour d'une femme et cela éveillait l'étonnement, la nostalgie et la jalousie.

Plus se prolongeait notre claustration loin du monde et des femmes, plus les femmes revenaient, avec tous les détails, dans nos conversations. On évoquait les grains de beauté, on dessinait (au crayon sur le papier, à la pioche dans l'argile, du bout du doigt dans le sable) les contours de leurs seins et de leurs fesses ; on se disputait pour savoir laquelle des croupes absentes offrait le galbe optimum ; on restituait avec exactitude paroles et gémissements accompagnant les copulations ; tout cela était discuté encore et encore, et toujours avec de nouveaux détails. Moi aussi j'étais interrogé et les copains étaient d'autant plus curieux que la jeune fille dont je parlerais leur apparaissait tous les jours et qu'ils pouvaient donc facilement relier son apparence concrète à mon récit. Je ne pouvais pas décevoir mes copains, je ne pouvais que raconter ; j'ai donc parlé de la nudité de Lucie, que je n'avais jamais vue, de nos nuits d'amour, que je n'avais jamais vécues, et à mes yeux soudain se composait un tableau minutieux et précis de sa passion tranquille.

Comment était-ce, la première fois que je l'avais aimée ?

C'était chez elle, dans la chambre du foyer ; elle s'était déshabillée devant moi, docile, dévouée, à son corps défendant pourtant, parce qu'elle était une fille de la campagne et moi le premier homme à la voir nue. Cela m'excitait à la folie, ce dévouement mêlé de pudeur ; quand je me rapprochai, elle se recroquevilla, les mains plaquées sur le pubis…

Pourquoi est-ce qu'elle met tout le temps ces chaussures noires avec des talons hauts ?

Je les lui avais achetées exprès dans l'intention de la faire évoluer devant moi, toute nue, rien qu'avec ces chaussures ; elle avait honte, mais elle faisait tout ce que je voulais ; je restais toujours vêtu aussi longtemps que possible et elle se promenait nue dans ces petits souliers-là (ça me plaisait terriblement qu'elle fût nue et moi habillé !), nue, elle allait chercher du vin dans l'armoire et, nue, elle venait remplir mon verre…

Ainsi, lors des arrivées de Lucie au grillage, je n'étais pas seul à l'observer, mais avec moi une bonne dizaine de copains sachant avec exactitude comment Lucie aimait, ce qu'alors elle disait ou comme elle soupirait, et chaque fois ils constataient d'un air entendu qu'elle était encore chaussée des escarpins noirs, et ils l'imaginaient nue, se promenant sur ces échasses d'un coin à l'autre de la petite chambre.

Chacun de mes copains pouvait se souvenir d'une femme et la partager ainsi avec les autres, mais nul autre que moi n'avait le pouvoir d'offrir la *vue* de cette femme ; la mienne seule était vraie, vivante et présente. La solidarité qui m'avait poussé à peindre la nudité et le comportement érotique de Lucie avait eu pour effet de concrétiser mon désir jusqu'à la douleur. Les copains, commentant ses venues par des grivoiseries, ne m'indignaient nullement : leur façon de posséder Lucie ne pouvait m'en déposséder (le grillage et les chiens la protégeaient de tous, y compris de moi) ; tous, au contraire, me l'offraient : tous *mettaient au point* pour moi une troublante image d'elle, tous la modelaient avec moi et la dotaient d'une séduction éperdue ; je m'étais livré à mes copains et, ensemble, nous nous sommes livrés au désir de Lucie. Quand j'allais ensuite la rejoindre près du grillage, des frémissements me parcouraient ; je ne pouvais parler, tant j'avais envie d'elle ; je ne comprenais pas comment j'avais pu la fréquenter six mois, étudiant timide, sans discerner la femme en elle ; j'eusse tout sacrifié pour un seul coït avec elle.

Je ne veux pas dire par là que mon attachement eût tourné au brut, au plat, qu'il eût perdu en tendresse. Je dirais que j'éprouvais alors — la seule fois de ma vie — *le désir total d'une femme* où tout mon être était engagé : corps et âme, concupiscence et tendresse, chagrin et furieux goût de vivre, désir de vulgarité comme de réconfort, désir d'une seconde de plaisir comme d'éternelle possession. J'étais entièrement engagé, tendu, concentré et je me souviens de ces moments comme d'un paradis perdu (étrange paradis gardé par des chiens et des sentinelles).

J'étais prêt à n'importe quoi pourvu que je pusse rencontrer Lucie hors de la caserne ; elle m'avait donné sa parole que, la prochaine fois, « elle ne se défendrait plus » et qu'elle irait où je voudrais. Maintes fois, elle m'avait renouvelé cette promesse à travers les fils de fer. Donc, il suffisait d'oser une action hasardeuse.

L'affairc eut tôt fait de mûrir dans ma tête. L'essentiel du plan de Honza était demeuré inconnu du commandant. Le grillage de l'enceinte restait toujours secrètement distendu et l'accord passé avec le mineur logeant à côté du quartier tenait toujours. La surveillance était, certes, si complète à présent qu'il n'était pas question de filer en plein jour. De nuit, les gardes et leurs chiens-loups rôdaient aux abords, les projecteurs étaient allumés, mais, au fond, tout cela fonctionnait davantage pour le plaisir du commandant qu'en raison de nos évasions devenues improbables ; se faire piquer eût coûté le tribunal militaire et c'était un trop grand risque. Pour cela, justement, je me disais que j'avais ma petite chance.

Je dus donc découvrir pour nous une cachette pas trop distante du casernement. La plupart des mineurs qui habitaient dans le voisinage descendaient par la même cage que nous, de sorte que je m'entendis bientôt avec l'un d'eux (un veuf quinquagénaire) qui consentit (moyennant trois cents couronnes de l'époque) à me prêter son logement. C'était un pavillon gris d'un étage, que l'on apercevait de la caserne ; je le montrai à Lucie depuis la clôture en lui expliquant mon projet ; elle ne s'en réjouissait pas ; elle tenta de me dissuader de prendre un risque à cause d'elle et ne finit par accepter que parce qu'elle ne savait pas dire non.

Le jour convenu arriva. Il commença assez bizarrement. À peine rentrés de la mine, le môme de commandant nous avait fait rassembler pour écouter un de ses topos. D'habitude, il agitait les épouvantails de la guerre imminente et de la cruauté avec laquelle on secouerait les réactionnaires (dans sa pensée, il s'agissait de nous en premier lieu). Cette fois, il avait ajouté des idées neuves : l'ennemi de classe s'était infiltré dans le Parti communiste ; mais que les espions et les traîtres le sachent bien : les ennemis camouflés seraient traités cent fois pis que ceux qui ne cachaient pas leurs opinions, car un ennemi camouflé est un chien galeux. « Et nous en avons un ici même », dit le môme de commandant, et il fit sortir des rangs le môme d'Alexej. Puis il tira de sa poche une espèce de paperasse qu'il lui fourra sous le nez : « Cette lettre-là, ça te dit quelque chose ? — Oui, dit Alexej. — T'en es un de chien galeux ; par-dessus le marché un mouchard et un flic. Seulement, les jappements d'un chien n'arrivent pas jusqu'au ciel ! » Et, sous ses yeux, il déchira sa lettre.

« J'ai une autre lettre pour toi, fit-il ensuite en tendant une enveloppe ouverte à Alexej : lis ça à haute voix ! » Alexej en sortit un papier, le parcourut d'un regard — et garda le silence. « Lis donc ! » répéta l'officier. Alexej se taisait.

« Tu ne veux pas ? » demanda le commandant et, devant le mutisme d'Alexej, il ordonna : « Couché ! » Alexej s'aplatit dans la boue. Le môme de commandant s'attarda au-dessus de lui et, tous, nous savions que rien d'autre ne pouvait alors venir que debout ! couché ! debout ! couché ! et qu'Alexej allait devoir se relever, s'aplatir, se relever, s'aplatir. Pourtant le commandant ne poursuivit pas ses ordres, se détourna d'Alexej et arpenta avec lenteur le premier rang des hommes ; des yeux, il vérifia l'équipement, il parvint au bout du rang (cela prit plusieurs minutes), vira sur ses talons et, sans plus de hâte, revint près du soldat étendu à plat ventre : « Et maintenant lis ! » dit-il. Alexej redressait son menton souillé de boue, avançait sa main droite dans laquelle il avait tout ce temps tenu la lettre serrée et, toujours couché, lisait : « Nous vous informons qu'à la date du quinze septembre mil neuf cent cinquante et un, vous avez été exclu du Parti communiste de Tchécoslovaquie. Pour le Comité régional… » Le commandant donna à Alexej l'ordre de regagner sa place dans le rang, passa le commandement à un gradé et on nous fit faire l'exercice.

Après l'exercice, il y eut instruction politique et, vers les six heures et demie (il faisait déjà nuit), Lucie attendait près du grillage ; je me dirigeai vers elle, elle inclina la tête, signe que tout allait bien, et partit. Vint ensuite la soupe du soir, l'extinction des feux et nous allâmes nous coucher ; dans mon lit, j'attendis que le caporal de chambrée s'endormît. Alors j'enfilai mes godillots et, tel quel, en long caleçon blanc et chemise de nuit, je quittai la pièce. Le couloir franchi, j'étais dans la cour ; j'avais froid. Le passage dans la clôture avait été pratiqué au fond du quartier, derrière l'infirmerie, ce qui était bien, car en cas de rencontre inopinée, je pourrais toujours prétendre qu'un malaise m'avait pris et que j'allais trouver le médecin. Cependant, je ne rencontrai personne ; je contournai le mur de l'infirmerie en me coulant dans son ombre ; un projecteur éclairait paresseusement le même point (le type du mirador ne prenait visiblement pas sa tâche trop au sérieux) et la partie de la cour qu'il m'avait fallu traverser baignait dans le noir ; je n'avais plus qu'un souci : ne pas tomber sur le garde qui toute la nuit faisait la ronde avec son chien le long de la clôture ; tout se taisait (redoutable silence qui compliquait mon guet) ; je fus bien là une dizaine de minutes quand enfin j'entendis un aboiement ; c'était tout à l'autre bout du quartier. Décollant donc de mon mur, je courus à l'endroit où, depuis l'intervention de Honza, le grillage était relâché à ras de terre. À plat ventre, je me glissai dessous ; maintenant, il ne fallait plus hésiter ; quelques pas encore et je fus à la palissade en bois du mineur ; tout était en ordre : la porte n'était pas fermée à clé, je pénétrai dans la courette de la maison, dont la fenêtre (avec le store abaissé) tamisait la lumière intérieure. Je frappai au carreau et quelques secondes après, un colosse s'encadrait dans l'entrée, m'invitant bruyamment à le suivre. (Ces démonstrations bruyantes me donnèrent presque une sueur, car je ne pouvais oublier que j'étais si près de la caserne.)

La porte ouvrait droit sur une pièce ; je restai sur le seuil, un peu abruti : à l'intérieur, très à l'aise autour d'une table (une bouteille débouchée y était posée), cinq types étaient assis ; m'ayant vu ils commencèrent à rire de mon accoutrement ; ils affirmèrent que je devais crever de froid en chemise de nuit et me versèrent un verre ; je goûtai : c'était de l'alcool à 90° à peine allongé d'eau ; ils m'encouragèrent et je fis cul sec ; je toussai, ce qui de nouveau les fit rire fraternellement et ils m'offrirent une chaise ; ils s'intéressèrent à la manière dont j'avais réussi à « passer la frontière » et encore une fois ils regardèrent mon vêtement bouffon et s'esclaffèrent, me traitant de « caleçon en fuite ». Tous ces mineurs entre la trentaine et la quarantaine devaient avoir l'habitude de se retrouver ici ; ils buvaient mais n'étaient pas ivres ; après ma première surprise, leur présence insouciante me délivrait de ma détresse. Je ne m'opposai pas à un autre verre de ce liquide fort et suffocant. Le mineur avait fait entre-temps un saut dans la chambre voisine et était revenu, un complet sombre à la main. « Est-ce qu'il t'ira ? » demanda-t-il. Je m'avisai que le mineur était de dix bons centimètres plus grand que moi et, en proportion, considérablement plus corpulent, mais je dis : « Il *faut* qu'il m'aille. » Je passai le pantalon par-dessus le caleçon réglementaire, mais je devais le retenir de la main, sinon il dégringolait. « Il n'y a pas quelqu'un qui aurait une ceinture ? » demanda mon donateur. Personne n'en avait. « Au moins une ficelle », dis-je. On en trouva une et grâce à elle le pantalon tenait à peu près. J'enfilai la veste et les types décidèrent (je ne sais trop pourquoi) que je ressemblais à Charlie Chaplin, qu'il ne manquait plus que le melon et la badine. Afin de leur être agréable, talons rapprochés, j'écartai la pointe de mes pieds.

Sur l'empeigne imposante des godillots, le pantalon accordéonait, les types jubilaient, jurant que ce soir n'importe laquelle se mettrait en quatre pour moi. Ils me firent vider un troisième verre et m'accompagnèrent jusqu'au trottoir. L'homme m'assura que je pouvais venir taper à sa fenêtre à l'heure qu'il me plairait de repasser pour me changer.

Je sortis dans la rue médiocrement éclairée du faubourg. Je fus près d'un quart d'heure à décrire un vaste cercle autour de l'enceinte militaire avant d'aborder la rue où j'allais rejoindre Lucie. En chemin, j'étais de toute façon forcé de passer au large du portail illuminé de notre caserne ; un petit pincement d'angoisse s'avéra tout à fait superflu : ma défroque civile me protégeait à la perfection et la sentinelle m'aperçut sans me reconnaître ; j'arrivai sain et sauf. J'ouvris la porte de la maison (éclairée par un réverbère solitaire) et m'avançai de mémoire (me guidant sur la seule description du mineur) : l'escalier à gauche, premier étage, la porte en face. Je frappai. La clé tourna dans la serrure et Lucie m'ouvrit.

Je l'embrassai (elle m'attendait là depuis les six heures, étant venue dès le départ du mineur, qui était de l'équipe de nuit) ; elle me demanda si j'avais bu ; je répondis que oui et je lui racontai comment j'étais venu. Elle dit qu'elle avait tremblé tout ce temps, de crainte qu'il ne m'arrive quelque chose. (Alors je me rendis compte qu'elle tremblait vraiment.) Je lui racontai avec quelle joie immense j'étais venu la retrouver ; dans mes bras, je sentais ses frissons répétés. « Qu'est-ce que tu as ? m'inquiétai-je. — Rien, fit-elle. — Mais pourquoi trembles-tu ? — J'avais peur pour toi », dit-elle et, doucement, elle se dégagea.

Je jetai un coup d'œil alentour. La pièce était minuscule, austèrement garnie : table, chaise, lit (il était fait, les draps pas tout à fait nets) ; une image pieuse au-dessus ; contre le mur opposé, une armoire couronnée de confitures dans leurs bocaux (seule chose tant soit peu douce dans cette pièce), et sur tout cela brûlait, solitaire au plafond, une ampoule sans abat-jour, piquant désagréablement les yeux et éclairant avec brutalité toute ma personne dont le comique sinistre à l'instant me fit mal : la veste gigantesque, le pantalon ceint d'une ficelle, le bout noirâtre des godasses ; et tout en haut, mon crâne rasé de frais qui, sous la lumière de l'ampoule, devait briller comme une lune blafarde.

« Pour l'amour de Dieu, Lucie, pardonne-moi d'être

comme ça ! » implorai-je, et j'expliquai encore la nécessité de mon déguisement. Lucie m'assurait que c'était sans importance, mais moi, entraîné par la spontanéité due à l'alcool, je déclarai qu'il était impossible de rester comme ça devant elle et je tombai rapidement veste et pantalon ; mais, là-dessous, il y avait la chemise de nuit et l'atroce caleçon d'intendance (jusqu'aux chevilles), deux-pièces encore dix fois plus comique que le costume qui le cachait une minute plus tôt. Je tournai le commutateur pour éteindre la lumière, mais aucune ténèbre ne vint me sauver parce que de la rue jusqu'ici luisait le réverbère. La honte du ridicule l'emportant sur celle de la nudité, j'envoyai promener chemise et caleçon et je fus nu, debout devant Lucie. Je l'enlaçai. (Encore une fois je sentis qu'elle tremblait.) Je lui dis de se déshabiller, de se défaire de tout ce qui nous séparait. Je caressais tout son corps et, encore et encore, je lui faisais ma prière, mais Lucie me dit d'attendre un peu, qu'elle ne pouvait pas, qu'elle ne pouvait pas tout de suite, qu'elle ne pouvait pas si vite.

Je lui pris la main et nous nous assîmes sur le lit. Je blottis ma tête contre son ventre et je restai un moment sans bouger ; soudain m'apparut tout l'incongru de ma nudité (faiblement éclairée par la lumière sale du réverbère) ; l'idée me vint que tout tournait à l'inverse de ce que j'avais rêvé : il n'y avait pas une jeune fille nue auprès d'un homme habillé, mais un homme nu se tenait blotti contre le ventre d'une femme habillée ; j'avais l'impression d'être Jésus décrucifié entre les mains de Marie compatissante et cette idée aussitôt m'effraya, car je n'étais pas venu chercher ici de la compassion mais bien autre chose — et encore une fois je commençai à embrasser Lucie sur le visage et sur sa robe que je tâchai de dégrafer discrètement.

Mais j'échouai ; Lucie se dégagea : je perdis mon élan initial, ma confiante impatience, j'avais épuisé ma réserve de mots et d'attouchements. Allongé, inerte, nu, je demeurais sur le lit, Lucie était assise au-dessus de moi et caressait mon visage de ses mains rugueuses. Et, pendant ce temps, petit à petit, amertume et colère se décantaient en moi : en esprit, je rappelais à Lucie tous les risques que j'avais dû courir afin de la rencontrer aujourd'hui ; je lui rappelais (en esprit) toutes les punitions que pouvait me valoir l'excursion de cette soirée. Mais ce n'étaient que reproches superficiels (aussi — au moins en esprit — pouvais-je les confesser à Lucie). La véritable source de mon courroux se trouvait beaucoup plus profond (j'eusse rougi de la confesser) : je pensais à ma misère, désolante misère de ma jeunesse ratée, misère de ces longues semaines inassouvies, humiliant infini du désir inexaucé ; j'évoquais la vaine conquête de Marketa, la vulgarité de cette blonde sur la machine agricole et encore une fois la vaine conquête de Lucie. Et j'avais envie de crier ma plainte : pourquoi en tout me faut-il être adulte, comme adulte jugé, exclu, proclamé trotskiste, comme adulte envoyé dans les mines alors qu'en amour je n'ai pas le droit d'être adulte et qu'on m'oblige de boire toute la honte de l'immaturité ? Je détestais Lucie, d'autant plus que je savais son amour pour moi, ce qui rendait sa résistance aberrante et incompréhensible, et m'acculait à la fureur. Ainsi, après une demi-heure de mutisme obstiné, je repartis à l'attaque.

Je m'abattis sur elle ; employant toute ma force, je parvins à retrousser sa jupe, à déchirer son soutien-gorge, à saisir sa poitrine dénudée, mais Lucie m'opposait une défense sans cesse plus véhémente et (sous l'empire d'une violence aussi aveugle que la mienne) elle se dégagea, bondit du lit et se plaqua contre l'armoire.

« Pourquoi te défends-tu ? » criai-je. Incapable d'une réponse, elle bredouilla qu'il ne fallait pas me fâcher, pas lui en vouloir, mais elle ne dit rien d'éclairant, rien de logique. « Pourquoi te défends-tu ? Tu ne sais donc pas comme je t'aime ? Tu es folle à lier ! criai-je. — Eh bien, chasse-moi, dit-elle, toujours collée à l'armoire. — Oui, je vais te chasser, parce que tu ne m'aimes pas, parce que tu te payes ma tête ! » Je lui criai mon ultimatum, ou elle serait à moi, ou bien je ne voulais plus la voir, jamais.

Et j'allai encore vers elle et l'embrassai. Cette fois, elle ne se défendait pas, mais était dans mes bras sans force, comme morte. « Qu'est-ce que tu te crois avec ton pucelage ? Pour qui veux-tu le protéger ? » Elle se taisait. « Qu'as-tu à te taire ? — Tu ne m'aimes pas, fit-elle. — Moi, je ne t'aime pas ? — Non ! Je m'étais figuré que tu m'aimais… » Elle s'abîma en pleurs.

Je m'agenouillai devant elle ; je lui baisai les jambes, la suppliai. Elle répétait, en sanglotant, que je ne l'aimais pas.

D'un seul coup, la fureur me saisit. Une espèce de force surnaturelle semblait me barrer la route, m'arrachant continuellement des mains ce pour quoi j'entendais vivre, ce que je désirais, ce qui m'appartenait ; cette force me semblait celle-là même qui m'avait volé le Parti, les camarades, la faculté ; celle-là qui chaque fois me prenait tout et toujours pour un oui ou pour un non et sans aucune raison. Je compris que cette force surnaturelle dressait Lucie contre moi et je détestais Lucie de s'être faite son instrument ; je la frappai au visage — pensant atteindre non pas Lucie, mais cette force hostile ; je criai que je la détestais, que je ne voulais plus la voir, jamais plus la voir, dans ma vie.

Je lui lançai son manteau marron (abandonné sur la chaise) et lui criai de partir.

Elle mit son manteau et sortit.

Puis je me jetai sur le lit et j'avais du vide à l'âme et j'étais tout près de la rappeler parce qu'elle me manquait déjà au moment où je la renvoyais, parce que, je le savais, mille fois mieux valait être avec une Lucie vêtue et rebelle qu'être sans Lucie.

Je le savais, et pourtant je n'eus pas un mouvement pour la faire revenir.

Longtemps je restai nu sur le lit de cette chambre d'emprunt, car il m'était impensable, dans cet état, de rencontrer des gens, de reparaître dans la maison en face de la caserne, de plaisanter avec les mineurs et de répondre à leur interrogatoire égrillard.

Quand même (très avant dans la nuit), je finis par me rhabiller et m'en aller. Du trottoir d'en face, le réverbère luisait toujours sur la maison que je quittai. Je fis le tour de la caserne, frappai à la fenêtre (maintenant éteinte), attendis trois minutes, retirai mes frusques en présence du mineur qui bâillait, répondis vaguement, comme il me questionnait sur ma bonne fortune, et (de nouveau en chemise de nuit et caleçon) me dirigeai vers la caserne. Fourbu de désespoir, tout m'était égal. De quel côté se trouvait le garde au chien-loup, je n'y faisais pas attention, pas plus qu'à la lumière du projecteur. Je me glissai sous le grillage, avançai tranquillement vers mon baraquement. Je longeais justement le mur de l'infirmerie quand j'entendis : « Halte-là ! » Je m'arrêtai. Une lampe de poche m'éclaira. « Qu'est-ce que vous foutez là ?

— Je suis en train de dégueuler, camarade sergent, expliquai-je en m'appuyant d'une main au mur.

— Continuez, continuez ! » répliqua le sergent et il reprit sa ronde avec sa bête.

14

Sans plus d'histoires (le caporal roupillait dur), j'avais atteint mon lit, incapable toutefois de fermer l'œil, de sorte que je fus heureux quand la voix râpeuse du gradé de semaine (éructant : « Debout là-dedans ! ») vint mettre fin à cette mauvaise nuit. Je glissai dans mes souliers et courus aux lavabos afin de m'asperger d'eau froide. Au retour, j'aperçus autour du lit d'Alexej une escouade de copains à moitié vêtus qui sans bruit se gondolaient. Je compris : Alexej (couché sur le ventre, sous sa couverture, la tête enfouie dans le polochon) dormait comme une souche. Cela aussitôt me rappela Franta Petrasek, lequel, un matin, furieux contre son chef de section, avait feint un sommeil si profond que trois supérieurs hiérarchiques l'avaient, à tour de rôle, secoué sans résultat ; il avait fallu, en désespoir de cause, le transporter avec son lit jusque dans la cour où il ne s'était paresseusement frotté les yeux qu'après qu'on eut pointé sur lui une lance à incendie. Mais Alexej ne pouvait pas être soupçonné de rébellion, et son sommeil profond n'avait sans doute pas d'autre origine que sa faiblesse de constitution. Un caporal (le chef de notre chambrée) s'amena du couloir dans la piaule, une énorme marmite pleine d'eau entre les bras ; lui firent cortège plusieurs des nôtres qui, apparemment, lui avaient soufflé ce vieux coup stupide de la flotte, qui convient si admirablement aux cerveaux des sous-officiers de tous les temps.

Cette touchante connivence des hommes et du gradé (si méprisé d'habitude) m'irrita ; j'étais outré de voir tous les vieux comptes entre eux soudain effacés par leur commune haine pour Alexej. Tous avaient, à l'évidence, interprété dans le sens de leur propre suspicion les mots du commandant parlant hier d'un Alexej dénonciateur et avaient brusquement ressenti le flot chaleureux de la connivence avec le commandant et sa cruauté. Une rage aveuglante me monta à la tête, rage pour eux tous, autour de moi, pour cet empressement à croire la première accusation venue, pour leur méchanceté toujours disponible — et je devançai le caporal et sa meute. Tout au bord du lit, je dis à haute voix : « Lève-toi, Alexej, fais pas le con ! »

À ce moment, quelqu'un, par-derrière, me tordit le poignet, m'obligeant de tomber à genoux. Je tournai la tête et reconnus Petr Pekny. « Alors, le bolchevik, on veut troubler la fête ? » me siffla-t-il. Je me libérai d'une secousse et lui flanquai une gifle. Nous allions nous rentrer dedans mais les autres se hâtèrent de nous calmer, craignant un réveil prématuré d'Alexej. Du reste, il y avait le caporal qui attendait avec sa marmite. S'étant campé au-dessus d'Alexej, il hurla : « Debout ! » vidant sur lui les dix bons litres d'eau.

Et il se passa quelque chose d'étrange : Alexej restait couché comme avant. Ébaubi quelques secondes, le caporal s'écria : « Soldat ! Debout ! » Mais le soldat ne bougeait pas. Le caporal se pencha et le secoua (la couverture était trempée, le lit et le drap aussi, des gouttes tombaient sur le parquet). Il réussit à retourner le corps d'Alexej dont le visage nous apparut : creux, pâle, immobile.

Le caporal cria : « Le docteur ! » Personne ne bougea, tous regardaient Alexej dans sa chemise de nuit trempée, et le caporal cria de nouveau : « Le docteur ! » et désigna un soldat qui partit tout de suite.

(Alexej gisait sans un mouvement, plus menu, plus souffreteux que jamais, plus jeune encore, comme un enfant, sauf qu'il avait les lèvres serrées très étroit, comme les enfants ne les serrent pas ; des gouttes tombaient sous lui. Quelqu'un a dit : « Il pleut… »)

Le docteur accouru prit le poignet d'Alexej et dit : « Bon… » Ensuite il enleva la couverture mouillée : nous le vîmes dans toute sa (courte) longueur, avec son long caleçon blanc et humide, la plante de ses pieds nus en l'air. Le docteur scruta autour de lui et ramassa deux tubes sur la table de chevet ; il les examina (ils étaient vides) et dit : « Assez pour en liquider deux. » Et puis il retira un drap du lit voisin et l'étendit sur Alexej.

Tout cela nous avait mis en retard ; nous avons dû prendre le petit déjeuner en courant et trois quarts d'heure après, nous descendîmes aux fosses. Puis il y eut la fin du travail, il y eut de nouveau séance d'exercice, éducation politique, chant obligatoire, travaux de nettoyage, il y eut le coucher et je pensai que Stana n'était plus là, que mon meilleur ami

Honza n'était plus là (jamais je ne le revis, tout ce qu'on m'a rapporté, c'est qu'ayant terminé son temps de service, il était clandestinement passé en Autriche) et qu'Alexej non plus n'était plus là ; il avait assumé son rôle fou aveuglément et courageusement et ce n'était pas sa faute si, tout d'un coup, il ne pouvait plus le jouer, s'il ne savait plus *rester dans le rang*, avec son *masque de chien*, si les forces lui manquaient ; ce n'était pas mon copain, par l'acharnement de sa foi il m'était étranger, mais, par sa destinée, il m'était le plus proche de tous ; il me semblait qu'il avait celé dans sa mort un reproche à mon égard, comme s'il avait voulu me laisser entendre qu'à partir du moment où le Parti bannit un homme de son sein, cet homme n'a plus de raisons de vivre. Je me sentis subitement coupable de ne pas l'avoir aimé, parce qu'il était maintenant mort, irrévocablement mort et que je n'avais jamais rien fait pour lui, bien que j'eusse été le seul ici à pouvoir faire quelque chose pour lui.

Mais je n'avais pas perdu qu'Alexej et l'unique occasion de sauver un homme ; considérant les choses avec le recul d'aujourd'hui, c'est alors aussi que j'ai perdu le chaud sentiment de ma solidarité avec mes compagnons noirs et, partant, l'ultime possibilité de ressusciter ma confiance dans les gens. Je me mis à douter de la valeur de notre solidarité due seulement à la pression des circonstances et à l'instinct de conservation qui nous agglutinaient en un troupeau compact. Et je commençais à penser que notre collectivité de noirs était capable de traquer un homme (l'envoyer en exil et à la mort) tout comme la collectivité de la salle d'autrefois, et comme peut-être toute collectivité.

J'étais, ces jours-là, comme traversé par un désert ; j'étais un désert dans le désert et j'avais envie d'appeler Lucie. Je ne pouvais tout d'un coup comprendre pourquoi j'avais désiré aussi follement son corps ; il me semblait maintenant qu'elle n'était peut-être pas une femme de chair mais une colonne transparente de chaleur qui traversait l'empire de l'infini froid, colonne transparente qui s'éloignait de moi, chassée par moi-même.

Puis vint un autre jour et, pendant les exercices dans la cour, mes yeux ne lâchèrent pas la clôture ; j'attendais sa venue. Mais pendant tout ce temps il ne vint qu'une vieille qui s'arrêta et nous montra à son marmot barbouillé. Le soir, j'écrivis une lettre, longue et languissante ; je priais Lucie de revenir, je devais la voir, je ne lui demandais plus rien sinon qu'elle existe, et que je puisse la voir et savoir qu'elle est avec moi, qu'elle est…

Comme par moquerie, le temps s'était réchauffé, le ciel était bleu, c'était un merveilleux octobre. Les arbres étaient colorés et la nature (cette pauvre nature ostravienne) fêtait son adieu automnal dans une folle extase. J'ai dû y voir une moquerie puisque mes lettres désolées demeuraient sans écho et qu'au grillage seuls s'arrêtaient (sous un soleil provocant) des gens affreusement étrangers. Quelque quinze jours plus tard, la poste me retourna une de mes lettres ; sur l'enveloppe, l'adresse était barrée et, au crayon, on avait inscrit : *Partie sans laisser d'adresse.*

L'épouvante m'envahit. Mille fois depuis ma dernière rencontre avec Lucie, je me suis rappelé tout ce que nous nous sommes dit alors, cent fois je me suis maudit et cent fois justifié devant moi-même, cent fois j'ai cru l'avoir répudiée à jamais et cent fois je me suis assuré que, malgré tout, Lucie saurait quand même me comprendre, et me pardonnerait. Mais ce crayonnage du facteur a sonné comme un verdict.

En proie à une agitation que je ne contrôlais plus, le jour d'après je me payai une nouvelle folie. Je dis folie, mais elle n'était pas plus périlleuse que ma dernière fugue du casernement, l'insensé de cette prouesse n'apparaissant que rétrospectivement et plutôt en raison de son insuccès que de ses risques. Avant moi, Honza, je le savais, avait plus d'une fois pratiqué la chose lorsque, au cours de l'été, il sortait avec une Bulgare dont le mari travaillait la matinée au-dehors. J'imitai donc sa méthode : m'étant présenté avec les autres pour l'équipe du matin, je retirai mon jeton, ma lampe de sûreté, je me barbouillai la figure de poussier et je disparus discrètement ; je courus au foyer de Lucie et interrogeai la concierge. J'appris que Lucie était partie, il y avait de cela une quinzaine, avec une petite valise où elle avait mis tout ce qui était à elle ; nul ne savait où elle était allée, elle n'avait rien dit à personne. Je m'effrayai : et si quelque chose lui était arrivé ? La concierge me regarda et fit un geste nonchalant : « Bah ! ces gamines-là qui viennent en brigade, c'est toujours comme ça qu'elles font. Elles s'amènent, elles s'en vont, sans jamais rien dire à personne. » J'allai aux renseignements jusqu'à son usine, au bureau du personnel, mais je n'en sus pas plus long. Ensuite je flânai dans Ostrava et regagnai le carreau juste avant la fin du travail, en voulant me mêler au troupeau des copains à leur remontée de la taille ; seulement un point devait m'échapper dans la recette accommodée par Honza pour ce genre de promenades ; je me fis épingler. Deux semaines plus tard, je comparaissais devant le tribunal militaire et récoltais dix mois pour désertion.

Oui, c'est là, au moment où j'ai perdu Lucie, qu'a commencé toute cette longue étape de désespoir et de vide que m'avait évoquée le boueux décor faubourien de ma ville natale où j'arrivais pour un bref séjour. Oui, c'est seulement à ce moment-là que ça a commencé : pendant ces dix mois derrière les barreaux, maman est morte et je n'ai pas même pu aller à son enterrement. Et puis je suis revenu à Ostrava, chez les noirs, et j'ai accompli encore une autre année de service. À cette époque, je signai l'engagement de travailler trois ans dans les mines après mon temps de soldat, parce que le bruit s'était répandu que ceux qui refuseraient seraient maintenus à la caserne pour quelques années de plus. Ainsi suis-je encore descendu pendant trois ans à titre civil.

Je n'aime pas y penser, je n'aime pas en parler et, soit dit en passant, je n'apprécie pas quand, aujourd'hui, des gens rejetés comme moi par le mouvement auquel ils croyaient, se vantent de leur destin. Oui, c'est vrai, moi aussi j'ai héroïsé mon destin de banni, mais c'était du faux orgueil. Avec le temps, j'ai dû sans indulgence me rappeler que je ne m'étais pas retrouvé au nombre des noirs pour avoir été courageux, pour avoir lutté, pour avoir envoyé mon idée se battre contre d'autres idées ; non, ma chute n'avait été précédée d'aucun vrai drame, j'étais l'objet plus que le sujet de mon histoire et, par conséquent, je n'ai (ne reconnaissant pas de valeur à la souffrance, à l'affliction, à l'échec) pas la moindre raison d'en tirer vanité.

Lucie ? Ah, oui : quinze ans ont passé sans que je l'aie aperçue et j'ai même été longtemps à ne rien savoir d'elle. Seulement après mon service militaire, j'ai entendu dire qu'elle pouvait se trouver quelque part dans l'ouest de la Bohême. Mais je ne la recherchais plus.

QUATRIÈME PARTIE

JAROSLAV

I

Je vois un chemin dans les champs. Je vois la terre de ce chemin, rayée par les roues des charrois paysans. Et, le long du chemin, l'herbe si verte que je ne peux m'empêcher de la caresser.

Tout autour, de petits champs, pas les vastes surfaces remembrées des coopératives. Comment ? Ce n'est pas un paysage de notre temps que je parcours ? Quel paysage est-ce donc ?

Je vais plus loin et voici devant moi, à la lisière d'un champ, un églantier. Plein de menues roses sauvages. Et je fais halte et suis heureux. Je m'assieds dans l'herbe au pied du buisson et bientôt je m'allonge. Je sens mon dos toucher la terre velue. Je la palpe avec mon dos. Je la retiens avec mon dos et la prie de ne pas craindre de m'être lourde et de reposer sur moi de tout son poids.

Puis j'entends un martèlement de sabots. Au loin s'élève un fin nuage de poussière. À mesure qu'il se rapproche, il devient translucide. En émergent des cavaliers. Jeunes hommes en selle, uniformes blancs. Mais, plus ils s'approchent, mieux on voit le négligé de leurs tenues. Quelques dolmans sont ajustés avec des boutons dorés, d'autres sont débraillés et il y a des hommes en bras de chemise. Les uns portent une toque, d'autres sont nu-tête. Oh non, ce n'est pas un détachement régulier, ce sont des déserteurs, des transfuges, des brigands ! C'est notre cavalerie *à nous* ! Je me suis levé, je les regarde venir. Le premier cavalier a dégainé et brandi son sabre. La troupe s'est arrêtée.

L'homme au sabre s'est penché sur l'encolure de sa bête pour me dévisager.

« Oui, c'est moi, dis-je.

— Le roi ! dit l'autre, surpris. Je te reconnais. »

J'ai baissé la tête, heureux. Tant de siècles qu'ils cavalcadent ici et ils m'ont reconnu.

« Comment vis-tu, mon roi ? demande l'homme.

— J'ai peur, amis, dis-je.

— Ils te poursuivent ?

— Non pas, c'est pire. Quelque chose se trame contre moi. Je ne reconnais pas les gens qui m'entourent. Je rentre chez moi et c'est une autre chambre, une autre femme, tout est différent. Je me dis que j'ai dû me tromper, je ressors, mais, du dehors, c'est vraiment ma maison ! Mienne de l'extérieur, étrangère du dedans. Et c'est ainsi où que je me tourne. Il se passe des choses qui m'effrayent, amis. »

L'homme me demande : « Tu sais encore monter ? » Je remarque alors qu'à côté de son cheval il y a, toute sellée, une monture sans cavalier. L'homme me l'indique. J'engage un pied dans l'étrier et m'enlève. Le cheval bronche mais, déjà, mes genoux enserrent ses flancs avec délices. L'homme tire de sa poche un voile rouge qu'il me tend : « Attache-le sur ton visage, qu'on ne te reconnaisse pas ! » Le visage voilé, j'étais devenu aveugle. La voix de l'homme m'arrive : « Le cheval te conduira. »

Tout le peloton est passé au galop. À mes côtés je sentais mes voisins galoper. Mes mollets touchaient leurs mollets et par instants je percevais le souffle saccadé de leurs montures. Une heure peut-être nous avons chevauché ainsi, corps contre corps. Puis nous nous arrêtâmes. La même voix d'homme m'apostrophe : « Nous y sommes, mon roi !

— Et où sommes-nous ? demandé-je.

— N'entends-tu pas murmurer le grand fleuve ? Nous voilà sur la rive du Danube. Ici, mon roi, tu es en sûreté.

— C'est vrai, dis-je, je me sens en sûreté. Je voudrais enlever mon voile.

— Il ne faut pas, mon roi, pas encore. Qu'as-tu besoin de tes yeux ? Tes yeux ne pourraient que t'abuser.

— Mais je veux voir mon Danube, mon fleuve, je veux le voir !

— Tu n'as pas besoin de tes yeux, mon roi ! Je vais tout te conter. Ça vaudra bien mieux. Autour de nous, c'est la plaine à perte de vue. Des pâturages. Une broussaille ici et là, ici et là dressée, une longue flèche de bois, balancier d'un puits. Mais nous sommes sur la berge, dans l'herbe. À deux pas, l'herbe se change en sable parce que, dans ces parages, le lit du Danube est sableux. Et maintenant descends de cheval, mon roi ! »

Nous descendîmes et nous assîmes sur le sol.

« Les garçons allument un feu, reprend la voix de l'homme, le soleil se dissout tout là-bas dans l'horizon et la fraîcheur ne va pas tarder.

— Je voudrais voir Vlasta, dis-je subitement.

— Tu la verras.

— Où est-elle ?

— Pas loin. Tu iras la rejoindre. Ton cheval t'y emmènera. »

J'ai bondi et demandé à y aller tout de suite. Mais une poigne virile m'a saisi l'épaule. « Reste assis, mon roi. Tu dois te reposer et manger. Pendant ce temps, je te parlerai d'elle.

— Raconte, où est-ce qu'elle est ?

— À une heure d'ici, il y a une maisonnette en bois avec un toit de chaume. Elle est entourée d'une petite palissade.

— Oui, oui, dis-je, le cœur oppressé de bonheur, tout est en bois. Et c'est très bien comme ça. Je ne veux pas un seul clou de métal dans cette maisonnette.

— Oui ! poursuit la voix, la palissade est en piquets à peine taillés, si bien qu'on y reconnaît la forme primitive des branches.

— Toutes les choses façonnées dans du bois rappellent un chat ou un chien, dis-je. Ce sont des êtres plutôt que des choses. J'aime le monde du bois. Il n'y a que là-dedans que je suis chez moi.

— Derrière la palissade poussent des tournesols, de la monnaie-du-pape et des dahlias, et puis il y a aussi un vieux pommier. Voilà justement Vlasta debout sur le seuil !

— Comment est-elle mise ?

— Elle a une jupe de lin, un tout petit peu salie vu qu'elle revient de l'étable. Elle porte un seillon en bois. Elle est pieds nus. Mais elle est belle, parce qu'elle est jeune.

— Elle est pauvre. C'est une pauvre servante.

— Oui, n'empêche que c'est une reine ! Et parce que reine, il faut qu'elle soit cachée. Pas même toi ne peux t'approcher d'elle, crainte qu'elle ne soit découverte. Tu pourras seulement, si tu es voilé. Le cheval connaît le chemin. »

Le conte de l'homme était si beau qu'une langueur suave m'engourdit. Couché sur l'herbe, j'entendais la voix, puis la voix expira, et on n'entendait plus que le bruit du flot, le friselis du feu. C'était si beau que je n'osais pas ouvrir les yeux. Mais il n'y avait rien à faire. Je savais que c'était l'heure et qu'il fallait les ouvrir.

2

Sous moi, le matelas reposait sur du bois laqué. Je n'aime pas le bois laqué. Les pieds métalliques courbes qui soutiennent le divan, je ne les aime pas non plus. Au-dessus de moi pend au plafond une boule de verre rose que ceinturent trois bandes blanches. Je n'aime pas non plus cette boule. Ni le buffet d'en face, dont la vitre offre au regard des tas d'autres verreries qui ne servent à rien. En bois, il n'y a que l'harmonium dans le coin. Je n'aime que cela dans cette pièce. Il est resté en souvenir de papa. Papa est mort, il y a un an.

Je me levai du divan. Je me sentais toujours fatigué. C'était un vendredi après-midi, deux jours avant le dimanche de la Chevauchée des Rois. Tout reposait sur moi. Tout ce qui, dans notre district, a trait au folklore, repose toujours sur moi. Quinze jours que je n'ai pas dormi mon soûl à cause des soucis, des démarches, des disputes.

Puis Vlasta entra dans la chambre. Souvent je me surprends à penser qu'elle devrait grossir. Les femmes fortes passent pour être bonnes pâtes. Vlasta est maigre, avec de fines rides au visage. Elle me demanda si, en rentrant de l'école, je n'avais pas oublié de passer à la laverie, retirer le linge. J'avais oublié. « Je m'en serais doutée », dit-elle, et elle voulut savoir si, pour une fois, je comptais rester aujourd'hui à la maison. Force me fut de lui répondre que non. J'avais, dans un moment, réunion en ville. Au district. « Tu avais promis d'aider Vladimir à faire ses devoirs. » Je haussai les épaules. « Et il y aura qui à cette réunion ? » Comme je donnais des noms, Vlasta me coupa : « La Hanzlik aussi ? — Ben oui », concédai-je. Vlasta s'offensa. Tout se gâtait.

Mme Hanzlik avait mauvaise réputation. On savait qu'elle avait couché avec Pierre et Paul. Vlasta ne me soupçonnait de rien, mais elle n'avait que mépris pour les réunions auxquelles la Hanzlik participait. Pas moyen d'en causer avec elle. Il valait donc mieux filer tout de suite.

La réunion était consacrée aux ultimes préparatifs de la Chevauchée des Rois. Tout allait de travers. Le Comité national commence à lésiner sur nous. Il y a peu d'années encore, il allouait des sommes considérables aux fêtes folkloriques. À présent, c'est nous qui devons soutenir les finances du Comité national. L'Union de la jeunesse n'exerce plus aucun attrait sur les jeunes, qu'on lui confie alors l'organisation de la Chevauchée afin de lui rendre du prestige ! Autrefois, on employait le bénéfice de la Chevauchée des Rois à subventionner d'autres entreprises folkloriques moins lucratives, eh bien cette fois, qu'il profite à l'Union de la jeunesse qui en disposera comme elle l'entendra. Nous avions demandé aux services de la Sécurité de suspendre le trafic routier pendant le déroulement de la Chevauchée. Or, nous venions, le jour même de notre réunion, d'obtenir une réponse négative. Il n'était, disait-on, pas possible de perturber la circulation à cause d'une Chevauchée des Rois. Seulement, elle va ressembler à quoi, cette Chevauchée, avec des chevaux emballés parmi des autos ? Des soucis, des soucis.

La réunion s'était prolongée et il était à peu près huit heures lorsque j'en revenais. Sur la place, j'aperçus Ludvik. Il marchait en sens inverse, sur l'autre trottoir. J'en tressaillis presque. Qu'est-ce qui l'amenait ici ? Je surpris le regard qu'il avait posé sur moi l'espace d'une seconde, avant de le détourner vivement. Il avait fait semblant de ne pas me voir. Deux vieux copains. Huit ans passés sur le même banc d'école ! Et il fait semblant de ne pas me voir !

Ludvik, ç'avait été la première lézarde dans ma vie. Aujourd'hui, je suis habitué. Ma vie est une maison peu solide. Me trouvant à Prague dernièrement, je suis allé dans un de ces petits théâtres que l'on a vus s'ouvrir à foison avec les années soixante et qui ont vite été très courus grâce à de jeunes animateurs à l'esprit étudiant. On y jouait une farce pas très intéressante, mais il y avait des chansons pleines d'esprit et un bon jazz. Tout à coup les musiciens se sont coiffés de ces feutres ronds à plume qui se portent chez nous avec le costume populaire et se sont mis à imiter un orchestre avec cymbalum. Stridulant, à cœur joie, ils parodiaient les mouvements de nos danses et ce geste typique — le bras projeté droit vers le ciel. Le public se tordait de rire. Je n'en croyais pas mes yeux. Il y a seulement cinq ans, personne n'aurait eu l'audace de se payer ainsi notre tête. Du reste, ça n'aurait fait rire personne. Et maintenant nous voici comme des guignols. Pourquoi sommes-nous comme des guignols, tout d'un coup ?

Et Vladimir. Ce qu'il a pu m'en faire voir ces dernières semaines. Le Comité national du district avait conseillé à l'Union de la jeunesse de le choisir cette année pour roi. Un tel choix signifiait toujours un hommage au père. C'est à moi que l'on avait pensé. On voulait, en la personne de mon fils, me récompenser de tout ce que j'ai fait pour l'art populaire. Vladimir, toutefois, se faisait tirer l'oreille. Il tergiversait de son mieux. Il disait qu'il voulait aller à Brno ce dimanche-là, pour les courses de motos. Il avait même soutenu qu'il avait peur des chevaux. À la fin, il a déclaré qu'il refusait de faire le roi puisque c'était un oukase d'en haut. Que lui n'admettait pas le piston.

Quel mauvais sang je me suis fait avec ça. Comme s'il tenait à gommer de sa vie tout ce qui pourrait lui rappeler la mienne. Il n'a jamais voulu fréquenter le groupe enfantin de chants et de danses que j'avais fait créer en marge de notre formation. Déjà, il tergiversait. Il prétendait qu'il n'était pas doué pour la musique. Cependant il jouait fort convenablement de la guitare et, régulièrement, retrouvait des copains pour chanter je ne sais quelles scies américaines.

Il est vrai, Vladimir n'a que quinze ans. Et il m'aime bien. Nous avons eu ces jours-ci un entretien tête à tête, peut-être m'aura-t-il compris.

3

Je me rappelle très bien. J'étais assis sur le tabouret pivotant, Vladimir sur le divan, face à moi. J'avais le coude appuyé sur le couvercle abaissé de l'harmonium, cet instrument qui m'est si cher. Je l'écoutais depuis mon enfance. Mon père en jouait chaque jour. Surtout des chansons populaires dans des harmonisations simples. Comme si j'entendais le gazouillement de sources lointaines. Cela, si Vladimir consentait à l'entendre. S'il se décidait à comprendre cela.

Au XVIIe et au XVIIIe siècle, le peuple tchèque, pour ainsi dire, cessa d'exister. Le XIXe vit, en fait, sa seconde naissance. Dans le cercle des anciennes nations européennes, c'était un enfant. Lui aussi, certes, avait son grand passé, mais il en était séparé par un fossé de deux cents ans. Pendant ce temps la langue tchèque s'était réfugiée des villes dans les campagnes, n'appartenant plus qu'aux illettrés. Pourtant, même parmi eux, elle continua d'enfanter sa culture. Culture modeste et toute cachée aux yeux de l'Europe. Culture de chansons, de contes, de rites coutumiers, de proverbes et dictons. La seule passerelle par-dessus deux siècles.

Unique passerelle, unique ponceau. Unique rameau d'une tradition jamais rompue. Et c'est sur lui précisément qu'au seuil du XIXe siècle les initiateurs des nouvelles lettres tchèques greffèrent leurs créations. Voilà pourquoi nos premiers poètes se sont si souvent attachés à recueillir contes et chansons. Leurs premières poésies ressemblaient à des airs populaires.

Vladimir, mon cher, que ne daignes-tu comprendre cela ! Ton papa n'est pas qu'un piqué du folklore. Il y a peut-être un peu de cela aussi, seulement, par-delà cette marotte, il vise plus profond. À travers l'art populaire, il entend monter la sève sans laquelle la culture tchèque ne serait plus qu'un arbre sec.

J'ai compris tout cela pendant la guerre. On avait voulu nous faire accroire que nous n'avions pas droit à l'existence, que nous étions simplement des Allemands qui parlaient tchèque. Force nous fut de nous assurer que nous avions existé et que nous existions. Tous, à l'époque, avions fait notre pèlerinage aux sources.

Je tenais alors la contrebasse dans une petite équipe de lycéens qui faisaient du jazz. Et voilà qu'un beau jour les gens du Cercle morave sont venus me trouver, pour que nous ressuscitions un orchestre avec cymbalum.

Qui aurait pu refuser à ce moment-là ? J'y allai jouer du violon.

Nous arrachions les vieilles chansons à leur sommeil de mort. Au XIXe siècle, quand les patriotes ont consigné l'art populaire dans des recueils, ils sont arrivés au dernier moment. La civilisation moderne était déjà en train de supplanter le folklore. Ainsi, au commencement de notre siècle, des cercles folkloriques sont nés pour que l'art populaire sauvé dans les livres entre à nouveau dans la vie. Dans la vie des villes d'abord. Puis dans celle de la campagne. Cela se passa surtout en Moravie. On organisa des fêtes populaires, des Chevauchées des Rois, on encouragea les orchestres populaires. Effort considérable, mais qui risquait de demeurer stérile : les folkloristes ne savaient pas ressusciter aussi vite que la civilisation ensevelir.

La guerre vint nous insuffler une force nouvelle. La dernière année de l'occupation nazie, on avait monté une Chevauchée des Rois. Dans la ville, il y avait une caserne et, parmi la foule des trottoirs, des officiers allemands coudoyaient les gens. Notre Chevauchée était devenue manifestation. L'escadron de garçons bigarrés, sabre au poing. Apparition des lointains de l'Histoire. Tous les Tchèques l'entendaient alors de cette façon et leurs yeux étincelaient. J'avais quinze ans et j'avais été élu roi. Je pressais ma monture, encadré de deux pages, et mon visage était voilé. J'étais fier. Mon père aussi. Il savait qu'on m'avait élu roi pour l'honorer. Maître d'école du village, patriote, tout le monde l'aimait.

Vladimir, mon petit, je crois que les choses ont un sens. Je crois que les destinées humaines sont entre elles soudées d'un ciment de sagesse. Que l'on t'ait fait roi cette année me semble être un signe. Je suis fier comme il y a vingt ans. Davantage. Parce qu'à travers toi, c'est moi qu'ils veulent honorer. Et, pourquoi le nier, cet honneur compte à mes yeux. Je veux te remettre ma royauté. Je veux que tu la reçoives de mes mains.

Il m'aura peut-être compris. Il m'a promis d'accepter d'être choisi roi.

4

S'il voulait comprendre combien c'est intéressant. Je ne peux imaginer rien de plus intéressant. Rien de plus captivant.

Ceci par exemple. Longtemps les musicologues praguois ont soutenu que les chants populaires d'Europe provenaient du baroque. Dans les orchestres de château jouaient et chantaient des musiciens campagnards qui transportaient ensuite dans la vie des simples gens la culture musicale des nobles. Ainsi, la chanson populaire ne représenterait nullement une forme artistique *sui generis.* Elle dériverait de la musique savante.

Mais quoi qu'il en fût dans le cas de la Bohême, les airs que nous chantons en Moravie échappent à cette explication. Déjà du point de vue tonal. La musique savante de l'époque baroque s'écrivait en majeur et en mineur. Nos chansons se chantent dans des tons inconcevables pour des orchestres de château !

Par exemple en ton lydien. C'est celui qui comporte une quarte augmentée. Il me rappelle toujours la nostalgie des idylles pastorales du temps jadis. Je vois le dieu Pan des païens et j'entends sa flûte :

La musique du baroque et de la période classique vouait un culte fanatique à la belle ordonnance de la septième majeure. Elle ne connaissait d'autre voie vers la tonique que par la discipline de la *note sensible.* La septième mineure, montant à la tonique par la seconde majeure, l'épouvantait. Et ce que j'aime, moi, dans nos airs populaires, c'est justement cette septième mineure, qu'elle appartienne au mode éolien, dorien ou mixolydien. Pour sa mélancolie. Pour son refus de courir sottement au ton fondamental par quoi tout se termine, et le chant et la vie :

Mais il est des chansons de tonalités à ce point singulières qu'il est impossible de les dénommer sous aucun des tons dits d'Église. Devant celles-là je reste stupéfait :

Les chants moraves présentent une complexité inimaginable de tonalités. Leur pensée harmonique est énigmatique. Commençant en mineur, ils s'achèvent en majeur, ils ont l'air d'hésiter entre différents tons. Souvent, quand il me faut les harmoniser, je ne sais pas du tout comment en comprendre le ton.

Et ils possèdent la même ambiguïté dans l'ordre rythmique. Surtout les airs lents que Bartók caractérisa par le terme *parlando.* Il n'existe aucun moyen d'en transcrire le rythme dans notre système de notation. Autrement dit, dans la perspective de notre système de notation, tous les interprètes populaires chantent ces chansons sur un rythme imprécis.

Comment l'expliquer ? Leos Janacek affirmait que cette complexité insaisissable du rythme résulte des variations momentanées de l'humeur du chanteur. Par la façon dont il chante, il réagit aux coloris des fleurs, au temps qu'il fait, à l'étendue du paysage.

Mais n'est-ce pas là une interprétation par trop poétique ? Dès notre première année à l'Université, un professeur nous avait communiqué l'une de ses expériences. Il avait fait chanter, séparément, par plusieurs exécutants populaires, le même air au rythme réfractaire à la notation. Des mesures obtenues à l'aide d'appareils électroniques rigoureux lui avaient permis d'établir que tous chantaient de manière identique.

La complexité rythmique de ces chants n'a donc pas pour cause le défaut de précision, ou l'humeur du chanteur. Elle obéit à ses lois secrètes. C'est ainsi que, dans un certain type de chanson morave à danser, par exemple, la seconde demi-mesure est toujours d'une fraction de seconde plus longue que la première. Mais comment consigner cette complexité dans la partition ? La métrique de la musique savante repose sur la symétrie. La ronde vaut deux blanches, une blanche vaut deux noires, la mesure se divise en deux, trois ou quatre temps d'égale valeur. Mais comment traiter une mesure à deux temps inégalement longs ? Pour nous, aujourd'hui, le plus rude casse-tête c'est la façon de noter le rythme originel des chansons moraves.

Une chose est donc sûre. Les chansons de chez nous n'ont pas pu naître de la musique baroque. Celles de la Bohême, peut-être. En Bohême, le niveau de civilisation était supérieur, plus serré aussi le contact des villes avec la campagne, des ruraux avec le château. En Moravie également il y avait des châteaux. Mais le monde paysan, plus primitif, en était beaucoup plus isolé. Ici, il n'était point d'usage que des musiciens campagnards fissent partie d'un orchestre de château. Dans ces conditions les chants du peuple, même ceux des temps les plus reculés, ont pu chez nous être conservés. Telle est l'explication de leur diversité. Ils datent des différentes phases de leur longue, lente histoire.

Quand tu te trouves face à toute notre musique populaire, c'est comme si sous tes yeux dansait la femme des *Mille et Une Nuits* et qu'elle jette successivement voile après voile.

Regarde ! Le premier voile. L'étoffe en est imprimée de motifs triviaux. Il s'agit des plus jeunes chansons, des cinquante, des soixante-dix dernières années. Elles sont arrivées de l'ouest, de la Bohême. Les instituteurs les apprenaient aux enfants de nos écoles. La plupart sont en majeur, seulement un peu adaptées à nos habitudes rythmiques.

Mais voici le deuxième voile. Déjà nettement plus haut en couleur. Ces chants sont d'origine hongroise. Ils accompagnaient l'expansion de la langue magyare. Des orchestres tziganes les répandirent au XIXe siècle. Des csardas et des refrains de conscrits.

Quand la danseuse s'est dépouillée de ce voile-là, le suivant apparaît. Les chansons des Slaves autochtones, XVIIIe et XVIIe siècle.

Mais le quatrième voile est encore plus beau. Ce sont des chants qui remontent au XIVe siècle. En ce temps-là pérégrinaient chez nous, par les crêtes des Carpates, des Valaques venus du sud-est. Des bergers. Leurs pastourelles et leurs chants de brigands ignorent tout des accords et des harmonies. Ils sont conçus d'une façon purement mélodique. Des tonalités archaïques déterminées par les instruments, syrinx et chalumeaux.

Ce voile enfin tombé, il n'y en a plus d'autre en dessous. La femme danse toute nue. Les airs les plus anciens. Nés dans les temps du paganisme. Ils reposent sur le plus antique système de la pensée musicale. Sur le système de quatre notes, le tétracorde. Chants de la fenaison. Chants de la moisson. Chants liés aux rites du hameau patriarcal.

Chanson ou cérémonial populaire, c'est un tunnel sous l'Histoire où l'on a sauvé une bonne part de tout ce qu'en haut, depuis longtemps, détruisirent guerres et révolutions, la civilisation. Un tunnel par où je vois loin en arrière. Je vois Rostislav et Svatopluk, les premiers princes moraves. Je vois le monde slave ancien.

Mais pourquoi parler du seul monde slave ? Nous nous perdions en conjectures face à l'énigme d'un texte de chanson. On y chante le houblon en je ne sais quelle obscure relation avec un char et une chèvre. Quelqu'un y caracole sur une chèvre, quelqu'un y roule en chariot. Et on loue le houblon qui, des vierges, ferait des fiancées. Les chanteurs populaires eux-mêmes, ceux-là qui chantaient cet air, n'en comprenaient pas les paroles. Seule, la force d'inertie d'une tradition immémoriale a maintenu dans la chanson une association de mots devenue inintelligible depuis d'innombrables lunes. À la fin apparut l'unique explication possible : les Dionysies de la Grèce antique. Un satyre sur le dos d'un bouc et le dieu brandissant un thyrse entouré de houblon.

L'Antiquité ! Cela m'avait paru incroyable ! Pourtant, je devais par la suite étudier, à l'Université, l'histoire de la pensée musicale. La structure de nos plus vieux chants populaires concorde, en fait, avec celle de la musique antique. Le tétracorde lydien, phrygien ou dorien. Conception descendante de la gamme, qui tient pour fondamental le ton haut et non pas l'inférieur, ainsi qu'il adviendra seulement lorsque la musique commencera de penser en termes harmoniques. Nos chansons populaires les plus anciennes appartiennent donc à la même époque de la pensée musicale que celles que l'on chantait dans l'ancienne Grèce. Elles nous conservent les temps de l'Antiquité.

5

Ce soir, en dînant, je n'arrêtais pas de voir les yeux de Ludvik se détournant de moi. Et je sentais combien j'en étais davantage attaché à Vladimir. Et soudain j'eus peur de l'avoir négligé. De ne jamais parvenir à l'entraîner au sein de mon propre univers. Le repas terminé, Vlasta était restée à la cuisine, Vladimir et moi étions passés dans la salle de séjour. J'ai essayé de lui reparler des chansons. Mais ça n'avait pas l'air de marcher. Je me faisais l'effet d'un instituteur. Je craignais de l'ennuyer. Lui, bien entendu, se tenait assis, muet, comme s'il m'écoutait. Il a toujours été gentil avec moi. Mais comment saurais-je ce qu'il y a vraiment dans sa caboche ?

Ça faisait déjà pas mal de temps que je l'assommais avec mon homélie quand Vlasta apparut et dit qu'il était l'heure d'aller dormir. Que faire ? C'est elle l'âme de la maison, son calendrier, sa pendule.

Nous ne ferons pas d'histoires. Allons, va, fiston, bonne nuit.

Je l'ai laissé dans la pièce à l'harmonium. C'est là qu'il couche, sur le divan aux tubes chromés. Moi, je couche dans la chambre à côté, dans le lit que je partage avec Vlasta. Je n'irai pas dormir tout de suite. Je n'en finirais pas de me retourner, et je craindrais de la réveiller. Je vais passer encore un moment dehors. La nuit est chaude. Derrière la vieille maison basse où nous logeons, le jardin est plein d'odeurs campagnardes d'autrefois. Sous le poirier, il y a un banc en bois.

Satané Ludvik ! Pourquoi donc est-il venu tout juste

aujourd'hui ? C'est signe de malheur, je le crains. Mon plus vieux copain ! Sous ce poirier, que de fois on s'est installés, quand on était gamins. Je l'aimais bien. Déjà depuis la sixième du lycée, où je l'ai connu. Il en avait plus sur le bout du doigt que nous autres dans toute la carcasse, n'empêche qu'il ne la ramenait jamais. L'école, les profs, il s'en foutait. Ce qui l'amusait, c'était de faire tout ce qui était contraire au règlement de la boîte.

Pourquoi avions-nous fait la paire tous les deux ? Un coup des Parques, probable. Lui comme moi étions orphelins d'un de nos parents. Maman était morte en couches. Lorsque Ludvik avait treize ans, les Allemands avaient emmené son père, maçon, dans un camp et il ne l'avait plus jamais revu.

Ludvik était le fils aîné. Et à cette époque, fils unique, après la mort de son petit frère. Le père arrêté, mère et fils n'avaient plus personne. Leur misère était grande. La fréquentation du collège revenait cher. Ludvik, à ce qu'il semblait, devrait y renoncer.

Le salut arriva néanmoins, au dernier moment.

Le père de Ludvik avait une sœur qui, bien avant la guerre, avait réussi à se faire épouser par un riche entrepreneur local. Depuis, elle avait presque cessé de rencontrer son frère le maçon. Toutefois, à la suite de son arrestation, son cœur de patriote s'était brusquement embrasé. Elle offrit à sa belle-sœur de s'occuper de Ludvik. Elle-même n'avait qu'une fille un peu arriérée, si bien que son neveu, garçon doué, excitait chez elle un sentiment d'envie. Ils ne se bornèrent pas à l'aider matériellement, ils se mirent à l'inviter chaque jour. Ils le présentèrent au gratin de la ville qui se retrouvait régulièrement sous leur toit. Ludvik était obligé de leur manifester sa reconnaissance, ses études dépendant de leur soutien. Or, il les aimait à peu près comme le feu l'eau. Ils s'appelaient Koutecky et, depuis lors, ce patronyme nous servait à désigner tous les prétentieux.

Mme Koutecky regardait sa belle-sœur de travers. À son frère, elle gardait rancune de ce qu'il n'avait pas su se marier. Et même quand il fut en prison, elle ne changea pas d'attitude envers sa femme. Les canons de sa charité, c'est sur le seul Ludvik qu'elle les pointa. Elle voyait en lui l'héritier de son sang et elle désirait en faire son fils. L'existence de la belle-sœur n'était pour elle qu'une erreur déplorable. Pas une fois elle ne lui demanda de venir chez eux. Ludvik, qui notait tout cela, grinçait des dents. À maintes reprises, il avait voulu se cabrer. Mais sa maman, à force de pleurs et de prières, obtint chaque fois qu'il fît preuve de sagesse.

Pour cette raison, il se sentait d'autant plus heureux chez nous. Nous étions comme des jumeaux. Pour un peu, papa l'eût préféré à moi. Ravi de ce que Ludvik dévorait sa bibliothèque dont il connaissait chaque titre. Lors de mes débuts dans notre jazz de lycéens, il tint à en faire partie avec moi. Il acheta aux puces une clarinette de quatre sous et il eut vite appris à en jouer très convenablement. Après quoi nous nous vouâmes au jazz ensemble, et ensemble nous ralliâmes l'orchestre avec cymbalum.

La fille Koutecky se maria vers la fin de la guerre. La mère envisagea une noce époustouflante avec, derrière les jeunes mariés, cinq couples de demoiselles et garçons d'honneur. Elle imposa la corvée d'un de ces rôles à Ludvik, l'appariant pour la circonstance avec la fillette de onze ans du pharmacien de la ville. Ludvik était atterré. Il rougissait d'avoir à faire le clown dans cette mascarade nuptiale de snobs de sous-préfecture. Il se piquait de passer pour adulte, et eut honte d'offrir son bras à une morveuse de onze ans. Il enrageait de devoir baiser un crucifix baveux, pendant la cérémonie. Le soir venu, il s'était enfui du banquet pour nous rejoindre dans l'arrière-salle de l'auberge. Nous étions autour du cymbalum, nous buvions et le mettions en boîte. Il éclata et proclama sa haine des bourgeois. Puis il maudit les pompes du mariage religieux, déclara qu'il crachait sur l'Église et qu'il se ferait radier du registre des fidèles.

Nous n'avions pas pris ses paroles au sérieux, mais, quelques jours après la fin de la guerre, Ludvik fit ce qu'il avait annoncé. Par là, il scandalisait à mort les Koutecky. Ce n'était pas pour le déranger. Avec plaisir, il se brouilla avec eux. Il se rendait aux conférences que donnaient les communistes. Il achetait les brochures qu'ils publiaient. Notre contrée était fortement catholique et notre lycée en particulier. Malgré cela, nous étions prêts à pardonner à Ludvik son excentricité communiste. Nous lui reconnaissions des privilèges.

En quarante-sept, ce fut le bac. Dès l'automne, Ludvik s'en fut étudier à Prague, moi à Brno. Je ne le revis pas de toute l'année.

6

On était en quarante-huit. Tête en bas, la vie entière venait de basculer. Lorsque, avec les vacances, Ludvik vint nous voir à notre cercle, notre accueil fut plutôt embarrassé. Le coup d'État des communistes en février nous était apparu comme l'avènement de la terreur. Ludvik avait apporté sa clarinette, mais il n'en eut pas besoin. Nous passâmes la nuit en discussions.

Est-ce d'alors que date la discorde entre nous deux ? Je ne pense pas. Cette nuit-là encore, Ludvik me conquit. Évitant de son mieux les discussions politiques, il parla de notre orchestre. Nous devions, à l'en croire, comprendre le sens de notre travail dans une perspective plus vaste que naguère. À quoi bon se contenter de ranimer un passé perdu ? Qui regarde en arrière finira comme la femme de Loth.

Alors, nous : Mais qu'est-ce qu'il faut donc faire ?

Bien entendu, répondait-il, nous devons gérer le patrimoine de l'art populaire, mais ça ne suffit pas. Nous vivons un temps nouveau. De larges horizons s'ouvrent à notre action. À nous d'épurer la culture musicale commune, celle de tous les jours, de ces rengaines, de ces couplets à la noix dont les bourgeois gavaient les gens, et de les remplacer par l'art originel du peuple.

Curieux. Ce que Ludvik disait là était la vieille utopie des patriotes moraves les plus conservateurs. Ils avaient toujours tonné contre la corruption d'une culture citadine et sans Dieu. Les mélodies du charleston étaient à leurs oreilles le flûteau de Satan ! Après tout, peu importait. Les propos de Ludvik n'en gagnaient que plus de clarté pour nous.

Au demeurant, sa réflexion suivante était plus originale. Il parlait sur le jazz. Le jazz est bien issu de la musique populaire noire et il a subjugué tout l'Occident. À nous, il peut servir de preuve encourageante que la musique populaire possède un merveilleux pouvoir. Qu'elle peut donner naissance au style musical général d'une époque.

Écoutant Ludvik, nous éprouvions un mélange d'admiration et d'antipathie. Son assurance nous agaçait. Il avait la mine qu'arboraient alors tous les communistes. Comme s'il avait eu, avec l'avenir même, quelque pacte secret lui donnant mandat d'agir en son nom. S'il nous tapait sur les nerfs, c'était sans doute aussi parce qu'il s'avérait tout d'un coup différent du jeune homme que nous avions connu. Pour nous, il avait toujours été le bon gars, le moqueur. Et le voici à présent lancé dans l'emphase, les grands mots, sans vergogne. Et puis, certes, nous défrisait cette façon d'associer, avec aisance et promptitude, le sort de notre orchestre aux destinées du Parti communiste alors qu'aucun de nous n'était communiste. Mais par ailleurs son discours nous attirait. Ses idées répondaient à nos rêves les plus cachés. Elles nous haussaient soudain au niveau de la grandeur historique.

En esprit, je l'appelle le Preneur de Rats. C'était bien ça. Un trille de sa flûte et, tout seuls, nous accourions à ses basques. Là où ses idées restaient inachevées, nous volions à son secours. Je me remémore mon propre raisonnement. Je parlais de l'évolution de la musique européenne depuis l'époque baroque. Après la période de l'impressionnisme, elle se retrouva fatiguée d'elle-même. Elle avait déjà épuisé presque entièrement sa sève, tant pour ses sonates et ses symphonies que pour ses rengaines. C'est pourquoi le jazz opéra sur elle une sorte de miracle. Il n'ensorcela pas que les boîtes et les dancings d'Europe. Il ensorcela de même Stravinski, Honegger, Milhaud, lesquels ouvrirent leurs compositions à ses rythmes. Mais attention. Dans le même temps ou, mettons, une dizaine d'années plus tôt, la musique européenne avait fait provision du sang frais du folklore ancien du Vieux Continent qui ne restait nulle part aussi vivant que chez nous ici en Europe centrale. Janacek, Bartók. Ainsi l'histoire même de la musique mettait en parallèle les vieilles couches de la musique populaire européenne et le jazz. L'une et l'autre contribuaient à égalité à la genèse de la musique sérieuse moderne du XXe siècle. Seulement, pour la musique des larges masses, les choses se sont passées autrement. Les anciens airs des peuples d'Europe n'y ont laissé aucune empreinte. Ici, le jazz s'est installé en maître. Et ici notre tâche commence.

Oui, c'était notre conviction : dans les racines de notre musique populaire gît la même force que dans celles du jazz.

Celui-ci a sa mélodique bien à lui, où constamment transparaît l'hexacorde primitif des vieux airs noirs. Mais notre chanson populaire aussi possède sa mélodique, et, tonalement, beaucoup plus diversifiée. Le jazz dispose d'une originalité rythmique dont la prodigieuse complexité s'est formée durant les dizaines de siècles de culture des batteurs de tambours et de tam-tams africains. Mais, pareillement, les rythmes de la musique de chez nous n'appartiennent qu'à elle. Finalement, le jazz est fondé sur l'improvisation. Mais l'étonnant concert des violoneux qui n'ont jamais su lire leurs notes repose, lui aussi, sur l'improvisation.

Une seule chose nous sépare du jazz, ajouta Ludvik. Lui évolue et change rapidement. Son style est en mouvement. Le chemin monte raide, de la polyphonie de La Nouvelle-Orléans, à travers l'orchestre du swing, vers le bop et au-delà. Fût-ce en rêve, La Nouvelle-Orléans n'aurait pas pu concevoir les harmonies que connaît le jazz de nos jours. Notre musique populaire est une Belle au bois dormant des siècles révolus. Nous devons l'éveiller. Elle doit entrer dans la vie d'aujourd'hui et se développer avec elle. À l'instar du jazz. Sans cesser d'être elle-même, sans rien perdre de sa mélodique ni de ses rythmes, il lui faut découvrir des phases toujours nouvelles de son style. C'est difficile. C'est une œuvre imposante. Qui ne peut s'accomplir que dans le socialisme.

Qu'est-ce que le socialisme vient faire là-dedans ? protestions-nous.

Il nous l'expliqua. La campagne d'antan vivait en communauté. Des rites jalonnaient l'année villageoise d'un bout à l'autre. L'art populaire ne vivait qu'à l'intérieur de ces rites. À l'époque du romantisme, on imaginait qu'une paysanne aux champs était visitée par l'inspiration, et aussitôt un chant jaillissait de ses lèvres comme l'eau du rocher. Mais la chanson populaire naît autrement qu'un poème savant. Le poète crée afin de s'exprimer lui-même, de dire ce qu'il y a en lui d'unique. Par la chanson populaire, on ne cherchait pas à se distinguer, mais à s'unir aux autres. Elle s'est faite à la manière des stalactites. Goutte à goutte s'enveloppant de nouveaux motifs, de nouvelles variantes. On se la transmettait de génération en génération, chaque chanteur ajoutant quelque élément neuf. Chacune de ces chansons a donc eu bien des créateurs qui, tous, modestement s'effacèrent derrière leur création. Nulle chanson populaire n'a existé comme ça, pour elle-même. Elle avait sa fonction précise. Il y en avait pour les noces, d'autres pour la fête des moissons, Carnaval, Noël, la fenaison, il y avait des chansons pour danser et pour enterrer. Même les chansons d'amour n'avaient pas d'existence en dehors de certaines coutumes. Promenades vespérales, sérénades sous la fenêtre, demandes en mariage, tout cela était des rites collectifs, et les chansons y avaient leur place établie.

Le capitalisme a détruit cette vie collective. L'art populaire a perdu ainsi son assise, sa raison d'être, sa fonction. En vain tenterait-on de le ressusciter dans une société où l'homme vit à l'écart d'autrui, pour lui seul. Mais voici que le socialisme va délivrer les gens du joug de la solitude. Ils vivront dans une collectivité nouvelle. Unis par un même intérêt commun. Leur vie privée fera corps avec la vie publique. Ils seront liés par une foule de rituels. Certains seront empruntés au passé : fêtes de la récolte, soirées de danse, coutumes liées au travail. D'autres seront des innovations : célébration du Premier Mai, meetings, anniversaire de la Libération, réunions. Partout l'art du peuple trouvera sa place. Partout il se développera, se transformera, se rénovera. Est-ce que nous le comprenons enfin ?

De fait, il allait vite apparaître que l'incroyable devenait réalité. Personne n'a jamais autant fait pour notre art populaire que le gouvernement communiste. Il a consacré des sommes colossales à la création de nouveaux ensembles. La musique populaire, violon et cymbalum, fut tous les jours au programme de la radio. Les chants moraves ont envahi les universités, les fêtes du Premier Mai, les sauteries de jeunes, les galas officiels. Non seulement le jazz disparut complètement de la surface de notre patrie, mais il symbolisa le capitalisme occidental et ses goûts décadents. La jeunesse délaissa le tango comme le boogie-woogie, et préféra danser la ronde en chœur, les mains posées sur les épaules des voisins. Le Parti communiste s'appliquait à créer un nouveau style de vie. Il s'appuyait sur la fameuse définition qu'avait donnée Staline de l'art neuf : un contenu socialiste dans une forme nationale. Cette forme nationale, rien ne pouvait la conférer à notre musique, à notre danse, à notre poésie, sinon l'art populaire.

Notre orchestre se mit à voguer sur les grosses vagues de cette politique. Bientôt, il fut connu du pays tout entier. Son effectif accru de chanteurs et de danseurs, il devint un grand ensemble qui se produisait sur des centaines de scènes et partait chaque année en tournée à l'étranger. Et nous ne chantions pas seulement, à l'ancienne, la chanson du brigand qui avait tué sa bien-aimée, mais aussi des airs que nous-mêmes composions. Par exemple une chanson sur Staline ou sur les moissons coopératives. Notre chanson n'était plus simple évocation des temps anciens. Elle faisait partie de l'histoire la plus contemporaine. Elle l'accompagnait.

Le Parti communiste nous soutenait. Aussi nos réticences politiques se dissipèrent-elles rapidement. J'entrai au Parti dès le début de l'année quarante-neuf. Les copains de l'ensemble m'y rejoignirent l'un après l'autre.

7

Mais nous étions toujours amis. À quand donc remonte la première ombre entre nous ?

Bien sûr que je le sais. Je le sais parfaitement. C'était le jour de mes noces.

À Brno, j'étudiais le violon à l'École des hautes études musicales tout en suivant, à l'Université, les cours de musicologie. La troisième année, je sentis que je n'étais plus très bien dans ma peau. À la maison, papa allait de mal en pis. Il eut une congestion cérébrale. On le sauva, mais il fut obligé de faire très attention. L'idée de sa solitude m'obsédait. S'il lui arrivait quelque chose, il ne pourrait pas même m'envoyer un télégramme. C'est en tremblant que je revenais près de lui chaque samedi et le quittais le lundi matin avec une nouvelle angoisse. Un jour, cette angoisse fut plus forte que moi. Elle m'avait torturé un lundi, le mardi encore davantage et le mercredi j'empilai toutes mes affaires dans ma valise, réglai ma note à la logeuse et lui dis que je partais sans retour.

Je me vois encore sur le chemin de la gare à notre maison. Pour gagner mon village, voisin de la ville, il fallait aller à travers champs. C'était l'automne, avant le crépuscule. Le vent soufflait, par les sillons des gosses lançaient au ciel des cerfs-volants en papier qui zigzaguaient au bout d'interminables fils. Pour moi aussi, autrefois, papa en avait bricolé un. Il m'accompagnait aux champs, le lâchait et courait pour que l'air prenne appui sur l'oiseau de papier et l'enlève bien haut. Ça ne m'amusait pas beaucoup. Papa s'amusait plus. Ce souvenir m'attendrissait, et je pressais le pas. L'idée m'avait traversé que papa envoyait ces cerfs-volants à maman.

Depuis toujours j'imagine maman au ciel. Non, je ne crois plus au Bon Dieu, à la vie éternelle ou à de pareilles choses. Il ne s'agit pas de foi. Il s'agit d'imagerie. Je ne sais pas pourquoi je devrais l'abandonner. Sans elle, je me sentirais orphelin. Vlasta me reproche d'être un rêveur. Il paraît que je ne vois pas les choses telles qu'elles sont. Pas du tout, je les vois bien comme elles sont, mais, outre les visibles, j'en aperçois d'autres. Ce n'est pas pour rien que l'imagerie existe. C'est elle qui fait de notre foyer un chez-soi.

Je n'ai jamais connu maman. Je ne l'ai donc jamais pleurée. Je me réjouissais au contraire de la savoir, jeune et belle, au ciel. Les autres enfants n'avaient pas des mamans aussi jeunes que la mienne.

J'aime à m'imaginer saint Pierre, assis sur un tabouret, à sa petite fenêtre d'où l'on voit la Terre. Souvent, maman va le rejoindre à cette fenêtre. Pour elle, Pierre ferait n'importe quoi, parce qu'elle est jolie. Il lui permet de regarder. Et maman nous voit. Moi et papa.

Le visage de maman n'était jamais triste. Au contraire. Quand elle nous observait par la petite fenêtre de la loge de Pierre, elle riait souvent. Qui vit dans l'éternité ne connaît pas le chagrin. Il sait que la vie des hommes ne dure qu'une seconde et que les retrouvailles sont proches. Mais lorsque j'étais à Brno, ayant laissé papa seul, le visage de maman me semblait triste et lourd de reproches. Et, moi, j'entendais vivre en paix avec maman.

Donc, je me hâtais vers la maison et regardais les cerfs-volants suspendus au ciel. J'étais heureux. Je ne regrettais rien de ce que j'abandonnais. Évidemment, j'étais attaché à mon violon et à la musicologie. Mais je ne brûlais pas de faire carrière. Même le plus grand succès n'aurait pu rivaliser avec ma joie de rentrer chez moi.

Quand j'annonçai à papa que je ne retournerais plus à Brno, il se fâcha tout rouge. Il n'admettait pas que je pusse gâcher ma vie à cause de lui. Alors, je lui racontai que j'avais dû quitter l'école en raison de mes notes médiocres. Ayant fini par me croire, il se fâcha encore plus. Mais ça ne me tourmentait pas tellement. D'autant que je n'étais pas revenu pour me tourner les pouces. Je m'étais remis à mon pupitre de premier violon dans l'orchestre de notre ensemble. Par ailleurs, j'avais obtenu un poste de professeur de violon à l'école municipale de musique. Ainsi pouvais-je me consacrer à ce que j'aimais.

Ce qui veut dire aussi, à Vlasta. Elle habitait un village voisin qui, comme le mien, forme aujourd'hui l'un des faubourgs de la ville. Elle dansait dans notre ensemble. Ayant fait sa connaissance lors de mes études à Brno, j'avais eu plaisir à la retrouver à peu près quotidiennement depuis mon retour. Le véritable amour devait pourtant éclore un peu plus tard — inopinément, lors d'une répétition où elle venait de faire une chute si malencontreuse qu'elle s'était cassé une jambe. Je l'avais portée dans mes bras jusqu'à l'ambulance qu'on avait appelée d'urgence. J'avais senti sur mes bras son corps menu, fragile, fluet. Subitement, avec étonnement, je m'étais rendu compte que je mesurais un mètre quatre-vingt-dix, que je pesais cent kilos, que j'aurais pu abattre des chênes et qu'elle était si faible, si faible.

Ce fut la minute de lumière. En Vlasta, petite créature blessée, j'ai vu tout à coup un autre personnage, beaucoup plus connu. Comment ne m'en étais-je pas avisé bien avant ? Vlasta était la *pauvre servante*, personnage d'innombrables chansons populaires ! La pauvre servante qui n'a d'autre bien que son honnêteté, la pauvre servante qu'on humilie, la pauvre servante aux vêtements usés, la pauvre servante-orpheline.

Ce n'était pas, certes, exactement cela. Elle avait ses parents, et nullement pauvres. Mais justement parce que c'étaient de gros cultivateurs, l'ère nouvelle resserrait sur eux son étau. Il n'était pas rare que Vlasta vînt en larmes à nos répétitions. On leur imposait des livraisons considérables. Son père avait été déclaré koulak. On avait réquisitionné son tracteur et ses machines. On le menaçait d'arrestation. Je la plaignais. Je caressais l'idée de m'occuper d'elle. De la pauvre servante.

Depuis que je la reconnaissais ainsi éclairée par une parole de chansons populaires, c'était comme si je mimais un amour mille fois vécu. Comme si je le jouais sur une partition immémoriale. Comme si ces chansons me chantaient. Abandonné à ce flot sonore, je rêvais de mariage.

Deux jours avant l'événement, Ludvik arriva sans crier gare. Je l'accueillis avec transport. Aussitôt, je lui fis part de la grande nouvelle, ajoutant que, puisqu'il était mon copain le plus cher, je comptais sur lui comme témoin. Il me donna sa parole. Et il vint.

Mes amis de l'ensemble tenaient à m'organiser une vraie noce morave. À la première heure, ils s'annoncèrent chez nous au grand complet, avec musique et en costumes. Un quinquagénaire virtuose du cymbalum était le garçon d'honneur le plus âgé. À lui revenaient les devoirs du « patriarche ». Avant tout, papa offrit à chacun l'eau-de-vie de prune, le pain et le lard. Puis, ayant d'un geste obtenu le silence, le patriarche récita d'une voix sonore :

> *« Très honorés puceaux et pucelles itou,*
> *Messieurs et Mesdames !*
> *Mandés vous ai en ce lieu*
> *pour ce que le damoiseau de céans nous a suppliés*
> *qu'avec lui fassions route au logis du père de celle*
> *qu'il a choisie pour fiancée, noble pucelle… »*

Le patriarche est le chef, l'âme, la cheville ouvrière du cérémonial tout entier. Il en a toujours été ainsi. Dix siècles durant. Le futur, lui, n'a jamais été le sujet de son mariage. Il ne se mariait pas. On le mariait. Le mariage s'emparait de lui et le portait comme une haute vague. Ce n'était pas à lui d'agir, de parler. À sa place, agissait et parlait le patriarche. Et même pas le patriarche. C'était l'ancestrale tradition qui se passait les hommes un à un, les entraînant dans son courant douillet.

Sous la conduite du patriarche, nous partîmes pour le village de ma fiancée. Nous allions à travers champs et mes amis jouaient en marchant. Déjà, devant la maison de Vlasta, les siens, en costumes, nous attendaient. Le patriarche déclara :

> *« Nous sommes des voyageurs fatigués.*
> *Généreux que vous êtes*
> *laissez-nous pénétrer*
> *sous votre toit honnête. »*

Du groupe qui se tenait devant la porte, se détacha un vieil homme. « Si vous êtes de braves gens, bienvenue à vous ! » Et il nous invita à entrer. Nous nous précipitâmes sans mot dire à l'intérieur. Le patriarche nous ayant présentés comme de simples voyageurs fourbus, nous n'avions pas d'abord à révéler notre véritable dessein. Le vieil homme, porte-parole du parti de la future, nous encouragea : « Si quelque poids vous oppresse le cœur, parlez ! »

Alors le patriarche commença à parler, d'abord de manière obscure, par énigmes, et son interlocuteur lui répondait de la même façon. Après bien des détours, il finit par dévoiler la raison de notre visite.

À quoi le vieil homme lui fit cette question :

« Je vous demande, cher compère,
pourquoi cet honnête soupirant veut prendre cette honnête fille pour épouse.
Est-ce pour la fleur ou pour le fruit ? »

Le patriarche répondit :

« Tout le monde le sait bien, fleur s'ouvre, beauté et splendeur, et nous réjouit.
Mais fleur s'enfuit
et vient le fruit.
Notre fiancée n'est donc point pour la fleur, mais pour le fruit, car le fruit nous nourrit. »

Un moment encore, les répliques s'échangèrent, jusqu'à la conclusion du vieil homme : « Dans ces conditions, faisons paraître la future, qu'elle dise si elle consent ou non. » Il passa dans la pièce à côté d'où, un instant plus tard, il revint en menant une femme par la main. Maigre, longue, tout en os, la face enveloppée d'un foulard : « La voici, ta promise ! »

Seulement, le patriarche secouait la tête et nous-mêmes à grand bruit manifestions tous notre désaccord. Le vieil homme ayant un peu bonimenté dut finalement se résoudre à remmener la femme masquée. Alors seulement, il fit venir Vlasta. Elle était en bottes noires, tablier vermillon et boléro aux couleurs vives. Sur la tête, une couronne tressée. Elle me parut belle. Il lui prit la main et la mit dans la mienne.

Puis, tourné vers la mère de la fiancée, le vieil homme l'apostropha d'une voix pleurarde : « Oh, petite maman ! »

À ces mots, ma future me retira sa main, se prosterna devant sa mère et baissa le front. Le vieil homme poursuivit :

« Petite maman chérie, pardonnez le mal que je vous ai fait !
Petite maman bien-aimée, pour l'amour de Dieu, pardonnez-moi le mal que je vous ai fait !
Petite maman tant adorée, pour les cinq plaies du Christ, pardonnez-moi le mal que je vous ai fait ! »

Nous n'étions là qu'en mimes muets d'un texte immémorial. Et le texte était beau, envoûtant et tout cela était vrai. La musique, ensuite, se remit à jouer et nous prîmes le chemin de la ville. Le mariage civil eut lieu à la mairie, toujours en musique. Et puis on alla déjeuner. L'après-midi, tout le monde dansa.

Le soir, les demoiselles d'honneur enlevèrent à Vlasta sa couronne de romarin et me la remirent avec solennité. De ses cheveux dénoués elles firent une natte enroulée autour de sa tête, et la coiffèrent d'un béguin ajusté. Ce rite représentait le passage de l'état de vierge à celui de femme. Vlasta, bien sûr, depuis longtemps n'était plus vierge. Elle n'avait donc pas droit au symbole de la couronne. Mais cela ne me semblait pas important. À un niveau supérieur, bien plus important, c'était maintenant seulement qu'elle perdait sa virginité, à l'instant où ses demoiselles d'honneur me remettaient sa couronne.

Dieu, comment se fait-il que le souvenir de cette petite couronne m'émeuve davantage que notre première étreinte, que le vrai sang de Vlasta ? Je n'en sais rien, mais c'est ainsi. Les femmes chantaient et, dans leurs chansons, cette petite couronne flottait sur l'eau et le courant déliait ses rubans rouges. J'avais envie de pleurer. J'étais soûl. Je la voyais, cette couronne qui flottait, le ruisselet la passait au ruisseau, le ruisseau à la rivière, la rivière au Danube, le Danube à la mer. Je la voyais, la couronne de la virginité, partie sans retour. Oui, sans retour. Toutes les situations capitales de la vie sont pour une fois, sont sans retour. Pour qu'un homme soit un homme, il faut qu'il soit pleinement conscient de ce non-retour. Qu'il ne triche pas. Qu'il n'aille pas faire semblant de n'en rien savoir. L'homme moderne triche. Il s'efforce à contourner tous les grands moments qui sont sans retour et à passer ainsi sans payer de la naissance à la mort. L'homme du peuple est plus probe. Il descend en chantant au fond de chaque situation capitale. Quand Vlasta avait ensanglanté la serviette que j'avais étendue sous elle, j'étais loin de soupçonner que je rencontrais la grande situation sans retour. Pourtant, à cette minute de la cérémonie et des chants, le non-retour était là. Les femmes chantaient des adieux. Attends, attends, mon doux galant, que je prenne congé de ma petite maman. Attends, attends, retiens la monture, ma petite sœur pleure, la quitter, c'est dur. Adieu, adieu, mes compagnes aimées, je pars pour toujours, je pars à jamais.

Puis, la nuit s'épaississait, et la noce nous avait fait cortège jusqu'à notre maison.

J'ouvris la porte d'entrée. Vlasta, sur le seuil, se retourna une dernière fois du côté de ses amis assemblés devant la maison. L'un d'entre eux, alors, attaqua une dernière chanson :

« Elle était sur le seuil,
comme elle semblait belle,
rose, ma petite rose.
Le seuil elle a passé,
le charme est effacé,
fanée, ma petite rose. »

Puis la porte se referma sur nous. Nous étions seuls. Vlasta avait vingt ans, moi pas beaucoup plus. Mais je me disais qu'elle venait de passer le seuil et qu'à partir de cette minute magique, son charme allait tomber d'elle comme feuilles de l'arbre. Je voyais en elle la chute prochaine des feuilles. La chute dont le départ était pris. Je me disais qu'elle n'était pas qu'une fleur, qu'à cet instant, l'instant futur du fruit était déjà présent en elle. J'éprouvais dans tout cela l'ordre inexorable avec lequel je me confondais, auquel je consentais. Je songeais à Vladimir qu'alors je ne connaissais pas et dont je ne pressentais même pas l'aspect. Je songeais pourtant à lui et, à travers lui, je regardais les lointains de sa postérité. Puis Vlasta et moi nous allongeâmes au fond du lit et j'avais l'impression que c'était la sage infinité de l'espèce humaine qui nous prenait dans ses bras moelleux.

8

Ce que Ludvik m'a fait, le jour de mon mariage ? Autant dire rien. Il avait la bouche glacée, il était étrange. Pendant qu'on dansait l'après-midi, les gars lui avaient proposé une clarinette. Ils voulaient le voir jouer avec eux. Il refusa. Peu après, il s'était éclipsé. Une chance que moi, un peu trop éméché, je n'y avais pas prêté attention. Toutefois, le lendemain, j'avais noté que sa disparition avait fait comme une petite tache sur la journée de la veille. L'alcool en train de se diluer dans mon sang grossissait cette tache. Et Vlasta encore plus que l'alcool. Elle n'avait jamais aimé Ludvik.

Lorsque je lui avais annoncé qu'il serait mon témoin, elle n'avait pas eu l'air tellement emballée. Si bien que ça l'arrangeait, dès le lendemain de nos noces, de pouvoir me rappeler son comportement. La tête qu'il n'avait pas cessé de faire, comme si tout le monde lui cassait les pieds ! Le vaniteux.

Le même soir, Ludvik venait nous rendre visite. Avec des petits cadeaux pour Vlasta, et ses excuses. Il nous demanda de lui pardonner, parce que lui, hier, ça n'allait pas. Il nous raconta ce qui lui était arrivé. Viré du Parti et de la faculté. Dans l'ignorance de ce qu'il allait devenir.

Je n'en croyais pas mes oreilles et ne savais quoi dire. D'ailleurs, n'admettant pas qu'on le plaignît, Ludvik s'était hâté de détourner la conversation. Notre ensemble devait partir, quinze jours plus tard, pour une grande tournée à l'étranger. Nous, provinciaux, ne nous sentions plus de joie. Ludvik se mit à me questionner sur ce voyage. Seulement, je me rappelai aussitôt que, depuis son enfance, il rêvait de voyager à l'étranger, et maintenant, il ne pourrait plus guère le faire. Les gens marqués politiquement, on ne les lâchait pas au-delà de la frontière. Je voyais bien que nos situations à l'un et à l'autre désormais différaient du tout au tout. Il m'était donc impossible de parler à haute voix de notre tournée, de peur d'illuminer le précipice soudain creusé entre nos destinées. Soucieux d'enténébrer ce précipice, je craignais chaque mot risquant de l'éclairer. Mais je n'en trouvais aucun qui ne l'éclairât pas. La moindre phrase concernant tant soit peu notre vie montrait que nous étions loin l'un de l'autre. Que nos perspectives, notre avenir, bifurquaient. Que nous étions emportés dans des directions inverses. J'essayai donc de parler de banalités. Mais ce fut pire. L'insignifiance voulue de la conversation fut tout de suite transparente et l'entretien insupportable.

Ludvik prit congé et s'en alla. Il s'est porté volontaire pour un travail quelque part en dehors de notre ville, tandis que moi, je conduisais notre ensemble à l'étranger. Depuis, je ne l'ai pas revu durant plusieurs années. Je lui ai envoyé une ou deux lettres, à l'armée, à Ostrava. Chaque fois me restait la même insatisfaction qu'après notre dernière conversation. Je ne pouvais pas regarder en face la chute de Ludvik. J'avais honte de ma réussite. Il m'était intolérable d'adresser à mon ami, du haut de mes succès, des paroles d'encouragement ou de compassion. Je tâchais plutôt de feindre qu'entre nous rien n'était changé. Mes lettres lui détaillaient ce que nous faisions, ce qu'il y avait de neuf au sein de l'ensemble, comment s'affirmait notre nouveau joueur de cymbalum. Ce monde à moi, je le lui peignais comme s'il nous était demeuré commun.

Puis, un jour, papa reçut un faire-part. La maman de Ludvik était décédée. Personne, chez nous, ne s'était douté qu'elle fût malade. Quand Ludvik avait disparu de mon horizon, elle aussi avait disparu. Je tenais le papier bordé de noir, et je découvrais mon indifférence envers les gens qui, si peu que ce fût, s'étaient écartés du chemin de ma vie. De ma vie réussie. Je me sentais coupable. Et c'est ensuite que je m'aperçus de quelque chose qui me bouleversa. Au bas du faire-part figuraient, pour toute famille, les époux Koutecky. De Ludvik, aucune mention.

Vint le jour des obsèques. Le matin déjà, le trac m'avait pris en imaginant la rencontre avec Ludvik. Mais il n'était pas là. Quelques personnes seulement derrière le cercueil. Je demandai aux Koutecky où se trouvait Ludvik. Haussant les épaules, ils dirent qu'ils l'ignoraient. Le petit groupe et la bière s'arrêtèrent à proximité d'une sépulture somptueuse, avec pesante dalle en marbre et statue blanche d'ange.

Comme on avait confisqué la totalité des biens du riche

entrepreneur et des siens, ces gens maintenant vivaient d'une maigre pension. Il ne leur restait plus que cet imposant caveau de famille avec un ange. Cela je le savais mais je ne m'expliquais pas pourquoi on descendait le cercueil justement là.

Plus tard seulement, je devais apprendre qu'à cette époque Ludvik se trouvait en prison. Dans notre ville, sa mère était la seule à le savoir. Quand elle fut morte, les Koutecky s'emparèrent du cadavre de la belle-sœur mal-aimée. Enfin ils pouvaient se venger de leur ingrat neveu. Ils lui volaient sa mère. Ils l'escamotèrent sous leur bloc de marbre surmonté d'un ange. Cet ange à chevelure bouclée et avec un rameau n'a pas cessé de m'apparaître depuis. Il planait sur la vie pillée de mon copain à qui avaient été ravis jusqu'aux corps de ses parents morts. L'ange du saccage.

9

Vlasta n'aime pas les extravagances. Se prélasser sur le banc, la nuit, au jardin, c'est une extravagance. J'entendis des coups énergiques à la vitre. L'ombre sévère d'une silhouette féminine en chemise de nuit se dressait derrière la fenêtre. J'obéis. Je suis incapable de tenir tête aux plus faibles. Et puisque je fais un mètre quatre-vingt-dix et soulève d'une main un sac de cent kilos, il ne m'est jamais arrivé de rencontrer quelqu'un à qui j'aie pu tenir tête.

Ainsi rentrai-je me coucher à côté de Vlasta. Juste pour dire, je laissai tomber que j'avais croisé Ludvik. « Et alors ? » dit-elle avec un désintérêt voulu. Décidément, elle ne l'encaissait pas. Aujourd'hui encore, elle ne peut pas le sentir. Du reste, elle n'a pas à se plaindre. Elle ne l'a vu qu'une fois depuis notre mariage. En cinquante-six. Cette fois, je n'avais pu me dissimuler l'abîme qui nous séparait.

Ludvik avait déjà derrière lui son service militaire, sa détention et plusieurs années de travail à la mine. Il souhaitait reprendre ses études à Prague et, s'il avait reparu dans notre ville, c'était simplement afin de régler quelques formalités de police. L'idée de me retrouver en sa compagnie m'avait donné le trac. Mais l'homme que je rencontrai n'avait rien d'un geignard cassé. Au contraire. Ce Ludvik était différent de celui que j'avais connu auparavant. Il y avait en lui une âpreté, une solidité et peut-être plus de calme. Rien de ce qui aurait pu appeler la pitié. Il me sembla que nous allions franchir sans peine l'abîme qui m'épouvantait. Impatient de renouer, je l'attirai à une répétition de notre orchestre. Je croyais que c'était bien toujours le sien aussi. Quelle importance qu'un autre fût au cymbalum, un autre au second violon, que même le clarinettiste eût changé, moi seul restant de la vieille garde.

Ludvik avait pris une chaise tout près du cymbalum. Nous jouâmes d'abord nos chansons favorites, celles que nous cultivions, encore lycéens. Ensuite des nouvelles, que nous avions dénichées dans des villages perdus au pied des montagnes. Enfin vinrent celles dont nous sommes le plus fiers. Non pas, cette fois, authentiques chants traditionnels, mais chansons inventées par nous à la manière de l'art populaire. Ainsi chantions-nous sur l'immensité des champs coopératifs, ou sur les pauvres, aujourd'hui maîtres en leur pays, ou sur le tractoriste que la coopérative ne laisse manquer de rien. La musique de ces chansons ressemblait aux vraies mélodies populaires et leurs paroles étaient plus actuelles que le texte des journaux. Dans ce florilège, nous tenait surtout à cœur la chanson consacrée à Fucik, héros torturé par les nazis sous l'Occupation.

Assis sur sa petite chaise, Ludvik suivait des yeux la course des maillets du joueur de cymbalum. Souvent, il se versait du vin. Je l'observais par-dessus le chevalet de mon violon. Il était recueilli, et pas une fois il ne leva la tête dans ma direction.

Puis, l'une après l'autre, des épouses entrèrent dans la salle. Signe que la répétition touchait à son terme. J'offris à Ludvik de m'accompagner à la maison. Vlasta nous fit quelque chose à dîner et, nous abandonnant tête à tête, s'en alla dormir. Ludvik parla de choses et d'autres. Mais je sentais qu'il n'était si bavard que pour pouvoir se taire sur ce dont je voulais parler. Mais comment ne rien dire à mon meilleur copain de ce qui constituait notre plus précieuse richesse à tous deux ? En sorte que j'interrompis Ludvik dans son papotage. Qu'est-ce que tu dis de nos chansons ? Ludvik répondit qu'elles lui avaient plu. Je ne le laissai pas s'en tirer avec cette politesse. Je l'interrogeai plus avant.

Que pensait-il de ces chants nouveaux que nous avions composés nous-mêmes ?

Ludvik évitait la discussion. Pas à pas, pourtant, je la lui imposai et il avait fini par parler. Cette poignée de vieux chants populaires, ils sont de toute beauté. Quant au reste, notre répertoire le laisse froid. Nous nous conformons trop au goût du jour. Rien d'étonnant. Nous produisant devant le grand public, nous cherchons à plaire. Aussi érodons-nous de nos chansons tous leurs traits singuliers. Nous en érodons l'inimitable rythme en les adaptant à une métrique conventionnelle. Nous empruntons à la couche chronologique la moins profonde, parce que cela passe plus facilement la rampe.

Je protestai. Nous n'en sommes qu'aux commencements. Il s'agit pour nous de promouvoir au maximum la diffusion de la chanson populaire. Voilà pourquoi nous devons quelque peu l'accommoder aux habitudes du plus grand nombre. L'important, c'est bien que nous ayons déjà créé un folklore *contemporain*, des chansons populaires nouvelles qui content notre vie d'aujourd'hui.

Il n'était pas d'accord. Justement ces nouvelles chansons lui déchiraient les oreilles. Quels lamentables ersatz ! Et quelle fausseté !

Ça me fait encore mal d'y penser. Qui nous avait menacés de finir comme la femme de Loth si nous nous entêtions à regarder en arrière ? Qui nous avait raconté que de la musique du peuple allait sortir le nouveau style de l'époque ? Et qui nous avait exhortés à donner une chiquenaude à cette musique populaire pour la forcer à marcher au côté de l'histoire de notre temps ?

Tout ça, c'était de l'utopie, dit Ludvik.

Comment, de l'utopie ? Ces chansons sont là ! Elles existent !

Il me rit au nez. Votre ensemble les chante. Mais en dehors de l'ensemble, montre-moi un seul homme qui se les chante ! Trouve-moi un seul coopérateur qui les fredonne pour son plaisir à lui, vos ritournelles à la gloire des coopératives ! Elles lui feraient grimacer la gueule, tellement elles sont truquées ! Ce texte de propagande rebique de cette musique pseudo-populaire comme un col mal ajusté ! Une chanson simili-morave sur Fucik ! Quel défi au bon sens ! Un journaliste praguois ! Qu'est-ce qu'il a de commun avec la Moravie ?

Fucik, objectai-je, appartient à tous, et nous aussi avons le droit de le chanter à notre façon.

À notre façon, tu dis ? Vous chantez à la façon de l'agit-prop et pas du tout à notre façon ! Rappelle-toi seulement les paroles ! Et d'abord, pourquoi une chanson sur Fucik ? Est-ce qu'il n'y a eu que lui dans la Résistance ? On n'en a pas torturé d'autres ?

C'est quand même lui le plus connu !

Naturellement ! L'appareil chargé de la propagande veille au bon ordre dans la galerie des grands morts. Parmi les héros, il lui faut un héros chef.

À quoi bon ces sarcasmes ? Chaque époque n'a-t-elle pas ses symboles ?

Soit, mais il est intéressant de savoir qui a été choisi pour servir de symbole ! Des centaines, alors, ont été tout aussi vaillants, et ils sont oubliés. Et c'étaient souvent des gens extraordinaires. Politiques, écrivains, savants, artistes. D'eux, on n'a pas fait des symboles. Leurs photos n'ornent pas les murs des secrétariats ni des écoles. Cependant, ils ont souvent laissé une œuvre. Mais c'est précisément l'œuvre qui gêne. On a de la peine à l'arranger, à l'élaguer, à tailler dedans. C'est l'œuvre qui dérange dans la galerie de propagande des héros.

Nul d'entre eux n'est l'auteur de *Reportage écrit sous la potence* !

Nous y sommes ! Que faire d'un héros qui se tait ? Qui s'abstient d'utiliser ses derniers moments pour un spectacle ? Pour une leçon pédagogique ? Fucik, bien qu'il n'eût aucune œuvre derrière lui, avait estimé capital de communiquer à l'univers ce qu'au cachot il pensait, sentait, vivait, ce qu'il mandait et recommandait à l'humanité. Ces choses, il les notait sur des billets minuscules, faisant risquer leur peau à ceux qui, en fraude, les passaient à l'extérieur pour les conserver en lieu sûr. Quelle haute valeur devait-il attacher à ses propres pensées et impressions ! Quelle haute valeur attachait-il à lui-même !

Là, c'était plus que je n'en pouvais tolérer. Fucik eût été tout simplement pourri de suffisance ?

Ludvik était comme un cheval emballé. Non, ce n'était pas tellement la suffisance qui le poussait à écrire. C'était la faiblesse. Car être courageux dans l'isolement, sans témoins, sans l'assentiment des autres, face à face avec soi-même, cela requiert une grande fierté et beaucoup de force. Fucik avait besoin de l'aide du public. Dans la solitude de sa cellule, il se fabriquait au moins un public fictif. Il lui fallait être vu ! Se fortifier d'applaudissements ! Imaginaires, à défaut d'autres ! Métamorphoser sa cellule en une scène et rendre son sort supportable en l'exposant, en l'exhibant.

J'étais préparé à l'abattement de Ludvik. À son acrimonie. Mais cette fureur-là, cette dérision fielleuse me prenaient au dépourvu. Quel mal lui avait fait Fucik, le martyrisé ? Je vois le prix d'un homme dans sa fidélité. Je le sais, Ludvik a subi un châtiment inique. Mais c'est d'autant plus grave ! Parce que, alors, les mobiles de son changement d'opinions ne sont que trop transparents. Est-ce que l'on peut renverser toute son attitude devant la vie pour l'unique raison d'avoir été offensé ?

Tout cela, je ne l'envoyai pas dire à Ludvik. Puis il s'est passé quelque chose d'inattendu. Ludvik ne me répondit pas. Comme si cette fièvre de colère l'avait quitté d'un coup. Il me sondait, l'œil intrigué, et puis me dit à voix basse et calmement de ne pas me fâcher. Il avait pu se tromper. Il le dit si étrangement, avec une telle froideur, que son insincérité me parut flagrante. Sur une telle insincérité je ne voulais pas que s'achève notre conversation. Quelle que fût mon amertume, je restais sous l'empire de mon intention première. Je voulais m'expliquer avec Ludvik et restaurer notre amitié. Si dur qu'ait été l'entrechoquement, j'espérais pourtant qu'il y eût quelque part, au terme d'une longue dispute, un coin de terre commun où il faisait si beau autrefois et où nous pourrions de nouveau habiter ensemble. Cependant, mon effort employé à poursuivre la conversation tombait à plat. Ludvik se répandait en excuses : une fois encore, il avait cédé à sa manie d'exagérer. Il me priait d'oublier les propos qu'il avait tenus.

Oublier ? Et pourquoi diable faudrait-il oublier un entretien sérieux ? Ne serions-nous pas mieux inspirés de le continuer ? Je n'entrevis que le lendemain le sens caché de la demande de Ludvik. Il avait passé la nuit chez nous et déjeuné le matin. Après, nous disposions encore d'une demi-heure pour causer. Il me raconta ses difficiles démarches afin d'obtenir la permission de terminer, dans les deux ans, ses études en faculté. Quel sceau pour l'existence représentait son exclusion du Parti. La défiance qu'on lui témoignait partout. Uniquement grâce à l'aide d'un petit nombre d'amis qui l'avaient connu avant son exclusion du Parti, peut-être allait-il retrouver les bancs des salles de cours. Ensuite, il parla de quelques connaissances dont la position était comparable à la sienne. Il assura qu'ils étaient suivis et leurs propos soigneusement enregistrés. Que leur entourage était interrogé, tel témoignage zélé ou malintentionné pouvant fort bien leur valoir quelques années supplémentaires d'ennuis. Puis il louvoya de nouveau vers des futilités et, venu l'instant de nous séparer, déclara qu'il avait été content de me voir. Il me réitéra sa prière de ne plus penser à ce qu'il m'avait dit la veille.

Le rapprochement de cette prière avec les allusions à l'expérience vécue par ses amis était trop clair. Je n'en revenais pas. Ludvik avait cessé de parler avec moi parce qu'il avait peur ! Il avait peur que notre discussion ne vînt à être divulguée ! Peur d'une dénonciation ! Peur de moi ! C'était horrible. Et — encore une fois — tout à fait imprévu. L'abîme entre nous était plus profond que je ne pensais, si profond qu'il ne nous permettait même pas d'achever une conversation.

10

Vlasta dort déjà. La pauvre petite. De temps en temps, légèrement, elle ronfle. Tout est endormi chez nous. Et je suis allongé, large, long, grand, et je songe combien je suis sans force. J'en ai eu la si cruelle sensation cette fois-là. Avant, crédule, je supposais que tout reposait entre mes mains. Ludvik et moi, jamais nous ne nous étions meurtris. Un peu de bon vouloir et qu'est-ce qui m'empêcherait de lui redevenir proche ?

La preuve est faite que cela n'est pas entre mes mains. Ni notre rupture ni notre rapprochement n'ont été entre mes mains. C'est donc entre les mains du temps que je les ai remis. Le temps passait. Neuf ans se sont écoulés depuis notre dernière rencontre. Ludvik a terminé ses études et a trouvé un excellent poste comme travailleur scientifique dans un secteur qui l'intéresse. De loin, je suis son destin. Je le suis avec affection. Jamais je ne peux considérer Ludvik comme mon ennemi ou comme quelqu'un d'étranger. C'est mon ami, mais ensorcelé. Comme dans quelque version renouvelée du conte où la fiancée d'un prince fut changée en serpent ou en crapaud. Dans les contes, la fidèle patience du prince a toujours tout sauvé.

Mais moi, le temps ne réveille pas mon ami de son ensorcellement. À plusieurs reprises, ces années-là, il m'est revenu qu'il était passé par notre ville. Pas une fois, il ne s'est arrêté chez moi. Je l'ai rencontré aujourd'hui et il m'a évité. Satané Ludvik.

Tout a commencé après que nous eûmes causé pour la dernière fois. D'une année sur l'autre, j'ai senti le désert s'élargir autour de moi et une anxiété germer dans mon cœur. Il y avait de plus en plus de fatigues et de moins en moins de joies et de succès. Autrefois, l'ensemble partait chaque année en tournée à l'étranger, puis les invitations s'espacèrent et maintenant on ne nous invite presque plus. Nous travaillons tout le temps, nous redoublons d'efforts, mais c'est le silence à la ronde. Je suis resté dans une salle vide. Et il me semble que c'est Ludvik qui a ordonné que je sois seul. Car ce ne sont pas les ennemis, mais les amis qui condamnent l'homme à la solitude.

Depuis ce temps-là, de plus en plus fréquemment, j'ai pris l'habitude de m'évader par ce chemin de terre bordé de petits champs. Par ce chemin dans les champs où, seul sur un talus, pousse un églantier. Là, je retrouve les derniers fidèles. Il y a le déserteur avec sa troupe. Il y a un musicien vagabond. Et il y a, derrière l'horizon, une maison en bois et dedans Vlasta — la pauvre servante.

Le déserteur m'appelle son roi et jure que je peux, n'importe quand, me réfugier sous sa garde. Je n'ai qu'à venir auprès de l'églantier. Il sera toujours au rendez-vous.

Comme ce serait simple de trouver la paix dans un monde d'imageries ! Mais j'ai constamment tenté de vivre dans les deux univers à la fois, sans quitter l'un pour l'autre. Je n'ai pas le droit de quitter le monde réel, bien que j'y perde tout. Peut-être, à la fin des fins, suffira-t-il que je réussisse une seule chose. La dernière :

Remettre ma vie, comme message clair et intelligible, au seul et unique individu qui le comprendra et le portera plus loin. D'ici là, je n'ai pas le droit de m'en aller avec le déserteur vers le Danube.

Cet homme unique auquel je pense, mon ultime espérance après tant de défaites, une cloison l'isole de moi et il dort. Après-demain, il montera un cheval. Il aura le visage voilé. On l'appellera roi. Viens, mon petit. Je m'assoupis. Ils t'appelleront par mon titre. Je vais dormir. Je veux te voir à cheval, dans mon rêve.

CINQUIÈME PARTIE
LUDVIK

I

J'ai dormi longtemps et fort bien. Je me suis réveillé après huit heures, je ne me rappelais aucun rêve, ni bon ni mauvais, je n'avais pas mal à la tête, simplement, je n'avais pas envie de me lever ; je restai donc couché ; le sommeil avait, entre moi et la rencontre d'hier, dressé une manière d'écran ; non que Lucie, ce matin, se fût évanouie de ma conscience, mais elle était redevenue une abstraction.

Abstraction ? Oui : après sa disparition si énigmatique et douloureuse, à Ostrava, je n'avais eu d'abord aucun moyen pratique de rechercher sa trace. Et comme (après mon service militaire) les années s'écoulaient, peu à peu je perdais le désir de telles recherches. Je me disais que Lucie, si fort que je l'eusse aimée, si parfaitement *unique* fût-elle, était inséparable de la *situation* dans laquelle nous nous étions connus et l'un de l'autre épris. C'était, me semblait-il, commettre quelque erreur de raisonnement que d'abstraire la femme aimée de l'ensemble des circonstances dans lesquelles on l'avait rencontrée et fréquentée, de s'appliquer, au prix d'une concentration mentale obstinée, à l'épurer de tout ce qui n'était pas *elle-même*, donc de l'*histoire* qu'on vivait avec elle et qui donnait sa forme à l'amour.

En fait, j'aime chez la femme non pas ce qu'elle est pour elle-même, mais ce par quoi elle s'adresse à moi, ce qu'elle représente *pour moi.* Je l'aime comme un personnage de notre histoire à nous deux. À quoi rimerait un Hamlet privé du château d'Elseneur, d'Ophélie, de toutes les situations concrètes qu'il traverse, du *texte* de son rôle ? Qu'en resterait-il hormis je ne sais quelle essence muette et illusoire ? Pareillement, Lucie, sans les faubourgs ostraviens, sans les roses glissées dans le grillage, sans ses robes râpées, sans mes longues semaines d'attente sans espoir, ne serait sans doute plus la Lucie que j'aimais.

Ainsi je concevais, ainsi je m'expliquais les choses, et comme les années passaient, j'avais presque peur de la revoir, puisque je savais que nous nous rencontrerions en un lieu où Lucie ne serait plus Lucie, et que je n'aurais plus de quoi renouer le fil. Je ne veux pas dire par là que j'avais cessé de l'aimer, que je l'avais oubliée, que son image avait pâli ; au contraire : elle m'habitait jour et nuit, comme une nostalgie silencieuse ; je la désirais comme on désire des choses perdues à jamais.

Et comme Lucie m'était devenue un passé définitif (qui en tant que passé vit toujours, et en tant que présent est mort), lentement elle perdait pour moi son apparence charnelle, matérielle, concrète, pour de plus en plus se défaire en légende, en mythe écrit sur parchemin et caché dans une cassette de métal déposée au fond de ma vie.

Peut-être pour cela, justement, l'impensable avait-il été possible : mon incertitude devant son visage, dans le fauteuil du salon de coiffure. Pour cela encore, ce matin, j'ai eu l'impression que cette rencontre n'avait pas été *réelle* ; qu'elle avait dû se dérouler, elle aussi, au niveau de la légende, de l'oracle ou de la devinette. Si, hier soir, la présence réelle de Lucie m'avait frappé et projeté soudain dans le temps lointain où elle régnait, en cette matinée de samedi je me suis seulement demandé d'un cœur paisible (reposé par le sommeil) : *pourquoi* est-ce que je l'ai rencontrée ? que signifie ce hasard et qu'a-t-il à me *dire* ?

Les histoires personnelles, outre qu'elles se passent, disent-elles aussi quelque chose ? Malgré tout mon scepticisme, il m'est resté un peu de superstition irrationnelle, telle cette curieuse conviction que tout événement qui m'advient comporte en plus un sens, qu'il *signifie* quelque chose ; que par sa propre histoire la vie nous parle, nous révèle graduellement un secret, qu'elle s'offre comme un rébus à déchiffrer, que les histoires que nous vivons forment en même temps une mythologie de notre vie et que cette mythologie détient la clé de la vérité et du mystère. Est-ce une illusion ? C'est possible, c'est même vraisemblable, mais je ne peux réprimer ce besoin de continuellement *déchiffrer* ma propre vie.

Toujours couché sur mon lit d'hôtel grinçant, je pensais à Lucie de nouveau transformée en simple idée, en simple point d'interrogation. Le lit grinçait et cette particularité affleurant à nouveau à ma conscience opéra un déclic (brusque, discordant) de pensée vers Helena. Comme si ce lit grinçant était la voix m'appelant au devoir, je poussai un soupir, sortis mes pieds hors du lit, m'assis sur le bord, m'étirai, me passai les doigts dans les cheveux, regardai le ciel à travers les carreaux, et puis je me levai. La rencontre d'hier avec Lucie avait tout de même épongé et étouffé mon intérêt pour Helena, si intense peu de jours plus tôt. Cet intérêt, maintenant, n'était plus que le souvenir d'un intérêt ; qu'un sentiment de devoir à l'égard d'un intérêt perdu.

Je m'approchai du lavabo, me débarrassai de ma veste de pyjama et ouvris le robinet à fond ; les mains en conque sous le jet, à coups précipités, je m'aspergeai largement le cou, les épaules, le corps, avant de m'étriller avec la serviette ; je voulais me fouetter le sang. Je m'effrayai soudain de mon désintérêt pour l'arrivée d'Helena ; je m'effrayai que cette indifférence ne gâchât une occasion exceptionnelle qui avait peu de chances de se répéter. Je me promis une solide collation, ponctuée d'une vodka.

Je descendis à la salle de café, mais n'y trouvai qu'un désolant cortège de chaises rangées, pieds en l'air, sur des guéridons sans nappe entre lesquels traînassait une petite vieille en tablier crasseux.

À la réception, je demandai au portier, effondré derrière son comptoir, dans un fauteuil aussi profond que son indolence, s'il y avait moyen de prendre le petit déjeuner à l'hôtel. Sans un mouvement, il dit que c'était aujourd'hui jour de fermeture du café. Je gagnai la rue. La journée s'annonçait belle, les petits nuages se promenaient au ciel et le vent léger soulevait la poussière du trottoir. Je me hâtai vers la place. Devant une boucherie, il y avait une queue ; cabas ou filet au bras, les femmes attendaient patiemment leur tour. Parmi les passants, j'en remarquai bientôt certains, tenant au poing, comme une torche miniature, un cornet de glace surmonté d'un chaperon rose qu'ils léchaient. Au même moment, je débouchai sur la grand-place. Il y avait une maison d'un étage — un self-service.

J'y pénétrai. La salle était spacieuse, le sol en carrelage ; debout face à des tables très hautes, des gens mordaient dans des petits pains garnis et buvaient du café ou de la bière.

Je n'avais pas envie de déjeuner ici. Depuis mon réveil, l'obsession me tenait d'un substantiel repas d'œufs et de lard fumé, avec un verre d'alcool, pour me revigorer. Le souvenir me revint d'un restaurant situé un peu plus loin, sur une autre place avec un square et un monument baroque. Il n'avait sans doute rien de bien engageant, mais pourvu que j'y trouve une table, une chaise et un garçon disposé à me servir.

Je passai à côté du monument : le piédestal soutenait un saint, le saint soutenait un nuage, le nuage un ange, l'ange un autre nuage, sur lequel était assis un ange, le dernier ; j'élevai mon regard le long du monument, cette touchante pyramide de saints, de nuages et d'anges dont la lourde masse de pierre simulait les cieux et leur profondeur, tandis que le ciel réel, bleu pâle, demeurait désespérément loin de cette poudreuse portion de terre.

Donc, je traversai le square, avec ses pelouses et ses bancs (néanmoins, assez nu pour ne pas altérer une atmosphère de vide poussiéreux), et je saisis le bec-de-cane de la porte du restaurant. C'était fermé. Je commençai à comprendre que le petit festin tant souhaité resterait songe, et je m'en alarmai, le tenant, avec un entêtement enfantin, pour la condition décisive de la réussite de cette journée. Je compris que les petites villes ne se souciaient pas des originaux attachés au petit déjeuner assis, puisqu'elles n'ouvraient leurs restaurants que beaucoup plus tard. Je renonçai donc à en chercher un, fis demi-tour et retraversai le square en sens inverse.

Et de nouveau je rencontrais ces gens aux petits cornets surmontés de chaperons roses, et de nouveau je me répétais que ces cornets rappelaient des torches et que cette apparence avait peut-être certaine signification, vu que lesdites torches n'en étaient pas, mais seulement des *parodies de torches*, et ce qu'elles portaient solennellement, cette trace fugitive de plaisir rose, ce n'était pas une volupté mais une *parodie de volupté*, ce qui, selon toute vraisemblance, exprimait l'inévitable caractère parodique de toutes les torches et voluptés de cette ville de poussière. Puis je supputai qu'à condition de remonter le courant des porte-flambeaux lécheurs, j'avais une chance d'arriver à une pâtisserie où se trouveraient un coin de table et un siège, voire un café noir et même un petit gâteau.

En fait, j'aboutis à un milk-bar ; on y faisait la queue pour obtenir du chocolat ou du lait avec des croissants et revoici les tables montées sur des échasses, les clients buvant et mangeant là-dessus ; l'arrière-boutique comportait bien quelques guéridons, des chaises, mais tout était occupé. Je pris donc la file progressant à tout petits pas, après dix minutes d'attente j'obtins un chocolat et deux croissants, je les emportai vers une haute tablette encombrée d'une demi-douzaine de chopes vidées, et là, sur un bout de surface sans liquide renversé, je posai mon verre.

Je mangeai à une vitesse attristante : à peine trois minutes plus tard, je me retrouvai dans la rue ; neuf heures sonnaient ; j'avais encore deux heures devant moi : Helena avait pris ce matin à Prague le premier avion pour Brno afin de pouvoir attraper le car qui arrive ici un peu avant onze heures. Je savais que ce seraient deux heures parfaitement vides.

Je pouvais, bien entendu, aller voir les vieux lieux de mon enfance, m'arrêter près de ma maison natale où maman vécut jusqu'à ses derniers jours. Je pense souvent à elle, mais, ici, dans la ville où son petit squelette gît sous un marbre étranger, mes souvenirs sont empoisonnés : l'âcre sensation de mon impuissance d'alors les envenime — et c'est ce dont je me défends.

Je n'avais donc plus qu'à m'asseoir sur un banc de la place pour me relever presque aussitôt, aller voir des vitrines, parcourir les couvertures de livres aux devantures des librairies, et finir par acheter le *Rude pravo* dans un tabac, me réinstaller sur le banc, donner un coup d'œil aux titres insipides, lire deux informations de quelque intérêt dans la rubrique étrangère, me relever du banc, replier le journal et l'introduire, intact, dans une poubelle ; puis, lentement me rapprocher de l'église, m'arrêter devant, regarder les deux clochers puis monter les larges marches, passer le porche et entrer dans la nef, timidement, pour que les gens ne s'offusquent pas de ce que le nouvel arrivé ne se soit pas signé et ne soit venu ici, comme dans un parc, que pour se promener.

Quand il y eut plus de monde, je me fis vite l'effet d'un intrus qui ne savait quelle attitude prendre en ce lieu, aussi je m'en allai, regardai l'horloge et constatai que mon temps mort avait la vie dure. Afin de profiter de ce temps vide, je m'appliquai à me souvenir d'Helena, à penser à elle ; mais cette pensée refusait d'évoluer, restait statique et parvenait à peine à m'évoquer l'image visuelle d'Helena. D'ailleurs, c'est connu : quand un homme attend une femme, il n'est qu'à grand-peine capable de réfléchir sur elle et il ne peut que faire les cent pas sous son effigie figée.

Je faisais donc les cent pas. En face de l'église, j'aperçus une dizaine de poussettes arrêtées, vides, devant le bâtiment de la mairie (maintenant Comité national de la ville). Je ne pus m'expliquer de quoi il s'agissait. Puis, un jeune homme essoufflé vint ranger une poussette à côté des autres, sa compagne (un peu agitée) en tira un paquet d'étoffes et de broderies blanches (contenant sans aucun doute un bébé), et le couple disparut en hâte à l'intérieur de la mairie. Pensant que j'avais une heure et demie à tuer, je le suivis.

Dès le grand escalier, pas mal de badauds se trouvaient là, plus nombreux à mesure que je montais. Le couloir du premier étage paraissait bondé tandis que l'escalier menant plus haut était vide. L'événement qui avait attiré tout ce monde devait donc, apparemment, se dérouler au premier, probablement dans le salon dont la porte grande ouverte sur le corridor était obstruée par une foule considérable. Je m'y rendis ; les dimensions de la salle étaient modestes, il y avait environ sept rangées de chaises déjà occupées par des personnes ayant l'air d'attendre un spectacle. Sur le devant il y avait une estrade supportant une longue table couverte d'un tissu rouge avec, dans un vase, un grand bouquet ; derrière, au mur, les plis d'un drapeau aux couleurs de l'État retombaient, disposés avec art ; en bas de l'estrade et lui faisant face (à trois mètres du premier rang de parterre), huit sièges s'incurvaient en demi-cercle ; à l'autre extrémité de la salle, au fond, il y avait un petit harmonium ; un vieux monsieur à lunettes, assis, penchait sa calvitie sur le clavier découvert.

Plusieurs chaises étaient encore libres ; j'en occupai une. Longtemps, il ne se passa rien, mais le public ne montrait nul ennui, on s'inclinait vers son voisin, on conversait à mi-voix. Entre-temps les petits groupes attardés dans le couloir avaient fini d'emplir la salle, prenant les dernières places assises ou faisant tapisserie tout autour.

Enfin il se passa quelque chose : derrière l'estrade, une porte s'ouvrit ; une dame en robe brune, avec des lunettes sur un long nez mince, apparut ; elle promena son regard sur l'assistance, et leva la main droite. Le silence m'entoura. Ensuite, cette femme retourna du côté de la pièce d'où elle avait surgi, comme pour adresser un signe ou un mot à quelqu'un, mais elle revint aussitôt et se colla le dos au mur, tandis qu'au même moment un sourire solennel et figé apparut sur son visage. Tout était bien synchronisé, car, derrière moi, l'harmonium commença en même temps que le sourire.

Quelques secondes plus tard, dans la porte derrière l'estrade, apparut une jeune femme, rougeaude, aux cheveux jaunes, richement frisée et maquillée, l'air hagard, dans ses bras un sac blanc avec le bébé. La dame en brun, pour lui faciliter le passage, se plaquait encore plus contre le mur, tandis que son sourire voulait encourager la porteuse du bébé. Et la porteuse s'avançait, d'un pas hésitant, serrant son nourrisson ; une deuxième surgit avec le même sac blanc et derrière elle (à la queue leu leu) tout un petit cortège ; j'observais toujours la première : ses yeux ayant d'abord erré non loin du plafond s'étaient abaissés et avaient certainement rencontré le regard de quelqu'un dans la salle, puisque, perdant contenance, elle avait subitement essayé de regarder ailleurs et s'était mise à sourire, seulement ce sourire (cet effort du sourire) s'était bien vite défait en une contraction de ses lèvres figées. Tout cela se passa sur son visage en l'espace de quelques secondes (le temps de franchir à peine six mètres à partir de la porte) ; comme, allant droit devant elle, elle ne virait pas assez tôt devant la demi-lune des chaises, la dame en brun avait bondi du mur (la mine un peu renfrognée) et l'avait accostée afin de lui rappeler, d'un frôlement de main, la bonne direction. Corrigeant sur-le-champ sa déviation, la femme décrivait un mouvement tournant, suivie des autres porteuses d'enfant. Il y en avait huit au total. Ayant achevé enfin le parcours prescrit, elles avaient stoppé, dos au public, chacune debout devant une chaise. La dame en brun fit un signe de haut en bas ; lentement, l'une après l'autre, les femmes (toujours le dos tourné au public) comprirent et (avec les paquets de nourrissons) s'assirent.

La dame en brun sourit de nouveau et alla vers la porte restée entrouverte. Elle s'immobilisa un instant sur le seuil, puis fit trois ou quatre pas rapides et revint à reculons dans la salle où elle se radossa contre le mur. Apparut alors un homme d'une vingtaine d'années, vêtu de noir, chemise blanche dont le col, orné d'une cravate à motif peint, s'incrustait dans son cou. Il avait la tête basse et le pas lourd. Sept autres hommes marchaient à sa suite, d'âges divers mais tous en foncé et chemise du dimanche. Ils contournèrent les femmes pouponnantes et s'arrêtèrent chacun derrière une chaise. À ce moment, ils furent deux ou trois à montrer une sorte d'inquiétude, jetant des regards alentour, comme s'ils cherchaient on ne savait quoi. La dame en brun (son visage s'était immédiatement recouvert du nuage d'humeur de tout à l'heure) accourut et, l'un des hommes perplexes lui ayant chuchoté quelques mots, elle approuva de la tête ; sur ce, ces hommes changèrent vite de place.

Redevenue souriante, la dame en brun reprit encore la direction de la porte derrière l'estrade. Cette fois, elle n'eut pas même besoin d'ébaucher un signal quelconque. Un nouveau détachement faisait son entrée, et je dois dire qu'il était discipliné, et souverainement au fait, marchant sans embarras, avec le naturel des professionnels ; les enfants qui le composaient pouvaient avoir dix ans ; ils avançaient à la queue leu leu, garçons et filles alternés ; les garçons portaient un pantalon bleu marine, une chemisette blanche avec un foulard triangulaire rouge dont une pointe leur retombait entre les omoplates, les deux autres nouées sous le menton ; les fillettes avaient une petite jupe bleu marine, une blouse blanche et, autour du cou, le même foulard que les garçons ; tous avaient un petit bouquet de roses à la main. Ils marchaient, comme je l'ai dit, avec autant d'assurance que d'élégance, et non pas comme les deux détachements précédents : ils ne suivirent pas le demi-cercle des chaises, ils longèrent le devant de l'estrade ; là, ils firent halte, puis un quart de tour, de sorte que leur ligne occupait toute la longueur de l'estrade, face aux femmes assises et à la salle.

Il s'écoula encore quelques secondes quand, à la porte, un nouveau personnage parut, que personne ne suivait, et qui se dirigea droit vers l'estrade et sa longue table drapée de rouge. C'était un homme d'âge moyen, au crâne dégarni. Sa démarche était digne, son port rigide, complet noir, dans sa main un grand portefeuille pourpre ; il s'arrêta à mi-longueur de la table et fit face au public qu'il salua en s'inclinant. On voyait son visage bouffi et, porté en sautoir, un large ruban rouge bleu blanc soutenant une médaille dorée qui lui pendait à hauteur de l'estomac et s'était balancée plusieurs fois au-dessus de la tribune pendant sa courbette.

Soudain, un des garçonnets alignés devant l'estrade se mit à discourir à haute voix. Il disait que le printemps était là, que les papas et les mamans se réjouissaient et que toute la terre se réjouissait. Il continua un moment dans cet esprit, et puis l'une des fillettes l'interrompit pour dire des choses analogues, dont le sens n'était pas tout à fait clair, mais où il y avait les mêmes mots qui revenaient : maman, papa et aussi printemps, et, quelquefois, le mot rose. Après cela un autre garçonnet lui coupa la parole à son tour, lui-même interrompu par une nouvelle fillette ; impossible pourtant de dire qu'ils se disputaient, étant donné que tous affirmaient à peu près la même chose. L'un des garçonnets déclara, par exemple, que l'enfant était la paix. La fillette qui lui succéda dit par contre que l'enfant était une fleur. L'unanimité se fit d'ailleurs sur cette dernière idée, que le chœur des enfants reprit à l'unisson en s'avançant, bras tendu et bouquet au bout. Comme ils étaient huit, tout juste le nombre des femmes assises en demi-cercle, chacune reçut un bouquet. Les enfants revinrent près de l'estrade et désormais se turent.

En revanche, l'homme debout sur l'estrade ouvrit son grand portefeuille pourpre et commença à lire à haute voix. Il parla, lui aussi, du printemps, des fleurs, des mamans et des papas, il parla aussi de l'amour qui, d'après lui, portait des fruits, mais son vocabulaire amorça bientôt une métamorphose, il ne disait plus le papa et la maman, mais le père et la mère, il énumérait tout ce que l'État leur (aux pères et aux mères) procurait, soulignant qu'ils devaient, en retour, pour le bien de l'État, élever leurs enfants en citoyens modèles. Après quoi il déclara que tous les parents ici présents allaient en sceller l'engagement solennel par leur signature et il montrait le bout de la table où, dans sa reliure de peau, un fort volume était couché.

À ce moment, la dame en brun vint se mettre derrière la mère assise au bout du demi-cercle, lui toucha l'épaule, la mère se retourna et la dame lui prit des mains son nourrisson. Puis la mère se leva et alla vers la table. L'homme au ruban ouvrit le livre et tendit une plume à la mère. Elle signa, regagna sa chaise et la dame en brun lui rendit le bébé. Le père alla signer à son tour ; puis la dame en brun se saisit du bébé de la mère suivante, qu'elle dirigea vers l'estrade ; après elle, son mari signa, après lui, une autre mère, un autre mari, et ainsi de suite, jusqu'à la fin. Puis l'harmonium émit une nouvelle série de sons tandis que mes voisins s'empressaient d'aller serrer la main des mères et des pères. J'avais suivi le mouvement (comme voulant, moi aussi, serrer les mains) ; quand tout à coup je m'entendis héler par mon nom : c'était l'homme au ruban qui me demandait si je ne le reconnaissais pas.

Bien sûr que je ne le reconnaissais pas, quoique l'ayant observé durant tout son discours. Pour ne pas donner une réponse négative à la question un peu gênante, je lui demandai comment il allait. Il dit que ça n'allait pas mal et je le reconnus : Kovalik, un camarade de collège. Comme estompés par un certain empâtement de sa physionomie, ses traits ne me revenaient que maintenant ; d'ailleurs parmi mes condisciples, Kovalik avait toujours figuré dans la bonne grisaille, ni brave ni fripouille, ni sociable ni solitaire, ses études marchaient moyennement ; le sommet de son front s'ornait en ce temps-là d'un épi de cheveux aujourd'hui absents — j'avais donc quelques excuses de ne pas l'avoir reconnu tout de suite.

Il demanda ce que je faisais là, si j'avais des parentes parmi les mères. Je lui dis que je n'en avais pas, que je n'étais venu que par curiosité. Souriant de contentement, il entreprit de m'expliquer que le Comité national de la ville avait déployé le maximum d'efforts pour un déroulement véritablement digne des cérémonies civiques, et, avec une fierté timide, il ajouta que lui, préposé aux affaires civiles, y était pour quelque chose et qu'à ce titre il avait même reçu des éloges de ses supérieurs. Je lui demandai si ce qui venait d'avoir lieu était un baptême. Il me dit que ce n'était pas un baptême, mais une *bienvenue dans la vie aux nouveaux citoyens.* Il était manifestement enchanté de pouvoir causer. Deux grandes institutions, d'après lui, s'opposaient : l'Église catholique avec ses rites, de tradition millénaire, et, en face, des institutions civiles dont le jeune cérémonial doit se substituer à ces rites immémoriaux. Il disait que les gens ne renonceraient à célébrer les baptêmes et les mariages à l'église que lorsque nos cérémonies civiques auraient autant de grandeur et de beauté que les cérémonies religieuses.

Je lui dis que, selon toute apparence, ce n'était pas si facile. Il en convint et se dit heureux de ce qu'eux-mêmes, les préposés aux affaires civiles, trouvaient enfin un peu d'appui auprès de nos artistes, qui avaient (espérons-le !) compris que c'était un grand honneur de donner à notre peuple des enterrements, mariages et baptêmes (lapsus qu'il rattrapa vivement en disant : bienvenue aux nouveaux citoyens) vraiment socialistes. Quant aux vers, ajouta-t-il, que les petits pionniers avaient dits ce jour-là, ils étaient très beaux. J'acquiesçai et lui demandai s'il ne serait pas plus efficace, pour déshabituer les gens des cérémonies ecclésiastiques, de leur donner au contraire pleine possibilité d'éviter *n'importe quelle* cérémonie.

Il dit que jamais les gens ne se laisseraient frustrer de leurs mariages ou de leurs obsèques. Sans compter que, de notre point de vue (il appuya sur le mot notre, comme pour me faire comprendre que, lui aussi, était entré au Parti communiste), il serait dommage de ne pas utiliser de telles cérémonies pour rapprocher ces gens de notre idéologie et de notre État.

Je demandai à mon vieux camarade de classe comment il s'y prenait avec les récalcitrants, à supposer qu'il y en eût. Il me dit que ces gens-là existaient, naturellement, parce que tout le monde n'a pas encore assimilé la nouvelle mentalité, mais s'ils boudent, on leur envoie invitation sur invitation, de sorte que la plupart finissent par venir de toute façon, huit ou quinze jours après. Je demandai si l'assistance à ce genre de cérémonies était obligatoire. Non, me répondit-il dans un sourire, mais c'est sur elle que le Comité national juge du niveau de conscience des citoyens ainsi que de leur attitude envers l'État, et comme chacun, finalement, s'en rend compte, alors il vient.

Je dis à Kovalik que le Comité national traite ses fidèles avec plus de rigueur que l'Église n'en manifeste aux siens. Kovalik sourit et dit qu'il n'y avait rien à faire. Puis il m'invita à passer un moment dans son bureau. Je lui dis que je n'avais malheureusement guère de temps, devant attendre quelqu'un à la gare routière. Il me demanda encore si j'avais vu un « des gosses » (il voulait dire : des copains de collège). Je lui dis que non, mais que j'étais content de l'avoir rencontré, parce que, quand j'aurais un enfant à baptiser, je ne manquerais pas de faire le voyage jusqu'ici, et de m'adresser à lui. En s'esclaffant, il me flanqua une bourrade dans l'épaule. On s'était serré la main et j'étais redescendu sur la place, songeant qu'il restait quinze minutes avant l'arrivée du car.

Quinze minutes, ce n'était plus très long. La place franchie, je repassai à proximité du salon de coiffure, j'y glissai un nouveau regard à travers les vitres (quoique sachant Lucie absente, elle serait là seulement l'après-midi) ; puis je flânais du côté de la gare routière et me représentais Helena : son visage sous un fond de teint hâlé, sa chevelure rousse, décolorée à l'évidence, sa ligne, loin d'être svelte mais gardant néanmoins l'élémentaire rapport de proportions qui permet de percevoir une femme comme femme, je me représentais tout ce qui la situait à l'excitante frontière du dégoût et de l'attirance, sa voix, plus ample qu'il n'était agréable, et sa mimique excessive qui trahissait malgré elle l'impatiente ambition de plaire *encore*.

Je n'avais vu Helena que trois fois dans ma vie, soit trop peu pour que ma mémoire conservât d'elle une image exacte. Chaque fois que je tentais de l'évoquer, quelque trait de cette image ressortait à ce point accentué qu'Helena se métamorphosait pour moi constamment en sa caricature. Pourtant, si inexacte que fût mon imagination, je crois que c'est précisément par ces déformations qu'elle saisissait en Helena quelque chose d'essentiel qui se dérobait sous son apparence.

Cette fois, ce dont j'étais incapable de me débarrasser, c'était surtout l'image d'inconsistance corporelle d'Helena, son amollissement, signes non seulement de son âge, de sa maternité, mais avant tout de son psychisme (érotisme) désarmé, de son incapacité à résister (vainement dissimulée par la suffisance de ses propos), de sa vocation de proie sexuelle. Cette image reflétait-elle vraiment l'essence d'Helena ou seulement mon rapport à elle ? Qui sait. L'autocar arriverait d'une seconde à l'autre et je voulais qu'Helena apparaisse telle que ma fantaisie l'avait façonnée. Je me cachai sous le porche d'un des immeubles de la place qui cernent la gare routière, voulant la regarder un petit moment, la voir écarquiller les yeux à la ronde, *impuissante*, assaillie par l'idée qu'elle avait voyagé en vain et qu'elle ne me verrait pas ici.

Un car express s'arrêta sur le terre-plein et, une des premières, Helena en descendit. Elle portait un imperméable bleu qui (le col relevé, la taille bien sanglée sous une ceinture) lui conférait une allure jeune et sportive. Elle se tourna de côté et d'autre et, loin de demeurer perplexe, fit une volte-face et se dirigea sans hésiter vers mon hôtel où une chambre lui était réservée.

Encore une fois, je vérifiai que l'imagination ne m'offrait qu'une image déformée d'Helena. Heureusement, l'Helena de la réalité se révélait toujours plus jolie que celle de mes fictions, comme, une fois encore, je le constatai en la voyant de dos prendre, sur ses hauts talons, le chemin de l'hôtel. Je la suivis.

Elle était déjà à la réception, penchée sur le comptoir où le portier indifférent l'inscrivait dans son registre. Elle lui épelait son nom : « Zemanek, Ze-ma-nek… » Debout derrière elle, je l'écoutais. Quand le portier eut posé son stylo, Helena lui demanda : « Le camarade Jahn est bien descendu ici ? » Je m'avançai et, par-derrière, mis ma main sur son épaule.

2

Tout ce qu'il y avait eu entre moi et Helena avait été la suite d'un calcul minutieusement établi. Nul doute qu'à partir de notre premier rendez-vous Helena n'eût aussi caressé quelque dessein, mais il est peu probable que ses intentions allaient au-delà d'un vague désir de femme qui veut préserver sa spontanéité, sa poésie sentimentale, et, par conséquent, est peu soucieuse de régler et régenter d'avance le cours des événements. Moi, en revanche, j'avais agi dès le commencement à la fois comme auteur et comme metteur en scène de l'aventure que j'allais vivre, et je n'avais abandonné au caprice de l'inspiration ni le choix de mes propos, ni le choix de la chambre où je voulais rester seul avec elle. J'appréhendais le moindre risque de manquer l'occasion offerte à laquelle je tenais si immensément, non qu'Helena fût spécialement jeune, agréable ou jolie, mais pour la seule et unique raison qu'elle s'appelait comme elle s'appelait ; qu'elle avait pour mari l'homme que je haïssais.

Lorsque, à notre institut, on m'avait un jour annoncé la visite d'une camarade Zemanek, de la radio, qu'il m'incomberait de documenter sur le thème de nos recherches, je m'étais, il est vrai, immédiatement souvenu de mon ancien compagnon d'études, mais l'identité de nom m'était apparue simple jeu du hasard, et si la perspective de recevoir cette personne me contrariait c'était pour des motifs d'une tout autre nature.

Je n'aime pas les journalistes. Ils sont le plus souvent superficiels, verbeux et d'un aplomb sans pareil. Qu'Helena se présentât pour la radio et non pour un journal me refroidissait seulement davantage. C'est que les journaux peuvent, à mon sens, se prévaloir d'une circonstance atténuante, et de taille : ils ne sont pas bruyants. Leur futilité demeure silencieuse ; ils ne s'imposent pas ; il est possible de les mettre à la poubelle. Également futile, la radio ne jouit pas de cette circonstance atténuante ; elle nous poursuit au café, au restaurant, voire durant nos visites chez des gens devenus incapables de vivre sans la nourriture ininterrompue des oreilles.

Chez Helena, même la façon de parler m'avait rebuté. Je compris tout de suite que ses opinions sur notre institut et sur nos recherches étaient faites, de sorte qu'il ne s'agissait plus maintenant que de me soutirer quelques exemples concrets destinés à donner corps aux clichés habituels. Je fis mon possible pour lui compliquer la tâche, employant un langage difficile, impossible à comprendre, et m'appliquant à bousculer toutes ses opinions préconçues. Lorsque le danger menaça qu'elle allait, malgré tout, se retrouver dans mes explications, j'essayai de lui échapper en passant au confidentiel ; je lui dis que le roux de sa chevelure lui allait très bien (je pensais exactement le contraire), je la questionnai sur son travail à la radio, sur ses lectures préférées. Et, dans une réflexion silencieuse bien au-dessous de notre conversation, j'en venais à l'idée que l'homonymie n'était pas forcément fortuite. Cette journaliste phraseuse, remuante, arriviste, avait, me sembla-t-il, un air de famille avec ce personnage que j'avais connu pareillement phraseur, remuant et arriviste. Aussi, adoptant le ton léger du flirt, je me renseignai sur son mari. La piste était bonne, deux ou trois questions ont identifié avec certitude Pavel Zemanek. Je dois dire qu'à cet instant je ne songeai pas à me rapprocher d'elle de la manière qu'il advint par la suite. Au contraire : l'antipathie que j'avais ressentie pour elle dès son entrée s'était seulement accrue après ma découverte. Je cherchai tout de suite un prétexte qui me permît de rompre l'entretien avec la journaliste importune en la refilant à un collègue ; je pensai même à l'allégresse que j'éprouverais à foutre à la porte cette femme au sourire incessant, et je regrettai que ce fût impossible.

Mais, juste au moment où j'étais le plus lassé, Helena, en écho au ton intime de mes questions et remarques (dont la fonction purement investigatrice ne pouvait lui apparaître), s'était manifestée par quelques gestes si naturellement féminins que ma rancune revêtit subitement une couleur nouvelle : sous le voile des simagrées professionnelles d'Helena, je discernai une *femme*, apte à fonctionner comme femme. Dans un ricanement intérieur, je me persuadai d'abord que Zemanek avait bel et bien mérité une pareille compagne, qui lui était certainement une punition suffisante, mais je dus me reprendre presque aussitôt : cette appréciation hautaine était trop subjective, voire trop voulue ; cette femme-là, sans conteste, avait été tout à fait jolie et rien n'autorisait à croire que Pavel Zemanek, aujourd'hui, n'usât plus d'elle volontiers en tant que femme. Complaisamment, je prolongeai le badinage sans trahir ce que je pensais. Un je-ne-sais-quoi me poussait à poursuivre le plus loin possible ma découverte des traits *féminins* de la journaliste assise en face de moi et cette poursuite déterminait le cours de notre conversation.

La médiation d'une femme est susceptible de communiquer à la haine certains aspects caractéristiques de la sympathie, par exemple la curiosité, l'intérêt charnel, le désir de franchir le seuil de l'intimité. J'accédais à une sorte d'extase : je me figurais Zemanek, Helena, tout leur monde (monde qui m'était si étranger), et, avec une singulière volupté, je caressais ma rancune (rancune attentionnée, presque tendre) pour l'apparence d'Helena, rancune pour sa chevelure rousse, pour ses yeux bleus, pour ses cils dressés court, rancune pour son visage rond, pour ses narines sensuelles, rancune pour l'écart léger des incisives, rancune pour la réplétion du corps mûr. Je l'observais comme on observe les femmes que l'on aime ; j'observais chaque détail comme pour l'enchâsser dans mon souvenir, et, afin de dissimuler mon intérêt rancunier, je choisissais des mots de plus en plus légers, de plus en plus aimables, si bien qu'Helena devenait de plus en plus féminine. Je ne pouvais m'empêcher de penser que sa bouche, ses seins, ses yeux, sa chevelure appartenaient à Zemanek et, dans mon esprit, j'empoignais tout cela, le palpais, le soupesais, essayais de déterminer s'il serait possible de le broyer entre mes paumes ou de l'écraser contre un mur, puis, j'observais tout cela encore une fois, attentivement, j'essayais de le voir avec les yeux de Zemanek et, de nouveau, avec les miens.

L'idée peut-être me toucha-t-elle, impraticable et toute platonique, que je pourrais pourchasser cette femme de la plage de notre conversation coquette jusqu'au lit. Mais ç'avait été une de ces idées qui fulgurent par la tête et puis s'éteignent. Helena déclara qu'elle me remerciait de mes renseignements et qu'elle s'en voudrait de me retenir plus longtemps. Nous prîmes congé l'un de l'autre et j'étais content de son départ. La curieuse exaltation était retombée ; je ne ressentais plus, pour cette femme, que mon antipathie de tout à l'heure et trouvais fâcheux de lui avoir prodigué des marques aussi directes de sollicitude et d'affabilité (même feintes).

Les choses en seraient sans doute restées là si, quelques jours plus tard, Helena n'avait pas téléphoné pour me demander un rendez-vous. Possible qu'elle éprouvât vraiment le besoin de me soumettre le texte de son émission, pourtant j'eus instantanément l'impression que c'était un prétexte et que le ton dont elle me parlait se réclamait du côté léger et familier de notre récente entrevue plutôt que de sa partie sérieuse et professionnelle. J'adoptai ce ton vite et sans réfléchir et je n'en changeai plus. Nous nous rencontrâmes au café ; ostensiblement, je restai indifférent à l'égard de tout ce qui concernait son papier ; je négligeai sans vergogne ce à quoi elle s'intéressait en tant que journaliste. Mon attitude la désarçonnait, mais en même temps, je constatai que je commençais à la dominer. Je lui proposai une promenade en dehors de Prague. Elle protesta et me rappela qu'elle était mariée. Rien ne pouvait me combler autant que cette manière de résister. Je m'attardai sur son objection, si chère pour moi ; je m'en amusais ; j'y revenais ; j'en blaguais. Elle fut tout heureuse à la fin de pouvoir fuir ce sujet en acceptant l'invitation. Après cela, tout allait marcher point par point d'après mon plan. Je l'avais rêvé avec la force de quinze années de rancune et je ressentais l'incompréhensible certitude qu'il réussirait et s'accomplirait.

Oui, le plan s'accomplissait bien. Je pris la petite valise d'Helena près du comptoir de la réception et, l'accompagnant, montai jusqu'à sa chambre, soit dit en passant, aussi laide que la mienne. En dépit de son drôle de penchant à qualifier toutes choses de meilleures qu'elles n'étaient en réalité, Helena dut elle-même en convenir. Je lui dis qu'elle n'avait pas à s'en faire pour cela, que nous saurions nous débrouiller. Elle m'adressa un regard lourd de signification. Elle dit ensuite qu'elle voulait faire un brin de toilette, je répondis que c'était une bonne idée et que je l'attendrais dans le hall de l'hôtel.

Lorsqu'elle descendit (sous son imperméable déboutonné, elle était en jupe noire et pull-over rose), je pus une nouvelle fois me convaincre de son élégance. Je lui dis que nous irions déjeuner dans un restaurant qui était médiocre, mais quand même le meilleur de l'endroit. Elle me dit que, puisque j'étais né ici, elle s'en remettrait à moi et m'obéirait pour tout. (Elle avait l'air de choisir un vocabulaire un tout petit peu à double sens ; cette application était aussi ridicule que réjouissante.) Nous refîmes ma route matinale, lors de ma vaine quête d'un bon petit déjeuner et, à plusieurs reprises, Helena réaffirma sa joie de faire connaissance avec ma ville natale, mais quoiqu'elle s'y trouvât en effet pour la première fois, elle ne regardait pas autour d'elle, elle ne s'intéressait pas à ce qu'abritait tel ou tel édifice comme devrait le faire le visiteur d'une ville inconnue. Je me demandais si cette indifférence procédait d'un certain racornissement d'une âme qui ne savait plus ressentir l'habituelle curiosité ou si, plutôt, Helena concentrée entièrement sur moi n'avait plus la tête à rien d'autre ; je voulais croire à la seconde hypothèse.

Nous passâmes près du monument baroque ; le saint soutenait le nuage, le nuage l'ange, l'ange un autre nuage, celui-ci un autre ange ; le bleu de l'air était plus cru que ce matin ; Helena retira son imperméable, le mit sur son bras et dit qu'il faisait chaud ; cette chaleur renforçait encore l'obsédante impression de vide poussiéreux ; le monument se dressait au milieu de la place, tel un débris du ciel qui ne pouvait y retourner ; je me dis que nous deux aussi avions été *jetés* sur cette place étrangement déserte, avec son square et son restaurant, jetés irrévocablement ; que nos pensées et nos paroles avaient beau escalader des hauteurs, nos actes étaient bas comme cette terre elle-même.

Oui, fortement m'assaillit le sentiment de ma bassesse ; j'en étais surpris ; mais j'étais encore plus surpris de ne pas en être horrifié et d'accepter cette bassesse avec plaisir, voire avec joie et soulagement ; plaisir augmenté de la certitude que la femme qui avançait à mon côté se laissait mener vers les heures douteuses de l'après-midi par des mobiles à peine plus élevés que les miens propres.

Le restaurant avait déjà ouvert ses portes, mais la salle à manger était vide : il n'était que midi moins le quart. Les tables étaient mises ; devant chaque chaise, une assiette à potage couverte d'une serviette en papier sur laquelle s'entrecroisaient cuiller, fourchette et couteau. Il n'y avait personne. Nous prîmes place à une table, saisîmes le couvert et la serviette, les rangeant de part et d'autre de l'assiette, et nous attendîmes. Quelques minutes plus tard, un garçon apparaissait dans la porte de la cuisine, son œil las traînait un moment autour de la salle, et il s'apprêtait déjà à repartir.

Je l'appelai : « Garçon ! »

Pivotant sur ses talons, il fit quelques pas en direction de notre table. « Vous vouliez quelque chose ? dit-il, arrivé à cinq ou six mètres de nous. — On mangerait volontiers », dis-je. Il répliqua : « Seulement à partir de midi ! » et, virevoltant une nouvelle fois, il repartit vers son refuge. « Garçon ! » appelai-je encore. Il se retourna. « S'il vous plaît, dus-je crier à cause de la distance, vous auriez de la vodka ? — Non, il n'y a pas de vodka. — Alors, qu'est-ce que vous pouvez nous servir ? — Du genièvre, répondit-il de loin. — C'est assez minable, criai-je ; enfin, apportez toujours deux genièvres ! »

« Je ne vous ai même pas demandé si vous prenez du genièvre », dis-je à l'adresse d'Helena.

Elle se mit à rire : « Non, ce n'est pas dans mes habitudes !

— Ça ne fait rien, dis-je. Vous vous y ferez. Ici, vous êtes en Moravie, et le genièvre est l'alcool favori du peuple morave.

— À la bonne heure ! s'exclama Helena, toute réjouie. Pour moi, il n'y a rien qui vaille un petit restaurant à la bonne franquette comme celui-ci, rendez-vous des chauffeurs et des ajusteurs, où on mange et où on boit des choses tout à fait ordinaires.

— Vous avez peut-être coutume de vider un verre de rhum dans votre chope de bière ?

— Pas précisément, tout de même ! dit Helena.

— Mais vous aimez le milieu populaire.

— C'est vrai, fit-elle. Je déteste les boîtes chics, ces meutes de larbins avec leurs kyrielles de plats…

— Absolument d'accord, rien ne vaut un bistrot où le serveur vous ignore, un local enfumé qui sent mauvais ! Et surtout, il n'y a rien de mieux que le genièvre. Lorsque j'étais étudiant, je ne buvais pas autre chose.

— Moi aussi j'aime les nourritures les plus simples, disons un beignet de pommes de terre ou des saucisses avec de l'oignon, je ne connais pas meilleur… »

Mon incrédulité est à ce point invétérée que si quelqu'un me confie ce qu'il aime ou ce qu'il n'aime pas, je ne prends pas du tout cela au sérieux ou, plus exactement, je ne vois là qu'un simple témoignage de l'image qu'il veut donner de lui-même. Pas une seconde je n'avais cru qu'Helena respirât plus aisément dans des bouis-bouis sordides à l'atmosphère confinée que dans des salles de restaurant nettes et convenablement aérées, ou qu'elle préférât un alcool vulgaire aux bons vins. N'empêche que sa profession de foi n'était pas dénuée de valeur à mes yeux, dévoilant en effet son goût d'une certaine affectation, depuis longtemps démodée, qui fleurissait aux années d'enthousiasme révolutionnaire où on se pâmait devant tout ce qui était « ordinaire », « populaire », « simple », « rustique », et se montrait prompt à mésestimer toute forme de « raffinement » et d'« élégance ». Dans cette affectation, je reconnaissais l'époque de ma jeunesse et, dans Helena, avant tout la femme de Zemanek. Mon oisiveté distraite de ce matin rapidement s'estompait et je commençais à me concentrer.

Le garçon reparut avec un miniplateau supportant deux verres de genièvre qu'il posa sur la table, en même temps qu'une feuille tapée à la machine où se déchiffrait (difficilement, c'était la énième copie) le menu.

Je levai mon verre en disant : « Allons, trinquons à ce genièvre, à ce breuvage roturier ! »

Elle rit, choqua son verre, déclarant là-dessus : « J'ai toujours eu la nostalgie d'un être simple et droit. Pas sophistiqué. Limpide. »

Nous bûmes une gorgée et je dis : « De telles gens sont rares.

— On en rencontre, dit Helena. Vous êtes du nombre.

— Pensez-vous ! dis-je.

— Si, si. »

L'ébahissement me reprit devant l'incroyable capacité humaine à remodeler le réel à l'image de son idéal, mais je n'hésitai pas et j'entérinai l'interprétation par Helena de ma propre personne.

« Qui sait. Peut-être, dis-je. Droit et limpide. Mais qu'est-ce que ça veut dire ? Le tout, c'est d'être comme on est, de ne pas rougir de vouloir ce que l'on veut, de désirer ce que l'on désire. Les hommes sont esclaves des normes. Quelqu'un leur a dit qu'il fallait être comme ceci ou comme cela, alors ils s'y efforcent et n'apprendront jamais quels ils furent ni qui ils sont. Du coup, ils ne sont personne. Plus que tout, il faut oser être soi-même. Je vous le déclare,

Helena, depuis le début vous me plaisez et je vous désire, toute mariée que vous êtes. Je ne peux pas le dire autrement et je ne peux pas ne pas le dire. »

Ce que je disais était gênant, mais nécessaire. Le maniement de la pensée féminine a ses règles inflexibles ; celui qui se met en tête de persuader une femme, de réfuter son point de vue à coups de bonnes raisons, a peu de chances d'aboutir. Il est bien plus judicieux de repérer l'image qu'elle veut donner d'elle-même (ses principes, idéaux, convictions), puis d'essayer d'établir (par sophismes) un rapport harmonieux entre ladite image et la conduite que nous souhaitons lui voir tenir. Par exemple, Helena glorifiait la « simplicité », le « naturel », la « limpidité ». Ces idéaux provenaient de l'ancien puritanisme révolutionnaire et s'associaient à l'idée d'homme « pur », « sans tache », moralement ferme et strict. Seulement, comme le monde des principes d'Helena ne reposait pas sur une réflexion, mais (comme c'est le cas pour la plupart des gens) sur quelques impératifs sans lien logique, il n'y avait rien de plus facile que d'associer l'image d'un « personnage limpide » à un comportement tout à fait immoral, et par là empêcher que la conduite souhaitée d'Helena (l'adultère) n'entre dans un conflit traumatisant avec ses idéaux. L'homme est en droit de vouloir n'importe quoi d'une femme, mais, s'il ne veut pas se comporter comme une brute, il doit faire en sorte qu'elle puisse agir en harmonie avec ses illusions les plus profondes.

Pendant ce temps, l'un après l'autre, des clients arrivèrent, occupant bientôt la plupart des tables. Le garçon, qui avait reparu, en faisait le tour et demandait ce qu'il allait avoir à servir. Je passai le menu à Helena. Elle me le rendit en disant que je m'y connaissais mieux qu'elle en cuisine morave.

Bien sûr, il était inutile de s'y connaître en cuisine morave, vu que la carte ne variait pas d'un mot de celle de tous les autres restaurants de cette catégorie et consistait en une énumération sommaire de quelques plats passe-partout dont vous ne savez lequel choisir. Je considérais (avec mélancolie) la carte, mais, déjà, impatient, le serveur était là, attendant la commande.

« Un instant, lui dis-je.

— Ça fait un quart d'heure vous vouliez déjeuner, à part ça vous n'avez pas encore choisi ! » me blâma-t-il, et il tourna les talons.

Par bonheur, il revint bientôt et nous fûmes autorisés à demander deux paupiettes et d'autres tournées de genièvre et de soda.

Helena (mâchant sa paupiette) déclara que c'était superbe (elle raffolait de cet adjectif) de nous voir assis tout à coup dans une ville qu'elle ne connaissait pas, dont elle rêvait toujours lorsqu'elle faisait encore partie de l'Ensemble Fucik où l'on chantait des airs de cette région. Elle dit aussi que c'était mal, sans doute, mais qu'elle n'y pouvait rien, qu'elle se sentait bien avec moi, que c'était plus fort qu'elle. Je répondis qu'avoir honte de ses sentiments était une ignoble hypocrisie. Et j'appelai le garçon afin de régler l'addition.

Dehors, le monument baroque se dressait face à nous. Il me sembla ridicule. Je le montrai du doigt : « Regardez, Helena, ces saints acrobates ! Regardez comme ils grimpent ! Ce qu'ils ont envie de monter au ciel ! Et le ciel se fout d'eux ! Le ciel ne sait même pas qu'ils existent, ces pauvres culs-terreux ailés !

— C'est la vérité, approuvait Helena, en qui le grand air doublait le travail de l'alcool. Qu'est-ce qu'elles fichent là, ces statues de saints ? Pourquoi ne pas construire à la place un truc à la gloire de la vie et pas de la religion ? » Il devait toutefois lui rester un brin de contrôle puisqu'elle ajouta : « Est-ce que je déraille ? Dites-le que je ne déraille pas !

— Non, vous ne déraillez pas, Helena. Vous avez complètement raison, la vie est belle et nous ne la fêterons jamais assez.

— Oui, disait-elle, les gens peuvent dire ce qu'ils veulent, la vie, c'est superbe, et puis moi, les prophètes de malheur, je les ai en horreur ; parce que, si je voulais me plaindre, j'aurais plus de motifs que n'importe qui, seulement, je m'en garde bien ; pourquoi se plaindre, avouez, quand il peut vous tomber un jour comme aujourd'hui ; c'est tellement superbe : une ville où je n'étais jamais venue, et je suis avec vous… »

Helena continuait et nous fûmes bientôt devant une façade neuve.

« Où est-ce qu'on est ? fit Helena.

— Écoutez-moi, lui dis-je, ces bistrots, c'est barbant. Moi, je vous propose une petite taverne particulière que j'ai dans cette maison. Allez, venez !

— Où me conduisez-vous ? protesta Helena en me suivant dans l'entrée de l'immeuble.

— La véritable taverne privée, style morave. Vous ne connaissez pas ?

— Non », dit Helena.

Au troisième étage, j'ouvris avec la clé et nous entrâmes.

3

Helena ne s'arrêtait nullement au fait que je l'amenais dans un appartement emprunté et n'avait besoin d'aucun commentaire. Au contraire, le seuil franchi, elle était, semblait-il, résolue à passer d'emblée du jeu équivoque de la coquetterie à ce comportement qui n'a plus qu'une seule signification, et qui croit qu'il n'est pas un jeu mais la vie elle-même. Elle s'arrêta au centre de la pièce, à demi retournée dans ma direction, et son regard m'indiqua qu'elle n'attendait plus rien que mon approche, mon baiser et mon étreinte. À cet instant précis, elle était exactement l'Helena de mes rêveries : désarmée et livrée à merci.

J'allai à elle ; elle leva son visage vers moi ; au lieu du baiser (si attendu), je souris et pris entre mes doigts les épaules de son imperméable bleu. Elle comprit et le déboutonna. Je l'emportai dans l'entrée, l'accrochai à la patère. Non, maintenant que tout était au point (mon appétit et son abandon), je n'allais pas me précipiter et risquer de manquer peut-être, par hâte, un élément du *tout* que je voulais m'approprier. J'entrepris de bavarder sur n'importe quoi ; l'engageant à s'asseoir, je lui montrai toutes sortes de détails domestiques ; j'ouvris l'armoire à la vodka sur laquelle, la veille, Kostka avait attiré mon attention ; je débouchai la bouteille, la posai sur la petite table avec deux petits verres que je remplis.

« Je vais être ivre, dit-elle.

— Nous le serons l'un et l'autre », dis-je (bien que sachant que moi, je ne serai pas ivre, décidé à garder entière ma mémoire).

Elle ne se dérida pas ; grave, elle but et dit : « Vous savez, Ludvik, ça me ferait terriblement mal que vous me preniez pour une de ces petites bonnes femmes qui, parce qu'elles s'embêtent, ont des aventures plein la cervelle. Je ne suis pas naïve et je sais que vous avez connu des tas de femmes et qu'elles vous ont appris à les regarder cavalièrement. Seulement, moi, je serais malheureuse…

— Moi aussi, je serais malheureux, dis-je, si vous n'étiez qu'une petite femme comme les autres, acceptant d'un cœur léger chaque aventure qui vous détourne de votre mari. Si vous étiez de celles-là, notre rencontre perdrait tout son sens.

— C'est vrai ?

— C'est vrai, Helena. Vous avez raison, j'ai eu beaucoup de femmes et elles m'ont appris à ne pas craindre d'en changer le cœur léger, mais notre rencontre à nous, c'est autre chose.

— Vous ne dites pas ça simplement comme ça ?

— Non. La première fois que je vous ai vue, je me suis vite rendu compte qu'il y avait des années que je vous attendais, vous précisément.

— Vous n'êtes pas un phraseur, tout de même ! Vous ne diriez pas ce que vous dites si vous ne le ressentiez pas.

— C'est certain, je ne sais pas simuler des sentiments, c'est même l'unique chose que les femmes n'ont jamais réussi à m'apprendre. Aussi, je ne vous mens pas, Helena, si peu croyable que cela paraisse : en vous rencontrant j'ai réalisé que c'était vous que j'attendais depuis longtemps. Que je vous attendais, sans vous connaître. Et qu'à présent je vous veux à moi. Que c'est aussi inéluctable que le destin.

— Mon Dieu », dit Helena, abaissant ses paupières ; elle avait des plaques de rougeur sur le visage et c'était de plus en plus l'Helena de mes rêveries : désarmée et livrée à merci.

« Ludvik, si vous pouviez savoir ! Ça a été pareil pour moi ! J'ai su tout de suite en vous voyant pour la première fois que ce n'était pas un flirt et c'est justement ça qui m'a effrayée, puisque je suis mariée, et je savais que tout ce qui était entre nous était la vérité, que vous étiez ma vérité et que je n'y pouvais rien.

— Vous aussi, Helena, vous êtes ma vérité », lui dis-je.

Assise sur le divan, elle ouvrait sur moi de grands yeux, tandis que de la chaise où je lui faisais face, je l'observais avidement. Je posai mes mains sur ses genoux, puis lentement je relevai sa jupe jusqu'à dévoiler la bordure des bas et les bandes élastiques qui, sur les cuisses déjà grasses d'Helena, évoquaient je ne sais quoi de triste et de pauvre. Immobile sous mon contact, Helena demeurait là, sans un geste ni un regard.

« Ah, si vous saviez tout…

— Si je savais quoi ?

— Comment je vis.

— Comment vivez-vous ? »

Elle eut un sourire amer.

Tout d'un coup j'eus peur qu'elle ne sortît le banal expédient des épouses infidèles, calomniant son mariage et m'en ravalant le prix au moment même où il devenait ma proie : « N'allez surtout pas m'expliquer que vous êtes malheureuse en ménage, que votre mari ne vous comprend pas !

— Je ne voulais pas dire cela, se défendit Helena, un peu décontenancée par mon attaque, encore que…

— Encore que vous le pensiez en ce moment. Toute femme le pense quand elle se trouve seule avec un autre homme, mais c'est là, justement, que commence le mensonge, or vous, Helena, vous entendez rester vraie, n'est-ce pas ? Votre époux, vous l'avez sûrement aimé, vous ne vous seriez pas donnée sans amour.

— Oui, reconnut-elle doucement.

— Au fond, c'est quel type d'homme, votre mari ? »

Elle haussa les épaules et sourit : « Un homme.

— Il y a longtemps que vous vous connaissez ?

— Treize ans de mariage et on s'était connus avant.

— Vous étiez encore étudiante ?

— Oui. En première année. »

Elle voulut rabattre sa jupe, je lui pris les mains et l'en empêchai. Je continuai de l'interroger : « Et lui ? Où est-ce que vous l'aviez rencontré ?

— Aux répétitions de l'Ensemble.

— De l'Ensemble ? Il chantait à la chorale, votre époux ?

— Oui. Comme nous tous.

— Ainsi, c'est à l'Ensemble de chant que vous vous êtes connus… Un beau cadre pour un amour naissant.

— Oh oui !

— Toute cette époque-là, d'ailleurs, était belle.

— Vous aussi, vous aimez vous en souvenir ?

— La plus belle période de ma vie. Mais dites-moi, votre mari, ç'a été votre premier amour ? »

Elle résista : « Je n'ai guère envie de penser à lui !

— Helena, je veux vous connaître. Désormais, je veux tout savoir de vous. Plus je verrai clair en vous et plus vous serez mienne. Donc, avant lui, vous aviez eu quelqu'un ? »

Elle hocha la tête : « Oui. »

Qu'Helena eût toute jeune appartenu à un homme et que, de ce fait, l'importance de son union avec Pavel Zemanek fût amoindrie, voilà qui n'était pas loin de me désappointer : « Un vrai amour ? »

Elle secoua la tête : « Une sotte curiosité.

— En sorte que votre premier amour, ce fut quand même votre époux.

— Oui, concéda-t-elle, mais c'est bien ancien…

— Quel air avait-il ? insistai-je à mi-voix.

— Enfin pourquoi tenez-vous à le savoir ?

— Parce que je vous veux entière, avec tout ce qui est sous ce crâne-là ! » et je lui caressai les cheveux.

S'il est une chose qui interdit à une femme de raconter son mari à son amant, c'est rarement la noblesse, la délicatesse ou l'authentique pudeur, mais la simple crainte d'agacer l'amant. Quand celui-ci dissipera cette appréhension, sa maîtresse lui en saura gré, elle se sentira plus à l'aise, mais surtout : ça lui fera de quoi causer, car la somme des sujets possibles de conversation n'est pas illimitée et, pour la femme mariée, l'époux fournit le thème rêvé, le seul où elle se sente sûre d'elle, le seul qu'elle traite en *experte*, et chaque être humain, après tout, est heureux de se manifester comme expert et de s'en vanter. Aussi, quand je lui eus donné l'assurance que cela ne me dérangeait pas, Helena s'était mise, très décontractée, à parler de Pavel Zemanek, à ce point emportée par le souvenir qu'elle n'ajouta pas à son portrait la moindre tache noire ; elle me raconta comment elle s'était éprise de lui (de ce garçon blond qui se tenait droit), quelle considération il lui avait inspirée lorsqu'il était devenu responsable politique de leur Ensemble, combien elle l'admirait avec toutes ses amies (il savait si bien parler !), comme leur histoire d'amour se confondait en harmonie avec toute cette époque qu'elle défendit en deux ou trois phrases (est-ce que nous avions eu le moindre soupçon que Staline avait fait fusiller des communistes fidèles ?), sans doute pas avec l'intention de faire une *digression* sur le thème politique mais parce qu'elle se sentait elle-même personnellement contenue dans ce thème. La façon dont elle défendait l'époque de sa jeunesse et s'identifiait à elle (elle en parlait comme d'un chez-soi perdu) prenait presque l'allure d'une petite manifestation, comme si Helena voulait m'avertir : prends-moi et sans conditions, excepté une seule : tu me permettras d'être telle que je suis, tu me prendras avec mes *convictions*. Pareille manifestation de convictions en une circonstance où il s'agit non pas de convictions mais de corps, a quelque chose d'anormal qui révèle que précisément les convictions traumatisent d'une certaine manière la femme concernée : ou bien elle redoute qu'on ne la suspecte de n'en avoir aucune et elle les exhibe bien vite, ou bien (ce qui, dans le cas d'Helena, était plus vraisemblable) elle doute secrètement de leur valeur et, afin de les revaloriser, elle met en danger, pour elles, ce qui est à ses yeux une valeur hors de doute : l'acte d'amour lui-même (peut-être éprouve-t-elle l'assurance rusée que, pour l'amant, l'acte d'amour importe davantage qu'une dispute à propos d'une conviction). De la part d'Helena, cette manifestation n'était pas pour me déplaire puisqu'elle me rapprochait du nœud de ma passion.

« Tenez, vous voyez ça ? » Elle me montrait une minuscule plaquette d'argent, attachée à son bracelet-montre par une courte chaînette. Je me penchai pour voir tandis qu'Helena m'expliquait : le motif gravé représentait le Kremlin. « C'est un cadeau de Pavel », et elle me racontait l'histoire de cette breloque, offerte autrefois par une jeune Russe amoureuse à son compatriote Sacha partant pour la longue guerre dont le dernier acte l'amena jusqu'à Prague, qu'il sauva du désastre mais où, lui, trouva sa perte. À l'étage de la villa qu'occupaient Pavel Zemanek et ses parents, l'armée russe avait alors installé une infirmerie ; là, blessé grièvement, le lieutenant Sacha avait vécu ses derniers jours, en compagnie de Pavel avec qui il s'était lié. À l'agonie Sacha avait, en souvenir, donné à Pavel ce Kremlin miniature qu'il avait porté au cou, au bout d'un cordonnet, tout au long de la guerre. Pavel conservait ce présent comme sa plus chère relique. Un jour — ils étaient encore fiancés — Helena et Pavel s'étaient fâchés et même avaient pensé se quitter ; c'est alors que Pavel était venu lui remettre, en signe de réconciliation, ce bijou bon marché (et souvenir si cher) ; depuis, Helena ne décroche jamais cette petite chose, c'est pour elle une sorte de message (je lui demandai lequel, elle répondit : « un message de joie ») qu'elle se doit de porter jusqu'à la fin de ses jours.

Les joues rouges, elle restait assise devant moi (sa jupe relevée découvrait les jarretelles fixées à un slip en lastex noir à la mode), mais, à ce moment-là, elle disparut derrière l'image d'un autre : brutalement le récit de la breloque trois fois donnée avait fait surgir devant moi toute la personne de Pavel Zemanek.

Je n'avais pas cru un instant au garde rouge Sacha. Même s'il y en avait eu un, son existence réelle se fût de toute façon évanouie derrière l'emphase du geste dont Pavel Zemanek l'avait changé en personnage légendaire de sa vie à lui, en statue sacrée, en outil d'attendrissement, en argument sentimental et objet de piété que sa femme (à l'évidence plus constante que lui-même) révérerait (par zèle et par défi) jusqu'à sa propre mort. Il me semblait que le cœur de Pavel Zemanek (cœur vicieusement exhibitionniste) était là, présent ; et je me revis soudain au centre de cette scène vieille de quinze ans : le grand amphithéâtre de la faculté des Sciences ; sur l'estrade, au milieu de la longue table, Zemanek ; à côté de lui une grosse fille joufflue, cheveux en natte, pull-over laid, et de l'autre côté, un jeune homme, délégué du district. En arrière de l'estrade, le vaste rectangle du tableau noir et à gauche, accroché au mur, le portrait de Fucik. Face à l'estrade, s'élèvent les gradins où, comme tout le monde, j'ai pris place, moi qui, maintenant, avec quinze années de recul, regarde de mes yeux d'alors Zemanek annonçant que l'on va procéder à l'examen du « cas du camarade Jahn », je le vois tandis qu'il déclare : « Je vais vous lire les lettres de deux communistes. » Il a fait une brève pause, saisi une sorte de mince livret, passé sa main dans ses longs cheveux ondulés, et, d'une voix insinuante, presque douce, a commencé sa lecture.

« Il t'en a fallu du temps pour arriver, madame la Mort ! Et pourtant, j'avais bien espéré ne pas faire ta connaissance avant de longues années, vivre encore l'existence d'un homme libre, beaucoup travailler encore et beaucoup aimer et bien chanter encore et rouler, à travers le monde… » J'avais reconnu *Reportage écrit sous la potence*, de Fucik : « J'aimais la vie et c'est pour sa beauté que je suis parti en guerre. Hommes, je vous aimais et j'étais heureux quand vous me rendiez cet amour, et je souffrais lorsque vous ne me compreniez point… » Écrit en secret dans une cellule de prison, ce texte tiré après la guerre à des millions d'exemplaires, diffusé sur les ondes, étudié obligatoirement dans les écoles, était le livre sacré de l'époque ; Zemanek nous donnait les passages les plus célèbres, que n'importe qui connaissait par cœur. « Que la tristesse ne soit jamais liée à mon nom. C'est la dernière volonté que je vous exprime, à toi papa, à toi maman, à vous mes deux sœurs, à toi ma Gustina, à vous mes camarades, à vous tous que j'aimais… » Au mur pendait l'effigie de Fucik, reproduction du fameux dessin de Max Svabinsky, ce vieux peintre de la « Belle Époque », virtuose d'allégories, de femmes potelées, de papillons, de joliesses ; les camarades, dit-on, au lendemain de la guerre, s'étaient rendus chez lui pour un Fucik qu'ils lui demandèrent de réaliser d'après une photographie, et Svabinsky l'avait représenté au trait (de profil), avec cette ineffable finesse que lui dictait son goût : pour un peu, on lui trouverait une expression de jeune fille, le visage aéré de ferveur et d'aspirations, comme transparent et si beau que les gens qui connurent le modèle préféraient ce dessin à leur souvenir de la physionomie vivante. Et Zemanek continuait pendant que, dans la salle muette, tous écoutaient, tendus, et qu'à la tribune, la grosse fille, de ses yeux admiratifs, ne lâchait pas le récitant ; celui-ci changeait subitement de registre, l'intonation se faisait quasi menaçante ; il était question de ce traître de Mirek : « Dire que ç'avait été un homme crâne, qui ne fuyait pas devant les balles lorsqu'il combattait sur le front d'Espagne, qui n'avait pas plié sous la pénible épreuve du camp de concentration en France ! Et maintenant la baguette d'un agent de la Gestapo le fait pâlir et trahir pour sauver sa peau. Comme elle était superficielle, cette vaillance que quelques coups ont suffi à effacer ! Aussi superficielle que ses convictions… Il a tout perdu dès l'instant qu'il s'est mis à penser à lui. Pour sauver sa carcasse, il a sacrifié ses compagnons. Il s'est abandonné à la lâcheté et par lâcheté il a trahi… » Sur le mur rêvait le beau visage de Fucik, comme il rêvait au mur de milliers d'autres salles publiques de notre pays, si beau, avec l'expression radieuse d'une jeune fille amoureuse, qu'à le contempler, je sentais la honte, non seulement pour ma faute, mais pour mon visage. Et Zemanek continuait : « Ils peuvent bien nous prendre la vie, pas vrai, Gustina ? Mais notre honneur et notre amour, ils ne peuvent pas nous les ravir. Ah ! braves gens, pouvez-vous vous représenter ce que serait notre existence si nous nous retrouvions après tout ce calvaire ? Pour reprendre une vie libre qu'embellirait un travail créateur ? Quand sera réalisé ce à quoi nous aspirions, ce vers quoi nous tendions nos forces et ce pour quoi nous allons maintenant mourir ? » Les dernières phrases pathétiquement prononcées, Zemanek se tut.

Puis il dit : « C'était une lettre de communiste, écrite à l'ombre de la potence. Maintenant, je vais vous en lire une autre. » Là-dessus, il débita les trois formules lapidaires, ridicules, abominables, de ma carte postale. Puis il garda le silence, l'amphithéâtre aussi et je sus que j'étais perdu. Le silence était long et Zemanek, ce prodigieux metteur en scène, veillait à ne pas l'écourter. Enfin, il m'invita à me prononcer. Je savais que je ne pouvais plus rien sauver ; si, dix fois déjà, ma défense avait fait si peu impression, de quel effet pourrait-elle être aujourd'hui que Zemanek venait de passer mes petites phrases à la toise absolue des tourments de Fucik ? Je n'avais plus qu'à me lever et à parler. J'expliquai encore une fois que j'avais écrit cette carte par simple plaisanterie, je dénonçai toutefois les termes déplacés, l'incongruité et la grossièreté de la blague, et je parlai de mon individualisme, de mes velléités d'« intellectuel », de mon éloignement du peuple, je me découvris même de la vanité, des penchants sceptiques, du cynisme, mais je jurai qu'avec tout cela j'étais pourtant dévoué au Parti et en aucun cas son ennemi. La discussion s'engagea, qui donna aux camarades l'occasion de récuser mon point de vue comme contradictoire ; on me demanda de quelle façon un homme qui lui-même s'avoue cynique peut être dévoué au Parti ; une compagne d'études me rappela certains propos obscènes et voulut savoir si, à mon avis, pareils discours étaient tolérables dans la bouche d'un communiste ; d'autres se répandaient en considérations abstraites sur l'esprit petit-bourgeois pour que je pusse y figurer comme exemple concret ; d'une manière générale, on estimait que mon autocritique n'était pas allée en profondeur et qu'elle manquait de sincérité. Après quoi, la grosse fille qui siégeait derrière la chaire, à côté de Zemanek, m'interrogea : « D'après toi, qu'est-ce qu'ils pourraient bien dire de tes propos, les camarades que la Gestapo torturait et qui n'ont pas survécu ? » (Je me souvins de papa et m'avisai que tout le monde ici feignait d'ignorer la fin qu'il avait eue.) Je restai sans mot dire. Elle répéta sa question. Elle m'obligea à répondre. Je dis : « Je ne sais pas. — Allons, réfléchis un peu, insista-t-elle, tu finiras peut-être par trouver ! » Elle voulait que je prononce par la bouche imaginaire des camarades morts un jugement sévère sur moi-même ; mais c'est un ressac de fureur qui m'inonda dans l'instant, imprévu, inattendu, si bien qu'excédé par toutes ces semaines passées à m'autocritiquer je dis : « Ceux-là ont regardé la mort en face. Ceux-là n'étaient sûrement pas mesquins. S'ils avaient lu ma carte, peut-être qu'ils auraient ri ! »

Dans le fond, la grosse fille venait de m'offrir une chance de sauver au moins quelque chose. C'était l'ultime occasion de *comprendre* la dure critique des camarades, de m'y rallier, de m'y identifier, et, moyennant cette identification, de pouvoir quémander, en retour, une certaine compréhension de leur part. Mais, par ma réponse inopinée, je me retranchai d'un seul coup de leur sphère de pensée, je refusai de tenir le rôle qui se jouait communément lors de centaines de réunions, centaines de procédures disciplinaires, et même centaines d'audiences judiciaires : rôle de l'accusé qui, s'accusant lui-même avec passion (et s'identifiant de la sorte à ses accusateurs), tentait d'implorer pitié.

Un nouveau silence s'était fait. Zemanek y mit fin. Il se dit incapable d'imaginer ce qui pourrait prêter à rire dans mes formulations antiparti. Il invoqua une fois encore les paroles de Fucik et affirma que, dans les situations critiques, louvoiement et scepticisme se transforment immanquablement en trahison et que le Parti est une forteresse qui ne tolère pas de traîtres en son enceinte. Mon intervention, ajouta-t-il, prouvait que je n'avais rien compris du tout, et que non seulement ma place n'était pas dans le Parti, mais que je ne méritais même pas que la classe ouvrière fournisse les moyens d'assurer mes études. Il proposa mon exclusion du Parti et de la faculté. Les gens dans la salle levèrent les mains et Zemanek me dit que je devais restituer ma carte du Parti et m'en aller.

Je me levai pour aller déposer ma carte sur la chaire, devant Zemanek. Il n'eut pas un regard pour moi ; déjà, il avait cessé de me voir. Seulement moi, maintenant, je vois sa femme assise en face de moi, ivre, les joues en feu, la jupe roulée jusqu'à la ceinture. Ses jambes fortes sont bordées en haut par le noir du slip en lastex ; s'ouvrant et se fermant, elles ont imprimé leur rythme à une dizaine d'années de la vie de son mari. J'ai passé mes mains sur ces jambes avec l'impression de tenir la vie même de Zemanek.

J'ai regardé le visage d'Helena, ses yeux, à moitié clos sous mon attouchement.

4

« Déshabillez-vous, Helena », ai-je dit à mi-voix.

Elle se leva du divan, l'ourlet de sa jupe se rabattit au niveau de ses genoux. Elle me regardait dans les yeux et puis, sans un mot (sans me quitter du regard), elle fit lentement glisser la fermeture de sa jupe. Libérée, celle-ci lui descendit le long des jambes ; elle en dégagea son pied gauche, la fit passer du pied droit dans sa main et la déposa sur une chaise. Elle était à présent en pull-over et combinaison. Elle ôta ensuite son pull en passant la tête au travers et l'envoya rejoindre la jupe.

« Ne regardez pas, dit-elle.

— Je veux vous voir, dis-je.

— Non, pas quand je me déshabille. »

Je suis allé près d'elle. L'ayant saisie de chaque côté, au-dessous des aisselles, je fis glisser mes mains vers ses hanches ; sous la soie de la combinaison, un peu moite de sueur, je sentais le galbe mou de son corps. Elle avançait le visage, ses lèvres s'entrouvraient par la longue habitude (par le tic) du baiser. Mais je ne désirais pas l'embrasser, ce que je voulais plutôt, c'était la regarder longtemps, aussi longtemps que possible.

« Déshabillez-vous, Helena, répétai-je en m'écartant de quelques pas pour enlever ma veste.

— Il y a trop de jour ici, dit-elle.

— C'est ce qu'il faut », lui dis-je, et je disposai ma veste sur le dossier d'une chaise.

Elle enleva sa combinaison et la jeta sur le pull et la jupe ; elle détacha et retira ses bas l'un après l'autre ; elle ne les jeta pas mais se déplaça vers la chaise afin de les y poser avec précaution ; puis, elle bomba la poitrine et passa ses mains derrière ses omoplates ; plusieurs secondes s'écoulèrent avant que ses épaules tendues ne retombent en avant du même mouvement que le soutien-gorge qui glissait à la surface des seins ; ceux-ci, serrés entre les épaules et les bras, se blottirent l'un contre l'autre, volumineux, pleins, pâles et, évidemment, un peu alourdis.

« Déshabillez-vous, Helena », lui dis-je une dernière fois. Elle me regarda dans les yeux, puis se délivra du slip en lastex noir qui la moulait étroitement, le jetant du côté de la paire de bas et du pull. Elle était nue.

J'enregistrais les moindres détails de cette scène avec attention : je ne tenais pas à atteindre un plaisir hâtif avec une femme (*n'importe laquelle*), je tenais à m'emparer d'un univers intime étranger tout à fait *précis* et je devais m'en emparer en un seul après-midi, au cours d'un seul acte d'amour où je devais être non seulement celui qui s'abandonne au plaisir mais celui qui guette une proie fugitive et doit donc garder une totale vigilance.

Jusque-là je m'étais emparé d'Helena seulement par le regard. Maintenant encore, je me tenais à quelque distance, alors qu'elle, au contraire, souhaitait déjà la chaleur des contacts qui couvriraient son corps exposé au froid du regard. Même à la distance de ces quelques pas, je sentais déjà l'humidité de sa bouche et l'impatience sensuelle de sa langue. Une seconde encore, deux, et je fus contre elle. Entre les deux chaises qu'encombraient nos vêtements, nous nous étreignîmes debout au milieu de la chambre.

Elle murmurait : « Ludvik, Ludvik, Ludvik... » Je la guidai vers le divan. La couchai. « Viens, viens ! disait-elle. Près de moi, tout près... »

Il est extrêmement rare que l'amour physique se confonde avec l'amour de l'âme. Que fait-elle au juste, l'âme, pendant que le corps s'unit (de ce mouvement si immémorial, universel et invariable) à l'autre corps ? Tout ce qu'elle s'ingénie à inventer pendant ce temps-là, réaffirmant ainsi sa supériorité sur la monotonie de la vie corporelle ! De quel mépris est-elle capable à l'égard de son corps qui ne lui sert (comme le corps de l'autre) que de prétexte à l'imagination mille fois plus charnelle que les deux chairs réunies ! Ou bien inversement : combien est-elle habile à le rabaisser en l'abandonnant à son petit va-et-vient pendulaire, tandis qu'elle s'éloigne avec ses pensées (déjà lasses des caprices du corps) tout à fait ailleurs : vers une partie d'échecs, vers le souvenir d'un déjeuner, ou vers une lecture.

Que deux corps l'un à l'autre étrangers se confondent, ce n'est pas rare. Même l'union des âmes peut se produire quelquefois. Mais il est mille fois plus rare qu'un corps s'unisse avec son âme et s'entende avec elle pour partager une passion…

Qu'a donc fait mon âme pendant que mon corps faisait l'amour avec Helena ?

Mon âme a vu le corps d'une femme. Elle a été indifférente à ce corps. Elle savait que ce corps n'avait pour elle de sens que parce qu'il était d'habitude pareillement vu et aimé par quelqu'un qui n'était pas là ; aussi essayait-elle de regarder ce corps avec les yeux du tiers absent ; aussi s'appliquait-elle à devenir le médium de ce tiers ; elle voyait la nudité d'un corps féminin, sa jambe fléchie, le pli du ventre et le sein, mais tout cela n'acquérait de sens qu'aux instants où mes yeux se faisaient ceux de ce tiers absent ; mon âme, alors, entrait subitement dans ce regard de l'autre et se confondait avec lui ; la jambe fléchie, le pli du ventre, le sein, elle s'en emparait tels que les voyait le tiers absent.

Non seulement mon âme devenait médium de ce tiers mais elle commandait à mon corps de se substituer au sien, après quoi, elle s'écartait pour observer l'empoignade des corps des deux époux, puis soudain, elle ordonnait à mon corps de reprendre son identité, d'entrer dans cet accouplement conjugal et de le disloquer brutalement.

Une veine bleuit au cou d'Helena secouée par le spasme ; sa tête se détourna, dents plantées dans un coussin.

Elle souffla mon nom et ses yeux supplièrent pour un moment de repos.

Mais mon âme ordonnait de poursuivre ; de la chasser de volupté en volupté ; de forcer son corps dans toutes les attitudes afin d'arracher à l'ombre et au secret tous les angles sous lesquels ce tiers absent la regardait ; pas de répit, surtout ; répéter encore et encore cette convulsion dans laquelle elle est vraie et authentique, dans laquelle elle ne feint rien, par laquelle elle est gravée dans la mémoire de ce tiers qui n'est pas ici, gravée comme un poinçon, un sceau, un chiffre, un emblème. Voler donc ce chiffre secret ! ce sceau royal ! Cambrioler le cabinet secret de Pavel Zemanek ; en fouiller jusqu'au moindre recoin et tout y bouleverser !

Je regardai le visage d'Helena, cramoisi, enlaidi par la grimace ; je posai ma main sur lui comme on la pose sur un objet qu'on peut tourner et retourner, pétrir et malaxer, et je sentais que ce visage acceptait bien ainsi cette main : en chose avide d'être pétrie et malaxée ; je lui fis tourner la tête à droite ; et ensuite à gauche ; plusieurs fois de suite ; et puis ce mouvement se transforma en une gifle ; et une autre ; et une troisième. Helena se mit à sangloter, à crier, mais non point de douleur, elle hurla de jouissance, menton dressé vers moi et je la frappais, frappais, frappais ; puis je vis que ce n'était pas seulement le menton, mais la poitrine qui se soulevait vers moi, et, à la volée (tendu au-dessus d'elle), je lui cinglai les bras, les flancs, les seins…

Tout a une fin ; ce beau pillage aussi eut sa fin. Elle gisait sur le ventre en travers du divan, fatiguée, épuisée. Sur son dos, on voyait un grain de beauté et plus bas, sur les fesses, les traces rouges des coups.

Je me levai et traversai la pièce en titubant ; j'ouvris la porte de la salle de bains, tournai un robinet, me lavai à grande eau froide la figure, les mains, le corps entier. Je redressai la tête et me vis dans la glace ; mon visage souriait ; quand je le surpris ainsi (souriant), le sourire me parut drôle et j'éclatai de rire. Ensuite, je me séchai et m'assis sur le rebord de la baignoire. J'avais envie d'être seul au moins quelques secondes pour me réjouir de mon subit isolement, pour me réjouir de ma joie.

Oui, j'étais content ; peut-être tout à fait heureux. Je me sentais vainqueur, et les minutes et les heures suivantes me semblaient inutiles et sans intérêt.

Puis je revins.

Helena n'était plus à plat ventre, mais allongée sur le côté ; elle me regardait : « Chéri, viens auprès de moi », dit-elle.

Tant de gens, après avoir uni leurs corps, pensent qu'ils ont uni aussi leurs âmes et se croient automatiquement autorisés, par cette trompeuse croyance, à se tutoyer. Puisque je n'ai jamais partagé la foi en l'harmonie synchrone du corps et de l'âme, le « tu » d'Helena me rendait perplexe et rechignant. Indocile à son invitation, je me dirigeai vers la chaise où étaient mes affaires, pour enfiler ma chemise.

« Ne te rhabille pas… » pria Helena et, la main tendue dans ma direction, elle répéta : « Viens auprès de moi ! »

Je n'avais qu'un désir : que les instants à venir n'aient pas lieu et, si mon vœu était impossible, qu'à tout le moins ces instants se perdent dans l'insignifiance, qu'ils soient sans poids, plus légers qu'une poussière ; je ne voulais plus du contact d'Helena, l'idée de la tendresse m'effrayait, mais également m'effrayait l'éventualité d'une tension ou d'une quelconque dramatisation ; pour cela, à mon corps défendant, je renonçai à ma chemise pour m'asseoir finalement sur le divan, près d'Helena. Ce fut horrible : elle se traîna jusqu'à moi, le visage contre ma jambe qu'elle embrassait ; en un rien de temps ma jambe était mouillée ; mais ce n'étaient pas les baisers : comme elle levait la tête, je constatai que son visage ruisselait de larmes. Elle les essuya en disant : « Ne te fâche pas, mon amour, ne te fâche pas si je pleure. » Se collant encore plus fort à moi, elle m'entoura à bras-le-corps sans plus maîtriser ses sanglots.

« Qu'est-ce qu'il y a ? » lui dis-je.

Hochant la tête, elle dit : « Rien, rien, mon petit fou », et se mit à me couvrir le visage et tout le corps de baisers fébriles. « Je suis folle d'amour », ajouta-t-elle ensuite et, comme je ne disais rien, elle continua : « Tu vas te moquer de moi, mais ça m'est égal, je suis folle d'amour, folle d'amour ! » et comme je ne lui disais toujours rien, elle dit : « Et je suis heureuse... », puis elle m'indiqua la petite table et la bouteille de vodka inachevée : « Dis donc, sers-moi ! »

Je n'avais pas la moindre envie de verser à boire ni à Helena ni à moi ; j'avais peur que de nouveaux verres de vodka ne se soldent par une dangereuse rallonge à cette séance (qui était splendide mais à condition d'être finie, d'être derrière moi).

« Chéri, je t'en supplie ! » Elle montrait toujours la petite table et ajouta en guise d'excuse : « Ne te fâche pas, je suis heureuse, je veux être heureuse...

— Tu n'as peut-être pas besoin de vodka pour ça, dis-je.

— Ne te fâche pas, j'en ai envie ! »

Il n'y avait rien à faire ; je lui remplis un verre. « Tu n'en veux plus, toi ? » demanda-t-elle ; je répondis non de la tête. Elle fit cul sec, puis dit : « Laisse-moi ça ici ! » Je déposai bouteille et petit verre sur le parquet, à portée de main du divan.

Elle se remettait de sa fatigue de tout à l'heure avec une surprenante rapidité ; elle devenait subitement une gamine, elle voulait se réjouir, être gaie et manifester son bonheur. À l'évidence, elle se sentait très libre et naturelle dans sa nudité (n'ayant sur elle que sa montre-bracelet où sonnaillait la miniature du Kremlin au bout de sa chaînette), elle essayait toutes sortes de postures pour se sentir le mieux possible : jambes sous elle croisées à la turque ; puis, ses chevilles une fois dégagées, elle s'appuya sur le coude ; puis se recoucha sur le ventre, le visage enfoncé dans mes cuisses. Encore et encore, elle m'avouait combien elle était heureuse ; en même temps elle cherchait à m'embrasser, ce que je supportais avec beaucoup d'abnégation, surtout parce qu'elle avait la bouche par trop humide et que, mes épaules ou mes joues ne lui suffisant pas, elle s'en prenait, par surcroît, à mes lèvres (et je n'aime pas un baiser mouillé, sauf dans l'aveuglement du désir).

Elle me dit encore qu'elle n'avait jusqu'ici rien vécu de comparable ; je lui répondis (comme ça) qu'elle exagérait. Elle commença à jurer qu'en amour jamais elle ne mentait et que je n'avais aucune raison de ne pas la croire. Développant sa pensée, elle affirmait qu'elle avait tout pressenti, qu'elle avait tout pressenti dès notre première rencontre ; que le corps a son instinct, qui ne trompe pas ; qu'évidemment elle avait été subjuguée par mon intelligence et mon entrain (oui, entrain ! où prenait-elle cela ?), mais qu'elle savait aussi, bien qu'elle n'eût pas osé en parler avant, qu'il y avait eu d'emblée entre nous un de ces accords secrets comme les corps n'en signent qu'une fois dans la vie. « C'est pour cela que je suis tellement heureuse, tu sais ? » Elle s'inclina pour attraper la bouteille et se versa une autre rasade. Le verre vidé, elle rit : « Il faut bien que je boive seule puisque tu ne veux plus, toi ! »

Bien que l'aventure fût pour moi close, je dois confesser que les paroles d'Helena ne m'avaient pas déplu : elles confirmaient la réussite de mon entreprise et le bien-fondé de ma satisfaction. Par la seule raison que je ne savais que dire et que je ne voulais pas avoir l'air taciturne, je lui objectai que, certainement, elle exagérait en parlant d'une expérience qui ne se passe qu'une fois dans la vie ; avec son mari, n'avait-elle pas vécu un grand amour ?

Ces mots plongèrent Helena dans une méditation sérieuse (elle était assise sur le divan, les pieds au sol, légèrement écartés, les coudes s'appuyant sur les genoux, le verre vide dans sa main droite) et elle conclut en disant tout bas : « Oui. »

Elle supputait sans doute que le pathétique de l'expérience qu'elle venait de vivre l'obligeait à une sincérité non moins pathétique. Elle répéta « oui », et dit qu'il serait probablement mauvais de dénigrer ce qu'il y avait eu autrefois au nom de ce miracle de tout à l'heure. Elle but un nouveau verre puis, loquace, développa l'idée que précisément les expériences les plus puissantes sont incomparables entre elles ; pour la femme, aimer à vingt ans et aimer à trente ans sont deux choses tout à fait différentes. Et, que je la comprenne bien : du point de vue non seulement psychique mais aussi physique.

Ensuite (pas très logiquement et sans cohérence), elle assura que j'avais un certain air de ressemblance avec son époux ! Elle ne savait pas trop comment ; bien sûr que je n'avais pas du tout la même allure, mais elle ne se trompait pas, elle avait son infaillible instinct qui lui faisait percer *au-delà* de l'apparence extérieure.

« J'aimerais bien savoir en quoi je ressemble à ton mari », dis-je.

Elle me dit qu'elle s'excusait, que c'était pourtant moi qui l'avais questionnée sur lui, qui avais voulu qu'elle me parle de lui et que, uniquement à cause de cela, elle osait en parler. Mais si je tenais à entendre la vérité vraie, il lui fallait me le dire : deux fois seulement dans sa vie elle avait été attirée avec une violence aussi inconditionnelle : par son mari et par moi. Ce qui nous rendait proches était, à l'écouter, une espèce d'élan vital ; la joie qui rayonnait de nous ; une éternelle jeunesse ; la force.

Voulant éclairer ma ressemblance avec Pavel Zemanek, Helena employait des mots assez confus, mais il était hors de doute qu'elle voyait cette ressemblance, la sentait et y tenait opiniâtrement. Je ne peux dire que ces affirmations m'offensaient ou me blessaient, j'étais seulement abasourdi par leur ridicule insondable ; je me rapprochai de la chaise et commençai de m'habiller avec lenteur.

« Je t'ai vexé, mon amour ? » Helena ressentit mon déplaisir, elle se leva et vint à moi ; elle me câlina le visage et me pria de ne pas lui en vouloir. Elle m'empêchait de me rhabiller. (Pour je ne sais quelles raisons mystérieuses, elle considérait mon pantalon et ma chemise comme ses ennemis.) Elle me disait qu'elle m'aimait vraiment, qu'elle n'avait pas coutume de galvauder ce verbe ; qu'elle saurait bien trouver l'occasion de me le prouver ; que dès mes premières questions à propos de son mari, elle avait deviné que c'était bête de parler de lui ; elle ne voulait pas de l'intrusion d'un autre homme, d'un étranger, dans nos rapports ; oui, d'un étranger, car, depuis longtemps, son époux n'était rien de plus pour elle. « Car enfin, mon petit fou, c'est fini avec lui depuis trois bonnes années déjà. On n'a pas divorcé à cause de la petite. On vit chacun de son côté. Vraiment comme deux étrangers. Il n'est plus pour moi que mon passé, un passé bien lointain…

— C'est la vérité ? demandai-je.

— Oui, c'est la vérité, dit-elle.

— Ne mens pas comme ça, c'est grotesque ! dis-je.

— Mais je ne mens pas ! Nous sommes sous le même toit, mais pas comme mari et femme ; ça, je t'assure, il y a des années qu'on n'en parle plus ! »

Le visage implorant d'une pauvre femme amoureuse me regardait. Plusieurs fois de suite, elle me réaffirma qu'elle avait dit vrai, qu'elle ne me mentait pas ; je n'avais aucune raison d'être jaloux de son mari ; son mari c'est le passé ; elle n'avait donc pas été infidèle aujourd'hui, n'ayant pas à qui l'être ; et je n'avais pas à me tracasser : notre après-midi d'amour avait été non seulement beau mais *pur*.

Saisi d'un effroi lucide, je comprenais tout à coup qu'au fond, je ne pouvais guère ne pas la croire. Lorsqu'elle s'en aperçut, soulagée, elle me demanda et me redemanda de lui dire à haute voix qu'elle m'avait convaincu ; puis elle se versa de la vodka et voulut trinquer avec moi (je refusai) ; elle m'embrassa ; malgré ma chair de poule, je ne pus détourner mon regard ; ses yeux bêtement bleus et sa nudité (mobile et frétillante) me fascinaient.

Cette nudité, je ne la voyais plus comme avant ; c'était d'emblée une nudité *dénudée* ; dénudée du pouvoir excitant qui enveloppait tous les défauts de son âge dans lesquels l'histoire des époux Zemanek paraissait concentrée, et qui m'avaient par suite captivé. Maintenant qu'elle était devant moi, dépouillée, sans mari ni liens conjugaux, rien qu'elle-même, ses défauts physiques avaient brusquement perdu leur charme pervers, et eux aussi n'étaient plus qu'eux-mêmes : de simples défauts physiques.

Helena devenait de plus en plus ivre et de plus en plus contente ; elle était heureuse que j'aie cru à son amour, ne sachant comment manifester ses sensations de bonheur : d'un coup, elle eut l'idée d'ouvrir la radio (me tournant le dos, elle s'accroupit devant le poste et tourna le bouton) ; on entendit du jazz ; Helena se remit debout, les yeux brillants ; elle ébaucha maladroitement les mouvements ondulants d'un twist (terrifié, je regardais ses seins s'envoler de droite et de gauche). Elle pouffa : « C'est bien ? Tu sais, je n'ai jamais dansé ça. » Elle rit à haute voix, et vint m'enlacer ; elle voulait que je la fasse danser ; elle se fâcha de mon refus ; elle disait que ces danses-là, elle ne les connaissait pas et que moi je devais les lui apprendre ; qu'elle comptait sur moi pour lui apprendre beaucoup de choses, qu'elle voulait redevenir jeune avec moi. Elle me pria de l'assurer qu'elle était toujours jeune (je le fis). Elle se rendit compte que j'étais vêtu et qu'elle ne l'était pas ; elle rit ; ça lui paraissait curieusement insolite ; elle demanda si le maître des lieux n'avait pas une grande glace où elle pourrait nous voir. En fait de miroir, il n'y avait qu'un vitrage de bibliothèque ; elle tenta de nous y distinguer, mais l'image manquait de netteté ; elle se rapprocha de la bibliothèque et pouffa de nouveau devant les titres au dos des livres : la Bible, l'*Institution* de Calvin, *Les Provinciales* de Pascal, les ouvrages de Hus ; elle sortit la Bible, se campa dans une pose solennelle, ouvrit le volume au hasard et se mit à lire d'un ton de prédicant. Elle tint à savoir si elle ferait un bon prêtre. Je lui déclarai que cette lecture sacrée lui allait bien, mais qu'elle ferait mieux de se rhabiller parce que M. Kostka allait rentrer. « Quelle heure est-il ? s'informa-t-elle. — Six heures et demie », répondis-je. Elle m'attrapa le poignet gauche, où je porte ma montre, et s'écria : « Menteur ! Six heures moins le quart ! Tu veux te débarrasser de moi ! »

Je souhaitais qu'elle fût loin ; que son corps (si désespérément matériel) se dématérialisât, fondît, s'en allât en ruisseau, ou encore disparût en vapeur par la fenêtre — mais ce corps était là, corps qu'à personne je n'avais volé, en qui je n'avais ni vaincu ni détruit personne, corps laissé pour compte, abandonné par l'époux, corps dont j'avais prétendu abuser mais qui avait abusé de moi, et qui maintenant jouissait impertinemment de ce triomphe, exultait, bondissait de joie.

Il ne me fut pas accordé de pouvoir abréger mon étrange supplice. Vers six heures et demie elle commença enfin à se rhabiller. Elle vit alors sur son bras la marque rouge de mes coups ; elle la caressa ; elle dit que ça lui ferait un souvenir de moi jusqu'à notre prochaine rencontre ; puis elle se reprit très vite : nous allions sûrement nous revoir bien avant que ce souvenir ne s'efface de sa chair ! Debout contre moi (un bas déjà enfilé, l'autre à la main), elle voulait que je lui promette qu'on se verrait vraiment bien avant ; j'acquiesçai d'un signe de tête ; ça ne lui suffisait pas, elle exigea ma parole que nous nous reverrions encore *beaucoup de fois* d'ici là.

Elle fut très longue à s'habiller. Elle partit quelques minutes avant sept heures.

5

J'ouvris la fenêtre, impatient du courant d'air qui emporterait vite tout souvenir de cet inutile après-midi, tout résidu d'odeur ou de sensation. J'enlevai la bouteille, rangeai les coussins du divan et lorsqu'il m'eut semblé que toute trace avait disparu, je m'affalai dans le fauteuil, près de la fenêtre, dans l'attente (presque instante) de Kostka : de sa voix d'homme (j'avais grand besoin d'une voix d'homme, profonde), de sa haute taille avec sa poitrine *plate*, de ses propos paisibles, dans l'attente aussi de ce qu'il m'apprendrait de Lucie, qui, contrairement à Helena, avait été si doucement immatérielle, abstraite, si éloignée des conflits, des tensions et des drames ; et cependant pas tellement sans influence sur ma vie ; l'idée me vint que cette influence s'exerçait de la même façon que, selon les astrologues, les mouvements des étoiles influencent la vie humaine ; au creux du fauteuil (face à la fenêtre ouverte qui expulsait l'odeur d'Helena) je pensais être venu à bout de mon rébus superstitieux, en devinant pourquoi Lucie avait traversé le ciel de ces deux journées : seulement pour réduire à rien ma vengeance, pour résoudre en brume tout ce qui m'avait conduit ici ; car Lucie, cette femme que j'avais tant aimée et qui, inexplicablement, m'avait échappé au dernier moment, était la déesse de la fuite, la déesse de la vaine poursuite, la déesse des brumes ; elle tient toujours ma tête entre ses mains.

SIXIÈME PARTIE

KOSTKA

I

Il y a longtemps qu'on ne s'était pas vus, mais, en fait, nous nous sommes assez rarement vus. C'eſt étrange parce que, en imagination, je le rencontre souvent, Ludvik Jahn, très souvent, lui deſtinant mes soliloques comme à mon principal adversaire. Je m'étais tellement habitué à sa présence immatérielle qu'hier tombant sur lui à l'improviſte, en chair et en os, après de nombreuses années, je suis reſté pantois.

J'ai appelé Ludvik mon adversaire. Ai-je le droit de l'appeler ainsi ? Par coïncidence, chaque fois que nous nous sommes rencontrés, je me trouvais presque sans secours et c'eſt lui qui, chaque fois, m'a aidé. Cependant, sous cette alliance, il y a toujours eu un abîme de désaccord. J'ignore si Ludvik l'a comme moi mesuré. En tout cas, il donnait plus d'importance à notre lien externe qu'à notre différence interne. Irréconciliable avec les ennemis extérieurs et tolérant quant aux différends intérieurs. Moi, non. Moi, c'eſt juſte le contraire. Ce qui ne veut pas dire que je n'aime pas Ludvik. Je l'aime, comme nous aimons nos adversaires.

2

J'ai fait sa connaissance lors d'une de ces réunions mouvementées dont, en l'année quarante-sept, les facultés bouillonnaient. L'avenir de la nation se trouvait en balance. J'étais dans toutes les discussions, controverses et votes, du côté de la minorité communiste, contre ceux qui formaient à l'époque la majorité dans les universités.

Bien des chrétiens, catholiques ou protestants, m'en tenaient rigueur. Ils considéraient comme une trahison que je me fusse solidarisé avec un mouvement qui avait inscrit l'athéisme sur son enseigne. Ceux qu'il m'arrive de rencontrer aujourd'hui croient qu'après ces quinze ans j'ai pris conscience de mon erreur. Mais je suis forcé de les décevoir. Je n'ai pas jusqu'ici changé d'attitude.

Évidemment que le mouvement communiste est sans Dieu. Toutefois, seuls les chrétiens refusant de voir la poutre qu'ils ont dans l'œil peuvent en faire grief au seul communisme. Je dis : les chrétiens. Mais où sont-ils au juste ? À la ronde, je ne vois que des pseudo-chrétiens, qui vivent exactement comme des incroyants. Or, être chrétien, cela signifie vivre autrement. Cela signifie suivre la route du Christ, *imiter* le Christ. Cela signifie se détacher des intérêts particuliers, du bien-être et du pouvoir personnels, se tourner vers les pauvres, les humiliés, vers ceux qui souffrent. Est-ce cela que les Églises faisaient ? Mon père était un ouvrier perpétuellement en chômage, humble dans sa foi. Il tournait vers Dieu son visage pieux, mais l'Église, elle, jamais ne tourna son visage vers lui. Il resta abandonné au milieu de ses semblables, abandonné dans le sein de l'Église, seul avec son Dieu, jusqu'à sa maladie et sa mort.

Les Églises n'ont pas compris que le mouvement ouvrier était le mouvement des humiliés et des soupirants affamés de justice. Elles ne se souciaient pas d'instaurer, avec eux et pour eux, le royaume de Dieu sur la terre. Elles se sont alliées aux oppresseurs, et ainsi ont enlevé Dieu au mouvement ouvrier. Et voici qu'elles prétendent lui reprocher d'être sans Dieu ? Quel pharisaïsme ! Certes, le mouvement socialiste est athée, seulement, moi, je vois là un blâme divin, qui s'adresse à nous, aux chrétiens ! Blâme pour notre carence du cœur à l'égard des miséreux et des éprouvés.

Et que me faut-il faire en cette occurrence ? M'effrayer du nombre décroissant de fidèles ? M'épouvanter de ce que l'école enseigne aux enfants une pensée antireligieuse ? Non. La véritable religion n'a nul besoin des faveurs de la puissance séculière. La malveillance séculière n'a d'autre effet que de fortifier la foi.

Ou bien devrais-je combattre le socialisme parce qu'il est, par notre faute, athée ? Je ne peux que déplorer la tragique méprise qui éloigna le socialisme de Dieu. Je ne puis que m'efforcer de la mettre en lumière et travailler à la réparer.

Au reste, pourquoi cette inquiétude, chrétiens, mes frères ? Tout s'accomplit par la volonté de Dieu et, souvent, je me demande si ce n'est pas à dessein que Dieu fait connaître à l'humanité que l'homme ne saurait s'asseoir impunément sur son trône à lui, et que si équitable soit-elle, l'ordonnance des choses de ce monde hors de sa participation ne peut que mal tourner et se corrompre.

Je me rappelle ces années où, chez nous, les gens déjà se croyaient à deux pas du paradis. Et comme ils étaient fiers : c'était leur paradis, ils allaient y parvenir sans que personne dût les aider du haut des cieux ! Seulement, après, il s'est évaporé sous leurs yeux.

3

Avant Février 1948, mon christianisme arrangeait les communistes. Ils aimaient bien m'entendre expliquer le contenu social de l'Évangile, tonner contre ce vieux monde vermoulu qui croulait sous ses biens et ses guerres, démontrer la parenté du christianisme et du communisme. Il s'agissait pour eux de gagner à leur cause les couches les plus larges et donc aussi les croyants. Mais, passé Février, tout commençait à changer. En tant qu'assistant, j'avais pris la défense de plusieurs étudiants menacés d'exclusion de la faculté à cause des idées politiques de leurs parents. Ma protestation m'avait valu un conflit avec la direction de l'établissement. Des voix s'élevèrent pour dire qu'un homme aux convictions religieuses aussi tranchées ne pouvait éduquer la jeunesse socialiste. Il semblait que je serais contraint de me battre pour subsister. C'est alors que j'appris que l'étudiant Ludvik Jahn venait de parler en ma faveur lors d'une réunion plénière du Parti. Oublier ce que j'avais représenté pour le Parti à la veille de Février eût été d'après lui pure ingratitude. Et comme on lui objectait mon christianisme, il avait rétorqué que, dans ma vie, la religion ne serait qu'une phase transitoire que je dépasserais grâce à mon jeune âge.

J'allai le remercier de son soutien. Je lui dis en même temps que j'étais plus vieux que lui et qu'il n'y avait pas d'espoir que je puisse « dépasser » ma foi. Un débat s'engagea sur l'existence de Dieu, sur la finitude et l'éternité, la position de Descartes face à la religion, la question de savoir si Spinoza était matérialiste et beaucoup d'autres choses. Nous ne parvînmes pas à nous entendre. Pour finir, je demandai à Ludvik s'il ne regrettait pas de m'avoir appuyé, dès lors que je lui apparaissais irrécupérable. Il me dit que ma croyance religieuse était mon affaire à moi et qu'après tout ça ne regardait personne.

Je n'eus pas d'autre occasion de le rencontrer à la faculté. Nos destinées devaient s'avérer d'autant plus proches. Quelque trois mois après notre entretien, Jahn fut écarté du Parti et de la faculté. Et six autres mois plus tard, mon tour venait de quitter l'Université. Étais-je mis à la porte ? Poussé à m'en aller ? Je ne saurais dire. Il est vrai que les voix s'étaient multipliées contre ma personne et mes convictions. Il est vrai que certains collègues m'avaient laissé entendre que je devrais faire une sorte de déclaration publique colorée d'athéisme. Il est vrai enfin qu'il y avait eu pendant mes cours quelques interventions agressives de la part d'étudiants communistes qui offensaient ma foi. Une proposition tendant à mon départ était dans l'air. Mais il n'est pas moins vrai que je comptais toujours, parmi les communistes de la faculté, pas mal d'amis qui m'estimaient en raison de mon attitude d'avant Février. Peut-être eût-il suffi de peu : que je commence à me défendre. Certainement je les aurais trouvés derrière moi. Seulement, je n'en fis rien.

4

« Suivez-moi », dit Jésus à ses disciples et, sans récriminer, eux quittèrent leurs filets, leurs barques, leurs foyers, leurs familles, et ils le suivirent. « Quiconque met la main à la charrue, et regarde en arrière, n'est pas propre au royaume de Dieu. »

Si nous écoutons l'appel du Christ, nous devons le suivre sans condition. Tout cela est archiconnu par l'Évangile, mais à l'époque moderne, ces paroles ne rendent qu'un son de conte de fées. Un appel, à quoi cela peut-il rimer dans la prose de nos existences ? Où nous faudrait-il aller et qui devrions-nous suivre, abandonnant nos filets ?

Et pourtant la voix de l'appel résonne même dans notre monde, pour peu que nous ayons l'ouïe aiguë. L'appel, bien sûr, ne nous arrive pas par la poste, comme une dépêche recommandée. Il arrive masqué. Rarement sous un travesti rose et séduisant. « Ce n'est pas à l'action que tu choisiras mais à ce qui t'adviendra contre ton choix, contre ta pensée et contre ton désir que tu dois te dévouer, c'est là où est ta voie, où je t'appelle, où tu dois me suivre, c'est là où est passé ton maître… » a écrit Luther.

J'avais beaucoup de raisons de tenir à ma place d'assistant. Relativement confortable, elle comportait beaucoup de temps libre pour la poursuite de mes études et promettait pour le restant de mes jours une carrière de professeur d'Université. Mais ce qui, précisément, m'épouvanta, ce fut que je tenais à mon poste. Cela m'épouvanta d'autant plus que je voyais alors nombre de gens de valeur, pédagogues ou étudiants, éloignés par force de leur travail. J'eus peur de me cramponner à une bonne situation dont les perspectives assurées me séparaient du sort précaire de mes semblables. Je compris que les suggestions visant à me faire partir de la faculté étaient un *appel*. J'entendais quelqu'un me rappeler. Quelqu'un qui me mettait en garde contre le confort de ma carrière susceptible d'enchaîner ma pensée, ma croyance et jusqu'à ma conscience.

Ma femme, qui m'avait donné un enfant, alors âgé de cinq ans, me pressait, bien entendu, de mille manières, de me défendre et de tout mettre en œuvre afin de me maintenir à la faculté. Elle pensait au petit garçon, à l'avenir de la famille. Rien d'autre ne comptait pour elle. Quand je regardais ses traits déjà flétris, je m'effrayais de cet infini de soucis, soucis pour le lendemain et pour l'année suivante, soucis pour tous les jours et les années à venir. Je m'effrayais de ce poids et entendais en mon âme les paroles de Jésus : « Ne soyez donc point en souci pour le lendemain ; car le lendemain aura soin de lui-même. À chaque jour suffit sa peine. »

Mes ennemis pensaient que j'allais me ronger de tourments, et voilà que je ressentis une insouciance imprévue. Ils s'imaginaient que je sentirais ma liberté restreinte, et c'est tout juste à ce moment que je découvris pour moi la liberté réelle. Je compris que l'homme n'a rien à perdre, que sa place est partout, partout où le Christ est allé, ce qui signifie : partout parmi les hommes.

Surpris d'abord et contrit, j'allai au-devant de la méchanceté de mes adversaires. J'acceptai le tort qu'ils m'infligeaient comme un appel chiffré.

5

Les communistes supposent, tout à fait religieusement, que l'homme coupable au regard du Parti peut obtenir l'absolution s'il va travailler pendant un certain temps parmi les agriculteurs ou les ouvriers. Au cours des années qui suivirent Février, beaucoup d'intellectuels prenaient ainsi, pour une période plus ou moins prolongée, le chemin des mines, des fabriques, des chantiers et des fermes d'État d'où, après une mystérieuse purification dans l'ambiance de ces lieux, il leur était possible de réintégrer les administrations, écoles ou secrétariats.

Lorsque j'offris à la direction de la faculté de m'en aller sans demander l'attribution d'un poste de chercheur scientifique, désirant au contraire un emploi dans un milieu populaire, de préférence comme travailleur spécialisé quelque part dans une ferme d'État, mes collègues communistes, amis ou adversaires, interprétèrent ma démarche non pas au sens de ma foi, mais de la leur : comme la manifestation d'une exceptionnelle aptitude à l'autocritique. L'ayant appréciée, ils m'aidèrent à trouver une place de choix dans une ferme d'État en Bohême occidentale, avec un bon directeur et dans un beau paysage. Comme viatique, on m'établit une fiche de notes personnelle singulièrement élogieuse.

Ma nouvelle situation me combla d'une vraie joie. Je me sentais renaître. La ferme d'État avait été créée dans une commune abandonnée, proche de la frontière et à peine à moitié repeuplée depuis la déportation des Allemands à la suite de la guerre. Tout autour s'étendaient des collines pour la plupart déboisées, couvertes de pâturages. Des maisonnettes de villages s'éparpillaient au fond des vallées. Les brumes voguant par là se posaient comme paravent mouvant entre moi et la terre habitée, de sorte que le monde semblait au cinquième jour de la création, quand Dieu hésitait encore s'il allait le confier aux hommes.

Même les gens avaient plus de consistance. Ils faisaient face à la nature, aux herbages sans bornes, aux troupeaux de vaches et de brebis. Je respirais bien en leur compagnie. Les idées m'étaient vite venues sur le meilleur parti à tirer de la végétation de ces paysages vallonnés : engrais, ensilage rationnel des foins, champs expérimentaux de plantes médicinales, serre. Le directeur m'était reconnaissant de mes initiatives, et moi je lui vouais gratitude de ce qu'il me permettait de gagner mon pain par une besogne utile.

6

On était en 1951. Septembre avait été frileux mais s'était brusquement réchauffé vers la mi-octobre, et l'automne fut beau jusqu'au fort du mois de novembre. Les meules qui séchaient à flanc de prairie exhalaient leur odeur à la ronde. Dans l'herbe, luisait le frêle corps des colchiques. Dans les hameaux des alentours on commençait à parler de la jeune vagabonde.

Des garnements d'un village voisin étaient allés aux prés fauchés. Alors qu'ils se racontaient à grand bruit leurs histoires, ils avaient aperçu une fille qui sortait d'une meule, toute dépeignée, des brins d'herbe sèche dans les cheveux, une fille qu'aucun d'eux n'avait jamais vue par ici. Effarouchée, elle s'était retournée de tous côtés avant de se sauver vers la forêt. Le temps qu'ils aient eu l'idée de lui courir après, ils l'avaient perdue de vue.

À cela s'ajoutait le récit d'une paysanne du même endroit : un après-midi qu'elle vaquait dans la cour, avait surgi une gamine d'une vingtaine d'années, manteau très usé, lui demandant, la tête baissée, un morceau de pain. « Où donc vas-tu comme ça ? » avait dit la femme. La jeune fille avait répondu qu'elle avait un long chemin devant elle. « Et tu fais ça à pied ? — J'ai perdu l'argent qui me restait », répondit-elle. La paysanne n'insista pas et lui donna du pain et du lait.

Puis, notre berger, lui aussi, raconta son histoire : une fois, sur les hauteurs, il avait déposé sa tartine et son pot à lait contre une souche. Il s'était éloigné un moment vers son troupeau et, quand il était revenu, le pain avait mystérieusement disparu avec le pot.

Les enfants s'étaient tout de suite emparés de ces nouvelles que leur imagination multipliait avidement. Il suffisait qu'on annonce la perte de quelque objet pour qu'ils y trouvent confirmation de l'existence de l'inconnue. L'eau était très froide en ce début de novembre, néanmoins ils l'avaient vue à l'approche du soir en train de se baigner dans un étang pas loin du village. Une autre fois, on avait entendu, le soir, quelque part au loin, le chant grêle d'une voix féminine. Les adultes soutenaient qu'on avait mis la radio dans un des chalets sur les pentes, mais les gosses savaient bien que c'était elle, la sauvageonne, qui marchait sur les crêtes, les cheveux fous, et chantait.

Un autre soir, ils avaient fait un feu de fanes dans un champ et jeté des pommes de terre dans la cendre ardente. Et puis ils avaient regardé vers l'orée de la forêt, et une petite fille s'était récriée qu'elle la voyait les observant de la pénombre. À ces mots, un garçon avait attrapé une motte de terre et l'avait lancée dans la direction que la petite fille avait indiquée. Curieusement aucun cri ne se fit entendre, mais il se produisit autre chose. Tous les enfants s'en prirent au lanceur de la motte et faillirent lui tomber dessus.

Oui, c'était ainsi : jamais l'habituelle cruauté enfantine ne se laissa réveiller par l'histoire de la jeune fille errante, en dépit des larcins attachés à l'idée qu'on avait d'elle. Des sympathies cachées lui étaient acquises depuis le premier instant. Les cœurs étaient-ils touchés par l'innocente insignifiance de ses vols ? Par son âge tendre ? Ou bien était-ce la main d'un ange qui la protégeait ?

Que ce fût comme ceci ou comme cela, la motte jetée avait allumé l'amour des enfants pour l'errante. En quittant leur feu moribond, ils laissèrent tout auprès un tas de pommes de terre cuites, sous un lit de fines braises pour les maintenir tièdes, une branche de sapin fichée sur cet amas. Ils avaient même trouvé un nom pour la fille. Sur une feuille de cahier arrachée, ils avaient crayonné en grosses lettres : *Vagabondine, voici pour toi.* Ils avaient placé le papier près du tas avec une motte dessus. Ensuite, ils allèrent se poster dans les broussailles afin de suivre l'approche de la craintive silhouette. Le soir s'épaississait en nuit et personne ne se montrait. Les enfants durent enfin sortir de leurs cachettes pour rentrer à la maison. Mais le lendemain, de très bonne heure, tous revinrent au galop dans le champ. Les pommes de terre avaient disparu ainsi que le papier et la branche.

La fille devint une fée que les enfants gâtaient. Ils lui déposaient un petit pot de lait, du pain, des pommes de terre, avec de petites lettres. Ils changeaient chaque fois de place pour leurs cadeaux. Ils évitaient de lui poser sa nourriture en un lieu fixe, comme on l'aurait fait pour un mendiant. Ils jouaient avec elle. À la chasse au trésor. Partis de l'endroit où ils avaient laissé le premier tas de pommes de terre rôties, ils s'écartaient peu à peu du village et s'enfonçaient dans la campagne. Ils laissaient leurs trésors près des souches, au pied d'un rocher, près d'un calvaire, près d'un églantier. Personne ne reçut confidence de ces cachettes. Ils se gardèrent d'un seul accroc à la toile d'araignée de ce jeu, jamais ils n'épièrent Vagabondine, jamais ne lui barrèrent la route. Ils l'acceptèrent invisible.

7

Ce conte ne dura guère. Le directeur de notre ferme s'en fut un jour, en compagnie du président du Comité national de la commune, loin sur les hauteurs, afin de répertorier plusieurs maisons inhabitées dont on voulait faire des dortoirs pour des ouvriers agricoles occupés à l'écart du bourg. En chemin, ils furent pris sous une ondée. Il n'y avait, à proximité, qu'un bosquet de jeunes épicéas, avec, à sa lisière, une petite grange. Ils y coururent, retirèrent la cheville de bois qui servait de serrure et foncèrent à l'intérieur. Le jour entrait par la porte autant que par les fissures du toit. Dans un coin, le foin était creusé comme un lit. C'est là qu'ils s'étendirent ; ils écoutaient le floc des gouttes sur le toit, ils respiraient le parfum entêtant, et bavardaient. Soudain, en plongeant les doigts dans le mur de fourrage qui s'élevait sur sa droite, le président tâta sous les brins secs une surface dure. C'était une petite valise. Vétuste, en carton bouilli de quatre sous. Je ne sais pas combien de temps les deux hommes hésitèrent devant le mystère. Ce qui ne fait pas de doute, c'est qu'ils ouvrirent la valise où ils découvrirent quatre robes de jeune fille, neuves, superbes. La belle apparence de ces vêtements formait, paraît-il, contraste inattendu avec l'aspect usé de la valise, et suggérait le soupçon du vol. Les robes recouvraient un peu de lingerie de femme et un paquet de lettres lié avec une faveur bleue. C'était tout. Aujourd'hui encore je ne sais rien de ces lettres, j'ignore même si le directeur et le président les ont lues. Je sais seulement qu'elles leur révélèrent le nom de la destinataire : Lucie Sebetkova.

Quand ils eurent tous les deux assez médité sur leur trouvaille, le président détecta un second objet dans le foin. Un pot à lait, écaillé. Le pot, en émail bleu, dont, à l'auberge, tous les soirs depuis quinze jours, le berger de la ferme racontait la perte énigmatique.

Après, l'affaire suivit son cours. Le président se mit à l'affût dans les taillis, tandis que le directeur redescendait au bourg d'où il dépêcha un gendarme. L'obscurité venue, la jeune fille regagnait son abri odorant. Ils la laissèrent entrer, repousser la porte derrière elle, patientèrent une demi-minute et puis pénétrèrent à leur tour.

8

Les deux hommes qui piégèrent Lucie dans la grange à fourrage étaient de braves gens. Le président, ancien ouvrier agricole, était un honnête homme, père de six enfants. Quant au gendarme, c'était un rustaud candide et bonhomme aux grandes moustaches. Ni l'un ni l'autre n'aurait fait de mal à une mouche.

Et pourtant, j'avais ressenti une curieuse souffrance dans l'instant où j'appris comment Lucie s'était trouvée prise. Aujourd'hui encore, mon cœur étouffe lorsque je me représente le directeur et le président fourgonnant dans sa valise, détenant entre leurs mains toute son intimité matérialisée, les doux secrets de son linge sali, regardant là où il ne faut pas regarder.

Et la même souffrance m'étreint à l'autre image ; image de cette fragile tanière de foin sans nul moyen de fuir, l'unique issue étant bouchée par deux gaillards de haute stature.

Plus tard, en connaissant mieux l'histoire de Lucie, je compris avec étonnement qu'à travers ces deux images torturantes, l'essence même de son destin s'était alors immédiatement dévoilée devant moi. Ces deux images représentaient une *situation de viol.*

9

Cette nuit-là, Lucie ne dormit plus dans la grange, mais sur un lit de fer dressé dans une boutique désaffectée qui servait de poste au Corps de sécurité. Le lendemain, on l'interrogea au Comité national. On apprit qu'elle avait jusque-là travaillé à Ostrava, où elle résidait. Elle s'en était enfuie, incapable d'y tenir plus longtemps. Lorsqu'ils voulurent des précisions, ils butèrent contre un silence têtu.

Pourquoi cette fugue jusqu'ici ? Ses parents, dit-elle, habitaient Cheb. Pour quelle raison n'était-elle pas retournée chez eux ? Elle était descendue du train bien avant d'arriver dans cette ville, cédant à une peur panique. Son père n'avait jamais su que la battre.

Le président du Comité national déclara à Lucie qu'on allait la renvoyer à Ostrava, d'où elle était partie sans avoir demandé son congé comme elle aurait dû. Lucie leur dit qu'elle quitterait le train à la première gare. Ils crièrent un peu, mais ne furent pas longs à comprendre que cela n'arrangeait rien. Ils lui demandèrent en conséquence s'ils devaient l'expédier chez elle, à Cheb. Elle secoua la tête avec véhémence. Ils furent sévères encore un moment et puis le président céda à sa propre bonté. « Alors qu'est-ce que tu veux ? » Elle voulut savoir si elle ne pourrait pas rester, trouver du travail ici. Ils haussèrent les épaules et lui répondirent qu'ils iraient voir à la ferme d'État.

La pénurie de main-d'œuvre causait au directeur de constantes difficultés. Aussi accepta-t-il sans hésiter la proposition du Comité national. Après quoi il m'annonça que j'allais enfin recevoir, pour la serre, l'ouvrière que je réclamais depuis longtemps. Et le même jour le président du Comité national vint me présenter Lucie.

Je me souviens bien de ce jour. La fin de novembre approchait et, après des semaines de soleil, l'automne venait juste de montrer son visage de vent et de pluie. Il bruinait. Dans un manteau marron, valise au bout du bras, la tête penchée et les yeux indifférents, elle était à côté du président. Il tenait à la main le pot à lait bleu et prononça solennellement : « Si tu as fait quelque chose de mal, nous t'avons pardonné et nous te faisons confiance. On pouvait te faire retourner à Ostrava, mais on te laisse rester ici. La classe ouvrière a besoin d'honnêtes gens n'importe où. Tâche de ne pas la décevoir ! »

Pendant qu'il allait déposer au bureau le pot à lait pour notre berger, j'emmenai Lucie à la serre, la présentai à ses deux compagnes de travail et la mis au courant.

10

Dans mon souvenir, Lucie éclipse tout ce que je vivais alors. Dans son ombre, mais tout de même assez nette, la silhouette du président du Comité national se découpe. Lorsque vous étiez hier devant moi, Ludvik, assis dans ce fauteuil, je n'ai pas voulu vous froisser. Maintenant que vous êtes de nouveau avec moi tel que vous m'êtes le plus familier, comme une image, comme une ombre, je vais vous le dire : cet ancien ouvrier agricole, qui voulait bâtir un paradis pour ses compagnons de misère, cet honnête homme qui prononçait avec un enthousiasme naïf les grands mots de pardon, de confiance, de classe ouvrière, était beaucoup plus proche de mon cœur et de ma pensée que vous, quoiqu'il ne m'ait jamais témoigné de faveur personnelle.

Jadis, vous prétendiez que le socialisme avait poussé sur le tronc du rationalisme et du scepticisme européens, hors de la religion ou contre la religion, et qu'il n'était pas concevable autrement. Mais voulez-vous toujours soutenir sérieusement qu'il n'y a pas moyen d'édifier une société socialiste sans croire à la primauté de la matière ? Êtes-vous vraiment sûr que des hommes croyant en Dieu ne peuvent pas nationaliser les usines ?

Je suis absolument certain que la lignée spirituelle qui se réclame du message de Jésus mène à l'égalité sociale et au socialisme bien plus naturellement. Et quand je me rappelle les plus ardents communistes de la première période socialiste dans mon pays, comme par exemple ce président qui remit Lucie entre mes mains, ces gens-là m'apparaissent beaucoup plus proches des zélateurs religieux que des voltairiens douteurs. L'époque révolutionnaire après 1948 n'avait pas grand-chose de commun avec le scepticisme ou le rationalisme. C'était le temps de la grande foi collective. L'homme qui, l'approuvant, marchait avec cette époque était habité de sensations fort voisines de celles que procure la religion : il renonçait à son moi, à son intérêt, à sa vie privée, pour quelque chose de plus élevé, de supra-personnel. Les thèses du marxisme, certes, ont une origine profane, mais la portée qu'on leur reconnaissait était comparable à celle de l'Évangile et des commandements bibliques. Il se créait un cercle d'idées intouchables, donc, dans notre terminologie, sacrées.

Cette époque en partance, ou partie déjà, avait en elle quelque chose de l'esprit des grandes religions. Dommage qu'elle n'ait pas su conduire jusqu'au bout sa religieuse connaissance de soi ! De la religion, elle avait les gestes et les sentiments, mais, au-dedans, elle restait creuse et sans Dieu. Pourtant, moi, je croyais toujours que le Seigneur s'apitoierait, qu'il se ferait connaître, qu'à la fin il sanctifierait cette grande foi profane. J'attendais en vain.

Cette époque a trahi, à la fin, sa religiosité et elle a payé les frais de l'héritage rationaliste dont elle ne se réclamait que parce qu'elle ne se comprenait pas elle-même. Depuis des siècles le scepticisme rationaliste corrode le christianisme. Il le corrode mais il ne le détruira pas. Mais quant à la théorie communiste, pourtant son œuvre à lui, il la détruira d'ici quelques décennies. En vous, Ludvik, il l'a déjà détruite. Et vous le savez bien.

11

Quand les gens réussissent à s'évader au royaume des contes, il peut leur arriver d'être pleins de noblesse, de compassion, de poésie. Dans le royaume de la vie quotidienne, ils sont dominés, hélas, par les précautions, la méfiance et les suspicions. C'est ainsi qu'ils se comportèrent envers Lucie. Dès qu'elle sortit de l'empire des contes d'enfants et devint une véritable jeune fille, partageant les occupations et le sommeil des autres ouvrières, elle fut du même coup la cible d'une curiosité non dépourvue de cette méchanceté que les humains gardent pour les anges rejetés des cieux et pour les fées chassées d'un conte.

Son naturel silencieux ne servit guère Lucie. D'Ostrava, la ferme d'État reçut, au bout d'un mois, son dossier du service des cadres. Ces notes nous révélèrent qu'elle avait tout d'abord travaillé comme apprentie coiffeuse à Cheb. À la suite d'une infraction aux bonnes mœurs, elle avait passé un an dans une maison de correction et c'est de là qu'elle était allée à Ostrava. Ses qualités d'ouvrière s'y affirmaient sans conteste. Au foyer où elle logeait, sa conduite était exemplaire. Avant sa disparition, elle avait commis un seul délit, tout à fait insolite : on l'avait prise en train de voler des fleurs au cimetière.

Les renseignements étaient sommaires et, loin d'éclaircir le secret de Lucie, ils le rendaient encore plus énigmatique.

J'avais promis au directeur de m'occuper de Lucie. Elle m'attirait. Taciturne, elle se donnait à sa tâche. Il y avait du calme dans sa timidité. Je n'observais chez elle aucune des marques d'excentricité qu'on aurait pu attendre d'une jeune personne ayant vécu plusieurs semaines en vagabonde. Elle déclarait qu'elle se trouvait bien à la ferme et qu'elle n'avait pas l'intention d'en partir. Douce, prompte à céder dans toute dispute, elle s'était concilié les bonnes grâces de ses compagnes. Il n'empêche que son laconisme conservait je ne sais quel signe d'un sort douloureux et d'une âme meurtrie. Je ne souhaitais rien tant que l'entendre se confesser à moi, mais je savais qu'elle avait, dans sa vie, essuyé force questions qui devaient lui évoquer l'image d'un interrogatoire. Aussi je ne lui demandai rien et me mis moi-même à raconter. Je lui parlais tous les jours. Je lui expliquais mes projets de créer à la ferme un champ de plantes médicinales. Je lui racontais que les paysans d'autrefois se soignaient en faisant bouillir ou macérer différents végétaux. Je lui parlais de la pimprenelle, qu'on a utilisée contre le choléra ou la peste, de la saxifrage qui casse la pierre dans la vessie et la vésicule biliaire. Lucie écoutait. Elle aimait les plantes. Mais quelle sainte simplicité ! Elle n'en savait rien, elle était incapable d'en nommer une seule.

L'hiver attaquait et Lucie, à part ses belles robes d'été, n'avait rien à se mettre. Je l'aidai à répartir ses finances. Je l'amenai à s'acheter un imperméable et un chandail, par la suite d'autres choses aussi : chaussures, pyjama, bas, manteau épais…

Je lui demandai un jour si elle croyait en Dieu. Sa réponse me parut remarquable. Elle n'avait dit ni oui ni non. Elle avait à peine haussé les épaules et dit : « Je ne sais pas. » Je lui demandai si elle savait qui était Jésus-Christ. Elle avait répondu oui. En fait, elle ignorait tout de lui. Son nom se liait pour elle vaguement à l'image de Noël, à un brouillard de deux ou trois représentations qui ne composaient pas le moindre sens. Lucie n'avait jusque-là connu ni la foi ni l'incroyance. Je ressentis un vertige identique, peut-être, à celui que connaît un amoureux quand il découvre qu'aucune chair masculine ne l'a précédé dans sa bien-aimée. « Tu voudrais que je te parle de lui ? » proposai-je ; elle fit un signe de consentement. Les pâturages et les collines étaient déjà sous la neige. Je racontai. Lucie m'écoutait…

12

Il y en avait eu trop sur ses épaules fragiles. Elle aurait eu besoin de quelqu'un qui l'aurait aidée, mais personne n'avait su le faire. Le secours que la religion t'offre, Lucie, est simple : donne-toi. Donne-toi avec ton fardeau, qui te fait chanceler. Il y a un grand soulagement dans le don de soi. Je sais que tu n'avais pas à qui te donner, parce que tu redoutais les gens. Mais il y a Dieu. Donne-toi à lui. Tu te sentiras légère.

Se donner, cela signifie déposer la vie passée. La retirer de l'âme. Se confesser. Dis-moi, Lucie, pourquoi t'es-tu enfuie d'Ostrava ? À cause de ces fleurs sur une tombe ?

Aussi.

Mais pourquoi les avais-tu prises ?

C'est parce qu'elle était triste. Elle les mettait dans un vase, dans sa chambre du foyer. Elle en cueillait aussi en pleine nature, seulement Ostrava est une ville noire et, loin à la ronde, il n'y a pas de nature ; que des crassiers, des palissades, des terrains en friche, un boqueteau par-ci, par-là, plein de suie. De belles fleurs, Lucie n'en avait trouvé qu'au cimetière. Fleurs sublimes, fleurs solennelles. Des glaïeuls, des roses ou des lis. Et puis des chrysanthèmes, leurs volumineuses boules de pétales fragiles…

Et comment est-ce qu'ils t'ont attrapée ?

C'était souvent qu'elle y allait, au cimetière, l'endroit lui plaisait. Non seulement pour les fleurs qu'elle en rapportait, mais à cause du calme. Ce calme la soulageait. Chaque tombe était un jardinet en soi, alors elle s'attardait auprès de chacune, avec son monument, ses inscriptions éplorées. Afin qu'on ne la dérangeât pas, elle copiait les façons de certains visiteurs, personnes d'âge surtout, s'agenouillant au pied des tombes. Une fois, elle s'était ainsi complu devant une sépulture encore fraîche. Le cercueil avait été enseveli peu de jours auparavant. La terre était encore molle, jonchée de couronnes et, devant, dans un vase, il y avait un bouquet de roses. Lucie était à genoux et le saule pleureur, au-dessus, était comme une voûte céleste intime et murmurante. Elle fondait d'un bonheur inexprimable. Au même instant s'approchait un vieux monsieur avec son épouse. Peut-être était-ce la tombe de leur fils, de leur frère, qui sait. Ils virent une jeune inconnue prosternée auprès de la tombe. Ils s'étonnèrent. Qui pouvait-elle être ? Cette apparition semblait leur cacher un secret, un secret de famille, peut-être quelque parente qu'ils n'avaient jamais vue, ou bien une maîtresse du disparu... Ils s'étaient arrêtés, n'osant l'importuner. Ils la regardaient de loin. Voici qu'elle se relève, retire du vase ce bouquet de belles roses qu'eux-mêmes y avaient placé dernièrement, se retourne et s'éloigne. Ils s'élancent alors derrière elle. Qui êtes-vous, demandèrent-ils. Elle ne savait quoi dire, elle bégayait de confusion. Ils s'aperçurent qu'elle ignorait tout de leur défunt. Ils appelèrent une jardinière à la rescousse. Sommèrent la jeune fille de montrer ses papiers. La tancèrent à grands cris et déclarèrent qu'il n'y avait rien de plus abominable que de piller les morts. La jardinière confirma que ce n'était pas le premier vol de fleurs dans son cimetière. Ils firent venir un agent, Lucie fut à nouveau harcelée de questions et elle avoua tout.

13

« ... et laisse les morts ensevelir leurs morts », dit Jésus. Les fleurs des sépultures appartiennent aux vivants. Tu ne connaissais pas Dieu, Lucie, mais tu aspirais à lui. Dans la beauté des fleurs naturelles, tu trouvais la révélation du surnaturel. Ces fleurs, tu n'en avais pas besoin pour quelqu'un.

C'était pour toi seule. Pour le vide dans ton âme. Et ils te prirent et ils t'humilièrent. Mais est-ce la seule raison pour laquelle tu t'es sauvée de la ville noire ?

Elle se taisait. Puis, de la tête, elle fit non.

Quelqu'un t'a fait du mal ?

Elle acquiesça d'un signe de tête.

Raconte, Lucie !

La chambre était toute petite. Au plafond, sans abat-jour, dénudée, obscène, une ampoule pendait, oblique, à sa douille. Contre le mur, un lit, une image accrochée au-dessus et, sur l'image, un bel homme en longue tunique bleue, agenouillé. C'était le jardin de Gethsémani, mais cela, Lucie ne le savait pas. Là, donc, il l'avait amenée et elle s'était défendue et elle avait crié. Il voulait la violer, il lui arrachait ses vêtements et elle lui avait échappé et elle avait fui, loin.

Qui était-ce, Lucie ?

Un soldat.

Tu l'aimais ?

Non, elle ne l'aimait pas.

Mais pourquoi, alors, étais-tu allée avec lui dans cette chambre où il n'y avait qu'une lampe nue et un lit ?

C'était ce vide dans son âme qui l'avait attirée vers lui. Et pour combler ce vide, la malheureuse n'avait trouvé qu'un blanc-bec qui faisait son service militaire.

Tout de même, Lucie, je n'arrive pas très bien à comprendre. Puisque tu l'avais d'abord suivi dans cette pièce où il n'y avait qu'un lit, pourquoi est-ce que tu t'es enfuie, après ?

Il était méchant et brutal, comme tous les autres.

De qui parles-tu, Lucie ? Quels tous les autres ?

Elle se taisait.

Qui avais-tu connu avant le soldat ? Parle, Lucie ! Raconte !

14

Ils étaient six et elle toute seule. Six, de seize à vingt ans. Elle en avait seize. Ils formaient une bande, dont ils parlaient avec respect, comme d'une secte païenne. Ce jour-là, ils avaient prononcé le mot d'initiation. Ils avaient apporté plusieurs bouteilles d'un mauvais vin. Elle s'était associée à la soûlerie avec une soumission aveugle où elle déversait tout son amour inassouvi pour sa mère et son père. Elle a bu quand ils ont bu, elle a ri quand ils ont ri. Ensuite, ils lui intimèrent l'ordre de se dévêtir. Jamais elle ne l'avait fait en leur présence. Mais comme, devant son hésitation, le chef de la bande s'était mis nu le premier, elle comprit que l'injonction n'était aucunement dirigée contre elle, et elle s'exécuta avec docilité. Confiante en eux, confiante en leur grossièreté même. Ils étaient son abri, son bouclier, elle ne pouvait pas imaginer de les perdre. Ils étaient sa mère, ils étaient son père. Ils ont bu, ils ont ri et lui ont donné d'autres ordres. Elle écarta les jambes. Elle avait peur, elle savait ce que cela signifiait, mais elle obéit. Elle poussa un cri et le sang coula d'elle. Les gamins beuglaient, levaient leurs verres, et arrosaient de grossier vin mousseux le dos du chef, le corps fragile de Lucie, son entrecuisse, ils clamaient de vagues formules de Baptême et d'Initiation et là-dessus, le chef la quitta et se remit debout tandis qu'un autre de la bande lui succédait et ainsi à tour de rôle, par rang d'âge, le benjamin en dernier, il avait seize ans, comme elle, et Lucie n'en pouvait plus de douleur, elle était impatiente de repos, impatiente de solitude et, puisqu'il était le plus jeune, elle eut l'audace de le repousser. Mais lui, précisément parce qu'il était le plus jeune, n'entendait pas qu'on l'humilie ! Il était affilié à la bande ! Et à part entière ! Il voulait le prouver et il gifla Lucie, et nul ne leva le petit doigt pour elle parce que tous savaient que le benjamin était dans son droit et qu'il exigeait son dû. Les larmes de Lucie avaient giclé, mais elle n'osa pas résister et donc écarta les jambes pour la sixième fois…

Où était-ce, Lucie ?

Le logement d'un de la bande, ses parents travaillaient tous deux à l'équipe de nuit, il y avait la cuisine et une chambre, dans la chambre une table, un canapé et un lit, au-dessus de la porte, dans un sous-verre, l'inscription : *Que Dieu nous donne le bonheur !* et, encadrée à la tête du lit, une belle dame en robe bleue pressait un enfant contre son sein.

La Vierge Marie ?

Elle ne savait pas.

Et après, Lucie, qu'est-ce qu'il s'est passé après ?

Après, ça a recommencé, souvent, dans le même logement et puis dans d'autres et aussi dehors, dans les bois. C'était devenu une habitude pour la bande.

Ça te plaisait, Lucie ?

Non, ils la traitaient de plus en plus mal, ils étaient de plus en plus grossiers mais il n'y avait pas moyen d'en sortir, ni d'avancer ni de reculer.

Et ça s'est terminé comment, Lucie ?

Un soir, dans un de ces logements vides. La police arriva et emmena tout le monde. Les gars de la bande avaient des cambriolages sur la conscience. Lucie n'était pas au courant, mais on savait qu'elle frayait avec la bande et qu'elle lui offrait tout ce qu'une fille peut offrir. Elle fut la honte de toute la ville de Cheb et, chez elle, on la battit comme plâtre. Les garçons récoltèrent des peines diverses, et elle fut envoyée en maison de correction. Là elle resta pendant une année — jusqu'à ses dix-sept ans. Après quoi, pour rien au monde elle ne voulut revenir dans sa famille. C'est ainsi qu'elle échoua dans la ville noire.

15

Je fus surpris et troublé quand, avant-hier, au téléphone, Ludvik me révéla qu'il connaissait Lucie. Heureusement, il ne la connaissait que de vue. À Ostrava, il aurait plus ou moins eu affaire à une fille qui logeait avec elle dans un foyer. Hier, devant une nouvelle question de sa part, je lui ai tout raconté. Depuis longtemps, j'avais besoin de me libérer de ce poids, mais je n'avais personne à qui me confier sans crainte. Ludvik a pour moi de la sympathie et, en même temps, il est suffisamment loin de ma vie et plus encore de celle de Lucie. Je n'avais donc pas à craindre pour le secret de Lucie.

Non, les confidences de Lucie, je ne les ai divulguées à personne, excepté Ludvik, hier. Néanmoins, sur la maison de correction et les fleurs du cimetière, par les fiches du service des cadres, tous les gens de la ferme avaient su la vérité. Ils étaient très gentils avec elle, mais lui rappelaient son passé sans cesse. Pour le directeur, elle était « la petite cambrioleuse de tombes ». Il avait beau dire ça sans malice, de tels propos rendaient les vieux péchés de Lucie perpétuellement présents. Elle était toujours et sans cesse coupable. Alors qu'elle n'avait pas de besoin plus urgent qu'une totale absolution. Oui, Ludvik, l'absolution, voilà ce qu'il lui fallait, cet épurement mystérieux qui vous est inconnu et incompréhensible.

D'eux-mêmes, en effet, les gens ne savent pas pardonner, ce n'est même pas en leur pouvoir. Ils sont impuissants à rendre nul le péché qui a été commis. Cela dépasse les seules forces de l'homme. Faire qu'un péché ne compte pas, l'effacer, le gommer du temps, autrement dit transmuter quelque chose en néant, c'est un acte impénétrable et surnaturel. Dieu seul, parce qu'il échappe aux lois de ce bas monde, parce qu'il est libre, parce qu'il sait créer des miracles, peut laver les péchés, peut les transmuter en néant, peut les absoudre. L'homme n'a puissance d'absoudre l'homme qu'en prenant appui sur l'absolution divine.

Or, comme vous, Ludvik, ne croyez pas en Dieu, vous ne savez pas pardonner. Vous êtes obsédé par cette réunion plénière où des mains unanimes se levèrent contre vous, approuvant la ruine de votre vie. Vous ne leur avez jamais pardonné cela. Et pas seulement à chacun d'eux. Ils étaient là une centaine, soit un nombre susceptible de représenter une sorte de micro-modèle d'humanité. Vous n'avez jamais pardonné au genre humain. Depuis lors, vous lui avez retiré votre confiance et lui prodiguez votre haine. Même si je puis vous comprendre, cela ne change rien au fait qu'une pareille haine vouée aux hommes est terrifiante et pécheresse. Elle est devenue votre malédiction. *Car vivre dans un monde où nul n'est pardonné, où la rédemption est refusée, c'est comme vivre en enfer.* Vous vivez en enfer, Ludvik, et vous me faites pitié.

16

Tout ce qui sur cette terre appartient à Dieu peut appartenir au Diable. Même les mouvements des amants dans l'amour. Pour Lucie, ils devinrent la sphère de l'odieux. Ils se confondaient pour elle avec les visages ensauvagés des adolescents de la bande et, plus tard, avec celui du soldat enragé. Oh, je le vois aussi net que si je le connaissais ! Il mêle les clichés amoureux, sirupeux et douceâtres, aux basses brutalités du mâle sevré de femelles derrière les fils de fer de la caserne ! Et Lucie subitement découvre que les mots tendres ne sont qu'un voile trompeur sur le corps bestial de la grossièreté. Et l'univers entier de l'amour s'éboule devant elle et glisse dans la vase du dégoût.

J'avais reconnu l'abcès, c'est ici que je devais commencer. Le rôdeur de la côte qui brandit, frénétique, une lanterne à bout de bras, ce peut être un dément. Mais la nuit, lorsque les vagues malmènent une barque déroutée, cet homme est un sauveur. La planète où nous vivons est la zone frontalière entre le ciel et l'enfer. Nulle action n'est en soi bonne ou mauvaise. Seule, sa place dans l'ordre la fait bien ou mal. Pareillement, Lucie, les rapports charnels n'ont par eux-mêmes ni vertu ni vice. S'ils s'harmonisent à l'ordre que Dieu a établi, si tu aimes d'amour fidèle, même l'amour sensuel sera une bénédiction et tu deviendras heureuse. Car Dieu a décrété : « L'homme quittera son père et sa mère, s'attachera à sa femme et ils deviendront une seule chair. »

Jour après jour, je m'entretenais avec Lucie, chaque fois lui répétant qu'elle était pardonnée, qu'elle n'avait pas à se torturer, qu'il lui fallait délacer la camisole de force de son âme, qu'elle devait humblement se reposer sur l'ordre divin où même l'amour charnel trouvera sa place.

Et les semaines passaient…

Puis un jour de printemps se leva. Les pommiers fleurissaient sur les pentes des collines, et leurs couronnes, sous la brise, ressemblaient à des cloches qui se balancent. Je fermais les yeux pour entendre leur son de velours. Et puis je les ouvris et j'aperçus Lucie en blouse bleue, une pioche à la main. Elle regardait en bas, vers la vallée, et elle souriait.

J'observais ce sourire, et je me concentrais avidement dans sa lecture. Est-ce possible ? Jusqu'ici, l'âme de Lucie avait été une fuite continuelle, fuite devant le passé et devant l'avenir. Tout lui faisait peur. Le passé et l'avenir étaient pour elle des maelströms. Elle s'accrochait avec angoisse au canot percé du présent, labile refuge.

Et voilà qu'aujourd'hui elle sourit. Sans motif. Juste comme ça. Et ce sourire m'annonçait qu'elle regardait l'avenir avec confiance. Et je me sentais comme un navigateur débarquant après des mois sur un rivage. J'étais heureux. Adossé à un tronc biscornu, de nouveau, j'avais fermé les yeux. J'écoutais la brise et le chant des pommiers blancs, j'entendais les trilles des oiseaux et ces trilles se transformaient devant mes yeux fermés en mille lumières que portaient d'invisibles mains comme pour une fête. Je ne voyais pas ces mains, mais j'entendais les tons aigus des voix et il me semblait que c'étaient des enfants, un cortège gai d'enfants… Soudain, sur mon visage, une main s'est posée. Et une voix : « Vous êtes si bon, monsieur Kostka… » Je n'avais pas rouvert les yeux. Je n'avais pas bougé la main. Je voyais toujours les voix de petits oiseaux changées en farandole de lampions, j'entendais toujours tintinnabuler les pommiers. Plus faible, la voix achevait : « Je vous aime… »

Peut-être aurais-je dû attendre cet instant, et puis m'en aller très vite, puisque ma tâche était remplie. Mais avant de comprendre quoi que ce soit, la faiblesse me paralysa. Nous étions tout seuls dans ce paysage ouvert, au milieu des pauvres pommiers ; j'embrassai Lucie et m'étendis avec elle dans le lit de la nature.

17

Il est arrivé ce qui n'aurait pas dû arriver. Quand, au travers de son sourire, j'avais vu l'âme apaisée de Lucie, j'étais au but et je n'avais qu'à partir. Mais je ne l'ai pas fait. Et après ce fut mauvais. Nous continuions à vivre dans la même ferme. Lucie s'épanouissait, ressemblait au printemps qui, autour de nous, lentement, tournait à l'été. Mais moi, au lieu d'être heureux comme elle, je m'affolais de ce grand printemps féminin à mon côté, que j'avais moi-même mis en marche et qui maintenant m'ouvrait toutes ses corolles dont je savais qu'elles n'étaient pas à moi, qu'elles ne devaient pas être à moi. J'avais, à Prague, mon fils et ma femme impatiente de mes rares visites à la maison.

J'avais peur de briser ce commencement d'intimités, ce qui eût meurtri Lucie, mais je n'osais les développer, puisqu'il m'était clair que je n'y avais nul droit. Je désirais Lucie et, en même temps, je craignais son amour parce que je ne voyais pas qu'en faire. Je n'avais maintenu le naturel de nos conversations d'avant qu'au prix d'un effort extraordinaire. Mes doutes s'interposèrent entre nous. J'avais le sentiment que mon aide spirituelle à Lucie était maintenant démasquée. Qu'en fait, je l'avais désirée physiquement dès la minute où elle m'était apparue. Que j'avais agi comme un séducteur déguisé en prêtre consolateur. Que tous ces beaux sermons sur Jésus et Dieu n'avaient fait qu'habiller les appétits les plus bassement charnels. Il me semblait qu'en donnant libre cours à ma sexualité, j'avais souillé la pureté de mon dessein premier et tout à fait démérité auprès de Dieu.

Mais à peine arrivée à cette idée, ma réflexion pivotait sur elle-même : quelle outrecuidance, me morigénais-je, quelle prétention vaniteuse de vouloir paraître méritoire, vouloir plaire à Dieu ! Que signifient les mérites humains face à Lui ? Rien, rien, rien. Lucie m'aime et sa santé est suspendue à mon amour ! Dois-je la rejeter dans la désespérance, par unique souci de ma propre pureté ? Ne vais-je pas, par là même, m'attirer le mépris de Dieu ? Et si ma passion est péché, qu'est-ce qui est le plus important, la vie de Lucie ou mon innocence ? Ce sera tout de même *mon* péché, *moi* seul le porterai, ce péché-là ne perdra que moi-même !

Au milieu de ces réflexions et doutes, un coup imprévu vint du dehors. Les instances centrales avaient fabriqué une accusation politique à l'encontre de mon directeur. Comme il se défendait bec et ongles, on lui reprocha en outre de s'entourer d'éléments suspects. Je figurais parmi ceux-ci : chassé de l'Université en raison de ses opinions hostiles à l'État, clérical. Le directeur s'était vainement attaché à prouver que je n'étais pas un clérical et qu'on ne m'avait pas chassé de l'Université. Plus il parlait en ma faveur, plus il démontrait notre connivence et plus il aggravait son cas. Pour moi, c'était devenu intenable.

Injustice, Ludvik ? Oui, tel est bien le mot que vous prononcez le plus souvent, écoutant cette affaire ou d'autres pareilles. Mais moi, je ne sais pas ce qu'est l'injustice. S'il n'y avait rien au-dessus des choses humaines et si les actes n'avaient d'autre portée que celle que leurs auteurs leur attribuent, la notion d'injustice serait légitime, et moi-même habilité à m'en servir, m'étant vu chassé d'une ferme d'État où j'avais travaillé avec ardeur. Peut-être même eût-il été logique de tenter une parade contre cette injustice et de me battre furieusement pour mes petits droits de l'homme.

Mais, d'ordinaire, les événements ont un sens différent de celui que leur attribuent leurs aveugles auteurs ; ils ne sont souvent que des instructions déguisées, venues d'en haut, et les gens qui les ont laissés s'accomplir ne sont rien de plus que les messagers à leur insu d'une volonté suprême qu'ils ne soupçonnent même pas.

J'en étais convaincu, c'était ce qui venait de se passer. Aussi ai-je accueilli les événements à la ferme comme un soulagement. J'y ai reconnu une directive claire : éloigne-toi de Lucie avant qu'il ne soit trop tard. Ta mission est remplie. Ses fruits ne t'appartiennent pas. Ta route passe ailleurs.

Donc, j'ai agi comme à la faculté des Sciences, deux ans plus tôt. À Lucie en pleurs, désespérée, j'ai fait mes adieux et je suis allé au-devant de la catastrophe apparente. J'ai proposé moi-même d'abandonner la ferme d'État. Le directeur, il est vrai, a protesté mais je savais qu'il le faisait par politesse et qu'en son for intérieur il était soulagé.

Seulement, cette fois-ci, le caractère volontaire de ma sortie n'émut personne. Il n'y avait pas ici d'amis communistes d'avant Février qui eussent pavé mon chemin de sortie de bonnes notes et de bons conseils. Je quittai la ferme en homme qui convenait qu'il n'était plus digne d'effectuer aucun travail tant soit peu important dans cet État. C'est ainsi que je suis devenu ouvrier du bâtiment.

18

C'était un jour d'automne, en 1956. Pour la première fois après cinq ans, je rencontrai Ludvik dans le wagon-restaurant du rapide Prague-Bratislava. Moi, j'allais au chantier de construction d'une usine, dans l'est de la Moravie. Ludvik avait récemment mis fin à son contrat des mines d'Ostrava. À Prague, il venait de déposer une demande pour avoir l'autorisation de terminer ses études. De là, il rentrait chez lui, en Moravie. Pour un peu, on ne se serait pas remis. Nous étant reconnus, nous fûmes surpris par la concordance de nos destins.

Je me rappelle très bien, Ludvik, avec quelle attention vous avez écouté, quand je vous ai raconté mon départ de la faculté, puis les intrigues à la ferme d'État, qui ont fait de moi un maçon. Je vous remercie de cette attention-là. Vous étiez furieux, vous avez parlé d'injustice, d'imbécillité. Vous vous êtes même fâché contre moi : vous m'avez reproché de ne pas m'être défendu, d'avoir capitulé. Il ne faut jamais et nulle part, disiez-vous, partir de son plein gré. Notre adversaire doit être contraint de recourir au pire ! À quoi bon lui donner bonne conscience ?

Vous mineur, moi maçon. Nos destins assez semblables, et nous deux si différents ! Moi pardonnant, vous irréconciliable, moi pacifique, vous réfractaire. Combien proches extérieurement, combien éloignés l'un de l'autre au fond de nous-mêmes !

Sur cet éloignement intérieur, vous en saviez beaucoup moins que moi. M'expliquant en détail votre exclusion du Parti vous étiez convaincu comme d'une chose on ne peut plus naturelle que j'étais d'accord avec vous, également scandalisé de cette bigoterie des camarades qui vous pénalisaient parce que vous aviez blagué ce qui pour eux était sacré. Y avait-il de quoi se fâcher ? demandiez-vous, sincèrement étonné.

Je vais vous dire quelque chose : à Genève, quand Calvin y faisait la loi, vivait un jeune homme, qui vous ressemblait peut-être, garçon intelligent et blagueur. On mit la main sur ses carnets pleins de quolibets sur le compte de Jésus-Christ et de l'Écriture. Y a-t-il de quoi se fâcher ? se dit sans aucun doute ce garçon qui vous ressemblait tellement. Après tout, il n'avait rien fait de mal, il blaguait, voilà tout. La haine ? il ne la connaissait guère. Il ne connaissait, sans doute, que la moquerie et l'indifférence. Il fut exécuté.

Ah, n'allez pas me croire partisan d'une telle cruauté ! Je veux simplement dire qu'aucun grand mouvement qui veut transformer le monde ne tolère le sarcasme ou la moquerie, parce que c'est une rouille qui corrode tout.

Examinez seulement votre propre attitude, Ludvik. Ils vous ont exclu du Parti, chassé de la faculté, incorporé parmi les soldats politiquement dangereux, et envoyé pour deux ou trois ans dans les mines. Et vous ? Vous êtes aigri, convaincu d'une immense injustice. Ce sentiment d'injustice détermine, aujourd'hui encore, tout votre comportement. Je ne vous comprends pas ! Qu'avez-vous à parler d'injustice ? Ils vous ont expédié parmi les noirs — les ennemis du communisme. Entendu ! Mais était-ce une injustice ? N'était-ce pas plutôt pour vous une grande occasion ? Vous auriez pu agir parmi les ennemis ! Y a-t-il plus importante et plus haute mission ? Est-ce que Jésus n'envoie pas ses disciples « comme des brebis au milieu des loups » ? « Ce ne sont pas ceux qui sont en bonne santé qui ont besoin de médecin, ce sont ceux qui se portent mal », a dit Jésus. « Je suis venu appeler non les justes, mais les pécheurs... » Seulement, vous ne désiriez pas, vous, aller au milieu des pécheurs et de ceux qui se portent mal !

Vous me direz que ma comparaison est inadéquate. Que Jésus envoyait ses disciples « au milieu des loups » avec sa bénédiction, alors que vous avez d'abord été excommunié et déclaré anathème, et seulement ensuite envoyé parmi les ennemis, comme ennemi, parmi les loups, comme loup, parmi les pécheurs, comme pécheur.

Mais, niez-vous vraiment votre péché ? Ne vous sentez-vous aucune culpabilité à l'égard de votre communauté ? D'où vous vient cet orgueil ? L'homme dévoué à sa foi est humble et humblement il doit accepter le châtiment, même injuste. Les humiliés seront élevés. Les repentis seront absous. Ceux à qui on fait tort ont une chance de prouver leur fidélité. Si vous êtes amer envers les vôtres pour l'unique raison qu'ils avaient chargé vos épaules d'un trop lourd fardeau, c'est que votre foi était faible et que vous n'êtes pas sorti vainqueur de l'épreuve imposée.

Dans votre litige avec le Parti, je ne suis pas, Ludvik, de votre côté, parce que je sais que les grandes choses sur cette terre ne peuvent être créées qu'avec une communauté d'individus dévoués sans limites qui humblement consacrent leur vie à un dessein supérieur. Vous n'êtes pas, Ludvik, dévoué sans limites. Votre foi est fragile. Comment ne le serait-elle pas quand vous ne vous êtes jamais référé qu'à vous-même et à votre misérable raison !

Je ne suis pas ingrat, Ludvik, je sais ce que vous avez fait pour moi comme pour tant d'autres que le régime actuel a brisés. Grâce à vos relations, qui datent de l'avant-Février, avec des communistes considérables, fort aussi de votre situation d'à présent, vous ne ménagez guère les démarches, vous intervenez, vous accourez à l'aide. Vous m'en voyez votre ami. Mais, que je vous le dise pour la dernière fois : regardez au fond de votre âme ! Le motif profond de vos bontés n'est pas l'amour, c'est la haine ! La haine pour ceux qui vous ont fait du mal autrefois, en levant leur main dans la grande salle ! Ignorant Dieu, votre âme ignore le pardon. Vous désirez la revanche. Vous identifiez ceux qui vous ont fait du mal jadis à ceux qui font le mal aux autres aujourd'hui, et vous vous vengez. Oui, vous vous vengez ! Vous êtes plein de haine, même si vous aidez les gens ! Je le sens. Je le sens dans chacun de vos mots. Mais que produit la haine, sinon la haine en revanche et une chaîne de revanches ? Vous vivez en enfer, Ludvik, je vous le répète, en enfer, et j'ai pitié de vous.

19

Si Ludvik entendait mon soliloque, il pourrait se dire que je suis ingrat. Je sais qu'il m'a beaucoup aidé. Quand, en cinquante-six, nous nous sommes rencontrés dans le train, il était peiné par mon destin et il avait aussitôt commencé à chercher le métier qui me conviendrait, dans lequel je pourrais donner ma mesure. Sa promptitude, son efficacité me surprirent. Dans sa ville natale, il parla à un de ses copains. Il prétendait me faire enseigner les sciences naturelles au lycée. C'était bien hardi. En un temps où la propagande antireligieuse battait son plein, prendre un croyant comme professeur à l'école secondaire était presque impossible. Tel fut d'ailleurs l'avis du copain, qui trouva autre chose : le service de virologie de l'hôpital où, depuis huit ans maintenant, je cultive germes et bactéries sur des souris et des lapins.

C'est comme ça. Sans Ludvik, je n'habiterais pas ici et Lucie non plus.

Elle s'était mariée quelques années après que j'eus quitté la ferme. Elle n'avait pas pu y rester, son mari étant à la recherche d'un emploi urbain. Comme ils se demandaient où ils iraient se fixer, elle finit par obtenir qu'ils déménageraient dans la ville où je résidais.

De ma vie je n'ai reçu plus beau cadeau, récompense plus précieuse. Ma brebis, ma colombe, l'enfant à qui j'avais rendu la santé, que j'avais nourrie de mon âme, elle revient vers moi. Elle ne me réclame rien. Elle a son époux. Mais elle se veut proche de moi. Elle a besoin de moi. Elle a besoin de m'entendre de loin en loin. Me voir à la messe du dimanche. Me rencontrer dans la rue. J'étais heureux et j'ai senti à ce moment que je n'étais plus jeune, que j'étais plus vieux que je n'imaginais, et qu'il se pouvait que Lucie fût la seule œuvre de ma vie.

Que c'est peu, Ludvik ? Non. C'est assez et je suis heureux. Je suis heureux. Je suis heureux…

20

Ah, ce que je peux me berner ! M'endurcir comme un maniaque dans la certitude que ma voie est la bonne ! Me vanter du pouvoir de ma foi devant un incroyant !

Oui, j'ai réussi à amener Lucie à la croyance en Dieu. J'ai réussi à la tranquilliser, à la guérir. Je l'ai débarrassée de son horreur des choses de la chair. Finalement je me suis écarté de ses pas. Oui, mais que lui ai-je ainsi procuré ?

Son ménage n'a pas bien marché. Son mari est grossier, il la trompe aux yeux de tout le monde, et on raconte qu'il la brutalise. Lucie ne me l'a jamais avoué. Elle savait le chagrin que j'en aurais eu. Elle s'efforçait de me montrer une image heureuse de sa vie. Mais dans une petite ville, on ne peut rien cacher.

Ah, ce que je peux me berner ! J'avais interprété les machinations politiques contre le directeur de la ferme d'État comme un appel chiffré de Dieu pour que je parte. Mais entre tant de voix, comment reconnaître celle de Dieu ? Et si la voix alors captée n'était que la voix de ma lâcheté ?

Car j'avais à Prague femme et enfant. Ils comptaient peu pour moi, mais je n'avais pas été capable de rompre. Je redoutais une situation insoluble. L'amour de Lucie m'apeurait. Je ne savais qu'en faire. Je m'effrayais des complications qu'il amènerait.

Je me faisais la tête de l'ange qui lui apportait le salut et, en vérité, je n'étais qu'un suborneur de plus. Après l'avoir aimée une seule et unique fois, je m'étais détourné d'elle. J'affectais de lui apporter le pardon alors qu'elle seule avait à me pardonner. Elle avait pleuré de désolation lors de mon départ et cependant, après quelques années, elle s'installa ici, pour moi. Elle causait avec moi. S'adressait à moi comme à un ami. Elle me pardonna. D'ailleurs tout est clair. Cela ne m'était pas arrivé souvent dans mon existence, mais cette jeune fille m'aimait. Je tenais sa vie entre mes mains. Son bonheur dépendait de moi. Et je m'étais évadé. Nul n'a jamais été aussi coupable à son égard.

Subitement, l'idée me vient que j'invoque de prétendus appels divins comme simples prétextes pour me dérober à mes obligations humaines. Les femmes me font peur. Je crains leur chaleur. J'ai peur de leur présence continuelle. La perspective de vivre avec Lucie m'a effrayé, tout comme m'effraye l'idée de partager durablement le deux pièces de l'institutrice de la ville voisine.

Et pourquoi, en fait, il y a quinze ans, suis-je parti volontairement de l'Université ? Je n'aimais pas ma femme, de six ans plus vieille que moi. Je ne pouvais plus supporter sa voix, ni ses traits, ni le tic-tac régulier de la pendule domestique. Je n'étais plus en état de vivre plus longtemps avec elle et il m'était non moins impossible de la poignarder d'un divorce parce qu'elle était bonne et n'avait jamais démérité de moi. Alors j'ai entendu tout d'un coup la voix salvatrice de l'appel sublime. J'ai entendu Jésus qui m'exhortait à quitter mes filets.

Ô Seigneur, est-ce vraiment cela ? Suis-je si minablement ridicule ? Dis que cela n'est pas ! Donne-m'en l'assurance ! Fais-toi entendre, mon Dieu, plus fort, plus fort ! Dans ce tohu-bohu de voix brouillées, je ne t'entends pas du tout !

SEPTIÈME PARTIE

LUDVIK-HELENA-JAROSLAV

I

Rentré de chez Kostka à mon hôtel tard dans la soirée, j'étais décidé à partir pour Prague le lendemain à la première heure, n'ayant plus rien à faire ici : ma trompeuse mission dans ma ville natale était terminée. Par malchance, le méli-mélo qui tourbillonnait dans ma tête était tel que je m'étais agité sur mon lit (grinçant) un grand bout de la nuit sans pouvoir fermer l'œil ; quand j'avais cru enfin dormir, j'avais maintes fois tressailli, le vrai sommeil ayant tardé jusqu'à l'aube. Ainsi, je m'étais réveillé trop tard, vers les neuf heures, les cars et les trains du matin étaient partis et il fallait attendre deux heures de l'après-midi pour la prochaine liaison avec Prague. Cette constatation n'était pas loin de me désespérer : je me voyais comme un naufragé, et je ressentis une brusque et vive nostalgie de Prague, de mon service, de ma table de travail chez moi, de mes livres. Mais il n'y avait rien à faire ; je devais serrer les dents et descendre à la salle à manger.

Je m'y glissai avec circonspection, craignant la possible présence d'Helena en ce lieu. Mais elle n'y était pas (sans doute, magnétophone en bandoulière, courait-elle déjà par le village voisin, embêtant les passants avec son micro et ses questions) ; en revanche, la salle craquait d'une bruyante clientèle attablée et fumant devant ses chopes, ses cafés noirs et ses cognacs. Hélas, ce matin non plus ma ville natale ne me ferait pas la grâce d'un petit déjeuner correct !

J'avais gagné le trottoir ; ciel bleu, petits nuages déchirés, première lourdeur de l'air, légère poussière en suspension, rue qui débouche sur la grand-place avec son beffroi (oui, celui qui ressemblait à un reître sous son heaume), tout ce décor m'enveloppa dans son haleine de tristesse aride. De loin, on percevait le cri aviné d'une traînante chanson morave (où me semblaient ensorcelées la nostalgie, la plaine et les longues chevauchées des uhlans enrôlés de force) et dans ma pensée émergea Lucie, cette histoire depuis longtemps révolue, qui ressemblait maintenant à cette chanson traînante et apostrophait mon cœur que traversaient (comme si elles traversaient la plaine) tant de femmes, sans rien laisser derrière elles, de même que la poussière en suspension ne laisse aucune trace sur cette plate esplanade, se dépose entre les pavés, puis s'envole plus loin sous un souffle de vent.

Je marchais sur ces pavés poussiéreux et je sentais la lourde légèreté du vide qui pesait sur ma vie : Lucie, la déesse des brumes, m'avait jadis privé d'elle-même, hier, elle avait métamorphosé en néant ma vengeance exactement préméditée, et, sitôt après, elle a changé jusqu'au souvenir d'elle-même en je ne sais quelle dérision navrante, je ne sais quel leurre grotesque, puisque les révélations de Kostka attestaient que durant toutes ces années je me suis souvenu d'une autre femme, vu qu'en fait je n'avais jamais su qui était Lucie.

Depuis toujours j'aimais me répéter que Lucie m'était une espèce d'abstraction, une légende et un mythe, mais j'entrevoyais à présent, derrière la poésie de ces mots, une vérité sans poésie : je ne connaissais pas Lucie ; je ne savais pas qui elle était réellement, qui elle était en elle-même et pour elle. Je n'avais perçu (dans mon égocentrisme juvénile) que les côtés de son être tournés directement vers moi (vers ma solitude, ma servitude, vers mon désir de tendresse et d'affection) ; elle n'avait été pour moi que fonction de la situation que j'avais vécue ; tout ce qui en elle dépassait cette situation concrète de ma vie, tout ce qu'elle était en soi, m'échappait. Mais à supposer qu'elle n'ait été vraiment pour moi que fonction d'une situation, il était logique que dès que cette situation s'était transformée (dès qu'une autre situation lui avait succédé, dès que j'avais vieilli et changé), *ma Lucie* elle aussi ait disparu, puisqu'elle n'était plus que ce qui d'elle m'échappait, ce qui ne me concernait pas, ce qui en elle me dépassait. De même était-il tout à fait logique qu'après quinze ans je ne l'aie pas du tout reconnue. Depuis longtemps elle était pour moi (et je ne l'avais jamais considérée autrement que « pour moi ») quelqu'un d'autre, une inconnue.

La dépêche de ma défaite m'avait cherché pendant quinze années et m'avait atteint. Kostka (que je n'avais jamais écouté que d'une oreille) signifiait pour elle davantage, faisait davantage pour elle, la connaissait plus que moi, et il avait su *mieux* (plus, certainement pas, car la force de mon amour à moi avait touché au paroxysme) l'aimer : à lui, elle avait tout confié — à moi, rien ; il l'avait rendue heureuse — moi, malheureuse ; il avait connu son corps — moi, jamais. Et pourtant, pour obtenir alors ce corps désespérément désiré, il aurait suffi d'une chose si simple : la comprendre, s'orienter en elle, l'aimer non pas seulement pour cette partie de sa personnalité qui s'adressait à moi, mais aussi pour tout ce qui ne me concernait pas directement, pour ce qu'elle était en elle-même et pour elle. Moi je ne le savais pas et ainsi je nous avais fait mal à tous deux. Une vague de colère contre moi-même m'inonda, colère contre mon âge d'alors, contre le stupide *âge lyrique* où l'on est à ses propres yeux une trop grande énigme pour pouvoir s'intéresser aux énigmes qui sont en dehors de soi et où les autres (fussent-ils les plus chers) ne sont que miroirs mobiles dans lesquels on retrouve étonné l'image de son propre sentiment, son propre trouble, sa propre valeur. Oui, pendant ces quinze ans-là, j'ai pensé à Lucie seulement comme au miroir qui garde mon image d'autrefois !

Tout d'un coup je revis la chambre nue, avec un seul lit, éclairée par le réverbère à travers le carreau malpropre, je revis le refus sauvage de Lucie. Tout cela rappelait une mauvaise plaisanterie : je la pensais vierge et elle se défendait précisément parce qu'elle ne l'était plus et craignait, sans doute, que je ne découvre la vérité. À moins que sa défense n'admît une autre explication (répondant à la façon dont Kostka voyait Lucie) : ses premières expériences sexuelles l'avaient profondément marquée et avaient à ses yeux dépouillé l'acte d'amour des significations que la plupart des gens lui prêtent ; elles avaient vidé l'acte d'amour de toute tendresse, de tout sentiment d'amour ; pour Lucie, le corps était hideux, et l'amour incorporel ; entre l'âme et le corps, une guerre silencieuse et têtue s'était installée.

Cette exégèse (combien mélodramatique, mais tellement plausible) me remémorait le navrant discord (j'en avais vécu maintes variantes) de l'âme et du corps, et me rappela (car le triste, ici, sans cesse se mêlait au ridicule) une aventure dont j'avais assez ri autrefois : une bonne amie, femme de mœurs fort souples (dont j'avais souvent usé), s'était fiancée avec un certain physicien, bien résolue, cette fois, à vivre enfin *l'amour* ; mais, pour le ressentir comme un amour *véritable* (distinct des douzaines de liaisons qu'elle avait traversées), elle avait interdit au fiancé les rapports intimes jusqu'à leur nuit de noces, elle se promenait avec lui dans les allées vespérales, elle lui pressait la main, elle échangeait des baisers aux lanternes, et permettait ainsi à son âme (délivrée du poids du corps) de planer haut dans les nues et de succomber aux vertiges. Un mois après le mariage, elle divorça et se plaignit amèrement de ce que son mari avait déçu son grand sentiment, s'était montré amant médiocre et presque impuissant.

Lointain, interminable, le long cri aviné de la chanson morave se confondait avec l'arrière-goût grotesque de cette histoire, avec le vide poussiéreux de la ville, et avec ma tristesse qu'aigrissait encore ma faim. Après tout, je me trouvais à deux pas du milk-bar ; je secouai la poignée, mais c'était fermé. Un citoyen qui passait me lança : « Ouais, aujourd'hui, toute la boutique est à la fête ! — La Chevauchée des Rois ? — Ben ! Ils ont leur stand là-bas. »

Je lâchai un juron, mais dus me résigner ; je m'engageai en direction de la chanson. Vers cette kermesse du folklore que j'avais fuie comme la peste, mes crampes d'estomac m'entraînaient.

2

Fatigue. Fatigue depuis l'aube. Comme si j'avais bamboché la nuit entière. J'ai pourtant dormi toute la nuit. Seulement, mon sommeil, ce n'est plus que du sommeil écrémé. Je m'empêchais de bâiller en avalant mon petit déjeuner. Là-dessus, les gens ont commencé à arriver. Des copains de Vladimir, et puis toutes sortes de badauds. Un gars de la coopérative a amené dans notre cour un cheval pour Vladimir. Au milieu de tout ce monde, apparut Kalasek, le responsable culturel du Comité national du district. Deux ans que je suis en guerre avec lui. Il s'était mis en noir, il avait l'air solennel, il était avec une élégante. Une Praguoise, journaliste à la radio. Il paraît que je dois les accompagner. La dame veut enregistrer des interviews pour une émission sur la Chevauchée.

Allez au diable ! Je n'ai pas envie de faire le pitre. La journaliste s'enthousiasmait d'avoir fait ma connaissance, et, bien sûr, Kalasek s'est mis aussi de la partie. Il paraît que c'est mon devoir politique d'y aller. Bouffon. Je leur aurais bien tenu tête. Je leur ai dit que c'était mon fils qui faisait le roi, que je voulais être là pendant qu'il allait se préparer. Mais Vlasta m'avait pris en traître. Préparer le fils, c'était son affaire. Moi, je n'avais qu'à m'en aller et parler à la radio.

De guerre lasse, j'ai obéi. La journaliste s'était installée dans un local du Comité national. C'est là qu'elle avait son magnétophone, avec un jeunot qui s'en occupait. Ce qu'elle pouvait travailler de la langue, à se l'user ! En parlant, elle n'arrêtait pas de rire. Puis, le micro sous le nez, elle posa la première question à Kalasek.

Il toussa un petit coup et commença. La pratique des arts populaires faisait partie intégrante de l'éducation communiste. Le Comité national du district en était pleinement conscient. C'est pourquoi il soutenait pleinement. Il leur souhaitait plein succès et partageait pleinement. Il remerciait tous ceux qui avaient participé. Ces organisateurs enthousiastes et cette enthousiaste jeunesse scolaire, qui, pleinement.

Fatigue, fatigue. Les mêmes, sempiternelles phrases. Entendre depuis quinze ans toujours les mêmes sempiternelles phrases. Et les entendre de la bouche d'un Kalasek, qui se fout éperdument de l'art populaire. L'art populaire, pour lui, c'est un moyen. Qui lui permet de se vanter d'une nouvelle action. D'accomplir une directive. D'insister sur ses mérites. Il n'a pas bougé un doigt pour la Chevauchée des Rois, lésinant sur notre dos jusqu'au dernier sou. Malgré ça, la Chevauchée sera portée à son actif à lui. C'est lui qui règne sur la culture au niveau du district. Un ancien garçon de magasin qui ne distingue pas un violon d'une guitare.

La journaliste avait ramené son micro devant ses lèvres. Si j'étais, cette année, satisfait de la Chevauchée ? J'ai failli lui rire au nez : la Chevauchée des Rois n'avait pas encore pris le départ ! Mais c'est elle qui a ri : un folkloriste aussi chevronné que moi devait sûrement savoir ce que ça allait donner. C'est vrai qu'eux sont comme ça, ils savent tout d'avance. Le déroulement des choses à venir leur est déjà connu. L'avenir a déjà eu lieu et, pour eux, il ne fera que se répéter.

J'avais envie de lui déballer tout ce que j'avais sur le cœur. Que la Chevauchée ne vaudrait pas celle des autres années. Que l'art populaire perdait de plus en plus de ses partisans. Que les autorités le laissaient tomber. Que cet art-là était quasiment mort. Qu'il ne fallait pas se leurrer parce qu'on entendait constamment à la radio un semblant de musique populaire. Toutes ces formations d'instruments populaires, ces ensembles de chants et de danses populaires, c'était plutôt de l'opéra, ou de l'opérette, de la musique à passer le temps, mais fichtre pas de l'art populaire. Un orchestre d'instruments populaires avec chef, partitions et pupitres ! Presque une orchestration symphonique ! Quel abâtardissement ! Ce que vous servent, madame la journaliste, les formations et les ensembles, c'est tout simplement la vieille pensée musicale romantique avec les emprunts à la mélodie populaire ! Le véritable art du peuple est mort, chère madame, il est mort.

J'aurais voulu dégorger ça d'un coup dans le micro, mais j'ai dit autre chose. La Chevauchée des Rois était de toute beauté. La vigueur de l'art populaire. Le festival des couleurs. Je partageais pleinement. Je remerciais de tous les concours. L'enthousiasme des animateurs et de la jeunesse scolaire, qui, pleinement.

J'avais honte de parler comme eux voulaient que je parle. Je suis si lâche que ça ? Ou si discipliné ? Ou bien si fatigué ?

J'étais bien content d'avoir fini mon topo et de pouvoir me tirer. J'avais hâte d'être chez moi. Dans la cour, une armée de badauds et d'auxiliaires de tout poil s'agitait, nœuds et flots de rubans à la main, autour du cheval. J'entendais assister à l'habillage de Vladimir. Je pénétrai dans la maison, mais la porte de la salle de séjour, où on était en train de le costumer, était fermée à clé. Je cognai et j'appelai. Ce fut Vlasta qui me répondit de l'intérieur. Tu n'as rien à faire ici, le roi passe ses vêtements. Nom de Dieu, dis-je, pourquoi est-ce que je ne pourrais pas en être ? C'est contre la tradition, répliqua la voix de Vlasta. Je ne voyais pas en quoi la présence paternelle à l'habillage du roi contrevenait à la tradition, mais je ne tentai pas de la dissuader. Il me plaisait de les savoir captivés par mon univers. Mon univers pauvre et orphelin.

Et donc je retournai dans la cour, bavarder avec ceux qui décoraient le cheval. C'était une lourde bête de trait prêtée par la coopérative. Patiente et de tout repos.

Puis j'entendis un brouhaha dans la rue, à travers la porte cochère. Peu après, on appela et on tambourina. Mon heure était venue. J'étais tout remué. J'ouvris la porte et je sortis. La Chevauchée des Rois était là, rangée devant chez nous. Chevaux chamarrés, enrubannés. Montés par des jeunes aux éclatants costumes traditionnels. Comme il y a vingt ans. Comme il y a vingt ans, quand ils étaient venus me chercher. Quand ils étaient venus prier mon père de leur donner son fils pour roi.

En tête du cortège, tout contre notre porte, les deux écuyers se tenaient en selle, déguisés en femmes, sabre au poing. Ils attendaient Vladimir pour l'accompagner et veiller sur lui jusqu'au soir. Un cavalier quitta la colonne, arrêta sa monture et déclama :

« Holà, holà ! Oyez tous !
Gentil papa, souffrez qu'en grand arroi
nous emmenions votre fils comme roi ! »

Il promit qu'ils feraient bonne garde sur leur roi. Qu'ils lui feraient traverser sans dam les forces hostiles. Qu'ils ne le laisseraient pas entre les mains des ennemis. Qu'ils étaient prêts à en découdre. Holà, holà.

Je tournai la tête : déjà, dans la pénombre de notre porte cochère, se détachait sur son cheval enrubanné une silhouette aux traditionnels atours féminins, manches bouffantes, des rubans de couleur tombant devant son visage. Le roi. Vladimir. Subitement, j'oubliai ma fatigue et ma contrariété et je me sentis bien. Le vieux roi envoie dans le monde un jeune roi. J'étais venu à lui. Tout près du cheval, je me haussai sur la pointe des pieds, lèvres tendues vers son visage masqué. « Bon voyage, Vladimir », lui soufflai-je. Il ne répondit pas. Il ne bougea pas. Et Vlasta me dit en souriant : Il n'a pas le droit de te répondre. Toute la journée durant, il ne faut pas qu'il dise un mot.

3

Moins d'un quart d'heure me suffit pour gagner le village (au temps de mon adolescence il était séparé de la ville par des champs ; aujourd'hui il forme avec elle un seul ensemble) ; la chanson qu'un moment avant j'entendais encore dans la ville retentissait maintenant avec force dans les haut-parleurs fixés aux façades ou sur les poteaux électriques (dupe éternelle que je suis : il y a un moment, je me suis laissé attrister par la nostalgie et l'ivresse supposée de cette voix lointaine et ce n'était qu'une voix reproduite qu'on devait à une installation technique et à une paire de disques rayés !) ; à l'entrée du village, on avait dressé un arc de triomphe barré d'une large banderole avec, en lettres ornementales, l'inscription : BIENVENUE À TOUS ; par ici, les attroupements grossissaient, gens pour la plupart en tenue de ville avec, tout de même, trois, quatre vieux qui avaient sorti leurs costumes régionaux : bottes à la hussarde, culotte de lin blanc et chemise à motifs brodés. Puis, la rue s'élargissait en longue place villageoise : entre la chaussée et l'alignement des maisons basses s'étendait un espace herbu avec quelques jeunes arbres et quelques stands (pour la fête d'aujourd'hui) où l'on vendait bière, limonade, cacahuètes, chocolat, pains d'épice, saucisses à la moutarde et gaufres ; le milk-bar municipal avait lui aussi son kiosque : lait, fromages, beurre, yaourt et crème aigre ; bien qu'aucun stand ne proposât de l'alcool, presque tout le monde me parut soûl ; on se bousculait, on se pressait aux éventaires, on badaudait ; de temps à autre, un bras se levait dans un geste ivre, quelqu'un commençait de chanter, mais ce n'était chaque fois qu'un faux départ, deux ou trois mesures de chanson aussitôt englouties dans le vacarme ambiant, lui-même dominé par le disque du haut-parleur. Déjà traînaient partout sur le sol de la place (quoique la fête eût à peine commencé) des gobelets à bière en carton et des papiers souillés de moutarde.

Avec son relent d'antialcoolisme, le stand aux produits lactés décourageait le public ; ayant obtenu, presque sans attendre, un gobelet de lait et un croissant, j'avais fait quelques pas à l'écart des coups de coude pour déguster mon lait à petites gorgées. À ce moment une clameur s'éleva à l'autre bout de la place : la Chevauchée des Rois débouchait.

Petits feutres noirs à calotte ronde et plume de coq, amples manches à plis des chemises blanches, courts boléros bleus à pompons de laine rouge, serpentins de papier pendus au harnachement des montures emplissaient la place ; dans le bourdonnement des voix humaines et la chanson du haut-parleur, de nouveaux sons s'intercalèrent : hennissement des chevaux et appels des cavaliers :

> *« Holà, holà ! Oyez tous,*
> *gens du val et de la côte,*
> *ce qu'il advint ce dimanche de Pentecôte.*
> *Nous avons un roi besogneux,*
> *mais d'autant plus vertueux,*
> *on lui a volé mille chiens*
> *de son château où il n'avait rien… »*

Pour l'oreille et les yeux, une image confuse était née, où chaque élément jurait à l'envi : folklore des haut-parleurs contre folklore à cheval ; couleurs des costumes et des chevaux contre le brun et le gris des vêtements mal coupés des spectateurs ; spontanéité laborieuse des cavaliers contre affairement laborieux des hommes avec brassard rouge qui, courant entre les chevaux et le public, s'échinaient à maintenir la pagaille dans les bornes du raisonnable, tâche rien moins qu'aisée, non seulement à cause de l'indiscipline des badauds (par bonheur assez peu nombreux), mais surtout parce qu'on n'avait pas interdit la circulation dans la rue ; postés en tête et en queue du cortège, les hommes au brassard rouge faisaient signe aux autos de ralentir ; ainsi, parmi les chevaux, s'empêtraient voitures de tourisme, poids lourds et motos pétaradantes qui énervaient les montures et déconcertaient les cavaliers.

À vrai dire, dans mon entêtement à bouder cette fête folklorique (celle-ci comme n'importe laquelle), j'avais craint autre chose que ce que je voyais : je m'étais attendu au mauvais goût, au mélange d'art populaire authentique et de poncifs, aux harangues inaugurales d'orateurs stupides, oui, je m'étais attendu au pire, à la pompe et au tape-à-l'œil, mais je ne m'attendais pas à ce qui, depuis le début, marquait cette festivité, à cette triste et émouvante *pauvreté* ; elle était comme collée à tout : à ce maigre ramassis de stands forains, à ce public clairsemé mais parfaitement désordonné et distrait, à ce conflit entre la circulation automobile et la fête anachronique, à ces chevaux qui ruaient pour un rien, à ce haut-parleur tonitruant dont l'inertie mécanique n'en finissait pas de gueuler ses deux couplets, couvrant (avec le raffut des motocyclettes) l'effort des jeunes cavaliers qui, veines du cou gonflées, criaient leurs vers.

Mon lait fini, j'avais jeté le gobelet, et la Chevauchée, ayant suffisamment paradé sur la place, entamait sa pérégrination de plusieurs heures à travers le village. Tout cela m'était connu de longue date : la dernière année de la guerre, j'avais moi-même caracolé en qualité d'écuyer (en grand costume de femme et sabre à la main) flanquant Jaroslav qui était le roi. Je n'avais pas envie de me laisser émouvoir par mes souvenirs, pourtant (comme si la pauvreté du spectacle m'avait désarmé) je ne voulais pas non plus me forcer à tourner le dos à ce tableau ; je suivais lentement la troupe à cheval qui tenait maintenant toute la chaussée ; au centre avançait une trinité : le roi qu'encadraient ses deux écuyers, en robe de femme et avec un sabre. Un peu plus à l'écart, les autres cavaliers de l'escorte royale couraient autour d'eux : les soi-disant *ministres*. Le reste s'était partagé en deux files chevauchant le long des deux côtés de la rue ; ici aussi les rôles se trouvaient exactement répartis : il y avait les *porte-bannière* (la hampe de l'étendard était fichée dans la tige de botte, de telle sorte que la frange du tissu rouge flottait à hauteur du flanc de l'animal), il y avait les *hérauts* (récitant en cadence devant chaque maison un texte sur le roi besogneux mais vertueux à qui on avait volé mille chiens de son château où il n'avait rien) et, pour finir, les *quêteurs* (dont tout le rôle consistait à solliciter : « Pour le roi, petite mère, pour le roi ! » en tendant une corbeille d'osier).

4

Je te remercie, Ludvik, seulement huit jours que je te connais et je t'aime comme personne jamais, je t'aime et je te crois, je ne pense à rien et je crois, car quand bien même la raison, le sentiment, l'âme me tromperaient, le corps est sans malice, le corps est plus honnête que l'âme, et mon corps sait qu'il n'avait jamais vécu ce qu'il a vécu hier, luxure, ferveur, cruauté, plaisir, violences, mon corps au grand jamais n'avait rien rêvé de pareil, nos corps hier se sont liés par serment et nos têtes à présent n'ont plus qu'à obéir, huit jours seulement que je te connais, et je te remercie, Ludvik.

Je te remercie aussi parce que tu es venu à la dernière minute, parce que tu m'as sauvée. Le jour était beau ce matin, le ciel bleu, tout plein de bleu en moi, de bonne heure tout marchait à souhait, nous sommes allés enregistrer à la maison des parents la Chevauchée qui vient chercher son Roi, et c'est là qu'il m'a abordée à l'improviste, ça m'a fait un coup, je ne l'attendais pas si tôt de Bratislava et je ne m'attendais pas davantage à tant de cruauté, figure-toi, Ludvik, qu'il a eu la muflerie de s'amener avec elle !

Et moi qui m'imaginais comme une idiote que mon ménage n'était pas définitivement ruiné, qu'il y avait encore moyen de le renflouer, moi idiote qui ai failli te sacrifier à ce ménage raté, te refuser cette rencontre ici, moi idiote qui n'étais pas loin de me laisser engluer une fois de plus à sa voix mielleuse quand il m'avait raconté qu'il s'arrêterait pour me prendre à son retour de Bratislava, qu'il avait des masses de choses à me dire en toute sincérité, et au lieu de ça, le voilà qui rapplique accroché à elle, à cette môme, cette souris de vingt-deux ans, treize de moins que moi, quel affront de perdre rien que parce que je suis née plus tôt, de quoi glapir d'impuissance, sauf que ça ne m'était pas permis en l'occurrence, j'ai dû sourire et lui serrer poliment la main, ah Ludvik, merci de m'avoir donné la force.

Tandis qu'elle s'écartait un peu, il a dit qu'on allait pouvoir discuter sincèrement tous les trois, ça serait plus honnête, l'honnêteté, l'honnêteté, je connais son honnêteté, depuis deux ans qu'il me tourne autour avec ce divorce, il sait qu'il ne tirera rien de nos tête-à-tête, alors, ce qu'il escompte, c'est que je perdrai les pédales au nez de cette fille, que je reculerai devant le rôle honteux de l'épouse abusive, que je vais m'effondrer, sangloter, capituler. Je le déteste, avec son coup bas pendant que je suis en reportage, quand j'ai besoin d'être tranquille, il devrait au moins respecter mon travail, un tout petit peu le respecter, mais des années et des années que ça dure comme ça, en rebuffades, en défaites, en humiliations continuelles, mais cette fois-ci je me suis cabrée, je te sentais derrière moi, toi et ton amour, je te sentais encore sur moi et dans moi, et ces beaux cavaliers criants et jubilants comme s'ils criaient qu'il y a toi, qu'il y a la vie, qu'il y a l'avenir, et moi, j'ai senti en moi la fierté que j'ai failli déjà perdre, cette fierté m'a inondée, j'ai réussi un joli rire et je lui ai dit, sans doute n'est-il pas nécessaire pour cela que je vous inflige ma présence jusqu'à Prague, j'ai la voiture de la radio et pour ce qui est de l'arrangement qui te préoccupe, ça peut se régler très vite, il m'est facile de te présenter l'homme avec qui je veux vivre, nous n'aurons aucune peine à nous mettre tous d'accord.

Peut-être que j'ai commis une folie, si c'est le cas, eh bien, tant pis, ça valait certainement cette minute d'orgueil délicieux, du coup son amabilité s'est multipliée par cinq, il était visiblement satisfait, mais il avait peur que je n'aie parlé en l'air, il m'a fait répéter et, à la fin, je lui ai dit ton prénom et ton nom, Ludvik Jahn, Ludvik Jahn, et, à la fin, j'ai dit expressément, n'aie pas peur, tu as ma parole quant à notre divorce, j'ai fini de te mettre des bâtons dans les roues, n'aie pas peur, je ne veux plus de toi, même si toi tu me voulais. À cela, il a dit que nous resterions sûrement bons amis, j'ai souri et je lui ai répondu que je n'en doutais pas.

5

Lorsque je jouais encore de la clarinette, au temps ancien où je faisais partie de l'orcheſtre, nous nous creusions les méninges pour essayer de comprendre la signification de la Chevauchée des Rois. Quand le roi Mathias, vaincu, a fui la Bohême pour regagner sa Hongrie, il aurait été contraint de se cacher devant ses poursuivants tchèques, lui et sa cavalerie, dans ce coin de Moravie où ils n'auraient survécu qu'en mendiant leur pain. La tradition voulait que la Chevauchée conservât le souvenir de ce fait hiſtorique, du xve siècle, mais une rapide consultation des anciens documents avait suffi à révéler que cette coutume remontait fort au-delà de la mésaventure du souverain magyar. Quelle en eſt donc l'origine et que peut-elle vouloir dire ? Daterait-elle du paganisme, réminiscence des cérémonies au cours desquelles les adolescents accédaient à la condition adulte ? Et pour quelle raison le roi et ses écuyers sont-ils habillés en femmes ? Eſt-ce le rappel du subterfuge grâce auquel un parti d'hommes d'armes (ceux de Mathias ou d'autres à une époque antérieure) avait fait passer son chef, ainsi déguisé, à travers un territoire ennemi ? Ou bien survivance de l'antique croyance païenne à la vertu protectrice du traveſti contre les génies malfaisants ? Et pourquoi le roi eſt-il, d'un bout à l'autre, aſtreint au mutisme ? Et pourquoi dit-on Chevauchée des Rois, quoiqu'il n'y ait qu'un roi ? Que signifie tout cela ? On ne sait pas. Les hypothèses ne manquent pas, et aucune n'eſt atteſtée. La Chevauchée des Rois eſt un rite myſtérieux ; nul n'en sait le sens ou le message, mais, de même que les hiéroglyphes de l'Égypte ancienne sont plus beaux pour ceux qui ne savent pas les lire (et ne les perçoivent qu'en tant que dessins fantaſtiques), il se peut que la Chevauchée des Rois soit si belle parce que le contenu de sa communication eſt perdu depuis longtemps et que ressortent d'autant plus les geſtes, les couleurs, les mots, attirant l'attention sur eux-mêmes, sur leur aspect, sur leur forme.

Aussi ma prime défiance devant le départ confus de ce cortège était-elle tombée, à ma surprise, et j'étais brusquement pris par l'image de cette troupe à cheval qui avançait lentement de maison en maison ; au surplus, les haut-parleurs qui, encore à l'instant, diffusaient la voix stridente d'une chanteuse s'étaient tus et on n'entendait plus (à part le grondement des véhicules que, depuis longtemps, j'avais l'habitude de soustraire de mes impressions acoustiques) que l'étrange musique des appels.

J'avais envie de rester là, de fermer les yeux et d'écouter seulement : au cœur de ce village de Moravie, j'avais conscience d'entendre des *vers*, des vers au sens le plus primitif de ce mot, tels que jamais ni radio, ni téléviseur, ni plateau dramatique ne m'en apporteraient, des vers comme solennel appel rythmique aux confins du parler et du chant, des vers qui captivaient l'auditeur par la seule force de leur mètre, comme avaient sans doute captivé leurs auditeurs les vers prononcés aux amphithéâtres antiques. C'était une musique sublime et *polyphonique* : chacun des hérauts récitait sur un ton monocorde, mais à une hauteur différente, en sorte qu'involontairement les voix s'associaient en accord ; en outre, les appels des hérauts n'étaient pas simultanés, chacun lançait ses vers à un autre moment, près d'une autre maison, si bien que les voix, s'égrenant de part et d'autre, composaient un canon à plusieurs voix ; l'une terminait, une deuxième était au milieu, sur laquelle déjà se greffait une troisième à une autre hauteur.

La Chevauchée des Rois suivit longtemps la grand-rue (effarouchée sans cesse par les voitures qui passaient), puis, à un carrefour, elle se divisa : l'aile droite continua son parcours rectiligne, celle de gauche bifurqua dans une ruelle, tout de suite attirée par une maisonnette jaune à clôture basse et jardinet tapissé de fleurs multicolores. Le héraut était en veine d'improvisations facétieuses : la maisonnette pouvait se vanter de sa jolie *fontaine* et la maîtresse de céans avait pour fils un drôle de *croquemitaine* ; de fait, il y avait une pompe devant l'entrée, et la grosse quadragénaire, sans doute flattée du titre décerné à son fils, riait en donnant un billet au cavalier (quêteur) qui quémandait : « Pour le roi, petite mère, pour le roi ! » Le billet n'avait pas plus tôt disparu dans la corbeille pendue à l'arçon qu'un nouveau héraut survenant criait à la quadragénaire qu'elle était *jeune et belle*, mais qu'il goûterait encore plus volontiers de sa vieille *mirabelle* ; la tête renversée, il fit semblant de boire, une paume en conque appliquée aux lèvres. Tous autour riaient et la quadragénaire, embarrassée et ravie, s'en alla ; elle avait sans doute tout prévu, car elle reparut immédiatement avec une bouteille et un verre et elle donna à boire aux cavaliers.

Tandis qu'ils buvaient et plaisantaient, un peu plus loin, encadré de ses écuyers, le roi se tenait raide en selle, immobile, grave, ainsi qu'il sied peut-être aux rois de se draper dans leur gravité, absents et solitaires au milieu du tumulte de leurs armées. Les chevaux des deux écuyers pressaient de chaque côté la monture royale, ce qui faisait que les trois cavaliers se touchaient presque, botte contre botte (leurs bêtes avaient, au poitrail, un vaste cœur en pain d'épice couvert de menus miroirs et nappé d'un sucre coloré, au front des roses de papier, les crinières tressées de faveurs multicolores). Les trois cavaliers muets étaient revêtus de leur vêtement de femme : jupe large, manches bouffantes empesées, sur la tête une coiffe richement ornementée ; seul le roi portait, au lieu de cette coiffe, un diadème d'argent étincelant d'où pendaient trois longs et larges rubans, un rouge au milieu et les deux autres bleus, qui lui couvraient entièrement le visage et lui donnaient un aspect étrange et pathétique.

Je demeurai en extase devant cette trinité figée ; vingt ans en arrière, j'avais été comme eux assis sur un cheval orné, mais voyant alors *du dedans* la Chevauchée des Rois, je n'avais rien vu. Maintenant seulement je la vois vraiment et ne peux en détourner les yeux : le roi est en selle (à quelques mètres de moi) et ressemble à une statue enveloppée dans un drapeau, étroitement gardée ; et qui sait, me dis-je soudain, peut-être n'est-ce pas un roi mais une reine ; peut-être est-ce la reine Lucie venue se manifester sous son véritable aspect, parce que son *véritable* aspect est justement l'aspect *voilé*.

Et à ce moment, je m'avisai que Kostka, qui unissait en lui entêtement de la réflexion et délire, était un original, de sorte que tout ce qu'il avait raconté était possible mais incertain ; certes, il connaissait Lucie et en savait peut-être long sur elle, pourtant l'essentiel lui avait échappé : ce soldat qui voulait la posséder dans une chambre d'emprunt, chez un mineur, Lucie l'aimait vraiment ; comment aurais-je pu prendre au sérieux l'histoire d'une Lucie cueillant des fleurs à cause d'un vague penchant à la piété quand je me rappelais qu'elle les cueillait pour moi ? Et si elle n'avait pas dit un mot de cela à Kostka, pas plus d'ailleurs que de nos six tendres mois d'amour, c'est que, même devant lui, elle s'était réservé un secret inaccessible, et donc lui non plus ne la connaissait pas ; et alors, il n'était pas sûr que ce fût pour lui qu'elle ait choisi d'habiter dans cette ville ; il se pouvait qu'elle ait échoué ici par hasard, mais il était tout aussi possible que ce fût à cause de moi, puisqu'elle savait que c'était ma ville. Je sentais que le viol originel de Lucie était vrai, mais j'avais des doutes sur les circonstances précises : l'histoire se colorait, par endroits, du regard ensanglanté de quelqu'un que le péché excitait, à d'autres moments d'un bleu si bleu que cela ne pouvait venir que d'un homme accoutumé à la contemplation des cieux ; c'était clair : dans le récit de Kostka la vérité s'unissait à la poésie et ce n'était qu'une légende de plus (peut-être plus proche du vrai, peut-être plus belle ou plus profonde) qui recouvrait la légende ancienne.

Je regardais le roi voilé et j'ai vu Lucie traverser (non reconnue et non reconnaissable) majestueusement (et ironiquement) ma vie. Puis (par une bizarre contrainte externe), mon regard glissa de côté, tombant de plein fouet dans celui d'un homme qui devait me dévisager depuis un certain temps et qui souriait. Il dit : « Salut ! » et, hélas, s'avança vers moi. « Salut », dis-je. Il me tendit la main ; je la pris. Sur quoi, il tourna la tête et appela une jeune fille que je n'avais pas remarquée : « Qu'est-ce qui te retient ? Approche, que je te présente ! » La fille (élancée, gracieuse, chevelure et yeux bruns) m'aborda en disant : « Brozova. » Elle me tendit la main et je répondis : « Enchanté. Moi, c'est Jahn. » Lui, jovial, s'exclama : « Mon vieux, ça en fait des années que je ne t'ai pas vu ! » C'était Zemanek.

6

Fatigue, fatigue. Je n'arrivais pas à m'en débarrasser. Maintenant qu'elle avait son roi, la Chevauchée était partie sur la place, et moi je me contentais de traîner derrière. Je respirais à fond pour surmonter la fatigue. Je m'arrêtais devant les maisons des voisins qui avaient mis le nez dehors et bayaient aux corneilles. J'avais eu tout d'un coup la sensation que mon tour était venu, à moi aussi, de me ranger. Que c'était fini, les idées de voyages et d'aventures. Que j'étais irrémédiablement enfermé dans les deux ou trois rues où je passais ma vie.

Lorsque je parvins sur la place, la Chevauchée déjà s'en éloignait lentement le long de la grand-rue. J'avais voulu clopiner à sa suite, mais tout à coup j'ai vu Ludvik. Il était debout dans l'herbe de l'accotement, ses yeux songeurs fixés sur les gars à cheval. Satané Ludvik ! Qu'il aille au diable ! Jusqu'ici, c'était lui qui m'évitait, eh bien aujourd'hui c'est moi qui ne le verrai pas ! Tournant les talons, j'étais allé vers un banc, sous l'un des pommiers de la place. Comme ça, j'écouterai, bien assis, l'écho amorti des appels des cavaliers.

Et j'étais resté sur le banc, écoutant et regardant. La Chevauchée des Rois s'éloignait peu à peu, piteusement à l'étroit sur les bas-côtés de la chaussée où roulaient, incessantes, voitures et motos. Suivie par quelques badauds. Par quatre pelés et un tondu. Il y a de moins en moins de monde pour voir la Chevauchée des Rois. En revanche, il y a Ludvik. Qu'est-ce qu'il est bien venu faire par ici ? Le diable t'emporte, Ludvik. C'est trop tard maintenant. Trop tard maintenant pour tout. Tu es venu comme un mauvais signe. Un signe noir. Et justement, quand c'est mon Vladimir qui est roi !

Je détournai les yeux. Sur la place du village, on ne comptait qu'une douzaine d'attardés, autour des stands, devant l'entrée du bistrot. Presque tous soûls. Les poivrots sont les plus fidèles défenseurs des programmes folkloriques. Leurs ultimes défenseurs. Une fois de temps en temps, ça leur fait une raison distinguée de boire un coup.

Un petit vieillard, le grand-père Pechacek, s'était assis à côté de moi. Il paraît que ce n'était plus comme dans le temps. J'acquiesçai. Ce n'est plus comme c'était. Comme elles devaient être belles ces Chevauchées, il y a des décennies ou des siècles ! Elles étaient certainement moins bigarrées qu'aujourd'hui. Aujourd'hui ça fait un peu kitsch, mascarade de foire. Ces cœurs de pain d'épice au poitrail des chevaux ! Ces tonnes de guirlandes en papier achetées dans les grands magasins ! Autrefois les costumes étaient aussi colorés, mais plus simples. Pour tout ornement, les montures n'avaient qu'un grand foulard rouge qu'on leur attachait à l'encolure. Le roi, lui, n'avait pas ce masque en rubans de couleur, juste un simple voile. En outre, il serrait une rose entre les dents. Pour l'empêcher de parler.

Eh oui, grand-père, c'était bien mieux jadis. Personne n'avait besoin de courir après les jeunes pour qu'ils consentent gentiment à participer à la Chevauchée. Pas besoin de toutes ces réunions préliminaires avec des algarades à n'en plus finir pour savoir qui se chargera de l'organisation, à qui reviendra le bénéfice ! La Chevauchée giclait de la vie des campagnes comme une source. Elle galopait de village en village en quêtant pour son roi masqué. Il arrivait parfois qu'elle en rencontrât une autre, d'un autre bourg, et c'était la bataille. Toutes les deux défendaient furieusement leur roi. Souvent, dans l'éclair des couteaux et des sabres, le sang coulait. Quand la Chevauchée faisait prisonnier un roi étranger, elle se soûlait à mort, à l'auberge, aux frais du père de ce roi.

Ma foi, grand-père, vous avez raison. Encore quand moi on m'avait fait roi, sous l'Occupation, ce n'était pas comme c'est devenu aujourd'hui. Et même encore après la guerre, ça valait toujours le coup. On se figurait, nous autres, qu'on allait fabriquer un monde tout neuf. Et que les gens se remettraient à vivre dans les anciennes traditions. Que même la Chevauchée jaillirait de la profondeur de leur vie. Nous voulions encourager ce jaillissement. Nous nous crevions à organiser des fêtes populaires. Seulement, une source, on ne peut pas l'organiser. Ou bien elle gicle, ou bien elle n'est pas. Vous voyez bien, grand-père, où nous en sommes : nos petites chansons, nos chevauchées et tout, c'est de l'essorage. Les dernières gouttes, des gouttelettes, les toutes dernières.

Ouf. Disparue, la Chevauchée. Elle a tourné sans doute dans une ruelle transversale. Mais on entendait toujours son appel. Son appel était splendide. Je fermai les yeux et j'imaginai un moment que je vivais dans un autre temps. Dans un autre siècle. Très ancien. Ensuite j'ai ouvert les yeux et je me suis dit que c'était bien que Vladimir soit le roi. Il est le roi d'un royaume presque mort mais splendide. D'un royaume auquel je resterai fidèle jusqu'à sa fin.

J'avais quitté le banc. Quelqu'un me salua. C'était le vieux Koutecky. Depuis longtemps je ne l'avais pas vu. Il marchait avec peine, appuyé sur une canne. Je ne l'avais jamais aimé, mais sa vieillesse m'apitoya. « Où allez-vous comme ça ? » lui demandai-je. Il dit que la petite promenade du dimanche, c'était bon pour la santé. « Et cette Chevauchée, elle vous a plu ? » Il fit un geste désabusé : « Je n'ai même pas regardé. — Tiens, pourquoi ? » demandai-je. Nouveau mouvement de la main, plus hargneux ; au même instant, j'avais deviné pourquoi : Ludvik était parmi les spectateurs. Koutecky, pas plus que moi, n'avait tenu à le rencontrer.

« Je vous comprends, lui dis-je. Mon fils est de la Chevauchée et pourtant ça ne me disait rien de leur emboîter le pas. — Votre fils, là-bas ? Vladimir ? — Bien sûr, dis-je, même que c'est lui le roi ! » Koutecky dit : « Ça alors, c'est curieux. — Qu'est-ce qu'il y a de curieux ? rétorquai-je. — C'est même très curieux ! dit Koutecky dont les petits yeux brillaient. — Enfin, qu'est-ce qu'il y a ? insistai-je. — Il y a que Vladimir est avec notre Milos », dit Koutecky. Je ne connaissais pas de Milos. Il m'expliqua que c'était son petit-fils, le garçon de sa fille. « Mais ce n'est pas possible, protestai-je, je l'ai tout de même vu comme il partait de chez nous sur son cheval ! — Moi aussi, je l'ai vu. Milos l'emmenait de chez nous sur sa moto, affirma Koutecky. — Ça n'a ni queue ni tête ! » dis-je, me hâtant toutefois d'ajouter : « Et où est-ce qu'ils allaient ? — Ouais, si vous n'êtes pas au courant, ce n'est pas moi qui vous le dirai ! » dit Koutecky en prenant congé.

7

Je ne comptais pas avec la possibilité de rencontrer Zemanek (Helena m'avait assuré qu'il ne devait venir la prendre que l'après-midi) et il m'était évidemment extrêmement désagréable de le retrouver. Mais je n'y pouvais rien. Il était là et il se ressemblait absolument : ses cheveux jaunes étaient toujours jaunes, même s'il ne les peignait plus en arrière en longues mèches ondulées. Il les portait courts et ramenés sur le front, comme la mode l'exigeait ; il bombait toujours la poitrine, la nuque toujours crispée en arrière ;

il était toujours jovial et satisfait, invulnérable, nanti de la faveur des anges et d'une jeune fille dont la beauté m'avait sur-le-champ rappelé l'imperfection pénible du corps avec lequel j'avais passé mon après-midi, hier.

Espérant que notre conversation serait des plus brèves, je m'appliquai à répondre le plus banalement possible aux banalités qu'il m'adressait : il répéta qu'on ne s'était pas vus depuis des lustres, marquant sa surprise de me retrouver justement ici, « dans ce trou perdu au diable » ; je lui dis que j'y étais né ; sur quoi il s'excusa concédant que, dans ce cas, le lieu n'était évidemment pas au diable ; Mlle Brozova s'était mise à rire ; je n'ai pas réagi à la blague, je notai simplement que je ne m'étonnais pas de le rencontrer ici puisque, autant que je m'en souvenais, il avait toujours été amateur de folklore ; Mlle Brozova rit de nouveau en déclarant qu'ils n'étaient pas venus pour la Chevauchée des Rois ; je lui demandai si la Chevauchée lui déplaisait ; elle dit que ça ne l'amusait pas ; je lui demandai pourquoi ; elle haussa les épaules et Zemanek me dit : « Mon cher Ludvik, les temps ont changé. »

Pendant ce temps, la Chevauchée avait progressé d'une maison, et deux cavaliers luttaient avec leurs chevaux qui commençaient à s'agiter. L'un criait après l'autre, l'accusant de mal gouverner sa monture, et les apostrophes « abruti ! » et « idiot ! » se mêlaient assez comiquement au rituel de la festivité. Mlle Brozova soupira : « Ça serait chic s'ils venaient à s'emballer ! » Zemanek pouffa, mais les cavaliers réussirent bientôt à calmer les chevaux et le holà, holà résonnait de nouveau solennellement à travers le village.

Suivant pas à pas cette troupe sonore le long des petits jardins fleuris, je cherchais en vain quelque prétexte assez naturel pour prendre congé de Zemanek ; je devais marcher docilement à côté de sa jolie compagne et continuer à échanger des phrases : j'appris ainsi qu'à Bratislava, où ils étaient encore ce matin de bonne heure, il faisait le même beau temps qu'ici ; qu'ils étaient venus dans la voiture de Zemanek et avaient été obligés de changer les bougies à peine sortis de Bratislava ; et puis aussi qu'elle était une de ses étudiantes. Je savais par Helena qu'il donnait des cours de marxisme-léninisme à l'Université, néanmoins je lui demandai ce qu'il enseignait. Il répondit la *philosophie* (cette dénomination de sa matière m'apparut significative ; quatre ou cinq ans plus tôt, il aurait encore dit le *marxisme*, mais, depuis, la défaveur dont cette discipline pâtissait était telle, surtout chez les jeunes, que Zemanek, pour qui être admiré était toujours le souci principal, cacha pudiquement le marxisme dans un terme plus général). Je feignis la surprise en disant que Zemanek avait fait, je me le rappelais fort bien, des études de biologie ; ma remarque cachait une allusion ironique au fréquent amateurisme des professeurs de marxisme, qui étaient promus spécialistes non pas grâce à leurs connaissances scientifiques mais grâce à leurs qualités de propagandistes. Mlle Brozova intervint alors pour déclarer que les professeurs de marxisme avaient dans le crâne une brochure politique en guise de cerveau, mais que Pavel, lui, était tout différent. Pour Zemanek, ces paroles étaient pain bénit ; il protestait faiblement, montrant par là sa modestie et provoquant ainsi la jeune fille à d'autres louanges. J'appris comme ça que son ami comptait parmi les profs les plus populaires auprès des étudiants pour les raisons mêmes qui le desservaient auprès de la direction : il disait toujours ce qu'il pensait, il avait du cran et prenait fait et cause pour la jeunesse. Zemanek continuait à protester mollement et sa compagne me détaillait les divers conflits auxquels il avait été en butte pendant ces dernières années : on voulut même le chasser de son poste parce que, sans s'inquiéter des programmes poussiéreux, il entendait mettre les jeunes gens au courant de tout ce qui bougeait dans la philosophie moderne (on l'accusait d'importer en contrebande l'« idéologie de l'ennemi ») ; il aurait sauvé un garçon qu'on voulait expulser de la faculté à la suite d'une gaminerie (dispute avec un flic) que le recteur (hostile à Zemanek) présentait comme un délit *politique* ; après cette histoire, les étudiantes avaient organisé un vote secret sur le professeur le plus populaire, et c'était lui qui avait gagné. Zemanek ne protesta plus contre ce déluge de louanges et je dis à Mlle Brozova (avec une ironie sous-entendue mais, hélas, à peine intelligible) combien je la comprenais, vu que je me souvenais qu'au temps de mes propres études aussi, son professeur d'aujourd'hui était très populaire. Sur quoi elle renchérit avec empressement : il n'y avait pas lieu de s'en étonner, Pavel, pour le talent de parole, n'avait pas son égal, et, dans une discussion, il n'y en avait pas un comme lui pour envoyer le contradicteur au tapis ! « Oui, c'est vrai, admit Zemanek, en riant, mais si je les envoie au tapis dans une discussion, ils peuvent m'y envoyer par des moyens autrement plus efficaces ! »

Dans la vanité du propos, je retrouvais Zemanek tel que je l'avais connu ; mais le *contenu* de ces mots m'avait effrayé : Zemanek semblait avoir radicalement abandonné son attitude d'autrefois, et si je vivais actuellement dans son entourage, je me trouverais, bon gré mal gré, de son côté. Et cela était horrible, à cela je n'étais nullement préparé, encore qu'un tel changement d'attitude n'eût, certes, rien de prodigieux, au contraire, nombreux étaient ceux qui le subissaient, la société tout entière le vivait par degrés. Mais justement chez Zemanek je ne l'attendais pas ; dans ma mémoire il était demeuré pétrifié sous la forme où je l'avais vu pour la dernière fois et je lui déniais maintenant avec fureur le droit d'être autre que je ne l'avais connu.

Il est des gens qui proclament leur amour de l'humanité et d'autres leur objectent, à juste titre, qu'on ne peut aimer qu'au singulier, des individus ; je suis d'accord et j'ajoute que ce qui vaut pour l'amour vaut aussi pour la haine. L'homme, cette créature qui aspire à l'équilibre, compense le poids du mal qu'on lui a jeté sur le dos par le poids de sa haine. Mais essayez de concentrer la haine sur la pure abstraction des principes, l'injustice, le fanatisme, la barbarie, ou bien, si vous allez jusqu'à penser que le principe même de l'homme est détestable, essayez de haïr l'humanité ! Des haines comme celles-là sont beaucoup trop surhumaines et c'est ainsi que l'homme, s'il veut soulager sa colère (dont il sait les forces limitées), finit par ne la concentrer que sur un individu.

D'où mon effroi. À tout moment désormais, Zemanek pourra se réclamer de sa métamorphose (qu'il venait d'ailleurs de me démontrer avec une célérité suspecte) et demander mon pardon. Et c'était cela qui me semblait horrible. Que lui dirai-je ? Que lui répondrai-je ? Comment lui expliquer que je ne peux pas me réconcilier avec lui ? Comment lui expliquer qu'en le faisant je romprais sur le coup mon équilibre intérieur ? Comment lui expliquer que l'une des extrémités du fléau de ma balance intérieure serait alors brusquement projetée en l'air ? Comment lui expliquer que ma haine envers lui contrebalance le poids du mal qui est tombé sur ma jeunesse ? Comment lui expliquer qu'il incarne ce mal ? Comment lui expliquer que j'ai *besoin* de le haïr ?

8

Les corps des chevaux emplissaient toute la ruelle. J'ai vu le roi, à quelques mètres de moi. Il était sur son cheval, à l'écart des autres. À ses côtés, deux autres chevaux, deux autres garçons : ses écuyers. J'étais déconcerté. Il voûtait un peu le dos, à la manière de Vladimir. Il se tenait immobile, presque apathique. Est-ce lui ? Peut-être. Mais ce pourrait aussi bien être un autre.

Je me glissai plus près. Impossible que je ne le reconnaisse pas. Enfin, son maintien, le moindre de ses gestes habituels, je sais tout ça par cœur ! Je l'aime, et l'amour a son instinct !

Je me faufilai jusqu'à lui. Je pourrais l'appeler. Rien ne serait plus simple. Mais ce serait inutile. Le roi ne doit pas parler.

La Chevauchée avançait d'une maison. Ah, maintenant je vais le reconnaître ! Le pas du cheval va l'obliger à faire un mouvement qui le trahira. La bête a levé le genou, le roi a cambré la taille, mais ce geste ne l'a pas trahi. Les rubans devant son visage restaient désespérément opaques.

9

La Chevauchée avait encore avancé de quelques maisons, la poignée de curieux (nous compris) en avait fait autant et notre conversation aborda de nouveaux sujets : Mlle Brozova avait passé de Zemanek à sa propre personne, exposant son goût pour l'auto-stop. Elle en parlait avec une telle insistance (un peu affectée) qu'immédiatement je compris que j'entendais là le *manifeste de sa génération.* La soumission à une mentalité de génération (à cet orgueil du troupeau) me répugnait toujours. Quand Mlle Brozova avait développé la réflexion (je l'ai entendue une bonne cinquantaine de fois) que l'espèce humaine se divise en ceux qui prennent les autostoppeurs (les gens humains qui aiment l'aventure) et ceux qui ne les prennent pas (les gens inhumains qui ont peur de la vie), je l'avais appelée, en plaisantant, « dogmatique du stop ». Elle m'a répondu sèchement qu'elle n'était ni dogmatique, ni révisionniste, ni sectaire, ni déviationniste, que tout ça c'étaient des mots à nous, que nous avions inventés, qui nous appartenaient et qui, à eux, étaient étrangers.

« Oui, fit Zemanek, ils sont autres. Heureusement ils sont autres ! Et leur vocabulaire aussi, par bonheur. Nos succès ne les intéressent pas, nos fautes pas davantage. Tu ne le croiras pas, mais aux examens d'entrée en faculté, ces jeunes-là ne savent même plus ce que c'était que les procès de Moscou, Staline n'est qu'un nom pour eux. Rends-toi compte que la plupart d'entre eux ne savent même pas qu'il y a dix ans ont eu lieu les procès politiques à Prague.

— C'est justement ça qui me semble abominable, dis-je.

— Le fait est que ça ne prouve guère leur instruction. Mais là-dedans il y a pour eux une libération. Ils se sont fermés à notre monde à nous. Ils l'ont refusé en bloc.

— Une cécité en remplace une autre.

— Je ne dirais pas ça. Je les admire justement parce qu'ils sont différents de nous. Ils aiment leur corps. Nous l'avions négligé. Ils aiment les voyages. Nous nous encroûtions. Ils aiment les aventures. Nous avons perdu notre temps en réunions. Ils aiment le jazz. Nous avons sans succès copié le folklore. Ils s'occupent d'eux-mêmes. Nous voulions sauver le monde. Nous avons failli, avec notre messianisme, le détruire. Peut-être qu'avec leur égoïsme, eux le sauveront. »

10

Comment cela se peut-il ? Le roi ! Figure à cheval, dressée, voilée de couleurs. Combien de fois l'ai-je vu, l'ai-je imaginé ! L'image la plus intime de toutes ! Et maintenant que la voilà changée en réalité, toute son intimité a disparu. Ce n'est plus, subitement, qu'une larve peinturlurée dont je ne sais ce qu'elle cache. Mais que peut-il donc y avoir d'intime dans ce monde réel, sinon mon roi ?

Mon fils. L'être le plus proche. Debout devant lui, j'ignore si, oui ou non, c'est lui. Que sais-je donc, si je ne sais même pas cela ! De quoi suis-je sûr ici-bas, si je n'ai même pas cette certitude ?

II

Tandis que Zemanek s'abandonnait à l'éloge de la génération montante, je contemplais Mlle Brozova et je constatais avec tristesse qu'elle était jolie et sympathique ; je sentais du dépit qu'elle ne fût pas à moi. Elle marchait aux côtés de Zemanek, toutes les trois secondes passait son bras sous le sien, se tournait vers lui, et moi je me rendais compte (comme cela m'arrive de plus en plus souvent d'une année sur l'autre) que je n'avais pas eu, depuis l'ère de Lucie, de fille que j'eusse aimée et respectée. La vie se moquait de moi en m'envoyant le rappel de mon échec, précisément sous les traits de la maîtresse de cet homme que j'avais cru vaincre la veille dans une grotesque lutte sexuelle.

Plus Mlle Brozova me plaisait, plus j'enregistrais qu'elle appartenait totalement à ses contemporains, pour qui moi et les gens de ma génération sommes confondus dans une même foule indistincte, marqués du même jargon inintelligible, de la même pensée surpolitisée, des mêmes angoisses, des mêmes expériences bizarres d'une époque noire et révolue.

À ce moment, je commençai à comprendre : la ressemblance entre moi et Zemanek ne se bornait pas au fait qu'ayant changé d'opinions il s'était rapproché de moi ; cette ressemblance était plus profonde et englobait nos destinées *entières* : le regard de Mlle Brozova et de ses contemporains nous fit semblables même là où nous nous affrontions farouchement. Je sentais tout à coup que si j'étais forcé de relater devant elle mon exclusion du Parti, l'événement lui paraîtrait lointain et trop *littéraire* (oui, sujet maintes fois décrit dans tant de mauvais romans) et nous lui serions dans cette histoire tous les deux également antipathiques, mes idées et les siennes, mon attitude et la sienne (toutes les deux pareillement tordues et monstrueuses). Au-dessus de notre querelle qui me paraissait toujours si présente et vivante, je voyais se refermer les eaux consolantes du temps qui, comme chacun sait, efface les différences entre des époques entières, donc combien plus aisément entre deux pauvres individus. Mais je me suis défendu furieusement contre toute offre de réconciliation que proposait le temps ; après tout, je ne vis pas dans l'éternité, je suis ancré dans mes trente-sept ans et ne veux pas scier la chaîne (comme Zemanek qui s'était conformé si vite aux plus jeunes), non, je veux rester dans mon destin, et dans mon âge, même si mes trente-sept ans ne représentent qu'un fragment du temps, infime et fugace, qu'on oublie déjà, qu'on a oublié.

Et si Zemanek vient à se pencher familièrement vers moi, commence à parler du passé, et à demander la paix, je refuserai ; oui, je refuserai cette paix, dussent pour elle s'entremettre Mlle Brozova et tous ses contemporains et le temps lui-même.

12

Fatigue. D'un coup, j'ai eu la tentation d'envoyer tout promener. De partir et de larguer mes soucis. Je ne veux plus rester dans ce monde de choses matérielles que je ne comprends pas et qui me trompent. Il existe encore un autre monde. Le monde où je suis chez moi, où je me retrouve. Il y a là-bas un chemin, un églantier, un déserteur, un violoneux vagabond, et maman.

J'ai fini par me secouer quand même. Il faut bien. Il faut bien que je mène jusqu'au bout ma dispute avec le monde des choses matérielles. Il faut bien que je voie jusqu'au fond de toutes les erreurs et leurres.

Devrais-je demander à quelqu'un ? Aux gamins de la Chevauchée ? Et si tous rigolent de moi ? J'ai repensé à ce matin. L'habillage du roi. Et tout d'un coup, je sus où aller.

13

Nous avons un roi besogneux, mais d'autant plus vertueux, scandaient les cavaliers, trois ou quatre maisons plus loin, et nous les suivions toujours, les croupes enrubannées des chevaux, croupes bleues, roses, vertes ou mauves, quand soudain Zemanek, le doigt pointé dans leur direction, me dit : « Tiens, voilà Helena. » Je regardai du côté que son geste avait indiqué, mais je ne voyais toujours que les corps colorés des chevaux. Zemanek montra encore : « Là-bas ! » Je l'aperçus en effet, à moitié cachée par un cheval, et je me sentis rougir : la façon dont Zemanek me l'avait montrée (il n'avait pas dit « ma femme », mais « Helena ») prouvait qu'il savait que je la connaissais.

Debout au bord du trottoir, Helena brandissait un micro ; un fil le reliait au magnétophone qui pendait à l'épaule d'un jeune garçon en blouson de cuir et blue-jeans, le casque d'écoute sur les oreilles. Nous nous sommes arrêtés non loin d'eux. Zemanek dit (brusquement, et mine de rien) qu'Helena était une femme admirable, non seulement elle avait toujours belle allure, mais elle était très capable et ça ne l'étonnait pas du tout que je m'entende bien avec elle.

Je sentais la rougeur de mes joues : il n'y avait pas d'agressivité dans cette remarque, au contraire Zemanek l'avait prononcée sur un ton très aimable et Mlle Brozova me regardait avec un sourire éloquent comme si elle s'acharnait à me faire comprendre qu'elle était au courant et que j'avais sa sympathie, mieux, sa complicité.

Zemanek, détendu, continuait à parler de son épouse, s'efforçant de me montrer (par détours et allusions) qu'il savait tout mais ne trouvait rien à redire, vu son libéralisme à l'égard de la vie privée d'Helena ; pour prêter à ses paroles une insouciante légèreté, il indiqua le jeune porteur de magnétophone et dit que ce garçon (ses écouteurs, remarqua-t-il, le faisaient ressembler à un gros insecte) était dangereusement épris d'Helena depuis deux années déjà et que je devais faire attention. Mlle Brozova se mit à rire et demanda quel âge il avait, deux ans auparavant. Dix-sept ans, précisa Zemanek, assez pour tomber amoureux. Puis il ajouta en plaisantant qu'Helena ne s'intéressait pas aux minets, qu'elle était une femme vertueuse mais qu'un gamin comme ça, moins il a de succès, plus il devient enragé et il a sûrement le poing rapide. Mlle Brozova (sur le ton d'un insignifiant bavardage) ajouta que je ferais peut-être le poids face à ce gosse.

« Je n'en suis pas tellement certain, blagua Zemanek.

— N'oublie pas que j'ai travaillé dans les mines. Ça m'a donné du muscle, répliquai-je sur le même ton léger, sans prendre garde que ce rappel détonnait dans cette conversation futile.

— Vous avez travaillé dans les mines ? s'enquit Mlle Brozova.

— Ces petits gars de vingt ans, poursuivait Zemanek accroché opiniâtrement à son sujet, quand ils sont en bande, il faut vraiment s'en méfier. Ils vous arrangent proprement le type qui ne leur revient pas.

— Longtemps ? insista Mlle Brozova.

— Cinq ans, lui dis-je.

— Et quand c'était ?

— J'y étais encore il y a neuf ans.

— Alors, c'est de l'histoire ancienne, vos muscles se sont atrophiés depuis... » dit-elle afin d'apporter sa petite blague à la bonne humeur générale. Mais moi, sur le moment, je pensais vraiment à mes muscles : je me disais qu'ils n'étaient pas du tout atrophiés, que j'avais toujours une excellente forme et que je pourrais battre, par tous les moyens possibles, le blond avec qui je bavardais — mais que (et c'était le plus important et le plus triste dans tout ça) je n'avais que ces muscles pour lui régler ma vieille dette.

Je me figurai encore une fois que Zemanek se tournait, souriant, vers moi et me demandait d'oublier tout ce qui s'était passé entre nous et je me sentis piégé : sa demande de pardon était soutenue non seulement par son changement d'opinions, non seulement par le temps, non seulement par Mlle Brozova et ses contemporains, mais aussi par Helena (oui, tous sont derrière lui et contre moi !) parce que, en me pardonnant son adultère, Zemanek m'avait acheté mon propre pardon.

Quand je vis (dans mon imagination) son visage de maître chanteur sûr de ses puissants alliés, je fus enflammé d'un tel désir de le frapper que je me voyais vraiment en train de l'assommer. Les cavaliers vociféraient tout autour, Mlle Brozova racontait je ne sais trop quoi, le soleil était splendidement doré, et j'avais devant mes yeux hagards le sang qui ruisselait sur son visage.

Oui, c'était dans mon imagination ; mais que ferais-je en réalité lorsqu'il solliciterait mon pardon ?

Avec horreur, je comprenais que je ne ferais rien.

Nous arrivions à hauteur d'Helena et de son technicien qui venait de retirer ses écouteurs. « Vous avez déjà fait connaissance ? dit Helena surprise de me voir avec Zemanek.

— On se connaît depuis longtemps, dit-il.

— Comment ? » Elle était étonnée.

« Depuis nos années d'étudiants : on était ensemble à la faculté ! » expliqua Zemanek et j'eus alors l'impression que je venais de franchir l'une des dernières passerelles par où il m'entraînait au lieu d'infamie (semblable à l'échafaud) où il allait me demander pardon.

« Mon Dieu, il y a de ces hasards… dit Helena.

— De ces choses qui arrivent, dit le technicien, de peur qu'on n'oubliât qu'il existait lui aussi.

— C'est vrai, vous deux, je ne vous ai pas présentés », s'avisa-t-elle, avant de me dire : « Voici Jindra. »

Je tendis la main à Jindra et Zemanek s'adressa à Helena : « Alors, avec Mlle Brozova, on avait pensé te ramener, mais maintenant je comprends que ça ne t'arrangerait pas, tu préfères retourner avec Ludvik… »

« Vous partez avec nous ? » me jeta le garçon en blue-jeans sur un ton qui, vraiment, n'était pas amical.

« Tu es venu en voiture ? me demanda Zemanek.

— Je n'ai pas de voiture, répondis-je.

— Alors tu pars avec eux, dit-il.

— Mais moi, je roule à cent trente ! Si ça vous effraye… avertit le garçon en blue-jeans.

— Jindra ! le gourmanda Helena.

— Tu pourrais faire la route avec nous, dit Zemanek, seulement je crois que tu préféreras la nouvelle amie à l'ami ancien. » Comme en passant, il m'avait appelé *ami* et j'étais sûr que la réconciliation humiliante n'était plus qu'à deux pas ; Zemanek, au reste, s'était tu un instant, comme s'il hésitait, comme s'il voulait incessamment me prendre à part et me parler seul à seul (j'avais courbé la tête comme offrant ma nuque à la hache) mais je me trompais : il jeta un coup d'œil sur sa montre et dit : « Au fait, nous n'avons plus tellement de temps pour être à Prague avant cinq heures. Allez, il faut se dire au revoir ! Ciao, Helena ! », il serra la main d'Helena, puis dit encore ciao à moi et au technicien et nous donna une poignée de main. La demoiselle Brozova serra de même la main à tout le monde et, bras dessus, bras dessous, ils s'en allaient.

Ils s'en allaient. Je ne pouvais pas les lâcher du regard : Zemanek marchait raide, la tête blonde relevée fièrement (victorieusement), et la fille brune à son côté ; même de dos elle était belle, elle avait l'allure légère, elle me plaisait ; elle me plaisait presque douloureusement, car sa beauté qui s'éloignait me manifestait son indifférence glaciale, la même que me manifestait tout mon passé que je voulais rencontrer dans ma ville natale pour me venger mais qui venait de me croiser ici sans me regarder, comme s'il ne me connaissait pas.

J'étouffais sous l'humiliation et la honte. Je ne voulais plus que disparaître, rester seul, effacer toute cette histoire, cette mauvaise plaisanterie, effacer Helena et Zemanek, effacer l'avant-hier, l'hier et l'aujourd'hui, effacer tout cela, l'effacer jusqu'à l'ultime trace. « Vous ne m'en voudrez pas si j'ai deux mots à dire en particulier à la camarade journaliste ? » demandai-je au technicien.

J'entraînai Helena un peu à l'écart ; elle voulut m'expliquer, marmottant quelque chose au sujet de Zemanek et de son amie, elle s'excusait confusément de ce qu'elle avait dû tout lui dire ; mais rien ne m'intéressait plus désormais ; un désir unique me tenait : me voir loin d'ici, loin d'ici et de cette histoire ; tirer un trait sur tout cela. Je ne me reconnaissais pas le droit de tromper Helena plus longtemps ; elle était innocente à mon égard et j'avais agi bassement, l'ayant convertie en une simple chose, une pierre, que j'avais voulu (mais pas su) jeter sur un autre. Je suffoquais de l'échec dérisoire de ma vengeance et j'étais décidé à en finir au moins maintenant, certes trop tard, mais pourtant avant qu'il ne soit encore plus que trop tard. Mais je ne pouvais rien lui expliquer : non seulement parce que la vérité l'aurait blessée, mais parce qu'elle ne l'aurait pas comprise. Il ne me restait donc qu'à lui répéter plusieurs fois : nous avions été ensemble pour la dernière fois, je ne la reverrais plus, je ne l'aimais pas et il fallait qu'elle le comprenne.

Ce fut bien pis que ce que je pressentais : Helena devint livide, se mit à trembler ; elle refusait de me croire, de me lâcher ; je connus un moment de supplice avant de pouvoir me dégager et disparaître.

14

Partout des chevaux et des rubans et j'étais restée là au milieu et j'y suis restée longtemps, puis Jindra s'est approché de moi, il m'a pris la main, l'a serrée, et m'a demandé ce que j'avais et j'ai laissé cette main dans la sienne et je lui ai dit, rien, Jindra, je n'ai rien, qu'est-ce que tu veux que j'aie, et j'avais une voix qui n'était pas la mienne, une voix aiguë, et j'ai enchaîné avec une drôle de précipitation, ce qu'il nous reste à mettre sur bandes, les appels des hérauts, on les a, on a deux interviews, j'ai encore le commentaire à enregistrer, et je continuais comme ça à dévider des choses auxquelles j'étais absolument incapable de penser, et lui demeurait debout, muet à côté de moi et pétrissait mes doigts.

Il ne m'avait, jusqu'alors, jamais touchée, il était trop timide, tout le monde, quand même, savait qu'il était fou de moi, et le voici à me pétrir la main pendant que je bafouillais sur le programme en chantier, mais je ne pensais qu'à Ludvik, et puis aussi, marrant, je me disais, de quoi ai-je l'air devant Jindra, chavirée comme ça, je dois être laide, mais non, j'espère que non, je n'ai pas chialé, je suis juste énervée, pas plus…

Écoute, Jindra, maintenant laisse-moi un peu, je m'en vais écrire mon commentaire, on va l'enregistrer tout de suite après au magnétophone, il m'a tenu la main quelques moments encore, m'a demandé tendrement, qu'avez-vous, Helena, que se passe-t-il, mais je lui ai échappé, j'ai filé au Comité national où on avait mis un local à notre disposition, j'y suis parvenue, enfin j'étais seule dans le vide de cette pièce, effondrée sur une chaise, le front sur la table, et je suis restée ainsi un moment. J'avais un affreux mal de tête. J'ai ouvert mon sac pour prendre un comprimé, mais pourquoi l'ai-je ouvert, je savais bien que je n'avais pas emporté de comprimés, après je me suis rappelé que Jindra a toujours sur lui une vraie pharmacie, son imperméable était accroché à un portemanteau, j'ai exploré les poches, de fait j'ai déniché un tube, voyons, pour les maux de tête, les rages de dents, la sciatique, la névralgie faciale, pour les souffrances de l'âme il n'y a pas de remède, mais du moins ça me soulagera la tête.

Je suis allée au robinet, dans un coin de la pièce à côté, j'ai fait couler de l'eau dans un verre à moutarde et avalé deux comprimés. Deux, c'est bien suffisant, ça va peut-être faire de l'effet, mais pour ce qui est du mal à l'âme il n'y a pas de remède, à moins d'avaler tous les comprimés de ce tube d'Algéna, parce que, à dose massive, c'est toxique et le tube de Jindra est presque plein, ça pourrait suffire.

À peine si l'idée m'a effleurée, simple idée d'une seconde, mais cette idée revenait sans cesse et me forçait à me demander pourquoi est-ce que je vivais, à quoi bon persévérer, mais en fait ce n'est pas vrai, je ne pensais à rien de tel, je ne pensais pas du tout, à ce moment-là, je me représentais seulement que je ne vivrais pas et c'était subitement très doux, si étrangement doux que j'ai eu envie de rire et peut-être ai-je vraiment commencé à rire.

J'ai posé deux autres comprimés sur ma langue, je n'étais pas décidée du tout à m'empoisonner, je me contentais de serrer le tube dans ma paume en me disant *je tiens ma mort dans ma main* et j'étais aux anges de tant de facilité, comme si, un tout petit pas après l'autre, je me rapprochais d'un gouffre sans fond, pas pour m'y lancer, mais seulement pour y regarder. Je suis allée reprendre de l'eau dans le verre, j'ai absorbé les comprimés et je suis retournée dans notre pièce, la fenêtre était ouverte, au loin sans cesse on entendait holà, holà, avec le vacarme des voitures, les sales camions, les sales motos, les motos qui broient tout ce qui est beau, tout ce que j'ai cru et pour quoi j'ai vécu, ce vacarme était insupportable, et insupportable était même cette faiblesse impuissante des voix qui appelaient, aussi j'ai fermé la fenêtre et de nouveau je sentais cette douleur longue et opiniâtre dans mon âme.

De toute ma vie, jamais Pavel ne m'a fait autant de mal que toi, Ludvik, dans une seule minute, je pardonne à Pavel, je le comprends tel qu'il est, sa flamme brûle vite, il lui faut chercher un nouvel aliment, des spectateurs et un public nouveaux, il m'a souvent blessée, mais maintenant, à travers ma douleur, c'est sans colère, maternellement, que je le vois, ce matamore, ce cabotin, je souris de son effort au long de toutes ces années pour s'évader de mes bras, ah ! va-t'en, Pavel, va-t'en, je te comprends, mais toi, Ludvik, je ne te comprends pas, tu es venu masqué, tu es venu me ressusciter pour ensuite, ressuscitée, me détruire, toi, et toi seul, je te maudis et en même temps je te supplie de revenir, de revenir et de t'apitoyer.

Mon Dieu, c'est peut-être seulement un effroyable malentendu, il se peut que Pavel t'ait dit quelque chose quand vous étiez seuls, est-ce que je sais, moi, je t'ai questionné là-dessus, je t'ai conjuré de m'expliquer pourquoi tu ne m'aimes plus, je ne voulais pas te lâcher, quatre fois je t'ai retenu, mais tu ne voulais rien entendre, tu répétais seulement, c'est fini, fini, définitivement fini, fini sans appel, eh bien, d'accord, fini, j'ai acquiescé à la fin et j'avais une voix de soprano comme si c'était quelqu'un d'autre, une fillette avant la puberté, je t'ai dit de cette voix aiguë *alors, je te souhaite bon voyage*, c'est marrant, je ne sais absolument pas pourquoi je te souhaitais bon voyage, mais ça me revenait sans arrêt sur les lèvres, je te souhaite bon voyage, alors je te souhaite bon voyage…

Sans doute ne sais-tu pas comme je t'aime, certainement tu ne sais pas comment je t'aime, tu dois te figurer que je ne suis qu'une petite femme qui cherche une aventure, et tu ne t'imagines pas que tu es mon destin, ma vie, tout… Peut-être me trouveras-tu ici, couchée sous un drap blanc, alors tu comprendras que tu as tué ce que tu avais de plus précieux dans ta vie… ou bien tu arriveras, mon Dieu, quand je serai encore vivante et tu pourras encore me sauver et tu t'agenouilleras près de moi et tu fondras en larmes et moi, je te caresserai les mains, les cheveux, et je te pardonnerai, je pardonnerai tout…

15

Il n'y avait vraiment pas eu d'autre issue, il m'avait fallu balayer cette histoire piteuse, cette plaisanterie mauvaise qui ne se contentait pas d'elle-même mais se multipliait monstrueusement en d'autres et d'autres mauvaises plaisanteries, je voulais annuler toute cette journée surgie par inadvertance, pour la seule raison que je m'étais réveillé trop tard et que j'avais manqué mon train, mais je voulais aussi annuler tout ce qui avait conduit à cette journée, toute ma stupide conquête érotique, qui, elle aussi, ne reposait que sur une erreur.

Je me suis dépêché comme si j'avais entendu derrière moi les pas d'Helena qui me pourchassait et je me suis dit : même s'il m'était possible de gommer de ma vie ces quelques journées inutiles, à quoi cela m'avancerait-il, puisque *toute* l'histoire de ma vie a été conçue dans l'erreur, avec la plaisanterie de la carte postale, avec ce hasard, ce non-sens ? Je sentis avec épouvante que les choses conçues par erreur sont aussi réelles que les choses conçues par raison et nécessité.

Comme j'aimerais révoquer toute l'histoire de ma vie ! Seulement, de quel droit pourrais-je la révoquer, si les erreurs dont elle est née ne furent pas les *miennes* ? En fait, *qui* s'était trompé, quand la plaisanterie de ma carte avait été prise au sérieux ? Qui s'était trompé quand le père d'Alexej (aujourd'hui réhabilité mais pas moins mort pour autant) avait été emprisonné ? De telles erreurs étaient si courantes et si communes qu'elles ne représentaient pas des exceptions ou des « fautes » dans l'ordre des choses, mais constituaient au contraire cet ordre. Alors qui est-ce qui s'était trompé ? L'Histoire elle-même ? La divine, la rationnelle ? Mais pourquoi faudrait-il lui imputer des *erreurs* ? Cela n'apparaît ainsi qu'à ma raison d'homme, mais si l'Histoire possède vraiment sa propre raison, pourquoi cette raison devrait-elle se soucier de la compréhension des hommes et être sérieuse comme une institutrice ? Et si l'Histoire plaisantait ? À cet instant, j'ai compris qu'il m'était impossible de révoquer ma propre plaisanterie, quand je suis moi-même et toute ma vie inclus dans une plaisanterie beaucoup plus vaste (qui me dépasse) et totalement irrévocable.

Appuyé contre un mur de la place (redevenue silencieuse puisque la Chevauchée des Rois contournait l'autre bout du village), un grand panneau annonçait en lettres rouges qu'aujourd'hui, à quatre heures de l'après-midi, l'orchestre avec cymbalum allait donner concert dans le jardin du café-restaurant. À côté du panneau, il y avait la porte de ce restaurant ; comme il me restait près de deux heures jusqu'au départ du car et qu'il était temps de se mettre à table, j'y entrai.

16

C'était formidable, cette envie de m'approcher encore un tout petit peu du gouffre, je voulais me pencher sur le garde-fou pour regarder, comme si cette vue devait me consoler et m'apaiser, comme si là-bas, tout au fond de ce gouffre, puisque ailleurs ça n'avait pas été possible, nous allions pouvoir nous trouver, être ensemble, sans malentendu, à l'abri des vilenies humaines, du vieillissement, des peines, et pour toujours… Je suis retournée dans la pièce à côté, je n'avais toujours dans le corps que quatre comprimés, autant dire rien, j'étais encore trop loin du gouffre, pas même à portée du garde-fou. J'ai vidé le reste des comprimés dans le creux de ma main. Au même moment j'ai entendu ouvrir la porte du couloir, j'ai sursauté, j'ai jeté les comprimés dans ma bouche et je me suis dépêchée de les avaler d'un seul coup, il y en avait trop à la fois, j'avais beau boire à pleines gorgées, mon gosier distendu me cuisait.

C'était Jindra, il m'a demandé comment allait mon travail et j'ai été d'un coup tout à fait différente, plus trace de désarroi, j'avais perdu cette étrange voix de soprano, j'étais consciente et résolue. Dis donc, Jindra, tu as bien fait de t'amener, j'aurais quelque chose à te demander. Il a rougi, il a dit que, pour moi, en toutes circonstances, il ferait n'importe quoi, et qu'il était bien content de me trouver remise. Oui, je me sens bien maintenant, attends seulement une minute, je veux écrire quelque chose, je me suis installée et j'ai pris une feuille et mon stylo. Mon Ludvik adoré, je t'ai aimé de toute mon âme et de tout mon corps, et mon corps et mon âme n'ont plus de raison de vivre. Je te dis adieu, je t'aime, Helena. Je n'ai pas même relu ce que j'ai écrit, Jindra était assis en face de moi, il m'a regardée, il ne savait pas ce que j'écrivais, j'ai plié le papier, j'ai voulu le mettre sous enveloppe, mais pas moyen d'en trouver une, Jindra, tu n'aurais pas une enveloppe, s'il te plaît ?

Tranquillement, Jindra s'est approché d'une armoire près de la table, l'a ouverte et s'est mis à fourgonner dedans, normalement je lui aurais fait remarquer qu'on ne fouille pas dans les affaires des gens, mais pour l'heure il me fallait vite, vite, cette enveloppe, il m'en a apporté une, à en-tête du Comité national de la localité, j'y ai glissé ma lettre, je l'ai cachetée et j'ai écrit Ludvik Jahn, tu te rappelles, Jindra, cet homme qui était là avec nous, tout à l'heure, il y avait aussi mon mari et cette jeune fille, oui, le grand brun, je ne peux pas bouger d'ici pour l'instant et j'aurais besoin que tu le trouves et que tu lui remettes ça.

Il m'a repris la main, le pauvre petit, que pouvait-il bien imaginer, comment s'expliquait-il mon agitation, à mille lieues de soupçonner de quoi il retournait, tout ce qu'il devinait, c'est que j'avais des ennuis, il me tenait la main, je me suis sentie subitement terriblement pitoyable, et il s'est courbé vers moi et m'a enlacée et m'a appuyé un baiser sur la bouche, j'ai voulu me défendre, mais il me serrait avec force et l'idée m'a traversée que c'était le dernier homme que j'embrassais de ma vie, que c'était mon dernier baiser, et, éperdue soudain, à mon tour je l'ai embrassé, l'ai serré contre moi, et ai entrouvert mes lèvres et j'ai senti sa langue sur ma langue et ses doigts sur mon corps et j'ai éprouvé comme un vertige, que j'étais, maintenant, complètement libre et que rien n'avait d'importance, puisqu'ils m'avaient tous abandonnée et que mon univers s'était écroulé, donc j'étais vraiment complètement libre et je pouvais faire ce qui me chantait, libre comme cette technicienne que nous avions fichue dehors, rien ne me séparait plus d'elle, jamais je ne recollerais mon vieux monde en miettes, rester fidèle, pourquoi, et à qui, désormais j'étais complètement libre, tout juste comme la technicienne de chez nous, cette petite putain qui changeait de lit chaque soir, si je continuais à vivre, moi aussi je changerais de lit chaque soir, je sentais la langue de Jindra dans ma bouche, j'étais libre, je savais que je pouvais faire l'amour avec lui, j'en avais envie, n'importe où, sur la table, ou sur le plancher, tout de suite et sans attendre, vite, faire l'amour une dernière fois, le faire avant la fin, mais déjà Jindra s'est redressé et, souriant d'orgueil, il a dit qu'il partait et qu'il serait bientôt de retour.

17

Entre les cinq ou six tables de la petite salle noyée dans la fumée et la cohue, un serveur courait, portant à bras tendu un gigantesque plateau chargé d'une pyramide d'assiettes où je reconnus au vol des escalopes viennoises garnies de salade de pommes de terre (apparemment l'unique plat dominical) puis, se frayant sans ménagement un passage, il fila dans un couloir. Je le suivis et découvris que ce couloir se terminait par une porte ouverte sur le jardin où l'on mangeait aussi. Tout au fond, sous un tilleul, il y avait une table inoccupée ; je m'y installai.

Par-dessus les toits du village, des appels émouvants, des holà, holà, parvenaient de si loin, qu'ici, dans le jardin cerné des murs des maisons voisines, ils avaient l'air presque irréels. Et cette irréalité apparente me fit penser que tout ce qui m'entourait était non pas le présent mais le passé, un passé vieux de quinze ou vingt ans, que les holà, holà ! étaient le passé, Lucie était le passé, Zemanek était le passé et Helena était la pierre que, sur ce passé, j'avais voulu jeter ; ces trois jours n'étaient qu'un théâtre d'ombres.

Quoi ? Ces trois journées seulement ? Ma vie entière a toujours été surpeuplée d'ombres, et le présent y tenait une place probablement assez peu digne. Je me représente un trottoir roulant (c'est le temps) avec un homme (c'est moi) qui court dessus en sens inverse ; mais le trottoir se meut plus vite que moi, ce qui fait qu'il m'emporte lentement à l'opposé du but vers lequel je me dirige ; ce but (étrange but situé *en arrière* !) c'est le passé des procès politiques, le passé des salles où des mains se lèvent, le passé des soldats noirs et de Lucie, passé dont je demeure ensorcelé, que je m'évertue à déchiffrer, débrouiller, dénouer, et qui m'empêche de vivre comme l'homme doit vivre, face à l'avant.

Et le lien avec lequel je voudrais m'attacher au passé qui m'hypnotise est la vengeance, mais la vengeance, comme je m'en suis convaincu ces jours-ci, est aussi vaine que ma course sur le trottoir roulant. Oui, c'est alors, dans la grande salle de la faculté, pendant que Zemanek déclamait *Reportage écrit sous la potence*, oui, c'est alors et alors seulement que j'aurais dû m'avancer vers lui, et le frapper au visage ! Ajournée, la vengeance se transforme en leurre, en religion personnelle, en mythe chaque jour davantage détaché de ses propres acteurs qui, dans le mythe de la vengeance, restent inchangés bien qu'en fait (le trottoir ne cesse de rouler) ils ne soient plus ce qu'ils étaient : un autre Jahn a devant lui un autre Zemanek et la gifle que je lui dois ne peut être ressuscitée, ni reconstituée, est perdue à jamais.

Je coupais dans mon assiette ma grosse escalope panée, et écoutais le holà, holà ! flottant au-dessus des toits du village, mélancolique et presque imperceptible ; à mon esprit réapparut le roi masqué avec sa Chevauchée et je fus ému par l'inintelligibilité des gestes humains :

Depuis des siècles, comme aujourd'hui, dans les villages de Moravie, des garçons sautent en selle pour partir avec un étrange message dont ils épellent, avec une émouvante fidélité, les mots qu'ils ne comprennent pas, écrits dans un idiome inconnu. Des hommes très anciens ont certainement voulu dire quelque chose de très important et ils renaissent aujourd'hui en leurs descendants, semblables aux orateurs sourds-muets qui haranguent le public avec des gestes splendides et incompréhensibles. Jamais on ne décryptera leur message, non seulement faute de clé, mais aussi parce que les gens n'ont pas la patience de l'écouter, en un temps qui voit une telle quantité de messages antiques ou neufs que leurs teneurs, qui se recouvrent l'une l'autre, ne peuvent être perçues. Aujourd'hui déjà, l'Histoire n'est plus que le grêle filin du souvenu au-dessus de l'océan de l'oublié, mais le temps avance et viendra l'époque des millénaires avancés que la mémoire inextensible des individus ne pourra plus embrasser ; aussi des siècles et des millénaires tomberont par pans entiers, des siècles de tableaux et de musique, des siècles de découvertes, de batailles, de livres, et ce sera mauvais, parce que l'homme perdra la notion de soi-même, et son histoire, insaisissable, inembrassable, se rétrécira à quelques signes schématiques dépourvus de sens. Des milliers de Chevauchées des Rois sourdes-muettes partiront à la rencontre de ces gens lointains avec leurs messages plaintifs et inintelligibles, et personne ne trouvera le temps de les écouter.

J'étais assis dans un coin de ce jardin de restaurant, devant mon assiette vide, sans m'en rendre compte j'avais mangé ma tranche de veau, et je me sentais faire partie (dès à présent, déjà !) de cet inévitable et énorme oubli. Le serveur avait fait une apparition, s'était saisi de l'assiette, d'un revers de serviette avait épousseté les miettes de ma nappe et était passé lestement à une autre table. Un regret m'envahit de cette journée non seulement à cause de sa vanité, mais à l'idée que cette vanité elle-même sera oubliée, même avec cette mouche qui me chantonnait à la tempe, avec cette poussière jaune dont le tilleul en fleur parsemait la nappe, voire avec ce lent et médiocre service si révélateur d'un état de la société où je vis, laquelle sera pareillement oubliée, même avec toutes ses fautes et tous ses torts qui m'obsédaient, me consumaient, que je m'épuisais à corriger, à sanctionner, à redresser, vainement, puisque ce qui est fait est fait, irréparablement.

Oui, j'y voyais clair soudain : la plupart des gens s'adonnent au mirage d'une double croyance : ils croient à la *pérennité de la mémoire* (des hommes, des choses, des actes, des nations) et à la *possibilité de réparer* (des actes, des erreurs, des péchés, des torts). L'une est aussi fausse que l'autre. La vérité se situe juste à l'opposé : tout sera oublié et rien ne sera réparé. Le rôle de la réparation (et par la vengeance et par le pardon) sera tenu par l'oubli. Personne ne réparera les torts commis, mais tous les torts seront oubliés.

Une nouvelle fois je regardai attentivement le monde autour de moi parce que je savais que tout serait oublié, le tilleul, les gens à table, le serveur (épuisé après le service de midi), cette auberge qui (rébarbative, vue de la rue) d'ici, du jardin, grâce à la tenture d'une treille, était tout à fait avenante. Je regardais la porte du couloir ouverte par où le serveur (cœur fatigué de ce recoin déjà déserté et rendu au silence) venait de disparaître et d'où un garçon, en blouson de cuir et blue-jeans, surgit ; il s'engagea dans le jardin et regarda autour de lui ; m'ayant vu, il marcha vers moi ; il me fallut plusieurs secondes pour le remettre : le technicien d'Helena.

J'éprouve toujours une angoisse lorsqu'une femme aimante et non aimée agite la menace de ses retours ; quand le garçon m'eut tendu son enveloppe (« C'est de la part de Mme Zemanek »), mon premier mouvement fut donc de retarder d'une manière ou d'une autre la lecture de la lettre. Je l'invitai à prendre place ; il s'exécuta (un coude sur la table, le front plissé, l'air content, il contemplait le feuillage du tilleul embrasé de soleil), je déposai l'enveloppe devant moi et demandai : « On ne prend pas quelque chose ? »

Il haussa les épaules ; je proposai de la vodka ; il refusa en faisant remarquer qu'il conduisait et que la loi interdit toute consommation d'alcool aux chauffeurs ; il ajouta que, toutefois, il me regarderait boire avec plaisir. Je n'avais aucun désir d'alcool, mais comme j'avais sous les yeux cette enveloppe que je ne tenais guère à ouvrir, n'importe quoi me convenait. Je priai le serveur, qui passait à proximité, de m'apporter une vodka.

« Qu'est-ce qu'elle me veut, Helena, vous ne savez pas ? dis-je.

— Comment est-ce que je pourrais le savoir ? Lisez sa lettre ! fut la réponse.

— C'est urgent ? demandai-je.

— Qu'est-ce que vous croyez ? Qu'on m'a fait apprendre ça par cœur au cas où on m'aurait attaqué en chemin ? » dit-il.

Du bout des doigts, je pris l'enveloppe (officielle, avec l'en-tête imprimé : *Comité national local*), puis je la reposai sur la nappe, devant moi, et, ne sachant quoi dire, je dis : « Dommage que vous ne buviez pas !

— Après tout, c'est pour la *vôtre* aussi, de sécurité… » dit-il. J'avais saisi l'allusion, qui n'était d'ailleurs pas gratuite : le petit profitait de ce qu'il se trouvait attablé avec moi pour tirer au clair les conditions du voyage de retour et ses chances de le faire seul avec Helena. Il était tout à fait gentil ; sur son visage (petit, blafard, tacheté de rousseur, avec le nez court et retroussé) se lisait tout ce qui se passait en lui ; c'était un visage transparent parce que incorrigiblement enfantin (je dis incorrigiblement, à cause de ces traits anormalement fins qui, avec l'âge, ne deviennent pas plus virils et font même d'un visage de vieux un visage vieilli d'enfant). Pareil aspect enfantin ne peut guère réjouir un garçon de vingt ans, de sorte qu'il ne lui reste plus qu'à le masquer par tous les moyens possibles (comme le masquait jadis — ah ! l'éternel théâtre des ombres ! — le môme de commandant) : par la façon de s'habiller (le blouson de cuir carré aux épaules, seyant, de bonne coupe) et par le comportement (pas mal d'aplomb, un rien de vulgarité avec, par moments, une affectation d'indifférence désinvolte). Ce camouflage étudié craquait à chaque instant : le garçon rougissait, posait mal sa voix qui sautillait au moindre trouble (je m'en étais aperçu dès le premier contact), et il n'était maître ni de ses yeux ni de sa gesticulation (sans doute avait-il essayé de me signifier son indifférence de savoir si je ferais ou non la route de Prague avec eux, mais comme je venais de lui assurer que je resterais ici, son regard s'était épanoui trop visiblement).

Lorsque le serveur distrait eut apporté à notre table deux verres de vodka au lieu d'un, le technicien fit un geste et dit que ça n'avait pas d'importance, qu'il me tiendrait compagnie : « Je ne vais tout de même pas vous laisser boire tout seul ! » Et il leva son verre : « Alors, à votre santé !

— À la vôtre ! » répliquai-je et nous trinquâmes. Nous entamâmes la conversation et j'appris qu'il prévoyait le départ dans deux heures, vu qu'Helena avait l'intention de mettre au point, ici, tout ce qui était déjà sur bandes et, le cas échéant, d'enregistrer son papier personnel, afin que le tout puisse être diffusé dès demain. Je lui demandai si ça marchait, son travail avec Helena. Rougissant une fois de plus, il répondit qu'elle se défendait bien, Helena, seulement qu'elle était un peu trop vache avec les gens de son équipe, parce qu'elle était toujours disposée à dépasser le temps de travail et qu'elle ne s'occupait pas de savoir si les autres pouvaient être pressés de rentrer chez eux. Je lui demandai s'il était, lui aussi, pressé de rentrer chez lui. Il dit que non, que le travail l'amusait. Puis, profitant de mes questions sur Helena, il s'enquit, mine de rien, comme en passant : « Au fait, Helena, comment l'avez-vous connue ? » Je le lui dis et il tenta d'en savoir plus : « Elle est chouette, hein, Helena ? »

Surtout quand il était question d'Helena, il arborait une mine contente, que j'imputais encore à son souci de la dissimulation, car tout le monde devait être informé de son adoration désespérée pour Helena et, lui, devait se démener pour ne pas porter la couronne de mal-aimé, cette couronne réputée infamante. Même si je ne prenais pas trop au sérieux la sérénité du garçon, pourtant elle allégeait un peu le poids de la lettre qui était devant moi, de sorte que je finis par la prendre et déchirai l'enveloppe : « Mon corps et mon âme… n'ont plus de raison de vivre… Je te dis adieu… »

Avisant le serveur à l'autre bout du jardin, je criai : « L'addition ! » Il me fit oui de la tête, mais, fidèle à son orbite, disparut aussitôt dans le couloir.

« Venez, pas de temps à perdre ! » dis-je au petit. Je m'étais levé et traversais le jardin ; il me suivait. Nous avions passé le couloir et atteint la sortie du restaurant, de sorte que le serveur devait, bon gré, mal gré, courir après nous.

« Une escalope, un potage, deux vodkas, lui dictai-je.

— Qu'est-ce qui se passe ? » s'inquiéta le petit timidement.

L'addition réglée, je le priai de me conduire vite auprès d'Helena. Nous prîmes un pas rapide.

« Mais qu'est-ce qui est arrivé ? me demanda-t-il.

— C'est loin ? » demandai-je à mon tour.

Il montra droit devant lui, et je pris le pas de course. Le Comité national était un simple rez-de-chaussée, blanchi à la chaux, avec une porte et deux fenêtres. Nous entrâmes ; nous nous trouvâmes dans un maussade local administratif : sous la fenêtre, deux bureaux accolés ; posés sur l'un d'eux, le magnétophone, un bloc-notes et un sac à main (oui, celui d'Helena) ; devant les deux bureaux, il y avait deux chaises et, dans un coin, un portemanteau métallique. Deux imperméables y pendaient : un de femme et un d'homme.

« C'est ici, dit le garçon.

— C'est ici qu'elle vous a donné la lettre ?

— Oui. »

Seulement, maintenant, la pièce était désespérément vide ; j'appelai : « Helena ! » et je m'effrayai du son incertain et angoissé de ma voix. Pas de réponse. J'appelai de nouveau : « Helena ! » et le garçon me demanda :

« Elle s'est… ?

— Ça en a tout l'air, fis-je.

— Elle parlait de ça dans cette lettre ?

— Justement, dis-je. On ne vous avait pas prêté d'autres pièces que celle-ci ?

— Non, dit-il.

— Et à l'hôtel ?

— Nous avons rendu les chambres ce matin.

— Alors, elle est sûrement ici », déclarai-je, et j'entendis la voix fêlée du garçon qui s'étranglait : « Helena ! »

Je poussai une porte qui donnait dans la pièce d'à côté ; c'était encore un bureau : table, corbeille à papier, trois chaises, une armoire et un portemanteau (pareil à celui de la première pièce : le fût en métal, planté sur trois pieds, se divisait au sommet en trois branches ; aucun vêtement n'y était accroché ; il semblait orphelin dans sa silhouette vaguement humaine ; sa nudité métallique et ses bras ridiculement levés me remplissaient d'angoisse) ; sauf la fenêtre au-dessus de la table, il n'y avait que des murs ; aucune porte ; les deux bureaux formaient, à l'évidence, les deux seules pièces de cette maisonnette.

Nous étions revenus dans la première pièce ; je m'emparai du bloc et commençai à le feuilleter ; c'étaient des notes difficilement lisibles, pour (si je devais en juger par les quelques mots que j'avais pu déchiffrer) une description de la Chevauchée des Rois ; pas de message, pas d'autre mot d'adieu. J'ouvris le sac : il y avait un mouchoir, un porte-monnaie, un rouge à lèvres, un poudrier, deux cigarettes en vrac, un briquet ; nulle trace de tube de comprimés ni de fiole de poison absorbé. Je réfléchissais fébrilement à ce qu'Helena avait bien pu choisir et, entre toutes les suppositions, le poison s'imposait le plus ; mais il aurait dû rester un petit flacon ou un tube. J'allai au portemanteau fouiller les poches de l'imperméable d'Helena : elles étaient vides.

« Elle n'est pas au grenier ? » dit soudain le garçon avec impatience, estimant sans doute que mes recherches dans la pièce, bien qu'elles n'aient duré que quelques secondes, ne pouvaient guère nous avancer. Nous courûmes dans le couloir où il y avait deux portes : par l'une d'elles, dont le tiers supérieur était vitré, on devinait plus qu'on ne voyait une cour ; nous ouvrîmes la seconde, plus rapprochée, un escalier nous apparut, sombre, avec des marches de pierre couvertes d'une couche de poussière et de suie. Nous grimpâmes ; l'unique lucarne du toit (avec sa vitre sale) ne donnait qu'une lueur mate, livide. Un bric-à-brac se dessinait de toutes parts (caisses, outils de jardinage, binettes, bêches, râteaux, outre d'énormes liasses de dossiers et une vieille chaise démantibulée) ; nous trébuchions.

J'aurais voulu appeler : « Helena ! » mais la peur m'en avait empêché ; j'avais horreur du silence qui aurait suivi. Le garçon, lui non plus, n'appelait pas. Nous retournions le bric-à-brac et palpions, silencieusement, les coins obscurs ; je sentais combien nous étions agités l'un et l'autre. Et la plus grande terreur était notre mutisme qui équivalait à reconnaître que nous n'attendions plus de réponse de la bouche d'Helena, que nous ne cherchions plus que son corps, pendu ou gisant.

N'ayant rien trouvé, nous redescendîmes dans le bureau. Encore une fois, je promenai mon regard sur le mobilier, les tables, les chaises, le portemanteau qui brandissait deux imperméables, et puis, dans la pièce voisine : table, chaises et l'autre portemanteau avec ses bras nus désespérément levés. Le garçon appela (inutilement) Helena ! et moi (inutilement), j'ouvris l'armoire qui montra ses rayons chargés de paperasses, de fournitures de bureau, papier collant et règles.

« Bon Dieu, il doit y avoir encore quelque chose ! Des cabinets ! Une cave ! » dis-je et nous gagnâmes le couloir une fois de plus ; le garçon ouvrit la porte de la cour. Celle-ci était petite, avec une cage à lapins dans un coin ; au-delà s'étendait un jardin tout envahi d'herbes folles, planté d'arbres fruitiers (dans un coin lointain de ma pensée j'eus le temps d'inscrire la beauté de ce lieu : les pans de ciel bleu accrochés entre les frondaisons, les troncs rugueux et biscornus et, entre eux, la lumière de quelques tournesols) ; à l'extrémité du jardin, j'aperçus, dans l'ombre idyllique d'un pommier, un chalet de nécessité. Je me précipitai par là.

Le loquet pivotant sur un gros clou enfoncé dans l'étroit montant de l'huisserie (afin de pouvoir fermer du dehors en le plaçant à l'horizontale) était tourné vers le haut. Glissant les doigts dans l'interstice de la porte et du chambranle, il me suffit d'une légère traction pour constater que les cabinets étaient clos de l'intérieur ; ce qui ne pouvait signifier qu'une chose : Helena était là. Je dis à voix basse : « Helena, Helena ! » Rien ne répondit ; seules bruissaient contre la paroi des cabinets les branches du pommier qu'un souffle d'air avait fait bouger.

Je savais que ce silence là-dedans présageait le pire, mais aussi qu'il ne restait plus qu'à arracher la porte et que c'était moi qui devais le faire. Je glissai à nouveau mes doigts dans l'interstice de la porte et du chambranle et tirai de toutes mes forces. La porte (fixée, non par un crochet mais, comme souvent à la campagne, à l'aide d'un simple bout de ficelle) céda facilement et s'ouvrit toute grande. Devant moi, Helena était assise sur le siège de bois, dans la puanteur. Elle était blême mais vivante. Elle me regardait, épouvantée, en rabattant sa jupe qui, malgré ses efforts, lui descendait à peine à mi-cuisse ; elle en maintenait l'ourlet à deux mains et serrait ses jambes l'une contre l'autre. « Mon Dieu, allez-vous-en ! s'exclama-t-elle avec angoisse.

— Qu'est-ce qu'il y a ? lui criai-je. Qu'avez-vous avalé ?

— Allez-vous-en ! Laissez-moi ! »

Dans mon dos, le garçon apparut et Helena cria : « Va-t'en,

Jindra, va-t'en, file ! » Elle se leva à moitié, la main tendue vers la porte, mais je m'interposai entre elle et le battant, de sorte qu'elle dut, chancelante, se rasseoir sur la lunette.

À la même seconde, elle se dressa de nouveau et se jeta sur moi avec une force désespérée (vraiment *désespérée*, car il ne lui en restait qu'un tout petit peu après son grand épuisement). Suspendue aux revers de ma veste, elle me poussait dehors ; nous étions tous deux devant le seuil des cabinets. « Sale brute, sale brute, sale brute ! » hurlait-elle (si on peut appeler hurlement cet effort furieux pour forcer une voix affaiblie) et elle me secoua ; ensuite elle me lâcha brusquement et se mit à fuir sur l'herbe vers la courette. Elle voulait fuir, mais se trouva trahie : elle avait quitté les cabinets dans une confusion qui l'avait empêchée de remettre de l'ordre dans sa toilette, en sorte que son slip (celui-là même que j'avais vu hier, en lastex, qui sert en même temps de porte-jarretelles) était resté roulé aux genoux, gênant sa marche (sa jupe était, il est vrai, retombée, mais ses bas accordéonaient sur ses mollets, et on voyait leur bordure supérieure plus foncée, avec les jarretelles) ; elle fit quelques pas menus, ou plutôt quelques sauts très courts (elle avait des escarpins à hauts talons), elle fit à peine quelques mètres, et elle tomba (elle tomba dans l'herbe ensoleillée, sous les branches d'un arbre, au pied d'un grand tournesol criard) ; je lui pris la main afin de l'aider à se remettre debout ; elle se détacha d'une secousse et, comme de nouveau je me penchais sur elle, elle commença à battre l'air furieusement autour d'elle, m'atteignant plusieurs fois ; je dus la saisir de toutes mes forces, la soulever et la serrer dans mes bras comme dans une camisole. « Sale brute, sale brute, sale brute ! » sifflait-elle sans relâche, tandis qu'elle me martelait le dos de sa main libre ; quand je lui eus dit (aussi doucement que je pus) : « Helena, du calme », elle me cracha au visage.

Sans desserrer l'étreinte, je lui disais : « Je ne vous lâcherai pas tant que vous ne m'aurez pas dit ce que vous avez avalé.

— Allez-vous-en ! Allez-vous-en ! » répétait-elle avec rage, mais soudain, elle se tut, cessa toute résistance et me dit : « Lâchez-moi », d'une voix si profondément changée (faible et fatiguée) que je détendis l'étreinte et la regardai ; terrorisé, je voyais son visage crispé par un effort abominable, mâchoires contractées, yeux perdus, et son corps qui se ratatinait et se pliait en avant.

« Qu'est-ce que c'est ? » dis-je, et elle, sans un mot, se retourna et se dirigea vers les cabinets ; jamais je n'oublierai sa démarche : la lenteur de ses tout petits pas irréguliers, de ses jambes entravées ; elle avait peut-être quatre mètres à faire, pourtant il lui fallut s'arrêter plusieurs fois, et chaque station révélait (aux contorsions de tout son corps) le cruel combat qu'elle soutenait contre ses entrailles en folie ; enfin elle arriva aux cabinets, prit le bord de la porte (demeurée béante) et la rabattit sur elle.

J'étais resté à l'endroit où je l'avais relevée ; et maintenant que des cabinets s'élevait avec force une respiration, un râle de souffrance, je reculai plus loin. Ce n'est qu'alors que je m'avisai de la présence du garçon planté à côté de moi. « Restez là, lui ordonnai-je. Il faut que je trouve un médecin. »

Je pénétrai dans le bureau ; dès le pas de la porte, j'avais repéré le téléphone sur une des tables. Mais l'annuaire n'était nulle part ; j'attrapai la poignée du tiroir du milieu, il était fermé à clé, de même que les tiroirs latéraux ; la table en face était fermée aussi. Je passai dans l'autre pièce ; ici, le bureau ne comportait qu'un tiroir, ouvert, certes, mais contenant seulement quelques photos et un coupe-papier. Je ne savais que faire ; et j'éprouvai (sachant Helena vivante et sans doute pas en danger) une subite lassitude ; je demeurai un instant sans bouger et, abruti, je fixais le portemanteau (portemanteau métallique maigre qui levait les bras comme un soldat qui se rend) ; ensuite (ne sachant que faire) j'ouvris l'armoire ; sur une pile de dossiers, je reconnus la couverture bleu-vert de l'annuaire ; je l'emportai vers l'appareil et je trouvai l'hôpital. Ayant formé le numéro, j'entendais mon appel dans l'écouteur, lorsque le garçon entra en coup de vent.

« N'appelez personne ! C'est inutile ! » s'écria-t-il.

Je ne comprenais pas.

Il m'arracha le combiné et le reposa sur la fourchette. « Je vous dis que ce n'est pas la peine… »

Je voulais qu'il m'explique ce qui se passait.

« C'est pas un empoisonnement ! » dit-il en s'approchant du portemanteau ; il fouilla dans une poche de son imperméable et en sortit un tube ; il le déboucha et le retourna ; il était vide.

« C'est ça qu'elle a pris ? » m'informai-je.

Il acquiesça silencieusement.

« Comment le savez-vous ?

— Elle me l'a dit.

— Ce tube est à vous ? »

Il acquiesça. Je le lui pris des mains ; il portait l'inscription « Algéna ».

« Alors vous croyez que des analgésiques, en quantité pareille, c'est inoffensif ? éclatai-je.

— C'était pas des analgésiques, dit-il.

— Alors quoi, qu'est-ce qu'il y avait là-dedans ? m'écriai-je.

— Des tablettes laxatives », lâcha-t-il.

Je criai : qu'il n'avait pas à se payer ma tête, il fallait que je sache ce qu'il en était, et ses impertinences ne m'amusaient pas. Je lui intimai l'ordre de me répondre immédiatement.

M'entendant crier, il s'écria aussi : « Enfin, quand je vous dis que c'est du laxatif ! Faudrait-il que tout le monde le sache, que j'ai les intestins paresseux ? » Ainsi, ce que j'avais pris pour une boutade stupide, c'était la vérité.

Je le regardais, avec son petit visage rougi, son nez retroussé (petit et assez grand tout de même pour loger une quantité de taches de rousseur), et tout s'éclairait : la marque du tube était là pour cacher le ridicule de ses problèmes intestinaux, comme son blue-jeans et son blouson de casseur le ridicule de son personnage enfantin ; il avait honte de lui et il traînait comme une tare son adolescence tenace ; sur le moment, je l'aimai ; sa pudeur (cette noblesse de l'adolescence) avait sauvé la vie d'Helena et mes nuits de sommeil au cours des prochaines années. Avec une reconnaissance hébétée, je regardais ses oreilles décollées. Oui, il avait sauvé la vie d'Helena ; mais au prix de son immense humiliation ; je le savais, et je savais aussi que ç'avait été une humiliation inutile, sans aucun sens et sans ombre d'équité : un nouvel irréparable dans la chaîne des irréparables ; je me sentais coupable, et un impérieux (encore qu'imprécis) besoin me poussa à courir la rejoindre, la dégager de son outrage, m'abaisser devant elle, prendre sur moi-même toute la faute et toute la responsabilité de cette histoire absurdement féroce.

« Vous ne m'avez pas assez regardé, non ? » m'envoya le garçon à brûle-pourpoint. Je ne répondis pas et passai à côté de lui pour gagner le couloir ; je marchai vers la porte de la cour.

« Qu'est-ce que vous allez faire là-bas ? » Par-derrière, il avait agrippé l'épaule de mon vêtement et tentait de me retenir contre lui ; nos regards se heurtèrent une seconde ; lui serrant le poignet, j'éloignai sa main de mon épaule. Me contournant, il me barra le passage. J'avançai jusqu'à lui et fis mine de l'écarter. Alors, balançant le bras, il me lança son poing dans la poitrine.

Le coup avait été bien faible, mais il fit un saut en arrière pour se carrer de nouveau face à moi dans une garde de boxe naïve ; dans son visage, la peur se mêlait à l'audace irréfléchie.

« Vous n'avez rien à faire près d'elle ! » me cria-t-il. Je restais sans bouger. Le garçon, probablement, disait vrai : je ne serai sans doute pas à même de réparer l'irréparable. Voyant que je restais là sans riposte, il vociféra : « Elle vous trouve infect ! Vous la faites chier ! Elle me l'a dit ! Oui, vous la faites chier ! »

Dans une tension des nerfs, on se trouve docile aux pleurs, mais aussi bien au rire ; le sens non figuré de ses derniers mots m'avait fait trembler le coin de la bouche. Cela le rendit furieux ; cette fois il m'atteignit à la lèvre et j'esquivai à peine un autre coup. Puis il recula encore, comme sur un ring, les poings devant le visage dont on ne voyait plus que les grandes oreilles trop roses.

Je lui dis : « Allons, ça va ! Je m'en vais. »

Il cria encore dans mon dos : « Foireux ! Foireux ! Je le savais que t'avais trempé là-dedans ! T'inquiète pas, je te retrouverai ! Sale con ! Sale con ! »

J'étais sorti dans la rue. Elle était vide comme les rues sont vides après la fête ; seul le vent soulevait doucement la poussière et la chassait devant lui sur le sol plat, aussi désert que ma tête, ma tête creuse et émoussée, où pendant longtemps aucune idée n'apparut.

Plus tard seulement, je m'avisai tout à coup que je tenais dans ma main le tube vide marqué « Algéna » ; je l'examinai : il était tout patiné d'usure et de saleté : il devait servir depuis longtemps à déguiser les laxatifs du garçon.

Après un autre long moment encore, le tube me rappela d'autres tubes, les deux tubes de barbituriques d'Alexej ; et j'ai compris que le garçon n'avait pas du tout sauvé la vie d'Helena : après tout, même si le tube avait contenu de l'Algéna, ça n'aurait pu lui causer qu'un dérangement d'estomac ; de plus, le garçon et moi n'étions pas loin ; la désespérance d'Helena avait réglé ses comptes avec la vie à une distance suffisante du seuil de la mort.

18

Elle était dans la cuisine. Au-dessus du fourneau. De dos. Comme si de rien n'était. « Vladimir ? » m'avait-elle rétorqué sans se retourner. « Enfin, tu l'as vu de tes yeux ! Qu'est-ce que tu as à me questionner ?

— Tu mens, lui dis-je, Vladimir est parti ce matin, en tandem sur la moto du petit-fils de Koutecky. Je suis venu te dire que je le sais. Je sais pourquoi ça vous a arrangés, cette bonne femme de la radio. Je sais pourquoi il ne fallait pas que je sois là pendant l'habillage du roi. Je sais pourquoi il observait la règle du silence avant même d'aller prendre sa place dans la Chevauchée. Vous avez tout très bien combiné. »

Mon assurance l'avait déconcertée. Mais très vite elle a retrouvé ses esprits et a voulu se sauver en attaquant. C'était une curieuse attaque. Curieuse, ne serait-ce que parce que les adversaires n'étaient pas face à face. Elle avait le dos tourné, penchée sur la soupe aux nouilles qui bouillonnait. Sa voix était calme. Presque indolente. Comme si seule mon incompréhension la contraignait maintenant à formuler à haute voix une vieille et banale évidence. Si je veux l'entendre, soit. Depuis le commencement, Vladimir avait rechigné à faire le roi. Et Vlasta ne s'en étonnait pas. Dans le temps, les garçons n'avaient besoin de personne pour faire la Chevauchée. À présent, trente-six organisations s'en occupent, jusqu'au Comité de district du Parti. Aujourd'hui, les gens ne peuvent plus rien faire tout seuls, quand ils en ont envie. Faut que tout soit dirigé d'en haut. Avant, c'étaient les gars qui désignaient le roi. Ce coup-ci, d'en haut, on leur avait recommandé Vladimir, pour faire plaisir à son père, et tous avaient dû obéir. Vladimir, lui, ça lui faisait honte d'être l'enfant du piston. Les enfants du piston, personne ne les aime.

« Tu veux dire que Vladimir a honte de moi ? — Il ne veut pas être un enfant du piston, répétait Vlasta. — C'est pour ça qu'il est comme cul et chemise avec les Koutecky ? Avec ces idiots ? Ces bourgeois bornés ? demandai-je. — Oui, c'est pour ça ! répondit Vlasta. À cause de son grand-père, Milos n'a pas le droit de faire des études. Rien que parce que le vieux était propriétaire d'une entreprise. Pendant que notre Vladimir a toutes les portes ouvertes. Pour la seule raison que tu es son père. C'est gênant pour le gosse. Est-ce que tu le comprends, au moins ? »

Pour la première fois de ma vie, j'éprouvai de la colère contre elle. Ils m'avaient trompé. Froidement, jour après jour, tous les deux m'avaient observé attendant la Chevauchée. Ils avaient observé mon impatience, mon exaltation. Tranquillement, ils m'avaient observé, tranquillement, ils m'avaient trompé. « Vous aviez besoin de me tromper comme ça ? »

Vlasta remuait les nouilles et disait qu'avec moi ce n'était pas facile. Je vivais dans mon univers. J'étais un rêveur. Eux n'en voulaient pas à mes idéaux, mais Vladimir est différent. Mes chansonnettes, pour lui, c'est de l'hébreu. Ça ne l'amuse pas. Il trouve ça barbant. Il faut que j'en prenne mon parti. Vladimir est un homme moderne. Il tient ça de son père à elle. Lui avait le sens du progrès. Dans leur commune, il avait été le premier à s'acheter un tracteur, déjà avant-guerre. On leur avait tout confisqué par la suite. De toute manière, depuis que leurs champs appartiennent à la coopérative ils ne rapportent plus autant.

« Je m'en fous de vos champs ! Je veux savoir où il est allé, Vladimir. Il est allé aux courses de motocyclettes de Brno. Avoue ! »

Elle gardait le dos tourné, remuait les nouilles et y allait de son antienne. Vladimir est comme grand-papa. Il a son menton et ses yeux. Et la Chevauchée des Rois, c'est de l'hébreu pour lui. Oui, puisque je voulais le savoir, il était parti aux courses. Pourquoi pas. Les motos l'intéressaient davantage que les juments enrubannées. Pourquoi pas. Vladimir est un homme moderne.

Des motos, des guitares, des motos, des guitares. Le monde stupide et étranger. Je lui demandai : « Qu'est-ce que c'est, je te prie, un homme moderne ? »

Elle gardait le dos tourné, remuait les nouilles et elle répliqua que, pour un peu, elle n'aurait pas pu arranger notre intérieur en moderne. Combien j'en avais dévidé des litanies, à cause du lampadaire moderne. Et ce lustre moderne, il ne me revenait pas non plus ! Comme si tout le monde ne savait pas comme il est beau, ce lampadaire moderne ! Partout les gens s'achètent ces lampadaires.

« Arrête », lui dis-je. Mais il était impossible de l'arrêter. Elle était lancée. Son dos tourné. Son dos menu, méchant, maigre. C'était peut-être bien ça qui m'exaspérait le plus. Ce dos. Ce dos qui n'a pas d'yeux. Ce dos stupidement sûr de lui. Ce dos avec lequel on ne s'entend pas. Je résolus de la faire taire. De la retourner face à moi. Seulement, elle me répugnait trop. Je ne voulais pas la toucher. J'y arriverai autrement. J'ouvris le buffet et je me saisis d'une assiette. Je la laissai tomber. Elle se tut net. Mais elle ne se retourna pas. Une autre assiette, et encore d'autres. Elle gardait toujours le dos tourné. Tapie en elle-même. Sur ce dos, je lisais sa peur. Oui, elle avait peur, mais elle était coriace et refusait de se rendre. Elle cessa de remuer les nouilles et elle serrait, sans bouger, le manche de sa cuiller en bois. Comme s'il devait la sauver. Je la haïssais et elle me haïssait. Elle ne bougeait pas et je ne la quittais pas des yeux tandis que je continuais à faire tomber d'autres et d'autres pièces de vaisselle du rayonnage sur le sol. Je la haïssais et, avec elle, toute sa cuisine. Sa cuisine standard moderne, avec son mobilier moderne, avec ses assiettes modernes, avec ses verres modernes.

Je ne me sentais pas excité. Je regardais placidement, avec tristesse et fatigue, le carrelage jonché de débris, de marmites et de casseroles éparses. Je jetais par terre mon chez-moi. Mon chez-moi aimé, mon refuge. Le chez-moi placé sous la tendre houlette de ma pauvre servante. Le chez-moi que je m'étais peuplé de contes, de chansons de lutins braves. Tiens, voilà les trois chaises que nous prenions pour nos repas de midi. Ah, ces pacifiques déjeuners de famille qui avaient vu cajoler, tromper, un père nourricier crédule. L'une après l'autre, j'attrapai les chaises et j'en brisai les pieds, puis les posai à côté des casseroles et des verres cassés. Je renversai la table par là-dessus. Vlasta restait immobile devant sa cuisinière, gardant le dos tourné.

Je sortis de la cuisine pour aller dans ma chambre. Il y avait le globe rose pendu en l'air, le lampadaire et le divan moderne hideux. Sur l'harmonium, mon violon dans son étui noir. Je le pris. À quatre heures, nous avons notre séance dans le jardin du restaurant. Mais il n'est qu'une heure. Où irai-je ?

J'entendais sangloter du côté de la cuisine. Vlasta pleurait. Ses sanglots étaient déchirants et, au fond de moi, j'avais mal de pitié. Elle n'aurait pas pu pleurer dix minutes avant ? J'aurais pu céder à ma vieille illusion et retrouver ma pauvre servante. Mais il était déjà trop tard.

Je sortis de la maison. L'appel de la Chevauchée tremblotait sur les toits. Nous avons un roi besogneux mais d'autant plus vertueux. Où aller ? Les rues étaient à la Chevauchée, la maison à Vlasta, les auberges aux ivrognes. Et ma place à moi, où est-ce qu'elle est ? Je suis le vieux roi, abandonné et banni. Roi vertueux et mendiant. Roi sans successeur. Le dernier roi.

Encore une chance, au-delà du village il y a les champs. Le chemin. Et dix minutes plus loin, l'eau de la Morava. Je me suis couché sur la berge. La boîte à violon sous la nuque. Je suis resté longtemps comme ça. Une heure, peut-être deux. Avec l'idée d'avoir atteint la fin. Si subitement, si inopinément. Voilà, ça y était. Je ne voyais pas de continuation. J'ai toujours vécu dans deux mondes à la fois. Je croyais à leur harmonie. C'était un leurre. De l'un de ces mondes, je suis maintenant banni. Du monde réel. Il ne me restait que l'autre, l'imaginaire. Mais ça ne me suffit pas pour vivre, le monde imaginaire. Même si l'on m'y attend. Même si le déserteur m'appelle, même s'il garde toujours pour moi un cheval et un voile rouge. Oh, comme cette fois je le comprenais ! Maintenant je savais pourquoi il m'avait défendu d'ôter mon voile, préférant me raconter tout lui-même ! Maintenant seulement, je m'expliquais pourquoi le roi devait être masqué ! Non pour qu'on ne le voie pas, mais pour que lui ne voie rien !

Il m'était impensable de me remettre debout pour marcher. Impensable de faire un pas. À quatre heures, ils vont s'inquiéter. Mais je n'aurai pas la force de me lever, d'aller jusque-là. Je ne me sens bien qu'ici. Ici, près de la rivière. Ici, l'eau coule lentement, depuis des millénaires. Lentement elle coule et moi, lentement et longuement, je resterai étendu ici.

Après, quelqu'un m'a parlé. C'était Ludvik. Je m'attendais à un nouveau coup. Mais je n'avais plus peur. Plus rien ne pouvait me surprendre.

Il s'assit dans l'herbe à côté de moi et me demanda si je n'allais pas bientôt au concert de cet après-midi. « Voudrais-tu y aller, par hasard ? demandai-je. — Oui, me dit-il. — C'est pour ça que tu es venu de Prague ? — Non, dit-il, pas pour ça. Mais les choses finissent autrement que prévu. — Oui, dis-je, tout à fait autrement ! — Une heure que je traînaille par les champs. Je ne me figurais guère te trouver ici. — Moi non plus. — J'ai une prière à te faire », dit-il ensuite, sans me regarder dans les yeux. Exactement comme Vlasta. Il ne me regardait pas dans les yeux. Mais, de lui, ça ne me dérangeait pas. Ça m'était plutôt agréable. J'y devinais de la pudeur. Et cette pudeur me soulageait et guérissait. « J'ai une prière à te faire, avait-il dit. Tu ne voudrais pas me laisser jouer avec vous tout à l'heure ? »

19

Il restait encore quelques heures avant le départ du car et donc, poussé par mon trouble, j'ai quitté le village en essayant, dans les champs, de chasser de ma tête tous les souvenirs de la journée. Ce n'était pas facile : ma lèvre tuméfiée par le petit poing du garçon me brûlait et, resurgie, la silhouette de Lucie me rappelait que partout où j'avais essayé de régler des comptes avec l'injustice, c'était moi-même qu'à la fin j'avais débusqué comme fauteur de tort. Je chassai toutes ces idées, puisque tout ce qu'elles répétaient sans cesse, je le savais bien maintenant ; je me suis évertué à garder la tête vide et à y laisser entrer seulement les appels lointains (à peine audibles déjà) des cavaliers, musique qui m'emportait au-dehors de moi et ainsi me consolait.

En large cercle, par les sentiers, j'avais contourné le village et, parvenu au bord de la Morava, je la longeai en aval ; sur l'autre rive, il y avait quelques oies, un bois à l'horizon et, en dehors de cela, rien que des champs. Et puis, encore à distance devant moi, je remarquai un homme couché dans l'herbe sur la berge. Quand je fus plus près, je le reconnus : à plat dos, visage au ciel, il avait sous la tête son étui à violon (autour, les champs étaient infinis et plats, les mêmes que durant des siècles, seulement égratignés ici de pylônes d'acier soutenant les lourds câbles d'une ligne à haute tension). Il aurait été facile de l'éviter : il fixait le ciel et ne me voyait pas.

Mais cette fois-ci, ce n'était pas lui que je voulais fuir. Je m'approchai et lui adressai la parole. Il leva les yeux sur moi (yeux qui me semblaient timides et apeurés) et je notai (je le revoyais de tout près pour la première fois depuis de nombreuses années) que, de l'épaisse crinière qui naguère ajoutait quelques centimètres à sa grande stature, ne subsistait plus qu'une touffe très clairsemée, avec trois ou quatre longues et tristes mèches qui, vainement, essayaient de couvrir le crâne ; ces cheveux enfuis m'évoquèrent les années de notre séparation et, subitement, je regrettai ce temps, ce long temps où je ne l'avais pas vu, où je l'avais évité (à peine audibles, les appels des cavaliers parvenaient du lointain) et je ressentis pour lui un brusque élan d'amour coupable. Étendu à mes pieds, il s'était soulevé sur un coude ; il était grand et gauche, et la boîte de son instrument était noire et petite comme un cercueil de nourrisson. Je me souvins que son orchestre (qui avait été aussi *le mien* autrefois) devait donner un concert avant la fin de l'après-midi et je lui demandai de pouvoir jouer avec eux.

Je formulai cette demande avant même de l'avoir pesée vraiment (comme si les mots étaient venus plus vite que l'idée), je la formulai donc à l'étourdie, mais pourtant à l'unisson de mon cœur ; en fait j'étais plein d'amour pour ce monde que j'avais autrefois déserté, ce monde lointain et ancien où des cavaliers et leur roi masqué contournent le village, où on porte de blanches chemises plissées et chante des chansons, ce monde qui se confond pour moi avec l'image de ma ville natale, de ma mère (ma mère confisquée) et de ma jeunesse ; tout le jour, en silence, cet amour en moi avait grandi pour éclore à présent presque au bord des pleurs ; je l'aimais, ce vieux monde, et le priais de m'accorder refuge.

Mais comment cela et de quel droit ? Est-ce qu'avant-hier encore je n'avais pas évité Jaroslav uniquement parce que son personnage incarnait pour moi l'irritante musique du folklore ? Et ce matin même, ne m'étais-je pas approché de la fête folklorique avec malaise ? D'où venait ce soudain effacement des barrières qui m'avaient interdit pendant quinze ans l'évocation heureuse de ma jeunesse passée à l'orchestre avec cymbalum, les retours réguliers et émus dans ma ville natale ? Était-ce d'avoir, quelques heures plus tôt, entendu Zemanek se gausser de la Chevauchée des Rois ? Se pouvait-il que *lui* m'eût inspiré le dégoût de la chanson populaire et que *lui* encore me l'eût maintenant rendue pure ? Serais-je seulement le talon d'une aiguille de boussole dont lui serait la pointe ? Lui serais-je si ignominieusement lié ? Non, ce n'était pas seulement grâce au ricanement de Zemanek que je pouvais brusquement de nouveau aimer ce monde ; je pouvais l'aimer parce que, ce matin, je l'avais retrouvé (inopinément) dans sa pauvreté ; dans sa pauvreté et surtout dans sa *solitude* ; il était abandonné par la pompe et la publicité, abandonné par la propagande politique, par les utopies sociales, par les troupes de fonctionnaires de la culture, il était abandonné par l'adhésion affectée des gens de ma génération, abandonné (aussi) par Zemanek ; cette solitude le purifiait ; pleine de reproches à mon égard, elle le purifiait comme quelqu'un qui n'en a plus pour longtemps ; elle l'illuminait d'une irrésistible *dernière beauté* ; cette solitude me le rendait.

Le concert devait avoir lieu dans le jardin du restaurant où, peu avant, j'avais déjeuné et lu la lettre d'Helena ; quand Jaroslav et moi y arrivâmes, nous trouvâmes déjà installées quelques personnes âgées (attendant patiemment l'après-midi musical) et à peu près autant d'ivrognes chancelant d'une table à l'autre ; dans le fond, on avait disposé quelques chaises autour d'un tilleul et, contre le tronc, appuyé une contrebasse encore dans son linceul gris ; à deux pas, le cymbalum était ouvert, un homme à blanche chemise plissée, assis, promenait en sourdine ses légers maillets sur les cordes ; les autres membres de l'orchestre étaient debout, un peu à l'écart, et Jaroslav fit les présentations : le second violon est un médecin de l'hôpital local ; le contrebassiste est l'inspecteur des affaires culturelles du Comité national du district ; le clarinettiste (qui aura la bonté de me prêter son instrument, nous nous relayerons), instituteur ; le joueur de cymbalum, planificateur à l'usine ; sauf ce dernier dont je me souvenais, une équipe entièrement renouvelée. Après que Jaroslav, solennellement, m'eut à mon tour présenté comme un vétéran de l'orchestre, un de ses fondateurs, donc clarinettiste d'honneur, nous prîmes place sur les chaises autour du tilleul et commençâmes à jouer.

Depuis très longtemps je n'avais pas tenu de clarinette entre les mains, mais comme je connaissais bien l'air avec lequel nous attaquâmes je vainquis vite mon trac ; si bien que, les instruments reposés, les musiciens se récrièrent en compliments, refusant de croire que je n'avais plus joué depuis belle lurette ; le serveur (celui-là même à qui j'avais dans l'affolement réglé la note de mon repas de midi) vint alors nous dresser sous les branches un guéridon sur lequel il disposa six verres à vin et une dame-jeanne clissée ; doucement, nous commençâmes à boire. Après quatre, cinq airs, je fis signe à l'instituteur ; me reprenant sa clarinette, il répéta que je m'en sortais brillamment ; content de cet éloge, j'allai m'adosser au tronc du tilleul ; le sentiment d'une chaleureuse camaraderie me remplissait et je le remerciai de m'être venu en aide à la fin de cette âcre journée. Et voilà que de nouveau Lucie resurgit devant mes yeux et je pensai enfin comprendre pourquoi elle m'était apparue dans le salon de coiffure et puis le lendemain, chez Kostka, dans le récit qui était légende et vérité à la fois : peut-être avait-elle voulu me dire que son destin (destin de petite fille souillée) était proche du mien ; que, nous deux, nous étions sans doute manqués, faute d'avoir pu nous comprendre, mais que les histoires de nos deux vies étaient fraternelles et conjointes, étant toutes les deux *histoires de dévastation* ; ainsi qu'on avait en Lucie dévasté l'amour charnel et privé son existence d'une valeur élémentaire, ma vie aussi fut spoliée des valeurs sur lesquelles elle voulait s'appuyer et qui, par leur origine, étaient innocentes ; oui, innocentes : l'amour charnel, quoique dévasté dans la vie de Lucie, est innocent, de même que les chants de mon pays et l'orchestre avec cymbalum et ma ville natale que je détestais sont innocents, et Fucik, dont le portrait m'avait fait lever le cœur, est, lui aussi, innocent à l'égard de moi, et le mot camarade, qui sonnait pour moi comme une menace, de même que le mot « tu » et le mot avenir et beaucoup d'autres mots. La faute était ailleurs et elle était si grande que son ombre couvrait bien loin à la ronde l'univers entier des choses (et des mots) innocentes et les dévastait. Nous vivions, Lucie et moi, dans un monde dévasté ; et faute d'avoir su le prendre en pitié, nous nous en étions détournés, aggravant ainsi et son malheur et le nôtre. Lucie, si fort aimée, si mal aimée, c'est cela que tu es venue me dire au bout des ans ? Plaider la compassion pour un monde dévasté ?

La chanson finie, l'instituteur me repassait la clarinette, déclarant qu'il n'y toucherait plus aujourd'hui, que je jouais mieux que lui et que je méritais de la garder, vu qu'on ne savait pas quand je reviendrais ici. Saisissant au vol le regard de Jaroslav, je dis que je ne demanderais pas mieux que de revenir le plus tôt possible. Jaroslav me demanda si je disais cela sérieusement. J'acquiesçai et nous attaquâmes l'air suivant. Il y avait un bon moment que Jaroslav avait quitté sa chaise ; la tête penchée en arrière, il appuyait son violon, au mépris de tous les principes, très bas contre sa poitrine et, tout en jouant, il allait et venait continuellement ; le second violon et moi nous levions aussi à tout moment, en particulier chaque fois que nous voulions donner le plus d'élan possible à l'improvisation. Dans ces instants-là qui requièrent de la fantaisie, de la précision et une profonde complicité, Jaroslav devenait notre âme à tous et j'admirais le musicien éblouissant caché dans cette espèce de géant qui également (et avant tous les autres) comptait parmi les valeurs dévastées de ma vie ; il m'avait été volé et moi (à mon grand dam et à ma honte) je me l'étais laissé ravir, quoiqu'il fût peut-être mon plus fidèle, mon plus ingénu, mon plus innocent compagnon.

Entre-temps le public s'était peu à peu métamorphosé : aux tablées, pas très denses du reste, qui, depuis le début, nous suivaient avec une attention tout à fait chaleureuse, s'était ajouté un groupe de garçons et de filles qui, installés aux tables libres, avaient commandé (à grands coups de gueule) soit des chopes, soit du vin, et (à mesure que montait le niveau des vagues de l'alcool) s'étaient appliqués à manifester leur sauvage besoin d'être vus, entendus, reconnus. L'atmosphère, alors, n'avait pas tardé à changer, elle devenait plus bruyante et plus agitée (des garçons vacillaient entre les tables, s'appelaient l'un l'autre ou hélaient leurs copines), au point que je me surpris, distrait de notre jeu, à regarder par trop souvent vers le jardin et à observer avec une franche hostilité les visages des blancs-becs. Devant ces têtes à cheveux longs, qui crachaient avec ostentation, à droite comme à gauche, les jets de salive et les mots, je sentais une résurgence de mon ancienne haine pour l'âge de l'immaturité et j'avais l'impression de ne voir que des acteurs à qui l'on aurait collé des masques censés figurer une virilité stupide, une grossièreté suffisante ; et je ne tenais pas pour circonstance atténuante la possible présence sous le masque d'un autre visage (plus humain), l'horrible étant, justement, que les visages masqués étaient furieusement dévoués à la barbarie et à la vulgarité des masques.

Il faut croire que Jaroslav partageait mes sentiments, car il avait subitement abaissé son violon, nous confiant qu'il n'avait nul plaisir à jouer devant un auditoire pareil. Il suggéra de partir, de prendre à travers champs, par le petit chemin, comme autrefois ; il fait beau, le crépuscule va tomber d'un moment à l'autre, le soir sera chaud, il y aura des étoiles, il n'y aura qu'à faire halte près d'un églantier, et on jouera pour nous tout seuls, pour notre plaisir, comme on faisait dans le temps ; maintenant on a pris l'habitude (une sotte habitude) de ne jouer que pour les séances organisées, et ça, il commençait à en avoir marre.

D'abord, tous avaient approuvé, presque avec enthousiasme, vu qu'eux-mêmes sentaient que leur passion pour la musique exigeait une ambiance plus intime, mais le contrebassiste (l'inspecteur des affaires culturelles) avait ensuite objecté que, d'après ce qui était convenu, nous étions tenus de jouer jusqu'à neuf heures, les camarades du district et aussi le gérant du café comptaient là-dessus, ç'avait été planifié comme ça, nous devions par conséquent remplir la tâche comme nous en avions pris l'engagement, faute de quoi le déroulement des festivités serait perturbé ; nous pourrions jouer dans la nature une autre fois.

À ce moment s'allumèrent des lampes suspendues à de longs fils tendus d'arbre en arbre ; comme il ne faisait pas encore noir, le jour commençant à peine à baisser, loin de répandre une lumière vive, elles étaient dans l'espace grisâtre comme de grandes larmes immobiles, larmes blanches qu'on ne pouvait essuyer et qui ne pouvaient pas couler ; une sorte de nostalgie soudaine, inexplicable, s'était ainsi abattue, et personne n'était en mesure d'y résister. Jaroslav dit encore (cette fois quasi implorant) qu'il n'en pouvait plus, qu'il voulait s'en aller dans les champs, près de l'églantier, jouer pour sa joie, puis il eut un geste découragé, appuya le violon contre sa poitrine et continua.

Sans plus nous occuper du public, nous jouions maintenant avec davantage de recueillement qu'au début ; plus le climat du jardin était désinvolte et grossier, plus il nous entourait de sa bruyante indifférence, faisant de nous un îlot délaissé, plus la nostalgie nous étreignait, et plus nous plongions en nous-mêmes, jouant donc plutôt pour nous que pour les autres, oubliant les autres, la musique étant une enceinte protectrice dans laquelle, parmi les ivrognes tapageurs, nous étions comme dans une cabine de verre suspendue dans les profondeurs des eaux froides.

« Si les montagnes étaient en papier — si l'eau se changeait en encre — et les étoiles en scribes — si tout le vaste monde le voulait rédiger — au bout point n'arriverait — du testament de mon amour », chantait Jaroslav sans décoller le violon de sa poitrine, et moi, j'étais heureux dans ces chansons (dans la cabine de verre de ces chansons) où la tristesse n'est pas légère, le rire n'est pas rictus, l'amour pas risible, la haine pas timide, où les gens aiment corps et âme (oui, Lucie, corps et âme), où le bonheur les fait danser et le désespoir bondir dans le Danube, où, donc, l'amour demeure amour, la douleur douleur, et où les valeurs ne sont pas encore dévastées ; et il m'apparaissait qu'à l'intérieur de ces chansons se trouvait mon issue, ma marque originelle, le *chez-moi* que j'avais trahi mais qui en était *d'autant plus* mon chez-moi (puisque la plainte la plus poignante s'élève du chez-soi trahi) ; mais je comprenais en même temps que ce chez-moi n'était pas de ce monde (mais quel chez-moi est-ce, s'il n'est pas de ce monde ?), que tout ce que nous chantions n'était qu'un souvenir, un monument, la conservation imaginaire de ce qui n'existe plus, et je sentais que le sol de ce chez-moi se dérobait sous mes pieds et que je glissais, clarinette aux lèvres, dans la profondeur des années, des siècles, dans une profondeur sans fond (où amour est amour, douleur est douleur), et je me disais avec étonnement que mon seul chez-moi était justement cette descente, cette chute, chercheuse et avide, et je m'abandonnai à lui et à la volupté de mon vertige.

Et puis j'avais regardé Jaroslav pour vérifier sur son visage si j'étais seul dans mon exaltation ; et j'avais remarqué (une lampe accrochée à la ramure du tilleul éclairait son visage) qu'il était singulièrement pâle ; il ne chantonnait plus en jouant, il avait la bouche serrée ; ses yeux apeurés étaient devenus encore plus craintifs ; il faisait des fausses notes ; sa main qui tenait le manche du violon avait tendance à glisser. Puis il cessa de jouer et s'affaissa sur sa chaise ; je me mis à côté de lui, un genou à terre. « Qu'est-ce que tu as ? » lui demandai-je ; le front en sueur, il tenait empoigné le haut de son bras gauche. « Ça me fait terriblement mal », dit-il. Les autres ne s'étaient pas aperçus du malaise de Jaroslav et s'adonnaient à leur transe musicale, sans premier violon et sans clarinette ; le cymbaliste, profitant du silence de ces deux-ci, faisait merveille sur son instrument, soutenu seulement par le second violon et la contrebasse. Je m'approchai du second violon (que Jaroslav m'avait présenté comme médecin) et l'entraînai vers mon ami. On n'entendait plus que le cymbalum et la basse, tandis que le second violon prenait le poignet gauche de Jaroslav ; et longtemps, très longtemps, il le garda dans sa main, ensuite il lui souleva les paupières et lui examina les yeux ; puis il toucha son front moite. « Le cœur ? demanda-t-il. — Le bras et le cœur », répondit Jaroslav, et il était vert. Alerté à son tour, le contrebassiste accota son instrument contre le tilleul et vint nous rejoindre, en sorte qu'on n'entendait que le cymbalum, seul, parce que le cymbaliste ne se doutait de rien et jouait, heureux, en solo. « Je téléphone à l'hôpital », dit le second violon. Je l'accrochai : « Qu'est-ce que c'est donc ? — Il a le pouls comme un fil. Il transpire de glace. Sûrement un infarctus. — Zut ! dis-je. — T'en fais pas, il s'en sortira », me consola-t-il avant de se hâter vers le restaurant. Les gens qu'il devait bousculer étaient déjà trop ivres pour s'apercevoir même que notre orchestre s'était tu ; ils étaient occupés uniquement d'eux-mêmes, de leur bière, de balivernes et des injures qui, dans le coin opposé du jardin, venaient de déclencher une bagarre.

Enfin le cymbalum se tut aussi et nous entourâmes Jaroslav qui me regarda et dit que tout ça c'était parce qu'on était restés là, que lui ne voulait pas rester, qu'il voulait qu'on s'en aille dans les champs, surtout que j'étais venu, surtout que j'étais revenu, on aurait pu si bien jouer à la belle étoile. « Ne parle pas tant, lui dis-je, c'est le calme qu'il te faut », et je songeai qu'en effet il se tirerait sans doute de cet infarctus, ainsi que le second violon l'avait prévu, mais que ce serait ensuite une vie changée du tout au tout, une vie sans dévouement passionné, sans jeu acharné dans l'orchestre, la seconde mi-temps, mi-temps après la défaite, et l'idée m'envahit qu'un destin souvent s'achève bien avant la mort, que le moment de la fin ne coïncide pas avec celui de la mort, et que le destin de Jaroslav était arrivé à son terme. Accablé d'un terrible regret, je caressai sa tête dégarnie, ses longs cheveux fins qui tentaient tristement de couvrir sa calvitie, et je constatai avec frayeur que ce voyage dans ma ville natale où j'avais voulu terrasser le Zemanek haï m'amenait, pour finir, à porter dans mes bras mon ami terrassé (oui, je me voyais à cet instant, le tenant sur mes bras, le tenant et le portant, immense et lourd, comme si j'avais porté ma propre faute obscure, je me voyais l'emportant à travers une foule, je me voyais en pleurs).

Nous restâmes autour de lui à peu près dix minutes, puis le second violon reparut, nous faisant signe ; nous aidâmes Jaroslav à se mettre debout, et, le soutenant sous les aisselles, nous plongeâmes avec lui dans la rumeur des blancs-becs ivres sur le trottoir, le long duquel attendait, tous feux allumés, une ambulance.

Achevé le 5 décembre 1965.

LA VIE EST AILLEURS

Titre original :
ZIVOT JE JINDE

Traduit du tchèque par François Kérel.

Première partie

ou

LE POÈTE NAÎT

I

Quand la mère du poète se demandait où le poète avait été conçu, trois possibilités seulement entraient en ligne de compte : une nuit sur le banc d'un square, un après-midi dans l'appartement d'un copain du père du poète, ou un matin dans un coin romantique des environs de Prague.

Quand le père du poète se posait la même question, il parvenait à la conclusion que le poète avait été conçu dans l'appartement de son copain, car ce jour-là tout avait marché de travers. La mère du poète refusait d'aller chez le copain du père, ils se disputèrent à deux reprises et par deux fois se réconcilièrent, pendant qu'ils faisaient l'amour la serrure de l'appartement voisin grinça, la mère du poète s'effraya, ils s'interrompirent, puis ils se remirent à s'aimer et terminèrent avec une nervosité réciproque à laquelle le père attribuait la conception du poète.

La mère du poète, en revanche, n'admettait pas une seconde que le poète eût été conçu dans un appartement prêté (il y régnait un désordre de célibataire, et la mère considérait avec répugnance le drap du lit défait où traînait le pyjama froissé de l'inconnu) et elle rejetait pareillement la possibilité qu'il eût été conçu sur le banc d'un square où elle ne s'était laissé convaincre de faire l'amour qu'à contrecœur et sans plaisir, songeant avec dégoût que c'étaient les prostituées qui faisaient ainsi l'amour sur les bancs des squares. Elle était donc absolument convaincue que le poète n'avait pu être conçu que pendant une matinée d'été ensoleillée à l'abri d'un grand rocher qui se dressait pathétiquement parmi d'autres rochers dans un vallon où les Praguois viennent se promener le dimanche.

Ce décor-là convient, pour plusieurs raisons, comme lieu de la conception du poète : éclairé par le soleil de midi, c'est un décor, non d'obscurité mais de lumière, de jour, non de nuit ; c'est un lieu situé au centre d'un espace naturel ouvert, donc un lieu fait pour l'envol et pour les ailes ; et enfin, sans être bien éloigné des derniers immeubles de la ville, c'est un paysage romantique parsemé de rochers surgis d'un sol sauvagement déchiqueté. Pour la mère, tout cela semblait une image expressive de ce qu'elle vivait alors. Son grand amour pour le père du poète n'était-il pas une révolte romantique contre la platitude et la régularité de la vie de ses parents ? N'y avait-il pas une secrète ressemblance entre l'audace dont elle faisait preuve, fille de riches commerçants, en choisissant un ingénieur sans le sou qui venait seulement de terminer ses études, et ce paysage indompté ?

La mère du poète vivait alors un grand amour, même si la déception dut suivre, de quelques semaines, la belle matinée passée au pied du rocher. En effet, quand elle vint annoncer à son amant, avec une joyeuse excitation, que l'indisposition intime qui troublait chaque mois de sa vie se faisait attendre depuis plusieurs jours, l'ingénieur affirma avec une indifférence révoltante (mais, nous semble-t-il, feinte et embarrassée) qu'il s'agissait d'une insignifiante perturbation du cycle vital qui retrouverait certainement son rythme bienfaisant. La mère devina que son amant refusait de partager ses espoirs et ses joies, elle en fut blessée et ne lui parla plus, jusqu'au jour où le médecin lui annonça qu'elle était enceinte. Le père du poète dit connaître un gynécologue qui les délivrerait discrètement de leurs soucis, et la mère éclata en sanglots.

Émouvantes conclusions des révoltes ! Elle s'était d'abord révoltée contre ses parents au nom du jeune ingénieur et elle était ensuite accourue auprès de ses parents, réclamant leur aide contre lui. Et ses parents ne la déçurent pas : ils allèrent trouver l'ingénieur, lui parlèrent franchement, et l'ingénieur, ayant clairement compris qu'il n'y avait pas moyen d'échapper, consentit à un mariage pompeux et accepta sans protester une dot considérable qui lui permettait d'ouvrir sa propre entreprise de construction ; puis il transporta sa modeste fortune, qui tenait dans deux valises, dans la villa où la jeune mariée vivait avec ses parents depuis le jour de sa naissance.

La prompte capitulation de l'ingénieur ne pouvait cependant pas cacher à la mère du poète que l'aventure où elle s'était précipitée avec une étourderie qu'elle trouvait sublime n'était pas le grand amour partagé auquel elle croyait avoir un plein droit. Son père était le propriétaire de deux florissantes drogueries praguoises, et la fille professait la morale des comptes équilibrés ; dès lors qu'elle avait tout investi dans l'amour (n'était-elle pas prête à trahir ses propres parents et leur foyer paisible ?), elle voulait que son partenaire investît dans la caisse commune une somme égale de sentiments. S'efforçant de réparer l'injustice, elle voulait retirer de la caisse commune de l'affection ce qu'elle y avait déposé, et après le mariage elle offrait à son mari un visage altier et sévère.

La sœur de la mère du poète avait récemment quitté la villa familiale (elle s'était mariée et elle avait loué un appartement dans le centre de Prague) de sorte que le vieux commerçant et son épouse restèrent dans les pièces du rez-de-chaussée et que l'ingénieur et leur fille purent s'installer dans les trois pièces du haut — deux grandes et une plus petite — dont l'aménagement était exactement tel que le père de la jeune mariée l'avait choisi vingt ans plus tôt quand il avait fait construire la villa. De recevoir comme foyer un intérieur tout installé faisait plutôt l'affaire de l'ingénieur, car hormis le contenu des deux valises susmentionnées il ne possédait strictement rien ; il suggéra pourtant quelques menus aménagements pour modifier l'aspect des pièces. Mais la mère du poète ne pouvait admettre que l'homme qui avait voulu l'envoyer sous le couteau du gynécologue osât bouleverser l'ancienne disposition de l'intérieur où logeaient l'esprit de ses parents, vingt ans de douces habitudes, d'intimité réciproque et de sécurité.

Cette fois encore, le jeune ingénieur capitula sans combat et ne se permit qu'une modeste protestation que nous tenons à signaler : dans la chambre des époux, il y avait une petite table dont le pied robuste supportait une lourde plaque ronde en marbre gris où était posée la statuette d'un homme nu ; l'homme tenait dans la main gauche une lyre appuyée contre sa hanche rebondie ; son bras droit s'incurvait dans un geste pathétique, comme si ses doigts venaient à l'instant de frapper les cordes ; il avait la jambe droite en avant, la tête légèrement inclinée, et ses yeux étaient tournés vers le ciel. Ajoutons encore que l'homme avait un visage extrêmement beau, qu'il avait les cheveux bouclés et que la blancheur de l'albâtre dans lequel était sculptée la statuette donnait au personnage quelque chose de tendrement féminin ou de *divinement* virginal ; ce n'est d'ailleurs pas un hasard si nous venons d'employer le mot divinement : d'après l'inscription gravée sur le socle, l'homme à la lyre était le dieu grec Apollon.

Mais il était rare que la mère du poète pût voir l'homme à la lyre sans se fâcher. La plupart du temps, il offrait aux regards son postérieur, tantôt il servait de patère au chapeau de l'ingénieur, tantôt une chaussure était accrochée à sa tête délicate, et d'autres fois encore il était revêtu d'une chaussette de l'ingénieur qui, parce qu'elle puait, était une profanation particulièrement odieuse du maître des Muses.

Si la mère du poète accueillait tout cela avec impatience, son maigre sens de l'humour n'était pas seul en cause : elle avait en effet très justement deviné qu'en mettant une chaussette sur le corps d'Apollon son mari lui faisait savoir, par cette bouffonnerie, ce qu'il lui dissimulait poliment par son silence : qu'il rejetait son univers et qu'il n'avait que très provisoirement capitulé devant lui.

Ainsi l'objet d'albâtre devint un véritable dieu antique, c'est-à-dire un être du monde surnaturel qui intervient dans l'univers humain, brouille les destinées, conspire et dévoile le secret. La jeune mariée le considérait comme son allié, et sa songeuse féminité en fit une créature vivante, dont les yeux prenaient parfois les couleurs d'iris illusoires et dont la bouche semblait respirer. Elle s'éprit de ce petit homme nu, qui était humilié pour elle et à cause d'elle. Elle contemplait son charmant visage et commençait à souhaiter que l'enfant qui grandissait dans son ventre ressemblât à ce bel ennemi de l'époux. Elle voulait qu'il lui ressemblât à tel point qu'elle pût s'imaginer qu'il était né des œuvres, non de l'époux, mais du jeune homme. Elle l'implorait de rectifier par un effet de sa magie les traits de l'embryon, de les transformer, de les transfigurer, comme jadis le grand Titien quand il peignait un de ses tableaux sur la toile gâchée d'un apprenti.

Prenant instinctivement modèle sur la Vierge Marie, qui fut mère sans l'entremise d'un procréateur humain et devint ainsi l'idéal d'un amour maternel où le père ne s'immisce pas et ne vient pas semer le trouble, elle éprouvait le désir provocant de prénommer son enfant Apollon, car ce prénom signifiait pour elle *celui qui n'a pas de père humain.* Mais elle savait que son fils aurait la vie dure avec un nom aussi pompeux et qu'ils seraient, lui comme elle, la risée publique. Elle chercha donc un prénom tchèque qui fût digne du dieu juvénile de la Grèce et elle songea au prénom de Jaromil (qui signifie *celui qui aime le printemps* ou *celui qui est aimé du printemps*), et ce choix fut approuvé de tous.

D'ailleurs on était justement au printemps et les lilas étaient en fleur quand on la conduisit à la clinique ; là, après quelques heures de souffrance, le jeune poète se laissa glisser de sa chair sur le drap souillé du monde.

2

Ensuite on plaça le poète près de son lit dans un berceau et elle écouta les cris délicieux ; son corps douloureux était empli d'orgueil. N'envions pas au corps cette fierté ; il n'en avait guère éprouvé jusque-là, bien qu'il fût assez bien fait : il avait certes la croupe plutôt inexpressive et les jambes un peu courtes, mais en revanche la poitrine extraordinairement jeune, et sous des cheveux fins (si ténus qu'il était difficile d'y arranger une coiffure) un visage peut-être pas éblouissant mais d'un charme discret.

Maman avait toujours été beaucoup plus consciente de sa discrétion que de son charme, d'autant qu'elle avait vécu depuis l'enfance auprès d'une sœur aînée qui dansait remarquablement, s'habillait chez le meilleur couturier de Prague et, parée d'une raquette de tennis, pénétrait aisément dans le monde des hommes chics, tournant le dos à la maison natale. La voyante impétuosité de sa sœur confirma maman dans sa modestie boudeuse, et elle apprit, par protestation, à aimer la gravité sentimentale de la musique et des livres.

Certes, avant de connaître l'ingénieur, elle était sortie avec un autre garçon, étudiant en médecine, qui était le fils d'amis de ses parents, mais cette liaison ne put donner à son corps beaucoup d'assurance. Après qu'il l'eut initiée à l'amour physique dans une maison de campagne, elle rompit avec lui dès le lendemain avec la certitude mélancolique que ni ses sentiments ni ses sens ne connaîtraient jamais le grand amour. Et comme elle venait de passer son baccalauréat, elle annonça qu'elle voulait voir le sens de sa vie dans le travail et elle décida de s'inscrire (malgré la désapprobation de son père qui était un homme pratique) à la faculté des lettres.

Son corps déçu avait déjà passé quatre ou cinq mois sur le large banc d'un amphithéâtre universitaire quand il rencontra dans la rue un jeune ingénieur insolent qui l'interpella et s'empara de lui au bout de trois rendez-vous. Et parce que cette fois-ci le corps était grandement (et à sa grande surprise) satisfait, l'âme oublia bien vite l'ambition d'une carrière universitaire et (comme doit toujours le faire une âme raisonnable) s'empressa de prêter concours au corps : elle acquiesçait volontiers aux idées de l'ingénieur, à sa joyeuse insouciance, à sa charmante irresponsabilité. Tout en sachant que ces qualités-là étaient étrangères à sa famille, elle voulait s'identifier à elles, parce qu'à leur contact son corps tristement modeste cessait de douter et commençait, à son propre étonnement, à jouir de soi-même.

Était-elle donc enfin heureuse ? Pas tout à fait : elle était ballottée entre les doutes et la confiance ; quand elle se déshabillait devant la glace elle se regardait avec ses yeux à lui et se trouvait tantôt excitante, tantôt insipide. Elle livrait son corps à la merci des yeux d'autrui — et il y avait là une grande incertitude.

Mais bien qu'elle hésitât entre l'espérance et le doute, elle s'était définitivement arrachée à sa résignation prématurée ; la raquette de tennis de sa sœur ne la démoralisait plus ; son corps vivait enfin comme un corps et elle comprenait qu'il est beau de vivre ainsi. Elle souhaitait que cette vie nouvelle fût autre chose qu'une promesse trompeuse, qu'elle fût une vérité durable ; elle souhaitait que l'ingénieur l'arrachât au banc de la faculté et à la maison natale et fît d'une aventure d'amour l'aventure d'une vie. C'est pourquoi elle accueillit sa grossesse avec enthousiasme : elle se voyait, elle-même, l'ingénieur et son enfant, et il lui semblait que cette triade s'élevait jusqu'aux étoiles et emplissait l'univers.

Nous l'avons déjà expliqué au chapitre précédent : maman comprit bien vite que l'homme qui recherchait une aventure d'amour redoutait l'aventure d'une vie et ne souhaitait nullement se changer avec elle en une double statue s'élevant jusqu'aux étoiles. Mais nous savons aussi que cette fois son assurance ne s'écroula pas sous la pression de la froideur de l'amant. Quelque chose de très important avait en effet changé. Le corps de la mère, que les yeux de l'amant tenaient récemment encore à leur merci, venait d'entrer dans une nouvelle phase de son histoire : il avait cessé d'être un corps pour les yeux d'autrui, il était un corps pour quelqu'un qui n'avait pas encore d'yeux. La surface externe n'en était plus si importante ; le corps touchait un autre corps par sa membrane interne, encore jamais vue de personne. Les yeux du monde extérieur ne pouvaient donc en saisir que l'apparence inessentielle et même l'opinion de l'ingénieur ne comptait plus pour lui ne pouvant aucunement influer sur sa grande destinée ; le corps accédait enfin à une indépendance et à une autonomie totales ; le ventre qui grossissait et enlaidissait était pour ce corps une réserve sans cesse croissante de fierté.

Après l'accouchement, le corps de maman entra dans une nouvelle période. Quand elle sentit pour la première fois la bouche tâtonnante de son fils téter son sein, un doux frisson explosa au milieu de sa poitrine et irradia dans tout son corps des rayons frémissants ; cela ressemblait à la caresse de l'amant, mais il y avait quelque chose de plus : un grand bonheur paisible, une grande quiétude heureuse. Cela, elle ne l'avait jamais connu auparavant ; quand l'amant baisait son sein, c'était une seconde qui devait racheter des heures de doute et de méfiance ; mais maintenant elle savait que la bouche qui se pressait contre son sein lui apportait la preuve d'un attachement ininterrompu dont elle pouvait être certaine.

Et il y avait encore autre chose : quand l'amant touchait son corps dénudé, elle éprouvait toujours un sentiment de pudeur ; l'approche mutuelle était toujours le dépassement d'une altérité et l'instant de l'étreinte n'était enivrant que parce qu'il n'était qu'un instant. La pudeur ne s'assoupissait jamais, elle rendait l'amour excitant, mais en même temps elle surveillait le corps, de peur qu'il ne s'abandonnât tout entier. Mais cette fois, la pudeur avait disparu ; elle était abolie. Les deux corps s'ouvraient tout entiers l'un à l'autre et n'avaient rien à se cacher.

Jamais elle ne s'était abandonnée pareillement à un autre corps, et jamais un autre corps ne s'était abandonné à elle pareillement. L'amant pouvait jouir de son ventre, mais il n'y avait jamais habité, il pouvait toucher son sein, mais il n'y avait jamais bu. Ah, l'allaitement ! Elle observait amoureusement les mouvements de poisson de la bouche édentée et s'imaginait que son fils buvait, en même temps que son lait, ses pensées, ses fantaisies et ses songes.

C'était un état *édénique* : le corps pouvait être pleinement corps et n'avait pas besoin de se cacher sous une feuille de vigne ; ils étaient plongés dans l'espace illimité d'un temps serein ; ils vivaient ensemble comme vivaient Adam et Ève avant d'avoir mordu la pomme de l'arbre de la connaissance ; ils vivaient dans leur corps en dehors du bien et du mal ; et pas seulement ça : au paradis la laideur ne se distingue pas de la beauté, de sorte que toutes les choses dont se compose le corps n'étaient pour eux ni laides ni belles, mais seulement délicieuses ; délicieuses étaient les gencives, bien qu'elles fussent édentées, délicieux était le sein, délicieux était le nombril, délicieux était le petit derrière, délicieux étaient les intestins dont le fonctionnement était attentivement surveillé, délicieux étaient les poils qui se dressaient sur le crâne grotesque. Elle veillait attentivement sur les rots, pipis et cacas de son fils et ce n'était pas seulement une sollicitude d'infirmière préoccupée de la santé de l'enfant ; non, elle veillait sur toutes les activités du petit corps avec *passion.*

C'était là quelque chose de tout à fait nouveau, car maman éprouvait depuis l'enfance une répugnance extrême à l'égard de l'animalité, celle des autres aussi bien que la sienne ; elle trouvait dégradant de s'asseoir sur le siège des waters (du moins prenait-elle toujours soin qu'on ne la vît pénétrer dans cet endroit), et il y avait même des périodes où elle avait honte de manger devant les gens, parce que la mastication et la déglutition lui paraissaient répugnantes. Et voici qu'étrangement l'animalité de son fils, élevée au-dessus de toute laideur, purifiait et justifiait à ses yeux son propre corps. Le lait dont il restait parfois une gouttelette sur la peau ridée de son téton lui semblait aussi poétique qu'une perle de rosée ; il lui arrivait souvent de prendre un de ses seins et de le presser légèrement pour apercevoir la goutte magique ; elle la recueillait sur son index et la goûtait ; elle se disait qu'elle voulait connaître la saveur du breuvage dont elle nourrissait son fils, mais elle voulait plutôt connaître le goût de son propre corps ; et comme son lait lui paraissait délectable, cette saveur la réconciliait avec tous ses autres sucs et avec toutes ses autres humeurs ; elle commençait elle-même à se trouver délectable, son corps lui paraissait agréable, naturel et bon comme toutes les choses de la nature, comme l'arbre, comme le buisson, comme l'eau.

Malheureusement, elle était si heureuse de son corps qu'elle le négligeait ; un jour elle s'aperçut qu'il était trop tard, qu'il lui resterait sur le ventre une peau ridée avec des stries blanchâtres dans le derme, une peau qui n'adhérait pas fermement à la chair, mais semblait une enveloppe lâchement cousue. Pourtant, chose étrange, elle n'en fut pas désespérée. Même avec le ventre ridé, le corps de maman était heureux parce que c'était un corps pour des yeux qui ne percevaient encore du monde que des contours confus et qui ne savaient pas (n'étaient-ce pas des yeux *édéniques* ?) qu'il existe un monde cruel où l'on fait une distinction entre les corps selon leur laideur et leur beauté.

Si les yeux de l'enfant ne voyaient pas cette distinction, en revanche les yeux du mari, qui avait tenté de se réconcilier avec elle après la naissance de Jaromil, ne la voyaient que trop. Ils faisaient à nouveau l'amour, après un très long intervalle ; mais ce n'était pas comme avant : ils choisissaient pour l'amour physique des moments discrets et banals, ils s'aimaient dans l'obscurité et avec modération. Pour ce qui est de maman, cela l'arrangeait certainement : elle savait que son corps était enlaidi et elle redoutait de perdre bien vite dans des caresses trop vives et passionnées la délectable paix intérieure que lui donnait son fils.

Non, non, elle n'oublierait jamais que son mari lui avait donné un plaisir plein d'incertitudes, et son fils une sérénité pleine de bonheur ; elle continuait donc à chercher auprès de lui (il se traînait déjà, marchait déjà, parlait déjà) son réconfort. Il tomba gravement malade et elle resta quinze jours presque sans fermer l'œil, constamment avec le petit corps brûlant convulsé de douleur ; cette période aussi, elle la passa dans une sorte d'extase ; quand la maladie commença à reculer, elle se dit qu'elle avait traversé le royaume des morts avec le corps de son fils dans les bras, et qu'elle en était revenue avec lui ; elle se dit aussi qu'après cette épreuve commune rien ne pourrait jamais plus les séparer.

Le corps de l'époux, enveloppé dans un costume ou dans un pyjama, ce corps discret et clos sur lui-même, s'éloignait d'elle et perdait de jour en jour de son intimité, mais le corps du fils était à chaque instant sous sa dépendance ; certes, elle ne le nourrissait plus, mais elle lui apprenait à utiliser les waters, elle l'habillait et le déshabillait, choisissait sa coiffure et ses vêtements, entrait chaque jour en contact avec ses viscères par le truchement des mets qu'elle lui préparait avec amour. Quand à l'âge de quatre ans il commença à souffrir d'inappétence, elle se montra sévère ; elle l'obligeait à manger et, pour la première fois, elle éprouvait le sentiment de n'être pas seulement l'amie, mais aussi la *souveraine* de ce corps ; ce corps se rebellait, se défendait, refusait d'avaler, mais il y était contraint ; elle observait avec une étrange satisfaction cette vaine résistance et cette capitulation, le cou mince où l'on pouvait suivre le cheminement de la bouchée avalée à contrecœur.

Ah, le corps du fils, son chez-soi et son paradis, son royaume…

3

Et l'âme de son fils ? N'était-ce pas son royaume ? Oh si, si ! Lorsque Jaromil prononça un mot pour la première fois et que ce mot fut *maman*, elle fut follement heureuse ; elle se disait que l'intelligence de son fils qui se composait encore d'un seul et unique concept n'était occupée que d'elle seule, et qu'à l'avenir cette intelligence allait croître, se ramifier et s'enrichir, mais qu'elle en resterait toujours la racine. Agréablement encouragée, elle suivit ensuite soigneusement toutes les tentatives de son fils pour acquérir l'usage de la parole, et, comme elle savait que la mémoire est fragile et que la vie est longue, elle acheta un agenda relié à couverture grenat et y inscrivit tout ce qui sortait de la bouche de son fils.

Donc, si nous nous aidons de son journal, nous constaterons que le mot *maman* fut bientôt suivi d'autres mots, et que le mot *papa* n'apparaît qu'à la septième place après les mots *mémé*, *pépé*, *toutou*, *tutu*, *ouah-ouah* et *pipi*. Après ces mots simples (dans le journal, ils sont toujours accompagnés d'un bref commentaire et d'une date), nous trouvons les premiers essais de phrase. Nous apprenons que, bien avant son deuxième anniversaire, il prononça : *maman est gentille.* Quelques semaines plus tard, il dit : *maman aura panpan.* Pour cette remarque, qu'il proféra après que maman eut refusé de lui donner du sirop de framboise avant le déjeuner, il reçut une fessée, après quoi il s'écria en pleurant : *je veux une autre maman !* En revanche, une semaine plus tard, il fit à sa mère une grande joie en proclamant : *j'ai la plus belle maman.* Une autre fois il dit : *maman, je vais te donner un baiser sucette,* par quoi il faut entendre qu'il tira la langue et se mit à lécher tout le visage maternel.

En sautant quelques pages, nous arrivons à une réflexion qui retient notre attention par sa forme rythmique. Son grand-père avait promis à Jaromil de lui donner un petit pain au chocolat, mais ensuite il avait oublié sa promesse et avait mangé le petit pain ; Jaromil se sentit grugé, se mit très en colère et répéta plusieurs fois : *le grand-papa est vilain, il a volé mon petit pain.* En un certain sens, cette sentence est à rapprocher de celle déjà citée : *maman aura panpan,* mais cette fois-ci, on ne lui donna pas la fessée car tout le monde rit, y compris grand-papa, et ensuite on se répétait souvent ces mots en famille avec amusement, ce qui n'échappait évidemment pas au perspicace Jaromil. Celui-ci ne comprit sans doute pas alors la raison de son succès, mais, pour notre part, nous savons fort bien que c'est la rime qui le sauva de la raclée et que c'est de cette façon que lui fut révélé pour la première fois le pouvoir magique de la poésie.

D'autres réflexions rimées figurent dans les pages suivantes du journal, et les commentaires maternels montrent clairement que c'était là une source de joie et de satisfaction pour toute la famille. C'est ainsi, paraît-il, qu'il composa un portrait condensé de la bonne, Annette : *la bonne Annette est comme une belette.* Ou bien nous lisons un peu plus loin : *on va dans les bois, le cœur est en joie.* Maman s'imaginait que cette activité poétique était due, outre le talent tout à fait original que possédait Jaromil, à l'influence des poèmes enfantins qu'elle lui lisait en si grande abondance qu'il pouvait aisément croire que le tchèque se compose exclusivement de trochées, mais nous devons rectifier sur ce point l'opinion maternelle : plus important que le talent et que les modèles littéraires était ici le rôle du grand-père, esprit sobre et pratique et ardent ennemi de la poésie, qui inventait à dessein les distiques les plus sots et les apprenait en cachette à son petit-fils.

Jaromil ne tarda pas à s'apercevoir que ses paroles étaient enregistrées avec une grande attention et il commença à se comporter en conséquence ; s'il avait d'abord usé de la parole pour se faire comprendre, il parlait à présent pour susciter l'approbation, l'admiration ou le rire. Il se réjouissait par avance de l'effet que ses paroles allaient produire sur les autres, et comme il lui arrivait souvent de ne pas obtenir la réaction souhaitée, il essayait de dire des incongruités pour attirer l'attention sur lui. Ça ne lui réussissait pas toujours ; quand il dit à papa et à maman : *vous êtes tous des péteux* (il avait entendu le mot péteux de la bouche d'un gamin dans le jardin voisin et il se souvenait que tous les autres gosses avaient beaucoup ri), papa lui donna une gifle.

Depuis, il observait attentivement ce que les grandes personnes appréciaient dans ses paroles, ce qu'elles approuvaient, ce qu'elles désapprouvaient et ce qui les frappait de stupeur ; ainsi, un jour qu'il était avec sa mère dans le jardin, il put prononcer une phrase imprégnée de la mélancolie des lamentations de la grand-mère : *maman, la vie est comme les mauvaises herbes.*

Il est difficile de dire ce qu'il entendait par cette réflexion ; ce qui est certain, c'est qu'il n'avait pas en vue cette insignifiance vivace ou cette insignifiante vivacité qui est le propre des herbes adventices, mais qu'il voulait probablement exprimer l'idée somme toute assez vague que la vie est une chose triste et vaine. Bien qu'il eût dit autre chose que ce qu'il voulait dire, l'effet de ses paroles fut grandiose ; maman se tut, lui caressa les cheveux et le regarda dans les yeux d'un regard humide. Jaromil fut grisé par ce regard où se lisait un éloge ému, au point qu'il eut envie de le revoir. Pendant une promenade, il donna un coup de pied dans un caillou et dit à sa mère : *maman, je viens de donner un coup de pied dans ce caillou et maintenant j'en ai tellement pitié que j'ai envie de le caresser*, et c'est vrai qu'il se baissa pour caresser le caillou.

Maman était persuadée non seulement que son fils était doué (il savait lire à l'âge de cinq ans), mais aussi qu'il était d'une sensibilité exceptionnelle et différent des autres enfants. Elle faisait souvent part de cette opinion au grand-père et à la grand-mère, ce que Jaromil, qui jouait modestement avec ses soldats ou au cheval, constatait avec un immense intérêt. Il plongeait ensuite son regard dans les yeux des visiteurs et s'imaginait avec ravissement que ces yeux le voyaient sous les traits d'un enfant exceptionnel et singulier, qui n'était peut-être pas du tout un enfant.

Quand son sixième anniversaire approcha et qu'il ne lui resta plus que quelques mois avant d'aller à l'école, la famille insista pour qu'il eût une chambre indépendante et qu'il dormît seul. Maman voyait avec regret le temps passer, mais elle accepta. Elle s'entendit avec son mari pour offrir à son fils comme cadeau d'anniversaire la troisième et plus petite pièce de l'étage supérieur et pour lui acheter un divan et d'autres meubles comme il convient pour une chambre d'enfant : une petite étagère, un miroir pour inciter à la propreté, et une petite table de travail.

Papa suggéra de décorer la chambre avec les propres dessins de Jaromil et il se mit aussitôt à encadrer des gribouillages puérils représentant des pommes et des jardins. C'est alors que maman s'approcha de lui et dit : « Je voudrais te demander quelque chose. » Il la regarda et la voix de maman, à la fois timide et énergique, poursuivit : « Je voudrais des feuilles de papier et des couleurs. » Puis elle alla s'asseoir à une table dans sa chambre, étendit devant elle une première feuille de papier et y dessina longuement des lettres au crayon ; enfin elle humecta un pinceau de couleur rouge et commença à peindre les premières lettres, puis un V majuscule. Le V fut suivi d'un *i* et le résultat fut une inscription : *La Vie est comme les mauvaises herbes.* Elle examina son ouvrage et se sentit satisfaite : les lettres étaient droites et à peu près d'égale grandeur ; elle prit pourtant une nouvelle feuille de papier et y dessina de nouveau l'inscription et se remit à colorier, en bleu foncé cette fois-ci, car cette couleur lui semblait s'accorder beaucoup mieux avec l'ineffable tristesse de la maxime de son fils.

Puis elle se souvint que Jaromil avait dit *Le grand-papa est vilain, il a volé mon petit pain* et, avec un sourire heureux sur les lèvres, elle commença à écrire (en rouge vif) *Le grand-papa c'est certain, il aime beaucoup le petit pain.* Puis, avec un sourire secret, elle se souvint encore de *Vous êtes tous des péteux*, mais s'abstint de reproduire cette pensée, en revanche elle dessina et coloria (en vert) *Nous allons dans les bois, le cœur nous danse de joie*, puis (en violet) *Annette est comme une belette* (certes Jaromil avait dit la bonne Annette, mais la mère trouvait le mot bonne malsonnant) puis elle se souvint que Jaromil s'était baissé pour caresser un caillou et après un instant de réflexion elle se mit à écrire (en bleu ciel) *Je ne pourrais pas faire de mal à une pierre* et enfin, avec un léger sentiment de gêne mais avec d'autant plus de plaisir, elle dessina (en orange) *Maman je vais te donner un baiser sucette*, puis encore (en lettres dorées) *Ma maman est la plus belle de toutes.*

La veille de son anniversaire, ses parents envoyèrent Jaromil surexcité coucher en bas chez sa grand-mère et ils entreprirent de déménager les meubles et de décorer les murs. Le lendemain matin, quand ils firent venir l'enfant dans la pièce métamorphosée, maman était nerveuse et Jaromil ne fit rien pour dissiper son trouble ; il était éberlué et ne disait rien ; l'essentiel de son intérêt (mais il le manifestait mollement et timidement) allait à la table de travail ; c'était un meuble bizarre qui ressemblait à un pupitre d'écolier, le plateau de l'écritoire (incliné et mobile, au-dessous duquel un espace était aménagé pour les cahiers et les livres) était d'un seul tenant avec le siège.

« Eh bien, qu'en dis-tu, ça ne te fait pas plaisir ? demanda maman avec impatience.

— Si, ça me fait plaisir, répondit l'enfant.

— Et qu'est-ce qui te fait le plus plaisir ? s'enquit le grand-père qui contemplait la scène, si longtemps attendue, debout sur le seuil de la chambre avec la grand-mère.

— Le pupitre », dit l'enfant. Il s'assit et se mit à soulever et rabattre le couvercle.

« Et que dis-tu des tableaux ? » demanda papa en montrant les dessins encadrés.

L'enfant leva la tête et sourit : « Je les connais.

— Et comment les trouves-tu, comme ça, sur le mur ? »

L'enfant, qui était toujours assis à son petit bureau, hocha la tête pour indiquer que les dessins sur le mur lui plaisaient.

Maman avait le cœur serré et elle eût préféré disparaître de la pièce. Mais elle était là et ne pouvait passer sous silence les inscriptions encadrées et accrochées au mur, car elle aurait ressenti ce silence comme une condamnation. C'est pourquoi elle dit : « Et regarde les inscriptions. »

L'enfant baissait la tête et regardait à l'intérieur du petit bureau.

« Tu sais, je voulais, reprit-elle en proie à une grande confusion, je voulais que tu puisses te rappeler comment tu as grandi, du berceau jusqu'à l'école, parce que tu étais un petit garçon intelligent et que tu as été une joie pour nous tous… » Elle disait cela, comme si elle présentait des excuses et, parce qu'elle avait le trac, elle répéta plusieurs fois la même chose. Finalement, ne sachant plus quoi dire, elle se tut.

Mais elle se trompait en s'imaginant que Jaromil ne lui savait pas gré de son cadeau. Certes, il ne trouvait rien à dire, mais il n'était pas mécontent ; il était toujours fier de ses paroles et ne voulait pas les prononcer dans le vide. Maintenant qu'il les voyait soigneusement recopiées en couleurs et transformées en tableaux, il éprouvait le sentiment du succès, d'un succès même si grand et si inattendu qu'il ne savait comment y répondre et qu'il avait le trac ; il comprenait qu'il était *un enfant qui prononce des paroles remarquables*, et il savait que cet enfant-là devait dire, à cet instant précis, quelque chose de remarquable, seulement rien de remarquable ne lui venait à l'esprit, il baissait donc la tête. Mais quand il apercevait dans l'angle de son regard ses propres paroles sur les murs, pétrifiées, figées, plus durables et plus grandes qu'il ne l'était lui-même, il en était grisé ; il avait l'impression d'être encerclé par sa propre personne, d'être innombrable, de remplir toute la pièce, de remplir toute la maison.

4

Avant de fréquenter l'école, Jaromil savait déjà lire et écrire, et maman décida qu'il pouvait entrer directement en classe de dixième ; elle obtint du ministère une autorisation exceptionnelle et Jaromil, après avoir passé un examen devant une commission spéciale, put prendre place parmi des élèves qui avaient un an de plus que lui. Comme à l'école tout le monde l'admirait, la salle de classe ne semblait être pour lui qu'un reflet de la maison familiale. Le jour de la fête des Mères les élèves présentèrent leurs productions à la fête de l'école. Jaromil fut le dernier à monter sur l'estrade et récita un petit poème touchant qui lui valut de grands applaudissements de la part du public des parents.

Mais il constata bientôt que, derrière ce public qui l'applaudissait, il y avait un autre public qui l'épiait sournoisement et qui lui était hostile. Il était chez le dentiste dans la salle d'attente bondée et là, parmi les clients qui attendaient, il rencontra un camarade de classe. Ils étaient l'un à côté de l'autre, adossés à la fenêtre, et Jaromil s'aperçut qu'un vieux monsieur écoutait ce qu'ils disaient avec un sourire bienveillant. Encouragé par cette marque d'intérêt, il demanda à son camarade (en élevant un peu la voix pour que la question n'échappe à personne) ce qu'il ferait s'il était ministre de l'Éducation nationale. Comme son camarade ne savait pas quoi dire, il commença à développer lui-même ses propres considérations, ce qui ne lui était guère difficile, car il lui suffisait de répéter les discours de son grand-père, qui le divertissait ainsi régulièrement. Eh bien, si Jaromil était ministre de l'Éducation nationale, il y aurait deux mois d'école et dix mois de vacances, le maître devrait obéir aux enfants et aller chercher leur goûter chez le pâtissier et il se produirait encore bien des choses remarquables, que Jaromil exposait avec force détails et à haute et intelligible voix.

Puis la porte du cabinet du dentiste s'ouvrit, livrant passage à l'infirmière qui raccompagnait un client. Une dame, qui tenait sur ses genoux un livre à moitié refermé où elle avait glissé un doigt pour garder la page à laquelle elle avait interrompu sa lecture, se tourna vers l'infirmière et demanda d'une voix presque suppliante : « Je vous en prie, dites quelque chose à cet enfant ! C'est effrayant comme il se donne en spectacle ! »

Après Noël, le maître appela les élèves au tableau et leur demanda de raconter ce qu'ils avaient trouvé sous l'arbre. Jaromil commença à énumérer un jeu de constructions, des skis, des patins à glace, des livres, mais il constata bien vite que les enfants ne le regardaient pas avec la même ferveur qu'il les regardait lui-même, et que certains avaient au contraire une expression indifférente, voire hostile. Il s'interrompit et ne souffla mot des autres cadeaux.

Non, non, soyez sans crainte, nous n'avons pas l'intention de recommencer l'histoire mille fois contée du gosse de riches que ses petits camarades pauvres prennent en haine ; il y avait en effet dans la classe de Jaromil des enfants de familles plus fortunées que la sienne, et pourtant ils s'entendaient bien avec les autres et personne ne leur reprochait leur richesse. Qu'avait donc Jaromil qui déplaisait à ses camarades, qu'y avait-il donc en lui qui les agaçait, qu'est-ce qui le rendait différent ?

Nous hésitons presque à le dire : ce n'était pas la richesse, c'était l'amour de sa maman. Cet amour laissait des traces sur tout ; il était inscrit sur sa chemise, sur sa coiffure, sur les mots dont il se servait, sur le cartable où il rangeait ses cahiers d'écolier, et sur les livres qu'il lisait à la maison pour se distraire. Tout était spécialement choisi et arrangé pour lui. Les chemises que lui confectionnait sa parcimonieuse grand-mère ressemblaient, Dieu sait pourquoi, à des blouses de fillette plutôt qu'à des chemises de garçon. Il devait porter ses longs cheveux maintenus au-dessus du front par une barrette de sa mère pour ne pas les avoir dans les yeux. Quand il pleuvait, maman l'attendait devant l'école avec un grand parapluie, tandis que ses camarades se déchaussaient et pataugeaient dans les flaques.

L'amour maternel imprime sur le front des garçons une marque qui repousse la sympathie des camarades. Certes, avec le temps, Jaromil apprit à dissimuler habilement ce stigmate, mais après son entrée glorieuse à l'école il connut aussi une période difficile (qui dura un an ou deux) pendant laquelle ses camarades, qui se moquaient de lui avec passion, le rossèrent plusieurs fois pour se distraire. Mais même pendant cette période, qui fut la pire, il eut quelques amis, auxquels il fut reconnaissant pendant toute sa vie ; il faut en dire quelques mots :

Son ami numéro un, c'était son papa : il prenait parfois un ballon de football (il faisait du foot quand il était étudiant) et Jaromil se campait entre deux arbres du jardin ; il tirait dans sa direction et Jaromil s'imaginait qu'il était gardien de but et qu'il bloquait pour l'équipe nationale tchécoslovaque.

Son ami numéro deux, c'était le grand-père. Il emmenait Jaromil dans ses deux magasins ; l'un était une grande droguerie dont le gendre assurait déjà seul la direction, l'autre était une parfumerie où la vendeuse était une jeune femme qui accueillait le gamin avec un sourire aimable, le laissant renifler tous les parfums, si bien que Jaromil apprit bientôt à reconnaître à l'odeur les différentes marques ; ensuite il fermait les yeux et il obligeait son grand-père à maintenir les flacons sous ses narines et à le mettre à l'épreuve. « Tu es un génie de l'odorat » ; son grand-père le félicitait et Jaromil rêvait d'être l'inventeur de nouveaux parfums.

Son ami numéro trois, c'était Alik. Alik était un petit

chien fou qui habitait la villa depuis quelque temps ; bien qu'il fût mal élevé et indocile, Jaromil lui était redevable de jolis rêves, car il l'imaginait sous les traits d'un ami fidèle qui l'attendait dans le couloir de l'école, devant la classe, et qui le raccompagnait à la maison une fois les cours terminés, si fidèlement que tous ses camarades l'enviaient et voulaient le suivre.

Rêver de chiens devint la passion de sa solitude et l'entraîna même dans un bizarre manichéisme : les chiens représentaient pour lui le *bien* du monde animal, la somme de toutes les vertus naturelles ; il imaginait une grande guerre des chiens contre les chats (une guerre avec des généraux, des officiers, et toutes les ruses guerrières qu'il avait apprises en jouant avec ses soldats de plomb) et il était toujours du côté des chiens, de même que l'homme doit toujours être du côté de la justice.

Et comme il passait beaucoup de temps dans le bureau de son père avec un crayon et du papier, les chiens devinrent aussi le principal sujet de ses dessins : il y avait là un nombre incalculable de scènes épiques où les chiens étaient généraux, soldats, joueurs de football et chevaliers. Et comme ils ne pouvaient guère s'acquitter de ces rôles humains avec leur morphologie de quadrupèdes, Jaromil les représentait avec un corps d'homme. C'était une grande invention ! Quand il essayait de dessiner un être humain, il rencontrait en effet une grave difficulté : il n'arrivait pas à dessiner un visage humain ; en revanche, il réussissait à merveille la forme allongée de la tête canine avec la tache du nez à l'extrémité de la pointe, de sorte que ses rêveries et sa maladresse donnèrent naissance à un univers étrange d'hommes cynocéphales, un univers de personnages que l'on pouvait simplement et rapidement dessiner et associer à des matches de football, à des guerres et à des histoires de brigands. Jaromil dessinait des aventures à suivre et noircit ainsi une quantité de feuilles de papier.

Seul l'ami numéro quatre était un garçon de son âge : c'était un camarade de classe dont le père était le concierge de l'école, petit homme au teint bilieux qui dénonçait souvent des élèves au directeur ; ceux-ci se vengeaient de lui sur son fils, qui était le paria de la classe. Quand les élèves commencèrent à se détourner l'un après l'autre de Jaromil, le fils du concierge resta son seul admirateur fidèle et finit ainsi par être invité un jour dans la villa de banlieue ; on lui offrit à déjeuner, on lui offrit à dîner, il joua au jeu de constructions avec Jaromil et il fit avec lui ses devoirs. Le dimanche suivant, le père de Jaromil les emmena tous les deux à un match de football ; la partie fut splendide et tout aussi splendidc le père de Jaromil qui connaissait tous les joueurs par leur nom et commentait la rencontre en initié, tant et si bien que le fils du concierge ne le quittait pas des yeux et que Jaromil avait de quoi être fier.

C'était une amitié apparemment comique : Jaromil toujours soigneusement vêtu, le fils du concierge troué aux coudes ; Jaromil avec ses devoirs soigneusement présentés, le fils du concierge peu doué pour les études. Et pourtant Jaromil se sentait bien à côté de ce compagnon fidèle, car le fils du concierge était extraordinairement vigoureux ; un jour d'hiver des camarades de classe les attaquèrent, mais ils trouvèrent à qui parler ; Jaromil était fier d'avoir triomphé, avec son ami, d'un adversaire supérieur en nombre, mais le prestige d'une défense réussie ne peut se comparer au prestige de l'attaque :

Un jour qu'ils flânaient ensemble entre les terrains vagues de la banlieue, ils rencontrèrent un gamin si bien lavé et si joliment vêtu qu'on aurait juré qu'il se rendait à une matinée enfantine. « Le chouchou à sa maman ! » dit le fils du concierge, et il lui barra la route. Ils lui posèrent des questions ironiques et se réjouirent de son effroi. Finalement, le gamin s'enhardit et tenta de les écarter. « Qu'est-ce que tu te permets ! Ça va te coûter cher ! » s'écria Jaromil, blessé jusqu'au fond de l'âme par ce contact impertinent ; le fils du concierge interpréta ces mots comme un signal et frappa le gamin au visage.

L'intellect et la force physique peuvent parfois se compléter remarquablement. N'est-il pas vrai que Byron éprouvait un fervent amour pour le boxeur Jackson qui entraînait avec dévouement le délicat lord à toutes sortes de sports ? « Ne le frappe pas, mais tiens-le ! » dit Jaromil à son ami et il alla cueillir une branche d'orties ; ensuite ils obligèrent le gamin à se déshabiller et le fouettèrent des pieds à la tête avec les orties. « Ça fera sûrement plaisir à ta maman de voir que son petit chouchou est rouge comme une écrevisse », lui disait en même temps Jaromil, et il éprouvait le sentiment grandiose d'une chaleureuse amitié envers son compagnon, le sentiment grandiose d'une haine chaleureuse envers tous les chouchous du monde.

5

Mais pourquoi au juste Jaromil restait-il fils unique ? Était-ce que maman ne voulait pas un deuxième enfant ?

Bien au contraire : elle souhaitait grandement retrouver l'époque bienheureuse des premières années maternelles, mais son mari invoquait toujours de nombreuses raisons pour ajourner la naissance d'un autre enfant. Certes, le désir qu'elle éprouvait d'un deuxième enfant ne diminuait pas, mais elle n'osait pas insister davantage car elle redoutait un nouveau refus de son mari, et elle savait que ce refus l'humilierait.

Mais plus elle s'interdisait de parler de son désir maternel, plus elle y pensait ; elle y pensait comme à une chose illicite, clandestine, donc interdite ; et l'idée que son mari pût lui faire un enfant ne l'attirait plus seulement à cause de l'enfant, mais acquérait dans ses pensées une tonalité lascivement équivoque ; *viens, fais-moi une petite fille*, disait-elle en pensée à son mari, et ces mots lui semblaient excitants.

Un soir que les deux époux étaient rentrés tard et un peu gais de chez des amis, le père de Jaromil, après s'être allongé auprès de sa femme et après avoir éteint la lumière (notons que, depuis le mariage, il ne la prenait qu'en aveugle, se laissant conduire au désir, non par la vue, mais par le toucher), rejeta la couverture et s'unit à elle. La rareté de leurs rapports amoureux et la griserie du vin firent qu'elle se donna à lui avec une volupté qu'elle n'avait pas éprouvée depuis longtemps. L'idée qu'ils faisaient un enfant ensemble emplissait à nouveau son esprit et, quand elle sentit que l'époux approchait du paroxysme du plaisir, elle cessa de se maîtriser et se mit à lui crier dans son extase de renoncer à sa prudence habituelle, de ne pas se retirer d'elle, de lui faire un enfant, de lui faire une jolie petite fille, et elle le serrait si fermement et convulsivement contre elle qu'il dut se dégager avec violence pour être certain que le vœu de sa femme ne serait pas exaucé.

Ensuite, comme ils étaient étendus fatigués côte à côte,

maman s'approcha de lui et se remit à chuchoter dans son oreille, disant qu'elle voulait encore un enfant de lui ; non, elle ne voulait pas insister davantage, elle voulait plutôt lui expliquer, comme pour s'excuser, pourquoi, quelques instants plus tôt, elle avait manifesté son désir d'être mère avec une telle violence et de façon si inattendue (et peut-être inconvenante, elle voulait bien l'admettre) ; elle ajouta que cette fois-ci ils auraient certainement une petite fille dans les traits de laquelle il pourrait se reconnaître de même qu'elle se reconnaissait dans les traits de Jaromil.

L'ingénieur lui dit alors (c'était la première fois depuis leur mariage qu'il le lui rappelait) qu'en ce qui le concernait il n'avait jamais voulu avoir un enfant d'elle ; qu'il avait été contraint de céder, quand il s'était agi de leur premier enfant, mais que maintenant c'était à son tour à elle de céder ; que si elle voulait qu'il pût se reconnaître dans les traits d'un deuxième enfant, il pouvait l'assurer que l'image la moins infidèle de lui-même il la trouverait dans les traits d'un enfant qui ne verrait jamais le jour.

Ils étaient allongés côte à côte et maman ne disait plus rien et au bout d'un bref instant elle éclata en sanglots et elle sanglota toute la nuit et son mari ne la toucha même pas, à peine lui dit-il quelques phrases apaisantes qui ne purent même pas pénétrer sous la vague la plus superficielle de ses larmes ; elle avait l'impression de tout comprendre enfin : l'homme auprès duquel elle vivait ne l'avait jamais aimée.

La tristesse où elle sombra fut le plus profond de tous les chagrins qu'elle avait connus jusqu'alors. Heureusement, la consolation que son mari lui refusait, quelqu'un d'autre la lui offrit : l'Histoire. Trois semaines après la nuit que nous venons d'évoquer, l'époux reçut sa feuille de mobilisation, boucla sa cantine et partit vers la frontière. La guerre risquait d'éclater d'un moment à l'autre, les gens achetaient des masques à gaz et aménageaient des abris antiaériens dans les caves. Et maman saisit comme une main salvatrice le malheur de sa patrie ; elle le vivait pathétiquement et passait de longues heures avec son fils auquel elle dépeignait les événements sous de vives couleurs.

Puis les grandes puissances se mirent d'accord à Munich et le père de Jaromil revint d'un fortin qui avait été occupé par l'armée allemande. Depuis, tous les membres de la famille se réunissaient en bas dans la chambre du grand-père et soir après soir ils passaient en revue les différentes démarches de l'Histoire que, encore récemment, ils croyaient assoupie (mais peut-être qu'elle épiait, faisant semblant de dormir) et qui venait soudain de bondir hors de son repaire pour dissimuler tout le reste à l'ombre de sa haute stature. Oh, comme elle se sentait bien, protégée par cette ombre ! Les Tchèques fuyaient en foule la région des Sudètes, la Bohême restait au centre de l'Europe comme une orange pelée, privée de toute défense, six mois plus tard, au petit matin, les tanks allemands firent irruption dans les rues de Prague et pendant ce temps-là maman était toujours auprès d'un soldat auquel il était interdit de défendre sa patrie et elle avait complètement oublié que c'était l'homme qui ne l'avait jamais aimée.

Mais même dans les périodes où l'Histoire déferle aussi impétueusement, la vie quotidienne émerge tôt ou tard de l'ombre et le lit conjugal apparaît dans sa trivialité monumentale et sa stupéfiante permanence. Un soir que le père de Jaromil venait à nouveau de poser la main sur le sein de maman, celle-ci se rendit compte que l'homme qui la touchait ainsi ne faisait qu'un avec celui qui l'avait humiliée. Elle repoussa sa main et lui rappela par une allusion subtile les paroles brutales qu'il avait prononcées quelque temps plus tôt.

Elle ne voulait pas être méchante ; elle voulait seulement signifier par ce refus que les grandes aventures des nations ne peuvent faire oublier les modestes aventures des cœurs ; elle voulait donner à son mari l'occasion de corriger aujourd'hui ses paroles d'hier et de rendre aujourd'hui courage à celle qu'il avait alors humiliée. Elle croyait que la tragédie de la nation l'avait rendu plus sensible et, même une caresse furtive, elle était prête à l'accueillir avec gratitude comme le signe d'un repentir et comme le début d'un nouveau chapitre de leur amour. Mais hélas ! l'époux dont la main venait d'être repoussée du sein de sa femme se tourna de l'autre côté et s'endormit assez rapidement.

Après la grande manifestation des étudiants de Prague, les Allemands fermèrent les universités tchèques et maman attendait vainement que son mari glisse à nouveau la main sous la couverture pour la poser sur sa poitrine. Le grand-père découvrit que la jolie vendeuse de la parfumerie le volait depuis dix ans, se mit en colère et mourut d'une attaque d'apoplexie. Les étudiants tchèques furent emmenés en camp de concentration dans des wagons à bestiaux, et maman consulta un médecin qui déplora le mauvais état de ses nerfs et lui recommanda d'aller se reposer. Il lui indiqua lui-même une pension à la lisière d'une petite station thermale entourée d'une rivière et d'étangs qui attiraient en été une foule de touristes amoureux de baignades, de pêche à la ligne et de promenades en barque. On était au début du printemps et elle s'émerveillait à la pensée de paisibles flâneries au bord de l'eau. Mais ensuite elle eut peur de la joyeuse musique de danse qui, oubliée, reste suspendue dans l'air aux terrasses des restaurants comme un poignant souvenir de l'été ; elle eut peur de sa propre nostalgie et elle décida qu'elle ne pouvait pas partir seule là-bas.

Ah, bien sûr ! elle sut tout de suite avec qui elle partirait. À cause du chagrin que lui causait son mari et à cause du désir qu'elle avait d'un deuxième enfant, elle l'oubliait presque depuis quelque temps. Comme elle était bête, comme elle se faisait du mal à elle-même en l'oubliant ! Repentante, elle se pencha sur lui : « Jaromil, tu es mon premier et mon deuxième enfant, dit-elle en pressant contre le sien son visage, et elle poursuivit la phrase insensée : tu es mon premier, mon deuxième, mon troisième, mon quatrième, mon cinquième, mon sixième et mon dixième enfant… » et couvrait son visage de baisers.

6

Une grande dame à la tête grise et au corps droit les accueillit sur le quai de la gare ; un paysan robuste saisit les deux valises et les porta devant la gare où attendait déjà un fiacre noir attelé d'un cheval ; l'homme s'assit sur le siège du cocher et Jaromil, sa mère et la grande dame prirent place sur deux banquettes en vis-à-vis et se laissèrent conduire à travers les rues de la petite ville jusqu'à une place dont un côté était bordé d'arcades Renaissance et l'autre d'une clôture métallique derrière laquelle s'étendait un jardin où se dressait un vieux château aux murs recouverts de vigne ; puis ils descendirent vers la rivière ; Jaromil aperçut une série de cabines en bois jaune, un plongeoir, des guéridons blancs avec des chaises, et au fond la rangée des peupliers le long de la rivière, mais déjà le fiacre poursuivait son chemin vers des villas isolées éparses au bord de l'eau.

Devant une de ces villas, le cheval s'arrêta, l'homme descendit du siège, prit les deux valises, et Jaromil et sa mère le suivirent à travers le jardin, un hall, un escalier, et se retrouvèrent dans une chambre où il y avait deux lits placés l'un contre l'autre comme sont placés l'un contre l'autre les lits conjugaux, et deux fenêtres dont l'une s'ouvrait comme une porte et donnait sur un balcon d'où l'on pouvait voir le jardin et au bout la rivière. Maman s'approcha de la balustrade du balcon et se mit à respirer profondément : « Ah ! quelle paix divine ! » dit-elle et de nouveau elle aspira et expira à fond, et elle regardait du côté de la rivière où se balançait une barque peinte en rouge amarrée à une passerelle en bois.

Le même jour, pendant le dîner servi en bas dans la petite salle, elle fit la connaissance d'un vieux couple qui logeait dans une autre chambre de la pension, et chaque soir c'était dans la pièce le bruissement d'une longue conversation tranquille ; tout le monde aimait bien Jaromil et maman écoutait avec plaisir ses bavardages, ses idées et sa discrète forfanterie. Oui, *discrète* : Jaromil n'oublierait plus jamais la dame de la salle d'attente du dentiste et chercherait toujours un paravent à l'abri duquel il pourrait échapper à son regard mauvais ; certes, il avait toujours soif d'être admiré, mais il avait appris à gagner l'admiration par des phrases brèves prononcées avec naïveté et modestie.

La villa dans le jardin paisible, la rivière sombre avec la barque amarrée qui faisait songer à de longues traversées, le fiacre noir qui s'arrêtait de temps à autre devant la villa pour emporter la grande dame semblable aux princesses des livres où l'on parle de châteaux forts et de palais, la piscine déserte où l'on pouvait descendre en sortant du fiacre comme on passe d'un siècle à un autre siècle, d'un rêve à un autre rêve, d'un livre à un autre livre, la place Renaissance aux arcades étroites dont les colonnes dissimulaient des chevaliers combattant à l'épée, tout cela composait un monde où Jaromil pénétrait avec enchantement.

L'homme au chien faisait aussi partie de ce bel univers ; quand ils l'aperçurent pour la première fois, il était immobile au bord de la rivière et regardait l'eau ; il portait un manteau de cuir, et un chien-loup noir était assis à côté de lui ; dans leur immobilité, tous deux semblaient des personnages venus d'un autre monde. Ils le rencontrèrent une deuxième fois au même endroit ; l'homme (toujours en manteau de cuir) jetait des bouts de bois devant lui et le chien les lui rapportait. À leur troisième rencontre (le décor était toujours le même : les peupliers et la rivière), l'homme adressa un bref salut à maman et ensuite, comme le constata le perspicace Jaromil, il se retourna longuement. Le lendemain, au moment où ils rentraient de leur promenade, ils virent le chien-loup noir assis à l'entrée de la villa. Quand ils pénétrèrent dans le hall, ils entendirent une conversation à l'intérieur et ils comprirent que la voix masculine était celle du maître du chien ; leur curiosité était si aiguisée qu'ils restèrent quelques instants immobiles dans le hall, à regarder autour d'eux et à bavarder, jusqu'à ce que la grande dame, propriétaire de la pension, apparût.

Maman montra le chien : « Qui est son maître ? Nous le rencontrons toujours pendant nos promenades. — C'est le professeur de dessin du lycée de la ville. » Maman fit observer qu'elle serait très heureuse de parler à un professeur de dessin, parce que Jaromil dessinait volontiers et elle souhaitait connaître l'avis d'un spécialiste. La propriétaire de la pension présenta l'homme à maman, et Jaromil dut courir dans sa chambre pour chercher son cahier de dessins.

Ensuite ils s'assirent tous les quatre dans le petit salon, la propriétaire de la pension, Jaromil, le maître du chien, qui examinait les dessins, et maman qui accompagnait l'examen d'un commentaire : elle expliquait que Jaromil disait toujours que ce qui l'intéressait ce n'était pas de dessiner des paysages ou des natures mortes, mais une action, et vraiment, disait-elle, elle trouvait que ses dessins possédaient une vitalité et un mouvement surprenants, bien qu'elle ne parvînt pas à comprendre pourquoi les protagonistes étaient toujours des hommes à tête de chien ; peut-être que si Jaromil dessinait de vrais personnages à figure humaine, ses modestes productions auraient une certaine valeur, mais comme ça elle ne pouvait malheureusement pas dire si tout ce travail du petit avait ou non un sens.

Le maître du chien examina les dessins avec satisfaction ; puis il déclara que c'était justement cette association d'une tête bestiale et d'un corps humain qui le séduisait dans ces dessins. Car cette association fantastique n'était pas une idée fortuite mais, comme le montrait un grand nombre de scènes dessinées par l'enfant, une image obsédante, quelque chose qui plongeait ses racines dans les profondeurs insondables de son enfance. La mère de Jaromil devait se garder de juger le talent de son fils à la seule habileté dont il faisait preuve dans la représentation du monde extérieur ; cette habileté-là, n'importe qui pouvait l'acquérir ; en tant que peintre (il laissait entendre, à présent, que l'enseignement n'était pour lui qu'un mal nécessaire, car il fallait bien gagner sa vie), ce qui l'intéressait dans les dessins de l'enfant, c'était justement cet univers intérieur si original que l'enfant projetait sur le papier.

Maman écoutait avec plaisir les éloges du peintre, la grande dame caressait les cheveux de Jaromil en affirmant qu'il avait un grand avenir devant lui et Jaromil regardait sous la table et enregistrait dans sa mémoire tout ce qu'il entendait. Le peintre dit qu'il allait être muté l'année prochaine dans un lycée de Prague et qu'il serait heureux que la mère vînt lui montrer d'autres travaux de son fils.

L'univers intérieur ! C'étaient de grands mots et Jaromil les entendit avec une extrême satisfaction. Il n'a jamais oublié qu'à l'âge de cinq ans il était déjà considéré comme un enfant exceptionnel, différent des autres ; le comportement de ses camarades de classe, qui se moquaient de son cartable ou de sa chemise, l'avait également confirmé (durement parfois) dans sa singularité. Mais, jusqu'ici, cette singularité n'avait été pour lui qu'une notion vide et incertaine ; c'était un espoir incompréhensible ou un incompréhensible rejet ; mais à présent, elle venait de recevoir un nom : c'était un univers intérieur original ; et cette désignation trouvait immédiatement un contenu tout à fait précis : des dessins représentant des hommes à tête de chien. Certes, Jaromil savait bien qu'il avait fait cette admirable découverte d'hommes cynocéphales par hasard, pour la seule raison qu'il ne savait pas dessiner un visage humain ; ce qui lui suggérait l'idée confuse que l'originalité de son univers intérieur n'était pas le résultat d'un effort laborieux mais qu'elle s'exprimait par tout ce qui passait fortuitement et machinalement dans sa tête ; qu'elle lui était donnée, comme un don.

Dès lors, il suivit beaucoup plus attentivement ses propres pensées et commença à les admirer. Par exemple, l'idée lui vint qu'à sa mort le monde où il vivait cesserait d'exister. Cette pensée ne fit d'abord que fuser dans sa tête mais, cette fois-ci, instruit qu'il était de son originalité intérieure, il ne la laissa pas échapper (comme il avait laissé échapper auparavant tant d'autres pensées), il s'en empara aussitôt, l'observa, l'examina sous toutes ses faces. Il marchait le long de la rivière, fermait par instants les yeux et se demandait si la rivière existait, même quand il avait les yeux fermés. Évidemment, chaque fois qu'il rouvrait les yeux, la rivière continuait de couler comme avant, mais ce qu'il y avait de surprenant, c'est que Jaromil ne pouvait considérer qu'elle établissait ainsi la preuve qu'elle était réellement là quand il ne la voyait pas. Cela lui parut excessivement intéressant, il consacra à ses observations au moins une demi-journée puis il en parla à maman.

À mesure que le séjour approchait de sa fin, le plaisir qu'ils prenaient à leurs conversations ne cessait de croître. À présent, ils se promenaient seuls tous les deux après la tombée de la nuit, s'asseyaient au bord de l'eau sur un banc de bois vermoulu, se tenaient par la main et regardaient l'onde où se balançait une grosse lune. « Comme c'est beau », soupirait maman, et l'enfant voyait le cercle d'eau éclairé par la lune et rêvait du long cheminement de la rivière ; et maman songeait aux journées vides qu'elle allait retrouver dans quelques jours et elle dit : « Mon petit, il y a en moi une tristesse que tu ne comprendras jamais. » Puis elle vit les yeux de son fils et se dit qu'il y avait dans ces yeux-là un grand amour et le désir de la comprendre. Elle eut peur ; elle ne pouvait quand même pas confier à un enfant ses soucis de femme ! Mais en même temps, ces yeux compréhensifs l'attiraient comme un vice. Ils étaient étendus côte à côte sur le lit conjugal et maman se souvenait qu'elle avait ainsi couché à côté de Jaromil jusqu'à sa sixième année et qu'elle était heureuse alors ; elle se dit : c'est le seul homme avec lequel je sois heureuse dans un lit conjugal ; d'abord, cette pensée la fit sourire, mais quand elle vit à nouveau le regard tendre de son fils elle se dit que cet enfant était non seulement capable de la détourner des choses qui l'affligeaient (donc de lui donner la *consolation de l'oubli*), mais aussi de l'écouter attentivement (donc de lui apporter le *réconfort de la compréhension*). « Ma vie, je veux que tu le saches, est loin d'être pleine d'amour », lui dit-elle ; et une autre fois, elle alla jusqu'à lui confier : « Comme maman, je suis heureuse, mais une maman n'est pas seulement une maman, c'est aussi une femme. »

Oui, ces confidences inachevées l'attiraient comme un péché, et elle s'en rendait compte. Un jour que Jaromil lui dit soudainement : « Maman, je ne suis pas si petit que ça, je te comprends », elle en fut presque épouvantée. Bien entendu, le petit ne devinait rien de précis et voulait seulement suggérer à maman qu'il était capable de partager avec elle n'importe quelle tristesse, mais ce qu'il avait prononcé était lourd de sens et maman regarda dans ces paroles comme dans un abîme qui vient brusquement de s'ouvrir : l'abîme de l'intimité illicite et de la compréhension défendue.

7

Et comment l'univers intérieur de Jaromil continuait-il de s'épanouir ?

Ce n'était pas brillant ; les études où il réussissait si facilement à l'école primaire étaient devenues beaucoup plus difficiles au lycée et la gloire de l'univers intérieur disparaissait dans cette grisaille. Le professeur parlait de livres pessimistes qui ne voyaient ici-bas que misère et que ruine, ce qui faisait paraître honteusement banale la maxime sur la vie qui est pareille aux mauvaises herbes. Jaromil n'était plus du tout convaincu que tout ce qu'il avait un jour pensé et senti lui appartînt en propre, comme si toutes les idées existaient ici-bas depuis toujours sous une forme définitive et qu'on ne fît que les emprunter comme à une bibliothèque publique. Mais alors, qui était-il lui-même ? Que pouvait être, en réalité, le contenu de son moi ? Il se penchait sur ce moi pour le scruter, mais il ne pouvait rien y trouver d'autre que l'image de lui-même penché sur lui-même pour scruter son moi…

C'est ainsi qu'il se prit à songer, avec nostalgie, à l'homme qui deux ans plus tôt avait parlé, pour la première fois, de son originalité intérieure ; et comme il avait à peine la moyenne en dessin (quand il peignait à l'aquarelle, l'eau débordait toujours des contours de l'esquisse tracée au crayon), maman estima qu'elle pouvait accéder à la demande de son fils, rechercher l'adresse du peintre et le prier de donner des leçons particulières à Jaromil afin de remédier aux insuffisances qui gâtaient son bulletin scolaire.

Donc, un beau jour, Jaromil pénétra dans l'appartement du peintre. L'appartement était aménagé dans le grenier d'un immeuble de rapport et se composait de deux pièces ; dans la première se trouvait une grande bibliothèque ; dans l'autre, il y avait à la place des fenêtres une grande verrière dans le toit oblique, et l'on pouvait voir des chevalets avec des toiles inachevées, une longue table où traînaient des feuilles de papier et de petites fioles remplies de couleurs, et au mur d'étranges visages noirs, dont le peintre disait qu'ils étaient des copies de masques nègres ; un chien (celui que Jaromil connaissait déjà) était couché dans l'angle sur le divan et observait le visiteur sans bouger.

Le peintre fit asseoir Jaromil à la longue table et se mit à feuilleter son cahier de dessins : « C'est toujours pareil, dit-il ensuite, ça ne mène nulle part. »

Jaromil voulait répliquer qu'il s'agissait justement des personnages à tête de chien qui avaient tant séduit le peintre et qu'il les avait dessinés pour lui et à cause de lui, mais il était si déçu et peiné qu'il ne pouvait rien dire. Le peintre posa une feuille blanche devant lui, ouvrit une bouteille d'encre de Chine et lui mit un pinceau dans la main. « Maintenant, dessine ce qui te passe par la tête, ne réfléchis pas trop et dessine… » Mais Jaromil avait si peur qu'il ne savait absolument pas quoi dessiner et, comme le peintre insistait, il eut de nouveau recours, la mort dans l'âme, à une tête de chien sur un corps informe. Le peintre était mécontent et Jaromil dit avec gêne qu'il voudrait apprendre à peindre à l'aquarelle, parce que, en classe, quand il peignait, la couleur débordait toujours ses croquis.

« Ta mère m'a déjà dit ça, dit le peintre. Mais pour l'instant, oublie ça et oublie aussi les chiens. » Et il posa un gros livre devant Jaromil et lui montra des pages où un trait noir malhabile serpentait capricieusement sur un fond coloré, évoquant dans l'esprit de Jaromil l'image de mille-pattes, d'étoiles de mer, de scarabées, d'astres et de lunes. Le peintre voulait que l'enfant dessine quelque chose d'analogue en se fiant à son imagination. « Mais *qu'est-ce que* je dois dessiner ? » demanda le petit, et le peintre de répondre : « Trace une ligne ; dessine une ligne qui te plaise. Et rappelle-toi que le rôle du peintre n'est pas de reproduire le contour des choses, mais de créer sur le papier un monde de ses propres lignes. » Et Jaromil traçait des lignes qui ne lui plaisaient pas du tout, il en noircit plusieurs feuilles et pour finir remit au peintre, conformément aux instructions de maman, un billet de banque et rentra chez lui.

La visite s'était donc passée différemment de ce qu'il escomptait, elle n'avait pas été l'occasion de redécouvrir son univers intérieur perdu, bien au contraire : elle avait privé Jaromil de la seule chose qui lui appartînt en propre, les joueurs de football et les soldats à tête de chien. Et pourtant, quand maman lui demanda si la leçon de dessin l'avait intéressé, il en parla avec enthousiasme ; il était sincère : si cette visite ne lui avait pas apporté la confirmation de son univers intérieur, il y avait trouvé un monde extérieur exceptionnel qui n'était pas accessible à n'importe qui et qui lui assurait d'emblée de menus privilèges : il avait vu d'étranges peintures devant lesquelles il se sentait désorienté, mais qui présentaient l'avantage (il comprit immédiatement que c'était un avantage !) de ne rien avoir de commun avec les natures mortes et les paysages accrochés aux murs de la villa de ses parents ; il avait aussi entendu des réflexions insolites qu'il s'appropria sans tarder : par exemple, il comprit que le mot bourgeois est une injure ; est bourgeois celui qui veut que les tableaux soient comme la vie et imitent la nature ; mais on peut se moquer des bourgeois car (cette idée plaisait beaucoup à Jaromil !) ils sont morts depuis longtemps et ne le savent pas.

Donc, il se rendait volontiers chez le peintre et souhaitait passionnément répéter le succès que lui avaient jadis valu ses dessins d'hommes cynocéphales ; mais en vain : les gribouillages qui devaient être des variations sur des peintures de Miró étaient délibérés et entièrement dépourvus du charme des jeux enfantins ; les dessins de masques nègres restaient de maladroites imitations du modèle et ne stimulaient nullement, comme le souhaitait le peintre, l'imagination personnelle de l'enfant. Et comme Jaromil trouvait insupportable d'avoir été déjà plusieurs fois chez le peintre sans recueillir la moindre marque d'admiration, il prit une décision : il lui apporta son carnet d'esquisses clandestin où il dessinait des corps de femmes nues.

Les modèles dont il s'était servi pour la plupart de ses dessins étaient des photographies de statues qu'il avait vues

les pattes et qui l'examinait avec le regard fixe d'un sphinx incrédule.

Le peintre réfuta en quelques phrases les objections de maman, puis il poursuivit : il devait avouer franchement qu'il ne s'intéressait pas du tout aux bonnes notes que Jaromil pourrait obtenir dans des classes de dessin qui ne faisaient que mortifier le sens pictural des enfants. Ce qui l'intéressait dans les dessins de son fils, c'était une imagination originale, presque folle.

« Notez cette étrange coïncidence. Les dessins que vous m'avez montrés il y a quelque temps représentaient des hommes à tête de chien. Les dessins que votre fils m'a montrés récemment représentaient des femmes nues, mais toutes étaient des femmes sans tête. Ne trouvez-vous pas significatif ce refus obstiné de reconnaître à l'homme un visage humain, de reconnaître à l'homme une nature humaine ? »

Maman osa répliquer que son fils n'était sans doute pas pessimiste au point de nier la nature humaine de l'homme.

« Évidemment, ses dessins ne sont certainement pas le résultat d'un raisonnement pessimiste, dit le peintre. L'art puise à d'autres sources que la raison. Jaromil a eu spontanément l'idée de dessiner des hommes à tête de chien ou des femmes sans tête, sans qu'il sache pourquoi ni comment. C'est l'inconscient qui lui a dicté ces images, étranges mais pas absurdes. N'avez-vous pas l'impression qu'il existe un lien secret entre cette vision de votre fils et la guerre qui ébranle chaque instant de notre vie ? La guerre n'a-t-elle pas privé l'homme de son visage et de sa tête ? Ne vivons-nous pas dans un monde où des hommes sans tête ne savent plus que désirer un morceau de femme décapitée ? Une vision réaliste du monde n'est-elle pas la plus vide illusion ? Les dessins enfantins de votre fils ne sont-ils pas beaucoup plus vrais ? »

Elle était venue ici pour réprimander le peintre et maintenant elle était timide comme une fillette qui a peur de se faire gronder ; elle ne savait que dire, et elle se taisait.

Le peintre se leva de son fauteuil et se dirigea vers un coin de l'atelier où des toiles sans cadre étaient appuyées contre le mur. Il en prit une, la tourna vers l'intérieur de la pièce, s'en écarta de quatre pas, s'accroupit et se mit à la regarder. « Venez », lui dit-il et quand elle se fut (docilement) approchée, il lui posa une main sur la hanche et l'attira vers lui, si bien qu'ils étaient maintenant accroupis côte à côte, et que maman contemplait un curieux assemblage de bruns et de rouges, qui composaient une sorte de paysage désert et carbonisé, plein de flammes étouffées qui pouvaient aussi bien passer pour des fumées de sang ; et, creusé à la spatule dans ce paysage, il y avait un personnage, un étrange personnage qui semblait fait de fils blancs (le dessin en était constitué par la couleur de la toile), qui planait plus qu'il ne marchait et qui était plus diaphane que présent.

Maman ne savait pas encore ce qu'elle devait dire, mais le peintre parlait tout seul, il parlait de la fantasmagorie de la guerre qui dépassait de loin, disait-il, la fantaisie de la peinture moderne, il parlait de l'image atroce que présente un arbre au feuillage enchevêtré de lambeaux de corps humains, un arbre avec des doigts et un œil qui regarde du haut d'une branche. Puis il dit que plus rien au monde ne l'intéressait que la guerre et l'amour ; l'amour qui apparaissait derrière l'univers ensanglanté de la guerre comme le personnage que maman pouvait distinguer sur la toile. (Pour la première fois depuis le début de cette conversation elle eut le sentiment de comprendre le peintre parce qu'elle aussi voyait sur la toile une sorte de champ de bataille et que les lignes blanches la faisaient pareillement penser à un personnage.) Et le peintre lui rappela le chemin le long de la rivière où ils s'étaient vus la première fois et où ils s'étaient ensuite plusieurs fois rencontrés et il lui dit qu'elle avait alors surgi devant lui d'un brouillard de feu et de sang comme le corps timide et blanc de l'amour.

Ensuite, il tourna vers lui le visage de maman accroupie, et il l'embrassa. Il l'embrassa avant même qu'elle ait pu penser qu'il allait l'embrasser. C'était d'ailleurs le trait de toute cette rencontre : les événements la prenaient au dépourvu, devançaient toujours son imagination et sa pensée ; le baiser était un fait accompli avant qu'elle eût trouvé le temps d'y réfléchir, et toute réflexion supplémentaire ne pouvait plus rien changer à ce qui était en train de se passer, car elle eut à peine le temps de se dire très vite qu'il se passait quelque chose qui ne devait pas se passer ; mais elle n'en était même pas tout à fait certaine, c'est pourquoi elle remit à plus tard la réponse à cette question discutable et concentra toute son attention sur ce qui était, prenant les choses comme elles étaient.

Elle sentit la langue du peintre dans sa bouche et comprit en une fraction de seconde que sa propre langue était craintive et molle et devait produire sur le peintre la même impression qu'un chiffon humide ; elle en eut honte et songea aussitôt, presque avec colère, qu'il n'était pas surprenant que sa langue fût comme un chiffon, depuis le temps qu'elle n'embrassait plus ; elle s'empressa de répondre à la langue du peintre avec la pointe de sa langue et il la souleva de terre, l'entraîna sur le divan (le chien qui ne les quittait pas des yeux bondit et alla s'étendre près de la porte), l'y déposa et se mit à lui caresser la poitrine, et elle éprouva un sentiment de satisfaction et d'orgueil ; le visage du peintre lui paraissait avide et jeune, et elle songea qu'il y avait longtemps qu'elle ne s'était elle-même sentie avide et jeune, et elle eut peur de ne plus en être capable et c'est pourquoi elle s'enjoignit de se conduire en femme avide et jeune, et soudain (cette fois encore l'événement se produisit avant qu'elle eût trouvé le temps d'y penser) elle comprit que c'était le troisième homme qu'elle sentait dans son corps depuis sa naissance.

Et elle comprit qu'elle ne savait pas du tout si elle le voulait ou ne le voulait pas, et l'idée lui vint qu'elle était toujours une fillette sotte et inexpérimentée, que si elle avait seulement soupçonné dans un recoin de son esprit que le peintre allait l'embrasser et coucher avec elle, ce qui arrivait en ce moment n'aurait jamais pu se produire. Cette pensée constituait pour elle une excuse rassurante, car il s'ensuivait qu'elle n'avait pas été portée à l'adultère par sa sensualité, mais par son innocence ; et à la pensée de son innocence s'ajouta aussitôt un sentiment de colère contre celui qui la maintenait perpétuellement dans un état de semi-maturité innocente, et cette colère se rabattit comme un rideau de fer sur ses pensées, de sorte qu'elle n'entendit bientôt plus que son haleine précipitée et qu'elle renonça à examiner ce qu'elle faisait.

Ensuite, quand leurs souffles se furent apaisés, ses pensées s'éveillèrent et, pour leur échapper, elle posa la tête sur la poitrine du peintre ; elle se laissait caresser les cheveux, elle respirait l'odeur rassérénante des couleurs à l'huile et se demandait lequel des deux romprait le premier le silence.

Ce ne fut ni l'un ni l'autre, mais la sonnette. Le peintre se leva, boutonna rapidement son pantalon et dit : « Jaromil. »

Elle eut très peur.

« Reste ici tranquillement », lui dit-il, et il lui caressa les cheveux et sortit de l'atelier.

Il ouvrit au garçon et le fit asseoir dans l'autre pièce.

« J'ai une visite dans l'atelier, nous allons rester ici aujourd'hui. Montre ce que tu m'as apporté. » Jaromil tendit son cahier au peintre, le peintre examina ce que Jaromil avait dessiné chez lui, puis il posa devant lui des couleurs, lui donna du papier et un pinceau, lui indiqua un sujet et le pria de dessiner.

Ensuite, il retourna dans l'atelier où il trouva maman habillée et prête à partir. « Pourquoi l'avez-vous gardé ? Pourquoi ne l'avez-vous pas renvoyé ?

— Es-tu si pressée de me quitter ?

— C'est fou », dit-elle, et le peintre la prit à nouveau dans ses bras ; cette fois, elle ne se défendait pas, elle ne lui rendait pas ses caresses ; elle était dans ses bras comme un corps privé de son âme ; et le peintre chuchotait dans l'oreille de ce corps inerte : « Oui, c'est fou. L'amour est fou ou n'est pas. » Il la fit asseoir sur le divan et se mit à lui baiser et à lui caresser les seins.

Ensuite il retourna dans l'autre pièce pour voir ce que Jaromil avait dessiné. Cette fois-ci, le sujet qu'il lui avait donné n'avait pas pour but d'exercer l'habileté manuelle du garçon ; Jaromil devait dessiner une scène d'un rêve qu'il avait fait récemment et dont il se souvenait. À présent, le peintre dissertait longuement sur sa composition : ce qu'il y a de plus beau dans les rêves, disait-il, c'est la rencontre improbable d'êtres et de choses qui ne pourraient pas se rencontrer dans la vie courante ; dans un rêve, une barque peut entrer par une fenêtre dans une chambre à coucher, une femme qui n'est plus en vie depuis vingt ans peut être couchée dans un lit et, pourtant, voici qu'elle monte dans la barque qui aussitôt se change en cercueil et le cercueil se met à flotter entre les rives fleuries d'une rivière. Il cita la phrase célèbre de Lautréamont sur la beauté qu'il y a dans *la rencontre d'un parapluie et d'une machine à coudre sur une table de dissection* et dit ensuite : « Cette rencontre n'est pourtant pas plus belle que la rencontre d'une femme et d'un enfant dans l'atelier d'un peintre. »

Jaromil voyait bien que son professeur était un peu différent de ce qu'il était les autres jours, il saisit la ferveur qu'il y avait dans sa voix quand il parlait des rêves et de la poésie. Non seulement cela lui plaisait, mais il se réjouissait d'avoir été lui, Jaromil, le prétexte d'un discours exalté, et surtout il avait bien enregistré la dernière phrase de son professeur sur la rencontre d'un enfant et d'une femme dans l'atelier d'un peintre. Tout à l'heure, quand le peintre lui avait dit qu'ils resteraient tous les deux dans la première pièce, Jaromil avait compris qu'il y avait sans doute une femme dans l'atelier, et certainement pas n'importe laquelle, puisqu'il ne lui était pas permis de la voir. Mais il était encore trop éloigné du monde des adultes pour tenter d'élucider cette énigme ; ce qui l'intéressait davantage, c'était le fait que le peintre, dans cette dernière phrase, le plaçât lui, Jaromil, sur le même plan que cette femme à laquelle le peintre attachait certainement beaucoup d'importance, le fait que la venue de Jaromil rendît évidemment la présence de cette femme plus belle et plus précieuse encore, et il en conclut qu'il était aimé du peintre, qu'il comptait dans sa vie, peut-être en raison d'une profonde et mystérieuse ressemblance intérieure que Jaromil, parce qu'il était encore un enfant, ne pouvait pas nettement discerner, mais dont le peintre, en homme adulte et sage, était averti. Cette pensée l'emplit d'un enthousiasme serein, et quand le peintre lui donna un autre sujet il se pencha fébrilement sur le papier.

Le peintre retourna dans l'atelier et trouva maman en larmes.

« Je vous en prie, laissez-moi partir tout de suite !

— Pars, vous pouvez partir ensemble, Jaromil aura terminé dans un instant.

— Vous êtes un démon », dit-elle, toujours en larmes, et le peintre l'étreignait et la couvrait de baisers. Ensuite il retourna dans la pièce voisine, félicita Jaromil de ce qu'il avait dessiné (ah, Jaromil était très heureux ce jour-là !) et le renvoya chez lui. Puis il retourna dans l'atelier, étendit maman éplorée sur le vieux divan maculé de couleurs, baisa sa bouche molle et son visage humide et lui fit de nouveau l'amour.

9

L'amour de maman et du peintre ne devait jamais se libérer des présages qui avaient marqué leur première rencontre : ce n'était pas un amour qu'elle avait longuement, rêveusement contemplé par avance, en le regardant fermement dans les yeux ; c'était un amour inattendu qui lui avait sauté à la nuque par-derrière.

Cet amour lui rappelait constamment son manque de *préparation* amoureuse ; elle était inexpérimentée, elle ne savait ni ce qu'elle devait faire ni ce qu'elle devait dire. Devant le visage original et exigeant du peintre, elle avait honte par avance de chacune de ses paroles et de chacun de ses gestes ; même son corps n'était pas mieux préparé ; pour la première fois, elle regretta amèrement de s'en être si mal occupée après l'accouchement, et elle s'effrayait de l'image de son ventre dans la glace, de cette peau ridée qui pendait tristement.

Ah ! elle avait toujours rêvé d'un amour où son corps et son âme, la main dans la main, auraient pu vieillir harmonieusement ensemble (oui, tel était l'amour qu'elle avait longuement et par avance contemplé, en le regardant rêveusement dans les yeux) ; mais ici, dans cette rencontre difficile où elle s'était soudainement engagée, elle se trouvait l'âme péniblement jeune et le corps péniblement vieux, et elle avançait dans son aventure comme si elle eût traversé d'un pas tremblant une planche trop étroite, sans savoir si c'était la jeunesse de l'âme ou la vieillesse du corps qui provoquerait la chute.

Le peintre l'entourait d'une extravagante sollicitude et s'efforçait de l'introduire dans le monde de ses peintures et de ses pensées. Elle s'en réjouissait ; elle y voyait la preuve que leur première rencontre avait été autre chose qu'un complot des corps qui avaient profité de la situation. Mais quand l'amour occupe à la fois l'âme et le corps, il absorbe davantage de temps ; maman dut inventer l'existence de nouvelles amies pour excuser (surtout auprès de la grand-mère et de Jaromil) ses absences répétées hors de la maison.

Quand le peintre peignait, elle s'asseyait à côté de lui sur une chaise, mais ce n'était pas assez ; il lui avait expliqué que la peinture, telle qu'il la concevait, n'était qu'une méthode parmi d'autres pour extraire de la vie le merveilleux ; et le merveilleux, même un enfant pouvait le découvrir dans ses jeux, même un homme quelconque en notant son rêve. Le peintre donnait à maman une feuille de papier et des couleurs ; elle devait faire des taches sur le papier et souffler dessus ; des rayons se mettaient à courir en tous sens sur le papier et le couvraient d'un réseau coloré ; le peintre exposait ces productions derrière les vitres de sa bibliothèque et en vantait les mérites à ses invités.

À l'une de ses toutes premières visites, il lui donna plusieurs livres au moment de la quitter. Elle devait ensuite les lire chez elle, et elle devait les lire en cachette parce qu'elle craignait que Jaromil ne lui demandât d'où venaient ces livres, ou qu'un autre membre de la famille ne lui posât la même question, et elle aurait alors difficilement trouvé un mensonge satisfaisant, car il suffisait de jeter un coup d'œil sur ces livres pour voir qu'ils étaient bien différents de ceux que l'on pouvait trouver dans les bibliothèques de leurs amis ou de leurs parents. Il lui fallait donc cacher les livres dans l'armoire à linge sous les soutiens-gorge et les chemises de nuit pour les lire dans les moments où elle était seule. Le sentiment de faire quelque chose d'interdit et la peur d'être prise en faute l'empêchaient sans doute de se concentrer sur ce qu'elle lisait, car elle semblait ne pas retenir grand-chose de ses lectures, et même n'y comprendre presque rien, tout en lisant de nombreuses pages deux ou trois fois de suite.

Elle se rendait ensuite chez le peintre avec angoisse comme une écolière qui a peur d'être interrogée, parce que le peintre commençait par lui demander si elle avait aimé le livre, et elle savait qu'il voulait entendre d'elle plus qu'une réponse affirmative, elle savait que le livre était pour lui le point de départ d'une conversation et qu'il y avait dans le livre des phrases au sujet desquelles il voulait être de connivence avec elle comme s'il s'agissait d'une vérité qu'ils défendaient en commun. Maman savait tout cela, mais elle n'en comprenait pas davantage ce qu'il y avait dans le livre, ou ce qu'il y avait dans le livre de si important. En élève rusée, elle invoqua donc une excuse : elle se plaignait d'être obligée de lire les livres en cachette pour éviter d'être découverte, et elle ne pouvait donc pas se concentrer comme elle l'aurait voulu.

Le peintre admit cette excuse, mais trouva un moyen ingénieux : à la leçon suivante, il parla à Jaromil des courants de l'art moderne et lui donna à lire plusieurs livres que le petit accepta volontiers. La première fois qu'elle vit ces livres sur la table de travail de son fils et comprit que cette littérature de contrebande lui était en fait destinée, elle eut peur. Jusque-là, elle avait assumé seule tout le fardeau de son aventure, mais voici que son fils (cette image de pureté) devenait à son insu le messager d'un amour adultère.

Mais il n'y avait rien à faire, les livres étaient sur le pupitre de Jaromil et maman n'avait d'autre ressource que de les feuilleter sous le couvert d'une sollicitude maternelle bien compréhensible.

Un jour, elle osa dire au peintre que les poèmes qu'il lui avait prêtés lui paraissaient inutilement obscurs et embrouillés. À peine eut-elle dit ces mots, elle les regretta, car le peintre considérait la moindre divergence comme une trahison. Elle s'efforça bien vite de réparer sa bévue. Quand le peintre, le sourcil courroucé, se tourna vers sa toile, elle retira sa blouse et son soutien-gorge sans être vue. Elle avait une jolie poitrine et le savait ; à présent elle l'arborait fièrement (mais non sans un reste de timidité) à travers l'atelier, puis, à moitié cachée par la toile posée sur le chevalet, elle se campa en face du peintre. Celui-ci, maussade, passait son pinceau sur la toile, et, à plusieurs reprises, il la regarda d'un œil mauvais. Ensuite elle arracha le pinceau de la main du peintre, le prit entre ses dents, lui dit un mot qu'elle n'avait encore jamais dit à personne, un mot vulgaire et obscène, et elle le répéta à mi-voix plusieurs fois de suite, jusqu'à ce qu'elle s'aperçût que la colère du peintre se changeait en désir amoureux.

Non, elle n'avait pas l'habitude de se comporter ainsi, et elle était nerveuse et tendue ; mais elle avait compris dès le début de leur intimité que le peintre exigeait d'elle une forme libre et surprenante de manifestations amoureuses, qu'il voulait qu'elle se sentît entièrement libre avec lui, dégagée de tout, de toute convention, de toute pudeur, de toute inhibition ; il se plaisait à lui dire : « Je ne veux rien, sinon que tu me donnes ta liberté, ta liberté totale ! » et il voulait se convaincre à chaque instant de cette liberté. Maman était parvenue à comprendre plus ou moins que cette attitude sans contrainte était sans doute une belle chose, mais elle redoutait encore davantage de ne jamais en être capable. Et plus elle s'efforçait de *savoir sa liberté*, plus cette liberté devenait une tâche ardue, une obligation, une chose à laquelle elle devait se préparer chez elle (réfléchir pour savoir par quel mot, quel désir, quel geste elle allait surprendre le peintre et lui démontrer sa spontanéité), de sorte qu'elle ployait sous l'impératif de la liberté comme sous un fardeau.

« Le pire, ce n'est pas que le monde n'est pas libre, mais que l'homme a désappris la liberté », lui disait le peintre, et cette remarque lui semblait faite tout exprès pour elle, qui appartenait tout entière à ce vieux monde dont le peintre affirmait qu'il fallait le rejeter totalement, et en toute chose. « Si nous ne pouvons pas changer le monde, changeons du moins notre propre vie et vivons-la librement », disait-il. « Si toute vie est unique, tirons-en les conséquences ; rejetons tout ce qui n'est pas nouveau. » « Il faut être absolument moderne », disait-il encore, lui citant Rimbaud, et elle l'écoutait religieusement, pleine de confiance dans ses paroles et pleine de méfiance envers elle-même.

L'idée lui vint que l'amour que le peintre éprouvait pour elle ne pouvait provenir que d'un malentendu, et elle lui demandait parfois pourquoi au juste il l'aimait. Il lui répondait qu'il l'aimait comme le boxeur aime le papillon, comme le chanteur aime le silence, comme le brigand aime l'institutrice du village ; il lui disait qu'il l'aimait comme le boucher aime les yeux craintifs de la génisse et la foudre l'idylle des toits ; il lui disait qu'il l'aimait comme une femme aimée, dérobée à un foyer stupide.

Elle l'écoutait en extase et elle allait chez lui dès qu'elle pouvait épargner une minute. Elle se faisait l'effet d'une touriste qui a devant les yeux les plus beaux paysages, mais qui est trop épuisée pour en apprécier la beauté ; elle ne retirait aucune joie de son amour, mais elle savait que cet amour était grand et beau et qu'elle ne devait pas le perdre.

Et Jaromil ? Il était fier que le peintre lui prêtât des livres de sa bibliothèque (le peintre lui avait dit plusieurs fois qu'il ne prêtait ses livres à personne et qu'il était le seul qui eût droit à ce privilège) et comme il avait beaucoup de temps, il s'attardait rêveusement le long de leurs pages. L'art moderne, en ce temps-là, n'était pas encore devenu le patrimoine des foules bourgeoises, et il avait encore le charme envoûtant d'une secte, ce charme si aisément compréhensible pour un enfant qui est encore à l'âge où l'on rêve du romantisme des clans et des confréries. Jaromil sentait profondément ce charme et lisait les livres tout autrement que maman qui les lisait de A jusqu'à Z comme des manuels sur lesquels on allait l'interroger. Jaromil, qui ne courait pas le risque d'être interrogé, ne lisait jamais vraiment les livres du peintre ; il les parcourait plutôt comme en flânant, il les feuilletait, s'attardant ici sur une page, s'arrêtant là sur un vers, sans s'inquiéter si le reste du poème ne lui disait rien. Mais cet unique vers ou cet unique paragraphe de prose suffisaient à le rendre heureux, non seulement à cause de leur beauté, mais surtout parce qu'ils lui servaient de carte d'introduction dans le royaume des élus qui savent percevoir ce qui, pour les autres, demeure caché.

Maman savait que son fils ne se contentait pas d'un simple rôle de messager et qu'il lisait avec intérêt les livres qui ne lui étaient destinés qu'en apparence ; elle commença donc à discuter avec lui de ce qu'ils lisaient tous deux et elle lui posait des questions qu'elle n'osait pas poser au peintre. Elle constata ensuite avec effroi que son fils défendait les livres qu'on lui prêtait avec une obstination plus implacable encore que le peintre.

C'est ainsi qu'elle s'aperçut que dans un recueil de poèmes d'Éluard il avait souligné au crayon le vers : *dormir, la lune dans un œil et le soleil dans l'autre.* « Que trouves-tu de beau là-dedans ? Pourquoi faudrait-il que je dorme avec la lune dans un œil ? *Jambes de pierre aux bas de sable.* Comment des bas peuvent-ils être en sable ? » Jaromil se disait que sa mère ne se moquait pas seulement du poème, qu'elle le croyait encore trop jeune pour comprendre, et il lui répondait sans ménagement.

Mon Dieu, elle n'avait même pas tenu tête à un enfant de treize ans ! Ce jour-là, quand elle se rendit chez le peintre, elle était dans l'état d'esprit de l'espion qui vient de revêtir l'uniforme d'une armée étrangère ; elle avait peur d'être démasquée. Son comportement avait perdu jusqu'au dernier vestige de spontanéité et tout ce qu'elle disait et faisait ressemblait au jeu d'un amateur qui, paralysé par le trac, récite son texte avec la crainte d'être sifflé.

C'est vers ce moment-là que le peintre découvrit le charme de l'appareil photographique ; il montra à maman ses premières photographies, des natures mortes composées d'un étrange assortiment d'objets, des vues bizarres montrant des choses oubliées et abandonnées ; puis il la conduisit sous la clarté de la verrière et se mit à la photographier. Tout d'abord, elle en éprouva une sorte de soulagement, car elle n'avait pas besoin de parler, il lui suffisait de se tenir debout, de s'asseoir, de sourire et d'écouter les instructions du peintre et les compliments qu'il lui faisait de temps à autre sur son visage.

Puis, les yeux du peintre s'illuminèrent tout à coup ; il saisit un pinceau, le trempa dans la couleur noire, tourna délicatement la tête de maman et traça deux traits obliques sur son visage. « Je t'ai raturée ! J'ai détruit l'œuvre de Dieu ! »

rit-il, et il se mit à la photographier, avec ses deux gros traits qui se croisaient sur son nez. Ensuite, il la conduisit dans la salle de bains, lui lava le visage et l'essuya avec une serviette.

« Tout à l'heure, je t'ai raturée pour te recréer maintenant », dit-il et il reprit le pinceau et se remit à dessiner sur elle. Cette fois-ci, c'étaient des cercles et des traits qui ressemblaient à d'anciennes écritures idéographiques ; « un visage-message, un visage-lettre », disait le peintre, et il la ramena sous la verrière éclatante et recommença à la photographier.

Ensuite, il la fit s'étendre sur le sol et posa à côté de sa tête le moulage de plâtre d'une statue antique sur laquelle il dessina les mêmes traits que sur son visage, puis il photographia ces deux têtes, la vivante et l'inerte, et ensuite il lava les traits de son visage, peignit d'autres traits, puis il la photographia de nouveau et il l'étendit sur le divan, il commença à la déshabiller, maman avait peur qu'il ne lui peignît les seins et les jambes, elle risqua même une remarque enjouée pour lui faire comprendre qu'il ne devait pas lui peindre le corps (il lui fallait du courage pour risquer une remarque enjouée, car elle avait toujours peur que ses plaisanteries ne manquent leur but et ne la rendent ridicule) mais le peintre était fatigué de peindre et au lieu de peindre il lui fit l'amour et, en même temps, il tenait entre ses mains sa tête couverte de dessins, comme s'il était particulièrement excité à la pensée de faire l'amour à une femme qui était sa propre création, sa propre fantaisie, sa propre image, comme s'il était Dieu couchant avec la femme qu'il venait de créer pour lui.

Et il est bien vrai que maman, à ce moment-là, n'était pas autre chose qu'une invention, qu'un tableau du peintre. Elle le savait et rassemblait ses forces pour tenir et ne pas laisser voir qu'elle n'était pas, mais pas du tout, la partenaire du peintre, son vis-à-vis miraculeux et une créature digne d'être aimée, mais seulement un reflet sans vie, un miroir docilement offert, une surface passive où le peintre projetait l'image de son désir. Et de fait, elle subit l'épreuve avec succès, le peintre connut la volupté et se retira de son corps avec bonheur. Mais ensuite, une fois rentrée chez elle, elle eut l'impression d'avoir accompli un grand effort et, le soir, elle pleura avant de s'endormir.

Quand elle revint dans l'atelier quelques jours plus tard, les séances de dessin et de prises de vue recommencèrent.

Cette fois-ci, le peintre lui dénuda les seins et se mit à dessiner sur leurs belles voûtes. Mais quand il voulut la dévêtir tout entière, elle tint tête à son amant pour la première fois.

On pourrait difficilement se faire une idée de l'habileté, voire de la ruse, dont elle avait fait preuve jusqu'à présent avec le peintre, dans tous leurs jeux amoureux, pour dissimuler son ventre ! Bien des fois, elle avait conservé son porte-jarretelles, laissant entendre que cette quasi-nudité était plus excitante, bien des fois elle avait obtenu qu'ils s'aiment dans la pénombre plutôt qu'en pleine lumière, bien des fois elle avait écarté délicatement les mains du peintre qui voulait lui caresser le ventre et les avait posées sur sa poitrine ; et quand elle eut épuisé toutes les ruses, elle invoqua sa timidité, que le peintre connaissait, qui était un trait de son caractère qu'il adorait (n'était-ce pas pour cela qu'il lui disait souvent qu'elle était pour lui l'incarnation de la couleur blanche et que, la première fois qu'il avait pensé à elle, il avait exprimé sa pensée dans un tableau par des lignes blanches creusées à la spatule).

Mais maintenant, elle devait rester debout au milieu de l'atelier comme une statue vivante dont s'emparaient les yeux et le pinceau du peintre. Elle se défendit, et quand elle lui dit, comme elle l'avait fait lors de sa première visite, que ce qu'il exigeait d'elle était fou, il lui répondit, comme la première fois, *oui, l'amour est fou*, et il lui arracha ses vêtements.

Donc, elle se tenait au milieu de l'atelier et elle ne pensait qu'à son ventre ; elle avait peur de le voir en baissant les yeux, mais il était devant elle, tel qu'elle le connaissait pour l'avoir désespérément regardé des milliers de fois dans la glace ; elle avait l'impression qu'elle n'était rien d'autre qu'un ventre, rien qu'une vilaine peau ridée, elle se faisait l'effet d'une femme sur une table d'opération, d'une femme qui ne doit penser à rien, qui doit s'abandonner et seulement croire que tout cela est provisoire, que l'opération et la douleur prendront fin et qu'en attendant elle ne peut faire qu'une chose : tenir.

Et le peintre prit un pinceau, le trempa dans la couleur noire et l'appliqua sur son épaule, son nombril, ses jambes, puis il fit quelques pas en arrière et prit l'appareil photographique ; il la conduisit dans la salle de bains, où elle dut se coucher dans la baignoire vide et il posa sur son corps, en travers, le serpent métallique du tuyau terminé par la pomme perforée de la douche, et il lui dit que ce serpent métallique ne répandait pas de l'eau mais un gaz mortel et qu'il était maintenant couché sur son corps comme le corps de la guerre sur le corps de l'amour ; et ensuite il la fit à nouveau se lever et la conduisit ailleurs et recommença à la photographier, et elle allait docilement, elle n'essayait plus de dissimuler son ventre, mais elle l'avait toujours devant les yeux et elle voyait les yeux du peintre et son ventre, son ventre et les yeux du peintre…

Et ensuite, quand il l'étendit sur le tapis, couverte de dessins, et qu'il lui fit l'amour à côté de la tête antique, belle et froide, elle n'y tint plus et se mit à sangloter dans ses bras, mais il ne comprit probablement pas le sens de ce sanglot, car il était persuadé que son envoûtement sauvage, mué en un beau mouvement régulier et martelé, ne pouvait trouver d'autre réponse que des pleurs de volupté et de bonheur.

Maman comprit que le peintre n'avait pas deviné le motif de son sanglot, elle se maîtrisa et cessa de pleurer. Mais quand elle rentra chez elle, elle fut prise de vertige dans l'escalier ; elle tomba et s'écorcha le genou. La grand-mère affolée la conduisit dans sa chambre, lui posa la main sur le front et lui plaça le thermomètre sous l'aisselle.

Maman avait de la fièvre. Maman avait les nerfs brisés.

10

Quelques jours plus tard, des parachutistes tchèques envoyés d'Angleterre abattirent le maître allemand de la Bohême ; la loi martiale fut proclamée et de longues listes de fusillés apparurent au coin des rues. Maman était alitée et le médecin venait tous les jours lui enfoncer une aiguille dans le derrière. Son mari vint s'asseoir au chevet de son lit, lui prit la main dans la sienne et la regarda longuement dans les yeux ; elle savait qu'il attribuait son ébranlement nerveux aux horreurs de l'Histoire et songeait avec honte qu'elle le trompait et qu'il était bon pour elle et qu'il voulait être son ami en cette période difficile.

Quant à Magda, la bonne à tout faire qui logeait dans la villa depuis plusieurs années et dont la grand-mère, respectueuse d'une solide tradition démocratique, disait qu'elle la considérait plutôt comme un membre de la famille que comme une employée, elle rentra un beau jour en pleurs car son fiancé avait été arrêté par la Gestapo. Et quelques jours plus tard, le nom du fiancé apparut, écrit en lettres noires, sur un avis rouge foncé parmi d'autres noms de morts, et Magda eut droit à quelques jours de congé.

Quand elle revint, elle raconta que les parents de son fiancé n'avaient pu obtenir l'urne contenant les cendres et qu'ils ne sauraient probablement jamais où se trouvaient les restes de leur fils. De nouveau, elle fondit en larmes, et depuis elle pleurait presque tous les jours. Elle pleurait le plus souvent dans sa chambrette d'où le bruit de ses sanglots parvenait amorti par la cloison, mais parfois, elle se mettait à pleurer soudainement pendant le déjeuner ; car depuis son malheur, la famille l'admettait à la table commune (avant elle mangeait seule à la cuisine) et le caractère exceptionnel de cette faveur lui rappelait, jour après jour, à midi, qu'elle était en deuil et qu'on avait pitié d'elle, et ses yeux rougissaient et une larme apparaissait sous sa paupière et tombait sur les knödels en sauce ; elle s'efforçait de cacher ses larmes et ses yeux rouges, elle baissait la tête, elle souhaitait ne pas être vue, mais on l'en remarquait davantage, il y avait toujours quelqu'un pour prononcer une parole réconfortante à laquelle elle répondait par un gros sanglot.

Jaromil observait tout cela comme un spectacle exaltant ; il se réjouissait à la pensée qu'une larme allait paraître dans l'œil de la jeune femme, à l'idée que la pudeur de la jeune femme allait s'efforcer de réprimer la tristesse et que la tristesse aurait finalement raison de la pudeur et laisserait couler les larmes. Il buvait des yeux ce visage (à la dérobée car il avait le sentiment de faire une chose défendue), il se sentait gagné par une tiède excitation et par le désir de couvrir ce visage de tendresse, de le caresser et de le consoler. Et le soir, quand il se retrouvait seul, recroquevillé sous ses draps, il se représentait le visage de Magda avec ses grands yeux bruns, il s'imaginait qu'il caressait ce visage et lui disait *ne pleure pas, ne pleure pas, ne pleure pas*, parce qu'il ne trouvait pas d'autres mots qu'il aurait su lui dire.

C'est à peu près vers cette époque que maman termina son traitement neurologique (elle fit pendant une semaine une cure de sommeil à domicile) et recommença à s'occuper dans la maison, à faire les courses et le ménage, bien qu'elle se plaignît constamment de maux de tête et de battements de cœur. Un jour, elle s'assit à sa table et commença à écrire une lettre. Dès qu'elle eut écrit la première phrase, elle comprit que le peintre la trouverait sentimentale et sotte et elle eut peur de son jugement ; mais elle se rassura aussitôt : elle se dit que c'étaient là des mots qui n'appelaient pas de réponse, les derniers mots qu'elle lui adressait, et cette idée lui donna du courage et elle poursuivit ; avec soulagement (et avec le sentiment d'une étrange révolte) elle composait les phrases, voulant n'être qu'elle-même, voulant être telle qu'elle était avant de le connaître. Elle écrivait qu'elle l'aimait et qu'elle n'oublierait jamais l'époque miraculeuse qu'elle avait vécue avec lui, mais que le moment était venu de lui dire la vérité : elle était différente, tout à fait différente de ce que le peintre imaginait, elle n'était en réalité qu'une femme ordinaire et vieux jeu et elle craignait de ne pouvoir un jour regarder dans les yeux innocents de son fils.

S'était-elle donc enfin décidée à lui dire la vérité ? Ah, pas du tout ! Elle ne lui disait pas que ce qu'elle appelait le bonheur d'aimer n'avait été pour elle qu'un pénible effort, elle ne lui disait pas à quel point elle avait honte de son ventre abîmé, et pas non plus qu'elle avait eu une crise de nerfs, qu'elle s'était fait mal au genou et qu'elle avait dû dormir pendant une semaine. Elle ne le disait pas, parce qu'une telle sincérité n'était pas dans sa nature et qu'elle voulait être enfin de nouveau elle-même et qu'elle ne pouvait être elle-même que dans l'insincérité ; parce que, tout lui confier sincèrement, c'était comme de se retrouver étendue devant lui, nue, avec les vergetures de son ventre. Non, elle ne voulait plus se montrer à lui, ni au-dehors ni au-dedans, elle voulait retrouver la sécurité de sa pudeur, c'est pourquoi il lui fallait être hypocrite et ne parler que de son enfant et de ses devoirs sacrés de mère. Et à la fin de sa lettre, elle était elle-même persuadée que ce n'était ni son ventre ni l'effort épuisant qu'elle devait accomplir pour suivre les idées du peintre qui avaient provoqué son ébranlement nerveux, mais ses grands sentiments maternels qui s'étaient révoltés contre son grand amour coupable.

Et à ce moment-là, elle ne se sentait pas seulement infiniment triste, elle se sentait noble, tragique et forte ; la tristesse qui, quelques jours plus tôt, la faisait seulement souffrir, maintenant qu'elle l'avait dépeinte avec de grands mots, lui procurait un bonheur apaisant ; c'était une belle tristesse et elle se voyait éclairée par sa lumière mélancolique et se trouvait tristement belle.

Quelles étranges coïncidences ! Jaromil qui, à la même époque, épiait pendant des journées entières l'œil éploré de Magda, connaissait fort bien la beauté de la tristesse et s'y plongeait tout entier. Il feuilletait de nouveau le livre que le peintre lui avait prêté, il lisait et relisait indéfiniment les poèmes d'Éluard et se laissait envoûter par certains vers : *Elle avait dans la tranquillité de son corps Une petite boule de neige couleur d'œil* ; ou bien : *Au loin la mer que ton œil baigne* ; et : *Bonjour tristesse Tu es inscrite dans les yeux que j'aime.* Éluard devint le poète du corps paisible de Magda et de ses yeux baignés par la mer des larmes ; toute sa vie lui apparaissait dans la magie d'un seul vers : *Tristesse beau visage.* Oui, c'était Magda : tristesse beau visage.

Un soir que toute la famille était allée au théâtre, il resta seul avec elle dans la villa ; il connaissait par cœur les habitudes de la maison et savait qu'on était samedi et que Magda irait prendre son bain. Comme ses parents et la grand-mère organisaient leur sortie au théâtre une semaine à l'avance, il eut le temps de tout préparer ; quelques jours plus tôt, il souleva le cache-entrée de façon à dégager le trou de la serrure de la porte de la salle de bains et l'enduisit légèrement de mie de pain mouillée pour qu'il colle plus facilement et se maintienne en position verticale ; il retira la clé de la porte, pour que la perspective offerte par l'orifice de la serrure ne soit pas réduite. Il prit soin de la cacher ; personne ne s'aperçut de sa disparition, car les membres de la famille n'avaient pas l'habitude de s'enfermer, et seule Magda tournait la clé dans la serrure.

La maison était silencieuse et déserte et Jaromil avait le cœur battant. Il était en haut dans sa chambre, il posa un livre devant lui, comme si quelqu'un pouvait le surprendre et demander ce qu'il faisait, mais il ne lisait pas, il ne faisait qu'écouter. Il entendit enfin le bruit de l'eau dans la tuyauterie puis le claquement du jet sur le fond de la baignoire. Il éteignit la lumière dans l'escalier et descendit doucement ; il avait de la chance ; le trou de la serrure était resté ouvert et quand il y pressa son œil il vit Magda penchée sur la baignoire, déjà dévêtue et les seins nus, qui n'avait gardé que sa culotte. Il avait le cœur qui battait très fort, parce qu'il voyait ce qu'il n'avait encore jamais vu, qu'il allait bientôt en voir encore davantage et que personne ne pouvait plus l'en empêcher. Magda se redressa, s'approcha du miroir (il la voyait de profil), se regarda pendant quelques instants, puis elle se retourna (il la voyait de face) et se dirigea vers la baignoire ; elle s'arrêta, retira sa culotte, la jeta (il la voyait toujours de face) puis elle entra dans la baignoire.

Quand elle fut dans la baignoire, Jaromil continua de l'observer par le trou de la serrure, mais comme elle avait de l'eau jusqu'aux épaules, elle n'était de nouveau rien qu'*un visage* ; le même visage, familier et triste, à l'œil baigné par la mer des larmes, mais un visage en même temps tout différent : un visage auquel il devait mentalement ajouter (maintenant, pour l'avenir et pour toujours) des seins nus, un ventre, des cuisses, une croupe ; c'était *un visage éclairé par la nudité du corps* ; il continuait d'éveiller en lui de la tendresse, mais cette tendresse était différente parce qu'elle répercutait les chocs accélérés de son cœur.

Et ensuite, il s'aperçut tout à coup que Magda le regardait dans les yeux. Il eut peur d'être découvert. Elle avait les yeux fixés sur le trou de la serrure et souriait doucement (d'un sourire à la fois gêné et amical). Il s'écarta aussitôt de la porte. Le voyait-elle ou ne le voyait-elle pas ? Il avait fait plusieurs essais et il était certain qu'un œil qui épiait de ce côté-ci de la porte ne pouvait être vu de l'intérieur de la salle de bains. Mais comment expliquer le regard et le sourire de Magda ? Ou bien était-ce par hasard que Magda regardait dans cette direction, et si elle souriait c'était seulement à *l'idée* que Jaromil pût la regarder ? En tout cas, la rencontre avec le regard de Magda l'avait à ce point troublé qu'il n'osa plus s'approcher de la porte.

Cependant, quand il eut retrouvé son calme, au bout d'un instant, il eut une idée qui dépassait tout ce qu'il avait vu et vécu jusqu'à présent : la salle de bains n'était pas fermée à clé et Magda ne lui avait pas dit qu'elle allait prendre un bain. Il pouvait donc faire semblant de ne rien savoir et, comme si de rien n'était, entrer dans la salle de bains. De nouveau, il avait le cœur battant ; il s'imaginait déjà, s'arrêtant avec une expression de surprise dans l'encadrement de la porte et disant *je viens seulement chercher mon peigne* ; il passe à côté de Magda toute nue, qui, sur le moment, ne trouve rien à dire ; la honte se peint sur son beau visage comme pendant le déjeuner, quand elle est saisie d'un brusque sanglot, et lui, Jaromil, s'avance le long de la baignoire jusqu'au lavabo au-dessus duquel est posé son peigne, et il prend ce peigne puis il s'arrête devant la baignoire et se penche sur Magda, sur son corps nu qu'il voit sous le filtre verdâtre de l'eau, et il regarde à nouveau le visage qui a honte, et il caresse ce visage honteux... Mais quand son imagination l'eut conduit jusque là, il fut recouvert par un brouillard trouble où il ne voyait plus rien et où il ne pouvait plus rien imaginer.

Pour que son entrée parût tout à fait naturelle, il remonta doucement dans sa chambre puis redescendit en appuyant très fort sur chaque marche ; il sentait qu'il tremblait et il avait peur de ne pas avoir la force de prononcer d'une voix tranquille et naturelle *je viens seulement chercher mon peigne* ; il descendit pourtant et quand il fut presque arrivé à la porte de la salle de bains et que son cœur se mit à battre si fort qu'il pouvait à peine respirer, il entendit : « Jaromil, je prends mon bain ! N'entre pas ! » Il répondit : « Mais non, je vais seulement à la cuisine ! » Il traversa le couloir dans la direction opposée, pénétra dans la cuisine, ouvrit et referma la porte comme s'il venait de prendre quelque chose et remonta l'escalier.

Mais une fois dans sa chambre, il se dit que les paroles de Magda, pour déroutantes qu'elles fussent, n'auraient dû nullement l'inciter à capituler aussi brusquement, il n'avait qu'à dire *ça ne fait rien, Magda, je viens seulement chercher mon peigne* et entrer, parce que Magda ne serait certainement pas allée se plaindre, Magda l'aimait bien, il était toujours gentil avec elle. Et il se reprit à imaginer la scène : il est dans la salle de bains et Magda est allongée toute nue devant lui dans la baignoire, et elle lui dit *ne t'approche pas, va-t'en vite*, mais elle ne peut rien faire, elle ne peut pas se défendre, elle est aussi impuissante que devant la mort de son fiancé, parce qu'elle gît emprisonnée dans la baignoire et il se penche sur son visage, sur ses grands yeux...

Seulement, l'occasion était irrévocablement perdue et Jaromil n'entendait plus que le faible clapotis de l'eau qui s'écoulait de la baignoire vers des égouts lointains ; l'irréversibilité de cette occasion splendide lui déchirait le cœur car il savait qu'il n'aurait pas si vite la chance de passer une soirée seul à la maison avec Magda, et même s'il avait cette chance, il savait que la clé devrait être remise en place depuis longtemps et que Magda serait enfermée à double tour. Il était étendu sur son lit et il était désespéré. Mais ce qui lui faisait encore plus mal que l'occasion perdue, c'était le désespoir qu'il éprouvait à la pensée de sa propre timidité, de sa propre faiblesse, de ses stupides battements de cœur qui l'avaient privé de toute présence d'esprit et qui avaient tout gâché. Il éprouvait un violent *dégoût* de lui-même.

Mais que faire de ce dégoût ? Le dégoût est tout autre chose que la tristesse ; il en est même le pôle opposé ; quand on était méchant avec Jaromil, il montait souvent s'enfermer dans sa chambre et il pleurait ; mais c'étaient des larmes heureuses, presque voluptueuses, presque des larmes *d'amour*, par lesquelles Jaromil s'apitoyait sur Jaromil et le consolait, plongeant les yeux dans son âme ; tandis que ce dégoût soudain qui révélait à Jaromil son propre ridicule l'écartait et le détournait de son âme ! Ce dégoût était univoque et laconique comme une insulte ; comme une gifle ; on ne pouvait lui échapper que par la fuite.

Mais si nous avons soudain la révélation de notre propre petitesse, où fuir pour lui échapper ? Seule une fuite vers le *haut* permet d'échapper à l'*abaissement* ! Il s'assit donc à son pupitre et il ouvrit le petit livre (ce livre précieux dont le peintre lui avait dit qu'il ne le prêtait à personne d'autre) et il fit un effort intense pour concentrer son attention sur les poèmes qu'il préférait. Et de nouveau tout était là, *Au loin la mer que ton œil baigne* et, de nouveau, il vit Magda devant lui, oui, tout était là y compris la boule de neige dans la tranquillité de son corps, et le clapotis de l'eau pénétrait dans le poème comme la rumeur de la rivière pénétrait dans la chambre par la fenêtre fermée. Jaromil se sentit envahi par un langoureux désir et referma le livre. Il prit une feuille de papier et un crayon et commença lui-même à écrire, à la façon d'Éluard, Nezval, Biebl* ou Desnos, il écrivait des lignes brèves les unes au-dessous des autres, sans rythme et sans rime ; c'était une variation sur ce qu'il lisait, mais dans cette variation il y avait ce qu'il venait de vivre, il y avait la *tristesse* qui *commence à fondre et se change en eau*, il y avait *l'eau verte*, dont la surface *monte et monte encore et s'élève jusqu'à mes yeux*, il y avait le corps, *le corps triste*, le corps dans l'eau que *je suis, que je poursuis à travers l'eau interminable*.

Il lut plusieurs fois ces vers à haute voix, d'une voix mélodieuse et pathétique, et il fut enthousiasmé. Au fond de ce poème, il y avait Magda dans la baignoire, et lui le visage pressé contre la porte ; il ne se trouvait donc pas *en dehors des limites* de son expérience ; mais il était bien *au-dessus* d'elle ; le

* Nezval et Biebl, grands poètes tchèques surréalistes.

dégoût qu'il avait éprouvé de lui-même était resté *en bas* ; en bas il avait senti ses mains devenir moites de terreur et son souffle s'accélérer ; mais ici, *en haut*, dans le poème, il était bien au-dessus de son dénuement ; l'épisode du trou de la serrure et de sa lâcheté n'était plus qu'un tremplin au-dessus duquel il prenait maintenant son essor ; il n'était plus assujetti à ce qu'il venait de vivre, mais ce qu'il venait de vivre était assujetti à ce qu'il avait écrit.

Le lendemain, il prit la machine à écrire de son grand-père, il recopia le poème sur un papier spécial et le poème lui parut encore plus beau qu'il ne l'était quand il le récitait à haute voix, car le poème cessait d'être une simple succession de mots pour devenir une *chose* ; son autonomie était encore plus incontestable ; les mots ordinaires sont faits pour s'éteindre dès qu'ils ont été prononcés, ils n'ont d'autre but que de servir à l'instant de la communication ; ils sont assujettis aux choses, ils n'en sont que la désignation ; or, voici que ces mots-là étaient eux-mêmes devenus choses et n'étaient assujettis à rien ; ils n'étaient plus destinés à la communication immédiate et à une prompte disparition, mais à la durée.

Certes, ce que Jaromil avait vécu la veille était exprimé dans le poème, mais en même temps cette expérience y mourait lentement, comme la graine meurt dans le fruit. *Je suis sous l'eau et les chocs de mon cœur font des cercles à la surface* ; ce vers offrait l'image de l'adolescent tremblant devant la porte de la salle de bains, mais en même temps, dans ce vers, ses traits s'estompaient lentement ; ce vers le dépassait et le transcendait. *Ah, mon aquatique amour*, disait un autre vers, et Jaromil savait que cet aquatique amour c'était Magda, mais il savait aussi que personne n'aurait pu la reconnaître derrière ces mots, qu'elle y était perdue, invisible, ensevelie ; le poème qu'il avait écrit était absolument autonome, indépendant et incompréhensible, aussi indépendant et incompréhensible que la réalité elle-même qui n'est de connivence avec personne et qui se contente simplement d'*être* ; cette autonomie du poème offrait à Jaromil un magnifique refuge, la possibilité rêvée d'une *deuxième vie* ; il trouva cela si beau qu'il tenta dès le lendemain d'écrire d'autres vers et qu'il s'adonna peu à peu à cette activité.

II

Même à présent qu'elle se lève et qu'elle va et vient dans la maison comme une convalescente, elle n'est pas gaie. Elle a rejeté l'amour du peintre, mais sans retrouver en échange l'amour de son mari. Le père de Jaromil est si rarement à la maison ! On a fini par s'habituer à ce qu'il rentre tard dans la nuit, on a même fini par s'habituer à ce qu'il annonce bien souvent une absence de plusieurs jours, car il part souvent en voyage d'affaires, mais cette fois il n'a rien dit du tout, il n'est pas rentré à la maison le soir et la mère n'a pas de nouvelles.

Jaromil voit si rarement son père qu'il ne s'aperçoit même plus de son absence et il songe à ses poèmes dans sa chambre : pour qu'un poème soit un poème, il faut qu'il soit lu par quelqu'un d'autre ; alors seulement on a la preuve que le poème est autre chose qu'un simple journal intime chiffré et qu'il est capable de vivre d'une vie propre, indépendante de celui qui l'a écrit. Sa première idée fut de montrer ses vers au peintre, mais il y attachait trop d'importance pour prendre le risque de les soumettre à un juge aussi sévère. Il lui fallait quelqu'un que ses vers enthousiasmeraient tout autant que lui-même et il comprit bien vite qui était ce premier lecteur, ce lecteur prédestiné de sa poésie ; il le vit se promener dans la maison, les yeux tristes et la voix douloureuse, comme s'il marchait à la rencontre de ses vers ; en proie à une grande émotion, il donna donc à maman plusieurs poèmes soigneusement tapés à la machine et courut se réfugier dans sa chambre pour attendre qu'elle les lise et qu'elle l'appelle.

Elle lut et elle pleura. Elle ne savait peut-être pas pourquoi elle pleurait, mais il n'est pas difficile de le deviner ; il coulait d'elle quatre sortes de larmes :

tout d'abord, elle fut frappée par la ressemblance qu'il y avait entre les vers de Jaromil et les poèmes que lui prêtait le peintre, et des larmes jaillirent de ses yeux, les larmes de l'amour perdu ;

ensuite elle ressentit une tristesse indéterminée qui émanait des vers de son fils, elle se souvint que son mari était absent de la maison depuis deux jours sans lui avoir rien dit, et elle versa des larmes d'humiliation ;

mais bientôt ce furent des larmes de consolation qui coulaient de ses yeux, car son fils qui était accouru avec tant de confiance et d'émotion pour lui montrer ses poèmes répandait un baume sur toutes ses blessures ;

et enfin, après avoir relu plusieurs fois les poèmes, elle versa des larmes d'admiration, parce que les vers de Jaromil lui paraissaient inintelligibles et elle se dit qu'il y avait donc dans ses vers plus de choses qu'elle n'en pouvait comprendre et qu'elle était par conséquent la mère d'un enfant prodige.

Ensuite elle l'appela, mais quand il fut devant elle, ce fut pour elle comme de se trouver devant le peintre quand il l'interrogeait sur les livres qu'il lui prêtait ; elle ne savait pas quoi lui dire au sujet de ses poèmes ; elle voyait sa tête baissée qui attendait avidement et elle ne sut que se presser contre lui et lui donner un baiser. Jaromil avait le trac et il se réjouit de pouvoir cacher sa tête sur l'épaule maternelle, et maman, quand elle sentit dans ses bras la fragilité de son corps enfantin, repoussa loin d'elle le fantôme oppressant du peintre, reprit courage et commença à parler. Mais elle ne pouvait libérer sa voix de son chevrotement et ses yeux de leur humidité et, pour Jaromil, c'était plus important que les paroles qu'elle prononçait ; ce tremblement et ce larmoiement lui apportaient la garantie sacrée du pouvoir que possédaient ses vers ; de leur pouvoir réel et physique.

La nuit commençait à tomber, le père ne rentrait pas et maman se dit que le visage de Jaromil possédait une tendre beauté avec laquelle ni son mari ni le peintre ne pouvaient se comparer ; et cette pensée incongrue était si tenace qu'elle ne parvenait pas à s'en délivrer ; elle se mit à lui raconter qu'à l'époque où elle était enceinte elle implorait du regard la statuette d'Apollon. « Et vois-tu, tu es vraiment beau comme cet Apollon, tu lui ressembles. On dit qu'il reste toujours quelque chose, chez un enfant, de ce que sa mère a pensé pendant sa grossesse, et ce n'est pas qu'une superstition. C'est de lui que tu tiens ta lyre. »

Ensuite, elle lui raconta que la littérature avait toujours été son plus grand amour, que c'était pour étudier la littérature qu'elle était allée à l'Université et que seul le mariage (elle ne disait pas la grossesse) l'avait empêchée de se consacrer entièrement à cette vocation ; et maintenant qu'elle découvrait que Jaromil était poète (oui, elle fut la première à coller sur lui ce grand titre), c'était évidemment une surprise pour elle mais, en même temps, c'était une chose qu'elle attendait depuis longtemps.

Ils parlèrent longuement ce jour-là et ainsi trouvèrent-ils enfin l'un dans l'autre, la mère et le fils, ces deux amants déçus, une consolation.

Deuxième partie
ou
XAVIER

I

De l'intérieur du bâtiment lui parvenait le bruit de la récréation qui allait prendre fin dans un instant ; le vieux professeur de mathématiques allait entrer dans la salle de classe et assommer les élèves avec des chiffres tracés au tableau noir ; le bourdonnement d'une mouche égarée occuperait l'immense étendue entre la question du professeur et la réponse de l'élève… Mais alors il serait déjà loin !

La guerre était finie depuis un an ; on était au printemps et il faisait du soleil ; il descendait les rues jusqu'à la Vltava puis flânait le long des quais. La galaxie des cinq heures de classe était loin et seul un petit cartable marron contenant des cahiers et un manuel l'y rattachait encore.

Il arriva au pont Charles. La double rangée des statues au-dessus de l'eau l'invitait à passer sur l'autre rive. Quand il était absent du lycée (il s'absentait si souvent et si volontiers du lycée !), il était presque toujours attiré par le pont Charles et il le traversait. Cette fois encore il allait le traverser et cette fois encore il allait s'arrêter à l'endroit où le pont franchit, après l'eau de la rivière, la rive où se dresse une vieille maison jaune ; la fenêtre du troisième étage est presque à la hauteur du parapet et n'en est éloignée que de quelques pas ; il se plaisait à la contempler (elle était toujours fermée) et se demandait qui pouvait bien habiter derrière ces vitres.

Ce jour-là, pour la première fois (sans doute parce qu'il faisait une journée exceptionnellement ensoleillée) la fenêtre était ouverte. Une cage avec un oiseau était accrochée sur le côté. Il s'arrêta, observa la petite cage rococo faite de fil de fer blanc élégamment torsadé, puis il aperçut une silhouette dans la pénombre de la pièce : il la voyait de dos, mais il distingua que c'était une femme, et il eut envie qu'elle se retournât et lui montrât son visage.

La silhouette bougea mais dans la direction opposée ; elle disparut dans l'obscurité. La fenêtre était ouverte et il était persuadé que c'était une invite, un signal silencieux et confidentiel qui lui était destiné.

Il ne put résister. Il monta sur le parapet. La fenêtre était séparée du pont par un vide profond terminé par de durs pavés. Son cartable le gênait. Il le jeta dans la pièce sombre par la fenêtre ouverte et sauta.

2

Xavier pouvait, en étendant les bras, toucher les bords intérieurs de la haute fenêtre rectangulaire où il venait de sauter, et il l'emplissait entièrement de sa hauteur. Il examina la pièce à partir du fond (comme les gens dont l'attention commence toujours par se porter sur ce qui est loin) et il vit d'abord une porte, puis une armoire pansue à gauche contre le mur, à droite un lit en bois aux montants travaillés, et au milieu de la pièce une table ronde recouverte d'une nappe au crochet où était posé un vase de fleurs ; et enfin, il aperçut à ses pieds son cartable qui traînait sur la bordure à franges d'un tapis bon marché.

À l'instant sans doute où il l'aperçut et voulut sauter pour le ramasser, la porte s'ouvrit dans le fond obscur de la pièce et la femme y parut. Elle le vit immédiatement ; la pièce était en effet plongée dans la pénombre et le rectangle de la fenêtre était illuminé, comme s'il faisait nuit à l'intérieur et jour de l'autre côté ; vu de là où se trouvait la femme, l'homme qui était debout dans l'encadrement de la fenêtre apparaissait comme une silhouette noire sur le fond doré de la lumière ; c'était un homme entre le jour et la nuit.

Alors que la femme éblouie par la lumière ne pouvait distinguer les traits du visage de l'homme, Xavier était un peu plus favorisé ; ses yeux étaient déjà accoutumés à la pénombre et pouvaient au moins saisir la douce mollesse des traits de la femme et la mélancolie de son visage dont la pâleur, même dans l'obscurité la plus profonde, eût irradié au loin sa lumière ; elle restait à la porte, elle l'examinait ; elle ne fut ni assez spontanée pour exprimer à haute voix sa frayeur ni assez maîtresse de soi pour lui adresser la parole.

C'est seulement après de longues secondes pendant lesquelles ils contemplèrent leurs visages aux traits indistincts que Xavier parla : « Mon cartable est ici, dit-il.

— Votre cartable ? » demanda-t-elle, et, comme si la sonorité des paroles de Xavier l'avait tirée de sa stupeur initiale, elle referma la porte derrière elle.

Xavier s'accroupit sur le rebord de la fenêtre et indiqua du doigt, au-dessous de lui, l'endroit où gisait son cartable : « J'ai des choses très importantes là-dedans. Mon cahier de math, mon manuel de sciences et aussi le cahier où nous recopions nos devoirs de tchèque. C'est dans ce cahier que j'ai ma dernière composition sur le thème *La Venue du printemps*. Elle m'a donné beaucoup de mal et je ne tiens pas à me la ressortir des méninges. »

La femme fit quelques pas à l'intérieur de la pièce, et Xavier la voyait maintenant dans une plus vive lumière. Sa première impression était juste : douce mollesse et mélancolie. Il vit deux grands yeux fluides dans le visage confus, et un autre mot encore lui vint à l'esprit : la frayeur ; non pas la frayeur causée par son arrivée inopinée, mais une frayeur ancienne qui était restée dans le visage de la femme sous la forme de deux grands yeux fixes, sous la forme de la pâleur, sous la forme de ces gestes par lesquels elle semblait constamment s'excuser.

Oui, cette femme s'excusait vraiment ! « Je vous demande pardon, dit-elle, mais je ne comprends pas comment votre cartable a pu arriver chez nous. J'ai fait le ménage il n'y a pas longtemps et je n'ai rien trouvé qui ne nous appartienne pas.

— Et pourtant, dit Xavier accroupi sur le rebord de la fenêtre en pointant le doigt vers le tapis : à ma grande joie, mon cartable est ici.

— Moi aussi, je suis très contente que vous l'ayez retrouvé », dit la femme et elle sourit.

Ils étaient maintenant face à face et il n'y avait entre eux que la table avec la nappe au crochet et le vase en verre rempli de fleurs en papier gommé.

« Oui, ça m'aurait ennuyé de ne pas le retrouver, dit Xavier. La prof de tchèque me déteste et si je perdais mon cahier je risquerais de redoubler. »

Le visage de la femme exprimait la sympathie ; ses yeux furent tout à coup si grands que Xavier ne percevait plus rien d'autre, comme si le reste du visage et le corps n'étaient que leur accompagnement, leur écrin ; il ne savait même pas comment pouvaient être les différents traits du visage de la femme et les proportions de son corps, tout cela restait au bord de sa rétine ; l'impression qu'il avait de cette femme n'était en réalité que l'impression produite sur lui par ses yeux immenses dont la lumière marron inondait tout le reste du corps.

C'est donc vers ses yeux que Xavier s'avançait, faisant le tour de la table. « Je suis un vieux redoublant, dit-il saisissant la femme à l'épaule (cette épaule était moelleuse comme un sein !). Croyez-moi, il n'y a rien de plus triste que de se retrouver dans la même classe au bout d'un an, que de se rasseoir sur le même banc… »

Puis il vit les yeux bruns se lever sur lui et une vague de bonheur l'envahit ; Xavier savait qu'il pouvait maintenant glisser la main plus bas et toucher le sein et le ventre et tout ce qu'il voudrait, car la frayeur qui habitait souverainement cette femme la déposait, docile, dans ses bras. Mais il n'en fit rien ; il tenait dans la main son épaule, ce beau sommet arrondi, et il trouvait cela suffisamment beau, suffisamment exaltant ; il ne voulait rien de plus.

Ils restèrent immobiles pendant quelques instants, puis la femme parut attentive : « Il faut que vous partiez. Mon mari rentre ! »

Il n'y avait rien de plus simple que de prendre le cartable, de sauter sur le rebord de la fenêtre, et de là sur le pont, mais Xavier n'en fit rien. Il sentait se répandre en lui l'impression délicieuse que cette femme était en danger et qu'il devait rester auprès d'elle. « Je ne peux pas vous laisser seule ici !

— Mon mari ! Allez-vous-en ! implora la femme avec angoisse.

— Non, je vais rester avec vous ! Je ne suis pas un lâche ! » dit Xavier, tandis que les pas retentissaient distinctement dans l'escalier.

La femme tenta de pousser Xavier vers la fenêtre, mais il

savait qu'il n'avait pas le droit d'abandonner cette femme au moment où un danger la menaçait. On entendait déjà une porte qui s'ouvrait au fond de l'appartement et, au dernier moment, Xavier se jeta à terre et se glissa sous le lit.

3

L'espace entre le parquet et le plafond constitué par cinq planches soutenant un matelas déchiré n'était guère plus grand que l'espace d'un cercueil ; mais à la différence d'un cercueil c'était un espace parfumé (il sentait bon la paille), très sonore (le parquet transmettait clairement tous les bruits de pas) et plein de visions (juste au-dessus de lui il voyait le visage de la femme qu'il ne devait pas abandonner, le visage projeté sur l'étoffe foncée du matelas, le visage transpercé par trois brins de paille dépassant de la toile).

Les pas qu'il entendait étaient lourds et quand il tourna la tête il vit sur le parquet des bottes qui s'avançaient dans la chambre. Et il entendit une voix de femme et il ne put s'empêcher d'éprouver un vague sentiment, pourtant déchirant, de regret : cette voix était tout aussi mélancolique, craintive et envoûtante qu'elle l'était quelques instants plus tôt quand elle s'adressait à Xavier. Mais Xavier était raisonnable et maîtrisa ce brusque caprice de jalousie ; il comprit que cette femme était en danger et qu'elle se défendait avec ce qu'elle possédait : son visage et sa tristesse.

Puis il entendit une voix masculine et il pensa que cette voix ressemblait aux bottes noires qu'il voyait s'avancer sur le parquet ; puis il entendit la femme qui disait *non, non, non*, et il entendit le couple des pas qui s'approchait en vacillant de son abri et ensuite le plafond bas sous lequel il était étendu s'abaissa davantage encore et toucha presque son visage.

Et de nouveau il entendit la femme qui disait *non, non, non, pas maintenant, je t'en prie, pas maintenant*, et il vit la vision de son visage à un centimètre de ses yeux sur la grosse toile du matelas et il pensa que ce visage lui confiait son humiliation.

Il voulait se dresser dans son cercueil, il voulait sauver cette femme, mais il savait qu'il n'en avait pas le droit. Et le visage de la femme était si proche du sien, se penchait sur lui, l'implorait, et se hérissait de trois brins de paille comme de trois flèches qui le transperçaient. Et le plafond au-dessus de Xavier se mit à se balancer en cadence et les brins de paille, les trois flèches qui transperçaient le visage de la femme, effleuraient en cadence le nez de Xavier et le chatouillaient, ce qui le fit éternuer inopinément.

Le mouvement s'arrêta net. Le lit s'immobilisa, on n'entendait même plus la respiration, Xavier aussi était comme paralysé. Puis, au bout d'un instant, on entendit : « Qu'est-ce que c'était ? — Je n'ai rien entendu, chéri », répondit la voix de la femme. Puis il y eut encore un instant de silence et la voix masculine demanda : « Et à qui appartient ce cartable ? » Et ensuite des pas sonores retentirent à travers la pièce et on voyait les bottes se déplacer sur le parquet.

Tiens, le type était au lit avec ses bottes, pensa Xavier et il s'indigna ; il comprit que c'était à lui d'agir maintenant. Il s'appuya sur les coudes et sortit la tête de sous le lit pour voir ce qui se passait dans la chambre.

« Qui as-tu ici ? Où l'as-tu caché ? » criait la voix masculine et Xavier voyait au-dessus des bottes noires les culottes de cheval bleu foncé et la chemise bleu foncé de l'uniforme de la police. L'homme examina la pièce d'un regard inquisiteur puis s'élança vers l'armoire dont la profondeur laissait soupçonner qu'un amant se cachait à l'intérieur.

À ce moment Xavier bondit de sous le lit, silencieux comme un chat, souple comme une panthère. L'homme en uniforme ouvrit l'armoire pleine de vêtements et se mit à chercher à tâtons à l'intérieur. Mais Xavier était déjà là et quand l'homme plongea de nouveau les mains dans les ténèbres des vêtements pour y chercher l'amant caché, Xavier le saisit au col et le précipita violemment à l'intérieur de l'armoire. Il referma la porte, fit jouer la clé, la retira, la fourra dans sa poche et se tourna vers la femme.

4

Il était devant les grands yeux bruns et il entendait derrière lui les coups frappés au-dedans de l'armoire, le tapage et les cris si bien amortis par la sourdine des vêtements que les mots restaient incompréhensibles dans le vacarme.

Il s'assit près des grands yeux, serra l'épaule entre ses doigts et alors seulement, au contact de la peau nue sous sa paume, il comprit que la femme ne portait qu'une mince combinaison sous laquelle se gonflaient les seins nus, moelleux et souples.

Dans l'armoire, les coups de tambour ne cessaient pas et Xavier tenait maintenant la femme à deux mains par les épaules et s'efforçait de percevoir la netteté de ses contours qui disparaissait dans l'immensité océanique de ses yeux. Il lui disait de ne pas avoir peur, il lui montrait la clé pour lui prouver que l'armoire était bien fermée, il lui rappelait que la prison de son époux était de chêne et que le prisonnier ne pouvait ni l'ouvrir ni la forcer. Et ensuite il se mit à l'embrasser (ses mains étaient toujours posées sur les moelleuses épaules nues si infiniment voluptueuses qu'il craignait de laisser glisser ses mains plus bas et de toucher les seins comme s'il n'était pas assez fort pour résister au vertige) et il pensa qu'ayant posé ses lèvres sur ce visage, il allait se noyer dans des eaux immenses.

Il entendit sa voix : « Qu'allons-nous faire ? »

Il lui caressa les épaules et lui répondit de ne s'occuper de rien, qu'ils étaient bien ici à présent, qu'il était heureux comme il ne l'avait jamais été et que les coups frappés dans l'armoire ne l'inquiétaient pas plus que le bruit d'un orage provenant d'un tourne-disque ou que l'aboiement d'un chien enchaîné à sa niche à l'autre bout de la ville.

Pour lui montrer qu'il était maître de la situation, il se leva et se mit à inspecter la pièce. Puis il rit parce qu'il avait vu une matraque noire posée sur la table. Il la saisit, s'approcha de l'armoire et, en réponse aux coups frappés à l'intérieur, cogna plusieurs fois sur la porte de l'armoire avec la matraque.

« Qu'allons-nous faire ? » demanda de nouveau la femme et Xavier lui répondit : « Nous allons partir.

— Et lui ? » demanda la femme, et Xavier répondit : « Un homme peut survivre deux ou trois semaines sans nourriture. Quand nous reviendrons ici l'année prochaine, il y aura dans l'armoire un squelette en uniforme et botté », et il s'approcha de l'armoire bruyante, y donna un coup de matraque, rit et regarda la femme en souhaitant qu'elle rît avec lui.

Mais la femme ne riait pas et demanda : « Où irons-nous ? »

Xavier lui raconta où ils iraient. Elle répliqua que dans cette pièce elle était chez elle tandis que là où Xavier voulait la conduire elle n'avait ni son armoire à linge ni son oiseau dans sa cage. Xavier répondit qu'un chez-soi n'est pas une armoire à linge ou un oiseau dans une cage, mais la présence de l'être que nous aimons. Et il lui dit ensuite qu'il n'avait pas lui-même de chez-soi ou bien, pour s'exprimer autrement, que son chez-soi était dans ses pas, dans sa marche, dans ses voyages. Que son chez-soi était là où s'ouvraient des horizons inconnus. Qu'il ne pouvait vivre qu'en passant d'un rêve à un autre, d'un paysage à un autre et que s'il restait longtemps dans le même décor il mourrait comme allait mourir son mari s'il restait plus de quinze jours dans l'armoire.

Et ce disant, tous deux s'aperçurent brusquement que l'armoire s'était tue. Ce silence était si remarquable qu'il les réveilla tous deux. C'était comme l'instant qui suit un orage ; le canari chantait à tue-tête dans sa cage, et à la fenêtre il y avait la couleur jaune du soleil qui déclinait. C'était beau comme une invitation au voyage. C'était beau comme le grand pardon. C'était beau comme la mort d'un flic.

Cette fois, la femme caressa le visage de Xavier et c'était la première fois qu'elle le touchait ; et c'était aussi la première fois que Xavier la voyait, non pas diffuse, mais avec des contours fermes. Elle lui dit : « Oui. Nous allons partir ; et nous irons où tu voudras. Attends une minute, je prendrai seulement quelques affaires pour le voyage. »

Elle le caressa encore une fois, lui sourit et se dirigea vers la porte. Il la regardait les yeux emplis d'une paix soudaine ; il voyait son pas, souple et fluide comme le pas de l'eau muée en corps.

Ensuite il s'assit sur le lit et il se sentit merveilleusement bien. L'armoire était silencieuse, comme si l'homme s'y était endormi ou pendu. Le silence était plein d'espace qui entrait dans la pièce par la fenêtre avec la rumeur de la Vltava et le cri lointain de la ville, un cri si lointain qu'il ressemblait aux voix de la forêt.

Xavier sentait qu'il était de nouveau plein de voyages. Et il n'est rien de plus beau que l'instant qui précède le voyage, l'instant où l'horizon de demain vient nous rendre visite et nous dire ses promesses. Xavier était allongé sur les couvertures froissées et tout semblait se fondre dans une admirable unité : le lit mou semblable à une femme, la femme pareille à l'eau, l'eau qu'il imaginait sous les fenêtres semblable à une couche liquide.

Ensuite il vit encore la porte s'ouvrir et la femme entra. Elle portait une robe bleue. Bleue comme l'eau, bleue comme les horizons où il allait plonger demain, bleue comme le sommeil où il sombrait lentement mais irrésistiblement.

Oui. Xavier s'était endormi.

5

Xavier ne dort pas pour puiser dans le sommeil la force de veiller. Non, ce monotone mouvement de balancier veille-sommeil qui s'accomplit trois cent soixante-cinq fois en une année lui est inconnu.

Le sommeil n'est pas pour lui le contraire de la vie ; le sommeil est pour lui la vie, et la vie est un songe. Il passe d'un songe à un autre songe comme s'il passait d'une vie à une autre vie.

Il fait nuit, il fait nuit noire, mais voici que d'en haut descendent des disques lumineux. Ce sont les lumières que répandent des lanternes ; dans ces cercles découpés sur le fond de l'obscurité on voit tomber dru les flocons.

Il s'engouffra dans la porte d'une construction basse, traversa rapidement le hall et pénétra sur le quai où un train attendait, les vitres éclairées, sur le point de partir ; un vieillard, avec une lanterne à la main, s'avançait le long du convoi et fermait les portes des wagons. Xavier sauta lestement dans le train et le vieillard éleva sa lanterne, le bruit lent d'une trompe se fit entendre à l'autre extrémité du quai et le train se mit en marche.

6

Il s'arrêta sur la plate-forme du wagon et inspira profondément pour calmer sa respiration précipitée. Une fois de plus, il était arrivé au dernier moment, et arriver au dernier moment était sa fierté : tous les autres arrivaient à temps conformément à un plan préétabli si bien que toute leur vie se passait sans surprise comme s'ils recopiaient les textes que leur indiquait le professeur. Il les imaginait dans les compartiments des wagons, assis à des places réservées d'avance, échangeant des propos connus d'avance, se parlant du chalet de montagne où ils allaient passer une semaine, de l'emploi du temps avec lequel on avait commencé à les familiariser à l'école pour qu'ils puissent le suivre aveuglément, de mémoire et sans la moindre erreur.

Mais Xavier était venu sans se préparer, au dernier moment, guidé par une impulsion soudaine et par une décision inattendue. Il était maintenant sur la plate-forme du wagon et se demandait ce qui avait bien pu l'inciter à participer à cette excursion organisée par le lycée, avec des élèves ennuyeux et des professeurs chauves aux moustaches grouillant de poux.

Il traversa le wagon : des garçons étaient debout dans le couloir, soufflaient sur des vitres gelées puis collaient un œil au judas circulaire ; d'autres étaient étendus paresseusement sur les bancs des compartiments, avec leurs skis en croix appuyés aux filets à bagages au-dessus de leur tête ; ailleurs on jouait aux cartes et dans un autre compartiment on chantait une chanson estudiantine interminable composée d'une mélodie primitive et de paroles répétées inlassablement des centaines et des milliers de fois : *le canari est mort, le canari est mort, le canari est mort*...

Il s'arrêta à la porte de ce compartiment et regarda à l'intérieur : il y avait là trois garçons d'une grande classe, et à côté d'eux, de sa propre classe, une jeune fille blonde qui rougit en le voyant mais ne dit rien, comme si elle craignait d'être prise en faute, et elle continuait d'ouvrir la bouche tout en regardant Xavier avec ses grands yeux fixes et elle chantait : *le canari est mort, le canari est mort, le canari est mort, le canari...*

Xavier s'éloigna de la jeune fille blonde et passa devant un autre compartiment d'où lui parvenaient d'autres chansons d'étudiants et le vacarme des plaisanteries, et il vit ensuite un homme en uniforme de contrôleur s'avancer à sa rencontre, s'arrêter à chaque compartiment et demander les billets ; l'uniforme ne pouvait pas le tromper, sous la visière de la casquette il reconnut un vieux professeur de latin et il sut aussitôt qu'il ne devait pas le rencontrer, d'abord parce qu'il n'avait pas de billet, ensuite parce qu'il y avait bien longtemps (il ne pouvait pas se rappeler combien de temps) qu'il n'était pas allé en classe de latin.

Il profita d'un moment où le professeur de latin avait passé la tête à l'intérieur d'un compartiment pour se glisser rapidement derrière lui jusqu'à la plate-forme où il y avait deux portes, celle des lavabos et celle des waters. Il ouvrit la porte des lavabos et surprit dans une douce étreinte la prof de tchèque, austère quinquagénaire, et un de ses condisciples, qui occupait une place au premier rang et que Xavier, pour autant qu'il participât au travail scolaire, dédaignait souverainement. Quand ils le virent, les deux amants surpris s'écartèrent promptement l'un de l'autre et se penchèrent sur le lavabo ; ils se frottaient fébrilement les mains sous le mince filet d'eau qui coulait du robinet.

Xavier ne voulait pas les déranger et sortit de nouveau sur la plate-forme ; là, il se trouva face à face avec la blonde de sa classe qui fixait sur lui de grands yeux bleus ; ses lèvres ne bougeaient plus et ne chantaient plus la chanson du canari dont Xavier pensait que le refrain était interminable. Ah ! quelle naïveté, se dit-il, de croire qu'il existe une chanson qui est interminable ! Comme si tout en ce bas monde, depuis les commencements, n'était pas autre chose que trahison !

Fort de cette pensée, il plongeait son regard dans les yeux de la fille blonde et il savait qu'il ne devait pas se prêter au jeu truqué qui fait passer le provisoire pour l'éternel et le petit pour le grand, qu'il ne devait pas se prêter au jeu truqué qui s'appelle l'amour. Il tourna donc les talons et rentra dans la petite cabine du lavabo où la corpulente prof de tchèque était de nouveau campée devant le condisciple de Xavier, les mains posées sur ses hanches.

« Ah non, je vous en prie, vous n'allez pas recommencer à vous laver les mains, leur dit Xavier. C'est à mon tour de me les laver », et il les évita discrètement, tourna le robinet et se pencha sur le lavabo, cherchant ainsi une solitude relative pour lui et pour les deux amants qui restaient plantés là et semblaient gênés. Il entendit le chuchotement énergique de la prof de tchèque « Allons à côté », puis le claquement de la porte et les pas de deux paires de jambes qui pénétraient dans les waters voisins. Quand il fut seul, il s'appuya avec satisfaction contre le mur et s'abandonna à de douces réflexions sur la petitesse de l'amour, à de douces réflexions derrière lesquelles luisaient deux grands yeux bleus suppliants.

7

Puis le train s'arrêta, une trompe retentit, et ce fut une clameur juvénile, le claquement métallique des portes, le martèlement des semelles ; Xavier sortit de son abri et se joignit aux autres lycéens qui se ruaient sur le quai. Et ensuite on aperçut des montagnes, une grosse lune et la neige étincelante ; ils marchaient dans une nuit qui était claire comme le jour. C'était une longue procession où, à la place des croix, les paires de skis se dressaient comme de pieux accessoires, comme les symboles de deux doigts qui prêtent serment.

C'était une longue procession et Xavier l'accompagnait et il avait les mains dans les poches parce qu'il était le seul à ne pas avoir de skis, symbole du serment ; il marchait et il écoutait les propos des lycéens déjà passablement fatigués ; puis il se retourna et vit que la jeune fille blonde, qui était petite et fluette, marchait en arrière et qu'elle trébuchait et enfonçait dans la neige sous le poids des skis, et un instant plus tard il se retourna de nouveau et vit que le vieux prof de math prenait les skis de la jeune fille, les chargeait avec les siens sur son épaule, lui prenait le bras de sa main restée libre et l'aidait à marcher. Et c'était un triste tableau, cette pauvre vieillesse qui s'apitoyait sur cette pauvre jeunesse ; il regardait ce tableau et se sentait bien.

Ensuite, de loin d'abord, puis de plus en plus près, une musique de danse leur parvint ; ils virent un restaurant autour duquel étaient disposés les chalets en bois où allaient loger tous les lycéens. Mais Xavier n'avait pas réservé de chambre et il n'avait même pas besoin de déposer ses skis, même pas besoin de se changer. Il entra donc tout de suite dans la salle du bar où se trouvaient la piste de danse, l'orchestre et des clients assis à des tables. Aussitôt il remarqua une femme vêtue d'un chandail grenat et d'un fuseau ; des hommes étaient assis près d'elle devant des chopes de bière, mais Xavier voyait que cette femme était élégante et fière et s'ennuyait avec eux. Il s'approcha et l'invita à danser.

Ils étaient seuls à danser dans la salle du bar et Xavier voyait que le cou de la femme était magnifiquement fané, que la peau autour des yeux était magnifiquement ridée et que deux rides magnifiquement profondes se creusaient autour de la bouche, et il était heureux de tenir dans ses bras tant d'années de vie, heureux que le lycéen qu'il était pût tenir dans ses bras toute une vie déjà presque achevée. Il était fier de danser avec elle et se disait que la fille blonde pouvait entrer d'une minute à l'autre et le voir, voir à quel point il lui était supérieur, comme si l'âge de sa danseuse était une haute montagne et que la toute jeune adolescente se dressât au pied de cette montagne comme un humble brin d'herbe.

Et vraiment : la salle commençait à se remplir de garçons et de filles qui avaient changé leurs pantalons de ski pour des jupes, et tous vinrent s'asseoir aux tables restées libres, et un public nombreux entourait maintenant Xavier qui dansait avec la femme en grenat ; il aperçut à une table la jeune fille blonde et il fut satisfait : elle était habillée avec beaucoup plus de soin que les autres ; elle avait une jolie robe tout à fait déplacée dans cette salle de café malpropre, une légère robe blanche où elle était encore plus frêle et encore plus vulnérable. Xavier savait qu'elle l'avait mise pour lui et il décida fermement qu'il ne devait pas la perdre, qu'il devait vivre cette soirée pour elle et avec elle.

8

Il dit à la femme au chandail grenat qu'il ne voulait plus danser ; qu'il était écœuré par les trognes qui les dévisageaient derrière les chopes de bière. La femme eut un rire approbateur ; et bien que la danse ne fût pas terminée et qu'ils fussent seuls sur la piste, ils cessèrent de danser (toute la salle pouvait voir qu'ils avaient cessé de danser) et ils quittèrent la piste en se donnant la main, longèrent les tables et sortirent sur le plateau enneigé.

Ils sentirent l'air glacé et Xavier pensa que la frêle jeune fille maladive en robe blanche ne tarderait pas à les rejoindre dans le froid. Il saisit par le bras la femme en grenat et il l'entraîna à travers le plateau étincelant et il se dit qu'il était le légendaire preneur de rats et que la femme à ses côtés était le fifre dont il jouait.

Au bout d'un instant la porte du restaurant s'ouvrit et la jeune fille blonde sortit. Elle était encore plus frêle que tout à l'heure, sa robe blanche se confondait avec la neige, elle était comme de la neige marchant dans la neige. Xavier pressait contre lui la femme au chandail grenat, qui était chaudement vêtue et magnifiquement âgée, il l'embrassait, mettait les mains sous le chandail et observait du coin de l'œil la jeune fille à la blancheur de neige qui les regardait et se tourmentait.

Ensuite, il renversa cette vieille femme sur la neige et il se vautra sur elle et il savait que ça durait depuis longtemps et qu'il faisait froid et que la robe de la jeune fille était légère et que le gel lui touchait les mollets et les genoux et atteignait jusqu'à ses cuisses et la caressait de plus en plus haut au point de toucher son sexe et son ventre. Ils se relevèrent et la vieille femme le conduisit dans un chalet où elle avait une chambre.

La chambre était au rez-de-chaussée et la fenêtre était à un mètre au-dessus du sol enneigé et Xavier pouvait voir par la vitre la jeune fille blonde qui était à quelques pas de lui et qui le regardait par la fenêtre ; lui non plus ne voulait pas abandonner la jeune fille dont l'image l'emplissait tout entier, il alluma donc la lumière (la vieille femme salua d'un rire sensuel ce besoin de lumière), il prit la femme par la main, s'approcha de la fenêtre avec elle et devant la fenêtre il l'étreignit et souleva le chandail pelucheux (un chandail bien chaud pour un corps sénile) et il songeait à la jeune fille qui devait être entièrement transie, transie au point de ne plus sentir son corps, de n'être qu'une âme, une âme triste et douloureuse flottant à peine dans le corps tellement glacé qu'il ne sentait plus rien, qu'il avait déjà perdu le sens du toucher, qu'il n'était qu'une enveloppe morte pour l'âme flottante que Xavier aimait infiniment, ah oui ! qu'il aimait infiniment.

Mais qui pourrait supporter un amour aussi infini ! Xavier sentait que ses mains faiblissaient, qu'elles n'avaient même pas la force de soulever le chandail pelucheux assez haut pour dénuder la poitrine de la vieille, il sentit un engourdissement dans tout son corps et il s'assit sur le lit. Il est difficile de décrire à quel point il se sentait bien, à quel point il était satisfait et heureux. Quand un homme est excessivement satisfait, le sommeil vient à lui comme une récompense. Xavier souriait et sombrait dans un profond sommeil, dans une belle nuit douce où luisaient deux yeux gelés, deux lunes transies…

9

Xavier ne vivait pas qu'une seule vie qui s'étendait de la naissance à la mort comme un long fil sale ; il ne vivait pas sa vie, mais il la dormait ; dans cette vie-sommeil il bondissait d'un rêve à un autre rêve ; il rêvait, s'endormait en rêvant et faisait un autre rêve, de sorte que son sommeil était comme une boîte dans laquelle entre une autre boîte et dans cette dernière encore une autre boîte et dans celle-ci une autre encore, et ainsi de suite.

Par exemple, en ce moment il dort et il est à la fois dans une maison du pont Charles et dans un chalet de montagne ; ces deux sommeils résonnent comme deux notes d'orgue longuement retenues ; et voici qu'à ces deux notes s'en ajoute une troisième :

Il est debout et regarde. La rue est déserte, c'est à peine si de temps à autre passe une ombre qui disparaît au coin de la rue ou dans une porte. Lui non plus, il ne veut pas être remarqué ; il prend par les petites rues des faubourgs et un bruit de fusillade lui parvient de l'autre bout de la ville.

Il est enfin entré dans une maison et s'est mis à descendre l'escalier ; au sous-sol il y avait plusieurs portes ; après avoir cherché pendant quelques instants laquelle est la bonne, il a frappé ; d'abord trois coups puis, après une pause, un coup et encore trois coups après une nouvelle pause.

10

La porte s'ouvrit et un homme jeune en bleu de travail l'invita à entrer. Ils traversèrent plusieurs pièces où il y avait un bric-à-brac, des vêtements accrochés à des cintres, et aussi des fusils appuyés dans les encoignures, et par un long couloir (ils devaient être loin du périmètre de l'immeuble) ils pénétrèrent enfin dans une petite pièce souterraine où il pouvait y avoir une vingtaine d'hommes.

Il s'assit sur une chaise libre et examina les personnes présentes ; il en connaissait quelques-unes. Trois hommes étaient assis à une table placée près de la porte ; l'un d'eux, coiffé d'une casquette, était en train de parler ; il parlait d'une date proche et secrète, où tout se déciderait ; tout devait être prêt pour ce jour-là selon le plan : les tracts, les journaux, la radio, la poste, le télégraphe, les armes. Il demanda ensuite à chacun s'il avait exécuté, pour le succès de cette journée, les tâches dont il était chargé. Il s'adressa aussi à Xavier et lui demanda s'il avait apporté la liste.

Ce fut un moment atroce. Pour être certain de ne pas être découvert, Xavier avait depuis longtemps recopié la liste sur la dernière page de son cahier de tchèque. Ce cahier était dans son cartable, avec ses autres cahiers et ses manuels. Mais où était le cartable ? Il ne l'avait pas avec lui !

L'homme à la casquette répéta sa question.

Mon Dieu, où était ce cartable ? Xavier réfléchit fébrilement et, du fond de sa mémoire, émergea un souvenir vague et insaisissable, un souffle très doux empli de bonheur ; il voulut saisir au vol ce souvenir, mais il n'en eut pas le temps, parce que tous les visages étaient tournés vers lui et attendaient qu'il réponde. Il dut avouer qu'il n'avait pas la liste.

Les visages des hommes parmi lesquels il était venu comme un camarade parmi des camarades se durcirent et l'homme à la casquette lui dit d'une voix glacée que si l'ennemi s'emparait de la liste, la date dans laquelle ils plaçaient tous leurs espoirs serait ruinée et ne serait plus qu'une date comme toutes les autres : une date vide et morte.

Mais Xavier n'eut pas le temps de répondre. La porte s'ouvrit discrètement, un homme parut et siffla. C'était le signal d'alarme ; avant que l'homme à la casquette n'ait eu le temps de donner son premier commandement, Xavier prit la parole : « Laissez-moi sortir le premier », dit-il, parce qu'il savait que la route qui les attendait maintenant était dangereuse et que celui qui sortirait le premier risquait sa vie.

Xavier savait qu'il avait oublié la liste et qu'il devait laver sa faute. Mais ce n'était pas seulement un sentiment de culpabilité qui le poussait vers le danger. Il détestait la petitesse qui fait de la vie une demi-vie et des hommes des demi-hommes. Il voulait placer sa vie dans la balance et que la mort fût sur l'autre plateau. Il voulait que chacun de ses actes, voire, chaque jour, chaque heure, chaque seconde de sa vie se mesure au critère suprême qui est la mort. C'est pourquoi il voulait marcher en tête de la colonne, marcher sur un fil au-dessus de l'abîme, avoir l'auréole des balles autour de sa tête et grandir ainsi aux yeux de tous et devenir infini comme la mort est infinie…

L'homme à la casquette le regardait de ses yeux froids et sévères où brillait une lueur de compréhension. « Eh bien, va ! » lui dit-il.

II

Il franchit une porte métallique et se trouva dans une cour étroite. Il faisait sombre, au loin crépitait la fusillade, et quand il levait les yeux il voyait errer au-dessus des toits les rais lumineux des projecteurs. En face, une étroite échelle métallique conduisait au toit d'un immeuble de cinq étages. Il y posa le pied et se mit à grimper rapidement. Les autres s'élancèrent derrière lui dans la cour et se pressèrent contre les murs. Ils attendaient qu'il fût sur le toit et qu'il leur fît signe que la voie était libre.

Une fois sur les toits, ils se mirent à ramper avec prudence, mais Xavier était toujours en tête ; il risquait sa vie et protégeait les autres. Il avançait avec attention, il avançait avec douceur, il avançait comme un félin et ses yeux voyaient à travers l'obscurité. À un endroit il s'arrêta et appela l'homme à la casquette pour lui montrer, tout en bas, au-dessous d'eux, des personnages noirs qui accouraient, tenant à la main des armes courtes, et qui scrutaient la pénombre. « Continue de nous guider », dit l'homme à Xavier.

Et Xavier allait, sautant d'un toit à l'autre, grimpant à de courtes échelles métalliques, se cachant derrière les cheminées pour échapper aux projecteurs importuns qui balayaient sans cesse les maisons, les bords des toits et les canyons des rues.

C'était un beau voyage d'hommes silencieux mués en essaim d'oiseaux, passant par le ciel pour éviter l'ennemi aux aguets, traversant la ville sur les ailes des toits pour échapper aux pièges. C'était un beau et long voyage, mais un voyage déjà si long que Xavier commençait à sentir la fatigue ; cette fatigue qui brouille les sens et emplit l'esprit d'hallucinations ; il croyait entendre une marche funèbre, la célèbre marche funèbre de Chopin que les fanfares jouent dans les cimetières.

Il ne ralentissait pas le pas, il tentait de toutes ses forces de tenir ses sens en éveil et de chasser la funeste hallucination. En vain ; la musique lui parvenait toujours, comme pour annoncer sa fin prochaine, comme pour épingler à cet instant de lutte le voile noir de la mort future.

Mais pourquoi résiste-t-il si fort à cette hallucination ? Ne désire-t-il pas que la grandeur de la mort fasse de sa course sur les toits un cheminement inoubliable et immense ? La musique funèbre qui parvient à son oreille comme un présage n'est-elle pas le plus bel accompagnement de son courage ? N'est-il pas sublime que son combat soit aussi ses funérailles et que ses funérailles soient un combat, que la vie et la mort soient aussi magnifiquement fiancées ?

Non, ce qui effrayait Xavier, ce n'était pas que la mort vînt s'annoncer, mais plutôt de ne plus pouvoir se fier à ses propres sens, de ne plus pouvoir (lui dont dépendait la sécurité de ses compagnons !) percevoir les pièges sournois de l'ennemi, maintenant qu'il avait les oreilles bouchées par la mélancolie liquide d'une marche funèbre.

Mais est-il vraiment possible qu'une hallucination paraisse à ce point réelle que l'on entende la marche de Chopin avec toutes les fautes de rythme et les fausses notes du trombone ?

12

Il ouvrit les yeux et il vit une pièce meublée d'une armoire éraflée et du lit où il était couché. Il constata avec satisfaction qu'il avait dormi tout habillé et qu'il n'avait donc pas besoin de se changer ; il se contenta de mettre les chaussures jetées au pied du lit.

Mais d'où vient cette triste fanfare dont les notes semblent si réelles ?

Il s'approcha de la fenêtre. À quelques pas devant lui, dans un paysage d'où la neige avait déjà presque disparu, se tenait immobile, lui tournant le dos, un groupe d'hommes et de femmes habillés de noir. Ce groupe était désolé et triste, comme le paysage qui l'entourait ; de la neige éclatante il ne restait que des lambeaux et des rubans sales sur la terre humide.

Il ouvrit la fenêtre et se pencha au-dehors. Maintenant, il comprenait mieux la situation. Les gens en noir étaient rassemblés autour d'une fosse où était posé un cercueil. De l'autre côté de la fosse, d'autres hommes en noir tenaient devant leur bouche des instruments en cuivre surmontés de petits pupitres recouverts de partitions auxquelles étaient rivés les regards des musiciens ; ils jouaient la marche funèbre de Chopin.

La fenêtre était à un mètre à peine au-dessus du sol. Xavier l'enjamba et s'approcha du groupe funèbre. À ce moment, deux robustes paysans passèrent des cordes sous le cercueil, le soulevèrent et le firent descendre lentement. Un vieil homme et une vieille femme qui faisaient partie du groupe de gens vêtus de noir éclatèrent en sanglots, et les autres les prirent par le bras et les réconfortèrent.

Ensuite, le cercueil fut déposé au fond de la fosse et les gens en noir s'approchèrent l'un après l'autre pour jeter une poignée de terre sur le couvercle. Xavier fut le dernier à s'incliner sur le cercueil, il prit dans la main une motte de terre avec des morceaux de neige et la jeta dans la fosse.

Il était le seul dont personne ne sût rien et il était le seul qui fût au courant de tout. Lui seul savait pourquoi et comment la jeune fille blonde était morte, lui seul savait que la main du gel s'était posée sur ses mollets pour grimper ensuite le long de son corps jusqu'à son ventre et entre ses seins, lui seul savait qui était la cause de sa mort. Lui seul savait pourquoi elle avait demandé à être ensevelie ici, car c'était ici qu'elle avait le plus souffert et qu'elle avait souhaité mourir pour avoir vu l'amour la trahir et lui échapper.

Lui seul savait tout ; les autres étaient là comme le public qui ne comprend pas ou comme la victime qui ne comprend pas. Il les voyait sur le fond d'un lointain paysage montagneux et il se disait qu'ils étaient perdus dans ces lointains immenses comme la morte était perdue dans l'immensité de la terre, et que lui-même (qui savait tout) était encore plus vaste que ce lointain paysage humide, si bien que tout, les survivants, la morte, les fossoyeurs avec leurs pelles, et les champs, et les montagnes, entrait en lui et disparaissait en lui.

Il était habité tout entier par ce paysage, par la tristesse des survivants et par la mort de la jeune fille blonde, et il se sentait rempli de leur présence à tous, comme d'un arbre qui aurait poussé en lui ; il se sentait grandi et son propre personnage réel ne lui apparaissait plus que comme un travesti, comme un déguisement, comme un masque de modestie ; et c'est sous le masque de son propre personnage qu'il s'approcha des parents de la morte (le visage du père lui rappelait les traits de la jeune fille blonde ; il était rouge de larmes) et leur présenta ses condoléances ; ils lui tendaient la main d'un air absent et il sentait leurs mains fragiles et insignifiantes dans le creux de sa paume.

Ensuite il resta un long moment adossé au mur du chalet où il avait si longuement dormi, et il suivit des yeux les gens qui avaient assisté à l'enterrement et se dispersaient par petits groupes et disparaissaient lentement dans les lointains humides. Soudain, il sentit qu'on le caressait : ah oui, il sentit le contact d'une main sur son visage. Il était certain de comprendre le sens de cette caresse et l'acceptait avec gratitude ; il savait que c'était la main du pardon ; que la jeune fille lui faisait comprendre qu'elle n'avait pas cessé de l'aimer et que l'amour persiste au-delà de la tombe.

13

C'était une chute à travers ses rêves.

Les plus beaux moments, c'étaient ceux où un rêve durait encore, cependant qu'un autre commençait à poindre, dans lequel il s'éveillait.

Ces mains qui le caressent pendant qu'il se tient immobile dans le paysage montagneux appartiennent à la femme d'un autre rêve où il va bientôt retomber, mais Xavier ne le sait pas encore, et pour l'instant ces mains n'existent que seules, en elles-mêmes ; ce sont des mains miraculeuses dans un espace vide ; des mains entre deux aventures, entre deux vies ; des mains qui ne sont gâchées ni par le corps ni par la tête.

Que cette caresse de mains sans corps dure le plus longtemps possible !

14

Puis il sentit, non seulement la caresse des mains, mais le contact de seins opulents et moelleux qui se pressaient contre sa poitrine, et il aperçut le visage d'une femme brune et il entendit sa voix : « Réveille-toi ! Mon Dieu, réveille-toi ! »

Sous lui il y avait un lit froissé et tout autour une chambre grisâtre avec une grande armoire. Xavier se souvint qu'il était dans la maison du pont Charles.

« Je sais que tu voudrais encore dormir longtemps, disait la femme comme si elle voulait s'excuser, mais il fallait bien que je te réveille. J'ai peur.

— De quoi as-tu peur ? demanda Xavier.

— Mon Dieu, tu ne sais rien, dit la femme. Écoute ! »

Xavier se tut et s'efforça d'écouter attentivement : il entendait le bruit d'une fusillade au loin.

Il sauta du lit et courut vers la fenêtre ; des groupes d'hommes en bleu de travail, avec des mitraillettes en bandoulière, passaient sur le pont Charles.

C'était comme un souvenir que l'on cherche à travers plusieurs murailles ; Xavier savait bien ce que signifiaient ces groupes d'hommes armés qui montaient la garde sur le pont, mais il y avait quelque chose dont il ne pouvait pas se souvenir, quelque chose qui lui eût permis d'élucider sa propre attitude par rapport à ce qu'il voyait. Il savait qu'il avait un rôle dans cette scène et que s'il en était absent, c'était à la suite d'une erreur, qu'il était comme l'acteur qui a oublié d'entrer en scène, et ensuite la pièce se joue sans lui, étrangement mutilée. Et brusquement, il se souvint.

Et au moment où il se souvint, il chercha des yeux dans la chambre et se sentit soulagé : le cartable était toujours là, appuyé contre le mur dans un coin, personne ne l'avait emporté. Il s'en approcha d'un bond et l'ouvrit. Tout y était : le cahier de mathématiques, le cahier de tchèque, le manuel de sciences naturelles. Il prit le cahier de tchèque, l'ouvrit à l'envers et se sentit de nouveau soulagé : la liste que lui avait réclamée l'homme à la casquette était soigneusement recopiée, d'une petite écriture bien lisible, et Xavier se réjouit de l'idée qu'il avait eue de dissimuler ce document important dans un cahier d'écolier, de l'autre côté duquel on pouvait lire une composition sur le thème *La Venue du printemps.*

« Qu'est-ce que tu cherches là-dedans, s'il te plaît ?

— Rien, dit Xavier.

— J'ai besoin de toi, j'ai besoin de ton aide. Tu vois bien ce qui se passe. Ils entrent dans toutes les maisons, ils arrêtent et ils fusillent.

— Ne crains rien, dit-il en riant. Ils ne peuvent fusiller personne !

— Comment peux-tu le savoir ! » protesta la femme.

Comment pouvait-il le savoir ? Il ne le savait que trop bien : la liste de tous les ennemis du peuple qui devaient être exécutés le premier jour de la révolution était dans son cahier : il était bien vrai que les exécutions ne pouvaient avoir lieu. D'ailleurs, peu lui importait l'angoisse de cette belle femme ; il entendait la fusillade, il voyait les hommes qui montaient la garde sur le pont et il se disait que cette journée qu'il avait préparée avec enthousiasme aux côtés de ses camarades de combat était enfin venue et que, pendant ce temps-là, il dormait ; qu'il était ailleurs, dans une autre chambre et dans un autre rêve.

Il voulait partir, il voulait rejoindre immédiatement ces hommes en bleu de travail, il voulait leur remettre la liste qu'il était le seul à posséder et sans laquelle la révolution était aveugle, ne sachant qui arrêter et fusiller. Mais ensuite il pensa que c'était impossible : il ne connaissait pas le mot de passe de cette journée-là, il était depuis longtemps considéré comme un traître et personne ne le croirait. Il était dans une autre vie, il était dans une autre aventure et il était incapable de sauver de cette vie-là l'autre vie dans laquelle il n'était plus.

« Qu'est-ce que tu as ? » insistait la femme avec angoisse.

Et Xavier pensa que s'il ne pouvait sauver cette vie perdue, il lui fallait donner de la grandeur à la vie qu'il vivait en ce moment. Il se tourna vers la belle femme aux formes généreuses et comprit qu'il devait l'abandonner, car c'était là-bas qu'était la vie, dehors, de l'autre côté de la fenêtre, là-bas, d'où lui parvenait le crépitement de la fusillade qui ressemblait aux roulades du rossignol.

« Où veux-tu aller ? » s'écria la femme.

Xavier sourit et montra la fenêtre.

« Tu m'as promis de m'emmener !

— Il y a longtemps.

— Veux-tu me trahir ? »

Elle s'agenouilla devant lui et lui enlaça les jambes.

Il la regardait et songeait qu'elle était belle et qu'il était dur de la quitter. Mais le monde, de l'autre côté de la fenêtre, était encore plus beau. Et s'il abandonnait pour lui une femme aimée, ce monde lui serait encore plus cher de tout le prix de son amour trahi.

« Tu es belle, dit-il, mais il faut que je te trahisse. » Il s'arracha à son étreinte et s'avança vers la fenêtre.

Troisième partie

ou

LE POÈTE SE MASTURBE

I

Le jour où Jaromil montra ses poèmes à maman, elle attendit en vain son mari, et elle attendit aussi vainement le lendemain et les jours suivants.

Elle reçut en revanche de la Gestapo un avis officiel lui annonçant que son mari était arrêté. Vers la fin de la guerre, elle reçut un autre avis officiel comme quoi il était décédé dans un camp de concentration.

Si son mariage avait été sans joie, son veuvage fut grand et glorieux. Elle trouva une grande photographie de son mari qui datait de l'époque où ils avaient fait connaissance, elle la mit dans un cadre doré et l'accrocha au mur.

Peu après, la guerre prit fin dans une grande liesse des Praguois, les Allemands évacuèrent la Bohême, et maman commença une vie que rehaussait l'austère beauté du renoncement ; l'argent qu'elle avait autrefois hérité de son père étant épuisé elle dut congédier la bonne, à la mort d'Alik elle refusa d'acheter un autre chien, et elle dut chercher un emploi.

Il se produisit encore d'autres changements : sa sœur décida de laisser l'appartement qu'elle occupait au centre de Prague à son fils qui venait de se marier, et d'emménager avec son mari et son fils cadet au rez-de-chaussée de la villa familiale, tandis que la grand-mère s'installait dans une chambre à l'étage de la veuve.

Maman méprisait son beau-frère depuis qu'elle l'avait entendu affirmer que Voltaire était un physicien qui avait inventé des volts. Sa famille était bruyante et s'abandonnait avec complaisance à des divertissements primitifs ; la vie joyeuse dont retentissaient les pièces du rez-de-chaussée était séparée, par d'épaisses frontières, du territoire de la mélancolie qui s'étendait à l'étage supérieur.

Et pourtant, à cette époque, maman se tenait plus droite qu'autrefois. On eût dit qu'elle portait sur la tête (à l'exemple des femmes dalmates qui portent ainsi des corbeilles de raisin) l'urne invisible de son mari.

2

Dans la salle de bains, des flacons de parfum et des tubes de crème sont posés sur une planchette au-dessous du miroir, mais maman ne s'en sert presque pas pour les soins de sa peau. Si elle s'attarde souvent devant ces objets, c'est parce qu'ils lui rappellent son défunt père, la droguerie (elle appartient depuis longtemps au beau-frère détesté) et les longues années de vie insouciante dans la villa.

Le passé vécu avec ses parents et son mari s'éclaire de la lumière nostalgique du soleil déjà couché. Cette lueur nostalgique la déchire ; elle comprend qu'elle apprécie trop tard la beauté de ces années, maintenant qu'elles ne sont plus, et elle se reproche d'avoir été une épouse ingrate. Son mari s'exposait aux plus grands dangers, se rongeait de soucis et, pour ne pas troubler sa tranquillité, jamais il ne lui soufflait mot de rien et aujourd'hui encore elle ignore pour quelle raison il a été arrêté, à quel mouvement de résistance il appartenait et quel rôle il pouvait y jouer ; elle ne sait rien du tout et elle pense que c'est là une peine infamante qui lui est infligée pour la punir d'avoir été une femme bornée et de n'avoir vu dans l'attitude de son mari que la marque de l'indifférence. À la pensée qu'elle lui a été infidèle au moment où il courait les plus grands dangers, elle n'est pas loin de se mépriser.

Maintenant, elle se regarde dans la glace et constate avec surprise que son visage est toujours jeune, et même, lui semble-t-il, inutilement jeune, comme si c'était par erreur et injustement que le temps l'avait oublié, intact, sur son cou.

Elle a récemment appris qu'on l'a vue dans la rue avec Jaromil et qu'on les a pris pour le frère et la sœur ; elle trouve ça comique. Mais ça lui a tout de même fait plaisir ; depuis ce jour-là, c'est encore une plus grande joie pour elle d'aller au théâtre ou au concert avec son fils.

D'ailleurs, que lui restait-il d'autre ?

La grand-mère avait perdu la mémoire et la santé, elle ne sortait pas de la maison, reprisait les chaussettes de Jaromil et repassait les robes de sa fille. Elle était pleine de regrets et de souvenirs, pleine d'une soucieuse sollicitude. Elle créait autour d'elle une atmosphère mélancoliquement aimante et renforçait le caractère féminin du milieu (le milieu d'un double veuvage) qui entourait Jaromil à la maison.

3

Les murs de la chambre de Jaromil n'étaient plus ornés de ses mots d'enfant (maman les avait rangés à regret dans une armoire), mais de vingt petites reproductions de peintures cubistes et surréalistes qu'il avait découpées dans des magazines et collées sur du carton. Parmi elles, on pouvait voir, fixé au mur, un écouteur de téléphone avec un bout de fil coupé (on était venu réparer le téléphone de la villa voici quelque temps et Jaromil voyait dans l'écouteur défectueux arraché de l'appareil le genre d'objet qui, détaché de son cadre habituel, produit une impression magique et peut être à bon droit qualifié d'*objet surréaliste*). Mais l'image qu'il passait le plus de temps à examiner se trouvait dans le cadre du miroir accroché au même mur. Il n'était rien qu'il eût étudié plus soigneusement que son propre visage, rien qui ne le tourmentât davantage, et en rien d'autre (même si c'était au prix d'un effort acharné) il n'investissait davantage d'espoir.

Ce visage ressemblait au visage maternel, mais comme Jaromil était un homme, la délicatesse des traits était beaucoup plus frappante : il avait un joli nez fin et un petit menton légèrement rentré. Ce menton lui causait beaucoup de souci ; il avait lu dans la célèbre méditation de Schopenhauer qu'un menton rentré est un trait particulièrement repoussant, car c'est justement par son menton proéminent que l'homme se distingue du singe. Mais ensuite il découvrit une photographie de Rilke et il constata que Rilke aussi avait le menton rentré, ce qui lui apporta un précieux réconfort. Il se regardait longuement dans le miroir et se débattait désespérément dans cet espace gigantesque entre le singe et Rilke.

À vrai dire, son menton n'était que modérément rentré et sa mère estimait avec raison que le visage de son fils avait le charme d'un visage d'enfant. Mais cela tourmentait Jaromil plus encore que son menton : la délicatesse de ses traits le rajeunissait de plusieurs années, et comme ses camarades de classe avaient un an de plus que lui l'aspect enfantin de sa physionomie n'en était que plus frappant, que plus irréfutable, et faisait chaque jour l'objet de nombreux commentaires, de sorte que Jaromil ne pouvait pas l'oublier un instant.

Ah ! quel fardeau de porter un tel visage ! Comme il était pesant, ce dessin subtil des traits !

(Jaromil faisait parfois des rêves épouvantables : il rêvait qu'il devait soulever un objet extrêmement léger, une tasse à thé, une cuiller, une plume, et qu'il n'y arrivait pas, qu'il était d'autant plus faible que l'objet était plus léger, qu'il *succombait sous sa légèreté* ; ces rêves étaient des cauchemars et il se réveillait en nage ; il nous semble que ces rêves avaient pour thème son visage fragile dessiné au point de dentelle qu'il s'efforçait en vain de soulever et de jeter.)

4

Dans les maisons où les poètes ont vu le jour, règnent les femmes : la sœur de Trakl et celles d'Essenine et de Maïakovski, les tantes de Blok, la grand-mère de Hölderlin et celle de Lermontov, la nourrice de Pouchkine et surtout, bien entendu, les mères, les mères des poètes, derrière lesquelles pâlit l'ombre du père. Lady Wilde et Frau Rilke habillaient leurs fils en petites filles. Vous vous étonnez que l'enfant se regarde avec angoisse dans le miroir ? *Il est temps* *de devenir un homme*, écrit Jiri Orten* dans son journal. Pendant toute sa vie, le poète cherchera la virilité de ses traits sur son visage.

Quand il se regardait très longuement dans le miroir, il réussissait à trouver ce qu'il cherchait : le regard dur de l'œil ou la ligne sévère de la bouche ; mais pour cela il devait évidemment s'imposer un certain sourire, ou plutôt un certain rictus qui lui contractait violemment la lèvre supérieure. Il recherchait aussi une coiffure qui modifiât sa physionomie : il tentait de se relever les cheveux au-dessus du front pour donner l'impression d'une broussaille épaisse et sauvage ; mais hélas, ses cheveux que maman chérissait plus que tout, au point d'en conserver une mèche dans un médaillon, étaient ce qu'il pouvait imaginer de pire : jaunes comme le duvet des poussins nouveau-nés et fins comme les graines de pissenlits ; il était impossible de leur donner une forme ; maman lui caressait souvent la tête et disait que c'étaient des cheveux d'ange. Mais Jaromil détestait les anges et aimait les démons ; il avait envie de se teindre les cheveux en noir, mais il n'osait pas, parce que se teindre les cheveux faisait encore plus efféminé que de les avoir blonds ; du moins les laissait-il pousser très longs et les portait-il hirsutes.

Il ne perdait pas une occasion de vérifier et de rectifier son apparence ; il ne passait pas devant la vitre d'une devanture sans y jeter un rapide coup d'œil. Mais plus il surveillait son apparence, plus il en prenait conscience et elle lui semblait d'autant plus importune et douloureuse. Par exemple :

Il revient du lycée. La rue est déserte, mais de loin, il aperçoit une jeune inconnue qui s'avance vers lui. Ils se rapprochent l'un de l'autre irrémédiablement. Jaromil pense à son visage, car il a vu que cette femme est belle. Il tente de plaquer sur ses lèvres son sourire éprouvé d'homme dur, mais il sent qu'il n'y parvient pas. Il pense de plus en plus à son visage dont la puérile féminité le fait paraître ridicule aux yeux des femmes, il s'incarne tout entier dans cette frimousse dérisoire qui se fige, se pétrifie et (malheur !) s'empourpre ! Il presse donc le pas pour éviter autant que possible de courir le risque que la femme jette les yeux sur lui, car s'il se laisse surprendre par une jolie femme au moment où il rougit, il ne supportera pas cette honte !

* Jiri Orten, poète tchèque mort en 1941 à l'âge de vingt-deux ans.

poètes ; il savait qu'il emplirait cet avenir de sa gloire et ce savoir lui apportait la certitude qui (autonome et libre) vivait en lui à côté de toutes les incertitudes qui le tourmentaient.

6

Ah, le désert sans fin des après-midi où Jaromil est enfermé dans sa chambre et regarde successivement dans ses deux miroirs !

Comment est-ce possible ? Il a lu partout que la jeunesse est dans la vie la période de la plus grande plénitude ! D'où vient donc ce néant, cet éparpillement de la matière vivante ? D'où vient ce *vide* ?

Ce mot était aussi déplaisant que le mot défaite. Et il y avait d'autres mots que personne ne devait prononcer devant lui (à la maison du moins, dans cette métropole du vide). Par exemple le mot *amour* ou le mot *filles*. Comme il pouvait détester les trois personnes qui habitaient le rez-de-chaussée de la villa ! Il y avait souvent là des invités qui restaient tard dans la nuit et on entendait des voix avinées et, parmi elles, de perçantes voix féminines qui lacéraient l'âme de Jaromil recroquevillé sous sa couverture et incapable de dormir. Son cousin n'avait que deux ans de plus que lui, mais ces deux ans se dressaient entre eux semblables à des Pyrénées séparant l'un de l'autre deux siècles différents ; le cousin, qui était étudiant, amenait de jolies filles à la villa (avec la souriante complicité de ses parents) et méprisait vaguement Jaromil ; l'oncle était rarement là (il avait fort à faire avec les magasins dont il avait hérité), en revanche la voix de la tante tonnait à travers la maison ; chaque fois qu'elle rencontrait Jaromil, elle lui posait sa question stéréotypée : *Alors, comment ça marche avec les filles ?* Jaromil lui eût volontiers craché au visage car cette question, posée avec une joviale condescendance, mettait à nu toute sa misère. Non qu'il n'eût aucune fréquentation féminine, mais ces contacts étaient si rares que ses rendez-vous étaient aussi éloignés l'un de l'autre que des étoiles dans l'univers.

Le mot fille résonnait aussi tristement à son oreille que le mot nostalgie et le mot échec.

Si son temps n'était guère absorbé par les rendez-vous féminins, il était entièrement rempli par l'attente de ces rendez-vous et cette attente n'était pas une simple contemplation de l'avenir, mais une préparation et une étude. Jaromil était persuadé que l'essentiel, pour qu'un rendez-vous réussisse, c'était de ne pas tomber dans un silence gêné et de savoir parler. Un rendez-vous avec une jeune fille, c'était d'abord l'art de la conversation. Il tenait donc un cahier spécial où il inscrivait des histoires dignes d'être racontées ; pas des histoires drôles, car celles-ci ne peuvent rien révéler de personnel sur celui qui les raconte. Il notait des aventures qui lui étaient arrivées personnellement ; et comme il ne lui en arrivait aucune, il les imaginait ; à cet égard, il faisait preuve de bon goût ; les aventures qu'il inventait (ou dont il se souvenait pour les avoir lues dans un livre ou les avoir entendu raconter) et dont il était le héros ne devaient pas le représenter sous un jour héroïque, mais seulement le transporter délicatement, presque imperceptiblement, du monde de la stagnation et du vide dans le monde du mouvement et de l'aventure.

Il notait aussi différents extraits de poèmes (et, soit dit en passant, pas des poèmes qu'il admirait lui-même), dans lesquels les poètes s'adressaient à la beauté féminine et qui pouvaient passer pour une repartie spontanée. Par exemple, il avait inscrit dans son cahier le vers : *De ton visage on pourrait faire une cocarde : les yeux, la bouche, les cheveux*… Évidemment, il fallait dégager les vers de l'artifice du rythme et les dire à la jeune fille comme s'il s'agissait d'une idée soudaine et naturelle, un compliment spirituel et spontané : *Ton visage, on dirait une cocarde ! Tes yeux, ta bouche, tes cheveux. C'est le seul drapeau que je puisse admettre !*

Pendant tout le rendez-vous, Jaromil pense à ses phrases préparées d'avance et redoute que sa voix ne paraisse pas naturelle, que ses phrases fassent l'effet d'une leçon apprise par cœur et que son ton soit d'un amateur sans talent. Ce qui fait qu'il n'ose pas les dire, mais comme elles absorbent toute son attention, il ne peut rien dire d'autre. Le rendez-vous se passe dans un silence pénible. Jaromil perçoit l'ironie des regards de la jeune fille et il la quitte bientôt avec un sentiment de défaite.

De retour à la maison, il se met à sa table et il écrit rageusement, rapidement et avec haine : *Les regards coulent de tes yeux comme de l'urine Je tire au fusil les moineaux effarouchés de tes pensées imbéciles Entre tes jambes il y a une mare où bondissent des régiments de crapauds...*

Il continue d'écrire et d'écrire et ensuite il lit avec satisfaction, plusieurs fois de suite, le texte dont la fantaisie lui semble magnifiquement démoniaque.

Je suis un poète, je suis un grand poète, se dit-il, et ensuite il inscrit cette pensée dans son journal. *Je suis un grand poète, je possède une imagination démoniaque, je sens ce que les autres ne sentent pas...*

Et pendant ce temps, maman rentre à son tour et pénètre dans sa chambre...

Jaromil s'approche du miroir et regarde longuement son visage puéril et détesté. Il le regarde si longtemps qu'il finit par y voir l'éclat d'un être exceptionnel, d'un être élu.

Et dans la pièce voisine maman se hausse sur la pointe des pieds pour retirer du mur le portrait de l'époux dans son cadre doré.

7

Elle vient d'apprendre que son mari avait, bien avant la guerre, une liaison avec une jeune Juive ; quand les Allemands occupèrent la Bohême et que les Juifs furent contraints de porter dans la rue l'infamante étoile jaune sur leur manteau, il ne l'abandonna pas, il continua de la voir et l'aida de son mieux.

Ensuite, elle fut déportée au ghetto de Terezin et il fit une chose insensée : avec l'aide de policiers tchèques, il réussit à s'introduire dans la ville étroitement surveillée et à voir sa maîtresse pendant quelques minutes. Séduit par le succès, il se rendit à Terezin une seconde fois et il se fit prendre ; il n'en revint jamais, pas plus que sa maîtresse.

L'urne invisible, que maman portait sur la tête, est rangée derrière l'armoire avec le portrait du mari. Elle n'a plus besoin d'aller la tête droite, elle n'a plus rien pour la lui redresser puisque toute la grandeur morale reste acquise à d'autres :

Elle entend encore la voix de la vieille Juive, une parente de la maîtresse de son mari, qui lui a tout raconté : « C'est l'homme le plus courageux que j'aie jamais connu. » Et : « Je suis restée seule au monde. Toute ma famille est morte en camp de concentration. »

La Juive était assise en face d'elle dans toute la gloire de sa douleur, tandis que la douleur que maman éprouvait à cet instant était sans gloire ; elle sentait cette douleur la courber misérablement.

8

Ô vous meules de foin qui fumez vaguement
Peut-être fumez-vous le tabac de son cœur

écrivait-il, et il se représentait un corps de jeune fille enseveli dans un champ.

La mort apparaissait très souvent dans ses poèmes. Mais maman se trompait (elle était toujours la première lectrice de tous ses vers) quand elle tentait d'expliquer cela par la maturité précoce de son fils qui fut envoûté par le tragique de la vie.

La mort dont il était question dans les poèmes de Jaromil avait peu de chose en commun avec la mort réelle. La mort devient réelle quand elle commence à pénétrer à l'intérieur de l'homme par les fissures du vieillissement. Mais pour Jaromil, elle était infiniment lointaine ; elle était abstraite ; pour lui elle n'était pas une réalité, mais un songe.

Mais que cherchait-il dans ce songe ?

Il y cherchait l'immensité. Sa vie était désespérément petite, tout ce qui l'entourait était quelconque et gris. Et la mort est absolue ; elle est indivisible et indissoluble.

La présence d'une jeune fille était dérisoire (quelques caresses et beaucoup de mots insignifiants), mais son absence absolue était infiniment grandiose ; en imaginant une jeune fille ensevelie dans un champ, il découvrit subitement la noblesse de la douleur et la grandeur de l'amour.

Mais ce n'était pas seulement l'absolu, c'était aussi le bonheur qu'il cherchait dans ses rêves sur la mort.

Il rêvait du corps qui se dissout lentement dans la terre et il trouvait sublime cet acte d'amour où le corps se change en terre, longuement et voluptueusement.

Le monde le blessait constamment ; il rougissait devant les femmes, il avait honte et ne voyait partout que moquerie. Dans ses rêves sur la mort, il trouvait le silence, on y vivait d'une vie lente, muette et heureuse. Oui, la mort, telle que l'imaginait Jaromil, était une mort *vécue* : elle ressemblait étrangement à cette période où l'homme n'a pas besoin d'entrer dans le monde parce qu'il est un monde à lui seul et que se dresse au-dessus de lui, comme une voûte protectrice, l'arche intérieure du ventre maternel.

Dans cette mort qui ressemblait à un bonheur sans fin, il désirait être uni à la femme aimée. Dans un de ses poèmes, les amants s'étreignaient au point de s'incruster l'un dans l'autre et de ne plus former qu'un seul être qui, incapable de se mouvoir, se muait lentement en un minéral et durait éternellement sans subir l'épreuve du temps.

Ailleurs il imaginait deux amants qui restaient si longtemps l'un auprès de l'autre qu'ils finissaient par être recouverts de mousse et par se changer eux-mêmes en mousse ; ensuite quelqu'un posait le pied sur eux par hasard et (c'était l'époque où fleurit la mousse) ils s'élevaient dans l'espace, inexprimablement heureux, comme seul l'envol peut être heureux.

9

Vous pensez que le passé, parce qu'il a déjà été, est achevé et immuable ? Ah non, son vêtement est fait d'un taffetas changeant et chaque fois que nous nous retournons sur lui nous le voyons sous d'autres couleurs. Il n'y a pas si longtemps, elle se reprochait d'avoir trahi son mari à cause du peintre, et maintenant elle s'arrache les cheveux parce qu'elle a trahi son unique amour à cause de son mari.

Comme elle a été lâche ! Son ingénieur vivait un grand

amour romantique et elle était la domestique à qui on ne laissait que la croûte de la vie quotidienne. Et elle était si craintive et repentante que son aventure avec le peintre avait déferlé sur elle sans qu'elle eût le temps de la vivre. Elle le voyait bien maintenant : elle avait rejeté la seule grande occasion que la vie eût offerte à son cœur.

Elle se mit à penser au peintre avec une folle obstination. Ce qu'il y a de remarquable, c'est que ses souvenirs ne le faisaient pas revivre dans le décor de l'atelier praguois où elle avait vécu avec lui des journées d'amour sensuel, mais sur le fond d'un paysage pastel avec une rivière, une barque et les arcades Renaissance d'une petite station thermale. Son paradis du cœur, elle le trouvait dans ses paisibles semaines de villégiature où l'amour n'était pas encore né, mais venait seulement d'être conçu. Elle avait envie d'aller trouver le peintre pour lui demander de retourner là-bas avec elle et de recommencer à vivre l'histoire de leur amour et de la vivre dans ce décor pastel, librement, gaiement et sans contraintes.

Un jour, elle monta les marches du dernier étage jusqu'à la porte de son appartement. Mais elle ne sonna pas, car une voix féminine lui parvint de l'intérieur.

Ensuite, elle fit les cent pas devant la maison, jusqu'à ce qu'elle l'aperçût ; il était comme toujours, en manteau de cuir, et il donnait le bras à une très jeune femme qu'il raccompagnait à l'arrêt du tram. Quand il revint, elle s'avança à sa rencontre. Il la reconnut et la salua d'un air surpris. Elle faisait semblant d'être surprise, elle aussi, par cette rencontre inattendue. Il lui dit de monter. Son cœur se mit à battre très fort ; elle savait qu'au premier contact furtif elle allait fondre dans ses bras.

Il lui offrit du vin et il lui montra de nouvelles toiles ; il lui souriait amicalement comme on sourit au passé ; il ne la toucha pas une seule fois et la raccompagna jusqu'à l'arrêt du tram.

10

Un jour que tous les élèves, à l'heure de la récréation, se pressaient devant le tableau noir, il crut que le moment était enfin venu ; il s'approcha sans être vu d'une fille de sa classe qui était restée seule sur son banc ; elle lui plaisait depuis longtemps et ils échangeaient souvent de longs regards ; il s'assit à côté d'elle. Au bout d'un moment, quand les élèves, toujours espiègles, les aperçurent, ils saisirent cette occasion de faire une blague ; ils quittèrent la salle de classe en gloussant et fermèrent la porte à clé derrière eux.

Tant qu'il était entouré par les épaules de ses camarades, il se sentait naturel et à l'aise, mais dès qu'il fut seul avec la jeune fille dans la salle de classe, il eut l'impression de se trouver sur une scène illuminée. Il tenta de dissimuler son embarras par des remarques spirituelles (il avait enfin appris à dire autre chose que des phrases préparées d'avance). Il dit que l'action de leurs camarades offrait l'exemple de la pire conduite possible ; elle était désavantageuse pour ceux qui l'avaient commise (ils devaient maintenant attendre dans le couloir avec une curiosité insatisfaite) et avantageuse pour ceux contre lesquels elle était dirigée (ils se retrouvaient seuls comme ils en avaient envie). La jeune fille approuva et dit qu'il fallait profiter de l'occasion. Le baiser était suspendu dans l'air. Il suffisait de se pencher vers la jeune fille. Mais ses lèvres étaient inaccessiblement loin ; il parlait, parlait et n'embrassait pas.

La cloche sonna, ce qui signifiait que le professeur allait arriver d'un instant à l'autre et contraindre les élèves rassemblés devant la porte à ouvrir la salle de classe. Cette idée les excitait. Jaromil affirma que le meilleur moyen de se venger de leurs camarades serait de faire en sorte qu'ils les envient de s'être embrassés. Il frôla du doigt les lèvres de la jeune fille (où puisait-il une telle audace ?) et dit que le baiser de lèvres si fortement fardées laisserait certainement une trace bien visible sur son visage. Et la jeune fille approuva de nouveau, disant qu'il était dommage qu'ils ne se soient pas embrassés, et le temps de le dire, la voix irritée du professeur se fit entendre derrière la porte.

Jaromil dit qu'il était dommage que ni le professeur ni les élèves ne voient sur sa joue la trace de leur baiser, et il voulut de nouveau se pencher sur la jeune fille et de nouveau ses lèvres lui parurent aussi inaccessibles que le mont Everest.

« Oui, il faudrait qu'ils nous envient », dit la jeune fille, et elle sortit de son sac du rouge à lèvres et un mouchoir, colora le mouchoir de rouge et en barbouilla le visage de Jaromil.

La porte s'ouvrit, le professeur courroucé s'élança dans la salle de classe suivi de la troupe des élèves. Jaromil et la jeune fille se levèrent comme les élèves doivent le faire quand un professeur entre dans la salle de classe ; ils étaient seuls tous les deux au milieu des rangées de bancs vides, face à une cohue de spectateurs qui avaient tous les yeux fixés sur le visage de Jaromil couvert de magnifiques taches rouges. Et il s'offrait au regard de tous, fier et heureux.

11

À son bureau, un collègue lui faisait la cour. Il était marié et tentait de la persuader de l'inviter chez elle.

Elle cherchait à savoir comment Jaromil accueillerait sa liberté érotique. Prudemment et par allusions, elle commença à parler d'autres femmes qui avaient perdu leur mari pendant la guerre, et des difficultés qu'elles éprouvaient pour commencer une vie nouvelle.

« Qu'est-ce que ça veut dire, une vie nouvelle ? répliqua Jaromil avec agacement. Veux-tu dire une vie avec un autre homme ?

— Certainement, c'est un aspect de la question. La vie continue, Jaromil, la vie a ses exigences… »

La fidélité de la femme au héros mort faisait partie des mythes sacrés de Jaromil ; elle lui donnait l'assurance que l'absolu de l'amour n'était pas seulement une invention de poète mais qu'il existait et rendait la vie digne d'être vécue.

« Comment une femme qui a vécu un grand amour

peut-elle se vautrer dans un lit avec un autre ? s'écriait-il avec indignation à propos des veuves infidèles. Comment peuvent-elles seulement toucher quelqu'un d'autre quand elles ont dans la mémoire l'image d'un homme qui a été torturé, assassiné ? Comment peuvent-elles encore supplicier la victime, la mettre à mort une deuxième fois ? »

Le passé porte des vêtements faits de taffetas changeant. Maman rejeta le sympathique collègue, et son passé lui apparut sous un jour encore nouveau :

Car il n'est pas vrai qu'elle a trahi le peintre à cause de son mari. Elle l'a abandonné à cause de Jaromil pour lequel elle voulait préserver la paix de son foyer ! Si, aujourd'hui encore, l'idée de sa nudité l'emplit d'angoisse, c'est à cause de Jaromil qui a enlaidi son ventre. Et c'est aussi à cause de lui qu'elle a perdu l'amour de son mari, en imposant sa naissance, à tout prix et opiniâtrement !

Depuis le début, il lui prend tout.

12

Une autre fois (maintenant il avait derrière lui pas mal de vrais baisers) il se promenait dans les allées désertes du parc Stromovka avec une jeune fille dont il avait fait la connaissance au cours de danse. Depuis un moment leur conversation s'était tue et leur pas résonnait dans le silence, leur pas commun qui leur révélait tout à coup ce qu'ils n'osaient pas encore désigner d'un nom : qu'ils se promenaient ensemble et que s'ils se promenaient ensemble, c'était sans doute qu'ils s'aimaient ; les pas qui résonnaient dans leur silence les dénonçaient et leur démarche était de plus en plus lente, tant et si bien que la jeune fille posa la tête sur l'épaule de Jaromil.

C'était extrêmement beau, mais avant d'avoir pu savourer cette beauté, Jaromil sentit qu'il était excité et cela d'une façon tout à fait visible. Il prit peur. Il ne souhaitait qu'une chose, que la preuve visible de son excitation disparût le plus rapidement possible, mais plus il y pensait, moins son souhait était exaucé. Il s'effrayait à l'idée que la jeune fille pût baisser les yeux et voir ce geste compromettant de son corps. Il s'efforçait d'attirer son regard vers les hauteurs, il lui parlait des oiseaux dans le feuillage et des nuages.

La promenade avait été pleine de bonheur (c'était la première fois qu'une femme posait la tête sur son épaule et il voyait dans ce geste le signe d'un attachement qui devait durer jusqu'à la fin de la vie), mais en même temps pleine de honte. Il redoutait que son corps ne répétât cette malencontreuse indiscrétion. Après une longue réflexion, il prit un long et large ruban dans l'armoire à linge de sa mère et, avant le rendez-vous suivant, le noua sous son pantalon de telle sorte que la preuve éventuelle de son émoi reste enchaînée à sa jambe.

13

Nous avons choisi cet épisode parmi des dizaines d'autres pour pouvoir indiquer que le plus grand bonheur qu'eût jusqu'alors connu Jaromil, c'était de sentir une tête de jeune fille posée sur son épaule.

Une tête de jeune fille signifiait pour lui plus qu'un corps de jeune fille. Pour ce qui est du corps, il n'y connaissait à peu près rien (qu'est-ce que c'est au juste que de jolies jambes ? à quoi doit ressembler une jolie croupe ?), mais il s'y connaissait en visages et le visage seul décidait à ses yeux de la beauté d'une femme.

Nous ne voulons pas dire par là que le corps lui fût indifférent. L'idée de la nudité féminine lui donnait le vertige. Mais notons soigneusement cette différence subtile :

Il ne désirait pas la nudité d'un corps de jeune fille ; il désirait un visage de jeune fille éclairé par la nudité du corps.

Il ne désirait pas posséder un corps de jeune fille ; il désirait posséder un visage de jeune fille et que ce visage lui fît don du corps comme preuve de son amour.

Ce corps était au-delà des limites de son expérience et, pour cette raison précisément, il lui consacrait un nombre incalculable de poèmes. Combien de fois n'est-il pas question du sexe de la femme dans ses poèmes d'alors ? Mais par un effet miraculeux de la magie poétique (la magie de l'inexpérience), Jaromil faisait de cet organe génital et copulateur un objet chimérique et le thème de rêveries ludiques.

Par exemple, dans un de ses poèmes, il parlait d'une *petite montre qui fait tic tac* au centre du corps féminin.

Ailleurs il parlait du sexe de jeune fille comme du *foyer de créatures invisibles.*

Ailleurs encore, il se laissait emporter par l'image de l'orifice et s'imaginait qu'il était une bille d'enfant et qu'il tombait longuement par cet orifice, au point de ne plus être qu'une chute, *une chute qui n'en finit pas de tomber à l'intérieur du corps féminin.*

Et dans un autre poème, les jambes de la jeune fille se muaient en deux fleuves qui se rejoignaient ; il imaginait à ce confluent une mystérieuse montagne qu'il désignait d'un nom inventé à consonance biblique : le mont Seïn.

Ailleurs encore, il parlait du long vagabondage d'un vélocipédiste (ce mot lui semblait beau comme le crépuscule) qui roule fatigué au milieu du paysage ; ce paysage est le corps de la jeune fille et les deux meules de foin où il voudrait dormir sont ses seins.

C'était tellement beau, vagabonder sur un corps féminin, un corps inconnu, jamais vu, irréel, un corps sans odeur, sans points noirs, sans petits défauts et sans maladie, un corps imaginé, un corps qui était le terrain de jeu de ses rêves !

C'était si charmant de parler de la poitrine et du ventre féminins sur le ton dont on dit des contes de fées aux enfants ; oui, Jaromil vivait au pays de la tendresse, qui est le pays de l'*enfance artificielle.* Nous disons artificielle, parce que l'enfance réelle n'a rien de paradisiaque et n'est pas tellement tendre non plus.

La tendresse prend naissance à l'instant où nous sommes rejetés sur le seuil de l'âge adulte et où nous nous rendons compte avec angoisse des avantages de l'enfance que nous ne comprenions pas quand nous étions enfants.

La tendresse, c'est la frayeur que nous inspire l'âge adulte.

La tendresse, c'est la tentative de créer un espace artificiel où l'autre doit être traité comme un enfant.

La tendresse, c'est aussi la frayeur des conséquences physiques de l'amour ; c'est une tentative de soustraire l'amour au monde des adultes (où il est insidieux, contraignant, lourd de chair et de responsabilité) et de considérer la femme comme un enfant.

Doucement bat le cœur de sa langue, écrivait-il dans un poème. Il se disait que sa langue, son petit doigt, sa poitrine, son nombril étaient des êtres autonomes qui s'entretenaient d'une voix imperceptible ; il se disait que le corps de la jeune fille se composait de milliers de créatures et qu'aimer ce corps c'était écouter ses créatures et entendre *ses deux seins se parler dans une langue secrète.*

14

Le passé la tourmentait. Mais un jour qu'elle avait longuement regardé en arrière, elle découvrit un hectare de Paradis où elle avait vécu avec Jaromil nouveau-né, et elle dut rectifier son jugement : non, il n'était pas vrai que Jaromil lui eût tout pris ; bien au contraire, il lui avait donné beaucoup plus que quiconque ne lui avait jamais donné. Il lui avait donné un morceau de vie qui n'était pas souillé par le mensonge. Aucune Juive rescapée d'un camp de concentration ne pourra la convaincre que ce bonheur ne cachait qu'hypocrisie et que néant. Cet hectare de Paradis, c'était son unique vérité.

Et le passé (c'était comme de tourner un kaléidoscope) lui apparaissait de nouveau sous un jour différent : Jaromil ne lui avait jamais rien pris de précieux, il n'avait fait qu'arracher le masque doré d'une chose qui n'était qu'erreur et mensonge. Il n'était pas encore né qu'il l'avait aidée à découvrir que son mari ne l'aimait pas, et treize ans plus tard il l'avait sauvée d'une aventure folle qui ne pouvait lui apporter qu'un nouveau chagrin.

Elle se disait que l'expérience commune de l'enfance de Jaromil était pour eux un engagement et un pacte sacré. Mais elle se rendait compte, de plus en plus souvent, que son fils trahissait le pacte. Quand elle lui parlait, elle voyait qu'il ne l'écoutait pas et qu'il avait la tête pleine de pensées dont il ne voulait rien lui confier. Elle constatait qu'il avait honte devant elle, qu'il commençait à garder jalousement ses petits secrets, physiques et spirituels, et qu'il s'enveloppait de voiles à travers lesquels elle ne voyait pas.

Elle en souffrait et elle en était agacée. Dans ce pacte qu'ils avaient rédigé ensemble quand il était enfant, n'était-il pas écrit qu'il serait toujours confiant et sans honte devant elle ?

Elle souhaitait que la vérité qu'ils avaient vécue ensemble durât toujours. Comme à l'époque où il était petit, elle lui indiquait chaque matin ce qu'il devait porter et, par le choix de son linge, elle était toute la journée présente sous ses vêtements. Quand elle sentit que ça lui devenait désagréable, elle se vengea en le grondant à dessein au sujet de menues souillures de son linge. Elle s'attardait avec plaisir dans la pièce où il s'habillait et se déshabillait pour le punir de son insolente pudeur.

« Jaromil, viens te montrer, lui dit-elle un jour qu'elle avait des invités. Mon Dieu, de quoi as-tu l'air ! » s'indigna-t-elle en voyant sa coiffure soigneusement ébouriffée. Elle alla chercher un peigne et, sans interrompre sa conversation avec les invités, elle lui prit la tête dans les mains et se mit à le coiffer. Et le grand poète, qui possédait une imagination démoniaque et qui ressemblait à Rilke, était sagement assis, écarlate et furieux, et se laissait coiffer ; il ne pouvait qu'une chose, arborer son sourire cruel (auquel il s'était exercé pendant de longues années) et le laisser durcir sur son visage.

Maman recula de quelques pas pour apprécier son coup de peigne puis, se tournant vers ses invités : « Grand Dieu, pouvez-vous me dire pourquoi cet enfant fait une si vilaine grimace ! »

Et Jaromil se jure d'être toujours du côté de ceux qui veulent radicalement transformer le monde.

15

Quand il arriva parmi eux, la discussion battait déjà son plein ; il s'agissait de savoir ce que le progrès signifie et s'il existe. Il regarda autour de lui et constata que le cercle des jeunes marxistes où l'avait invité un camarade du lycée se composait des mêmes jeunes gens que l'on pouvait voir dans tous les lycées de Prague. L'attention était sans doute beaucoup plus soutenue que pendant les discussions que le professeur de tchèque tentait d'organiser dans sa classe, mais ici aussi il y avait des chahuteurs ; l'un d'eux tenait à la main une fleur de lis qu'il reniflait à tout moment, ce qui faisait pouffer les autres, tant et si bien que le type brun chez qui avait lieu la réunion finit par confisquer la fleur.

Ensuite il dressa l'oreille, parce que l'un des participants affirmait qu'on ne peut pas parler de progrès en art ; on ne peut pas dire, expliquait-il, que Shakespeare soit inférieur aux auteurs dramatiques contemporains. Jaromil éprouvait une grande envie d'intervenir dans la discussion, mais il hésitait à prendre la parole devant des gens auxquels il n'était pas habitué ; il avait peur que tout le monde regarde son visage, qui allait rougir, et ses mains, qui allaient s'agiter nerveusement. Et pourtant, il désirait si fortement *se lier* à ce petit groupe, et il savait qu'il ne pourrait y parvenir sans prendre la parole.

Pour se donner du courage, il pensa au peintre et à sa grande autorité, dont il n'avait jamais douté, et se rassura à l'idée qu'il était son ami et son disciple. Cette pensée lui donna la force d'intervenir dans le débat, et il répéta les idées qu'il entendait lors de ses visites à l'atelier. Le fait qu'il se servait d'idées qui n'étaient pas les siennes est bien moins remarquable que le fait qu'il ne les exprimait pas avec sa propre voix. Il était lui-même un peu surpris de constater que la voix qui sortait de sa bouche ressemblait à celle du peintre et que cette voix entraînait aussi ses mains qui commençaient à décrire dans l'air les gestes du peintre.

Il dit que le progrès est incontestable dans les arts : les tendances de l'art moderne signifiaient un bouleversement total dans une évolution millénaire ; elles avaient enfin libéré l'art de l'obligation de propager des idées politiques et philosophiques et d'imiter la réalité, et l'on pouvait même dire que c'est avec l'art moderne que commence la véritable histoire de l'art.

À ce moment, plusieurs des personnes présentes voulurent intervenir, mais Jaromil ne leur permit pas de prendre la parole. Au début, il lui était désagréable d'entendre le peintre qui parlait par sa bouche avec ses paroles et la mélodie de son discours, mais ensuite il trouva dans cet emprunt une assurance et une protection ; il se dissimulait derrière ce masque comme derrière un bouclier ; il cessait de se sentir timide et gêné ; il était satisfait que ses phrases sonnent bien dans ce milieu et il poursuivit :

Il se référa à la pensée de Marx qui disait que l'humanité avait jusqu'ici vécu sa préhistoire et que sa véritable histoire ne commencerait qu'avec la révolution prolétarienne, qui est le passage du domaine de la nécessité dans le domaine de la liberté. Ce qui correspondait à cette étape décisive, dans l'histoire de l'art, c'était le moment où André Breton et les autres surréalistes avaient découvert l'écriture automatique et avec elle le trésor miraculeux de l'inconscient humain. Le fait que cette découverte ait eu lieu à peu près en même temps que la révolution socialiste en Russie était hautement significatif, car la libération de l'imagination signifiait pour le genre humain le même bond dans le royaume de la liberté que l'abolition de l'exploitation économique.

À ce moment, le type brun intervint dans la discussion ; il approuva Jaromil de défendre le principe du progrès, mais jugea contestable de placer le surréalisme sur le même plan que la révolution prolétarienne. Il exprima au contraire l'opinion que l'art moderne était un art décadent et que dans l'art, l'époque qui correspondait à la révolution prolétarienne était le réalisme socialiste. Ce n'était pas André Breton, mais Jiri Wolker*, fondateur de la poésie socialiste tchèque, qui devait nous servir de modèle. Ce n'était pas la première fois que Jaromil se trouvait confronté à des conceptions de ce genre, le peintre lui en avait déjà parlé et s'en était moqué. Jaromil essaya à son tour le ton sarcastique et dit que le réalisme socialiste n'apportait rien de nouveau dans l'art et ressemblait à s'y méprendre au vieux kitsch bourgeois. Ce à quoi le type brun répliqua que seul était moderne un art qui aidait à combattre pour le monde nouveau, ce qui n'était pas le cas du surréalisme puisque les masses populaires ne le comprenaient pas.

Le type brun développait ses arguments avec charme et sans élever la voix, de sorte que la discussion ne dégénérait jamais en querelle, même quand Jaromil, grisé par l'attention qui se concentrait sur lui, avait recours à une ironie un peu crispée ; d'ailleurs, personne ne prononça de jugement définitif, d'autres personnes intervinrent dans le débat,

* Jiri Wolker, poète tchèque mort en 1924 à l'âge de vingt-quatre ans.

et l'idée que défendait Jaromil fut bientôt submergée par de nouveaux thèmes de discussion.

Mais était-ce si important, que le progrès existât ou n'existât pas, que le surréalisme fût bourgeois ou révolutionnaire ? Était-ce si important, que ce fût Jaromil ou les autres qui eussent raison ? L'important, c'était qu'il fût lié à eux. Il se disputait avec eux, mais il éprouvait envers eux une ardente sympathie. Il ne les écoutait même plus, il ne pensait qu'à une chose, qu'il était heureux : il avait trouvé une société de gens où il n'était pas seulement le fils de sa maman ou un élève de sa classe, mais où il était lui-même. Et il se dit que l'on ne peut être totalement soi-même qu'à partir du moment où l'on est totalement parmi les autres.

Ensuite le type brun se leva et tout le monde comprit qu'il fallait se lever et se diriger vers la porte, parce que lui, leur maître, avait un travail auquel il avait fait allusion sur un ton délibérément vague qui donnait l'impression de quelque chose d'important et qui leur en imposait. Mais quand ils furent devant la porte, dans l'antichambre, une jeune fille à lunettes s'approcha de Jaromil. Disons tout de suite que pendant toute la durée de la réunion, Jaromil ne l'avait même pas remarquée ; elle n'avait d'ailleurs rien de remarquable, elle était plutôt quelconque ; pas laide, seulement un peu négligée ; pas fardée, les cheveux lisses tirés au-dessus du front, nullement marqués par le coiffeur, et des vêtements comme on en porte parce qu'on ne peut pas aller tout nu.

« Ça m'a beaucoup intéressée, ce que tu as dit, lui dit-elle. J'aimerais bien en discuter encore avec toi… »

16

Pas loin de chez le type brun, il y avait un square ; ils y entrèrent et parlèrent abondamment ; Jaromil apprit que la jeune fille était étudiante et qu'elle avait deux ans de plus que lui (cette nouvelle l'emplit de fierté) ; ils longeaient l'allée sinueuse du square, la jeune fille tenait de savants discours, Jaromil aussi tenait de savants discours, ils avaient hâte de se révéler ce qu'ils croyaient, ce qu'ils pensaient, ce qu'ils étaient (la jeune fille était plutôt une scientifique, Jaromil plutôt un littéraire) ; ils se récitaient des listes de grands noms qu'ils admiraient, et la jeune fille répéta que les opinions insolites de Jaromil l'avaient beaucoup intéressée ; elle garda le silence pendant quelques instants puis elle le traita d'*éphèbe* ; oui, quand il était entré dans la pièce, elle avait eu l'impression de voir un gracieux éphèbe…

Jaromil ne savait pas exactement ce que signifiait ce mot, mais il trouvait beau d'être désigné d'un mot, quel qu'il fût, et d'un mot grec par-dessus le marché ; d'ailleurs il devinait que le mot éphèbe s'appliquait à quelqu'un de jeune et que la jeunesse qu'il désignait n'était pas celle, maladroite et dégradante, dont il avait fait jusqu'ici l'expérience, mais une jeunesse vigoureuse et digne d'admiration. En prononçant le mot éphèbe, l'étudiante avait en vue son immaturité mais, du même coup, elle l'avait délivré de sa gaucherie et elle en avait fait une supériorité. C'était quelque chose de si réconfortant qu'à leur sixième tour de square, Jaromil osa accomplir le geste auquel il songeait depuis le début, sans trouver le courage de s'y décider : il prit le bras de l'étudiante.

Il n'est pas exact de dire qu'il lui *prit* le bras ; il vaudrait mieux dire qu'il *insinua* sa main sous son bras ; il l'y insinua très discrètement, comme s'il souhaitait que la jeune fille ne s'en aperçût même pas ; en fait, elle ne réagit aucunement à ce geste, et la main de Jaromil restait timidement posée sur son corps comme un objet étranger, un sac ou un colis qu'on y eût glissé et que sa propriétaire avait oublié et risquait à chaque instant de laisser choir. Mais bientôt la main commença à sentir que le bras sous lequel elle s'était introduite était averti de sa présence. Et son pas commença à sentir que le mouvement des jambes de l'étudiante ralentissait légèrement. Il connaissait ce ralentissement et savait que quelque chose d'irrévocable était dans l'air. D'ordinaire, quand une chose irrévocable est sur le point de se produire, on accélère encore la course des événements (peut-être pour se démontrer qu'on a tout de même un minimum de pouvoir sur leur déroulement). C'est ainsi que la main de Jaromil, qui était restée inactive pendant tout ce temps-là, s'anima soudain et pressa le bras de l'étudiante. Celle-ci s'arrêta, leva ses lunettes vers le visage de Jaromil et laissa tomber par terre sa serviette.

Jaromil en fut médusé ; d'abord, dans son émerveillement, il ne s'était même pas aperçu que la jeune fille portait une serviette ; maintenant qu'elle était tombée, la serviette faisait son apparition sur la scène comme un message céleste. Et quand il songea que la jeune fille s'était rendue au cercle marxiste directement depuis la faculté et que sa serviette contenait sans doute des cours universitaires polycopiés et de gros ouvrages scientifiques, son ivresse en fut plus grande encore : elle avait laissé tomber à terre l'Université tout entière pour pouvoir le saisir entre ses bras libérés.

La chute de la serviette fut vraiment si pathétique qu'ils se mirent à s'embrasser dans un splendide envoûtement. Ils s'embrassèrent très longtemps et lorsque les baisers s'achevèrent enfin et qu'ils ne surent plus comment continuer, elle leva de nouveau vers lui ses lunettes et lui dit avec une angoisse trouble dans la voix : « Tu crois sans doute que je suis une fille comme toutes les autres. Mais je ne veux pas que tu t'imagines que je suis comme toutes les autres. »

Ces mots furent peut-être plus pathétiques encore que la chute de la serviette, et Jaromil comprit avec stupeur que la femme qui se trouvait devant lui l'aimait, qu'elle l'aimait depuis le premier instant, miraculeusement et sans qu'il sache pourquoi. Et il nota en passant (en marge de sa conscience pour pouvoir ensuite le relire attentivement et soigneusement) que l'étudiante parlait d'autres femmes comme si elle voyait en lui un homme qui possédait déjà une grande expérience dont la femme qui l'aimait ne pouvait qu'éprouver du chagrin.

Il répondit à la jeune fille qu'il ne pensait pas du tout qu'elle fût semblable aux autres femmes ; la jeune fille ramassa sa serviette (maintenant Jaromil pouvait y prêter plus d'attention : elle était vraiment lourde et grosse, remplie de livres) et ils entamèrent leur septième tour de square ; comme ils s'étaient arrêtés à nouveau et qu'ils s'embrassaient, ils se trouvèrent soudain dans un cône de violente lumière. Deux flics étaient en face d'eux et réclamaient leurs cartes d'identité.

Les deux amoureux cherchaient avec gêne leurs papiers ; ils les tendirent d'une main tremblante aux policiers qui étaient peut-être chargés de réprimer la prostitution ou qui voulaient seulement se distraire pendant leurs longues heures de service. En tout cas, ils procurèrent aux deux jeunes gens une expérience inoubliable : pendant tout le reste de la soirée (Jaromil raccompagna la jeune fille jusqu'à sa porte) ils parlèrent de l'amour persécuté par les préjugés, la morale, la police, la vieille génération, les lois stupides et la pourriture d'un monde qui méritait d'être balayé.

17

La journée avait été belle et la soirée aussi, mais quand Jaromil rentra, il était déjà presque minuit et maman allait et venait nerveusement à travers les pièces de la villa.

« Je tremblais pour toi ! Où étais-tu ? Tu n'as aucun égard pour moi ! »

Jaromil était encore plein de cette grande journée et commença à lui répondre sur le ton dont il avait usé au cercle marxiste ; il imitait la voix pleine d'assurance du peintre.

Maman reconnut aussitôt cette voix ; elle voyait le visage de son fils d'où sortait la voix de son amant perdu ; elle voyait un visage qui ne lui appartenait pas ; elle entendait une voix qui ne lui appartenait pas ; son fils était devant elle comme l'image d'un double reniement, et cela lui paraissait intolérable.

« Tu m'assassines ! Tu m'assassines ! » s'écria-t-elle d'une voix hystérique, et elle s'élança dans la pièce voisine.

Jaromil restait cloué sur place, épouvanté, et il avait le sentiment d'avoir commis une grande faute.

(Ah, petit, jamais tu ne te débarrasseras de ce sentiment-là. Tu es coupable, tu es coupable ! À chaque fois que tu sortiras de chez toi, tu sentiras derrière toi un regard réprobateur qui te criera de revenir ! Tu iras par le monde comme un chien attaché à une longue laisse ! Et même quand tu seras loin, tu sentiras toujours le contact du collier sur ta nuque ! Et même quand tu passeras ton temps avec des femmes, même quand tu seras avec elles dans leur lit, il y aura une longue laisse à ton cou et quelque part au loin ta mère en tiendra l'extrémité et sentira au mouvement saccadé de la corde les mouvements obscènes auxquels tu t'abandonnes !)

« Maman, je t'en prie, ne te fâche pas, maman, je t'en prie, pardonne-moi ! » Il est craintivement agenouillé auprès de son lit et caresse ses joues humides.

(Charles Baudelaire, tu auras quarante ans et tu auras encore peur de ta mère !)

Et maman tarde à lui pardonner pour sentir le plus longtemps possible ses doigts sur sa peau.

18

(C'est une chose qui n'a jamais pu arriver à Xavier, parce que Xavier n'avait pas de mère, et pas de père non plus, et ne pas avoir de parents est la condition première de la liberté. Mais comprenez bien, il ne s'agit pas de perdre ses parents. La mère de Gérard de Nerval est morte quand il était nouveau-né et pourtant il a vécu pendant toute sa vie sous le regard hypnotique de ses yeux admirables.

La liberté ne commence pas là où les parents sont rejetés ou enterrés, mais là où *ils ne sont pas* :

Là où l'homme vient au monde sans savoir de qui.

Là où l'homme vient au monde à partir d'un œuf jeté dans une forêt.

Là où l'homme est craché sur la terre par le ciel et pose le pied sur le monde sans le moindre sentiment de gratitude.)

19

Ce qui vint au monde pendant la première semaine de l'amour de Jaromil et de l'étudiante, ce fut lui-même ; il apprit qu'il était un éphèbe, qu'il était beau, qu'il était intelligent et qu'il avait de la fantaisie ; il comprit que la jeune fille à lunettes l'aimait et redoutait l'instant où il l'abandonnerait (c'était, disait-elle, au moment où ils se quittaient le soir devant chez elle et où elle le regardait partir d'un pas léger, qu'elle avait le sentiment de voir sa véritable apparence : l'apparence d'un homme qui s'éloigne, s'échappe, disparaît...). Il avait enfin trouvé son image qu'il avait si longtemps cherchée dans ses deux miroirs.

La première semaine, ils se virent tous les jours : ils firent quatre longues promenades nocturnes à travers la ville, ils allèrent une fois au théâtre (ils étaient dans une loge, s'embrassaient et ne s'occupaient pas de la représentation) et deux fois au cinéma. Le septième jour, ils allèrent de nouveau se promener : il faisait froid, il gelait et Jaromil n'avait qu'un pardessus léger, il n'avait pas de gilet entre sa chemise et sa veste (car le gilet en laine grise que maman l'obligeait à porter lui semblait convenir davantage à un provincial en retraite), il n'avait ni chapeau ni bonnet (car la jeune fille à lunettes avait fait l'éloge, dès le deuxième jour, de ses cheveux rebelles qu'il détestait jadis, affirmant qu'ils étaient tout aussi indomptables que lui-même) et parce que ses chaussettes, dont l'élastique avait craqué, lui glissaient toujours sur le mollet et rentraient dans ses souliers, il n'avait aux pieds que des chaussures basses et des socquettes grises (dont la discordance avec la couleur du pantalon lui échappait, car il n'entendait rien aux raffinements de l'élégance).

Ils se retrouvèrent sur le coup de sept heures et commencèrent une longue promenade à travers la banlieue où la neige des terrains vagues crissait sous leurs pas et où ils pouvaient s'arrêter et s'embrasser. Ce qui fascinait Jaromil, c'était la docilité du corps de la jeune fille. Jusque-là, son approche du corps féminin ressemblait à un long voyage où il atteignait successivement différentes étapes : il fallait du temps avant qu'une fille se laissât embrasser, il fallait du temps avant qu'il pût lui poser la main sur la poitrine, et quand il lui touchait la croupe il croyait être déjà très loin — n'étant jamais allé au-delà. Et cette fois-ci, il s'était produit, dès le premier moment, quelque chose d'inattendu : l'étudiante était dans ses bras, totalement soumise, sans défense, prête à tout, il pouvait la toucher où il voulait. Il considérait cela comme une grande preuve d'amour, mais en même temps il en était gêné car il ne savait que faire de cette soudaine liberté.

Et ce jour-là (qui était le septième jour) la jeune fille lui révéla que ses parents s'absentaient souvent et qu'elle serait heureuse de pouvoir inviter Jaromil chez elle. L'explosion de ces paroles fut suivie d'un long silence ; tous deux savaient ce que signifierait leur rencontre dans l'appartement vide (rappelons que la jeune fille à lunettes, quand elle était dans les bras de Jaromil, ne lui refusait rien) ; ils se taisaient et, au bout d'un long moment, la jeune fille dit d'une voix sereine : « Je crois qu'en amour il n'y a pas de compromis. Quand on s'aime, il faut tout se donner. »

Jaromil approuvait de toute son âme cette déclaration car pour lui aussi l'amour signifiait tout ; mais il ne savait pas quoi dire ; en guise de réponse, il s'arrêta, braqua sur la jeune fille des yeux pathétiques (sans songer qu'il faisait nuit et que le pathétique du regard n'était guère perceptible) et il se mit à l'embrasser et à l'étreindre frénétiquement.

Au bout d'un quart d'heure de silence, la jeune fille renoua la conversation et lui dit qu'il était le premier homme qu'elle invitait chez elle ; elle avait, disait-elle, beaucoup de camarades hommes, mais ce n'étaient que des camarades ; ils avaient fini par en prendre l'habitude et, par plaisanterie, ils l'avaient surnommée la *vierge de pierre*.

Jaromil apprenait avec grand plaisir qu'il allait être le premier amant de l'étudiante, mais en même temps il avait le trac : il avait déjà beaucoup entendu parler de l'acte d'amour et savait aussi que la défloration est généralement considérée comme une chose difficile. Il était donc incapable d'enchaîner sur la volubilité de l'étudiante, car il était en dehors du présent ; il vivait en pensée les voluptés et les affres de ce grand jour promis à partir duquel (la célèbre pensée de Marx sur la préhistoire et l'histoire de l'humanité ne cessait de l'inspirer) allait commencer la véritable Histoire de sa vie.

Ils ne parlèrent pas beaucoup, mais ils se promenèrent très longtemps à travers les rues ; plus la soirée avançait, plus il faisait froid, et Jaromil sentait le gel sur son corps insuffisamment vêtu. Il suggéra d'aller s'asseoir quelque part, mais ils étaient trop loin du centre et il n'y avait pas un café à une lieue à la ronde. De sorte qu'il rentra chez lui transi jusqu'aux os (à la fin de la promenade il avait dû faire un effort pour qu'elle ne l'entendît pas claquer des dents) et quand il se réveilla le lendemain matin, il avait mal à la gorge. Maman prit sa température et constata qu'il avait de la fièvre.

20

Le corps malade de Jaromil était alité, mais son âme vivait la grande journée attendue. L'idée qu'il se faisait de cette journée se composait, d'une part, d'un bonheur abstrait et, d'autre part, de soucis concrets. Car Jaromil ne pouvait absolument pas se représenter ce que le fait de coucher avec une femme signifie au juste dans tous ses détails précis ; il savait seulement que cela exige une préparation, de l'habileté et des connaissances ; il savait que derrière l'amour physique grimace le spectre menaçant de la grossesse et il savait aussi (c'était là, parmi ses camarades, le sujet d'innombrables conversations) que l'on pouvait se prémunir contre ce danger. En ce temps barbare les hommes (tels des chevaliers revêtant une armure avant la bataille) enfilaient sur leur pied de l'amour une chaussette transparente. Théoriquement, Jaromil était abondamment informé de tout cela. Mais comment se procurer cette chaussette ? Jamais Jaromil ne pourrait surmonter sa timidité et entrer dans une droguerie pour en acheter une ! Et quand devait-il au juste la revêtir pour ne pas être vu de la jeune fille ? La chaussette lui paraissait ridicule et il ne pouvait supporter l'idée que la jeune fille en connût l'existence ! Pouvait-on la mettre d'avance, à la maison ? Ou bien devait-il attendre d'être tout nu devant la jeune fille ?

C'étaient des questions auxquelles il n'y avait pas de réponse. Jaromil n'avait aucune chaussette d'essai (d'entraînement), mais il décida de s'en procurer à tout prix et de s'exercer à les revêtir. Il pensait que la rapidité et l'adresse jouaient en ce domaine un rôle décisif et qu'on ne pouvait les acquérir sans entraînement.

Mais d'autres choses aussi le tourmentaient : qu'était-ce au juste que l'acte d'amour ? Que ressentait-on à ce moment-là ? Qu'est-ce qui vous passait par le corps ? Le plaisir était-il si grand que l'on se mettait à pousser des cris et que l'on perdait toute maîtrise de soi ? Et ne risquait-on pas de paraître ridicule en poussant des cris ? Et combien de temps la chose devait-elle au juste durer ? Ah mon Dieu, pouvait-on seulement entreprendre une chose pareille sans y être préparé ?

Jusque-là, Jaromil n'avait pas connu la masturbation. Il considérait cette activité comme une chose indigne dont un homme véritable devait se garder ; c'était au grand amour qu'il se sentait destiné, pas à l'onanisme. Seulement, comment accéder au grand amour sans avoir subi une certaine préparation ? Jaromil comprit que la masturbation est cette indispensable préparation et cessa d'éprouver à son égard une hostilité de principe : elle n'était plus un misérable succédané de l'amour physique, mais une étape nécessaire pour y parvenir ; elle n'était plus l'aveu d'un dénuement, mais un degré qu'il fallait gravir pour atteindre à la richesse.

C'est ainsi qu'il exécuta (avec une fièvre de trente-huit et deux dixièmes) sa première imitation de l'acte d'amour qui le surprit en ceci qu'elle fut excessivement brève et ne l'incita nullement à pousser des cris de volupté. Il était donc à la fois déçu et rassuré : il répéta plusieurs fois l'expérimentation dans les jours qui suivirent et il n'apprit rien de nouveau ; mais il se persuadait qu'il serait ainsi de plus en plus aguerri et qu'il pourrait affronter sans crainte la jeune fille bien-aimée.

Il était au lit depuis trois jours avec des compresses sur la gorge quand la grand-mère entra précipitamment dans sa chambre au début de la matinée et lui dit : « Jaromil ! c'est la panique en bas ! — Qu'est-ce qui se passe ? » demanda-t-il et la grand-mère expliqua qu'au rez-de-chaussée, chez sa tante, ils écoutaient la radio et qu'il y avait la révolution. Jaromil se leva d'un bond et courut dans la pièce voisine. Il ouvrit le poste de radio et entendit la voix de Klement Gottwald.

Il comprit rapidement de quoi il s'agissait car il avait entendu dire, au cours des derniers jours (bien que cette question ne l'intéressât guère car il avait, comme nous l'avons expliqué voici un instant, de plus graves soucis), que les ministres non communistes menaçaient Gottwald, le président communiste du gouvernement, de remettre leur démission. Et voilà qu'il entendait la voix de Gottwald dénoncer à la foule rassemblée sur la place de la Vieille-Ville les traîtres qui voulaient expulser le Parti communiste du gouvernement et empêcher le peuple de marcher au socialisme ; Gottwald appelait le peuple à accepter et à exiger la démission des ministres et à constituer partout de nouveaux organes du pouvoir révolutionnaire sous la direction du Parti communiste.

Le vieux récepteur de radio mêlait aux paroles de Gottwald les clameurs de la foule qui enflammaient Jaromil et le plongeaient dans l'enthousiasme. Il était en pyjama, avec une serviette autour du cou, dans la chambre de la grand-mère et vociférait : « Enfin ! il fallait que ça arrive ! enfin ! »

La grand-mère n'était pas tout à fait sûre que l'enthousiasme de Jaromil fût justifié. « Tu crois vraiment que c'est bien ? demanda-t-elle avec inquiétude. — Oui, grand-mère, c'est bien. C'est même excellent ! » Il la prit dans ses bras ; puis, il se mit à marcher nerveusement dans la pièce ; il se disait que cette foule rassemblée sur l'antique place de Prague venait lancer aux cieux la date de cette journée qui brillerait comme une étoile visible pendant de longs siècles ; puis il se dit qu'il était vraiment fâcheux de passer une aussi grande journée à la maison avec sa grand-mère au lieu d'être dans la rue avec la foule. Mais il n'eut pas le temps d'achever cette pensée que la porte s'ouvrit, livrant passage à son oncle, furieux et cramoisi, qui vociférait : « Vous les entendez ? Les crapules ! les crapules ! C'est un putsch ! »

Jaromil regardait son oncle qu'il avait toujours détesté, ainsi que sa femme et leur fils infatué, et il se dit que le moment était arrivé où il pouvait enfin le vaincre. Ils étaient face à face : l'oncle avait la porte dans le dos, et dans le dos de Jaromil il y avait la radio, de sorte qu'il se sentait relié à une foule de cent mille personnes et qu'il parlait maintenant à son oncle comme cent mille personnes parlent à un homme seul : « Ce n'est pas un putsch, c'est la révolution, dit-il.

— Va te faire foutre avec ta révolution, dit l'oncle. C'est facile de faire la révolution quand on a derrière soi l'armée et la police et une grande puissance par-dessus le marché. »

Quand il entendit la voix pleine d'assurance de son oncle, qui lui parlait comme à un gosse stupide, la haine lui monta à la tête : « Cette armée et cette police veulent empêcher une poignée de voyous d'opprimer le peuple comme avant.

— Petit crétin, dit l'oncle, les communistes détenaient déjà la plus grande partie du pouvoir et ils ont fait ce putsch pour l'avoir tout entier. J'ai toujours su que tu n'étais qu'un jeune imbécile.

— Et moi, j'ai toujours su que tu étais un exploiteur et que la classe ouvrière finirait par te tordre le cou. »

Jaromil avait prononcé cette phrase dans un mouvement

de colère et, somme toute, sans réfléchir ; pourtant elle mérite que nous nous y arrêtions un instant : il venait d'utiliser des mots que l'on pouvait lire souvent dans la presse communiste ou entendre souvent de la bouche d'orateurs communistes, mais qui lui répugnaient plutôt jusqu'à présent, comme lui répugnaient toutes les phrases stéréotypées. Il avait toujours considéré qu'il était d'abord un poète et par conséquent, tout en tenant des discours révolutionnaires, il ne voulait pas renoncer à son propre langage. Et voici qu'il disait : la classe ouvrière te tordra le cou.

Oui, c'est une chose étrange : dans un moment d'exaltation (donc, dans un moment où l'individu agit spontanément et où son moi se révèle tel qu'il est), Jaromil renonçait à son langage et préférait choisir la possibilité d'être le médium de quelqu'un d'autre. Et non seulement il agissait ainsi, mais il agissait ainsi avec un sentiment d'intense satisfaction ; il avait l'impression de faire partie d'une foule à mille têtes, d'être l'une des têtes du dragon à mille têtes d'un peuple en marche et il trouvait cela grandiose. Il avait soudain le sentiment d'être fort et de pouvoir se moquer ouvertement d'un homme devant lequel, hier encore, il rougissait timidement. Et si la rude simplicité de la phrase prononcée (la classe ouvrière te tordra le cou) lui était une source de jouissance, c'était justement parce qu'elle le rangeait aux côtés de ces hommes merveilleusement simples qui se moquaient des nuances et dont toute la sagesse consistait à s'intéresser à l'essentiel qui est toujours insolemment simple.

Jaromil (en pyjama et avec une serviette enroulée autour de la gorge) se tenait, les jambes écartées, devant la radio qui venait de retentir, juste derrière son dos, de gigantesques applaudissements, et il avait l'impression que ce rugissement pénétrait en lui et le grandissait et qu'il se dressait face à son oncle comme un arbre inébranlable, comme un rocher qui rit.

Et l'oncle, qui prenait Voltaire pour l'inventeur des volts, s'approcha de lui et lui flanqua une gifle.

Jaromil sentit une douleur cuisante sur la joue. Il savait qu'il était humilié et parce qu'il se sentait grand et puissant comme un arbre ou comme un rocher (des milliers de voix continuaient de résonner derrière lui dans le poste de radio) il voulut se jeter sur son oncle et lui rendre sa gifle. Mais comme il lui fallut tout de même un moment pour s'y résoudre, son oncle eut le temps de faire demi-tour et de s'en aller.

Jaromil criait : « Je vais la lui rendre ! Le salaud ! Je vais la lui rendre ! » et il se dirigea vers la porte. Mais la grand-mère le saisit par la manche de son pyjama et le supplia de rester tranquille, ce qui fait que Jaromil se contenta de répéter *le salaud, le salaud, le salaud*, et retourna s'étendre dans son lit où il avait abandonné, une heure plus tôt à peine, son amante imaginaire. Il n'était plus capable de penser à elle. Il ne voyait que son oncle et sentait la gifle et s'accablait de reproches sans fin, se répétant qu'il n'avait pas su agir promptement comme un homme ; il se le reprochait si amèrement qu'il se mit à pleurer et mouilla son oreiller de ses larmes rageuses.

Tard dans l'après-midi, maman rentra et raconta avec frayeur que le directeur de son bureau, qui était un homme très respecté, était déjà congédié et que tous les non-communistes craignaient d'être arrêtés.

Jaromil se souleva sur le coude dans son lit et commença à discuter avec passion. Il expliquait à maman que ce qui se passait était une révolution et qu'une révolution est une période de courte durée pendant laquelle il faut recourir à la violence pour hâter l'avènement d'une société d'où la violence sera à jamais bannie. Maman n'avait qu'à comprendre.

Elle aussi mettait toute son âme dans la discussion, mais Jaromil parvint à réfuter ses objections. Il dit que la domination des riches était stupide, de même que toute cette société d'entrepreneurs et de commerçants, et il rappela habilement à maman qu'elle était elle-même, dans sa propre famille, la victime de ces gens-là ; il lui rappela l'arrogance de sa sœur et le manque d'éducation de son beau-frère.

Elle était ébranlée et Jaromil se réjouissait du succès de ses arguments ; il avait l'impression de s'être vengé de la gifle qu'il avait reçue quelques heures plus tôt ; mais rien que d'y penser, il sentit revenir la colère et il dit : « Et tu sais, maman, je veux, moi aussi, entrer au Parti communiste. »

Il lut la désapprobation dans les yeux maternels mais persévéra dans son affirmation ; il dit qu'il avait honte de ne pas avoir adhéré plus tôt, que seul l'héritage encombrant du milieu où il avait grandi le séparait de ceux dont il faisait partie depuis longtemps.

« Tu regrettes peut-être d'être né ici et que je sois ta mère ? »

Maman dit cela d'un ton offensé et Jaromil dut aussitôt lui dire qu'elle l'avait mal compris ; à son avis maman, telle qu'elle était, n'avait au fond rien de commun ni avec sa sœur et son beau-frère ni avec le monde des gens riches.

Mais maman lui dit : « Si tu m'aimes, ne fais pas cela ! Tu sais la vie infernale que me fait déjà ton oncle. Si tu adhérais au Parti, ça deviendrait absolument intenable. Sois raisonnable, je t'en prie. »

Une tristesse larmoyante étreignit la gorge de Jaromil. Au lieu de rendre à son oncle la gifle qu'il lui avait donnée, il venait d'en recevoir une deuxième. Il se tourna de l'autre côté et laissa maman quitter la chambre. Puis il se remit à pleurer.

21

Il était six heures, l'étudiante l'accueillit en tablier blanc et le conduisit dans une cuisine bien nette. Le dîner n'avait rien d'extraordinaire, des œufs brouillés avec du saucisson coupé en dés, mais c'était le premier dîner qu'une femme (à l'exception de sa mère et de sa grand-mère) eût jamais préparé pour Jaromil, et il mangeait avec la fierté d'un homme dont sa maîtresse prend soin.

Ils passèrent ensuite dans la pièce voisine. Il y avait là une table ronde en acajou recouverte d'une nappe tricotée au crochet sur laquelle était posé, comme un poids, un vase en cristal massif ; les murs étaient ornés de hideuses peintures et il y avait dans un coin un divan où s'entassaient d'innombrables coussins. Tout était convenu et décidé d'avance pour cette soirée et il ne leur restait qu'à plonger dans les vagues molles des oreillers ; mais, chose étrange, l'étudiante s'assit sur une chaise dure devant la table ronde, et il s'assit en face d'elle ; ensuite, ils discutèrent longtemps, longtemps de choses et d'autres, assis sur ces chaises dures, et Jaromil commençait à sentir sa gorge se serrer.

Il savait en effet qu'il devait être rentré à onze heures ; il avait certes demandé à maman l'autorisation de passer toute la nuit dehors (il avait prétendu que des camarades de classe organisaient une soirée), mais il s'était heurté à une résistance si énergique qu'il n'avait pas osé insister et qu'il devait donc espérer que les cinq heures qui s'étendaient entre six et onze heures du soir seraient un intervalle suffisamment long pour sa première nuit d'amour.

Seulement, l'étudiante bavardait et bavardait toujours, et l'intervalle des cinq heures rétrécissait rapidement ; elle parlait de sa famille, de son frère qui avait autrefois tenté de se suicider à cause d'un amour malheureux : « Ça m'a marquée. Je ne peux pas être comme les autres filles. Je ne peux pas prendre l'amour à la légère », dit-elle, et Jaromil sentit que ces mots devaient marquer de l'empreinte du sérieux l'amour physique qui lui était promis. Il se leva donc de sa chaise, se pencha sur la jeune fille et lui dit d'une voix très grave : « Je te comprends, oui je te comprends » ; après quoi il la souleva de sa chaise, la conduisit jusqu'au divan et la fit asseoir.

Ensuite, ils s'embrassèrent, se caressèrent, se pelotèrent. Cela dura très longtemps et Jaromil pensait qu'il serait sans doute temps de déshabiller la jeune fille, mais n'ayant encore jamais rien fait de semblable, il ne savait comment commencer. D'abord, il ne savait pas s'il devait ou non éteindre la lumière. D'après tous les rapports qu'il avait entendus sur des situations de ce genre, il estimait qu'il fallait éteindre. Il avait d'ailleurs dans une poche de sa veste un sachet contenant la chaussette transparente et s'il voulait la revêtir discrètement et clandestinement au moment décisif, il avait absolument besoin de l'obscurité. Mais il ne pouvait se résoudre à se lever au milieu des caresses pour se diriger vers l'interrupteur, ce qui lui paraissait plutôt déplacé (n'oublions pas qu'il était bien élevé), car il était l'invité et il incombait plutôt à la maîtresse de maison de tourner l'interrupteur. Finalement, il osa dire timidement : « Est-ce qu'on ne devrait pas éteindre la lumière ? »

Mais la jeune fille répliqua : « Non, non, je t'en prie. » Et Jaromil se demandait si cela signifiait que la jeune fille ne voulait pas de l'obscurité et par conséquent ne voulait pas faire l'amour, ou bien que la jeune fille voulait faire l'amour mais pas dans le noir. Il pouvait évidemment lui poser la question, mais il avait honte de parler à voix haute de ce qu'il pensait.

Ensuite il se souvint qu'il devait être rentré à onze heures et il fit un effort pour surmonter sa timidité ; il déboutonna le premier bouton féminin de sa vie. C'était le bouton d'un corsage blanc et il le déboutonna dans l'attente craintive de ce que la jeune fille allait dire. Elle ne dit rien. Il continua donc de la déboutonner, sortit de la jupe le bord inférieur du corsage, puis lui enleva le corsage complètement.

Elle était maintenant étendue sur les coussins, en jupe et en soutien-gorge et, chose étonnante, alors qu'une seconde plus tôt elle embrassait avidement Jaromil, depuis qu'il lui avait enlevé son corsage elle semblait frappée de stupeur ; elle ne bougeait pas ; elle bombait légèrement le torse, semblable au condamné à mort qui tend sa poitrine aux canons des fusils.

Il n'avait plus qu'une chose à faire, continuer à la déshabiller : il trouva la fermeture Éclair sur le côté de la jupe et l'ouvrit ; le naïf ne soupçonnait pas l'existence de l'agrafe qui retenait la jupe à la taille et il s'efforçait obstinément et vainement de la tirer sur les hanches de la jeune fille ; celle-ci bombait le torse face à l'invisible peloton d'exécution et ne s'apercevait même pas de ses difficultés.

Ah, passons sous silence un quart d'heure environ des peines de Jaromil ! Il réussit enfin à dévêtir entièrement l'étudiante. Quand il la vit docilement allongée sur les coussins dans l'attente de l'instant prévu depuis si longtemps, il comprit qu'il ne lui restait plus qu'à se déshabiller à son tour. Mais le lustre répandait une vive lumière et Jaromil avait honte de se déshabiller. Il eut alors une idée salvatrice : il avait aperçu, à côté de la salle de séjour, une chambre à coucher (une chambre démodée avec des lits jumeaux) ; la lumière n'y était pas allumée ; là il pourrait se déshabiller dans le noir et même se dissimuler sous une couverture.

« On ne va pas dans la chambre à coucher ? demanda-t-il timidement.

— Dans la chambre à coucher, pour quoi faire ? Pourquoi as-tu besoin d'une chambre à coucher ? » dit la jeune fille, en riant.

Il est difficile de dire pourquoi elle riait. C'était un rire gratuit, embarrassé, irréfléchi. Mais Jaromil en fut blessé ; il eut peur d'avoir dit une sottise, comme si sa proposition d'aller dans la chambre à coucher dénonçait sa ridicule inexpérience. Il était décontenancé ; il se trouvait dans un appartement étranger, sous la lumière indiscrète d'un lustre qu'il ne pouvait pas éteindre, avec une femme étrangère qui se moquait de lui.

Il sut tout de suite qu'ils ne feraient pas l'amour ce soir-là ; il se sentait froissé et s'assit sans mot dire sur le divan ; il le regrettait, mais il était en même temps soulagé ; il n'avait plus besoin de se demander s'il éteindrait ou n'éteindrait pas la lumière et comment il s'y prendrait pour se déshabiller ; et il était content que ça ne fût pas sa faute à lui ; elle n'avait pas besoin de rire si bêtement !

« Mais qu'est-ce que tu as ? demanda-t-elle.

— Rien », dit Jaromil, et il comprit qu'il paraîtrait encore plus ridicule en expliquant à la jeune fille la raison de sa contrariété. Il fit donc un effort pour se maîtriser, il la souleva du divan et il commença à l'examiner ostensiblement (il voulait dominer la situation et il pensait que celui qui examine domine celui qui est examiné) ; puis, il lui dit : « Tu es belle. »

La jeune fille, soulevée du divan où elle était jusqu'ici demeurée dans une attente immobile, parut soudain libérée : elle était de nouveau bavarde et sûre d'elle. Ça ne la gênait pas du tout d'être examinée par un garçon (peut-être pensait-elle que celui qui est examiné domine celui qui examine), et elle lui demanda : « Suis-je plus belle nue ou habillée ? »

Il existe un certain nombre de questions féminines classiques, que tout homme rencontre tôt ou tard dans sa vie et auxquelles les établissements d'enseignement devraient préparer les jeunes gens. Mais Jaromil, comme nous tous, fréquentait de mauvaises écoles et ne savait pas quoi répondre ; il s'efforça de deviner ce que la jeune fille voulait entendre, mais il était embarrassé ; la plupart du temps, en société, la jeune fille était habillée, donc ça lui ferait sans doute plaisir d'être plus belle avec des vêtements ; seulement, comme la nudité est la vérité du corps, Jaromil lui ferait sans doute le même plaisir en lui disant qu'elle était plus jolie toute nue.

« Tu es belle nue et habillée », dit-il, mais l'étudiante n'était pas du tout satisfaite de cette réponse. Elle gambadait à travers la pièce, s'offrait au regard du jeune homme et l'obligeait à répondre sans détour. « Je veux savoir comment je te plais le plus. »

À la question ainsi précisée, il était plus facile de répondre. Étant donné que les autres ne la connaissaient qu'habillée, il avait pensé qu'il manquerait de tact en lui disant qu'elle était moins belle habillée que nue ; mais puisqu'elle lui demandait son avis personnel, il pouvait hardiment répondre que, personnellement, il la préférait nue, ce qui montrerait plus clairement qu'il l'aimait telle qu'elle était, pour elle-même, et qu'il ne se souciait pas de ce qui n'était qu'ajouté à sa personne.

De toute évidence, il n'avait pas mal jugé, car l'étudiante, quand elle entendit qu'elle était plus belle nue, réagit de façon très favorable. Elle ne se rhabilla pas jusqu'à son départ, elle lui donna beaucoup de baisers et au moment de le quitter (il était onze heures moins le quart, maman serait satisfaite), elle lui chuchota à l'oreille, sur le pas de la porte : « Aujourd'hui, tu m'as montré que tu m'aimes. Tu es très gentil, tu m'aimes vraiment. Oui, c'était mieux comme ça. On va garder ce moment-là pour plus tard. »

22

Vers cette époque, il commença à écrire un long poème. C'était un *poème-récit* où il était question d'un homme qui comprenait soudain qu'il était vieux ; qu'il se trouvait *là où le destin ne construit plus ses gares* ; qu'il était abandonné et oublié ; qu'autour de lui

On blanchit les murs à la chaux on emporte les meubles
On change tout dans sa chambre

Alors il sort de chez lui à la hâte et retourne là où il a connu les plus intenses moments de sa vie :

L'arrière de la maison le troisième étage la porte au fond à gauche dans le coin
Avec un nom sur la carte de visite illisible dans l'obscurité
« Minutes passées depuis vingt ans accueillez-moi ! »

Une vieille femme vient lui ouvrir, dérangée de l'indifférente nonchalance où l'ont plongée de longues années de solitude. Vite, vite, elle se mord les lèvres exsangues pour leur redonner un peu de couleur ; vite, d'un geste d'autrefois, elle tente de remettre un peu d'ordre dans les mèches clairsemées de ses cheveux pas lavés et elle gesticule d'un air gêné pour cacher devant lui les photographies d'anciens amants accrochées aux murs. Mais ensuite, elle sent qu'il fait bon dans cette pièce et que les apparences ne comptent pas ; elle dit :

« Vingt ans Et tu es pourtant revenu
Comme la dernière chose importante que je rencontrerai
Je n'ai aucune chance de rien voir
Si je tente de scruter l'avenir par-dessus ton épaule. »

Oui, il fait bon dans cette pièce ; plus rien ne compte, ni les rides, ni les vêtements négligés, ni les dents jaunies, ni les cheveux clairsemés, ni les lèvres pâles, ni le ventre pendant.

Certitude certitude Je ne bouge plus et je suis prête
Certitude Auprès de toi la beauté n'est rien Auprès de toi la jeunesse n'est rien

Et lui parcourt la pièce d'un pas fatigué (*de son gant il efface sur la table les empreintes digitales d'inconnus*) et il sait qu'elle avait des amants, des foules d'amants qui

Ont dilapidé toute la lumière de sa peau
Même dans le noir elle n'est plus belle
Pièce de monnaie sans valeur usée par les doigts

Et une vieille chanson lui traîne dans l'âme, une chanson oubliée, mon Dieu, comment est cette chanson ?

Tu t'éloignes, tu t'éloignes sur le sable des lits
Et ton apparence s'efface
Tu t'éloignes, tu t'éloignes et de toi ne subsiste
Que le centre rien que le centre de toi

Et elle sait qu'elle n'a plus rien de jeune pour lui. Mais :

Dans les moments de faiblesse qui m'assaillent maintenant
Ma fatigue mon dépérissement ce processus si important et si pur
N'appartiennent qu'à toi

Leurs corps ridés se touchent avec émotion et il lui dit : « Petite fille » et elle lui dit : « Mon petit » et ils se mettent à pleurer.

Et il n'y a pas d'intermédiaire entre eux
Pas un mot pas un geste Rien derrière quoi se cacher
Rien pour dissimuler leur misère à tous deux

Car c'est justement cette misère mutuelle qu'ils saisissent à pleine bouche, qu'ils boivent avidement l'un de l'autre. Ils caressent leurs corps misérables et ils entendent déjà, sous la peau l'un de l'autre, les machines de la mort qui ronronnent doucement. Et ils savent qu'ils sont définitivement et totalement voués l'un à l'autre ; que c'est là leur dernier amour et aussi leur plus grand amour, parce que le dernier amour est le plus grand. L'homme pense :

C'est l'amour sans issue C'est l'amour comme un mur

Et la femme pense :

Voici la mort lointaine peut-être dans le temps mais déjà si proche par sa ressemblance
Si proche d'être tellement pareille à nous deux profondément plongés dans nos fauteuils
Voici le but atteint et les jambes si heureuses qu'elles ne tentent même plus de faire un pas
Et les mains tellement certaines qu'elles ne cherchent même plus une caresse
Il n'y a plus qu'à attendre que la salive dans nos bouches se change en gouttes de rosée

Quand maman lut cet étrange poème, elle fut, comme à l'ordinaire, stupéfaite de la maturité précoce qui permettait à son fils de comprendre un âge aussi éloigné du sien ; elle ne comprenait pas que les personnages du poème n'avaient aucun rapport avec la psychologie réelle de la vieillesse.

Non, dans ce poème, il n'était pas du tout question d'un vieillard et d'une vieille femme ; si l'on avait demandé à Jaromil quel âge avaient les personnages de son poème, il aurait hésité et il aurait répondu qu'ils avaient entre quarante et quatre-vingts ans ; il ignorait tout de la vieillesse, qui était pour lui une notion lointaine et abstraite ; tout ce qu'il savait de la vieillesse, c'est qu'elle est une période de la vie où l'âge adulte appartient déjà au passé ; où le destin est déjà achevé ;

où l'homme n'a plus à redouter ce terrible inconnu qui s'appelle l'avenir ; où l'amour, quand nous le rencontrons, est ultime et certain.

Car Jaromil était plein d'angoisse ; il s'avançait vers le corps dénudé de la jeune femme comme on marche sur des épines ; il désirait ce corps et il en avait peur ; c'est pourquoi, dans ses poèmes sur la tendresse, il échappait à la matérialité du corps en cherchant refuge dans le monde de l'imagination enfantine ; il privait le corps de sa réalité et se représentait le sexe de la femme comme un jouet mécanique ; cette fois, il avait cherché refuge du côté opposé : du côté de la vieillesse ; là où le corps n'est plus dangereux et fier ; là où il est misérable et pitoyable ; la misère d'un corps décrépit le réconciliait plus ou moins avec l'orgueil du corps juvénile qui devrait vieillir à son tour.

Son poème était plein de laideurs naturalistes ; Jaromil n'avait oublié ni les dents jaunes, ni le pus au coin des yeux, ni le ventre pendant ; mais derrière la brutalité de ces détails, il y avait le désir touchant de limiter l'amour à l'éternel, à l'indestructible, à ce qui peut remplacer l'étreinte maternelle, à ce qui n'est pas assujetti au temps, à ce qui est *le centre rien que le centre*, à ce qui peut surmonter la puissance du corps, du corps perfide dont l'univers s'étendait devant lui comme un territoire inconnu habité par les lions.

Il écrivait des poèmes sur l'enfance artificielle de la tendresse, il écrivait des poèmes sur une mort irréelle, il écrivait des poèmes sur une vieillesse irréelle. C'étaient trois drapeaux bleus sous lesquels il s'avançait craintivement vers le corps immensément réel de la femme adulte.

23

Quand elle vint chez lui (maman et la grand-mère s'étaient absentées de Prague pour deux jours), il prit soin de ne pas allumer, bien que l'obscurité commençât à tomber lentement. Ils avaient fini de dîner et ils étaient dans la chambre de Jaromil. Vers dix heures (c'était l'heure où, d'ordinaire, maman l'envoyait au lit), il dit la phrase qu'il avait d'avance maintes fois répétée mentalement, pour pouvoir la prononcer avec aisance et naturel : « Si on allait se coucher ? »

Elle acquiesça et Jaromil ouvrit le lit. Oui, tout se passait comme il l'avait prévu et tout se passait sans difficulté. La jeune fille se déshabilla dans un coin et Jaromil se déshabilla (beaucoup plus précipitamment) dans un autre coin ; il mit aussitôt son pyjama (dans la poche duquel il avait soigneusement déposé le sachet contenant la chaussette), puis il se glissa rapidement sous la couverture (il savait que le pyjama ne lui allait pas, qu'il était trop grand pour lui et qu'il le rapetissait) et il contemplait la jeune fille qui n'avait rien gardé sur elle et qui vint toute nue (ah ! dans l'obscurité elle lui semblait encore plus belle que la dernière fois) s'étendre à côté de lui.

Elle se serra contre lui et commença à l'embrasser avec fureur ; au bout d'un instant Jaromil se dit qu'il était grand temps d'ouvrir le sachet. Il plongea donc la main dans sa poche et voulut le retirer discrètement. « Qu'est-ce que tu as là ? demanda la jeune fille. — Rien », répondit-il, et il posa hâtivement sur la poitrine de l'étudiante la main qui s'apprêtait à saisir le sachet. Puis il pensa qu'il allait être obligé de s'excuser et de s'absenter un instant dans la salle de bains pour se préparer discrètement. Mais pendant qu'il réfléchissait (la jeune fille ne cessait pas de l'embrasser), il constata que l'excitation qu'il ressentait au début dans toute son évidence physique avait disparu. Cette constatation le jeta dans un nouvel embarras, car il savait que, dans ces conditions, il ne servirait à rien d'ouvrir le sachet. Donc, il tenta de caresser passionnément la jeune fille en attendant avec angoisse de retrouver l'excitation disparue. Mais en vain. Le corps, sous son regard attentif, était comme saisi d'effroi ; il rétrécissait plus qu'il ne grandissait.

Les caresses et les baisers ne procuraient plus ni plaisir ni satisfaction ; ce n'était plus qu'un paravent derrière lequel le garçon se tourmentait et appelait désespérément son corps à l'obéissance. C'étaient des caresses et des étreintes interminables et un supplice sans fin, un supplice dans un mutisme absolu, car Jaromil ne savait pas ce qu'il devait dire et il avait l'impression que toute parole ne ferait que trahir sa honte ; la jeune fille aussi se taisait, parce qu'elle aussi commençait sans doute à deviner cette honte, sans savoir exactement si c'était celle de Jaromil ou la sienne ; en tout cas, il se passait une chose à laquelle elle n'était pas préparée et qu'elle craignait de nommer.

Mais ensuite, quand cette horrible pantomime de caresses et de baisers diminua d'intensité et qu'elle ne se sentit plus la force de continuer, chacun posa la tête sur son oreiller et s'efforça de dormir. Il est difficile de dire s'ils dormaient ou pas et depuis combien de temps, mais même s'ils ne dormaient pas, ils faisaient semblant de dormir, ce qui leur permettait de se cacher, d'échapper l'un à l'autre.

Quand ils se levèrent, le lendemain matin, Jaromil craignait de regarder le corps de l'étudiante; il lui paraissait douloureusement beau, d'autant plus beau qu'il ne lui appartenait pas. Ils allèrent dans la cuisine, préparèrent leur petit déjeuner et firent un effort pour parler naturellement.

Mais ensuite, l'étudiante dit : « Tu ne m'aimes pas. »

Jaromil voulait l'assurer que ce n'était pas vrai, mais elle ne le laissa pas parler : « Non, ce n'est pas la peine de chercher à me convaincre. C'est plus fort que toi, on l'a bien vu cette nuit. Tu ne m'aimes pas assez. Tu l'as bien constaté toi-même, cette nuit, que tu ne m'aimes pas assez. »

Tout d'abord, Jaromil voulut expliquer à la jeune fille que ce qui s'était passé n'avait rien à voir avec la dimension de son amour, mais il n'en fit rien. Les paroles de la jeune fille lui offrirent en effet une occasion inattendue de cacher son humiliation. Il était mille fois plus facile d'accepter le reproche de ne pas aimer la jeune fille que d'admettre l'idée que son corps était taré. Il ne répondait donc rien et baissait la tête. Et quand la jeune fille répéta la même accusation, il dit d'un ton délibérément vague et peu convaincu : « Mais si, je t'aime.

— Tu mens, dit-elle. Il y a dans ta vie quelqu'un d'autre que tu aimes. »

Ça, c'était encore mieux. Jaromil inclina la tête et haussa tristement les épaules, comme s'il reconnaissait qu'il y avait une part de vérité dans ce reproche.

« Ça ne rime à rien, si ce n'est pas le véritable amour, dit l'étudiante d'une voix morose. Je t'ai prévenu que je ne peux pas prendre ces choses-là à la légère. Je ne peux pas supporter l'idée que je remplace pour toi quelqu'un d'autre. »

La nuit qu'il venait de vivre avait été cruelle, et il n'y avait qu'une issue pour Jaromil : la recommencer et effacer son échec. Il se vit donc contraint de répondre : « Non, tu es injuste. Je t'aime. Je t'aime énormément. Mais je t'avais caché quelque chose. C'est vrai qu'il y a une autre femme dans ma vie. Cette femme m'aimait et je lui ai fait beaucoup de mal. Il y a maintenant sur moi une ombre qui me pèse et contre laquelle je suis désarmé. Comprends-moi bien, je t'en prie. Ce serait injuste qu'à cause de ça tu n'acceptes plus de me revoir, parce que je n'aime que toi, que toi.

— Je ne dis pas que je ne veux plus te revoir, je dis seulement que je ne peux pas supporter l'idée d'une autre femme, même si c'est une ombre. Comprends-moi bien, toi aussi, pour moi l'amour est un absolu. En amour, je ne fais pas de compromis. »

Jaromil regardait le visage de la jeune fille à lunettes et son cœur se serrait à l'idée qu'il pût la perdre ; il lui semblait qu'elle était proche de lui, qu'elle pourrait le comprendre. Mais malgré cela, il ne voulait pas, il ne pouvait pas se confier à elle et il devait se faire passer pour un homme sur lequel s'étend une ombre fatale et qui est déchiré et digne de pitié. Il répliqua :

« Est-ce qu'en amour l'absolu ne signifie pas d'abord que l'on est capable de comprendre l'autre et de l'aimer avec tout ce qu'il y a en lui et sur lui, aussi avec ses ombres ? »

C'était bien dit et l'étudiante parut réfléchir à cette phrase. Jaromil pensa que, peut-être, tout n'était pas perdu.

24

Il ne lui avait encore jamais fait lire ses poèmes ; le peintre lui avait promis de les faire publier dans une revue d'avant-garde, et il comptait sur le prestige des lettres imprimées pour éblouir la jeune fille. Mais maintenant, il avait besoin que ses vers lui portent rapidement secours. Il était persuadé que, lorsque l'étudiante les aurait lus (c'était du poème sur les vieillards qu'il attendait le plus), elle le comprendrait et serait émue. Il se trompait ; elle estimait qu'elle devait donner à son jeune ami des avis critiques et elle le glaçait avec le laconisme de ses remarques.

Qu'était devenu le splendide miroir de son admiration enthousiaste où, naguère, il avait découvert pour la première fois sa personnalité ? Tous les miroirs lui offraient la grimaçante laideur de son immaturité et c'était une chose intolérable. Alors, il se souvint du nom illustre d'un poète au front nimbé de l'auréole de l'avant-garde européenne et des scandales praguois et, bien qu'il ne le connût pas et qu'il ne l'eût jamais vu, il éprouva pour lui la confiance aveugle qu'un simple croyant éprouve envers un haut dignitaire de son Église. Il lui envoya ses poèmes avec une lettre humble et suppliante. Ensuite, il rêva à sa réponse, amicale et admirative, et cette rêverie étendait comme un baume sur ses rendez-vous avec l'étudiante qui se faisaient de plus en plus rares (elle prétendait que la date de ses examens universitaires approchait et qu'elle avait peu de temps) et de plus en plus tristes.

Donc il revint à l'époque (d'ailleurs peu éloignée) où une conversation quelconque avec une femme quelconque lui causait des difficultés et où il devait s'y préparer à la maison ; de nouveau, il vivait chacun de ses rendez-vous plusieurs jours à l'avance et il passait de longues soirées dans des conversations fictives avec l'étudiante. Dans ces monologues inexprimés apparaissait de plus en plus clairement (et pourtant mystérieusement) la femme sur l'existence de laquelle l'étudiante avait exprimé ses soupçons, pendant le petit déjeuner, dans la chambre de Jaromil ; elle nimbait Jaromil de la lumière d'un passé vécu, elle éveillait un intérêt jaloux et excusait l'échec de son corps.

Malheureusement, elle n'apparaissait que dans ces monologues inexprimés, car elle avait discrètement et rapidement disparu des conversations réelles de Jaromil et de l'étudiante ; l'étudiante cessa de s'y intéresser aussi inopinément qu'elle avait commencé, inopinément, à parler de son existence. Comme c'était décevant ! Toutes les petites allusions de Jaromil, ses lapsus soigneusement calculés et ses brusques silences destinés à faire croire qu'il pensait à une autre femme, passaient sans éveiller la moindre attention.

Par contre, elle lui parlait longuement (et très gaiement hélas) de la faculté et elle lui décrivait plusieurs de ses camarades d'une manière si vivante qu'ils lui semblaient beaucoup plus réels qu'il ne l'était lui-même. Ils étaient redevenus tous deux ce qu'ils étaient avant de faire connaissance : un petit garçon timide et une *vierge de pierre*, qui tenaient des conversations savantes. Parfois seulement (Jaromil chérissait infiniment ces instants et n'en laissait rien perdre) elle se taisait brusquement ou disait à brûle-pourpoint une phrase, triste et nostalgique, à laquelle Jaromil tentait vainement d'enchaîner ses propres paroles, car la tristesse de la jeune fille était tournée vers le dedans d'elle-même et ne souhaitait pas s'accorder à la tristesse de Jaromil.

Quelle était la source de cette tristesse ? Qui sait ? peut-être regrettait-elle l'amour qu'elle voyait disparaître ; peut-être pensait-elle à quelqu'un d'autre qu'elle désirait ; qui sait ? Un jour, cet instant de tristesse fut si intense (ils sortaient d'un cinéma et ils se promenaient dans une rue sombre et silencieuse) qu'elle posa, tout en marchant, la tête sur son épaule.

Mon Dieu ! il avait déjà connu cela ! Il avait connu cela le soir où il se promenait dans le parc de Stromovka avec la jeune fille du cours de danse ! Ce mouvement de la tête, qui l'avait excité ce soir-là, produisit sur lui le même effet : il était excité ! Il était infiniment et ostensiblement excité ! Mais cette fois-ci il n'avait pas honte, au contraire, au contraire, cette fois-ci il souhaitait désespérément que la jeune fille s'aperçût de son excitation !

Mais la jeune fille avait la tête posée tristement sur son épaule et Dieu sait dans quelle direction elle regardait à travers ses lunettes.

Et l'excitation de Jaromil persistait, victorieusement, fièrement, longuement, visiblement, et il désirait qu'elle fût remarquée et appréciée ! Il voulait saisir la main de la jeune fille et la poser sur son corps, mais ce n'était qu'une idée qui lui paraissait insensée et irréalisable. Il se dit qu'ils pourraient s'arrêter et s'embrasser et que la jeune fille sentirait son excitation avec son corps.

Mais quand l'étudiante comprit, à son pas de plus en plus lent, qu'il allait s'arrêter pour l'embrasser, elle dit : « Non, non, je veux rester comme ça, je veux rester comme ça… » et elle dit cela si tristement que Jaromil obéit sans protester. Et l'autre, entre ses jambes, lui faisait l'effet d'un ennemi, d'un clown, d'un bouffon qui dansait et se moquait de lui. Il marchait avec une tête triste et étrangère sur son épaule et avec un clown étranger et railleur entre ses jambes.

25

Il s'imaginait peut-être que la tristesse et la soif de consolation (l'illustre poète ne lui répondait toujours pas) justifient n'importe quelle action insolite, car il se rendit à l'improviste chez le peintre. Dès qu'il fut dans l'entrée, il comprit au bruit des voix qu'il y avait du monde et il voulut aussitôt s'excuser et partir ; mais le peintre l'invita cordialement dans l'atelier où il le présenta à ses hôtes, trois hommes et deux femmes.

Jaromil sentait ses joues s'empourprer sous le regard des cinq inconnus, mais en même temps il était flatté ; le peintre le présentait en disant qu'il écrivait des vers excellents et parlait de lui comme si ses invités le connaissaient déjà par ouï-dire. C'était une agréable sensation. Quand il fut assis dans un fauteuil et qu'il regarda autour de lui, il constata avec grand plaisir que les deux femmes présentes étaient plus jolies que son étudiante. Avec quelle élégance naturelle elles croisaient les jambes, égrenaient la cendre de leurs cigarettes dans le cendrier et associaient dans des phrases bizarres les termes savants et les mots obscènes ! Jaromil avait l'impression qu'un ascenseur l'emportait vers de beaux sommets où la voix torturante de la jeune fille à lunettes ne pouvait atteindre son oreille.

L'une des femmes se tourna vers lui et lui demanda aimablement quel genre de vers il écrivait. « Des vers », dit-il, et il haussa les épaules avec gêne. « Des vers remarquables », ajouta le peintre, et Jaromil baissa la tête ; l'autre femme le regarda et dit d'une voix d'alto : « Ici, parmi nous, il me fait penser à Rimbaud avec Verlaine et ses compagnons sur le tableau de Fantin-Latour. Un enfant parmi des hommes. On dit qu'à dix-huit ans Rimbaud en paraissait treize. Et vous, dit-elle, se tournant vers Jaromil, vous avez tout à fait l'air d'un enfant. »

(Nous ne pouvons nous empêcher de faire observer que cette femme se penchait sur Jaromil avec la même tendresse cruelle qu'avaient en se penchant sur Rimbaud les sœurs de son maître Izambard, les illustres *chercheuses de poux*, quand il venait chez elles au retour d'une de ses longues équipées et qu'elles le lavaient, le nettoyaient et l'épouillaient.)

« Notre ami, dit le peintre, a la chance, qu'il n'aura d'ailleurs pas longtemps, de ne plus être un enfant et de ne pas être encore un homme.

— La puberté est l'âge le plus poétique, dit la première femme.

— Tu serais stupéfaite, dit le peintre avec un sourire, si tu connaissais la maturité et la perfection surprenantes des vers que peut écrire ce jeune puceau immature et imparfait !

— C'est exact, acquiesça l'un des hommes, montrant par là qu'il connaissait les vers de Jaromil et qu'il approuvait l'éloge du peintre.

— Vous ne les publiez pas ? demanda à Jaromil la femme à la voix d'alto.

— Je doute que l'époque des héros positifs et des bustes de Staline soit très favorable à sa poésie », dit le peintre.

L'allusion aux héros positifs aiguilla de nouveau la conversation sur la voie où elle était engagée avant l'arrivée de Jaromil. Jaromil était familier de ces problèmes et pouvait aisément participer à la discussion, mais il n'entendait plus rien de ce qu'on disait. Sa tête retentissait d'échos interminables, qui lui répétaient qu'il paraissait treize ans, qu'il était un enfant, qu'il était puceau. Certes, il savait que personne ici ne voulait l'offenser et que le peintre aimait sincèrement ses vers, mais ça ne faisait qu'empirer les choses : peu lui importaient ses vers en ce moment. Il eût mille fois renoncé à leur maturité pour acquérir en échange sa propre maturité. Il eût donné tous ses poèmes pour un seul coït.

Une discussion animée s'engagea et Jaromil avait envie de partir. Mais il se sentait si oppressé qu'il ne parvenait pas à prononcer la phrase qui devait annoncer son départ. Il craignait d'entendre sa propre voix ; il craignait que cette voix ne se mît à trembler ou à chevroter et ne révélât une fois de plus au grand jour son enfantine immaturité. Il voulait devenir invisible, s'en aller très loin sur la pointe des pieds et disparaître, s'assoupir et dormir longuement et se réveiller dix ans plus tard, quand son visage aurait vieilli et serait couvert de rides mâles.

La femme à la voix d'alto se tourna de nouveau vers lui : « Pourquoi êtes-vous si taciturne, mon enfant ? »

Il bredouilla qu'il préférait écouter plutôt que parler (bien qu'il n'écoutât pas du tout) et il se dit qu'il lui était impossible d'échapper à la condamnation que l'étudiante avait prononcée sur lui, et que le verdict le renvoyant à son pucelage qu'il portait sur lui comme un stigmate (mon Dieu, rien qu'à le regarder, tout le monde voyait qu'il n'avait pas encore eu de femme !) était encore une fois confirmé.

Et comme il savait que tout le monde le regardait, il prit cruellement conscience de son visage et sentit, presque avec épouvante, que ce qu'il avait sur ce visage, c'était le sourire de sa mère ! Il le reconnaissait avec certitude, ce sourire délicat, amer, il le sentait plaqué sur ses lèvres et n'avait pas le moyen de s'en débarrasser. Il sentait que sa maman était collée sur son visage, qu'elle l'enveloppait comme la chrysalide enveloppe la larve à laquelle elle ne veut pas reconnaître le droit à sa propre apparence.

Et il était là, parmi des adultes, revêtu du masque de sa maman qui le serrait dans ses bras, le tirait vers elle pour l'éloigner de ce monde auquel il voulait appartenir et qui se conduisait envers lui avec bienveillance, mais tout de même, comme on se conduit envers quelqu'un qui n'y a pas encore sa place. Cette situation était si intolérable que Jaromil rassembla toutes ses forces pour secouer le masque maternel, pour s'en débarrasser ; il s'efforça d'écouter la discussion.

Elle portait sur un problème qui faisait alors l'objet de débats passionnés parmi tous les artistes. En Bohême, l'art moderne s'était toujours réclamé de la révolution communiste ; mais quand la révolution était venue, elle avait proclamé comme programme inconditionnel l'adhésion à un réalisme populaire intelligible pour tous et elle avait rejeté l'art moderne comme une manifestation monstrueuse de la décadence bourgeoise. « C'est cela notre dilemme, dit l'un des invités du peintre. Trahir l'art moderne avec lequel nous avons grandi ou la révolution dont nous nous réclamons ?

— La question est mal posée, dit le peintre. Une révolution qui a ressuscité l'art académique de sa tombe et qui fabrique à des milliers d'exemplaires des bustes d'hommes d'État n'a pas seulement trahi l'art moderne, elle s'est d'abord trahie elle-même. Cette révolution-là ne veut pas transformer le monde, mais bien au contraire : conserver l'esprit le plus réactionnaire de l'histoire, l'esprit du fanatisme, de la discipline, du dogmatisme, de la foi et des conventions. Il n'y a pas de dilemme pour nous. Si nous sommes de vrais révolutionnaires, nous ne pouvons pas accepter cette trahison de la révolution. »

Jaromil n'aurait éprouvé aucune difficulté pour développer la pensée du peintre dont il connaissait bien la logique, mais il lui répugnait de se produire ici dans le rôle de l'élève touchant, du petit garçon docile dont on fera l'éloge. Il était envahi par le désir de révolte et dit, se tournant vers le peintre :

« Vous citez toujours Rimbaud : *il faut être absolument moderne.* Je suis tout à fait d'accord. Mais ce qui est absolument moderne, ce n'est pas ce que nous prévoyons pendant cinquante ans, mais au contraire ce qui nous choque et nous surprend. Ce qui est absolument moderne ce n'est pas le surréalisme, qui dure depuis un quart de siècle, mais cette révolution qui a lieu en ce moment sous nos yeux. Le fait que vous ne la comprenez pas est tout simplement la preuve qu'elle est nouvelle. »

Ils lui coupèrent la parole : « L'art moderne était un mouvement dirigé contre la bourgeoisie et contre son univers.

— Oui, dit Jaromil, mais s'il avait été vraiment logique dans sa négation du monde contemporain, il aurait dû compter avec sa propre disparition. Il aurait dû savoir (et il aurait même dû le vouloir) que la révolution allait créer un art totalement nouveau, un art à son image.

— Donc vous approuvez, dit la femme à la voix d'alto, que l'on mette au pilon les poèmes de Baudelaire, que l'on interdise toute la littérature moderne et que l'on s'empresse de mettre à la cave les peintures cubistes du Musée national ?

— La révolution est un acte de violence, dit Jaromil, c'est une chose bien connue, et le surréalisme, précisément, savait très bien que les vieillards doivent être chassés brutalement de la scène, seulement il ne se doutait pas qu'il fût lui-même du nombre. »

Par dépit de se sentir humilié, il exprimait ses pensées, comme il s'en rendait compte lui-même, précisément et méchamment. Une seule chose le déconcerta dès ses premiers mots : il entendit dans sa voix le ton singulier et autoritaire du peintre et il ne put empêcher sa main droite de décrire dans l'air le mouvement caractéristique des gestes du peintre. C'était en réalité une étrange discussion du peintre avec le peintre, du peintre homme avec le peintre enfant, du peintre avec son ombre révoltée. Jaromil s'en rendait compte et il en était encore plus humilié ; de sorte qu'il utilisait des formules de plus en plus dures pour se venger du peintre qui l'avait emprisonné dans ses gestes et dans sa voix.

À deux reprises, le peintre répondit à Jaromil par d'assez longues explications, mais ensuite il se tut. Il se contentait de le regarder, durement et sévèrement, et Jaromil savait qu'il ne pourrait plus jamais entrer dans son atelier. Tout le monde se tut, puis la femme à la voix d'alto (mais cette fois-ci, elle ne lui parlait pas comme si elle se penchait sur lui avec tendresse comme la sœur d'Izambard se penchant sur la tête épouillée de Rimbaud, au contraire elle semblait s'écarter de lui tristement et avec surprise) : « Je ne connais pas vos vers, mais d'après ce que j'en ai entendu dire, je crois qu'ils pourraient difficilement paraître sous ce régime que vous venez de défendre avec tant de véhémence. »

Jaromil se souvint de son dernier poème sur les deux vieillards et sur leur dernier amour ; il se rendait compte que ce poème, qu'il aimait infiniment, ne pourrait jamais être publié à l'époque des mots d'ordre optimistes et des poèmes de propagande et qu'en le reniant maintenant il reniait ce qu'il avait de plus cher, il reniait son unique richesse, sans laquelle il serait totalement seul.

Mais il y avait une autre chose plus précieuse que ses poèmes ; une chose qu'il ne possédait pas encore, qui était loin et à laquelle il aspirait — c'était la virilité ; il savait qu'elle n'était accessible que par l'action et par le courage ; et si ce courage signifie le courage d'être abandonné, abandonné de tout, de la femme aimée, du peintre et même de ses propres poèmes, eh bien, soit : il voulait avoir ce courage. C'est pourquoi il dit :

« Oui, je sais que la révolution n'a aucun besoin de ces poèmes-là. Je le regrette, parce que je les aime. Mais mes regrets ne sont malheureusement pas un argument contre leur inutilité. »

Il y eut de nouveau un silence, et ensuite l'un des hommes dit : « C'est affreux », et c'est un fait qu'il trembla, comme s'il avait froid dans le dos. Jaromil sentit l'impression d'horreur que ses paroles produisaient sur toutes les personnes présentes qui voyaient en le regardant la vivante disparition de tout ce qu'elles aimaient, de tout ce qui était leur raison de vivre.

C'était triste, mais beau aussi : Jaromil perdit, l'espace d'un instant, l'impression qu'il était un enfant.

26

Maman lisait les vers que Jaromil avait posés sur sa table sans mot dire et elle tentait de lire entre les lignes dans la vie de son fils. Si seulement les vers parlaient un langage clair ! Leur sincérité est fallacieuse ; ils sont pleins d'énigmes et d'allusions ; maman sait que son fils a la tête pleine de femmes, mais elle ne sait rien de ce qu'il fait avec elles.

Elle finit donc par ouvrir le tiroir du bureau de Jaromil et se mit à fouiller pour découvrir son journal. Elle était agenouillée par terre et le feuilletait avec émotion ; les inscriptions étaient laconiques, mais elle put quand même en conclure que son fils était amoureux ; il la désignait seulement par une initiale, une majuscule, et elle ne parvint pas à deviner qui cette femme était en réalité ; il était en revanche indiqué, avec un goût passionné du détail que maman trouvait répugnant, à quelle date ils avaient échangé leur premier baiser, quand il lui avait touché les seins pour la première fois et pour la première fois les fesses.

Ensuite, elle arriva à une date inscrite en rouge et ornée de nombreux points d'exclamation ; à côté de la date on pouvait lire : *Demain ! demain ! ah, mon vieux Jaromil, vieillard au crâne chauve, quand tu liras cela dans de longues années, souviens-toi que c'est ce jour-là qu'a commencé la véritable Histoire de ta vie !*

Elle réfléchit rapidement et se souvint que c'était le jour où elle s'était absentée de Prague avec la grand-mère ; et elle se souvint qu'à son retour elle avait trouvé dans la salle de bains son précieux flacon de parfum débouché ; elle avait alors demandé à Jaromil ce qu'il avait fait avec son parfum et il lui avait répondu avec gêne : « J'ai joué avec... » Oh, comme elle était stupide ! Elle s'était souvenue que Jaromil, quand il était petit, voulait être inventeur de parfums, et ce souvenir l'avait émue. Elle s'était contentée de lui dire : « Tu ne crois pas que tu es un peu grand pour jouer à ces jeux-là ! » Mais maintenant, tout était clair : il y avait eu une femme dans la salle de bains, celle avec qui Jaromil avait passé cette nuit-là dans la villa et avec qui il avait perdu sa virginité.

Elle imaginait son corps nu ; elle imaginait auprès de ce corps le corps nu d'une femme, elle imaginait que ce corps féminin était parfumé de son parfum et que son odeur était identique à la sienne ; elle en fut saisie de dégoût. Elle regarda de nouveau dans le journal et constata qu'après la date marquée de points d'exclamation, les inscriptions prenaient fin. Voilà, tout prend toujours fin pour un homme le jour où il parvient à coucher avec une femme pour la première fois, songeait-elle avec amertume, et son fils lui paraissait ignoble.

Pendant quelques jours, elle l'évita. Puis elle remarqua qu'il avait maigri et qu'il était pâle ; la raison en était qu'il faisait trop l'amour, elle n'en doutait pas.

Quelques jours plus tard, elle s'aperçut que, dans l'abattement de son fils, il n'y avait pas seulement de la fatigue, mais aussi de la tristesse. Elle en fut un peu réconciliée avec lui et elle retrouva l'espoir : elle se disait que les maîtresses blessent et que les mères consolent ; elle se disait que les maîtresses peuvent être innombrables mais qu'une mère est unique. Il faut que je me batte pour lui, que je me batte pour lui, se répétait-elle et, depuis ce moment-là, elle se mit à tourner autour de lui comme une vigilante et compatissante tigresse.

27

Les choses en étaient là quand il passa avec succès son baccalauréat. Il prit congé avec une grande tristesse des camarades avec qui il était allé en classe pendant huit ans, et cette maturité officiellement confirmée lui faisait l'effet d'un désert qui s'étendait devant lui. Puis, un beau jour, il apprit (par hasard : il avait rencontré un garçon qu'il connaissait pour l'avoir vu aux réunions chez le type brun) que l'étudiante à lunettes était tombée amoureuse d'un camarade de faculté.

Il eut encore un rendez-vous avec elle ; elle lui dit qu'elle allait partir en vacances dans quelques jours ; il nota son adresse ; il ne parla pas de ce qu'il avait appris ; il craignait, en en parlant, de hâter leur rupture ; il était heureux qu'elle ne l'eût pas encore tout à fait abandonné, bien qu'elle eût quelqu'un d'autre ; il était heureux qu'elle lui permît de temps à autre de l'embrasser et qu'elle le traitât au moins comme un ami ; il tenait terriblement à elle et il était prêt à renoncer à toute fierté ; elle était la seule créature vivante dans le désert qu'il voyait devant lui ; il s'agrippait à l'espoir que leur amour qui survivait à peine pourrait encore se ranimer.

L'étudiante partit, laissant derrière elle un été brûlant semblable à un long tunnel suffocant. Une lettre (pleurnicharde et suppliante) tomba dans ce tunnel et s'y perdit sans éveiller d'écho. Jaromil songeait à l'écouteur du téléphone accroché au mur de sa chambre ; hélas, cet écouteur prit soudain un sens : un écouteur au fil coupé, une lettre sans réponse, une conversation avec quelqu'un qui n'entend pas…

Et des femmes en robes légères glissaient le long des rues, des airs à la mode s'échappaient par les fenêtres ouvertes, les tramways étaient bondés de gens qui portaient des serviettes et des maillots de bain dans des sacs et le bateau-mouche descendait la Vltava, vers le sud, vers les forêts…

Jaromil était abandonné, et seuls les yeux maternels l'observaient et restaient fidèlement avec lui ; mais il lui était intolérable que ces yeux puissent mettre à nu son abandon qui se voulait invisible et caché. Il ne supportait ni les regards ni les questions de sa mère. Il fuyait la maison et rentrait tard pour se mettre tout de suite au lit.

Nous avons dit qu'il n'était pas né pour la masturbation, mais pour un grand amour. Pendant ces semaines-là, pourtant, il se masturbait désespérément et avec frénésie, comme s'il voulait lui-même se châtier par une activité aussi vile et humiliante. Ensuite, il avait toute la journée mal à la tête, mais il en était presque heureux, parce que cette douleur lui voilait la beauté des femmes en robes légères et amortissait les mélodies effrontément sensuelles des airs à la mode ; ainsi, en proie à une douce stupeur, il pouvait plus facilement traverser la surface interminable de la journée.

Et il ne recevait pas de lettre de l'étudiante. Si au moins il avait reçu une autre lettre, n'importe laquelle ! Si seulement quelqu'un avait accepté d'entrer dans son néant ! Si l'illustre poète auquel il avait envoyé ses poèmes consentait enfin à lui écrire quelques phrases ! Oh, s'il lui écrivait quelques mots chaleureux ! (Oui, nous avons dit qu'il eût donné tous ses vers pour être considéré comme un homme, mais il nous faut ajouter ceci : s'il n'était pas considéré comme un homme, une seule chose pouvait lui apporter une petite consolation : être au moins considéré comme un poète.)

Il voulait encore une fois se signaler à l'attention de l'illustre poète. Mais pas par une lettre, par un geste chargé de poésie. Un jour, il sortit avec un couteau tranchant. Il tourna longtemps autour d'une cabine téléphonique et quand il fut certain qu'il n'y avait personne à proximité, il entra à l'intérieur et coupa l'écouteur. Il réussit à couper un écouteur par jour et au bout de vingt jours (il n'avait toujours pas reçu de lettre, ni de la jeune fille ni du poète) il eut vingt écouteurs avec le fil coupé. Il les mit dans une boîte, fit un paquet avec du papier et de la ficelle et inscrivit le nom et l'adresse de l'illustre poète et le nom de l'expéditeur. Tout ému, il apporta le paquet à la poste.

Comme il quittait le guichet, quelqu'un lui tapa sur l'épaule. Il se retourna et il reconnut son ancien camarade de l'école communale, le fils du concierge. Il était heureux de le voir (le moindre événement était le bienvenu dans ce vide où il ne se passait rien !) ; il engagea la conversation avec gratitude et quand il apprit que son ancien camarade de classe habitait près de la poste, il l'obligea presque à l'inviter chez lui.

Le fils du concierge n'habitait plus à l'école avec ses parents, mais il avait son propre studio. « Ma femme n'est pas à la maison », expliqua-t-il en entrant avec Jaromil. Jaromil ne se doutait pas que son camarade était marié. « Oui, ça fait déjà un an », dit le fils du concierge, et il dit cela avec tant d'assurance et de naturel que Jaromil en éprouva un sentiment d'envie.

Ensuite, ils s'assirent dans le studio et Jaromil aperçut contre le mur un petit lit avec un nouveau-né ; il se dit que son ancien camarade de classe était père de famille et qu'il n'était lui-même qu'un onaniste.

Le fils du concierge sortit une bouteille de liqueur d'une armoire, remplit deux verres, et Jaromil se dit qu'il ne pouvait pas avoir une bouteille dans sa chambre parce que maman lui aurait posé mille questions.

« Et que fais-tu ? demanda Jaromil.

— Je suis dans la police », dit le fils du concierge et Jaromil se souvint du jour qu'il avait passé, avec la gorge enveloppée de compresses, devant le poste de radio qui lui apportait la clameur scandée de la foule. La police était le plus solide soutien du Parti communiste, et son ancien camarade de classe, pendant ces journées, s'était certainement trouvé aux côtés de la foule rugissante, tandis que Jaromil était à la maison avec sa grand-mère.

Oui, le fils du concierge avait effectivement passé ces journées-là dans la rue et il en parlait avec fierté mais aussi avec prudence, et Jaromil crut nécessaire de lui faire comprendre qu'ils étaient liés par la même conviction ; il lui parla des réunions chez le type brun. « Ce youpin ? dit le fils du concierge sans enthousiasme. Fais gaffe avec lui ! c'est un drôle d'oiseau ! »

Le fils du concierge lui échappait toujours, il était toujours un degré au-dessus de lui et Jaromil souhaitait s'élever à son niveau ; il dit d'une voix triste : « Je ne sais pas si tu es au courant mais mon père est mort dans un camp de concentration. Depuis ce temps-là, je sais qu'il faut radicalement changer le monde et je sais où est ma place. »

Le fils du concierge parut enfin comprendre et acquiesça ; ensuite ils discutèrent longuement et quand ils parlèrent de leur avenir, Jaromil affirma brusquement : « Je veux faire de la politique. » Il était lui-même surpris d'avoir dit cela ; comme si ses paroles avaient devancé sa pensée ; comme si c'étaient ses paroles qui décidaient pour lui et à sa place de son avenir. « Tu sais, poursuivit-il, ma mère voudrait que j'étudie l'histoire de l'art ou le français, ou quelque chose comme ça, mais moi ça ne m'intéresse pas. Ce n'est pas la vie, ça. La vie réelle, c'est ce que tu fais, toi. »

Et quand il sortit de chez le fils du concierge, il se dit qu'il venait de connaître une illumination décisive. Quelques heures plus tôt il expédiait à la poste un colis contenant vingt écouteurs, persuadé que c'était là un appel fantastique qu'il adressait au grand poète pour qu'il lui réponde. Qu'il lui faisait ainsi le don de la vaine attente de ses paroles, le don du désir de sa voix.

Mais la conversation qu'il avait eue aussitôt après avec son ancien camarade de classe (et il était certain que ce n'était pas un hasard !) donnait à son acte poétique un sens opposé : ce n'était plus un don et un appel suppliant ; pas du tout ; il avait fièrement *rendu* au poète toute sa vaine attente ;

les écouteurs au fil coupé étaient les têtes coupées de sa dévotion et Jaromil les avait sarcastiquement envoyées au poète, comme un sultan turc de jadis renvoyant à un chef de guerre chrétien les têtes coupées des croisés.

Maintenant il comprenait tout : toute sa vie n'avait été qu'une longue attente dans une cabine abandonnée devant l'écouteur d'un téléphone avec lequel on ne pouvait appeler nulle part. Maintenant, il n'y avait plus qu'une issue devant lui : sortir de la cabine abandonnée, en sortir vite !

28

« Qu'est-ce qui t'arrive, Jaromil ? » La chaleur de cette question compatissante lui faisait monter les larmes aux yeux ; il n'y avait pas moyen d'échapper et maman poursuivait : « Tu es mon enfant, tout de même. Je te connais par cœur. Je sais tout de toi, bien que tu ne me confies rien. »

Jaromil détournait les yeux et il avait honte. Et maman parlait toujours : « Ne pense pas que je suis ta mère, pense que je suis une amie plus âgée. Si tu te confiais à moi, ça te soulagerait peut-être. Je sais que tu te tourmentes. » Et elle ajouta doucement : « Et je sais aussi que c'est à cause d'une femme.

— Oui, maman, je suis triste, admit Jaromil parce que cette chaude atmosphère de compréhension mutuelle le cernait et qu'il ne pouvait y échapper. Mais ça m'est difficile d'en parler…

— Je te comprends. D'ailleurs, je ne veux pas que tu me dises quoi que ce soit maintenant, je veux seulement que tu saches que tu pourras tout me dire quand tu le voudras. Écoute. Il fait un temps splendide. J'ai décidé de faire une excursion en bateau-mouche avec des amies. Je t'emmène. Il faut te distraire un peu. »

Cette idée ne séduisait guère Jaromil, mais il n'avait pas d'excuse à portée de main ; et puis, il était si las et si triste qu'il n'avait plus assez d'énergie pour se défendre, et sans savoir comment, il se retrouva subitement avec quatre dames sur le pont d'un bateau-mouche.

Les dames étaient toutes de l'âge de sa mère et Jaromil leur offrait un sujet de conversation idéal ; elles furent extrêmement surprises d'apprendre qu'il avait déjà passé son baccalauréat ; elles constatèrent qu'il ressemblait à sa mère ; elles s'étonnèrent qu'il eût décidé de s'inscrire à l'École des hautes études politiques (elles estimaient que ces études-là ne pouvaient convenir à un jeune homme aussi délicat) et naturellement elles lui demandèrent d'un air égrillard s'il avait déjà une petite amie ; Jaromil les détestait silencieusement mais il voyait que maman était de bonne humeur et, à cause d'elle, il souriait docilement.

Puis le bateau-mouche accosta, et les dames et leur jeune garçon descendirent sur la rive couverte de corps à demi nus et cherchèrent un endroit où prendre un bain de soleil ; deux d'entre elles seulement avaient emporté leur maillot de bain, la troisième dénuda son gros corps blanc, s'exhibant en culotte et en soutien-gorge (elle n'avait aucunement honte de l'intimité de son linge, peut-être se sentait-elle pudiquement dissimulée par sa laideur) et maman déclara qu'elle se contenterait de hâler son visage qu'elle tourna vers le soleil en plissant les yeux. Puis, toutes quatre affirmèrent de concert que leur jeune garçon devait se déshabiller, prendre un bain de soleil et se baigner ; maman y avait d'ailleurs pensé et avait apporté le maillot de bain de Jaromil.

Des airs à la mode parvenaient jusqu'ici d'un café voisin et ils emplissaient Jaromil d'un langoureux désir inassouvi ; des filles et des garçons bronzés passaient à proximité, vêtus seulement d'un maillot de bain, et Jaromil avait l'impression d'être leur point de mire ; il était enveloppé dans leurs regards comme dans du feu ; il faisait un effort désespéré pour que personne ne pût voir qu'il était avec ces quatre dames âgées ; mais les dames l'entouraient bruyamment et se comportaient comme une mère unique aux quatre têtes caquetantes ; elles insistaient pour qu'il aille se baigner.

Il protestait : « Je n'ai même pas un endroit où me changer.

— Bêta, personne ne va te regarder, tu n'as qu'à mettre la serviette devant toi, suggéra la grosse dame en soutien-gorge et en culotte rose.

— Il est pudique », dit maman en riant, et toutes les autres dames rirent avec elle.

« Il faut respecter sa pudeur, dit maman. Viens, tu vas te changer derrière la serviette et personne ne te verra. » Elle tenait entre ses bras tendus une grande serviette blanche dont le paravent devait le protéger des regards de la plage.

Il recula et maman le suivit avec la serviette. Il reculait devant elle et elle le suivait toujours, et l'on eût dit qu'un grand oiseau aux ailes blanches poursuivait une proie qui s'enfuyait.

Jaromil reculait, reculait, puis il fit volte-face et partit en courant.

Les dames le regardaient avec surprise, maman tenait toujours la serviette blanche entre ses bras tendus et il se faufilait entre les jeunes corps dénudés jusqu'à ce qu'il disparût du champ de leur regard.

Quatrième partie
ou
LE POÈTE COURT

1

Le moment doit venir où le poète s'arrache aux bras de sa mère et court.

Récemment encore il allait docilement, en rang par deux : en tête marchaient ses sœurs, Isabelle et Vitalie, il était derrière elles avec son frère Frédéric, et en arrière, semblable à un capitaine, venait la mère, qui conduisait ainsi ses enfants, chaque semaine, à travers Charleville.

Quand il eut seize ans, il s'arracha pour la première fois à ses bras. À Paris, il fut arrêté par la police, son maître Izambard et ses sœurs (oui, celles qui se penchaient sur lui pour épouiller ses cheveux) lui offrirent un toit pendant quelques semaines, puis la froide étreinte maternelle se referma sur lui avec deux gifles.

Mais Arthur Rimbaud s'enfuyait encore et toujours ; il courait avec un collier scellé à son cou et c'est en courant qu'il créait ses poèmes.

2

On était alors en 1870 et Charleville entendait au loin les canons de la guerre franco-prussienne. C'était une situation particulièrement favorable pour la fuite, car les clameurs des batailles exercent une attraction nostalgique sur les poètes.

Son corps courtaud aux jambes torses est sanglé dans un uniforme de hussard. À l'âge de dix-huit ans, Lermontov est devenu soldat pour échapper à sa grand-mère et à son encombrant amour maternel. Il a troqué la plume, qui est la clé de l'âme du poète, pour le pistolet qui est la clé des portes du monde. Car lorsque nous envoyons une balle dans la poitrine d'un homme, c'est comme si nous entrions nous-mêmes dans cette poitrine ; et la poitrine de l'autre, c'est le monde.

Depuis l'instant où il s'est arraché aux bras de sa mère, Jaromil n'a pas cessé de courir et l'on dirait qu'au bruit de ses pas aussi se mêle quelque chose qui ressemble au grondement du canon. Ce ne sont pas les détonations des grenades, c'est plutôt la clameur d'un bouleversement politique. À ces époques-là, le soldat n'est qu'une décoration et l'homme politique prend la place du soldat. Jaromil n'écrit plus de vers mais suit assidûment les cours de l'École des hautes études politiques.

3

La révolution et la jeunesse forment un couple. Qu'est-ce que la révolution peut promettre à des adultes ? Aux uns la disgrâce, aux autres ses faveurs. Mais ces faveurs-là ne valent pas grand-chose, car elles ne concernent que la moitié la plus misérable de la vie et elles apportent, avec les avantages, l'incertitude, une épuisante activité et le bouleversement des habitudes.

La jeunesse a plus de chance : elle n'est pas accablée par la faute, et la révolution peut l'admettre tout entière sous sa protection. L'incertitude des époques révolutionnaires est pour la jeunesse un avantage, car c'est le monde des pères qui est précipité dans l'incertitude. Oh ! comme il est beau d'entrer dans l'âge adulte quand les remparts du monde adulte s'écroulent !

Dans l'enseignement supérieur tchèque, dans les premières années qui suivirent la révolution de 1948, les professeurs communistes étaient en minorité. Pour assurer son emprise sur l'Université, la révolution devait donner le pouvoir aux étudiants. Jaromil militait à l'Union de la jeunesse, à la faculté, et il assistait aux délibérations des jurys d'examen. Il adressait ensuite au comité politique de l'école un rapport où il indiquait comment tel ou tel professeur se comportait pendant les examens, les questions qu'il posait et les opinions qu'il défendait. C'était en fait l'examinateur plutôt que l'examiné qui subissait un examen.

4

Mais Jaromil subissait à son tour un examen quand il présentait son rapport au comité. Il devait répondre aux questions de jeunes hommes sévères et souhaitait parler d'une façon qui leur plût : quand il s'agit de l'éducation de la jeunesse, le compromis est un crime. On ne peut garder dans l'enseignement des maîtres aux idées périmées : ou l'avenir sera neuf ou il ne sera pas. Et on ne peut pas davantage faire confiance à des maîtres qui ont changé d'idées du jour au lendemain : ou l'avenir sera pur ou il sera souillé.

Maintenant que Jaromil est devenu un militant rigoureux, dont les rapports influent sur la destinée des adultes, pouvons-nous encore prétendre qu'il est en fuite ? Est-ce qu'il ne donne pas plutôt l'impression d'avoir atteint le but ?

Pas du tout.

Quand il avait six ans, sa mère lui donnait un an de moins que ses camarades de classe ; il a toujours un an de moins. Quand il fait un rapport sur un professeur qui a des opinions bourgeoises, ce n'est pas à ce professeur qu'il pense, mais il regarde avec angoisse dans les yeux des jeunes hommes et il y observe son image ; de même qu'à la maison il vérifie devant la glace sa coiffure et son sourire, ici il vérifie dans leurs yeux la fermeté, la virilité, la dureté de ses paroles.

Il est toujours entouré d'un mur de miroirs et il ne voit pas au-delà.

Car la maturité est indivisible ; ou la maturité est totale, ou elle n'est pas. Tant qu'ailleurs il sera un enfant, sa présence dans les jurys d'examen et ses rapports sur les professeurs ne seront qu'une variante de sa course.

5

Parce qu'il tente à chaque instant de lui échapper et qu'il n'y parvient pas ; il prend son petit déjeuner et dîne avec elle, il lui souhaite bonne nuit et bonjour. Le matin, il reçoit de sa main le filet à provisions ; maman ne songe pas que ce symbole domestique convient mal au gardien idéologique des professeurs et elle l'envoie faire les courses.

Regardez : il est dans la même rue, où nous l'avons vu, au début de la partie précédente, rougir devant une inconnue qui s'avançait à sa rencontre. Plusieurs années ont passé depuis, mais il rougit toujours, et dans la boutique où maman l'envoie, il a peur de regarder dans les yeux la jeune fille en blouse blanche.

Cette fille, qui passe huit heures par jour captive dans la cage étroite de la caisse, lui plaît follement. La douceur des contours, la lenteur des gestes, sa captivité, tout cela lui semble mystérieusement proche et prédestiné. Il sait d'ailleurs pourquoi : cette fille ressemble à la bonne dont le fiancé a été fusillé : tristesse beau visage. Et la cage de la caisse où la fille est assise ressemble à la baignoire où il a vu la bonne prendre son bain.

6

Il est penché sur son pupitre et tremble à l'idée des examens ; ils lui font peur à l'Université comme ils lui faisaient peur au lycée, parce qu'il a l'habitude de montrer à sa mère des bulletins où il n'y a que des A et il ne veut jamais lui faire de peine.

Mais comme le manque d'air est insupportable dans cette étroite chambrette praguoise dont l'air est plein de l'écho de chants révolutionnaires et dont les fenêtres laissent entrer l'ombre d'hommes vigoureux qui tiennent dans la main des marteaux !

On est en 1922, cinq ans n'ont pas encore passé depuis la grande révolution russe et il doit se pencher sur un manuel et trembler à cause d'un examen ! Quelle condamnation !

Il écarte enfin le manuel (la nuit est déjà avancée) et il pense au poème qu'il est en train d'écrire : c'est un poème sur l'ouvrier Jan qui rêve à la beauté de la vie et veut tuer ce rêve en l'accomplissant ; il tient un marteau, il donne le bras à son amante et c'est ainsi qu'il marche dans la foule des camarades et qu'il va faire la révolution.

Et l'étudiant en droit (ah oui, bien sûr, c'est Jiri Wolker) voit du sang sur la table ; beaucoup de sang, car

quand on tue de grands rêves
il coule beaucoup de sang

mais il n'a pas peur du sang, car il sait que s'il veut être un homme, il ne doit pas avoir peur du sang.

7

La boutique ferme à six heures et il va se poster en face, au coin de la rue, pour guetter le moment où la jeune fille quitte sa caisse et sort du magasin. Elle sort toujours peu après six heures, il le sait, et il sait aussi qu'elle est toujours accompagnée d'une jeune vendeuse du même magasin.

Cette amie est beaucoup moins jolie, elle lui semble presque laide ; elle est exactement le contraire de l'autre : la caissière est brune, celle-ci est rousse ; la caissière est plantureuse, celle-ci est maigre ; la caissière est silencieuse, celle-ci est bruyante ; la caissière semble mystérieusement proche, celle-ci est antipathique.

Il revenait souvent à son poste d'observation, dans l'espoir que les jeunes filles sortiraient séparément du magasin et qu'il parviendrait à adresser la parole à la brune. Mais il n'en eut jamais l'occasion. Un jour il les suivit toutes deux ; elles parcoururent quelques rues et pénétrèrent dans un immeuble de rapport ; il resta près d'une heure devant la porte, mais aucune des deux ne sortit.

8

Elle est venue à Prague de province pour le voir et elle l'écoute lui lire ses poèmes. Elle est tranquille ; elle sait que son fils est toujours à elle ; ni les femmes ni le monde ne le lui ont pris ; au contraire, les femmes et le monde sont entrés dans le cercle magique de la poésie et c'est un cercle qu'elle a tracé elle-même autour de son fils, c'est un cercle à l'intérieur duquel elle règne en secret.

Il est en train de lui dire un poème qu'il a écrit à la mémoire de sa grand-mère, de sa mère à elle :

car je vais au combat
grand-mère
pour la beauté de ce monde

Mme Wolker est tranquille. Son fils peut aller au combat dans ses poèmes, y tenir un marteau et donner le bras à sa maîtresse ; ça ne la dérange pas ; car il a gardé, dans ses poèmes, sa mère et sa grand-mère, et le buffet familial et toutes les vertus qu'elle lui a inculquées. Que le monde le voie défiler avec un marteau à la main ! Non, elle ne veut pas le perdre, mais elle sait fort bien qu'elle n'a rien à craindre : *s'exhiber à la face* du monde, ce n'est pas du tout la même chose que de *s'en aller dans* le monde.

Mais le poète aussi connaît cette différence. Et lui seul sait comme il fait triste dans la maison de la poésie !

9

Seul le véritable poète peut dire ce qu'est l'immense désir de ne pas être poète, ce qu'est le désir de quitter cette maison de miroirs où règne un silence assourdissant.

Chassé des pays du songe
Je cherche un abri dans la foule
Et je veux en insultes
Changer mon chant

Mais quand Frantisek Halas* écrivait ces vers, il n'était pas dans la foule sur une place publique ; la pièce où il écrivait, penché sur sa table, était silencieuse.

Et il n'est pas vrai du tout qu'il ait été exilé des pays du songe. La foule dont il parlait dans ses poèmes était justement le pays de ses songes.

Et il ne parvint pas non plus à changer son chant en insultes, c'étaient au contraire ses insultes qui se muaient toujours en chant.

Eh bien ! Ne peut-on vraiment pas s'évader de la maison de miroirs ?

10

Mais moi
Je me suis
Moi-même dompté
J'ai piétiné
La gorge
De ma propre chanson,

écrivait Vladimir Maïakovski et Jaromil le comprend. Le langage versifié lui fait l'effet d'une dentelle qui a sa place

* Frantisek Halas, poète tchèque (1905-1952).

dans l'armoire à linge de sa mère. Il n'a pas écrit de vers depuis plusieurs mois et ne veut pas en écrire. Il est en fuite. Certes, il va faire les courses pour maman, mais il ferme à clé les tiroirs de son bureau. Il a retiré du mur toutes les reproductions de peintures modernes.

Qu'y a-t-il mis à la place ? Peut-être une photographie de Karl Marx ?

Pas du tout. Il a accroché au mur vide une photographie de son père. C'était une photographie de 1938, de l'époque de la triste mobilisation, et sur cette photo le père portait un uniforme d'officier.

Jaromil aimait cette photographie qui lui montrait un homme qu'il avait si peu connu et dont l'image commençait à s'estomper de sa mémoire. Il n'en avait que davantage la nostalgie de cet homme qui avait été joueur de football, soldat et déporté. Cet homme lui manquait tellement.

11

L'aula de la faculté était noire de monde et quelques poètes étaient assis sur l'estrade. Un jeune homme vêtu d'une chemise bleue (comme en portaient alors les membres de l'Union de la jeunesse) et avec une énorme crinière de cheveux bouffants se tenait sur le devant de l'estrade et parlait :

Jamais le rôle de la poésie n'est aussi grand que pendant les périodes révolutionnaires ; la poésie a donné à la révolution sa voix et en échange la révolution l'a délivrée de la solitude ; aujourd'hui le poète sait qu'il est entendu et surtout qu'il est entendu de la jeunesse car : « La jeunesse, la poésie et la révolution sont une seule et même chose ! »

Le premier poète se leva et récita un poème où il était question d'une jeune fille qui quittait son ami parce que l'ami en question, qui travaillait à la fraiseuse voisine, était un fainéant et n'atteignait pas les objectifs du plan ; mais l'ami ne voulait pas perdre son amie et se mettait à son tour à travailler assidûment, jusqu'à ce que le drapeau rouge des travailleurs de choc fît son apparition sur sa fraiseuse. Après lui, d'autres poètes se levèrent et récitèrent des poèmes sur la paix, sur Lénine et Staline, sur les combattants antifascistes martyrisés et les ouvriers qui dépassaient les normes.

12

La jeunesse ne soupçonne pas l'immense pouvoir que confère le fait d'être jeune, mais le poète (il a une soixantaine d'années) qui vient de se lever pour réciter son poème le sait.

Est jeune, déclame-t-il d'une voix harmonieuse, celui qui est avec la jeunesse du monde et la jeunesse du monde c'est le socialisme. Est jeune celui qui est plongé dans l'avenir et ne se retourne pas pour regarder en arrière.

En d'autres termes : d'après la conception du poète sexagénaire, le mot jeunesse ne désignait pas un âge déterminé de la vie mais une *valeur* érigée au-dessus de l'âge et sans rapport avec lui. Cette idée, élégamment rimée, avait au moins un double objectif ; d'abord, elle flattait le public jeune, et ensuite, elle délivrait magiquement le poète de l'âge des rides et lui assurait (car il ne faisait aucun doute qu'il était du côté du socialisme et qu'il ne se retournait pas pour regarder en arrière) une place aux côtés des jeunes garçons et des jeunes filles.

Jaromil était dans la salle, avec le public, et il observait les poètes avec intérêt mais quand même comme s'il s'était trouvé de l'autre côté, comme quelqu'un qui n'était plus des leurs. Il écoutait leurs vers aussi froidement qu'il écoutait ailleurs les paroles des professeurs dont il allait ensuite rendre compte au comité. Ce qui l'intéressait le plus, c'était le poète au nom illustre qui venait de se lever de sa chaise (les applaudissements dont on avait remercié le sexagénaire s'étaient tus) et qui se dirigeait vers le centre de l'estrade. (Oui, c'est le même, celui qui a reçu il n'y a pas si longtemps le colis des vingt écouteurs arrachés.)

13

Cher maître, nous sommes aux mois d'amour ; j'ai dix-sept ans. L'âge des espérances et des chimères, comme on dit… Que si je vous envoie quelques-uns de ces vers, c'est que j'aime tous les poètes, tous les bons Parnassiens… Ne faites pas trop la moue en lisant ces vers : … Vous me rendriez fou de joie et d'espérance, si vous vouliez, cher maître, faire faire à la pièce Credo in unam *une petite place entre les Parnassiens… Je ne suis pas connu ; qu'importe ? les poètes sont frères. Ces vers croient ; ils aiment, ils espèrent : c'est tout. Cher maître, à moi : Levez-moi un peu : je suis jeune ; tendez-moi la main…*

De toute façon il ment ; il a quinze ans et sept mois ; il ne s'est pas encore enfui de Charleville pour échapper à sa mère. Mais cette lettre va longtemps retentir dans sa tête comme une litanie de honte, comme une preuve de faiblesse et de servilité. Et il se vengera de lui, de ce cher maître, de ce vieil imbécile, de ce chauve de Théodore de Banville ! Un an plus tard, il se moquera cruellement de toute son œuvre, de toutes ces jacinthes et de tous ces lis languides qui emplissent ses vers et il lui enverra ses sarcasmes dans une lettre comme une gifle recommandée.

Mais pour l'instant, le cher maître ne soupçonne pas encore la haine qui le guette et récite des vers sur une ville russe qui a été rasée par les fascistes et qui renaît de ses ruines ; une ville qu'il a décorée de magiques guirlandes surréalistes ; la poitrine des jeunes femmes soviétiques flotte dans les rues comme de petits ballons colorés ; une lampe à pétrole posée sous le ciel éclaire cette ville blanche sur les toits de laquelle se posent des hélicoptères pareils à des anges.

14

Séduit par le charme de la personnalité du poète, le public applaudit. Cependant, à côté de cette majorité d'étourdis, il y avait une minorité de têtes pensantes, et ceux-là savaient que le public révolutionnaire ne doit pas attendre comme un humble quémandeur ce que l'estrade consent à lui donner ; au contraire, s'il y a aujourd'hui des quémandeurs, ce sont bien les poèmes ; ils implorent d'être admis dans le paradis socialiste ; mais les jeunes révolutionnaires qui gardent les portes de ce paradis doivent se montrer sévères car : l'avenir sera neuf ou il ne sera pas ; l'avenir sera pur ou il sera souillé.

« Quelles bêtises veut-il nous faire avaler ! crie Jaromil et d'autres se joignent à lui. Il veut accoupler le socialisme avec le surréalisme ! Il veut accoupler le chat avec le cheval, l'avenir avec le passé ! »

Le poète entendait clairement ce qui se passait dans la salle, mais il était fier et il n'avait pas l'intention de céder. Il était accoutumé depuis sa jeunesse à provoquer l'esprit borné des bourgeois et il n'était nullement gêné d'être seul contre tous. Il s'empourpra et décida de réciter comme dernier poème un autre texte que celui qu'il avait d'abord choisi : c'était un poème plein de métaphores violentes et d'images érotiques débridées ; quand il acheva, ce furent des huées et des cris.

Les étudiants sifflaient et devant eux se tenait un vieil homme qui était venu là parce qu'il les aimait bien ; dans leur révolte coléreuse il voyait les rayons de sa propre jeunesse. Il croyait que son amitié lui donnait le droit de leur dire ce qu'il pensait. C'était au printemps 1968 et c'était à Paris. Mais hélas ! les étudiants étaient tout à fait incapables de voir dans ses rides les rayons de leur jeunesse et le vieux savant voyait avec surprise qu'il était sifflé par ceux qu'il aimait.

15

Le poète leva la main pour apaiser le vacarme. Et il commença à leur crier qu'ils ressemblaient à des maîtresses d'école puritaines, à des prêtres dogmatiques et à des flics bornés ; qu'ils protestaient contre son poème parce qu'ils détestaient la liberté.

Le vieux savant écoutait les sifflets et songeait que lui aussi, quand il était jeune, il était entouré du troupeau et que, lui aussi, il sifflait volontiers, mais que le troupeau s'était dispersé depuis longtemps et qu'à présent il était seul.

Le poète criait que la liberté est le devoir de la poésie et que la métaphore aussi mérite qu'on se batte pour elle. Il criait qu'il accouplerait le chat avec le cheval et l'art moderne avec le socialisme et que si c'était du donquichottisme, il voulait être un don Quichotte, parce que le socialisme était pour lui l'ère de la liberté et du plaisir et qu'il rejetait tout autre socialisme.

Le vieux savant observait les jeunes gens tapageurs et il comprit soudain qu'il était le seul dans cette salle à posséder le privilège de la liberté, parce qu'il était âgé ; c'est seulement quand il est âgé que l'homme peut ignorer l'opinion de son troupeau, l'opinion du public et de l'avenir. Il est seul avec sa mort prochaine et la mort n'a ni yeux ni oreilles, il n'a pas besoin de lui plaire ; il peut faire et dire ce qui lui plaît à lui-même de faire et de dire.

Et ils sifflaient et demandaient la parole pour lui répondre. Jaromil se leva à son tour ; il avait un voile noir devant les yeux et la foule derrière lui ; il disait que seule la révolution est moderne, mais que l'érotisme décadent et les images poétiques incompréhensibles ne sont qu'une vieillerie poétique et qu'une chose étrangère au peuple. « Qu'est-ce qui est moderne, demandait-il à l'illustre poète, vos poèmes incompréhensibles, ou bien nous qui construisons le monde nouveau ? La seule chose qui soit absolument moderne, répondit-il aussitôt, c'est le peuple qui construit le socialisme. » À ces mots, l'amphithéâtre retentit d'un tonnerre d'applaudissements.

Ces applaudissements retentissaient encore tandis que le vieux savant s'éloignait par les couloirs de la Sorbonne et lisait sur les murs : *Soyez réalistes, exigez l'impossible* et un peu plus loin : *L'émancipation de l'homme sera totale ou ne sera pas.* Et un peu plus loin encore : *Surtout pas de remords.*

16

Les bancs de la vaste salle de classe sont poussés contre les murs et par terre traînent des pinceaux, des pots de peinture et de longues banderoles où quelques étudiants de l'École des hautes études politiques dessinent des mots d'ordre pour le cortège du 1er mai. Jaromil, qui est l'auteur et le rédacteur des mots d'ordre, est campé derrière eux et regarde dans un carnet.

Mais quoi ! Nous sommes-nous trompés d'année ? Les mots d'ordre qu'il dicte à ses camarades sont justement ceux que le vieux savant couvert de quolibets lisait voici un instant sur les murs de la Sorbonne insurgée. Pas du tout, nous ne nous sommes pas trompés ; les mots d'ordre que Jaromil fait inscrire sur les banderoles sont exactement ceux dont vingt ans plus tard les étudiants parisiens noirciront les murs de la Sorbonne, les murs de Nanterre, les murs de Censier.

Sur une banderole il donne l'ordre d'écrire : *Le rêve est réalité* ; et sur une autre : *Soyez réalistes, exigez l'impossible* ; et à côté : *Nous décrétons l'état de bonheur permanent* ; et plus loin : *Assez d'Églises* (ce mot d'ordre lui plaît particulièrement, il se compose de deux mots et rejette deux millénaires d'Histoire) et encore : *Pas de liberté pour les ennemis de la liberté* ; puis un autre encore : *L'imagination au pouvoir !* Et ensuite : *Mort aux tièdes !* Et : *La révolution dans la politique, la famille, l'amour !*

Les étudiants peignent les lettres et Jaromil va fièrement de l'un à l'autre comme un maréchal du verbe. Il est heureux de se rendre utile, heureux que son sens des mots puisse trouver ici une application pratique. Il sait que la poésie est morte (*l'art est mort*, proclame un mur de la Sorbonne) mais qu'elle est morte pour se lever de sa tombe et devenir l'art de la propagande et des slogans inscrits sur les banderoles et sur les murs des villes (car *la poésie est dans la rue*, proclame un mur de l'Odéon).

17

« As-tu lu *Rude pravo** ? Il y avait, à la une, une liste de cent mots d'ordre pour le 1er mai. Elle a été établie par la section de propagande du Comité central du parti. Tu n'en as donc pas trouvé un seul qui te convenait ? »

Jaromil avait devant lui un jeune gars potelé du Comité de district du parti, qui s'était présenté comme étant le président du Comité universitaire pour l'organisation des fêtes du 1er mai 1949.

« Le rêve est réalité. Ça, c'est de l'idéalisme de l'espèce la plus grossière. Assez d'Églises. Je serais tout à fait d'accord avec toi, camarade. Mais pour l'instant, c'est en contradiction avec la politique religieuse du parti. Mort aux tièdes. Comme si on pouvait adresser aux gens des menaces de mort ! L'imagination au pouvoir, à quoi ça ressemblerait ? La révolution dans l'amour. Peux-tu me dire ce que tu entends par là ? Veux-tu opposer l'amour libre au mariage bourgeois ou la monogamie à la promiscuité bourgeoise ? »

Jaromil affirma que la révolution transformerait toute la vie sous tous ses aspects, y compris la famille et l'amour ; sinon ce ne serait pas la révolution.

« Ça se peut, admit le jeune gars potelé. Mais on peut exprimer ça mieux : pour une politique socialiste, pour une famille socialiste ! Tu vois, et c'est un mot d'ordre de *Rude pravo.* Tu n'avais pas besoin de te casser la tête ! »

* *Rude pravo*, journal quotidien du Parti communiste tchécoslovaque.

18

La vie est ailleurs, avaient écrit les étudiants sur les murs de la Sorbonne. Oui, il le sait bien, c'est justement pourquoi il quitte Londres pour l'Irlande où le peuple s'est révolté. Il s'appelle Percy Bysshe Shelley, il a vingt ans, il est poète et il emporte avec lui des centaines de tracts et de proclamations qui doivent lui servir de sauf-conduits pour entrer dans la vie réelle.

Parce que la vie réelle est ailleurs. Les étudiants arrachent les pavés de la chaussée, renversent des voitures, construisent des barricades ; leur irruption dans le monde est belle et bruyante, éclairée par les flammes et saluée par les explosions des grenades lacrymogènes. Combien plus douloureux fut le sort de Rimbaud qui rêvait aux barricades de la Commune de Paris et qui ne put jamais y aller depuis Charleville. Mais en 1968, des milliers de Rimbaud ont leurs propres barricades derrière lesquelles ils se dressent et refusent tout compromis avec les anciens maîtres du monde. L'émancipation de l'homme sera totale ou ne sera pas.

Mais à un kilomètre de là, sur l'autre rive de la Seine, les anciens maîtres du monde continuent de vivre leur vie et le vacarme du Quartier latin leur parvient comme une chose lointaine. Le rêve est réalité, écrivaient les étudiants sur le mur, mais il semble que ce soit plutôt le contraire qui est vrai : cette réalité-là (les barricades, les arbres coupés, les drapeaux rouges), c'était le rêve.

19

Mais on ne sait jamais dans l'instant présent si la réalité est rêve ou si le rêve est réalité ; les étudiants qui étaient alignés avec leurs pancartes devant la faculté étaient venus là avec plaisir, mais ils savaient aussi que s'ils n'y étaient pas venus ils risquaient d'avoir des ennuis. À Prague, l'année 1949 fut pour les étudiants tchèques cette curieuse transition où le rêve n'était déjà plus seulement un rêve ; leurs cris de liesse étaient encore volontaires, mais déjà obligatoires.

Le cortège défilait à travers les rues et Jaromil marchait à ses côtés ; il était responsable non seulement des mots d'ordre inscrits sur les banderoles, mais des clameurs scandées par ses camarades ; il n'avait plus inventé de beaux aphorismes provocants, mais il s'était contenté de noter dans un carnet quelques slogans recommandés par la section centrale de propagande. Il les criait d'une voix forte comme un curé dans une procession et ses camarades les répétaient après lui.

20

Les cortèges ont déjà défilé place Saint-Venceslas devant les tribunes, des orchestres improvisés ont fait leur apparition au coin des rues et des jeunes gens en chemise bleue se mettent à danser. Ici tout le monde fraternise, peu importe si on ne se connaissait pas un instant plus tôt, mais Percy Shelley est malheureux, le poète Shelley est seul.

Il est à Dublin depuis plusieurs semaines, il a distribué des centaines de proclamations, déjà la police le connaît bien, mais il n'a pas réussi à se lier avec un seul Irlandais. La vie est toujours là où il n'est pas.

Si seulement il y avait des barricades et que claquent des coups de feu ! Jaromil se dit que les cortèges solennels ne sont qu'une fugitive imitation des grandes manifestations révolutionnaires, qu'ils manquent de densité et qu'ils vous filent entre les doigts.

Et voici qu'il imagine la jeune fille emprisonnée dans la cage de la caisse et il est assailli par un affreux désir mélancolique ; il se voit briser la vitrine à coups de marteau, écarter les bonnes femmes venues là pour faire leurs commissions, ouvrir la cage de la caisse et enlever, sous les yeux stupéfaits des badauds, la brune jeune fille délivrée.

Et il s'imagine encore qu'ils marchent côte à côte dans les rues noires de monde et qu'ils se serrent l'un contre l'autre avec amour. Et tout à coup, la danse qui tourbillonne autour d'eux n'est plus une danse, ce sont de nouveau des barricades, on est en 1848 et en 1870 et en 1945 et on est à Paris, Varsovie, Budapest, Prague et Vienne et ce sont de nouveau les foules éternelles qui traversent l'Histoire, bondissant d'une barricade à l'autre, et il bondit avec elles et il tient par la main la femme aimée…

21

Il sentait la main chaude de la jeune femme dans sa paume et soudain il l'aperçut. Il venait en sens inverse, large et robuste, et une jeune femme marchait à côté de lui ; elle ne portait pas une chemise bleue comme la plupart des filles qui dansaient entre les rails du tram ; elle était élégante comme une fée des présentations de mode.

L'homme robuste jetait des regards distraits autour de lui et, à chaque instant, il répondait à un salut ; quand il fut à quelques pas de Jaromil, leurs regards se croisèrent et Jaromil, dans une brusque seconde de confusion (à l'exemple des autres personnes qui reconnaissaient l'homme illustre et le saluaient), inclina la tête et l'homme le salua à son tour, mais avec des yeux absents (comme on salue quelqu'un qu'on ne connaît pas) et la femme qui l'accompagnait lui adressa un signe de tête, d'un air distant.

Ah, cette femme était infiniment belle ! Et elle était absolument réelle ! Et la jeune fille de la caisse et de la baignoire qui jusqu'à ce moment se serrait contre Jaromil commença à se diluer dans la lumière radieuse de ce corps réel et disparut.

Il s'arrêta sur le trottoir, dans son infamante solitude, se retourna et leur jeta un regard haineux ; oui, c'était lui, le *cher maître*, le destinataire des vingt écouteurs.

22

Le soir descendait lentement sur la ville et Jaromil voulait la rencontrer. Il suivit plusieurs femmes qui lui rappelaient de dos sa silhouette. Il trouvait beau de se consacrer tout entier à cette vaine poursuite d'une femme perdue dans une multitude d'êtres humains. Puis il décida d'aller faire les cent pas près de l'immeuble où il l'avait vue entrer un jour. Il avait peu de chances de la rencontrer, mais il n'avait pas envie de rentrer chez lui avant que maman ne soit couchée. (Le foyer familial ne lui était supportable que la nuit, quand la mère était endormie et quand la photo du père s'éveillait.)

Il allait et venait dans une rue oubliée de banlieue où les drapeaux et les fleurs du 1er mai n'avaient pas laissé leur trace de gaieté. Des fenêtres s'allumèrent sur la façade. Une fenêtre s'alluma au sous-sol, au-dessus du trottoir. Il y aperçut la jeune fille qu'il connaissait !

Mais non, ce n'était pas la caissière brune. C'était sa camarade, la maigre rousse ; elle s'approchait de la fenêtre pour tirer le store.

Il ne put supporter toute l'amertume de cette déception et il comprit qu'on l'avait vu ; il rougit et fit exactement ce qu'il avait fait le jour où la jolie bonne triste qui prenait son bain avait levé les yeux vers le trou de la serrure :

Il prit la fuite.

23

Il était six heures du soir, le 2 mai 1949 ; les vendeuses sortirent précipitamment du magasin et il se produisit quelque chose d'inattendu : la rousse sortit seule.

Il voulut se cacher au coin de la rue, mais il était trop tard. La rousse l'avait aperçu et se dirigeait vers lui : « Savez-vous, monsieur, que ça ne se fait pas d'épier les gens par la fenêtre, le soir ? »

Il rougit et tenta d'écourter la conversation ; il craignait que la présence de la rousse ne gâchât à nouveau ses chances lorsque sa camarade brune sortirait du magasin. Mais la rousse était fort bavarde et ne songeait aucunement à prendre congé de Jaromil ; elle lui proposa même qu'il la raccompagne chez elle (il est beaucoup plus convenable, dit-elle, de raccompagner une jeune fille chez elle que de la guetter par la fenêtre).

Jaromil regardait désespérément vers la porte du magasin. « Où est votre collègue ? demanda-t-il enfin.

— Vous dormez. Elle est partie depuis plusieurs jours. »

Ils allèrent ensemble jusqu'à l'immeuble de la rousse et Jaromil apprit que les deux jeunes filles venaient de la campagne, qu'elles étaient collègues et qu'elles partageaient le même logement ; mais la brune avait quitté Prague parce qu'elle allait se marier.

Quand ils s'arrêtèrent devant l'immeuble, la jeune fille dit : « Vous ne voulez pas venir un instant chez moi ? »

Surpris et confus, il entra dans sa petite chambre. Et ensuite, sans qu'il sût comment, ils s'étreignirent et s'embrassèrent, et l'instant d'après ils étaient assis sur le lit.

Tout fut si rapide et si simple ! Sans lui laisser le temps de penser qu'il allait accomplir une tâche difficile et décisive, la rousse lui mit la main entre les jambes et il en éprouva une joie farouche, car son corps réagissait le plus normalement du monde.

24

« Tu es formidable, tu es formidable », chuchotait la rousse dans son oreille et il était allongé à côté d'elle, la tête enfouie dans l'oreiller ; il était plein d'une joie fantastique ; au bout d'un instant de silence il entendit : « Combien as-tu eu de femmes avant moi ? »

Il haussa les épaules et il eut un sourire délibérément énigmatique.

« Tu ne veux pas l'avouer ?

— Devine.

— Je dirais entre cinq et dix », dit-elle en connaisseur.

Il était plein d'un réconfortant orgueil ; il lui semblait qu'il venait de faire l'amour non seulement avec elle mais aussi avec ces cinq ou dix autres femmes qu'elle lui attribuait. Non seulement elle l'avait délivré de son pucelage, mais elle l'avait d'un seul coup transporté loin à l'intérieur de son âge d'homme.

Il la regardait avec gratitude et sa nudité l'emplissait d'enthousiasme. Comment se faisait-il qu'il ne l'eût pas trouvée séduisante ? N'avait-elle pas sur la poitrine deux seins tout à fait incontestables et un duvet tout à fait incontestable au bas du ventre ?

« Tu es cent fois plus belle toute nue qu'habillée, lui dit-il, et il fit l'éloge de sa beauté.

— Tu me voulais depuis longtemps ? lui demanda-t-elle.

— Oui, je te voulais, tu le sais bien.

— Oui, je le sais. Je l'ai remarqué quand tu venais au magasin. Je sais que tu m'attendais devant la porte.

— Oui.

— Tu n'osais pas m'adresser la parole, parce que je n'étais jamais seule. Mais je savais tout de même qu'un jour tu serais ici avec moi. Parce que moi aussi je te voulais. »

25

Il regardait la jeune fille et laissait mourir en lui ses dernières paroles ; oui, c'était ainsi : pendant tout ce temps où il crevait de solitude, où il participait désespérément aux réunions et aux cortèges, où il courait et courait, sa vie d'adulte était déjà toute prête ici : cette chambre en sous-sol, aux murs tachés d'humidité, l'attendait patiemment, et aussi cette femme ordinaire dont le corps le relierait enfin, de façon tout à fait physique, à la foule.

Plus je fais l'amour, plus j'ai envie de faire la révolution, plus je fais la révolution, plus j'ai envie de faire l'amour, pouvait-on lire sur un mur de la Sorbonne, et Jaromil entra pour la deuxième fois dans le corps de la rousse. La maturité est totale, ou elle n'est pas. Cette fois-ci il l'aima longuement et magnifiquement.

Et Percy Bysshe Shelley, qui avait un visage de fille comme Jaromil et paraissait aussi plus jeune que son âge, courait à travers les rues de Dublin, il courait et il courait, parce qu'il savait que la vie est ailleurs. Et Rimbaud aussi courait sans répit, à Stuttgart, à Milan, à Marseille, à Aden, puis au Harrar, et sur le chemin du retour à Marseille, mais il ne lui restait plus qu'une jambe et avec une seule jambe il est difficile de courir.

Il laissa de nouveau son corps glisser du corps de la jeune fille et, quand il se vit allongé à côté d'elle, il songea que ce n'était pas après deux actes d'amour qu'il reposait ainsi, mais après une longue course qui durait depuis plusieurs mois.

Cinquième partie

ou

LE POÈTE EST JALOUX

1

Tandis que Jaromil courait, le monde changeait ; l'oncle qui croyait que Voltaire était l'inventeur des volts fut accusé d'escroqueries imaginaires (comme des milliers de commerçants à cette époque), ses deux magasins furent confisqués (ils appartenaient depuis à l'État) et il fut envoyé en prison pour quelques années ; son fils et sa femme, considérés comme des ennemis de classe, furent expulsés de Prague. Ils quittèrent tous deux la villa dans un silence glacial, résolus à ne jamais pardonner à la mère dont le fils s'était rangé du côté des ennemis de la famille.

Des locataires, auxquels la mairie avait attribué les pièces du rez-de-chaussée, emménagèrent dans la villa. Ils venaient d'un misérable logement aménagé dans un sous-sol et ils trouvaient injuste que quelqu'un eût jamais possédé une villa aussi spacieuse et aussi agréable ; ils estimaient qu'ils n'étaient pas venus loger ici pour se loger, mais pour réparer une ancienne injustice de l'Histoire. Ils occupèrent le jardin sans rien demander et ils exigèrent que maman fît hâtivement réparer le crépi des murs qui tombait et risquait de blesser leurs enfants quand ils jouaient dehors.

La grand-mère avait vieilli ; elle perdait la mémoire et un beau jour (on s'en aperçut à peine) elle se métamorphosa en fumée au crématorium.

Il n'est pas surprenant que maman n'en ait que plus difficilement supporté de voir que son fils lui échappait ; il faisait des études qui lui déplaisaient et il avait cessé de lui montrer ses vers qu'elle avait l'habitude de lire régulièrement. Quand elle allait ouvrir son tiroir, elle le trouvait fermé ; c'était comme une gifle ; Jaromil la soupçonnait de fouiller dans ses affaires ! Mais quand elle ouvrit avec une clé de secours dont Jaromil ignorait l'existence, elle ne trouva pas d'inscriptions nouvelles dans le journal et pas de nouveaux poèmes. Elle vit ensuite sur le mur de la petite chambre la photo de son mari en uniforme et elle se souvint qu'elle avait jadis prié la statuette d'Apollon d'effacer du fruit de ses entrailles les traits de son époux. Ah ! devrait-elle encore disputer son fils à son défunt mari ?

Une semaine environ après la soirée où nous avons laissé Jaromil, à la fin de la partie précédente, dans le lit de la rousse, maman ouvrit encore une fois son bureau. Elle trouva dans le journal plusieurs remarques laconiques qu'elle ne comprit pas, mais elle découvrit quelque chose de beaucoup plus important : de nouveaux vers de son fils. Elle pensa que la lyre d'Apollon l'emportait de nouveau sur l'uniforme de l'époux et elle se réjouit en silence.

Après avoir lu les vers, elle fut encore plus favorablement impressionnée, car les poèmes lui plurent vraiment (c'était bien la première fois !) ; ils étaient rimés (au fond d'elle-même, maman pensait toujours qu'un poème sans rimes n'est pas un poème) et de plus, ils étaient tout à fait compréhensibles et pleins de jolis mots ; plus de vieillards, de corps qui se dissolvent dans la terre, de ventres pendants et de pus au coin des yeux ; il y avait des noms de fleurs, il y avait le ciel et les nuages et on y rencontrait aussi plusieurs fois (c'était une chose tout à fait nouvelle dans les poèmes de Jaromil !) le mot maman.

Puis Jaromil rentra ; quand elle entendit son pas dans l'escalier, toutes les années de souffrance lui montèrent aux yeux, et elle ne put réprimer un sanglot.

« Qu'est-ce que tu as, maman, mon Dieu, qu'est-ce que tu as ? lui demanda-t-il, et elle percevait dans sa voix une tendresse qu'elle n'y avait pas sentie depuis longtemps.

— Rien, Jaromil, rien », répondit-elle dans un sanglot qui ne faisait que croître, encouragée par l'intérêt de son fils. Une fois de plus, il coulait d'elle plusieurs sortes de larmes : des larmes de chagrin, parce qu'elle était abandonnée ; des larmes de reproche, parce que son fils la négligeait ; des larmes d'espoir, parce qu'il allait peut-être (sur les phrases mélodieuses de nouveaux poèmes) lui revenir enfin ; des larmes de colère, parce qu'il se tenait là, gauchement, et qu'il n'était même pas capable de lui caresser les cheveux ; des larmes de ruse qui devaient l'émouvoir et le retenir auprès d'elle.

Après un instant de gêne, il finit par lui prendre la main ; c'était beau ; maman cessa de pleurer et les paroles coulaient d'elle aussi généreusement que, quelques instants plus tôt, les larmes ; elle parlait de tout ce qui la tourmentait : de son veuvage, de sa solitude, des locataires qui voudraient bien la contraindre à quitter sa propre maison, de sa sœur qui lui avait fermé sa porte (« et à cause de toi, Jaromil ! ») et ensuite du principal : le seul être humain qu'elle eût au monde dans cette affreuse solitude lui tournait le dos.

« Mais ce n'est pas vrai, je ne te tourne pas le dos ! »

Elle ne pouvait accepter des assurances aussi faciles et elle commença à rire avec amertume ; comment, il ne lui tournait pas le dos ; il rentrait tard, ils restaient des journées entières sans échanger une parole et quand il leur arrivait de se parler, elle savait très bien qu'il ne l'écoutait pas et qu'il pensait à autre chose. Oui, il la traitait comme une étrangère.

« Mais non, maman, voyons ! »

De nouveau, elle rit avec amertume. Il ne la traitait pas comme une étrangère ? Il fallait donc qu'elle lui en donne la preuve ! Il fallait qu'elle lui dise ce qui l'avait blessée ! Pourtant elle avait toujours respecté sa vie privée ; déjà, quand il était petit garçon, elle se disputait avec tout le monde, parce qu'elle estimait qu'il devait avoir sa chambre d'enfant ; et maintenant, quelle insulte ! Jaromil ne pouvait imaginer ce qu'elle avait ressenti le jour où elle s'était aperçue (tout à fait par hasard, en époussetant les meubles de sa chambre) qu'il fermait à clé les tiroirs de son bureau ! À cause de qui les fermait-il à clé ? Pensait-il vraiment qu'elle allait fourrer le nez dans ses affaires comme une concierge indiscrète ?

« Mais, maman, c'est un malentendu ! Je ne me sers plus du tout de ce tiroir ! S'il est fermé à clé, c'est un hasard ! »

Maman savait que son fils mentait, mais ça n'avait pas d'importance ; beaucoup plus importante que les mots mensongers était l'humilité de la voix qui semblait proposer une réconciliation. « Je veux bien te croire, Jaromil », dit-elle, et elle lui serra la main.

Ensuite, sous le regard de ses yeux, elle prit conscience des traces de larmes sur son visage et elle partit dans la salle de bains où elle s'effraya de son reflet dans la glace ; son visage éploré lui semblait hideux ; elle se reprochait jusqu'à la robe grise qu'elle gardait en rentrant du bureau. Elle se lava rapidement à l'eau froide, passa une robe de chambre rose, alla à la cuisine et revint avec une bouteille de vin. Puis elle se mit à parler avec volubilité, disant qu'ils devaient de nouveau se faire mutuellement confiance, parce qu'ils n'avaient personne d'autre en ce triste monde. Elle parla longtemps sur ce thème, et le regard que Jaromil fixait sur elle lui semblait amical et approbateur. Elle se permit donc de dire qu'elle ne doutait pas que Jaromil, qui était maintenant étudiant, eût certainement ses secrets personnels qu'elle respectait ; elle souhaitait seulement que la femme qui était peut-être l'amie de Jaromil ne brouillât pas les rapports qu'il y avait entre eux.

Jaromil écoutait patiemment et avec compréhension. S'il évitait maman depuis quelque temps, c'était parce que son chagrin avait besoin de solitude et de pénombre. Mais depuis qu'il avait accosté sur le rivage ensoleillé du corps de la rousse, il aspirait à la lumière et à la paix ; la mésentente avec maman le gênait. Outre les motifs d'ordre sentimental, il y avait à cela une raison pratique : la rousse avait une chambre indépendante alors que Jaromil habitait chez sa mère et, s'il pouvait mener une vie personnelle, il le devait uniquement à l'indépendance de la jeune fille. Il ressentait amèrement cette inégalité et il se réjouissait que maman fût venue s'asseoir à côté de lui, en robe de chambre rose devant un verre de vin et lui fît l'impression d'une femme jeune et plaisante avec laquelle il pouvait s'entendre à l'amiable au sujet de ses droits.

Il lui dit qu'il n'avait rien à lui cacher (maman sentit sa gorge se serrer) et se mit à parler de la jeune fille rousse. Bien entendu, il ne dit pas que maman la connaissait de vue pour l'avoir aperçue au magasin où elle allait faire ses courses, mais il lui confia quand même que la jeune fille avait dix-huit ans et que ce n'était pas une étudiante, mais une fille toute simple qui (il dit cela d'un ton presque agressif) gagnait sa vie en travaillant de ses mains.

Maman se versa du vin et pensa que les choses tournaient bien. Le portrait de la jeune fille que son fils, dont la langue se déliait, venait de lui tracer, apaisait son inquiétude : cette fille était toute jeune (l'horrible vision d'une femme âgée et perverse était heureusement dissipée), elle n'était pas trop instruite (maman n'avait donc pas à redouter la force de son influence) et enfin Jaromil avait insisté d'une façon presque suspecte sur les vertus de sa simplicité et de sa gentillesse, d'où elle conclut que la jeune fille n'était sans doute pas des plus belles (elle pouvait ainsi supposer, avec une secrète satisfaction, que l'engouement de son fils ne durerait pas très longtemps).

Jaromil sentit que maman considérait sans désapprobation le personnage de la jeune fille rousse et il en fut heureux : il s'imaginait assis à la table commune avec maman et la rousse, avec l'ange de son enfance et l'ange de sa maturité ; cela lui paraissait beau comme la paix ; la paix entre le chez-soi et le monde ; la paix sous les ailes de deux anges.

Donc la mère et le fils, après une longue période, connaissaient de nouveau une heureuse intimité. Ils parlèrent abondamment, mais ce faisant Jaromil ne perdait pas de vue son petit but pratique : le droit d'avoir sa chambre où il pourrait amener son amie et rester avec elle aussi longtemps qu'il le voudrait et comme bon lui semblerait ; car il comprenait que seul est vraiment adulte celui qui est le maître libre d'un espace clos où il peut faire ce qu'il veut, sans être observé et surveillé par personne. Cela aussi (prudemment et avec des détours) il le dit à maman ; il se sentirait d'autant mieux à la maison qu'il pourrait s'y considérer comme son propre maître.

Mais derrière le voile du vin, maman restait une tigresse vigilante : « Que veux-tu dire, Jaromil, tu ne te sens donc pas ton maître, ici ? »

Jaromil répondit qu'il se plaisait beaucoup à la maison mais qu'il désirait avoir le droit d'y amener qui il voulait et qu'il voudrait y trouver la même indépendance que la rousse trouvait chez sa logeuse.

Maman comprit que Jaromil lui offrait ainsi une grande occasion ; elle avait elle aussi divers admirateurs qu'elle était contrainte de repousser parce qu'elle redoutait la condamnation de Jaromil. Ne pouvait-elle pas, avec un peu d'habileté, acheter avec la liberté de Jaromil un peu de liberté pour elle-même ?

Mais à l'idée que Jaromil pût amener une femme dans sa chambre d'enfant, elle fut saisie d'un insurmontable dégoût : « Tu dois comprendre qu'il y a une différence entre une mère et une logeuse », dit-elle d'un air vexé, et au même instant, elle sut qu'elle s'interdisait ainsi, délibérément, de vivre de nouveau comme une femme. Elle comprit que le dégoût que lui inspirait la vie charnelle de son fils était plus fort que le désir de son corps de vivre sa propre vie, et elle s'épouvanta de cette découverte.

Jaromil, qui poursuivait obstinément son but, ne se doutait pas de la disposition d'esprit de sa mère et continuait de livrer un combat perdu en invoquant d'autres arguments inutiles. Au bout d'un instant, il s'aperçut que des larmes coulaient sur le visage de maman. Il craignit d'avoir offensé l'ange de son enfance et se tut. Dans le miroir des larmes maternelles, sa revendication d'indépendance lui apparut soudain comme une insolence, comme une effronterie, et même comme une obscène impudence.

Maman était au désespoir : elle voyait l'abîme se rouvrir entre elle et son fils. Elle ne gagnait rien, elle allait tout perdre encore une fois ! Elle réfléchissait à la hâte, se demandant ce qu'elle pouvait faire pour ne pas rompre tout à fait le fil précieux de la compréhension entre elle et son fils ; elle lui saisit la main et lui dit, tout en larmes :

« Ah, Jaromil, ne te fâche pas ! Je suis malheureuse de voir à quel point tu as changé. Tu as terriblement changé depuis quelque temps.

— En quoi ai-je changé ? Je n'ai pas changé du tout, maman.

— Si. Tu as changé. Et je vais te dire ce qui me fait le plus de peine. C'est que tu n'écris plus de vers. Tu écrivais de si beaux vers et tu n'écris plus et ça me fait de la peine. »

Jaromil s'apprêtait à répondre, mais elle ne lui laissa pas la parole : « Crois ta maman. Je m'y connais un peu ; tu as énormément de talent ; c'est ta mission ; il ne faut pas la trahir : tu es poète, Jaromil, tu es poète et ça me fait mal de voir que tu l'oublies. »

Jaromil écoutait presque avec enthousiasme les paroles de maman. C'était vrai, l'ange de son enfance le comprenait mieux que quiconque ! Est-ce qu'il ne s'était pas tourmenté, lui aussi, à la pensée qu'il n'écrivait plus ?

« Maman, je me suis remis à écrire des vers, j'en écris ! Je vais te les montrer !

— Ce n'est pas vrai, Jaromil, répliqua maman en hochant la tête tristement, n'essaie pas de m'induire en erreur, je sais bien que tu n'écris pas.

— Mais si, j'écris ! J'écris ! » s'écria Jaromil, puis il s'élança dans sa chambre, ouvrit son tiroir et apporta ses poèmes.

Et maman vit les mêmes vers qu'elle avait lus quelques heures plus tôt, agenouillée devant le bureau de Jaromil :

« Ah, Jaromil, ce sont de beaux vers ! Tu as fait de grands progrès, de grands progrès. Tu es poète et je suis heureuse… »

2

Tout paraît indiquer que l'immense désir du Nouveau qu'éprouvait Jaromil (cette religion du Nouveau) n'était que le désir qu'inspire au puceau l'incroyable du coït encore inconnu, le désir du coït projeté dans l'abstrait ; la première fois qu'il aborda sur la rive du corps de la rousse, il lui vint l'étrange idée qu'il savait enfin ce que cela voulait dire, être absolument moderne ; être absolument moderne, c'était être étendu sur la rive du corps de la rousse.

Il était si heureux et plein d'enthousiasme qu'il voulait réciter des vers à la jeune fille ; il pensa à tous ceux qu'il savait par cœur (les siens et ceux des autres), mais il comprit (même avec une certaine stupeur) qu'aucun ne plairait à la rousse et il se dit que seuls étaient absolument modernes des vers que la rousse, une jeune fille de la foule, pouvait comprendre et apprécier.

Ce fut comme une soudaine illumination : pourquoi en fait piétiner la gorge de sa propre chanson ? pourquoi renoncer à la poésie pour la révolution ? Maintenant qu'il avait abordé sur la rive de la vie réelle (par réelle il désignait la densité née de la fusion de la foule, de l'amour physique et des mots d'ordre révolutionnaires), il n'avait qu'à se donner tout entier à cette vie-là et en devenir le violon.

Il se sentait plein de poésie et il tenta d'écrire un poème qui plût à la jeune fille rousse. Ce n'était pas si simple ; jusqu'à présent il écrivait des vers sans rimes et il se heurtait maintenant aux difficultés techniques du vers régulier, car il était certain que la rousse estimait qu'un poème était une chose qui rimait. D'ailleurs, la révolution victorieuse aussi était de cet avis ; souvenons-nous qu'à cette époque aucun poème en vers libres n'était publié ; la poésie moderne tout entière était dénoncée comme un produit de la bourgeoisie pourrissante et le vers libre était la manifestation la plus évidente de la putréfaction poétique.

Ne faut-il voir dans l'amour de la révolution victorieuse à l'égard de la rime qu'un engouement fortuit ? Sans doute pas. La rime et le rythme possèdent un pouvoir magique : le monde informe enclos dans un poème en vers réguliers devient d'un seul coup limpide, régulier, clair et beau. Si dans un poème, le mot *mort* se trouve à l'endroit précis où, au vers précédent, a retenti le son du *cor*, la mort devient un élément mélodieux de l'ordre. Et même si le poème proteste contre la mort, la mort est automatiquement justifiée, du moins en tant que thème d'une belle protestation. Les os, les roses, les cercueils, les blessures, tout dans le poème se change en ballet et le poète et le lecteur sont les danseurs de ce ballet. Ceux qui dansent ne peuvent évidemment pas désapprouver la danse. Par le poème, l'homme manifeste son accord avec l'être, et la rime et le rythme sont les moyens les plus brutaux de cet accord. Et la révolution qui vient de triompher n'a-t-elle pas besoin d'une affirmation brutale de l'ordre nouveau et, partant, d'une poésie pleine de rimes ?

« Délirez avec moi ! » s'écrie Vitezslav Nezval à l'adresse de son lecteur, et Baudelaire : « Il faut être toujours ivre… de vin, de poésie ou de vertu, à votre guise… » Le lyrisme est une ivresse et l'homme s'enivre pour se confondre plus facilement avec le monde. La révolution ne veut pas être étudiée et observée, elle veut que l'on fasse corps avec elle ; c'est en ce sens qu'elle est lyrique et que le lyrisme lui est nécessaire.

La révolution a évidemment en vue une autre poésie que celle qu'écrivait autrefois Jaromil ; il observait alors avec ivresse les paisibles aventures et les belles excentricités de son moi ; mais maintenant, il avait vidé son âme comme un hangar pour faire place aux bruyantes fanfares du monde ; il avait troqué la beauté de singularités qu'il était seul à comprendre pour la beauté de généralités compréhensibles de tous.

Il souhaitait passionnément réhabiliter les anciennes beautés devant lesquelles l'art moderne (avec l'orgueil de l'apostat) faisait la fine bouche : le coucher du soleil, les roses, la rosée sur l'herbe, les étoiles, le crépuscule, une mélodie qui retentit au loin, la maman et la nostalgie du chez-soi ; ah, comme il était beau, proche et compréhensible, ce monde-là ! Jaromil y revenait avec stupeur et émotion, comme le fils prodigue qui revient après de longues années à la maison qu'il a abandonnée.

Ah, être simple, totalement simple, simple comme une chanson populaire, comme une comptine d'enfant, comme un ruisseau, comme la petite rousse !

Être à la source des beautés éternelles, aimer les mots *lointain*, *argent*, *arc-en-ciel*, *aimer* et jusqu'au mot *ah !* ce petit mot tant décrié !

Jaromil était aussi fasciné par certains verbes : surtout par ceux qui expriment un mouvement simple en avant : *courir*, *aller*, mais plus encore *voguer* et *voler*. Dans un poème qu'il avait écrit à l'occasion de l'anniversaire de la naissance de Lénine, il jetait dans l'eau une branche de pommier (ce geste l'enchantait, car il renouait avec les vieilles coutumes du peuple qui jetait au fil de l'eau des couronnes de fleurs), afin que le courant l'emporte au pays de Lénine ; pas une seule rivière ne s'écoule de la Bohême vers la Russie, mais le poème est un territoire enchanté où les rivières changent leurs cours. Dans un autre poème il écrivait que *le monde sera un jour libre comme le parfum des sapins qui enjambe les chaînes de montagnes.* Dans un autre poème, il parlait du parfum des jasmins qui est si puissant qu'il devient un voilier invisible flottant dans l'air ; il s'imaginait qu'il prenait place sur la passerelle de ce parfum et qu'il allait loin, loin, jusqu'à Marseille, où (comme l'écrivait *Rude pravo*) les ouvriers dont il voulait être le camarade et le frère venaient de se mettre en grève.

C'est aussi pourquoi l'instrument le plus poétique du mouvement, *les ailes*, apparaissait un nombre incalculable de fois dans ses poèmes : la nuit dont parlait le poème était pleine d'un *silencieux battement d'ailes* ; le désir, la tristesse, même la haine, et, bien entendu, le temps, tous possédaient des ailes.

Ce qui se cachait dans tous ces mots, c'était le désir d'une *étreinte infinie*, où semblait revivre le vers célèbre de Schiller : *Seid umschlungen, Millionen, diesen Kuss der Ganzen Welt !* L'étreinte infinie n'englobait pas seulement l'espace, mais aussi le temps ; le but de la traversée, ce n'était pas seulement Marseille en grève, mais aussi *l'avenir*, cette île miraculeuse dans le lointain.

Auparavant, l'avenir était surtout un mystère pour Jaromil ; tout l'inconnu s'y dissimulait ; c'est pourquoi il attirait et effrayait à la fois ; il était le contraire de la certitude, le contraire du chez-soi (c'est pourquoi, dans les moments d'angoisse, Jaromil rêvait de l'amour de vieillards qui sont heureux parce qu'ils n'ont plus d'avenir). Mais la révolution donnait à l'avenir un sens opposé : l'avenir n'était plus un mystère ; le révolutionnaire le connaissait par cœur ; il le connaissait par les brochures, les livres, les conférences, les discours de propagande ; l'avenir n'effrayait pas, il offrait au contraire une certitude à l'intérieur d'un présent fait d'incertitude ; c'est pourquoi le révolutionnaire y cherchait refuge comme l'enfant auprès de sa mère.

Jaromil écrivit un poème sur un permanent communiste qui s'était endormi sur le divan du secrétariat de sa section, tard dans la nuit, à l'heure où *l'aube va poindre sur la réunion pensive* (l'idée d'un communiste en lutte ne pouvait s'exprimer alors que par l'image d'un communiste en réunion) ; le tintement du tram sous les fenêtres devenait dans son rêve un carillonnement de cloches, le carillonnement de toutes les cloches du monde annonçant que les guerres sont définitivement terminées et que le globe terrestre appartient aux travailleurs. Il comprit qu'un bond miraculeux l'avait transporté dans l'avenir lointain ; il était quelque part dans la campagne et une femme venait vers lui sur son tracteur (sur toutes les affiches, la femme de l'avenir était représentée sous l'apparence d'une femme montée sur un tracteur) et reconnaissait en lui, avec stupeur, un homme comme elle n'en avait encore jamais vu, un homme d'autrefois usé par le travail, un homme qui s'était sacrifié pour qu'elle pût labourer les champs dans la joie (et en chantant). Elle descendit de sa machine pour lui souhaiter la bienvenue et lui dit : « Tu es ici chez toi, ceci est ton monde… » et elle voulut le récompenser (mon Dieu, comment cette jeune femme pouvait-elle récompenser un vieux militant usé à la tâche ?) ; à ce moment les trams se mirent à carillonner très fort dans la rue et l'homme qui se reposait sur un étroit divan dans un coin du secrétariat se réveilla…

Il avait déjà écrit pas mal de nouveaux poèmes, mais il n'était pas satisfait ; car, jusqu'à présent, lui seul et sa mère les connaissaient. Il les envoyait tous à la rédaction de *Rude pravo* et il achetait *Rude pravo* tous les matins ; un jour, il découvrit enfin, à la troisième page, en haut à droite, cinq quatrains avec son nom imprimé en gras au-dessous du titre. Le jour même, il mit *Rude pravo* dans les mains de la rousse et lui dit de bien regarder le journal ; la petite l'examina longuement sans rien y trouver de remarquable (elle avait l'habitude de ne pas prêter attention aux vers, de sorte qu'elle ne prêtait pas non plus attention au nom qui les accompagnait) et il fallut que Jaromil, pour finir, lui montrât le poème du doigt. Elle dit :

« Je ne savais pas que tu étais poète », et elle le regarda dans les yeux avec admiration.

Jaromil lui dit qu'il écrivait des vers depuis fort longtemps et il sortit de sa poche quelques autres poèmes qu'il avait en manuscrit.

La rousse les lut et Jaromil lui dit qu'il avait cessé d'écrire des vers voici quelque temps mais que depuis qu'il la connaissait il recommençait. Il l'avait rencontrée et c'était comme s'il avait rencontré la Poésie.

« Vraiment ? » demanda la jeune fille et quand Jaromil acquiesça, elle le prit dans ses bras et lui baisa la bouche.

« Ce qu'il y a d'extraordinaire, poursuivit Jaromil, c'est que tu n'es pas seulement la reine des vers que j'écris aujourd'hui, mais aussi de ceux que j'écrivais avant de te connaître. Quand je t'ai vue pour la première fois, j'ai eu l'impression que mes anciens poèmes reprenaient vie et se changeaient en femme. »

Il regardait avidement son visage curieux et incrédule et il commença à lui raconter que, voici plusieurs années, il avait écrit une longue prose poétique, une sorte de récit fantastique où il était question d'un jeune homme qui s'appelait Xavier. Écrit ? Pas vraiment. Il avait plutôt rêvé ses aventures et il désirait les écrire un jour.

Xavier vivait tout autrement que les autres hommes ; sa vie était le sommeil ; Xavier dormait et faisait un rêve ; il dormait dans ce rêve puis il faisait un autre rêve et il dormait à nouveau dans ce rêve et faisait encore un autre rêve ; et il s'éveillait de ce rêve et se retrouvait dans le rêve précédent ; il allait ainsi de rêve en rêve et vivait successivement plusieurs vies ; il habitait dans plusieurs vies et passait de l'une à l'autre. N'était-ce pas merveilleux de vivre comme vivait Xavier ? De ne pas être emprisonné dans une seule vie ? D'être mortel, certes, mais d'avoir tout de même plusieurs vies ?

« Oui, ce serait bien... » dit la rousse.

Et Jaromil lui dit encore que le jour où il l'avait vue dans la boutique, il en avait été médusé car c'était exactement ainsi qu'il se représentait le plus grand amour de Xavier : une femme frêle, rousse, au visage délicatement pigmenté…

« Je suis laide ! dit la rousse.

— Non ! J'aime tes taches de rousseur et tes cheveux roux ! Je les aime parce qu'ils sont mon chez-moi, ma patrie, mon vieux rêve ! »

La rousse baisa Jaromil sur la bouche et il poursuivit : « Imagine-toi que tout le récit commençait ainsi : Xavier aimait à se promener dans les rues enfumées du faubourg ; il passait devant une fenêtre du sous-sol, s'arrêtait et songeait qu'une belle femme habitait peut-être derrière cette fenêtre. Un jour, la fenêtre était éclairée et il aperçut à l'intérieur une fille tendre, frêle et rousse. Il ne put résister, il ouvrit tout grands les vantaux de la fenêtre entrouverte et il sauta à l'intérieur.

— Mais tu es parti de la fenêtre en courant ! rit la rousse.

— Oui, je suis parti en courant, admit Jaromil, parce que j'avais peur de refaire le même rêve ! Sais-tu ce que c'est que de se trouver tout à coup dans une situation qu'on a déjà vécue en rêve ? C'est une chose si effrayante qu'on a envie de s'enfuir !

— Oui, acquiesça la rousse avec bonheur.

— Donc, il saute à l'intérieur pour la rejoindre, mais ensuite le mari arrive et Xavier l'enferme dans une lourde armoire de chêne. Le mari y est encore aujourd'hui, transformé en squelette. Et Xavier a emmené la femme très loin, comme moi je vais t'emmener.

— Tu es mon Xavier », chuchota la rousse avec gratitude à l'oreille de Jaromil, et elle improvisa des variations sur ce nom, le changeant en Xaxa, Xaviot, Xavichou, et elle l'appela de tous ces diminutifs et l'embrassa longtemps, longtemps.

3

Parmi les nombreuses visites de Jaromil dans le sous-sol de la jeune fille rousse, nous voudrions mentionner particulièrement celle qu'il lui rendit un jour qu'elle portait une robe sur le devant de laquelle étaient cousus, depuis le col jusqu'en bas, de gros boutons blancs. Jaromil commença à les déboutonner et la jeune fille éclata de rire, parce que les boutons servaient seulement de garniture.

« Attends, je vais me déshabiller toute seule », dit-elle et elle leva les bras pour saisir sur sa nuque l'extrémité de la fermeture Éclair.

Jaromil était fâché de s'être montré maladroit et quand il eut enfin compris le principe de la fermeture, il voulut rapidement corriger son échec.

« Non, non, je vais me déshabiller toute seule, laisse-moi ! » dit la jeune fille, et elle reculait devant lui et riait.

Il ne pouvait pas insister davantage car il craignait d'être ridicule, mais en même temps il lui était profondément désagréable que la jeune fille voulût se déshabiller toute seule. Dans son esprit, la différence entre un déshabillage amoureux et un déshabillage ordinaire consistait justement en ceci que la femme était déshabillée par l'amant.

Ce n'était pas l'expérience qui lui avait inculqué cette conception, mais la littérature et ses phrases suggestives : *il savait dévêtir une femme* ; ou bien *il déboutonna son corsage d'un geste expert.* Il ne pouvait imaginer l'amour physique sans un prologue de gestes confus et impatients pour défaire des boutons, tirer des fermetures Éclair, enlever des chandails.

Il protesta : « Tu n'es tout de même pas chez le médecin pour te déshabiller toute seule. » Mais la jeune fille avait déjà retiré sa robe et n'avait plus que ses dessous.

« Chez le médecin ? Pourquoi ?

— Oui, tu me fais l'effet d'être chez le médecin.

— Bien sûr, dit la jeune fille, c'est tout à fait comme chez le médecin. »

Elle retira son soutien-gorge et se planta devant Jaromil, offrant à son regard ses seins menus : « J'ai un élancement, docteur, ici près du cœur. »

Jaromil la regardait sans comprendre et elle dit en manière d'excuse : « Je vous demande pardon, docteur, vous avez certainement l'habitude d'examiner vos malades couchées », et elle s'étendit sur le lit et poursuivit : « Regardez, s'il vous plaît ! Qu'est-ce que j'ai au cœur ? »

Jaromil ne pouvait faire autrement que de se prêter au jeu ; il se pencha sur la poitrine de la jeune fille et appliqua l'oreille sur son cœur ; il touchait la rondeur molle d'un sein avec le pavillon de son oreille et il entendait un battement régulier. Il pensa que le médecin touchait sans doute ainsi les seins de la rousse quand il l'auscultait derrière les portes closes et mystérieuses du cabinet de consultation. Il leva la tête, regarda la jeune fille nue et il éprouva la sensation d'une cuisante douleur, car il la voyait telle que la voyait un autre homme, le médecin. Il posa bien vite les deux mains sur la poitrine de la rousse (comme les y posait Jaromil, pas comme le médecin) pour mettre fin à ce jeu douloureux.

La rousse protesta : « Voyons, docteur, qu'est-ce que vous faites là ? Vous n'avez pas le droit ! Ce n'est plus une visite médicale, ça ! » Et Jaromil s'emporta : il voyait ce qu'exprimait le visage de son amie quand des mains étrangères la touchaient ; il voyait qu'elle protestait d'un ton bien frivole et il eut envie de la frapper ; mais à ce moment, il s'aperçut qu'il était excité et il arracha la culotte de la jeune fille et s'unit à elle.

L'excitation était si immense que la rage jalouse de Jaromil s'y diluait rapidement, d'autant plus qu'il entendait le râle de la jeune femme (ce splendide hommage) et les paroles qui devaient à jamais faire partie de leurs moments intimes : « Xaxa, Xaviot, Xavichou ! »

Ensuite il s'allongea tranquillement à côté d'elle, il la baisa tendrement sur l'épaule et il se sentit bien. Seulement, cet étourdi était incapable de se contenter d'un beau *moment* ; un beau moment n'avait de sens pour lui que s'il était le messager d'une belle éternité ; un beau moment qui serait tombé d'une éternité souillée n'était pour lui qu'un mensonge. Il voulait donc s'assurer que leur éternité était sans tache et il demanda, d'un ton plutôt suppliant qu'agressif : « Mais dis-moi que ce n'était qu'une mauvaise plaisanterie, cette histoire de visite médicale.

— Bien sûr que oui ! » dit la jeune fille ; d'ailleurs que pouvait-elle répondre à une question aussi stupide ? Seulement, Jaromil ne voulait pas se contenter de ce *bien sûr que oui* ; il poursuivit :

« Je ne pourrais pas supporter que d'autres mains que les miennes te touchent. Je ne pourrais pas le supporter », dit-il, et il caressait les pauvres seins de la jeune fille comme si tout son bonheur dépendait de leur inviolabilité.

La jeune fille se mit à rire (tout à fait innocemment) : « Mais que veux-tu que je fasse quand je suis malade ? »

Jaromil savait qu'il était difficile de se soustraire à tout examen médical et que son attitude était indéfendable ; mais il savait aussi que si d'autres mains que les siennes touchaient les seins de la jeune fille, tout son univers s'écroulerait. C'est pourquoi il répéta :

« Mais je ne pourrais pas le supporter, comprends-tu, je ne pourrais pas le supporter.

— Alors que dois-je faire si je tombe malade ? »

Il dit doucement et d'un ton de reproche : « Tu peux quand même trouver une doctoresse.

— Comme si j'avais le choix ! Tu sais comment ça se passe, répondit-elle, avec indignation cette fois, on vous désigne un médecin, c'est pour tout le monde pareil ! Tu ne sais donc pas ce que c'est que la médecine socialiste ? On n'a pas le choix et il faut obéir ! Tiens, les consultations gynécologiques, par exemple… »

Jaromil sentit son cœur s'arrêter, mais il dit comme si de rien n'était : « Il y a quelque chose qui ne va pas ?

— Mais non, c'est la médecine préventive. À cause du cancer. C'est obligatoire.

— Tais-toi, je ne veux pas l'entendre », dit Jaromil et il lui posa la main sur la bouche ; il l'y posa d'un geste si violent qu'il s'effraya presque de ce contact, car la rousse pouvait le considérer comme un coup et se mettre en colère ; mais les yeux de la jeune fille regardaient humblement, ce qui fait que Jaromil n'eut pas besoin de modérer la brutalité involontaire de son geste ; il s'y complut et il dit :

« Je veux que tu saches que si quelqu'un te touche encore une fois, eh bien ! moi, je ne te toucherai plus jamais. »

Il gardait toujours la main sur la bouche de la jeune fille ; c'était la première fois qu'il touchait une femme avec brutalité et il trouvait cela enivrant ; il lui mit ensuite les deux mains autour de la gorge, comme s'il l'étranglait ; il sentait sous ses doigts la fragilité du cou et il pensa qu'il suffirait de serrer pour qu'elle suffoque.

« Je t'étranglerai si jamais quelqu'un te touche », dit-il, et il avait toujours les deux mains autour de la gorge de la jeune fille ; il se réjouissait de sentir dans ce contact le non-être possible de la jeune fille ; il se disait que la rousse, dans cet instant du moins, lui appartenait vraiment, et la sensation d'une heureuse puissance l'enivra, sensation si belle qu'il recommença à faire l'amour.

Pendant l'acte d'amour il la serra plusieurs fois avec brutalité, lui posa la main sur le cou (il se dit qu'il serait beau d'étrangler l'amante pendant l'amour) et il la mordit aussi plusieurs fois.

Ensuite ils restèrent étendus côte à côte, mais l'acte d'amour avait sans doute duré trop peu de temps pour réussir à absorber la colère du jeune homme ; la rousse était allongée à côté de lui, pas étranglée, vivante, avec son corps nu qui allait à des consultations gynécologiques.

Elle lui caressa la main : « Ne sois pas méchant avec moi.

— Je t'ai dit qu'un corps que d'autres mains que les miennes ont touché me dégoûte. »

La jeune fille comprit que Jaromil ne plaisantait pas ; elle dit avec insistance : « Nom d'un chien, ce n'était qu'une blague !

— Ce n'était pas une blague ! C'était la vérité.

— Ce n'était pas la vérité.

— Bien sûr que si ! C'était la vérité et je sais qu'on ne peut rien y faire. Les consultations gynécologiques sont obligatoires et tu dois y aller. Je ne te le reproche pas. Seulement, un corps que touchent d'autres mains me répugne. Je n'y peux rien, mais c'est comme ça.

— Je te jure qu'il n'y avait rien de vrai là-dedans ! Je n'ai jamais été malade, sauf quand j'étais petite. Je ne vais jamais chez le médecin. J'ai été convoquée à une consultation gynécologique, mais j'ai jeté la convocation. Je n'y ai jamais été.

— Je ne te crois pas. »

Elle dut faire un effort pour le convaincre.

« Et que feras-tu si on te convoque encore une fois ?

— Sois sans crainte, c'est la pagaille. »

Il la crut, mais son amertume ne pouvait se laisser apaiser par des arguments pratiques ; il ne s'agissait pas seulement des visites médicales ; le fond du problème, c'était qu'elle lui échappait, qu'il ne la possédait pas tout entière.

« Je t'aime tellement », dit-elle, mais il n'avait pas confiance dans ce bref instant ; il voulait l'éternité ; il voulait au moins une petite éternité de la vie de la jeune fille rousse et il savait qu'il ne l'avait pas : il se souvint qu'il ne l'avait pas connue vierge.

« Je ne peux pas supporter l'idée que quelqu'un d'autre te touchera et que quelqu'un d'autre t'a déjà touchée, dit-il.

— Personne ne me touchera.

— Mais quelqu'un t'a touchée. Et ça me dégoûte. »

Elle le prit dans ses bras.

Il la repoussa.

« Combien d'hommes as-tu connus avant moi ?

— Un seul.

— Ne mens pas !

— Je te jure qu'il n'y en a eu qu'un.

— Tu l'aimais ? »

Elle hocha la tête.

« Et comment as-tu pu te mettre au lit avec quelqu'un que tu n'aimais pas ?

— Ne me fais pas souffrir, dit-elle.

— Réponds-moi ! Comment as-tu pu faire ça !

— Ne me fais pas souffrir. Je ne l'aimais pas et c'était atroce.

— Qu'est-ce qui était atroce ?

— Ne me pose pas de questions.

— Pourquoi est-ce que tu ne veux pas que je te pose de questions ? »

Elle fondit en larmes et lui confia en pleurant que c'était un homme âgé de son village, que c'était un type ignoble, qu'il la tenait à sa merci (« Ne me pose pas de questions, ne me demande rien »), qu'elle ne pouvait même pas se souvenir de lui (« Si tu m'aimes, ne me rappelle jamais son existence ! »).

Elle pleura tellement que Jaromil finit par oublier sa colère ; les larmes sont un excellent produit de nettoyage contre les souillures.

Il finit par la caresser : « Ne pleure pas.

— Tu es mon Xavichou, lui dit-elle. Tu es entré par la fenêtre et tu l'as enfermé dans une armoire et il n'en restera qu'un squelette et tu vas m'emmener loin, très loin. »

Ils s'étreignaient et ils s'embrassaient. La jeune fille lui assurait qu'elle ne supporterait pas d'autres mains sur son corps et il l'assurait qu'il l'aimait. Ils recommencèrent à faire l'amour ; ils firent l'amour tendrement, avec des corps que l'âme emplissait jusqu'au bord.

« Tu es mon Xavichou, lui dit-elle ensuite et elle le caressa.

— Oui, je t'emmènerai loin, là où tu seras en sécurité », dit-il et il sut aussitôt où il allait l'emmener ; il avait une tente pour elle sous la voilure bleue de la paix, une tente au-dessus de laquelle les oiseaux passaient en direction de l'avenir, au-dessus de laquelle les parfums affluaient vers les grévistes de Marseille ; il avait pour elle une maison sur laquelle veillait l'ange de son enfance.

« Tu sais, je vais te présenter à ma mère », lui dit-il et il avait les yeux pleins de larmes.

4

La famille qui occupait les pièces du rez-de-chaussée de la villa pouvait s'enorgueillir du ventre proéminent de la mère ; le troisième enfant était en route et le père de famille avait un jour arrêté au passage la mère de Jaromil pour lui dire qu'il était injuste que deux personnes occupent exactement la même surface que cinq personnes. Il lui suggéra de lui céder une des trois pièces du premier étage. Maman lui répondit que ce n'était pas possible. Le locataire répliqua que dans ces conditions la mairie devrait s'assurer que les pièces de la villa étaient équitablement réparties. Maman affirma que son fils allait bientôt se marier et qu'il y aurait alors trois et peut-être bientôt quatre personnes au premier étage.

Donc, quand Jaromil vint lui annoncer quelques jours plus tard qu'il voulait lui présenter son amie, cette visite lui parut opportune ; les locataires pourraient au moins constater qu'elle n'avait pas menti en parlant du prochain mariage de son fils.

Mais ensuite quand il avoua que maman connaissait bien la jeune fille pour l'avoir vue au magasin où elle allait faire ses courses, elle ne put cacher une expression de désagréable surprise.

« J'espère, dit-il d'un ton combatif, que ça ne te gêne pas qu'elle soit vendeuse. Je t'avais prévenue que c'était une travailleuse, une fille simple. »

Il fallut à maman quelques instants pour admettre l'idée que cette fille sotte, désagréable et pas jolie était la bien-aimée de son fils, mais elle finit par se maîtriser : « Il ne faut pas m'en vouloir, mais ça m'a étonnée », dit-elle, et elle était prête à supporter tout ce que lui réservait son fils.

Donc, la visite eut lieu ; elle dura trois pénibles heures. Ils avaient tous le trac, mais subirent l'épreuve jusqu'au bout.

Quand Jaromil se retrouva seul avec maman, il lui demanda avec impatience : « Alors, est-ce qu'elle t'a plu ?

— Elle m'a beaucoup plu, pourquoi est-ce qu'elle ne me plairait pas ? répondit-elle, et elle savait fort bien que le ton de sa voix affirmait le contraire de ce qu'elle disait.

— Alors, elle ne t'a pas plu ?

— Mais puisque je te dis qu'elle m'a beaucoup plu.

— Non, je vois bien, d'après le ton de ta voix, qu'elle ne t'a pas plu. Tu dis autre chose que ce que tu penses. »

La rousse avait commis de nombreuses maladresses pendant la visite (elle avait tendu la main à la mère la première, elle s'était assise à table la première, elle avait porté sa tasse de café à ses lèvres la première), de nombreuses incorrections (elle coupait la parole à la mère) et fautes de tact (elle avait demandé à la mère quel âge elle avait) ; lorsque maman commença à énumérer ces faux pas, elle craignit de paraître mesquine à son fils (Jaromil condamnait comme petit-bourgeois un attachement excessif aux règles de la bienséance), et elle ajouta aussitôt :

« Évidemment, ça n'a rien d'irrémédiable. Il suffit que tu l'invites un peu plus souvent à la maison. Dans notre milieu, elle s'affinera et s'éduquera. »

Mais dès qu'elle pensa qu'il lui faudrait voir régulièrement ce corps disgracieux, roux et hostile, elle éprouva de nouveau un dégoût insurmontable et elle dit d'une voix consolante :

« Évidemment, on ne peut pas lui en vouloir d'être comme elle est. Il faut que tu arrives à imaginer le milieu dans lequel elle a grandi et où elle travaille. Je ne voudrais pas être vendeuse dans une boutique comme ça. Tout le monde prend des libertés avec toi, il faut être à la disposition de tout le monde. Si le patron veut séduire une fille, elle ne peut pas refuser. Évidemment, dans un pareil milieu une aventure n'est pas considérée comme une chose importante. »

Elle regardait le visage de son fils et elle voyait qu'il s'empourprait ; le flot brûlant de la jalousie emplissait le corps de Jaromil et maman eut l'impression de sentir elle-même en elle la chaleur de cette vague (assurément : c'était en effet la même vague brûlante qu'elle avait sentie en elle quelques heures auparavant quand il lui avait présenté la rousse, de sorte qu'ils étaient maintenant face à face, la mère et le fils, comme des vases communicants dans lesquels s'écoulait le même acide). De nouveau, le visage du fils était puéril et soumis ; soudain elle n'avait plus devant elle un homme étranger et indépendant, mais son enfant bien-aimé qui souffrait, cet enfant qui accourait autrefois, il n'y avait pas si longtemps, pour chercher refuge auprès d'elle et qu'elle consolait. Elle ne pouvait détacher les yeux de ce splendide spectacle.

Mais ensuite, Jaromil se retira dans sa chambre et elle se surprit elle-même (elle était déjà seule depuis un moment) à se frapper la tête à coups de poing et à se réprimander à mi-voix : « Arrête, arrête, ne sois pas jalouse, arrête, ne sois pas jalouse. »

Néanmoins, ce qui est fait est fait. La tente de légers voiles bleus, la tente d'harmonie sur laquelle veillait l'ange de l'enfance, était en lambeaux. Pour la mère et le fils, commençait l'époque de la jalousie.

Les paroles de maman sur les aventures qui ne sont pas considérées comme une chose importante n'en finissaient pas de résonner dans la tête de Jaromil. Il se représentait les collègues de la rousse — des vendeurs du même magasin — en train de lui raconter des histoires sales, il se représentait ce bref contact obscène qui s'établit entre l'auditeur et le narrateur, et il était affreusement malheureux. Il se représentait le patron du magasin frottant contre elle son corps, lui touchant subrepticement les seins ou lui donnant une claque sur les fesses, et il enrageait à l'idée que ces contacts *n'étaient pas considérés comme une chose importante*, alors que pour lui, ils signifiaient tout. Un jour qu'il était chez elle, il s'aperçut qu'elle avait oublié de s'enfermer dans les waters. Il lui fit une scène, car il imaginait aussitôt qu'elle était aux waters dans le magasin et qu'un inconnu l'y surprenait par hasard assise sur le siège.

Quand il confiait à la rousse sa jalousie, elle parvenait à le calmer à force de tendresse et de serments ; mais il suffisait qu'il se retrouve un instant seul dans sa chambre d'enfant pour qu'il se répète que rien au monde ne pouvait lui garantir que la rousse, quand elle le rassurait, disait la vérité. D'ailleurs, ne la contraignait-il pas lui-même à lui mentir ? En réagissant si violemment à l'idée d'une stupide consultation médicale, ne lui avait-il pas interdit, une fois pour toutes, de lui dire ce qu'elle pensait ?

C'en était fait des premiers temps heureux de leur amour où les caresses étaient gaies et où il était plein de gratitude parce qu'elle l'avait conduit, avec une assurance naturelle, hors du labyrinthe de la virginité. À présent, il soumettait à une cruelle analyse ce dont il lui avait d'abord été reconnaissant ; il évoquait un nombre incalculable de fois le contact impudique de la main de la jeune fille qui l'avait si magnifiquement excité la première fois qu'il était venu chez elle ; il l'examinait maintenant avec des yeux soupçonneux : il n'était quand même pas possible, se disait-il, que ce fût lui, Jaromil, qu'elle eût touché de cette façon pour la première fois de sa vie ; si elle avait osé un geste aussi impudique dès la première fois, une demi-heure après l'avoir rencontré, ce geste devait être pour elle tout à fait banal et mécanique.

L'affreuse pensée ! Certes, il s'était déjà fait à l'idée qu'elle avait eu un autre homme avant lui, mais uniquement parce que les paroles de la jeune fille lui offraient l'image d'une liaison d'un bout à l'autre amère et douloureuse où elle n'était qu'une victime dont on abusait ; cette idée éveillait en lui de la pitié et la pitié diluait un peu sa jalousie. Mais si c'était pendant cette liaison que la jeune femme avait appris ce geste impudique, ce ne pouvait être une liaison totalement ratée. Il y avait quand même trop de joie inscrite dans ce geste, il y avait derrière ce geste toute une histoire d'amour !

C'était un thème trop pénible pour qu'il eût le courage d'en parler, car le seul fait de parler à voix haute de l'amant qui l'avait précédé lui causait un grand tourment. Pourtant, il tenta de rechercher par des chemins détournés l'origine de ce geste auquel il pensait constamment (et dont il renouvelait sans cesse l'expérience car la rousse s'y complaisait) et il finit par se rassurer à l'idée qu'un grand amour, qui survient soudainement, comme la foudre, libère d'un seul coup la femme de toute inhibition et de toute pudeur, et elle, justement parce qu'elle est pure et innocente, elle se donne à l'amant avec la même promptitude que le ferait une fille légère. Bien mieux : l'amour libère en elle une source si puissante d'inspirations inattendues que son comportement spontané peut ressembler aux manières expertes d'une femme vicieuse. Le génie de l'amour supplée en un clin d'œil à toute expérience. Ce raisonnement lui semblait beau et pénétrant ; à sa lumière, son amie devenait une sainte de l'amour.

Puis, un jour, un camarade de faculté lui dit : « Dis donc, avec qui je t'ai vu hier ? Ce n'était pas une beauté ! »

Il renia son amie comme Pierre renia le Christ ; il prétendit que c'était une amie de rencontre ; il en parlait avec dédain. Mais de même que Pierre resta fidèle au Christ, Jaromil, en son for intérieur, resta fidèle à son amie. Certes, il limita leurs promenades communes dans les rues et il était heureux que personne ne le vît avec elle, mais en même temps, au fond de lui, il désapprouvait son camarade et le détestait. Et aussitôt, il s'émut à l'idée que son amie portait de vilaines robes bon marché, et il voyait là non seulement le charme de son amie (le charme de la simplicité et de la pauvreté), mais aussi et surtout le charme de son propre amour : il se disait qu'il n'est pas difficile d'aimer quelqu'un de resplendissant, de parfait, d'élégant : cet amour-là n'est qu'un réflexe insignifiant qu'éveille automatiquement en nous le hasard de la beauté ; mais le grand amour désire créer l'être aimé à partir, justement, d'une créature imparfaite qui est une créature d'autant plus humaine qu'elle est imparfaite.

Un jour qu'il lui déclarait une fois de plus son amour (sans doute après une dispute épuisante), elle lui dit : « De toute façon je ne sais pas ce que tu me trouves. Il y a tant de filles qui sont plus belles que moi. »

Il s'indigna et lui expliqua que la beauté n'a rien à voir avec l'amour. Il affirma que ce qu'il aimait en elle, c'était ce que tous les autres trouvaient laid ; dans une sorte d'extase, il commença même à énumérer ; il lui dit qu'elle avait de pauvres petits seins tristes avec de gros mamelons ridés qui éveillaient plutôt la pitié que l'enthousiasme ; il dit qu'elle avait des taches de rousseur et des cheveux roux et que son corps était maigre et que c'était justement pour ça qu'il l'aimait.

La rousse éclata en sanglots parce qu'elle ne comprenait que trop bien la réalité (les pauvres seins, les cheveux roux) et comprenait mal l'idée.

Jaromil, en revanche, était transporté par son idée ; les larmes de la jeune fille, qui souffrait de ne pas être belle, le réchauffaient dans sa solitude et l'inspiraient ; il se disait qu'il allait lui consacrer toute sa vie pour lui désapprendre de pleurer ainsi et pour la convaincre de son amour. Dans ce grand élan d'émotion, le premier amant de la rousse n'était plus qu'une des laideurs qu'il aimait en elle. C'était une performance vraiment remarquable de la volonté et de la pensée ; il le savait et il commença à écrire un poème :

Ah ! parlez-moi de celle à qui toujours je pense (ce vers revenait comme un refrain), *racontez-moi comment la vieillissent les ans* (il voulait de nouveau la posséder tout entière, avec toute son éternité humaine), *racontez-moi comment elle était dans l'enfance* (il la voulait non seulement avec son avenir, mais aussi avec son passé), *faites-moi boire l'eau de ses sanglots anciens* (et surtout avec sa tristesse, qui le délivrait de la sienne), *parlez-moi des amours qui prirent sa jeunesse, tout ce qu'ils ont d'elle palpé, d'elle flétri, je veux l'aimer en elle* (et encore un peu plus loin) : *il n'est rien dans son corps, il n'est rien dans son âme, jusqu'au pourrissement des anciennes amours, que je ne boive avec ivresse...*

Jaromil était enthousiasmé par ce qu'il avait écrit, car à la place de la vaste tente azurée de l'harmonie, de l'espace artificiel où toutes les contradictions sont abolies, où la mère est assise avec le fils et la bru à la table commune de la paix, il avait trouvé une autre maison de l'absolu, un absolu plus cruel et plus authentique. Car si l'absolu de la pureté et de la paix n'existe pas, il existe un absolu du sentiment infini où se dissout, comme dans une solution chimique, tout ce qui est impur et étranger.

Il était enthousiasmé par ce poème, tout en sachant qu'aucun journal n'accepterait de le publier, car il n'avait rien de commun avec l'heureuse époque du socialisme ; mais il l'écrivait pour lui et pour la rousse. Quand il lui lut ces vers elle fut émue aux larmes, mais en même temps elle eut de nouveau peur parce qu'il y était question de ses laideurs, de quelqu'un qui l'avait palpée, et de la vieillesse qui viendrait.

Les doutes de la jeune fille ne gênaient nullement Jaromil. Au contraire, il désirait les voir et les savourer, il désirait s'y attarder et les réfuter longuement. Mais la jeune fille n'avait pas l'intention de discuter trop longtemps sur le thème du poème et se mettait à parler d'autre chose.

S'il parvenait à lui pardonner ses seins dérisoires et les mains des inconnus qui la touchaient, il y avait une chose qu'il ne pouvait pas lui pardonner : c'était d'être bavarde. Tenez, il vient de lui lire quelque chose où il est tout entier, avec sa passion, sa sensibilité, son sang, et au bout de quelques minutes elle se met à parler gaiement d'autre chose !

Oui, il était prêt à faire disparaître tous ses défauts dans la solution dissolvante de son amour, mais à une seule condition : qu'elle s'étende elle-même docilement dans cette solution, qu'elle ne soit jamais ailleurs que dans cette baignoire d'amour, qu'elle ne tente jamais, même par une seule pensée, de sortir de cette baignoire, qu'elle soit entièrement immergée au-dessous de la surface des pensées et des paroles de Jaromil, qu'elle soit immergée dans son univers et que pas la moindre parcelle de son corps ou de son esprit ne séjourne dans un autre monde.

Et au lieu de ça, elle s'est remise à parler et non seulement elle parle, mais elle parle de sa famille ! Or sa famille était chez elle ce que Jaromil détestait plus que tout au monde, parce qu'il ne savait pas trop comment protester contre elle (c'était une famille tout à fait innocente, et en plus une famille du peuple), mais il voulait protester contre elle, parce que c'était en pensant à sa famille que la rousse s'échappait constamment de la baignoire qu'il lui avait préparée et qu'il avait remplie avec le dissolvant de son amour.

Donc, il fallait de nouveau qu'il écoute les histoires de son père (un vieux paysan qui s'était usé à la tâche), de ses frères et sœurs (ce n'était pas une famille, plutôt un clapier, pensait Jaromil : deux sœurs et quatre frères !) et surtout d'un de ses frères (il s'appelait Jan et ce devait être un drôle d'oiseau, avant 1948 il était chauffeur d'un ministre anticommuniste) ; non, ce n'était pas seulement une famille, c'était d'abord un milieu étranger qui lui était hostile, et dont la rousse gardait le cocon collé à la peau, cocon qui l'éloignait de lui et faisait qu'elle n'était pas encore totalement et absolument à lui ; et ce frère Jan, ce n'était pas tellement le frère de la rousse, mais d'abord un homme qui l'avait vue de près pendant tous les dix-huit ans de sa vie, un homme qui connaissait d'elle des dizaines de petits détails intimes, un homme avec lequel elle avait partagé les mêmes waters (combien de fois avait-elle oublié de tirer le verrou !), un homme qui se souvenait de l'époque où elle devenait femme, un homme qui l'avait certainement vue bien des fois toute nue…

Tu dois être mienne et mourir sur la roue, si je le veux, écrivait, malade et jaloux, le poète Keats à sa Fanny, et Jaromil qui est de nouveau chez lui dans sa chambre d'enfant écrit des vers pour se calmer. Il pense à la mort, à cette grande étreinte où tout s'apaise ; il pense à la mort des hommes durs, des grands révolutionnaires et il se dit qu'il voudrait composer le texte d'une marche funèbre que l'on chanterait aux funérailles des communistes.

La mort ; elle faisait aussi partie, en ce temps de jubilation obligatoire, des sujets presque interdits, mais Jaromil se dit qu'il était capable (il avait déjà écrit de beaux vers sur la mort, il était à sa manière un spécialiste de la beauté de la mort) de découvrir cet angle de vision particulier à partir duquel la mort se dépouille de son habituelle morbidité ; il sentait qu'il était capable d'écrire des vers *socialistes* sur la mort ;

il pense à la mort d'un grand révolutionnaire : *comme le soleil qui se couche derrière la montagne, meurt le combattant…*

et il écrit un poème qu'il intitule *Épitaphe* : *Ah ! s'il faut mourir, que ce soit avec toi, mon amour, et seulement dans les flammes, mué en clarté et en chaleur…*

5

La poésie est un territoire où toute affirmation devient vérité. Le poète a dit hier : *la vie est vaine comme un pleur*, il dit aujourd'hui : *la vie est gaie comme le rire* et à chaque fois il a raison. Il dit aujourd'hui : *tout s'achève et sombre dans le silence*, il dira demain : *rien ne s'achève et tout résonne éternellement* et les deux sont vrais. Le poète n'a besoin de rien prouver ; la seule preuve réside dans l'intensité de son émotion.

Le génie du lyrisme est le génie de l'inexpérience. Le poète sait peu de chose du monde mais les mots qui jaillissent de lui forment de beaux assemblages qui sont définitifs comme le cristal ; le poète n'est pas un homme mûr et pourtant ses vers ont la maturité d'une prophétie devant laquelle il reste lui-même interdit.

Ah, mon aquatique amour ! Quand maman avait lu le premier poème de Jaromil, elle s'était dit (presque avec honte) que son fils en savait plus long qu'elle sur l'amour ; elle ne se doutait pas qu'il s'agissait de Magda observée par le trou de la serrure, l'aquatique amour représentait pour elle quelque chose de plus général, une catégorie mystérieuse de l'amour, plutôt incompréhensible, dont le sens ne pouvait être que deviné, comme est deviné le sens de phrases sibyllines.

L'immaturité du poète prête sans doute à rire, mais elle a aussi de quoi nous émerveiller : il y a dans les paroles du poète une gouttelette qui a surgi du cœur et qui donne à ses vers l'éclat de la beauté. Mais cette gouttelette, il n'est nullement besoin d'une véritable expérience vécue pour la tirer du cœur du poète, nous pensons plutôt que le poète presse parfois son cœur à la façon d'une cuisinière pressant un citron sur la salade. Jaromil, à vrai dire, ne se souciait guère des ouvriers marseillais en grève mais quand il écrivait un poème sur l'amour qu'il nourrissait à leur égard, il était réellement ému, et il arrosait généreusement de cette émotion ses mots qui devenaient ainsi une vérité de chair et de sang.

Avec ses poèmes le poète peint son autoportrait ; mais comme aucun portrait n'est fidèle, nous pouvons dire aussi que, avec ses poèmes, il rectifie son visage.

Rectifie ? Oui, il le rend plus expressif, car l'imprécision de ses propres traits le tourmente ; il se trouve lui-même brouillé, insignifiant, quelconque ; il cherche une forme de lui-même ; il veut que le révélateur photographique des poèmes affermisse le dessin de ses traits.

Et il le rend plus dramatique car sa vie est pauvre en événements. Le monde de ses sentiments et de ses rêves, matérialisé dans ses poèmes, a souvent une apparence tumultueuse et remplace les actes et les aventures qui lui sont refusés.

Mais pour pouvoir se vêtir de son portrait et pour entrer dans le monde sous ce masque, il faut que le portrait soit exposé et le poème publié. Plusieurs poèmes de Jaromil avaient déjà paru dans *Rude pravo*, mais il n'était pas encore satisfait. Dans les lettres qu'il joignait à ses poèmes, il s'adressait familièrement au rédacteur inconnu, car il voulait l'inciter à répondre et à lier connaissance avec lui. Seulement (c'était presque humiliant), bien qu'on publiât ses vers, les gens ne se souciaient nullement de faire sa connaissance en tant qu'être vivant, et de l'accueillir parmi eux ; le rédacteur ne répondait jamais à ses lettres.

Parmi ses camarades de faculté, ses poèmes ne suscitaient pas non plus la réaction qu'il escomptait. S'il avait appartenu à l'élite des poètes contemporains, qui se produisaient sur les estrades et dont les photographies rayonnaient dans les magazines illustrés, il serait peut-être devenu une curiosité pour les étudiants de sa promotion. Mais quelques poèmes noyés dans les pages d'un quotidien retenaient à peine l'attention pendant quelques minutes et faisaient de Jaromil, aux yeux de ses camarades qui avaient devant eux une carrière politique ou diplomatique, une créature non pas étrangement intéressante, mais inintéressamment étrange.

Et dire que Jaromil aspirait infiniment à la gloire ! Il y aspirait comme tous les poètes : *Ô ! gloire ! Ô ! déité puissante ! Ah, fais que ton grand nom m'inspire et mes vers pourront t'obtenir !* implorait Victor Hugo. *Je suis un poète, je suis un grand poète, et un jour, je serai aimé de l'univers entier, il faut que je me le dise, c'est ainsi que je dois prier au pied de mon mausolée inachevé*, se consolait Jiri Orten à la pensée de sa gloire future.

L'obsessionnel désir d'admiration n'est pas seulement une tare qui s'ajoute au talent du poète lyrique (comme on pourrait l'interpréter, par exemple, dans le cas d'un mathématicien ou d'un architecte), mais il tient à l'essence même du talent poétique, il est le signe distinctif du poète lyrique : car le poète est celui qui offre à l'univers son autoportrait, avec la volonté que son visage, saisi sur l'écran des vers, soit aimé et adoré.

Mon âme est une fleur exotique à l'odeur singulière, nerveuse. Je possède un grand talent, peut-être aussi du génie, écrivait Jiri Wolker dans son journal et Jaromil, écœuré par le silence du journaliste, choisit quelques poèmes et les envoya à la revue littéraire la plus en vue. Quel bonheur ! Quinze jours plus tard, il reçut une réponse : ses vers étaient jugés intéressants et on le priait de bien vouloir passer à la rédaction de la revue. Il prépara cet entretien avec autant de soin qu'il préparait autrefois ses rendez-vous féminins. Il décida qu'il allait, au sens le plus profond du terme, se présenter aux rédacteurs, et il tenta de définir qui il était exactement, qui il était en tant que poète, qui il était en tant qu'homme, quel était son programme, d'où il venait, ce qu'il avait surmonté, ce qu'il aimait, ce qu'il détestait. Finalement, il prit un crayon et une feuille de papier et nota, dans leurs aspects essentiels, ses positions, ses opinions, les phases de son évolution. Il noircit plusieurs feuilles et, un beau jour, il frappa à une porte et il entra.

Un petit homme maigre à lunettes était assis à un bureau et lui demanda ce qu'il désirait. Jaromil dit son nom. Le rédacteur lui demanda de nouveau ce qu'il désirait. Jaromil dit de nouveau (plus distinctement et plus fort) son nom. Le rédacteur dit qu'il était heureux de faire la connaissance de Jaromil, mais qu'il voudrait bien savoir ce qu'il désirait. Jaromil dit qu'il avait envoyé ses vers à la rédaction et qu'il avait reçu une lettre où on lui demandait de venir. Le rédacteur dit que c'était son collègue qui s'occupait de la poésie et qu'il était absent en ce moment. Jaromil dit qu'il le regrettait beaucoup, parce qu'il voudrait bien savoir quand ses poèmes seraient publiés.

Le rédacteur perdit patience, se leva de sa chaise, prit Jaromil sous le bras et le conduisit vers une grande armoire. Il l'ouvrit et lui montra de hautes piles de papier rangées sur les rayons : « Cher camarade, nous recevons en moyenne, quotidiennement, des poèmes de douze nouveaux auteurs. Combien ça fait par an ?

— Je ne peux pas calculer ça de tête, dit Jaromil avec embarras, car le rédacteur insistait.

— Ça fait quatre mille trois cent quatre-vingts nouveaux poètes par an. As-tu envie d'aller à l'étranger ?

— Pourquoi pas ? dit Jaromil.

— Alors continue à écrire, dit le rédacteur. Je suis certain que tôt ou tard nous allons exporter des poètes. D'autres pays exportent des monteurs, des ingénieurs, du blé ou du charbon, mais nous, notre principale richesse, ce sont les poètes lyriques. Les poètes tchèques iront fonder la poésie des pays en voie de développement. En échange de nos poètes, nous pourrons acquérir des noix de coco et des bananes. »

Quelques jours plus tard, maman dit à Jaromil que le fils du concierge de l'école communale était venu le demander à la maison. « Il a dit que tu ailles le voir à la police. Et il m'a chargée de te féliciter pour tes poèmes. »

Jaromil rougit de plaisir : « Il a vraiment dit ça ?

— Oui. Au moment de partir, il m'a dit exactement : “Dites-lui que je le félicite pour ses poèmes. N'oubliez pas de lui faire la commission.”

— Ça me fait très plaisir, oui, très plaisir, dit Jaromil avec une insistance particulière. C'est pour des hommes comme lui que j'écris mes vers. Je n'écris pas pour les rédacteurs. Le menuisier ne fait pas de chaises pour d'autres menuisiers, mais pour des hommes. »

C'est ainsi qu'il franchit un jour le seuil du grand immeuble de la Sûreté nationale, qu'il annonça son nom au concierge armé d'un revolver, qu'il attendit dans le couloir et qu'il serra la main de son ancien camarade de classe qui était descendu et l'accueillait avec joie. Ils allèrent ensuite dans son bureau et le fils du concierge lui répéta pour la quatrième fois :

« Mon vieux, je ne savais pas que j'avais été à l'école avec un homme célèbre. Je me disais toujours, c'est lui ou ce n'est pas lui, mais finalement, je me suis dit que ce n'est pas un nom tellement répandu. »

Puis il conduisit Jaromil dans le couloir vers un grand tableau mural où étaient épinglées plusieurs photographies (on y voyait des policiers s'entraîner avec un chien, avec des armes, avec un parachute), deux circulaires, et au milieu de tout cela une coupure de journal avec un poème de Jaromil ; cette coupure de presse était joliment encadrée d'un trait de crayon rouge et semblait présider à tout le tableau.

« Qu'en dis-tu ? » demanda le fils du concierge et Jaromil ne disait rien ; mais il était heureux ; c'était la première fois qu'il voyait un de ses poèmes vivre d'une vie propre, indépendamment de lui.

Le fils du concierge le prit par le bras et le reconduisit dans son bureau. « Tu vois, tu ne pensais sans doute pas que les policiers lisent aussi des poèmes, dit-il en riant.

— Pourquoi pas ? » dit Jaromil qui était très impressionné à l'idée que ses vers n'étaient pas lus par des vieilles filles mais par des hommes qui portaient un revolver sur la croupe. « Pourquoi pas, il y a une différence entre les policiers d'aujourd'hui et les mercenaires de la république bourgeoise.

— Tu penses sans doute que ça ne va pas ensemble, un flic et la poésie, mais ce n'est pas vrai », reprit le fils du concierge, poursuivant son idée.

Et Jaromil aussi poursuivait son idée : « D'ailleurs, les poètes d'aujourd'hui ne sont plus comme les poètes d'autrefois. Ce ne sont plus de petites femelles gâtées. »

Et le fils du concierge poursuivait toujours le fil de son idée : « C'est justement parce que nous avons un métier si dur (et tu ne peux pas savoir à quel point) que nous avons parfois besoin de quelque chose de délicat. Sans ça, il y a des jours où on ne pourrait pas supporter ce qu'on est obligé de faire ici. »

Ensuite il lui proposa (car son service venait de se terminer) d'aller s'asseoir au café d'en face et ils burent deux ou trois demis. « Mon vieux, ce n'est pas de la rigolade tous les jours, poursuivit-il avec une chope de bière à la main. Tu te rappelles ce que je t'ai dit la dernière fois au sujet de ce Juif ? Il est en tôle. Et c'est une jolie crapule. »

Jaromil ne savait évidemment pas que le type brun qui

dirigeait le cercle de la jeunesse marxiste avait été arrêté ; certes, il se doutait vaguement qu'il y avait des arrestations, mais il ne savait pas qu'on arrêtait les gens par dizaines de milliers, et aussi parmi les communistes, que les détenus étaient torturés et que leurs fautes étaient la plupart du temps imaginaires ; il ne put donc réagir à cette nouvelle que par un simple mouvement de surprise où ne s'exprimait aucune opinion, mais tout de même un peu de stupeur et de compassion, de sorte que le fils du concierge dut affirmer avec vigueur : « Dans ces affaires-là, il n'y a pas à faire de sentimentalité. »

Jaromil s'effraya à la pensée que le fils du concierge lui échappait de nouveau, qu'il était de nouveau plus en avant que lui. « Ne t'étonne pas si j'ai pitié de lui. C'est normal. Mais tu as raison, la sentimentalité pourrait nous coûter cher.

— Terriblement cher, dit le fils du concierge.

— Nul d'entre nous ne veut être cruel, dit Jaromil.

— Ça non, approuva le fils du concierge.

— Mais ce serait commettre la plus grande cruauté que de ne pas avoir le courage d'être cruel envers les cruels, dit Jaromil.

— C'est ça, approuva le fils du concierge.

— Pas de liberté pour les ennemis de la liberté. C'est cruel, je le sais, mais il faut que ce soit comme ça.

— Il le faut, acquiesça le fils du concierge. Je pourrais t'en dire long là-dessus, mais je ne peux et je ne dois rien te dire. Tout ça, ce sont des choses secrètes, mon ami. Même avec ma femme, je ne peux pas parler de ce que je fais ici.

— Je sais, dit Jaromil, je comprends », et de nouveau il enviait à son ancien camarade de classe ce métier viril, ce secret et cette épouse, et aussi qu'il dût avoir devant elle des secrets et qu'elle fût obligée de l'accepter ; il lui enviait la *vie réelle* dont la beauté cruelle (et la belle cruauté) ne cessait de le dépasser (il ne comprenait pas du tout pourquoi on avait arrêté le type brun, il ne savait qu'une chose, qu'il le fallait), il lui enviait la vie réelle où lui-même (il le comprenait une fois de plus amèrement devant son ancien camarade de classe qui avait le même âge que lui) n'était pas encore entré.

Tandis que Jaromil réfléchissait avec envie, le fils du concierge le regardait au fond des yeux (ses lèvres étaient légèrement écartées et souriaient bêtement) et il commença à réciter les vers qu'il avait épinglés au tableau mural ; il connaissait tout le poème par cœur et ne fit pas une seule faute. Jaromil ne savait quelle contenance prendre (son ancien camarade de classe ne le quittait pas un instant des yeux), rougissait (il sentait le ridicule de l'interprétation naïve de son ancien camarade), mais l'heureuse fierté qu'il éprouvait était infiniment plus forte que la gêne : le fils du concierge connaissait et aimait ses vers ! ses poèmes étaient donc entrés dans le monde des hommes, à sa place, avant lui, comme s'ils étaient ses messagers, ses patrouilles avancées ! Ses yeux s'embuèrent de larmes d'autosatisfaction béate ; il en eut honte et baissa la tête.

Le fils du concierge avait achevé sa récitation et regardait encore Jaromil dans les yeux ; puis il expliqua qu'un stage annuel de formation à l'intention de jeunes policiers avait lieu dans une grande et belle villa des environs de Prague et qu'ils y invitaient de temps à autre, pour la soirée, des gens intéressants avec lesquels ils organisaient une discussion. « Nous voudrions aussi inviter quelques poètes, un dimanche. Pour organiser une grande soirée de poésie. »

Ensuite ils burent encore un demi et Jaromil dit : « C'est vraiment bien que ce soit justement la police qui organise une soirée de poésie.

— Et pourquoi pas la police ? Pourquoi pas ?

— Évidemment, pourquoi pas ? dit Jaromil. Police et poésie vont peut-être mieux ensemble que certains ne le pensent.

— Et pourquoi est-ce qu'elles n'iraient pas ensemble ? dit le fils du concierge.

— Pourquoi pas ? dit Jaromil.

— Eh oui, pourquoi pas ? » dit le fils du concierge et il déclara qu'il voudrait voir Jaromil parmi les poètes invités.

Jaromil protesta, mais finit par accepter volontiers. Eh bien ! si la littérature hésitait à tendre à ses vers sa main fragile (malingre), c'était la vie elle-même qui lui tendait sa main (rude et ferme).

6

Regardons encore un instant Jaromil assis devant un demi de bière en face du fils du concierge ; derrière lui, s'étend au loin le monde clos de son enfance, et devant lui, incarné par son ancien camarade de classe, le monde des actes, un monde étranger qu'il redoute et auquel il aspire désespérément.

Ce tableau exprime la situation fondamentale de l'immaturité ; le lyrisme est une tentative de faire face à cette situation : l'homme expulsé de l'enclos protecteur de l'enfance désire entrer dans le monde, mais en même temps, parce qu'il en a peur, il façonne à partir de ses propres vers un monde artificiel et de *remplacement.* Il fait tourner ses poèmes autour de lui comme les planètes autour du soleil ; il devient le centre d'un petit univers où rien n'est étranger, où il se sent chez soi comme l'enfant à l'intérieur de la mère, car ici tout est façonné dans la seule substance de son âme. Ici, il peut ensuite accomplir tout ce qui est si difficile *dehors* ; ici il peut, comme l'étudiant Wolker, marcher avec la foule des prolétaires pour faire la révolution, et, comme le puceau Rimbaud, fouetter ses *petites amoureuses*, parce que cette foule et ces amoureuses ne sont pas façonnées dans la substance hostile d'un monde étranger mais dans la substance de ses propres rêves, ils sont donc lui-même et ne rompent pas l'unité de l'univers qu'il s'est pour lui-même construit.

Vous connaissez peut-être le beau poème de Jiri Orten sur l'enfant qui était heureux à l'intérieur du corps maternel et qui ressent sa naissance comme une mort atroce, *une mort pleine de lumière et de visages effrayants*, et qui veut retourner en arrière, en arrière au-dedans de sa mère, en arrière *dans le très doux parfum.*

Le jeune homme immature porte en lui pendant longtemps une nostalgie de la sécurité et de l'unité de cet univers qu'il emplissait à lui seul tout entier à l'intérieur de sa mère, et il éprouve de l'angoisse (ou de la colère) face au monde adulte de la relativité où il est englouti comme une gouttelette dans un océan d'altérité. C'est pourquoi les jeunes gens sont des monistes passionnés, des messagers de l'absolu ; c'est pourquoi le poète trame l'univers privé de ses poèmes ; c'est pourquoi le jeune révolutionnaire revendique un monde radicalement nouveau forgé d'une seule idée ; c'est pourquoi ils n'admettent pas le compromis, ni en amour ni en politique ; l'étudiant révolté clame à travers l'histoire son *tout ou rien*, et Victor Hugo, à l'âge de vingt ans, se met en fureur en voyant Adèle Foucher, sa fiancée, relever sa jupe sur un trottoir boueux, découvrant sa cheville. *Il me semble que la pudeur est plus précieuse qu'une robe*, lui reproche-t-il ensuite dans une lettre sévère, et il menace : *Prends garde à ce que je te dis ici, si tu ne veux m'exposer à donner un soufflet au premier insolent qui osera se tourner vers toi !*

Le monde des adultes, en entendant cette menace pathétique, éclate de rire. Le poète est blessé par la trahison de la cheville de l'amante et par le rire de la foule, et le drame de la poésie et du monde commence.

Le monde des adultes sait bien que l'absolu n'est qu'un leurre, que rien d'humain n'est grand ou éternel et qu'il est absolument normal que la sœur et le frère dorment dans la même chambre ; mais comme Jaromil se tourmente ! La rousse lui a annoncé que son frère va venir à Prague et loger chez elle pendant une semaine ; elle lui a même demandé de ne pas venir pendant tout ce temps-là. C'est plus qu'il n'en peut supporter et il proteste d'une voix forte : il ne peut quand même pas accepter de renoncer à son amie pendant toute une semaine à cause d'un type (il l'appelait un type avec un orgueil dédaigneux) !

« Qu'est-ce que tu me reproches ? rétorqua la rousse. Je suis plus jeune que toi et c'est toujours chez moi que nous nous voyons. Jamais on ne peut se voir chez toi ! »

Jaromil savait que la rousse avait raison et son amertume en fut encore accrue ; il comprit une fois de plus toute l'humiliation de son manque d'indépendance et, aveuglé par la colère, il annonça le jour même à maman (avec une fermeté sans précédent) qu'il amènerait son amie à la maison parce qu'il ne pouvait pas la voir seule ailleurs.

Comme ils se ressemblent tous deux, la mère et le fils ! Tous deux ont pareillement l'envoûtante nostalgie d'un paradis moniste d'unité et d'harmonie ; il veut *retrouver* le « doux parfum » des entrailles maternelles et elle veut *être* (encore et toujours) ce « doux parfum ». À mesure que son fils mûrissait, elle voulait se déployer autour de lui comme une étreinte éthérée ; elle épousait toutes ses opinions ; elle admirait l'art moderne, elle se réclamait du communisme, elle avait foi dans la gloire de son fils, elle s'indignait de l'hypocrisie des professeurs qui disaient une chose un jour et une autre le lendemain ; elle voulait être toujours autour de lui comme le ciel, elle voulait être toujours de la même substance que lui.

Mais comment pourrait-elle, apôtre de l'harmonieuse unité, accepter la substance étrangère d'une autre femme ?

Jaromil lisait un refus sur le visage de sa mère, et il devenait intraitable. Oui, il voulait bien retourner dans le « doux parfum », il cherchait l'ancien univers maternel, mais il ne le cherchait plus dans sa mère, depuis longtemps ; c'était justement sa mère qui le gênait le plus dans cette recherche de la mère perdue.

Elle comprit que le fils ne céderait pas et elle se soumit ; Jaromil se retrouva seul pour la première fois dans sa chambre avec la rousse, ce qui aurait été certainement bien s'ils n'avaient pas été tous deux si nerveux ; maman était certes allée au cinéma, mais en réalité elle était constamment avec eux ; ils avaient l'impression qu'elle les entendait ; ils parlaient à voix beaucoup plus basse qu'ils n'en avaient l'habitude ; quand Jaromil voulut prendre la rousse dans ses bras, il trouva son corps froid et comprit qu'il valait mieux ne pas insister ; ils bavardèrent donc avec gêne de choses et d'autres, sans cesser de suivre le mouvement de l'aiguille de la pendule qui leur annonçait le retour prochain de la mère ; il était en effet impossible de sortir de la chambre de Jaromil sans passer par sa chambre à elle et la rousse ne voulait à aucun prix la rencontrer ; elle partit donc une demi-heure avant son retour, laissant Jaromil de très mauvaise humeur.

Loin de le décourager, cet échec le rendit encore plus ferme. Il comprit que sa position dans la maison où il vivait était intolérable ; il n'habitait pas chez lui, mais chez sa mère. Cette constatation éveillait en lui une résistance têtue : il invita de nouveau son amie et, cette fois-ci, il l'accueillit avec un bavardage enjoué, au moyen duquel il voulait surmonter l'angoisse qui les avait paralysés la dernière fois. Il avait même une bouteille de vin sur la table et comme ils n'avaient pas l'habitude de l'alcool ils furent bientôt dans une disposition d'esprit où ils parvinrent à oublier l'ombre omniprésente de la mère.

Pendant toute une semaine, elle rentra tard, comme Jaromil le souhaitait, plus tard même qu'il ne le souhaitait. Elle s'absentait de la maison même les jours où il ne le lui demandait pas. Ce n'était pas de la bonne volonté de sa part, et pas davantage une concession sagement réfléchie ; c'était une manifestation. En rentrant tard, elle voulait dénoncer de façon exemplaire la brutalité de son fils, elle voulait montrer que son fils se comportait comme s'il était le maître de la maison où elle n'était que tolérée et où elle n'avait pas même le droit de s'asseoir dans un fauteuil et de lire dans sa chambre quand elle rentrait fatiguée de son travail.

Pendant ces longs après-midi et ces longues soirées où elle s'absentait de la maison, elle n'avait malheureusement pas un seul homme à qui rendre visite, parce que le collègue qui la courtisait autrefois s'était lassé depuis longtemps de sa vaine insistance ; elle allait donc au cinéma, au théâtre, elle essayait (avec peu de succès) de renouer avec quelques amies à moitié oubliées et elle entrait avec un pervers plaisir dans les sentiments amers d'une femme qui, après avoir perdu ses parents et son mari, est expulsée de son foyer par son propre fils. Elle était assise dans une salle obscure, loin d'elle sur l'écran deux inconnus s'embrassaient et des larmes lui coulaient sur les joues.

Un jour elle rentra à la maison un peu plus tôt que de coutume, prête à montrer un visage blessé et à ne pas répondre aux salutations de son fils. En entrant dans sa chambre, elle eut à peine refermé la porte que le sang lui monta à la tête ; de la chambre de Jaromil, donc d'un lieu dont à peine quelques mètres la séparaient, lui parvenaient la respiration haletante de son fils et, mêlé à cette respiration, un râle féminin.

Elle était clouée sur place et en même temps elle comprenait qu'elle ne pouvait pas rester là sans bouger, à écouter ce gémissement d'amour, parce qu'elle avait l'impression d'être à côté d'eux, de les regarder (et à cette minute elle les voyait vraiment en pensée, clairement et distinctement) et c'était absolument insupportable. Elle fut saisie d'un accès de colère insensée, d'autant plus violente qu'elle comprit aussitôt son impuissance, car elle ne pouvait ni taper des pieds, ni crier, ni casser un meuble, ni entrer dans la chambre de Jaromil et les frapper, elle ne pouvait absolument rien faire d'autre que rester ici immobile et les entendre.

Et à ce moment, le peu de raison lucide qui restait en elle

se conjugua avec cet accès de colère aveugle dans une inspiration soudaine et frénétique : quand la rousse, dans la pièce voisine, gémit de nouveau, maman s'écria d'une voix pleine de crainte anxieuse :

« Jaromil, mon Dieu, qu'est-ce qui arrive à ton amie ? »

Les soupirs, dans la pièce voisine, se turent instantanément et maman courut vers l'armoire à pharmacie ; elle y prit une petite bouteille et revint en courant vers la porte de la chambre de Jaromil ; elle saisit la poignée ; la porte était fermée à clé. « Mon Dieu, vous me faites peur, qu'est-ce qui se passe ? Qu'est-ce qui arrive à la demoiselle ? »

Jaromil tenait dans ses bras le corps de la rousse qui tremblait comme une feuille, et il dit : « Mais rien…

— Ton amie a des spasmes ?

— Oui, c'est ça… répondit-il.

— Ouvre, j'ai des gouttes pour elle », dit maman et, de nouveau, elle saisit la poignée de la porte fermée.

« Attends, dit le fils, et il se leva rapidement.

— C'est affreux, ces spasmes, dit maman.

— Une seconde, dit Jaromil, et il enfila à la hâte son pantalon et sa chemise ; il jeta la couverture sur la jeune fille.

— C'est une crise de foie, n'est-ce pas ? demanda maman à travers la porte.

— Oui, dit Jaromil et il entrouvrit la porte pour prendre le flacon de médicament.

— Tu pourrais quand même me laisser entrer », dit maman. Une étrange frénésie la poussait en avant ; elle ne se laissa pas éconduire et elle entra dans la pièce ; la première chose qu'elle aperçut, ce fut un soutien-gorge jeté sur une chaise et d'autres sous-vêtements féminins ; ensuite elle vit la jeune fille ; elle était recroquevillée sous la couverture et vraiment pâle, comme si elle avait eu un malaise.

Maintenant, elle ne pouvait plus reculer ; elle s'assit près d'elle : « Qu'est-ce qui vous est arrivé ? Je rentre à la maison et j'entends de ces gémissements, ma pauvre petite… » Elle versa vingt gouttes sur un morceau de sucre : « Mais je connais ça, les spasmes, prenez ça, ça vous fera tout de suite du bien… » et elle approcha le morceau de sucre des lèvres de la rousse et la jeune fille ouvrit docilement la bouche et la tendit vers le morceau de sucre comme elle l'ouvrait un instant plus tôt et la tendait vers les lèvres de Jaromil.

Elle avait fait irruption, en extase de colère, dans la chambre de son fils, mais à présent il ne restait plus en elle que l'extase seule : elle regardait cette petite bouche qui s'ouvrait tendrement et elle fut brusquement saisie d'une terrible envie d'arracher la couverture du corps de la jeune fille rousse et de l'avoir nue devant elle ; de rompre l'intimité du petit monde clos que formaient la rousse et Jaromil ; de toucher ce qu'il touchait lui ; de le proclamer sien ; de l'occuper ; d'enlacer ces deux corps dans son étreinte éthérée ; de se glisser entre leur nudité si fragilement cachée (il ne lui avait pas échappé que la culotte de gymnastique que Jaromil portait sous son pantalon gisait sur le plancher) ; de se glisser entre eux, insolemment et innocemment, comme s'il s'agissait vraiment d'une crise de foie ; d'être avec eux comme elle était avec Jaromil quand elle le faisait boire à son sein nu ; d'accéder, par la passerelle de cette innocence ambiguë, à leurs jeux et à leurs caresses ; d'être comme un ciel autour de leurs corps nus, d'être avec eux…

Puis elle eut peur de son propre trouble. Elle conseilla à la jeune fille de respirer profondément et elle se retira bien vite dans sa chambre.

7

Un minibus aux portes fermées était garé devant l'immeuble de la Sûreté, et les poètes attendaient le chauffeur. Il y avait parmi eux deux types de la police, organisateurs de la soirée-débat, et aussi, bien entendu, Jaromil ; il connaissait de vue quelques-uns des poètes (par exemple, le sexagénaire qui avait lu un poème sur la jeunesse, quelque temps plus tôt, au meeting de la faculté), mais n'osait adresser la parole à personne. Ses inquiétudes s'étaient un peu apaisées car, quelques jours plus tôt, la revue littéraire avait enfin publié cinq de ses poèmes ; il voyait là une confirmation officielle de son droit à l'appellation de poète ; afin d'être prêt à toute éventualité, il avait la revue dans la poche intérieure de sa veste, ce qui fait que, d'un côté, sa poitrine était mâle et plate et, de l'autre, féminine et saillante.

Le chauffeur arriva et les poètes (ils étaient onze en tout avec Jaromil) montèrent dans le car. Au bout d'une heure de route, le minibus s'arrêta dans un agréable paysage de vacances, les poètes descendirent, les organisateurs leur montrèrent la rivière, le jardin, la villa, leur firent visiter les salles de cours, le grand salon où la soirée solennelle allait commencer dans quelques instants, ils les obligèrent à jeter un coup d'œil dans les chambres à trois lits où habitaient les stagiaires (surpris au milieu de leurs occupations, ceux-ci se mirent au garde-à-vous devant les poètes avec la même discipline qu'ils auraient manifestée devant un contrôle officiel venu vérifier le bon ordre des chambres) et finalement les conduisirent dans le bureau du chef. Des sandwiches les y attendaient, ainsi que deux bouteilles de vin, le chef en uniforme et, comme si tout cela ne suffisait pas, une jeune femme extrêmement belle. Quand ils eurent l'un après l'autre serré la main du chef et grommelé leur nom, le chef leur présenta la jeune femme : « C'est l'animatrice de notre cercle de cinéma », et il expliqua ensuite aux onze poètes (qui serrèrent l'un après l'autre la main de la jeune femme) que la police populaire avait son club d'entreprise où elle participait à d'intenses activités culturelles ; ils avaient un théâtre d'amateurs, une chorale d'amateurs et ils venaient de fonder un cercle de cinéma avec pour animatrice cette jeune femme qui était étudiante à l'École des hautes études cinématographiques et en même temps assez aimable pour bien vouloir aider les jeunes policiers ; au demeurant, ils avaient ici les meilleures conditions : une excellente caméra, toutes sortes de projecteurs et surtout des jeunes hommes enthousiastes, bien que le chef ne pût dire s'ils s'intéressaient davantage au cinéma ou à l'animatrice.

Après avoir serré la main de tous les poètes, la jeune cinéaste fit signe à deux jeunes gars debout près de grands projecteurs ; les poètes et le directeur mâchaient leurs sandwiches sous l'éclat d'une vive lumière. Leur conversation, que le chef s'efforçait de rendre aussi naturelle que possible, était interrompue par les instructions de la jeune femme qui étaient suivies d'un déplacement des projecteurs et ensuite du léger bourdonnement de la caméra. Puis le chef remercia les poètes d'être venus, regarda sa montre et dit que le public attendait avec impatience.

« Eh bien, camarades poètes, je vous en prie, prenez place », dit l'un des organisateurs et il lut les noms sur une feuille de papier ; les poètes se mirent en rang et, quand l'organisateur leur fit signe, ils montèrent sur l'estrade ; il y avait là une longue table où chaque poète avait une chaise et une place marquée d'une plaque avec son nom. Les poètes s'assirent sur les chaises et la salle (où toutes les places étaient occupées) retentit d'applaudissements.

C'était la première fois que Jaromil défilait et que la foule le voyait ; il était en proie à une sensation d'ivresse qui ne le quitta pas jusqu'à la fin de la soirée. D'ailleurs, tout réussissait magnifiquement ; quand les poètes se furent assis sur les chaises qui leur étaient destinées, l'un des organisateurs s'approcha du pupitre installé à l'extrémité de la table, souhaita la bienvenue aux onze poètes et les présenta. Chaque fois qu'il prononçait un nom, le poète se levait, saluait et la salle applaudissait. Jaromil aussi se leva et salua, et il fut à ce point stupéfait par les applaudissements qu'il ne remarqua pas tout de suite le fils du concierge qui était assis au premier rang et lui faisait signe ; il lui fit signe à son tour et ce geste accompli sur l'estrade aux yeux de tous lui fit sentir le charme d'un naturel factice, de sorte qu'ensuite, pendant la soirée, il fit signe plusieurs fois à son camarade, comme quelqu'un qui se sent à l'aise sur la scène et comme chez soi.

Les poètes étaient assis dans l'ordre alphabétique et Jaromil se trouva à côté du sexagénaire : « Mon ami, c'est une surprise, je ne savais pas du tout que c'était vous ! Vous avez eu des poèmes publiés récemment dans une revue ! » Jaromil sourit poliment et le poète reprit : « J'ai retenu votre nom, ce sont des vers excellents, ils m'ont fait une grande joie ! », mais, à ce moment-là, l'organisateur reprit la parole et invita les poètes à venir au micro dans l'ordre alphabétique et à réciter successivement quelques-uns de leurs derniers poèmes.

Donc, les poètes venaient au micro, récitaient, recueillaient des applaudissements et retournaient à leur place. Jaromil attendait son tour avec anxiété ; il avait peur de bafouiller, il avait peur de ne pas savoir prendre le ton de voix qu'il fallait, il avait peur de tout ; mais ensuite il se leva et il fut comme ébloui ; il n'eut même pas le temps de réfléchir. Il commença à lire et, dès les premiers vers, il se sentit sûr de lui. Et de fait, les applaudissements qui suivirent son premier poème furent les plus longs qu'on eût entendus jusqu'à présent dans la salle.

Les applaudissements enhardirent Jaromil qui lut son deuxième poème avec plus d'assurance encore que le premier et il ne se sentit nullement gêné quand deux projecteurs s'allumèrent à proximité et l'inondèrent de lumière, tandis que la caméra se mettait à ronronner à dix mètres de lui. Il faisait semblant de ne rien remarquer, il n'hésita même pas dans sa récitation, il parvint même à lever les yeux de sa feuille de papier et à regarder, non seulement l'espace indistinct de la salle, mais un point tout à fait distinct où (à quelques pas de la caméra) se tenait la jolie cinéaste. Puis il y eut encore des applaudissements et Jaromil lut deux autres poèmes, il entendait le ronronnement de la caméra et voyait le visage de la cinéaste ; puis il salua et retourna à sa place ; à ce moment, le sexagénaire se leva de sa chaise et, inclinant solennellement la tête en arrière, il ouvrit les bras et les referma sur les épaules de Jaromil : « Mon ami, vous êtes un poète, vous êtes un poète ! » et comme les applaudissements ne cessaient pas, il se tourna lui-même vers la salle, leva la main et s'inclina.

Quand le onzième poète eut fini de réciter ses vers, l'organisateur remonta sur l'estrade, remercia tous les poètes et annonça qu'après une brève interruption, ceux que cela intéressait pourraient revenir dans la même salle et discuter avec les poètes. « Cette discussion n'est pas obligatoire ; seuls ceux que cela intéresse sont invités à y participer. »

Jaromil était grisé ; tous les gens lui serraient la main et se rassemblaient autour de lui ; un des poètes se présenta comme lecteur d'une maison d'édition, s'étonna que Jaromil n'eût encore aucun recueil de vers publié et lui en demanda un ; un autre l'invita cordialement à participer à un meeting organisé par l'Union des étudiants ; et bien entendu, le fils du concierge vint à son tour le rejoindre, et ensuite il ne le quitta pas un instant, montrant clairement à tous qu'ils se connaissaient depuis l'enfance ; puis le chef en personne s'approcha et dit : « J'ai bien l'impression qu'aujourd'hui c'est au plus jeune que vont les lauriers de la victoire ! »

Puis il déclara, se tournant vers les autres poètes, qu'à son grand regret il ne pourrait pas participer à la discussion car il devait assister à un bal organisé par les stagiaires de l'école, qui allait commencer dans une salle voisine, immédiatement après le récital de poésie. Beaucoup de jeunes filles des villages alentour, ajouta-t-il avec un sourire gourmand, étaient venues pour cette circonstance car les hommes de la police étaient de fameux don Juans. « Eh bien, camarades, je vous remercie de vos beaux vers et j'espère que ce n'est pas la dernière fois que nous vous voyons ! » Il serra la main des poètes et partit dans la salle voisine d'où parvenait déjà, comme une invitation à la danse, la musique d'une fanfare.

Dans la salle où quelques instants plus tôt retentissaient de bruyants applaudissements, le petit groupe excité des poètes se retrouva seul au pied de l'estrade ; l'un des organisateurs monta sur l'estrade et annonça : « Chers camarades, la pause est terminée et je donne de nouveau la parole à nos invités. Je demande à ceux qui veulent participer à la discussion avec les camarades poètes de s'asseoir. »

Les poètes regagnèrent leurs places sur l'estrade et une dizaine de personnes vinrent s'asseoir en bas en face d'eux au premier rang de la salle vide : il y avait parmi elles le fils du concierge, les deux organisateurs qui avaient accompagné les poètes en minibus, un vieux monsieur avec une jambe de bois et une béquille, quelques autres personnes moins voyantes et aussi deux femmes : l'une approchait de la cinquantaine (sans doute une dactylo), l'autre était la cinéaste qui avait achevé de tourner et fixait maintenant ses grands yeux paisibles sur les poètes ; la présence d'une jolie femme était d'autant plus remarquable dans la salle et d'autant plus stimulante pour les poètes qu'à travers le mur leur parvenaient d'une pièce voisine, de plus en plus sonores et tentateurs, la musique de la fanfare et le vacarme croissant du bal.

Les deux rangées assises face à face étaient à peu près égales en nombre et faisaient songer à deux équipes de football ; Jaromil se dit que le silence qui s'était établi était le silence qui précède un affrontement ; et comme ce silence durait déjà depuis presque trente secondes, il estima que le onze poétique perdait les premiers points.

Mais Jaromil sous-estimait ses coéquipiers ; au cours de l'année, plusieurs d'entre eux avaient en effet participé à une centaine de discussions publiques qui étaient devenues leur principal domaine d'activité, leur spécialisation et leur art. Rappelons ce détail historique : c'était alors la période des discussions et des meetings ; les institutions les plus diverses, les clubs d'entreprise, les comités du Parti et de l'Union de la jeunesse organisaient des soirées auxquelles étaient conviés des peintres, poètes, astronomes ou économistes de toutes sortes ; les organisateurs de ces soirées étaient ensuite dûment notés et récompensés pour leurs initiatives, car l'époque exigeait une activité révolutionnaire et, celle-ci ne pouvant s'exercer sur les barricades, il fallait bien qu'elle s'épanouît dans des réunions et discussions. Et aussi, les peintres, poètes, astronomes ou économistes de toutes sortes participaient bien volontiers à ce genre de soirées, car ils montraient ainsi qu'ils n'étaient pas des spécialistes bornés, mais des spécialistes révolutionnaires et liés au peuple.

Les poètes connaissaient donc fort bien les questions que posait le public, ils savaient fort bien qu'elles se répétaient avec la stupéfiante régularité de la probabilité statistique. Ils savaient que quelqu'un allait certainement leur demander : camarade, comment avez-vous commencé à écrire ? Ils savaient que quelqu'un d'autre leur demanderait : à quel âge avez-vous écrit votre premier poème ? Ils savaient que quelqu'un leur demanderait aussi quel était leur auteur préféré, et qu'il fallait aussi s'attendre à ce qu'un membre de l'assistance, désireux de faire briller sa culture marxiste, leur pose la question : camarade, comment définirais-tu le réalisme socialiste ? et ils savaient aussi qu'on leur adresserait, en plus des questions, quelques rappels à l'ordre pour les inviter à écrire davantage de vers 1° sur la profession de ceux avec qui avait lieu la discussion, 2° sur les jeunes, 3° sur la dureté de la vie à l'époque du capitalisme, et 4° sur l'amour.

La demi-minute de silence inaugurale n'était donc pas le résultat d'un embarras quelconque ; c'était plutôt de la négligence de la part des poètes qui connaissaient trop bien la routine ; ou bien, une mauvaise coordination, parce que les poètes ne s'étaient encore jamais produits dans cette formation et que chacun voulait laisser à l'autre le privilège du premier tir. Le poète sexagénaire prit enfin la parole. Il parlait avec aisance et emphase et après dix minutes d'improvisation il invita la rangée d'en face à poser sans crainte des questions. De sorte que les poètes purent enfin déployer leur éloquence et leur habileté dans un jeu d'équipe improvisé qui, dès lors, fut sans défaut : ils savaient se relayer, se compléter avec à-propos, faire promptement alterner une réponse sérieuse et une anecdote. Évidemment, toutes les questions essentielles furent posées et toutes les réponses essentielles y furent apportées (qui eût écouté sans intérêt le sexagénaire, à qui l'on avait demandé comment et quand il avait écrit son premier poème, expliquer que sans la chatte Mitsou il n'eût jamais été poète, car c'était elle qui lui avait inspiré son premier poème à l'âge de cinq ans ; après quoi, il récita ce poème et, comme la rangée d'en face ne savait pas s'il était sérieux ou s'il plaisantait, il s'empressa de rire le premier, et ensuite tout le monde, les poètes et le public, rit longuement et de bon cœur).

Et bien entendu, il y eut aussi des rappels à l'ordre. Le fils du concierge en personne se leva et parla d'abondance. Oui, la soirée poétique avait été remarquable et tous les poèmes étaient de premier ordre, mais quelqu'un avait-il songé que sur les trente-trois poèmes au moins que l'on avait entendus (si l'on comptait que chaque poète avait récité à peu près trois poèmes), il n'y avait pas une seule poésie qui eût pour thème, de près ou de loin, le corps de la Sûreté nationale ? Et pourtant, pouvait-on prétendre que la Sûreté occupe dans la vie nationale une place inférieure à un trente-troisième ?

Ensuite, la quinquagénaire se leva et dit qu'elle approuvait tout à fait ce qu'avait dit le camarade de classe de Jaromil, mais que sa question était toute différente : pourquoi écrivait-on si peu sur l'amour à présent ? Un rire étouffé se fit entendre dans le public et la quinquagénaire poursuivit : Même en régime socialiste, dit-elle, les gens s'aiment et lisent volontiers quelque chose sur l'amour.

Le poète sexagénaire se leva, inclina la tête en arrière et dit que la camarade avait tout à fait raison. Fallait-il, en régime socialiste, rougir d'aimer ? Était-ce quelque chose de mal ? C'était un homme âgé, mais il n'avait pas honte d'avouer que, quand il voyait des femmes vêtues de minces robes d'été sous lesquelles on devinait leurs corps jeunes et charmants, il ne pouvait s'empêcher de se retourner. La rangée des onze interrogateurs fit entendre le rire complice des luxurieux et le poète, ainsi encouragé, poursuivit : que devait-il offrir à ces femmes jeunes et jolies ? un marteau avec de l'asparagus, peut-être ? et quand il les invitait chez lui, devait-il mettre une faucille dans un vase à fleurs ? nullement, il leur offrait des roses ; la poésie amoureuse était comme les roses qu'on offrait aux femmes.

Oui, oui, s'enthousiasmait la quinquagénaire, approuvant avec ferveur le poète, et celui-ci sortit un papier de sa poche intérieure et se mit à réciter un long poème d'amour.

Oui, oui, c'est magnifique, opinait la quinquagénaire, mais ensuite l'un des organisateurs se leva et dit que ces vers étaient certainement beaux mais que cependant, même dans un poème d'amour, il devait être évident que le poème était écrit par un poète socialiste.

Mais en quoi cela peut-il être évident ? demanda la quinquagénaire encore fascinée par la tête pathétiquement inclinée du vieux poète et par son poème.

Pendant tout ce temps Jaromil se taisait, bien que tous les autres eussent déjà pris la parole, et il savait qu'il devait prendre à son tour la parole ; il se dit que c'était le moment ; c'était là une question à laquelle il réfléchissait depuis longtemps ; oui, depuis l'époque où il fréquentait le peintre et où il écoutait docilement ses discours sur l'art moderne et le monde nouveau. Hélas ! c'est de nouveau le peintre qui s'exprime par la bouche de Jaromil, ce sont de nouveau ses paroles et sa voix qui sortent des lèvres de Jaromil !

Que disait-il ? Que l'amour, dans l'ancienne société, était à ce point déformé par le souci de l'argent, par les considérations sociales, par les préjugés, qu'en réalité il ne pouvait jamais être lui-même, qu'il n'était que l'ombre de lui-même. C'était seulement l'époque nouvelle, en balayant le pouvoir de l'argent et l'influence des préjugés, qui rendrait l'homme pleinement humain et l'amour plus grand qu'il n'avait jamais été dans le passé. La poésie d'amour socialiste était donc l'expression de ce grand sentiment libéré.

Jaromil était satisfait de ce qu'il disait et voyait les grands yeux de la cinéaste, deux yeux noirs qui, immobiles, le regardaient ; il pensa que les mots « grand amour », « sentiment libéré » allaient, comme un voilier, de sa bouche au havre de ces grands yeux.

Mais quand il eut terminé, l'un des poètes sourit ironiquement et dit : « Crois-tu vraiment que le sentiment amoureux soit plus puissant dans tes poèmes que dans les poèmes de Heinrich Heine ? Ou bien les amours de Victor Hugo sont-elles trop petites pour toi ? L'amour chez Macha ou chez Neruda* était-il mutilé par l'argent et les préjugés ? »

C'était la tuile. Jaromil ne savait pas ce qu'il fallait répondre ; il rougit et vit devant lui deux grands yeux noirs, témoins de sa débâcle.

La quinquagénaire accueillit avec satisfaction les questions sarcastiques du collègue de Jaromil et dit : « Qu'est-ce que vous voulez changer à l'amour, camarades ? L'amour sera toujours le même jusqu'à la fin des temps. »

De nouveau, l'organisateur intervint : « Ça non, camarade. Certainement pas !

* Karel Hynek Macha et Jan Neruda : poètes tchèques du XIXe siècle.

— Non, ce n'est pas ce que je voulais dire, dit aussitôt le poète. Mais la différence entre la poésie amoureuse d'hier et d'aujourd'hui ne tient pas à l'intensité des sentiments.

— Alors, à quoi tient-elle ? demanda la quinquagénaire.

— Eh bien, voici : autrefois l'amour, même le plus grand, était toujours un moyen de fuir, un moyen d'échapper à une vie sociale, qui était répugnante. Par contre l'amour, chez l'homme d'aujourd'hui, est lié à ses devoirs sociaux, à son travail, à son combat, avec lesquels il forme un tout. C'est en cela que réside sa beauté *nouvelle.* »

La rangée d'en face exprima son accord avec le jugement du collègue de Jaromil, mais celui-ci éclata d'un rire mauvais : « Cette beauté-là, cher ami, n'a rien de bien nouveau. Est-ce que les classiques aussi ne menaient pas une vie où l'amour était en parfaite harmonie avec leur combat social ? Les amants de l'illustre poème de Shelley sont tous deux des révolutionnaires et périssent ensemble sur le bûcher. C'est peut-être ça que tu appelles un amour coupé de la vie sociale ? »

Le pire était que, pareil à Jaromil qui quelques instants plus tôt ne savait que répondre aux objections de son collègue, son collègue séchait à son tour, ce qui risquait de donner l'impression (impression inadmissible) qu'il n'y avait pas de différence entre le passé et le présent et que le monde nouveau n'existait pas. D'ailleurs, la quinquagénaire se leva et demanda avec un sourire interrogateur : « Alors, dites-moi en quoi consiste la différence entre l'amour d'hier et l'amour d'aujourd'hui ? »

C'est à ce moment décisif, où tout le monde se trouvait dans une impasse, qu'intervint l'homme à la jambe de bois et à la béquille ; pendant tout ce temps, il avait suivi le débat avec attention, bien qu'avec une impatience visible ; cette fois il se leva et, prenant solidement appui sur une chaise : « Chers camarades, permettez-moi de me présenter », dit-il, et les gens de sa rangée protestèrent aussitôt, criant que ce n'était pas la peine, qu'on le connaissait bien. Mais il les interrompit : « Ce n'est pas à vous que je me présente, mais aux camarades que nous avons invités à la discussion », et comme il savait que son nom ne dirait rien aux poètes, il leur raconta brièvement toute sa biographie : il était concierge dans cette villa depuis près de trente ans ; il y était déjà du temps de l'industriel Kocvara, qui avait ici sa résidence d'été ; il y était aussi pendant la guerre, où l'industriel avait été arrêté et où la villa servait de maison de vacances à la Gestapo ; après la guerre, la villa avait été confisquée par le parti chrétien, et à présent la police y était installée. « Eh bien, après tout ce que j'ai vu, je peux dire qu'aucun gouvernement ne s'occupe aussi bien des travailleurs que le gouvernement communiste. » Évidemment, aujourd'hui non plus, tout n'était pas parfait : « Du temps de l'industriel Kocvara, du temps de la Gestapo et du temps des chrétiens, l'arrêt de l'autocar avait toujours été en face de la villa. » Oui, c'était très commode, et il n'avait lui-même qu'une dizaine de pas à faire entre l'arrêt du car et son logement au sous-sol de la villa. Mais voilà qu'on avait déplacé l'arrêt deux cents mètres plus loin ! Il avait déjà protesté partout où on pouvait protester. Tout était absolument inutile. « Dites-moi pourquoi, dit-il en tapant par terre avec sa béquille, maintenant que la villa appartient aux travailleurs, il faut que l'arrêt du car soit si loin ? »

Les gens du premier rang répliquèrent (en partie avec impatience, en partie avec un certain amusement) qu'on lui avait déjà expliqué cent fois que l'autocar s'arrêtait maintenant devant l'usine qui avait été construite entre-temps.

L'homme à la jambe de bois répondit qu'il le savait bien, mais qu'il avait proposé que l'autocar s'arrête aux deux endroits.

Les gens du premier rang lui répondirent qu'il serait stupide que l'autocar s'arrête tous les deux cents mètres.

Le mot « stupide » offensa l'homme à la jambe de bois ; il déclara que personne n'avait le droit de lui parler comme ça ; il tapait par terre avec sa béquille et devenait cramoisi. D'ailleurs, ce n'était pas vrai, l'autocar pouvait très bien avoir des arrêts à deux cents mètres de distance. Il savait parfaitement que, sur d'autres lignes d'autocar, les arrêts étaient aussi rapprochés.

L'un des organisateurs se leva et cita mot pour mot à l'homme à la jambe de bois (il avait déjà dû le faire plus d'une fois) l'arrêté de la société tchécoslovaque des transports routiers, qui interdisait expressément les arrêts à des intervalles si rapprochés.

L'homme à la jambe de bois répondit qu'il avait proposé une solution de compromis ; il serait possible de placer l'arrêt exactement à mi-chemin entre la villa et l'usine.

Mais on lui fit observer qu'à ce moment-là l'arrêt serait éloigné et pour les ouvriers et pour les policiers.

La discussion durait depuis une vingtaine de minutes et les poètes tentaient vainement d'intervenir dans le débat ; le public se passionnait pour un sujet qu'il connaissait à fond et ne leur laissait pas la parole. Quand l'homme à la jambe de bois, écœuré par la résistance de ses collègues, se rassit sur sa chaise avec un air vexé, le silence s'établit enfin, mais il fut aussitôt envahi par la musique de la fanfare qui s'échappait de la pièce voisine.

Ensuite, personne ne dit rien pendant un long moment et l'un des organisateurs se leva enfin et remercia les poètes de leur visite et de l'intéressante discussion. Au nom des visiteurs, le poète sexagénaire se leva et dit que la discussion (comme toujours d'ailleurs) avait été certainement beaucoup plus enrichissante pour eux, les poètes, que pour leurs hôtes, qu'ils remerciaient.

De la salle voisine parvenait la voix d'un chanteur, le public se rassembla autour de l'homme à la jambe de bois pour apaiser sa colère, et les poètes restèrent seuls. Au bout d'un instant, le fils du concierge les rejoignit avec les deux organisateurs et les raccompagna jusqu'au minibus.

8

Dans le minibus qui les reconduisait à Prague il y avait, en plus des poètes, la belle cinéaste. Les poètes l'entouraient et chacun faisait de son mieux pour attirer son intérêt. Jaromil avait malheureusement un siège trop éloigné du sien pour pouvoir participer à ce jeu ; il songeait à sa rousse et comprenait avec une certitude sans appel qu'elle était irrémédiablement laide.

Puis le minibus s'arrêta quelque part au centre de Prague et quelques poètes décidèrent de passer encore un moment dans un bar. Jaromil et la cinéaste y allèrent avec eux ; ils s'assirent à une grande table, parlèrent, burent, et quand ils sortirent du bar, la cinéaste leur proposa de venir chez elle. Mais il ne restait plus qu'une poignée de poètes : Jaromil, le poète sexagénaire et le lecteur de la maison d'édition. Ils s'installèrent dans des fauteuils, dans une jolie chambre au premier étage d'une villa moderne où la jeune femme habitait en sous-location, et ils se remirent à boire.

Le vieux poète se consacrait à la cinéaste avec une ardeur inégalable. Il s'asseyait à côté d'elle, faisait l'éloge de sa beauté, lui récitait des poèmes, improvisait des odes poétiques en l'honneur de ses charmes, par moments il s'agenouillait à ses pieds et lui prenait les mains. Le lecteur de la maison d'édition, presque avec une égale ardeur, se consacrait à Jaromil ; certes, il ne faisait pas l'éloge de sa beauté, mais il répétait un nombre incalculable de fois : *tu es un poète, tu es un poète !* (Notons en passant que lorsqu'un poète qualifie quelqu'un de poète, ce n'est pas la même chose que lorsque nous appelons ingénieur un ingénieur ou paysan un paysan, parce que le paysan est celui qui cultive la terre, tandis que le poète n'est pas celui qui écrit des vers mais celui — souvenons-nous de ce mot ! — qui est *élu* pour les écrire et seul un poète peut reconnaître avec certitude chez un autre poète ce contact de la grâce, car — souvenons-nous de cette lettre de Rimbaud — *tous les poètes sont frères* et seul un frère peut reconnaître chez un frère le signe secret de la famille.)

La cinéaste, devant qui le sexagénaire s'agenouillait et dont les mains étaient victimes de ses attouchements assidus, ne quittait pas des yeux Jaromil. Celui-ci ne tarda pas à s'en apercevoir, il en était charmé et ne la quittait pas non plus des yeux. C'était un joli rectangle ! Le vieux poète contemplait la cinéaste, le lecteur Jaromil, Jaromil et la cinéaste se contemplaient l'un l'autre.

Cette géométrie des regards ne fut rompue qu'une seule fois, quand le lecteur prit Jaromil par le bras et l'entraîna sur un balcon qui était contigu à la chambre ; il lui proposa d'uriner avec lui dans la cour par-dessus la balustrade. Jaromil lui donna volontiers satisfaction, car il voulait que le lecteur n'oublie pas sa promesse de lui publier une plaquette.

Quand ils revinrent tous deux du balcon, le vieux poète, qui était à genoux, se leva et dit qu'il était temps de s'en aller ; il voyait fort bien que ce n'était pas lui que la jeune femme désirait. Puis il proposa au lecteur (celui-ci était beaucoup moins attentif et attentionné) de laisser enfin seuls ceux qui désiraient l'être et méritaient de l'être car, c'était ainsi que les appelait le vieux poète, ils étaient le prince et la princesse de cette soirée.

Enfin, le lecteur avait compris de quoi il retournait et il était prêt à partir, déjà le vieux poète le prenait par le bras et l'entraînait vers la porte et Jaromil voyait qu'il allait rester seul avec la jeune femme qui était assise dans un large fauteuil avec les jambes croisées au-dessous d'elle, avec ses cheveux noirs défaits et ses yeux immobiles fixés sur lui…

L'histoire de deux êtres qui sont sur le point de devenir amants est si éternelle que nous pouvons presque oublier l'époque où elle a lieu. Comme il est agréable de raconter ces sortes d'aventures ! Comme il serait délicieux de l'oublier, celle qui a épuisé la sève de nos courtes vies pour l'asservir à ses inutiles travaux, comme il serait beau d'oublier l'Histoire !

Mais voici que son spectre frappe à la porte et entre dans le récit. Il n'entre pas sous l'apparence de la police secrète, ou sous l'apparence d'une soudaine révolution ; l'Histoire ne chemine pas seulement sur les cimes dramatiques de la vie, mais elle imprègne aussi comme une eau sale la vie quotidienne ; elle entre dans notre récit sous l'aspect d'un caleçon.

Au pays de Jaromil, à l'époque dont nous parlons, l'élégance était un délit politique ; les vêtements que l'on portait alors (au demeurant, la guerre n'était terminée que depuis quelques années et il y avait encore pénurie) étaient très laids ; et l'élégance en matière de lingerie était considérée par cette époque austère comme un luxe franchement criminel ! Les hommes que gênait la laideur des caleçons qui étaient alors en vente (de larges caleçons qui descendaient jusqu'aux genoux et qui étaient agrémentés d'une ouverture comique sur le ventre) portaient, à la place, de petites culottes en toile destinées à la pratique du sport, c'est-à-dire aux stades et aux gymnases. C'était une chose étrange : à cette époque, en Bohême, les hommes entraient dans le lit de leur maîtresse en tenue de footballeurs, ils allaient chez leur maîtresse comme on va sur le stade, mais du point de vue de l'élégance ce n'était pas si mal : les culottes de gymnastique avaient une certaine élégance sportive et elles étaient de couleur gaie — bleu, vert, rouge, jaune.

Jaromil ne s'occupait pas de son habillement, car sa mère en prenait soin ; elle lui choisissait ses vêtements, elle lui choisissait son linge, elle veillait à ce qu'il ne prît pas froid et à ce qu'il portât des caleçons suffisamment chauds. Elle savait exactement combien de caleçons étaient rangés dans son tiroir à linge et il lui suffisait de jeter un coup d'œil dans l'armoire pour savoir lequel Jaromil portait ce jour-là. Quand elle voyait qu'il ne manquait pas un seul caleçon dans le tiroir, elle se mettait aussitôt en colère ; elle n'aimait pas que Jaromil porte une culotte de gymnastique, car elle estimait qu'une culotte de gymnastique n'est pas un caleçon et n'est destinée qu'à la salle de gymnastique. Quand Jaromil protestait, disant que les caleçons étaient laids, elle lui répondait avec une secrète irritation qu'il ne se montrait sans doute à personne en caleçon. Et quand Jaromil allait chez la jeune fille rousse, il ne manquait pas d'enlever un caleçon du tiroir à linge, de le cacher dans un tiroir de son bureau et de revêtir clandestinement une culotte de gymnastique.

Seulement, ce jour-là, il ne savait pas ce que la soirée lui réserverait et il portait un caleçon affreusement laid, épais, usé, gris sale !

Vous direz que c'était une mince complication, qu'il pouvait par exemple éteindre la lumière pour qu'on ne le voie pas. Hélas, il y avait dans la chambre une lampe de chevet à abat-jour rose, cette lampe était allumée et elle semblait attendre impatiemment d'éclairer les caresses des deux amants, et Jaromil ne pouvait imaginer les mots qu'il devrait dire pour inciter la jeune femme à l'éteindre.

Ou bien, vous allez peut-être remarquer que Jaromil pouvait enlever ensemble son vilain caleçon et son pantalon. Seulement, Jaromil n'imaginait même pas qu'il pût enlever en même temps son caleçon et son pantalon, parce qu'il ne se déshabillait jamais de cette façon-là ; un bond aussi brusque dans la nudité l'effrayait ; il se dévêtait toujours par morceaux et caressait longuement la rousse, vêtu de sa culotte de gymnastique, qu'il n'enlevait que sous le couvert de l'excitation.

Il restait donc épouvanté devant les grands yeux noirs et il annonça qu'il devait partir lui aussi.

Le vieux poète se mit presque en colère ; il lui dit qu'il ne devait pas offenser une femme et lui dépeignit tout bas les voluptés qui l'attendaient ; mais ces paroles ne faisaient que le convaincre davantage encore de la misère de son caleçon. Il voyait les splendides yeux noirs et, le cœur déchiré, reculait vers la porte.

À peine dans la rue, il fut saisi de regrets ; il ne pouvait chasser l'image de cette fille splendide. Et le vieux poète (ils avaient pris congé du lecteur à la station de tram et ils marchaient seuls à présent dans les rues noires) le tourmentait, car il ne cessait de lui reprocher d'avoir offensé la jeune femme et de s'être conduit stupidement.

Jaromil dit au poète qu'il ne voulait pas offenser la jeune femme, mais qu'il aimait son amie qui l'aimait à la folie.

Vous êtes naïf, lui dit le vieux poète. Vous êtes poète, vous êtes un amant de la vie, vous ne ferez pas de mal à votre amie en couchant avec une autre ; la vie est brève et les occasions perdues ne se retrouvent pas.

C'était pénible à entendre. Jaromil répondit au vieux poète qu'à son avis un seul grand amour où nous mettons tout ce qu'il y a en nous vaut mieux que mille amours éphémères ; qu'en son amie, il possédait toutes les femmes ; que son amie était si diverse, que son amour était si infini, qu'il pouvait vivre avec elle plus d'aventures inattendues qu'un don Juan avec mille et trois femmes.

Le vieux poète s'arrêta ; les paroles de Jaromil l'avaient visiblement touché : « Vous avez peut-être raison, dit-il. Seulement je suis un vieil homme et j'appartiens au vieux monde. Je vous avoue que, bien que je sois marié, j'aurais follement aimé rester chez cette femme à votre place. »

Comme Jaromil poursuivait ses réflexions sur la grandeur de l'amour monogame, le vieux poète inclina la tête en arrière : « Ah, vous avez peut-être raison, mon ami, vous avez même certainement raison. Est-ce que je n'ai pas rêvé, moi aussi, d'un grand amour ? D'un seul et unique amour ? D'un amour infini comme l'univers ? Seulement, je l'ai gaspillé, mon ami, parce que dans ce vieux monde, le monde de l'argent et des putains, le grand amour était condamné. »

Ils étaient tous les deux ivres et le vieux poète passa son bras autour des épaules du jeune poète et s'arrêta avec lui au milieu des rails du tram. Il leva les bras en l'air et s'écria : « Que périsse le vieux monde ! Que vive le grand amour ! »

Jaromil trouvait cela grandiose, bohème et poétique, et tous deux crièrent avec enthousiasme et longuement, dans les rues noires de Prague : « Que périsse le vieux monde ! Que vive le grand amour ! »

Puis le vieux poète s'agenouilla sur les pavés devant Jaromil et lui baisa la main : « Mon ami, je rends hommage à ta jeunesse ! Ma vieillesse rend hommage à ta jeunesse, parce que seule la jeunesse sauvera le monde ! » Puis il se tut un instant et, touchant de sa tête nue les genoux de Jaromil, il ajouta d'une voix très mélancolique : « Et je rends hommage à ton grand amour. »

Ils se séparèrent enfin et Jaromil se retrouva chez lui dans sa chambre. Et, devant ses yeux, reparut l'image de cette belle femme dont il s'était privé. Poussé par un désir d'autopunition, il alla se regarder dans la glace. Il retira son pantalon pour se voir dans son caleçon hideux, usé ; il contempla longuement et avec haine sa laideur comique.

Puis il comprit que ce n'était pas à lui qu'il pensait avec haine. Il pensait à sa mère ; à sa mère qui lui répartissait son linge, à sa mère dont il devait se cacher pour mettre une culotte de gymnastique et dissimuler son caleçon dans son bureau, il pensait à sa mère qui était au courant de chacune de ses chaussettes et de chacune de ses chemises. Il pensait avec haine à sa mère qui le tenait à l'extrémité d'une longue laisse dont le collier s'incrustait dans son cou.

9

Depuis ce soir-là, il était encore plus cruel avec la petite rousse ; bien sûr, cette cruauté s'enveloppait du manteau solennel de l'amour : Comment, elle ne comprenait pas ce qui le préoccupait en ce moment ? Comment, elle ne savait pas dans quel état d'esprit il était ? Lui était-elle à ce point étrangère qu'elle n'avait aucune idée de ce qui se passait au fond de lui ? Si elle l'aimait vraiment, comme il l'aimait lui-même, elle devrait au moins le deviner ! Comment, elle s'intéressait à des choses qui ne l'intéressaient pas ? Comment, elle lui parlait constamment de son frère et encore d'un autre frère et d'une sœur et encore d'une autre sœur ? Elle ne sentait donc pas que Jaromil avait de gros soucis, qu'il avait besoin de sa participation et de sa compréhension et qu'il n'avait que faire de ses éternels bavardages égocentriques ?

Évidemment, la petite se défendait. Pourquoi, par exemple, ne pouvait-elle pas parler de sa famille ? Est-ce que Jaromil ne parlait pas de la sienne ? Et est-ce que sa mère était pire que celle de Jaromil ? Et elle lui rappela (pour la première fois depuis ce jour-là) que sa mère avait fait irruption dans la chambre de Jaromil et lui avait fourré dans la bouche un morceau de sucre avec des gouttes.

Jaromil haïssait et aimait sa mère ; devant la rousse, il prit aussitôt sa défense : avait-elle fait quelque chose de mal en voulant la soigner ? cela montrait seulement qu'elle l'aimait bien, qu'elle l'avait acceptée dans la famille !

La rousse se mit à rire : la mère de Jaromil n'était tout de même pas stupide au point de confondre des gémissements d'amour et les soupirs de quelqu'un qui a mal au foie ! Jaromil fut vexé et se tut, et la petite dut lui demander pardon.

Un jour qu'ils se promenaient dans la rue, que la rousse lui donnait le bras et que tous deux se taisaient obstinément (quand ils ne se faisaient pas de reproches, ils se taisaient, et quand ils ne se taisaient pas, ils se faisaient des reproches), Jaromil aperçut tout à coup deux jolies femmes qui venaient à leur rencontre. L'une était jeune, l'autre plus âgée ; la jeune était plus élégante et plus belle mais (à la grande surprise de Jaromil) la plus âgée aussi était très élégante et étonnamment jolie. Jaromil connaissait les deux femmes : la plus jeune était la cinéaste et la plus âgée était sa mère.

Il rougit et salua. Les deux femmes le saluèrent également (maman avec une ostensible gaieté) et pour Jaromil, d'être vu avec cette gamine pas jolie, ce fut comme si la belle cinéaste l'avait surpris dans son hideux caleçon.

Chez lui, il demanda à maman d'où elle connaissait la cinéaste. Et maman lui répondit, avec une capricieuse coquetterie, qu'elle la connaissait depuis pas mal de temps. Jaromil continua de l'interroger, mais maman se dérobait toujours ; c'était comme un amant qui interroge sa maîtresse sur un détail intime et, pour aiguiser sa curiosité, elle tarde à lui répondre ; elle finit tout de même par lui apprendre que cette femme sympathique lui avait rendu visite une quinzaine de jours plus tôt. Elle admirait beaucoup la poésie de Jaromil et voulait tourner un court métrage sur lui ; ce serait un film d'amateur qui serait produit sous les auspices du club de la Sûreté nationale, et qui était donc assuré d'un public assez nombreux.

« Pourquoi est-elle venue te voir ? Pourquoi ne s'est-elle pas adressée directement à moi ? » s'étonna Jaromil.

Elle ne voulait pas le déranger, paraît-il, et elle voulait apprendre le plus de choses possible par la mère de Jaromil. D'ailleurs, qui en sait plus qu'une mère sur son fils ? Et cette jeune femme était si gentille qu'elle avait demandé à la mère de collaborer au scénario ; oui, elles avaient conçu en commun un scénario sur le jeune poète.

« Pourquoi ne m'avez-vous rien dit ? demanda Jaromil, qui trouvait instinctivement déplaisante l'alliance de sa mère et de la cinéaste.

— Nous avons eu la malchance de te rencontrer. Nous avions décidé toutes les deux de te faire une surprise. Un beau jour, tu serais rentré à la maison et tu aurais trouvé les cinéastes avec la caméra. »

Qu'est-ce que Jaromil pouvait faire ? Un jour il rentra chez lui et tendit la main à la jeune femme chez qui il s'était trouvé quelques semaines plus tôt, et il se sentait aussi pitoyable que ce soir-là, bien qu'il portât une culotte de gymnastique rouge sous son pantalon. Depuis la soirée poétique chez les policiers il ne mettait plus jamais les affreux caleçons, seulement, dès qu'il était devant la cinéaste, il y avait toujours quelqu'un pour tenir leur rôle : quand il l'avait rencontrée dans la rue avec sa mère, il s'était vu avec les cheveux roux de son amie enroulés autour de lui, tel un caleçon hideux ; et, cette fois-ci, le caleçon clownesque était remplacé par les phrases coquettes et le bavardage crispé de sa mère.

La cinéaste déclara (personne n'avait demandé l'avis de Jaromil) qu'on allait photographier le matériel documentaire, les photographies d'enfance à propos desquelles maman dirait un commentaire car, comme les deux femmes le lui annoncèrent en passant, tout le film était conçu comme un récit de la mère sur son fils poète. Il voulait demander ce que maman allait dire, mais il redoutait de l'apprendre ; il rougit. Dans la pièce, outre Jaromil et les deux femmes, il y avait trois types avec une caméra et deux grands projecteurs ; il avait l'impression que ces types l'observaient et souriaient d'un air hostile ; il n'osait pas parler.

« Vous avez de splendides photographies d'enfance, j'aimerais bien les utiliser toutes, dit la cinéaste en feuilletant l'album de famille.

— Ça rendra sur l'écran ? » demanda maman en spécialiste, et la cinéaste l'assura qu'elle n'avait rien à craindre ; puis elle expliqua à Jaromil que la première séquence du film consisterait en un montage de ces photographies, à propos desquelles maman raconterait ses souvenirs sans être vue sur l'écran. Ensuite on verrait maman en personne et, après seulement, le poète ; le poète dans sa maison natale, le poète en train d'écrire, le poète dans le jardin parmi les fleurs, et enfin le poète dans la nature, là où il allait avec le plus de plaisir ; c'était là-bas, dans son coin préféré, au milieu d'un vaste paysage, qu'il réciterait le poème par lequel le film se terminerait. (« Et qu'est-ce que c'est, mon coin préféré ? » demanda-t-il d'un air buté ; il apprit que son coin préféré était ce paysage romantique des environs de Prague où le sol était vallonné et hérissé de rochers. « Comment ? Je déteste ce coin-là », répliqua-t-il, mais personne ne le prenait au sérieux.)

Le scénario déplaisait à Jaromil et il dit qu'il voulait encore y travailler lui-même ; il fit observer qu'il y avait là pas mal de choses conventionnelles (il était quand même ridicule de montrer les photographies d'un gosse de un an !) ; il affirma qu'il y avait des problèmes plus intéressants qu'il serait sans doute utile d'aborder ; les deux femmes lui demandèrent ce qu'il avait en vue et il répondit qu'il ne pouvait pas le dire de but en blanc et qu'il préférait qu'on attende un peu pour tourner le film.

Il voulait à tout prix retarder le tournage, mais il n'obtint pas gain de cause. Maman lui enlaça les épaules et dit à sa brune collaboratrice : « Vous voyez ! C'est mon éternel insatisfait ! Il n'est jamais content… » Puis elle s'inclina tendrement sur le visage de Jaromil : « N'est-ce pas que c'est vrai ? » Jaromil ne répondait pas et elle répétait : « N'est-ce pas que c'est vrai, que tu es mon petit insatisfait ? Dis que c'est vrai ! »

La cinéaste dit que l'insatisfaction est une vertu de la part d'un auteur, mais que cette fois-ci ce n'était pas lui l'auteur, mais elles deux, et qu'elles étaient prêtes à assumer tous les risques ; il n'avait qu'à les laisser réaliser le film comme elles l'entendaient de même qu'elles le laissaient écrire ses poèmes à sa guise.

Et maman ajouta que Jaromil ne devait pas craindre que le film lui fît du tort, car toutes deux, maman et la cinéaste, l'avaient conçu avec la plus grande sympathie à son égard ; elle dit cela d'un ton charmeur et il est difficile de dire si son charme s'adressait à Jaromil plutôt qu'à sa nouvelle amie.

En tout cas, elle faisait du charme. Jaromil ne l'avait jamais vue comme ça ; elle était allée le matin même chez le coiffeur et elle s'était visiblement fait coiffer jeune ; elle parlait plus fort que de coutume, riait constamment, utilisait toutes les tournures spirituelles qu'elle avait apprises dans sa vie, et elle jouait avec délectation son rôle de maîtresse de maison, apportant des tasses de café aux hommes debout près des projecteurs. Elle s'adressait à la cinéaste aux yeux noirs avec la voyante familiarité d'une amie (pour se ranger ainsi dans le même groupe d'âge) tout en enlaçant avec indulgence les épaules de Jaromil et en le traitant de petit insatisfait (pour le renvoyer ainsi à son pucelage, à son enfance, à ses couches). (Ah, le beau spectacle qu'ils nous offrent, ces deux-là, ils sont face à face et se repoussent mutuellement : elle le pousse dans ses couches et il la pousse dans la tombe, ah, le beau spectacle qu'ils nous offrent, ces deux-là...)

Jaromil abdiqua ; il savait que les deux femmes étaient lancées comme des locomotives et qu'il n'était pas de taille à résister à leur éloquence ; il voyait les trois hommes près des projecteurs et de la caméra, et il se dit que c'était un public sardonique qui se mettrait à siffler à chacun de ses faux pas ; c'est pourquoi il parlait presque à voix basse, tandis que les deux femmes lui répondaient d'une voix forte pour que le public les entendît, car la présence du public était un avantage pour elles et un désavantage pour lui. Donc, il leur dit qu'il se soumettrait et il voulut se retirer ; mais elles répliquèrent (toujours en faisant du charme) qu'il devait rester ; il leur ferait plaisir, disaient-elles, en assistant à leur travail ; donc il passait quelques instants à regarder le cameraman photographier différentes photos de l'album, puis il repartait dans sa chambre, où il faisait semblant de lire ou de travailler ; des réflexions confuses se succédaient dans son esprit ; il s'efforçait de trouver un avantage dans cette situation si entièrement désavantageuse et il pensa que la cinéaste, peut-être, avait eu l'idée de ce tournage pour entrer en contact avec lui ; il se dit que sa mère n'était qu'un obstacle qu'il fallait patiemment contourner ; il s'efforçait de se calmer et de réfléchir, pour trouver le moyen d'utiliser à son profit ce ridicule tournage, c'est-à-dire de réparer l'échec qui le tourmentait depuis la nuit où il avait quitté stupidement la chambre de la cinéaste ; il s'efforçait de surmonter sa timidité et il allait de temps à autre jeter un coup d'œil dans la pièce voisine pour voir comment progressait le tournage, afin que se répète, une fois au moins, leur contemplation réciproque, ce long regard immobile qui l'avait tant séduit chez la cinéaste ; mais cette fois-ci, la cinéaste était indifférente et absorbée par son travail, et leurs regards ne se rencontraient que rarement et fugitivement ; il renonça donc à ses tentatives, résolu à proposer à la cinéaste de la raccompagner quand le travail serait achevé.

Quand les trois hommes descendirent pour ranger la caméra et les projecteurs dans une fourgonnette, il sortit de sa chambre. Et il entendit sa mère qui disait à la cinéaste : « Viens, je vais te raccompagner. On pourrait peut-être prendre quelque chose en route. »

Pendant l'après-midi de travail, tandis qu'il s'enfermait dans sa chambre, les deux femmes avaient commencé à se tutoyer ! Quand il le comprit, ce fut comme si on venait de lui souffler sa maîtresse sous le nez. Il prit froidement congé de la cinéaste et quand les deux femmes furent sorties il sortit à son tour et se dirigea rapidement et coléreusement vers l'immeuble où habitait la rousse ; elle n'était pas chez elle ; il faisait les cent pas depuis près d'une demi-heure devant la maison, d'une humeur de plus en plus maussade, quand il la vit enfin ; le visage de la jeune fille exprimait une joyeuse surprise et le visage de Jaromil de cruels reproches ; comment, elle n'était pas chez elle ! comment, elle n'avait pas pensé qu'il allait sans doute venir ! où était-elle allée pour rentrer si tard ?

Elle avait à peine refermé la porte qu'il lui arrachait sa robe ; ensuite il lui fit l'amour en imaginant que celle qui était couchée sous lui était la femme aux yeux noirs ; il entendait les soupirs de la rousse et comme il voyait en même temps des yeux noirs, il eut l'impression que ces soupirs appartenaient à ces yeux et il en fut si excité qu'il lui fit l'amour plusieurs fois de suite, mais jamais pendant plus de quelques secondes. Pour la jeune fille rousse, c'était quelque chose de si inhabituel qu'elle se mit à rire ; seulement, Jaromil était particulièrement sensible à l'ironie ce jour-là, et l'indulgence amicale qu'il y avait dans le rire de la rousse lui échappa ; il était vexé et il lui donna une paire de claques ; elle se mit à pleurer ; ce fut comme un baume pour Jaromil ; elle pleurait et il la frappait ; les pleurs d'une femme que nous faisons pleurer, c'est la rédemption ; c'est Jésus-Christ agonisant pour nous sur la croix ; Jaromil se réjouit un instant du spectacle des larmes de la rousse, puis il les baisa sur son visage, la consola et rentra chez lui, plutôt rasséréné.

Deux jours plus tard le tournage reprit ; de nouveau la fourgonnette stoppa, trois hommes (ce public hostile) en descendirent, et avec eux la jolie fille dont il avait entendu les soupirs l'avant-veille chez la rousse ; et, bien sûr, il y avait aussi maman, de plus en plus jeune, semblable à un instrument de musique qui grondait, tonnait, riait, s'échappait de l'orchestre pour jouer un solo.

Cette fois-ci, l'objectif de la caméra devait être braqué directement sur Jaromil ; il fallait le montrer dans son milieu familier, à sa table de travail, dans le jardin (car Jaromil aimait, paraît-il, le jardin, il aimait les plates-bandes, les pelouses, les fleurs) ; il fallait le montrer avec sa mère qui, rappelons-le, avait enregistré un long commentaire sur lui. La cinéaste les fit asseoir sur un banc dans le jardin et contraignit Jaromil à bavarder avec sa mère sans cesser d'être naturel ; l'apprentissage du naturel durait depuis une heure et maman ne se départait pas un instant de son entrain ; elle disait toujours quelque chose (dans le film on ne devait rien entendre de ce qu'ils disaient, leur conversation muette devait avoir pour accompagnement le commentaire maternel) et quand elle constata que l'expression de Jaromil n'était pas assez souriante, elle commença à lui expliquer qu'il n'était pas facile d'être la mère d'un garçon comme lui, d'un garçon timide et solitaire qui a toujours le trac.

Ensuite ils prirent place dans la fourgonnette et ils se rendirent dans ce coin romantique des environs de Prague où Jaromil, sa mère en était persuadée, avait été conçu. Elle était trop prude pour avoir jamais osé dire à personne pour quelle raison ce paysage lui était si cher ; elle ne voulait pas le dire, tout en voulant le dire, et elle disait donc devant tout le monde, avec une ambiguïté crispée, que ce paysage-là avait toujours représenté personnellement pour elle le paysage de l'amour, le paysage sensuel par excellence. « Regardez comme la terre est ondulée, elle ressemble à une femme, à ses courbes, à ses formes maternelles ! Et regardez ces rochers, ces blocs de rochers dressés à l'écart, gigantesques ! N'y a-t-il pas quelque chose de viril dans ces rochers en surplomb, abrupts, verticaux ? N'est-ce pas le paysage de l'homme et de la femme ? N'est-ce pas un paysage érotique ? »

Jaromil avait envie de se révolter ; il voulait leur dire que leur film était une sottise ; il sentait que se cabrait en lui l'orgueil d'un homme qui sait ce qu'est le bon goût ; il était sans doute capable de faire un petit scandale raté ou, tout au moins, de s'enfuir, comme il l'avait fait à la baignade de la

Vltava, mais cette fois-ci il ne le pouvait pas ; il y avait les yeux noirs de la cinéaste et il était sans force devant eux ; il craignait de les perdre une deuxième fois ; ces yeux lui barraient le chemin de la fuite.

Puis on le planta près d'un grand rocher devant lequel il devait réciter son poème préféré. Maman était au comble de l'excitation. Il y avait si longtemps qu'elle n'était venue ici ! Exactement là où elle avait fait l'amour avec un jeune ingénieur, un dimanche matin, il y avait de cela des années, exactement là, se dressait maintenant son fils ; comme s'il avait poussé là après des années comme un champignon ; (ah oui, comme si les enfants venaient au monde comme des champignons là où les parents ont lâché leur semence !) ; maman était transportée à la vue de cet étrange, de ce beau, de cet impossible champignon qui récitait d'une voix chevrotante des vers où il disait qu'il voulait mourir dans les flammes.

Jaromil sentait qu'il récitait très mal, mais il ne pouvait faire autrement ; il avait beau se répéter qu'il n'avait pas le trac, que l'autre soir, dans la villa de la police, il avait magistralement et splendidement récité, ici c'était plus fort que lui ; planté devant cet absurde rocher, dans cet absurde paysage, pris de panique à l'idée qu'un Praguois pourrait venir ici pour sortir son chien ou promener sa petite amie (voyez-vous, il avait les mêmes frayeurs que sa mère vingt ans plus tôt !), il était incapable de se concentrer, et les mots qu'il disait il les prononçait avec difficulté et sans naturel.

Elles l'obligèrent à répéter plusieurs fois de suite son poème, mais elles finirent par renoncer. « Il aura toujours le trac ! soupira maman. Au lycée déjà, il tremblait à chaque composition ; combien de fois a-t-il fallu que je l'envoie en classe de force parce qu'il avait le trac ! »

La cinéaste dit qu'un acteur pourrait réciter le poème en postsynchronisation et qu'il suffirait que Jaromil se tienne devant le rocher et qu'il ouvre la bouche sans rien dire.

C'est ce qu'il fit.

« Nom d'une pipe ! lui cria la cinéaste, avec impatience cette fois. Il faut ouvrir la bouche correctement, comme si vous récitiez votre poème, pas n'importe comment. L'acteur récitera le poème en suivant les mouvements de vos lèvres ! »

Donc, Jaromil était devant le rocher, il ouvrait la bouche (docilement et correctement) et la caméra ronronnait enfin.

10

Avant-hier il était dehors devant la caméra en manteau léger, et, aujourd'hui, il avait dû mettre un manteau d'hiver, une écharpe et un chapeau ; il avait neigé. Ils avaient rendez-vous à six heures devant chez elle. Mais il était six heures un quart et la rousse n'arrivait pas.

Un retard de quelques minutes n'est certainement rien de grave ; mais Jaromil, après toutes les humiliations qu'il avait subies ces derniers jours, ne pouvait plus supporter le plus léger affront ; il devait faire les cent pas devant l'immeuble dans la rue pleine de monde où chacun pouvait voir qu'il attendait quelqu'un qui n'était pas pressé de le rejoindre, ce qui rendait publique sa défaite.

Il n'osait regarder sa montre, de peur que ce geste trop éloquent ne le dénonçât aux yeux de toute la rue comme un amoureux qu'on fait inutilement attendre ; il tira légèrement la manche de son pardessus et la glissa sous le bracelet de sa montre pour suivre discrètement les aiguilles ; quand il constata qu'il était déjà six heures vingt, il se sentit presque frénétique : comment, il arrivait toujours aux rendez-vous avant l'heure fixée, et elle, plus bête et plus laide, elle arrivait toujours en retard ?

Elle arriva enfin et vit le visage de pierre de Jaromil. Ils entrèrent dans la chambre, s'assirent et la petite commença à présenter des excuses : elle venait de chez une copine, dit-elle. Elle ne pouvait rien trouver de pire. Bien entendu, rien n'aurait pu la justifier, à plus forte raison une copine qui était pour Jaromil l'incarnation de l'insignifiance. Il dit à la rousse qu'il comprenait fort bien l'importance de ses distractions avec sa copine ; c'est pourquoi il lui suggérait de retourner chez elle.

La petite comprit que ça allait mal ; elle dit qu'elle avait parlé de choses très sérieuses avec sa copine ; celle-ci s'apprêtait à quitter son ami ; c'était très triste, paraît-il, la copine pleurait, la petite rousse voulait la calmer et elle n'avait pu partir avant de l'avoir consolée.

Jaromil dit qu'il était très généreux de sa part d'avoir séché les larmes de sa copine. Mais qui allait sécher les larmes de la petite rousse quand Jaromil l'aurait quittée, parce qu'il refusait de continuer à voir une fille pour qui les larmes stupides d'une copine stupide comptaient plus que lui ?

La petite se rendit compte que ça allait de mal en pis ; elle dit à Jaromil qu'elle s'excusait, qu'elle regrettait, qu'elle demandait pardon.

Mais c'était peu pour l'appétit insatiable de son humiliation ; il répliqua que les excuses ne changeaient rien à sa certitude : ce que la jeune fille rousse appelait l'amour n'était pas de l'amour ; non, dit-il, réfutant d'avance les objections, ce n'était pas par mesquinerie qu'il tirait des conclusions extrêmes d'un épisode apparemment banal ; c'étaient précisément ces petits détails qui révélaient le fond des sentiments de la rousse envers Jaromil ; cette inadmissible légèreté, cette insouciance naturelle avec lesquelles elle traitait Jaromil, exactement comme s'il était une copine, un client du magasin, un passant rencontré dans la rue ! Qu'elle n'ait plus jamais l'impudence de lui dire qu'elle l'aimait ! Son amour n'était qu'une piètre imitation de l'amour !

La petite voyait que les choses tournaient au pire. Elle tenta d'interrompre par un baiser la tristesse haineuse de Jaromil ; il la repoussa presque brutalement ; elle en profita pour tomber à genoux et elle pressa sa tête contre le ventre de son ami ; un moment il hésita, puis il la releva et la pria froidement de ne pas le toucher.

La haine qui lui montait à la tête comme un alcool était belle et le fascinait ; elle le fascinait d'autant plus qu'elle lui revenait, répercutée par la jeune fille, et qu'elle le blessait à son tour ; c'était une colère autodestructrice, car il savait bien qu'en repoussant la jeune fille rousse il repoussait la seule femme qu'il eût au monde ; il sentait bien que sa colère était injustifiée et qu'il était injuste avec la petite ; mais c'était sans doute de le savoir qui le rendait plus cruel encore, car ce qui l'attirait, c'était l'abîme ; l'abîme de l'esseulement, l'abîme de l'autocondamnation ; il savait qu'il ne serait pas heureux sans son amie (il serait seul) et qu'il ne serait pas content de lui non plus (il aurait conscience d'avoir été injuste), mais ce savoir ne pouvait rien contre la splendide griserie de la colère. Il annonça à son amie que ce qu'il venait de dire ne valait pas seulement pour cet instant, mais pour toujours : il ne voulait plus jamais être touché par sa main.

Ce n'était pas la première fois que la jeune fille affrontait la colère et la jalousie de Jaromil ; mais cette fois-ci, elle percevait dans sa voix une obstination presque frénétique ; elle sentait que Jaromil était capable de faire n'importe quoi pour rassasier son incompréhensible fureur. Aussi, presque au dernier moment, presque au bord de l'abîme, elle dit : « Je t'en supplie, ne te mets pas en colère. Ne te mets pas en colère, je t'ai menti. Je n'étais pas chez une copine. »

Il en fut déconcerté : « Où étais-tu alors ?

— Tu vas être furieux, tu ne l'aimes pas, je n'y peux rien, mais il fallait que j'aille le voir.

— Alors, chez qui étais-tu ?

— Chez mon frère. Celui qui a logé chez moi. »

Il était révolté : « Qu'as-tu toujours besoin d'être fourrée avec lui ?

— Ne te fâche pas, il n'est rien pour moi, auprès de toi il ne compte pas du tout pour moi, mais comprends-moi, c'est quand même mon frère, nous avons grandi ensemble pendant quinze ans. Il part. Pour longtemps. Il fallait bien que je lui dise adieu. »

Ces adieux sentimentaux avec le frère lui déplaisaient : « Où va ton frère, pour que tu éprouves le besoin de lui dire adieu si longuement que tu oublies tout le reste ? Il part en mission pour une semaine ? Ou il va passer le dimanche à la campagne ? »

Non, il n'allait ni à la campagne ni en mission ; c'était quelque chose de beaucoup plus grave et elle ne pouvait pas le dire à Jaromil parce qu'elle savait qu'il serait furieux.

« Et c'est ça que tu appelles m'aimer ? Me cacher quelque chose que je n'approuve pas ? Avoir des secrets que tu me caches ? »

Oui, la jeune fille savait fort bien que s'aimer c'est tout se dire ; mais Jaromil devait la comprendre : elle avait peur, elle avait simplement peur…

« Qu'est-ce que ça peut être, pour que tu aies peur ? Où va ton frère pour que tu aies peur de le dire ? »

Est-ce que Jaromil ne s'en doutait vraiment pas ? Il ne pouvait vraiment pas deviner de quoi il s'agissait ?

Non, Jaromil ne pouvait pas deviner (et en ce moment sa colère boitait derrière sa curiosité).

La jeune fille finit par avouer : son frère avait décidé de

passer la frontière, clandestinement, en fraude, illégalement ; demain il serait déjà à l'étranger.

Comment ? Son frère voulait abandonner notre jeune république socialiste ? Son frère voulait trahir la révolution ? Son frère voulait devenir un émigré ? Elle ne savait donc pas ce que cela voulait dire, un émigré ? Elle ne savait donc pas que tout émigré devient automatiquement un agent des services d'espionnage étrangers qui veulent anéantir notre pays ?

La petite acquiesçait et approuvait. Son instinct lui disait que Jaromil lui pardonnerait beaucoup plus facilement la trahison de son frère qu'un quart d'heure d'attente. C'est pourquoi elle acquiesçait et disait qu'elle approuvait tout ce que disait Jaromil.

« Qu'est-ce que ça veut dire que tu es d'accord avec moi ? Il fallait le dissuader ! Il fallait le retenir ! »

Oui, elle avait essayé de dissuader son frère ; elle avait fait tout ce qu'elle avait pu pour le dissuader ; maintenant, Jaromil comprenait sans doute pourquoi elle était arrivée en retard ; maintenant, Jaromil pouvait sans doute lui pardonner.

Jaromil lui dit qu'il lui pardonnait son retard ; mais il ne pouvait pas lui pardonner son frère qui s'apprêtait à partir pour l'étranger : « Ton frère est de l'autre côté de la barricade. C'est mon ennemi personnel. Si la guerre éclate, ton frère me tirera dessus et moi sur lui. T'en rends-tu compte ?

— Oui, je m'en rends compte, disait la petite rousse et elle l'assurait qu'elle serait toujours du même côté que lui ; de son côté et jamais avec personne d'autre.

— Comment peux-tu dire que tu es de mon côté ? Si tu étais vraiment de mon côté, tu n'aurais jamais laissé partir ton frère !

— Qu'est-ce que je pouvais faire ? Comme si j'avais la force de le retenir !

— Il fallait venir me trouver immédiatement et moi j'aurais su quoi faire. Mais au lieu de ça, tu as menti ! Tu as prétendu que tu étais chez une copine ! Tu voulais m'induire en erreur ! Et tu prétends que tu es de mon côté. »

Elle lui jura qu'elle était vraiment de son côté et qu'elle le resterait quoi qu'il advienne.

« Si c'était vrai ce que tu dis, tu aurais appelé la police ! »

La police, comment ? Elle ne pouvait quand même pas

dénoncer son propre frère à la police ! C'était quand même impossible !

Jaromil ne supportait pas la contradiction : « Comment ça, impossible ? Si ce n'est pas toi qui appelles la police, je l'appellerai moi-même ! »

La jeune fille affirma de nouveau qu'un frère est un frère et qu'il était inconcevable qu'elle le dénonce à la police.

« Donc, tu tiens plus à ton frère qu'à moi ? »

Certainement pas ! mais ce n'était pas une raison pour aller dénoncer son frère.

« L'amour signifie tout ou rien. L'amour est total ou n'est pas. Moi, je suis de ce côté-ci et il est de l'autre côté. Toi, tu dois être avec moi et pas quelque part au milieu, entre nous. Et si tu es avec moi, tu dois faire ce que moi je fais, vouloir ce que moi je veux. Pour moi, le sort de la révolution est mon sort personnel. Si quelqu'un agit contre la révolution, il agit contre moi. Si mes ennemis ne sont pas tes ennemis, alors tu es mon ennemie. »

Non, non, elle n'était pas son ennemie ; elle voulait être avec lui, en toute chose et en tout ; elle savait bien, elle aussi, que l'amour signifie tout ou rien.

« Oui, l'amour signifie tout ou rien. Auprès du véritable amour, tout pâlit, tout le reste n'est rien. »

Oui, elle était absolument d'accord, oui, c'était exactement ce qu'elle ressentait.

« Le véritable amour est absolument sourd à ce que peut dire le reste du monde, c'est justement à cela qu'on le reconnaît. Seulement toi, tu es toujours prête à écouter ce que te disent les gens, tu es toujours pleine d'égards pour les autres, tellement pleine d'égards que moi, tu me piétines. »

Mais non, certainement pas, elle ne voulait pas le piétiner, mais elle craignait de faire du mal, beaucoup de mal à son frère qui ensuite le payerait très cher.

« Et après ? S'il le paye cher, ce sera justice. Tu as peur de lui, peut-être ? As-tu peur de rompre avec lui ? As-tu peur de rompre avec ta famille ? Veux-tu rester toute ta vie collée à ta famille ? Si tu savais comme je déteste ton affreuse petitesse, ton atroce incapacité d'aimer ! »

Non, il n'était pas vrai qu'elle fût incapable d'aimer ; elle l'aimait de toutes ses forces.

« Oui, tu m'aimes de toutes tes forces, reprit-il avec amertume, mais tu n'as pas la force d'aimer ! Tu en es absolument incapable ! »

De nouveau, elle jura que ce n'était pas vrai.

« Tu pourrais vivre sans moi ? »

Elle jura qu'elle ne le pourrait pas.

« Tu pourrais vivre, si je mourais ? »

Non, non, non.

« Tu pourrais vivre, si je t'abandonnais ? »

Non, non, non. Elle hochait la tête.

Que pouvait-il exiger de plus ? Sa colère retomba et ne laissa derrière elle qu'un grand trouble ; soudain leur mort était avec eux ; une douce, très douce mort qu'ils se promettaient mutuellement, si l'un se retrouvait un jour abandonné de l'autre. D'une voix brisée par l'émotion, il dit : « Moi non plus, je ne pourrais pas vivre sans toi. » Et elle répétait qu'elle ne pourrait pas vivre et ne vivrait pas sans lui, et ils se répétaient tous deux cette phrase et ils la répétèrent si longuement qu'ils finirent par succomber à une grande fascination brumeuse ; ils avaient arraché leurs vêtements et ils s'aimaient ; tout à coup, il sentit sous sa main l'humidité des larmes qui coulaient sur le visage de la rousse ; c'était merveilleux ; c'était une chose qui ne lui était encore jamais arrivée, qu'une femme pleure d'amour pour lui ; les larmes étaient pour lui cette substance en laquelle l'homme se dissout quand il ne veut pas se contenter d'être un homme et qu'il désire s'affranchir des limites de sa nature ; il lui semblait que l'homme, par le truchement d'une larme, échappe à sa nature matérielle, à ses limites, qu'il se confond avec les lointains et devient immensité. Il était formidablement ému par l'humidité des larmes, et il sentit soudain qu'il pleurait aussi ; ils s'aimaient et ils étaient trempés sur tout le corps et sur tout le visage, ils s'aimaient et à vrai dire ils se dissolvaient, leurs humeurs se mêlaient et confluaient comme les eaux de deux rivières, ils pleuraient et ils s'aimaient et ils étaient à cet instant en dehors du monde, ils étaient comme un lac qui s'est détaché de la terre et s'élève vers le ciel.

Puis ils restèrent paisiblement étendus côte à côte et se caressèrent encore longuement et tendrement le visage ; la petite avait ses cheveux roux agglutinés en filaments grotesques et le visage rougi ; elle était laide, et Jaromil se souvint de son poème, où il avait écrit qu'il voulait tout boire de ce qu'il y avait en elle : et ses anciennes amours, et sa laideur, et ses cheveux roux collés, et la crasse de ses taches de son ; il lui répétait qu'il l'aimait et elle lui répétait la même chose.

Et comme il ne voulait pas renoncer à cet instant d'assouvissement absolu, qui le fascinait par la promesse mutuelle de la mort, il dit encore une fois : « C'est vrai, je ne pourrais pas vivre sans toi, je ne pourrais pas vivre sans toi.

— Moi aussi je serais terriblement triste, si je ne t'avais pas. Terriblement. »

Il fut aussitôt sur ses gardes : « Donc tu peux quand même imaginer que tu parviendrais à vivre sans moi ? »

La petite ne devinait pas le piège tendu derrière ces paroles. « Je serais affreusement triste.

— Mais tu pourrais vivre.

— Qu'est-ce que je pourrais faire, si tu me quittais ? Mais je serais affreusement triste. »

Jaromil comprit qu'il était victime d'un malentendu. La rousse ne lui promettait pas sa mort ; et quand elle disait qu'elle ne pourrait pas vivre sans lui, ce n'était qu'une supercherie amoureuse, qu'une ornementation verbale, qu'une métaphore. La pauvre sotte, elle ne saisit pas du tout de quoi il retourne ; elle lui promet sa tristesse, à lui qui ne connaît que des critères absolus, tout ou rien, la vie ou la mort. Plein d'une ironie amère, il lui demanda : « Pendant combien de temps serais-tu triste ? Pendant une journée ? Ou même pendant une semaine ?

— Une semaine ? dit-elle avec amertume. Voyons, mon Xavichou, une semaine… Bien plus longtemps que ça, voyons ! » Elle se pressait contre lui pour lui indiquer, par le contact de son corps, que ce n'était pas en semaines que se mesurerait sa tristesse.

Et Jaromil réfléchissait : Que valait au juste son amour ? Quelques semaines de tristesse ? Bon. Et qu'est-ce que c'était que la tristesse ? Un peu de cafard, un peu de langueur. Et qu'est-ce que c'était qu'une semaine de tristesse ? On n'était jamais triste sans interruption. Elle serait triste pendant quelques minutes dans la journée, pendant quelques minutes dans la soirée ; combien cela faisait-il de minutes en tout ? Combien de minutes de tristesse pesait son amour ? À combien de minutes de tristesse était-il estimé ?

Jaromil se représentait sa mort et il se représentait la vie de la rousse, une vie indifférente, inchangée, qui se dressait froidement et gaiement, au-dessus de son non-être.

Il n'avait plus envie de reprendre le dialogue exacerbé de la jalousie ; il entendait sa voix qui lui demandait pourquoi il était triste, et il ne répondait pas ; la tendresse de cette voix était un baume inutile.

Il se leva et s'habilla ; il n'était même plus méchant avec elle ; elle continuait de lui demander pourquoi il était triste et, en guise de réponse, il lui caressait mélancoliquement le visage. Puis il dit en la regardant attentivement dans les yeux : « Iras-tu toi-même à la police ? »

Elle pensait que leur acte d'amour merveilleux avait définitivement apaisé le courroux de Jaromil contre son frère ; la question de Jaromil la prit au dépourvu et elle ne sut que répondre.

De nouveau (tristement et calmement) il demanda : « Iras-tu toi-même à la police ? »

Elle bredouilla quelque chose ; elle voulait le convaincre de renoncer à son dessein, mais elle craignait de le dire clairement. Pourtant, le sens évasif de son bredouillage était évident, de sorte que Jaromil dit : « Je te comprends de ne pas avoir envie d'y aller. Eh bien ! Je m'en occuperai moi-même » et de nouveau (d'un geste, compatissant, triste, désappointé), il lui caressa le visage.

Elle était déconcertée et ne savait que dire. Ils s'embrassèrent et il partit.

Le lendemain matin, quand il se réveilla, maman était déjà sortie. De bonne heure, pendant qu'il dormait encore, elle avait posé sur sa chaise une chemise, une cravate, un pantalon, une veste, et aussi, bien entendu, un caleçon. Il était impossible de rompre cette habitude qui durait depuis vingt ans et Jaromil l'acceptait toujours passivement. Mais ce jour-là, en voyant le caleçon beige clair plié sur la chaise, avec ces longues jambes pendantes, avec cette grande ouverture sur le ventre, qui était une invitation pompeuse à uriner, il fut saisi d'une rage solennelle.

Oui, ce matin-là, il se leva comme on se lève pour une grande journée décisive. Il tenait le caleçon et l'examinait entre ses mains tendues ; il l'examinait avec une haine presque amoureuse ; puis il prit l'extrémité d'une jambe dans sa bouche et la serra avec les dents ; il saisit la même jambe dans sa main droite et la tira violemment ; il entendit le bruit du tissu qui craquait ; puis il jeta par terre le caleçon déchiré. Il souhaitait qu'il y reste, et que maman le voie.

Puis il enfila une culotte de gymnastique jaune, mit la chemise, la cravate, le pantalon et la veste préparés pour lui et sortit de la villa.

11

Il remit sa carte d'identité à la conciergerie (comme doit nécessairement le faire quiconque veut entrer dans un immeuble aussi important que le siège de la Sûreté nationale) et il monta l'escalier. Regardez comme il marche, comme il mesure chacun de ses pas ! Il marche comme s'il portait sur les épaules tout son destin ; il monte non pas pour accéder à l'étage supérieur d'un immeuble, mais à l'étage supérieur de sa propre vie d'où il va voir ce qu'il n'a pas encore vu.

Tout lui était favorable ; quand il entra dans le bureau, il aperçut le visage de son ancien camarade de classe et c'était le visage d'un ami ; ce visage, agréablement surpris, l'accueillait avec un sourire heureux.

Le fils du concierge déclara qu'il se réjouissait beaucoup de la visite de Jaromil, et l'âme de Jaromil connut la félicité. Il s'assit sur la chaise offerte et il sentait pour la première fois qu'il était en face de son ami comme un homme en face d'un homme ; comme un égal en face d'un égal ; comme un dur en face d'un dur.

Ils bavardèrent pendant quelques instants, de tout et de rien, comme bavardent des copains, mais ce n'était pour Jaromil qu'une savoureuse ouverture, pendant laquelle il attendait avec impatience le lever de rideau. « Je veux te faire part d'une chose extrêmement importante, dit-il d'une voix grave. Je connais un type qui s'apprête à passer clandestinement à l'Ouest dans les toutes prochaines heures. Il faut faire quelque chose. »

Le fils du concierge fut aussitôt en éveil et posa plusieurs questions à Jaromil. Celui-ci y répondit rapidement et avec précision.

« C'est une affaire très sérieuse, dit ensuite le fils du concierge. Je ne peux pas prendre une décision moi-même. »

Il conduisit ensuite Jaromil, par un long couloir, dans un autre bureau où il le présenta à un homme d'âge mûr habillé en civil ; il le présenta comme son ami, ce qui fait que l'homme en civil sourit amicalement à Jaromil ; ils appelèrent une secrétaire et rédigèrent un procès-verbal ; Jaromil dut tout indiquer avec précision : le nom de son amie ; où elle travaillait ; son âge ; d'où il la connaissait ; de quelle famille elle était originaire ; où travaillaient son père, ses frères, ses sœurs ; quand elle lui avait fait part de l'intention de son frère de passer à l'Ouest ; quelle sorte d'homme était son frère ; ce que Jaromil savait à son sujet.

Jaromil en savait pas mal, son amie lui parlait souvent de lui ; c'était précisément pour cette raison qu'il avait jugé que toute l'affaire était extrêmement grave et qu'il n'avait pas perdu de temps, afin d'informer ses camarades, ses camarades de combat, ses amis, avant qu'il ne fût trop tard. Car le frère de son amie haïssait notre régime ; comme c'était triste ! Le frère de son amie était issu d'une famille très pauvre, très modeste, mais comme il avait travaillé pendant quelque temps comme chauffeur chez un politicien bourgeois, il était corps et âme du côté des gens qui tramaient des complots contre notre régime ; oui, il pouvait l'affirmer en toute certitude, car son amie lui avait très exactement décrit les opinions de son frère ; ce type-là serait prêt à tirer sur les communistes ; Jaromil pouvait aisément imaginer ce qu'il ferait quand il aurait rejoint les rangs de l'émigration ; Jaromil savait que sa seule passion était d'anéantir le socialisme.

Avec une mâle concision, les trois hommes achevèrent de dicter le procès-verbal à la secrétaire, et le plus âgé dit au fils du concierge de prendre sans tarder les dispositions nécessaires. Quand ils se retrouvèrent seuls dans le bureau, il remercia Jaromil de son concours. Il lui dit que si tout le peuple était aussi vigilant que lui, notre patrie socialiste serait invincible. Et il dit aussi qu'il serait heureux que leur rencontre ne fût pas la dernière. Jaromil n'ignorait sans doute pas que notre régime avait partout des ennemis. Jaromil fréquentait le milieu étudiant à la faculté et il connaissait peut-être aussi des gens dans les milieux littéraires. Oui, nous savons que la plupart d'entre eux sont des gens honnêtes, mais il y a peut-être aussi pas mal d'éléments subversifs parmi eux.

Jaromil regardait avec enthousiasme le visage du policier ; ce visage lui semblait beau ; il était creusé de rides profondes et portait témoignage d'une vie rude et mâle. Oui, Jaromil aussi serait très heureux que leur rencontre ne fût pas la dernière. Il ne souhaitait rien d'autre ; il savait où était sa place.

Ils se serrèrent la main et échangèrent un sourire.

Avec ce sourire dans l'âme (splendide sourire ridé d'homme), Jaromil sortit de l'immeuble de la police. Il descendait les larges marches du perron et il voyait le soleil glacial du matin s'élever au-dessus des toits de la ville. Il aspira l'air froid et se sentit débordant d'une virilité qui lui sortait par tous les pores de la peau et qui voulait se mettre à chanter.

D'abord, il pensa rentrer tout de suite chez lui, s'asseoir à sa table et écrire des poèmes. Mais après quelques pas, il fit demi-tour ; il n'avait pas envie d'être seul. Il lui semblait qu'en l'espace d'une heure ses traits avaient durci, que son pas s'était affermi, que sa voix s'était faite plus grave, et il voulait être vu dans cette métamorphose. Il se rendit à la faculté et il engagea la conversation avec tout le monde. Certes, personne ne lui dit qu'il était différent, mais le soleil continuait de briller, et par-dessus les cheminées de la ville flottait un poème pas encore écrit. Il rentra chez lui et s'enferma dans sa petite chambre. Il noircit plusieurs feuilles, mais il n'était pas très satisfait.

Il posa donc la plume et préféra réfléchir un instant ; il songeait au seuil mystérieux que l'adolescent doit franchir pour devenir un homme ; et il croyait connaître le nom de ce seuil ; ce nom, ce n'était pas le nom de l'amour, ce seuil s'appelait « devoir ». Et il est difficile d'écrire des poèmes sur le devoir. Quelle imagination ce mot sévère peut-il enflammer ? Mais Jaromil savait que c'était, précisément, l'imagination éveillée par ce mot qui serait neuve, inouïe, surprenante ; car il n'avait pas en vue le devoir au sens ancien du mot, le devoir assigné et imposé de l'extérieur, mais le devoir que l'homme se crée lui-même et qu'il choisit librement, le devoir qui est volontaire et qui est l'audace et la gloire de l'homme.

Cette méditation emplit Jaromil de fierté, car il esquissait ainsi son propre portrait, tout à fait nouveau. Il eut encore une fois envie d'être vu dans cette surprenante métamorphose, et il courut chez sa petite rousse. Il était déjà près de six heures, et elle devait être de retour depuis longtemps. Mais la logeuse lui annonça qu'elle n'était pas encore rentrée du magasin. Que deux messieurs étaient déjà venus la demander il y avait à peu près une demi-heure, et qu'elle avait dû leur répondre que sa sous-locataire n'était pas encore de retour.

Jaromil avait tout son temps et il fit les cent pas dans la rue de la petite rousse. Au bout d'un instant, il remarqua deux messieurs qui faisaient aussi les cent pas ; Jaromil se dit que c'étaient sans doute ceux dont avait parlé la logeuse ; ensuite il vit la petite rousse qui venait de l'autre côté. Il ne voulait pas qu'elle le vît, il se dissimula dans la porte cochère d'un immeuble et regarda son amie s'avancer d'un pas rapide vers son immeuble et y disparaître. Puis il vit les deux messieurs y pénétrer à leur tour. Il éprouva des doutes et n'osa pas bouger de son poste d'observation. Au bout d'une minute environ, ils sortirent tous les trois de l'immeuble ; à ce moment-là seulement, il remarqua une voiture qui était stationnée à quelques pas de l'immeuble. Les deux messieurs et la jeune fille y montèrent et la voiture démarra.

Jaromil comprit que c'étaient très probablement des policiers ; mais à la frayeur qui le glaça se mêla aussitôt un sentiment d'exaltante stupeur, à l'idée que ce qu'il avait accompli ce matin-là était un acte réel, sur l'injonction duquel les choses s'étaient mises en mouvement.

Le lendemain, il accourut chez son amie pour la surprendre dès son retour du travail. Mais la logeuse lui dit que la rousse n'était pas rentrée depuis que les deux messieurs l'avaient emmenée.

Il en fut très ému. Le lendemain matin, il alla tout de suite à la police. Comme l'autre fois, le fils du concierge le traita très amicalement. Il lui serra la main, l'inonda d'un sourire jovial, et quand Jaromil lui demanda ce qui était arrivé à son amie qui n'était pas encore rentrée chez elle, il lui dit de ne pas se faire de souci. « Tu nous as mis sur une piste très importante. On va les cuisiner comme il faut. » Son sourire était éloquent.

De nouveau, Jaromil sortit de l'immeuble de la police dans la matinée glaciale et ensoleillée, de nouveau il aspirait l'air glacé, et il se sentit grand et rempli de destin. Mais ce n'était pas la même chose qu'avant-hier. Car cette fois-ci, il songea pour la première fois que son acte l'avait *fait entrer dans la tragédie.*

Oui, c'est ce qu'il se disait, mot à mot, en descendant les larges marches du perron : j'entre dans la tragédie. Il entendait sans cesse ce familier et menaçant *on va les cuisiner comme il faut*, et ces mots attisaient son imagination ; il comprit que son amie était maintenant entre les mains d'hommes inconnus, qu'elle était à leur merci, qu'elle était en danger, et qu'un interrogatoire de plusieurs jours n'est assurément pas une bagatelle ; il se rappela ce que son ancien camarade d'école lui avait dit au sujet du Juif brun et de l'âpre travail des policiers. Toutes ces idées et toutes ces images l'emplissaient d'une sorte de matière douce, parfumée, noble, et il avait l'impression de grandir, d'aller à travers les rues comme un monument itinérant de tristesse.

Puis il se dit qu'il comprenait à présent pour quelle raison les vers qu'il avait écrits deux jours plus tôt ne valaient rien. Car à ce moment-là, il ne savait pas encore ce qu'il venait d'accomplir. C'était seulement maintenant qu'il comprenait sa propre action, qu'il se comprenait lui-même, et sa destinée. Voici deux jours encore, il voulait écrire des vers sur le devoir ; mais maintenant il en savait davantage : la gloire du devoir naît de la tête tranchée de l'amour.

Jaromil allait à travers les rues, fasciné par son propre destin. En rentrant chez lui, il y trouva une lettre. Je serais très heureuse, si vous pouviez venir la semaine prochaine, tel jour à telle heure, à une petite soirée où vous rencontrerez des gens qui vous intéresseront. La lettre était signée de la cinéaste.

Bien que cette invitation ne promît rien de certain, elle procura pourtant un immense plaisir à Jaromil car il y voyait la preuve que la cinéaste n'était pas une occasion perdue, que leur aventure n'était pas terminée, que le jeu continuerait. La singulière idée vague s'insinua dans son esprit qu'il était profondément symbolique que cette lettre lui fût parvenue précisément le jour où il avait compris le tragique de sa situation ; il éprouvait le sentiment confus et exaltant que tout ce qu'il venait de vivre pendant les deux derniers jours le qualifiait enfin pour affronter la beauté radieuse de la brune cinéaste et pour se rendre à sa soirée mondaine, avec assurance, sans crainte et comme un homme.

Il se sentait heureux comme jamais. Il se sentait plein de poèmes et s'assit à sa table. Non, il n'est pas juste d'opposer l'amour et le devoir, songeait-il, c'est justement ça l'ancienne conception du problème. L'amour ou le devoir, la femme aimée ou la révolution, non, non, ce n'est pas ça du tout. S'il avait mis la rousse en danger, cela ne signifiait pas que l'amour ne comptait pas pour lui ; car, ce que voulait Jaromil, c'était précisément que le monde à venir fût un monde où l'homme et la femme pourraient s'aimer plus fort que jamais. Oui, c'était ainsi : Jaromil avait mis sa propre amie en danger, pour cette raison précisément qu'il l'aimait plus que les autres hommes n'aiment leur femme ; pour cette raison précisément qu'il savait ce que sont l'amour et le monde futur de l'amour. Il était certes terrible de sacrifier une femme concrète (rousse, gentille, menue, bavarde) pour le monde futur, mais c'était sans doute la seule tragédie de notre temps qui fût digne de beaux vers, digne d'un grand poème !

Donc, il s'asseyait à sa table et il écrivait, puis il se levait et faisait les cent pas dans sa chambre, et il se disait que ce qu'il écrivait était la plus grande chose qu'il eût jamais écrite.

C'était une soirée grisante, plus grisante que toutes les soirées amoureuses qu'il pût imaginer, c'était une soirée grisante bien qu'il la passât seul dans sa chambre d'enfant ; maman était dans la pièce voisine et Jaromil avait tout à fait oublié qu'il la détestait quelques jours plus tôt ; quand elle frappa à la porte pour lui demander ce qu'il faisait, il lui dit même, avec tendresse, *maman*, et il la pria de l'aider à trouver le calme et la concentration, parce que, dit-il, « j'écris aujourd'hui le plus grand poème de ma vie ». Maman sourit (d'un sourire maternel, attentionné, compréhensif) et lui accorda la tranquillité.

Puis il se mit au lit et il se dit qu'au même moment sa petite rousse était entourée d'hommes : de policiers, d'enquêteurs, de gardiens ; qu'ils pouvaient faire d'elle ce qu'ils voulaient ; que le gardien l'observait par le judas de la porte pendant qu'elle s'asseyait sur le seau et qu'elle urinait.

Il ne croyait guère à ces possibilités extrêmes (on allait sans doute l'interroger et la relâcher bientôt), mais l'imagination ne se laisse pas brider : inlassablement, il l'imaginait dans sa cellule, elle était assise sur le seau, un inconnu l'observait, les enquêteurs lui arrachaient ses vêtements ; mais une chose le stupéfiait : malgré toutes ces images, il n'éprouvait aucune jalousie !

Tu dois être mienne et mourir sur la roue, si je le veux ! Le cri de John Keats traverse l'espace des siècles. Pourquoi Jaromil serait-il jaloux ? La rousse est à lui maintenant, elle lui appartient plus que jamais : son destin est sa création ; c'est son œil qui l'observe pendant qu'elle urine dans le seau ; ce sont ses paumes qui la touchent dans les mains des gardiens ; elle eſt sa victime, elle eſt son œuvre, elle eſt à lui, à lui, à lui.

Jaromil n'eſt pas jaloux ; il s'eſt endormi du mâle sommeil des hommes.

Sixième partie
ou
LE QUADRAGÉNAIRE

I

La première partie de notre récit englobe environ quinze ans de la vie de Jaromil, mais la cinquième partie, qui est pourtant plus longue, à peine une année. Donc, dans ce livre, le temps s'écoule à un rythme inverse du rythme de la vie réelle ; il ralentit.

La raison en est que nous regardons Jaromil à partir d'un observatoire que nous avons érigé là où, dans le courant du temps, se situe sa mort. Son enfance se trouve pour nous dans les lointains où se confondent les mois et les années ; nous l'avons vu s'avancer avec sa mère, depuis ces lointains brumeux, jusqu'à l'observatoire à proximité duquel tout est visible comme au premier plan d'un tableau ancien, où l'œil distingue chaque feuille des arbres et, sur chaque feuille, le tracé délicat des nervures.

De même que votre vie est déterminée par la profession et le mariage que vous avez choisis, de même, ce roman est délimité par la perspective qui s'offre à nous depuis notre poste d'observation, d'où l'on ne voit que Jaromil et sa mère, tandis que nous n'apercevons les autres personnages que s'ils apparaissent en présence des deux protagonistes. Nous avons choisi notre observatoire comme vous avez choisi votre destinée, et notre choix est pareillement irrémédiable.

Mais chacun regrette de ne pouvoir vivre d'autres vies que sa seule et unique existence ; vous voudriez, vous aussi, vivre toutes vos virtualités irréalisées, toutes vos vies possibles (ah ! l'inaccessible Xavier !). Notre roman est comme vous. Lui aussi il voudrait être d'autres romans, ceux qu'il aurait pu être et qu'il n'a pas été.

C'est pourquoi nous rêvons constamment d'autres observatoires possibles et non construits. Supposez que nous placions notre poste d'observation, par exemple, dans la vie du peintre, dans la vie du fils du concierge, ou dans la vie de la petite rousse. En effet, que savons-nous d'eux ? Guère plus que ce sot de Jaromil qui, en réalité, n'a jamais rien su de personne ! Comment aurait été le roman, s'il avait suivi la carrière de cet opprimé, le fils du concierge, où son ancien camarade d'école, le poète, ne serait intervenu qu'une ou deux fois, comme un personnage épisodique ! Ou bien si nous avions suivi l'histoire du peintre et si nous avions pu enfin savoir ce qu'il pensait exactement de sa maîtresse, dont il ornait le ventre de dessins à l'encre de Chine !

Si l'homme ne peut nullement sortir de sa vie, le roman est beaucoup plus libre. Supposez que nous démontions, promptement et clandestinement, notre observatoire, et que nous le transportions ailleurs, même pour peu de temps ! Par exemple, bien au-delà de la mort de Jaromil ! Par exemple, jusqu'à aujourd'hui où plus personne, mais personne (sa mère aussi est morte, il y a quelques années) ne se souvient du nom de Jaromil…

2

Ah, mon Dieu, si nous transportions jusqu'ici notre observatoire ! Et si nous allions rendre visite aux dix poètes qui étaient assis à la tribune avec Jaromil pendant la soirée chez les flics ! Où sont les poèmes qu'ils ont récités ce soir-là ? Personne, mais personne ne s'en souvient ; et les poètes eux-mêmes refuseraient de s'en souvenir ; parce qu'ils en ont honte, ils en ont tous honte à présent…

Au fond, qu'est-il resté de ce temps lointain ? Aujourd'hui ce sont pour tout le monde les années des procès politiques, des persécutions, des livres à l'index et des assassinats judiciaires. Mais nous qui nous souvenons, nous devons apporter notre témoignage : ce n'était pas seulement le temps de l'horreur, c'était aussi le temps du lyrisme ! Le poète régnait avec le bourreau.

Le mur, derrière lequel des hommes et des femmes étaient emprisonnés, était entièrement tapissé de vers et, devant ce mur, on dansait. Ah non, pas une danse macabre. Ici l'innocence dansait ! L'innocence avec son sourire sanglant.

C'était le temps de la mauvaise poésie ? Pas tout à fait ! Le romancier qui écrivait sur ce temps avec les yeux aveugles du conformisme composait des œuvres mort-nées. Mais le poète lyrique, qui exaltait ce temps de façon tout aussi aveugle, a souvent laissé derrière lui de la belle poésie. Parce que, répétons-le, dans le champ magique de la poésie, toute affirmation devient vérité pour peu qu'il y ait derrière elle la force du sentiment vécu. Et les poètes vivaient leurs sentiments avec une telle ferveur que leurs têtes fumaient, irisant l'espace d'un arc-en-ciel, d'un miraculeux arc-en-ciel au-dessus des prisons…

Mais non, nous n'allons pas transporter notre observatoire dans le présent, parce qu'il nous importe peu de peindre ce temps-là et de lui offrir encore de nouveaux miroirs. Si nous avons choisi ces années, ce n'est pas parce que nous voulions en tracer le portrait, mais seulement parce qu'elles nous semblaient être un piège incomparable tendu à Rimbaud et à Lermontov, un piège incomparable tendu à la poésie et à la jeunesse. Et le roman est-il autre chose qu'un piège tendu au héros ? Au diable la peinture de l'époque ! Celui qui nous intéresse, c'est le jeune homme qui écrit des poèmes !

C'est pourquoi ce jeune homme, auquel nous avons donné le nom de Jaromil, nous ne devons jamais le perdre de vue tout à fait. Oui, laissons un instant notre roman, transportons notre observatoire au-delà de la vie de Jaromil et plaçons-le dans la pensée d'un personnage tout différent, pétri d'une tout autre pâte. Mais ne l'éloignons pas de plus de deux ou trois ans au-delà de sa mort pour rester dans le temps où Jaromil n'est pas encore oublié par tous. Construisons cette partie du roman de façon qu'elle soit par rapport au reste du récit ce qu'est le pavillon du parc par rapport au manoir :

Le pavillon est éloigné de quelques dizaines de mètres, c'est une construction indépendante, dont le manoir peut se passer ; mais la fenêtre du pavillon est ouverte, de sorte que les voix des habitants du manoir se laissent toujours faiblement entendre.

3

Cette sixième partie du roman que nous avons comparée à un pavillon, se passe dans un studio : une entrée avec une armoire incorporée au mur, qu'on a négligemment laissée grande ouverte, une salle de bains à la baignoire soigneusement astiquée, une petite cuisine avec de la vaisselle pas rangée, et une chambre ; dans la chambre un très large divan en face duquel il y a un grand miroir, tout autour une bibliothèque, quelques gravures sous verre (des reproductions de peintures et de statues antiques), une longue table avec deux fauteuils, et une fenêtre sur cour, qui donne sur les cheminées et les toits.

On est en fin d'après-midi et le propriétaire du studio vient de rentrer ; il ouvre une serviette et il en sort des bleus de travail froissés qu'il accroche dans l'armoire ; il entre dans la chambre et il ouvre grande la fenêtre ; il fait une journée de printemps ensoleillée, une brise fraîche pénètre dans la chambre, et il va dans la salle de bains, il fait couler de l'eau brûlante dans la baignoire et se déshabille ; il examine son corps et il en est satisfait ; c'est un homme dans la quarantaine, mais depuis qu'il travaille de ses mains il se sent en excellente forme ; il a le cerveau plus léger et les bras plus forts.

À présent, il est étendu dans la baignoire sur les bords de laquelle il a posé une planche, ce qui fait que la baignoire sert en même temps de table ; des livres sont étalés devant lui (cette étrange prédilection pour les auteurs antiques !), et il se réchauffe dans l'eau brûlante, et il lit.

Puis il entend la sonnette. Un coup bref, puis deux coups prolongés, et après une pause, encore un coup bref.

Il n'aimait pas être dérangé par des visites inopinées, de sorte qu'il était convenu, avec ses maîtresses et ses amis, de signaux auxquels il reconnaissait les visiteurs. Mais qui ce signal-là pouvait-il annoncer ?

Il se dit qu'il vieillissait et qu'il avait mauvaise mémoire.

« Un instant ! » cria-t-il. Il sortit de la baignoire, se sécha, enfila sans hâte le peignoir de bain, et il alla ouvrir.

4

Une jeune fille en manteau d'hiver attendait devant la porte.

Il la reconnut immédiatement et fut tellement surpris qu'il ne trouva rien à dire.

« Ils m'ont relâchée, dit-elle.

— Quand ?

— Ce matin. J'ai attendu que tu rentres du travail. »

Il l'aida à se débarrasser de son manteau ; c'était un manteau marron, lourd et usé ; il le suspendit à un cintre et il accrocha le cintre au portemanteau. La jeune fille portait une robe que le quadragénaire connaissait bien ; il se souvint qu'elle portait cette robe-là la dernière fois qu'elle était venue le voir, oui, cette robe-là et ce manteau-là. Une journée d'hiver vieille de trois ans faisait tout à coup irruption dans cet après-midi printanier.

La jeune fille aussi s'étonnait que la chambre fût toujours la même, alors que tant de choses avaient changé dans sa vie depuis ce jour-là. « Tout est comme avant, ici, dit-elle.

— Oui, tout est comme avant. » Le quadragénaire acquiesça et il la fit asseoir dans le fauteuil où elle s'asseyait toujours ; puis il se mit à l'interroger avec précipitation : tu as faim ? c'est vrai, tu as mangé ? quand as-tu mangé ? où vas-tu aller en sortant d'ici ? vas-tu aller chez tes parents ?

Elle lui dit qu'elle devrait aller chez ses parents, qu'elle avait été à la gare tout à l'heure, mais qu'elle avait hésité et qu'elle était venue chez lui.

« Attends, je vais m'habiller », dit-il. Il venait de s'apercevoir qu'il était en peignoir de bain ; il passa dans l'entrée et referma la porte ; avant de commencer à s'habiller, il souleva le combiné du téléphone ; il composa un numéro et, quand une voix de femme répondit, il s'excusa, disant qu'aujourd'hui il n'aurait pas le temps.

Il n'avait aucun engagement à l'égard de la jeune fille qui attendait dans la chambre ; pourtant, il ne voulait pas qu'elle entendît sa conversation et il parlait d'une voix étouffée. Et tout en parlant, il regardait le lourd manteau marron qui était accroché à la patère et qui emplissait l'entrée d'une élégiaque musique.

5

Il y avait environ trois ans qu'il l'avait vue pour la dernière fois, et environ cinq ans qu'il la connaissait. Il avait des amies beaucoup plus jolies, mais cette petite-là avait de précieuses qualités : elle avait dix-sept ans à peine quand il l'avait rencontrée ; elle était d'une amusante spontanéité, érotiquement douée et malléable : elle faisait exactement ce qu'elle lisait dans ses yeux ; elle avait compris au bout d'un quart d'heure qu'il ne fallait pas parler de sentiments devant lui, et sans qu'il eût besoin de rien lui expliquer, elle venait docilement et uniquement les jours (c'était à peine une fois par mois) où il l'invitait chez lui.

Le quadragénaire ne cachait pas son penchant pour les femmes lesbiennes ; un jour, dans l'enivrement de l'amour physique, la petite lui chuchota à l'oreille qu'elle avait surpris une inconnue dans une cabine, à la piscine, et qu'elle avait fait l'amour avec elle ; l'histoire plut beaucoup au quadragénaire et, quand il comprit ensuite son invraisemblance, il fut encore plus touché de l'application que la jeune fille mettait à lui plaire. La petite ne s'en tenait d'ailleurs pas à des inventions ; elle présentait volontiers le quadragénaire à ses amies et elle devint l'inspiratrice et l'organisatrice de bien des divertissements érotiques.

Elle avait compris que non seulement le quadragénaire n'exigeait pas la fidélité, mais qu'il se sentait plus en sécurité lorsque ses amies avaient des liaisons sérieuses. Elle l'entretenait donc avec une innocente indiscrétion de ses petits amis passés et présents, ce qui intéressait et divertissait le quadragénaire.

À présent, elle était assise en face de lui dans un fauteuil (le quadragénaire avait passé un pantalon léger et un chandail) et elle disait : « En sortant de la prison, j'ai vu des chevaux. »

6

« Des chevaux ? Quels chevaux ? »

Quand elle avait franchi la porte de la prison, au petit matin, elle avait croisé des cavaliers d'un club hippique. Ils se dressaient sur la selle, droits et fermes, comme s'ils adhéraient à l'animal et ne formaient avec lui qu'un grand corps inhumain. La jeune fille, à leurs pieds, se sentait à ras de terre, petite et insignifiante. De loin, d'au-dessus d'elle, lui parvenaient le souffle des chevaux et des rires ; elle s'était tapie contre le mur.

« Et où es-tu allée après ? »

Elle était allée au terminus de la ligne de tramway. Il était encore tôt mais le soleil était déjà brûlant ; elle portait un lourd manteau et les regards des passants l'intimidaient. Elle avait peur qu'il y ait du monde à l'arrêt du tram et que les gens la dévisagent. Mais sur le refuge, il n'y avait heureusement qu'une vieille femme. C'était bien ; c'était comme un baume, qu'il n'y eût qu'une vieille femme.

« Et tu as tout de suite su que tu viendrais d'abord chez moi ? »

Son devoir était d'aller chez elle, chez ses parents. Elle était allée à la gare, elle avait fait la queue au guichet, mais quand son tour était venu de prendre son billet, elle s'était enfuie. Elle tremblait à l'idée de sa famille. Ensuite, elle avait senti la faim, et elle s'était acheté un morceau de saucisson. Elle s'était assise dans un square et elle avait attendu que quatre heures arrivent et que le quadragénaire soit rentré de son travail.

« Je suis content que tu sois venue chez moi d'abord, c'est gentil d'être venue chez moi d'abord, dit-il.

« Et tu te souviens ? ajouta-t-il au bout d'un instant. Tu avais affirmé que tu ne viendrais plus jamais chez moi.

— Ce n'est pas vrai », dit la petite.

Il sourit :

« C'est vrai, dit-il.

— Non. »

7

C'était évidemment vrai. Ce jour-là, quand elle était venue le voir, le quadragénaire avait ouvert aussitôt la petite armoire du bar ; comme il s'apprêtait à verser deux verres de cognac, la petite avait hoché la tête : « Non, je ne veux rien prendre. Je ne boirai plus jamais avec toi. »

Le quadragénaire s'étonnait, et la petite avait poursuivi : « Je ne viendrai plus jamais chez toi, et si je suis venue aujourd'hui, c'est uniquement pour te le dire. »

Comme le quadragénaire ne cessait pas de s'étonner, elle lui avait dit qu'elle aimait sincèrement le petit ami dont le quadragénaire connaissait bien l'existence, et qu'elle ne voulait plus le tromper ; elle était venue pour demander au quadragénaire de la comprendre et de ne pas lui en vouloir.

Bien que sa vie amoureuse fût extrêmement variée, le quadragénaire était au fond un idyllique et il veillait sur la tranquillité et sur l'ordre de ses aventures. Certes, la petite gravitait dans le ciel constellé de ses amours comme une humble étoile intermittente, mais même une seule petite étoile, quand elle est brusquement arrachée de sa place, peut rompre désagréablement l'harmonie d'un univers.

Et aussi, il était froissé de son incompréhension : car il lui avait toujours montré qu'il était content qu'elle eût ce petit ami qui l'aimait ; il l'incitait à lui en parler et il lui donnait des conseils sur la façon dont elle devait se comporter avec lui. Ce petit ami l'amusait beaucoup, au point qu'il rangeait dans un tiroir les poèmes que la petite recevait de lui ; ces poèmes lui étaient antipathiques, mais ils l'intéressaient en même temps, comme l'intéressait et lui était antipathique le monde qui prenait corps autour de lui et qu'il observait depuis l'eau brûlante de sa baignoire.

Il était disposé à veiller sur les deux amants avec une cynique bienveillance, et la décision soudaine de la jeune fille lui faisait l'effet d'une ingratitude. Il n'avait pu se maîtriser suffisamment pour n'en rien laisser transparaître, et la petite, voyant son air maussade, parlait avec volubilité pour justifier sa décision ; elle jurait qu'elle aimait son petit ami et qu'elle voulait être honnête envers lui.

Et maintenant elle était assise en face du quadragénaire (dans le même fauteuil, vêtue de la même robe) et elle prétendait n'avoir jamais rien dit de semblable.

8

Elle ne mentait pas. Elle faisait partie de ces âmes exceptionnelles qui ne distinguent pas entre ce qui est et ce qui doit être et qui identifient leur désir moral et la vérité. Elle se souvenait évidemment de ce qu'elle avait dit au quadragénaire ; pourtant elle savait aussi qu'elle n'aurait pas dû le dire et elle refusait donc maintenant au souvenir le droit à une existence réelle.

Mais, à coup sûr, elle s'en souvenait bien : ce jour-là, elle s'était attardée chez le quadragénaire plus longtemps qu'elle n'en avait l'intention, et elle était arrivée en retard à son rendez-vous. Son petit ami était fâché à mort et elle avait senti qu'elle ne pourrait se faire pardonner qu'en invoquant une excuse à la mesure de sa colère. Elle avait donc inventé que son frère s'apprêtait à passer clandestinement à l'Ouest et qu'elle était restée longuement avec lui. Elle ne se doutait pas qu'il la contraindrait à dénoncer son frère.

Aussi, dès le lendemain, à la sortie de son travail, était-elle accourue chez le quadragénaire pour lui demander conseil ; le quadragénaire s'était montré compréhensif et amical ; il lui avait conseillé de persister dans son mensonge et de persuader son petit ami qu'après une scène dramatique son frère lui avait juré qu'il renonçait à passer à l'Ouest. Il lui avait indiqué exactement comment elle devait dépeindre la scène au cours de laquelle elle avait dissuadé son frère de passer clandestinement à l'Ouest et ce qu'elle devait dire pour suggérer à son petit ami qu'il était devenu indirectement le sauveur de sa famille, car sans son influence et son intervention, son frère se serait peut-être déjà fait arrêter à la frontière ou, qui sait ? il serait peut-être déjà mort, abattu par un garde-frontière.

« Comment s'est terminée ta conversation avec ton petit ami, ce jour-là ? lui demandait-il à présent.

— Je ne lui ai pas parlé. Ils m'ont arrêtée au moment où je rentrais de chez toi. Ils m'attendaient devant la maison.

— Alors, tu ne lui as jamais reparlé depuis ?

— Non.

— Mais tu sais certainement ce qui lui est arrivé.

— Non.

— Vraiment, tu ne sais pas ? s'étonna le quadragénaire.

— Je ne sais rien. »

La petite haussa les épaules sans curiosité, comme si elle ne voulait rien savoir.

« Il est mort, dit le quadragénaire. Il est mort peu après ton arrestation. »

9

Ça, elle l'ignorait ; de très loin lui parvenaient les paroles pathétiques de son petit ami qui mesurait volontiers l'amour à l'aune de la mort.

« Il s'est tué ? » demanda-t-elle d'une voix douce, qui était soudain prête à pardonner.

Le quadragénaire sourit. « Mais non. Il est tout banalement tombé malade et il est mort. Sa mère a déménagé. Tu ne trouverais plus trace d'eux dans la villa. Rien qu'un grand monument noir au cimetière. On dirait la tombe d'un grand écrivain. Sa mère y a fait graver une inscription : *Ici repose le poète*… et au-dessous de son nom, il y a l'épitaphe que tu m'as apportée dans le temps : celle où il dit qu'il voudrait mourir dans les flammes. »

Ils se turent ; la jeune fille pensait que son petit ami n'avait pas mis fin à ses jours, mais qu'il était mort tout banalement ; sa mort était encore une façon de lui tourner le dos. À sa sortie de prison, elle était fermement résolue à ne jamais le revoir, mais elle n'avait pas pensé qu'il ne serait plus. S'il n'était plus de ce monde, la raison de ses trois années de prison n'existait pas non plus, et tout cela n'était qu'un mauvais rêve, un non-sens, quelque chose d'irréel.

« Écoute, lui dit-il. Nous allons préparer le dîner. Viens m'aider. »

10

Ils étaient tous les deux dans la cuisine et coupaient du pain ; ils posèrent des tranches de jambon et de saucisson sur du beurre ; ils ouvrirent une boîte de sardines avec un ouvre-boîte ; ils trouvèrent une bouteille de vin ; ils sortirent deux verres du buffet.

C'était leur habitude quand elle venait chez le quadragénaire. Il était réconfortant de constater que ce fragment de vie stéréotypé l'attendait toujours, inchangé, immuable, et qu'elle pouvait aujourd'hui y entrer sans peine ; elle pensa que c'était la plus belle part de vie qu'elle eût jamais connue.

La plus belle ? Pourquoi ?

C'était une part de sa vie où elle était en sécurité. Cet homme était bon avec elle et n'exigeait jamais rien d'elle ; elle n'était coupable et responsable de rien envers lui ; elle était toujours en sécurité auprès de lui comme nous sommes en sécurité quand nous nous trouvons un instant hors de portée de notre propre destin ; elle était ici en sécurité comme le personnage du drame quand le rideau tombe après le premier tableau et que l'entracte commence ; les autres personnages enlèvent à leur tour leurs masques et conversent avec insouciance.

Le quadragénaire avait depuis longtemps le sentiment de vivre en dehors du drame de sa vie : au début de la guerre, il avait rejoint clandestinement l'Angleterre avec sa femme, il avait fait la guerre dans l'aviation britannique et il avait perdu sa femme dans un bombardement de Londres ; puis il était rentré à Prague, il était resté dans l'armée, et à peu près à l'époque où Jaromil avait décidé de s'inscrire à l'École des hautes études politiques, ses supérieurs avaient estimé qu'il avait noué pendant la guerre des contacts trop étroits avec l'Angleterre capitaliste et qu'il n'était pas assez sûr pour une armée socialiste. De sorte qu'il s'était retrouvé dans un atelier d'usine, le dos tourné à l'Histoire et à ses représentations dramatiques, le dos tourné à son propre destin, tout occupé de soi-même, de ses divertissements privés et de ses livres.

Trois ans plus tôt la petite est venue lui dire adieu, parce qu'il ne lui offrait qu'une pause, tandis que son petit ami lui promettait la vie. Et à présent, elle est assise devant lui, elle mâche du pain avec du jambon, elle boit du vin et elle est infiniment heureuse que le quadragénaire lui accorde un entracte dont elle sent s'épanouir en elle, lentement, le silence délicieux.

Elle se sentit soudain plus à l'aise et sa langue se délia.

II

Il ne restait plus sur la table que des assiettes vides avec des miettes et une bouteille à moitié vide et elle parlait (librement et sans emphase) de la prison, de ses codétenues et des gardiens, et elle s'attardait, comme elle le faisait toujours, sur des détails qu'elle trouvait intéressants et qu'elle associait l'un à l'autre dans le flot illogique mais charmant de son babillage.

Et pourtant, il y avait du nouveau dans son bavardage d'aujourd'hui ; autrefois, ses phrases s'acheminaient naïvement vers l'essentiel, alors qu'aujourd'hui, elles semblaient n'être qu'un prétexte pour éviter le fond de la chose.

Mais de quelle chose ? Puis le quadragénaire crut le deviner, et il demanda : « Qu'est-il arrivé à ton frère ?

— Je ne sais pas… dit la jeune fille.

— Ils l'ont relâché ?

— Non. »

Le quadragénaire comprit enfin pourquoi la petite s'était enfuie du guichet de la gare et pourquoi elle avait si peur de rentrer chez elle ; car elle n'était pas seulement une victime innocente, elle était aussi la coupable qui avait causé le malheur de son frère et de toute sa famille ; il pouvait imaginer comment ils s'y étaient pris pour la faire avouer pendant les interrogatoires et comment, croyant se dérober, elle s'était enlisée dans de nouveaux mensonges de plus en plus suspects. Comment expliquerait-elle à ses parents que ce n'était pas elle qui avait dénoncé son frère en l'accusant d'un crime imaginaire, mais un jeune homme dont personne n'avait entendu parler et qui n'était même plus de ce monde ?

La petite se taisait, et le quadragénaire sentait grandir en lui un courant de compassion qui finit par le submerger : « Ne va pas chez tes parents aujourd'hui. Tu as le temps. Il faut d'abord que tu réfléchisses. Si tu veux, tu peux rester ici. »

Ensuite, il se pencha sur elle et lui posa la main sur le visage ; il ne la caressait pas, il gardait seulement la main tendrement et longuement pressée contre sa peau.

Ce geste exprimait tant de bonté que des larmes se mirent à couler sur les joues de la jeune fille.

12

Depuis la mort de sa femme, qu'il aimait, il détestait les larmes féminines ; elles l'effrayaient, comme l'effrayait l'idée que les femmes pourraient faire de lui un acteur dans les drames de leurs vies ; il voyait dans les larmes des tentacules qui voulaient l'étreindre pour l'arracher à l'idylle de son non-destin ; les larmes lui répugnaient.

Il fut donc surpris de sentir sur sa main leur humidité mal-aimée. Mais ensuite, il fut encore plus fortement surpris de constater qu'il ne pouvait pas, cette fois-ci, résister à leur pouvoir ; il savait en effet que ce n'étaient pas des larmes d'amour, qu'elles ne lui étaient pas destinées, qu'elles n'étaient ni une ruse, ni un moyen de chantage, ni une scène ; il savait qu'elles se contentaient d'être, simplement et pour elles-mêmes, et qu'elles coulaient des yeux de la jeune fille comme s'échappe invisiblement de l'homme la tristesse ou la joie. Contre leur innocence, il n'avait aucun bouclier ; il en était ému jusqu'au tréfonds de l'âme.

Il se dit que depuis tout le temps qu'ils se connaissaient, lui et la jeune fille, ils ne s'étaient jamais fait de mal ; qu'ils étaient toujours allés l'un au-devant de l'autre ; qu'ils s'étaient toujours fait don d'un bref instant de bien-être et qu'ils ne voulaient rien de plus ; qu'ils n'avaient rien à se reprocher.

Et il éprouvait une satisfaction particulière à l'idée qu'après l'arrestation de la jeune fille il avait fait tout ce qu'il pouvait pour la sauver.

Il la souleva du fauteuil. Il essuya les larmes de son visage avec ses doigts et la prit tendrement dans ses bras.

13

Au-delà des fenêtres de cet instant, quelque part au loin, trois années en arrière, la mort piaffe d'impatience dans le récit que nous avons abandonné ; sa silhouette osseuse est déjà entrée sur la scène éclairée et projette si loin son ombre que le studio où la jeune fille et le quadragénaire sont maintenant debout face à face est envahi par le clair-obscur.

Il enlace le corps de la jeune fille avec tendresse, et elle se blottit, immobile et inchangée, dans ses bras.

Qu'est-ce que cela veut dire, qu'elle se blottit ?

Cela signifie qu'elle s'abandonne à lui ; elle s'est posée dans ses bras et elle veut rester ainsi.

Mais cet abandon n'est pas une ouverture ! Elle s'est posée dans ses bras, close, inaccessible ; ses épaules voûtées protègent ses seins, sa tête ne se tourne pas vers le visage du quadragénaire, mais reste penchée sur sa poitrine ; elle regarde dans l'obscurité de son chandail. Elle s'est posée dans ses bras, fermée sur soi-même, scellée, pour qu'il la cache dans son étreinte comme dans un coffre d'acier.

14

Il leva vers le sien son visage mouillé et se mit à l'embrasser. Il y était poussé par la sympathie compatissante, non pas par le désir sensuel, mais les situations possèdent leur propre automatisme, auquel on ne peut échapper : tout en l'embrassant, il tentait d'ouvrir ses lèvres avec sa langue ; en vain ; les lèvres de la jeune fille étaient fermées.

Mais, chose étrange, moins il réussissait à l'embrasser, plus il sentait croître en lui le flot de la compassion, car il comprenait que la jeune fille qu'il tenait entre ses bras était envoûtée, qu'on lui avait arraché l'âme, et qu'après cette amputation il ne lui restait qu'une blessure sanglante.

Il sentait dans ses bras le corps exsangue, osseux, pitoyable, mais la vague humide de la sympathie, soutenue par la nuit qui commençait à tomber, effaçait les contours et les volumes, les privant de leur précision et de leur matérialité. Et juste à ce moment, il la désira physiquement !

C'était tout à fait inattendu : il était sensuel sans sensualité, excité sans excitation ! C'était peut-être la pure bonté qui, par une mystérieuse transsubstantiation, se changeait en désir physique !

Mais, peut-être précisément parce qu'il était inattendu et incompréhensible, ce désir le transporta. Il commença à caresser son corps avidement et à défaire les boutons de sa robe.

Elle se défendit : « Non, non ! S'il te plaît, non ! Non ! »

15

Comme les mots n'avaient pas le pouvoir de l'arrêter, elle s'échappa et courut se réfugier dans un coin de la pièce.

« Qu'est-ce que tu as ? Qu'est-ce qui se passe ? » demanda-t-il.

Elle se pressait contre le mur et se taisait.

Il s'approcha et lui caressa le visage : « N'aie pas peur de moi, il ne faut pas avoir peur de moi. Et dis-moi ce que tu as ? Qu'est-ce qui t'est arrivé ? Qu'est-ce qui se passe ? »

Elle était immobile, se taisait et ne trouvait pas ses mots. Et devant ses yeux surgirent les chevaux qu'elle avait vus passer devant la porte de la prison, de grandes bêtes robustes qui formaient avec leurs cavaliers d'arrogantes créatures au corps double. Elle était si bas au-dessous d'eux, sans commune mesure avec leur perfection bestiale, qu'elle avait envie de se confondre avec les choses qui étaient à sa portée, par exemple un tronc d'arbre ou un mur, pour disparaître dans leur matière inerte.

Il continuait d'insister : « Qu'est-ce que tu as ?

— Dommage que tu ne sois pas une vieille femme ou un vieillard », dit-elle enfin.

Puis elle ajouta : « Je n'aurais pas dû venir ici, parce que tu n'es ni une vieille femme ni un vieillard. »

16

Il lui caressa longuement le visage, sans mot dire, puis (il faisait déjà noir dans la chambre), il la pria de l'aider à faire le lit ; ils étaient allongés côte à côte sur le très large divan, et il lui parlait d'une voix douce et réconfortante, comme il n'avait parlé à personne depuis des années.

Le désir physique avait disparu, mais la sympathie, profonde et infatigable, était toujours là et avait besoin de la lumière ; le quadragénaire alluma la petite lampe de chevet et regarda la jeune fille.

Elle était étendue, crispée, et contemplait le plafond. Que s'était-il passé avec elle ? Que lui avait-on fait là-bas ? L'avait-on battue ? Menacée ? Torturée ?

Il ne savait pas. La petite se taisait, et il lui caressait les cheveux, le front, le visage.

Il la caressa jusqu'à ce qu'il sentît la terreur disparaître de ses yeux.

Il la caressa jusqu'à ce que les yeux de la petite se ferment.

17

La fenêtre du studio est ouverte et laisse entrer dans la pièce la brise de la nuit printanière ; la lampe de chevet est éteinte et le quadragénaire est allongé, immobile, à côté de la jeune fille, il écoute sa respiration nerveuse, guette son assoupissement, et quand il est certain qu'elle s'est endormie, il lui caresse à nouveau la main, tout doucement, heureux d'avoir pu lui donner son premier sommeil dans l'ère nouvelle de sa triste liberté.

La fenêtre du pavillon auquel nous avons comparé ce chapitre est aussi toujours ouverte et laisse pénétrer jusqu'ici les parfums et les bruits du roman que nous avons abandonné peu avant son paroxysme. Entendez-vous la mort qui piaffe d'impatience au loin ? Qu'elle attende, nous sommes encore ici, dans le studio de cet inconnu, cachés dans un autre roman, dans une autre aventure.

Dans une autre aventure ? Non. Dans la vie du quadragénaire et de la jeune fille, leur rencontre est plutôt un entracte au milieu de leurs aventures qu'une aventure. Cette rencontre n'engendrera aucune suite d'événements. Elle n'est qu'un bref moment de répit que le quadragénaire accorde à la jeune fille avant la longue curée que sera sa vie.

Dans notre roman aussi, ce chapitre n'est qu'une pause tranquille, où un homme inconnu a allumé soudain la lampe de la bonté. Gardons-la pendant quelques instants encore devant les yeux, cette lampe paisible, cette lumière charitable, avant que le pavillon qu'est ce chapitre ne se cache à notre regard.

Septième partie
ou
LE POÈTE MEURT

I

Seul le vrai poète sait comme il fait triste dans la maison de miroirs de la poésie. Derrière la vitre, c'est le crépitement lointain de la fusillade, et le cœur brûle de partir. Lermontov boutonne son uniforme militaire ; Byron pose un pistolet dans le tiroir de sa table de nuit ; Wolker défile dans ses vers avec la foule ; Halas rime ses insultes ; Maïakovski piétine la gorge de sa chanson. Une magnifique bataille fait rage dans les miroirs.

Mais attention ! Dès que les poètes franchissent par erreur les limites de la maison de miroirs, ils trouvent la mort, car ils ne savent pas tirer, et s'ils tirent ils n'atteignent que leur propre tête.

Hélas, les entendez-vous ? Ils avancent ! Un cheval court sur les chemins sinueux du Caucase ; le cavalier, c'est Lermontov et il est armé d'un pistolet. Et voici qu'on entend le choc d'autres sabots et qu'une voiture s'avance en grinçant ! Cette fois c'est Pouchkine, et il est aussi armé d'un pistolet et il va aussi se battre en duel !

Et qu'entendons-nous maintenant ? Un tram ; un tram praguois, poussif et bruyant ; dans ce tram il y a Jaromil, qui va d'une banlieue à une autre ; il fait froid : il porte un costume sombre, une cravate, un pardessus, un chapeau.

2

Quel est le poète qui n'a rêvé sa mort ? Quel est le poète qui ne l'a imaginée ? *Ah ! s'il faut mourir, que ce soit avec toi, mon amour, et seulement dans les flammes, mué en clarté et en chaleur...* Pensez-vous que ce n'était qu'un jeu fortuit de l'imagination, qui incitait Jaromil à se représenter sa mort dans les flammes ? Nullement ; car la mort est un message ; la mort parle ; l'acte de mort possède sa propre sémantique, et il n'est pas indifférent de savoir de quelle façon un homme a trouvé la mort, et dans quel élément.

En 1948, après avoir vu son destin se briser sur la coque dure de l'Histoire, Jan Masaryk s'écrasa, du haut d'une fenêtre, dans la cour d'un palais de Prague. Trois ans plus tard, le poète Konstantin Biebl, effrayé par le visage du monde qu'il avait aidé à construire, se précipite du haut d'un cinquième étage sur les pavés de la même ville (la ville des défenestrations), pour périr, comme Icare, par l'élément terrestre et, par sa mort, offrir l'image de la discorde tragique entre l'air et la pesanteur, entre le rêve et le réveil.

Maître Jean Hus et Giordano Bruno ne pouvaient mourir ni par la corde ni par le glaive ; ils ne pouvaient mourir que sur le bûcher. Leur vie est ainsi devenue l'incandescence d'un signal, la lumière d'un phare, une torche qui brille au loin dans l'espace des temps. Car le corps est éphémère et la pensée est éternelle et l'être frémissant de la flamme est l'image de la pensée. Jan Palach qui, vingt ans après la mort de Jaromil, s'est arrosé d'essence sur une place de Prague et a mis le feu à son corps, aurait pu difficilement faire retentir de son cri la conscience de la nation s'il avait choisi de périr noyé.

En revanche, Ophélie est inconcevable dans les flammes et ne pouvait finir ses jours ailleurs que dans les eaux, car la profondeur des eaux se confond avec la profondeur de l'âme humaine ; l'eau est l'élément exterminateur de ceux qui se sont égarés en eux-mêmes, dans leur amour, dans leurs sentiments, dans leur démence, dans leurs miroirs et dans leurs tourbillons ; c'est dans l'eau que se noient les jeunes filles des chansons populaires dont le fiancé n'est pas revenu de la guerre ; c'est dans l'eau que s'est jetée Harriet Shelley ; c'est dans la Seine que s'est noyé Paul Celan.

3

Il est descendu du tram et se dirige vers la villa enneigée d'où il s'est enfui précipitamment, l'autre nuit, laissant seule la belle fille brune.

Il pense à Xavier :

Au commencement, il n'y avait que lui, Jaromil.

Ensuite Jaromil a créé Xavier, son double, et avec lui son autre vie, rêveuse et aventureuse.

Et voici venu le moment où la contradiction est abolie entre l'état de rêve et l'état de veille, entre la poésie et la vie, entre l'acte et la pensée. Du même coup, la contradiction entre Xavier et Jaromil a elle aussi disparu. Tous deux ont fini par se confondre et ne sont qu'une seule créature. L'homme de la rêverie est devenu l'homme de l'action, l'aventure du rêve est devenue l'aventure de la vie.

Il s'approchait de la villa et sentait renaître son ancienne timidité, encore accrue par des démangeaisons dans la gorge (sa mère ne voulait pas le laisser sortir pour aller à la soirée, il aurait mieux fait, à l'en croire, de rester au lit).

Il hésitait devant la porte et il devait évoquer toutes les grandes journées qu'il avait vécues récemment, pour se donner du courage. Il pensait à la rousse, il pensait aux interrogatoires qu'elle subissait, il pensait aux policiers et à la marche des événements qu'il avait mis en branle par sa propre force et sa propre volonté…

« Je suis Xavier, je suis Xavier… » se dit-il, et il sonna.

4

La société réunie à l'occasion de la soirée se composait de jeunes acteurs et actrices, de jeunes peintres et d'étudiants des beaux-arts ; le propriétaire participait personnellement à la fête et il avait prêté toutes les pièces de la villa. La cinéaste présenta Jaromil à quelques personnes, lui mit un verre dans la main, le priant de se servir lui-même aux nombreuses bouteilles de vin, et elle l'abandonna.

Jaromil se trouvait ridiculement empesé, dans son costume de soirée, avec sa chemise blanche et sa cravate ; autour de lui, tout le monde était habillé sans recherche et avec naturel, plusieurs personnes étaient en chandail. Il gigotait sur sa chaise, et il finit par se décider ; il retira sa veste, la posa sur le dossier de la chaise, ouvrit le col de sa chemise et baissa sa cravate ; ensuite il se sentit un peu plus à l'aise.

Chacun se surpassait pour attirer l'attention. Les jeunes acteurs se conduisaient comme sur une scène, parlant d'une voix forte et sans naturel, chacun s'efforçait de mettre en valeur son esprit ou l'originalité de ses opinions. Jaromil lui aussi, qui avait déjà vidé plusieurs verres de vin, s'efforçait de tendre la tête au-dessus de la surface de la conversation ; à plusieurs reprises, il parvint à prononcer une phrase qu'il trouvait insolemment spirituelle et qui attirait pendant quelques secondes l'attention des autres.

5

À travers la cloison, elle entend la bruyante musique de danse d'une radio ; la mairie a attribué depuis peu la troisième chambre de l'étage à la famille du locataire ; les deux pièces, où la veuve habite avec son fils, sont une coquille de silence de toutes parts assiégée par le bruit.

Maman entend la musique. Elle est seule et elle pense à la cinéaste. Déjà quand elle l'a vue pour la première fois, elle a pressenti de loin le danger d'un amour entre elle et Jaromil. Elle a tenté de se lier d'amitié avec elle, à seule fin d'occuper d'avance une position avantageuse à partir de laquelle elle pourrait lutter pour garder son fils. Et maintenant, elle comprend avec humiliation que ses efforts n'ont servi à rien. La cinéaste n'a même pas songé à l'inviter à sa soirée. Ils l'ont rejetée à l'écart.

Un jour, la cinéaste lui a confié qu'elle travaillait au club d'entreprise de la Sûreté nationale parce qu'elle était issue d'une famille riche et qu'elle avait besoin d'une protection politique pour pouvoir faire des études. Et maintenant, il vient à l'esprit de maman que cette fille arriviste sait tout exploiter dans son intérêt ; maman n'était pour elle qu'un marchepied où elle était montée pour se rapprocher de Jaromil.

6

Et la compétition se poursuivait : chacun voulait être au centre de l'attention. Quelqu'un s'était mis au piano, des couples dansaient, les groupes voisins riaient et parlaient fort ; on rivalisait de mots d'esprit, chacun voulait surpasser l'autre pour être le point de mire.

Martynov aussi était là, grand, beau, d'une élégance presque d'opérette avec son grand poignard, entouré de femmes. Oh, comme il agace Lermontov ! Le Bon Dieu est injuste d'avoir donné un si beau visage à cet imbécile et des jambes courtes à Lermontov. Mais si le poète n'a pas les jambes longues, il possède un esprit sarcastique qui le tire vers le haut.

Il s'était approché du groupe de Martynov et il guettait l'occasion. Ensuite, il dit une impertinence et il observa ses voisins stupéfaits.

7

Enfin (après une longue absence) elle reparut dans la pièce. Elle s'approcha de lui et fixa sur lui le regard de ses grands yeux noirs. « Vous vous amusez bien ? »

Jaromil se dit qu'il allait revivre le beau moment qu'ils avaient connu ensemble dans la chambre de la cinéaste, assis l'un en face de l'autre et rivés l'un à l'autre par le regard.

« Non, répondit-il, et il la regardait dans les yeux.

— Vous vous ennuyez ?

— Je suis venu ici pour vous et vous êtes toujours partie. Pourquoi m'avez-vous invité, si je ne peux pas être avec vous ?

— Mais il y a un tas de gens intéressants, ici.

— Sans doute. Mais ils ne sont pour moi qu'un prétexte pour pouvoir être près de vous. Ils ne sont pour moi que des marches que je voudrais monter pour vous rejoindre. »

Il se sentait audacieux et il était satisfait de son éloquence.

Elle rit : « Il y en a ici beaucoup, ce soir, de ces marches !

— Au lieu de ces marches, vous pourriez peut-être me montrer un escalier dérobé qui me conduira plus vite auprès de vous. »

La cinéaste sourit : « Nous allons essayer », dit-elle. Elle le prit par la main et l'entraîna. Elle le conduisit par l'escalier qui menait à la porte de sa chambre et le cœur de Jaromil se mit à battre plus fort.

En vain. Dans la chambre qu'il connaissait, il y avait encore d'autres invités.

8

Dans la pièce voisine ils ont depuis longtemps éteint la radio, il fait nuit noire, la mère attend son fils et elle pense à sa défaite. Mais ensuite elle se dit que, même si elle a perdu cette bataille, elle continuera de lutter. Oui, c'est exactement ce qu'elle ressent : elle luttera, elle ne permettra pas qu'on le lui prenne, elle ne se laissera pas séparer de lui, elle l'accompagnera toujours, elle le suivra toujours. Elle est assise dans un fauteuil, mais elle a le sentiment de s'être mise en marche ; de s'être mise en marche à travers une longue nuit pour le rejoindre, pour le reprendre.

9

La chambre de la cinéaste est pleine de discours et de fumée, à travers lesquels l'un des hommes (il peut avoir dans la trentaine) regarde attentivement Jaromil depuis un long moment : « J'ai l'impression d'avoir entendu parler de toi, lui dit-il enfin.

— De moi ? » fit Jaromil avec satisfaction.

L'homme demanda à Jaromil si ce n'était pas lui, le jeune garçon qui allait chez le peintre depuis l'enfance.

Jaromil était heureux de pouvoir, par le truchement d'une relation commune, se lier plus solidement à cette société de gens inconnus, et il s'empressa d'acquiescer.

« Mais tu n'es pas allé le voir depuis longtemps, dit l'homme.

— Oui, depuis longtemps.

— Et pourquoi ? »

Jaromil ne savait que répondre, et il haussa les épaules.

« Je sais pourquoi, moi. Ça risquerait de gêner ta carrière. »

Les jeunes femmes et les jeunes hommes présents, qui s'efforçaient, quelques instants plus tôt, de réconcilier les deux adversaires, ne purent s'empêcher de rire. L'homme traversait la pièce, maintenant fermement en l'air Jaromil qui se débattait comme un poisson tendre et désespéré. Il le transporta ainsi jusqu'à la porte du balcon. Il ouvrit la porte-fenêtre, déposa le poète sur le balcon et botta.

12

Un coup de feu claqua, Lermontov porta la main à son cœur et Jaromil tomba sur le béton glacial du balcon.

Ô ma Bohême, tu transformes si facilement la gloire des coups de feu en bouffonnerie des coups de pied !

Pourtant, faut-il que nous nous moquions de Jaromil parce qu'il n'est qu'une parodie de Lermontov ? Faut-il que nous nous moquions du peintre parce qu'il imitait André Breton avec son manteau de cuir et son chien-loup ? Est-ce qu'André Breton aussi n'était pas une imitation de quelque chose de noble, à quoi il voulait ressembler ? La parodie n'est-elle pas le destin éternel de l'homme ?

D'ailleurs, il n'est rien de plus facile que de renverser la situation :

13

Un coup de feu claqua, Jaromil porta la main à son cœur et Lermontov tomba sur le béton glacial du balcon.

Il est sanglé dans le grand uniforme des officiers du tsar et se soulève de terre. Il est épouvantablement abandonné. Il manque ici l'historiographie littéraire avec ses baumes, qui pourraient donner une signification solennelle à sa chute. Il manque ici le pistolet dont la détonation effacerait sa puérile humiliation. Il n'y a ici que le rire qui lui parvient à travers la vitre et le déshonore à jamais.

Il s'approche de la balustrade et regarde en bas. Mais hélas ! le balcon n'est pas assez haut pour qu'il ait la certitude de se tuer, s'il plonge. Il fait froid, ses oreilles sont gelées, ses pieds sont gelés, il sautille d'un pied sur l'autre et ne sait que faire. Il a peur que ne s'ouvre la porte du balcon, peur que n'y paraissent des visages goguenards. Il est pris au piège. Il est dans le piège de la farce.

Lermontov ne craint pas la mort, mais il craint le ridicule. Il voudrait sauter, mais il ne saute pas, car il sait qu'un suicide est tragique, mais qu'un suicide manqué est risible.

(Mais comment, comment ? Quelle phrase étrange ! Qu'un suicide réussisse ou échoue, c'est toujours un seul et même acte, auquel nous sommes conduits par les mêmes raisons et par le même courage ! Alors, en quoi consiste ici la différence entre le tragique et le ridicule ? Seulement le hasard de la réussite ? Qu'est-ce qui distingue la petitesse de la grandeur ? Dis-le, Lermontov ! Seulement des accessoires ? Un pistolet ou un coup de pied ? Seulement des décors que l'Histoire impose à l'aventure humaine ?)

Il suffit ! C'est Jaromil qui est sur le balcon, il est en chemise blanche, avec son nœud de cravate baissé, et il tremble de froid.

14

Tous les révolutionnaires aiment les flammes. Percy Shelley aussi rêvait de la mort par le feu. Les amants de son grand poème périssent ensemble sur le bûcher.

Shelley projeta en eux l'image de lui-même et de sa femme et pourtant il périt noyé. Mais ses amis, comme s'ils voulaient réparer cette erreur sémantique de la mort, dressèrent sur le rivage de la mer un grand bûcher pour incinérer son corps grignoté par les poissons.

Mais Jaromil aussi, la mort veut-elle se moquer de lui, en lâchant sur lui le gel en guise de flammes ?

Car Jaromil veut mourir ; l'idée du suicide l'attire comme

la voix du rossignol. Il sait qu'il est grippé, il sait qu'il va tomber malade, mais il ne retourne pas dans la pièce, il ne peut plus supporter l'humiliation. Il sait que seule l'étreinte de la mort peut l'apaiser, cette étreinte qu'il emplira de tout son corps et de toute son âme et où il trouvera enfin la grandeur ; il sait que seule la mort peut le venger et accuser de meurtre ceux qui ricanent.

Il se dit qu'il va s'allonger devant la porte-fenêtre et laisser le froid le rôtir par en dessous pour faciliter à la mort son travail. Il s'assied sur le sol ; le béton est tellement glacial qu'au bout de quelques minutes il ne sent plus son derrière ; il veut s'allonger, mais il manque de courage pour appuyer son dos contre le sol glacé, et il se relève.

Le gel l'étreignait tout entier : il était à l'intérieur de ses chaussures légères, il était sous son pantalon et sous sa culotte de gymnastique, il glissait la main sous sa chemise. Jaromil claquait des dents, il avait mal à la gorge, il ne pouvait pas avaler, il éternuait et il avait envie de pisser. Il déboutonna sa braguette de ses doigts transis ; puis il urina par terre devant lui et il vit que sa main, qui tenait son membre, tremblait de froid.

15

Il se tordait de douleur sur le sol de béton, mais pour rien au monde il n'aurait consenti à ouvrir la porte-fenêtre pour rejoindre ceux qui avaient ricané. Mais que faisaient-ils ? Pourquoi ne venaient-ils pas le chercher ? Étaient-ils si méchants ? Ou si soûls ? Et depuis combien de temps était-il ici, à grelotter dans le froid glacial ?

Soudain le lustre s'éteignit dans la pièce et il ne resta plus qu'une lumière tamisée.

Jaromil s'approcha de la fenêtre et il vit le divan qu'éclairait une petite lampe à abat-jour rose ; il regarda longuement, puis il vit deux corps nus qui s'étreignaient.

Il claquait des dents, il tremblait et il regardait ; le rideau à demi tiré l'empêchait de distinguer avec certitude si le corps de la femme recouvert par le corps de l'homme appartenait à la cinéaste, mais tout paraissait indiquer qu'il en était bien ainsi : les cheveux de cette femme étaient noirs et longs.

Mais qui est cet homme ? Mon Dieu ! Jaromil le sait bien ! Car il a déjà vu cette scène-là ! Le froid, la neige, le chalet dans la montagne et, contre une fenêtre illuminée, Xavier avec une femme ! À partir d'aujourd'hui, pourtant, Xavier et Jaromil devaient être une seule et même personne ! Comment se peut-il que Xavier le trahisse ? Mon Dieu, comment se peut-il qu'il fasse l'amour sous ses yeux avec son amie ?

16

Maintenant il faisait noir dans la chambre. Il n'y avait plus rien à entendre ni à voir. Et dans son esprit aussi, il n'y avait plus rien : ni colère, ni regret, ni humiliation ; dans son esprit, il n'y avait plus qu'un froid terrible.

Il ne pouvait pas supporter de rester ici plus longtemps ; il ouvrit la porte vitrée et il entra ; il ne voulait rien voir, il ne regardait ni à gauche ni à droite, et il traversa la chambre d'un pas rapide.

Il y avait de la lumière dans le couloir. Il descendit l'escalier et il ouvrit la porte de la pièce où il avait laissé sa veste ; il y faisait noir, seule une faible lueur qui pénétrait jusqu'ici depuis l'entrée éclairait vaguement quelques dormeurs à la respiration bruyante. Il tremblait toujours de froid. Il cherchait à tâtons sa veste sur les chaises, mais il ne pouvait pas la trouver. Il éternua ; un dormeur s'éveilla et le rappela à l'ordre.

Il sortit dans l'entrée. Son pardessus était accroché au portemanteau. Il le mit directement sur sa chemise, prit son chapeau et sortit en courant de la villa.

17

Le cortège s'est mis en marche. En tête, le cheval tire le corbillard. Derrière le corbillard s'avance Mme Wolker, et elle s'aperçoit qu'un coin de l'oreiller blanc dépasse du couvercle noir ; ce bout de tissu coincé est comme un reproche, le lit où son petit garçon (ah ! il n'a que vingt-quatre ans !) dort de son dernier sommeil est mal fait ; elle éprouve un désir insurmontable d'arranger cet oreiller sous la tête du petit.

Puis, on dépose dans l'église le cercueil entouré de couronnes de fleurs. La grand-mère vient d'avoir une attaque et, pour voir, elle doit soulever du doigt sa paupière. Elle examine le cercueil, elle examine les couronnes ; l'une d'elles porte un ruban au nom de Martynov. « Jetez ça », commande-t-elle. Son œil sénile, au-dessus duquel le doigt maintient la paupière paralysée, veille fidèlement sur le dernier voyage de Lermontov, qui n'a que vingt-six ans.

18

Jaromil (ah ! il n'a pas encore vingt ans) est dans sa chambre et il a une forte fièvre. Le médecin a diagnostiqué une pneumonie.

À travers la cloison, on entend les locataires qui se disputent bruyamment, et les deux pièces où habitent la veuve et le fils sont une petite île de silence, île assiégée. Mais maman n'entend pas le vacarme de la pièce voisine. Elle ne pense qu'aux médicaments, qu'aux tisanes brûlantes et qu'aux enveloppements humides. Déjà quand il était petit, elle a passé plusieurs jours de suite auprès de lui, pour le ramener, rouge et brûlant, du royaume des morts. Cette fois encore, elle veillera sur lui, tout aussi passionnément, longuement et fidèlement.

Jaromil dort, délire, se réveille et recommence à délirer ; les flammes de la fièvre lèchent son corps.

Alors, quand même les flammes ? Sera-t-il changé, malgré tout, en clarté et en chaleur ?

19

Devant maman il y a un inconnu et il veut parler à Jaromil. Maman refuse. L'homme lui rappelle le nom de la jeune fille rousse. « Votre fils a dénoncé son frère. Maintenant ils sont tous les deux arrêtés. Il faut que je lui parle. »

Ils sont debout face à face, dans la chambre de la mère, mais pour elle, à présent, cette chambre n'est que l'entrée de la chambre de son fils ; elle y monte la garde comme un ange en armes défendant la porte du paradis. La voix du visiteur est insolente et éveille en elle la colère. Elle ouvre la porte de la chambre de son fils : « Eh bien, parlez-lui ! »

L'inconnu aperçut le visage écarlate du jeune homme délirant de fièvre, et maman lui dit d'une voix basse et ferme : « J'ignore de quoi vous voulez parler, mais je vous assure que mon fils savait ce qu'il faisait. Tout ce qu'il fait est dans l'intérêt de la classe ouvrière. »

En prononçant ces mots, qu'elle avait souvent entendus de la bouche de son fils, mais qui lui étaient jusqu'alors étrangers, elle éprouvait une sensation de puissance infinie ; maintenant, elle était unie à son fils plus fortement que jamais ; elle ne formait avec lui qu'une seule âme, qu'une seule intelligence ; elle ne formait avec lui qu'un seul univers, taillé dans une matière unique.

20

Xavier tenait à la main son cartable où il avait un cahier de tchèque et un manuel de sciences naturelles.

« Où veux-tu aller ? »

Xavier sourit et désigna la fenêtre. La fenêtre était ouverte, le soleil y brillait et de loin parvenaient jusqu'ici les voix de la ville emplie d'aventures.

« Tu m'as promis de m'emmener avec toi...

— Il y a longtemps de cela, dit Xavier.

— Tu veux me trahir ?

— Oui. Je vais te trahir. »

Jaromil ne pouvait pas reprendre son souffle. Il ne sentait qu'une chose, qu'il détestait infiniment Xavier. Il pensait, récemment encore, que lui et Xavier n'étaient qu'un seul être sous une double apparence, mais maintenant il comprend que Xavier est quelqu'un de tout à fait différent et qu'il est l'ennemi juré de Jaromil.

Xavier se pencha sur lui et lui caressa le visage : « Tu es belle, tu es si belle...

— Pourquoi me parles-tu comme à une femme ? Es-tu fou ? » s'écria Jaromil.

Mais Xavier ne se laissait pas interrompre : « Tu es très belle, mais il faut que je te trahisse. »

Puis il tourna les talons et se dirigea vers la fenêtre ouverte.

« Je ne suis pas une femme ! Tu sais bien que je ne suis pas une femme ! » criait derrière lui Jaromil.

21

La fièvre a provisoirement diminué et Jaromil regarde autour de lui ; les murs sont vides ; la photographie encadrée de l'homme en uniforme d'officier a disparu.

« Où est papa ?

— Papa n'est plus ici, dit maman d'une voix tendre.

— Comment ? Qui l'a enlevé ?

— Moi, mon chéri. Je ne veux pas qu'il nous regarde. Je ne veux pas que quelqu'un s'interpose entre nous. À présent, il est inutile que je te mente. Il faut que tu saches. Ton père n'a jamais voulu que tu voies le jour. Il n'a jamais voulu que tu vives. Il voulait m'obliger à ne pas te mettre au monde. »

Jaromil était épuisé par la fièvre et n'avait plus la force de poser des questions ou de discuter.

« Mon beau petit garçon », lui dit maman, et sa voix se brise.

Jaromil comprend que la femme qui lui parle l'a toujours aimé, qu'elle ne lui a jamais échappé, qu'il n'a jamais eu à redouter de la perdre et qu'elle ne l'a jamais rendu jaloux.

« Je ne suis pas beau, maman. Toi, tu es belle. Tu as l'air si jeune. »

Elle entend ce que dit son fils et elle a envie de pleurer de bonheur. « Tu crois que je suis belle ? Et toi, tu me ressembles. Tu n'as jamais voulu admettre que tu me ressembles. Mais tu me ressembles et j'en suis heureuse. » Et elle caressait ses cheveux, qui étaient jaunes et fins comme du duvet et elle les couvrait de baisers : « Tu as des cheveux d'ange, mon chéri. »

Jaromil sent à quel point il est fatigué. Il n'aurait plus la force d'aller chercher une autre femme, elles sont toutes si loin et la route qui mène jusqu'à elles est infiniment longue. « En réalité, aucune femme ne m'a jamais plu, dit-il, seulement toi, maman. Tu es la plus belle de toutes. »

Maman pleure et l'embrasse : « Te souviens-tu de nos vacances dans la ville d'eaux ?

— Oui, maman, c'est toi que j'ai le plus aimée. »

Maman voit le monde à travers une grosse larme de bonheur ; autour d'elle tout se brouille dans l'humidité ; les choses, libérées des entraves de la forme, se réjouissent et dansent : « C'est vrai, mon chéri ?

— Oui », dit Jaromil, qui tient la main de maman dans sa paume brûlante et il est las, infiniment las.

22

Déjà la terre s'amoncelle sur le cercueil de Wolker. Déjà Mme Wolker revient du cimetière. Déjà la pierre est à sa place au-dessus du cercueil de Rimbaud, mais sa mère, à ce qu'on rapporte, fit rouvrir le caveau familial de Charleville. Vous la voyez, cette dame austère en robe noire ? Elle examine le trou sombre et humide et elle s'assure que le cercueil est à sa place et qu'il est fermé. Oui, tout est en ordre. Arthur repose et ne va pas s'échapper. Arthur ne s'enfuira plus jamais. Tout est en ordre.

23

Alors, tout de même, l'eau, rien que l'eau ? Pas de flammes ?

Il ouvrit les yeux et vit, penché sur lui, un visage au menton tendrement rentré et aux fins cheveux jaunes. Ce visage est si proche qu'il croit être étendu au-dessus d'un puits qui lui renvoie sa propre image.

Non, pas la moindre flamme. Il va se noyer dans l'eau.

Il regardait son visage sur la surface de l'eau. Puis, sur ce visage, il vit soudain une grande frayeur. Et ce fut la dernière chose qu'il vit.

LA VALSE AUX ADIEUX

À François Kérel

Titre original :
VALCIK NA ROZLOUCENOU

Traduit du tchèque par François Kérel.

Première journée

I

L'automne commence et les arbres se colorent de jaune, de rouge, de brun ; la petite ville d'eaux, dans son joli vallon, semble cernée par un incendie. Sous les arcades, des femmes vont et viennent et s'inclinent vers les sources. Ce sont des femmes qui ne peuvent pas avoir d'enfants et elles espèrent trouver dans ces eaux thermales la fécondité.

Les hommes sont ici beaucoup moins nombreux parmi les curistes, mais on en voit pourtant, car il paraît que les eaux, outre leurs vertus gynécologiques, sont bonnes pour le cœur. Malgré tout, pour un curiste mâle, on en compte neuf de sexe féminin, et cela met en fureur la jeune célibataire qui travaille ici comme infirmière et s'occupe à la piscine de dames venues soigner leur stérilité !

C'est ici qu'est née Ruzena, elle y a son père et sa mère. Échappera-t-elle jamais à ce lieu, à cet atroce pullulement de femmes ?

On est lundi et la journée de travail approche de sa fin. Plus que quelques grosses bonnes femmes qu'il faut envelopper dans un drap, faire s'étendre sur un lit de repos, auxquelles il faut essuyer le visage, et sourire.

« Alors, tu vas téléphoner ? demandent à Ruzena ses collègues ; l'une est une plantureuse quadragénaire, l'autre est plus jeune et maigre.

— Et pourquoi pas ? fait Ruzena.

— Allez ! N'aie pas peur ! réplique la quadragénaire, et elle la conduit derrière les cabines du vestiaire où les infirmières ont leur armoire, leur table et leur téléphone.

— C'est chez lui que tu devrais l'appeler, observe méchamment la maigre, et elles pouffent toutes les trois.

— Je connais le numéro du théâtre », dit Ruzena quand le rire s'est apaisé.

2

Ce fut une conversation horrible. Dès qu'il entendit la voix de Ruzena dans l'appareil, il fut épouvanté.

Les femmes lui faisaient toujours peur ; aucune, pourtant, ne le croyait, et elles ne voyaient dans cette affirmation qu'une coquette boutade.

« Comment vas-tu ? demanda-t-il.

— Pas très bien, répondit-elle.

— Qu'est-ce qu'il y a ?

— Il faut que je te parle », dit-elle, pathétique.

C'était bien ce ton pathétique qu'il attendait avec effroi depuis des années.

« Quoi ? » fit-il d'une voix étranglée.

Elle répéta : « Il faut absolument que je te parle.

— Qu'est-ce qui se passe ?

— Quelque chose qui nous concerne tous les deux. »

Il était incapable de parler. Au bout d'un instant, il répéta : « Qu'est-ce qui se passe ?

— J'ai un retard de six semaines. »

Il dit en faisant un gros effort pour se maîtriser : « Ce n'est sans doute rien. Ça arrive quelquefois et ça ne veut rien dire.

— Non, cette fois-ci, c'est bien ça.

— Ce n'est pas possible. C'est absolument impossible. En tout cas, ça ne peut pas être de ma faute. »

Elle se vexa. « Pour qui me prends-tu, s'il te plaît ! »

Il avait peur de l'offenser car, subitement, il avait peur de tout : « Non, je ne veux pas te froisser, c'est idiot, pourquoi voudrais-je te froisser, je dis seulement que ce ne peut pas être arrivé avec moi, que tu n'as rien à craindre, que c'est absolument impossible, physiologiquement impossible.

— Dans ce cas, c'est inutile, dit-elle, de plus en plus vexée. Excuse-moi de t'avoir dérangé. »

Il craignait qu'elle ne raccrochât. « Mais non, pas du tout.

Tu as bien fait de me téléphoner ! Je t'aiderai volontiers, c'est certain. Tout peut certainement s'arranger.

— Que veux-tu dire, s'arranger ? »

Il se sentit gêné. Il n'osait pas appeler la chose par son vrai nom : « Eh bien… oui… s'arranger.

— Je sais ce que tu veux dire, mais n'y compte pas ! Oublie cette idée. Même si je devais gâcher ma vie, je ne le ferais pas. »

De nouveau, il fut paralysé de frayeur, mais cette fois-ci il prit timidement l'offensive : « Alors, pourquoi me téléphones-tu, puisque tu ne veux pas me parler ? Veux-tu discuter avec moi ou as-tu déjà pris une décision ?

— Je veux discuter avec toi.

— Je vais venir te voir.

— Quand ?

— Je te préviendrai.

— Bon.

— Alors, à bientôt.

— À bientôt. »

Il raccrocha et regagna la petite salle où se trouvait son orchestre.

« Messieurs, la répétition est terminée, dit-il. Cette fois, je n'en peux plus. »

3

Quand elle raccrocha l'écouteur, elle était rouge d'excitation. La façon dont Klima avait accueilli la nouvelle l'offensait. D'ailleurs, elle était offensée depuis pas mal de temps.

Voici deux mois qu'ils avaient fait connaissance, un soir que le célèbre trompettiste se produisait avec sa formation dans la ville d'eaux. Le concert avait été suivi d'une bringue à laquelle elle avait été conviée. Le trompettiste l'avait distinguée entre toutes et il avait passé la nuit avec elle.

Depuis, il n'avait pas donné signe de vie. Elle lui avait adressé deux cartes postales avec ses salutations, et il ne lui avait jamais répondu. Un jour qu'elle était de passage dans la capitale, elle lui avait téléphoné au théâtre où, à ce qu'elle avait appris, il répétait avec sa formation. Le type qui avait répondu l'avait invitée à se faire connaître et lui avait dit ensuite qu'il allait chercher Klima. Quand il était revenu, quelques instants plus tard, il avait annoncé que la répétition était terminée et que le trompettiste était parti. Elle s'était demandé si ce n'était pas une façon de l'éconduire et elle en avait conçu un dépit d'autant plus vif qu'elle redoutait déjà d'être enceinte.

« Il prétend que c'est physiologiquement impossible ! C'est magnifique, physiologiquement impossible ! Je me demande ce qu'il va dire quand le petit viendra au monde ! »

Ses deux collègues l'approuvaient chaleureusement. Le jour où elle leur avait annoncé, dans la salle saturée de vapeur, qu'elle venait de vivre la nuit passée des heures indescriptibles avec l'homme célèbre, le trompettiste était aussitôt devenu le bien de toutes ses collègues. Son fantôme les accompagnait dans la salle où elles se succédaient et, prononçait-on quelque part son nom, elles riaient sous cape comme s'il s'agissait d'une personne qu'elles connaissaient intimement. Et quand elles avaient appris que Ruzena était enceinte elles avaient été envahies d'un étrange plaisir, car depuis il était physiquement présent avec elles dans les entrailles profondes de l'infirmière.

La quadragénaire lui tapotait les omoplates : « Voyons, voyons, petite, calme-toi ! J'ai quelque chose pour toi. » Puis elle ouvrit devant elle le numéro d'un illustré, plutôt malpropre et chiffonné : « Regarde ! »

Toutes trois contemplaient la photographie d'une jeune et jolie brune campée sur une estrade avec un microphone devant les lèvres.

Ruzena tentait de déchiffrer son destin sur ces quelques centimètres carrés.

« Je ne savais pas qu'elle était si jeune, fit-elle, pleine d'appréhension.

— Allons donc ! sourit la quadragénaire. C'est une photo d'il y a dix ans. Ils ont tous les deux le même âge. Cette femme-là n'est pas une rivale pour toi ! »

4

Pendant la conversation téléphonique avec Ruzena, Klima s'était souvenu que cette épouvantable nouvelle, il l'attendait depuis longtemps. Il n'avait certes aucun motif raisonnable de penser qu'il eût fécondé Ruzena pendant la soirée fatale (au contraire, il était certain d'être injustement accusé), mais il attendait une nouvelle de ce genre depuis bien des années, et bien avant de connaître Ruzena.

Il avait vingt et un ans quand une blonde qui s'était amourachée de lui avait eu l'idée de simuler une grossesse pour le contraindre au mariage. Ce furent de cruelles semaines, qui lui avaient donné des crampes d'estomac et au bout desquelles il était tombé malade. Il savait, depuis, que la grossesse est un coup qui peut surgir de partout et n'importe quand, un coup contre lequel il n'est point de paratonnerre et qui s'annonce par une voix pathétique dans un téléphone (oui, cette fois-là aussi la blonde lui avait d'abord appris la funeste nouvelle par téléphone). L'incident de sa vingt et unième année faisait qu'ensuite il s'était toujours approché des femmes avec un sentiment d'angoisse (avec pas mal de zèle, pourtant) et qu'après chaque rendez-vous d'amour il redoutait de sinistres conséquences. Il avait beau se persuader à force de raisonnements qu'avec sa prudence maladive la probabilité d'un tel désastre était d'à peine un millième pour cent, même ce millième-là parvenait à l'épouvanter.

Une fois, tenté par une soirée libre, il avait téléphoné à une jeune femme qu'il n'avait pas vue depuis deux mois. Quand elle avait reconnu sa voix, elle s'était écriée : « Mon Dieu, c'est toi ! J'attendais ton coup de téléphone avec tant d'impatience ! J'avais tellement besoin que tu me téléphones ! » et elle disait cela avec une telle insistance, avec un tel pathos, que l'angoisse familière étreignait le cœur de Klima et qu'il sentait de tout son être que l'instant redouté était maintenant venu. Et parce qu'il voulait, le plus promptement possible, regarder la vérité en face, il prit l'offensive : « Et pourquoi me dis-tu ça d'un ton si tragique ? — Maman est morte hier », répliqua la jeune femme, et il fut soulagé, tout en sachant que, de toute manière, au malheur qu'il redoutait, un jour, il n'échappera pas.

5

« En voilà assez. Qu'est-ce que ça signifie ? » dit le batteur, et Klima reprit enfin ses esprits. Il voyait autour de lui les visages soucieux de ses musiciens et il leur expliqua ce qui lui arrivait. Les hommes posèrent leurs instruments et voulurent l'aider de leurs conseils.

Le premier conseil était radical : le guitariste, qui avait dix-huit ans, déclara qu'une femme comme celle qui venait de téléphoner à leur chef et trompettiste devait être durement repoussée. « Dis-lui de faire comme elle voudra. Le gosse n'est pas de toi et tu n'as absolument rien à voir là-dedans. Si elle insiste, un examen sanguin montrera qui est le père. »

Klima fit observer que les examens sanguins ne prouvent généralement rien et que dans ce cas les accusations de la femme l'emportent.

Le guitariste répondit qu'il n'y aurait pas d'examen sanguin du tout. La jeune femme, ainsi rabrouée, prendrait grand soin de s'épargner des démarches inutiles et quand elle aurait compris que l'homme qu'elle accusait n'était pas une femmelette, elle se débarrasserait de l'enfant à ses propres frais. « Et si elle finit quand même par l'avoir nous irons tous, tous les musiciens de l'orchestre, témoigner devant le tribunal que nous couchions tous avec elle à ce moment-là. Qu'ils aillent chercher le père parmi nous ! »

Mais Klima répliqua : « Je suis certain que vous feriez cela pour moi. Mais, en attendant, je serais depuis longtemps devenu fou d'incertitude et de terreur. Dans ces affaires-là, je suis le plus lâche des hommes qui soit sous le soleil, et j'ai avant tout besoin de certitude. »

Tout le monde était d'accord. La méthode du guitariste était bonne en principe, mais pas pour tous. Surtout, elle n'était pas indiquée pour un homme qui n'avait pas les nerfs solides. Elle n'était pas recommandée non plus dans le cas d'un homme célèbre et riche qui valait la peine qu'une femme se lançât dans une entreprise très risquée. Ils se rallièrent donc à l'opinion qu'au lieu de repousser durement la jeune femme il fallait user de la persuasion pour qu'elle consente à un avortement. Mais quels arguments choisir ? On pouvait envisager trois méthodes fondamentales :

La première faisait appel au cœur compatissant de la jeune femme : Klima parlerait à l'infirmière comme à sa meilleure amie ; il se confierait à elle avec sincérité ; il lui dirait que sa femme était gravement malade et qu'elle en mourrait si elle apprenait que son mari avait un enfant d'une autre femme ; que Klima, ni du point de vue moral ni sur le plan nerveux, ne pourrait supporter une telle situation ; et qu'il suppliait l'infirmière de lui faire grâce.

Cette méthode-là se heurtait à une objection de principe. On ne pouvait fonder toute la stratégie sur une chose aussi douteuse et mal assurée que la bonté d'âme de l'infirmière. Il lui faudrait un cœur vraiment bon et compatissant pour que ce procédé ne se retourne pas contre Klima. Elle se montrerait d'autant plus agressive qu'elle se sentirait offensée par cet excès d'égards que le père élu de son enfant manifestait envers une autre.

Une deuxième méthode faisait appel au bon sens de la jeune femme : Klima tenterait de lui expliquer qu'il n'avait pas et ne pourrait jamais avoir la certitude que l'enfant était vraiment le sien. Il ne connaissait l'infirmière que pour l'avoir rencontrée une seule fois et ne savait absolument rien d'elle. Qui d'autre fréquentait-elle, il n'en avait aucune idée. Non, non, il ne la soupçonnait pas de vouloir délibérément l'induire en erreur, mais elle ne pouvait pourtant lui affirmer qu'elle ne fréquentait pas d'autres hommes ! Et le lui affirmerait-elle, où Klima pouvait-il trouver l'assurance qu'elle disait la vérité ? Et serait-il raisonnable de donner le jour à un enfant dont le père ne serait jamais certain de sa paternité ? Klima pourrait-il abandonner sa femme pour un enfant dont il ne savait même pas s'il était le sien ? Et Ruzena voulait-elle d'un enfant auquel il ne serait jamais permis de connaître son père ?

Cette méthode-là aussi s'avérait douteuse : le contrebassiste (qui était l'homme le plus âgé de la formation) fit observer qu'il était encore plus naïf de tabler sur le bon sens de la jeune femme que de se fier à sa compassion. La logique de l'argumentation atteindrait une cible béante, tandis que le cœur de la jeune femme serait bouleversé par ce refus de l'homme aimé de croire à sa sincérité. Ce qui l'inciterait à persévérer plus opiniâtrement encore, avec une larmoyante obstination, dans ses affirmations et dans ses desseins.

Enfin, il y avait encore une troisième méthode : à la future mère, Klima jurerait qu'il l'avait aimée et qu'il l'aimait. Quant à la possibilité que l'enfant fût de quelqu'un d'autre, il ne devait pas y être fait la moindre allusion. Klima allait au contraire plonger la jeune femme dans un bain de confiance, d'amour et de tendresse. Il allait tout lui promettre, y compris de divorcer. Il allait lui dépeindre leur magnifique avenir. Et c'était au nom de cet avenir qu'il la prierait ensuite de bien vouloir interrompre sa grossesse. Il lui expliquerait que la naissance de l'enfant serait prématurée et les priverait des premières, des plus belles années de leur amour.

Il manquait à cette argumentation ce qui était en trop dans la précédente : la logique. Comment Klima pouvait-il être si vivement épris de l'infirmière, alors qu'il l'avait évitée pendant deux mois ? Mais le contrebassiste affirmait que les amoureux ont toujours un comportement illogique et qu'il n'était rien de plus simple que de l'expliquer d'une manière ou d'une autre à la jeune femme. Finalement, tous convinrent que cette troisième méthode était probablement la plus satisfaisante, car elle faisait appel au sentiment d'amour de la jeune femme, seule certitude relative dans les circonstances présentes.

6

Ils sortirent du théâtre et se séparèrent au coin de la rue, mais le guitariste raccompagna Klima jusqu'à sa porte. Il était le seul à désapprouver le plan proposé. Ce plan lui paraissait en effet indigne du chef qu'il vénérait : « Quand tu vas trouver une femme, arme-toi d'un fouet ! disait-il, citant Nietzsche dont il ne connaissait, parmi les œuvres complètes, que cette unique phrase.

— Petit, se lamenta Klima, c'est elle qui le tient, le fouet. »

Le guitariste proposa à Klima de l'accompagner en voiture dans la ville d'eaux, d'attirer la jeune femme sur la route et de l'écraser.

« Personne ne pourra prouver qu'elle ne s'est pas précipitée elle-même sous mes roues. »

Le guitariste était le plus jeune musicien de la formation, il aimait beaucoup Klima qui était touché par ses paroles : « Tu es extrêmement gentil », lui dit-il.

Le guitariste exposa son plan en détail et il avait les joues en feu.

« Tu es extrêmement gentil, mais ce n'est pas possible, dit Klima.

— Pourquoi hésites-tu, c'est une salope !

— Tu es vraiment très gentil, mais ce n'est pas possible », dit Klima et il prit congé du guitariste.

7

Quand il se retrouva seul, il réfléchit à la proposition du jeune homme et aux raisons qui le conduisaient à la repousser. Ce n'était pas qu'il fût plus vertueux que le guitariste, c'était parce qu'il était moins courageux. La crainte d'être accusé de complicité d'assassinat était aussi grande que la crainte d'être déclaré père. Il vit l'automobile renverser Ruzena, il vit Ruzena étendue sur la route dans une mare de sang et il en éprouva un éphémère soulagement qui le combla d'aise. Mais il savait qu'il ne sert à rien de s'abandonner aux mirages des illusions. Et il avait maintenant une grave préoccupation. Il pensait à sa femme. Mon Dieu, c'était demain son anniversaire !

Il était six heures moins quelques minutes, et les magasins fermaient à six heures précises. Il entra à la hâte dans une boutique de fleuriste pour acheter un gigantesque bouquet de roses. Quelle pénible soirée d'anniversaire l'attendait ! Il faudrait feindre d'être auprès d'elle, par le cœur et par la pensée, il faudrait se consacrer à elle, se montrer tendre envers elle, la divertir, rire avec elle, et pendant tout ce temps-là il ne cesserait pas une seconde de penser à un ventre lointain. Il ferait un effort pour prononcer des paroles aimables, mais son esprit serait loin, emprisonné dans l'obscure cellule de ces entrailles étrangères.

Il comprit qu'il serait au-dessus de ses forces de passer cet anniversaire à la maison et décida de ne pas retarder davantage le moment d'aller voir Ruzena.

Mais ce n'était pas non plus une perspective souriante. La ville d'eaux, au milieu des montagnes, lui faisait l'effet d'un désert. Il n'y connaissait personne. À l'exception peut-être de ce curiste américain qui se conduisait comme les riches bourgeois de l'ancien temps et qui, après le concert, avait invité toute la formation dans l'appartement qu'il occupait à l'hôtel. Il les avait comblés d'alcools excellents et de femmes choisies parmi le personnel de la station, de sorte qu'il était indirectement responsable de ce qui s'était passé ensuite entre Ruzena et Klima. Ah, pourvu que cet homme, qui lui avait manifesté alors une sympathie sans réserve, se trouve encore dans la ville d'eaux ! Klima s'accrocha à son image comme à une planche de salut, car dans les moments comme ceux qu'il était en train de vivre il n'est rien dont un homme ait autant besoin que l'amicale compréhension d'un autre homme.

Il retourna au théâtre et s'arrêta dans la loge du gardien. Il demanda l'interurbain. Peu après, la voix de Ruzena se fit entendre dans l'écouteur. Il lui dit qu'il viendrait la voir dès le lendemain. Il ne fit pas une seule allusion à la nouvelle qu'elle lui avait annoncée quelques heures plus tôt. Il lui parlait comme s'ils avaient été des amants insouciants.

Entre deux phrases, il demanda : « L'Américain est toujours là-bas ?

— Oui ! » dit Ruzena.

Se sentant soulagé, il répéta d'un ton un peu plus désinvolte qu'il se réjouissait de la voir.

« Comment es-tu habillée ? dit-il ensuite.

— Pourquoi ? »

C'était une ruse dont il usait avec succès depuis des années dans ses badinages téléphoniques : « Je veux savoir comment tu es habillée en ce moment. Je veux pouvoir t'imaginer.

— J'ai une robe rouge.

— Le rouge doit t'aller très bien.

— Ça se peut, dit-elle.

— Et sous ta robe ? »

Elle rit.

Oui, elles riaient toutes quand il leur posait cette question-là.

« De quelle couleur est ton slip ?

— Rouge aussi.

— Je me réjouis de te voir dedans », dit-il et il prit congé. Il pensait avoir trouvé le ton juste. Un instant, il se sentit mieux. Mais rien qu'un instant. Il venait en effet de comprendre qu'il était incapable de penser à autre chose qu'à Ruzena et qu'il lui faudrait limiter au plus strict minimum la conversation de la soirée avec son épouse. Il s'arrêta à la caisse d'un cinéma où l'on jouait un western américain et prit deux billets.

8

Bien qu'elle fût beaucoup plus belle qu'elle n'était malade, Mme Kamila Klima était quand même malade. À cause de sa santé fragile, elle avait dû, quelques années plus tôt, renoncer à la carrière de chanteuse qui l'avait conduite dans les bras de son actuel mari.

Cette belle jeune femme qui avait l'habitude d'être admirée eut soudain la tête pleine de l'odeur de formol de l'hôpital. Il lui semblait qu'entre l'univers de son époux et le sien s'étendait une chaîne de montagnes.

Alors, quand Klima voyait son triste visage, il sentait son cœur se déchirer et il tendait vers elle (à travers cette chaîne de montagnes fictive) des mains aimantes. Kamila comprit qu'il y avait dans sa tristesse une force qu'elle ne soupçonnait pas auparavant, et qui attirait Klima, l'attendrissait, lui faisait monter les larmes aux yeux. Il n'est pas surprenant qu'elle ait commencé à se servir (inconsciemment peut-être, mais d'autant plus souvent) de cet instrument inopinément découvert. Car c'était seulement lorsqu'il posait les yeux sur son visage douloureux qu'elle pouvait être plus ou moins certaine qu'aucune autre ne rivalisait avec elle dans la tête de Klima.

Cette femme très belle avait en effet peur des femmes et elle en voyait partout. Jamais, nulle part, elles ne lui échappaient. Elle savait les découvrir dans l'intonation de Klima, quand il lui disait bonsoir en rentrant à la maison. Elle savait les dépister à l'odeur de ses vêtements. Elle avait trouvé récemment une bande de papier arrachée au bord d'un journal ; une date y était inscrite de la main de Klima. Bien entendu, il pouvait s'agir d'événements les plus divers, de la répétition d'un concert, d'un rendez-vous avec un impresario, mais elle n'avait fait, pendant tout un mois, que se demander quelle femme Klima allait retrouver ce jour-là et, pendant tout un mois, elle avait mal dormi.

Si le monde perfide des femmes l'effrayait à ce point, ne pouvait-elle trouver un réconfort dans le monde des hommes ?

Difficilement. La jalousie possède l'étonnant pouvoir d'éclairer l'être unique d'intenses rayons et de maintenir la multitude des autres hommes dans une totale obscurité. La pensée de Mme Klima ne pouvait suivre une autre direction que celle de ces rayons douloureux, et son mari était devenu le seul homme de l'univers.

À présent, elle venait d'entendre la clé dans la serrure et elle voyait le trompettiste avec un bouquet de roses.

Elle en éprouva d'abord du plaisir, mais les doutes se firent entendre aussitôt : pourquoi lui apporte-t-il des fleurs dès ce soir, alors que c'est seulement demain son anniversaire ? Qu'est-ce que cela peut encore signifier ?

Et elle l'accueillit en disant : « Tu ne seras pas ici demain ? »

9

Qu'il lui ait apporté des roses ce soir n'implique pas nécessairement qu'il va s'absenter demain. Mais les antennes méfiantes, éternellement vigilantes, éternellement jalouses, savent deviner bien à l'avance la moindre intention cachée de l'époux. Chaque fois que Klima s'aperçoit de l'existence de ces terribles antennes, qui le mettent à nu, l'épient, le démasquent, il succombe à une désespérante sensation de fatigue. Il les déteste, ces antennes, et il est persuadé que si son mariage est menacé, c'est par elles. Il a toujours été convaincu (et il a sur ce point la conscience agressivement pure) que s'il lui arrive de mentir à sa femme, c'est uniquement parce qu'il veut l'épargner, la mettre à l'abri de toute déconvenue, et que c'est elle, par sa suspicion, qui se fait elle-même souffrir.

Il se penchait sur son visage et y lisait le soupçon, la tristesse et la mauvaise humeur. Il eut envie de jeter à terre le bouquet de roses, mais il se maîtrisa. Il savait qu'il lui faudrait, dans les jours prochains, se maîtriser dans des situations beaucoup plus difficiles.

« Est-ce que ça te contrarie que je t'aie apporté des fleurs ce soir ? » dit-il. Sentant de l'irritation dans sa voix, sa femme le remercia et alla mettre de l'eau dans un vase.

« Ce foutu socialisme ! dit ensuite Klima.

— Pourquoi ?

— Écoute ! Ils nous obligent à jouer tout le temps gratis. Une fois c'est au nom de la lutte contre l'impérialisme, une autre fois c'est pour commémorer la révolution, une autre fois encore c'est pour l'anniversaire d'un haut dignitaire, et si je ne veux pas qu'ils suppriment l'orchestre, je suis obligé de tout accepter. Tu ne peux pas imaginer comme je me suis encore énervé aujourd'hui.

— À quel sujet ? dit-elle, sans intérêt.

— Pendant la répétition nous avons reçu la visite de la présidente d'une commission du Conseil municipal, et elle a commencé à nous expliquer ce que nous devons jouer et ce que nous ne devons pas jouer et, pour finir, elle nous a obligés à organiser gratuitement un concert pour l'Union de la jeunesse. Mais le pire, c'est qu'il faut que je passe toute la journée de demain à une conférence grotesque où l'on va nous parler du rôle de la musique dans l'édification du socialisme. Encore une journée de gâchée, totalement gâchée ! Et justement le jour de ton anniversaire !

— Ils ne vont quand même pas te retenir jusqu'à la nuit !

— Sans doute pas. Mais tu vois d'ici dans quel état je vais rentrer à la maison ! Alors, j'ai pensé qu'on pourrait passer ensemble un petit moment tranquille dès ce soir, dit-il, saisissant les deux mains de son épouse.

— Tu es gentil », dit Kamila, et Klima comprit, au ton de sa voix, qu'elle ne croyait pas un seul mot de ce qu'il venait de dire au sujet de la conférence du lendemain. Kamila n'osait évidemment pas lui montrer qu'elle ne le croyait pas. Elle savait que sa méfiance le mettait en fureur. Mais Klima avait depuis longtemps cessé de croire à la crédulité de sa femme. Qu'il dît la vérité ou qu'il mentît, il la soupçonnait toujours de le soupçonner. Pourtant, les dés étaient jetés, il devait continuer sur sa lancée en feignant de croire qu'elle le croyait et elle (avec un visage triste et étranger), elle le questionnait sur la conférence du lendemain pour lui démontrer qu'elle ne doutait pas de sa réalité.

Puis elle alla à la cuisine préparer le dîner. Elle mit trop de sel. Elle faisait toujours la cuisine avec plaisir et fort bien (la vie ne l'avait pas gâchée et elle n'avait pas perdu l'habitude de s'occuper de son intérieur) et Klima savait que si, ce soir-là, le repas n'était pas réussi, c'était uniquement parce qu'elle se tourmentait. Il la voyait en pensée verser dans les aliments, d'un geste douloureux, violent, une dose excessive de sel, et son cœur se serrait. Il lui semblait, dans les bouchées trop salées, reconnaître la saveur des larmes de Kamila, et c'était sa propre culpabilité qu'il avalait. Il savait que Kamila était torturée par la jalousie, il savait qu'elle passerait encore une nuit sans sommeil et il avait envie de la caresser, de l'étreindre, de la consoler, mais il comprenait aussitôt que ce serait superflu parce que, dans cette tendresse, les antennes de sa femme n'auraient trouvé que la preuve de sa mauvaise conscience.

Finalement, ils allèrent au cinéma. Klima puisait un certain réconfort dans le spectacle du héros qu'on voyait sur l'écran échapper avec une contagieuse assurance à de perfides dangers. Il s'imaginait dans sa peau et se disait parfois que convaincre Ruzena d'avorter serait une bagatelle qu'il accomplirait en un tournemain grâce à son charme et à sa bonne étoile.

Puis ils s'étendirent côte à côte dans le grand lit. Il la regardait. Elle était allongée sur le dos, la tête enfoncée dans l'oreiller, le menton légèrement levé et les yeux fixés au plafond et, dans cette extrême tension de son corps (elle le faisait toujours songer à la corde d'un instrument de musique, il lui disait qu'elle avait « l'âme d'une corde »), il vit soudain, en un seul instant, toute son essence. Oui, il lui arrivait parfois (c'étaient des moments miraculeux) de saisir soudain, dans un seul de ses gestes ou de ses mouvements, toute l'histoire de son corps et de son âme. C'étaient des instants de clairvoyance absolue mais aussi d'émotion absolue ; car cette femme l'avait aimé quand il n'était encore rien, elle avait été prête à tout sacrifier pour lui, elle comprenait en aveugle toutes ses pensées, de sorte qu'il pouvait lui parler d'Armstrong ou de Stravinski, de vétilles et de choses graves, elle était pour lui le plus proche de tous les êtres humains… Puis il imagina que ce corps adorable, ce visage adorable étaient morts, et il se dit qu'il ne pourrait pas lui survivre un seul jour. Il savait qu'il était capable de la protéger jusqu'à son dernier souffle, qu'il était capable de donner sa vie pour elle.

Mais cette sensation d'amour étouffant n'était qu'une faible lueur éphémère, parce que son esprit était occupé tout entier par l'angoisse et l'effroi. Il était étendu à côté de Kamila, il savait qu'il l'aimait infiniment, mais il était mentalement absent. Il lui caressait le visage, comme s'il la caressait d'une distance incommensurable de plusieurs centaines de kilomètres.

Deuxième journée

I

Il était environ neuf heures du matin quand une élégante voiture blanche s'arrêta sur le parc de stationnement à la périphérie de la ville d'eaux (les automobiles n'avaient pas le droit d'aller plus loin) et quand Klima en descendit.

Au centre de la station, s'étendait un jardin public tout en longueur, avec ses bouquets d'arbres clairsemés, sa pelouse, ses allées sablées et ses bancs de couleur. De chaque côté se dressaient les bâtiments du centre thermal, et parmi eux le foyer Karl-Marx, où le trompettiste avait passé l'autre nuit deux heures fatales dans la petite chambre de l'infirmière Ruzena. En face du foyer Karl-Marx, de l'autre côté du jardin public, s'élevait le plus bel édifice de la station, immeuble de style Art nouveau du début du siècle, couvert d'ornements en stuc et avec un majestueux perron surmonté d'une mosaïque. Lui seul avait eu le privilège de pouvoir conserver sans changement son nom d'origine : hôtel Richmond.

« M. Bertlef est-il encore à l'hôtel ? » demanda Klima au concierge et, ayant obtenu une réponse affirmative, il monta en courant sur le tapis rouge jusqu'au premier étage et frappa à une porte.

En entrant, il vit Bertlef qui venait à sa rencontre en pyjama. Il s'excusa avec gêne de sa visite inopinée, mais Bertlef l'interrompit :

« Mon ami ! ne vous excusez pas ! Vous venez de me faire le plus grand plaisir qu'on m'ait jamais fait ici en ces heures matinales. »

Il serra la main de Klima et poursuivit : « Dans ce pays, les gens ne respectent pas le matin. Ils se font réveiller brutalement par un réveil qui rompt leur sommeil d'un coup de hache et ils s'abandonnent aussitôt à une hâte funeste. Pouvez-vous me dire ce que peut être ensuite une journée qui a débuté par cet acte de violence ? Que peut-il advenir de gens à qui leur réveil administre quotidiennement un petit choc électrique ? Ils s'accoutument chaque jour à la violence et désapprennent chaque jour le plaisir. Ce sont, croyez-moi, ses matinées qui décident du caractère d'un homme. »

Bertlef prit délicatement Klima par l'épaule, le fit asseoir dans un fauteuil et poursuivit : « Et dire que j'aime tant ces heures matinales d'oisiveté que je franchis lentement comme un pont bordé de statues pour passer de la nuit au jour, du sommeil à la vie éveillée. C'est le moment de la journée où je serais tellement reconnaissant d'un petit miracle, d'une rencontre soudaine qui me persuaderait que les rêves de ma nuit continuent et que l'aventure du sommeil et l'aventure du jour ne sont pas séparées par un précipice. »

Le trompettiste observait Bertlef qui arpentait la chambre vêtu de son pyjama et qui lissait d'une main ses cheveux grisonnants, et il trouvait à la voix sonore un accent américain ineffaçable et au vocabulaire quelque chose de délicieusement suranné, aisément explicable puisque Bertlef n'avait jamais vécu dans sa patrie d'origine et que seule la tradition familiale lui avait enseigné sa langue maternelle.

« Et personne, mon ami, expliquait-il maintenant en se penchant sur Klima avec un sourire confiant, personne dans cette ville d'eaux ne peut me comprendre. Même les infirmières, à part cela plutôt complaisantes, ont l'air indignées quand je les invite à partager avec moi d'agréables moments pendant mon petit déjeuner, de sorte que je dois remettre tous mes rendez-vous jusqu'au soir, donc à une heure où je suis quand même un peu fatigué. »

Ensuite il s'approcha de la petite table du téléphone et demanda : « Quand êtes-vous arrivé ?

— Ce matin, dit Klima. En voiture.

— Vous avez certainement faim », dit Bertlef, et il souleva l'écouteur. Il commanda deux petits déjeuners :

« Quatre œufs pochés, du fromage, du beurre, des croissants, du lait, du jambon et du thé. »

Pendant ce temps, Klima examinait la pièce. Une grande

table ronde, des chaises, un fauteuil, une glace, deux divans, la porte qui menait à la salle de bains et à une pièce contiguë où, il s'en souvenait, se trouvait la petite chambre à coucher de Bertlef. C'était ici, dans ce luxueux appartement, que tout avait commencé. C'était ici qu'avaient pris place les musiciens éméchés de son orchestre pour le plaisir desquels le riche Américain avait convié quelques infirmières.

« Oui, dit Bertlef, le tableau que vous regardez n'était pas ici la dernière fois. »

À ce moment seulement, le trompettiste aperçut une toile montrant un homme barbu dont la tête était ceinte d'un étrange disque bleu pâle et qui tenait à la main un pinceau et une palette. Le tableau paraissait maladroit, mais le trompettiste savait que bien des tableaux qui paraissent maladroits sont des œuvres célèbres.

« Qui a peint ce tableau ?

— Moi, répondit Bertlef.

— Je ne savais pas que vous faisiez de la peinture.

— J'aime beaucoup peindre.

— Et qui est-ce ? s'enhardit le trompettiste.

— Saint Lazare.

— Comment ? Saint Lazare était peintre ?

— Ce n'est pas le Lazare de la Bible, mais saint Lazare, un moine qui vivait au IXe siècle de notre ère à Constantinople. C'est mon patron.

— Ah bon ! dit le trompettiste.

— C'était un saint très curieux. Il n'a pas été martyrisé par les païens parce qu'il croyait au Christ, mais par de mauvais chrétiens parce qu'il aimait trop la peinture. Comme vous le savez peut-être, au VIIIe et au IXe siècle la branche grecque de l'Église était en proie à un ascétisme rigoureux, intolérant à l'égard de toutes les joies profanes. Même les peintures et les statues étaient considérées comme des objets de jouissance impie. L'empereur Théophile donna l'ordre de détruire des milliers de belles peintures et il interdit à mon cher Lazare de peindre. Mais Lazare savait que ses tableaux glorifiaient Dieu, et refusa de céder. Théophile le jeta en prison, le fit torturer, exigea que Lazare renonce au pinceau, mais Dieu était miséricordieux et lui donna la force de supporter de cruels supplices.

— C'est une belle histoire, dit poliment le trompettiste.

— Splendide. Mais ce n'est certainement pas pour regarder mes tableaux que vous êtes venu me voir. »

À ce moment, on frappa à la porte et un serveur entra avec un grand plateau. Il le posa sur la table et mit pour les deux hommes le couvert du petit déjeuner.

Bertlef pria le trompettiste de s'asseoir et dit : « Ce petit déjeuner n'a rien de si remarquable que nous ne puissions poursuivre notre entretien. Dites-moi ce que vous avez sur le cœur ? »

C'est ainsi que le trompettiste, tout en mâchant, raconta sa mésaventure qui incita Bertlef à lui poser, à divers moments de son récit, de pénétrantes questions.

2

Il voulait surtout savoir pourquoi Klima avait laissé sans réponse les deux cartes postales de l'infirmière, pourquoi il s'était dérobé au téléphone et pourquoi il n'avait lui-même jamais fait un seul geste amical qui eût prolongé leur nuit d'amour d'un écho tranquille et rassérénant.

Klima reconnut que sa conduite n'était ni raisonnable ni courtoise. Mais, à l'en croire, c'était plus fort que lui. Tout nouveau contact avec la jeune femme lui faisait horreur.

« Séduire une femme, dit Bertlef mécontent, c'est à la portée du premier imbécile. Mais il faut aussi savoir rompre ; c'est à cela qu'on reconnaît un homme mûr.

— Je sais, avoua tristement le trompettiste, mais chez moi cette répugnance, cet insurmontable dégoût sont plus forts que toutes les bonnes intentions.

— Dites-moi, s'étonna Bertlef, seriez-vous misogyne ?

— C'est ce qu'on dit de moi.

— Mais comment est-ce possible ? Vous n'avez l'air ni d'un impuissant, ni d'un homosexuel.

— Il est vrai que je ne suis ni l'un ni l'autre. C'est quelque chose de bien pire, avoua mélancoliquement le trompettiste. J'aime ma femme. C'est mon secret érotique que la plupart des gens trouvent tout à fait incompréhensible. »

C'était un aveu si émouvant que les deux hommes gardèrent un instant le silence. Puis le trompettiste poursuivit : « Personne ne le comprend, et ma femme moins que quiconque. Elle s'imagine qu'un grand amour nous fait renoncer aux aventures. Mais c'est une erreur. Quelque chose me pousse à tout moment vers une autre femme, pourtant dès que je l'ai possédée j'en suis arraché par un puissant ressort qui me catapulte auprès de Kamila. J'ai quelquefois l'impression que si je recherche d'autres femmes c'est uniquement à cause de ce ressort, de cet élan et de ce vol splendide (plein de tendresse, de désir et d'humilité) qui me ramène à ma propre femme que chaque nouvelle infidélité me fait aimer encore davantage.

— De sorte que l'infirmière Ruzena n'a été pour vous qu'une confirmation de votre amour monogame ?

— Oui, dit le trompettiste. Et une confirmation extrêmement agréable. Car l'infirmière Ruzena a un grand charme quand on la voit pour la première fois, et il est aussi très avantageux que ce charme soit totalement épuisé au bout de deux heures, ce qui fait que rien ne vous incite à persévérer et que le ressort vous lance sur une splendide trajectoire de retour.

— Cher ami, un amour excessif est un amour coupable, et vous en êtes sans doute la meilleure preuve.

— Je croyais que mon amour pour ma femme était la seule bonne chose qu'il y a en moi.

— Et vous vous trompiez. L'amour excessif que vous portez à votre femme n'est pas le pôle opposé et compensateur de votre insensibilité, il en est la source. Du fait que votre femme est tout pour vous, toutes les autres femmes ne sont rien pour vous, autrement dit, ce sont pour vous des putains. Mais c'est un grand blasphème et un grand mépris envers des créatures qui ont été faites par Dieu. Mon cher ami, cette sorte d'amour-là est une hérésie. »

3

Bertlef écarta sa tasse vide, se leva de table et se retira dans la salle de bains, d'où Klima entendit d'abord le bruit de l'eau courante puis, au bout d'un instant, la voix de Bertlef : « Croyez-vous qu'on ait le droit de mettre à mort un enfant qui n'a pas encore vu le jour ? »

Tout à l'heure, en voyant le portrait du barbu à l'auréole, il avait été déconcerté. Il avait gardé de Bertlef le souvenir d'un bon vivant jovial et il ne lui serait jamais venu à l'esprit que cet homme pût être croyant. Il sentit son cœur se serrer à l'idée qu'il allait entendre une leçon de morale et que son unique oasis dans le désert de cette ville d'eaux allait se recouvrir de sable. Il répondit d'une voix étranglée : « Êtes-vous de ceux qui appellent ça un meurtre ? »

Bertlef tardait à répondre. Il sortit enfin de la salle de bains, en costume de ville et soigneusement coiffé.

« Meurtre est un mot qui sent un peu trop la chaise électrique, dit-il. Ce n'est pas ce que je veux dire. Vous savez, je suis persuadé qu'il faut accepter la vie telle qu'elle nous est donnée. C'est le premier commandement, avant le décalogue. Tous les événements sont entre les mains de Dieu et nous ne savons rien de leur devenir. Je veux dire par là qu'accepter la vie telle qu'elle nous est donnée, c'est accepter l'imprévisible. Et un enfant, c'est la quintessence de l'imprévisible. Un enfant, c'est l'imprévisibilité même. Vous ne savez pas ce qu'il deviendra, ce qu'il vous apportera, et c'est justement pour cela qu'il faut l'accepter. Autrement vous ne vivez qu'à moitié, vous vivez comme quelqu'un qui ne sait pas nager et qui patauge près de la rive, bien que l'océan ne soit vraiment l'océan que là où l'on perd pied. »

Le trompettiste fit observer que l'enfant n'était pas le sien.

« Admettons-le, dit Bertlef. Seulement, reconnaissez franchement, à votre tour, que vous insisteriez tout autant pour convaincre Ruzena de se faire avorter si l'enfant était de vous. Vous le feriez à cause de votre femme et de l'amour coupable que vous lui portez.

— Oui, je le reconnais, dit le trompettiste. Je l'obligerais à se faire avorter quelles que soient les circonstances. »

Bertlef s'était adossé à la porte de la salle de bains et souriait : « Je vous comprends et je n'essaierai pas de vous faire changer d'avis. Je suis trop vieux pour vouloir amender le monde. Je vous ai dit ce que je pensais et c'est tout. Je resterai votre ami même si vous agissez contre ma conviction, et je vous apporterai mon aide même si je vous désapprouve. »

Le trompettiste examinait Bertlef qui venait de prononcer cette dernière phrase de la voix de velours d'un sage prédicateur. Il le trouvait admirable. Il avait le sentiment que tout ce que disait Bertlef pourrait être une légende, une parabole, un exemple, un chapitre tiré d'un évangile moderne. Il avait envie (comprenons-le, il était ému et porté aux gestes excessifs) de s'incliner profondément devant lui.

« Je vous aiderai de mon mieux, reprit Bertlef. Nous irons dans un moment trouver mon ami, le docteur Skreta, qui réglera pour vous l'aspect médical de l'affaire. Mais expliquez-moi comment vous allez amener Ruzena à prendre une décision qui lui répugne ? »

4

Quand le trompettiste eut exposé son plan, Bertlef dit :

« Cela me rappelle une histoire qui m'est arrivée personnellement au temps de mon aventureuse jeunesse quand je travaillais comme débardeur dans les docks où une fille nous apportait notre casse-croûte. Elle avait exceptionnellement bon cœur et ne savait rien refuser à personne. Hélas, cette bonté de cœur (et de corps) rend les hommes plus brutaux que reconnaissants, de sorte que j'étais le seul à lui témoigner une respectueuse attention, tout en étant aussi le seul à n'avoir jamais couché avec elle. À cause de ma gentillesse elle est tombée amoureuse de moi. Je lui aurais fait de la peine et je l'aurais humiliée si je n'avais fini par lui faire l'amour. Mais ce n'est arrivé qu'une fois et je lui ai expliqué aussitôt que je continuerais de l'aimer d'un grand amour spirituel mais que nous ne pouvions plus être amants. Elle a éclaté en sanglots, elle est partie en courant, elle a cessé de me dire bonjour et elle s'est donnée plus ostensiblement encore à tous les autres. Puis deux mois ont passé et elle m'a annoncé qu'elle était enceinte de moi.

— Vous avez donc été dans la même situation que moi ! s'écria le trompettiste.

— Ah, mon ami, dit Bertlef, ne savez-vous pas que ce qui vous arrive est le lot commun de tous les hommes de l'univers ?

— Et qu'avez-vous fait ?

— Je me suis conduit exactement comme vous comptez vous conduire, mais avec une différence. Vous voulez faire semblant d'aimer Ruzena, tandis que moi, j'aimais vraiment cette fille. Je voyais devant moi une pauvre créature, humiliée et offensée par tous, une pauvre créature à qui un seul être au monde avait jamais témoigné de l'amabilité, et cette amabilité elle ne voulait pas la perdre. Je comprenais qu'elle m'aimait et je n'arrivais pas à lui en vouloir de le manifester comme elle le pouvait, avec les moyens que lui offrait son innocente bassesse. Écoutez ce que je lui ai dit : “Je sais très bien que tu es enceinte d’un autre. Mais je sais aussi que tu as usé de cette ruse par amour et je veux te payer de ton amour avec de l’amour. Peu m’importe de qui est l’enfant, si tu veux, je t’épouse.”

— C’était de la folie !

— Mais sans doute plus efficace que votre manœuvre soigneusement préparée. Quand j’ai plusieurs fois répété à la petite putain que je l’aimais et que je voulais l’épouser avec son enfant, elle a fondu en larmes et m’a avoué qu’elle m’avait trompé. En face de ma bonté, elle avait compris, disait-elle, qu’elle n’était pas digne de moi et qu’elle ne pourrait jamais se marier avec moi. »

Le trompettiste se taisait, songeur, et Bertlef ajouta :

« Je serais heureux que cette histoire pût vous servir de parabole. N’essayez pas de faire croire à Ruzena que vous l’aimez, mais essayez de l’aimer vraiment. Essayez d’avoir pitié d’elle. Même si elle vous induit en erreur, essayez de voir dans ce mensonge une forme de son amour. Je suis certain qu’ensuite elle ne résistera pas à la force de votre bonté et qu’elle prendra d’elle-même toutes ses dispositions pour ne pas vous faire de tort. »

Les paroles de Bertlef produisirent une grande impression sur le trompettiste. Mais dès qu’il se représenta Ruzena sous un éclairage plus vif, il comprit que la voie de l’amour, que lui suggérait Bertlef, était impraticable pour lui ; que c’était la voie des saints et pas celle des hommes ordinaires.

5

Ruzena était assise à une petite table, dans la grande salle de l’établissement de bains où des femmes, après le traitement, se reposaient sur des lits alignés le long des murs. Elle venait de recevoir les cartes de deux nouvelles patientes. Elle y inscrivit la date, remit aux femmes la clé de leur vestiaire, une serviette et un grand drap blanc. Puis elle regarda sa montre et se dirigea dans la salle du fond (elle ne portait qu’une blouse blanche directement sur la peau car les salles carrelées étaient pleines de vapeur brûlante) vers la piscine où une vingtaine de femmes nues pataugeaient dans l’eau de source miraculeuse. Elle en désigna trois par leur nom pour leur annoncer que le temps prévu pour le bain était écoulé. Les dames sortirent docilement de la piscine, secouèrent leurs gros seins d'où l'eau s'égouttait et suivirent Ruzena qui les reconduisit vers les lits où les dames s'allongèrent. Elle les couvrit l'une après l'autre d'un drap, leur essuya les yeux avec un bout du tissu et les enveloppa encore dans une couverture chaude. Les dames lui souriaient, mais Ruzena ne leur rendait pas leur sourire.

Il n'est certainement pas agréable de venir au monde dans une petite ville où passent chaque année dix mille femmes mais où il ne vient pratiquement pas un seul homme jeune ; une femme peut s'y faire dès l'âge de quinze ans une idée précise de toutes les possibilités érotiques qui lui sont données pour sa vie entière si elle ne change pas de résidence. Et comment changer de résidence ? L'établissement où elle travaillait ne se privait pas volontiers des services de son personnel, et les parents de Ruzena protestaient vivement dès qu'elle faisait allusion à un déménagement.

Non, cette jeune femme, qui s'efforçait, somme toute, d'accomplir soigneusement ses obligations professionnelles, n'éprouvait guère d'amour pour les curistes. On peut trouver à cela trois raisons :

L'envie : ces femmes venaient ici après avoir quitté des époux, des amants, un univers qu'elle imaginait foisonnant de mille possibilités qui lui étaient inaccessibles bien qu'elle eût de plus jolis seins, de plus longues jambes et les traits plus réguliers.

Outre l'envie, l'impatience : ces femmes arrivaient ici avec leurs lointains destins, et elle était ici sans destin, la même l'an dernier que cette année ; elle s'effrayait à la pensée qu'elle vivait dans cette petite localité une durée sans événements et, malgré sa jeunesse, elle pensait sans cesse que la vie lui échapperait avant qu'elle n'ait commencé à vivre.

Troisièmement, il y avait la répugnance instinctive que lui inspirait leur multitude qui diminuait la valeur de toute femme en tant qu'individu. Elle était entourée d'une triste inflation de poitrines féminines parmi lesquelles même une aussi jolie poitrine que la sienne perdait de sa valeur.

Elle venait d'envelopper sans sourire la dernière des trois dames quand sa collègue maigre avança la tête dans la salle et lui cria : « Ruzena ! Téléphone ! »

Elle avait une expression si solennelle que Ruzena sut

immédiatement qui lui téléphonait. Le visage cramoisi, elle passa derrière les cabines, souleva l'écouteur et dit son nom.

Klima s'annonça et lui demanda quand elle aurait le temps de le voir.

« Je termine mon service à trois heures. On peut se voir à quatre heures. »

Il fallut ensuite convenir d'un lieu de rendez-vous. Ruzena proposa la grande brasserie de la station, qui était ouverte toute la journée. La maigre, qui était restée à côté d'elle et ne quittait pas ses lèvres des yeux, fit un signe de tête approbateur. Le trompettiste répondit qu'il préférait voir Ruzena dans un endroit où ils pourraient être seuls et proposa de l'emmener quelque part en voiture en dehors de la station.

« C'est inutile. Où veux-tu que nous allions ! dit Ruzena.

— On sera seuls.

— Si tu as honte de moi, ce n'est pas la peine de venir, dit Ruzena, et sa collègue approuva.

— Ce n'est pas ce que je voulais dire, dit Klima. Je t'attendrai à quatre heures devant la brasserie.

— Parfait, dit la maigre quand Ruzena eut raccroché l'écouteur. Il voudrait te voir quelque part en cachette, mais il faut que tu t'arranges pour que vous soyez vus du plus grand nombre de gens possible. »

Ruzena était encore très énervée et ce rendez-vous lui donnait le trac. Elle n'était plus capable de se représenter Klima. Quel était son physique, son sourire, son maintien ? De leur unique rencontre, il ne lui était resté qu'un très vague souvenir. Ses collègues l'avaient alors pressée de questions sur le trompettiste, elles voulaient savoir comment il était, ce qu'il disait, de quoi il avait l'air une fois déshabillé et comment il faisait l'amour. Mais elle était incapable de rien dire et elle se contentait de répéter que c'était « comme un rêve ».

Ce n'était pas un simple cliché : l'homme avec lequel elle avait passé deux heures dans un lit était descendu des affiches pour la rejoindre. Sa photographie avait acquis pour un instant une réalité tridimensionnelle, de la chaleur et du poids, pour redevenir ensuite une image immatérielle et incolore, reproduite à des milliers d'exemplaires et d'autant plus abstraite et plus irréelle.

Et, parce qu'il lui avait alors si vite échappé pour retourner à son signe graphique, elle en avait gardé le sentiment désagréable de sa perfection. Elle ne pouvait se raccrocher à un seul détail qui l'eût rabaissé et l'eût rendu plus proche. Quand il était loin, elle était pleine d'une énergique combativité, mais maintenant qu'elle sentait sa présence, le courage l'abandonnait.

« Tiens bon, lui dit la maigre. Je garderai mes doigts croisés. »

6

Quand Klima eut terminé sa conversation avec Ruzena, Bertlef le prit par le bras et le conduisit au foyer Karl-Marx où le docteur Skreta avait son cabinet et où il habitait. Plusieurs femmes étaient assises dans la salle d'attente, mais Bertlef frappa sans hésiter quatre coups brefs à la porte du cabinet. Au bout d'un instant, apparut un grand type en blouse blanche, à lunettes et au grand nez. « Un moment s'il vous plaît », dit-il aux femmes assises dans la salle d'attente, et il conduisit les deux hommes dans le couloir et de là dans son appartement qui se trouvait à l'étage au-dessus.

« Comment allez-vous, maître ? dit-il, s'adressant au trompettiste, quand ils furent assis tous les trois. Quand allez-vous donner un nouveau concert ici ?

— Plus jamais de ma vie, répondit Klima, parce que cette ville d'eaux me porte la guigne. »

Bertlef expliqua au docteur Skreta ce qui était arrivé au trompettiste, puis Klima ajouta :

« Je voulais vous demander de m'aider. Je voudrais d'abord savoir si elle est vraiment enceinte. Ce n'est peut-être qu'un retard. Ou bien elle me fait du cinéma. Ça m'est déjà arrivé une fois. C'était aussi une blonde.

— Il ne faut jamais rien commencer avec les blondes, dit le docteur Skreta.

— Oui, approuva Klima, les blondes sont ma perte. Docteur, c'était atroce, cette fois-là. Je l'avais obligée à se faire examiner par un médecin. Seulement, tout au début d'une grossesse, on ne peut encore rien savoir avec certitude. Alors, j'ai exigé qu'on lui fasse le test de la souris. On injecte l'urine à une souris et quand la souris a les ovaires qui enflent…

— La dame est enceinte… compléta le docteur Skreta.

— Elle avait apporté son urine du matin dans un flacon,

je l'accompagnais et elle a fait tomber le flacon sur le trottoir devant la polyclinique. Je me suis précipité sur les éclats pour sauver au moins quelques gouttes ! À me voir, on aurait juré qu'elle avait fait tomber le Saint-Graal. Elle l'avait fait exprès, de casser le flacon, parce qu'elle savait qu'elle n'était pas enceinte et elle voulait faire durer mon supplice le plus longtemps possible.

— Typique comportement de blonde, dit le docteur Skreta sans surprise.

— Pensez-vous qu'il y ait une différence entre les blondes et les brunes ? dit Bertlef, sceptique sur l'expérience féminine du docteur Skreta.

— Je vous crois ! dit le docteur Skreta. Les cheveux blonds et les cheveux noirs, ce sont les deux pôles de la nature humaine. Les cheveux noirs signifient la virilité, le courage, la franchise, l'action, tandis que les cheveux blonds symbolisent la féminité, la tendresse, la faiblesse et la passivité. Donc une blonde est en réalité doublement femme. Une princesse ne peut être que blonde. C'est aussi pour cette raison que les femmes, pour être aussi féminines que possible, se teignent en jaune et jamais en noir.

— Je serais très curieux de savoir comment les pigments exercent leur influence sur l'âme humaine, dit Bertlef d'un ton dubitatif.

— Il ne s'agit pas des pigments. Une blonde s'adapte inconsciemment à ses cheveux. Surtout si cette blonde est une brune qui se fait teindre en jaune. Elle veut être fidèle à sa couleur et se comporte comme un être fragile, une poupée frivole, elle exige de la tendresse et des services, de la galanterie et une pension alimentaire, elle est incapable de rien faire par elle-même, toute délicatesse au-dehors et au-dedans toute grossièreté. Si les cheveux noirs devenaient une mode universelle, on vivrait nettement mieux en ce monde. Ce serait la réforme sociale la plus utile que l'on ait jamais accomplie.

— Il est donc fort possible que Ruzena aussi me joue la comédie, intervint Klima, cherchant dans les paroles du docteur Skreta une raison d'espérer.

— Non. Je l'ai examinée hier. Elle est enceinte », dit le médecin.

Bertlef remarqua que le trompettiste était devenu livide et dit : « Docteur, c'est vous qui présidez la commission responsable des avortements.

— Oui, dit le docteur Skreta. Nous siégeons vendredi prochain.

— C'est parfait, dit Bertlef. Il n'y a pas de temps à perdre, parce que les nerfs de notre ami pourraient lâcher. Je sais que dans ce pays vous n'autorisez pas volontiers les avortements.

— Pas volontiers du tout, dit le docteur Skreta. Il y a avec moi, dans cette commission, deux bonnes femmes qui représentent le pouvoir populaire. Elles sont d'une laideur repoussante et haïssent toutes les femmes qui viennent nous trouver. Savez-vous qui sont les plus virulents misogynes ici-bas ? Les femmes. Messieurs, pas un seul homme, même M. Klima à qui deux femmes ont déjà tenté de faire endosser leur grossesse, n'a jamais éprouvé envers les femmes autant de haine que les femmes elles-mêmes à l'égard de leur propre sexe. Pourquoi pensez-vous qu'elles s'efforcent de nous séduire ? Uniquement pour pouvoir défier et humilier leurs consœurs. Dieu a inculqué dans le cœur des femmes la haine des autres femmes parce qu'il voulait que le genre humain se multiplie.

— Je vous pardonne vos propos, dit Bertlef, parce que je veux en revenir à l'affaire de notre ami. C'est quand même vous qui décidez dans cette commission, et ces hideuses bonnes femmes font ce que vous dites.

— C'est sans doute moi qui décide, mais de toute façon je ne veux plus m'en occuper. Ça ne me rapporte pas un sou. Vous, par exemple, maître, combien gagnez-vous en un seul concert ? »

La somme que mentionna Klima captiva le docteur Skreta :

« Je pense souvent, dit-il, que je devrais arrondir mes fins de mois en faisant de la musique. Je ne suis pas mauvais à la batterie.

— Vous jouez de la batterie ? dit Klima, manifestant un intérêt forcé.

— Oui, dit le docteur Skreta. Nous avons un piano et une batterie à la maison du peuple. Je joue de la batterie à mes moments de loisir.

— C'est merveilleux ! s'écria le trompettiste, heureux de cette occasion de flatter le médecin.

— Mais je n'ai pas de partenaires pour fonder un véritable orchestre. Il n'y a que le pharmacien qui joue très gentiment du piano. Nous avons essayé plusieurs fois tous les deux. » Il s'interrompit et parut réfléchir. « Écoutez ! Quand Ruzena se présentera devant la commission… »

Klima poussa un profond soupir. « Si seulement elle y vient… »

Le docteur Skreta eut un geste d'impatience :

« Elle se fera un plaisir de venir, comme les autres. Mais la commission exige que le père se présente aussi, et il faudra que vous l'accompagniez. Et pour que vous ne veniez pas ici uniquement à cause de cette bagatelle, vous pourriez arriver la veille et nous donnerions un concert dans la soirée. Une trompette, un piano, une batterie. *Tres faciunt orchestrum.* Avec votre nom sur l'affiche, on fera salle comble. Qu'en dites-vous ? »

Klima était toujours extrêmement pointilleux sur la qualité technique de ses concerts et, deux jours plus tôt, la proposition du médecin lui aurait paru complètement insensée. Mais maintenant il ne s'intéressait qu'aux entrailles d'une infirmière et il répondit à la question du médecin avec un enthousiasme poli :

« Ce serait splendide !

— C'est vrai ? Vous êtes d'accord ?

— Évidemment.

— Et vous, qu'en dites-vous ? demanda Skreta, s'adressant à Bertlef.

— L'idée me paraît excellente. Seulement, je ne sais pas comment vous arriverez à tout préparer en deux jours. »

En guise de réponse, Skreta se leva et se dirigea vers le téléphone. Il composa un numéro, mais personne ne prit la communication. « Le plus important, c'est de commander les affiches immédiatement. Malheureusement la secrétaire doit être partie déjeuner, dit-il. Pour ce qui est d'obtenir la salle, c'est un jeu d'enfant. La société d'éducation populaire y organise jeudi une réunion antialcoolique, et c'est un de mes collègues qui doit prononcer la conférence. Il sera ravi que je lui demande de se faire excuser pour raison de santé. Mais évidemment, il faudrait que vous arriviez jeudi matin pour qu'on puisse répéter tous les trois. À moins que ce ne soit inutile ?

— Non, non, dit Klima. C'est indispensable. Il faut se préparer à l'avance.

— Je suis aussi de cet avis, approuva Skreta. Nous allons leur jouer le répertoire le plus efficace. Je suis excellent à la batterie dans *Saint Louis' Blues* et dans *When the Saints Go*

Marching in. J'ai quelques solos de prêts, je suis curieux de savoir ce que vous en penserez. D'ailleurs, êtes-vous pris cet après-midi ? Vous ne voulez pas qu'on fasse un essai ?

— Malheureusement, cet après-midi, il faut que je persuade Ruzena de consentir au curetage. »

Skreta eut un geste d'impatience : « Oubliez cela ! Elle y consentira sans se faire prier.

— Docteur, dit Klima d'un ton suppliant, plutôt jeudi. »

Bertlef intercéda :

« Je pense aussi que vous feriez mieux d'attendre jeudi. Aujourd'hui, notre ami ne pourrait pas se concentrer. Je crois d'ailleurs qu'il n'a pas apporté sa trompette.

— C'est une raison ! » reconnut Skreta, et il conduisit ses deux amis au restaurant d'en face. Mais ils furent rejoints dans la rue par l'infirmière de Skreta qui supplia le médecin de regagner son cabinet. Le docteur pria ses amis de l'excuser et se laissa reconduire par l'infirmière auprès de ses patientes stériles.

7

Il y avait environ six mois que Ruzena avait quitté la maison de ses parents, qui habitaient dans un village voisin, pour s'installer dans une petite chambre du foyer Karl-Marx. Elle se promettait Dieu sait quoi de cette chambre indépendante, mais elle avait bientôt compris qu'elle profitait de sa chambre et de sa liberté beaucoup moins agréablement et beaucoup moins intensément qu'elle ne l'avait rêvé.

Cet après-midi-là, en revenant vers trois heures de l'établissement de bains, elle eut la désagréable surprise de trouver dans sa chambre son père qui l'attendait vautré sur le divan. Ça ne l'arrangeait guère, car elle voulait se consacrer entièrement à sa garde-robe, se coiffer et choisir soigneusement la robe qu'elle allait mettre.

« Qu'est-ce que tu fais ici ? » demanda-t-elle avec mauvaise humeur. Elle en voulait au concierge qui connaissait son père et qui était toujours prêt à lui ouvrir la porte de sa chambre quand elle n'y était pas.

« J'avais un moment de libre, dit le père. Nous avons ici un exercice aujourd'hui. »

Son père était membre de l'Association des volontaires

de l'ordre public. Comme le corps médical se moquait de ces vieux messieurs qui arpentaient les rues avec un brassard sur la manche et des airs importants, Ruzena avait honte des activités paternelles.

« Si ça t'amuse ! grommela-t-elle.

— Estime-toi heureuse d'avoir un papa qui n'a jamais été et ne sera jamais un tire-au-flanc. Nous autres retraités, nous allons encore montrer aux jeunes ce que nous savons faire ! »

Ruzena jugea préférable de le laisser parler tout en se concentrant sur le choix de sa robe. Elle ouvrit l'armoire.

« Je voudrais bien savoir ce que vous savez faire, dit-elle.

— Pas mal de choses. Cette ville est une station thermale internationale, ma petite. Et de quoi a-t-elle l'air ! Les gosses courent sur les pelouses !

— Et alors ? » fit Ruzena, cherchant parmi ses robes. Aucune ne lui plaisait.

« S'il n'y avait que les gosses, mais aussi les chiens ! Le Conseil municipal a depuis longtemps ordonné que les chiens ne sortent que tenus en laisse et avec une muselière ! Mais ici, personne n'obéit. Chacun en fait à sa tête. Tu n'as qu'à regarder le jardin public ! »

Ruzena sortit une robe et commença à se déshabiller, dissimulée derrière la porte entrouverte de l'armoire.

« Ils pissent partout. Même sur le tas de sable du terrain de jeux ! Imagine qu'un gosse fasse tomber sa tartine dans le sable ! Et après, on s'étonne qu'il y ait tant de maladies ! Tiens, il suffit de regarder, ajouta le père en s'approchant de la fenêtre. Rien qu'en ce moment, il y a quatre chiens qui courent en liberté. »

Ruzena venait de reparaître et s'examinait dans la glace. Mais elle n'avait qu'un petit miroir mural où elle se voyait à peine jusqu'à la ceinture.

« Ça ne t'intéresse pas, hein ! lui demanda le père.

— Mais si, ça m'intéresse, dit Ruzena en s'éloignant du miroir sur la pointe des pieds pour tenter de deviner de quoi ses jambes pouvaient avoir l'air dans cette robe. Seulement, ne te fâche pas, j'ai un rendez-vous et je suis pressée.

— Je n'admets que les chiens policiers ou les chiens de chasse, disait le père. Mais je ne comprends pas les gens qui ont un chien chez eux. Bientôt les femmes cesseront de mettre des enfants au monde et il y aura des caniches dans les berceaux ! »

« Le plus important, c'est que je me suis senti triste sans toi. Nous ne nous sommes vus qu'un très court moment. Et pourtant, il n'y a pas un seul jour où je n'aie pensé à toi. »

Il se tut et Ruzena fit observer : « Tu ne m'as pas donné de tes nouvelles une seule fois pendant deux mois, et moi je t'ai écrit deux fois.

— Il ne faut pas m'en vouloir, dit le trompettiste. J'ai fait exprès de ne pas te donner de mes nouvelles. Je ne voulais pas. J'avais peur de ce qui se passait en moi. Je résistais à l'amour. Je voulais t'écrire une longue lettre, j'ai même noirci plusieurs feuilles de papier, mais, finalement, je les ai toutes jetées. Ça ne m'est jamais arrivé, d'être aussi amoureux, et j'en étais effrayé. Et pourquoi ne pas l'avouer ? Je voulais aussi m'assurer que mon sentiment était autre chose qu'un envoûtement passager. Je me disais : si je continue d'être comme ça pendant encore un mois, ce que j'éprouve pour elle n'est pas une illusion, c'est la réalité. »

Ruzena dit doucement : « Et que penses-tu maintenant ? N'est-ce qu'une illusion ? »

Après cette phrase de Ruzena, le trompettiste comprit que son plan commençait à réussir. Il ne lâchait donc plus la main de la jeune femme et continuait de parler, et la parole lui était de plus en plus facile : à présent qu'il était devant elle, il comprenait qu'il serait vain de soumettre ses sentiments à de plus longues épreuves, parce que tout était clair. Et il ne voulait pas parler de cet enfant, parce que le plus important, pour lui, ce n'était pas l'enfant, mais Ruzena. Ce qui donnait un sens à l'enfant qu'elle portait, c'était justement de l'avoir appelé, lui Klima, auprès de Ruzena. Oui, cet enfant qu'elle portait en elle l'avait appelé ici, dans cette petite ville d'eaux, et lui avait fait découvrir à quel point il aimait Ruzena et c'était pour cela (il leva son verre de cognac) qu'ils allaient boire à cet enfant.

Bien entendu, il s'effraya aussitôt de ce toast épouvantable auquel son exaltation verbale venait de l'entraîner. Mais les paroles étaient prononcées. Ruzena leva son verre et chuchota : « Oui, à notre enfant », et elle but d'un trait son cognac.

Le trompettiste s'efforça bien vite de faire oublier par de nouveaux discours ce toast malencontreux et affirma encore une fois qu'il avait pensé à Ruzena chaque jour et à chaque heure du jour.

Elle dit que dans la capitale le trompettiste était certainement entouré de femmes plus intéressantes qu'elle.

Il lui répondit qu'il en avait par-dessus la tête de leur raffinement et de leur prétention. Il donnait la préférence à Ruzena devant toutes ces femmes, il regrettait seulement qu'elle habitât si loin de lui. N'avait-elle pas envie de venir travailler dans la capitale ?

Elle répondit qu'elle préférerait la capitale. Mais il n'était pas facile d'y trouver un emploi.

Il sourit avec condescendance et dit qu'il avait beaucoup de relations là-bas dans les hôpitaux et qu'il pourrait lui procurer du travail sans difficulté.

Il lui parla ainsi pendant un long moment, sans cesser de lui tenir la main, et ne remarqua même pas qu'une fillette inconnue s'était approchée d'eux. Sans craindre d'être importune, elle dit avec enthousiasme : « Vous êtes M. Klima ! Je vous ai tout de suite reconnu ! Je voudrais seulement vous demander un autographe ! »

Klima rougit. Il tenait la main de Ruzena et lui faisait une déclaration d'amour dans un lieu public sous les yeux de toutes les personnes présentes. Il songea qu'il était ici comme sur la scène d'un amphithéâtre et que le monde entier, métamorphosé en spectateurs amusés, suivait avec un rire mauvais sa lutte pour la vie.

La fillette lui tendait un bout de papier et Klima voulait y tracer sa signature le plus vite possible, mais il n'avait pas de stylo, et elle n'en avait pas non plus.

« Tu n'as pas de stylo ? » dit-il à Ruzena dans un chuchotement, et il est vrai qu'il chuchotait de peur que la fillette ne s'aperçût qu'il tutoyait Ruzena. Pourtant, il comprit aussitôt que le tutoiement faisait beaucoup moins intime que sa main dans celle de Ruzena, et il répéta plus fort sa question : « Tu n'as pas de stylo ? »

Mais Ruzena hocha la tête et la fillette revint à la table qu'elle occupait avec plusieurs jeunes gens et jeunes filles qui profitèrent aussitôt de l'occasion et se précipitèrent avec elle sur Klima. Ils lui tendirent un stylo et arrachèrent d'un petit bloc-notes des feuillets sur lesquels il devait tracer sa signature.

Du point de vue du plan, tout allait bien. Ruzena se persuaderait d'autant plus aisément qu'elle était aimée que les témoins de leur intimité seraient plus nombreux. Pourtant, il avait beau raisonner, l'irrationalité de l'angoisse jetait le trompettiste dans la panique. L'idée lui vint que Ruzena était de connivence avec tous ces gens-là. Dans une vision confuse, il les imaginait tous en train de déposer contre lui dans un procès en paternité : « Oui, nous les avons vus, ils étaient assis l'un en face de l'autre comme des amants, il lui caressait la main et il la regardait amoureusement dans les yeux… »

L'inquiétude était encore aggravée par la vanité du trompettiste ; en effet, il ne pensait pas que Ruzena fût assez belle pour qu'il pût se permettre de lui tenir la main. C'était faire un peu injure à Ruzena. Elle était beaucoup plus jolie qu'elle ne le paraissait à ses yeux en ce moment. De même que l'amour nous fait trouver plus belle la femme aimée, l'angoisse que nous inspire une femme redoutée donne un relief démesuré au moindre défaut de ses traits…

« Je trouve cet endroit très déplaisant, dit Klima, quand ils furent enfin seuls. Tu ne veux pas faire un tour en voiture ? »

Elle était curieuse de voir sa voiture et elle accepta. Klima paya et ils sortirent de la brasserie. En face se trouvait un square avec une large allée recouverte de sable jaune. Une rangée d'une dizaine d'hommes y avait pris position, tournés vers la brasserie. C'étaient pour la plupart de vieux messieurs, ils portaient un brassard rouge sur la manche de leurs vêtements fripés et tenaient à la main de longues perches.

Klima était stupéfait : « Qu'est-ce que c'est que ça ? »

Ruzena répondit : « Ce n'est rien, montre-moi où est ta voiture », et elle l'entraîna d'un pas rapide.

Mais Klima ne pouvait détacher son regard de ces hommes. Il ne comprenait pas à quoi pouvaient servir ces longues perches à l'extrémité desquelles se trouvait une boucle en fil de fer. On aurait dit des allumeurs de becs de gaz, des pêcheurs à l'affût de poissons volants, une milice équipée d'armes mystérieuses.

Tandis qu'il les examinait, il crut qu'un des hommes lui souriait. Il eut peur, il eut même peur de lui-même et se dit qu'il commençait à souffrir d'hallucinations et à voir dans tout homme quelqu'un qui le suivait et l'observait. Il se laissa entraîner par Ruzena jusqu'au parking.

9

« Je voudrais partir loin avec toi », disait-il. Il avait passé un bras autour des épaules de Ruzena et tenait le volant de la main gauche. « Quelque part dans le Midi. On roulerait sur de longues routes en corniche au bord de la mer. Connais-tu l'Italie ?

— Non.

— Alors, promets-moi d'y aller avec moi.

— Tu n'exagères pas un peu ? »

Ruzena n'avait dit cela que par modestie, mais le trompettiste fut aussitôt sur ses gardes, comme si ce « tu n'exagères pas » visait toute sa démagogie qu'elle venait soudain de percer à jour. Pourtant, il ne pouvait plus reculer :

« Si, j'exagère. J'ai toujours des idées folles. Je suis comme ça. Mais à la différence des autres, je réalise mes idées folles. Crois-moi, il n'est rien de plus beau que de réaliser des idées folles. Je voudrais que ma vie ne soit qu'une suite d'idées folles. Je voudrais que nous ne retournions plus dans la ville d'eaux, je voudrais continuer de rouler sans arrêt jusqu'à la mer. Là-bas, je trouverais une place dans un orchestre et nous irions le long de la côte d'une station balnéaire à une autre. »

Il arrêta la voiture à un endroit d'où l'on découvrait un beau panorama. Ils sortirent et il proposa une promenade en forêt. Ils marchèrent et, au bout de quelques instants, s'assirent sur un banc de bois qui datait de l'époque où l'on circulait moins en voiture et où l'on appréciait davantage les excursions en forêt. Il tenait toujours Ruzena par les épaules et il dit soudain d'une voix triste :

« Tout le monde se figure que j'ai la vie très gaie. C'est la plus grave erreur. En réalité, je suis très malheureux. Pas seulement depuis ces derniers mois, mais depuis plusieurs années. »

Si Ruzena jugeait excessive l'idée d'un voyage en Italie et la considérait avec une vague méfiance (bien peu de ses compatriotes pouvaient voyager à l'étranger), la tristesse qui émanait des dernières phrases de Klima avait pour elle un agréable parfum. Elle la reniflait comme du rôti de porc.

« Comment peux-tu être malheureux ?

— Comment puis-je être malheureux… soupira le trompettiste.

— Tu es célèbre, tu as une belle voiture, tu as de l'argent, tu as une jolie femme…

— Jolie peut-être, oui… dit amèrement le trompettiste.

— Je sais, dit Ruzena. Elle n'est plus jeune. Elle a le même âge que toi, n'est-ce pas ? »

Le trompettiste constata que Ruzena s'était sans doute renseignée à fond au sujet de sa femme, et il en éprouva de la colère. Mais il poursuivit : « Oui, elle a le même âge que moi.

— Mais toi, tu n'es pas vieux. Tu as l'air d'un gamin, dit Ruzena.

— Seulement, un homme a besoin d'une femme plus jeune, dit Klima. Et un artiste plus que quiconque. J'ai besoin de jeunesse, tu ne peux pas savoir, Ruzena, à quel point j'apprécie ta jeunesse. Il m'arrive de penser que je ne peux plus continuer comme ça. J'éprouve un désir frénétique de me libérer. De tout recommencer de nouveau et autrement. Ruzena, ton coup de téléphone, hier… j'ai eu subitement la certitude que c'était un message que m'envoyait le destin.

— Vraiment ? dit-elle doucement.

— Et pourquoi crois-tu que je t'ai rappelée immédiatement ? D'un seul coup, j'ai senti que je ne pouvais plus perdre de temps. Qu'il fallait que je te voie tout de suite, tout de suite, tout de suite… » Il se tut et la regarda longuement dans les yeux :

« M'aimes-tu ?

— Oui. Et toi ?

— Je t'aime follement, dit-il.

— Moi aussi. »

Il se pencha sur elle et posa sa bouche sur la sienne. C'était une bouche fraîche, une bouche jeune, une jolie bouche aux lèvres molles joliment découpées et aux dents soigneusement brossées, tout y était à sa place, et c'est un fait qu'il avait succombé à la tentation, deux mois plus tôt, de baiser ces lèvres. Mais, justement parce que cette bouche le séduisait alors, il la percevait à travers le brouillard du désir et ne savait rien de son aspect réel : la langue y ressemblait à une flamme et la salive était une liqueur enivrante. C'est seulement maintenant, après avoir perdu sa séduction, que cette bouche était soudain la bouche telle quelle, la bouche *réelle*, c'est-à-dire cet orifice assidu par lequel la jeune femme avait déjà absorbé des mètres cubes de knödels, de pommes de terre et de potage, les dents avaient de minces plombages, et la salive n'était plus une liqueur enivrante mais la sœur germaine des crachats. Le trompettiste avait la bouche pleine de sa langue qui lui faisait l'effet d'une bouchée peu appétissante qu'il lui était impossible d'avaler et qu'il eût été malséant de rejeter.

Le baiser s'acheva enfin, ils se levèrent et repartirent. Ruzena était presque heureuse, mais elle se rendait bien compte que le motif pour lequel elle avait téléphoné au trompettiste et pour lequel elle l'avait contraint à venir restait étrangement à l'écart de leur conversation. Elle n'avait pas envie d'en discuter longuement. Au contraire, ce dont ils parlaient maintenant lui paraissait plus agréable et plus important. Elle voulait pourtant que ce motif, qui était maintenant passé sous silence, fût présent, même secrètement, discrètement, modestement. C'est pourquoi, lorsque Klima, après diverses déclarations d'amour, annonça qu'il ferait tout pour pouvoir vivre avec Ruzena, elle fit observer :

« Tu es bien gentil, mais il faut aussi nous rappeler que je ne suis plus toute seule.

— Oui, dit Klima, et il sut que c'était le moment qu'il appréhendait depuis la première minute, le maillon le plus vulnérable de sa démagogie.

— Oui, tu as raison, dit-il. Tu n'es pas seule. Mais ce n'est pas du tout le principal. Je veux être avec toi, parce que je t'aime et pas parce que tu es enceinte.

— Oui, fit Ruzena.

— Il n'y a rien de plus affreux qu'un mariage qui n'a d'autre raison d'être qu'un enfant conçu par erreur. Et même, ma chérie, si je peux te parler franchement, je veux que tu sois de nouveau comme avant. Qu'il n'y ait que nous deux et personne d'autre entre nous. Me comprends-tu ?

— Mais non, ce n'est pas possible, je ne peux pas accepter, je ne pourrai jamais », protesta Ruzena.

Si elle disait cela, ce n'était pas qu'elle en fût convaincue en son for intérieur. L'assurance définitive qu'elle avait reçue deux jours plus tôt du docteur Skreta était si nouvelle qu'elle en était encore décontenancée. Elle ne suivait pas un plan minutieusement calculé, mais elle était tout occupée à l'idée de sa grossesse qu'elle vivait comme un grand événement et plus encore comme une chance et une occasion qui ne se retrouveraient pas si facilement. Elle était comme au jeu d'échecs le pion qui vient d'arriver à l'extrémité de l'échiquier et qui est devenu reine. Elle se délectait à la pensée de son pouvoir inopiné et sans précédent. Elle constatait qu'à son appel les choses se mettaient en branle, l'illustre trompettiste venait la voir depuis la capitale, la promenait dans une splendide automobile, lui faisait des déclarations d'amour. Elle ne pouvait douter qu'il y eût un rapport entre sa grossesse et cette puissance soudaine. Si elle ne voulait pas renoncer à la puissance, elle ne pouvait donc pas renoncer à la grossesse.

C'est pourquoi le trompettiste dut continuer de rouler son rocher : « Ma chérie, ce que je veux, ce n'est pas une famille, c'est l'amour. Tu es pour moi l'amour, et avec un enfant l'amour cède la place à la famille. À l'ennui. Aux soucis. À la grisaille. Et l'amante cède la place à la mère. Pour moi, tu n'es pas une mère mais une amante et je ne veux te partager avec personne. Même pas avec un enfant. »

C'étaient de belles paroles, Ruzena les entendait avec plaisir, mais elle hochait la tête : « Non, je ne pourrai pas. C'est quand même ton enfant. Je ne pourrai pas me débarrasser de ton enfant. »

Il ne trouvait plus d'arguments nouveaux, il répétait toujours les mêmes mots et il redoutait qu'elle ne finît par en deviner l'hypocrisie.

« Tu as quand même plus de trente ans. Tu n'as jamais eu envie d'avoir un enfant ? »

C'était vrai, il n'avait jamais eu envie d'avoir un enfant. Il aimait trop Kamila pour ne pas être gêné par la présence auprès d'elle d'un enfant. Ce qu'il venait d'affirmer à Ruzena n'était pas une simple invention. Depuis bien des années en effet, il disait exactement les mêmes phrases à sa femme, sincèrement et sans artifice.

« Tu es marié depuis six ans et vous n'avez pas d'enfant. Je me réjouissais tellement de te donner un enfant. »

Il voyait que tout se retournait contre lui. Le caractère exceptionnel de son amour pour Kamila persuadait Ruzena de la stérilité de sa femme et l'incitait à une cavalière audace.

Il commençait à faire frais, le soleil baissait à l'horizon, le temps passait et Klima continuait de répéter ce qu'il avait déjà dit, et Ruzena répétait son « non, non, je ne pourrai pas ». Il sentait qu'il était dans une impasse, ne savait plus comment s'y prendre et pensait qu'il allait tout perdre. Il était si nerveux qu'il oubliait de lui tenir la main, qu'il oubliait de l'embrasser et de mettre de la tendresse dans sa voix. Il s'en aperçut avec effroi et fit un effort pour se ressaisir. Il s'arrêta, lui sourit et la prit dans ses bras. C'était l'étreinte de la fatigue. Il la serrait contre lui, la tête pressée contre son visage, et c'était une façon de prendre un appui, du repos, sa respiration, car il lui semblait avoir encore à parcourir une longue route pour laquelle il manquait de forces.

Mais Ruzena aussi avait le dos au mur. Comme lui, elle était à bout d'arguments et elle sentait qu'on ne peut longtemps se contenter de répéter « non » à l'homme que l'on veut conquérir.

L'étreinte dura longtemps et quand Klima laissa Ruzena glisser d'entre ses bras, elle baissa la tête et dit d'une voix résignée : « Eh bien, dis-moi ce qu'il faut que je fasse. »

Klima ne pouvait pas en croire ses oreilles. C'étaient des paroles soudaines et inattendues et c'était un soulagement immense. Tellement immense qu'il dut faire un gros effort pour se maîtriser et ne pas le montrer trop clairement. Il caressa la jeune femme sur la joue et dit que le docteur Skreta était un de ses amis et que tout ce que Ruzena aurait à faire c'était de se présenter devant la commission dans trois jours. Il l'accompagnerait. Elle n'avait rien à craindre.

Ruzena ne protestait pas et il retrouva l'envie de continuer à jouer son rôle. Il lui enlaçait les épaules, s'arrêtait à tout moment pour l'embrasser (son bonheur était si grand que le baiser était de nouveau recouvert d'un voile de brume). Il répéta que Ruzena devait venir s'installer dans la capitale. Il répéta même ses phrases sur le voyage au bord de la mer.

Puis le soleil disparut derrière l'horizon, l'obscurité s'épaissit dans la forêt et une lune ronde apparut au-dessus du faîte des sapins. Ils retournèrent vers la voiture. Au moment où ils approchaient de la route, ils se retrouvèrent tous les deux pris dans un faisceau de lumière. Ils crurent d'abord qu'une voiture passait à proximité avec ses phares allumés, mais il fut bientôt évident que le phare ne les quittait pas. Le faisceau provenait d'une motocyclette stationnée de l'autre côté de la route ; un homme était assis sur la machine et les observait.

« Dépêche-toi, je t'en prie ! » fit Ruzena.

Quand ils furent près de la voiture, l'homme qui était assis sur la moto se leva et s'avança à leur rencontre. Le trompettiste ne distinguait qu'une silhouette sombre parce que la motocyclette stationnée éclairait l'homme par-derrière, tandis que le trompettiste avait la lumière dans les yeux.

« Viens ici ! dit l'homme, s'élançant vers Ruzena. Il faut que je te parle. Nous avons des choses à nous dire ! Beaucoup de choses ! » Il criait d'une voix nerveuse et confuse.

Le trompettiste aussi était nerveux et confus, et tout ce qu'il éprouvait n'était qu'une sorte d'irritation devant le manque de respect : « Mademoiselle est avec moi, pas avec vous, déclara-t-il.

— Vous aussi, j'ai à vous parler, vous savez ! vociférait l'inconnu, s'adressant au trompettiste. Vous croyez que, parce que vous êtes célèbre, tout vous est permis ! Vous vous figurez que vous allez l'embobiner ! Que vous pourrez lui tourner la tête ! C'est très simple pour vous ! Moi aussi je pourrais en faire autant à votre place ! »

Ruzena profita du moment où le motocycliste s'adressait au trompettiste et se glissa dans la voiture. Le motocycliste bondit vers la portière. Mais la vitre était fermée et la jeune femme pressa le bouton de la radio. La voiture retentit d'une musique bruyante. Puis le trompettiste se glissa à son tour dans la voiture et claqua la portière. La musique était assourdissante. On ne distinguait à travers la vitre que la silhouette d'un homme hurlant et ses bras qui gesticulaient.

« C'est un fou qui me suit partout, dit Ruzena. Vite, s'il te plaît, démarre ! »

10

Il gara la voiture, raccompagna Ruzena au foyer Karl-Marx, lui donna un baiser et, quand elle disparut derrière la porte, il éprouva la même fatigue qu'après quatre nuits d'insomnie. Il était déjà tard. Klima avait faim et ne se sentait pas la force de se mettre au volant et de conduire. Il avait envie d'entendre les paroles apaisantes de Bertlef et se rendit au Richmond par le jardin public.

En arrivant devant l'entrée, il fut frappé par une grande affiche sur laquelle tombait la lumière d'un réverbère. On pouvait y lire son nom en grosses lettres maladroites et, au-dessous, en plus petits caractères, les noms du docteur

Skreta et du pharmacien. L'affiche était faite à la main et on y voyait un dessin d'amateur représentant une trompette dorée.

Le trompettiste jugeait de bon augure la promptitude avec laquelle le docteur Skreta avait organisé la publicité du concert, car cette célérité lui semblait indiquer que Skreta était un homme sur lequel on pouvait compter. Il monta l'escalier en courant et frappa à la porte de Bertlef.

Personne ne répondit.

Il frappa de nouveau et ce fut de nouveau le silence.

À peine eut-il le temps de penser qu'il arrivait mal à propos (l'Américain était connu pour ses nombreuses relations féminines), sa main pressait la poignée de la porte. La porte n'était pas fermée à clé. Le trompettiste entra dans la chambre et s'arrêta. Il ne voyait rien. Il ne voyait qu'une clarté qui provenait d'un angle de la pièce. C'était une étrange clarté ; elle ne ressemblait ni à la blanche luminescence du néon, ni à la lumière jaune d'une ampoule électrique. C'était une lumière bleutée, et elle emplissait toute la pièce.

À ce moment, une pensée tardive atteignit les doigts étourdis du trompettiste et lui suggéra qu'il commettait peut-être une indiscrétion en pénétrant chez autrui à une heure aussi avancée et sans la moindre invite. Il eut peur de son impolitesse, recula dans le couloir et referma promptement la porte.

Mais il était dans une telle confusion qu'au lieu de partir il restait planté devant la porte, s'efforçant de comprendre cette étrange lumière. Il pensa que l'Américain était peut-être nu dans sa chambre et prenait un bain de soleil avec une lampe à ultraviolets. Mais la porte s'ouvrit et Bertlef parut. Il n'était pas nu, il portait le costume qu'il avait mis le matin. Il souriait au trompettiste : « Je suis content que vous soyez passé me voir. Entrez. »

Le trompettiste entra dans la pièce avec curiosité, mais la pièce était éclairée par un lustre ordinaire suspendu au plafond.

« J'ai peur de vous avoir dérangé, dit le trompettiste.

— Allons donc ! répondit Bertlef, en montrant la fenêtre d'où le trompettiste avait cru voir surgir la source de lumière bleue. Je réfléchissais. C'est tout.

— Quand je suis entré, excusez-moi d'avoir fait irruption comme ça, j'ai vu une lumière tout à fait extraordinaire.

— Une lumière ? fit Bertlef, et il éclata de rire. Il ne faut pas prendre cette grossesse trop au sérieux. Ça vous donne des hallucinations.

— Ou bien, c'est peut-être parce que je venais du couloir qui était plongé dans l'obscurité.

— Ça se peut, dit Bertlef. Mais racontez-moi comment ça s'est terminé ! »

Le trompettiste commença son récit, et Bertlef l'interrompit au bout d'un instant : « Vous avez faim ? »

Le trompettiste acquiesça et Bertlef sortit d'une armoire un paquet de biscuits et une boîte de jambon en conserve qu'il ouvrit aussitôt.

Et Klima continuait à raconter, il avalait goulûment son dîner et regardait Bertlef d'un air interrogatif.

« Je crois que tout finira bien, dit Bertlef, réconfortant.

— Et, à votre avis, qu'est-ce que c'est que ce type qui nous attendait près de la voiture ? »

Bertlef haussa les épaules : « Je n'en sais rien. De toute façon, ça n'a plus aucune importance.

— C'est exact. Il faut plutôt que je réfléchisse pour savoir comment expliquer à Kamila que cette conférence a duré si longtemps. »

Il était déjà très tard. Réconforté et rassuré, le trompettiste monta dans sa voiture et partit pour la capitale. Pendant tout le trajet, il fut accompagné d'une grosse lune ronde.

Troisième journée

1

On est mercredi matin et la station thermale vient encore une fois de s'éveiller pour une journée allègre. Des torrents d'eau ruissellent dans les baignoires, les masseurs pressent les dos nus, et une voiture de tourisme vient de s'arrêter sur le parking. Non pas la luxueuse limousine qui était stationnée hier au même endroit, mais une voiture ordinaire comme on en voit tant dans ce pays. L'homme qui est au volant peut avoir dans les quarante-cinq ans et il est seul. La banquette arrière est encombrée de valises.

L'homme descendit, verrouilla les portières, remit une pièce de cinq couronnes au gardien du parking et se dirigea vers le foyer Karl-Marx ; il longea le couloir jusqu'à la porte où était inscrit le nom du docteur Skreta. Il entra dans la salle d'attente et frappa à la porte du cabinet. Une infirmière parut, l'homme se présenta et le docteur Skreta vint l'accueillir :

« Jakub ! Quand es-tu arrivé ?

— À l'instant !

— C'est merveilleux ! Nous avons tant de choses à discuter. Écoute… dit-il après avoir réfléchi. Je ne peux pas m'absenter maintenant. Viens avec moi dans la salle d'examen. Je vais te prêter une blouse. »

Jakub n'était pas médecin et n'avait encore jamais pénétré dans un cabinet gynécologique. Mais le docteur Skreta l'empoignait déjà par le bras et le conduisait dans une pièce blanche où une femme dévêtue aux jambes écartées était étendue sur la table d'examen.

« Prêtez une blouse au docteur », dit Skreta à l'infirmière, et celle-ci ouvrit une armoire et tendit à Jakub une blouse blanche. « Viens voir, je voudrais que tu confirmes mon diagnostic », dit-il à Jakub, l'invitant à s'approcher de la patiente visiblement très satisfaite à l'idée que le mystère de ses ovaires, d'où nulle descendance n'était encore issue malgré bien des efforts, allait être exploré par deux sommités médicales.

Le docteur Skreta se remit à palper les entrailles de la patiente, articula quelques mots latins auxquels Jakub réagit par des grognements approbateurs, puis il demanda : « Combien de temps vas-tu rester ?

— Vingt-quatre heures.

— Vingt-quatre heures ? C'est ridiculement court, on ne pourra rien discuter !

— Quand vous me touchez comme ça, ça me fait mal, dit la femme aux jambes levées.

— Il faut que ça fasse un petit peu mal, ce n'est rien, dit Jakub pour amuser son ami.

— Oui, le docteur a raison, dit Skreta. Ce n'est rien, c'est normal. Je vais vous prescrire une série de piqûres. Vous viendrez ici tous les matins à six heures pour que l'infirmière vous fasse votre piqûre. Vous pouvez vous rhabiller maintenant.

— En réalité, je suis venu pour te dire adieu, dit Jakub.

— Comment cela, adieu ?

— Je pars pour l'étranger. J'ai obtenu l'autorisation d'émigrer. »

Entre-temps, la femme s'était rhabillée, et elle prit congé du docteur Skreta et de son collègue.

« En voilà une surprise ! Je ne m'y attendais pas ! s'étonnait le docteur Skreta. Je vais renvoyer ces bonnes femmes chez elles puisque tu es venu me dire adieu.

— Docteur, intervint l'infirmière, vous les avez déjà renvoyées hier. Nous aurons un gros arriéré à la fin de la semaine !

— Alors, appelez la suivante », dit le docteur Skreta, et il soupira.

L'infirmière appela la suivante, sur laquelle les deux hommes jetèrent un regard distrait en constatant qu'elle était plus jolie que la précédente. Le docteur Skreta lui demanda comment elle se sentait après les bains puis l'invita à se déshabiller.

« Ça a pris une éternité pour qu'on me délivre mon passeport. Mais ensuite, en deux jours, j'étais prêt pour le départ. Je n'avais envie de dire adieu à personne.

— Je suis d'autant plus heureux que tu te sois arrêté ici », dit le docteur Skreta et il invita la jeune femme à monter sur la table d'examen. Il enfila un gant de caoutchouc et plongea la main dans les entrailles de la patiente.

« Je ne voulais voir que toi et Olga, dit Jakub. J'espère qu'elle va bien.

— Tout va bien, tout va bien », dit Skreta, mais au son de sa voix il était évident qu'il ne savait pas ce qu'il répondait à Jakub. Il concentrait toute son attention sur la patiente : « Nous allons procéder à une petite intervention, dit-il. Soyez sans crainte, vous ne sentirez absolument rien. » Puis il se dirigea vers une petite armoire vitrée et il en sortit une seringue à injection où l'aiguille était remplacée par un petit manchon en matière plastique.

« Qu'est-ce que c'est ? demanda Jakub.

— Au cours de longues années de pratique, j'ai mis au point quelques méthodes nouvelles qui sont extrêmement efficaces. Tu me trouveras peut-être égoïste, mais pour l'instant, je les considère comme mon secret. »

D'une voix plus coquette que craintive, la femme qui était allongée avec les jambes écartées demanda : « Ça ne va pas faire mal ?

— Pas du tout », répondit le docteur Skreta en plongeant la seringue à injection dans une éprouvette qu'il traitait avec une méticuleuse sollicitude. Puis il s'approcha de la femme, lui introduisit la seringue entre les jambes et appuya sur le piston.

« Ça fait mal ?

— Non, dit la patiente.

— Si je suis venu, c'est aussi pour te rendre le comprimé », dit Jakub.

Le docteur Skreta n'accorda guère d'attention à la dernière phrase de Jakub. Il était toujours occupé par sa patiente. Il l'examinait de la tête aux pieds d'un air sérieux et pensif et disait : « Dans votre cas, ce serait vraiment dommage de ne pas avoir d'enfant. Vous avez de longues jambes, le bassin bien développé, une belle cage thoracique et le visage tout à fait agréable. »

Il toucha le visage de la patiente, lui tâta le menton et dit : « Jolie mâchoire, tout est fort bien modelé. »

Ensuite il prit la cuisse : « Et vous avez les os magnifiquement fermes. On croirait les voir briller sous vos muscles. »

Il continua encore quelques instants à faire l'éloge de la patiente tout en palpant son corps, et elle ne protestait pas, elle ne riait pas non plus d'un rire frivole, car le sérieux de l'intérêt que lui portait le médecin plaçait ses attouchements bien au-delà des limites de l'impudeur.

Il lui fit enfin signe de se rhabiller et se tourna vers son ami :

« Qu'est-ce que tu disais ?

— Que je suis venu te rendre le comprimé.

— Quel comprimé ? »

La femme se rhabillait et disait : « Alors, docteur, vous croyez que je peux avoir de l'espoir ?

— Je suis extrêmement satisfait, dit le docteur Skreta. Je pense que les choses évoluent favorablement et que nous pouvons tous deux, vous et moi, compter sur une réussite. »

La femme quitta le cabinet en remerciant et Jakub dit : « Il y a des années, tu m'as donné un comprimé que personne d'autre ne voulait me donner. Maintenant que je pars, je crois que je n'en aurai jamais plus besoin et que je devrais te le rendre.

— Garde-le donc ! Ce comprimé peut servir ailleurs autant qu'ici.

— Non, non. Ce comprimé fait partie de ce pays. Je veux laisser à ce pays tout ce qui lui appartient, dit Jakub.

— Docteur, je vais appeler la suivante, dit l'infirmière.

— Renvoyez ces bonnes femmes chez elles, dit le docteur Skreta. J'ai bien travaillé aujourd'hui. Vous verrez que la dernière aura certainement un enfant. Ça suffit pour une journée, non ? »

L'infirmière regardait le docteur Skreta avec attendrissement, mais pourtant sans la moindre intention d'obéir.

Le docteur Skreta comprit ce regard : « Bon, ne les renvoyez pas, mais dites-leur que je suis de retour dans une demi-heure.

— Docteur, hier aussi c'était une demi-heure, et il a fallu que je vous coure après dans la rue.

— Soyez sans crainte, ma petite, je serai de retour dans une demi-heure », dit Skreta, et il invita son ami à rendre la blouse blanche à l'infirmière.

Puis ils sortirent du bâtiment et, par le jardin public, ils allèrent en face au Richmond.

2

Ils montèrent au premier étage et, suivant le long tapis rouge, gagnèrent l'extrémité du couloir. Le docteur Skreta ouvrit une porte et pénétra avec son ami dans une chambre exiguë mais agréable.

« C'est chic de ta part, dit Jakub, d'avoir toujours une chambre pour moi ici.

— Maintenant j'ai des chambres réservées à mes patients privilégiés à cette extrémité du couloir. À côté de ta chambre, il y a un bel appartement d'angle où logeaient autrefois les ministres et les industriels. J'y ai logé mon malade le plus précieux, un riche Américain, dont la famille est originaire d'ici. C'est un petit peu mon ami.

— Et où Olga habite-t-elle ?

— Comme moi, au foyer Karl-Marx. Elle n'y est pas mal, ne t'inquiète pas.

— Le principal, c'est que tu te sois occupé d'elle. Comment va-t-elle ?

— Les troubles habituels des femmes aux nerfs fragiles.

— Je t'ai expliqué dans ma lettre la vie qu'elle a eue.

— La plupart des femmes viennent ici pour trouver la fécondité. Dans le cas de ta pupille, il vaudrait mieux qu'elle n'abuse pas de la fécondité. L'as-tu vue toute nue ?

— Mon Dieu ! Jamais de ma vie ! dit Jakub.

— Eh bien, regarde-la ! Elle a des seins minuscules qui pendent de sa poitrine comme deux prunes. On lui voit toutes les côtes. À l'avenir, regarde plus attentivement les cages thoraciques. Un vrai thorax doit être agressif, tourné vers l'extérieur, il faut qu'il se déploie comme s'il voulait absorber le plus d'espace possible. En revanche, il y a des cages thoraciques qui sont sur la défensive et qui reculent devant le monde extérieur ; on dirait une camisole de force qui se resserre de plus en plus autour du sujet et qui finit par l'étouffer complètement. C'est le cas de la sienne. Dis-lui de te la montrer.

— Je m'en garderai bien, dit Jakub.

— Tu crains, si tu la vois, de ne plus vouloir la considérer comme ta pupille.

— Au contraire, dit Jakub, je crains d'en avoir encore davantage pitié.

— Mon vieux, dit Skreta, cet Américain eſt vraiment un type extrêmement curieux.

— Où eſt-ce que je peux la trouver ? demanda Jakub.

— Qui ça ?

— Olga.

— Tu ne la trouveras pas en ce moment. Elle suit son traitement. Elle doit passer toute la matinée dans la piscine.

— Je ne voudrais pas la manquer. Eſt-ce qu'on peut l'appeler ? »

Le docteur Skreta souleva l'écouteur et composa un numéro sans interrompre sa conversation avec son ami : « Je vais te le présenter et il faut que tu me l'étudies à fond. Tu es un excellent psychologue. Tu vas le percer à jour. J'ai des visées sur lui.

— Lesquelles ? » demanda Jakub, mais le docteur Skreta parlait déjà dans le téléphone :

« C'eſt Ruzena ? Comment ça va ?... Ne vous en faites pas, ces malaises-là sont chose courante dans votre état. Je voulais vous demander si vous n'avez pas en ce moment dans la piscine une de mes patientes, votre voisine de chambre... Oui ? Eh bien, annoncez-lui qu'elle a une visite de la capitale, surtout qu'elle n'aille nulle part... Oui, on l'attendra à midi devant l'établissement thermal. »

Skreta raccrocha. « Alors, tu as entendu. Tu vas la retrouver à midi. Nom d'une pipe, de quoi parlions-nous ?

— De l'Américain.

— Oui, dit Skreta. C'eſt un type extrêmement curieux. Je lui ai guéri sa femme. Ils ne pouvaient pas avoir d'enfant.

— Et lui, qu'eſt-ce qu'il soigne ici ?

— Le cœur.

— Tu disais que tu avais des visées sur lui.

— C'eſt humiliant, s'indignait Skreta, ce qu'un médecin eſt forcé de faire dans ce pays pour pouvoir vivre décemment ! Klima, l'illuſtre trompettiſte, vient ici. Il faut que je l'accompagne à la batterie ! »

Jakub ne prenait pas au sérieux les paroles de Skreta, mais il feignit la surprise : « Comment, tu joues de la batterie ?

— Oui, mon ami ! Que puis-je faire, maintenant que je vais avoir une famille !

— Comment ! s'écria Jakub, vraiment surpris cette fois. Une famille ? Tu ne veux pas dire que tu t'es marié ?

— Si, dit Skreta.

— Avec Suzy ? »

Suzy était une doctoresse de la station thermale qui était l'amie de Skreta depuis des années, mais jusqu'ici il avait toujours réussi, à l'ultime moment, à échapper au mariage.

« Oui, avec Suzy, dit Skreta. Tu sais bien que je montais tous les dimanches avec elle au belvédère.

— Alors, tu t'es quand même marié, dit Jakub d'un ton mélancolique.

— Chaque fois que nous montions, poursuivait Skreta, Suzy essayait de me convaincre qu'il fallait nous marier. Et j'étais tellement harassé par la montée que je me sentais vieux et que j'avais l'impression qu'il ne me restait plus qu'à me marier. Mais finalement, je restais toujours maître de moi, et quand nous redescendions du belvédère je retrouvais ma vigueur et je n'avais plus envie de me marier. Mais un jour, Suzy nous a fait faire un détour et la montée a duré si longtemps que j'ai consenti à me marier bien avant d'arriver au sommet. Et à présent, nous attendons un enfant et il faut que je pense un peu à l'argent. Cet Américain peint aussi des images pieuses. On pourrait faire un argent fou avec ça. Qu'en dis-tu ?

— Crois-tu qu'il y ait un marché pour les images pieuses ?

— Un marché fantastique ! Mon vieux, il suffirait d'installer un stand à côté de l'église, les jours de pèlerinage et, à cent couronnes pièce, on ferait fortune ! Je pourrais les vendre pour lui et on partagerait moitié moitié.

— Et lui, il serait d'accord ?

— Ce type a de l'argent à ne pas savoir qu'en faire, et je ne réussirai certainement pas à le convaincre de faire des affaires avec moi », dit Skreta avec un juron.

3

Olga voyait bien que l'infirmière Ruzena lui faisait signe au bord du bassin, mais elle continuait à nager et faisait semblant de ne pas la voir.

Ces deux femmes ne s'aimaient pas. Le docteur Skreta logeait Olga dans une petite chambre contiguë à celle de Ruzena. Ruzena avait l'habitude de mettre très fort la radio et Olga aimait le calme. Elle avait plusieurs fois donné des coups dans le mur et, pour toute réponse, l'infirmière avait encore augmenté le volume du son.

Ruzena faisait signe avec persévérance et réussit enfin à annoncer à la patiente qu'un visiteur de la capitale l'attendrait à midi.

Olga comprit que c'était Jakub et en éprouva une immense joie. Et aussitôt elle fut surprise de cette joie : comment puis-je éprouver un tel plaisir à l'idée de le revoir ?

Olga était en effet de ces femmes modernes qui se dédoublent volontiers en une personne qui vit et en une personne qui observe.

Mais même Olga qui observait se réjouissait. Car elle comprenait fort bien qu'il était complètement démesuré qu'Olga (celle qui vivait) se réjouît avec une telle impétuosité, et parce qu'elle était malveillante cette démesure lui faisait plaisir. Elle souriait à l'idée que Jakub serait épouvanté s'il connaissait la violence de sa joie.

L'aiguille de l'horloge, au-dessus de la piscine, indiquait midi moins le quart. Olga se demandait comment Jakub réagirait si elle se jetait à son cou et l'embrassait amoureusement. Elle regagna à la nage le bord du bassin, sortit de l'eau et alla se changer dans une cabine. Elle regrettait un peu de ne pas avoir été avertie dès le matin de la visite de Jakub. Elle se serait mieux habillée. À présent, elle n'avait qu'un petit tailleur gris sans intérêt qui lui gâchait sa bonne humeur.

Il y avait des moments, par exemple quelques instants plus tôt quand elle nageait dans la piscine, où elle oubliait totalement son apparence. Mais maintenant, elle était campée devant le petit miroir de la cabine et elle se voyait dans un tailleur gris. Quelques minutes plus tôt, elle souriait méchamment à l'idée qu'elle pourrait se jeter au cou de Jakub et l'embrasser avec passion. Seulement, quand elle avait eu cette idée, elle était dans la piscine, où elle nageait sans corps, semblable à une pensée désincarnée. Mais maintenant qu'elle était soudain pourvue d'un corps et d'un costume tailleur, elle était à cent lieues de cette joyeuse fantaisie, et elle savait qu'elle était exactement telle qu'à sa grande colère Jakub la voyait toujours : une petite jeune fille touchante qui avait besoin d'aide.

Olga eût-elle été un peu plus sotte, elle se serait trouvée tout à fait jolie. Mais comme c'était une fille intelligente, elle se jugeait beaucoup plus laide qu'elle ne l'était en réalité car, à vrai dire, elle n'était ni laide ni jolie et tout homme aux exigences esthétiques normales eût volontiers passé la nuit avec elle.

Mais comme Olga prenait plaisir à se dédoubler, celle qui observait interrompit à ce moment celle qui vivait : qu'importait qu'elle fût comme ceci ou comme cela ? Pourquoi se faire souffrir à cause d'un reflet dans une glace ? N'était-elle pas autre chose qu'un objet pour les yeux des hommes ? Qu'une marchandise qui se met elle-même sur le marché ? N'était-elle pas capable d'être indépendante de son apparence, tout au moins dans la mesure où peut l'être n'importe quel mâle ?

Elle sortit de l'établissement de bains et elle vit un visage ému plein de bonhomie. Elle savait qu'au lieu de lui tendre la main il allait lui caresser les cheveux comme à une gentille petite fille. Bien sûr, c'est ce qu'il fit.

« Où allons-nous déjeuner ? » demanda-t-il.

Elle lui proposa d'aller déjeuner au réfectoire des curistes où il y avait une place libre à sa table.

Le réfectoire était une immense salle encombrée de tables et de gens qui déjeunaient, serrés les uns contre les autres. Jakub et Olga s'assirent et attendirent longtemps qu'une serveuse leur verse du potage dans des assiettes creuses. Deux autres personnes étaient assises à leur table et elles tentèrent d'engager la conversation avec Jakub qu'elles rangèrent aussitôt dans la famille sociable des curistes. Ce fut donc seulement par bribes, au milieu des propos de table, que Jakub put interroger Olga sur quelques détails pratiques : était-elle satisfaite de la nourriture, était-elle satisfaite du médecin, était-elle satisfaite du traitement ? Quand il lui demanda où elle était logée, elle répondit qu'elle avait une voisine détestable. Elle indiqua d'un signe de tête une table toute proche où Ruzena était en train de déjeuner.

Leurs compagnons de table se retirèrent après les avoir salués et Jakub dit, tout en regardant Ruzena : « Il y a chez Hegel une curieuse réflexion sur le profil grec, dont la beauté, selon lui, tient au fait que le nez forme avec le front une ligne unique, ce qui met en relief la moitié supérieure de la tête, siège de l'intelligence et de l'esprit. En regardant ta voisine, je constate que chez elle tout le visage est en revanche concentré sur la bouche. Regarde comme elle mâche avec conviction et comme elle parle fort en même temps. Hegel serait écœuré de cette importance accordée à la partie inférieure, à la partie animale du visage et pourtant cette fille qui m'est, je ne sais pourquoi, antipathique, est tout à fait jolie.

— Tu trouves ? » demanda Olga, et sa voix trahissait son hostilité.

C'est pourquoi Jakub s'empressa de dire : « En tout cas, j'aurais peur d'être haché menu par cette bouche de ruminante. » Et il ajouta : « Hegel serait plus satisfait de toi. La dominante de ton visage, c'est le front, qui renseigne immédiatement tout le monde sur ton intelligence.

— Ces raisonnements-là me mettent hors de moi, dit vivement Olga. Ils tendent à démontrer que la physionomie d'un être humain est l'empreinte de son âme. C'est un non-sens absolu. J'imagine mon âme avec un menton en galoche et des lèvres sensuelles, et pourtant j'ai un petit menton et aussi une petite bouche. Si je ne m'étais jamais vue dans la glace et si je devais décrire mon apparence extérieure d'après ce que je connais intérieurement de moi, le portrait ne ressemblerait pas du tout à ce que tu vois quand tu me regardes ! Je ne suis pas du tout telle que je parais ! »

4

Il est difficile de trouver un mot pour caractériser l'attitude de Jakub à l'égard d'Olga. C'était la fille d'un de ses amis qui avait été exécuté quand elle avait sept ans. Jakub avait alors décidé de prendre sous sa protection la petite orpheline. Il n'avait pas d'enfant et cette sorte de paternité sans contrainte le séduisait. Par jeu, il appelait Olga sa pupille.

Ils étaient maintenant dans la chambre d'Olga. Elle brancha un réchaud, y posa une petite casserole remplie d'eau et Jakub comprit qu'il ne pourrait se résoudre à lui révéler le motif de sa visite. Il n'osait pas lui annoncer qu'il venait lui dire adieu, il craignait que la nouvelle ne prît une dimension trop pathétique et que ne s'établît entre eux un climat sentimental qu'il jugeait déplacé. Il la soupçonnait depuis longtemps d'être secrètement amoureuse de lui.

Olga sortit deux tasses de l'armoire, y répandit du café moulu et versa l'eau bouillante. Jakub mit un morceau de sucre et remua, puis il entendit Olga qui lui disait : « S'il te plaît, Jakub, quelle sorte d'homme mon père était-il en réalité ?

— Pourquoi ?

— N'avait-il vraiment rien à se reprocher ?

— Qu'est-ce que tu vas imaginer ! » s'étonna Jakub. Le père d'Olga était officiellement réhabilité depuis quelque temps et l'innocence de l'homme politique condamné à mort et exécuté avait été publiquement proclamée. Elle n'était mise en doute par personne.

« Ce n'est pas ce que je voulais dire, dit Olga. Je voulais justement dire le contraire.

— Je ne te comprends pas, dit Jakub.

— Je me suis demandé s'il n'avait pas fait à d'autres exactement ce qu'on lui a fait. Il n'y avait pas l'ombre d'une différence entre lui et ceux qui l'ont envoyé à la potence. Ils avaient la même croyance, c'étaient les mêmes fanatiques. Ils étaient convaincus que même la plus petite divergence faisait courir un danger mortel à la révolution, et ils étaient soupçonneux. Ils l'ont envoyé à la mort au nom de choses sacrées auxquelles il croyait lui-même. Alors pourquoi n'aurait-il pas pu se conduire avec d'autres de la même façon qu'on s'est conduit avec lui ?

— Le temps passe terriblement vite et le passé est de plus en plus incompréhensible, dit Jakub après un instant d'hésitation. Que sais-tu de ton père à part quelques lettres, quelques pages de son journal que l'on t'a charitablement restituées, et quelques souvenirs de ses amis ? »

Mais Olga insistait : « Pourquoi te dérobes-tu ? Je t'ai posé une question parfaitement claire. Mon père était-il comme ceux qui l'ont envoyé à la mort ?

— Ça se peut, fit Jakub avec un haussement d'épaules.

— Alors, pourquoi n'aurait-il pu commettre lui aussi les mêmes cruautés ?

— Théoriquement, répondit Jakub avec une extrême lenteur, théoriquement, il aurait pu faire aux autres exactement la même chose que ce qu'ils lui ont fait. Il n'existe pas ici-bas un seul homme qui ne soit pas capable, d'un cœur relativement léger, d'envoyer son prochain à la mort. En ce qui me concerne, en tout cas, je n'en ai jamais rencontré. Si, de ce point de vue-là, les hommes viennent un jour à changer, ils perdront la qualité humaine fondamentale. Ce ne seront plus des hommes, mais une autre espèce de créature.

— Je vous trouve admirables ! s'écria Olga, interpellant ainsi à la deuxième personne du pluriel des milliers de Jakub. Vous faites de tous les hommes des assassins et, du même coup, vos propres homicides cessent d'être un crime et ne sont plus qu'une caractéristique inéluctable de l'espèce humaine.

— La plupart des gens évoluent dans un cercle idyllique entre leur foyer et leur travail, dit Jakub. Ils vivent dans un territoire paisible par-delà le bien et le mal. Ils sont sincèrement épouvantés à la vue d'un homme qui assassine. Mais en même temps, il suffit de les faire sortir de ce territoire tranquille et ils deviennent des assassins sans savoir comment. Il y a des épreuves et des tentations auxquelles l'humanité n'est soumise qu'à des intervalles éloignés de l'histoire. Et personne n'y résiste. Mais il est absolument vain d'en parler. Ce qui compte pour toi, ce n'est pas ce que ton père était théoriquement capable de faire, parce que de toute façon il n'y a aucun moyen de le prouver. La seule chose qui devrait t'intéresser, c'est ce qu'il a fait ou ce qu'il n'a pas fait. Et, en ce sens, il avait la conscience pure.

— Peux-tu en être absolument certain ?

— Absolument. Personne ne l'a connu mieux que moi.

— Je suis vraiment contente de l'entendre de ta bouche, dit Olga. Parce que la question que je t'ai posée, je ne te l'ai pas posée par hasard. Je reçois des lettres anonymes depuis pas mal de temps. On m'écrit que j'aurais tort de jouer les filles de martyr, parce que mon père, avant d'être exécuté, a lui-même envoyé en prison des innocents dont la seule faute était d'avoir une autre conception du monde que la sienne.

— C'est absurde, dit Jakub.

— Dans ces lettres, on me le dépeint comme un fanatique acharné et comme un homme cruel. Ce sont évidemment des lettres anonymes et méchantes, mais pas stupides. Elles sont écrites sans exagération, concrètes et précises, et j'ai presque fini par y croire.

— C'est toujours la même vengeance, dit Jakub. Je vais te dire quelque chose. Quand on a arrêté ton père, les prisons étaient pleines de gens que la révolution y avait envoyés à la suite d'une première vague de terreur. Les détenus ont reconnu en lui un dirigeant communiste, à la première occasion ils se sont jetés sur lui et l'ont roué de coups jusqu'à ce qu'il perde connaissance. Les gardiens observaient la scène avec un sourire sadique.

— Je sais », dit Olga, et Jakub s'avisa qu'il venait de lui raconter un épisode qu'elle avait entendu bien des fois. Il s'était depuis longtemps promis de ne plus jamais parler de ces choses-là, mais il n'y réussissait pas. Les gens qui ont eu un accident d'auto s'interdisent en vain de s'en souvenir.

« Je sais, répéta Olga, mais ça ne m'étonne pas. Ces gens-là avaient été emprisonnés sans jugement, bien souvent sans le moindre motif. Et, tout à coup, ils ont eu en face d'eux l'un des hommes qu'ils considéraient comme responsables !

— À partir du moment où ton père avait revêtu l'uniforme de la prison, il était un détenu parmi d'autres. Ça n'avait aucun sens de lui faire du mal, surtout sous l'œil béat des gardiens. Ce n'était qu'une lâche vengeance. Le plus infâme désir de piétiner une victime sans défense. Et ces lettres que tu reçois sont le fruit de la même vengeance qui, comme je le constate, est plus forte que le temps.

— Mais, Jakub ! Ils étaient quand même une centaine de milliers dans les prisons ! Et des milliers ne sont jamais revenus ! Et jamais un seul responsable n'a été puni ! En réalité, ce désir de vengeance n'est qu'un désir insatisfait de justice !

— Se venger du père sur la fille n'a rien à voir avec la justice. Souviens-toi qu'à cause de ton père tu as perdu ton chez-toi, que tu as été obligée de quitter la ville où tu habitais, que tu n'as pas eu le droit de faire des études. À cause d'un père mort que tu n'as presque pas connu ! Et à cause de ton père, il faut maintenant que tu sois persécutée par les autres ? Je vais te dire la plus triste découverte de ma vie : les persécutés ne valaient pas mieux que les persécuteurs. Je peux fort bien imaginer les rôles inverses. Toi, tu peux voir dans ce raisonnement le désir d'effacer sa responsabilité et de la faire endosser au créateur qui a fait l'homme tel qu'il est. Et c'est peut-être bien que tu voies les choses comme ça. Parce que, parvenir à la conclusion qu'il n'y a pas de différence entre le coupable et la victime, c'est *laisser toute espérance.* Et c'est ça qu'on appelle *l'enfer*, ma petite. »

5

Les deux collègues de Ruzena brûlaient d'impatience. Elles voulaient savoir comment s'était terminé le rendez-vous de la veille avec Klima, mais elles étaient de service à l'autre bout de l'établissement de bains et ce ne fut que vers trois heures qu'elles purent retrouver leur amie et l'assaillir de questions.

Ruzena hésitait à répondre et finit par dire d'une voix mal assurée : « Il a dit qu'il m'aimait et qu'il allait m'épouser.

— Tu vois ! Je te l'avais dit ! fit la maigre. Et va-t-il divorcer ?

— Il a dit que oui.

— Il ne pourra pas faire autrement, dit gaiement la quadragénaire. Tu auras un enfant. Et sa femme n'en a pas. »

Cette fois, Ruzena était obligée d'avouer la vérité : « Il a dit qu'il allait me faire venir à Prague. Il va me trouver du travail là-bas. Il a dit qu'on irait en vacances en Italie. Mais il ne veut pas qu'on ait un enfant tout de suite. Et il a raison. Les premières années sont les plus belles et si on avait un enfant, on ne pourrait pas profiter l'un de l'autre. »

La quadragénaire était abasourdie : « Comment, tu vas te faire avorter ? »

Ruzena acquiesça.

« Tu as perdu la tête ! s'écria la maigre.

— Il t'a entortillée autour de son petit doigt, dit la quadragénaire. Dès que tu te seras débarrassée de l'enfant, il t'enverra paître.

— Et pourquoi ?

— Tu paries ? dit la maigre.

— Puisqu'il m'aime !

— Et comment le sais-tu, qu'il t'aime ? dit la quadragénaire.

— Il me l'a dit !

— Et pourquoi ne t'a-t-il pas donné de ses nouvelles pendant deux mois ?

— Il avait peur de l'amour, dit Ruzena.

— Comment ?

— Comment veux-tu que je t'explique ! Il avait peur d'être amoureux de moi.

— Et c'eſt pour ça qu'il n'a pas donné signe de vie ?

— C'eſt une épreuve qu'il s'eſt imposée. Il voulait être sûr qu'il ne pouvait pas m'oublier. C'eſt compréhensible, non ?

— Je vois, reprit la quadragénaire. Et quand il a appris qu'il t'avait fait un gosse, il a compris d'un seul coup qu'il ne pourrait pas t'oublier.

— Il dit qu'il eſt content que je sois enceinte. Pas à cause de l'enfant, mais parce que je lui ai téléphoné. Il a compris qu'il m'aimait.

— Mon Dieu, ce que tu es idiote ! s'écria la maigre.

— Je ne vois pas pourquoi je suis idiote.

— Parce que cet enfant eſt la seule chose que tu possèdes, dit la quadragénaire. Si tu fais passer l'enfant, tu n'auras plus rien et il te crachera dessus.

— Je veux qu'il me veuille pour moi et pas à cause de l'enfant !

— Pour qui te prends-tu ? Pourquoi voudrait-il de toi pour toi ? »

Elles discutèrent longuement et avec passion. Les deux femmes ne cessaient de répéter à Ruzena que l'enfant était son seul atout et qu'elle ne devait pas y renoncer.

« Moi, jamais je ne me ferais avorter. Je te le dis. Jamais, comprends-tu ? Jamais », affirmait la maigre.

Ruzena se faisait soudain l'effet d'une petite fille et elle dit (c'eſt la même phrase qui, la veille, avait rendu à Klima le désir de vivre) : « Alors, dites-moi ce qu'il faut que je fasse !

— Tenir bon, dit la quadragénaire, puis elle ouvrit un tiroir de son placard et en sortit un tube de comprimés. Tiens, prends-en un ! Tu es à bout. Ça va te calmer. »

Ruzena mit le comprimé dans sa bouche et l'avala.

« Et garde le tube. Tu as les indications ici : un comprimé trois fois par jour, mais prends-en seulement quand tu auras besoin de te calmer. Ne va pas faire de sottises, énervée comme tu es. N'oublie pas que c'eſt un type madré. Il n'en eſt pas à son coup d'essai ! Mais cette fois-ci, il ne s'en tirera pas si facilement ! »

De nouveau, elle ne savait que faire. Un inſtant plus tôt, elle se croyait décidée, mais les arguments de ses collègues paraissaient convaincants et elle était de nouveau ébranlée. Déchirée, elle descendit l'escalier de l'établissement.

Dans le hall, un jeune homme excité se précipita sur elle, écarlate.

« Je t'ai déjà dit de ne jamais venir m'attendre ici, dit-elle en le regardant d'un air méchant. Et après ce qui s'est passé hier, je ne comprends pas comment tu peux avoir l'audace !

— Ne te fâche pas, s'il te plaît ! s'écria le jeune homme d'un ton désespéré.

— Chut ! s'écria-t-elle. Ne viens pas me faire des scènes *ici* par-dessus le marché », et elle voulut partir.

« Ne pars pas comme ça si tu ne veux pas que je te fasse des scènes ! »

Elle ne pouvait rien faire. Des curistes allaient et venaient dans le hall et, à tout moment, des gens en blouse blanche passaient à proximité. Elle ne voulait pas se faire remarquer et elle était obligée de rester tout en s'efforçant de paraître naturelle : « Alors, qu'est-ce que tu me veux ? dit-elle à mi-voix.

— Rien, je voulais seulement te demander pardon. Je regrette sincèrement ce que j'ai fait. Mais, s'il te plaît, jure qu'il n'y a rien entre vous.

— Je t'ai déjà dit qu'il n'y a rien entre nous.

— Alors, jure !

— Ne sois pas un enfant. Je ne jure pas pour des sottises comme ça.

— Parce qu'il s'est passé quelque chose entre vous.

— Je t'ai déjà dit que non. Et si tu ne me crois pas, nous n'avons plus rien à nous dire. C'est simplement un ami. Est-ce que je n'ai pas le droit d'avoir des amis ? Je l'estime, je suis contente qu'il soit mon ami.

— Je sais. Je ne te reproche rien, dit le jeune homme.

— Il donne un concert ici demain. J'espère que tu ne vas pas m'espionner.

— Si tu me donnes ta parole d'honneur qu'il n'y a rien entre vous.

— Je t'ai déjà dit que je ne m'abaissais pas à donner ma parole d'honneur pour ces choses-là. Mais je te donne ma parole d'honneur que si tu m'espionnes encore une fois tu ne me verras plus de ta vie.

— Ruzena, c'est parce que je t'aime, dit le jeune homme d'un air malheureux.

— Moi aussi, dit laconiquement Ruzena. Mais moi, je ne vais pas te faire des scènes à cause de ça sur la route nationale.

— C'est parce que tu ne m'aimes pas. Tu as honte de moi.

— Tu dis des bêtises.

— Tu ne me laisses jamais me montrer avec toi, sortir avec toi…

— Chut ! répéta-t-elle, comme il élevait la voix. Mon père me tuerait. Je t'ai déjà expliqué qu'il me surveille. Mais maintenant, ne te fâche pas, il faut que je parte. »

Le jeune homme la saisit par le bras : « Ne pars pas tout de suite. »

Ruzena leva désespérément les yeux au plafond.

Le jeune homme dit : « Si on se mariait, tout serait différent. Il ne pourrait plus rien dire. On aurait un enfant.

— Je ne veux pas avoir d'enfant, dit vivement Ruzena. J'aimerais mieux me tuer que d'avoir un enfant !

— Pourquoi ?

— Parce que. Je ne veux pas d'enfant.

— Je t'aime, Ruzena », dit encore une fois le jeune homme.

Et Ruzena répondit : « Et à cause de ça tu veux me conduire au suicide, n'est-ce pas ?

— Au suicide ? demanda-t-il avec surprise.

— Oui ! au suicide !

— Ruzena ! dit le jeune homme.

— Tu vas m'y conduire tout droit ! Je te le garantis ! Tu m'y conduis à coup sûr !

— Est-ce que je peux venir ce soir ? demanda-t-il humblement.

— Non, pas ce soir », dit Ruzena. Puis, comprenant qu'il fallait le calmer, elle ajouta d'un ton plus conciliant : « Tu peux me téléphoner ici, Frantisek. Mais pas avant lundi. » Et elle tourna les talons.

« Attends, dit le jeune homme. Je t'ai apporté quelque chose. Pour que tu me pardonnes », et il lui tendit un petit paquet.

Elle le prit et sortit rapidement dans la rue.

6

« Le docteur Skreta est-il à ce point un original, ou fait-il semblant ? demandait Olga à Jakub.

— C'est la question que je me pose depuis que je le connais, répondit Jakub.

— Les originaux ont une assez belle vie quand ils réussissent à faire respecter leur originalité, dit Olga. Le docteur Skreta est incroyablement distrait. Au beau milieu d'une conversation il oublie de quoi il parlait une seconde plus tôt. Quelquefois, il commence à palabrer dans la rue et il arrive à son cabinet avec deux heures de retard. Mais personne n'ose lui en tenir rigueur parce que le docteur est un original officiellement reconnu et seul un rustre pourrait contester son droit à l'originalité.

— Original ou pas, je crois qu'il ne te soigne pas mal.

— Sans doute, mais tout le monde ici a l'impression que son cabinet médical est pour lui quelque chose de secondaire qui l'empêche de se consacrer à un tas de projets beaucoup plus importants. Demain, par exemple, il va tenir la batterie !

— Attends, dit Jakub, interrompant Olga. C'est donc vrai, cette histoire ?

— Bien sûr ! Toute la station est couverte d'affiches qui annoncent que le célèbre trompettiste Klima donnera un concert ici demain et que le docteur Skreta va l'accompagner à la batterie.

— C'est incroyable, dit Jakub. Ça ne m'a pas du tout surpris d'apprendre que Skreta avait l'intention de jouer de la batterie. Skreta est le plus grand rêveur que j'aie jamais connu. Mais je ne l'ai pas encore vu réaliser un seul de ses rêves. Quand nous nous sommes connus, à l'Université, Skreta n'avait pas beaucoup d'argent. Il était toujours sans le sou et il imaginait toujours des tas de trucs pour gagner de l'argent. En ce temps-là, il avait formé le projet de se procurer un welsh-terrier femelle, parce qu'on lui avait dit que les chiots de cette race-là se vendaient quatre mille couronnes pièce. Il avait immédiatement fait le calcul. La chienne aurait chaque année deux portées de cinq chiots. Deux fois cinq font dix, dix fois quatre mille font quarante mille couronnes par an. Il avait pensé à tout. Il s'était à grand-peine assuré le concours du directeur du restaurant universitaire qui lui avait promis de lui donner tous les jours pour sa chienne les restes de la cuisine. Il avait rédigé le diplôme de deux étudiantes pour qu'elles lui sortent sa chienne tous les jours. Il habitait dans un foyer d'étudiants où il était interdit d'avoir des chiens. Alors, il avait offert toutes les semaines un bouquet de roses à la directrice, jusqu'à ce qu'elle lui promette de faire une exception en sa faveur. Pendant deux mois, il avait préparé le terrain pour sa chienne, mais nous savions tous qu'il ne l'aurait jamais. Il lui fallait quatre mille couronnes pour l'acheter et personne ne les lui prêtait. Personne ne le prenait au sérieux. Tout le monde le considérait comme un rêveur, certes exceptionnellement roué et entreprenant mais seulement dans le royaume de l'imaginaire.

— C'est tout à fait charmant, mais je ne comprends quand même pas ton étrange affection pour lui. On ne peut même pas compter sur lui. Il est incapable d'arriver à l'heure et il oublie le lendemain ce qu'il a promis la veille.

— Ce n'est pas tout à fait exact. Il m'a beaucoup aidé autrefois. En réalité, personne ne m'a jamais aidé autant que lui. »

Jakub plongea la main dans la poche de poitrine de sa veste et en sortit un papier de soie plié. Il le déplia et un comprimé bleu pâle apparut.

« Qu'est-ce que c'est ? demanda Olga.

— Du poison. »

Jakub savoura pendant un instant le silence interrogateur de la jeune femme et reprit : « J'ai ce comprimé depuis plus de quinze ans. Après mon année de prison, il y a une chose que j'ai comprise. Il faut avoir au moins une certitude : celle de rester maître de sa mort et de pouvoir en choisir l'heure et le moyen. Avec cette certitude, tu peux supporter bien des choses. Tu sais que tu pourras leur échapper quand tu voudras.

— Tu avais ce comprimé avec toi en prison ?

— Hélas non ! Mais je me le suis procuré dès que je suis sorti.

— Quand tu n'en avais plus besoin ?

— Dans ce pays on ne sait jamais quand on peut avoir besoin de ces choses-là. Et puis, c'est pour moi une question de principe. Tout homme devrait recevoir du poison le jour de sa majorité. Une cérémonie solennelle devrait avoir lieu à cette occasion. Non pour l'inciter au suicide, mais, au contraire, pour qu'il vive avec plus d'assurance et plus de sérénité. Pour qu'il vive en sachant qu'il est le maître de sa vie et de sa mort.

— Et comment te l'es-tu procuré, ce poison ?

— Skreta débutait comme biochimiste dans un laboratoire. Je m'étais d'abord adressé à quelqu'un d'autre, mais cette personne estimait que c'était pour elle un devoir moral de me refuser du poison. Skreta a fabriqué lui-même le comprimé sans hésiter une seconde.

— Peut-être parce que c'est un original.

— Peut-être. Mais surtout parce qu'il m'a compris. Il savait que je ne suis pas un hystérique qui se complaît dans des comédies suicidaires. Il a compris ce qui était en jeu pour moi. Je vais lui rendre ce comprimé aujourd'hui. Je n'en aurai plus besoin.

— Tous les dangers sont donc passés ?

— Demain matin je quitte définitivement ce pays. Je suis invité dans une université et j'ai obtenu des autorités la permission de partir. »

Enfin, c'était dit. Jakub regardait Olga et voyait qu'elle souriait. Elle lui prit la main : « C'est vrai ? C'est une très bonne nouvelle ! Je suis très contente pour toi ! »

Elle manifestait la même joie désintéressée qu'il eût éprouvée lui-même en apprenant qu'Olga allait partir pour l'étranger où elle aurait la vie plus agréable. Il en était surpris, parce qu'il avait toujours craint qu'elle n'eût pour lui un attachement sentimental. Il était heureux qu'il n'en fût pas ainsi, mais il en était, à sa propre surprise, un peu vexé.

Olga était tellement intéressée par la révélation de Jakub qu'elle en oubliait de l'interroger sur le comprimé bleu pâle qui était posé entre eux sur le papier de soie froissé, et Jakub dut lui exposer en détail toutes les circonstances de sa future carrière.

« Je suis extrêmement contente que tu aies réussi. Ici, tu étais pour toujours quelqu'un de suspect. Ils ne t'ont même pas permis d'exercer ton métier. Et avec ça ils passent leur temps à prêcher l'amour de la patrie. Comment aimer un pays où il vous est interdit de travailler ? Je peux te dire que je n'éprouve aucun amour pour ma patrie. Est-ce mal de ma part ?

— Je n'en sais rien, dit Jakub. Je n'en sais vraiment rien. En ce qui me concerne, j'étais assez attaché à ce pays.

— C'est peut-être mal, reprit Olga, mais je ne m'y sens liée par rien. Qu'est-ce qui pourrait m'y attacher ?

— Même les souvenirs douloureux sont un lien qui nous engage.

— Nous engage à quoi ? À rester dans le même pays où nous sommes nés ? Je ne comprends pas qu'on puisse parler de liberté sans rejeter ce fardeau de ses épaules. Comme si un arbre était chez lui là où il ne peut grandir. L'arbre est chez lui là où il trouve de la terre fraîche.

— Et toi, tu trouves de la terre fraîche ici ?

— Somme toute, oui. Maintenant qu'on me laisse enfin faire mes études, j'ai ce que je veux. Je vais faire mes sciences nat. et je ne veux entendre parler de rien d'autre. Ce n'est pas moi qui ai inventé ce régime et je n'en suis aucunement responsable. Mais quand pars-tu exactement ?

— Demain.

— Si vite ? » Elle lui prit la main : « Je t'en prie. Puisque tu as été assez gentil pour venir me dire adieu, ne te presse pas tant. »

C'était toujours différent de ce qu'il avait attendu. Elle ne se comportait ni comme une jeune femme qui l'aimait secrètement, ni comme une fille adoptive qui éprouvait pour lui un amour filial désincarné. Avec une tendresse éloquente elle lui tenait la main, le regardait dans les yeux et répétait : « Ne te presse pas ! Ça n'aurait aucun sens pour moi si tu ne t'étais arrêté ici que pour me dire adieu. »

Jakub en était presque perplexe : « Nous verrons, dit-il. Skreta aussi voudrait me convaincre de rester un peu plus longtemps.

— Il faut certainement que tu restes plus longtemps, dit Olga. De toute façon, nous avons si peu de temps l'un pour l'autre. Maintenant, il va falloir que je retourne aux bains… » Après un instant de réflexion elle affirma qu'elle n'irait nulle part puisque Jakub était ici.

« Non, non, il faut que tu y ailles. Il ne faut pas négliger ton traitement. Je vais t'accompagner.

— C'est vrai ? » demanda Olga d'une voix pleine de bonheur. Puis elle ouvrit l'armoire pour y chercher quelque chose.

Le comprimé bleu pâle était posé sur la table sur le papier déplié et Olga, le seul être au monde à qui Jakub en eût révélé l'existence, était penchée sur l'armoire ouverte et tournait le dos au poison. Jakub pensa que ce comprimé bleu pâle était le drame de sa vie, un drame abandonné, presque oublié et probablement sans intérêt. Et il se dit qu'il était grand temps de se débarrasser de ce drame sans intérêt, de lui dire bien vite adieu et de le laisser derrière lui. Il enveloppa le comprimé dans le bout de papier et fourra le tout dans la poche de poitrine de sa veste.

Olga sortit un sac de l'armoire, y mit une serviette, referma l'armoire. « Je suis prête », dit-elle à Jakub.

7

Ruzena était assise depuis Dieu sait combien de temps sur un banc du jardin public et elle était incapable d'en bouger, sans doute parce que ses pensées aussi étaient immobiles, fixées sur un point unique.

Hier encore, elle croyait ce que lui disait le trompettiste. Non seulement parce que c'était agréable, mais aussi parce que c'était plus simple : elle pouvait ainsi, avec la conscience tranquille, renoncer à un combat pour lequel elle manquait de forces. Mais depuis que ses collègues s'étaient moquées d'elle, elle se méfiait à nouveau de lui et pensait à lui avec haine, craignant en son for intérieur de n'être ni assez rusée ni assez têtue pour le conquérir.

Elle déchira sans curiosité le papier du paquet que lui avait donné Frantisek. À l'intérieur, il y avait une étoffe bleu pâle et Ruzena comprit qu'il lui avait fait cadeau d'une chemise de nuit ; d'une chemise de nuit dans laquelle il voulait la voir tous les jours ; tous les jours et beaucoup de jours et pendant toute sa vie. Elle contemplait la couleur bleu pâle du tissu et elle croyait voir cette tache bleue baver, s'étendre, se changer en mare, mare de bonté et de dévouement, mare d'amour servile qui finirait par l'engloutir.

Qui haïssait-elle davantage ? Celui qui ne voulait pas d'elle ou celui qui la voulait ?

Elle était ainsi clouée à ce banc par ces deux haines et elle ne savait rien de ce qui se passait autour d'elle. Un minibus stoppa au bord du trottoir, suivi d'un camion vert fermé d'où parvenaient à Ruzena des hurlements et des aboiements de chiens. Les portières du minibus s'ouvrirent et il en sortit un vieil homme qui portait un brassard rouge sur la manche. Ruzena regardait devant elle d'un air hébété et elle fut un instant sans se rendre compte de ce qu'elle regardait.

Le vieux monsieur cria un ordre vers le minibus et un autre vieil homme descendit, qui portait aussi un brassard rouge sur la manche et qui tenait à la main une perche de trois mètres à l'extrémité de laquelle était fixée une boucle en fil de fer. D'autres hommes descendirent et se rangèrent devant le minibus. C'étaient tous de vieux messieurs, ils avaient tous un brassard rouge et tenaient tous à la main de longues perches à la pointe armée d'une boucle en fil de fer.

L'homme qui était descendu le premier n'avait pas de perche et donnait des ordres ; les vieux messieurs, comme une escouade d'étranges lanciers, exécutèrent plusieurs garde-à-vous et repos. Ensuite l'homme cria un autre ordre et l'escouade de vieillards s'élança au pas de course dans le jardin public. Là, ils se dispersèrent et chacun courut dans une autre direction, les uns dans les allées, les autres sur les pelouses. Des curistes se promenaient dans le jardin, des enfants jouaient, et tout le monde s'arrêta brusquement pour regarder avec étonnement ces vieux messieurs qui montaient à l'attaque, armés de longues perches.

Ruzena aussi sortit de la stupeur de sa méditation pour observer ce qui se passait. Elle avait reconnu son père parmi les vieux messieurs et l'observait avec dégoût mais sans surprise.

Un chien bâtard trottinait sur une pelouse au pied d'un bouleau. L'un des vieux messieurs s'était mis à courir dans sa direction et le chien le regardait avec étonnement. Le vieillard brandissait la perche et tentait de placer la boucle en fil de fer devant la tête du chien. Mais la perche était longue, les mains séniles étaient faibles, et le vieillard manquait son but. La boucle en fil de fer oscillait autour de la tête du chien et le chien l'observait avec curiosité.

Mais déjà un autre retraité qui avait le bras plus robuste accourait au secours du vieillard, et le petit chien se trouva finalement prisonnier de la boucle de fer. Le vieillard tira sur la perche, le fil de fer s'enfonça dans la gorge velue et le chien poussa un hurlement. Les deux retraités partirent d'un gros rire et traînèrent le chien sur la pelouse jusqu'aux véhicules stationnés. Ils ouvrirent la grande porte du camion d'où sortit la houle sonore des aboiements ; ils jetèrent le bâtard dans le camion.

Pour Ruzena, tout ce qu'elle voyait n'était qu'un élément de sa propre histoire : elle était une femme malheureuse prise entre deux mondes : le monde de Klima la rejetait, et le monde de Frantisek auquel elle voulait échapper (le monde de la banalité et de l'ennui, le monde de l'échec et de la capitulation) venait ici la chercher sous l'aspect de cette troupe d'assaut comme s'il avait voulu l'entraîner dans une de ces boucles en fil de fer.

Dans une allée sablée du jardin public, un garçonnet d'une dizaine d'années appelait désespérément son chien qui s'était égaré dans un buisson. Mais à la place du chien, le père de Ruzena, armé d'une perche, accourut auprès de l'enfant. Celui-ci se tut aussitôt. Il craignait d'appeler son chien, sachant que le vieillard allait le lui enlever. Il s'élança dans l'allée pour s'échapper, mais le vieillard aussi se mit à courir. À présent, ils couraient de front. Le père de Ruzena armé de sa perche et le petit garçon qui sanglotait tout en courant. Puis l'enfant fit demi-tour et, sans cesser de courir, revint sur ses pas. Le père de Ruzena fit aussi demi-tour. Ils couraient à nouveau de front.

Un teckel sortit d'un buisson. Le père de Ruzena tendit vers lui sa perche, mais le chien s'écarta brusquement et courut auprès de l'enfant qui le souleva de terre et le pressa contre son corps. D'autres vieillards se précipitèrent pour prêter main-forte au père de Ruzena et arracher le teckel des bras de l'enfant. Celui-ci pleurait, criait et se débattait, de sorte que les vieillards durent lui tordre les bras et lui mettre la main devant la bouche parce que ses cris attiraient par trop l'attention des passants qui se retournaient mais craignaient d'intervenir.

Ruzena ne voulait plus voir son père et ses compagnons. Mais où aller ? Dans sa petite chambre, elle avait un roman policier qu'elle n'avait pas terminé et qui ne l'intéressait pas, au cinéma on jouait un film qu'elle avait déjà vu, et dans le hall du Richmond il y avait une télévision qui fonctionnait en permanence. Elle opta pour la télévision. Elle se leva de son banc et, parmi la clameur des vieillards qui continuait de lui parvenir de tous côtés, elle reprit intensément conscience du contenu de ses entrailles et elle se dit que c'était un contenu sacré. Il la transformait et l'ennoblissait. Il la distinguait de ces forcenés qui faisaient la chasse aux chiens. Elle se disait qu'elle n'avait pas le droit de renoncer, qu'elle n'avait pas le droit de capituler, parce que, dans son ventre, elle portait son unique espoir ; son unique billet d'entrée dans l'avenir.

En arrivant à l'extrémité du jardin public, elle aperçut Jakub. Il était devant le Richmond sur le trottoir et il observait la scène du jardin public. Elle ne l'avait vu qu'une fois, pendant le déjeuner, mais elle se souvenait de lui. La curiste qui était provisoirement sa voisine et qui tapait dans le mur chaque fois qu'elle mettait un peu trop fort sa radio, lui était extrêmement antipathique, de sorte que Ruzena percevait avec une attentive répugnance tout ce qui la concernait.

Le visage de cet homme lui déplaisait. Elle le trouvait ironique et Ruzena détestait l'ironie. Elle pensait toujours que l'ironie (toute forme d'ironie) était comme une sentinelle en armes postée à l'entrée de l'avenir où elle, Ruzena, voulait pénétrer, et que cette sentinelle l'examinait d'un œil inquisiteur et la rejetait d'un hochement de tête. Elle bomba le torse et décida de passer devant cet homme avec toute l'arrogance provocatrice de ses seins, avec tout l'orgueil de son ventre.

Et cet homme (elle ne l'observait que du coin de l'œil) dit soudain d'une voix tendre et douce : « Viens ici… viens avec moi… »

D'abord elle ne comprit pas pourquoi il s'adressait à elle. La tendresse dans sa voix la déconcertait, et elle ne savait que répondre. Mais ensuite, en se retournant, elle s'aperçut qu'un gros boxer à la gueule humainement laide lui trottait sur les talons.

La voix de Jakub attira le chien. Il le prit par le collier : « Viens avec moi, sinon tu n'as aucune chance. » Le chien levait vers Jakub une tête confiante d'où sa langue pendait comme un petit drapeau jovial.

Ce fut une seconde pleine d'une humiliation ridicule, futile, mais évidente : l'homme ne s'était aperçu ni de son arrogance provocatrice ni de son orgueil. Elle croyait qu'il lui parlait et il parlait à un chien. Elle passa devant lui et s'arrêta sur le perron du Richmond.

Deux vieillards armés de perches sortaient du jardin public et se précipitaient sur Jakub. Elle observait la scène avec malveillance et ne pouvait s'empêcher d'être du côté des vieillards.

Jakub conduisait le chien par le collier vers le perron de l'hôtel et un vieillard lui criait : « Lâchez immédiatement ce chien ! »

Et l'autre vieillard : « Au nom de la loi ! »

Jakub feignait de ne pas remarquer les vieillards et continuait d'avancer mais, par-derrière, une perche s'abaissait lentement le long de son corps et la boucle en fil de fer oscillait maladroitement au-dessus de la tête du boxer.

Jakub saisit l'extrémité de la perche et l'écarta vivement.

Un troisième vieillard accourut et cria : « C'est une atteinte à l'ordre public ! Je vais appeler la police ! »

Et la voix aiguë d'un autre vieillard accusait : « Il courait dans le parc ! Il courait sur le terrain de jeux et c'est pourtant interdit ! Il pissait sur le tas de sable des gosses ! Vous aimez mieux les chiens que les enfants. »

Ruzena observait la scène du haut du perron et l'orgueil qu'elle ne ressentait un instant plus tôt que dans son ventre affluait dans tout son corps et l'emplissait d'une force de révolte. Jakub et le chien s'approchaient d'elle sur les marches et elle dit à Jakub : « Vous n'avez pas le droit d'entrer ici avec un chien. »

Jakub répliqua d'une voix tranquille, mais elle ne pouvait plus reculer. Elle se campa, les jambes écartées, devant la large porte du Richmond et elle répéta : « C'est un hôtel pour curistes, pas un hôtel pour chiens. C'est interdit aux chiens, ici.

— Pourquoi ne prenez-vous pas une perche avec une boucle, vous aussi, mademoiselle ? » dit Jakub voulant franchir la porte avec le chien.

Ruzena perçut dans la phrase de Jakub l'ironie tant détestée qui la renvoyait là d'où elle venait, là où elle ne voulait pas être. La colère lui brouillait le regard. Elle saisit le chien par le collier. Maintenant ils le tenaient tous les deux. Jakub le tirait vers l'intérieur et elle vers l'extérieur.

Jakub saisit Ruzena au poignet et détacha ses doigts du collier si violemment qu'elle chancela.

« Vous aimeriez mieux voir des caniches que des enfants dans les berceaux ! » lui cria-t-elle.

Jakub se retourna et leurs regards se croisèrent, soudés l'un à l'autre par une haine soudaine et nue.

8

Le boxer trottait dans la pièce avec curiosité et ne soupçonnait nullement qu'il venait d'échapper à un danger. Jakub était allongé sur le divan et se demandait ce qu'il allait en faire. Le chien lui plaisait, il était gai et plein de bonhomie. L'insouciance avec laquelle il s'était, en quelques minutes, acclimaté dans une chambre inconnue et lié d'amitié avec un inconnu était presque suspecte et semblait confiner à la sottise. Après avoir flairé tous les coins de la pièce, il bondit sur le divan et s'étendit à côté de Jakub. Jakub en était surpris, mais il accueillit sans réserve cette marque de camaraderie. Il posa la main sur l'échine du chien et sentit avec délice la chaleur du corps animal. Il avait toujours aimé les chiens. Ils étaient proches, affectueux, dévoués et, en même temps, tout à fait incompréhensibles. On ne saura jamais ce qui se passe en fait dans la tête et dans le cœur de ces confiants et joyeux messagers de l'incompréhensible nature.

Il grattait l'échine du chien et pensait à la scène dont il venait d'être témoin. Les vieux messieurs armés de longues perches se confondaient pour lui avec les gardiens de prison, les juges d'instruction et les indicateurs qui épiaient pour voir si le voisin parlait politique en faisant ses courses. Qu'est-ce qui poussait ces gens-là à leur sinistre activité ? La méchanceté ? Certes, mais aussi le désir d'ordre. Parce que le désir d'ordre veut transformer le monde humain en un règne inorganique où tout marche, tout fonctionne, tout est assujetti à une impersonnelle volonté. Le désir d'ordre est en même temps désir de mort, parce que la vie est perpétuelle violation de l'ordre. Ou, inversement, le désir d'ordre est le prétexte vertueux par lequel la haine de l'homme pour l'homme justifie ses sévices.

Puis il pensa à la jeune femme blonde qui voulait l'empêcher d'entrer au Richmond avec le chien, et il éprouva pour elle une haine douloureuse. Les vieillards armés de perches ne l'irritaient pas, il les connaissait bien, il en tenait compte, jamais il n'avait douté qu'ils existaient et devaient exister et qu'ils seraient toujours ses persécuteurs. Mais cette jeune femme, c'était son éternelle défaite. Elle était jolie et elle était apparue sur la scène non pas comme persécuteur mais comme spectateur qui, fasciné par le spectacle, s'identifie aux persécuteurs. Jakub était toujours saisi d'horreur à l'idée que ceux qui regardent seront prêts à maintenir la victime pendant l'exécution. Car, avec le temps, le bourreau est devenu un personnage proche et familier, tandis que le persécuté a quelque chose qui pue l'aristocrate. L'âme de la foule qui s'identifiait jadis aux misérables persécutés s'identifie aujourd'hui à la misère des persécuteurs. Parce que la chasse à l'homme est en notre siècle la chasse aux privilégiés : à ceux qui lisent des livres ou qui ont un chien.

Il sentait sous sa main le corps chaud de l'animal et se disait que cette jeune femme blonde était venue pour lui annoncer, d'un signe secret, qu'il ne serait jamais aimé dans ce pays et qu'elle, l'envoyée du peuple, elle serait toujours prête à le maintenir pour l'offrir aux hommes qui le menaceraient de leurs perches à la boucle de fil de fer. Il étreignit le chien et le pressa contre lui. Il songeait qu'il ne pouvait pas le laisser ici livré à merci, qu'il devait l'emmener avec lui loin de ce pays comme un souvenir des persécutions, comme l'un de ceux qui avaient échappé. Puis il se dit qu'il cachait ici ce joyeux clébard comme un proscrit fuyant la police, et cette idée lui parut comique.

On frappa et le docteur Skreta entra : « Tu es enfin rentré, il était temps. Je t'ai cherché tout l'après-midi. Où as-tu traîné ?

— J'ai été voir Olga et après… » Il voulait raconter l'épisode du chien, mais Skreta l'interrompit :

« J'aurais bien pu m'en douter. Perdre son temps comme ça quand nous avons tant de choses à discuter ! J'ai déjà dit à Bertlef que tu es ici et je me suis arrangé pour qu'il nous invite tous les deux. »

À ce moment le chien sauta du divan, s'approcha du docteur, se dressa sur ses pattes de derrière et lui posa ses pattes de devant sur la poitrine. Skreta gratta le chien sur la nuque. « Eh bien, Bob, oui, tu es gentil… dit-il, sans s'étonner de rien.

— Il s'appelle Bob ?

— Oui, c'est Bob », dit Skreta et il expliqua que le chien appartenait au patron d'une auberge forestière située non loin de la ville ; tout le monde connaissait le chien, parce qu'il rôdait partout.

Le chien comprenait qu'on parlait de lui, et ça lui faisait plaisir. Il agitait la queue et voulait lécher le visage de Skreta.

« Tu es un fin psychologue, dit le docteur. Il faut que tu me l'étudies à fond aujourd'hui. Je ne sais pas par quel bout le prendre. J'ai sur lui de grands desseins.

— Vendre des images pieuses ?

— Les images pieuses, c'est une ânerie, dit Skreta. Il s'agit de quelque chose de beaucoup plus important. Je veux qu'il m'adopte.

— Qu'il t'adopte ?

— Qu'il m'adopte comme fils. C'est vital pour moi. Si je deviens son fils adoptif, j'acquerrai automatiquement la nationalité américaine.

— Tu veux émigrer ?

— Non. J'ai entrepris ici des expériences de longue haleine et je ne veux pas les interrompre. D'ailleurs, il faut que je t'en parle aujourd'hui, parce que j'aurai besoin de toi pour ces expériences. Mais avec la nationalité américaine, j'obtiendrai aussi un passeport américain et je pourrai voyager librement dans le monde entier. Tu sais bien qu'autrement un homme ordinaire ne peut jamais sortir de ce pays. Et j'ai tellement envie d'aller en Islande.

— Pourquoi justement en Islande ?

— C'est le meilleur coin pour pêcher le saumon », dit Skreta. Et il poursuivit : « Ce qui complique un peu les choses, c'est que Bertlef n'est pas assez vieux pour être mon père. Il faudra que je lui explique que la paternité adoptive est un état juridique qui n'a rien de commun avec la paternité naturelle et que, théoriquement, il pourrait être mon père adoptif même s'il était plus jeune que moi. Il le comprendra peut-être, mais il a une femme très jeune. C'est une de mes malades. D'ailleurs, elle sera ici après-demain. J'ai envoyé Suzy à Prague pour qu'elle l'accueille à sa descente d'avion.

— Suzy est-elle au courant de ton projet ?

— Bien entendu. Je lui ai enjoint de gagner à tout prix la sympathie de sa future belle-mère.

— Et l'Américain ? Qu'en dit-il ?

— C'est justement ça le plus difficile. Ce type est incapable de comprendre à demi-mot. C'est pourquoi j'ai besoin de toi, pour que tu l'étudies et que tu me dises comment m'y prendre avec lui. »

Skreta regarda sa montre et annonça que Bertlef les attendait.

« Mais qu'allons-nous faire de Bob ? demanda Jakub.

— Comment l'as-tu amené ici ? » dit Skreta.

Jakub expliqua à son ami comment il avait sauvé la vie du chien, mais Skreta était plongé dans ses pensées et l'écoutait distraitement. Quand Jakub acheva, il dit :

« La patronne de l'auberge est une de mes malades. Il y a deux ans, elle a donné le jour à un beau bébé. Ils aiment beaucoup Bob, tu devrais le leur ramener demain. En attendant, on va lui donner un somnifère pour qu'il nous fiche la paix. »

Il sortit un tube d'une poche et en retira un comprimé. Il appela le chien, lui ouvrit la gueule et lui jeta le comprimé dans le gosier.

« Dans une minute, il dormira d'un doux sommeil », dit-il, et il sortit de la chambre avec Jakub.

9

Bertlef souhaita la bienvenue à ses deux visiteurs et Jakub promena son regard à travers la pièce. Puis il s'approcha du tableau qui représentait un saint barbu : « J'ai entendu dire que vous faisiez de la peinture, dit-il à Bertlef.

— Oui, répondit Bertlef, c'est saint Lazare, mon patron.

— Comment se fait-il que vous lui ayez fait une auréole bleue ? dit Jakub, manifestant sa surprise.

— Je suis heureux que vous me posiez cette question. D'habitude, les gens regardent un tableau et ne savent même pas ce qu'ils voient. J'ai fait l'auréole bleue, simplement parce qu'en réalité une auréole est bleue. »

Jakub manifesta de nouveau sa surprise et Bertlef poursuivit : « Les gens qui s'attachent à Dieu par un amour particulièrement puissant éprouvent en récompense une joie sacrée qui se répand dans tout leur être et de là rayonne à l'extérieur. La lumière de cette joie divine est paisible et douce et elle a la couleur de l'azur céleste.

— Attendez, l'interrompit Jakub. Voulez-vous dire que l'auréole est plus qu'un symbole ?

— Certainement, dit Bertlef. Mais ne vous imaginez pas qu'elle émane en permanence de la tête des saints et que les saints vont de par le monde comme des lampions itinérants. Bien sûr que non. Ce n'est qu'à certains moments de joie intérieure intense que leur front darde une lumière bleutée. Dans les premiers siècles qui ont suivi la mort de Jésus, à une époque où les saints étaient nombreux et où il y avait beaucoup de gens qui les connaissaient intimement, personne n'avait le moindre doute au sujet de la couleur de l'auréole, et sur toutes les peintures et les fresques de ce temps-là vous constaterez que l'auréole est bleue. C'est à partir du ve siècle seulement que les peintres commencent petit à petit à la représenter sous des couleurs différentes, par exemple en orange ou en jaune. Plus tard, dans la peinture gothique, il n'y a plus que des auréoles dorées. C'était plus décoratif et cela traduisait mieux la puissance terrestre et la gloire de l'Église. Mais cette auréole-là ne ressemblait pas plus à l'auréole véritable que l'Église d'alors au christianisme primitif.

— C'est une chose que j'ignorais », dit Jakub et Bertlef se dirigea vers l'armoire à liqueurs. Il discuta quelques instants avec les deux visiteurs pour savoir à quelle bouteille donner la préférence. Quand il eut versé du cognac dans trois verres, il se tourna vers le médecin :

« N'oubliez pas, je vous en prie, ce malheureux père. J'y tiens beaucoup ! »

Skreta donna à Bertlef l'assurance que tout finirait bien et Jakub demanda de quoi il s'agissait. Quand on l'eut mis au courant (apprécions l'élégante discrétion des deux hommes, qui ne mentionnèrent aucun nom, même devant Jakub), il exprima sa grande pitié pour l'infortuné procréateur :

« Lequel d'entre nous n'a pas vécu ce calvaire ! C'est une des grandes épreuves de la vie. Ceux qui y succombent et deviennent pères malgré eux sont à jamais condamnés par leur défaite. Ils deviennent méchants comme tous les hommes qui ont perdu et ils souhaitent le même sort à tous les autres.

— Mon ami ! s'écria Bertlef. Vous parlez devant un heureux père ! Si vous restez ici encore un jour ou deux, vous verrez mon fils, qui est un bel enfant, et vous retirerez ce que vous venez de dire !

— Je ne retirerai rien, dit Jakub, car vous n'êtes pas devenu père malgré vous !

— Certes non. Je suis devenu père de mon plein gré et par la grâce du docteur Skreta. »

Le docteur acquiesça d'un air satisfait et déclara qu'il avait lui aussi une autre idée sur la paternité que Jakub, comme en témoignait d'ailleurs l'état béni de sa chère Suzy. « La seule chose, ajouta-t-il, qui me rend un peu perplexe au sujet de la procréation, c'est le choix déraisonnable des parents. Il est incroyable que des individus hideux puissent se décider à procréer. Ils s'imaginent sans doute que le fardeau de la laideur en sera plus léger s'ils le partagent avec leur descendance. »

Bertlef qualifia de racisme esthétique le point de vue du docteur Skreta : « N'oubliez pas, non seulement que Socrate était un laideron, mais que bien des amantes illustres ne se distinguaient nullement par leur perfection physique. Le racisme esthétique est presque toujours une marque d'inexpérience. Ceux qui n'ont pas pénétré assez loin dans le monde des plaisirs amoureux ne peuvent juger les femmes que d'après ce qu'ils voient. Mais ceux qui les connaissent vraiment savent que l'œil ne révèle qu'une infime fraction de ce qu'une femme peut nous offrir. Quand Dieu a invité l'humanité à faire l'amour et à se multiplier, docteur, il pensait à ceux qui sont laids autant qu'à ceux qui sont beaux. Je suis d'ailleurs convaincu que le critère esthétique ne vient pas de Dieu, mais du Diable. Au Paradis, personne ne distinguait entre la laideur et la beauté. »

Jakub reprit la parole et affirma que les motifs esthétiques ne jouaient aucun rôle dans la répugnance qu'il éprouvait à procréer. « Mais je pourrais vous citer dix autres raisons de ne pas être père.

— Parlez, je suis curieux de les entendre, dit Bertlef.

— D'abord, je n'aime pas la maternité, dit Jakub, et il s'interrompit, songeur. L'ère moderne a déjà démasqué tous les mythes. L'enfance a depuis longtemps cessé d'être l'âge de l'innocence. Freud a découvert la sexualité du nourrisson et nous a tout dit sur Œdipe. Seule Jocaste reste intouchable, personne n'ose lui arracher son voile. La maternité est l'ultime et le plus grand tabou, celui qui recèle la plus grave malédiction. Il n'y a pas de lien plus fort que celui qui enchaîne la mère à son enfant. Ce lien mutile à jamais l'âme de l'enfant et prépare à la mère, quand son fils a grandi, les plus cruelles de toutes les douleurs de l'amour. Je dis que la maternité est une malédiction et je refuse d'y contribuer.

— Ensuite, dit Bertlef.

— Une autre raison, qui fait que je ne veux pas accroître le nombre des mères, dit Jakub avec un certain embarras, c'est que j'aime le corps féminin et que je ne peux penser sans dégoût que le sein de ma bien-aimée va devenir un sac à lait.

— Ensuite, dit Bertlef.

— Le docteur nous confirmera certainement que les médecins et les infirmières traitent les femmes hospitalisées à la suite d'une interruption de grossesse bien plus durement que les parturientes et leur témoignent ainsi un certain mépris, oubliant qu'ils auront à leur tour certainement besoin, au moins une fois dans leur vie, d'une semblable intervention. Mais c'est chez eux un réflexe plus fort que toute réflexion, parce que le culte de la procréation est un impératif de la nature. C'est pourquoi il est inutile de chercher le moindre argument rationnel dans la propagande nataliste. Est-ce la voix de Jésus qui se fait entendre, selon vous, dans la morale nataliste de l'Église, ou bien est-ce Marx que vous entendez dans la propagande de l'État communiste en faveur de la procréation ? Guidée par le seul désir de perpétuer l'espèce, l'humanité finira par s'étouffer sur sa petite terre. Mais la propagande nataliste continue de faire tourner son moulin et le public verse des larmes d'émotion quand il voit l'image d'une mère allaitant ou d'un nourrisson grimaçant. Ça me dégoûte. Quand je pense que je pourrais, avec des millions d'autres enthousiastes, me pencher sur un berceau avec un sourire niais, ça me donne froid dans le dos.

— Ensuite, dit Bertlef.

— Et évidemment je dois aussi me demander dans quel monde j'enverrais mon enfant. L'école ne tarderait pas à me l'enlever pour lui bourrer le crâne de contrevérités que j'ai moi-même vainement combattues pendant toute ma vie. Faudrait-il que je voie mon fils devenir sous mes yeux un crétin conformiste ? Ou bien, devrais-je lui inculquer mes propres idées et le voir souffrir parce qu'il serait entraîné dans les mêmes conflits que moi ?

— Ensuite, dit Bertlef.

— Et évidemment, il faut aussi que je pense à moi. Dans ce pays, les enfants payent pour la désobéissance des parents et les parents pour la désobéissance des enfants. Combien de jeunes gens se sont vu interdire de faire des études parce que leurs parents étaient tombés en disgrâce ! Et combien de parents ont définitivement accepté la lâcheté à seule fin de ne pas nuire à leurs enfants ? Ici, qui veut conserver au moins une certaine liberté ne doit pas avoir d'enfants, dit Jakub, et il se tut.

— Il vous reste encore cinq raisons pour compléter le décalogue, dit Bertlef.

— La dernière raison est d'un tel poids qu'elle en vaut cinq à elle seule, dit Jakub. Avoir un enfant, c'est manifester un accord absolu avec l'homme. Si j'ai un enfant, c'est comme si je disais : je suis né, j'ai goûté à la vie et j'ai constaté qu'elle est si bonne qu'elle mérite d'être répétée.

— Et vous ne trouvez pas que la vie est bonne ? » demanda Bertlef.

Jakub voulait être précis et dit avec prudence : « Je ne sais qu'une chose, c'est que je ne pourrai jamais dire avec une totale conviction : l'homme est un être merveilleux et je veux le reproduire.

— C'est parce que tu n'as connu de la vie qu'un seul et le pire aspect, dit le docteur Skreta. Tu n'as jamais su vivre. Tu as toujours pensé que ton devoir était d'être, comme on dit, dans le coup. Au centre de la réalité. Mais qu'est-ce que c'était pour toi la réalité ? La politique. Et la politique, c'est ce qu'il y a dans la vie de moins essentiel et de moins précieux. La politique, c'est l'écume sale sur la surface de la rivière, alors qu'en fait la vie de la rivière s'accomplit à une bien plus grande profondeur. L'étude de la fécondité féminine dure depuis des milliers d'années. C'est une histoire solide et sûre. Et il lui est tout à fait indifférent que tel ou tel gouvernement soit au pouvoir. Moi, quand je mets un gant de caoutchouc et quand j'examine les organes féminins, je suis beaucoup plus près du centre de la vie que tu ne l'es, toi qui as failli perdre la vie parce que tu te préoccupais du bien de l'humanité. »

Au lieu de protester, Jakub approuva les reproches de son ami, et le docteur Skreta, se sentant encouragé, poursuivit : « Archimède devant ses circonférences, Michel-Ange devant son bloc de pierre, Pasteur devant ses tubes à essais, ce sont eux et eux seuls qui ont transformé la vie des hommes et qui ont fait l'histoire réelle, alors que les politiciens… » Skreta marqua une pause et fit de la main un geste dédaigneux.

« Alors que les politiciens ? » demanda Jakub, et il poursuivit : « Je vais te le dire. Si la science et l'art sont en fait la propre, véritable, arène de l'histoire, la politique est au contraire le laboratoire scientifique clos où l'on procède sur l'homme à des expériences inouïes. Des cobayes humains y sont précipités dans des trappes puis remontés sur la scène, séduits par les applaudissements et épouvantés par la potence, dénoncés et contraints à la délation. J'ai travaillé dans ce centre d'expériences comme laborantin, mais j'y ai aussi servi plusieurs fois de victime pour la vivisection. Je sais que je n'ai créé aucune valeur (pas plus que ceux qui y travaillaient avec moi), mais j'y ai sans doute compris mieux que d'autres ce qu'est l'homme.

— Je vous comprends, dit Bertlef, et je connais aussi ce centre d'expériences, bien que je n'y aie jamais travaillé comme laborantin, mais toujours comme cobaye. J'étais en Allemagne quand la guerre a éclaté. C'est la femme que j'aimais en ce temps-là qui m'a dénoncé à la Gestapo. Ils sont venus la trouver et lui ont montré ma photo au lit avec une autre. Ça lui a fait mal, et vous savez que l'amour prend souvent les traits de la haine. Je suis entré dans la prison avec la sensation étrange d'y avoir été conduit par l'amour. N'est-ce pas admirable de se retrouver entre les mains de la Gestapo et de savoir que c'est là, en réalité, le privilège d'un homme qui est trop aimé ? »

Jakub répondit : « Si quelque chose m'a toujours profondément écœuré chez l'homme, c'est bien de voir comment sa cruauté, sa bassesse et sa bêtise parviennent à revêtir le masque du lyrisme. Elle vous a envoyé à la mort et elle a vécu cela comme l'exploit sentimental d'un amour blessé. Et vous êtes monté à l'échafaud à cause d'une bonne femme bornée, avec le sentiment de jouer un rôle dans une tragédie que Shakespeare aurait écrite pour vous.

— Après la guerre, elle est venue me voir en pleurant, poursuivit Bertlef, comme s'il n'avait pas entendu les objections de Jakub. Je lui ai dit : "Sois sans crainte, Bertlef ne se venge jamais."

— Vous savez, dit Jakub, je pense souvent au roi Hérode. Vous connaissez l'histoire. On raconte qu'Hérode, ayant appris que le futur roi des Juifs venait de voir le jour, fit assassiner tous les nouveau-nés de crainte de perdre son trône. Personnellement, j'imagine Hérode autrement, tout en sachant que ce n'est qu'un jeu de l'imagination. Selon moi, Hérode était un roi instruit, sage et très généreux qui avait longtemps travaillé dans le laboratoire de la politique et qui avait appris à connaître la vie et les hommes. Il avait compris que l'homme n'aurait pas dû être créé. D'ailleurs, ses doutes n'étaient pas si déplacés et si répréhensibles. Si je ne m'abuse, le Seigneur aussi a douté de l'homme et a conçu l'idée de détruire cette part de son œuvre.

— Oui, acquiesça Bertlef, c'est écrit au sixième chapitre de la Genèse : *J'exterminerai de la face de la terre l'homme que j'ai créé, car je me repens de l'avoir fait.*

— Et ce n'est peut-être qu'un moment de faiblesse de la part du Seigneur d'avoir finalement permis à Noé de se réfugier sur son arche pour recommencer l'histoire de l'humanité. Pouvons-nous être certains que Dieu n'a jamais regretté cette faiblesse ? Seulement, qu'il l'ait ou non regrettée, il n'y avait plus rien à faire. Dieu ne peut pas se ridiculiser en changeant sans cesse de décisions. Mais si c'était lui qui avait envoyé cette idée dans la tête d'Hérode ? Est-ce que c'est exclu ? »

Bertlef haussa les épaules et ne dit rien.

« Hérode était roi. Il n'était pas responsable que de lui seul. Il ne pouvait se dire comme moi : que les autres fassent ce qu'ils veulent, je refuse de procréer. Hérode était roi et savait qu'il ne devait pas décider pour lui seul mais aussi pour les autres, et il a décidé au nom de toute l'humanité que l'homme ne se reproduirait plus jamais. C'est ainsi qu'a commencé le massacre des nouveau-nés. Ses motifs n'étaient pas aussi vils que ceux que lui attribue la tradition. Hérode était mû par la volonté la plus généreuse de délivrer enfin le monde des griffes de l'homme.

— Votre interprétation d'Hérode me plaît beaucoup, dit Bertlef. Elle me plaît tellement qu'à partir d'aujourd'hui je m'expliquerai comme vous le massacre des Innocents. Mais n'oubliez pas qu'au moment même où Hérode a décidé que l'humanité cesserait d'exister, est né à Bethléem un petit garçon qui a échappé à son couteau. Et cet enfant a grandi et il a dit aux hommes qu'il suffit d'une seule chose pour que la vie vaille la peine d'être vécue : s'aimer les uns les autres. Hérode était sans doute plus instruit et plus expérimenté. Jésus était certainement un blanc-bec et ne savait pas grand-chose de la vie. Tout son enseignement ne s'explique peut-être que par sa jeunesse et son inexpérience. Par sa naïveté, si vous voulez. Et pourtant, il détenait la vérité.

— La vérité ? Qui a démontré cette vérité ? demanda vivement Jakub.

— Personne, dit Bertlef. Personne ne l'a démontrée et ne la démontrera. Jésus aimait tellement son Père qu'il ne pouvait admettre que son œuvre fût mauvaise. Il était conduit à cette conclusion par l'amour, nullement par la raison. C'est pourquoi la querelle entre lui et Hérode, seul notre cœur peut la trancher. Vaut-il la peine d'être homme, oui ou non ? Je n'en ai aucune preuve mais, avec Jésus, je crois que oui. » Ayant dit, il se tourna en souriant vers le docteur Skreta : « C'est pourquoi j'ai envoyé ma femme faire une cure ici sous la direction du docteur Skreta qui est à mes yeux l'un des saints disciples de Jésus, car il sait accomplir des miracles et ramener à la vie les entrailles somnolentes des femmes. Je lève mon verre à sa santé ! »

10

Jakub traitait toujours Olga avec un sérieux paternel et, par jeu, il aimait à se qualifier de « vieux monsieur ». Elle savait pourtant qu'il y avait beaucoup de femmes avec lesquelles il agissait tout autrement, ce qu'elle leur enviait. Mais aujourd'hui, pour la première fois, elle pensa qu'il y avait quand même quelque chose de vieux chez Jakub. Dans sa façon de se comporter avec elle, elle sentait l'odeur moisie qui émane, pour un être jeune, de la génération de ses aînés.

Les vieux messieurs se reconnaissent à l'habitude qu'ils ont de se vanter des souffrances passées et d'en faire un musée où ils invitent des visiteurs (ah, ces tristes musées sont si peu fréquentés !). Olga comprenait qu'elle était le principal objet vivant du musée de Jakub et que l'attitude généreusement altruiste de Jakub à son égard avait pour but de faire monter les larmes aux yeux des visiteurs.

Aujourd'hui, elle avait aussi découvert l'objet inanimé le plus précieux de ce musée : le comprimé bleu pâle. Tout à l'heure, quand il avait déplié devant elle le papier où était enveloppé le comprimé, elle avait été surprise de ne pas éprouver la moindre émotion. Tout en comprenant que Jakub eût songé au suicide en des temps difficiles, elle trouvait ridicule la solennité avec laquelle il le lui faisait savoir. Elle trouvait ridicule qu'il eût déplié le papier de soie avec tant de précaution, comme s'il s'agissait d'un diamant précieux. Et elle ne voyait pas pourquoi il voulait rendre le poison au docteur Skreta le jour de son départ, alors qu'il affirmait que tout homme adulte devait être en toute circonstance maître de sa mort. Si, une fois à l'étranger, il est atteint d'un cancer, n'aura-t-il pas besoin de poison ? Mais non, pour Jakub, le comprimé n'était pas un simple poison, c'était un accessoire symbolique qu'il voulait maintenant remettre au grand prêtre pendant un office sacré. Il y avait de quoi rire.

Elle sortit des bains et se dirigea vers le Richmond. Malgré toutes ses réflexions désabusées, elle se réjouissait de voir Jakub. Elle avait grande envie de profaner son musée et de s'y conduire, non plus en objet, mais en femme. Elle fut donc un peu déçue de trouver sur sa porte un message où il lui demandait de venir le rejoindre dans une chambre voisine où il l'attendait avec Bertlef et Skreta. L'idée de se retrouver en compagnie d'autres personnes lui faisait perdre courage, d'autant plus qu'elle ne connaissait pas Bertlef et que le docteur Skreta la traitait d'ordinaire avec une aimable mais visible indifférence.

Bertlef lui fit bien vite oublier sa timidité. Il se présenta en s'inclinant profondément et blâma le docteur Skreta de ne pas encore lui avoir fait connaître une femme aussi intéressante.

Skreta répondit que Jakub l'avait chargé de veiller sur la jeune femme et qu'il s'était délibérément abstenu de la présenter à Bertlef, sachant qu'aucune femme ne lui résistait.

Bertlef accueillit cette excuse avec une riante satisfaction. Puis il souleva l'écouteur et appela le restaurant pour commander le dîner.

« C'est incroyable, dit le docteur Skreta, à quel point notre ami réussit à vivre dans l'abondance dans ce trou où il n'y a pas un restaurant qui serve un dîner correct. »

Bertlef fouilla dans une boîte à cigares ouverte qui était posée à côté du téléphone et qui était pleine de pièces en argent d'un demi-dollar : « L'avarice est un péché… » dit-il en souriant.

Jakub fit observer qu'il n'avait jamais rencontré quelqu'un qui croyait en Dieu avec tant de ferveur tout en sachant à ce point jouir de la vie.

« C'est sans doute parce que vous n'avez jamais rencontré de vrai chrétien. Le mot Évangile, comme vous le savez, signifie message de joie. Jouir de la vie, c'est l'enseignement le plus important de Jésus. »

Olga jugea qu'elle avait là une occasion d'intervenir dans la conversation : « Autant que je puisse me fier à ce que disaient nos professeurs, les chrétiens ne voyaient dans la vie terrestre qu'une vallée de larmes et se réjouissaient à l'idée que la vraie vie commencerait pour eux après leur mort.

— Chère mademoiselle, dit Bertlef, ne croyez pas les professeurs.

— Et tous les saints, poursuivit Olga, n'ont jamais fait que renoncer à la vie. Au lieu de faire l'amour, ils se flagellaient, au lieu de discuter comme vous et moi, ils se retiraient dans des ermitages, et au lieu de commander leur dîner par téléphone, ils mâchaient des racines.

— Vous ne comprenez rien aux saints, mademoiselle. Ces gens-là étaient infiniment attachés aux plaisirs de la vie. Seulement, ils y accédaient par d'autres moyens. Selon vous, qu'est-ce que le plaisir suprême pour l'homme ? Vous pouvez essayer de deviner, mais vous vous tromperez, parce que vous n'êtes pas assez sincère. Ce n'est pas un reproche, car la sincérité exige la connaissance de soi et la connaissance de soi est le fruit de l'âge. Mais comment une jeune femme qui rayonne comme vous de jeunesse pourrait-elle être sincère ? Elle ne peut pas être sincère parce qu'elle ne sait même pas ce qu'il y a en elle. Mais si elle le savait, elle devrait admettre avec moi que le plus grand plaisir c'est d'être admiré. Vous n'êtes pas de cet avis ? »

Olga répondit qu'elle connaissait de plus grands plaisirs.

« Non, dit Bertlef. Prenez par exemple votre coureur à pied, celui que tous les enfants connaissent parce qu'il a remporté coup sur coup trois victoires olympiques. Pensez-vous qu'il ait renoncé à la vie ? Et pourtant, au lieu de causer, de faire l'amour et de faire bonne chère, il a certainement fallu qu'il passe son temps à tourner sans cesse en rond sur un stade. Son entraînement ressemblait beaucoup à ce que faisaient nos saints les plus célèbres. Saint Macaire d'Alexandrie, quand il était au désert, remplissait régulièrement une corbeille de sable, la mettait sur son dos et parcourait ainsi jour après jour d'interminables étendues jusqu'à l'épuisement total. Mais il existait certainement, pour votre coureur comme pour saint Macaire d'Alexandrie, une grande récompense qui les payait largement de tout leur effort. Savez-vous ce que c'est, entendre les applaudissements d'un immense stade olympique ? Il n'y a pas de plus grande joie ! Saint Macaire d'Alexandrie savait pourquoi il portait une corbeille de sable sur son dos. La gloire de ses marathons dans le désert s'est bientôt répandue dans toute la chrétienté. Et saint Macaire d'Alexandrie était comme votre coureur. Votre coureur aussi a d'abord triomphé au cinq mille mètres, puis au dix mille et finalement ça ne lui a pas suffi et il a aussi remporté le marathon. Le désir d'être admiré est insatiable. Saint Macaire est allé dans un monastère de Thèbes sans se faire reconnaître et a demandé à y être admis comme membre. Mais ensuite, quand l'époque du grand carême est arrivée, ça a été son heure de gloire. Tous les moines jeûnaient assis, mais lui, il est resté debout pendant les quarante jours du jeûne ! Ça a été un triomphe dont vous n'avez aucune idée ! Ou bien, rappelez-vous saint Siméon Stylite ! Il a construit dans le désert une colonne au sommet de laquelle il n'y avait qu'une étroite plate-forme. On ne pouvait pas s'y asseoir, il fallait s'y tenir debout. Et il y est resté debout pendant toute sa vie et toute la chrétienté admirait avec enthousiasme cet incroyable record d'un homme qui semblait dépasser les limites humaines. Saint Siméon Stylite, c'était le Gagarine du ve siècle. Pouvez-vous imaginer le bonheur de sainte Geneviève de Paris le jour où une mission commerciale galloise lui a appris que saint Siméon Stylite avait entendu parler d'elle et la bénissait du haut de sa colonne ? Et pourquoi pensez-vous qu'il cherchait à battre un record ? Peut-être parce qu'il ne se souciait ni de la vie ni des hommes ? Ne soyez pas naïve ! Les Pères de l'Église savaient fort bien que saint Siméon Stylite était vaniteux et ils l'ont mis à l'épreuve. Au nom de l'autorité spirituelle, ils lui ont donné l'ordre de descendre de sa colonne et de renoncer à la compétition. Ça a été un rude coup pour saint Siméon Stylite ! Mais, soit par sagesse soit par ruse, il a obéi. Les Pères de l'Église n'étaient pas hostiles à ses records, mais ils voulaient être certains que la vanité de saint Siméon ne l'emportait pas sur son sens de la discipline. Quand ils l'ont vu descendre tristement de son perchoir ils lui ont aussitôt donné l'ordre d'y remonter, de sorte que saint Siméon a pu mourir sur sa colonne entouré de l'amour et de l'admiration du monde. »

Olga écoutait attentivement et, en entendant les derniers mots de Bertlef, elle se mit à rire.

« Ce formidable désir d'admiration n'a rien de risible, je le trouve plutôt émouvant, dit Bertlef. Celui qui désire être admiré est attaché à ses semblables, il tient à eux, il ne peut pas vivre sans eux. Saint Siméon Stylite est seul dans le désert sur un mètre carré de colonne. Et pourtant, il est avec tous les hommes ! Il imagine des millions d'yeux qui se lèvent vers lui. Il est présent dans des millions de pensées et il s'en réjouit. C'est là un grand exemple d'amour de l'homme et d'amour de la vie. Vous ne vous douteriez pas, chère mademoiselle, à quel point Siméon Stylite continue de vivre en chacun de nous. Et il est, aujourd'hui encore, le pôle le meilleur de notre être. »

On frappa à la porte et un garçon entra dans la chambre en poussant devant lui un chariot chargé de nourriture. Il déplia une nappe sur la table et mit le couvert. Bertlef fouilla dans la boîte à cigares et fourra dans la poche du garçon une poignée de pièces de monnaie. Ensuite, on commença à manger et le garçon était campé derrière la table, versant le vin et servant les différents plats.

Bertlef commentait avec gourmandise la saveur de chaque mets et Skreta fit observer qu'il ne savait depuis combien de temps il n'avait pas fait un aussi bon repas. « Peut-être la dernière fois que ma mère m'a fait la cuisine, mais j'étais encore tout petit. Je suis orphelin depuis l'âge de cinq ans. Le monde qui m'entourait était un monde étranger et la cuisine aussi me paraissait étrangère. L'amour de la nourriture naît de l'amour du prochain.

— C'est tout à fait exact, dit Bertlef, en portant à ses lèvres une bouchée de viande de bœuf.

— L'enfant abandonné perd l'appétit. Croyez-moi, aujourd'hui encore, ça me fait mal de n'avoir ni père ni mère. Croyez-moi, aujourd'hui encore, tout vieux que je suis, je donnerais n'importe quoi pour avoir un papa.

— Vous surestimez les relations familiales, dit Bertlef. Tous les hommes sont vos prochains. N'oubliez pas ce qu'a dit Jésus quand on a voulu le rappeler auprès de sa mère et de ses frères. Il a montré ses disciples et il a dit : c'est ici que sont ma mère et mes frères.

— Et pourtant la Sainte Église, tenta de répliquer le docteur Skreta, n'avait pas la moindre envie d'abolir la famille ou de la remplacer par la libre communauté de tous.

— Il y a une différence entre la Sainte Église et Jésus. Et saint Paul, si vous me permettez de le dire, est à mes yeux le continuateur mais aussi le falsificateur de Jésus. D'abord, il y a ce soudain passage de Saül à Paul ! Comme si nous n'avions pas connu suffisamment de ces fanatiques passionnés qui troquent une foi pour une autre en l'espace d'une nuit ? Et qu'on ne vienne pas me dire que les fanatiques sont guidés par l'amour ! Ce sont des moralistes qui marmonnent leurs dix commandements. Mais Jésus n'était pas un moraliste. Rappelez-vous ce qu'il a dit, quand on lui a reproché de ne pas célébrer le Sabbat. Le Sabbat est pour l'homme et l'homme n'est pas pour le Sabbat. Jésus aimait les femmes ! Et pouvez-vous imaginer saint Paul sous les traits d'un amant ? Saint Paul me condamnerait parce que j'aime les femmes. Mais pas Jésus. Je ne vois rien de mal dans le fait d'aimer les femmes et beaucoup de femmes, et d'être aimé des femmes, de beaucoup de femmes. » Bertlef souriait, et son sourire exprimait une grande autodélectation : « Mes amis, je n'ai pas eu la vie facile et j'ai plus d'une fois regardé la mort dans les yeux. Mais il y a une chose pour laquelle Dieu s'est montré généreux envers moi. J'ai eu une multitude de femmes et elles m'ont aimé. »

Les convives avaient terminé leur repas et le garçon commençait à desservir la table quand on frappa de nouveau à la porte. C'étaient des coups faibles et timides qui semblaient quémander un encouragement. « Entrez ! » dit Bertlef.

La porte s'ouvrait, un enfant entra. C'était une fillette qui pouvait avoir cinq ans ; elle portait une robe blanche à volants, ceinte d'un large ruban blanc attaché dans le dos par un grand nœud dont les pointes ressemblaient à deux ailes. Elle tenait à la main la tige d'une fleur : un grand dahlia. En voyant dans la pièce tant de gens qui semblaient tous stupéfaits et tournaient vers elle leur regard, elle s'arrêta, n'osant pas aller plus loin.

Mais Bertlef se leva, son visage s'illumina, et il dit : « N'aie pas peur, petit ange, viens. »

Et l'enfant, voyant le sourire de Bertlef et comme si elle y prenait appui, rit aux éclats et se mit à courir vers Bertlef qui lui prit la fleur et lui donna un baiser sur le front.

Tous les convives et le garçon observaient cette scène avec surprise. L'enfant, avec le grand nœud blanc dans le dos, ressemblait vraiment à un petit ange. Et Bertlef debout, penché en avant avec le dahlia dans la main, faisait songer aux statues baroques des saints que l'on voit sur les places des petites villes.

« Chers amis, dit-il, en se tournant vers ses invités, j'ai passé avec vous un très agréable moment et j'espère qu'il en va de même pour vous. Je resterais volontiers avec vous jusqu'à une heure avancée de la nuit, mais comme vous le voyez, je ne le peux pas. Ce bel ange est venu pour m'appeler auprès d'une personne qui m'attend. Je vous l'ai dit, la vie m'a frappé de toutes sortes de façons, mais les femmes m'ont aimé. »

Bertlef tenait d'une main la fleur de dahlia contre sa poitrine et de l'autre il touchait l'épaule de la fillette. Il adressa un salut au petit groupe de ses invités. Olga le trouvait ridiculement théâtral et elle se réjouissait de le voir partir et de se retrouver enfin seule avec Jakub.

Bertlef fit demi-tour et se dirigea vers la porte en donnant la main à la fillette. Avant de sortir, il se pencha sur la boîte à cigares et mit dans sa poche une abondante poignée de pièces d'argent.

11

Le garçon rangea les assiettes sales et les bouteilles vides sur le chariot et quand il fut sorti de la pièce, Olga demanda :

« Qui était cette petite fille ?

— Je ne l'ai jamais vue, dit Skreta.

— Elle avait vraiment l'air d'un petit ange, dit Jakub.

— Un ange qui lui procure des maîtresses ? fit Olga.

— Oui, dit Jakub. Un ange proxénète et entremetteur. C'est bien comme ça que je me représente son ange gardien.

— Je ne sais pas si c'était un ange, dit Skreta, mais ce qu'il y a de curieux, c'est que je n'ai encore jamais vu cette petite fille, bien que je connaisse presque tout le monde ici.

— Dans ce cas, je ne trouve qu'une explication, dit Jakub. Elle n'était pas de ce monde.

— Que ce soit un ange ou la fille d'une femme de chambre, je peux vous garantir une chose, dit Olga, il n'est pas allé rejoindre une femme ! Ce type est affreusement vaniteux et il ne fait que se vanter.

— Je le trouve sympathique, dit Jakub.

— C'est possible, dit Olga, mais je persiste à penser que c'est le type le plus vaniteux qui existe. Je vous parie qu'une heure avant notre arrivée il a donné une poignée de pièces de cinquante cents à cette petite fille et qu'il lui a demandé de venir le trouver avec une fleur à l'heure convenue. Les croyants ont un sens aigu de la mise en scène des miracles.

— Je souhaite vivement que vous ayez raison, dit le docteur Skreta. En effet, M. Bertlef est gravement malade et une nuit d'amour lui fait courir un grand danger.

— Vous voyez bien que j'avais raison. Toutes ses allusions aux femmes ne sont que fanfaronnades.

— Chère mademoiselle, dit le docteur Skreta, je suis son médecin et son ami et pourtant je n'en suis pas si sûr. Je me pose la question.

— Est-il vraiment si malade ? demanda Jakub.

— Et pourquoi penses-tu qu'il habite ici depuis près d'un

an et que sa jeune femme, à laquelle il est extrêmement attaché, ne vient l'y rejoindre que de temps en temps ?

— Et c'est un peu morne ici sans lui, tout à coup », dit Jakub.

C'était vrai, ils se sentaient tous trois soudain abandonnés et ils n'avaient pas envie de rester plus longtemps dans cette chambre où ils n'étaient pas chez eux.

Skreta se leva de sa chaise : « Nous allons raccompagner Mlle Olga chez elle et ensuite nous ferons un tour. Nous avons beaucoup de choses à discuter. »

Olga protesta : « Je n'ai pas envie d'aller me coucher déjà !

— Au contraire, il est grand temps. Je vous l'ordonne en tant que médecin », dit sévèrement Skreta.

Ils sortirent du Richmond et s'engagèrent dans le jardin public. Chemin faisant, Olga trouva l'occasion de dire à mi-voix à Jakub : « Je voulais passer la soirée avec toi… »

Mais Jakub se contenta de hausser les épaules, car Skreta imposait impérieusement sa volonté. Ils reconduisirent la jeune femme au foyer Karl-Marx et, devant son ami, Jakub ne lui caressa même pas les cheveux comme il en avait l'habitude. L'antipathie du docteur pour les seins qui ressemblaient à des prunes le décourageait. Il lisait la déception sur le visage d'Olga et était contrarié de lui faire de la peine.

« Alors, qu'en penses-tu ? demanda Skreta quand il se retrouva seul avec son ami dans l'allée du jardin public. Tu m'as entendu, quand j'ai dit que j'avais besoin d'un père. Une pierre aurait eu pitié de moi. Et lui, il se met à parler de saint Paul ! Est-il vraiment incapable de comprendre ? Voici deux ans que je lui explique que je suis orphelin, deux ans que je lui vante les avantages du passeport américain. J'ai fait mille allusions, en passant, à différents cas d'adoption. D'après mes calculs, toutes ces allusions auraient dû depuis longtemps lui donner l'idée de m'adopter.

— Il est trop fasciné par lui-même, dit Jakub.

— C'est ça, acquiesça Skreta.

— S'il est gravement malade, ce n'est pas surprenant, dit Jakub. Va-t-il vraiment aussi mal que tu le dis ?

— Encore plus mal, dit Skreta. Il y a six mois, il a eu un nouvel et très grave infarctus, et depuis il lui est interdit d'entreprendre un long voyage et il vit ici comme un prisonnier. Sa vie est suspendue à un fil. Et il le sait.

— Tu vois, dit Jakub, en ce cas-là tu aurais dû comprendre depuis longtemps que la méthode des allusions est mauvaise, parce que n'importe quelle allusion ne provoque en lui qu'une réflexion sur lui-même. Tu devrais lui présenter ta demande sans détour. Il y accéderait certainement, parce qu'il aime faire plaisir. Cela correspond à l'idée qu'il se fait de lui-même. Il veut faire plaisir à ses semblables.

— Tu es un génie ! s'écria Skreta et il s'arrêta. C'est simple comme l'œuf de Colomb et c'est exactement ça ! Et, imbécile que je suis, j'ai perdu deux ans de ma vie, parce que je n'ai pas su le déchiffrer ! J'ai passé deux ans de ma vie en détours inutiles ! Et c'est ta faute, parce que tu aurais dû me donner un conseil depuis longtemps.

— Et toi ! Il y a longtemps qu'il fallait me poser la question !

— Tu n'es pas venu me voir depuis deux ans ! »

Les deux amis marchaient dans le parc envahi par l'obscurité et respiraient l'air frais de l'automne commençant.

« Maintenant que je l'ai fait père, je mérite peut-être qu'il fasse de moi son fils ! » dit Skreta.

Jakub acquiesça.

« Le malheur, poursuivit Skreta, après un long silence, c'est qu'on est entouré d'imbéciles. Est-ce qu'il y a quelqu'un dans cette ville à qui je puisse demander conseil ? Pour peu qu'on naisse intelligent, on se trouve d'emblée en exil absolu. Je ne pense à rien d'autre, parce que c'est ma spécialité : l'humanité produit une incroyable quantité d'imbéciles. Plus un individu est bête, plus il a envie de procréer. Les êtres parfaits engendrent au plus un seul enfant, et les meilleurs, comme toi, décident de ne pas procréer du tout. C'est un désastre. Et moi, je passe mon temps à rêver d'un univers où l'homme ne viendrait pas au monde parmi des étrangers mais parmi ses frères. »

Jakub écoutait les paroles de Skreta et n'y trouvait pas grand-chose d'intéressant. Skreta poursuivait :

« Ne crois pas qu'il s'agisse d'une phrase ! Je ne suis pas un homme politique mais un médecin et le mot frère a pour moi un sens précis. Sont frères ceux qui ont au moins une mère ou un père commun. Tous les fils de Salomon, bien qu'ils soient nés de cent mères différentes, étaient frères. Ce devait être magnifique ! Qu'en penses-tu ? »

Jakub aspirait l'air frais et ne trouvait rien à dire.

« Évidemment, reprit Skreta, il est très difficile de contraindre les gens à s'unir sexuellement pour le bien des générations futures. Mais ce n'est pas de cela qu'il s'agit. En notre siècle, il doit quand même y avoir d'autres moyens de résoudre le problème de la procréation rationnelle des enfants. On ne peut pas confondre éternellement amour et procréation. »

Jakub approuva cette idée.

« Seulement, la seule chose qui t'intéresse, toi, c'est de débarrasser l'amour de la procréation, dit Skreta. Pour moi, il s'agit plutôt de débarrasser la procréation de l'amour. Je voulais t'initier à mon projet. C'est ma semence qu'il y a dans l'éprouvette. »

Cette fois, l'attention de Jakub était en éveil.

« Qu'en dis-tu ?

— Je trouve que c'est une idée magnifique ! dit Jakub.

— Extraordinaire ! dit Skreta. Par ce moyen j'ai déjà guéri pas mal de femmes de leur stérilité. N'oublie pas que si beaucoup de femmes ne peuvent pas avoir d'enfants, c'est uniquement parce que le mari est stérile. J'ai une grosse clientèle dans tout le pays et, depuis quatre ans, je suis chargé des examens gynécologiques au dispensaire de la ville. C'est une bagatelle d'approcher une seringue à injection de l'éprouvette et d'inoculer ensuite à la femme examinée le liquide fécondant.

— Et combien as-tu d'enfants ?

— Je fais ça depuis plusieurs années, mais je ne tiens qu'une comptabilité très approximative. Je ne peux pas être toujours certain de ma paternité, parce que mes malades me sont, si je puis dire, infidèles avec leurs maris. Et aussi, elles repartent chez elles, et il arrive que je ne sache jamais si le traitement a réussi. Les choses sont plus claires avec les malades d'ici. »

Skreta se tut et Jakub s'abandonnait à une tendre rêverie. Le projet de Skreta l'enchantait et il était ému, car il reconnaissait en lui son vieil ami et l'incorrigible rêveur : « Ce doit être rudement bien d'avoir des enfants de tant de femmes… dit-il.

— Et tous sont frères », ajouta Skreta.

Ils marchaient, respiraient l'air parfumé et se taisaient. Skreta reprit la parole :

« Tu sais, je me dis souvent que même s'il y a ici bien des choses qui nous déplaisent, nous sommes responsables de ce pays. Ça me fiche en rogne de ne pas pouvoir voyager librement à l'étranger, mais je ne pourrais jamais calomnier mon pays. Il faudrait d'abord que je me calomnie moi-même. Et qui d'entre nous a jamais rien fait pour que ce pays soit meilleur ? Qui d'entre nous a jamais rien fait pour qu'on puisse y vivre ? Pour que ce soit un pays où l'on puisse se sentir chez soi ? Seulement, se sentir chez soi… » Skreta baissa la voix et se mit à parler avec tendresse : « Se sentir chez soi c'est se sentir parmi les siens. Et comme tu as dit que tu allais partir, j'ai pensé que je devais te convaincre de participer à mon projet. J'ai une éprouvette pour toi. Tu seras à l'étranger et ici tes enfants viendront au monde. Et d'ici dix ou vingt ans tu verras quel pays splendide ce sera ! »

Il y avait une lune ronde dans le ciel (elle y restera jusqu'à la dernière nuit de notre récit, que nous pouvons pour cette raison qualifier de *récit lunaire*) et le docteur Skreta raccompagna Jakub au Richmond : « Il ne faut pas que tu partes demain, dit-il.

— Il le faut. On m'attend, dit Jakub, mais il savait qu'il se laisserait convaincre.

— Ça ne rime à rien, dit Skreta, je suis content que mon projet te plaise. Demain, on va le discuter à fond. »

Quatrième journée

I

Mme Klima s'apprêtait à sortir, mais son mari était encore couché.

« Tu ne devais pas sortir, ce matin, toi aussi ? demanda-t-elle.

— À quoi bon me dépêcher ! J'ai le temps d'aller retrouver ces crétins », répondit Klima. Il bâilla et se tourna sur l'autre côté.

Il lui avait annoncé l'avant-veille en pleine nuit qu'il avait dû prendre l'engagement, à cette harassante conférence, d'aider les groupes de musiciens amateurs et qu'en conséquence il donnerait un concert en soirée, le jeudi suivant, dans une petite ville d'eaux avec un pharmacien et un médecin qui jouaient du jazz. Il disait tout cela en vociférant, mais Mme Klima le regardait en face et voyait clairement que ces injures n'exprimaient pas une indignation sincère puisqu'il n'y avait pas de concert du tout et que Klima l'avait inventé dans le seul dessein de s'assurer du temps pour une de ses intrigues amoureuses. Elle lisait sur son visage ; il ne pouvait rien lui cacher. Quand il se tourna sur l'autre côté, en jurant, elle comprit aussitôt qu'il n'avait pas sommeil, mais qu'il voulait lui dissimuler son visage et l'empêcher de le scruter.

Puis elle s'en alla au théâtre. Quand la maladie, des années plus tôt, l'avait privée des feux de la rampe, Klima lui avait trouvé une place de secrétaire. Ce n'était pas déplaisant, elle rencontrait quotidiennement des gens intéressants et pouvait aménager assez librement son emploi du temps. Elle s'assit à son bureau pour rédiger plusieurs lettres officielles, mais elle ne parvenait pas à se concentrer.

Il n'est rien comme la jalousie pour absorber un être humain tout entier. Quand Kamila avait perdu sa mère, un an plus tôt, c'était certainement une chose plus tragique qu'une escapade du trompettiste. Pourtant, la mort de sa mère, qu'elle aimait immensément, la faisait moins souffrir. Cette souffrance se parait charitablement de multiples couleurs : en elle, il y avait de la tristesse, de la nostalgie, de l'émotion, du repentir (Kamila avait-elle suffisamment pris soin de sa mère ? ne l'avait-elle pas négligée ?) et aussi un sourire serein. Cette souffrance s'éparpillait charitablement dans toutes les directions : les pensées de Kamila rebondissaient contre le cercueil maternel et s'envolaient vers des souvenirs, vers sa propre enfance, plus loin encore, jusque vers l'enfance de sa mère, elles s'envolaient vers des dizaines de soucis pratiques, elles s'envolaient vers l'avenir qui était ouvert et où, comme une consolation (oui, c'étaient des jours exceptionnels où son mari était pour elle une consolation), se dessinait la silhouette de Klima.

La souffrance de la jalousie, au contraire, n'évoluait pas dans l'espace, elle tournait comme une fraise autour d'un point unique. Il n'y avait pas de dispersion. Si la mort de la mère avait ouvert la porte d'un avenir (différent, plus solitaire et aussi plus adulte), la douleur causée par l'infidélité de l'époux n'ouvrait aucun avenir. Tout était concentré dans l'unique (et immuablement présente) vision du corps infidèle, dans l'unique (et immuablement présent) reproche. Quand elle avait perdu sa mère, elle pouvait écouter de la musique, elle pouvait même lire ; quand elle était jalouse, elle ne pouvait rien faire du tout.

La veille déjà, elle avait eu l'idée de partir pour la ville d'eaux, afin de vérifier l'existence du concert suspect, mais elle avait aussitôt renoncé, parce qu'elle savait que sa jalousie faisait horreur à Klima et qu'elle ne devait pas la lui manifester ouvertement. Mais la jalousie tournait en elle comme un moteur emballé et elle ne put s'empêcher de décrocher le téléphone. Elle se dit, pour se justifier, qu'elle téléphonait à la gare sans intention précise, seulement par distraction, parce qu'elle ne parvenait pas à se concentrer sur la rédaction de la correspondance administrative.

Quand elle sut que le train partait à onze heures du matin, elle s'imagina parcourant des rues inconnues, cherchant une affiche avec le nom de Klima, allant au syndicat d'initiative demander si l'on était au courant d'un concert où son mari devait se produire, et elle s'entendait répondre qu'il n'y avait pas de concert et elle errait, misérable et trompée, dans une ville déserte et étrangère. Et elle s'imagina ensuite comment Klima, le lendemain, lui parlerait du concert et comment elle l'interrogerait sur les détails. Elle le regarderait en face, elle écouterait ses inventions et elle boirait avec une amère volupté l'infusion vénéneuse de ses mensonges.

Mais elle se dit aussitôt qu'elle ne devait pas se conduire ainsi. Non, elle ne pouvait pas rester pendant des journées et des semaines entières à épier et à nourrir les visions de sa jalousie. Elle redoutait de le perdre, et à cause de cette peur elle finirait par le perdre !

Mais une autre voix répondait aussitôt avec une naïveté rusée : Mais non, elle n'allait pas l'espionner ! Klima lui avait affirmé qu'il allait donner un concert et elle le croyait ! C'était justement parce qu'elle ne voulait plus être jalouse qu'elle prenait au sérieux, qu'elle acceptait sans soupçons ses affirmations ! Ne lui avait-il pas dit qu'il allait là-bas sans plaisir et qu'il craignait de passer une journée et une soirée moroses ! C'était donc uniquement pour lui préparer une agréable surprise qu'elle décidait d'aller le rejoindre là-bas ! Au moment où Klima, à la fin du concert, saluerait avec dégoût en songeant à l'épuisant voyage de retour, elle se glisserait au pied de la scène, il la verrait et ils se mettraient à rire tous les deux !

Elle remit au directeur les lettres écrites avec difficulté. Elle était bien vue au théâtre. On appréciait que la femme d'un musicien célèbre se montre modeste et amicale. La tristesse qui émanait d'elle parfois avait quelque chose de désarmant. Le directeur ne pouvait rien lui refuser. Elle promit d'être de retour le vendredi après-midi et de rester tard au théâtre pour rattraper le temps perdu.

2

Il était dix heures et Olga venait de recevoir des mains de Ruzena, comme chaque jour, un grand drap blanc et une clé. Elle entra dans une cabine, retira ses vêtements, les suspendit à un cintre, jeta sur elle le drap comme une toge antique, ferma la cabine à clé, remit la clé à Ruzena et se dirigea vers la salle du fond où se trouvait la piscine. Elle posa le drap sur la balustrade et descendit les marches pour entrer dans l'eau où beaucoup d'autres femmes se baignaient déjà. La piscine n'était pas grande, mais Olga était persuadée que la natation était nécessaire à sa santé et elle tenta de faire quelques brasses. Elle agitait l'eau qui gicla dans la bouche volubile d'une dame. « Vous êtes folle ? cria cette dame à Olga d'une voix pincée, ce n'est pas un bassin de natation ! »

Les femmes étaient accroupies dans l'eau de la piscine comme de grosses grenouilles. Olga en avait peur. Elles étaient toutes plus âgées qu'elle, elles étaient plus robustes, elles avaient davantage de graisse et de peau. Elle s'immergea donc parmi elles, humiliée, et resta immobile, le sourcil froncé.

Soudain, elle aperçut un jeune homme à l'entrée de la salle ; il était petit et portait un blue-jean et un pull-over troué.

« Qu'est-ce que ce type fait ici ? » s'écria-t-elle.

Toutes les femmes suivirent la direction du regard d'Olga et se mirent à glousser et à glapir.

À ce moment, Ruzena entra dans la salle et cria : « Vous avez la visite de cinéastes. Ils vont vous filmer pour les actualités. »

Les femmes, dans la piscine, firent entendre un gros rire.

Olga protesta : « Qu'est-ce que c'est que cette histoire !

— Ils ont obtenu l'autorisation de la direction, dit Ruzena.

— Je me fiche de la direction, personne ne m'a consultée ! » s'écria Olga.

Le jeune homme au pull-over troué (il portait autour du cou un instrument servant à mesurer l'intensité de la lumière) s'était approché du bassin et regardait Olga avec un rictus qu'elle trouvait obscène : « Mademoiselle, vous allez affoler des milliers de spectateurs, quand ils vous verront sur l'écran ! »

Les femmes répondirent par un nouvel éclat de rire et Olga dissimula sa poitrine avec ses mains (ce n'était pas difficile car, comme nous le savons, ses seins ressemblaient à deux prunes) et elle se recroquevilla derrière les autres.

Deux autres types en blue-jeans s'avancèrent vers la piscine et le plus grand déclara : « S'il vous plaît, conduisez-vous naturellement comme si nous n'étions pas là. »

Olga tendit la main vers la balustrade où son drap était

suspendu. Elle l'enroula autour de son corps sans sortir de la piscine puis elle monta les marches et posa le pied sur le sol carrelé de la salle ; le drap était mouillé et dégoulinait.

« Merde ! Ne partez pas comme ça ! cria le jeune homme au pull-over troué.

— Vous devez rester encore un quart d'heure dans le bassin ! cria à son tour Ruzena.

— Elle est pudique ! s'esclaffait la piscine derrière son dos.

— Elle a peur qu'on la lui vole, sa beauté ! dit Ruzena.

— Vous l'avez vue, la princesse ! fit une voix dans la piscine.

— Bien entendu, celles qui ne veulent pas qu'on les filme peuvent s'en aller, dit d'une voix tranquille le grand type en jean.

— Nous n'avons pas honte, nous autres ! Nous sommes de belles femmes ! » dit une grosse dame d'une voix claironnante, et la surface du bassin se tordit de rire.

« Mais il ne faut pas que cette demoiselle s'en aille ! Il lui reste encore un quart d'heure ! » protestait Ruzena en suivant des yeux Olga qui gagnait obstinément le vestiaire.

3

On ne peut pas en vouloir à Ruzena d'être de mauvaise humeur. Mais pourquoi était-elle à ce point irritée qu'Olga refuse de se laisser filmer ? Pourquoi s'identifiait-elle totalement à la foule des grosses femmes qui avaient accueilli l'arrivée des hommes par de joyeux piaillements ?

Et, au fait, pourquoi ces grosses femmes avaient-elles si joyeusement piaillé ? Voulaient-elles afficher leur beauté devant de jeunes hommes et les séduire ?

Non. Leur ostensible impudeur venait justement de leur certitude de ne disposer d'aucune beauté. Elles étaient pleines de rancune pour la jeunesse des femmes et souhaitaient exposer leurs corps sexuellement inutilisables pour calomnier et tourner en dérision la nudité féminine. Elles voulaient se venger et torpiller avec la disgrâce de leur corps la gloire de la beauté féminine, car elles savaient que les corps, qu'ils soient beaux ou laids, sont en fin de compte les mêmes et que le laid projette son ombre sur le beau en chuchotant à l'oreille de l'homme : regarde, la voici la vérité de ce corps qui t'ensorcelle ! Regarde, ce gros téton flasque est la même chose que ce sein que tu adores comme un insensé.

La joyeuse impudeur des grosses dames de la piscine était une ronde nécrophile autour de la fugacité de la jeunesse et une ronde d'autant plus joyeuse qu'une jeune femme était présente dans la piscine pour servir de victime. Quand Olga s'était enveloppée dans le drap de bain, elles avaient interprété ce geste comme un sabotage de leur rite cruel et elles s'étaient mises en furie.

Mais Ruzena n'était ni grosse ni vieille, elle était même plus jolie qu'Olga ! Alors, pourquoi ne s'était-elle pas solidarisée avec elle ?

Si elle avait décidé d'avorter et si elle avait été persuadée qu'un amour heureux l'attendait avec Klima, elle eût réagi tout autrement. La conscience d'être aimée sépare la femme du troupeau et Ruzena aurait vécu avec ravissement son inimitable singularité. Elle aurait vu dans les grosses dames des ennemies et dans Olga une sœur. Elle lui serait venue en aide, comme la beauté vient en aide à la beauté, le bonheur à un autre bonheur, l'amour à un autre amour.

Mais la nuit passée, Ruzena avait très mal dormi et elle avait décidé qu'elle ne pouvait pas compter sur l'amour de Klima, de sorte que tout ce qui la séparait du troupeau lui faisait l'effet d'une illusion. La seule chose qu'elle possédât, c'était dans son ventre ce germe bourgeonnant protégé par la société et la tradition. La seule chose qu'elle possédât, c'était la glorieuse universalité du destin féminin qui lui promettait de combattre pour elle.

Et ces femmes, dans la piscine, représentaient justement la féminité dans ce qu'elle a d'universel : la féminité de l'enfantement, de l'allaitement, du dépérissement éternels, la féminité qui ricane à la pensée de cette seconde fugace où la femme croit être aimée et où elle a le sentiment d'être une inimitable individualité.

Entre une femme qui est convaincue d'être unique, et les femmes qui ont revêtu le linceul de l'universelle destinée féminine, il n'y a pas de conciliation possible. Après une nuit d'insomnie lourde de réflexions, Ruzena s'était (pauvre trompettiste !) rangée du côté de ces femmes-là.

4

Jakub tenait le volant, et Bob, assis près de lui sur le siège avant, tournait à chaque instant la tête de son côté pour lui lécher le visage. Après les derniers pavillons de la petite ville d'eaux se dressait un immeuble-tour. Il n'était pas ici l'année passée et Jakub le trouvait hideux. Au milieu du paysage verdoyant, il était comme un balai sur un pot de fleurs. Jakub caressait Bob qui contemplait ce paysage d'un œil satisfait et il songeait que Dieu s'était montré charitable envers les chiens de n'avoir pas inculqué dans leur tête le sens de la beauté.

Le chien lui lécha de nouveau le visage (il sentait peut-être que Jakub pensait constamment à lui) et Jakub se dit que dans son pays les choses ne s'amélioraient pas et n'empiraient pas non plus, mais qu'elles devenaient de plus en plus risibles : il y avait naguère été victime de la chasse aux hommes, et la veille il y avait assisté à une chasse aux chiens, comme si c'était encore et toujours le même spectacle dans une autre distribution. Des retraités y tenaient les rôles de juges d'instruction et de gardiens, les hommes d'État emprisonnés étaient interprétés par un boxer, un bâtard, et un teckel.

Il se souvint qu'à la capitale, quelques années plus tôt, ses voisins avaient trouvé leur chat devant la porte de leur logement avec deux clous plantés dans les yeux, la langue tranchée et les pattes ligotées. Les gosses de la rue jouaient aux adultes. Jakub caressa Bob sur la tête et gara la voiture devant l'auberge.

Quand il descendit, il pensa que le chien allait s'élancer joyeusement jusqu'à la porte de son logis. Mais au lieu de se mettre à courir, Bob bondissait autour de Jakub et voulait jouer. Pourtant, lorsqu'une voix cria « Bob ! » le chien partit comme une flèche vers la femme debout sur le seuil.

« Tu es un incorrigible vagabond », dit-elle et elle demanda à Jakub, en lui présentant des excuses, depuis combien de temps le chien l'importunait.

Quand Jakub répondit que le chien avait passé la nuit chez lui et qu'il venait de le ramener en voiture, la femme se confondit en bruyants remerciements et le pria d'entrer. Elle le fit asseoir dans une salle spéciale où avaient sans doute lieu les banquets des sociétés et elle partit en courant chercher son mari.

Elle revint au bout d'un instant, accompagnée d'un homme jeune qui s'assit à côté de Jakub et lui tendit la main : « Vous devez être un bien chic type pour être venu ici en voiture exprès pour ramener Bob. Ce chien est idiot et ne fait que se balader. Mais on l'aime bien. Vous mangerez bien un morceau ?

— Avec plaisir », dit Jakub et la femme courut à la cuisine. Puis Jakub raconta comment il avait sauvé Bob d'une meute de retraités.

« Les salauds ! » s'écria l'homme, puis, tournant la tête vers la cuisine, il appela sa femme : « Vera ! Viens ici ! Tu as entendu ce qu'ils font, en bas, ces salauds ! »

Vera revint dans la salle avec un plateau où fumait une assiette de potage. Elle s'assit et Jakub dut reprendre le récit de son aventure de la veille. Le chien était assis sous la table et se laissait gratter derrière l'oreille.

Quand Jakub eut terminé son potage, l'homme se leva à son tour, courut à la cuisine et en rapporta du rôti de porc aux knödels.

Jakub était près de la fenêtre et se sentait bien. L'homme maudissait les gens d'en bas (Jakub était fasciné : l'homme considérait son restaurant comme un lieu haut, comme un Olympe, comme un point de recul et de hauteur) et la femme s'éloigna pour revenir avec un bambin de deux ans : « Remercie le monsieur, dit-elle, il t'a ramené Bob. »

Le bambin grommela quelques mots incompréhensibles et sourit à Jakub. Dehors, il y avait du soleil et le feuillage jaunissant s'inclinait paisiblement vers la fenêtre ouverte. Il n'y avait pas un bruit. L'auberge était bien haut au-dessus du monde et on y trouvait la paix.

Tout en refusant de procréer, Jakub aimait les enfants : « Vous avez un joli petit garçon, dit-il.

— Il est marrant, dit la femme. Je ne sais de qui il tient ce grand pif. »

Jakub se souvint du nez de son ami et dit : « Le docteur Skreta m'a dit qu'il s'est occupé de vous.

— Vous connaissez le docteur ? demanda l'homme gaiement.

— C'est mon ami, dit Jakub.

— Nous lui sommes très reconnaissants », dit la jeune

mère, et Jakub pensa que l'enfant était probablement l'une des réussites du projet eugénique de Skreta.

« Ce n'est pas un médecin, c'est un sorcier », dit l'homme avec admiration.

Jakub songea qu'en ce lieu où régnait la paix de Bethléem, ces trois personnages étaient la *Sainte Famille* et que leur enfant n'était pas né d'un père humain mais de Dieu-Skreta.

De nouveau, le bambin au grand nez grommelait des paroles inintelligibles et le jeune père le regardait avec amour. « Je me demande, dit-il à sa femme, lequel de tes lointains ancêtres avait un grand nez. »

Jakub sourit. Une curieuse idée venait de lui passer par la tête : le docteur Skreta s'était-il aussi servi d'une seringue pour faire un enfant à sa propre femme ?

« Est-ce que je n'ai pas raison ? demanda le jeune père.

— Certainement, dit Jakub. C'est une grande consolation de penser que lorsque nous dormirons depuis longtemps dans la tombe notre nez se promènera de par le monde. »

Tout le monde éclata de rire et l'idée que Skreta pût être le père du bambin apparaissait maintenant à Jakub comme un rêve fantaisiste.

5

Frantisek reçut l'argent de la dame dont il venait de réparer le réfrigérateur. Il sortit de la maison, prit place sur sa fidèle motocyclette et partit vers l'autre bout de la petite ville afin de remettre le compte de la journée au bureau qui dirigeait les services de dépannage pour l'ensemble du canton. Il était un peu plus de deux heures quand il fut tout à fait libre. Il remit la motocyclette en marche et roula vers l'établissement thermal. Sur le parking, il aperçut la limousine blanche. Il gara la motocyclette à côté de la limousine, prit sous les arcades et se dirigea vers la Maison du peuple parce qu'il supposait que le trompettiste pourrait s'y trouver.

Ce n'étaient ni l'audace ni la combativité qui le conduisaient là. Il ne voulait plus faire de scandale. Au contraire, il était résolu à se dominer, à s'incliner, à se soumettre totalement. Il se disait que son amour était si grand qu'il pouvait, en son nom, tout supporter. Semblable au prince des contes de fées qui endure pour la princesse toutes les souffrances et tous les tourments, affronte le dragon et traverse l'océan, il était prêt à accepter des humiliations d'une fabuleuse démesure.

Pourquoi est-il si humble ? Pourquoi ne se retourne-t-il pas plutôt sur une autre, puisque les jeunes femmes, dans cette petite ville d'eaux, sont en abondance si alléchante ?

Frantisek est plus jeune que Ruzena, il est donc, malheureusement pour lui, très jeune. Quand il sera plus mûr, il découvrira la fugacité des choses et il saura que, derrière l'horizon d'une femme, s'ouvre encore l'horizon d'autres femmes. Seulement, Frantisek ignore encore ce que c'est que le temps. Il vit depuis l'enfance dans un monde qui dure et qui ne change pas, il vit dans une sorte d'éternité immobile, il a toujours le même père et la même mère aussi, et Ruzena, qui a fait de lui un homme, est au-dessus de lui comme le couvercle du firmament, du seul firmament possible. Il ne parvient pas à se représenter la vie sans elle.

La veille, il lui avait docilement promis de ne pas l'espionner, et, en ce moment même, il était sincèrement décidé à ne pas l'importuner. Il se disait qu'il ne s'intéressait qu'au trompettiste et que si c'était lui qu'il suivait, il ne violerait pas vraiment sa promesse. Mais en même temps il savait que ce n'était qu'une excuse et que Ruzena condamnerait sa conduite, mais c'était plus fort en lui que toute réflexion ou que toute résolution, c'était comme une toxicomanie : il fallait qu'il le voie ; il fallait qu'il le voie encore une fois, longuement et de près. Il fallait qu'il regarde en face sa douleur. Il fallait qu'il regarde ce corps, dont l'union avec le corps de Ruzena lui paraissait inimaginable et incroyable. Il fallait qu'il le regarde pour vérifier de ses propres yeux s'il était possible ou non de penser leurs deux corps unis.

Sur l'estrade, ils jouaient déjà : le docteur Skreta à la batterie, un petit homme menu au piano et Klima à la trompette. Quelques jeunes gens fanatiques de jazz, qui s'étaient glissés là pour assister à la répétition, étaient assis dans la salle. Frantisek n'avait pas à redouter que le motif de sa présence pût être découvert. Il était certain que le trompettiste, ébloui par le phare de la motocyclette, n'avait pas vu son visage mardi soir et, grâce à la prudence de Ruzena, personne ne savait grand-chose de ses relations avec la jeune femme.

Le trompettiste interrompit les musiciens et se mit lui-même au piano pour jouer au petit homme un passage qu'il se représentait dans un autre rythme. Frantisek était assis sur une chaise au fond de la salle et se métamorphosait lentement en ombre qui, ce jour-là, n'allait pas quitter une seconde le trompettiste.

6

Il rentrait de l'auberge forestière et regrettait de ne plus avoir à côté de lui le chien jovial qui lui léchait le visage. Puis il pensa que c'était un miracle d'avoir réussi, pendant ses quarante-cinq années de vie, à garder libre cette place à côté de lui, de sorte qu'il pouvait maintenant quitter si facilement ce pays, sans bagage, sans fardeau, seul, avec l'apparence fallacieuse (et belle pourtant) de la jeunesse, comme un étudiant qui commence seulement à jeter les bases de son avenir.

Il tentait de se pénétrer de l'idée qu'il quittait son pays. Il s'efforçait d'évoquer sa vie passée. Il s'efforçait de la voir comme un vaste paysage sur lequel il se retournait avec nostalgie, un paysage vertigineusement lointain. Mais il n'y parvenait pas. Ce qu'il réussissait à voir mentalement derrière lui était minuscule, aplati comme un accordéon fermé. Il dut faire un effort pour évoquer des bribes de souvenirs qui pourraient lui donner l'illusion d'une destinée vécue.

Il regardait les arbres autour de lui. Leur feuillage était vert, rouge, jaune et brun. Les forêts ressemblaient à un incendie. Il se dit qu'il partait au moment où les forêts étaient en feu et que sa vie et ses souvenirs se consumaient dans ces flammes superbes et insensibles. Devait-il avoir mal de ne pas avoir mal ? Devait-il être triste de ne pas être triste ?

Il n'éprouvait pas de tristesse, mais il n'avait pas non plus envie de se hâter. D'après ce qui était convenu avec ses amis de l'étranger, il aurait dû, à ce moment même, passer la frontière, mais il sentait qu'il était de nouveau en proie à une indécise paresse qui était bien connue et tellement raillée dans le cercle de ses relations, parce qu'il y succombait précisément dans les circonstances qui exigeaient une conduite énergique et résolue. Il savait qu'il allait affirmer jusqu'au dernier moment qu'il partirait le jour même, mais il se rendait compte aussi qu'il faisait tout ce qu'il pouvait, depuis le matin, pour retarder le moment de quitter cette charmante ville d'eaux où, depuis des années, il venait voir son ami à de très longs intervalles parfois, mais toujours avec plaisir.

Il gara la voiture (oui, là où sont déjà stationnées l'automobile blanche du trompettiste et la motocyclette rouge de Frantisek) et pénétra dans la brasserie où Olga devait le rejoindre une demi-heure plus tard. Il aperçut une table qui lui plaisait, au fond près de la vitre d'où l'on découvrait les arbres flamboyants du jardin public, mais elle était malheureusement occupée par un homme dans la trentaine. Jakub s'assit à la table voisine. De là, il ne voyait pas les arbres ; en revanche, son regard était captivé par cet homme qui était visiblement nerveux, ne quittait pas des yeux la porte et battait du pied.

7

Elle entra enfin. Klima bondit de sa chaise, s'avança à sa rencontre et la conduisit à la table près de la vitre. Il lui souriait, comme s'il avait voulu, par ce sourire, indiquer que leur accord était toujours valable, qu'ils étaient tous deux calmes et de connivence et qu'ils avaient confiance l'un dans l'autre. Il cherchait dans l'expression de la jeune femme une réponse affirmative à son sourire, mais ne l'y trouvait pas. Il en fut inquiet. Il n'osait parler de ce qui le préoccupait, et il engagea avec la jeune femme une conversation insignifiante qui devait créer un climat d'insouciance. Pourtant, ses paroles étaient répercutées par le mutisme de la jeune femme comme par une paroi de pierre.

Puis elle l'interrompit : « J'ai changé d'avis. Ce serait un crime. Tu serais peut-être capable d'une chose pareille, pas moi. »

Le trompettiste sentit que tout s'écroulait en lui. Il fixait sur Ruzena un regard sans expression et ne savait plus quoi dire. Il ne trouvait en lui qu'une fatigue désespérée. Et Ruzena répétait : « Ce serait un crime. »

Il la regardait et elle lui semblait irréelle. Cette femme, dont il était incapable d'évoquer la physionomie quand il était loin d'elle, se présentait maintenant à lui comme sa condamnation à perpétuité. (Comme chacun de nous, Klima n'attribuait de réalité qu'à ce qui pénétrait dans sa vie par le dedans, progressivement, organiquement, tandis que ce qui venait de l'extérieur, brusquement et fortuitement, il le percevait comme une invasion de l'irréel. Hélas ! il n'est rien de plus réel que cet irréel.)

Puis le serveur qui avait reconnu le trompettiste l'autre jour surgit devant leur table. Il leur apporta deux cognacs sur un plateau et leur dit d'un ton jovial : « Vous voyez, je sais lire vos désirs dans vos yeux. » Et il fit à Ruzena la même remarque que la dernière fois : « Prends garde ! Toutes les filles vont te crever les yeux ! » Et il rit très fort.

Cette fois-ci, Klima était trop absorbé par sa peur pour prêter attention aux paroles du garçon. Il but une gorgée de cognac et se pencha vers Ruzena : « Je t'en prie. Je croyais que nous étions d'accord. Nous nous sommes tout dit. Pourquoi as-tu brusquement changé d'avis ? Tu pensais comme moi qu'il fallait que nous puissions nous consacrer tout entiers l'un à l'autre pendant quelques années. Ruzena ! Si nous faisons ça, c'est uniquement à cause de notre amour et pour avoir un enfant ensemble le jour où nous le désirerons vraiment tous les deux. »

8

Jakub reconnut immédiatement l'infirmière qui voulait livrer Bob aux vieillards. Il la regardait, captivé, très curieux de savoir ce qu'ils se disaient, elle et son interlocuteur. Il ne distinguait pas un seul mot, mais il voyait bien que la conversation était extrêmement tendue.

À l'expression de l'homme, il fut bien vite évident qu'il venait d'apprendre une nouvelle affligeante. Il lui fallut un moment pour retrouver la parole. On voyait à sa mimique qu'il essayait de convaincre la jeune femme et qu'il la suppliait. Mais la jeune femme gardait obstinément le silence.

Jakub ne put s'empêcher de penser qu'une vie était en jeu. La jeune femme blonde lui apparaissait toujours comme *celle qui est prête à maintenir la victime pendant qu'officie le bourreau*, et il ne doutait pas un instant que l'homme fût du côté de la vie et elle du côté de la mort. L'homme voulait sauver la vie de quelqu'un, il demandait de l'aide mais la blonde refusait et à cause d'elle quelqu'un allait mourir.

Et ensuite, il constata que l'homme avait cessé d'insister,

souriait et n'hésitait pas à caresser la joue de la jeune femme. Se seraient-ils mis d'accord ? Nullement. Le visage, sous les cheveux jaunes, regardait obstinément au loin en évitant le regard de l'homme.

Jakub n'avait pas la force de détacher les yeux de la jeune femme qu'il ne pouvait, depuis la veille, se représenter autrement que sous les traits de *l'auxiliaire des bourreaux*. Elle avait un visage joli et vide. Assez joli pour attirer un homme et assez vide pour que s'y perdent toutes ses supplications. Ce visage était fier, et Jakub savait : fier non pas de sa joliesse mais de son vide.

Il se disait qu'il voyait dans ce visage venir à sa rencontre des milliers d'autres visages qu'il connaissait bien. Il se disait que sa vie tout entière n'avait été qu'un dialogue ininterrompu avec ce visage-là. Quand il essayait de lui expliquer quelque chose, ce visage se détournait d'un air offensé, répondait à ses preuves en parlant d'autre chose, quand il lui souriait, ce visage lui reprochait sa désinvolture, quand il l'implorait, ce visage l'accusait de supériorité, ce visage qui ne comprenait rien et décidait de tout, visage vide comme un désert et orgueilleux de son désert.

Jakub se dit qu'il regarde aujourd'hui ce visage une dernière fois pour s'en aller demain de son royaume.

9

Ruzena aussi avait remarqué Jakub et l'avait reconnu. Elle sentait ses yeux fixés sur elle et cela lui donnait le trac. Elle se voyait prise dans l'encerclement de deux hommes tacitement complices, dans l'encerclement de deux regards pointés sur elle comme deux canons de fusil.

Klima ressassait ses arguments et elle ne savait quoi répondre. Elle préférait se répéter bien vite que lorsqu'il s'agit de la vie d'un enfant à naître, la raison n'a rien à dire et que seuls les sentiments ont droit à la parole. Elle détournait silencieusement son visage pour le mettre hors de portée du double regard et elle regardait fixement par la fenêtre. Alors, grâce à un certain degré de concentration, elle sentit naître en elle la conscience offensée de l'amante et de la mère incomprises, et cette conscience fermentait dans son âme comme une pâte à knödels. Et parce qu'elle était incapable d'exprimer ce sentiment avec des mots, elle le laissait émaner de ses yeux toujours fixés sur le même point dans le jardin public.

Mais justement là où elle fixait ses yeux hébétés, elle aperçut tout à coup une silhouette familière et fut prise de panique. Elle n'entendait plus du tout ce que disait Klima. C'était le troisième regard déjà qui pointait son canon sur elle, et c'était celui-là le plus dangereux. Car Ruzena ne pouvait dire avec certitude qui était responsable de sa maternité. Celui qu'elle avait le premier pris en considération était l'homme qui l'observait maintenant en cachette, mal dissimulé par un arbre du jardin public. Cela, ce n'était évidemment qu'au début, car depuis elle s'était montrée de plus en plus favorable au choix du trompettiste comme géniteur, jusqu'au jour où elle avait enfin décidé que c'était très certainement lui. Comprenons bien : elle ne voulait pas lui attribuer sa grossesse par ruse. En prenant sa décision, elle n'avait pas choisi la ruse mais la vérité. Elle avait décidé qu'il en était *vraiment* ainsi.

D'ailleurs, la maternité est une chose à ce point sacrée qu'il lui semblait impossible qu'un homme qu'elle méprisait pût en être la cause. Ce n'était pas un raisonnement logique, mais une sorte d'illumination suprarationnelle qui l'avait persuadée qu'elle n'avait pu devenir enceinte qu'avec un homme qui lui plaisait, qu'elle estimait et qu'elle admirait. Et quand elle avait entendu dans l'écouteur du téléphone que celui qu'elle avait choisi comme père de son enfant était choqué, effrayé et refusait sa mission paternelle, tout avait été définitivement joué, car à partir de ce moment, non seulement elle ne doutait plus de sa vérité, mais elle était prête à engager pour elle le combat.

Klima se tut et caressa la joue de Ruzena. Tirée de ses réflexions, elle remarqua son sourire. Il lui dit qu'ils devraient faire un tour en voiture dans la campagne, comme l'autre fois, car cette table de café les séparait l'un de l'autre comme un mur froid.

Elle eut peur. Frantisek était toujours derrière l'arbre du jardin public et avait les yeux fixés sur la vitre de la brasserie. Que se passerait-il, s'il les prenait à partie au moment où ils sortaient ? Que se passerait-il, s'il faisait une scène comme mardi ?

« Je paie les deux cognacs », dit Klima au garçon.

Ruzena sortit un tube de verre de son sac.

Le trompettiste donna un billet au garçon et refusa généreusement la monnaie.

Ruzena ouvrit le tube, fit glisser un comprimé dans le creux de sa main et l'avala.

Quand elle referma le tube, le trompettiste se tourna vers elle et la regarda en face. Il avançait les deux mains vers les siennes et elle lâcha le tube pour sentir le contact de ses doigts.

« Viens, allons-nous-en », dit-il, et Ruzena se leva. Elle vit le regard de Jakub, fixe et hostile, et elle détourna les yeux.

Une fois dehors, elle regarda avec inquiétude vers le jardin public, mais Frantisek n'y était plus.

10

Jakub se leva, prit son verre encore à moitié plein et s'assit à la table libérée. Par la vitre, il regarda, satisfait, les arbres rougeoyants du jardin public et il se répéta que ces arbres étaient comme un incendie où il jetait ses quarante-cinq années de vie. Puis son regard glissa sur le plateau de la table et il y aperçut, près du cendrier, le tube de verre oublié. Il le prit dans la main et se mit à l'examiner : sur le tube était inscrit le nom d'un médicament inconnu, et quelqu'un avait ajouté au crayon : *À prendre trois fois par jour.* Les comprimés, à l'intérieur du tube, étaient de couleur bleu pâle. Cela lui parut curieux.

C'étaient les dernières heures qu'il passait dans son pays, et les plus petits événements se chargeaient d'un sens exceptionnel et se changeaient en spectacle allégorique. Que signifie, pensa-t-il, qu'on me laisse sur une table, justement aujourd'hui, un tube de comprimés bleu pâle ? Et pourquoi faut-il que ce soit cette femme qui me le laisse ici, l'Héritière des persécutions politiques et l'Entremetteuse des bourreaux ? Veut-elle me dire par là que la nécessité des comprimés bleu pâle n'est pas encore passée ? Ou bien veut-elle, par cette allusion au comprimé de poison, m'exprimer sa haine impérissable ? Ou bien encore, veut-elle me dire qu'en quittant ce pays je fais preuve de la même résignation que si j'avalais le comprimé bleu pâle que je porte dans une poche de ma veste ?

Il fouilla dans sa poche, en sortit le papier roulé et le

déplia. Maintenant qu'il regardait le comprimé, il lui semblait d'une teinte un peu plus foncée que ceux du tube oublié. Il ouvrit le tube de verre et fit tomber un comprimé dans sa main. Oui, le sien était un rien plus foncé et plus petit. Il remit les deux comprimés dans le tube. Maintenant qu'il les regardait, il constatait qu'on ne pouvait à première vue déceler aucune différence. En haut, sur les comprimés inoffensifs destinés sans doute à soigner les troubles les plus bénins reposait la mort masquée.

À ce moment, Olga s'approcha de la table. Jakub referma vite le tube avec le bouchon, le posa près du cendrier et se leva pour accueillir son amie.

« Je viens de croiser Klima, le célèbre trompettiste ! Est-ce possible ! dit-elle en s'asseyant à côté de Jakub. Il était avec cette horrible bonne femme ! Elle m'en a fait voir aujourd'hui, pendant le bain ! »

Mais elle s'interrompit car, à ce moment, Ruzena vint se camper devant leur table et dit : « J'ai laissé mes comprimés ici. »

Avant que Jakub ait le temps de lui répondre, elle aperçut le tube posé près du cendrier et tendit la main.

Mais Jakub fut plus prompt et s'en empara le premier.

« Donnez-moi ça ! dit Ruzena.

— Je voudrais vous demander un service, dit Jakub. Permettez-moi de prendre un comprimé !

— Excusez-moi ! Je n'ai pas de temps à perdre !

— Je prends le même médicament et…

— Je ne suis pas une pharmacie ambulante », dit Ruzena.

Jakub voulait enlever le bouchon, mais sans lui en laisser le temps Ruzena avança brusquement la main vers le tube. Aussitôt, Jakub serra le tube dans son poing.

« Qu'est-ce que ça signifie ? Donnez-moi ces comprimés ! » lui cria la jeune femme.

Jakub la regardait dans les yeux ; il ouvrait lentement la main.

11

Dans le vacarme des roues, la futilité de son voyage lui apparaissait clairement. Elle était de toute façon certaine que son mari n'était pas dans la ville d'eaux. Alors pourquoi y allait-elle ? Faisait-elle quatre heures de voyage en train seulement pour apprendre ce qu'elle savait d'avance ? Elle n'obéissait pas à une intention rationnelle. C'était un moteur en elle qui s'était mis à tourner et tourner et qu'il n'y avait pas moyen d'arrêter.

(Oui, à cette minute Frantisek et Kamila sont projetés dans l'espace du récit comme deux fusées guidées à distance par une jalousie aveugle — mais comment une cécité peut-elle guider qui que ce soit ?)

Les communications entre la capitale et la ville d'eaux n'étaient pas des plus faciles et Mme Klima avait dû changer trois fois avant de descendre, fourbue, dans une gare idyllique couverte de placards publicitaires recommandant les sources curatives et les boues miraculeuses de la localité. Elle s'engagea dans l'allée de peupliers qui conduisait de la gare à l'établissement de bains et, en arrivant aux premières colonnes des arcades, elle fut frappée par une affiche peinte à la main où le nom de son mari était inscrit en lettres rouges. Elle s'arrêta devant l'affiche avec surprise et déchiffra deux autres noms masculins au-dessous du nom de son mari. Elle ne pouvait pas y croire : Klima ne lui avait pas menti ! C'était exactement ce qu'il lui avait dit. Dans les premières secondes elle en éprouva une immense joie, le sentiment d'une confiance depuis longtemps perdue.

Mais la joie ne dura pas longtemps, car elle s'avisa aussitôt que l'existence du concert n'était aucunement la preuve de la fidélité de son mari. S'il avait accepté de se produire dans cette ville d'eaux perdue, c'était certainement pour y retrouver une femme. Et elle songea que la situation était encore pire qu'elle ne l'avait supposé et qu'elle était tombée dans un piège :

Elle était venue ici pour s'assurer que son mari n'y était pas et pour le convaincre ainsi *indirectement* (une fois de plus et pour la énième fois !) d'infidélité. Mais maintenant, les choses avaient changé : elle n'allait pas le surprendre en flagrant délit de mensonge, mais (et ce *directement* et de ses propres yeux) en délit d'infidélité. Qu'elle le voulût ou non, elle verrait la femme avec laquelle Klima passait la journée. À cette pensée, elle chancelait presque. Bien entendu, elle avait depuis longtemps la certitude de tout *savoir*, mais jusqu'ici elle n'avait rien *vu* (aucune maîtresse de son mari). À vrai dire, elle ne savait rien du tout, elle croyait seulement savoir, et elle attribuait à cette supposition la force de la certitude. Elle croyait à l'infidélité de son mari comme un chrétien croit à l'existence de Dieu. Seulement, le chrétien croit en Dieu avec la certitude absolue de ne jamais l'apercevoir. À la pensée qu'elle allait ce jour-là voir Klima avec une femme, elle éprouvait la même épouvante qu'un chrétien auquel Dieu annoncerait par téléphone qu'il vient chez lui pour déjeuner.

Tout son corps était envahi par l'angoisse. Mais ensuite, elle entendit quelqu'un l'appeler par son nom. Elle se retourna et elle aperçut trois jeunes hommes debout au milieu des arcades. Ils étaient en jean et en pull-over et leur allure bohème tranchait sur le soin morne avec lequel étaient habillés les autres clients de la station qui faisaient leur promenade. Ils la saluèrent par des rires.

« Quelle surprise ! » s'écria-t-elle. C'étaient des cinéastes, des amis qu'elle connaissait du temps où elle se produisait sur scène avec un micro.

Le plus grand, qui était metteur en scène, la prit aussitôt par le bras : « Comme ce serait agréable de penser que tu es venue ici pour nous…

— Mais tu es venue pour ton mari… dit tristement l'assistant du metteur en scène.

— Quelle poisse ! dit le metteur en scène. La plus belle femme de la capitale, et un animal de trompettiste la garde en cage, ce qui fait qu'on ne la voit plus nulle part depuis des années…

— Merde ! dit le cameraman (c'était le jeune homme au pull-over troué), il faut célébrer ça ! »

Ils s'imaginaient consacrer leur volubile admiration à une reine radieuse qui s'empressait de la jeter distraitement dans une corbeille d'osier pleine de cadeaux dédaignés. Et elle, pendant ce temps, elle recevait leurs paroles avec gratitude comme une jeune fille boiteuse s'appuie sur un bras bienveillant.

12

Olga parlait et Jakub pensait qu'il venait de remettre le poison à la jeune femme inconnue et qu'elle risquait à tout moment de l'avaler.

Cela avait eu lieu soudainement, cela avait eu lieu si vite

qu'il n'avait même pas eu le temps de s'en rendre compte. Cela avait eu lieu à son insu.

Olga parlait toujours et Jakub se cherchait en pensée des justifications, il se disait qu'il n'avait pas voulu donner le tube à la jeune femme et que c'était elle et elle seule qui l'y avait contraint.

Mais il comprit aussitôt que c'était une excuse facile. Il avait mille possibilités de ne pas lui obéir. À l'insolence de la jeune femme, il pouvait opposer sa propre insolence, faire tranquillement tomber le premier comprimé dans le creux de sa main et le mettre dans sa poche.

Et puisqu'il avait manqué de présence d'esprit et qu'il n'en avait rien fait, il pouvait s'élancer à la poursuite de la jeune femme et lui avouer qu'il y avait du poison dans le tube. Il n'était pourtant pas difficile de lui expliquer ce qui s'était passé.

Mais au lieu d'agir, il reste assis sur sa chaise et regarde Olga qui lui explique quelque chose. Il faut se lever, se mettre à courir pour rattraper l'infirmière. Il est encore temps. Et il a le devoir de tout faire pour lui sauver la vie. Alors, pourquoi reste-t-il assis sur sa chaise, pourquoi ne bouge-t-il pas ?

Olga parlait et il s'étonnait de rester assis sur sa chaise et de ne pas bouger.

Il venait de décider qu'il devait se lever immédiatement et partir à la recherche de l'infirmière. Il se demandait comment il allait expliquer à Olga qu'il devait partir. Fallait-il lui avouer ce qui venait de se passer ? Il conclut qu'il ne pouvait pas le lui avouer. Qu'arriverait-il si l'infirmière prenait le comprimé avant qu'il ait pu la rejoindre ? Olga devait-elle savoir que Jakub était un assassin ? Et même s'il la rejoignait à temps, comment pouvait-il se justifier aux yeux d'Olga et lui faire comprendre pourquoi il avait si longuement hésité ? Comment pouvait-il lui expliquer qu'il avait donné le tube à cette femme ? Dès maintenant, à cause de ce moment où il restait sans rien faire, cloué sur sa chaise, il devait passer, aux yeux de tout observateur, pour un assassin !

Non, il ne pouvait pas se confier à Olga, mais que pouvait-il lui dire ? Comment lui expliquer qu'il se levait brusquement pour courir Dieu sait où ?

Mais est-ce que cela importait, ce qu'il allait lui dire ? Comment pouvait-il encore s'occuper de telles bêtises ?

Comment pouvait-il, quand il s'agissait de vie ou de mort, se soucier de ce qu'allait penser Olga ?

Il savait que ses réflexions étaient tout à fait déplacées et que chaque seconde d'hésitation aggravait encore le danger qui menaçait l'infirmière. En réalité, il était déjà trop tard. Depuis le temps qu'il hésitait, elle devait être avec son ami si loin déjà de la brasserie que Jakub ne saurait même pas dans quelle direction la chercher. Savait-il seulement où ils étaient allés ? Par où devait-il prendre pour les retrouver ?

Mais aussitôt, il se reprocha cet argument qui n'était qu'une nouvelle excuse. Il était certes difficile de les retrouver rapidement, mais ce n'était pas impossible. Il n'était pas trop tard pour agir, mais il fallait agir immédiatement, sinon il serait trop tard !

« J'ai mal commencé la journée, disait Olga. Je ne me suis pas réveillée, je suis arrivée en retard au petit déjeuner, on a refusé de me servir, et aux bains il y a eu ces stupides cinéastes. Dire que j'avais tellement envie d'avoir une belle journée, puisque c'est la dernière que je passe ici avec toi. C'est tellement important pour moi. Sais-tu seulement, Jakub, à quel point c'est important pour moi ? »

Elle se pencha par-dessus la table et lui saisit les mains.

« Ne crains rien, il n'y a aucune raison pour que tu passes une mauvaise journée », lui dit-il avec effort, parce qu'il était incapable de fixer sur elle son attention. Une voix lui rappelait sans cesse que l'infirmière avait du poison dans son sac et que sa vie et sa mort dépendaient de lui. C'était une voix importune, insistante, mais en même temps étrangement faible, qui semblait lui parvenir de profondeurs par trop lointaines.

13

Klima roulait avec Ruzena le long d'une route forestière et constatait que cette fois la promenade en voiture de luxe ne jouait nullement en sa faveur. Rien ne pouvait distraire Ruzena de son mutisme opiniâtre et le trompettiste resta longtemps sans parler. Quand le silence devint trop pesant, il dit : « Viendras-tu au concert ?

— Je ne sais pas, répondit-elle.

— Viens », dit-il, et le concert de la soirée fournit le prétexte d'une conversation qui les détournait un instant de leur dispute. Klima fit un effort pour parler sur un ton plaisant du médecin qui jouait de la batterie, et il décida de différer jusqu'au soir la rencontre décisive avec Ruzena.

« J'espère que tu m'attendras après le concert, dit-il. Comme la dernière fois... » Dès qu'il eut prononcé ces derniers mots, il en comprit la signification. « Comme la dernière fois », cela voulait dire qu'ils feraient l'amour ensemble après le concert. Mon Dieu, comment se fait-il qu'il n'ait pas songé à cette éventualité ?

C'était étrange, mais jusqu'à ce moment l'idée qu'il pourrait coucher avec elle ne l'avait même pas effleuré. La grossesse de Ruzena la repoussait doucement et imperceptiblement dans le territoire asexué de l'angoisse. Il s'était certes enjoint de se montrer tendre avec elle, de l'embrasser, de la caresser, et il prenait soin de le faire, mais ce n'était qu'un geste, un signe vide, où les intérêts du corps étaient complètement absents.

En y songeant à présent, il se disait que cette indifférence à l'égard du corps de Ruzena était la plus grave erreur qu'il avait commise au cours des derniers jours. Oui, c'était maintenant une chose absolument évidente pour lui (et il en voulait aux amis qu'il avait consultés de ne pas avoir attiré son attention là-dessus) : il fallait absolument coucher avec elle ! Parce que cette soudaine étrangeté dont la jeune femme s'était revêtue et qu'il n'y avait pas moyen de percer provenait justement de ce que leurs corps demeuraient éloignés. En refusant l'enfant, la fleur des entrailles de Ruzena, il rejetait d'un même refus blessant le corps gravide. Il fallait donc manifester, envers l'autre corps (non gravide), un intérêt d'autant plus grand. Il fallait opposer au corps fécond le corps infécond et trouver en lui un allié.

Quand il eut fait ce raisonnement, il sentit en lui un nouvel espoir. Il enlaça l'épaule de Ruzena et se pencha vers elle : « Ça me crève le cœur de penser qu'on se dispute. Écoute, on trouvera bien une solution. Le principal, c'est qu'on soit ensemble. Nous ne laisserons personne nous priver de cette nuit et ce sera une aussi belle nuit que la dernière fois. »

D'une main il tenait le volant, de l'autre il enlaçait les épaules de Ruzena, et tout à coup il crut sentir, au fond de lui, monter le désir de la peau nue de cette jeune femme, et il s'en réjouit car ce désir était en mesure de lui procurer le seul langage commun qu'il pût parler avec elle.

« Et où nous retrouverons-nous ? » demanda-t-elle.

Klima n'ignorait pas que toute la ville d'eaux verrait en quelle compagnie il quitterait le concert. Mais il n'y avait pas d'échappatoire :

« Dès que j'aurai terminé, viens me chercher derrière l'estrade. »

14

Tandis que Klima se hâtait de regagner la Maison du peuple pour y répéter une dernière fois *Saint Louis' Blues* et *When the Saints Go Marching in*, Ruzena jetait autour d'elle des regards inquiets. Quelques instants plus tôt, dans la voiture, elle avait plusieurs fois constaté dans le rétroviseur qu'il les suivait de loin sur sa moto. Mais à présent, elle ne le voyait nulle part.

Elle se faisait l'effet d'un fuyard pourchassé par le temps. Elle savait qu'il lui fallait, d'ici le lendemain, savoir ce qu'elle voulait, mais elle ne savait rien. Il n'y avait pas au monde un seul être en qui elle eût confiance. Sa propre famille lui était étrangère. Frantisek l'aimait, mais c'était justement pourquoi elle se méfiait de lui (comme la biche se méfie du chasseur). De Klima, elle se méfiait (comme le chasseur se méfie de la biche). Elle aimait bien ses collègues, mais elle n'avait pas tout à fait confiance en elles (comme le chasseur se méfie des autres chasseurs). Elle était seule dans la vie et depuis quelques semaines elle avait un étrange compagnon qu'elle portait dans ses entrailles et dont les uns prétendaient qu'il était sa plus grande chance et les autres tout le contraire, et pour lequel elle n'éprouvait elle-même qu'indifférence.

Elle ne savait rien. Elle était pleine à ras bord d'ignorance. Elle n'était qu'ignorance. Elle ignorait même où elle allait.

Elle venait de passer devant le restaurant Slavia, le pire des établissements de la station, café crasseux où les gens du pays venaient boire de la bière et cracher par terre. Autrefois, c'était sans doute le meilleur restaurant de la ville d'eaux et de ce temps il restait encore, dans le petit jardin, trois tables en bois peintes en rouge (la peinture était déjà écaillée) avec des chaises, souvenir du plaisir bourgeois des fanfares en plein air, des réunions dansantes et des ombrelles posées contre les chaises. Mais, que savait-elle de ce temps-là, Ruzena, qui n'allait dans la vie que sur l'étroite passerelle du présent, dépourvue de toute mémoire historique ? Elle ne pouvait voir l'ombre de l'ombrelle rose projetée jusqu'ici d'un temps lointain, elle ne voyait que trois hommes en jean, une jolie femme et une bouteille de vin au milieu d'une table sans nappe.

L'un des hommes l'appela. Elle se retourna et reconnut le cameraman au pull-over troué.

« Venez boire un verre avec nous », lui cria-t-il.

Elle obéit.

« Grâce à cette charmante demoiselle, nous avons pu tourner aujourd'hui un petit film porno », dit le cameraman, présentant ainsi Ruzena à la femme qui lui tendit la main et murmura son nom de façon inintelligible.

Ruzena prit place à côté du cameraman qui posa un verre devant elle et y versa du vin.

Ruzena était reconnaissante, parce qu'il se passait quelque chose. Parce qu'elle n'avait plus à se demander où elle allait ni ce qu'elle devait faire. Parce qu'elle n'avait plus à décider si elle devait ou non garder l'enfant.

15

Enfin, il s'exécuta. Il paya le garçon et dit à Olga qu'il devait la quitter et qu'ils se retrouveraient avant le concert.

Olga lui demanda ce qu'il avait à faire et Jakub eut l'impression désagréable d'être interrogé. Il répondit qu'il avait rendez-vous avec Skreta.

« Très bien, dit-elle, mais ça ne va pas te prendre si longtemps. Je vais me changer et je t'attends ici à six heures. Je t'invite à dîner. »

Jakub raccompagna Olga au foyer Karl-Marx. Quand elle eut disparu dans le couloir qui conduisait aux chambres, il s'adressa au concierge :

« S'il vous plaît, Mlle Ruzena est-elle chez elle ?

— Non, dit le concierge. La clé est au tableau.

— J'ai quelque chose d'extrêmement urgent à lui dire, dit Jakub. Vous ne savez pas où je pourrais la trouver ?

— Je n'en ai aucune idée.

— Je l'ai vue il y a un instant avec le trompettiste qui donne un concert ici ce soir.

— Oui, moi aussi j'ai entendu dire qu'elle sort avec lui, dit le concierge. À l'heure qu'il est, il doit répéter à la Maison du peuple. »

Quand le docteur Skreta qui trônait sur l'estrade derrière sa batterie aperçut Jakub dans l'encadrement de la porte, il lui fit signe. Jakub lui sourit et examina les rangées de chaises où se trouvaient une dizaine d'enthousiastes. (Oui, Frantisek, devenu l'ombre de Klima, était parmi eux.) Jakub s'assit à son tour, espérant que l'infirmière allait enfin apparaître.

Il se demandait où il pouvait encore aller la chercher. À cette minute, elle pouvait se trouver dans les lieux les plus divers, dont il n'avait aucune idée. Fallait-il interroger le trompettiste ? Mais comment lui poser la question ? Et s'il était déjà arrivé quelque chose à Ruzena ? Jakub s'était déjà dit que la mort éventuelle de l'infirmière serait tout à fait inexplicable et qu'un assassin qui tuait sans motif ne pouvait être découvert. Fallait-il attirer l'attention sur lui ? Devait-il laisser une trace et s'exposer aux soupçons ?

Il se rappela à l'ordre. Une vie humaine était en danger et il n'avait pas le droit de raisonner aussi lâchement. Il profita d'une interruption entre deux morceaux et monta parderrière sur l'estrade. Skreta se tourna vers lui, radieux, mais Jakub posa un doigt sur ses lèvres et le pria à mi-voix de demander au trompettiste où se trouvait en ce moment l'infirmière avec laquelle il l'avait aperçu une heure plus tôt à la brasserie.

« Qu'est-ce que vous lui voulez, tous ? ronchonna Skreta d'un air maussade. Où est Ruzena ? » cria-t-il ensuite au trompettiste qui rougit et dit qu'il n'en savait rien.

« Tant pis ! dit Jakub en manière d'excuse. Continuez !

— Comment trouves-tu notre orchestre ? lui demanda le docteur Skreta.

— Excellent », dit Jakub et il redescendit s'asseoir dans la salle. Il savait qu'il agissait toujours très mal. S'il s'était vraiment soucié de la vie de Ruzena, il aurait remué ciel et terre et alerté le monde entier pour qu'on la retrouve au plus vite. Mais il ne s'était mis à sa recherche que pour avoir un alibi devant sa propre conscience.

Il se représenta de nouveau le moment où il lui avait donné le tube contenant le poison. Était-ce vraiment arrivé si vite qu'il n'avait pas eu le temps de s'en rendre compte ? Était-ce vraiment arrivé à son insu ?

Jakub savait que ce n'était pas vrai. Sa conscience n'était pas assoupie. Il évoqua de nouveau le visage sous les cheveux jaunes et il comprit que ce n'était pas par hasard (pas à cause de l'assoupissement de sa conscience) qu'il avait donné à l'infirmière le tube contenant le poison, mais que c'était de sa part un désir ancien qui guettait l'occasion depuis des années, un désir si puissant que l'occasion, enfin, lui obéit et accourut.

Il frémit et se leva de sa chaise. Il repartit en courant vers le foyer Karl-Marx, mais Ruzena n'était toujours pas chez elle.

16

Quelle idylle, quel repos ! Quel entracte au milieu du drame ! Quel voluptueux après-midi avec trois faunes !

Les deux persécutrices du trompettiste, ses deux malheurs, sont assises face à face, elles boivent toutes deux le vin de la même bouteille et elles sont toutes deux pareillement heureuses d'être ici et de pouvoir, même un instant, faire autre chose que de penser à lui. Quelle touchante connivence, quelle harmonie !

Kamila regarde les trois hommes. Elle avait fait partie de leur cercle, autrefois, et elle les regarde maintenant comme si elle avait sous les yeux le négatif de sa vie présente. Elle, plongée dans les soucis, la voici assise en face de la pure insouciance ; elle, enchaînée à un seul homme, la voici assise en face de trois faunes qui incarnent la virilité dans sa diversité infinie.

Les propos des faunes visent un but évident : passer la nuit avec les deux femmes, passer la nuit à cinq. C'est un but illusoire, parce qu'ils savent que le mari de Kamila est ici, mais ce but est si beau qu'ils le poursuivent tout en le sachant inaccessible.

Kamila sait où ils veulent en venir, et elle s'abandonne d'autant plus facilement à la poursuite de ce but que ce n'est qu'une fantaisie, qu'un jeu, qu'une tentation du songe. Elle rit de leurs propos équivoques, elle échange des plaisanteries encourageantes avec sa complice inconnue et elle souhaite prolonger le plus longtemps possible cet entracte de la pièce pour retarder longtemps encore le moment de voir sa rivale et de regarder la vérité en face.

Encore une bouteille de vin, tout le monde est gai, tout le monde est un peu ivre, mais moins de vin que de cette atmosphère étrange, de ce désir de prolonger l'instant qui va passer bien vite.

Kamila sent le mollet du metteur en scène qui presse sa jambe gauche sous la table. Elle s'en rend bien compte, pourtant elle ne retire pas la jambe. C'est un contact qui établit entre eux une communication sensuelle, mais qui aurait pu aussi se produire tout à fait par hasard, et dont elle aurait pu fort bien ne pas s'apercevoir tant il était insignifiant. C'est donc un contact situé exactement à la frontière de l'innocent et de l'impudique. Kamila ne veut pas franchir cette frontière, mais elle est heureuse de pouvoir s'y maintenir (sur ce mince territoire d'une soudaine liberté) et elle se réjouira davantage encore si cette ligne magique se déplace d'elle-même vers d'autres allusions verbales, d'autres attouchements et d'autres jeux. Protégée par l'innocence ambiguë de cette frontière mouvante, elle désire se laisser emporter loin, loin et encore plus loin.

Alors que la beauté de Kamila, radieuse au point d'en être presque gênante, oblige le metteur en scène à conduire son offensive avec une prudente lenteur, le charme banal de Ruzena attire le cameraman avec violence et sans détour. Il l'enlace, la main sur un sein.

Kamila observe la scène. Voilà longtemps qu'elle n'a vu de près les gestes impudiques des autres ! Elle regarde la main de l'homme qui recouvre le sein de la jeune femme, le pétrit, l'écrase et le caresse à travers les vêtements. Elle observe le visage de Ruzena, immobile, passif, empreint d'un abandon sensuel. La main caresse le sein, le temps s'écoule doucement et Kamila sent contre son autre jambe le genou de l'assistant.

Et à ce moment, elle dit : « Je ferais bien la fête toute la nuit.

— Que le diable emporte ton trompettiste de mari ! rétorqua le metteur en scène.

— Oui ! que le diable l'emporte », répéta l'assistant.

17

À ce moment Ruzena la reconnut. Oui, c'était bien le visage que ses collègues lui avaient montré sur la photographie ! Elle écarta brutalement la main du cameraman.

Celui-ci protesta : « Tu es folle ! »

De nouveau il essaya de l'enlacer et de nouveau il fut repoussé.

« Qu'est-ce que vous vous permettez ! » lui cria-t-elle.

Le metteur en scène et son assistant éclatèrent de rire.

« Vous parlez sérieusement ? demanda l'assistant à Ruzena.

— Sûr, que je parle sérieusement », répliqua-t-elle d'un air sévère.

L'assistant regarda sa montre et dit au cameraman : « Il est exactement six heures. Ce revirement vient de se produire parce que notre amie se conduit en femme vertueuse toutes les heures paires. Il faut donc que tu patientes jusqu'à sept heures. »

De nouveau, les rires fusèrent. Ruzena était rouge d'humiliation. Elle s'était laissé surprendre avec la main d'un inconnu sur un sein. Elle s'était laissé surprendre en train de se faire peloter. Elle s'était laissé surprendre par sa pire rivale, en train d'être raillée par tous.

Le metteur en scène dit au cameraman : « Tu devrais peut-être prier mademoiselle de bien vouloir exceptionnellement considérer que six heures est une heure impaire.

— Crois-tu qu'il soit théoriquement possible de considérer six comme un nombre impair ? demanda l'assistant.

— Oui, dit le metteur en scène. Euclide, dans ses fameux principes, le dit littéralement : Dans certaines circonstances particulières et très mystérieuses, certains nombres pairs se comportent comme des nombres impairs. Il me semble que c'est bien à ces circonstances mystérieuses que nous avons affaire en ce moment.

— En conséquence, acceptez-vous, Ruzena, de considérer que six heures est une heure impaire ? »

Ruzena se taisait.

« Tu acceptes ? dit le cameraman en se penchant sur elle.

— Mademoiselle se tait, dit l'assistant. C'est donc à nous de décider si nous devons interpréter son silence comme un consentement ou comme un refus.

— On peut voter, dit le metteur en scène.

— C'est juste, dit l'assistant. Qui est pour que Ruzena accepte que six soit en l'occurrence un nombre impair ? Kamila ! tu votes la première !

— Je pense que Ruzena est absolument d'accord, dit Kamila.

— Et toi, metteur en scène ?

— Je suis convaincu, dit le metteur en scène de sa voix douce, que Mlle Ruzena acceptera de considérer six comme un nombre impair.

— Le cameraman est trop intéressé, donc il ne vote pas. Quant à moi, je vote pour, dit l'assistant. Nous avons donc décidé, par trois voix, que le silence de Ruzena équivaut à un consentement. Il en découle, cameraman, que tu peux immédiatement poursuivre ton entreprise. »

Le cameraman se pencha sur Ruzena et l'enlaça de telle sorte que sa main touchait à nouveau son sein. Ruzena le repoussa encore plus violemment que tout à l'heure et lui cria : « Retire tes sales pattes ! »

Kamila intercéda :

« Voyons, Ruzena, il n'y peut rien si vous lui plaisez si fort. Nous étions tous de si bonne humeur… »

Quelques minutes plus tôt, Ruzena était tout à fait passive et s'abandonnait au cours des événements pour qu'ils fissent d'elle ce qu'ils voulaient comme si elle souhaitait lire son sort dans les hasards qui lui adviendraient. Elle se serait laissé enlever, elle se serait laissé séduire et convaincre de n'importe quoi, rien que pour s'échapper de l'impasse où elle se trouvait piégée.

Mais le hasard, vers lequel elle levait un visage suppliant, venait soudain de se révéler hostile, et Ruzena, bafouée devant sa rivale et tournée par tous en dérision, se dit qu'elle n'avait qu'un seul appui solide, une seule consolation, une seule chance de salut : le fœtus dans ses entrailles. Toute son âme (une fois de plus ! une fois de plus !) redescendait vers le bas, vers l'intérieur, vers le tréfonds de son corps, et Ruzena était de plus en plus convaincue qu'elle ne devait jamais se séparer de celui qui bourgeonnait paisiblement en elle. Elle tenait en lui son atout secret qui l'élevait bien haut au-dessus de leurs rires et de leurs mains malpropres.

Elle avait mille envies de le leur dire, de le leur crier au visage, de se venger d'eux et de leurs sarcasmes, de se venger d'elle et de son amabilité condescendante.

Surtout du calme ! se dit-elle et elle fouilla dans son sac pour y prendre le tube. Elle venait de le sortir quand elle sentit une main lui serrer fermement le poignet.

18

Personne ne l'avait vu s'approcher. Il avait surgi subitement, et Ruzena, qui venait de tourner la tête, voyait son sourire.

Il lui tenait toujours la main ; Ruzena sentait le contact vigoureux de ses doigts sur son poignet, et elle obéit : le tube retomba au fond du sac à main.

« Permettez-moi, mesdames et messieurs, de m'asseoir à votre table. Je m'appelle Bertlef. »

Aucun des hommes n'était enthousiasmé par l'arrivée de l'intrus, aucun ne se présenta et Ruzena n'avait pas assez l'habitude du monde pour lui présenter ses compagnons.

« Mon arrivée inopinée semble vous déconcerter », dit Bertlef. Il prit une chaise à une table voisine et la traîna jusqu'à l'extrémité libre de la table, de sorte qu'il présidait et qu'il avait Ruzena à sa droite. « Excusez-moi, reprit-il. J'ai depuis longtemps la curieuse habitude de ne pas arriver mais d'apparaître.

— Dans ce cas, dit l'assistant, permettez-nous de vous traiter comme une apparition et de ne pas nous occuper de vous.

— Je vous le permets volontiers, dit Bertlef en s'inclinant légèrement. Mais je crains que malgré toute ma bonne volonté vous n'y parveniez pas. »

Puis il se tourna vers la porte éclairée de la salle de café et tapa dans ses mains.

« Qui vous a invité ici, directeur ? demanda le cameraman.

— Voulez-vous me signifier par là que je ne suis pas le bienvenu ? Je pourrais m'en aller tout de suite avec Ruzena, mais l'habitude est l'habitude. Je viens ici tous les jours à cette table en fin d'après-midi pour boire une bouteille de vin. » Il examina l'étiquette de la bouteille posée sur la table :

« Mais certainement du vin meilleur que celui que vous êtes en train de boire.

— Je me demande comment vous faites pour trouver du bon vin dans cette gargote, dit l'assistant.

— J'ai l'impression, directeur, que vous vous vantez beaucoup, ajouta le cameraman, cherchant à ridiculiser l'intrus. Il est vrai qu'à partir d'un certain âge, on ne peut guère faire autre chose.

— Vous vous trompez, dit Bertlef, comme s'il n'avait pas entendu l'insulte du cameraman, ils ont encore ici derrière les fagots quelques bouteilles bien meilleures que ce qu'on peut trouver dans les plus grands hôtels. »

Il tendait déjà la main au patron, que l'on avait à peine vu pendant tout ce temps, mais qui accueillait maintenant Bertlef et lui demandait : « Faut-il dresser une table pour tout le monde ?

— Certainement », répondit Bertlef, et se tournant vers les autres : « Mesdames et messieurs, je vous invite à boire avec moi du vin dont j'ai plusieurs fois apprécié la saveur et que je trouve excellent. Acceptez-vous ? »

Personne ne répondait à Bertlef et le patron dit : « Quand il s'agit de boire et de manger, je peux recommander à ces messieurs dames de faire toute confiance à M. Bertlef.

— Mon ami, dit Bertlef au patron, apportez deux bouteilles avec un grand plateau de fromages. » Puis, se tournant vers les autres : « Vos hésitations sont inutiles, les amis de Ruzena sont mes amis. »

De la salle de café accourut un gamin d'à peine une douzaine d'années qui portait un plateau avec des verres, des soucoupes et une nappe. Il posa le plateau sur la table voisine et se pencha par-dessus les épaules des clients pour enlever leurs verres à moitié pleins. Il les rangea, avec la bouteille entamée, sur la table où il venait de poser le plateau. Puis, avec un torchon, il essuya longuement la table, qui était visiblement sale, pour y étendre une nappe d'une éclatante blancheur. Il reprit ensuite sur la table voisine les verres qu'il venait d'enlever et voulut les poser devant les clients.

« Enlevez ces verres et cette bouteille de piquette, dit Bertlef au gamin. Votre papa va nous apporter une meilleure bouteille. »

Le cameraman protesta : « Directeur, pourriez-vous être assez gentil pour nous laisser boire ce qui nous fait envie ?

— Comme vous voudrez, monsieur, dit Bertlef. Je ne suis pas partisan d'imposer aux gens le bonheur. Chacun a droit à son mauvais vin, à sa bêtise et à sa crasse sous les ongles. Écoutez, petit », ajouta-t-il à l'adresse du gamin : « Donnez à chacun son ancien verre et un verre vide. Mes invités pourront choisir librement entre un vin qui est le produit des brouillards et un vin né du soleil. »

Donc, à présent, il y avait deux verres par personne, un verre vide et un autre avec un reste de vin. Le patron s'approcha de la table avec deux bouteilles, serra la première entre ses genoux et retira le bouchon d'un grand geste. Puis il versa un peu de vin dans le verre de Bertlef. Celui-ci porta son verre aux lèvres, goûta et se tourna vers le patron : « Il est excellent. C'est du 23 ?

— Du 22, rectifia le patron.

— Servez ! » dit Bertlef, et le patron fit le tour de la table avec la bouteille et remplit tous les verres vides.

Bertlef prit son verre entre ses doigts. « Mes amis, goûtez ce vin. Il a la douce saveur du passé. Savourez-le, comme si vous aspiriez, en suçant un long os à moelle, un été depuis longtemps oublié. Je voudrais en trinquant marier le passé et le présent et le soleil de 1922 au soleil de cet instant. Ce soleil c'est Ruzena, cette jeune femme toute simple qui est une reine sans le savoir. Elle est, sur la toile de fond de cette ville d'eaux, comme un diamant sur l'habit d'un mendiant. Elle est comme un croissant de lune oublié sur le ciel pâli du jour. Elle est comme un papillon qui voltige sur la neige. »

Le cameraman rit d'un rire forcé : « Vous n'exagérez pas, directeur ?

— Non, je n'exagère pas, dit Bertlef, et il s'adressa au cameraman. Vous en avez l'impression, parce que vous n'habitez que le sous-sol de l'être, vous, vinaigre anthropomorphisé ! Vous débordez d'acides qui bouillonnent en vous comme dans la marmite d'un alchimiste ! Vous donneriez votre vie pour découvrir autour de vous la laideur que vous portez à l'intérieur de vous-même. C'est pour vous le seul moyen de vous sentir un moment en paix avec le monde. Car le monde, qui est beau, vous fait peur, il vous fait mal et vous repousse sans cesse de son centre. Comme il est intolérable d'avoir de la saleté sous les ongles et une jolie femme à côté de soi ! Alors, il faut d'abord salir la femme et en jouir ensuite. N'est-ce pas ainsi, monsieur ? Je suis heureux que vous cachiez vos mains sous la table, j'avais certainement raison de parler de vos ongles.

— Je m'en fous de vos belles manières et je ne suis pas comme vous un clown en col blanc et en cravate, coupa le cameraman.

— Vos ongles sales et votre pull-over troué ne sont pas une chose nouvelle sous le soleil, dit Bertlef. Il y avait autrefois un philosophe cynique qui paradait dans les rues d'Athènes vêtu d'un manteau troué, pour se faire admirer de tous en affichant son mépris des conventions. Un jour, Socrate le rencontre et lui dit : "Je vois ta vanité par le trou de ton manteau." Votre saleté aussi, monsieur, est une vanité, et votre vanité est sale. »

Ruzena ne pouvait se remettre de sa stupeur. L'homme qu'elle connaissait vaguement comme curiste lui était venu en aide comme s'il était tombé du ciel, et elle était séduite par le naturel charmant de sa conduite et par la cruelle assurance qui réduisait en poussière l'insolence du cameraman.

« Je vois que vous avez perdu l'usage de la parole, dit Bertlef au cameraman après un bref silence, et croyez que je ne voulais nullement vous offenser. J'aime la concorde, pas les disputes, et si je me suis laissé entraîner par l'éloquence, je vous demande de m'excuser. Je ne veux qu'une chose, que vous goûtiez ce vin et que vous trinquiez avec moi à Ruzena pour laquelle je suis venu. »

Bertlef avait levé son verre, mais personne ne se joignait à lui.

« Patron, dit Bertlef, s'adressant à l'aubergiste, vous allez trinquer avec nous !

— Avec ce vin-là, toujours », dit le patron, et il prit un verre vide sur la table voisine et le remplit de vin. « M. Bertlef s'y connaît en bons vins. Il a depuis longtemps senti ma cave comme une hirondelle devine de loin son nid. »

Bertlef fit entendre le rire heureux d'un homme flatté dans son amour-propre.

« Allez-vous trinquer avec nous à Ruzena ? dit-il.

— À Ruzena ? demanda le patron.

— Oui, à Ruzena, dit Bertlef, désignant sa voisine du regard. Est-ce qu'elle vous plaît autant qu'à moi ?

— Avec vous, monsieur Bertlef, on ne voit que de jolies femmes. Ce n'est pas la peine de regarder mademoiselle pour savoir qu'elle est belle, puisqu'elle est assise à côté de vous. »

De nouveau, Bertlef fit entendre son rire heureux, le patron rit à l'unisson et, chose étrange, même Kamila, que l'arrivée de Bertlef amusait depuis le début, rit avec eux. C'était un rire inattendu, mais étonnamment et inexplicablement contagieux. Avec une délicate solidarité, le metteur en scène se joignit à son tour à Kamila, puis l'assistant, et enfin Ruzena, qui se plongea dans ce rire polyphonique comme dans une étreinte bienfaisante. C'était son premier rire de la journée. Son premier instant de détente et de soulagement. Elle riait plus fort que tous les autres et ne pouvait se repaître de son rire.

Bertlef leva son verre plus haut encore. « À Ruzena ! » Le patron leva son verre à son tour, puis Kamila suivie du metteur en scène et de son assistant, et tous répétèrent après Bertlef : « À Ruzena ! » Même le cameraman finit par lever son verre et but sans mot dire.

Le metteur en scène goûta une gorgée et : « C'est vrai que ce vin est excellent, dit-il.

— Je vous l'avais dit ! » fit le patron.

Entre-temps, le gamin avait posé un grand plateau de fromages au milieu de la table et Bertlef dit : « Servez-vous, ils sont superbes ! »

Le metteur en scène était ébahi : « Où avez-vous trouvé cet assortiment de fromages ? On se croirait en France. »

Soudain, la tension céda tout à fait, l'atmosphère se détendit. On parlait avec volubilité, on se servait de fromage, on se demandait où le patron avait pu les trouver (dans ce pays où il y avait si peu de variétés de fromages) et on versait du vin dans les verres.

Et au meilleur moment, Bertlef se leva et salua : « J'ai été très heureux d'être en votre compagnie et je vous remercie. Mon ami le docteur Skreta donne un concert ce soir et Ruzena et moi voulons y assister. »

19

Ruzena et Bertlef venaient de disparaître dans les voiles légers de la nuit tombante et l'élan initial qui avait emporté la compagnie des buveurs vers l'île rêvée de la luxure était bel et bien perdu et rien ne pouvait le faire revenir. Chacun cédait au découragement.

Pour Kamila, c'était comme de s'éveiller d'un rêve où elle aurait voulu coûte que coûte s'attarder. Elle songea qu'elle n'était pas forcée d'aller au concert. Que ce serait pour elle-même une surprise fantastique que de découvrir qu'elle n'était pas venue ici pour traquer son mari mais pour vivre une aventure. Que ce serait splendide de rester avec les trois cinéastes et de rentrer chez elle en cachette le lendemain matin. Quelque chose lui chuchotait que c'était ce qu'il fallait faire ; que ce serait un acte ; une délivrance ; une guérison ; un réveil après l'ensorcellement.

Mais elle était déjà trop dégrisée. Tous les sortilèges avaient cessé d'agir. Elle se retrouvait seule avec elle-même, avec son passé, avec sa tête pesante pleine de ses vieilles pensées angoissantes. Elle eût aimé prolonger, même de quelques heures, ce rêve trop court, mais elle savait que le rêve était déjà pâli et qu'il se dissipait comme la pénombre matinale.

« Il faut que je parte moi aussi », dit-elle.

Ils tentaient de la dissuader, tout en sachant qu'ils n'avaient plus assez de force et de confiance en eux-mêmes pour la retenir.

« Merde alors, dit le cameraman. Qu'est-ce que c'était que ce type-là ? »

Ils voulaient interroger le patron, mais depuis que Bertlef était parti il n'y avait de nouveau plus personne pour s'occuper d'eux. De la salle du café leur parvenaient les voix des clients éméchés, et ils étaient assis autour de la table, abandonnés devant les restes de vin et de fromage.

« Quel qu'il soit, il nous a gâché la soirée. Il nous a enlevé une des dames, et maintenant l'autre s'en va toute seule. Nous allons raccompagner Kamila.

— Non, dit celle-ci, restez ici. Je veux être seule. »

Elle n'était plus avec eux. Maintenant, leur présence la dérangeait. La jalousie, comme la mort, était venue la chercher. Elle était en son pouvoir et ne remarquait personne d'autre. Elle se leva et partit dans la direction où Bertlef s'était éloigné avec Ruzena un instant plus tôt. Elle entendit de loin le cameraman qui disait : « Merde alors… »

20

Avant le début du concert, Jakub et Olga, après être allés serrer la main de Skreta dans le local des artistes, pénétrèrent dans la salle. Olga voulait partir à l'entracte pour pouvoir passer toute la soirée seule avec Jakub. Jakub répliquait que son ami serait fâché, mais Olga affirmait qu'il ne remarquerait même pas leur départ prématuré.

La salle était comble et il ne restait que leurs deux places libres dans leur rangée.

« Cette femme nous suit comme notre ombre », dit Olga en se penchant vers Jakub, comme ils s'asseyaient.

Jakub tourna la tête et vit, à côté d'Olga, Bertlef, et à côté de Bertlef l'infirmière qui avait le poison dans son sac à main. Son cœur s'arrêta un instant de battre, mais comme il s'était efforcé toute sa vie de cacher ce qui se passait au fond de lui, il dit d'une voix tout à fait calme : « Je constate que nous sommes dans la rangée des places gratuites que Skreta a distribuées à ses amis et connaissances. Il sait donc où nous sommes et il s'apercevra de notre départ.

— Tu lui diras qu'à l'avant l'acoustique est mauvaise et que nous sommes allés nous asseoir au fond de la salle après l'entracte », dit Olga.

Mais déjà Klima s'avançait sur l'estrade avec sa trompette d'or et le public commençait à applaudir. Quand le docteur Skreta apparut derrière lui, les applaudissements gagnèrent encore en intensité et par la salle passa une vague de murmures. Le docteur Skreta se tenait modestement derrière le trompettiste et il agitait maladroitement le bras pour indiquer que le personnage principal du concert était l'invité venu de la capitale. Le public perçut l'exquise maladresse de ce geste et y réagit en applaudissant encore plus fort. Au fond de la salle, quelqu'un cria : « Vive le docteur Skreta ! »

Le pianiste qui était le plus discret des trois et le moins acclamé s'assit au piano sur une chaise basse. Skreta prit place derrière un ensemble imposant de tambours, et le trompettiste, d'une démarche légère et rythmée, allait et venait entre le pianiste et Skreta.

Les applaudissements se turent, le pianiste frappa le clavier et se mit à préluder en solo. Mais Jakub remarquait que son ami semblait nerveux et regardait autour de lui d'un air mécontent. Le trompettiste s'aperçut à son tour des difficultés du médecin et s'approcha de lui. Skreta lui chuchota quelque chose. Les deux hommes se penchèrent. Ils examinèrent le plancher, puis le trompettiste ramassa une petite baguette tombée au pied du piano, et il la tendit à Skreta.

À ce moment, le public qui observait attentivement toute la scène fit retentir de nouveaux applaudissements et le pianiste, considérant ces acclamations comme un hommage à son prélude, se mit à saluer le public sans s'interrompre.

Olga saisit Jakub par la main et lui dit à l'oreille : « C'est formidable ! Tellement formidable qu'à partir de maintenant, je crois que ma poisse est finie pour aujourd'hui. »

La trompette et la batterie venaient enfin d'intervenir. Klima soufflait en allant et venant à petits pas rythmés et Skreta trônait à sa batterie comme un splendide et digne bouddha.

Jakub imagina que l'infirmière allait, pendant le concert, penser à son médicament, qu'elle allait avaler le comprimé, s'effondrer dans des convulsions et rester morte sur sa chaise, tandis que le docteur Skreta, sur l'estrade, cognait sur ses tambours et que le public applaudissait et hurlait.

Et soudain, il comprit clairement pourquoi la jeune femme était assise au même rang que lui : la rencontre inopinée de tout à l'heure à la brasserie était une tentation, une épreuve. Si elle s'était produite, c'était seulement pour qu'il pût voir sa propre image dans le miroir : l'image d'un homme qui donne à son prochain du poison. Mais celui qui le met à l'épreuve (Dieu en qui il ne croit pas) ne réclame pas un sacrifice sanglant, il ne réclame pas le sang des innocents. Au terme de l'épreuve, il ne doit pas y avoir la mort, mais seulement l'autorévélation de Jakub à lui-même, pour que lui soit confisqué à jamais son orgueil moral inapproprié. Si l'infirmière était maintenant assise dans la même rangée que lui, c'était pour qu'il pût, au dernier moment, lui sauver la vie. Et c'était aussi pour cela qu'était près d'elle l'homme dont Jakub était devenu l'ami la veille et qui allait l'aider.

Oui, il attendra la première occasion, peut-être la première pause entre deux airs et il demandera à Bertlef de sortir avec lui et la jeune femme. Alors, il pourra tout expliquer et cette incroyable folie prendra fin.

Les musiciens achevèrent le premier morceau, les applaudissements crépitèrent, l'infirmière dit « excusez-moi » et sortit de la rangée accompagnée de Bertlef. Jakub voulait se lever pour les suivre, mais Olga le saisit par le bras et le retint : « Non, s'il te plaît, pas maintenant. Après l'entracte ! »

Tout s'était passé si vite qu'il n'avait pas eu le temps de s'en rendre compte. Déjà, les musiciens attaquaient le morceau suivant et Jakub comprit que celui qui le mettait à l'épreuve n'avait pas fait asseoir Ruzena à côté de lui pour le racheter, mais pour confirmer au-delà de tous les doutes possibles sa défaite et sa condamnation.

Le trompettiste soufflait dans sa trompette, le docteur Skreta se dressait comme un grand bouddha des tambours, et Jakub était assis sur sa chaise et ne bougeait pas. Il ne voyait à cet instant ni le trompettiste ni le docteur Skreta, il ne voyait que lui-même, il voyait qu'il était assis et qu'il ne bougeait pas, et il ne pouvait détacher son regard de cette effroyable image.

21

Quand le son clair de sa trompette résonna à l'oreille de Klima, il crut que c'était lui-même qui vibrait ainsi et qu'il emplissait à lui seul tout l'espace de la salle. Il se sentait invincible et fort. Ruzena était assise dans la rangée des places gratuites réservées aux invités d'honneur, elle était à côté de Bertlef (et cela aussi c'était un heureux présage) et l'atmosphère de la soirée était charmante. Le public écoutait avidement et, surtout, avec une bonne humeur qui donnait à Klima l'espoir discret que tout finirait bien. Quand les premiers applaudissements crépitèrent, il désigna d'un geste élégant le docteur Skreta qu'il trouvait ce soir-là sympathique et proche. Le docteur se dressa derrière sa batterie et salua.

Mais après le deuxième morceau, quand il regarda dans la salle, il constata que la chaise de Ruzena était vide. Il eut peur. À partir de ce moment, il joua nerveusement, parcourant des yeux toute la salle, chaise par chaise, vérifiant chaque place, mais ne la trouvant pas. Il pensa qu'elle était partie délibérément pour ne pas entendre une fois de plus ses arguments, résolue à ne pas se présenter devant la commission. Où devait-il la chercher après le concert ? Et qu'arriverait-il s'il ne la trouvait pas ?

Il sentait qu'il jouait mal, machinalement, mentalement absent. Mais le public était incapable de deviner l'humeur maussade du trompettiste, il était satisfait et les ovations gagnaient en intensité après chaque morceau.

Il se rassurait à la pensée qu'elle n'était peut-être allée qu'aux toilettes. Qu'elle avait eu un malaise, comme il arrive aux femmes enceintes. Au bout d'une demi-heure, il se dit qu'elle était allée chercher quelque chose chez elle et qu'elle allait reparaître sur sa chaise. Mais l'entracte était passé, le concert approchait de sa fin et la chaise était toujours vide. Elle n'osait peut-être pas rentrer dans la salle au milieu du concert ? Elle reviendrait peut-être pendant les derniers applaudissements ?

Mais on était aux derniers applaudissements. Ruzena ne se montrait pas et Klima était à bout. Le public se leva et se mit à crier : « Bis ! » Klima se tourna vers le docteur Skreta et hocha la tête pour indiquer qu'il ne voulait plus jouer. Mais il rencontra deux yeux radieux qui ne demandaient qu'à tambouriner, à tambouriner encore et toujours, pendant toute la nuit.

Le public interprétait le hochement de tête de Klima comme un signe de l'inévitable coquetterie des vedettes et ne se lassait pas d'applaudir. À ce moment, une belle jeune femme se glissa au pied de l'estrade et, quand il l'aperçut, Klima crut qu'il allait s'effondrer, défaillir et ne plus jamais se réveiller. Elle lui souriait et lui disait (il n'entendait pas sa voix, mais il déchiffrait les paroles sur ses lèvres) : « Eh bien, joue ! joue ! »

Klima leva sa trompette pour montrer qu'il allait jouer. Le public se tut d'un seul coup.

Ses deux compagnons exultaient et bissèrent le dernier morceau. Pour Klima, c'était comme de jouer dans une fanfare funèbre en suivant son propre cercueil. Il jouait et il savait que tout était perdu, qu'il n'avait plus qu'à fermer les yeux, qu'à baisser les bras, qu'à se laisser écraser sous les roues du destin.

22

Sur une petite table, dans l'appartement de Bertlef, étaient posées côte à côte des bouteilles ornées de splendides étiquettes aux noms exotiques. Ruzena ne connaissait rien aux alcools de luxe et demanda du whisky, ne pouvant en désigner d'autres.

Cependant, sa raison s'efforçait de percer le voile de l'étourdissement et de comprendre la situation. Elle demanda plusieurs fois à Bertlef pourquoi il avait cherché à la voir, justement ce jour-là, alors qu'il la connaissait à peine. « Je veux le savoir, répétait-elle, je veux savoir pourquoi vous avez pensé à moi.

— Je pense à vous depuis longtemps, répondit Bertlef, sans cesser de la regarder dans les yeux.

— Alors, pourquoi aujourd'hui plutôt qu'un autre jour ?

— Parce que toute chose vient à son heure. Et notre heure, c'est maintenant. »

Ces paroles étaient énigmatiques, mais Ruzena sentait qu'elles étaient sincères. À force d'être insoluble, sa situation en était devenue si intolérable que quelque chose devait se produire.

« Oui, dit-elle d'un air songeur, ça a été une journée bien étrange.

— Vous voyez, vous savez vous-même que je suis venu à temps », dit Bertlef d'une voix de velours.

Ruzena était envahie par une sensation, confuse mais délicieuse, de soulagement : si Bertlef était apparu précisément aujourd'hui, cela signifiait que tout ce qui arrivait était commandé d'ailleurs et qu'elle pouvait se reposer et s'abandonner à cette force supérieure.

« Oui, c'est vrai, vous êtes venu à temps, dit-elle.

— Je le sais. »

Pourtant, il y avait encore quelque chose qui lui échappait : « Mais pourquoi ? Pourquoi avez-vous cherché à me voir ?

— Parce que je vous aime. »

Le mot « aime » avait été prononcé tout doucement, mais la pièce en était soudain remplie.

Ruzena baissa la voix : « Vous m'aimez ?

— Oui, je vous aime. »

Frantisek et Klima lui avaient déjà dit ce mot, mais ce soir-là, elle le vit pour la première fois tel qu'il est vraiment quand il vient sans qu'on l'invoque, sans qu'on l'attende et qu'il est nu. Ce mot entra dans la pièce comme un miracle. Il était totalement inexplicable mais à Ruzena il semblait d'autant plus réel, car les choses les plus élémentaires existent ici-bas sans explication ni motif, puisant en elles-mêmes leur raison d'être.

« Vraiment ? demanda-t-elle, et sa voix trop forte à l'ordinaire n'émettait qu'un chuchotement.

— Oui. Vraiment.

— Mais je suis une fille tout à fait banale.

— Pas du tout.

— Si.

— Vous êtes belle.

— Non.

— Vous êtes tendre.

— Non, dit-elle, hochant la tête.

— Vous irradiez la douceur et la bonté. »

Elle hochait la tête : « Non, non, non.

— Je sais comme vous êtes. Je le sais mieux que vous.

— Vous n'en savez rien du tout.

— Si, je le sais. »

La confiance qui émanait des yeux de Bertlef était comme un bain merveilleux et Ruzena souhaitait que ce regard, qui l'inondait et la caressait, dure le plus longtemps possible.

« C'est vrai ? Je suis comme ça ?

— Oui. Je le sais. »

C'était beau comme le vertige : dans les yeux de Bertlef, elle se sentait délicate, tendre, pure, elle se sentait noble comme une reine. C'était soudain comme d'être farcie de miel et de plantes parfumées. Elle se trouvait elle-même agréable. (Mon Dieu ! il ne lui était encore jamais arrivé de se trouver si délicieusement agréable.)

Elle continuait de protester :

« Mais vous me connaissez à peine.

— Je vous connais depuis longtemps. Il y a longtemps que je vous observe et vous ne vous en doutez même pas. Je vous connais par cœur », disait-il et il parcourait des doigts son visage. « Votre nez, votre sourire délicatement dessiné, vos cheveux… »

Ensuite, il commença à déboutonner ses vêtements, et

elle ne se défendait même pas, elle se contentait de plonger les yeux dans les siens, dans son regard qui l'entourait comme de l'eau, une eau veloutée. Elle était assise en face de lui avec les seins nus qui se dressaient sous son regard et qui désiraient être vus et glorifiés. Son corps tout entier se tournait vers ses yeux comme un tournesol vers le soleil.

23

Ils étaient dans la chambre de Jakub, Olga parlait et Jakub se répétait qu'il était toujours temps. Il pourrait retourner au foyer Karl-Marx et, si elle n'y était pas, il pourrait déranger Bertlef dans l'appartement voisin et lui demander s'il ne savait pas ce que la jeune femme était devenue.

Olga bavardait et il continuait de vivre mentalement une scène pénible où il expliquait quelque chose à l'infirmière, bégayait, avançait des prétextes, s'excusait et tentait d'obtenir d'elle le tube de comprimés. Puis soudain, comme s'il était fatigué par ces visions qu'il affrontait depuis plusieurs heures, il se sentit saisi d'une intense indifférence.

Ce n'était pas seulement l'indifférence de la fatigue, c'était une indifférence délibérée et combative. Jakub venait en effet de comprendre qu'il lui était absolument égal que la créature aux cheveux jaunes survive, et que ce serait en fait de l'hypocrisie et une comédie indigne s'il tentait de la sauver. Qu'il ne ferait ainsi que tromper celui qui le mettait à l'épreuve. Car celui qui le mettait à l'épreuve (Dieu qui n'existe pas) voulait connaître Jakub tel qu'il était vraiment, et non tel qu'il feignait d'être. Et Jakub avait résolu d'être loyal envers lui ; d'être tel qu'il était vraiment.

Ils étaient assis face à face dans des fauteuils, il y avait entre eux une petite table. Jakub voyait Olga se pencher vers lui par-dessus cette petite table et il entendait sa voix : « Je voudrais t'embrasser. Comment se fait-il que nous nous connaissions depuis si longtemps et que nous ne nous soyons jamais embrassés ? »

24

Kamila avait un sourire forcé sur son visage et, au fond d'elle, de l'angoisse, quand elle se glissa derrière son mari dans le local réservé aux artistes. Elle avait peur de découvrir le vrai visage de la maîtresse de Klima. Mais il n'y avait pas de maîtresse du tout. Il y avait quelques fillettes qui s'agitaient pour demander à Klima un autographe et Kamila voyait bien (elle avait un œil d'aigle) qu'aucune d'elles ne le connaissait personnellement.

Elle était pourtant certaine que la maîtresse était quelque part ici. Elle le devinait au visage de Klima qui était pâle et absent. Il souriait à sa femme aussi faussement qu'elle lui souriait.

Le docteur Skreta, le pharmacien et quelques autres personnes, sans doute des médecins et leurs épouses, se présentèrent à Kamila en s'inclinant. Quelqu'un proposa d'aller s'asseoir dans l'unique bar de la localité. Klima s'excusa, invoquant la fatigue. Kamila pensa que la maîtresse devait attendre dans le bar ; c'est pourquoi Klima refusait d'y aller. Et parce que le malheur l'attirait comme un aimant, elle lui demanda de lui faire plaisir et de surmonter sa fatigue.

Mais dans le bar non plus, il n'y avait aucune femme qu'elle pût soupçonner d'une liaison avec Klima. On s'assit à une grande table. Le docteur Skreta était bavard et faisait l'éloge du trompettiste. Le pharmacien était plein d'un bonheur timide qui ne savait pas s'exprimer. Kamila voulait être charmante et gaiement volubile : « Docteur, vous êtes splendide, disait-elle à Skreta, et vous aussi, cher pharmacien. Et l'ambiance était authentique, gaie, insouciante, mille fois meilleure que dans les concerts de la capitale. »

Sans le regarder, elle ne cessait pas une seconde de l'observer. Elle sentait qu'il ne dissimulait sa nervosité qu'au prix du plus grand effort et qu'il prononçait un mot de temps à autre seulement pour ne pas laisser voir qu'il était mentalement absent. Il était évident qu'elle lui avait gâché quelque chose, et pas quelque chose de banal. S'il ne s'était agi que d'une aventure ordinaire (Klima lui jurait toujours ses grands dieux qu'il ne pourrait jamais s'éprendre d'une autre femme), il ne serait pas tombé dans une aussi profonde dépression. Certes, elle ne voyait pas la maîtresse, mais elle croyait voir l'amour ; l'amour dans le visage de son mari (un amour souffrant et désespéré) et ce spectacle était pour elle encore plus douloureux.

« Qu'avez-vous, monsieur Klima ? demanda tout à coup le pharmacien, d'autant plus aimable et d'autant plus observateur qu'il était taciturne.

— Rien. Rien du tout ! dit Klima, pris de peur. J'ai un peu mal à la tête.

— Vous ne voulez pas un cachet ? demanda le pharmacien.

— Non, non, fit le trompettiste, hochant la tête. Mais je vous prie de m'excuser si nous partons un peu vite. Je suis vraiment très fatigué. »

25

Comment se fait-il qu'elle ait enfin osé ?

Depuis qu'elle avait rejoint Jakub à la brasserie, elle trouvait qu'il n'était pas comme d'habitude. Il était silencieux et pourtant aimable, incapable de fixer son attention et pourtant docile, en pensée il était ailleurs et pourtant il faisait tout ce qu'elle désirait. Ce manque de concentration (elle l'attribuait à son départ tout proche) lui était agréable : elle parlait à un visage absent et il lui semblait parler dans des lointains où on ne l'entendait pas. Elle pouvait donc dire ce qu'elle ne lui avait jamais dit.

Maintenant qu'elle lui avait dit qu'elle voulait l'embrasser, elle avait l'impression de le déranger, de l'inquiéter. Mais cela ne la décourageait aucunement, au contraire, ça lui faisait plaisir : elle se sentait enfin devenue la femme audacieuse et provocante qu'elle avait toujours souhaité être, la femme qui domine la situation, la met en mouvement, observe avec curiosité le partenaire et le plonge dans l'embarras.

Elle continuait de le regarder fermement dans les yeux et elle dit avec un sourire : « Mais pas ici. Ce serait ridicule de nous pencher par-dessus la table pour nous embrasser. Viens. »

Elle lui tendit la main, le guida vers le divan et savoura la finesse, l'élégance et la tranquille souveraineté de sa conduite. Puis elle l'embrassa et elle agit avec une passion qu'elle ne s'était encore jamais connue. Pourtant, ce n'était pas la passion spontanée du corps qui ne parvient pas à se maîtriser, c'était la passion du cerveau, une passion consciente et délibérée. Elle voulait arracher à Jakub le déguisement de son rôle paternel, elle voulait le scandaliser et s'exciter au spectacle de son trouble, elle voulait le violer et s'observer en train de le violer, elle voulait connaître la saveur de sa langue et sentir ses mains paternelles s'enhardir peu à peu et la couvrir de caresses.

Elle défit le bouton de sa veste et la lui enleva.

26

Il ne le quitta pas des yeux pendant tout le concert puis il se mêla aux enthousiastes qui se précipitaient derrière l'estrade pour que les artistes leur griffonnent en souvenir une signature. Mais Ruzena n'était pas là. Il suivit un petit groupe de gens qui conduisaient le trompettiste au bar. Il y pénétra avec eux, persuadé que Ruzena y attendait déjà. Il s'était trompé. Il sortit et fit longuement le guet devant l'entrée.

Soudain, il sentit une douleur le transpercer. Le trompettiste venait de sortir du bar et une forme féminine se pressait contre lui. Il crut que c'était Ruzena, mais ce n'était pas elle.

Il les suivit jusqu'au Richmond où Klima entra avec l'inconnue.

Il alla rapidement au foyer Karl-Marx en prenant par le parc. La porte était encore ouverte. Il demanda au concierge si Ruzena était chez elle. Elle n'y était pas.

Il repartit vers le Richmond en courant, craignant que Ruzena n'y ait rejoint Klima entre-temps. Il faisait les cent pas dans l'allée du parc et gardait les yeux fixés sur l'entrée. Il ne comprenait rien à ce qui arrivait. Plusieurs hypothèses lui vinrent à l'esprit, mais elles ne comptaient pas. Ce qui comptait, c'était qu'il était ici et qu'il guettait, et il savait qu'il guetterait jusqu'à ce qu'il les voie.

Pourquoi ? À quoi bon ? Ne ferait-il pas mieux de rentrer chez lui et dormir ?

Il se répétait qu'il devait enfin découvrir toute la vérité.

Mais voulait-il vraiment connaître la vérité ? Souhaitait-il vraiment si fort s'assurer que Ruzena couchait avec Klima ? Ne voulait-il pas plutôt attendre une preuve de l'innocence de Ruzena ? Pourtant, soupçonneux comme il était, aurait-il ajouté foi à cette preuve ?

Il ne savait pas pourquoi il attendait. Il savait seulement qu'il attendrait longtemps, toute la nuit s'il le fallait et même plusieurs nuits. Car le temps éperonné par la jalousie passe à une allure incroyable. La jalousie occupe l'esprit encore plus complètement qu'un travail intellectuel passionné. L'esprit n'a plus une seconde de loisir. Celui qui est en proie à la jalousie ignore l'ennui.

Frantisek arpente un court tronçon de l'allée, sur une distance d'à peine une centaine de mètres, d'où l'on aperçoit l'entrée du Richmond. Il va faire ainsi les cent pas pendant toute la nuit, jusqu'à ce que tous les autres soient endormis, il va faire ainsi les cent pas jusqu'au lendemain.

Mais pourquoi ne s'assied-il pas ? Il y a des bancs en face du Richmond !

Il ne peut pas s'asseoir. La jalousie est comme une violente rage de dents. On ne peut rien faire quand on est jaloux, pas même s'asseoir. On ne peut qu'aller et venir. D'un point à un autre.

27

Ils suivaient le même chemin que Bertlef et Ruzena, que Jakub et Olga ; l'escalier jusqu'au premier étage puis le tapis de peluche rouge jusqu'au bout du couloir qui se terminait par la grande porte de l'appartement de Bertlef. À droite se trouvait la porte de la chambre de Jakub, à gauche la chambre que le docteur Skreta avait prêtée à Klima.

Quand il ouvrit la porte et qu'il alluma la lumière, il remarqua le bref regard inquisiteur que Kamila jetait à travers la pièce. Il savait qu'elle cherchait les traces d'une femme. Il connaissait ce regard. Il savait tout d'elle. Il savait que son amabilité n'était pas sincère. Il savait qu'elle était venue pour l'espionner, il savait qu'elle ferait semblant d'être venue pour lui faire plaisir. Et il savait qu'elle percevait nettement sa gêne et qu'elle avait la certitude de lui gâcher une aventure amoureuse.

« Chéri, ça ne te dérange vraiment pas que je sois venue ? » demanda-t-elle.

Et lui : « Comme si ça pouvait me déranger !

— J'avais peur que tu aies le cafard, ici.

— Oui, sans toi j'aurais le cafard. Ça m'a fait plaisir quand je t'ai vue applaudir au pied de l'estrade.

— Tu as l'air fatigué. À moins que tu ne sois contrarié ?

— Non. Non, je ne suis pas contrarié. Seulement fatigué.

— Tu es triste, parce que vous étiez toujours entre hommes ici, et ça te déprime. Mais te voilà avec une belle femme. Est-ce que je ne suis pas une belle femme ?

— Oui, tu es une belle femme », dit Klima, et c'étaient les premières paroles sincères qu'il lui disait ce jour-là. Kamila était d'une beauté céleste et Klima éprouvait une immense douleur à la pensée que cette beauté courait un danger mortel. Mais cette beauté lui souriait et commençait à se déshabiller sous ses yeux. Il regardait son corps se dénuder, et c'était comme de lui dire adieu. Les seins, ses beaux seins, purs et intacts, la taille étroite, le ventre d'où le slip venait de glisser. Il l'observait avec nostalgie comme un souvenir. Comme à travers une vitre. Comme on regarde au loin. Sa nudité était si lointaine qu'il n'éprouvait pas la moindre excitation. Et pourtant, il la contemplait d'un regard vorace. Il buvait cette nudité comme un condamné boit son dernier verre avant l'exécution. Il buvait cette nudité comme on boit un passé perdu et une vie perdue.

Kamila s'approcha de lui : « Qu'est-ce qu'il y a ? Tu ne te déshabilles pas ? »

Il ne pouvait faire autrement que se déshabiller et il était affreusement triste.

« Ne va pas croire que tu as le droit d'être fatigué maintenant que je suis venue te rejoindre. Je te veux. »

Il savait que ce n'était pas vrai. Il savait que Kamila n'avait pas la moindre envie de faire l'amour et qu'elle s'imposait ce comportement provocant pour la seule raison qu'elle voyait sa tristesse et qu'elle l'attribuait à son amour pour une autre. Il savait (mon Dieu, comme il la connaissait !) qu'elle voulait, par ce défi amoureux, le mettre à l'épreuve, pour savoir jusqu'à quel point son esprit était absorbé par une autre femme, il savait qu'elle voulait se faire mal avec sa tristesse.

« Je suis vraiment fatigué », dit-il.

Elle le prit dans ses bras, puis le conduisit jusqu'au lit : « Tu vas voir comme je vais te la faire oublier, ta fatigue ! » Et elle commença à jouer avec son corps nu.

Il était allongé comme sur une table d'opération. Il savait que toutes les tentatives de sa femme seraient inutiles. Son corps se contractait, vers le dedans, et n'avait plus la moindre faculté d'expansion. Kamila parcourait tout son corps avec ses lèvres humides et il savait qu'elle voulait se faire souffrir et le faire souffrir et il la détestait. Il la détestait de toute l'intensité de son amour : c'était elle et elle seule, avec sa jalousie, ses soupçons, sa méfiance, elle et elle seule avec sa visite d'aujourd'hui qui avait tout gâché, c'était à cause d'elle que leur mariage était miné par une charge déposée dans le ventre d'une autre, une charge qui allait exploser dans sept mois et qui balayerait tout. C'était elle et elle seule, à force de trembler comme une insensée pour leur amour, qui avait tout détruit.

Elle posa la bouche sur son ventre et il sentait son sexe se contracter sous les caresses, rentrer vers l'intérieur, fuir devant elle, de plus en plus petit, de plus en plus anxieux. Et il savait que Kamila mesurait au refus de son corps l'ampleur de son amour pour une autre femme. Il savait qu'elle se faisait affreusement mal et que plus elle avait mal, plus elle le ferait souffrir et plus elle s'obstinerait à toucher de ses lèvres humides son corps sans force.

28

Jamais il n'avait rien moins souhaité que de coucher avec cette fille-là. Il désirait lui apporter la joie et la combler de toute sa bonté, mais cette bonté n'avait rien de commun avec le désir sensuel, mieux encore, elle l'excluait totalement, car elle se voulait pure, désintéressée, détachée de tout plaisir.

Mais que pouvait-il faire maintenant ? Fallait-il, pour ne pas souiller sa bonté, repousser Olga ? Il n'en était pas question. Son refus aurait blessé Olga et l'aurait marquée pour longtemps. Il comprenait que le calice de bonté, il fallait le boire jusqu'à la lie.

Et elle fut soudain nue devant lui et il se disait que son visage était noble et doux. Mais c'était une piètre consolation quand il voyait le visage d'un seul tenant avec le corps qui ressemblait à une longue et mince tige à l'extrémité de laquelle était plantée, démesurément grosse, une fleur chevelue.

Mais belle ou pas, Jakub savait qu'il n'y avait plus moyen

d'échapper. D'ailleurs, il sentait que son corps (ce corps servile) était une fois de plus tout à fait disposé à lever sa lance complaisante. Pourtant, son excitation semblait se produire chez un autre, loin, hors de son âme, comme s'il était excité sans y prendre part et qu'il dédaignât en secret cette excitation. Son âme était loin de son corps, obsédée par l'idée du poison dans le sac de l'inconnue. Tout au plus observait-elle avec regret le corps qui, aveuglément et impitoyablement, courait après ses intérêts futiles.

Un fugace souvenir lui passa par la tête : il avait dix ans quand il avait appris comment les enfants viennent au monde et, depuis, cette idée le hantait toujours davantage, d'autant plus qu'il découvrait plus en détail avec les années la matière concrète des organes féminins. Depuis, il avait souvent imaginé sa propre naissance ; il imaginait son corps minuscule qui se glissait par l'étroit tunnel humide, il l'imaginait le nez plein et la bouche pleine de l'étrange mucus dont il était tout entier oint et marqué. Oui, le mucus féminin l'avait marqué pour exercer sur Jakub, pendant toute sa vie, son pouvoir mystérieux, pour avoir le droit de l'appeler à tout moment auprès de lui et de commander aux mécanismes singuliers de son corps. Tout cela lui avait toujours répugné, il se révoltait contre ce servage, du moins en refusant aux femmes son âme, en sauvegardant sa liberté et sa solitude, en restreignant le *pouvoir du mucus* à des heures déterminées de sa vie. Oui, s'il avait tant d'affection pour Olga, c'était sans doute parce que, pour lui, elle était tout entière au-delà des limites du sexe et qu'il était certain qu'elle ne lui rappellerait jamais, par son corps, le mode honteux de sa venue au monde.

Il repoussa brutalement ces pensées, parce que la situation sur le divan se développait rapidement et parce qu'il allait devoir, d'une seconde à l'autre, entrer dans son corps, et qu'il ne voulait pas le faire avec une idée de répugnance. Il se dit que cette femme, qui s'ouvrait à lui, était la seule dans sa vie à laquelle l'attachait une affection pure et désintéressée, et qu'il n'allait maintenant l'aimer que pour qu'elle soit heureuse, pour qu'elle connaisse la joie, pour qu'elle soit sûre d'elle-même et gaie.

Il s'étonnait lui-même : il se mouvait sur elle, comme s'il se balançait sur les flots de la bonté. Il se sentait heureux, il se sentait bien. Son âme s'identifiait humblement avec l'activité de son corps, comme si l'acte d'amour n'était que l'expression physique d'une tendresse bienveillante, d'un sentiment pur envers le prochain. Il n'y avait pas d'obstacle, pas une fausse note. Ils se tenaient étroitement enlacés et leur haleine était confondue.

Ce furent de belles et de longues minutes, puis Olga lui chuchota à l'oreille un mot obscène. Elle le chuchota une première fois, puis une autre et encore une fois, elle-même excitée par ce mot.

Les flots de la bonté refluèrent d'un seul coup et Jakub se retrouva avec la jeune femme au milieu d'un désert.

Non, d'ordinaire, pendant l'amour, il n'avait rien contre les mots obscènes. Ils éveillaient en lui la sensualité et la cruauté. Ils rendaient les femmes agréablement étrangères à son âme, agréablement désirables à son corps.

Mais le mot obscène, dans la bouche d'Olga, anéantit brutalement toute la douce illusion. Il l'éveilla d'un rêve. Le nuage de bonté se dissipa et subitement il vit Olga dans ses bras, telle qu'il l'avait vue un instant plus tôt : avec la grosse fleur de la tête sous laquelle tremblait la mince tige du corps. Cette créature touchante avait des manières provocantes de putain, sans cesser d'être touchante, ce qui donnait aux mots obscènes quelque chose de comique et de triste.

Mais Jakub savait qu'il ne devait rien laisser paraître, qu'il devait se dominer, qu'il devait boire et boire encore l'amer calice de bonté, parce que cette étreinte absurde était son unique bonne action, son unique rédemption (il ne cessait pas un instant de se souvenir du poison dans le sac de l'autre), son unique salut.

29

Comme une grosse perle dans la double coquille d'un mollusque, le luxueux appartement de Bertlef est encadré de deux côtés par les chambres moins luxueuses où logent Jakub et Klima. Dans les deux chambres voisines, le silence et le calme règnent depuis longtemps quand Ruzena, dans les bras de Bertlef, pousse ses derniers soupirs de volupté.

Puis elle reste paisiblement allongée à côté de lui, et il lui caresse le visage. Au bout d'un moment, elle éclate en sanglots. Elle pleure longuement et enfouit la tête dans sa poitrine.

Bertlef la caresse comme une petite fille et elle se sent vraiment toute petite. Petite comme jamais (jamais elle ne s'est cachée comme ça dans la poitrine de personne), mais grande aussi comme jamais (jamais elle n'a éprouvé autant de plaisir qu'aujourd'hui). Et ses pleurs l'emportent, avec des mouvements saccadés, vers des sensations de bien-être qui lui étaient jusqu'ici pareillement inconnues.

Où est Klima en ce moment et où est Frantisek ? Ils sont quelque part dans des brumes lointaines, silhouettes qui s'éloignent à l'horizon, aussi légères qu'un duvet. Et où est le désir obstiné de Ruzena de s'emparer de l'un et de se débarrasser de l'autre ? Qu'est-il advenu de ses colères convulsives, de son silence offensé, où elle s'est enfermée depuis le matin ?

Elle est allongée, elle sanglote et il lui caresse le visage. Il lui dit de s'endormir, qu'il a sa chambre à coucher dans une pièce contiguë. Et Ruzena ouvre les yeux et le regarde. Bertlef est nu, il va dans la salle de bains (on entend couler l'eau), puis revient, ouvre l'armoire, en sort une couverture et la déplie délicatement sur le corps de Ruzena.

Ruzena voit des veines variqueuses sur ses mollets. Quand il s'est penché sur elle, elle a remarqué que ses cheveux bouclés sont grisonnants et clairsemés et qu'ils laissent transparaître la peau. Oui, Bertlef a soixante, soixante-cinq ans peut-être, mais pour Ruzena, ça ne compte pas. Au contraire, l'âge de Bertlef la tranquillise, projette une lumière radieuse sur sa propre jeunesse, encore grise et inexpressive, et elle se sent pleine de vie et enfin tout au commencement de la route. Et voici qu'elle découvre, en sa présence, qu'elle sera jeune encore longtemps et qu'elle n'a pas besoin de se presser. Bertlef vient de se rasseoir près d'elle, il la caresse et elle a l'impression de trouver refuge, plus que dans le contact réconfortant de ses doigts, dans l'étreinte rassurante de ses années.

Puis elle perd conscience, dans sa tête passent les visions confuses de la première approche du sommeil. Elle s'éveille et toute la pièce lui paraît inondée d'une étrange lumière bleue. Quel est donc cet éclat singulier qu'elle n'a jamais vu ? Est-ce la lune qui est descendue jusqu'ici, enveloppée d'un voile bleu ? À moins que Ruzena ne rêve les yeux ouverts ?

Bertlef lui sourit, sans cesser de lui caresser le visage.

Et maintenant, elle ferme définitivement les yeux, emportée par le rêve.

Cinquième journée

1

Il faisait encore nuit quand Klima s'éveilla d'un très léger sommeil. Il voulait trouver Ruzena avant qu'elle n'aille à son travail. Mais comment expliquer à Kamila qu'il avait une course à faire avant le lever du jour ?

Il regarda sa montre : il était cinq heures du matin. S'il ne voulait pas manquer Ruzena, il fallait qu'il se lève immédiatement, mais il ne trouvait pas d'excuse. Son cœur battait très fort, mais que faire ! Il se leva et commença à s'habiller doucement de peur de réveiller Kamila. Il boutonnait son veston quand il entendit sa voix. C'était une petite voix aiguë qui lui parvenait du demi-sommeil. « Où vas-tu ? »

Il s'approcha du lit et l'embrassa délicatement sur les lèvres : « Dors, je reviens tout de suite.

— Je t'accompagne », dit Kamila, mais elle se rendormit aussitôt.

Klima sortit rapidement.

2

Est-ce possible ? Fait-il toujours les cent pas ?

Oui. Mais soudain il s'arrêta. Il aperçut Klima à l'entrée du Richmond. Il se dissimula et se mit à le suivre discrètement jusqu'au foyer Karl-Marx. Il passa devant la loge (le concierge dormait) et s'arrêta à l'angle du couloir où se trouvait la chambre de Ruzena. Il voyait le trompettiste frapper à la porte de l'infirmière. Personne ne lui ouvrait. Klima frappa encore plusieurs coups, puis il fit demi-tour et s'en alla.

Frantisek sortit derrière lui de l'immeuble en courant. Il le voyait remonter la longue rue vers l'établissement de bains où Ruzena allait prendre son service dans une demi-heure. Il revint au pas de course au foyer Karl-Marx, tambourina à la porte de Ruzena et dit à voix basse mais distinctement, dans le trou de la serrure : « C'est moi ! Frantisek ! Tu n'as rien à craindre de moi ! À moi, tu peux ouvrir ! »

Personne ne lui répondait.

Quand il revint, le concierge venait de se lever.

« Ruzena est-elle chez elle ? lui demanda Frantisek.

— Elle n'est pas rentrée depuis hier », dit le concierge.

Frantisek sortit dans la rue. Il vit de loin Klima qui entrait dans le bâtiment des bains.

3

Ruzena se réveillait régulièrement à cinq heures et demie. Ce jour-là, après s'être si agréablement assoupie, elle ne dormit pas plus longtemps. Elle se leva, s'habilla et entra sur la pointe des pieds dans la petite chambre contiguë.

Bertlef était couché sur le côté, il respirait profondément et ses cheveux, toujours soigneusement peignés pendant la journée, étaient ébouriffés et découvraient la peau nue sur le crâne. Dans le sommeil, son visage paraissait plus gris et plus vieux. Des flacons de médicaments, qui rappelaient à Ruzena l'hôpital, étaient posés sur la table de nuit. Mais rien de tout cela ne la dérangeait. Elle le regardait et elle en avait les larmes aux yeux. Elle n'avait jamais vécu de soirée plus belle que celle de la veille. Elle éprouvait l'étrange envie de s'agenouiller devant lui. Elle ne le fit pas, mais elle se pencha et lui baisa délicatement le front.

Dehors, en approchant de l'établissement de bains, elle vit Frantisek qui venait au-devant d'elle.

La veille encore, cette rencontre l'aurait bouleversée. Bien qu'elle fût amoureuse du trompettiste, Frantisek comptait beaucoup pour elle. Il formait avec Klima un couple inséparable. L'un incarnait la quotidienneté, l'autre le rêve ; il y en avait un qui la voulait, un autre qui ne la voulait pas ; à l'un elle voulait échapper, et l'autre elle le désirait. Chacun des deux hommes déterminait le sens de l'existence de l'autre. Quand elle avait décidé qu'elle était enceinte de Klima, elle n'avait pas effacé pour autant Frantisek de sa vie ; au contraire : c'était Frantisek qui l'avait poussée à cette décision. Elle était entre ces deux hommes comme entre les deux pôles de sa vie ; ils étaient le nord et le sud de sa planète et elle n'en connaissait aucune autre.

Mais ce matin-là, elle avait soudain compris que ce n'était pas la seule planète habitable. Elle avait compris que l'on pouvait vivre sans Klima et sans Frantisek ; qu'il n'y avait aucune raison de se hâter ; qu'il y avait assez de temps ; que l'on pouvait se laisser conduire par un homme sage et mûr loin de ce territoire ensorcelé où l'on vieillit si vite.

« Où as-tu passé la nuit ? jeta Frantisek.

— Ça ne te regarde pas.

— J'ai été chez toi. Tu n'étais pas dans ta chambre.

— Ça ne te regarde absolument pas, où j'ai passé la nuit, dit Ruzena, et sans s'arrêter elle franchit la porte d'entrée des bains. Et ne viens plus me voir. Je te l'interdis. »

Frantisek resta planté devant l'établissement et comme il avait mal aux pieds d'avoir passé la nuit à marcher, il s'assit sur un banc d'où il pouvait surveiller l'entrée.

Ruzena monta l'escalier quatre à quatre et entra au premier étage dans une spacieuse salle d'attente où des bancs et des chaises destinés aux malades étaient placés le long des murs. Klima était assis devant la porte du service où elle travaillait.

« Ruzena, dit-il en se levant, et il la regardait avec des yeux désespérés. Je t'en supplie. Je t'en supplie, sois raisonnable ! J'y vais avec toi ! »

Son angoisse était à nu, dépouillée de toute la démagogie sentimentale pour laquelle il avait fait tant d'efforts les jours précédents.

Ruzena lui dit : « Tu veux te débarrasser de moi. »

Il eut peur : « Je ne veux pas me débarrasser de toi, au contraire. Je fais tout cela pour que nous puissions être encore plus heureux ensemble.

— Ne mens pas, dit Ruzena.

— Ruzena, je t'en supplie ! Ce sera un malheur si tu n'y vas pas !

— Qui te dit que je n'irai pas ? Il nous reste encore trois

heures. Il n'est que six heures. Tu peux tranquillement rejoindre ta femme au lit ! »

Elle ferma la porte derrière elle, enfila sa blouse blanche et dit à la quadragénaire : « S'il te plaît, il faut que je m'absente à neuf heures. Pourrais-tu me remplacer pour une heure ?

— Alors, tu t'es quand même laissé convaincre, dit sa collègue d'un ton de reproche.

— Non. Je suis tombée amoureuse », dit Ruzena.

4

Jakub s'approcha de la fenêtre et l'ouvrit. Il pensait au comprimé bleu pâle et ne pouvait pas croire qu'il l'eût vraiment donné la veille à cette femme inconnue. Il regardait le bleu du ciel et il aspirait l'air frais de ce matin d'automne. Le monde qu'il voyait par la fenêtre était normal, tranquille, naturel. L'épisode de la veille avec l'infirmière lui semblait tout à coup absurde et invraisemblable.

Il prit l'écouteur et composa le numéro de l'établissement de bains. Il demanda à parler à l'infirmière Ruzena au département des femmes. Il attendit longtemps puis une voix de femme se fit entendre. Il répéta qu'il voulait parler à l'infirmière Ruzena. La voix répondit que l'infirmière Ruzena était en ce moment à la piscine et qu'elle ne pouvait pas venir. Il remercia et raccrocha.

Il éprouva un immense soulagement : l'infirmière était en vie. Les comprimés du tube étaient prescrits trois fois par jour, elle en avait sans doute pris un la veille au soir et un autre le matin, et elle avait donc avalé depuis longtemps le comprimé de Jakub. Soudain, tout lui paraissait absolument clair : le comprimé bleu pâle, qu'il portait dans une poche comme le gage de sa liberté, était une imposture. Son ami lui avait donné le comprimé de l'illusion.

Mon Dieu, comment cette idée ne lui était-elle jamais venue jusqu'alors ? Il évoqua une fois de plus le jour lointain où il avait demandé du poison à ses amis. Il sortait alors de prison et il comprenait maintenant, avec le recul de longues années, que tous ces gens-là ne voyaient sans doute dans sa requête qu'un geste théâtral destiné à attirer après coup l'attention sur les souffrances qu'il avait endurées. Mais Skreta, sans hésiter, lui avait promis ce qu'il lui demandait et, quelques jours plus tard, il lui avait apporté un comprimé bleu pâle et luisant. Pourquoi aurait-il hésité, et pourquoi aurait-il essayé de le dissuader ? Il s'y était pris bien plus habilement que ceux qui l'avaient éconduit. Il lui avait donné l'inoffensive illusion du calme et de la certitude et, en plus, il s'en était fait un ami pour toujours.

Oui, comment cette idée ne lui était-elle jamais venue ? Il avait trouvé un peu curieux, en ce temps-là, que Skreta lui donne du poison sous l'aspect d'un comprimé banal de fabrication industrielle. Tout en sachant que Skreta, en sa qualité de biochimiste, avait accès à des poisons, il ne comprenait pas comment il avait pu disposer d'appareils industriels à presser les comprimés. Mais il ne s'était pas posé de questions. Bien qu'il doutât de toute chose, il croyait à son comprimé comme on croit à l'Évangile.

Maintenant, en ces instants d'immense soulagement, il était évidemment reconnaissant à son ami de son imposture. Il était heureux que l'infirmière soit en vie et que toute cette mésaventure absurde ne soit qu'un cauchemar, qu'un mauvais rêve. Mais ici-bas rien ne dure longtemps et, derrière les ondes faiblissantes du soulagement, montait la voix grêle du regret :

Comme c'était grotesque ! Le comprimé qu'il gardait dans une poche donnait à chacun de ses pas une solennité théâtrale et lui permettait de faire de sa vie un mythe grandiose ! Il était persuadé de porter sur lui la mort dans un bout de papier de soie et ce n'était en réalité que le doux rire de Skreta.

Jakub savait que son ami avait eu, somme toute, raison, mais il ne pouvait s'empêcher de penser que le Skreta qu'il aimait tant était d'un seul coup devenu un médecin ordinaire, comme il y en a des milliers. De lui avoir donné le poison sans hésiter, comme une chose qui allait de soi, le distinguait radicalement des gens que Jakub connaissait. Il y avait dans sa conduite quelque chose d'invraisemblable. Il n'agissait pas comme les gens agissent avec les gens. Il ne s'était aucunement demandé si Jakub ne risquait pas d'abuser du poison dans une crise d'hystérie ou de dépression. Il le traitait comme un homme qui est totalement maître de soi et n'a pas de faiblesses humaines. Ils se comportaient l'un envers l'autre comme deux dieux qui seraient contraints de vivre parmi les humains — et c'était cela qui était beau. Inoubliable. Et soudain, c'était fini.

Jakub regardait le bleu du ciel et se disait : Il m'a apporté aujourd'hui le soulagement et la paix. Et en même temps il m'a dépouillé de lui-même ; il m'a dépossédé de mon Skreta.

5

Le consentement de Ruzena frappait Klima d'une douce hébétude, mais l'appât de la plus grande récompense n'aurait pu l'attirer hors de la salle d'attente. L'inexplicable disparition de Ruzena s'était, depuis la veille, gravée de façon menaçante dans sa mémoire. Il était résolu à attendre ici patiemment pour que personne ne la dissuade, ne l'emmène, ne l'enlève.

Des curistes commençaient à arriver, elles ouvraient la porte derrière laquelle Ruzena avait disparu, les unes restaient là-bas, les autres revenaient et s'asseyaient sur les chaises le long des murs et toutes examinaient Klima avec curiosité, car on n'avait pas l'habitude de voir des hommes dans la salle d'attente du département des femmes.

Ensuite, une grosse dame en blouse blanche apparut dans la porte et le regarda longuement ; puis elle s'approcha de lui et lui demanda s'il attendait Ruzena. Il rougit et il acquiesça.

« Ce n'est pas la peine d'attendre. Vous avez le temps d'ici neuf heures », dit-elle avec une irritante familiarité, et Klima eut l'impression que toutes les femmes présentes dans la pièce l'entendaient et savaient de quoi il retournait.

Il était environ neuf heures moins le quart quand Ruzena reparut, vêtue d'un costume de ville. Il lui emboîta le pas et ils sortirent en silence de l'établissement de bains. Ils étaient tous deux plongés dans leurs pensées et ils ne remarquèrent pas Frantisek qui les suivait, dissimulé par les buissons du jardin public.

6

Il ne reste plus à Jakub qu'à prendre congé d'Olga et de Skreta, mais avant il veut encore se promener seul un moment (pour la dernière fois) dans le jardin public et contempler avec nostalgie les arbres qui ressemblent à des flammes.

Au moment où il sortit dans le couloir, une jeune femme refermait la porte de la chambre d'en face, et sa haute silhouette captiva son regard. Quand elle se retourna, il fut abasourdi par sa beauté.

Il lui adressa la parole : « Êtes-vous une amie du docteur Skreta ? »

La femme sourit aimablement : « Comment le savez-vous ?

— Vous êtes sortie de la chambre que le docteur Skreta réserve à ses amis, dit Jakub, et il se présenta.

— Enchantée. Je suis Mme Klima. Le docteur loge ici mon mari. Je le cherche. Il doit être avec le docteur. Vous ne savez pas où je pourrais le trouver ? »

Jakub contemplait la jeune femme avec un plaisir insatiable et il lui vint à l'esprit (une fois de plus !) que c'était la dernière journée qu'il passait ici et que le moindre événement acquérait de ce fait une signification particulière et devenait un message symbolique.

Mais que devait lui signifier ce message ?

« Je peux vous accompagner chez le docteur Skreta, dit-il.

— Je vous serais très reconnaissante », répondit-elle.

Oui, que devait lui signifier ce message ?

D'abord, ce n'était qu'un message et rien de plus. Dans deux heures Jakub allait partir et de cette belle créature il ne lui resterait rien. Cette femme lui apparaissait comme un déni. S'il l'avait rencontrée, c'était seulement pour qu'il sût qu'elle ne pouvait pas être à lui. Il l'avait rencontrée en tant qu'image de tout ce que son départ lui faisait perdre.

« C'est extraordinaire, dit-il. Aujourd'hui, je vais sans doute parler au docteur Skreta pour la dernière fois de ma vie. »

Mais le message que cette femme lui apportait disait aussi quelque chose de plus. Il était venu, ce message, pour lui annoncer, au tout dernier moment, la beauté. Oui, la beauté, et Jakub comprit presque avec effroi qu'il ne connaissait rien de la beauté, qu'il était passé sans la voir et qu'il n'avait jamais vécu pour elle. La beauté de cette femme le fascinait. Il avait soudain le sentiment que dans tous ses calculs, depuis le début, il y avait toujours eu comme une erreur. Qu'il y avait un élément dont il avait oublié de tenir compte. Il lui semblait que s'il avait connu cette femme, sa décision aurait été différente.

« Comment se fait-il que vous alliez lui parler pour la dernière fois ?

— Je pars pour l'étranger. Et pour longtemps. »

Non qu'il n'ait eu de jolies femmes, mais leur charme était toujours pour lui quelque chose d'accessoire. Ce qui le poussait vers les femmes, c'était un désir de vengeance, c'était la tristesse et l'insatisfaction ou bien c'était la compassion et la pitié, l'univers féminin se confondait pour lui avec le drame amer auquel il participait dans ce pays où il était persécuteur et persécuté et où il vivait bien des combats et aucune idylle. Mais cette femme avait surgi devant lui séparée de tout cela, séparée de sa vie, elle était venue de l'extérieur, elle lui était apparue, apparue non seulement comme une belle femme mais comme la beauté même et elle lui annonçait qu'on pouvait vivre ici autrement et pour quelque chose d'autre. Elle lui annonçait que la beauté est plus que la justice, que la beauté est plus que la vérité, qu'elle est plus réelle, plus indiscutable et aussi plus accessible, que la beauté est au-dessus de toute chose et qu'elle était, en cet instant, définitivement perdue pour lui. Cette belle femme était venue se montrer à lui pour qu'il n'aille pas croire qu'il avait tout connu et qu'il avait vécu sa vie ici en épuisant toutes les possibilités.

« Je vous envie », dit-elle.

Ils marchaient ensemble à travers le jardin public, le ciel était bleu, les buissons du parc étaient jaunes et rouges et Jakub se répéta que le feuillage était l'image du feu où brûlaient toutes les aventures, tous les souvenirs, toutes les occasions de son passé.

« Il n'y a pas de quoi m'envier. J'ai l'impression, en ce moment, que je ne devrais pas m'en aller.

— Pourquoi ? Vous commencez à vous plaire ici, au dernier moment ?

— C'est vous qui me plaisez. Vous me plaisez terriblement. Vous êtes infiniment belle. »

Il dit cela sans savoir comment, puis il pensa qu'il avait le droit de tout lui dire parce qu'il allait partir dans quelques heures et que ses paroles n'avaient de conséquence ni pour lui ni pour elle. Cette liberté soudainement découverte l'enivrait.

« J'ai vécu en aveugle. En aveugle. Aujourd'hui pour la

première fois, j'ai compris que la beauté existe. Et que je suis passé à côté. »

Elle se confondait pour lui avec la musique et les tableaux, avec ce royaume où il n'avait jamais posé le pied, elle se confondait avec les arbres multicolores autour de lui, et subitement il ne voyait plus en eux des messages ou des significations (l'image d'un incendie ou d'une incinération) mais rien d'autre que l'extase de la beauté mystérieusement réveillée au contact des pas de cette femme, au contact de sa voix.

« Je voudrais tout faire pour vous attacher à moi. Je voudrais tout abandonner et vivre différemment toute ma vie, rien que pour vous et à cause de vous. Mais je ne le peux pas, parce qu'en ce moment je ne suis plus vraiment ici. Je devais partir hier et aujourd'hui je ne suis plus ici que mon ombre attardée. »

Ah oui ! Il venait de comprendre pourquoi il lui avait été donné de la rencontrer. Cette rencontre avait eu lieu en dehors de sa vie, quelque part sur la face cachée de son destin, au revers de sa biographie. Mais il lui parlait d'autant plus librement, jusqu'au moment où il sentit soudain qu'il serait de toute façon incapable de lui dire tout ce qu'il voulait.

Il lui toucha le bras : « C'est ici que le docteur Skreta a son cabinet. Au premier. »

Mme Klima le regardait longuement et Jakub plongeait les yeux dans son regard humide et tendre comme les lointains. Il lui toucha encore une fois le bras, fit demi-tour et s'éloigna.

Un peu plus tard, il se retourna et il vit qu'elle était toujours au même endroit et le suivait des yeux. Il se retourna plusieurs fois ; elle le regardait toujours.

7

Une vingtaine de femmes inquiètes étaient assises dans la salle d'attente ; Ruzena et Klima n'avaient pas trouvé de sièges. En face d'eux, sur le mur, étaient accrochées de grandes affiches dont les images et les slogans devaient dissuader les femmes d'avorter.

Maman, pourquoi ne veux-tu pas de moi ? pouvait-on lire en gros caractères sur une affiche qui montrait un enfant souriant sur une courtepointe ; au-dessous de l'enfant était imprimé en lettres grasses un poème où l'embryon implorait sa maman de ne pas se faire faire un curetage et lui promettait en récompense des milliers de joies : *Dans les bras de qui veux-tu mourir, maman, si tu ne me laisses pas vivre ?*

Sur d'autres affiches, il y avait de grandes photographies de mères souriantes qui tenaient la barre de voitures d'enfant et des photographies de petits garçons en train de faire pipi. (Klima pensa qu'un petit garçon qui fait pipi est un argument irréfutable en faveur de la naissance d'un enfant. Il se souvint qu'il avait vu un jour, aux actualités, un gamin en train de faire pipi et que toute la salle avait frémi de bienheureux soupirs féminins.)

Après avoir attendu une minute, Klima frappa à la porte ; une infirmière sortit et Klima prononça le nom du docteur Skreta. Celui-ci arriva au bout d'un instant, tendit un formulaire à Klima et l'invita à le remplir puis à attendre patiemment.

Klima appuya le formulaire contre le mur et commença à remplir les différentes rubriques : nom, date de naissance, lieu de naissance. Ruzena lui soufflait les réponses. Puis, quand il arriva à la rubrique où était inscrit : *nom du père*, il hésita. Il trouvait affreux de voir écrit noir sur blanc ce titre infamant et d'y accoler son nom.

Ruzena regardait la main de Klima et elle remarqua qu'il tremblait. Ça lui fit plaisir : « Eh bien, écris ! dit-elle.

— Quel nom faut-il inscrire ? » chuchota Klima.

Elle le trouvait veule et lâche et le méprisait. Il avait peur de tout, il avait peur des responsabilités et peur de sa propre signature sur un formulaire officiel.

« Dis donc ! Il me semble qu'on le sait, qui est le père ! dit-elle.

— Je croyais que ça n'avait pas d'importance », dit Klima.

Elle ne tenait plus à lui, mais dans son for intérieur elle était persuadée que ce type veule était coupable envers elle ; elle se réjouissait de le punir : « Si tu veux mentir, je doute qu'on s'entende. » Quand il eut inscrit son nom dans la case, elle ajouta avec un soupir : « De toute façon, je ne sais pas encore ce que je vais faire...

— Comment ? »

Elle regardait son visage épouvanté : « Jusqu'au curetage, je peux changer d'avis. »

8

Elle était assise dans un fauteuil, elle avait les jambes étendues sur la table et elle parcourait le roman policier qu'elle avait acheté pour les mornes journées de la ville d'eaux. Mais elle lisait sans se concentrer, parce que les situations et les propos de la soirée de la veille lui revenaient sans cesse à l'esprit. Tout ce qui s'était passé ce soir-là lui plaisait et, surtout, elle était contente d'elle. Elle était enfin telle qu'elle avait toujours souhaité être : non plus la victime des intentions masculines, mais elle-même l'auteur de son aventure. Elle avait définitivement rejeté le rôle de pupille innocente que Jakub lui faisait jouer et, au contraire, elle l'avait elle-même remodelé selon son désir.

Elle se trouvait élégante, indépendante et audacieuse. Elle regardait ses jambes, qu'elle avait posées sur la table, gainées dans un jean blanc collant, et quand on frappa à la porte, elle cria gaiement : « Viens, je t'attends ! »

Jakub entra, il avait l'air affligé.

« Salut ! » dit-elle et elle garda encore un moment les jambes sur la table. Elle trouva à Jakub un air perplexe, et elle s'en réjouit. Puis elle s'approcha de lui et l'embrassa légèrement sur la joue : « Tu restes un peu ?

— Non, dit Jakub d'une voix triste. Cette fois, je viens te dire adieu pour de bon. Je pars dans un instant. J'ai pensé que je pourrais t'accompagner une dernière fois jusqu'aux bains.

— Entendu, dit gaiement Olga. Allons nous promener. »

9

Jakub était plein à ras bord de l'image de la belle Mme Klima et il lui fallut surmonter une sorte d'aversion pour venir dire adieu à Olga qui ne lui avait laissé dans l'âme, depuis la veille, que gêne et souillure. Mais à aucun prix il ne le lui aurait laissé voir. Il s'était enjoint de se conduire avec un tact exceptionnel pour qu'elle ne pût soupçonner à quel point leurs ébats lui avaient apporté peu de plaisir et peu de joie, et pour qu'elle garde de lui le meilleur souvenir. Il prenait l'air grave, prononçait avec un accent mélancolique des phrases insignifiantes, lui frôlait vaguement la main, lui caressait de temps à autre les cheveux et, quand elle le regardait dans les yeux, il s'efforçait de paraître triste.

En chemin, elle lui proposa d'aller boire encore un verre de vin, mais Jakub voulait abréger le plus possible leur dernière rencontre qui était laborieuse pour lui. « Ça fait trop mal, les adieux. Je ne veux pas les prolonger », dit-il.

Devant l'entrée de l'établissement de bains, il lui prit les deux mains et la regarda longuement dans les yeux.

Olga dit : « Jakub, tu es extrêmement gentil d'être venu. Hier, j'ai passé une soirée délicieuse. Je suis contente que tu aies enfin renoncé à jouer les papas et que tu sois devenu Jakub. C'était formidable, hier. N'est-ce pas que c'était formidable ? »

Jakub comprit qu'il ne comprenait rien. Cette fille délicate n'aurait-elle vu dans leur soirée amoureuse de la veille qu'un simple divertissement ? Aurait-elle été poussée vers lui par une sensualité exempte de tout sentiment ? Le souvenir plaisant d'une seule nuit d'amour pesait-il plus lourd pour elle que la tristesse d'une séparation définitive ?

Il lui donna un baiser. Elle lui souhaita bon voyage et disparut dans la grande porte d'entrée.

10

Il allait et venait depuis près de deux heures devant l'immeuble de la polyclinique et commençait à perdre patience. Il se rappelait à l'ordre, se répétant qu'il ne devait pas faire d'esclandre, mais il sentait qu'il n'aurait bientôt plus la force de se maîtriser.

Il entra dans le bâtiment. La station thermale n'était pas grande et tout le monde le connaissait. Il demanda au concierge s'il avait vu entrer Ruzena. Le concierge acquiesça et dit qu'il l'avait vue prendre l'ascenseur. Comme l'ascenseur ne s'arrêtait qu'au troisième et qu'on prenait l'escalier pour aller aux étages inférieurs, Frantisek pouvait limiter ses soupçons aux deux couloirs de l'étage supérieur du bâtiment. D'un côté il y avait des bureaux, dans l'autre couloir le service de gynécologie. Il prit d'abord le premier couloir (il était désert) puis s'engagea dans le second avec la sensation désagréable que l'entrée en était interdite aux hommes. Il aperçut une infirmière qu'il connaissait de vue. Il l'interrogea au sujet de Ruzena. Elle montra une porte au bout du couloir. La porte était ouverte, quelques femmes et quelques hommes attendaient debout sur le seuil. Frantisek entra dans la salle d'attente, il vit d'autres femmes assises, mais ni Ruzena ni le trompettiste n'y étaient.

« Vous n'avez pas vu une jeune femme, une blonde ? »

Une dame montra la porte du bureau : « Ils sont entrés. »

Frantisek leva les yeux sur les affiches : *Maman, pourquoi ne veux-tu pas de moi ?* Et sur d'autres il pouvait voir la photographie de petits garçons urinant et de nouveau-nés. Il commençait à comprendre de quoi il retournait.

11

Dans la pièce, il y avait une longue table. Klima avait pris place à côté de Ruzena et, en face d'eux, trônait le docteur Skreta flanqué de deux dames opulentes.

Le docteur Skreta leva les yeux sur les requérants et hocha la tête avec dégoût : « Ça me fait mal, rien que de vous regarder. Savez-vous toute la peine que nous nous donnons, ici, pour rendre la fécondité à des infortunées qui ne peuvent pas avoir d'enfants ? Et voilà que des jeunes gens comme vous, qui sont bien portants, bien bâtis, veulent se débarrasser de leur plein gré du plus précieux présent que la vie peut nous offrir. Je vous avertis catégoriquement que cette commission n'est pas ici pour encourager les avortements, mais pour les réglementer. »

Les deux femmes émirent un grognement approbateur et le docteur Skreta continua sa leçon de morale à l'intention des deux requérants. Le cœur de Klima battait très fort. S'il devinait que les paroles du docteur ne s'adressaient pas à lui, mais à ses deux assesseurs qui haïssaient de toute la vigueur de leur ventre maternel les jeunes femmes qui refusaient d'enfanter, il redoutait pourtant que Ruzena ne se laisse ébranler par ce discours. Ne lui avait-elle pas dit un instant plus tôt qu'elle ne savait pas encore ce qu'elle ferait ?

« Pour quoi voulez-vous vivre ? reprit le docteur Skreta.

La vie sans enfants est comme un arbre sans feuillage. Si j'étais au pouvoir, ici, j'interdirais les avortements. N'êtes-vous pas angoissés à l'idée que la population diminue chaque année ? Et cela, chez nous, où la mère et l'enfant sont mieux protégés que partout au monde ! Ici, où personne n'a à craindre pour son avenir ? »

Les deux femmes émirent de nouveau un grognement approbateur et le docteur Skreta poursuivit : « Le camarade est marié et craint d'assumer toutes les conséquences d'un rapport sexuel irresponsable. Seulement, il fallait y songer avant, camarade ! »

Le docteur Skreta marqua une pause puis, s'adressant de nouveau à Klima : « Vous n'avez pas d'enfants. Vous ne pouvez vraiment pas divorcer au nom de l'avenir de ce fœtus ?

— C'est impossible, dit Klima.

— Je sais, soupira le docteur Skreta. J'ai reçu l'avis du psychiatre qui me signale que Mme Klima souffre de tendances suicidaires. La naissance de l'enfant mettrait sa vie en danger, détruirait un foyer, et l'infirmière Ruzena serait une mère célibataire. Que pouvons-nous faire ? » dit-il avec un nouveau soupir, et il poussa le formulaire devant les deux femmes qui soupirèrent à leur tour et tracèrent leur signature dans la case voulue.

« Vous viendrez ici lundi prochain à huit heures du matin pour subir l'intervention », dit le docteur Skreta à Ruzena et il lui fit signe qu'elle pouvait se retirer.

« Mais vous, restez ici ! » dit à Klima l'une des grosses dames. Ruzena sortit et la femme reprit : « Une interruption de grossesse n'est pas une intervention aussi anodine que vous le croyez. Elle s'accompagne d'une grosse hémorragie. Par votre irresponsabilité, vous faites perdre son sang à la camarade et il n'est que juste que vous donniez le vôtre. » Elle poussa un formulaire devant Klima et lui dit : « Signez ici. »

Klima, plein de confusion, signa docilement.

« C'est un bulletin d'adhésion à l'association bénévole pour le don du sang. Passez à côté, l'infirmière va tout de suite vous prendre votre sang. »

12

Ruzena traversa la salle d'attente les yeux baissés et ne vit Frantisek qu'au moment où il lui adressa la parole dans le couloir.

« D'où viens-tu ? »

Elle eut peur de son expression furieuse et pressa le pas.

« Je te demande d'où tu viens.

— Ça ne te regarde pas.

— Je le sais, d'où tu viens.

— Alors, ne me le demande pas. »

Ils descendaient l'escalier et Ruzena dégringolait les marches pour échapper à Frantisek et à la conversation.

« C'était la commission des avortements », dit Frantisek.

Ruzena se taisait. Ils sortirent de l'immeuble.

« C'était la commission des avortements. Je le sais. Et tu veux te faire avorter.

— Je ferai ce que je voudrai.

— Tu ne feras pas ce que tu voudras. Ça me regarde aussi. »

Ruzena pressait le pas, elle courait presque. Frantisek courait derrière elle. Quand ils arrivèrent à la porte des bains, elle dit : « Je te défends de me suivre. Je travaille, maintenant. Tu n'as pas le droit de me déranger dans mon travail. »

Frantisek était très excité : « Je t'interdis de me donner des ordres !

— Tu n'as pas le droit !

— C'est toi qui n'avais pas le droit ! »

Ruzena s'engouffra dans l'immeuble, suivie de Frantisek.

13

Jakub se réjouissait que tout fût fini et de ne plus avoir qu'une chose à faire : dire adieu à Skreta. Depuis les bains, il prit lentement par le jardin public jusqu'au foyer Karl-Marx.

De loin, venaient à sa rencontre dans la grande allée du jardin public une institutrice et, derrière elle, une vingtaine de gamins de l'école maternelle. L'institutrice avait dans la main une longue corde rouge à laquelle se tenaient tous les enfants qui la suivaient à la queue leu leu. Les enfants marchaient doucement et l'institutrice leur montrait les arbustes et les arbres en les désignant par leur nom. Jakub s'arrêta parce qu'il n'avait jamais rien su de la botanique et qu'il oubliait toujours qu'un érable s'appelle un érable et un charme un charme.

L'institutrice montrait un arbre touffu aux feuilles jaunies : « C'est un tilleul. »

Jakub regardait les enfants. Ils portaient tous un petit manteau bleu et un béret rouge. On aurait dit des petits frères. Il les regardait en face et trouva qu'ils se ressemblaient, pas à cause des vêtements, plutôt à cause de leur physionomie. Il nota chez sept d'entre eux un nez nettement proéminent et une grande bouche. Ils ressemblaient au docteur Skreta.

Il se rappela le gamin au grand nez de l'auberge forestière. Le rêve eugénique du docteur serait-il autre chose qu'une fantaisie ? Se pouvait-il vraiment que viennent au monde dans ce pays des enfants ayant pour père le grand Skreta ?

Jakub trouvait cette idée risible. Tous ces gosses se ressemblaient parce que tous les enfants du monde se ressemblent.

Quand même, il ne put s'empêcher de penser : et si Skreta réalisait vraiment son singulier projet ? Pourquoi est-ce que des projets bizarres ne pourraient pas se réaliser ?

« Et ça, qu'est-ce que c'est, mes enfants ?

— C'est un bouleau ! » répondit un petit Skreta ; oui, c'était tout le portrait de Skreta ; non seulement il avait un grand nez, mais il portait aussi de petites lunettes et il avait la prononciation nasillarde qui rendait d'un comique si touchant le parler du docteur Skreta.

« Très bien, Oldrich ! » dit l'institutrice.

Jakub pensa : dans dix, dans vingt ans, il y aura dans ce pays des milliers de Skreta. Et de nouveau, il eut le sentiment étrange d'avoir vécu dans son pays sans savoir ce qui s'y passait. Il avait vécu, pour ainsi dire, au cœur de l'action. Il avait vécu le moindre événement de l'actualité. Il s'était mêlé à la politique, il avait failli y perdre la vie, et même quand il avait été mis à l'écart la politique était restée sa principale préoccupation. Il croyait toujours écouter le cœur qui battait dans la poitrine du pays. Mais qui sait ce qu'il entendait vraiment ? Était-ce un cœur ? N'était-ce pas qu'un vieux réveil ? Un vieux réveil au rebut, qui mesurait un temps factice ? Tous ses combats politiques étaient-ils autre chose que des feux follets qui le détournaient de ce qui comptait ?

L'institutrice conduisait les enfants dans la grande allée du jardin public, et Jakub sentait qu'il était toujours plein de l'image de la belle femme. Le souvenir de cette beauté lui ramenait sans cesse à l'esprit une question : Et s'il avait vécu dans un monde entièrement différent de ce qu'il imaginait ? Et s'il voyait toute chose à l'envers ? Et si la beauté signifiait plus que la vérité, et si c'était vraiment un ange, l'autre jour, qui avait apporté à Bertlef le dahlia ?

Il entendit l'institutrice qui demandait : « Et ça, qu'est-ce que c'est ? »

Le petit Skreta à lunettes répondit : « C'est un érable. »

14

Ruzena montait l'escalier quatre à quatre et s'efforçait de ne pas se retourner. Elle claqua la porte de la salle de service et gagna rapidement le vestiaire. Elle enfila directement sur la peau sa blouse blanche d'infirmière et poussa un soupir de soulagement. La scène avec Frantisek la troublait, mais en même temps l'apaisait étrangement. Elle sentait qu'ils lui étaient maintenant tous les deux, Frantisek et Klima, étrangers et lointains.

Elle sortit de la cabine et entra dans la salle où des femmes étaient étendues sur des lits après leur bain.

La quadragénaire était assise à la petite table près de la porte. « Alors, tu as l'autorisation ? demanda-t-elle froidement.

— Oui. Je te remercie », dit Ruzena et elle tendit elle-même une clé et un grand drap à une nouvelle patiente.

Dès que la quadragénaire fut sortie, la porte s'entrouvrit et la tête de Frantisek apparut.

« Ce n'est pas vrai que ça ne regarde que toi. Ça nous regarde tous les deux. Moi aussi, j'ai mon mot à dire !

— Je t'en prie, fiche le camp ! répliqua-t-elle. C'est le département des femmes, les hommes n'ont rien à faire ici ! File immédiatement, sinon je te fais emmener ! »

Frantisek avait le visage cramoisi, et les paroles menaçantes de Ruzena le rendirent furieux, à tel point qu'il s'avança dans la pièce et claqua la porte derrière lui. « Ça m'est complètement égal que tu me fasses emmener ! Complètement égal ! criait-il.

— Je te dis de filer immédiatement ! dit Ruzena.

— Je vous ai percés à jour, tous les deux ! C'est ce type ! Ce trompettiste ! Tout ça, c'est des mensonges et du piston ! Il a tout arrangé pour toi avec le docteur parce qu'il a donné un concert avec lui hier ! Mais moi, j'y vois clair et j'empêcherai qu'on tue mon enfant ! Je suis le père et j'ai mon mot à dire ! Je t'interdis de tuer mon enfant ! »

Frantisek hurlait et les femmes qui étaient allongées sur les lits, enveloppées dans des couvertures, levaient la tête avec curiosité.

Cette fois, Ruzena était à son tour complètement bouleversée parce que Frantisek hurlait et qu'elle ne savait que faire pour apaiser la querelle.

« Ce n'est pas ton enfant, dit-elle. C'est toi qui inventes ça. L'enfant n'est pas de toi.

— Quoi ? » hurla Frantisek et il s'avança à l'intérieur de la salle pour faire le tour de la table et s'approcher de Ruzena : « Comment ! Ce n'est pas mon enfant ! Je suis bien placé pour le savoir ! Je le sais, moi ! »

À ce moment, une dame nue et mouillée, qui sortait de la piscine, s'avança vers Ruzena pour qu'elle l'enveloppe dans un drap et la conduise à un lit. Elle sursauta en apercevant à quelques mètres d'elle Frantisek qui la dévisageait avec des yeux qui ne voyaient pas.

Pour Ruzena, c'était un instant de répit ; elle s'approcha de la femme, la couvrit d'un drap et la conduisit à un lit.

« Qu'est-ce que fait ce type ici ? demanda la dame en se retournant vers Frantisek.

— C'est un fou ! Ce type a perdu la tête et je ne sais pas comment le faire sortir d'ici. Je ne sais plus que faire avec ce type ! » dit Ruzena tout en enveloppant la dame dans une couverture chaude.

Une dame couchée cria à Frantisek : « Dites donc, monsieur ! Vous n'avez rien à faire ici ! Allez-vous-en !

— Je vous crois que j'ai à faire ici ! » répliqua Frantisek, têtu, sans bouger d'un pouce. Quand Ruzena revint près de lui, il n'était plus cramoisi, mais blême ; il ne criait plus mais parlait à voix basse et d'un ton résolu : « Je vais te dire une chose. Si tu te débarrasses de l'enfant, je ne serai plus là moi non plus. Si tu tues cet enfant, eh bien, tu auras deux morts sur la conscience. »

Ruzena poussa un profond soupir et regarda sa table. Là, était posé son sac, avec le tube de comprimés bleu pâle. Elle en prit un dans le creux de sa main et l'avala.

Et Frantisek disait d'une voix qui ne criait plus mais qui implorait : « Je t'en supplie, Ruzena. Je t'en supplie. Je ne peux pas vivre sans toi. Je me suiciderai. »

À ce moment, Ruzena éprouva une violente douleur dans les entrailles et Frantisek vit son visage devenir méconnaissable, convulsé par la douleur, ses yeux s'ouvrir tout grands, mais sans un regard, son corps se tordre, se courber en deux, ses mains presser son ventre. Puis il la vit s'écrouler sur le sol.

15

Olga pataugeait dans la piscine et tout à coup elle entendit… Qu'entendit-elle au juste ? Elle ne savait pas ce qu'elle entendait. La salle était pleine de confusion. Les femmes à côté d'elle sortaient de la piscine et regardaient vers la pièce voisine qui semblait aspirer toute chose à proximité. Olga aussi se trouva prise dans le flux de cette irrésistible aspiration et sans penser à rien, pleine d'une anxieuse curiosité, elle suivait les autres.

Dans la pièce voisine, elle voyait une grappe de femmes près de la porte. Elle les voyait de dos : elles étaient nues et mouillées et, la croupe saillante, se penchaient vers le sol. Planté en face d'elles, était un jeune homme.

D'autres femmes nues rejoignaient le groupe en se bousculant et Olga se fraya à son tour un chemin dans la cohue et constata que l'infirmière Ruzena gisait sur le sol et ne bougeait pas. Le jeune homme se mit à genoux et commença à hurler : « C'est moi qui l'ai tuée ! C'est moi qui l'ai tuée ! Je suis un assassin ! »

Les femmes étaient dégoulinantes d'eau. L'une d'elles se pencha sur le corps gisant de Ruzena pour lui prendre le pouls. Mais c'était un geste inutile, parce que la mort était là et ne faisait de doute pour personne. Les corps nus et mouillés des femmes se bousculaient impatiemment pour voir de près la mort, pour la voir sur un visage familier.

Frantisek était toujours agenouillé. Il serrait Ruzena dans ses bras et baisait son visage.

Les femmes étaient campées autour de lui et Frantisek levait les yeux vers elles et répétait : « C'est moi qui l'ai tuée ! C'est moi ! Faites-moi arrêter !

— Il faut faire quelque chose ! » dit une femme, et une autre sortit dans le couloir en courant et se mit à appeler. Au bout d'un instant, les deux collègues de Ruzena accoururent suivies d'un médecin en blouse blanche.

Alors seulement Olga s'aperçut qu'elle était nue, qu'elle se bousculait parmi d'autres femmes nues devant un jeune homme et un médecin qu'elle ne connaissait pas et cette situation lui parut soudain ridicule. Mais elle savait que ça ne l'empêcherait pas de rester ici dans la cohue et de regarder la mort qui la fascinait.

Le médecin tenait le poignet de Ruzena, gisante, cherchant vainement à sentir le pouls, et Frantisek ne cessait de répéter : « C'est moi qui l'ai tuée ! Appelez la police, faites-moi arrêter ! »

16

Jakub trouva son ami à son cabinet au foyer Karl-Marx, au moment où il rentrait de la polyclinique. Il le félicita de sa performance de la veille à la batterie et s'excusa de ne pas l'avoir attendu après le concert.

« Ça m'a beaucoup contrarié, dit le docteur. C'est le dernier jour que tu passes ici et Dieu sait où tu vas traîner le soir. Nous avions tant de choses à discuter. Et ce qu'il y a de pire, c'est que tu étais certainement avec cette petite maigrelette. Je constate que la reconnaissance est un vilain sentiment.

— Quelle reconnaissance ? De quoi lui serais-je reconnaissant ?

— Tu m'as écrit que son père avait fait beaucoup pour toi. »

Ce jour-là, le docteur Skreta n'avait pas de consultations et la table gynécologique était vide au fond de la pièce. Les deux amis s'assirent face à face dans des fauteuils.

« Mais non, dit Jakub. Je voulais seulement que tu t'occupes d'elle et ça m'a paru plus simple de te dire que j'avais une dette de reconnaissance envers son père. Mais en fait, ce n'est pas ça du tout. Maintenant que je mets un point final à tout, je peux te le dire. Quand j'ai été arrêté, c'est avec l'accord total de son père. C'est son père qui m'a envoyé à la mort. Six mois plus tard il s'est retrouvé sous la potence, tandis que moi, j'ai eu de la chance et j'en suis sorti.

— Autrement dit, c'est la fille d'un salaud », dit le docteur.

Jakub haussa les épaules : « Il a cru que j'étais un ennemi de la révolution. Tout le monde le lui répétait et il s'est laissé convaincre.

— Et pourquoi m'as-tu dit que c'était ton ami ?

— Nous étions amis. Et il n'en était que plus important pour lui de voter pour mon arrestation. Il démontrait par là qu'il plaçait l'idéal au-dessus de l'amitié. Quand il m'a dénoncé comme traître de la révolution, il a eu le sentiment de faire taire son intérêt personnel au nom de quelque chose de plus sublime et il a vécu cela comme la grande action de sa vie.

— Et est-ce une raison pour que tu aimes cette fille laide ?

— Elle n'a rien à voir avec ça. Elle est innocente.

— Des innocentes comme elle, il y en a des milliers. Si tu l'as choisie parmi toutes, c'est sans doute parce qu'elle est la fille de son père. »

Jakub haussa les épaules et le docteur Skreta poursuivit : « Tu es aussi perverti que lui. Je crois que toi aussi tu considères ton amitié pour cette fille comme la plus grande action de ta vie. Tu as étouffé en toi la haine naturelle, ton aversion naturelle pour te prouver que tu es généreux. C'est beau, mais en même temps c'est contre nature et tout à fait inutile.

— Ce n'est pas vrai, protesta Jakub. Je n'ai rien voulu étouffer en moi et je n'ai pas cherché à me montrer généreux. J'ai simplement eu pitié d'elle. Dès que je l'ai vue, la première fois. C'était encore une enfant quand on l'a chassée de sa maison, elle habitait avec sa mère quelque part dans un village de montagne, les gens avaient peur de leur parler. Pendant longtemps elle n'a pu obtenir l'autorisation de faire des études, bien que ce soit une fille douée. C'est ignoble de persécuter les enfants à cause de leurs parents. Tu aurais voulu que je la déteste, moi aussi, à cause de son père ? J'ai eu pitié d'elle. J'ai eu pitié d'elle parce que son père avait été exécuté, et j'ai eu pitié d'elle parce que son père avait envoyé un ami à la mort. »

À ce moment le téléphone sonna. Skreta décrocha et écouta un instant. Il se rembrunit et dit : « J'ai du travail ici en ce moment. Faut-il vraiment que je vienne ? » Puis il y eut un instant de silence et Skreta dit : « Bon. Très bien. J'arrive. » Il raccrocha et jura.

« Si on t'appelle ne t'en fais pas pour moi, il faut de toute façon que je parte, dit Jakub en se levant de son fauteuil.

— Non, tu ne vas pas partir ! Nous n'avons discuté de rien du tout. Et nous devions discuter de quelque chose aujourd'hui, n'est-ce pas ? On m'a coupé le fil de mes idées. Et il s'agissait d'une chose importante. J'y pense depuis ce matin. Tu ne te souviens pas de quoi il s'agissait ?

— Non, dit Jakub.

— Bon Dieu, et moi il faut que je coure à l'établissement de bains…

— Ça vaut mieux de se quitter comme ça. Au milieu d'une conversation », dit Jakub et il serra la main de son ami.

17

Le corps sans vie de Ruzena reposait dans une petite pièce habituellement destinée aux médecins du service de nuit. Plusieurs personnes s'y affairaient, l'inspecteur de la brigade criminelle était déjà là, il venait d'interroger Frantisek et inscrivait sa déclaration. Frantisek exprima une fois de plus le désir d'être arrêté.

« Est-ce vous qui lui avez donné ce comprimé, oui ou non ? dit l'inspecteur.

— Non !

— Alors, ne dites pas que vous l'avez tuée.

— Elle m'a toujours dit qu'elle se suiciderait, dit Frantisek.

— Pourquoi vous disait-elle qu'elle se suiciderait ?

— Elle disait qu'elle se suiciderait si je continuais à lui gâcher la vie. Elle disait qu'elle ne voulait pas d'enfant. Qu'elle préférerait se suicider plutôt que d'avoir un enfant ! »

Le docteur Skreta entra dans la pièce. Il salua amicalement l'inspecteur et s'approcha de la défunte ; il lui souleva la paupière pour voir la teinte des conjonctives.

« Docteur, vous étiez le supérieur hiérarchique de cette infirmière, dit l'inspecteur.

— Oui.

— Pensez-vous qu'elle ait pu utiliser un poison habituellement accessible dans votre service ? »

Skreta se tourna de nouveau vers le corps de Ruzena et se fit expliquer les détails de sa mort. Puis il dit : « Ça ne m'a l'air ni d'un médicament ni d'une substance qu'elle aurait pu se procurer dans nos cabinets de consultation. C'était sans doute un alcaloïde. Lequel, l'autopsie le dira.

— Mais comment a-t-elle pu se le procurer ?

— C'est difficile à dire.

— Pour l'instant, tout cela est bien énigmatique, dit l'inspecteur. Le motif aussi. Ce jeune homme vient de me confier qu'elle attendait un enfant de lui et qu'elle voulait se faire avorter.

— C'est ce type qui l'y a contraint, cria Frantisek.

— Qui ? demanda l'inspecteur.

— Le trompettiste. Il voulait me la prendre et l'obliger à avorter de mon enfant ! Je les ai suivis ! Il était avec elle à la commission.

— Je peux le confirmer, dit le docteur Skreta. Il est exact que nous avons examiné ce matin une demande d'avortement de cette infirmière.

— Ce trompettiste était-il avec elle ? demanda l'inspecteur.

— Oui, dit Skreta. Ruzena l'a déclaré comme père de son enfant.

— C'est un mensonge ! L'enfant est de moi ! cria Frantisek.

— Personne n'en doute, dit le docteur Skreta, mais il fallait que Ruzena déclare comme père un homme marié pour que la commission autorise l'interruption de grossesse.

— Alors vous saviez que c'est un mensonge ! cria Frantisek au docteur Skreta.

— D'après la loi, nous devons ajouter foi aux déclarations de la femme. Étant donné que Ruzena nous a dit qu'elle était enceinte de M. Klima et que celui-ci a confirmé ses déclarations, aucun d'entre nous n'avait le droit de prétendre le contraire.

— Mais vous n'avez pas cru que M. Klima était le père ? demanda l'inspecteur.

— Non.

— Et sur quoi se fonde votre opinion ?

— M. Klima est venu dans cette ville d'eaux deux fois en tout et pour tout, et pour très peu de temps. Il est peu probable qu'un rapport sexuel ait pu avoir lieu entre lui et notre infirmière. Cette station thermale est une trop petite ville pour que la chose ne m'ait pas été rapportée. La paternité de M. Klima était, selon toute probabilité, une astuce à laquelle Ruzena l'a convaincu de recourir pour que la commission autorise l'avortement. En effet, ce monsieur n'aurait certainement pas consenti à un avortement. »

Mais Frantisek n'entendait plus ce que disait Skreta. Il restait planté là et ne voyait rien. Il n'entendait que les paroles de Ruzena : « Tu vas me conduire au suicide, tu vas certainement me conduire au suicide », et il savait qu'il était la cause de sa mort et pourtant il ne comprenait pas pourquoi et tout lui paraissait inexplicable. Il était là comme un sauvage confronté à un miracle, il était là comme devant l'irréel, subitement sourd et aveugle parce que sa raison ne parvenait pas à concevoir l'incompréhensible qui s'était abattu sur lui.

(Mon pauvre Frantisek, tu erreras toute ta vie et tu ne comprendras rien sauf que ton amour a tué la femme que tu aimais, tu porteras cette certitude comme une marque secrète d'horreur, tu erreras comme un lépreux qui apporte d'inexplicables désastres à ceux qu'il aime, tu erreras toute ta vie comme un facteur du malheur.)

Il était pâle, il se tenait immobile comme une statue de sel et il ne vit même pas qu'un autre homme, bouleversé, venait d'entrer dans la pièce ; le nouveau venu s'approcha de la morte, la regarda longuement et lui caressa les cheveux.

Le docteur Skreta chuchota : « Un suicide. Du poison. »

Le nouveau venu hocha violemment la tête : « Un suicide ? Je peux vous jurer sur ma tête que cette femme n'a pas mis fin à ses jours. Et si elle a avalé du poison, ce ne peut être qu'un assassinat. »

L'inspecteur regardait le nouveau venu avec surprise. C'était Bertlef, et ses yeux brûlaient d'une flamme coléreuse.

18

Jakub tourna la clé de contact et la voiture démarra. Il passa les dernières villas de la station et se trouva dans un vaste paysage. Il se dirigea vers la frontière et il ne voulait pas se presser. L'idée qu'il roulait par ici pour la dernière fois rendait ce paysage cher à son cœur et insolite. Il avait à tout moment l'impression qu'il ne le connaissait pas, qu'il était différent de ce qu'il imaginait et qu'il était dommage de ne pouvoir y demeurer plus longtemps.

Mais il se dit aussitôt que tout ajournement de son départ, que ce soit d'un jour ou de plusieurs années, ne pourrait de toute façon rien changer à ce qui le faisait maintenant souffrir ; il ne connaîtrait pas ce paysage plus intimement qu'il le connaissait aujourd'hui. Il devait accepter l'idée qu'il allait le quitter sans le connaître, sans en avoir épuisé les charmes, qu'il allait le quitter à la fois comme un débiteur et comme un créancier.

Ensuite, il se reprit à penser à la jeune fille à laquelle il avait donné le poison fictif, en le glissant dans un tube de médicaments, et il se dit que sa carrière d'assassin avait été la plus brève de toutes ses carrières. J'ai été un assassin pendant environ dix-huit heures, se dit-il, et il sourit.

Mais aussitôt, il se fit une objection : Ce n'était pas vrai, il n'avait pas été un assassin pendant si peu de temps. Il était un assassin et le resterait jusqu'à sa mort. Car peu importait que le comprimé bleu pâle fût ou non du poison, ce qui comptait, c'était qu'il le croyait et qu'il l'avait malgré cela donné à l'inconnue et qu'il n'avait rien fait pour la sauver.

Et il se mit à réfléchir à tout cela avec l'insouciance d'un homme qui a compris que son acte se situe sur le plan de la pure expérimentation :

Son meurtre était étrange. C'était un meurtre sans mobile. Il n'avait pas pour but un avantage quelconque au profit du meurtrier. Quel en était donc exactement le sens ? Le seul sens de son meurtre était manifestement de lui apprendre qu'il était un meurtrier.

Le meurtre en tant qu'expérimentation, acte de connaissance de soi, cela lui rappelait quelque chose ; oui, c'était Raskolnikov. Raskolnikov qui avait tué pour savoir si l'homme a le droit de tuer un être inférieur et s'il aurait la force de supporter ce meurtre ; par ce meurtre, il s'interrogeait sur lui-même.

Oui, il y avait quelque chose qui le rapprochait de Raskolnikov : l'inutilité du meurtre, son caractère théorique. Mais il y avait des différences : Raskolnikov se demandait si l'homme de talent a le droit de sacrifier une vie inférieure au nom de son propre intérêt. Quand Jakub avait donné à l'infirmière le tube qui contenait le poison, il n'avait à l'esprit rien de semblable. Jakub ne se demandait pas si l'homme a le droit de sacrifier la vie d'autrui. Au contraire, Jakub était depuis toujours convaincu que l'homme n'a pas ce droit. Jakub vivait dans un monde où des gens sacrifient la vie des autres à des idées abstraites. Jakub connaissait bien les visages de ces gens, visages tantôt insolemment innocents, tantôt tristement lâches, visages qui exécutaient sur leur prochain, avec des excuses, mais soigneusement, un verdict dont ils savaient la cruauté. Jakub connaissait bien ces visages, et il les détestait. En outre, Jakub savait que tout homme souhaite la mort d'un autre et que deux choses seulement le détournent du meurtre : la peur du châtiment et la difficulté physique de la mise à mort. Jakub savait que si tout homme avait la possibilité de tuer en secret et à distance, l'humanité disparaîtrait en quelques minutes. Il lui fallait donc conclure à la totale vanité de l'expérimentation de Raskolnikov.

Mais alors pourquoi avait-il donné le poison à l'infirmière ? N'était-ce pas un simple hasard ? Raskolnikov avait en effet longuement ourdi et préparé son crime, tandis que Jakub avait agi sous l'empire d'une impulsion instantanée. Mais Jakub savait qu'il s'était lui aussi inconsciemment préparé à son meurtre pendant de longues années et que la seconde où il avait donné le poison à Ruzena était la fissure où s'enfonça, comme un levier, toute sa vie passée, tout son dégoût de l'homme.

Raskolnikov, quand il avait assassiné à la hache la vieille usurière, savait bien qu'il franchissait un seuil effroyable ; qu'il transgressait la loi divine ; il savait que la vieille femme bien que sans valeur était une créature de Dieu. Cette peur qu'éprouvait Raskolnikov, Jakub l'ignorait. Pour lui, les êtres humains n'étaient pas des créatures divines. Jakub aimait la délicatesse et la grandeur d'âme, mais il s'était persuadé que ce ne sont point là des qualités humaines. Jakub connaissait bien les hommes, c'est pourquoi il ne les aimait pas. Jakub avait de la grandeur d'âme, c'est pourquoi il leur donnait du poison.

Je suis donc un assassin par grandeur d'âme, se dit-il, et cette idée lui parut ridicule et triste.

Raskolnikov, après avoir tué la vieille usurière, n'avait pas eu la force de maîtriser le formidable orage du remords. Tandis que Jakub, qui était profondément convaincu que l'homme n'a pas le droit de sacrifier la vie des autres, n'éprouvait pas de remords.

Il tenta d'imaginer que l'infirmière était vraiment morte pour voir s'il éprouvait un sentiment de culpabilité. Non, il n'éprouvait rien de tel. Il roulait l'esprit tranquille et paisible à travers une contrée douce et souriante qui lui faisait ses adieux.

Raskolnikov a vécu son crime comme une tragédie et il a fini par succomber sous le poids de son acte. Et Jakub s'étonne que son acte soit si léger, qu'il ne pèse rien, qu'il ne l'accable pas. Et il se demande si cette légèreté n'est pas autrement terrifiante que les sentiments hystériques du héros russe.

Il roulait lentement et il interrompait ses réflexions pour regarder le paysage. Il se disait que tout l'épisode du comprimé n'était qu'un jeu, un jeu sans conséquence, comme toute sa vie dans ce pays où il ne laissait aucune trace, aucune racine, aucun sillon et d'où il s'en allait maintenant comme s'en irait une brise, une bulle d'air.

19

Allégé d'un quart de litre de sang, Klima attendait le docteur Skreta avec une grande impatience dans la salle d'attente. Il ne voulait pas quitter la station sans avoir pris congé de lui et sans l'avoir prié de s'occuper un peu de Ruzena. « Jusqu'au curetage je peux changer d'avis. » Il entendait encore les paroles de l'infirmière et elles lui faisaient peur. Il redoutait qu'après son départ, Ruzena n'échappe à son influence et ne revienne sur sa décision au dernier moment.

Le docteur Skreta parut enfin. Klima se précipita vers lui, prit congé et le remercia de sa belle performance à la batterie.

« Ça a été un grand concert, dit le docteur Skreta, vous avez joué magnifiquement. Pourvu qu'on puisse recommencer ! Il va falloir réfléchir aux moyens d'organiser des concerts comme celui-ci dans d'autres villes d'eaux.

— Oui, bien volontiers, j'ai été très heureux de jouer avec vous ! » dit avec empressement le trompettiste et il ajouta : « Je voulais vous demander encore un service. Si vous pouviez vous occuper un peu de Ruzena. J'ai peur qu'elle ne se monte encore la tête. Les femmes sont tellement imprévisibles.

— Elle ne se montera pas la tête, à présent, soyez sans crainte, dit le docteur Skreta. Ruzena n'est plus en vie. »

Klima fut un instant sans comprendre et le docteur Skreta expliqua ce qui s'était passé. Puis il dit : « C'est un suicide, mais ça a quand même l'air assez énigmatique. Certaines personnes pourraient trouver curieux qu'elle ait mis fin à ses jours une heure après s'être présentée avec vous devant la commission. Non, non, non, ne craignez rien, ajouta-t-il et il saisit la main du trompettiste, car il le voyait pâlir. Heureusement pour vous, Ruzena avait pour petit ami un jeune mécanicien qui est persuadé que l'enfant était de lui. J'ai déclaré qu'il n'y a jamais rien eu entre vous et l'infirmière et qu'elle vous a simplement convaincu de vous faire passer pour le père de l'enfant, parce que la commission n'autorise pas les avortements quand les parents sont tous deux célibataires. Alors, n'allez pas manger le morceau, si jamais on vous interroge. Vous êtes à bout de nerfs, ça se voit et c'est dommage. Il faut vous remettre, parce que nous avons encore devant nous pas mal de concerts. »

Klima avait perdu l'usage de la parole. Plusieurs fois il s'inclina devant le docteur Skreta, et plusieurs fois il lui serra la main. Kamila l'attendait dans la chambre d'hôtel. Klima la prit dans ses bras sans mot dire et l'embrassa sur la joue. Il baisa chaque point de son visage, puis il s'agenouilla et baisa sa robe de haut en bas jusqu'aux genoux.

« Qu'est-ce qui te prend ?

— Rien. Je suis tellement heureux de t'avoir. Je suis tellement heureux que tu sois au monde. »

Ils mirent leurs affaires dans leurs sacs de voyage et gagnèrent la voiture. Klima dit qu'il était fatigué et la pria de conduire.

Ils roulaient en silence. Klima, littéralement épuisé, éprouvait pourtant un grand soulagement. Il était bien encore un peu inquiet à l'idée qu'il risquait d'être interrogé. Alors, Kamila pourrait quand même avoir vent de quelque chose. Mais il se répétait ce que lui avait dit le docteur Skreta. Si on l'interrogeait, il jouerait le rôle innocent (et assez banal dans ce pays) du galant homme qui s'est fait passer pour le père afin de rendre service. Personne ne pourrait lui en vouloir, même Kamila si par hasard elle l'apprenait.

Il la regardait. Sa beauté emplissait l'espace exigu de la

voiture comme un parfum entêtant. Il se disait qu'il ne voulait plus respirer que ce parfum pendant toute sa vie. Puis il crut entendre la musique lointaine et douce de sa trompette et il se promit de jouer de cette musique pendant toute sa vie pour le seul plaisir de cette femme, l'unique et la plus chère.

20

Chaque fois qu'elle était au volant, elle se sentait plus forte et plus indépendante. Mais cette fois-ci, ce n'était pas seulement le volant qui lui donnait de l'assurance. C'étaient aussi les paroles de l'inconnu rencontré dans le couloir du Richmond. Elle ne pouvait pas les oublier. Et elle ne pouvait pas oublier non plus son visage, tellement plus viril que le visage lisse de son mari. Kamila songea qu'elle n'avait jamais connu un homme vraiment digne de ce nom.

Elle regardait de biais le visage fatigué du trompettiste où se peignaient à tout moment d'incompréhensibles sourires béats, tandis que sa main lui caressait amoureusement l'épaule.

Cette tendresse excessive ne lui faisait pas plaisir et ne la touchait pas. Par ce qu'elle avait d'inexplicable, elle ne faisait que confirmer une fois de plus que le trompettiste avait ses secrets, sa vie propre qu'il lui cachait, et où elle n'était pas admise. Mais à présent, cette constatation, au lieu de lui faire mal, la laissait indifférente.

Qu'avait dit cet homme ? Qu'il partait pour toujours. Une longue et douce nostalgie lui serra le cœur. Pas seulement la nostalgie de cet homme, mais aussi de l'occasion perdue. Et pas seulement de cette occasion-là, mais aussi de l'occasion comme telle. Elle avait la nostalgie de toutes les occasions qu'elle avait laissé passer, échapper, auxquelles elle s'était dérobée, même de celles qu'elle n'avait jamais eues.

Cet homme lui disait qu'il avait vécu toute sa vie comme un aveugle et qu'il ne soupçonnait même pas que la beauté existe. Elle le comprenait. Parce que c'était la même chose pour elle. Elle vivait, elle aussi, dans l'aveuglement. Elle ne voyait qu'un être unique éclairé par le phare violent de la jalousie. Et que se passerait-il si ce phare s'éteignait brusquement ? Dans la lumière diffuse du jour d'autres êtres surgiraient par milliers, et l'homme qu'elle croyait jusqu'ici le seul au monde deviendrait un parmi beaucoup.

Elle tenait le volant, se sentait sûre d'elle-même et belle, et se disait encore : était-ce vraiment l'amour qui l'enchaînait à Klima ou seulement la peur de le perdre ? Et si cette peur était au début la forme anxieuse de l'amour, est-ce qu'avec le temps l'amour (fatigué et épuisé) ne s'était pas échappé de cette forme ? Est-ce qu'il n'était pas finalement resté que cette peur, la peur sans l'amour ? Et que resterait-il, si elle perdait cette peur ?

Le trompettiste, à côté d'elle, souriait inexplicablement.

Elle se tourna vers lui et se dit que si elle cessait d'être jalouse il ne resterait rien. Elle roulait à grande vitesse, et elle songea que quelque part en avant, sur le chemin de la vie, un trait était tracé qui signifiait la rupture avec le trompettiste. Et pour la première fois, cette idée ne lui inspirait ni angoisse ni peur.

21

Olga entra dans l'appartement de Bertlef et s'excusa : « Pardonnez-moi de faire irruption chez vous sans être annoncée. Mais je suis dans un tel état que je ne peux pas rester seule. C'est vrai, je ne vous dérange pas ? »

Dans la pièce se trouvaient Bertlef, le docteur Skreta et l'inspecteur ; ce fut lui qui répondit à Olga : « Vous ne nous dérangez pas. Notre conversation n'a plus rien d'officiel.

— Monsieur l'inspecteur est un vieil ami à moi, expliqua le docteur à Olga.

— S'il vous plaît, pourquoi a-t-elle fait ça ? demanda Olga.

— Elle a eu une scène avec son petit ami, et au milieu de la dispute elle a cherché quelque chose dans son sac et elle a avalé un poison. Nous ne savons rien de plus et je crains que nous n'en sachions jamais davantage, répondit l'inspecteur.

— Monsieur l'inspecteur, dit énergiquement Bertlef, je vous prie de prêter attention à ce que je vous ai dit dans ma déclaration. J'ai passé avec Ruzena, ici même, dans cette pièce, la dernière nuit de sa vie. Je n'ai peut-être pas assez insisté sur l'essentiel. Ça a été une nuit merveilleuse et

Ruzena était infiniment heureuse. Cette fille discrète n'avait besoin que de rejeter le carcan dans lequel l'enfermait son entourage indifférent et maussade pour devenir un être radieux empli d'amour, de délicatesse et de grandeur d'âme, la créature que vous ne pouviez soupçonner en elle. Je vous affirme que, pendant notre nuit d'hier, je lui ai ouvert les portes d'une autre vie et que c'est justement hier qu'elle a commencé à avoir envie de vivre. Mais ensuite, quelqu'un s'est mis en travers du chemin… » dit Bertlef, soudain songeur, et il ajouta à mi-voix : « Je pressens là une intervention de l'enfer.

— La police criminelle n'a guère de prise sur les puissances infernales », dit l'inspecteur.

Bertlef ne releva pas cette ironie. « L'hypothèse du suicide n'a vraiment aucun sens, reprit-il, comprenez-le, je vous en conjure ! Il est impossible qu'elle se soit tuée au moment même où elle voulait commencer à vivre ! Je vous le répète, je n'admets pas qu'elle soit accusée de suicide.

— Cher monsieur, dit l'inspecteur, personne ne l'accuse de suicide, pour la bonne raison que le suicide n'est pas un crime. Le suicide n'est pas une affaire qui concerne la justice. Ce n'est pas notre affaire.

— Oui, dit Bertlef, pour vous le suicide n'est pas une faute parce que pour vous la vie n'a pas de valeur. Mais moi, monsieur l'inspecteur, je ne connais pas de plus grand péché. Le suicide est pire que le meurtre. On peut assassiner par vengeance ou par cupidité, mais même la cupidité est l'expression d'un amour perverti de la vie. Mais se suicider, c'est jeter sa vie aux pieds de Dieu, comme une dérision. Se suicider, c'est cracher à la face du Créateur. Je vous dis que je ferai tout pour prouver que cette jeune femme est innocente. Puisque vous prétendez qu'elle a mis fin à ses jours, expliquez-moi pourquoi ? Quel motif avez-vous découvert ?

— Les motifs des suicides sont toujours mystérieux, dit l'inspecteur. En plus, les chercher n'entre pas dans mes attributions. Ne m'en veuillez pas de me limiter à mes fonctions. J'en ai suffisamment et j'ai à peine le temps d'y faire face. Le dossier n'est évidemment pas classé, mais je peux vous dire d'avance que je n'envisage pas l'hypothèse de l'homicide.

— J'admire, dit Bertlef d'une voix extrêmement acide, j'admire la rapidité avec laquelle vous vous apprêtez à tracer un trait sur la vie d'un être humain. »

Olga s'aperçut que l'inspecteur avait le sang aux joues.

Mais il se maîtrisa et dit, après un bref silence, d'une voix presque trop aimable : « Très bien, j'admets donc votre hypothèse, c'est-à-dire qu'un meurtre a été commis. Demandons-nous par quel moyen il a pu être perpétré. Nous avons trouvé un tube de tranquillisants dans le sac de la victime. On peut supposer que l'infirmière voulait prendre un comprimé pour se calmer, mais que quelqu'un lui avait auparavant glissé dans son tube de médicaments un autre comprimé qui avait le même aspect et qui contenait du poison.

— Pensez-vous que Ruzena ait pris le poison dans son tube de tranquillisants ? demanda le docteur Skreta.

— Bien entendu, Ruzena a pu prendre un poison qu'elle avait rangé dans son sac à un endroit spécial, en dehors du tube. C'est ce qui se serait passé dans le cas d'un suicide. Mais si l'on retient l'hypothèse du meurtre, il faut admettre que quelqu'un a glissé dans le tube de médicaments un poison qui ressemblait à s'y méprendre aux comprimés de Ruzena. C'est la seule possibilité.

— Excusez-moi de vous contredire, dit le docteur Skreta, mais il n'est pas si facile de fabriquer avec un alcaloïde un comprimé d'apparence normale. Pour ça, il faut avoir accès à un laboratoire pharmaceutique, ce qui n'est possible pour personne dans cette ville.

— Voulez-vous dire qu'il est impossible pour un particulier de se procurer un tel comprimé ?

— Ce n'est pas impossible, mais c'est extrêmement difficile.

— Il me suffit de savoir que c'est possible », dit l'inspecteur, et il poursuivit : « Il faut maintenant nous demander qui pouvait avoir intérêt à tuer cette femme. Elle n'était pas riche, on peut donc exclure le mobile financier. On peut aussi éliminer les mobiles politiques ou l'espionnage. Il ne reste donc que des mobiles de caractère personnel. Quels sont les suspects ? D'abord, l'amant de Ruzena qui a eu une violente discussion avec elle, juste avant sa mort. Croyez-vous que ce soit lui qui lui ait donné le poison ? »

Personne ne répondait à la question de l'inspecteur et celui-ci reprit : « Je ne le pense pas. Ce jeune homme tenait à Ruzena. Il voulait l'épouser. Elle était enceinte de lui, et même si l'enfant était d'un autre, ce qui compte c'est que ce garçon était convaincu qu'elle était enceinte de lui. Quand il a appris qu'elle voulait se faire avorter, il s'est senti désespéré. Mais il faut comprendre, c'est très important, que

Ruzena revenait de la commission responsable des interruptions de grossesse, et nullement d'un avortement ! Pour notre désespéré, rien n'était encore perdu. Le fœtus était toujours en vie et le jeune homme était prêt à tout faire pour le préserver. Il eﬆ absurde de penser qu'il ait pu lui donner du poison à ce moment-là, alors qu'il ne souhaitait rien tant que de vivre avec elle et d'avoir d'elle un enfant. D'ailleurs, le doﬅeur nous a expliqué qu'il n'eﬆ pas à la portée du premier venu de se procurer du poison qui a l'apparence d'un comprimé normal. Où ce garçon naïf qui n'a pas de relations sociales aurait-il pu s'en procurer ? Voulez-vous me l'expliquer ? »

Bertlef, auquel l'inspeﬅeur continuait de s'adresser, haussa les épaules.

« Passons aux autres suspeﬅs. Il y a ce trompettiﬆe de la capitale. C'eﬆ ici qu'il a lié connaissance avec la défunte et nous ne saurons jamais jusqu'où sont allées leurs relations. En tout cas, ils étaient assez intimes pour que la défunte n'hésite pas à lui demander de se faire passer pour le père du fœtus et pour qu'il l'accompagne devant la commission responsable des interruptions de grossesse. Pourquoi s'adresser à lui plutôt qu'à quelqu'un d'ici ? Ce n'eﬆ pas difficile à deviner. Tout homme marié habitant cette petite ville d'eaux aurait craint d'avoir des ennuis avec sa femme si la chose s'était ébruitée. Seul quelqu'un qui n'était pas d'ici pouvait rendre un tel service à Ruzena. De plus, le bruit qu'elle attendait un enfant d'un artiﬆe célèbre ne pouvait que flatter l'infirmière et ne pouvait pas faire de tort au trompettiﬆe. On peut donc supposer que M. Klima a accepté avec une totale insouciance de lui rendre ce service. Était-ce une raison pour assassiner la malheureuse infirmière ? Il eﬆ fort peu probable, comme le doﬅeur nous l'a expliqué, que Klima ait été le véritable père de l'enfant. Mais admettons même cette éventualité. Supposons que Klima soit le père et que cela lui soit extrêmement désagréable. Pouvez-vous m'expliquer pourquoi il aurait tué l'infirmière, alors qu'elle avait accepté l'interruption de grossesse et que l'intervention était déjà officiellement autorisée ? Ou bien, monsieur Bertlef, devons-nous considérer que Klima eﬆ l'assassin ?

— Vous ne me comprenez pas, dit paisiblement Bertlef. Je ne veux envoyer personne à la chaise éleﬅrique. Je veux seulement innocenter Ruzena. Parce que le suicide eﬆ le plus grand péché. Même une vie de souffrances a une valeur secrète. Même une vie au seuil de la mort est une chose splendide. Celui qui n'a jamais regardé la mort en face l'ignore, mais moi, monsieur l'inspecteur, je le sais et c'est pourquoi je vous dis que je ferai tout pour prouver que cette jeune femme est innocente.

— Mais moi aussi, je veux essayer, dit l'inspecteur. En effet, il y a encore un troisième suspect. M. Bertlef, homme d'affaires américain. Il a avoué lui-même que la défunte avait passé avec lui la dernière nuit de sa vie. On pourrait objecter que s'il était l'assassin ce ne serait sans doute pas une chose qu'il nous aurait avouée spontanément. Mais cette objection-là ne résiste pas à l'examen. Pendant le concert d'hier soir, toute la salle a vu que M. Bertlef était assis à côté de Ruzena et qu'il était parti avec elle avant la fin du concert. M. Bertlef sait fort bien que dans ces conditions il vaut mieux avouer promptement que d'être démasqué par les autres. M. Bertlef nous affirme que l'infirmière Ruzena était satisfaite de cette nuit. Ce n'est pas pour nous surprendre ! Outre que M. Bertlef est un homme séduisant, c'est surtout un homme d'affaires américain, qui a des dollars et un passeport avec lequel on peut voyager dans le monde entier. Ruzena vit emmurée dans ce trou et cherche vainement le moyen d'en sortir. Elle a un petit ami qui ne demande qu'à l'épouser, mais ce n'est qu'un jeune mécanicien d'ici. Si elle l'épouse, son destin sera scellé à tout jamais, et elle ne sortira jamais d'ici. Elle n'a ici personne d'autre, donc elle ne rompt pas avec lui. Mais en même temps elle évite de se lier à lui définitivement, parce qu'elle ne veut pas renoncer à ses espérances. Et tout à coup apparaît un homme exotique aux manières raffinées, et il lui tourne la tête. Elle croit déjà qu'il va l'épouser et qu'elle va quitter définitivement ce coin perdu du monde. Au début, elle sait se conduire en maîtresse discrète, mais ensuite elle devient de plus en plus gênante. Elle lui fait comprendre qu'elle ne renoncera pas à lui et elle commence à lui faire du chantage. Mais Bertlef est marié et sa femme, si je ne me trompe, une femme aimée, mère d'un petit garçon d'un an, doit arriver demain d'Amérique. Bertlef veut à tout prix éviter le scandale. Il sait que Ruzena a toujours sur elle un tube de tranquillisants et il sait à quoi ressemblent ces comprimés. Il a de vastes relations à l'étranger et il a aussi beaucoup d'argent. C'est une bagatelle, pour lui, de faire fabriquer un comprimé toxique qui a le même aspect que le médicament de Ruzena. Au cours de cette nuit merveilleuse, pendant que sa maîtresse dort il glisse le poison dans le tube. Je pense, monsieur Bertlef, conclut l'inspecteur en élevant solennellement la voix, que vous êtes la seule personne qui avait un mobile pour assassiner l'infirmière et aussi la seule personne qui en avait le moyen. Je vous invite à passer aux aveux. »

Le silence s'établit dans la pièce. L'inspecteur regardait longuement Bertlef dans les yeux et Bertlef lui rendait un regard tout aussi patient et silencieux. Son visage n'exprimait ni stupeur ni dépit. Il dit enfin :

« Je ne suis pas surpris de vos conclusions. Comme vous êtes incapable de découvrir l'assassin, il faut que vous trouviez quelqu'un pour lui faire endosser la faute. C'est l'un des étranges mystères de la vie que les innocents doivent payer pour les coupables. Je vous en prie, arrêtez-moi. »

22

La campagne était envahie d'une pénombre molle. Jakub arrêta la voiture dans un village situé à quelques kilomètres seulement du poste frontière. Il voulait prolonger encore les derniers instants qu'il passait dans son pays. Il descendit de la voiture et fit quelques pas dans une rue inconnue.

Cette rue n'était pas belle. Le long des maisons basses traînaient des rouleaux de fil de fer rouillé, une roue de tracteur abandonnée, de vieux morceaux de métal. C'était un village négligé et laid. Jakub se dit que cette décharge parsemée de fil de fer rouillé était comme un gros mot que son pays natal lui adressait en guise d'adieu. Il marcha jusqu'à l'extrémité de la rue où il y avait une place avec une mare. La mare aussi était négligée, recouverte de lentilles d'eau. Au bord barbotaient quelques oies qu'un jeune garçon tentait de pousser devant lui avec une baguette.

Jakub fit demi-tour pour regagner la voiture. Il aperçut un gamin debout derrière la vitre d'une maison. Le gamin, auquel on donnait à peine cinq ans, regardait à travers la vitre en direction de la mare. Il observait peut-être les oies, peut-être le jeune garçon qui cinglait les oies du bout de sa baguette. Il était derrière la vitre et Jakub ne pouvait détacher de lui son regard. C'était un visage enfantin, et ce qui captivait Jakub, c'étaient les lunettes. L'enfant portait de grandes lunettes dont on devinait les verres épais. La tête était petite et les lunettes étaient grandes. L'enfant les portait comme un fardeau. Il les portait comme son destin. Il regardait à travers les anneaux de ses lunettes comme à travers un grillage. Oui, il portait ces deux anneaux comme un grillage qu'il lui faudrait traîner avec lui toute sa vie. Et Jakub regardait les yeux du gamin à travers le grillage des lunettes et il se sentait tout à coup plein d'une grande tristesse.

Ce fut soudain comme si les berges d'une rivière venaient de céder et que l'eau se répandait dans la campagne. Il y avait si longtemps que Jakub n'avait été triste. Tant d'années. Il ne connaissait que l'aigreur, l'amertume, mais pas la tristesse. Et voici qu'il en était assailli et qu'il ne pouvait plus bouger.

Il voyait devant lui l'enfant vêtu d'un grillage et il avait pitié de cet enfant et de tout son pays, et il songeait que ce pays il l'avait peu aimé et mal aimé et il était triste à cause de cet amour mauvais et raté.

Et l'idée lui vint tout à coup que c'était l'orgueil qui l'avait empêché d'aimer ce pays, l'orgueil de la noblesse, l'orgueil de la grandeur d'âme, l'orgueil de la délicatesse ; un orgueil insensé qui faisait qu'il n'aimait pas ses semblables et qu'il les détestait parce qu'il voyait en eux des assassins. Et de nouveau il se souvint qu'il avait glissé du poison dans le tube de médicaments d'une inconnue et qu'il était lui-même un assassin. Il était un assassin et son orgueil était réduit en poussière. Il était devenu l'un d'eux. Il était le frère de ces assassins navrants.

Le gamin aux grandes lunettes était debout contre la fenêtre, comme pétrifié, le regard fixé sur la mare. Et Jakub s'avisa que ce gamin n'y était pour rien, qu'il n'était coupable de rien et qu'il était venu au monde, pour toujours, avec de mauvais yeux. Et il songea encore que ce pour quoi il en voulait aux autres était quelque chose de donné, avec quoi ils venaient au monde et qu'ils portaient avec eux comme un lourd grillage. Et il songea qu'il n'avait lui-même aucun droit privilégié à la grandeur d'âme et que la suprême grandeur d'âme c'est d'aimer les hommes bien qu'ils soient des assassins.

Et il revit encore une fois le comprimé bleu pâle, et il se dit qu'il l'avait glissé dans le tube de l'infirmière antipathique comme une excuse ; comme une demande d'admission dans leurs rangs ; comme une prière les implorant de l'accepter parmi eux, bien qu'il eût toujours refusé d'être compté comme l'un des leurs.

Il se dirigea d'un pas rapide vers la voiture, ouvrit, se mit au volant et repartit vers la frontière. La veille encore, il pensait que ce serait un instant de soulagement. Qu'il partirait d'ici avec joie. Qu'il quitterait un lieu où il était venu au monde par erreur et où, en fait, il n'était pas chez lui. Mais à cet instant, il savait qu'il quittait son unique patrie et qu'il n'y en avait pas d'autre.

23

« Ne vous réjouissez pas, dit l'inspecteur. La prison ne vous ouvrira pas ses portes glorieuses pour que vous les franchissiez comme Jésus-Christ montant au Golgotha. Jamais l'idée que vous ayez pu tuer cette jeune femme ne m'a effleuré. Si je vous ai accusé, c'est seulement pour que vous ne vous obstiniez pas à prétendre qu'elle a été assassinée.

— Je suis heureux que vous ne preniez pas au sérieux votre accusation, dit Bertlef d'un ton conciliant. Et vous avez raison, ce n'était pas raisonnable de ma part de vouloir obtenir de vous justice pour Ruzena.

— Je constate avec plaisir que vous êtes réconciliés, dit le docteur Skreta. Il y a une chose qui peut au moins nous réconforter. Quelle qu'ait été la mort de Ruzena, sa dernière nuit a été une belle nuit.

— Regardez la lune, dit Bertlef. Elle est tout à fait comme hier et elle transforme cette chambre en jardin. Il y a vingt-quatre heures à peine, Ruzena était la fée de ce jardin.

— Et la justice n'a rien qui puisse nous intéresser tellement, dit le docteur Skreta. La justice n'est pas une chose humaine. Il y a la justice des lois aveugles et cruelles, et il y a peut-être une autre justice, une justice supérieure, mais celle-là m'est incompréhensible. J'ai toujours l'impression de vivre dans ce monde *en dehors de la justice.*

— Comment ? s'étonna Olga.

— La justice ne me concerne pas, dit le docteur Skreta. C'est quelque chose qui se trouve en dehors et au-dessus de moi. En tout cas, c'est quelque chose d'inhumain. Je ne collaborerai jamais avec cette puissance répugnante.

— Voulez-vous dire par là, demanda Olga, que vous n'admettez aucune valeur universelle ?

— Les valeurs que j'admets n'ont rien de commun avec la justice.

— Par exemple ? demanda Olga.

— Par exemple, l'amitié », répondit doucement le docteur Skreta.

Tout le monde se tut et l'inspecteur se leva pour prendre congé. À ce moment, Olga eut une idée soudaine :

« De quelle couleur étaient les comprimés que prenait Ruzena ?

— Bleu pâle », dit l'inspecteur et il ajouta avec un regain d'intérêt : « Mais pourquoi avez-vous posé cette question ? »

Olga craignait que l'inspecteur ne déchiffre ses pensées et s'empressa de faire machine arrière : « Je l'ai vue avec un tube de comprimés. Je me demandais si c'était le tube que j'avais vu… »

L'inspecteur ne déchiffra pas ses pensées, il était fatigué et souhaita bonne nuit à tout le monde.

Quand il fut sorti, Bertlef dit au docteur : « Nos femmes doivent arriver d'une minute à l'autre. Voulez-vous que nous allions à leur rencontre ?

— Certainement. Vous prendrez aujourd'hui une double dose de médicaments », dit le docteur avec sollicitude, et Bertlef se retira dans la petite chambre contiguë.

« Vous avez donné un poison à Jakub, autrefois, dit Olga. C'était un comprimé bleu pâle. Et il l'avait toujours sur lui. Je le sais.

— N'inventez pas de sottises. Je ne lui ai jamais rien donné de semblable », dit très énergiquement le docteur.

Puis Bertlef, paré d'une nouvelle cravate, revint de la petite chambre contiguë et Olga prit congé des deux hommes.

24

Bertlef et le docteur Skreta allaient à la gare par l'allée des peupliers.

« Regardez cette lune, disait Bertlef. Croyez-moi, docteur, la soirée et la nuit d'hier ont été miraculeuses.

— Je vous crois, mais il faut vous ménager. Les mouvements, dont s'accompagne fatalement une si belle nuit, vous font vraiment courir un grand danger. »

Bertlef ne répondait pas et son visage rayonnait d'une heureuse fierté.

« Vous me semblez d'excellente humeur, dit le docteur Skreta.

— Vous ne vous trompez pas. Si, grâce à moi, la dernière nuit de sa vie a été une belle nuit, je suis heureux.

— Vous savez, dit soudain le docteur Skreta, il y a une chose étrange que je veux vous demander, mais je n'ai jamais osé. Pourtant, j'ai l'impression que nous vivons aujourd'hui une journée si exceptionnelle que je pourrais avoir l'audace…

— Parlez, docteur !

— Je voudrais que vous m'adoptiez pour votre fils. »

Bertlef s'arrêta, abasourdi, et le docteur Skreta lui expliqua les motifs de sa demande.

« Que ne ferais-je pour vous, docteur ! dit Bertlef. Je crains seulement que ma femme ne trouve ça bizarre. Elle aurait quinze ans de moins que son fils. Est-ce seulement possible, du point de vue juridique ?

— Il n'est écrit nulle part qu'un fils adoptif doive être plus jeune que ses parents. Ce n'est pas un fils par le sang, mais précisément un fils adoptif.

— En êtes-vous certain ?

— J'ai depuis longtemps consulté des juristes, dit le docteur Skreta avec une sereine timidité.

— Vous savez, c'est une drôle d'idée et je suis un peu étonné, dit Bertlef, mais aujourd'hui je suis dans un tel état d'enchantement que je ne voudrais qu'une chose, apporter le bonheur au monde entier. Si cela peut vous apporter le bonheur… mon fils… »

Et les deux hommes s'étreignirent au milieu de la rue.

25

Olga était allongée dans son lit (la radio de la chambre voisine était silencieuse) et il était évident pour elle que Jakub avait tué Ruzena et qu'à part elle et le docteur Skreta, personne n'était au courant. Pourquoi avait-il fait cela, elle ne l'apprendrait sans doute jamais. Un frisson d'épouvante lui courait sur la peau, mais ensuite (comme nous le savons, elle savait bien s'observer), elle constata avec surprise que ce frisson était délicieux et cette épouvante pleine d'orgueil.

La veille, elle avait fait l'amour avec Jakub à un moment où il devait être en proie aux plus atroces pensées et elle l'avait absorbé en elle tout entier, même avec ces pensées.

Comment se fait-il que ça ne me répugne pas ? pensait-elle. Comment se fait-il que je n'aille pas (et que je n'irai jamais) le dénoncer ? Est-ce que moi aussi je vis en dehors de la justice ?

Mais plus elle s'interrogeait ainsi, plus elle sentait croître en elle cet étrange et heureux orgueil et elle était comme une jeune fille que l'on viole et qui est brusquement saisie d'un plaisir étourdissant, d'autant plus puissant qu'il est plus fortement repoussé…

26

Le train arriva dans la gare et deux femmes en descendirent.

L'une avait dans les trente-cinq ans et reçut un baiser du docteur Skreta, l'autre était plus jeune, elle était habillée avec recherche, elle tenait un bébé dans ses bras, et ce fut Bertlef qui lui donna un baiser.

« Montrez-nous, chère madame, votre petit garçon, dit le docteur, je ne l'ai pas encore vu !

— Si je ne te connaissais pas si bien, j'aurais des soupçons, dit Mme Skreta en riant. Regarde, il a un grain de beauté sur la lèvre supérieure, exactement au même endroit que toi ! »

Mme Bertlef examina le visage de Skreta et dit, criant presque : « C'est vrai ! Je ne l'avais jamais remarqué sur vous quand je faisais ma cure ici ! »

Bertlef dit : « C'est un hasard si surprenant que je me permets de le ranger parmi les miracles. Le docteur Skreta, qui rend aux femmes la santé, appartient à la catégorie des anges et, comme un ange, il marque de son signe les enfants qu'il aide à venir au monde. Ce n'est pas un grain de beauté, mais le signe d'un ange. »

Toutes les personnes présentes étaient ravies des explications de Bertlef et elles rirent allègrement.

« D'ailleurs, reprit Bertlef s'adressant à sa charmante épouse, je t'annonce solennellement que depuis quelques minutes le docteur est le frère de notre petit John. Il est donc tout à fait normal, puisqu'ils sont frères, qu'ils aient le même signe.

— Enfin ! Tu t'es enfin décidé… dit Mme Skreta à son mari avec un soupir de bonheur.

— Je n'y comprends rien, je n'y comprends rien ! disait Mme Bertlef, exigeant des explications.

— Je t'expliquerai tout. Nous avons tant de choses à nous dire aujourd'hui, tant de choses à célébrer. Nous avons devant nous un magnifique week-end », dit Bertlef en prenant le bras de sa femme. Puis, sous les lampadaires du quai, ils sortirent tous les quatre de la gare.

LE LIVRE DU RIRE
ET DE L'OUBLI

Titre original :
KNIHA SMICHU A ZAPOMNENI

Traduit du tchèque par François Kérel.

Première partie

LES LETTRES PERDUES

1

En février 1948, le dirigeant communiste Klement Gottwald se mit au balcon d'un palais baroque de Prague pour haranguer les centaines de milliers de citoyens massés sur la place de la Vieille-Ville. Ce fut un grand tournant dans l'histoire de la Bohême. Un moment fatidique.

Gottwald était flanqué de ses camarades, et à côté de lui, tout près, se tenait Clementis. Il neigeait, il faisait froid et Gottwald était nu-tête. Clementis, plein de sollicitude, a enlevé sa toque de fourrure et l'a posée sur la tête de Gottwald.

La section de propagande a reproduit à des centaines de milliers d'exemplaires la photographie du balcon d'où Gottwald, coiffé d'une toque de fourrure et entouré de ses camarades, parle au peuple. C'est sur ce balcon qu'a commencé l'histoire de la Bohême communiste. Tous les enfants connaissaient cette photographie pour l'avoir vue sur les affiches, dans les manuels ou dans les musées.

Quatre ans plus tard, Clementis fut accusé de trahison et pendu. La section de propagande le fit immédiatement disparaître de l'Histoire et, bien entendu, de toutes les photographies. Depuis, Gottwald est seul sur le balcon. Là où il y avait Clementis, il n'y a plus que le mur vide du palais. De Clementis, il n'est resté que la toque de fourrure sur la tête de Gottwald.

2

On est en 1971 et Mirek dit : la lutte de l'homme contre le pouvoir est la lutte de la mémoire contre l'oubli.

Il veut justifier ainsi ce que ses amis appellent de l'imprudence : il tient soigneusement son journal, conserve sa correspondance, rédige les minutes de toutes les réunions où ils discutent de la situation et se demandent comment continuer. Il leur explique : Ils ne font rien qui soit contraire à la Constitution. Se cacher et se sentir coupable, ce serait le commencement de la défaite.

Il y a une semaine, pendant qu'il travaillait avec son équipe de monteurs en bâtiment sur le toit d'un immeuble en chantier, il a regardé en bas et il a eu le vertige. Il a perdu l'équilibre et s'est retenu à une poutre mal consolidée qui a lâché ; il a fallu ensuite le dégager. À première vue, la blessure paraissait sérieuse, mais un peu plus tard, quand il a constaté que ce n'était qu'une banale fracture de l'avant-bras, il s'est dit avec satisfaction qu'il allait avoir quelques semaines de congé et qu'il pourrait enfin régler des affaires dont il n'avait pas eu le temps de s'occuper jusqu'à maintenant.

Il a quand même fini par se ranger à l'opinion de ses amis plus prudents. La Constitution, il est vrai, garantit la liberté de parole, mais les lois punissent tout ce qui peut être qualifié d'atteinte à la sécurité de l'État. On ne sait jamais quand l'État va se mettre à crier que cette parole-ci ou cette parole-là attente à sa sécurité. Il a donc décidé d'emporter en lieu sûr les écrits compromettants.

Mais il veut d'abord régler cette affaire avec Zdena. Il lui a téléphoné dans la ville où elle habite, à une centaine de kilomètres de Prague, mais il n'a pu la joindre. Il a ainsi perdu quatre jours. C'est seulement hier qu'il est parvenu à lui parler. Elle lui a promis de l'attendre cet après-midi.

Le fils de Mirek, qui a dix-sept ans, protestait : Mirek ne pouvait pas conduire avec un bras dans le plâtre. Et c'était vrai qu'il avait du mal à conduire. Le bras blessé, en écharpe, se balançait devant sa poitrine, impuissant et inutilisable. Pour passer les vitesses, Mirek devait lâcher le volant.

3

Il avait eu une liaison avec Zdena il y a vingt-cinq ans et, de cette période, il ne lui restait que quelques souvenirs.

Un jour qu'ils avaient rendez-vous, elle s'essuyait les yeux avec un mouchoir et elle reniflait. Il lui avait demandé ce qu'elle avait. Elle lui avait expliqué qu'une grande personnalité russe était morte la veille. Un certain Jdanov, Arbouzov ou Masturbov. D'après l'abondance des gouttes lacrymales, la mort de Masturbov l'avait plus fortement émue que la mort de son propre père.

Est-il vraiment possible que cela ait eu lieu ? N'est-ce pas seulement sa haine d'aujourd'hui qui a inventé ces pleurs sur la mort de Masturbov ? Non, cela avait certainement eu lieu. Mais il est évidemment vrai que les circonstances immédiates qui avaient rendu ces pleurs croyables et réels lui échappaient aujourd'hui et que le souvenir en devint invraisemblable comme une caricature.

Tous les souvenirs qu'il avait d'elle étaient comme ça : Ils revenaient ensemble en tram de l'appartement où ils avaient fait l'amour pour la première fois. (Mirek constatait avec une satisfaction particulière qu'il avait totalement oublié leurs coïts et qu'il n'aurait pu en évoquer une seule seconde.) Plus robuste, plus grande que lui (il était petit et fragile), elle était assise dans un coin sur la banquette, le tramway cahotait, et elle avait un visage maussade, fermé, étonnamment vieux. Quand il lui avait demandé pourquoi elle était si taciturne, il avait appris qu'elle n'était pas satisfaite de la façon dont ils s'étaient aimés. Elle disait qu'il lui avait fait l'amour comme un intellectuel.

Le mot intellectuel, dans le jargon politique d'alors, était une insulte. Il désignait un homme qui ne comprend pas la vie et qui est coupé du peuple. Tous les communistes qui ont été pendus en ce temps-là par d'autres communistes ont été gratifiés de cette injure. Contrairement à ceux qui avaient solidement les pieds sur terre, ils planaient, disait-on, quelque part dans les airs. Il était donc juste, en un sens, que la terre fût par châtiment définitivement refusée à leurs pieds et qu'ils restent suspendus un peu au-dessus du sol.

Mais qu'est-ce que Zdena voulait dire quand elle l'accusait de faire l'amour comme un intellectuel ?

Pour une raison ou une autre, elle était mécontente de lui et, de même qu'elle était capable d'imprégner la relation la plus irréelle (relation avec Masturbov qu'elle ne connaissait pas) du sentiment le plus concret (matérialisé dans une larme), de même elle était capable de donner au plus concret des actes une signification abstraite et à son insatisfaction une dénomination politique.

4

Il regarde dans le rétroviseur et s'avise qu'une voiture de tourisme, toujours la même, roule derrière lui. Il n'a jamais douté qu'il était suivi, mais jusqu'à maintenant ils ont agi avec une discrétion exemplaire. Aujourd'hui il s'est produit un changement radical : ils veulent qu'il s'aperçoive de leur présence.

En pleine campagne, à une vingtaine de kilomètres de Prague, il y a une grande palissade et, derrière, une station-service avec des ateliers de réparation. Il a un bon copain qui travaille là et il voudrait faire changer son démarreur défectueux. Il arrêta la voiture devant l'entrée bloquée par une barrière rayée peinte en rouge et blanc. À côté, il y avait une grosse bonne femme debout. Mirek attendait qu'elle lève la barrière mais elle se contentait de le regarder longuement, sans bouger. Il klaxonna, mais en vain. Il passa la tête par la portière. « Ils ne vous ont pas encore arrêté ? demanda la bonne femme.

— Non, ils ne m'ont pas encore arrêté, répondit Mirek. Pouvez-vous lever la barrière ? »

Elle le dévisagea encore pendant de longues secondes d'un air absent, puis elle bâilla et retourna dans sa guérite. Elle s'y installa derrière une table et ne le regarda plus.

Il descendit donc de voiture, fit le tour de la barrière et alla dans l'atelier chercher le mécanicien qu'il connaissait. Celui-ci revint avec lui et leva lui-même la barrière (la grosse femme était toujours assise dans la guérite avec le même regard absent) pour que Mirek puisse entrer dans la cour avec la voiture.

« Tu vois, c'est parce que tu t'es trop montré à la télé,

dit le mécanicien. Toutes ces bonnes femmes-là te reconnaissent.

— Qui est-ce ? » demanda Mirek.

Il apprit que l'invasion de la Bohême par l'armée russe, qui avait occupé le pays et exerçait partout son influence, fut pour elle le signal d'une vie hors du commun. Elle voyait que des gens placés plus haut qu'elle (et le monde entier était placé plus haut qu'elle) étaient, pour la moindre allégation, privés de leur pouvoir, de leur position, de leur emploi et de leur pain, et ça l'excitait ; elle s'était mise d'elle-même à dénoncer.

« Et comment se fait-il qu'elle soit toujours gardienne ? Elle n'a pas encore eu d'avancement ? »

Le mécanicien sourit : « Elle ne sait pas compter jusqu'à dix. Ils ne peuvent pas lui trouver une autre place. Ils ne peuvent que lui reconfirmer son droit de dénoncer. C'est ça, pour elle, l'avancement ! »

Il souleva le capot et regarda dans le moteur.

Tout à coup, Mirek se rendit compte qu'il y avait un homme à côté de lui. Il se retourna : l'homme portait une veste grise, une chemise blanche avec une cravate et un pantalon marron. Au-dessus du cou épais et du visage bouffi ondulait la chevelure grise frisée au fer. Il était campé sur ses jambes et observait le mécanicien penché sous le capot levé.

Au bout d'un instant, le mécanicien s'avisa à son tour de sa présence, se redressa et dit : « Vous cherchez quelqu'un ? »

L'homme au cou épais et au visage bouffi répondit : « Non. Je ne cherche personne. »

Le mécanicien se pencha de nouveau sur le moteur et dit : « Place Saint-Venceslas, à Prague, il y a un type qui vomit. Un autre type passe devant lui, le regarde tristement et hoche la tête : si vous saviez comme je vous comprends… »

5

L'assassinat d'Allende a bien vite recouvert le souvenir de l'invasion de la Bohême par les Russes, le massacre sanglant du Bangladesh a fait oublier Allende, la guerre dans le désert du Sinaï a couvert de son vacarme les plaintes du Bangladesh, les massacres du Cambodge ont fait oublier le Sinaï, et ainsi de suite, et ainsi de suite et ainsi de suite, jusqu'à l'oubli complet de tout par tous.

À une époque où l'Histoire cheminait encore lentement, ses événements peu nombreux s'inscrivaient aisément dans la mémoire et tissaient une toile de fond connue de tous devant laquelle la vie privée déroulait le spectacle captivant de ses aventures. Aujourd'hui, le temps avance à grands pas. L'événement historique, oublié en une nuit, scintille dès le lendemain de la rosée du nouveau et n'est donc plus une toile de fond dans le récit du narrateur, mais une surprenante *aventure* qui se joue sur l'arrière-plan de la trop familière banalité de la vie privée.

L'Histoire s'évapore de la mémoire et il faut que je parle d'événements qui ont eu lieu il y a quelques années comme s'ils étaient vieux de mille ans : En 1939, l'armée allemande est entrée en Bohême et l'État des Tchèques a cessé d'exister. En 1945, l'armée russe est entrée en Bohême et le pays s'est de nouveau appelé république indépendante. Les gens étaient enthousiasmés par la Russie qui avait chassé les Allemands, et comme ils voyaient dans le Parti communiste tchèque son bras fidèle, ils ont transféré sur lui leurs sympathies. Ce qui fait que lorsque les communistes se sont emparés du pouvoir en février 1948, ce n'est ni dans le sang ni par la violence, mais salués par la joyeuse clameur d'environ la moitié de la nation. Et maintenant, faites attention : cette moitié-là, qui poussait des cris de joie, était plus dynamique, plus intelligente, meilleure.

Oui, on peut dire ce qu'on veut, les communistes étaient plus intelligents. Ils avaient un programme grandiose. Le plan d'un monde entièrement nouveau où tous trouveraient leur place. Ceux qui étaient contre eux n'avaient pas de grand rêve, seulement quelques principes moraux usés et ennuyeux, dont ils voulaient se servir pour rapiécer la culotte trouée de l'ordre établi. Il n'est donc pas surprenant que ces enthousiastes, ces courageux aient aisément triomphé des tièdes et des prudents et qu'ils aient bien vite entrepris de réaliser leur rêve, cette idylle de justice pour tous.

Je le souligne : *l'idylle* et *pour tous*, car tous les êtres humains aspirent depuis toujours à l'idylle, à ce jardin où chantent les rossignols, à ce royaume de l'harmonie, où le monde ne se dresse pas en étranger contre l'homme et l'homme contre les autres hommes, mais où le monde et tous les hommes sont au contraire pétris dans une seule et même matière.

Là-bas, chacun est une note d'une sublime fugue de Bach, et celui qui ne veut pas en être une reste un point noir inutile et privé de sens qu'il suffit de saisir et d'écraser sous l'ongle comme une puce.

Il y a des gens qui ont tout de suite compris qu'ils n'avaient pas le tempérament qu'il faut pour l'idylle, et ils ont voulu s'en aller à l'étranger. Mais comme l'idylle est par essence un monde pour tous, ceux qui voulaient émigrer se révélaient négateurs de l'idylle, et au lieu d'aller à l'étranger ils sont allés sous les verrous. D'autres n'ont pas tardé à prendre le même chemin par milliers et dizaines de milliers, et parmi eux il y avait de nombreux communistes comme le ministre des Affaires étrangères Clementis qui avait prêté sa toque de fourrure à Gottwald. Sur les écrans des cinémas, des amoureux timides se donnaient la main, l'adultère était sévèrement réprimé par les tribunaux d'honneur composés de simples citoyens, les rossignols chantaient et le corps de Clementis se balançait comme une cloche carillonnant le nouveau matin de l'humanité.

Et alors, ces êtres jeunes, intelligents et radicaux ont eu soudain le sentiment étrange d'avoir envoyé dans le vaste monde l'action qui commençait à vivre de sa vie propre, cessait de ressembler à l'idée qu'ils s'en étaient faite et ne se souciait pas de ceux qui lui avaient donné naissance. Ces êtres jeunes et intelligents se sont mis à crier après leur action, ils ont commencé à l'appeler, à la blâmer, à la poursuivre, à lui donner la chasse. Si j'écrivais un roman sur la génération de ces êtres doués et radicaux, je l'intitulerais *La Chasse à l'action perdue.*

6

Le mécanicien referma le capot et Mirek lui demanda combien il lui devait.

« Peau de balle », dit le mécanicien.

Mirek se met au volant et il est ému. Il n'a aucune envie de continuer son voyage. Il aimerait mieux rester avec le mécanicien et écouter des histoires drôles. Le mécanicien se pencha à l'intérieur de la voiture et lui donna une bourrade. Puis il se dirigea vers la guérite pour lever la barrière.

Comme Mirek passait devant lui, il lui montra d'un signe de tête la voiture garée devant l'entrée de la station-service.

L'homme au cou épais et à la chevelure ondulée était planté à côté de la portière ouverte. Il regardait Mirek. Le type qui était au volant l'observait aussi. Les deux hommes le fixaient avec insolence et sans gêne, et Mirek, en passant près d'eux, fit un effort pour les regarder avec la même expression.

Il les dépassa et il vit dans le rétroviseur que le type montait dans la voiture et faisait demi-tour pour pouvoir continuer à le suivre.

Il pensa qu'il aurait quand même dû se séparer plus tôt de ces papiers si compromettants pour lui et ses amis. S'il l'avait fait dès le premier jour de son accident sans attendre d'avoir pu joindre Zdena au téléphone, il aurait peut-être encore pu les transporter sans danger. Seulement, il ne pouvait penser qu'à une chose, à ce voyage pour aller voir Zdena. En fait, il y pense depuis plusieurs années. Mais depuis ces dernières semaines, il a le sentiment qu'il ne peut pas attendre plus longtemps parce que son destin approche à grands pas de sa fin et qu'il doit tout faire pour sa perfection et sa beauté.

7

En ces jours lointains où il avait rompu avec elle, il avait éprouvé le sentiment étourdissant d'une immense liberté et tout avait soudain commencé à lui réussir. Peu après, il avait épousé une femme dont la beauté lui donnait de l'assurance. Puis sa belle était morte et il était resté seul avec son fils dans une solitude coquette qui lui valait l'admiration, l'intérêt et la sollicitude de beaucoup d'autres femmes.

En même temps, il s'imposait dans la recherche scientifique et cette réussite le protégeait. L'État avait besoin de lui et il pouvait ainsi se permettre d'être caustique à son égard en un temps où presque personne ne l'osait encore. Peu à peu, à mesure que ceux qui donnaient la chasse à leur action gagnaient en influence, il était apparu de plus en plus souvent sur les écrans de télévision et était devenu une personnalité. Après l'arrivée des Russes, quand il avait refusé de renier ses convictions, il avait été renvoyé de son travail et entouré de flics en civil. Cela ne l'avait pas brisé. Il était amoureux de son destin et même sa marche à la ruine lui semblait noble et belle.

Comprenez-moi bien : je n'ai pas dit qu'il était amoureux de lui-même, mais de son destin. Ce sont deux choses toutes différentes. Comme si sa vie s'émancipait et avait soudain ses propres intérêts qui ne correspondaient pas du tout à ceux de Mirek. C'est ainsi que, selon moi, la vie se transforme en destin. Le destin n'a pas l'intention de lever ne serait-ce que le petit doigt pour Mirek (pour son bonheur, sa sécurité, sa bonne humeur et sa santé), tandis que Mirek est prêt à tout faire pour son destin (pour sa grandeur, sa clarté, sa beauté, son style et son sens intelligible). Il se sent responsable de son destin, mais son destin ne se sent pas responsable de lui.

Il avait avec sa vie le même rapport que le sculpteur avec sa statue ou le romancier avec son roman. Le droit intangible du romancier, c'est de pouvoir retravailler son roman. Si le début ne lui plaît pas, il peut le récrire ou le supprimer. Mais l'existence de Zdena refusait à Mirek cette prérogative d'auteur. Zdena insistait pour rester dans les premières pages du roman et ne se laissait pas effacer.

8

Mais pourquoi au juste en a-t-il si effroyablement honte ?

L'explication la plus facile est celle-ci : Mirek est de ceux qui ont très tôt donné la chasse à leur propre action, tandis que Zdena est toujours fidèle au jardin où chantent les rossignols. Ces derniers temps, elle faisait partie de ces deux pour cent de la nation qui avaient accueilli avec joie l'arrivée des chars russes.

Oui, c'est vrai, mais je ne crois pas que cette explication soit convaincante. S'il n'y avait eu que cette raison-là, qu'elle s'était réjouie de l'arrivée des chars russes, il l'aurait insultée à voix haute et publiquement et il n'aurait pas nié qu'il la connaissait. C'est d'une chose autrement grave que Zdena s'était rendue coupable envers lui. Elle était laide.

Mais est-ce que cela comptait, qu'elle fût laide, puisqu'il n'avait pas couché avec elle depuis vingt ans ?

Cela comptait : même de loin, le grand nez de Zdena jetait une ombre sur sa vie.

Il y a des années, il avait une jolie maîtresse. Un jour, elle était allée dans la ville où habite Zdena et elle en était revenue contrariée : « Dis-moi, comment as-tu pu coucher avec cette horreur ? »

Il avait déclaré ne la connaître que de loin et il avait nié énergiquement avoir eu une liaison avec elle.

Car le grand secret de la vie ne lui était pas inconnu : Les femmes ne recherchent pas le bel homme. Les femmes recherchent l'homme qui a eu de belles femmes. C'est donc une erreur fatale d'avoir une maîtresse laide. Mirek s'était efforcé de balayer toute trace de Zdena et, comme ceux qui aimaient les rossignols le haïssaient chaque jour davantage, il espérait que Zdena, qui faisait une carrière assidue de permanente du Parti, allait l'oublier vite et bien volontiers.

Mais il se trompait. Elle parlait toujours de lui, partout et à chaque occasion. Une fois, par une funeste coïncidence, ils s'étaient rencontrés en société, et elle s'était empressée d'évoquer un souvenir qui montrait clairement qu'ils avaient été très intimes.

Il était hors de lui.

Une autre fois, un de ses amis qui la connaissait lui avait demandé : « Si tu détestes tellement cette fille, dis-moi pourquoi vous avez été ensemble autrefois ? »

Mirek avait commencé à lui expliquer qu'il était alors un stupide gamin de vingt ans et que, plus âgée que lui, elle était respectée, admirée, toute-puissante ! Elle connaissait tout un chacun au Comité central du Parti ! Elle l'aidait, le poussait, le présentait à des gens influents !

« J'étais un arriviste, espèce d'idiot ! » s'était-il mis à crier : « C'est pour ça que je me suis pendu à son cou, et je m'en fichais pas mal qu'elle soit laide ! »

9

Mirek ne dit pas la vérité. Zdena était du même âge que lui. Bien qu'elle ait pleuré sur la mort de Masturbov, elle n'avait pas alors de hautes relations et n'avait aucun moyen de faire carrière, ou de faciliter la carrière des autres.

Alors pourquoi a-t-il inventé cela ? Pourquoi est-ce qu'il ment ?

Il tient le volant d'une main, il voit la voiture de la police secrète dans le rétroviseur et il rougit soudain. Un souvenir tout à fait inattendu vient de surgir de sa mémoire :

Quand elle lui avait reproché, la première fois qu'ils avaient couché ensemble, ses façons trop intellectuelles, il avait voulu, dès le lendemain, rectifier cette impression et manifester une passion spontanée, effrénée. Non, ce n'est pas vrai qu'il a oublié tous leurs coïts ! Celui-ci, il le voit tout à fait clairement : Il se mouvait sur elle avec une violence feinte, il s'arrachait un long grondement, comme un chien qui se bat avec la pantoufle de son maître, et en même temps il observait (avec une légère stupeur) la femme étendue sous lui, très calme, silencieuse et presque impassible.

La voiture retentit de ce grondement vieux de vingt-cinq ans, bruit insupportable de sa soumission et de son zèle servile, bruit de son empressement et de sa complaisance, de son ridicule et de sa misère.

Oui, c'est ainsi : Mirek va jusqu'à se proclamer arriviste, afin de ne pas avoir à avouer la vérité : il avait couché avec un laideron parce qu'il n'osait pas aborder les jolies femmes. À ses propres yeux, il n'avait pas mérité mieux qu'une Zdena. Cette faiblesse, ce dénuement, c'est le secret qu'il cache.

La voiture retentissait du grondement frénétique de la passion, et ce bruit lui prouvait que Zdena n'était rien d'autre que l'image ensorcelée qu'il voulait atteindre pour y détruire sa propre jeunesse haïe.

Il s'arrêta devant chez elle. La voiture suiveuse s'arrêta derrière lui.

10

La plupart du temps, les événements historiques s'imitent les uns les autres sans talent, mais il me semble qu'en Bohême l'Histoire a effectué une expérimentation inédite. Là-bas, ce n'est pas, selon les anciennes recettes, un groupe d'hommes (une classe, un peuple) qui s'est dressé contre un autre, mais des hommes (une génération d'hommes et de femmes) qui se sont soulevés contre leur propre jeunesse.

Ils s'efforçaient de rattraper et de dompter leur propre

action, et pour un peu ils allaient réussir. Dans les années 60, ils gagnaient de plus en plus d'influence et au début de 1968 leur influence était presque sans partage. C'est cette dernière période qu'on appelle généralement le *Printemps de Prague* : les gardiens de l'idylle se voyaient contraints de démonter les microphones des appartements privés, les frontières étaient ouvertes, et les notes s'enfuyaient de la grande partition de Bach pour chanter chacune à sa façon. C'était une incroyable gaieté, c'était le carnaval !

La Russie, qui écrit la grande fugue pour tout le globe terrestre, ne pouvait tolérer que les notes s'égaillent. Le 21 août 1968, elle a envoyé en Bohême une armée d'un demi-million d'hommes. Peu après, environ cent vingt mille Tchèques ont quitté le pays et, parmi ceux qui sont restés, cinq cent mille environ ont été contraints d'abandonner leur emploi pour des ateliers perdus dans les fins fonds, pour de lointaines fabriques, pour le volant des camions, c'est-à-dire pour des lieux d'où personne n'entendra plus jamais leur voix.

Et pour que l'ombre du mauvais souvenir ne vienne pas distraire le pays de son idylle restaurée, il faut que le Printemps de Prague et l'arrivée des tanks russes, cette tache sur une belle Histoire, soient réduits à néant. C'est pourquoi aujourd'hui en Bohême on passe sous silence l'anniversaire du 21 août, et les noms de ceux qui se sont soulevés contre leur propre jeunesse sont soigneusement gommés de la mémoire du pays comme une faute dans un devoir d'écolier.

Mirek aussi, ils l'ont gommé. Et s'il gravit en ce moment les marches qui vont le conduire à la porte de Zdena, ce n'est en réalité qu'une tache blanche, qu'un fragment de vide circonscrit qui monte la spirale de l'escalier.

11

Il est assis en face de Zdena, son bras en écharpe se balance. Zdena regarde de côté, évite ses yeux et parle abondamment :

« Je ne sais pas pourquoi tu es venu. Mais je suis contente que tu sois ici. J'ai parlé à des camarades. Il est tout de même insensé que tu finisses tes jours manœuvre sur un chantier de construction. Il est certain, je le sais, que le Parti ne t'a pas encore fermé la porte. Il est encore temps. »

Il lui demande ce qu'il doit faire.

« Il faut que tu demandes une audience. Toi-même. C'est à toi de faire le premier pas. »

Il voit de quoi il retourne. Ils lui font savoir qu'il lui reste encore cinq minutes, les cinq dernières, pour proclamer bien haut qu'il renie tout ce qu'il a dit et fait. Il connaît ce marché. Ils sont prêts à vendre aux gens un avenir contre leur passé. Ils vont l'obliger à parler à la télévision d'une voix étranglée pour expliquer au peuple qu'il se trompait quand il parlait contre la Russie et contre les rossignols. Ils vont le contraindre à rejeter loin de lui sa vie et à devenir une ombre, un homme sans passé, un acteur sans rôle et à changer en ombre même sa vie rejetée, même ce rôle abandonné par l'acteur. Ainsi métamorphosé en ombre, ils le laisseront vivre.

Il regarde Zdena : Pourquoi parle-t-elle si vite et d'une voix si mal assurée ? Pourquoi regarde-t-elle de côté, pourquoi évite-t-elle ses yeux ?

Ce n'est que trop évident : elle lui a tendu un piège. Elle agit sur les instructions du Parti ou de la police. Elle a pour tâche de le convaincre de capituler.

12

Mais Mirek se trompe ! Personne n'a chargé Zdena de traiter avec lui. Ah non ! plus personne aujourd'hui parmi les puissants n'accorderait une audience à Mirek, même s'il implorait. C'est trop tard.

Si Zdena l'incite à faire quelque chose pour se sauver et si elle prétend lui transmettre un message de camarades qui siègent dans les plus hautes instances, c'est seulement parce qu'elle éprouve un désir vain et confus de l'aider comme elle peut. Et si elle parle si vite et si elle évite ses yeux, ce n'est pas parce qu'elle tient dans la main un piège tendu, mais parce qu'elle a les mains complètement vides.

Mirek l'a-t-il jamais comprise ?

Il a toujours pensé que Zdena était si frénétiquement fidèle au Parti par fanatisme.

Ce n'est pas vrai. Elle était restée fidèle au Parti parce qu'elle aimait Mirek.

Quand il l'avait quittée, elle n'avait désiré qu'une chose, démontrer que la fidélité est une valeur supérieure à toutes les autres. Elle avait voulu démontrer qu'il était infidèle *en tout* et qu'elle était *en tout* fidèle. Ce qui apparaissait comme du fanatisme politique n'était qu'un prétexte, qu'une parabole, qu'une manifestation de fidélité, que le reproche chiffré d'un amour déçu.

Je l'imagine, un beau matin d'août, réveillée en sursaut par l'épouvantable vacarme des avions. Elle était sortie dans la rue en courant et des gens affolés lui dirent que l'armée russe occupait la Bohême. Elle éclata d'un rire hystérique ! Les chars russes étaient venus punir tous les infidèles ! Elle allait enfin voir la perte de Mirek ! Elle allait enfin le voir à genoux ! Elle allait enfin pouvoir se pencher sur lui comme celle qui sait ce qu'est la fidélité, et l'aider.

Mirek décida de rompre brutalement la conversation qui s'était engagée dans une mauvaise direction.

« Tu sais que je t'ai écrit des tas de lettres autrefois. Je voudrais les reprendre. »

Elle leva la tête d'un air surpris : « Des lettres ?

— Oui, mes lettres. J'ai dû t'en écrire des dizaines, à l'époque.

— Oui, tes lettres, je sais », dit-elle, et brusquement elle cesse de détourner son regard, elle le fixe droit dans les yeux. Mirek a l'impression déplaisante qu'elle voit au fond de son âme et qu'elle sait très exactement ce qu'il veut et pourquoi il le veut.

« Tes lettres, oui tes lettres, répète-t-elle. Je les ai relues il n'y a pas longtemps. Je me suis demandé comment tu as pu être capable d'une telle explosion de sentiment. »

Et elle répète plusieurs fois ces mots, *explosion de sentiment*, elle ne les prononce pas vite et avec un débit précipité, mais lentement et d'une voix réfléchie, comme si elle visait une cible qu'elle ne veut pas manquer, et elle ne la quitte pas des yeux, pour s'assurer qu'elle a fait mouche.

13

Le bras plâtré se balance devant sa poitrine et son visage s'empourpre : on dirait qu'il vient de recevoir une gifle.

Ah oui ! c'est certain, ses lettres étaient terriblement

sentimentales. Il devait à tout prix se démontrer que c'étaient non pas sa faiblesse et sa misère qui l'attachaient à cette femme, mais l'amour ! Et seule une passion vraiment immense pouvait justifier une liaison avec une fille si laide.

« Tu m'écrivais que j'étais ta camarade de combat, tu te souviens ? »

Il rougit encore davantage : est-ce possible ? Quel mot infiniment ridicule, ce mot *combat* ! Qu'est-ce que c'était, leur combat ? Ils assistaient à des réunions interminables, ils avaient des ampoules aux fesses, mais à l'instant où ils se levaient pour proférer des opinions extrêmes (il fallait châtier encore plus durement l'ennemi de classe, formuler telle ou telle idée en termes encore plus catégoriques), ils avaient le sentiment de ressembler aux personnages des tableaux héroïques : il tombe à terre, un revolver au poing et une blessure sanglante à l'épaule, et elle, pistolet à la main, elle va de l'avant, là où lui n'a pu aller.

En ce temps-là, il avait encore la peau couverte d'acné juvénile et, pour que ça ne se voie pas, il portait sur son visage le masque de la révolte. Il racontait à tout le monde qu'il avait rompu pour toujours avec son père, un riche paysan. Il crachait, disait-il, au visage de la tradition paysanne séculaire qui est attachée à la terre et à la propriété. Il décrivait la scène de la dispute et son départ dramatique du foyer paternel. Dans tout cela, il n'y avait pas une once de vérité. Aujourd'hui, quand il regarde en arrière, il ne voit là que légendes et mensonges.

« En ce temps-là, tu étais un autre homme qu'aujourd'hui », dit Zdena.

Et il s'imagina emportant avec lui le paquet de lettres. Il s'arrête devant la première poubelle, prend prudemment les lettres entre deux doigts, comme si c'était du papier souillé de merde, et les jette parmi les ordures.

14

« À quoi ces lettres pourraient-elles te servir ? demande-t-elle. Pourquoi est-ce que tu les veux, au juste ? »

Il ne pouvait pas lui dire qu'il voulait les jeter à la poubelle. Il prit donc une voix mélancolique et commença à lui raconter qu'il était à l'âge où l'on regarde en arrière.

(Il se sentait mal à l'aise en disant cela, il avait l'impression que son conte de fées n'était pas convaincant, et il avait honte.)

Oui, il regarde en arrière, parce que aujourd'hui il a oublié celui qu'il était quand il était jeune. Il sait qu'il a échoué. C'est pour cela qu'il voudrait savoir d'où il est parti, pour comprendre où il a commis l'erreur. C'est pour cela qu'il veut revenir à sa vieille correspondance, pour y trouver le secret de sa jeunesse, de ses débuts et de ses racines.

Elle hocha la tête : « Jamais je ne te les donnerai. »

Il mentit : « Je voudrais seulement les emprunter. »

Elle hocha de nouveau la tête.

Il songea que quelque part, dans cet appartement, il y avait ses lettres qu'elle pouvait à tout moment faire lire à n'importe qui. Il trouvait insupportable qu'un morceau de sa vie reste entre les mains de Zdena, et il avait envie de la frapper à la tête avec le gros cendrier de verre qui était posé entre eux sur la table basse et d'emporter ses lettres. Au lieu de cela, il recommençait à lui expliquer qu'il regardait en arrière et qu'il voulait savoir d'où il était parti.

Elle leva les yeux et le fit taire d'un regard : « Jamais je ne te les donnerai. Jamais. »

15

Quand ils sortirent ensemble de l'immeuble de Zdena, les deux voitures étaient garées l'une derrière l'autre devant la porte. Les flics faisaient les cent pas sur le trottoir d'en face. À ce moment, ils s'arrêtèrent et les regardèrent.

Il les lui montra : « Ces deux messieurs m'ont suivi tout le long de la route.

— Vraiment ? dit-elle, incrédule, avec une ironie forcée. Tout le monde te persécute ? »

Comment peut-elle être aussi cynique et lui affirmer en face que les deux hommes qui les examinent ostensiblement et avec insolence ne sont que des passants de hasard ?

Il n'y a qu'une explication. Elle joue leur jeu. Le jeu qui consiste à faire comme si la police secrète n'existait pas et comme si personne n'était persécuté.

Pendant ce temps, les flics traversaient la chaussée et, sous le regard de Mirek et de Zdena, montaient dans leur voiture.

« Porte-toi bien », dit Mirek, et il ne la regarda même plus. Il se mit au volant. Il voyait dans le rétroviseur la voiture des flics qui venait de démarrer derrière lui. Il ne voyait pas Zdena. Il ne voulait pas la voir. Il ne voulait plus jamais la voir.

C'est pourquoi il ne savait pas qu'elle était restée sur le trottoir et qu'elle l'avait longtemps suivi des yeux. Elle avait l'air épouvantée.

Non, ce n'était pas du cynisme de la part de Zdena de refuser de voir des flics dans les deux hommes qui faisaient les cent pas sur le trottoir d'en face. Elle avait été prise de panique devant des choses qui la dépassaient. Elle avait voulu lui cacher la vérité, et se la cacher à elle-même.

16

Une voiture de sport rouge conduite par un chauffeur déchaîné apparut soudain entre Mirek et les flics. Il appuya sur l'accélérateur. Ils entraient dans une agglomération. La route tournait. Mirek comprit qu'à ce moment ses poursuivants ne pouvaient pas le voir et il bifurqua dans une petite rue. Les freins grincèrent et un gamin qui s'apprêtait à traverser la rue eut tout juste le temps de se jeter en arrière. Mirek aperçut dans le rétroviseur la voiture rouge qui filait sur la route principale. Mais la voiture des poursuivants n'était pas encore passée. L'instant d'après il parvint à tourner dans une autre rue et à disparaître ainsi définitivement de leur champ visuel.

Il sortit de la ville par une route qui allait dans une tout autre direction. Il regardait dans le rétroviseur. Personne ne le suivait, la route était vide.

Il imagina les malheureux flics qui le cherchaient et avaient peur de se faire engueuler par leur supérieur. Il éclata de rire. Il ralentit l'allure et se mit à regarder le paysage. À vrai dire, il n'avait jamais regardé le paysage. Il roulait toujours vers un but, pour arranger une chose ou discuter d'une autre, de sorte que l'espace du monde était devenu pour lui quelque chose de négatif, une perte de temps, un obstacle qui freinait son activité.

À une certaine distance devant lui deux barrières rayées rouge et blanc s'abaissent lentement. Il s'arrête.

Soudain, il se sent infiniment las. Pourquoi est-il allé la voir ? Pourquoi a-t-il voulu reprendre ces lettres ?

Il se sent assailli par tout ce qu'il y a d'absurde, de ridicule, de puéril dans son voyage. Il n'a pas été guidé par un raisonnement ou par un calcul mais par un indomptable désir. Le désir d'étendre le bras loin dans son passé et d'y frapper du poing. Le désir de lacérer au couteau le tableau de sa jeunesse. Un désir passionné qu'il n'a pu maîtriser et qui va rester inassouvi.

Il se sent infiniment fatigué. Maintenant il ne va sans doute plus pouvoir sortir de son appartement les papiers compromettants. Tout finira mal. Les flics sont sur ses talons et ne vont plus le lâcher. Il est trop tard. Oui, il est trop tard pour tout.

Il entendit au loin le halètement d'un train. Devant la maison du garde-barrière il y avait une femme avec un fichu rouge sur la tête. Le train arrivait, c'était un lent omnibus, un brave paysan avec sa pipe se penchait à une fenêtre et crachait. Puis il entendit une sonnerie et la femme au fichu rouge fit quelques pas vers le passage à niveau et tourna une manivelle. Les barrières commencèrent à se lever et Mirek démarra. Il entrait dans un village qui n'était qu'une longue rue interminable au bout de laquelle il y avait la gare : une maisonnette basse et blanche avec une clôture en bois à travers laquelle on voyait le quai et des rails.

17

Les fenêtres de la gare sont ornées de pots de fleurs où poussent des bégonias. Mirek a arrêté la voiture. Il est assis au volant et regarde cette maison, la fenêtre et les fleurs rouges. D'une époque depuis longtemps oubliée lui revient l'image d'une autre maison peinte en blanc, avec sur le rebord des fenêtres le rougeoiement des pétales de bégonia. C'est un petit hôtel dans un village de montagne et ça se passe pendant les vacances d'été. À la fenêtre, entre les fleurs, un très grand nez apparaît. Mirek a vingt ans ; il lève les yeux vers ce nez et il éprouve un immense amour.

Il voulut bien vite appuyer sur l'accélérateur pour échapper à ce souvenir. Mais cette fois-ci je ne vais pas me laisser duper, et j'appelle ce souvenir pour le retenir un instant.

Donc, je répète : à la fenêtre, entre les bégonias, il y a le visage de Zdena avec un nez gigantesque et Mirek éprouve un immense amour.

Est-ce possible ?

Oui. Et pourquoi pas ? Un garçon faible ne peut-il éprouver un véritable amour pour une fille laide ?

Il lui racontait qu'il s'était révolté contre son père réactionnaire, elle vitupérait les intellectuels, ils avaient des ampoules aux fesses et se tenaient par la main. Ils allaient aux réunions, dénonçaient leurs concitoyens, mentaient et s'aimaient. Elle pleurait sur la mort de Masturbov, il grondait comme un chien sur son corps et ils ne pouvaient pas vivre l'un sans l'autre.

S'il voulait l'effacer des photographies de sa vie, ce n'était pas parce qu'il ne l'aimait pas, mais parce qu'il l'avait aimée. Il l'avait gommée, elle et son amour pour elle, il avait gratté son image jusqu'à la faire disparaître comme la section de propagande du Parti avait fait disparaître Clementis du balcon où Gottwald avait prononcé son discours historique. Mirek récrit l'Histoire exactement comme le Parti communiste, comme tous les partis politiques, comme tous les peuples, comme l'homme. On crie qu'on veut façonner un avenir meilleur, mais ce n'est pas vrai. L'avenir n'est qu'un vide indifférent qui n'intéresse personne, mais le passé est plein de vie et son visage irrite, révolte, blesse, au point que nous voulons le détruire ou le repeindre. On ne veut être maître de l'avenir que pour pouvoir changer le passé. On se bat pour avoir accès aux laboratoires où on peut retoucher les photos et récrire les biographies et l'Histoire.

Combien de temps était-il resté devant cette gare ?

Et que signifiait cette halte ?

Elle ne signifiait rien.

Il l'avait immédiatement rayée de sa pensée, ce qui fait qu'en ce moment il ne savait déjà plus rien de la maisonnette blanche où il y avait des bégonias. De nouveau, il roulait à vive allure sans regarder le paysage. De nouveau, l'espace du monde n'était qu'un obstacle qui ralentissait son action.

18

La voiture qu'il avait réussi à semer était garée devant chez lui. Les deux hommes étaient un peu plus loin.

Il se rangea derrière leur voiture et il descendit. Ils lui sourirent presque joyeusement comme si son échappée n'était qu'une espièglerie qui les avait tous beaucoup amusés. Quand il passa devant eux, l'homme au cou épais et aux cheveux frisés au fer se mit à rire et lui adressa un signe de tête. Mirek fut saisi d'angoisse devant cette familiarité qui signifiait que maintenant ils allaient être encore plus intimement liés.

Sans sourciller, Mirek entra dans la maison. Il ouvrit la porte de l'appartement avec sa clé. Il vit d'abord son fils et son regard plein d'une émotion contenue. Un inconnu à lunettes s'approcha de Mirek et déclina son identité. « Voulez-vous voir le mandat de perquisition du procureur ?

— Oui », dit Mirek.

Dans l'appartement il y avait deux autres inconnus. L'un était debout devant la table de travail où étaient entassées des piles de papiers, de cahiers et de livres. Il prenait les objets dans la main, l'un après l'autre. Un deuxième homme, assis devant le bureau, inscrivait ce que lui dictait le premier.

L'homme à lunettes sortit un papier plié de sa poche de poitrine et le tendit à Mirek : « Tenez, voici le mandat du procureur et là-bas — il désigna les deux hommes —, on prépare pour vous la liste des objets saisis. »

Par terre il y avait plein de papiers et de livres épars, les portes des placards étaient ouvertes, les meubles étaient écartés des murs.

Son fils se pencha vers Mirek et dit : « Ils sont arrivés cinq minutes après ton départ. »

Devant la table de travail, les deux hommes dressaient la liste des objets saisis : des lettres d'amis de Mirek, des documents des premiers jours de l'occupation russe, des analyses de la situation politique, des procès-verbaux de leurs réunions.

« Vous n'avez pas beaucoup d'égards pour vos amis », dit l'homme à lunettes qui, d'un mouvement de la tête, désigna les objets saisis.

19

Ceux qui ont émigré (ils sont cent vingt mille), ceux qui ont été réduits au silence et chassés de leur travail (ils sont un demi-million) disparaissent comme un cortège qui s'éloigne dans le brouillard, invisibles et oubliés.

Mais la prison, bien qu'elle soit de toutes parts entourée de murs, est une scène splendidement éclairée de l'Histoire.

Mirek le sait depuis longtemps. Pendant toute cette dernière année, la gloire de la prison l'attirait irrésistiblement. C'est sans doute ainsi que Flaubert était attiré par le suicide de Mme Bovary. Non, Mirek ne pouvait imaginer une meilleure fin pour le roman de sa vie.

On voulait effacer de la mémoire des milliers de vies pour qu'il ne reste que le seul temps immaculé de l'idylle immaculée. Mais sur cette idylle, Mirek va se poser de tout son petit corps, comme une tache. Il y restera comme la toque de Clementis est restée sur la tête de Gottwald.

Ils firent signer à Mirek la liste des objets saisis puis ils l'invitèrent à les suivre, accompagné de son fils. Au bout d'un an de détention préventive, le procès eut lieu. Mirek fut condamné à six ans, son fils à deux ans, et une dizaine de leurs amis à des peines d'un à six ans de prison.

Deuxième partie

MAMAN

I

Il fut un temps où Markéta n'aimait pas sa belle-mère. C'était à l'époque où elle habitait chez elle avec Karel (du vivant de son beau-père) et où elle était chaque jour en butte à sa hargne et à sa susceptibilité. Ils ne l'avaient pas supportée longtemps et ils avaient déménagé. Leur devise était alors *le plus loin possible de maman.* Ils étaient allés habiter dans une autre ville, à l'autre bout du pays, et réussissaient ainsi à voir les parents de Karel à peine une fois par an.

Puis un jour, le père de Karel était mort et maman était restée seule. Ils l'avaient revue à l'enterrement ; elle était humble et misérable et leur paraissait plus petite qu'avant. Ils avaient tous les deux une phrase dans la tête : « Maman, tu ne peux pas rester seule, viens habiter chez nous. »

La phrase leur résonnait dans la tête, mais ils ne la prononçaient pas. D'autant que le lendemain des obsèques, pendant une triste promenade, maman, toute misérable et menue qu'elle était, leur avait reproché avec une véhémence qu'ils trouvaient déplacée tous les torts qu'ils avaient accumulés envers elle. « Plus rien ne la changera jamais, avait dit ensuite Karel à Markéta, une fois dans le train. C'est triste, mais pour moi, ce sera toujours : loin de maman. »

Depuis, les années avaient passé, et s'il était bien vrai que maman était toujours la même, Markéta, elle, avait sans doute changé parce qu'elle avait soudain eu l'impression que tout ce que sa belle-mère leur avait fait était au fond bien anodin, et que c'était elle, Markéta, qui avait commis la véritable faute en accordant trop d'importance à ses criailleries.

Elle considérait alors maman comme un enfant considère un adulte, tandis que maintenant les rôles étaient inversés : Markéta était adulte et, à cette grande distance, maman lui paraissait petite et sans défense comme une enfant. Markéta éprouva pour elle une indulgente patience, et elle avait même commencé à lui écrire régulièrement. La vieille dame s'y était très vite habituée, elle lui répondait soigneusement et exigeait de Markéta des lettres de plus en plus fréquentes, car ses lettres, affirmait-elle, étaient la seule chose qui lui permît de supporter sa solitude.

Depuis quelque temps, la phrase qui avait pris naissance pendant l'enterrement du père de Karel recommençait à leur trotter dans la tête. Et ce fut de nouveau le fils qui réprima l'accès de bonté de la bru, si bien qu'au lieu de dire à maman, « maman, viens habiter chez nous », ils l'invitèrent pour une semaine.

C'était Pâques, et leur fils de dix ans était parti en vacances. Pour le week-end ils attendaient Eva. Ils voulaient bien passer toute la semaine avec maman, sauf le dimanche. Ils lui dirent : « Viens passer une semaine chez nous. De samedi prochain à samedi en huit. Dimanche en huit on est pris. On s'en va. » Ils ne lui dirent rien de plus précis, parce qu'ils ne tenaient pas tellement à parler d'Eva. Karel le lui répéta encore deux fois au téléphone : « De samedi prochain à samedi en huit. Dimanche en huit on est pris, on part. » Et maman dit : « Oui, mes enfants, vous êtes très gentils, vous savez bien que je m'en irai quand vous voudrez. Tout ce que je demande c'est d'échapper un peu à ma solitude. »

Mais le samedi soir, quand Markéta vint lui demander à quelle heure elle voulait qu'ils la conduisent à la gare le lendemain matin, maman annonça, carrément et sans hésiter, qu'elle partirait le lundi. Markéta la regarda avec surprise, et maman poursuivit : « Karel m'a dit que vous êtes déjà pris lundi, que vous partez et qu'il faut que je m'en aille lundi matin. »

Markéta aurait évidemment pu répondre : « maman, tu t'es trompée, c'est demain que nous partons », mais elle n'en avait pas le courage. Elle ne parvenait pas, sur le moment, à inventer l'endroit où ils allaient. Elle comprenait qu'ils avaient préparé leur mensonge bien négligemment, elle ne disait rien, et elle acceptait l'idée que sa belle-mère allait rester chez eux le dimanche. Elle se rassurait à la pensée que la chambre du petit, où couchait sa belle-mère, était située à l'autre bout de l'appartement et que maman ne les dérangerait pas. Et elle dit à Karel d'un ton de reproche :

« S'il te plaît, ne sois pas méchant avec elle. Regarde-la, la pauvre. Rien que de la voir, ça me crève le cœur. »

2

Karel haussa les épaules, résigné. Markéta avait raison : maman avait vraiment changé. Elle était contente de tout, reconnaissante de tout. Karel guettait vainement l'instant où ils allaient se disputer pour un rien.

L'autre jour, pendant une promenade, elle avait regardé au loin et elle avait dit : « Qu'est-ce que c'est que ce joli petit village blanc, là-bas ? » Ce n'était pas un village, c'étaient des bornes. Karel avait eu pitié de sa mère, dont la vue baissait.

Mais ce défaut de la vision semblait exprimer quelque chose de plus essentiel : ce qui leur paraissait grand, elle le trouvait petit, ce qui était pour eux des bornes, pour elle c'étaient des maisons.

À dire vrai, ce n'était pas un trait tout à fait nouveau chez elle. La différence, c'était qu'avant ils s'en indignaient. Une nuit, par exemple, les chars du gigantesque pays voisin avaient envahi leur pays. Cela avait été un tel choc, un tel effroi, que personne, pendant longtemps, n'avait pu penser à autre chose. On était au mois d'août et les poires étaient mûres dans leur jardin. Une semaine plus tôt, maman avait invité le pharmacien à venir les cueillir. Mais le pharmacien n'était pas venu et ne s'était même pas excusé. Maman ne pouvait pas le lui pardonner, ce qui mettait hors d'eux Karel et Markéta. Ils lui faisaient des reproches : tout le monde pense aux tanks, et toi tu penses aux poires. Puis ils avaient déménagé, avec le souvenir de sa mesquinerie.

Seulement, les chars sont-ils vraiment plus importants que les poires ? À mesure que le temps passait, Karel comprenait que la réponse à cette question n'était pas aussi évidente qu'il l'avait toujours pensé, et il commençait à éprouver une secrète sympathie pour la perspective de maman, où il y avait une grosse poire au premier plan et quelque part, loin en arrière, un char pas plus gros qu'une bête à bon Dieu qui va s'envoler d'une seconde à l'autre et se cacher aux regards.

Ah oui ! c'est en réalité maman qui a raison : le tank est périssable et la poire est éternelle.

Autrefois, maman voulait tout savoir sur son fils et se mettait en colère quand il lui cachait quelque chose de sa vie. Donc, cette fois-ci, pour lui faire plaisir, ils lui parlaient de ce qu'ils faisaient, de ce qui leur arrivait, des projets qu'ils avaient. Mais ils s'aperçurent bientôt que maman les écoutait plutôt par politesse et qu'elle enchaînait sur leur récit en parlant de son caniche qu'elle avait confié à une voisine pour la durée de son absence.

Avant, Karel eût considéré cela comme de l'égocentrisme ou de la mesquinerie ; mais à présent il savait qu'il n'en était rien. Il s'était écoulé plus de temps qu'ils ne l'imaginaient. Maman avait renoncé au bâton de maréchal de sa maternité et s'en était allée dans un monde différent. Une autre fois, pendant une promenade, ils avaient été surpris par une tempête. Ils la tenaient par les bras, chacun d'un côté, ils devaient littéralement la porter, sinon le vent l'aurait balayée. Karel sentait avec émotion dans sa main son poids dérisoire, et il comprenait que sa mère appartenait au royaume d'autres créatures : plus petites, plus légères et plus facilement soufflées par le vent.

3

Eva était arrivée après le déjeuner. C'est Markéta qui était allée la chercher à la gare, parce qu'elle la considérait comme son amie à elle. Elle n'aimait pas les amies de Karel. Mais avec Eva c'était autre chose. En effet, elle avait fait sa connaissance avant Karel.

Il y avait de cela à peu près six ans. Elle se reposait avec Karel dans une ville d'eaux. Un jour sur deux, elle allait au sauna. Elle était dans la cabine, en nage, assise avec d'autres dames sur un banc de bois, quand elle avait vu entrer une grande fille nue. Elles s'étaient souri sans se connaître et au bout d'un moment la jeune femme s'était mise à parler à Markéta. Comme elle était très directe et que Markéta lui était très reconnaissante de cette manifestation de sympathie, elles s'étaient rapidement liées d'amitié.

Ce qui séduisait Markéta chez Eva, c'était le charme de sa singularité : Ne serait-ce que cette façon de lui adresser tout de suite la parole ! Comme si elles s'étaient donné rendez-vous ! Et elle ne perdait pas de temps en engageant la conversation, selon les règles et les convenances, sur le sauna qui est bon pour la santé et donne de l'appétit, mais elle se mettait aussitôt à parler d'elle-même, un peu comme les gens qui font connaissance par petite annonce et s'efforcent dès la première lettre d'expliquer à leur futur partenaire, avec une laconique densité, qui ils sont et ce qu'ils font.

Qui est donc Eva d'après les mots d'Eva ? Eva est un joyeux chasseur d'hommes. Mais elle ne les chasse pas pour le mariage. Elle les chasse comme les hommes chassent les femmes. L'amour n'existe pas pour elle, seulement l'amitié et la sensualité. Aussi a-t-elle beaucoup d'amis : les hommes ne craignent pas qu'elle veuille les épouser et les femmes n'ont pas peur qu'elle cherche à les priver d'un mari. D'ailleurs, si jamais elle se mariait, son mari serait un ami auquel elle permettrait tout et dont elle n'exigerait rien.

Après avoir expliqué tout cela à Markéta, elle avait déclaré que Markéta avait une belle *charpente* et que c'était une chose très rare parce que bien peu de femmes, à en croire Eva, avaient un vrai beau corps. Cet éloge lui avait échappé avec tant de naturel que Markéta en éprouvait plus de plaisir que si le compliment venait d'un homme. Cette fille lui tournait la tête. Elle avait le sentiment d'être entrée dans le royaume de la sincérité et elle avait donné rendez-vous à Eva pour le surlendemain à la même heure au sauna. Plus tard, elle lui avait présenté Karel, mais dans cette amitié il avait toujours fait figure de tiers.

« Nous avons ma belle-mère à la maison, lui dit Markéta d'un ton coupable en sortant de la gare. Je vais te présenter comme ma cousine. J'espère que ça ne te gêne pas.

— Au contraire », dit Eva et elle demanda à Markéta de lui donner quelques indications sommaires sur sa famille.

4

Maman ne s'était jamais beaucoup intéressée à la famille de sa bru, mais les mots cousine, nièce, tante et petite-fille lui réchauffaient le cœur : c'était le bon royaume des notions familières.

Et elle venait de recevoir une nouvelle confirmation de ce qu'elle savait depuis longtemps : son fils était un incorrigible original. Comme si ça pouvait les déranger qu'elle soit là en même temps qu'une parente. Qu'ils veuillent être seuls pour bavarder à leur aise, elle le comprenait. Mais ce n'était pas une raison pour la mettre dehors un jour plus tôt. Heureusement, elle savait s'y prendre avec eux. Elle avait tout simplement décidé qu'elle s'était trompée de jour, et pour un peu elle aurait ri de voir que la brave Markéta n'arrivait pas à lui dire de partir dimanche matin.

Oui, il fallait le reconnaître, ils étaient plus gentils qu'avant. Voici quelques années, Karel lui aurait dit impitoyablement de s'en aller. En fait hier, avec cette petite ruse, elle leur avait rendu un grand service. Au moins, pour une fois, ils n'auraient pas à se reprocher d'avoir sans raison renvoyé leur mère un jour plus tôt à sa solitude.

D'ailleurs, elle était très contente d'avoir fait la connaissance de cette nouvelle parente. C'était une très gentille fille. (Et c'était inouï comme elle lui rappelait quelqu'un, mais qui ?) Pendant deux bonnes heures, elle avait répondu à ses questions. Comment est-ce que maman se coiffait quand elle était jeune fille ? Elle avait une natte. Évidemment, c'était encore sous l'ancienne Autriche-Hongrie. Vienne était la capitale. Le collège de maman était tchèque et maman était une patriote. Et soudain, elle avait eu envie de leur chanter quelques-unes des chansons patriotiques qu'on chantait alors. Ou de leur réciter des poésies ! Certainement, elle en savait encore beaucoup par cœur. Juste après la guerre (mais oui, bien sûr, après la guerre de 14, en 1918, quand avait été fondée la République tchécoslovaque. Mon Dieu, la cousine ne savait pas quand la République avait été proclamée !), maman avait récité une poésie à une réunion solennelle du collège. On célébrait la fin de l'empire d'Autriche. On célébrait l'indépendance ! Et figurez-vous que brusquement, arrivée à la dernière strophe, elle avait eu un trou ; impossible de se rappeler la suite. Elle se taisait, la sueur lui coulait sur le front, elle pensait qu'elle allait mourir de honte. Et d'un seul coup, contre toute attente, de grands applaudissements avaient éclaté ! Tout le monde pensait que le poème était fini, personne ne s'apercevait qu'il manquait la dernière strophe ! Mais maman était quand même désespérée et, de honte, elle avait couru s'enfermer aux toilettes et le principal lui-même s'était précipité pour la chercher et il avait longuement tapé contre la porte en la suppliant de ne pas pleurer, de sortir, parce qu'elle avait remporté un grand succès.

La cousine riait et maman la regardait longuement : « Vous me rappelez quelqu'un, mon Dieu, qui est-ce donc que vous me rappelez…

— Mais après la guerre, tu n'allais plus au collège, avait fait observer Karel.

— Il me semble que je dois le savoir, quand j'allais au collège !

— Mais tu as passé ton bachot la dernière année de la guerre. C'était encore sous l'Autriche-Hongrie.

— Je dois bien le savoir, quand j'ai passé mon bachot. » Elle répondait avec irritation. Mais à ce moment, elle savait déjà que Karel ne se trompait pas. C'était exact, elle avait passé son baccalauréat pendant la guerre. D'où lui était donc venu ce souvenir de la réunion solennelle au collège après la guerre ? Tout à coup, maman hésitait et se taisait.

Pendant ce bref silence, on entendait la voix de Markéta. Elle s'adressait à Eva et ce qu'elle disait ne concernait ni la récitation de maman ni 1918.

Maman se sent abandonnée dans ses souvenirs, trahie par ce soudain désintérêt et par la défaillance de sa mémoire. « Amusez-vous bien, mes enfants, vous êtes jeunes et vous avez beaucoup de choses à vous dire. » En proie à un brusque mécontentement, elle s'en alla dans la chambre de son petit-fils.

5

Pendant qu'Eva pressait maman de questions, Karel la regardait avec une sympathie émue. Il la connaissait depuis dix ans et elle avait toujours été comme ça. Directe, intrépide. Il avait fait sa connaissance (il habitait encore avec Markéta chez ses parents) presque aussi rapidement que sa femme quelques années plus tard. Un jour, il avait reçu au bureau une lettre d'une inconnue. Elle disait le connaître de vue et avoir décidé de lui écrire parce que les conventions n'avaient aucun sens pour elle quand un homme lui plaisait. Karel lui plaisait et elle était une femme chasseur. Un chasseur d'inoubliables expériences. Elle n'admettait pas l'amour. Seulement l'amitié et la sensualité. À la lettre était jointe la photo d'une fille nue dans une attitude provocante.

Karel avait d'abord hésité à répondre, car il pensait que c'était une blague. Mais, pour finir, il n'avait pu résister. Il avait écrit à la jeune femme à l'adresse indiquée en l'invitant dans le studio d'un ami. Eva était venue, longue, maigre et mal habillée. Elle avait l'air d'un adolescent trop grand qui aurait mis les vêtements de sa grand-mère. Elle s'était assise en face de lui et lui avait expliqué que les conventions n'avaient pas de sens pour elle quand un homme lui plaisait. Qu'elle n'admettait que l'amitié et la sensualité. La gêne et l'effort se lisaient sur son visage et Karel éprouvait pour elle plutôt une sorte de compassion fraternelle que du désir. Mais ensuite, il se dit que toute occasion est bonne à prendre :

« C'est magnifique, avait-il dit pour la réconforter, deux chasseurs qui se rencontrent. »

Ce furent les premiers mots par lesquels il interrompait enfin la confession volubile de la jeune femme, et Eva avait aussitôt repris courage, soulagée du poids d'une situation qu'elle supportait toute seule, héroïquement, depuis près d'un quart d'heure.

Il lui avait dit qu'elle était belle sur la photo qu'elle lui avait envoyée et il lui avait demandé (d'une voix provocante de chasseur) si ça l'excitait de se montrer nue.

« Je suis une exhibitionniste », avait-elle dit, tout innocemment, comme si elle avait avoué qu'elle était anabaptiste.

Il lui avait dit qu'il voudrait la voir nue.

Soulagée, elle lui avait demandé s'il y avait un pick-up dans ce studio.

Oui, il y avait un pick-up, mais l'ami de Karel n'aimait que la musique classique, Bach, Vivaldi et les opéras de Wagner. Karel aurait trouvé singulier que la jeune femme se déshabillât au chant d'Isold. Eva aussi était mécontente des disques. « Il n'y a pas de pop ici ? » Non, il n'y avait pas de pop. Ne trouvant pas d'autre issue, il avait fini par se résigner à mettre sur le pick-up une suite pour piano de Bach. Il s'était assis dans un angle de la pièce pour avoir une vue panoramique.

Eva avait essayé de se mouvoir en mesure, puis elle avait dit qu'avec cette musique-là ce n'était pas possible.

Il avait répliqué sévèrement, en élevant la voix : « Déshabille-toi et tais-toi ! »

La céleste musique de Bach emplissait la pièce et, docilement, Eva continuait à se mouvoir. Avec cette musique, qui était tout sauf dansante, sa performance était particulièrement pénible, et Karel songeait qu'à partir du moment où elle enlèverait son pull jusqu'au moment où elle ôterait son slip, le chemin à parcourir serait pour elle interminable. On entendait le piano, Eva se tordait dans des mouvements de danse syncopés et jetait ses vêtements l'un après l'autre. Elle ne regardait pas Karel. Elle se concentrait tout entière sur elle-même et sur ses gestes comme un violoniste qui joue par cœur un morceau difficile et craint de se distraire en levant les yeux sur le public. Quand elle avait été entièrement nue, elle s'était tournée face au mur, une main entre les cuisses. Mais déjà Karel s'était déshabillé à son tour et observait en extase le dos de la jeune femme qui se masturbait. C'était superbe et il est bien compréhensible que depuis il ait toujours pris fait et cause pour Eva.

En outre, elle était la seule femme à ne pas s'irriter de l'amour de Karel pour Markéta. « Ta femme devrait comprendre que tu l'aimes, mais que tu es un chasseur et que cette chasse ne la menace pas. De toute façon, aucune femme ne comprend ça. Non, aucune femme ne comprend aucun homme », avait-elle ajouté tristement, comme si c'était elle, cet homme incompris.

Puis elle avait proposé à Karel de tout faire pour l'aider.

6

La chambre d'enfant, où maman s'était retirée, était à six mètres à peine et n'était séparée que par deux minces cloisons. L'ombre de maman était toujours avec eux, et Markéta en était oppressée.

Eva, heureusement, était bavarde. Il y avait si longtemps qu'ils ne s'étaient vus et il s'était passé tant de choses : elle était allée habiter dans une autre ville et, surtout, elle s'était mariée avec un homme plus âgé qui avait trouvé en elle une amie irremplaçable car, nous le savons, Eva est très douée pour la camaraderie, et elle refuse l'amour avec son égoïsme et son hystérie.

Elle avait aussi un nouveau travail. Elle gagnait assez bien sa vie, mais elle n'avait guère le temps de souffler. Demain matin, il fallait qu'elle y soit.

Markéta était épouvantée : « Comment ! Mais alors, quand veux-tu partir ?

— J'ai un train direct à cinq heures du matin.

— Mon Dieu, Eva, il va falloir que tu te lèves à quatre heures ! Quelle horreur ! » Et, à ce moment, elle éprouva, sinon de la colère, du moins une certaine amertume à l'idée que la mère de Karel était restée chez eux. Car Eva habitait loin, disposait de peu de temps et avait malgré tout réservé ce dimanche pour Markéta qui ne pouvait même pas se consacrer à elle comme elle le voulait, à cause de sa belle-mère dont le fantôme était toujours avec eux.

La bonne humeur de Markéta était gâchée et comme une contrariété ne vient jamais seule le téléphone se mit à sonner. Karel souleva l'écouteur. Sa voix était hésitante, il y avait quelque chose de suspect dans ses réponses laconiques et équivoques et il donnait à Markéta l'impression de choisir prudemment ses mots pour cacher le sens de ses phrases. Elle en était certaine, il était en train de prendre rendez-vous avec une femme.

« Qui était-ce ? » demanda-t-elle. Karel répondit que c'était une collègue d'une ville voisine qui devait venir la semaine prochaine et souhaitait discuter avec lui. À partir de ce moment, Markéta ne dit plus un mot.

Était-elle si jalouse ?

Il y a des années, dans la première période de leur amour, incontestablement. Seulement, les années ont passé et ce qu'elle vit aujourd'hui en tant que jalousie n'est sans doute plus qu'une habitude.

Disons les choses autrement : toute relation amoureuse repose sur des conventions non écrites que ceux qui s'aiment concluent inconsidérément dans les premières semaines de leur amour. Ils sont encore dans une sorte de rêve, mais en même temps, sans le savoir, ils rédigent, en juristes intraitables, les clauses détaillées de leur contrat. Oh ! amants, soyez prudents en ces premiers jours dangereux ! Si vous portez à l'autre son petit déjeuner au lit, vous devrez le lui porter à jamais si vous ne voulez pas être accusés de non-amour et de trahison.

Dès les premières semaines de leur amour, il avait été décidé, entre Karel et Markéta, que Karel serait infidèle et que Markéta l'accepterait mais que Markéta aurait le droit d'être la meilleure et que Karel se sentirait coupable devant elle. Personne ne savait mieux que Markéta combien il est triste d'être la meilleure. Elle était la meilleure, mais seulement faute de mieux.

Évidemment, Markéta savait bien, au fond d'elle-même, que cette conversation téléphonique était en soi quelque chose d'insignifiant. Mais l'important n'était pas ce qu'*était* cette conversation, mais ce qu'elle *représentait*. Elle exprimait, dans une éloquente concision, toute la situation de sa vie : tout ce que fait Markéta, elle ne le fait que pour Karel et à cause de Karel. Elle s'occupe de sa mère. Elle lui présente sa meilleure amie. Elle lui en fait cadeau. Uniquement pour lui et pour son plaisir à lui. Et pourquoi fait-elle tout cela ? Pourquoi se donne-t-elle du mal ? Pourquoi comme Sisyphe pousse-t-elle son rocher ? Quoi qu'elle fasse, Karel est mentalement absent. Il prend rendez-vous avec une autre et lui échappe toujours.

Quand elle allait au lycée, elle était indomptable, rebelle, presque trop pleine de vie. Son vieux prof de maths aimait bien la taquiner : Vous, Markéta, on ne vous passera pas la bride ! Je plains d'avance votre mari. Elle riait avec fierté, ces paroles lui semblaient d'heureux augure. Et, d'un seul coup, sans savoir comment, elle s'était retrouvée dans un tout autre rôle, contre son attente, contre sa volonté et son goût. Et tout cela, pour ne pas avoir été sur ses gardes pendant la semaine où elle avait à son insu rédigé le contrat.

Ça ne l'amusait plus d'être toujours la meilleure. Soudain, toutes les années de son mariage tombèrent sur elle comme un sac trop lourd.

7

Markéta était de plus en plus maussade et le visage de Karel exprimait la colère. Eva fut prise de panique. Elle se sentait responsable de leur bonheur conjugal et elle bavardait de plus belle pour dissiper les nuages qui avaient envahi la pièce.

Mais c'était une tâche au-dessus de ses forces. Karel, révolté par une injustice qui n'était cette fois que trop évidente, se taisait obstinément. Markéta, parce qu'elle ne pouvait ni maîtriser son amertume ni supporter la colère de son mari, se leva pour aller dans la cuisine.

Eva essaya de convaincre Karel de ne pas gâcher une soirée qu'ils attendaient tous depuis si longtemps. Mais Karel était intraitable : « Il arrive un moment où on ne peut plus continuer. Je commence à être fatigué ! Je suis toujours accusé d'une chose ou d'une autre. Ça ne m'intéresse plus de toujours me sentir coupable ! Et pour une bêtise pareille ! Une bêtise pareille ! Non, non. Je ne peux plus la voir. Plus du tout ! » Il tournait en rond, répétant sans cesse la même chose, et refusait d'entendre les intercessions suppliantes d'Eva.

Elle finit donc par le laisser seul et s'en alla rejoindre Markéta qui, tapie dans la cuisine, savait qu'il venait de se passer ce qui n'aurait pas dû se passer. Eva tenta de lui démontrer que ce coup de téléphone ne justifiait nullement ses soupçons. Markéta, qui savait bien, au fond d'elle-même, qu'elle n'avait pas raison cette fois-ci, répondit : « Mais je ne peux plus continuer. C'est toujours la même chose. Année après année, mois après mois, rien que des bonnes femmes et des mensonges. Je commence à être fatiguée. Fatiguée. J'en ai assez. »

Eva comprit que les deux époux étaient pareillement butés. Et elle décida que cette vague idée qu'elle avait en venant ici et dont l'honnêteté lui avait d'abord paru douteuse était une bonne idée. Si elle voulait les aider, elle ne devait pas craindre d'agir de sa propre initiative. Ils s'aimaient, tous les deux, mais ils avaient besoin que quelqu'un les soulage de leur fardeau. Que quelqu'un les libère. Le projet avec lequel elle était venue ici n'était donc pas seulement dans son propre intérêt (oui, c'était incontestable, il servait d'abord son intérêt et c'était justement ce qui la tracassait un peu, parce qu'elle n'avait jamais voulu se conduire en égoïste avec ses amis) mais il était aussi dans l'intérêt de Markéta et de Karel.

« Que dois-je faire ? demanda Markéta.

— Va le trouver. Dis-lui de ne pas faire la tête.

— Mais je ne peux plus le voir. Plus du tout !

— Alors baisse les yeux. Ça sera encore plus émouvant. »

8

La soirée est sauvée. Markéta prend solennellement une bouteille et la tend à Karel pour qu'il la débouche d'un geste grandiose, pareil au starter des jeux Olympiques inaugurant la dernière course. Le vin coule dans les trois verres et Eva, la démarche chaloupée, se dirige vers le pick-up, choisit un disque puis, au son de la musique (pas du Bach cette fois-ci, mais un Duke Ellington), continue de tourner à travers la pièce.

« Crois-tu que maman dort ? demanda Markéta.

— Ce serait peut-être plus raisonnable d'aller lui dire bonsoir, conseilla Karel.

— Si tu vas lui dire bonsoir, elle va recommencer ses bavardages et ce sera encore une heure de perdue. Tu sais qu'Eva doit se lever de bonne heure. »

Markéta pense qu'ils n'ont déjà perdu que trop de temps ; elle prend son amie par la main et, au lieu d'aller dire bonsoir à maman, entre dans la salle de bains avec Eva.

Karel reste dans la pièce, seul avec la musique d'Ellington. Il est heureux que les nuages de la dispute se soient dissipés, mais il n'attend plus rien de la soirée. Le petit incident du coup de téléphone lui a brusquement révélé ce qu'il refusait d'admettre. Il était las et n'avait plus envie de rien.

Il y avait de cela plusieurs années, Markéta l'avait incité à faire l'amour à trois avec elle et avec une maîtresse dont elle était jalouse. Sur le moment, il en avait eu le vertige tellement cette proposition l'excitait ! Mais la soirée ne lui avait guère procuré de joie. Au contraire, ce fut un terrible effort ! Les deux femmes s'embrassaient et s'étreignaient devant lui, mais ne cessaient pas un instant d'être des rivales qui s'observaient avec vigilance pour voir à laquelle il se consacrait davantage et avec laquelle il était le plus tendre. Il pesait avec prudence chacune de ses paroles, mesurait chacune de ses caresses, et plus qu'en amant, il agissait en diplomate scrupuleusement attentionné, prévenant, poli et équitable. De toute façon il avait échoué. D'abord, sa maîtresse avait fondu en larmes au beau milieu de l'amour, ensuite Markéta s'était murée dans un profond silence.

S'il avait pu croire qu'elle exigeait leurs petites orgies par pure sensualité — Markéta étant la plus mauvaise — elles lui auraient certainement fait plaisir. Mais comme il avait été convenu dès le début que ce serait lui le plus mauvais, il ne voyait dans ces débauches qu'un douloureux sacrifice, qu'un effort généreux pour aller au-devant de ses penchants polygames et en faire le rouage d'un mariage heureux. Il était à jamais marqué par la vue de la jalousie de Markéta, cette plaie qu'il avait ouverte dans les premiers temps de leur amour. Pour un peu, quand il la voyait dans les bras d'une autre femme, il se serait mis à genoux et lui aurait demandé pardon.

Mais les jeux de la débauche sont-ils un exercice de pénitence ?

L'idée lui était donc venue que si l'amour à trois devait être quelque chose de gai, il ne fallait pas que Markéta eût le sentiment de rencontrer une rivale. Il fallait qu'elle amène une amie à elle qui ne connaissait pas Karel et ne s'intéressait pas à lui. C'est pourquoi il avait imaginé la ruse de la rencontre au sauna entre Eva et Markéta. Le plan avait réussi : les deux femmes étaient devenues des amies, des alliées, des complices qui le violaient, jouaient avec lui, s'amusaient à ses dépens et le désiraient ensemble. Karel espérait qu'Eva parviendrait à chasser de l'esprit de Markéta l'anxiété de l'amour et qu'il pourrait être enfin libre et disculpé.

Mais à présent, il constatait qu'il n'y avait pas moyen de changer ce qui avait été décidé des années plus tôt. Markéta était toujours la même et il était toujours l'accusé.

Mais alors, pourquoi avait-il provoqué la rencontre de Markéta et Eva ? Pourquoi avait-il fait l'amour avec les deux femmes ? Pour qui avait-il fait tout cela ? N'importe qui aurait depuis longtemps fait de Markéta une fille gaie, sensuelle et heureuse. N'importe qui sauf Karel. Il se prenait pour Sisyphe.

Vraiment, pour Sisyphe ? N'était-ce pas à Sisyphe que Markéta venait de se comparer ?

Oui, avec les années les deux époux étaient devenus des jumeaux, ils avaient le même vocabulaire, les mêmes idées, le même destin. Ils se faisaient tous les deux mutuellement cadeau d'Eva, pour rendre l'autre heureux. Ils avaient tous les deux l'impression de pousser leur rocher. Ils étaient las tous les deux.

Karel entendait le gargouillement de l'eau et le rire des

deux femmes dans la salle de bains, et il songea qu'il n'avait jamais pu vivre comme il voulait, avoir les femmes qu'il voulait et les avoir comme il voulait les avoir. Il avait envie de fuir quelque part où il pourrait tisser sa propre histoire, seul et à son gré et hors de portée des yeux aimants.

Et au fond, il n'y tenait même pas à se tisser une histoire, il voulait simplement être seul.

9

Il n'était pas raisonnable, de la part de Markéta, peu perspicace dans son impatience, de ne pas être allée dire bonsoir à maman et de la croire endormie. Pendant cette visite chez son fils, les pensées de maman s'étaient mises à tourner plus vite dans sa tête et, ce soir, elles étaient particulièrement agitées. La faute en était à cette sympathique parente qui lui rappelait toujours quelqu'un de son jeune temps. Mais qui donc lui rappelait-elle ?

Enfin, elle avait quand même réussi à s'en souvenir : Nora ! Oui, tout à fait la même silhouette, la même tenue du corps qui va de par le monde sur de belles jambes longues.

Nora manquait de bonté et de modestie et maman avait été maintes fois blessée par sa conduite. Mais elle n'y songeait pas à présent. Ce qui comptait davantage pour elle, c'était qu'elle venait soudain de trouver ici un fragment de sa jeunesse, un signe qui lui parvenait d'une distance d'un demi-siècle. Elle se réjouissait à la pensée que tout ce qu'elle avait vécu jadis était toujours avec elle, l'entourait dans sa solitude et conversait avec elle. Bien qu'elle n'eût jamais aimé Nora, elle était heureuse de l'avoir rencontrée ici, d'autant plus qu'elle était tout à fait apprivoisée et qu'elle était incarnée par quelqu'un qui se montrait plein de respect pour maman.

Quand cette idée lui était venue, elle avait voulu se précipiter pour les rejoindre. Mais elle s'était dominée. Elle savait très bien qu'elle n'était ici aujourd'hui que par ruse et que ces deux insensés voulaient être seuls avec leur cousine. Eh bien, qu'ils se racontent leurs secrets ! Elle ne s'ennuyait pas du tout dans la chambre de son petit-fils. Elle avait son tricot, elle avait de la lecture et, surtout, il y avait toujours quelque chose qui lui occupait l'esprit. Karel lui avait brouillé les idées. Oui, il avait tout à fait raison, c'était évident, elle avait passé son bachot pendant la guerre. Elle s'était trompée. L'épisode de la récitation et de la dernière strophe oubliée avait eu lieu cinq ans plus tôt au moins. C'était vrai que le principal était venu tambouriner à la porte des toilettes où elle s'était enfermée en larmes. Mais cette année-là elle avait à peine treize ans, et cela se passait pendant une fête du collège avant les vacances de Noël. Sur l'estrade il y avait un sapin décoré, les petits avaient chanté des rondes de Noël, puis elle avait récité un petit poème. Avant la dernière strophe, elle avait eu un trou et elle n'avait pas su comment continuer.

Maman avait honte de sa mémoire. Que devait-elle dire à Karel ? Devait-elle admettre qu'elle s'était trompée ? De toute façon, ils la prenaient pour une vieille femme. Ils étaient gentils, c'était vrai, mais il ne lui échappait pas qu'ils la traitaient comme une enfant, avec une sorte d'indulgence qui lui déplaisait. Si elle donnait maintenant tout à fait raison à Karel en lui avouant qu'elle avait confondu une matinée enfantine de Noël avec une réunion politique, ils allaient encore se hausser de quelques centimètres et elle se sentirait encore plus petite. Non, non, elle ne leur ferait pas ce plaisir.

Elle allait leur dire que c'était vrai, qu'elle avait récité une poésie après la guerre pendant cette cérémonie. Il était exact qu'elle avait déjà passé son baccalauréat, mais le principal s'était souvenu d'elle parce qu'elle était la meilleure en récitation et il avait demandé à son ancienne élève de venir réciter une poésie. C'était un grand honneur ! Mais maman le méritait ! C'était une patriote ! Ils n'avaient aucune idée de ce que ça avait été après la guerre, la chute de l'Autriche-Hongrie ! Cette joie ! Ces chansons, ces drapeaux ! Et de nouveau, elle avait grande envie de se précipiter pour parler à son fils et à sa bru du monde de sa jeunesse.

D'ailleurs maintenant, elle se sentait presque obligée d'aller les trouver. Parce que s'il était exact qu'elle leur avait promis de ne pas les déranger, ce n'était qu'une moitié de la vérité. L'autre moitié, c'était que Karel n'avait pas compris qu'elle ait pu participer après la guerre à une réunion solennelle du collège. Maman était une vieille dame et sa mémoire lui faisait parfois défaut. Elle n'avait pas su tout de suite expliquer la chose à son fils, mais maintenant qu'elle s'était enfin rappelé comment ça s'était passé en réalité, elle ne pouvait quand même pas feindre d'avoir oublié sa question. Ce ne serait pas bien. Elle irait les trouver (de toute façon ils n'avaient rien de tellement important à se dire) et elle s'excuserait : elle ne voulait pas les déranger et elle ne serait certainement pas revenue si Karel ne lui avait pas demandé comment il se pouvait qu'elle eût récité à une réunion solennelle du collège alors qu'elle avait déjà passé son baccalauréat.

Ensuite elle entendit une porte qu'on ouvrait et qu'on refermait. Elle entendit deux voix féminines puis de nouveau une porte qu'on ouvrait. Puis un rire et le bruit de l'eau qui coulait. Elle se dit que les deux jeunes femmes faisaient déjà leur toilette pour la nuit. Il était donc grand temps d'y aller, si elle voulait encore bavarder un peu avec ces trois-là.

10

Le retour de maman, c'était la main qu'un dieu enjoué tendait à Karel en souriant. Plus le moment était mal choisi, plus elle arrivait à point. Elle n'avait pas à chercher d'excuses, Karel l'assaillit aussitôt de questions chaleureuses : qu'avait-elle fait tout l'après-midi, ne s'était-elle pas sentie un peu triste, pourquoi n'était-elle pas venue les voir ?

Maman lui expliqua que les jeunes avaient toujours plein de choses à se dire et que les personnes âgées devaient le savoir et éviter de les déranger.

Déjà on entendait les deux filles qui s'élançaient vers la porte en s'esclaffant. Eva entra la première, vêtue d'un teeshirt bleu foncé qui lui venait exactement là où finissait sa toison noire. À la vue de maman, elle prit peur, mais elle ne pouvait plus reculer, elle ne pouvait que lui sourire et s'avancer dans la pièce vers un fauteuil pour y cacher bien vite sa nudité mal dissimulée.

Karel savait que Markéta la suivait de près et il se doutait qu'elle serait en robe du soir, ce qui, dans leur langage commun, signifiait qu'elle n'aurait qu'un collier de perles autour du cou et, autour de la taille, une écharpe en velours écarlate. Il savait qu'il devait intervenir pour l'empêcher d'entrer et épargner à maman cette frayeur. Mais que devait-il faire ? Fallait-il qu'il crie « n'entre pas » ? ou bien « habille-toi vite, maman est ici » ? Il y avait peut-être un moyen plus habile de retenir Markéta, mais Karel n'avait pour réfléchir qu'une ou deux secondes pendant lesquelles il ne lui vint aucune idée. Il était au contraire envahi par une sorte de torpeur euphorique qui lui enlevait toute présence d'esprit. Il ne faisait rien, de sorte que Markéta s'avança sur le seuil de la pièce et elle était vraiment nue, avec seulement un collier et une écharpe autour de la taille.

Et juste à cet instant, maman se tournait vers Eva et disait avec un sourire affable : « Vous voulez certainement aller vous coucher et je ne voudrais pas vous retarder. » Eva, qui avait aperçu Markéta du coin de l'œil, répondit que non, et elle dit cela presque en criant comme si elle voulait couvrir de sa voix le corps de son amie qui comprit enfin la situation et recula dans le couloir.

Quand elle revint au bout d'un instant, enveloppée dans un long peignoir, maman répéta ce qu'elle venait de dire à Eva : « Markéta, je ne voudrais pas vous retarder. Vous vouliez certainement aller vous coucher. »

Markéta aurait acquiescé, mais Karel hocha gaiement la tête : « Non, maman, on est contents que tu sois avec nous. » Et maman put enfin leur raconter l'histoire de la récitation à la réunion solennelle du collège après la guerre de 14, au moment de la chute de l'Autriche-Hongrie, quand le principal avait demandé à son ancienne élève de venir réciter une poésie patriotique.

Les deux jeunes femmes n'entendaient pas ce que racontait maman, mais Karel l'écoutait avec intérêt. Je veux préciser cette affirmation : L'histoire de la strophe oubliée ne l'intéressait pas beaucoup. Il l'avait entendue bien des fois, et bien des fois il l'avait oubliée. Ce qui l'intéressait, ce n'était pas l'histoire racontée par maman mais maman racontant l'histoire. Maman et son monde qui ressemblait à une grosse poire sur laquelle un char russe s'était posé comme une bête à bon Dieu. La porte des toilettes, où tambourinait le poing du principal, était au premier plan et, derrière cette porte, l'impatience avide des deux jeunes femmes était à peine visible.

Voilà qui plaisait beaucoup à Karel. Il regardait avec délectation Eva et Markéta. Leur nudité trépignait d'impatience sous le tee-shirt et le peignoir. Il n'en était que plus empressé à poser de nouvelles questions sur le principal, sur le collège, sur la guerre de 14, et enfin il demanda à maman de leur réciter la poésie patriotique dont elle avait oublié la dernière strophe.

Maman réfléchit puis commença, avec une extrême concentration, à dire la poésie qu'elle avait récitée à la fête du collège quand elle avait treize ans. Au lieu d'un poème patriotique, c'étaient donc des vers sur le sapin de Noël et l'étoile de Bethléem, mais personne ne s'apercevait de ce détail. Elle non plus. Elle ne pensait qu'à une chose : allait-elle se rappeler les vers de la dernière strophe ? Et elle s'en souvint. L'étoile de Bethléem flamboie et les trois rois arrivent à la crèche. Elle était tout émue de ce succès, elle riait et hochait la tête.

Eva applaudit. En la regardant, maman se souvint de ce qu'elle était venue leur dire de plus important : « Karel, sais-tu qui votre cousine me rappelle ? Nora ! »

11

Karel regardait Eva et ne pouvait croire qu'il avait bien entendu : « Nora ? Mme Nora ? »

De ses années d'enfance, il se rappelait bien cette amie de maman. C'était une femme d'une beauté éblouissante, grande, avec un visage superbe de souveraine. Karel ne l'aimait pas parce qu'elle était fière et inaccessible, et pourtant, il ne pouvait jamais la quitter des yeux. Mon Dieu, quelle ressemblance pouvait-il y avoir entre elle et la chaleureuse Eva ?

« Oui, répondit maman. Nora ! Il suffit de la regarder. Cette haute stature. Et cette démarche. Et ce visage !

— Lève-toi, Eva ! » dit Karel.

Eva craignait de se lever parce qu'elle n'était pas sûre que son court tee-shirt cache suffisamment son pubis. Mais Karel insistait tellement qu'elle dut finalement obéir. Elle se leva et, les bras collés au corps, elle tira discrètement son tee-shirt vers le bas. Karel l'observait intensément et, soudain, il avait vraiment l'impression qu'elle ressemblait à Nora. C'était une ressemblance lointaine et difficilement saisissable, elle n'apparaissait que dans de brefs éclairs qui s'éteignaient aussitôt, mais que Karel aurait voulu retenir parce qu'il désirait voir à travers Eva la belle Mme Nora, durablement et longuement.

« Mets-toi de dos ! » ordonna-t-il.

Eva hésitait à faire demi-tour, parce qu'elle ne cessait pas une seconde de penser qu'elle était nue sous son tee-shirt. Mais Karel insistait, bien que maman aussi se mît à protester : « Mademoiselle ne va pas faire l'exercice comme à l'armée ! »

Karel s'obstinait : « Non, non, je veux qu'elle se mette de dos. » Et Eva finit par lui obéir.

N'oublions pas que maman voyait très mal. Elle prenait des bornes pour un village, elle confondait Eva avec Mme Nora. Mais il suffirait d'avoir les yeux mi-clos et Karel aussi pourrait prendre des bornes pour des maisons. N'avait-il pas, pendant toute une semaine, envié à maman sa perspective ? Il ferma à demi les paupières et il vit devant ses yeux une beauté de l'ancien temps.

Il en avait gardé un souvenir inoubliable et secret. Il avait peut-être quatre ans, maman et Mme Nora étaient avec lui dans une ville d'eaux (où était-ce ? il n'en avait pas la moindre idée) et il devait les attendre dans le vestiaire désert. Il attendait là patiemment, seul, parmi les vêtements féminins abandonnés. Puis une femme nue était entrée dans le vestiaire, grande et splendide, elle s'était tournée, de dos par rapport à l'enfant, et elle s'était tendue vers la patère fixée au mur où pendait son peignoir. C'était Nora.

Jamais l'image de ce corps nu, dressé, vu de dos, ne s'était effacée de sa mémoire. Il était tout petit, il voyait ce corps d'en bas, avec une perspective de fourmi, comme il regarderait aujourd'hui, levant la tête, une statue de cinq mètres de haut. Il en était tout près, pourtant il en était infiniment éloigné. Doublement éloigné. Dans l'espace et dans le temps. Ce corps, au-dessus de lui, montait très haut et il était séparé de lui par un nombre incalculable d'années. Cette double distance donnait le vertige au petit garçon de quatre ans. En ce moment, il ressentait à nouveau le même vertige, avec une immense intensité.

Il regardait Eva (elle était toujours de dos), et il voyait Mme Nora. Il était séparé d'elle par deux mètres et une ou deux minutes.

« Maman, dit-il, c'est vraiment gentil d'être venue bavarder avec nous. Mais maintenant, les dames veulent aller dormir. »

Maman sortit, humble et docile, et aussitôt il raconta aux deux femmes le souvenir qu'il avait gardé de Mme Nora. Il s'accroupit devant Eva et de nouveau il la fit pivoter pour la voir de dos et suivre des yeux les traces du regard de l'enfant d'autrefois.

La fatigue fut balayée d'un seul coup. Il la jeta à terre. Elle était couchée sur le ventre, il s'accroupit à ses pieds, il laissa son regard glisser le long des jambes vers la croupe, puis il se jeta sur elle et la prit.

Il avait l'impression que ce saut sur son corps était un saut à travers un temps immense, le bond du petit garçon qui s'élance de l'âge de l'enfance dans l'âge d'homme. Et ensuite, tandis qu'il se mouvait sur elle, en avant puis en arrière, il lui semblait décrire sans cesse le même mouvement, de l'enfance à l'âge adulte puis en sens inverse, et encore une fois du petit garçon qui regardait misérablement un gigantesque corps de femme à l'homme qui étreint ce corps et le dompte. Ce mouvement, qui mesure habituellement quinze centimètres à peine, était long comme trois décennies.

Les deux femmes se pliaient à sa frénésie et il passa de Mme Nora à Markéta, puis il revint à Mme Nora et ainsi de suite. Cela dura très longtemps, et ensuite il lui fallut un peu de répit. Il se sentait merveilleusement bien, il se sentait fort comme jamais avant. Il était allongé dans un fauteuil et contemplait les deux femmes étendues devant lui sur le large divan. Pendant ce bref instant de repos, ce n'était pas Mme Nora qu'il avait devant les yeux, mais ses deux vieilles amies, les témoins de sa vie, Markéta et Eva, et il se faisait l'effet d'un grand joueur d'échecs qui vient de triompher d'adversaires sur deux échiquiers. Cette comparaison lui plaisait énormément et il ne put s'empêcher de la clamer à voix haute : « Je suis Bobby Fischer, je suis Bobby Fischer », criait-il en éclatant de rire.

12

Pendant que Karel hurlait qu'il se prenait pour Bobby Fischer (qui, à peu près vers cette époque, venait de remporter en Islande le championnat du monde d'échecs), Eva et Markéta étaient allongées sur le divan, serrées l'une contre l'autre, et Eva chuchota à l'oreille de son amie : « D'accord ? »

Markéta répondit que c'était d'accord et pressa ses lèvres contre les lèvres d'Eva.

Une heure plus tôt, quand elles étaient ensemble dans la

salle de bains, Eva lui avait demandé (c'était l'idée avec laquelle elle était arrivée ici et dont l'honnêteté lui avait paru douteuse) de venir un jour en visite chez elle pour la payer de retour. Elle l'aurait volontiers invitée avec Karel, seulement Karel et le mari d'Eva étaient jaloux et ne supportaient pas la présence d'un autre homme.

Sur le moment, Markéta avait pensé qu'il lui était impossible d'accepter, et elle s'était contentée de rire. Pourtant quelques minutes plus tard, dans la chambre où le babillage de la maman de Karel lui frôlait à peine les oreilles, la proposition d'Eva devenait d'autant plus obsédante qu'elle lui avait d'abord paru inacceptable. Le spectre du mari d'Eva était avec elles.

Et ensuite quand Karel avait commencé à hurler qu'il avait quatre ans, quand il s'était mis à croupetons pour regarder d'en bas Eva debout, elle s'était dit qu'il était vraiment comme s'il avait quatre ans, comme s'il fuyait devant elle vers son enfance, et elles restaient seules toutes les deux, avec seulement son corps extraordinairement efficace, si mécaniquement robuste qu'il semblait impersonnel, vide, et on pouvait lui imaginer n'importe quelle âme. Même, au besoin, l'âme du mari d'Eva, cet homme parfaitement inconnu sans visage et sans apparence.

Markéta se laissait aimer par ce corps mâle mécanique, ensuite elle regardait ce corps se jeter entre les jambes d'Eva, mais elle s'efforçait de ne pas voir le visage pour pouvoir penser que c'était le corps d'un inconnu. C'était un bal de masques. Karel avait mis à Eva le masque de Nora, il s'était mis un masque d'enfant, et Markéta lui ôtait la tête du corps. Il était un corps d'homme sans tête. Karel avait disparu et il se produisait un miracle : Markéta était libre et gaie !

Est-ce que je veux confirmer par là le soupçon de Karel, qui croyait que leurs petites orgies à domicile n'avaient été jusque-là pour Markéta qu'un sacrifice et qu'une souffrance ?

Non, ce serait trop simplifier. Markéta désirait vraiment, avec son corps et ses sens, les femmes qu'elle considérait comme les maîtresses de Karel. Et elle les désirait aussi avec sa tête : accomplissant la prophétie du vieux prof de maths, elle voulait — du moins dans les limites du funeste contrat — se montrer entreprenante et enjouée et étonner Karel.

Seulement, dès qu'elle se retrouvait nue avec elles sur le large divan, les divagations sensuelles disparaissaient aussitôt de sa tête, et voir son mari suffisait pour la renvoyer à son rôle, le rôle de celle qui était la meilleure et à laquelle on faisait du mal. Même quand elle était avec Eva, qu'elle aimait bien et dont elle n'était pas jalouse, la présence de l'homme trop aimé lui pesait lourd, étouffant le plaisir des sens.

À l'instant où elle lui ôta la tête du corps, elle sentit le contact inconnu et enivrant de la liberté. Cet anonymat des corps, c'était le paradis soudain découvert. Avec une curieuse jouissance, elle expulsait d'elle son âme meurtrie et trop vigilante, et elle se métamorphosait en simple corps sans mémoire ni passé, mais d'autant plus réceptif et avide. Elle caressait tendrement le visage d'Eva, tandis que le corps sans tête se mouvait sur elle avec vigueur.

Mais voici que le corps sans tête interrompit ses mouvements et, d'une voix qui lui rappelait désagréablement la voix de Karel, proféra une phrase incroyablement idiote : « Je suis Bobby Fischer ! Je suis Bobby Fischer ! »

Ce fut comme un réveil qui l'aurait tirée d'un rêve. Et à ce moment, comme elle se serrait contre Eva (ainsi le dormeur réveillé se serre contre son oreiller pour se cacher devant la lueur trouble du jour), Eva lui demanda « d'accord ? » et elle acquiesça, d'un signe qui indiquait qu'elle était d'accord, et elle pressa ses lèvres contre les lèvres d'Eva. Elle l'avait toujours aimée, mais aujourd'hui, pour la première fois, elle l'aimait de tous ses sens, pour elle-même, pour son corps et pour sa peau, et elle s'enivrait de cet amour charnel comme d'une soudaine révélation.

Après, elles restèrent étendues côte à côte, sur le ventre, le derrière légèrement relevé, puis Markéta sentit sur sa peau que ce corps infiniment efficace fixait à nouveau les yeux sur elles et qu'il allait, d'un instant à l'autre, recommencer à leur faire l'amour. Elle s'efforçait de ne pas entendre la voix qui affirmait qu'il avait devant les yeux la belle Mme Nora, elle s'efforçait de n'être qu'un corps qui n'entend pas et qui se presse contre une très douce amie et contre un homme quelconque sans tête.

Quand tout fut fini, son amie s'endormit en une seconde. Markéta lui enviait ce sommeil animal, elle voulait aspirer ce sommeil à ses lèvres, s'assoupir à son rythme. Elle se pressa contre elle et ferma les yeux pour donner le change à Karel qui, pensant que les deux femmes s'étaient endormies, partit se coucher dans la pièce à côté.

À quatre heures et demie du matin, elle ouvrit la porte de sa chambre. Il la regarda, tout ensommeillé.

« Dors, c'est moi qui m'occupe d'Eva », dit-elle, et elle l'embrassa tendrement. Il se tourna sur l'autre côté et se rendormit aussitôt.

Dans la voiture, Eva demanda encore une fois : « C'est d'accord ? »

Markéta n'était plus aussi résolue qu'hier. Oui, elle aurait bien voulu dépasser les vieilles conventions non écrites. Mais comment le faire sans anéantir l'amour ? Comment le faire, puisqu'elle continuait de tellement aimer Karel ?

« N'aie pas peur, dit Eva. Il ne peut s'apercevoir de rien. Entre vous, il est établi une fois pour toutes que c'est toi qui as des soupçons et pas lui. Tu n'as vraiment pas à craindre qu'il se doute de quelque chose. »

13

Eva somnole dans le compartiment cahotant. Markéta est rentrée de la gare et s'est déjà rendormie (il faut qu'elle se relève dans une heure et qu'elle se prépare pour aller travailler), et c'est maintenant le tour de Karel de conduire maman à la gare. C'est le jour des trains. Encore quelques heures (mais à ce moment-là les deux époux seront déjà au travail) et leur fils descendra sur le quai pour mettre un point final à ce récit.

Karel est encore empli de la beauté de la nuit. Il sait bien que sur mille ou trois mille actes d'amour (combien de fois a-t-il fait l'amour dans sa vie ?) il n'en reste que deux ou trois qui sont vraiment essentiels et inoubliables, tandis que les autres ne sont que des retours, des imitations, des répétitions ou des évocations. Et Karel sait que l'amour d'hier est l'un de ces deux ou trois grands actes d'amour et il éprouve comme une immense gratitude.

Il accompagne maman à la gare en voiture et elle n'arrête pas de parler.

Que dit-elle ?

D'abord elle le remercie : elle s'était sentie très bien chez son fils et sa bru.

Ensuite elle lui fait des reproches : ils avaient beaucoup de torts envers elle. Quand il habitait encore chez elle avec

Markéta, il était impatient avec elle, souvent grossier même, indifférent, et elle en avait beaucoup souffert. Oui, elle le reconnaît, cette fois-ci ils avaient été très gentils, différents de ce qu'ils étaient avant. Ils avaient changé, oui. Mais pourquoi avait-il fallu qu'ils attendent si longtemps ?

Karel écoute cette longue litanie de reproches (il la connaît par cœur), mais il ne s'en irrite pas le moins du monde. Il regarde maman du coin de l'œil et il est de nouveau surpris qu'elle soit si petite. Comme si sa vie tout entière était un processus de rétrécissement progressif.

Mais qu'est-ce au juste que ce rétrécissement ?

Est-ce le rétrécissement réel de l'homme qui abandonne ses dimensions d'adulte et entame le long voyage à travers la vieillesse et la mort vers les lointains où il n'y a qu'un néant sans dimensions ?

Ou bien ce rétrécissement n'est-il qu'une illusion d'optique, dû au fait que maman s'éloigne, qu'elle est ailleurs, qu'il la voit donc de très loin, et elle lui apparaît comme un agneau, une mésange, un papillon ?

Quand maman interrompit un instant la litanie de ses reproches, Karel lui demanda : « Qu'est-ce qu'elle est devenue, Mme Nora ?

— C'est une vieille femme à présent, tu sais. Elle est presque aveugle.

— Tu la vois de temps en temps ?

— Tu ne sais donc pas ? » dit maman, vexée. Les deux femmes avaient cessé de se voir depuis longtemps, elles s'étaient quittées, brouillées et amères, et ne se réconcilieraient jamais. Karel devrait s'en souvenir.

« Et tu ne sais pas où nous avons été avec elle en vacances, quand j'étais petit ?

— Bien sûr que si ! » dit maman, et elle dit le nom d'une ville d'eaux de Bohême. Karel la connaissait bien, mais il n'avait jamais su que là-bas, précisément, était le vestiaire où il avait vu Mme Nora toute nue.

Il avait maintenant devant les yeux le paysage doucement vallonné de cette ville d'eaux, le péristyle en bois aux colonnes sculptées, et tout autour les collines couvertes de prairies où paissent des moutons dont on entend tintinnabuler les grelots. Il plantait en pensée dans ce paysage (comme l'auteur d'un collage appose sur une gravure une autre gravure découpée) le corps nu de Mme Nora, et l'idée lui vint que la beauté est l'étincelle qui jaillit quand, soudainement, à travers la distance des années, deux âges différents se rencontrent. Que la beauté est l'abolition de la chronologie et la révolte contre le temps.

Et il était plein à ras bord de cette beauté et de gratitude pour elle. Puis il dit à brûle-pourpoint : « Maman, on a pensé, Markéta et moi, que tu voudrais peut-être quand même habiter avec nous. Ce n'est pas difficile d'échanger l'appartement contre un autre un peu plus grand. »

Maman lui caressa la main : « Tu es très gentil, Karel. Très gentil. Je suis contente que tu me dises ça. Mais tu sais, mon caniche a déjà ses habitudes là-bas. Et je me suis fait des amies parmi mes voisines. »

Ensuite, ils montent dans le train et Karel cherche un compartiment pour maman. Il les trouve tous trop pleins et inconfortables. Finalement, il la fait asseoir en première classe et court chercher le contrôleur pour payer le supplément. Et comme il a son portefeuille à la main, il en sort un billet de cent couronnes et le pose dans la main de maman, comme si maman était une petite fille qu'on envoie très loin, dans le vaste monde, et maman prend le billet sans s'étonner, tout naturellement, comme une écolière habituée à ce que les adultes lui glissent de temps à autre un peu d'argent.

Et après, le train démarre, maman est à la fenêtre, Karel est sur le quai et il lui fait signe longtemps, longtemps, jusqu'au dernier moment.

Troisième partie

LES ANGES

I

Rhinocéros est une pièce d'Eugène Ionesco dont les personnages, possédés du désir d'être semblables l'un à l'autre, se changent tour à tour en rhinocéros. Gabrielle et Michèle, deux jeunes Américaines, étudiaient cette pièce dans un cours de vacances pour étudiants étrangers dans une petite ville de la côte méditerranéenne. C'étaient les élèves préférées de Mme Raphaël, leur professeur, parce qu'elles la regardaient toujours attentivement et qu'elles notaient avec soin chacune de ses remarques. Aujourd'hui, elle leur avait demandé de préparer ensemble pour le prochain cours un exposé sur la pièce.

« Je ne saisis pas très bien ce que ça signifie, qu'ils se changent tous en rhinocéros, dit Gabrielle.

— Il faut interpréter ça comme un symbole, expliqua Michèle.

— C'est vrai, dit Gabrielle. La littérature est faite de signes.

— Le rhinocéros, c'est d'abord un signe, dit Michèle.

— Oui, mais même si l'on admet qu'ils ne se sont pas changés en vrais rhinocéros, mais seulement en signes, pourquoi sont-ils devenus justement ce signe-là et pas un autre ?

— Oui, c'est évidemment un problème », dit tristement Michèle, et les deux jeunes filles, qui étaient en train de regagner leur foyer d'étudiantes, marquèrent une longue pause.

C'est Gabrielle qui rompit le silence : « Tu ne crois pas que c'est un symbole phallique ?

— Quoi ? demanda Michèle.

— La corne, dit Gabrielle.

— C'est vrai ! » s'écria Michèle, mais ensuite elle hésita. « Seulement, pourquoi se changeraient-ils tous en symboles phalliques ? Les femmes comme les hommes ? »

Les deux jeunes filles qui trottaient en direction du foyer étaient de nouveau silencieuses.

« J'ai une idée, dit soudain Michèle.

— Laquelle ? s'enquit Gabrielle avec intérêt.

— D'ailleurs, c'est une chose que Mme Raphaël a plus ou moins suggérée, dit Michèle, piquant la curiosité de Gabrielle.

— Alors, qu'est-ce que c'est ? Dis-le, insista Gabrielle avec impatience.

— L'auteur a voulu créer un effet comique ! »

L'idée qu'avait exprimée son amie captiva à ce point Gabrielle que, tout entière concentrée sur ce qui se passait dans sa tête, elle en négligea ses jambes et ralentit le pas. Les deux jeunes filles s'arrêtèrent.

« Tu penses que le symbole du rhinocéros est là pour créer un effet comique ? demanda-t-elle.

— Oui, dit Michèle, et elle sourit du sourire orgueilleux de celui qui a trouvé la vérité.

— Tu as raison », dit Gabrielle.

Les deux jeunes filles se regardaient, heureuses de leur propre audace, et le coin de leur bouche tressaillait de fierté. Puis, tout à coup, elles firent entendre des sons aigus, brefs, saccadés, qu'il est très difficile de décrire avec des mots.

2

« Rire ? Se soucie-t-on jamais de rire ? Je veux dire vraiment rire, au-delà de la plaisanterie, de la moquerie, du ridicule. Rire, jouissance immense et délicieuse, toute jouissance…

« Je disais à ma sœur, ou elle me disait, tu viens, on joue à rire ? On s'allongeait côte à côte sur un lit, et on commençait. Pour faire semblant, bien sûr. Rires forcés. Rires ridicules. Rires si ridicules qu'ils nous faisaient rire. Alors il venait, le vrai rire, le rire entier, nous emporter dans son déferlement immense. Rires éclatés, repris, bousculés, déchaînés, rires magnifiques, somptueux et fous… Et nous riions à l'infini du rire de nos rires… Oh rire ! rire de la jouissance, jouissance du rire ; rire, c'est si profondément vivre. »

Le texte que je viens de citer est tiré d'un livre intitulé

Parole de femme. Il a été écrit en 1974 par l'une des féministes passionnées qui ont marqué d'un trait distinctif le climat de notre temps. C'est un manifeste mystique de la joie. Au désir sexuel du mâle, voué aux instants fugaces de l'érection, donc fatalement fiancé à la violence, à l'anéantissement, à la disparition, l'auteur oppose, en l'exaltant comme son antipode, la « *jouissance* » féminine, douce, omniprésente et continue. Pour la femme, pour autant qu'elle n'est pas aliénée à sa propre essence, « *manger, boire, uriner, déféquer, toucher, entendre, ou même être là* », tout est jouissance. Cette énumération de voluptés s'étend à travers le livre comme une belle litanie. « *Vivre est heureux : voir, entendre, toucher, boire, manger, uriner, déféquer, se plonger dans l'eau et regarder le ciel, rire et pleurer.* » Et si le coït est beau, c'est parce qu'il est la totalité des « *jouissances possibles de la vie : le toucher, le voir, l'entendre, le parler, le sentir, mais encore le boire, le manger, le déféquer, le connaître, le danser* ». L'allaitement aussi est une joie, même l'enfantement est jouissance, la menstruation est un délice, cette « *tiède salive, ce lait obscur, cet écoulement tiède et comme sucré du sang, cette douleur qui a le goût brûlant du bonheur* ».

Seul un imbécile pourrait sourire de ce manifeste de la joie. Toute mystique est outrance. Le mystique ne doit pas craindre le ridicule, s'il veut aller jusqu'au bout, jusqu'au bout de l'humilité, ou jusqu'au bout de la jouissance. De même que sainte Thérèse souriait dans son agonie, sainte Annie Leclerc (c'est ainsi que se nomme l'auteur du livre dont j'extrais ces citations) affirme que la mort est un fragment de joie et que seul le mâle la redoute, parce qu'il est misérablement attaché à « *son petit moi et à son petit pouvoir* ».

En haut, telle la voûte de ce temple de la volupté, éclate le rire, « *transe délicieuse du bonheur, comble extrême de la jouissance. Rire de la jouissance, jouissance du rire* ». Incontestablement, ce rire-là est « *au-delà de la plaisanterie, de la moquerie, du ridicule* ». Les deux sœurs allongées sur leur lit ne rient de rien de précis, leur rire n'a pas d'objet, il est l'expression de l'être qui se réjouit d'être. De même que par son gémissement celui qui a mal s'enchaîne à la seconde présente de son corps souffrant (et il est tout entier en dehors du passé et de l'avenir), de même, celui qui éclate de ce rire extatique est sans souvenir et sans désir, car il jette son cri à la seconde présente du monde et ne veut rien connaître qu'elle.

Vous vous souvenez certainement de cette scène pour l'avoir vue dans des dizaines de mauvais films : un garçon et une fille se tiennent par la main et courent dans un beau paysage printanier (ou estival). Ils courent, ils courent, ils courent et ils rient. Le rire des deux coureurs doit proclamer au monde entier et aux spectateurs de tous les cinémas : nous sommes heureux, nous sommes contents d'être au monde, nous sommes d'accord avec l'être ! C'est une scène stupide, un cliché, mais elle exprime une attitude humaine fondamentale : le rire sérieux, le rire « *au-delà de la plaisanterie* ».

Toutes les Églises, tous les fabricants de linge, tous les généraux, tous les partis politiques sont d'accord sur ce rire-là, et tous se précipitent pour placer l'image de ces deux coureurs riant sur leurs affiches où ils font de la propagande pour leur religion, leurs produits, leur idéologie, leur peuple, leur sexe et leur poudre à laver la vaisselle.

C'est justement de ce rire-là que rient Michèle et Gabrielle. Elles sortent d'une papeterie, elles se donnent la main, et, dans leur main restée libre, elles balancent chacune un petit paquet où il y a du papier de couleur, de la colle et des élastiques.

« Mme Raphaël sera enthousiasmée, tu vas voir », dit Gabrielle, et elle émet des sons aigus et saccadés. Michèle est d'accord avec elle et fait entendre à peu près le même bruit.

3

Peu après que les Russes ont occupé mon pays en 1968, ils m'ont chassé de mon travail (comme des milliers et des milliers d'autres Tchèques), et personne n'avait le droit de me donner un autre emploi. Alors de jeunes amis sont venus me trouver, qui étaient trop jeunes pour être déjà sur les listes des Russes et pouvaient donc rester dans les salles de rédaction, dans les écoles, dans les studios de cinéma. Ces bons et jeunes amis, que je ne trahirai jamais, m'ont proposé d'écrire sous leurs noms des dramatiques pour la radio et la télévision, des pièces de théâtre, des articles, des reportages, des scénarios de films, pour que je puisse ainsi gagner de quoi vivre. J'ai utilisé quelques-uns de ces services, mais je les refusais le plus souvent, parce que je n'arrivais pas à faire tout ce qu'on me proposait, et aussi parce que c'était dangereux. Pas pour moi, mais pour eux. La police secrète voulait nous affamer, nous réduire par la misère, nous contraindre à capituler et à nous rétracter publiquement. C'est pourquoi elle surveillait avec vigilance les issues de secours par lesquelles nous tentions d'échapper à l'encerclement, et châtiait durement ceux qui faisaient cadeau de leur nom.

Parmi ces généreux donateurs, il y avait une jeune femme du nom de R. (je n'ai rien à cacher dans ce cas puisque tout a été découvert). Cette fille timide, fine et intelligente était rédactrice dans un magazine pour la jeunesse qui avait un tirage fabuleux. Comme ce magazine était alors obligé de publier un nombre incroyable d'articles politiques indigestes qui chantaient les louanges du fraternel peuple russe, la rédaction cherchait un moyen d'attirer l'attention de la foule. Elle avait donc décidé de s'écarter exceptionnellement de la pureté de l'idéologie marxiste et de créer une rubrique d'astrologie.

Pendant ces années où j'ai vécu en exclu, j'ai fait des milliers d'horoscopes. Si le grand Jaroslav Hasek a été marchand de chiens (il vendait beaucoup de chiens volés et faisait passer bien des bâtards pour des spécimens de race), pourquoi ne pourrais-je pas être astrologue ? J'avais jadis reçu d'amis parisiens tous les traités d'astrologie d'André Barbault, dont le nom est fièrement suivi du titre de *président du Centre international d'astrologie*, et, contrefaisant mon écriture, j'y avais inscrit à la plume sur la première page : *À Milan Kundera avec admiration, André Barbault.* Je laissais les livres dédicacés discrètement posés sur une table et j'expliquais à mes clients praguois interloqués que j'avais été à Paris pendant plusieurs mois l'assistant de l'illustre Barbault.

Quand R. m'a demandé de tenir clandestinement la rubrique d'astrologie de son hebdomadaire, j'ai évidemment réagi avec enthousiasme et je lui ai recommandé d'annoncer à la rédaction que l'auteur des textes était un brillant spécialiste de l'atome qui ne voulait pas révéler son nom de crainte d'être la risée de ses collègues. Notre entreprise me semblait être doublement protégée : par le savant qui n'existait pas, et par son pseudonyme.

J'ai donc écrit sous un nom imaginaire un long et bel article sur l'astrologie, puis chaque mois un texte bref et assez stupide sur les différents signes pour lesquels je dessinais moi-même des vignettes du Taureau, du Bélier, de la Vierge, des Poissons. Les gains étaient dérisoires et la chose en elle-même n'avait rien de divertissant ni de remarquable. Tout ce qu'il y avait de plaisant dans tout cela, c'était mon existence, l'existence d'un homme rayé de l'histoire, des manuels de littérature et de l'annuaire du téléphone, d'un homme mort qui revenait maintenant à la vie dans une surprenante réincarnation pour prêcher à des centaines de milliers de jeunes d'un pays socialiste la grande vérité de l'astrologie.

Un jour, R. m'a annoncé que son rédacteur en chef était conquis par l'astrologue et voulait qu'il lui fît son horoscope. J'étais enchanté. Le rédacteur en chef avait été placé à la tête du magazine par les Russes et il avait passé la moitié de sa vie à étudier le marxisme-léninisme à Prague et à Moscou !

« Il avait un peu honte en me disant cela, m'expliquait R. avec un sourire. Il ne tient pas à ce que ça s'ébruite, qu'il croit à ces superstitions moyenâgeuses. Mais il est terriblement tenté.

— C'est bien », ai-je dit, et j'étais content. Je connaissais le rédacteur en chef. Outre que c'était le patron de R., il était membre de la Commission supérieure du Parti chargée des cadres, et il avait ruiné l'existence de pas mal de mes amis.

« Il veut garder un total anonymat. Je dois vous donner sa date de naissance, mais vous ne devez pas savoir qu'il s'agit de lui. »

Ça m'amusait encore plus : « Tant mieux !

— Il vous donnerait cent couronnes pour son horoscope.

— Cent couronnes ? Qu'est-ce qu'il s'imagine, cet avare. »

Il a fallu qu'il m'envoie mille couronnes. J'ai noirci dix pages où je dépeignais son caractère et où je décrivais son passé (dont j'étais suffisamment informé) et son avenir. J'ai travaillé à mon œuvre pendant toute une semaine et j'ai eu des consultations détaillées avec R. Avec un horoscope, on peut en effet magnifiquement influencer, voire diriger, le comportement des gens. On peut leur recommander certains actes, les prévenir contre d'autres et les amener à l'humilité en leur faisant connaître leurs futures catastrophes.

Quand j'ai revu R. un peu plus tard, nous avons bien ri. Elle affirmait que le rédacteur en chef était devenu meilleur depuis qu'il avait lu son horoscope. Il criait moins. Il commençait à se méfier de sa propre sévérité contre laquelle l'horoscope le mettait en garde, il faisait grand cas de cette parcelle de bonté dont il était capable et, dans son regard, qu'il fixait souvent dans le vide, on pouvait reconnaître la tristesse d'un homme qui sait que les étoiles ne lui promettent désormais que souffrance.

4 (À PROPOS DES DEUX RIRES)

Concevoir le diable comme un partisan du Mal et l'ange comme un combattant du Bien, c'est accepter la démagogie des anges. Les choses sont évidemment plus compliquées.

Les anges sont partisans non pas du Bien mais de la création divine. Le diable est au contraire celui qui refuse au monde divin un sens rationnel.

La domination du monde, comme on le sait, anges et diables se la partagent. Pourtant, le bien du monde n'implique pas que les anges aient l'avantage sur les diables (comme je le croyais quand j'étais enfant), mais que les pouvoirs des uns et des autres soient à peu près en équilibre. S'il y a dans le monde trop de sens incontestable (le pouvoir des anges), l'homme succombe sous son poids. Si le monde perd tout son sens (le règne des diables), on ne peut pas vivre non plus.

Les choses soudain privées de leur sens supposé, de la place qui leur est assignée dans l'ordre prétendu des choses (un marxiste formé à Moscou croit aux horoscopes), provoquent chez nous le rire. À l'origine, le rire est donc du domaine du diable. Il a quelque chose de méchant (les choses se révèlent soudain différentes de ce pour quoi elles se faisaient passer) mais il y a aussi en lui une part de bienfaisant soulagement (les choses sont plus légères qu'il n'y paraissait, elles nous laissent vivre plus librement, elles cessent de nous oppresser sous leur austère sérieux).

Quand l'ange a entendu pour la première fois le rire du diable, il en a été frappé de stupeur. Ça se passait pendant un festin, la salle était pleine de monde et les gens ont été gagnés l'un après l'autre par le rire du diable, qui est horriblement contagieux. L'ange comprenait clairement que ce rire était dirigé contre Dieu et contre la dignité de son œuvre. Il savait qu'il devait réagir vite, d'une manière ou d'une autre, mais il se sentait faible et sans défense. Ne pouvant rien inventer lui-même, il a singé son adversaire. Ouvrant la bouche, il émettait des sons entrecoupés, saccadés, dans les intervalles supérieurs de son registre vocal (c'est un peu le même son que font entendre, dans une rue d'une ville de la côte, Michèle et Gabrielle), mais en leur donnant un sens opposé : Tandis que le rire du diable désignait l'absurdité des choses, l'ange voulait au contraire se réjouir que tout fût ici-bas bien ordonné, sagement conçu, bon et plein de sens.

Ainsi, l'ange et le diable se faisaient face et, se montrant leur bouche ouverte, émettaient à peu près les mêmes sons, mais chacun exprimait par sa clameur des choses absolument contraires. Et le diable regardait rire l'ange, et il riait d'autant plus, d'autant mieux et d'autant plus franchement que l'ange qui riait était infiniment comique.

Un rire ridicule, c'est la débâcle. Pourtant, les anges ont quand même obtenu un résultat. Ils nous ont trompés avec une imposture sémantique. Pour désigner leur imitation du rire et le rire originel (celui du diable) il n'y a qu'un seul mot. Aujourd'hui on ne se rend même plus compte que la même manifestation extérieure recouvre deux attitudes intérieures absolument opposées. Il y a deux rires et nous n'avons pas de mot pour les distinguer.

5

Un magazine a publié cette photographie : une rangée d'hommes en uniforme, avec le fusil sur l'épaule et coiffés d'un casque complété par une visière protectrice en Plexiglas, ont le regard tourné vers des jeunes gens et des jeunes filles en jeans et en tee-shirts qui se donnent la main et dansent une ronde sous leurs yeux.

C'est visiblement un entracte avant le choc avec la police qui garde une centrale nucléaire, un camp d'entraînement militaire, le secrétariat d'un parti politique ou les vitres d'une ambassade. Les jeunes gens ont profité de ce temps mort pour se mettre en cercle et, s'accompagnant d'un simple refrain populaire, ils font deux pas sur place, un pas en avant, et lèvent la jambe gauche puis la jambe droite.

Il me semble que je les comprends : ils ont l'impression que le cercle qu'ils décrivent sur le sol est un cercle magique qui les unit comme une bague. Et leur poitrine se gonfle d'un intense sentiment d'innocence : ils sont unis non pas, comme des soldats ou des commandos fascistes, par une *marche au pas*, mais, comme des enfants, par une *danse*. C'est leur innocence qu'ils veulent cracher au visage des flics.

C'est bien ainsi que les a vus le photographe, et il a mis en relief ce contraste éloquent : d'un côté la police dans l'unité *fausse* (imposée, commandée) du rang, et de l'autre les jeunes dans l'unité *vraie* (sincère et naturelle) du cercle ; de ce côté-ci la police dans la *morose* activité d'hommes à l'affût, et eux, de ce côté-là, dans la *joie* du jeu.

Danser dans une ronde est magique ; la ronde nous parle depuis les profondeurs millénaires de la mémoire. Mme Raphaël, le professeur, a découpé cette photo dans le magazine et elle la regarde en rêvant. Elle voudrait, elle aussi, danser dans une ronde. Elle a toute sa vie cherché un cercle d'hommes et de femmes auxquels elle pourrait donner la main pour danser une ronde, elle l'a d'abord cherché dans l'Église méthodiste (son père était un fanatique religieux), puis dans le Parti communiste, puis dans le Parti trotskiste, puis dans le Parti trotskiste dissident, puis dans le mouvement contre l'avortement (l'enfant a droit à la vie !), puis dans le mouvement pour la légalisation de l'avortement (la femme a droit à son corps !), elle l'a cherché chez les marxistes, chez les psychanalystes, puis chez les structuralistes, elle l'a cherché chez Lénine, dans le bouddhisme Zen, chez Mao Tsé-toung, parmi les adeptes du yoga, dans l'école du nouveau roman, et, pour finir, elle veut être au moins en parfaite harmonie avec ses élèves, ne faire avec eux qu'un seul tout, ce qui signifie qu'elle les oblige toujours à penser et à dire la même chose qu'elle, à n'être avec elle qu'un seul corps et qu'une seule âme dans le même cercle et la même danse.

En ce moment ses élèves Gabrielle et Michèle sont dans leur chambre, dans leur foyer d'étudiantes. Elles sont penchées sur le texte de Ionesco et Michèle lit à haute voix :

« Le logicien, au vieux monsieur : Prenez une feuille de papier, calculez. On enlève deux pattes aux deux chats, combien de pattes restera-t-il à chaque chat ?

« Le vieux monsieur, au logicien : Il y a plusieurs solutions possibles. Un chat peut avoir quatre pattes, l'autre deux. Il peut y avoir un chat à cinq pattes et un autre chat à une patte. En enlevant les deux pattes, sur huit, des deux chats, nous pouvons avoir un chat à six pattes et un chat sans pattes du tout. »

Michèle interrompt sa lecture : « Je ne comprends pas

comment on pourrait enlever les pattes à un chat. Il serait capable de les leur couper ?

— Michèle ! s'écria Gabrielle.

— Et je ne comprends pas non plus qu'un chat puisse avoir six pattes.

— Michèle ! s'écria de nouveau Gabrielle.

— Quoi ? demanda Michèle.

— Est-ce que tu as oublié ? Tu l'as pourtant dit toi-même !

— Quoi ? demanda de nouveau Michèle.

— Ce dialogue est certainement destiné à créer un effet comique !

— Tu as raison », dit Michèle, et elle regarda Gabrielle avec allégresse. Les deux jeunes filles se regardaient dans les yeux, il y avait comme un tressaillement de fierté au coin de leurs lèvres et, finalement, leur bouche laissa échapper des sons brefs et saccadés dans les intervalles supérieurs de leur registre vocal. Puis de nouveau les mêmes sons et encore les mêmes sons. « *Rires forcés. Rires ridicules… Rires éclatés, repris, bousculés, déchaînés, rires magnifiques, somptueux et fous… Oh rire ! rire de la jouissance, jouissance du rire…* »

Et, quelque part, Mme Raphaël, esseulée, errait dans les rues de la petite ville de la côte méditerranéenne. Elle leva soudain la tête, comme si lui parvenait de loin un fragment d'une mélodie flottant dans l'air léger, ou comme si une lointaine senteur lui frappait les narines. Elle s'arrêta et elle entendit dans son crâne le cri du vide qui se révoltait et qui voulait être comblé. Il lui sembla que quelque part, non loin d'elle, tremblait la flamme du grand rire, qu'il y avait peut-être quelque part, tout près, des gens qui se tenaient par la main et qui dansaient une ronde…

Elle restait ainsi quelque temps, elle regardait tout autour d'elle nerveusement puis, brusquement, cette musique mystérieuse se tut (Michèle et Gabrielle avaient cessé de rire ; elles avaient soudain l'air las et devant elles une nuit vide sans amour), et Mme Raphaël, étrangement tourmentée et insatisfaite, rentra chez elle par les rues chaudes de la petite ville de la côte.

6

Moi aussi j'ai dansé dans la ronde. C'était en 1948, les communistes venaient de triompher dans mon pays, les ministres socialistes et démocrates chrétiens s'étaient réfugiés à l'étranger et moi, je tenais par la main ou par les épaules d'autres étudiants communistes, nous faisions deux pas sur place, un pas en avant et nous levions la jambe droite d'un côté puis la jambe gauche de l'autre, et nous faisions cela presque tous les mois, parce que nous avions toujours quelque chose à célébrer, un anniversaire ou un événement quelconque, les anciennes injustices étaient réparées, de nouvelles injustices étaient perpétrées, les usines étaient nationalisées, des milliers de gens allaient en prison, les soins médicaux étaient gratuits, les buralistes se voyaient confisquer leurs bureaux de tabac, les vieux ouvriers partaient pour la première fois en vacances dans les villas expropriées et nous avions sur le visage le sourire du bonheur. Puis, un jour, j'ai dit quelque chose qu'il ne fallait pas dire, j'ai été exclu du Parti et j'ai dû sortir de la ronde.

C'est alors que j'ai compris la signification magique du cercle. Quand on s'est éloigné du rang, on peut encore y rentrer. Le rang est une formation ouverte. Mais le cercle se referme et on le quitte sans retour. Ce n'est pas un hasard si les planètes se meuvent en cercle, et si la pierre qui s'en détache s'en éloigne inexorablement, emportée par la force centrifuge. Pareil à la météorite arrachée à une planète, je suis sorti du cercle et, aujourd'hui encore, je n'en finis pas de tomber. Il y a des gens auxquels il est donné de mourir dans le tournoiement et il y en a d'autres qui s'écrasent au terme de la chute. Et ces autres (dont je suis) gardent toujours en eux comme une timide nostalgie de la ronde perdue, parce que nous sommes tous les habitants d'un univers où toute chose tourne en cercle.

C'était encore Dieu sait quel anniversaire et une fois de plus il y avait dans les rues de Prague des rondes de jeunes qui dansaient. J'errais parmi eux, j'étais tout près d'eux, mais il ne m'était permis d'entrer dans aucune de leurs rondes. C'était en juin 1950 et Milada Horakova avait été pendue la veille. Elle était député du Parti socialiste et le tribunal communiste l'avait accusée de menées hostiles à l'État. Zavis Kalandra, surréaliste tchèque, ami d'André Breton et de Paul Éluard, avait été pendu en même temps qu'elle. Et de jeunes Tchèques dansaient et ils savaient que la veille, dans la même ville, une femme et un surréaliste s'étaient balancés au bout d'une corde, et ils dansaient avec encore plus de frénésie, parce que leur danse était la manifestation de leur innocence qui tranchait avec éclat sur la noirceur coupable des deux pendus, traîtres au peuple et à son espérance.

André Breton ne croyait pas que Kalandra avait trahi le peuple et son espérance et, à Paris, il avait appelé Éluard (par une lettre ouverte datée du 13 juin 1950) à protester contre l'accusation insensée et à tenter de sauver leur vieil ami. Mais Éluard était en train de danser dans une ronde gigantesque entre Paris, Moscou, Prague, Varsovie, Sofia et la Grèce, entre tous les pays socialistes et tous les Partis communistes du monde, et il récitait partout ses beaux vers sur la joie et la fraternité. Ayant lu la lettre de Breton, il avait fait deux pas sur place, puis un pas en avant, il avait hoché la tête, refusé de défendre un traître au peuple (dans l'hebdomadaire *Action* du 19 juin 1950) et il s'était mis à réciter d'une voix métallique :

> *« Nous allons combler l'innocence*
> *De la force qui si longtemps*
> *Nous a manqué*
> *Nous ne serons plus jamais seuls. »*

Et j'errais à travers les rues de Prague, autour de moi tournoyaient les rondes de Tchèques qui riaient en dansant et je savais que je n'étais pas de leur côté, mais du côté de Kalandra qui s'était lui aussi détaché de la trajectoire circulaire et qui était tombé, tombé, pour finir sa chute dans un cercueil de condamné, mais j'avais beau ne pas être de leur côté, je les regardais quand même danser avec envie et avec nostalgie, et je ne pouvais pas les quitter des yeux. Et à ce moment-là, je l'ai vu, juste devant moi !

Il les tenait par les épaules, il chantait avec eux deux ou trois notes toutes simples, il levait la jambe gauche d'un côté puis la jambe droite de l'autre. Oui, c'était lui, l'enfant chéri de Prague, Éluard ! Et soudain, ceux avec qui il dansait se sont tus, ils ont continué de se mouvoir dans un silence absolu, tandis qu'il scandait au rythme des claquements de semelles :

« Nous fuirons le repos, nous fuirons le sommeil,
Nous prendrons de vitesse l'aube et le printemps
Et nous préparerons des jours et des saisons
À la mesure de nos rêves. »

Et ensuite, tous se sont brusquement remis à chanter ces trois ou quatre notes toutes simples, et ils ont accéléré le rythme de leur danse. Ils fuyaient le repos et le sommeil, prenaient le temps de vitesse et comblaient leur innocence. Ils souriaient tous et Éluard s'est penché vers une jeune fille qu'il tenait par les épaules :

« L'homme en proie à la paix a toujours un sourire. »

Et la jeune fille s'est mise à rire et elle a tapé plus fort du pied sur le macadam, de sorte qu'elle s'est élevée de quelques centimètres au-dessus de la chaussée, entraînant les autres avec elle vers le haut, et l'instant d'après plus un seul d'entre eux ne touchait terre, ils faisaient deux pas sur place et un pas en avant, sans toucher terre, oui, ils volaient au-dessus de la place Saint-Venceslas, leur ronde dansante ressemblait à une grande couronne qui prenait son essor, et moi, je courais en bas sur la terre et je levais les yeux pour les voir et ils étaient de plus en plus loin, ils volaient en levant la jambe gauche d'un côté puis la jambe droite de l'autre, et au-dessous d'eux il y avait Prague avec ses cafés pleins de poètes et ses prisons pleines de traîtres au peuple, et dans le crématoire on était en train d'incinérer une député socialiste et un écrivain surréaliste, la fumée s'élevait vers le ciel comme un heureux présage et j'entendais la voix métallique d'Éluard :

« L'amour est au travail il est infatigable. »

Et je courais derrière cette voix à travers les rues pour ne pas perdre de vue cette splendide couronne de corps planant au-dessus de la ville et je savais, avec l'angoisse au cœur, qu'ils volaient comme les oiseaux et que je tombais comme la pierre, qu'ils avaient des ailes et que je n'en aurais plus jamais.

7

Dix-huit ans après son exécution, Kalandra a été totalement réhabilité, mais quelques mois plus tard les chars russes ont fait irruption en Bohême et aussitôt des dizaines de milliers de gens ont été à leur tour accusés d'avoir trahi le peuple et son espérance, quelques-uns ont été jetés en prison, la plupart ont été chassés de leur travail et, deux ans plus tard (donc vingt ans après l'envol d'Éluard au-dessus de la place Saint-Venceslas), l'un de ces nouveaux accusés (moi) a tenu pendant douze mois une rubrique d'astrologie dans un illustré destiné à la jeunesse tchèque. Un an après mon dernier article sur le Sagittaire (cela se passait donc en décembre 1971), j'ai reçu la visite d'un jeune homme que je ne connaissais pas. Sans mot dire, il m'a remis une enveloppe. Je l'ai déchirée, j'ai lu la lettre, mais il m'a fallu un moment pour comprendre que c'était une lettre de R. L'écriture était méconnaissable. Elle devait être très énervée quand elle avait écrit cette lettre. Elle s'était efforcée de tourner ses phrases de telle sorte que personne d'autre que moi ne pût les comprendre si bien que moi-même je ne les comprenais qu'à moitié. La seule chose que je saisissais, c'est qu'avec un an de retard mon identité d'auteur était découverte.

À cette époque, j'avais un studio à Prague rue Bartolomejska. C'est une rue petite mais fameuse. Tous les immeubles sauf deux (dont celui où je logeais) appartiennent à la police. Quand je regardais dehors par ma grande fenêtre du quatrième étage, je voyais, en haut, par-dessus les toits, les tours du Hradchine et, en bas, les cours de la police. En haut défilait la glorieuse histoire des rois de Bohême, en bas se déroulait l'histoire de prisonniers illustres. Ils sont tous passés par là, Kalandra et Horakova, Slansky et Clementis, et mes amis Sabata et Hübl.

Le jeune homme (tout indiquait que c'était le fiancé de R.) regardait autour de lui avec la plus grande circonspection. Il pensait visiblement que la police surveillait mon appartement avec des micros cachés. Nous nous sommes fait un signe de tête en silence et nous sommes sortis. Nous avons d'abord marché sans prononcer un seul mot, et c'est seulement quand nous avons débouché dans le vacarme de l'avenue Narodni Trida qu'il m'a dit que R. voulait me voir et qu'un ami à lui, que je ne connaissais pas, nous prêtait un appartement en banlieue pour ce rendez-vous clandestin.

Le lendemain, j'ai donc fait un long trajet en tram jusqu'à la périphérie de Prague, on était en décembre, j'avais les mains gelées, et les cités-dortoirs étaient complètement vides à cette heure de la matinée. J'ai trouvé la maison grâce à la description que le jeune homme m'en avait faite, j'ai pris l'ascenseur jusqu'au troisième, j'ai regardé les cartes de visite sur les portes et j'ai sonné. L'appartement était silencieux. J'ai sonné encore une fois, mais personne n'ouvrait. Je suis retourné dans la rue. Je me suis promené une demi-heure dans le froid glacial, pensant que R. était en retard et que j'allais la croiser quand elle remonterait le trottoir désert depuis l'arrêt du tram. Mais il ne venait personne. J'ai repris l'ascenseur jusqu'au troisième. J'ai de nouveau sonné. Au bout de quelques secondes, j'ai entendu le bruit de la chasse d'eau à l'intérieur de l'appartement. À ce moment, il m'a semblé qu'on déposait en moi le cube de glace de l'angoisse. Je ressentais au-dedans de mon propre corps la peur de la jeune femme qui ne pouvait pas m'ouvrir la porte parce que son anxiété lui retournait les entrailles.

Elle a ouvert, elle était pâle, mais elle souriait et s'efforçait d'être aimable comme toujours. Elle a fait quelques plaisanteries maladroites en disant que nous allions être enfin seuls ensemble dans un appartement vide. Nous nous sommes assis et elle m'a raconté qu'elle avait été récemment convoquée à la police. Ils l'avaient interrogée pendant toute une journée. Les deux premières heures, ils lui avaient demandé des tas de choses insignifiantes, elle se sentait déjà maîtresse de la situation, elle plaisantait avec eux, et elle leur avait demandé avec insolence s'ils se figuraient qu'elle allait se passer de déjeuner pour des sottises pareilles. C'était à ce moment-là qu'ils lui avaient demandé : chère mademoiselle R., qui donc vous écrit des articles d'astrologie pour votre journal ? Elle avait rougi et avait tenté de parler d'un physicien célèbre dont elle ne pouvait révéler le nom. Ils lui avaient demandé : vous connaissez M. Kundera ? Elle avait dit qu'elle me connaissait. Y avait-il du mal à ça ? Ils lui avaient répondu : il n'y a rien de mal à ça, mais est-ce que vous savez que M. Kundera s'intéresse à l'astrologie ? C'est une chose que j'ignore, avait-elle dit. C'est une chose que vous ignorez ? avaient-ils dit en riant. Tout Prague en parle et c'est une chose que vous ignorez ? Elle avait encore parlé pendant quelques instants du spécialiste de l'atome, et l'un des flics s'était mis à lui crier après : qu'elle ne nie pas, surtout !

Elle leur avait dit la vérité. La rédaction du journal voulait avoir une bonne rubrique d'astrologie mais ne savait à qui s'adresser, R. me connaissait et m'avait donc demandé mon concours. Elle était certaine de n'avoir violé aucune loi. Ils lui avaient donné raison. Non, elle n'avait violé aucune loi. Elle n'avait enfreint que des règlements de service internes qui interdisent de collaborer avec certaines personnes coupables d'avoir trompé la confiance du Parti et de l'État. Elle avait fait observer qu'il ne s'était rien produit de si grave : Le nom de M. Kundera était resté caché sous un pseudonyme et n'avait donc pu offenser personne. Quant aux honoraires que M. Kundera avait touchés, ce n'était même pas la peine d'en parler. Ils lui avaient encore donné raison : Il ne s'était rien passé de grave, c'était exact, ils allaient se contenter d'établir un procès-verbal sur ce qui s'était passé, elle allait le signer et elle n'aurait rien à craindre.

Elle avait signé le procès-verbal et deux jours après le rédacteur en chef l'avait convoquée et lui avait annoncé qu'elle était licenciée avec effet immédiat. Elle était allée le jour même à la radio où elle avait des amis qui lui proposaient depuis longtemps du travail. Ils l'avaient accueillie avec joie mais quand elle était revenue le lendemain pour remplir les papiers, le chef du personnel, qui l'aimait bien, avait l'air désolé : « Quelle bêtise avez-vous faite, ma petite ! Vous vous êtes gâché la vie. Je ne peux absolument rien pour vous. »

Elle avait d'abord hésité à me parler, parce qu'elle avait dû promettre aux policiers de ne souffler mot à personne de l'interrogatoire. Mais ayant reçu une nouvelle convocation de la police (elle devait y aller le lendemain), elle avait décidé qu'il valait mieux me rencontrer en secret pour s'entendre avec moi et nous éviter de faire des déclarations contradictoires si jamais j'étais aussi convoqué.

Comprenez bien, R. n'était pas peureuse, simplement elle était jeune et elle ignorait tout du monde. Elle venait de recevoir le premier coup, incompréhensible et inattendu, et elle ne l'oublierait jamais. Je comprenais que j'avais été choisi pour être le facteur qui distribue aux gens avertissements et châtiments et je commençais à me faire peur à moi-même.

« Pensez-vous, me demandait-elle la gorge serrée, qu'ils soient au courant des mille couronnes que vous avez touchées pour l'horoscope ?

— Soyez sans crainte. Un type qui a étudié le marxisme-léninisme à Moscou pendant trois ans n'osera jamais avouer qu'il se fait faire des horoscopes. »

Elle a ri et ce rire, bien qu'il ait duré une demi-seconde à peine, tintait à mon oreille comme une timide promesse de salut. Car c'était bien ce rire-là que je désirais entendre quand j'écrivais ces stupides petits articles sur les Poissons, la Vierge et le Bélier, c'était bien ce rire-là que j'imaginais pour récompense, mais il ne me parvenait de nulle part parce que entre-temps les anges, partout au monde, avaient occupé toutes les positions décisives, tous les états-majors, ils avaient conquis la gauche et la droite, les Arabes et les Juifs, les généraux russes et les dissidents russes. Ils nous regardaient de toutes parts de leur œil glacial et ce regard nous arrachait le sympathique costume de mystificateurs enjoués et nous démasquait comme de pauvres imposteurs qui travaillaient pour le magazine de la jeunesse socialiste sans croire ni à la jeunesse ni au socialisme, qui faisaient un horoscope au rédacteur en chef tout en se foutant et du rédacteur en chef et des horoscopes, et qui s'occupaient de choses dérisoires quand tout le monde autour de nous (la gauche et la droite, les Arabes et les Juifs, les généraux et les dissidents) combattait pour l'avenir du genre humain. Nous sentions sur nous le poids de leur regard qui nous changeait en insectes bons à écraser sous la semelle.

J'ai maîtrisé mon angoisse et j'ai essayé d'inventer pour R. le plan le plus raisonnable à suivre pour répondre à la police le lendemain. Pendant la conversation, elle s'est levée plusieurs fois pour aller aux waters. Ses retours étaient accompagnés du bruit de la chasse d'eau et de sa gêne panique. Cette fille courageuse avait honte de sa peur. Cette femme de goût avait honte de ses entrailles qui sévissaient sous les yeux d'un étranger.

8

Une vingtaine de jeunes gens et de jeunes filles de diverses nationalités étaient assis à leurs pupitres et regardaient distraitement Michèle et Gabrielle qui, l'air nerveux, étaient debout devant la chaire où était assise Mme Raphaël. Elles tenaient à la main plusieurs feuilles de papier couvertes du texte de leur exposé et, en plus, elles portaient un curieux objet en carton muni d'un élastique.

« Nous allons parler de la pièce de Ionesco, *Rhinocéros* », dit Michèle, et elle inclina la tête pour se planter sur le nez un tube en carton où étaient collés des bouts de papier multicolores, puis le maintint en place en passant l'élastique derrière la tête. Gabrielle en fit autant. Ensuite elles se regardèrent et elles émirent dans l'aigu des sons brefs et saccadés.

La classe avait compris, en somme assez facilement, que les deux jeunes filles voulaient montrer, primo, que le rhinocéros a une corne à la place du nez et, secundo, que la pièce de Ionesco est comique. Elles avaient décidé d'exprimer ces deux idées, certes avec des mots, mais surtout par l'action de leur propre corps.

Les longs cornets se balançaient à l'extrémité de leur visage et la classe tombait dans une sorte de compassion embarrassée, comme si un infirme était venu présenter devant les pupitres son bras amputé.

Seule Mme Raphaël s'émerveilla de la trouvaille de ses jeunes favorites et elle répondit à leurs sons aigus et saccadés par un semblable cri.

Les jeunes filles secouèrent leurs longs nez d'un air satisfait et Michèle commença à lire sa partie de l'exposé.

Il y avait parmi les élèves une jeune fille juive du nom de Sarah. Elle avait demandé aux deux Américaines, quelques jours plus tôt, de la laisser jeter un coup d'œil sur leurs notes (chacun savait qu'elles n'omettaient pas la moindre parole de Mme Raphaël), mais elles avaient refusé : « Tu n'as qu'à pas manquer les cours pour aller à la plage. » Depuis ce jour-là, Sarah les détestait cordialement, et maintenant elle se réjouissait du spectacle de leur bêtise.

Michèle et Gabrielle lisaient tour à tour leur analyse de *Rhinocéros* et les longs cornets en papier sortaient de leur visage comme une vaine prière. Sarah comprit qu'il serait dommage de ne pas saisir l'occasion qu'on lui offrait. Comme Michèle marquait une pause dans son intervention et se tournait vers Gabrielle pour lui indiquer que c'était à elle maintenant, elle se leva de son banc et se dirigea vers les deux jeunes filles. Gabrielle, au lieu de prendre la parole, fixa sur Sarah l'orifice de son faux nez surpris, et resta bouche bée. Arrivée à la hauteur des deux étudiantes, Sarah les évita (comme si le nez rajouté était trop lourd pour leur tête, les Américaines n'étaient pas à même de la tourner pour regarder ce qui se passait derrière elles), prit son élan, donna à Michèle un coup de pied aux fesses, reprit son élan et botta à nouveau, cette fois-ci dans le derrière de Gabrielle. Ensuite, elle regagna son banc avec calme, voire dignité.

Sur le moment, il y eut un silence absolu.

Puis les larmes commencèrent à couler des yeux de Michèle et, immédiatement après, des yeux de Gabrielle.

Puis toute la classe éclata d'un rire énorme.

Puis Sarah se rassit à son banc.

Puis Mme Raphaël, d'abord prise au dépourvu et stupéfaite, comprit que l'intervention de Sarah était un épisode concerté d'une farce d'étudiants soigneusement préparée, qui n'avait d'autre but que d'éclairer le sujet de leur analyse (l'interprétation de l'œuvre d'art ne peut se limiter à l'approche théorique traditionnelle ; il faut une approche moderne, une lecture par la praxis, l'action, le happening), et comme elle ne voyait pas les larmes de ses favorites (elles faisaient face à la classe et lui tournaient par conséquent le dos), elle pencha la tête en arrière et acquiesça d'un éclat de rire.

Michèle et Gabrielle, en entendant derrière elles le rire de leur professeur bien-aimée, se sentirent trahies. Maintenant, les larmes coulaient de leurs yeux comme d'un robinet. L'humiliation leur faisait si mal qu'elles se tordaient comme si elles avaient des crampes d'estomac.

Mme Raphaël s'imagina que les convulsions de ses élèves favorites étaient un mouvement de danse, et à ce moment, une force plus puissante que sa gravité professorale la jeta hors de sa chaise. Elle riait aux larmes, elle écartait les bras et son corps se trémoussait tant et si bien que sa tête était projetée en avant et en arrière sur son cou, comme une clochette que le sacristain tient renversée dans la paume de sa main et qu'il sonne à toute volée. Elle s'approcha des jeunes filles qui se tordaient convulsivement, et elle prit Michèle par la main. Les voici toutes trois devant les pupitres, elles se tordaient toutes trois et elles étaient en larmes. Mme Raphaël faisait deux pas sur place, levait la jambe gauche d'un côté, puis la jambe droite de l'autre, et les deux jeunes filles en pleurs commençaient timidement à l'imiter. Les larmes coulaient le long de leur nez en papier et elles se tordaient et sautillaient sur place. Puis Mme le professeur saisit Gabrielle par la main ; elles formaient maintenant un cercle devant les pupitres, elles se tenaient toutes trois par la main, elles faisaient des pas sur place et de côté et tournaient en rond sur le plancher de la salle de classe. Elles lançaient la jambe en avant, tantôt la droite, tantôt la gauche, et sur le visage de Gabrielle et de Michèle les grimaces des sanglots devenaient imperceptiblement la grimace du rire.

Les trois femmes dansaient et riaient, les nez en papier se balançaient et la classe regardait dans une muette épouvante. Mais déjà les trois femmes ne remarquaient plus les autres, elles étaient tout entières concentrées sur elles-mêmes et sur leur jouissance. Soudain, Mme Raphaël tapa plus fort du pied, elle s'éleva de quelques centimètres au-dessus du plancher et, au pas suivant, elle ne toucha déjà plus terre. Elle entraînait derrière elle ses deux compagnes, encore un instant et elles tournaient toutes trois au-dessus du plancher, elles montaient en spirale, lentement. Déjà leurs cheveux atteignaient le plafond qui commençait à s'ouvrir peu à peu. Par cette ouverture, elles montaient de plus en plus haut, leurs nez en papier n'étaient déjà plus visibles, il n'y avait plus que trois paires de chaussures qui dépassaient du trou béant, mais qui finirent par disparaître à leur tour, tandis que d'en haut parvenait à l'oreille des élèves médusés le rire qui s'éloignait, le rire resplendissant des trois archanges.

9

Mon rendez-vous avec R. dans l'appartement prêté a été décisif pour moi. À ce moment-là, j'ai compris définitivement que j'étais devenu le messager du malheur, que je ne pouvais continuer à vivre parmi les gens que j'aimais si je ne voulais pas leur faire du mal et qu'il ne me restait plus qu'à partir de mon pays.

Mais j'ai encore une autre raison d'évoquer cette dernière rencontre avec R. J'avais toujours beaucoup aimé cette jeune femme, de la manière la plus innocente, la moins sexuelle qui fût. Comme si son corps était toujours parfaitement caché derrière son intelligence radieuse, et aussi derrière la modestie de sa conduite et le bon ton de sa toilette. Elle ne m'offrait pas le moindre interstice par où j'aurais pu entrevoir la lueur de sa nudité. Et soudain la peur l'éventra comme un couteau de boucher. J'avais l'impression de la voir ouverte devant moi, comme la carcasse tranchée d'une génisse suspendue au crochet d'une boutique. Nous étions assis l'un à côté de l'autre sur le divan dans cet appartement prêté, des toilettes nous parvenait le chuintement de l'eau qui coulait dans le réservoir, et j'éprouvai soudain une envie frénétique de lui faire l'amour. Plus exactement : une envie frénétique de la violer. De me jeter sur elle et de la saisir dans une seule étreinte avec toutes ses insoutenablement excitantes contradictions, avec ses vêtements parfaits et ses intestins en révolte, avec sa raison et sa peur, avec sa fierté et sa honte. Et il me semblait que dans ces contradictions se cachait son essence, ce trésor, cette pépite d'or, ce diamant celé dans ses profondeurs. Je voulais bondir sur elle et le lui arracher. Je voulais la contenir tout entière avec sa merde et son âme ineffable.

Mais je voyais deux yeux angoissés fixés sur moi (des yeux angoissés dans un visage intelligent) et plus ces yeux étaient angoissés, plus grand était mon désir de la violer, et d'autant plus absurde, imbécile, scandaleux, incompréhensible et irréalisable.

Quand je suis sorti ce jour-là de l'appartement prêté et que je me suis retrouvé dans la rue déserte de cette cité de la banlieue praguoise (R. resta encore un instant dans l'appartement, elle avait peur de sortir en même temps que moi et qu'on nous vît ensemble), j'ai été longtemps sans pouvoir penser à autre chose qu'à cet immense désir que j'avais éprouvé de violer ma sympathique amie. Ce désir est resté en moi, prisonnier comme un oiseau dans un sac, un oiseau qui s'éveille de temps à autre et bat des ailes.

Il se peut que ce désir insensé de violer R. n'ait été qu'un effort désespéré pour me raccrocher à quelque chose au milieu de la chute. Parce que, depuis qu'ils m'ont exclu de la ronde, je n'en finis pas de tomber, encore maintenant je tombe, et à présent, ils n'ont fait que me pousser encore une fois pour que je tombe encore plus loin, encore plus profond, de plus en plus loin de mon pays dans l'espace désert du monde où retentit le rire effrayant des anges qui couvre de son carillon toutes mes paroles.

Je sais, il y a quelque part Sarah, la jeune fille juive Sarah, ma sœur Sarah, mais où la trouverai-je ?

Les passages en italique entre guillemets sont tirés des ouvrages suivants :
— Annie Leclerc : *Parole de femme*, 1976.
— Paul Éluard : *Le Visage de la paix*, 1951.
— Eugène Ionesco, *Rhinocéros*, 1959.

Quatrième partie

LES LETTRES PERDUES

1

J'ai calculé qu'à chaque seconde deux ou trois nouveaux personnages fictifs reçoivent ici-bas le baptême. C'est pourquoi j'hésite toujours à me joindre à cette foule innombrable de saints Jean-Baptiste. Mais qu'y faire ? Il faut bien que je donne un nom à mes personnages. Cette fois-ci, pour montrer clairement que mon héroïne est mienne et n'appartient qu'à moi (je lui suis plus attaché qu'à nulle autre), je vais l'appeler d'un nom qu'aucune femme n'a encore jamais porté : Tamina. J'imagine qu'elle est belle, grande, qu'elle a trente-trois ans et qu'elle est de Prague.

Je la vois en pensée descendre une rue d'une ville de province à l'ouest de l'Europe. Oui, vous l'avez bien remarqué : c'est Prague qui est loin que je désigne par son nom, alors que je laisse dans l'anonymat la ville où a lieu mon récit. C'est enfreindre toutes les règles de la perspective, mais il ne vous reste qu'à l'accepter.

Tamina travaille comme serveuse dans un petit café qui appartient à un couple. Le café rapporte si peu que le mari a pris le premier emploi qu'il a trouvé et Tamina a obtenu la place ainsi libérée. La différence entre le misérable salaire que le patron touche dans son nouvel emploi et le salaire encore plus misérable que les époux versent à Tamina représente leur menu bénéfice.

Tamina sert le café et le calvados aux clients (il n'y en a pas tellement, la salle est toujours à moitié vide) puis retourne derrière le comptoir. Assis au bar, sur un tabouret, il y a presque toujours quelqu'un qui veut bavarder avec elle. Tout le monde l'aime bien, Tamina. Parce qu'elle sait écouter ce qu'on lui raconte.

Mais écoute-t-elle vraiment ? Ou ne fait-elle que regarder, tellement attentive, tellement silencieuse ? Je ne sais, et ça n'a pas beaucoup d'importance. Ce qui compte, c'est qu'elle n'interrompt pas. Vous savez ce qui se passe quand deux personnes bavardent. L'une parle et l'autre lui coupe la parole : « c'est tout à fait comme moi, je... » et se met à parler d'elle jusqu'à ce que la première réussisse à glisser à son tour : « c'est tout à fait comme moi, je... »

Cette phrase, « c'est tout à fait comme moi, je... », semble être un écho approbateur, une manière de continuer la réflexion de l'autre, mais c'est un leurre : en réalité c'est une révolte brutale contre une violence brutale, un effort pour libérer notre propre oreille de l'esclavage et occuper de force l'oreille de l'adversaire. Car toute la vie de l'homme parmi ses semblables n'est rien d'autre qu'un combat pour s'emparer de l'oreille d'autrui. Tout le mystère de la popularité de Tamina vient de ce qu'elle ne désire pas parler d'elle-même. Elle accepte sans résistance les occupants de son oreille et elle ne dit jamais : « c'est tout à fait comme moi, je... »

2

Bibi a dix ans de moins que Tamina. Depuis près d'un an elle lui parle d'elle, jour après jour. Il n'y a pas longtemps (et c'est en fait à ce moment-là que tout a commencé) elle lui a dit qu'elle comptait aller à Prague en été avec son mari, pendant les vacances.

Alors, Tamina a cru s'éveiller d'un sommeil de plusieurs années. Bibi parle encore quelques instants et Tamina (contrairement à son habitude) lui coupe la parole :

« Bibi, si vous allez à Prague, est-ce que vous pourriez passer chez mon père pour me rapporter quelque chose ? Rien de bien gros. Juste un petit paquet, ça entrera facilement dans votre valise.

— Pour toi n'importe quoi ! dit Bibi, très empressée.

— Je t'en serais éternellement reconnaissante, dit Tamina.

— Tu peux compter sur moi », dit Bibi. Les deux femmes parlent encore un peu de Prague et Tamina a les joues en feu.

« Je veux écrire un livre », dit ensuite Bibi.

Tamina pense à son petit paquet là-bas en Bohême, et elle sait qu'elle doit s'assurer l'amitié de Bibi. Elle lui offre donc aussitôt son oreille : « Un livre ? Et sur quoi ? »

La fille de Bibi, une gosse d'un an, se traîne sous le tabouret du bar où est assise sa maman. Elle fait beaucoup de bruit.

« Du calme ! » dit Bibi en direction du carrelage, et elle souffle d'un air pensif la fumée de sa cigarette. « Sur le monde tel que je le vois. »

La petite pousse des cris de plus en plus aigus et Tamina demande : « Tu saurais écrire un livre ?

— Pourquoi pas ? » fait Bibi, et elle a de nouveau l'air pensif. « Il faut évidemment que je me renseigne un peu pour savoir comment on s'y prend pour écrire un bouquin. Tu ne connais pas Banaka, par hasard ?

— Qui c'est ? demande Tamina.

— Un écrivain, dit Bibi. Il habite par ici. Il faut que je fasse sa connaissance.

— Qu'est-ce qu'il a écrit ?

— Je n'en sais rien », dit Bibi, et elle ajoute, pensive : « Il faudrait peut-être que je lise un truc de lui. »

3

Au lieu d'une exclamation de joyeuse surprise, il n'y eut dans l'écouteur qu'un glacial : « Ça alors ! Tu t'es enfin souvenue de moi ?

— Tu sais que je ne roule pas sur l'or. Le téléphone est cher, dit Tamina pour s'excuser.

— Tu peux écrire. Les timbres ne coûtent pas tellement cher, que je sache. Je ne me rappelle même plus quand j'ai reçu ta dernière lettre. »

Comprenant que la conversation avec sa belle-mère démarrait mal, Tamina commença par l'interroger longuement sur sa santé et sur ce qu'elle faisait, avant de se résoudre à dire : « J'ai un service à te demander. Avant notre départ, nous avons laissé un paquet chez toi.

— Un paquet ?

— Oui. Pavel l'a rangé avec toi dans l'ancien bureau de son père, et il a fermé le tiroir à clé. Tu te rappelles, il a toujours eu un tiroir à lui dans ce bureau. Et il t'a confié la clé.

— Je ne l'ai pas, votre clé.

— Mais, belle-maman, tu dois l'avoir. Pavel te l'a donnée, j'en suis sûre. J'étais là.

— Vous ne m'avez rien donné du tout.

— Ça fait déjà pas mal d'années, et tu as peut-être oublié. Tout ce que je te demande, c'est de chercher cette clé. Tu vas certainement la trouver.

— Et qu'est-ce que tu veux que j'en fasse ?

— Juste que tu regardes si le paquet est toujours à sa place.

— Et pourquoi il n'y serait pas ? Vous l'avez mis là ?

— Oui.

— Alors pourquoi il faut que j'ouvre le tiroir ? Qu'est-ce que vous croyez que j'en ai fait, de vos carnets ? »

Tamina s'étonna : Comment sa belle-mère pouvait-elle savoir qu'il y avait des carnets dans le tiroir ? Ils étaient emballés et le paquet était soigneusement fermé avec plusieurs bandes de papier adhésif. Pourtant, elle ne laissa rien paraître de sa surprise :

« Mais je ne dis rien de pareil. Je voudrais juste que tu regardes si tout est bien en place. Je t'en dirai plus la prochaine fois.

— Et tu ne peux pas m'expliquer de quoi il s'agit ?

— Belle-maman, je ne peux pas parler longtemps, c'est tellement cher ! »

La belle-mère se mit à sangloter : « Alors, ne me téléphone pas, si c'est trop cher.

— Ne pleure pas, belle-maman », dit Tamina. Elle connaissait ses sanglots par cœur. Sa belle-mère pleurait toujours quand elle voulait leur imposer quelque chose. Elle les accusait avec des pleurs et il n'y avait rien de plus agressif que ses larmes.

L'écouteur était secoué de sanglots et Tamina dit : « À bientôt, belle-maman, je rappellerai. »

La belle-mère pleurait et Tamina n'osait pas raccrocher avant qu'elle lui ait dit au revoir. Mais les sanglots ne cessaient pas et chaque larme coûtait beaucoup d'argent.

Tamina raccrocha.

« Madame Tamina, dit la patronne d'une voix affligée, en montrant le compteur. Vous avez parlé très longtemps », puis elle calcula combien coûtait la communication avec la

Bohême et Tamina s'effraya de cette grosse somme. Il lui faudrait compter chaque centime pour tenir jusqu'à la prochaine paye. Mais elle régla la note sans sourciller.

4

Tamina et son mari avaient quitté la Bohême illégalement. Ils s'étaient inscrits pour un séjour au bord de la mer que l'agence de voyages officielle organisait en Yougoslavie. Une fois arrivés, ils avaient abandonné le groupe et, franchissant la frontière de l'Autriche, ils s'étaient dirigés vers l'ouest.

Craignant de se faire remarquer pendant le voyage en groupe, ils n'avaient qu'une grosse valise chacun. Au dernier moment, ils n'avaient pas osé prendre avec eux le paquet volumineux qui contenait leur correspondance mutuelle et les carnets de Tamina. Si un policier de la Bohême occupée leur avait fait ouvrir leurs bagages pendant le contrôle douanier, il eût immédiatement trouvé suspect qu'ils emportent toutes les archives de leur vie privée pour quinze jours de vacances au bord de la mer. Et comme ils ne voulaient pas laisser le paquet chez eux, sachant qu'après leur départ leur appartement serait confisqué par l'État, ils l'avaient déposé chez la belle-mère de Tamina dans un tiroir du bureau abandonné et désormais inutile du beau-père décédé.

À l'étranger, le mari de Tamina était tombé malade et Tamina n'avait pu que regarder la mort le lui prendre lentement. Quand il était mort, on lui avait demandé si elle voulait le faire inhumer ou incinérer. Elle avait dit qu'on l'incinère. On lui avait ensuite demandé si elle voulait le garder dans une urne ou si elle préférait faire disperser les cendres. Nulle part elle n'était chez elle et elle craignait de porter son mari pendant toute sa vie comme un bagage à main. Elle avait fait disperser ses cendres.

J'imagine que le monde s'élève autour de Tamina, de plus en plus haut, comme un mur circulaire, et qu'elle est une petite pelouse tout en bas.

Sur cette pelouse il ne pousse qu'une seule rose, le souvenir de son mari.

Ou bien j'imagine que le présent de Tamina (il consiste à servir le café et à offrir son oreille) est un radeau qui dérive sur l'eau et elle est sur ce radeau et elle regarde en arrière, rien qu'en arrière.

Depuis quelque temps, elle était désespérée parce que le passé était de plus en plus pâle. Elle n'avait de son mari que la photographie de son passeport, toutes les autres photos étaient restées à Prague dans l'appartement confisqué. Elle regardait cette pauvre image tamponnée, écornée, où son mari était pris de face (comme un criminel photographié par l'Identité judiciaire) et n'était guère ressemblant. Chaque jour elle se livrait devant cette photographie à une sorte d'exercice spirituel : elle s'efforçait d'imaginer son mari de profil, puis de demi-profil, puis de trois quarts. Elle faisait revivre la ligne de son nez, de son menton, et elle constatait chaque jour avec effroi que le croquis imaginaire présentait de nouveaux points discutables où la mémoire qui dessinait avait des doutes.

Pendant ces exercices, elle s'efforçait d'évoquer la peau et sa couleur, et toutes les menues altérations de l'épiderme, les verrues, les excroissances, les taches de rousseur, les petites veines. C'était difficile, presque impossible. Les couleurs dont se servait sa mémoire étaient irréelles, et avec ces couleurs-là il n'y avait pas moyen d'imiter la peau humaine. Elle avait donc mis au point une technique particulière de remémoration. Quand elle était assise en face d'un homme, elle se servait de sa tête comme d'un matériau à sculpter : elle la regardait fixement et elle refaisait en pensée le modelé du visage, elle lui donnait une teinte plus sombre, y plaçait les taches de rousseur et les verrues, rapetissait les oreilles, colorait les yeux en bleu.

Mais tous ces efforts ne faisaient que démontrer que l'image de son mari se dérobait irrévocablement. Au début de leur liaison, il lui avait demandé (il avait dix ans de plus qu'elle et s'était déjà fait une certaine idée de la misère de la mémoire humaine) de tenir un journal et d'y noter pour tous les deux le déroulement de leur vie. Elle s'était rebellée, affirmant que c'était se moquer de leur amour. Elle l'aimait trop pour pouvoir admettre que ce qu'elle qualifiait d'inoubliable pût être oublié. Évidemment, elle avait fini par lui obéir, mais sans enthousiasme. Les carnets s'en ressentaient : bien des pages y étaient vides et les notes fragmentaires.

5

Elle avait vécu onze ans en Bohême avec son mari, et les carnets laissés chez sa belle-mère étaient, eux aussi, au nombre de onze. Peu après la mort de son mari, elle avait acheté un cahier et l'avait divisé en onze parties. Elle était certes parvenue à se remémorer bien des événements et des situations à moitié oubliés, mais elle ne savait absolument pas dans quelle partie du cahier les inscrire. La succession chronologique était irrémédiablement perdue.

Elle avait d'abord tenté de retrouver les souvenirs qui pourraient servir de points de repère dans l'écoulement du temps et devenir la charpente principale du passé reconstruit. Par exemple leurs vacances. Il devait y en avoir onze, mais elle ne pouvait s'en rappeler que neuf. Il y en avait deux qui étaient à jamais perdues.

Elle s'était ensuite efforcée de ranger dans les onze chapitres du cahier ces neuf vacances redécouvertes. Elle n'y était parvenue avec certitude que pour les années qui se distinguaient par quelque chose d'exceptionnel. En 1964, la mère de Tamina était morte et ils étaient allés un mois plus tard dans les Tatras où ils avaient passé de tristes vacances. Et elle savait que l'année d'après ils étaient allés au bord de la mer en Bulgarie. Elle se rappelait aussi les vacances de 1968 et celles de l'année suivante, parce que c'étaient les dernières qu'ils avaient passées en Bohême.

Mais si elle avait réussi à reconstituer tant bien que mal la plupart de leurs vacances (sans pouvoir les dater toutes), elle échouait complètement quand elle cherchait à se remémorer leurs Noëls et leurs Nouvel An. Sur onze Noëls, elle n'en retrouvait que deux dans les recoins de sa mémoire, et sur douze Nouvel An elle ne s'en rappelait que cinq.

Elle voulait aussi se souvenir de tous les noms qu'il lui avait donnés. Il ne l'avait appelée par son vrai nom que pendant les quinze premiers jours. Sa tendresse était une machine à fabriquer continuellement des surnoms. Elle avait beaucoup de noms et comme chaque nom s'usait vite, il lui en donnait sans cesse des nouveaux. Pendant les douze ans qu'ils avaient passés ensemble, elle en avait eu une vingtaine, une trentaine, et chacun appartenait à une période précise de leur vie.

Mais comment redécouvrir le lien perdu entre un surnom et le rythme du temps ? Tamina ne parvenait à le retrouver que dans quelques cas. Elle se souvenait par exemple des jours qui avaient suivi la mort de sa mère. Son mari lui chuchotait son nom à l'oreille (le nom de ce temps-là, de cet instant-là) avec insistance, comme s'il avait tenté de l'éveiller d'un rêve. C'est un surnom dont elle se souvenait et elle avait pu l'inscrire avec certitude dans la section intitulée 1964. Mais tous les autres noms volaient en dehors du temps, libres et fous comme des oiseaux échappés d'une volière.

C'est pourquoi elle désire si désespérément avoir chez elle ce paquet de carnets et de lettres.

Évidemment, elle sait qu'il y a aussi dans les carnets pas mal de choses déplaisantes, des journées d'insatisfaction, de disputes et même d'ennui, mais il ne s'agit pas de ça du tout. Elle ne veut pas rendre au passé sa poésie. Elle veut lui rendre son corps perdu. Ce qui la pousse, ce n'est pas un désir de beauté. C'est un désir de vie.

Car Tamina est à la dérive sur un radeau et elle regarde en arrière, rien qu'en arrière. Le volume de son être n'est que ce qu'elle voit là-bas, loin derrière elle. De même que son passé se contracte, se défait, se dissout, Tamina rétrécit et perd ses contours.

Elle veut avoir ses carnets pour que la fragile charpente des événements, telle qu'elle l'a construite dans son cahier, puisse recevoir des murs et devenir la maison qu'elle pourra habiter. Parce que, si l'édifice chancelant des souvenirs s'affaisse comme une tente maladroitement dressée, il ne va rien rester de Tamina que le présent, ce point invisible, ce néant qui avance lentement vers la mort.

6

Alors, pourquoi ne pas avoir dit depuis longtemps à sa belle-mère de lui envoyer ses carnets ?

Dans son pays, la correspondance avec l'étranger passe par les mains de la police secrète et Tamina ne pouvait accepter l'idée que des fonctionnaires de la police fourrent le nez dans sa vie privée. Et puis, le nom de son mari (qui était aussi son nom à elle) était certainement resté sur les listes noires, et la police porte à tout document né de la vie de ses adversaires, même morts, un intérêt sans défaillance. (Sur ce point, Tamina ne se trompait nullement : c'est dans les dossiers des archives de la police que se trouve notre seule immortalité.)

Bibi était donc son seul espoir et elle allait tout faire pour se l'attacher. Bibi voulait être présentée à Banaka et Tamina réfléchissait : son amie devrait connaître l'intrigue d'au moins un de ses livres. Il est en effet indispensable qu'elle glisse dans la conversation : « Oui, c'est exactement ce que vous dites dans votre livre. » Ou bien : « Vous ressemblez tellement à vos personnages, monsieur Banaka ! » Tamina savait que Bibi n'avait pas un seul livre chez elle et que ça l'ennuyait de lire. Elle voulait donc découvrir ce qu'il y avait dans les livres de Banaka pour préparer son amie à cette rencontre avec l'écrivain.

Hugo était dans la salle et Tamina venait de poser une tasse de café devant lui : « Hugo, connaissez-vous Banaka ? »

Hugo avait mauvaise haleine, mais à part cela Tamina le trouvait tout à fait sympathique : c'était un garçon calme et timide, qui avait environ cinq ans de moins qu'elle. Il venait au café une fois par semaine et regardait tantôt les livres dont il était encombré, tantôt Tamina debout derrière le comptoir.

« Oui, dit-il.

— J'aimerais connaître le sujet d'un de ses livres.

— Dites-vous bien, Tamina, répondit Hugo, que personne n'a encore jamais rien lu de Banaka. Il est impossible de lire un livre de Banaka sans passer pour un imbécile. Banaka, personne n'en doute, est un écrivain de deuxième, de troisième ou même de dixième catégorie. Je vous assure que Banaka est à ce point victime de sa propre réputation qu'il méprise les gens qui ont lu ses livres. »

Elle ne cherchait donc plus à se procurer des livres de Banaka, mais elle était bien décidée à organiser elle-même la rencontre avec l'écrivain. Elle prêtait de temps à autre sa chambre, qui était vide dans la journée, à une petite Japonaise mariée surnommée Joujou, pour des rendez-vous discrets avec un professeur de philosophie marié lui aussi. Le professeur connaissait Banaka et Tamina fit promettre aux amants de l'amener chez elle un jour que Bibi y serait en visite.

Quand Bibi apprit la nouvelle, elle lui dit : « Peut-être que Banaka est beau gosse et que ta vie sexuelle va enfin changer. »

7

C'était exact, depuis la mort de son mari, Tamina n'avait pas fait l'amour. Ce n'était pas par principe. Cette fidélité au-delà de la mort lui semblait au contraire presque ridicule, et elle ne s'en vantait à personne. Mais chaque fois qu'elle imaginait (et elle l'imaginait souvent) de se déshabiller devant un homme, elle avait devant elle l'image de son mari. Elle savait qu'alors elle le verrait. Elle savait qu'elle verrait son visage et ses yeux qui l'observeraient.

C'était évidemment incongru, c'était même absurde, et elle s'en rendait compte. Elle ne croyait pas dans la vie posthume de l'âme de son mari et elle ne pensait pas non plus qu'elle offenserait sa mémoire en prenant un amant. Mais elle n'y pouvait rien.

Elle avait même eu cette idée singulière : Il lui eût été beaucoup plus facile qu'aujourd'hui de tromper son mari de son vivant. Son mari était un homme gai, brillant, fort, elle se sentait beaucoup plus faible que lui, et elle avait l'impression de ne pouvoir le blesser même en s'y employant de son mieux.

Mais aujourd'hui, tout était différent. Aujourd'hui, elle ferait du mal à quelqu'un qui ne pouvait pas se défendre, qui était à sa merci comme un enfant. Car maintenant qu'il était mort, son mari n'avait plus qu'elle, plus qu'elle au monde !

C'est pourquoi, aussitôt qu'elle songeait à la possibilité de l'amour physique avec un autre, l'image de son mari surgissait, et avec elle une lancinante nostalgie et avec la nostalgie une immense envie de pleurer.

8

Banaka était laid et pouvait difficilement réveiller chez une femme une sensualité somnolente. Tamina lui versa du thé dans sa tasse et il la remercia très respectueusement. Tout le monde se sentait bien chez Tamina et Banaka lui-même, se tournant vers Bibi avec le sourire, interrompit assez vite une conversation à bâtons rompus :

« Il paraît que vous voulez écrire un livre ? Ce sera un livre sur quoi ?

— C'est très simple, répondit Bibi. Un roman. Sur le monde tel que je le vois.

— Un roman ? » interrogea Banaka d'une voix qui trahissait la désapprobation.

Bibi rectifia évasivement : « Ce ne serait pas nécessairement un roman.

— Pensez seulement à ce que c'est qu'un roman, dit Banaka. À cette multitude de personnages différents. Voulez-vous nous faire croire que vous connaissez tout d'eux ? Que vous savez à quoi ils ressemblent, ce qu'ils pensent, comment ils s'habillent, de quelle famille ils viennent ? Avouez que ça ne vous intéresse pas du tout !

— C'est exact, reconnut Bibi, ça ne m'intéresse pas.

— Vous savez, dit Banaka, le roman est le fruit d'une illusion humaine. L'illusion de pouvoir comprendre autrui. Mais que savons-nous les uns des autres ?

— Rien, dit Bibi.

— C'est vrai », dit Joujou.

Le professeur de philosophie hochait la tête en signe d'approbation.

« Tout ce qu'on peut faire, dit Banaka, c'est présenter un rapport sur soi-même. Un rapport chacun sur soi. Tout le reste n'est qu'abus de pouvoir. Tout le reste est mensonge. »

Bibi approuvait avec enthousiasme : « C'est vrai ! C'est tout à fait vrai ! Moi non plus je ne veux pas écrire un roman ! Je me suis mal exprimée. Je voulais faire exactement ce que vous avez dit, écrire sur moi. Présenter un rapport sur ma vie. En même temps, je ne veux pas cacher que ma vie est tout à fait banale, ordinaire, et que je n'ai rien vécu d'original. »

Banaka souriait : « Ça n'a aucune importance ! Moi non plus, vu de l'extérieur, je n'ai rien vécu d'original.

— Oui, s'écria Bibi, c'est bien dit ! Vu de *l'extérieur*, je n'ai rien vécu. Vu de l'extérieur ! Mais j'ai le sentiment que mon expérience *intérieure* vaut la peine d'être écrite et pourrait intéresser tout le monde. »

Tamina remplissait les tasses de thé et se réjouissait que les deux hommes, qui étaient descendus dans son appartement depuis l'Olympe de l'esprit, soient compréhensifs envers son amie.

Le professeur de philosophie tirait sur une pipe et se cachait derrière sa fumée comme s'il avait honte.

« Depuis James Joyce déjà, dit-il, nous savons que la plus grande aventure de notre vie est l'absence d'aventures. Ulysse, qui s'était battu à Troie, revenait en sillonnant les mers, pilotait lui-même son navire, avait une maîtresse dans chaque île, non, ce n'est pas ça notre vie. L'odyssée d'Homère s'est transportée au-dedans. Elle s'est intériorisée. Les îles, les mers, les sirènes qui nous séduisent, Ithaque qui nous rappelle, ce ne sont aujourd'hui que les voix de notre être intérieur.

— Oui ! C'est exactement ce que je ressens ! » s'exclama Bibi, et elle s'adressa de nouveau à Banaka. « Et c'est pour ça que je voulais vous demander comment il faut s'y prendre. J'ai souvent l'impression que mon corps tout entier est plein du désir de s'exprimer. De parler. De se faire entendre. Je me dis parfois que je vais devenir folle, parce que je me sens pleine à craquer, à en avoir envie de crier, vous connaissez certainement ça, monsieur Banaka. Je voudrais exprimer ma vie, mes sentiments qui sont, je le sais, absolument originaux, mais quand je m'assieds devant une feuille de papier, brusquement je ne sais plus quoi écrire. Alors je me suis dit que c'est sûrement une question de technique. Il me manque évidemment certaines connaissances que vous possédez. Vous avez écrit de si beaux livres… »

9

Je vous fais grâce du cours sur l'art d'écrire que les deux Socrate donnèrent à la jeune femme. Je veux parler d'autre chose. Il y a quelque temps, j'ai traversé Paris en taxi et le chauffeur était bavard. Il ne pouvait pas dormir la nuit. Il souffrait d'une insomnie chronique. Ça datait de la guerre. Il était marin. Son navire avait coulé. Il avait nagé pendant trois jours et trois nuits. Ensuite on l'avait repêché. Il avait passé plusieurs mois entre la vie et la mort. Il avait guéri, mais il avait perdu le sommeil.

« J'ai derrière moi un tiers de ma vie de plus que vous, dit-il avec le sourire.

— Et que faites-vous de ce tiers que vous avez en plus ? » ai-je demandé.

Il a répondu : « J'écris. »

J'ai voulu savoir ce qu'il écrivait.

Il écrivait sa vie. L'histoire d'un homme qui avait nagé pendant trois jours dans la mer, qui avait lutté contre la mort, qui avait perdu le sommeil et qui avait pourtant conservé la force de vivre.

« Vous écrivez ça pour vos enfants ? Comme une chronique de la famille ? »

Il a souri avec amertume : « Pour mes enfants ? Ça ne les intéresserait pas. C'est un livre que j'écris. Je crois que ça pourrait aider pas mal de gens. »

Cette conversation avec le chauffeur de taxi m'a brusquement révélé l'essence de l'activité de l'écrivain. Nous écrivons des livres parce que nos enfants se désintéressent de nous. Nous nous adressons au monde anonyme parce que notre femme se bouche les oreilles quand nous lui parlons.

Vous allez répliquer que dans le cas du chauffeur de taxi, il s'agit d'un graphomane et nullement d'un écrivain. Il faut donc commencer par préciser les concepts. Une femme qui écrit quatre lettres par jour à son amant n'est pas une graphomane. C'est une amoureuse. Mais mon ami qui fait des photocopies de sa correspondance galante pour pouvoir la publier un jour est un graphomane. La graphomanie n'est pas le désir d'écrire des lettres, des journaux intimes, des chroniques familiales (c'est-à-dire d'écrire pour soi ou pour ses proches), mais d'écrire des livres (donc d'avoir un public de lecteurs inconnus). En ce sens, la passion du chauffeur de taxi et celle de Goethe sont les mêmes. Ce qui distingue Goethe du chauffeur de taxi, ce n'est pas une passion différente, mais le résultat différent de la passion.

La graphomanie (manie d'écrire des livres) prend fatalement les proportions d'une épidémie lorsque le développement de la société réalise trois conditions fondamentales :

1) un niveau élevé de bien-être général, qui permet aux gens de se consacrer à une activité inutile ;

2) un haut degré d'atomisation de la vie sociale et, par conséquent, d'isolement général des individus ;

3) le manque radical de grands changements sociaux dans la vie interne de la nation (de ce point de vue, il me paraît symptomatique qu'en France où il ne se passe pratiquement rien le pourcentage d'écrivains soit vingt et une fois plus élevé qu'en Israël. Bibi s'est d'ailleurs fort bien exprimée en disant que, *vu de l'extérieur*, elle n'a rien vécu. Le

moteur qui la pousse à écrire, c'est justement cette absence de contenu vital, ce vide).

Mais l'effet, par un choc en retour, se répercute sur la cause. L'isolement général engendre la graphomanie, et la graphomanie généralisée renforce et aggrave à son tour l'isolement. L'invention de la presse à imprimer a jadis permis aux hommes de se comprendre mutuellement. À l'ère de la graphomanie universelle, le fait d'écrire des livres prend un sens opposé : chacun s'entoure de ses propres mots comme d'un mur de miroirs qui ne laisse filtrer aucune voix du dehors.

10

« Tamina, dit Hugo, un jour qu'il bavardait avec elle dans le café désert, je sais que je n'ai aucune chance avec vous. Je ne tenterai donc rien. Mais je peux quand même vous inviter dimanche à déjeuner ? »

Le paquet est chez la belle-mère de Tamina dans une ville de province, et Tamina veut le faire envoyer à Prague, chez son père où Bibi pourra passer le prendre. Apparemment, il n'y a rien de plus simple, mais il va lui falloir beaucoup de temps et d'argent pour convaincre des personnes âgées et fantasques. Le téléphone coûte cher et le salaire de Tamina suffit à peine pour payer le loyer et la nourriture.

« Oui », dit Tamina, se souvenant qu'Hugo avait certainement le téléphone chez lui.

Il vint la chercher en voiture et ils allèrent au restaurant, à la campagne.

La situation précaire de Tamina aurait dû faciliter à Hugo le rôle du conquérant souverain, mais, derrière le personnage de la serveuse mal payée, il voyait l'expérience mystérieuse de l'étrangère et de la veuve. Il se sentait intimidé. L'amabilité de Tamina était comme une cuirasse que les balles ne parviennent pas à percer. Il voudrait attirer son attention, la captiver, entrer dans sa tête !

Il s'efforçait d'inventer pour elle quelque chose d'intéressant. Avant d'arriver à destination, il arrêta la voiture pour lui faire visiter un jardin zoologique aménagé dans le parc d'un joli château provincial. Ils se promenaient entre les singes et les perroquets dans un décor de tours gothiques.

Ils étaient tout seuls ; un jardinier aux allures campagnardes balayait les larges allées jonchées de feuilles. Ils passèrent un loup, un castor, un singe et un tigre et ils arrivèrent à une grande prairie entourée d'une clôture de fils de fer derrière laquelle il y avait des autruches.

Elles étaient six. En apercevant Tamina et Hugo, elles accoururent vers eux. Maintenant, elles formaient un petit groupe qui se pressait contre la clôture, elles tendaient leurs longs cous, elles les fixaient et elles ouvraient leurs larges becs plats. Elles les ouvraient et les refermaient à une vitesse incroyable, fébrilement, comme si elles voulaient parler chacune plus fort que l'autre. Seulement ces becs étaient désespérément muets, il n'en sortait pas le moindre son.

Les autruches étaient comme des messagers qui avaient appris par cœur un message important, mais l'ennemi leur avait coupé les cordes vocales en chemin et eux, une fois arrivés au but, ne pouvaient que remuer leurs bouches aphones.

Tamina les regardait comme envoûtée et les autruches parlaient toujours, avec de plus en plus d'insistance. Ensuite, comme elle s'éloignait avec Hugo, elles se lancèrent à leur poursuite le long de la clôture, et elles continuaient de faire claquer leurs becs pour les avertir de quelque chose, mais de quoi, Tamina n'en savait rien.

11

« C'était comme une scène d'un récit d'épouvante, disait Tamina en coupant son pâté. Comme si elles avaient voulu me dire quelque chose de très important. Mais quoi ? Qu'est-ce qu'elles voulaient me dire ? »

Hugo expliqua que c'étaient des jeunes autruches et qu'elles se comportaient toujours ainsi. La dernière fois qu'il avait fait un tour dans ce jardin zoologique, elles avaient couru toutes les six jusqu'à la clôture, comme aujourd'hui, et elles ouvraient leurs becs muets.

Tamina était toujours troublée : « Vous savez, j'ai laissé quelque chose en Bohême. Un paquet avec des papiers. Si on me l'envoie par la poste, la police risque de me le confisquer. Bibi veut aller à Prague cet été. Elle a promis de me le rapporter. Et maintenant, j'ai peur. Je me demande si les autruches ne sont pas venues m'avertir qu'il est arrivé quelque chose à ce paquet. »

Hugo savait que Tamina était veuve et que son mari avait dû émigrer pour des raisons politiques.

« Des documents politiques ? » demanda-t-il.

Tamina était depuis longtemps convaincue que si elle voulait que les gens d'ici comprennent quelque chose à sa vie, il fallait qu'elle la simplifie. Il eût été extrêmement difficile d'expliquer pourquoi cette correspondance privée et ces journaux intimes risquaient d'être saisis par la police et pour quelles raisons elle y tenait tellement. Elle dit : « Oui, des documents politiques. »

Ensuite, elle eut peur qu'Hugo ne lui demande des détails sur ces documents, mais ses craintes étaient superflues. Lui avait-on jamais posé des questions ? Les gens lui expliquaient parfois ce qu'ils pensaient de son pays mais ne s'intéressaient pas à son expérience.

Hugo demanda : « Bibi sait que ce sont des documents politiques ?

— Non, dit Tamina.

— Ça vaut mieux, dit Hugo. Ne lui dites pas qu'il s'agit de quelque chose de politique. Au dernier moment elle aurait peur et elle n'irait pas vous chercher votre paquet. Vous n'imaginez pas ce que les gens ont peur, Tamina. Bibi doit être persuadée qu'il s'agit d'une chose tout à fait insignifiante, banale. Par exemple, de votre correspondance amoureuse. C'est ça, dites-lui qu'il y a des lettres d'amour dans votre paquet ! »

Hugo riait de son idée : « Des lettres d'amour ! Oui ! Ça ne sort pas de son horizon ! Ça, c'est à la portée de Bibi ! »

Tamina songe que pour Hugo des lettres d'amour sont une chose insignifiante et banale. Il ne vient à l'idée de personne qu'elle a aimé quelqu'un et que cela était important.

Hugo ajouta : « Si jamais elle renonce à ce voyage, vous pouvez compter sur moi. J'irai vous chercher votre paquet là-bas.

— Merci, dit chaleureusement Tamina.

— J'irai vous le chercher, répéta Hugo, même si je dois me faire arrêter. »

Tamina protesta : « Allons donc. Il ne peut rien vous arriver ! » Et elle tenta de lui expliquer que les touristes étrangers ne couraient aucun risque dans son pays. Là-bas la vie n'était dangereuse que pour les Tchèques, et eux ne s'en apercevaient même plus. Tout à coup, elle parlait longuement et avec excitation, elle connaissait ce pays par cœur et je peux confirmer qu'elle avait tout à fait raison.

Une heure plus tard, elle pressait contre son oreille l'écouteur du téléphone d'Hugo. La conversation avec sa belle-mère ne se termina pas mieux que la première fois : « Vous ne m'avez jamais confié de clé ! Vous m'avez toujours tout caché ! Pourquoi m'obliges-tu à me rappeler comment vous m'avez toujours traitée ! »

12

Si Tamina tient tellement à ses souvenirs, pourquoi ne retourne-t-elle pas en Bohême ? Les émigrants qui ont quitté illégalement le pays après 1968 ont été amnistiés depuis et invités à rentrer. De quoi Tamina a-t-elle peur ? Elle est trop insignifiante pour être en danger dans son pays !

Oui, elle pourrait rentrer sans crainte. Et pourtant elle ne le peut pas.

Au pays, ils avaient tous trahi son mari. Elle pensait qu'en retournant parmi eux elle le trahirait aussi.

Quand on l'avait muté à des postes de plus en plus subalternes, et finalement chassé de son travail, personne n'avait pris sa défense. Pas même ses amis. Bien sûr, Tamina savait qu'au fond de leur cœur les gens étaient avec son mari. S'ils s'étaient tus, c'était seulement par peur. Mais justement parce qu'ils étaient avec lui ils avaient encore plus honte de leur peur, et quand ils le rencontraient dans la rue ils faisaient semblant de ne pas le voir. Par délicatesse, les deux époux s'étaient mis d'eux-mêmes à éviter les gens, pour ne pas éveiller en eux ce sentiment de honte. Ils s'étaient bientôt fait l'effet de deux lépreux. Quand ils étaient partis de Bohême, les anciens collègues de son mari avaient signé une déclaration publique où ils le calomniaient et le condamnaient. Ils n'avaient certainement fait cela que pour ne pas perdre leur place comme le mari de Tamina avait perdu la sienne un peu plus tôt. Mais ils l'avaient fait. Ils avaient ainsi creusé entre eux et les deux exilés un fossé que Tamina ne consentirait plus jamais à sauter pour retourner là-bas.

La première nuit après leur fuite, quand ils s'étaient

réveillés dans un petit hôtel d'un village des Alpes, et qu'ils avaient compris qu'ils étaient seuls, coupés du monde où s'était déroulée toute leur vie d'avant, elle avait éprouvé un sentiment de libération et de soulagement. Ils étaient à la montagne, magnifiquement seuls. Autour d'eux régnait un silence incroyable. Tamina recevait ce silence comme un don inespéré et elle songeait que son mari avait quitté sa patrie pour échapper aux persécutions et elle pour trouver le silence ; le silence pour son mari et pour elle ; le silence pour l'amour.

À la mort de son mari, elle avait été saisie d'une soudaine nostalgie pour le pays natal où onze années de leur vie avaient laissé partout leurs empreintes. Dans un élan sentimental, elle avait envoyé des faire-part de décès à une dizaine d'amis. Elle n'avait pas reçu une seule réponse.

Un mois plus tard, avec le reste de l'argent économisé, elle était partie au bord de la mer. Elle avait mis son maillot de bain et elle avait avalé un tube de tranquillisants. Puis elle avait nagé loin vers le large. Elle pensait que les comprimés provoqueraient une profonde fatigue et qu'elle allait se noyer. Mais l'eau froide et ses mouvements de sportive (elle avait toujours été excellente nageuse) l'empêchaient de s'endormir et les comprimés étaient certainement plus faibles qu'elle ne le supposait.

Elle était revenue sur le rivage, elle était allée dans sa chambre et elle avait dormi vingt heures. Quand elle s'était réveillée, il y avait en elle le calme et la paix. Elle était résolue à vivre en silence et pour le silence.

13

La lumière bleu argent du téléviseur de Bibi éclairait les personnes présentes : Tamina, Joujou, Bibi et son mari Dédé qui était voyageur de commerce et qui était rentré la veille après quatre jours d'absence. Il flottait dans la pièce une légère odeur d'urine, et sur l'écran il y avait une grosse tête ronde, âgée, chauve, à laquelle un journaliste invisible venait d'adresser une question provocante :

« Nous avons lu dans vos Mémoires quelques aveux érotiques choquants. »

C'était une émission hebdomadaire au cours de laquelle

un journaliste en vogue s'entretenait avec les auteurs de livres parus la semaine précédente.

La grosse tête nue souriait avec complaisance : « Oh non ! Il n'y a rien de choquant ! Rien qu'un calcul tout à fait précis ! Comptez avec moi. Ma vie sexuelle a débuté à l'âge de quinze ans. » La vieille tête ronde regardait autour d'elle avec fierté : « Oui, à l'âge de quinze ans. J'ai aujourd'hui soixante-cinq ans. J'ai donc derrière moi cinquante ans de vie sexuelle. Je peux supposer — et c'est une estimation très modeste — que j'ai fait l'amour en moyenne deux fois par semaine. Cela fait cent fois par an, donc cinq mille fois dans ma vie. Poursuivons le calcul. Si un orgasme dure cinq secondes, j'ai derrière moi vingt-cinq mille secondes d'orgasme. Ce qui fait au total six heures cinquante-six minutes d'orgasme. Ce n'est pas mal, hein ? »

Dans la pièce, tout le monde hochait gravement la tête et Tamina s'imaginait le vieillard chauve en proie à un orgasme ininterrompu : il se tord, il porte la main à son cœur, au bout d'un quart d'heure son râtelier lui tombe de la bouche, et cinq minutes plus tard il s'écroule mort. Elle éclata de rire.

Bibi la rappela à l'ordre : « Qu'est-ce qui te fait rire ? Ce n'est pas un si mauvais bilan ! Six heures cinquante-six minutes d'orgasme. »

Joujou dit : « Pendant des années je n'ai pas su du tout ce que c'était d'avoir un orgasme. Mais maintenant, depuis plusieurs années, j'ai un orgasme très régulièrement. »

Tout le monde se mit à parler de l'orgasme de Joujou, pendant que sur l'écran un autre visage exprimait l'indignation.

« Pourquoi est-ce qu'il se fâche comme ça ? » demanda Dédé.

Sur l'écran l'écrivain disait :

« C'est très important. Très important. Je l'explique dans mon livre. »

« Qu'est-ce qui est très important ? demanda Bibi.

— Qu'il ait passé son enfance au village de Rourou », expliqua Tamina.

Le type qui avait passé son enfance au village de Rourou avait un long nez qui l'alourdissait comme un poids de telle sorte que sa tête penchait de plus en plus bas et qu'on avait parfois l'impression qu'elle allait tomber de l'écran dans le living-room. Le visage alourdi par son long nez était extrêmement excité quand il dit :

« J'explique ça dans mon livre. Toute mon écriture est liée au petit village de Rourou et ceux qui ne le comprennent pas ne peuvent rien comprendre à mon œuvre. C'est quand même là-bas que j'ai écrit mes premiers vers. Oui. À mon avis, c'est très important. »

« Il y a des hommes, dit Joujou, avec lesquels je n'ai jamais d'orgasme. »

« N'oubliez pas, dit l'écrivain, et son visage était de plus en plus excité, que c'est à Rourou que j'ai fait du vélo pour la première fois. Oui, je raconte ça en détail dans mon livre. Et vous savez tous ce que la bicyclette signifie dans mon œuvre. C'est un symbole. La bicyclette est pour moi le premier pas de l'humanité hors du monde patriarcal dans le monde de la civilisation. Le premier flirt avec la civilisation. Le flirt de la vierge avant le premier baiser. Encore la virginité et déjà le péché. »

« C'est vrai, dit Joujou. Ma collègue Tanaka a eu son premier orgasme en faisant de la bicyclette quand elle était encore vierge. »

Tout le monde se mit à discuter de l'orgasme de Tanaka et Tamina dit à Bibi : « Tu permets que je donne un coup de fil ? »

14

L'odeur d'urine était encore plus forte dans la pièce voisine. C'était là que couchait la fille de Bibi.

« Je sais que vous ne vous parlez pas, chuchotait Tamina. Mais sans ça je n'arriverai pas à ce qu'elle me rende mon paquet. Le seul moyen c'est que tu ailles chez elle et que tu le lui prennes. Si elle ne trouve pas la clé, tu l'obligeras à forcer le tiroir. Ce sont mes affaires à moi. Des lettres et des choses comme ça. J'y ai droit.

— Tamina, ne m'oblige pas à lui parler !

— Papa, prends sur toi, et fais ça pour moi. Elle a peur de toi et à toi elle n'osera pas refuser.

— Écoute, si tes amis viennent à Prague, je leur donnerai un manteau de fourrure pour toi. C'est plus important que des vieilles lettres.

— Mais je ne veux pas de manteau de fourrure. Je veux mon paquet !

— Parle plus fort ! Je ne t'entends pas ! » dit le père, mais sa fille faisait exprès de parler à mi-voix parce qu'elle ne voulait pas que Bibi entende les phrases tchèques qui auraient révélé qu'elle avait appelé l'étranger et que chaque seconde de conversation allait coûter cher.

« Je dis que je veux mon paquet, pas une fourrure ! répéta Tamina.

— Tu t'intéresses toujours à des idioties !

— Papa, le téléphone coûte affreusement cher. S'il te plaît, tu ne pourrais vraiment pas aller la voir ? »

La conversation était pénible. À chaque instant, son père lui faisait répéter ses paroles, et il refusait obstinément d'aller trouver sa belle-mère. Il finit par dire :

« Téléphone à ton frère ! Il n'a qu'à aller la voir, lui ! Et il pourra m'apporter ton paquet !

— Mais il ne la connaît même pas !

— C'est justement un avantage, dit le père en riant. Sinon, il n'irait jamais la voir. »

Tamina réfléchit rapidement. Ce n'était pas une si mauvaise idée d'envoyer chez sa belle-mère son frère qui était énergique et cassant. Mais Tamina n'avait pas envie de lui téléphoner. Ils ne s'étaient pas écrit une seule lettre depuis qu'elle était à l'étranger. Son frère avait une place fort bien payée et n'avait pu la conserver qu'en rompant tous les liens avec sa sœur émigrée.

« Papa, je ne peux pas lui téléphoner. Tu pourrais peut-être lui expliquer toi-même. S'il te plaît, papa ! »

15

Papa était petit et chétif, et autrefois, quand il donnait la main à Tamina dans la rue, il se rengorgeait comme s'il présentait au monde entier le monument de la nuit héroïque où il l'avait créée. Il n'avait jamais aimé son gendre et il lui livrait une guerre sans fin. En proposant à Tamina de lui envoyer un manteau de fourrure (qu'il tenait certainement de quelque parente décédée), il ne songeait nullement à la santé de sa fille, mais à cette vieille rivalité. Il voulait qu'elle donne la préférence au père (au manteau de fourrure) sur le mari (le paquet de lettres).

Tamina était épouvantée à l'idée que le sort de son paquet

de lettres était entre les mains hostiles de son père et de sa belle-mère. Depuis quelque temps, il lui arrivait de plus en plus souvent de s'imaginer que ses carnets étaient lus par des yeux étrangers et elle se disait que les regards étrangers sont comme la pluie qui efface les inscriptions sur les murs. Ou comme la lumière qui tombe prématurément sur le papier photographique dans le bain de révélateur et gâte l'image.

Elle comprenait que ce qui donnait à ses souvenirs écrits leur sens et leur valeur, c'était de n'être destinés *qu'à elle seule.* Dès qu'ils perdraient cette qualité, le lien intime qui l'unissait à eux serait rompu, et elle ne pourrait plus les lire avec ses propres yeux, mais seulement avec les yeux du public qui prend connaissance d'un document sur quelqu'un d'autre. Alors, même celle qui les avait écrits lui deviendrait une autre, une étrangère. La ressemblance frappante qui, malgré tout, subsisterait entre elle et l'auteur des carnets lui ferait l'effet d'une parodie et d'une dérision. Non, elle ne pourrait plus jamais lire ses carnets s'ils étaient lus par des yeux étrangers.

C'est pourquoi elle était pleine d'impatience et désirait retrouver le plus vite possible ces carnets et ces lettres, tant que l'image du passé qui y était fixée n'était pas encore gâtée.

16

Bibi surgit dans le café et s'assit au comptoir : « Hello, Tamina ! Donne-moi un whisky ! »

Bibi prenait en général du café et, dans des cas exceptionnels seulement, du porto. La commande d'un scotch montrait qu'elle était dans des dispositions d'esprit peu ordinaires.

« Ton livre avance ? demanda Tamina en versant l'alcool dans un verre.

— Il faudrait que je sois de meilleure humeur », dit Bibi. Elle vida son verre d'un trait et en commanda un deuxième.

D'autres clients venaient d'entrer dans le café. Tamina demanda à chacun ce qu'il désirait, retourna derrière le comptoir, versa un deuxième whisky à son amie et s'en alla servir les clients. Quand elle revint, Bibi lui dit :

« Je ne peux plus sentir Dédé. Quand il rentre de ses tournées, il reste au lit pendant deux jours entiers. Pendant deux jours il ne quitte pas son pyjama ! Tu supporterais ça ? Et le pire, c'est quand il veut baiser. Il ne peut pas comprendre que moi ça ne m'amuse pas de baiser, mais pas du tout. Il faut que je le quitte. Il passe son temps à préparer ses vacances idiotes. Il est au lit en pyjama et il a un atlas à la main. D'abord, il voulait aller à Prague. Mais maintenant, ça ne lui dit plus rien. Il a découvert un livre sur l'Irlande et il veut à tout prix y aller.

— Alors, vous irez en Irlande pour les vacances ? demanda Tamina, la gorge serrée.

— *Nous ? Nous* n'irons nulle part. Moi, je vais rester ici et je vais écrire. Il ne me fera aller nulle part. Je n'ai pas besoin de Dédé. Il ne s'intéresse pas du tout à moi. J'écris, et figure-toi qu'il ne m'a même pas encore demandé ce que j'écris. J'ai compris qu'on n'a plus rien à se dire. »

Tamina voulait demander : « Alors, vous n'allez plus à Prague ? » Mais elle avait la gorge serrée et ne pouvait pas parler.

À ce moment, Joujou, la petite Japonaise, entra dans le café et sauta sur un tabouret du bar à côté de Bibi. Elle dit : « Vous pourriez faire l'amour en public ?

— Que veux-tu dire ? demanda Bibi.

— Par exemple ici par terre dans le café, devant tout le monde. Ou au ciné pendant l'entracte.

— Du calme ! » hurla Bibi en direction du carrelage où sa fille faisait du vacarme au pied de son tabouret. Puis elle dit : « Pourquoi pas ? C'est une chose naturelle. Pourquoi est-ce que j'aurais honte d'une chose naturelle ? »

De nouveau, Tamina s'apprêtait à demander à Bibi si elle irait à Prague. Mais elle comprit que la question était superflue. Ce n'était que trop évident. Bibi n'irait pas à Prague.

La patronne sortait de la cuisine et souriait à Bibi. « Comment ça va ?

— Il faudrait une révolution, dit Bibi, il faudrait qu'il se passe quelque chose ! Il faudrait qu'il se passe quelque chose, à la fin ! »

Cette nuit-là Tamina rêva des autruches. Elles se dressaient contre la clôture et lui parlaient toutes à la fois. Elle en était épouvantée. Elle ne pouvait pas bouger, elle observait leurs becs muets, comme hypnotisée. Elle gardait les lèvres convulsivement serrées. Parce qu'elle avait un anneau d'or dans la bouche et qu'elle avait peur pour cet anneau.

17

Pourquoi est-ce que je l'imagine avec un anneau d'or dans la bouche ?

Je n'y peux rien, je l'imagine ainsi. Et tout à coup une phrase me revient à la mémoire : « *une note légère, limpide, métallique ; comme d'un anneau d'or tombant dans un vase d'argent* ».

Thomas Mann, quand il était encore très jeune, a écrit sur la mort une nouvelle candidement envoûtante : dans cette nouvelle la mort est belle, comme elle est belle pour tous ceux qui en rêvent quand ils sont très jeunes et que la mort est encore irréelle et enchanteresse, pareille à la voix bleutée des lointains.

Un jeune homme atteint d'une maladie mortelle monte dans un train puis descend à une gare inconnue, il entre dans une ville dont il ignore le nom et, dans une maison quelconque, chez une vieille femme au front couvert de rougeurs, il loue une chambre. Non, je ne vais pas raconter ce qui se passe ensuite dans ce logement sous-loué, je veux seulement rappeler un événement anodin : quand le jeune homme malade marchait dans la chambre, « *il croyait entendre dans les pièces voisines, entre le martèlement de ses pas, un bruit indéfinissable, une note légère, limpide, métallique. Mais ce n'était peut-être qu'une illusion. Comme d'un anneau d'or tombant dans un vase d'argent, songeait-il…* »

Dans la nouvelle ce petit détail acoustique reste sans conséquence et sans explication. Du seul point de vue de l'action, il pourrait être omis sans inconvénient. Ce son a simplement retenti ; à l'improviste ; comme ça.

Je crois que Thomas Mann a fait tinter cette note « *légère, limpide, métallique* » pour que naisse le silence. Il en avait besoin pour qu'on entendît la beauté (parce que la mort dont il parlait était la *mort-beauté*) et la beauté, pour être perceptible, a besoin d'un degré minimal de silence (dont la mesure est précisément le son que produit un anneau d'or tombant dans un vase d'argent).

(Oui, je sais, vous ne savez pas de quoi je parle parce que

la beauté a depuis longtemps disparu. Elle a disparu sous la surface du bruit — bruit des mots, bruit des autos, bruit de la musique — dans lequel nous vivons constamment. Elle est noyée comme l'Atlantide. Il n'en est resté qu'un mot dont le sens est chaque année moins intelligible.)

Tamina a entendu pour la première fois ce silence (précieux comme un fragment d'une statue de marbre de l'Atlantide engloutie) quand elle s'est réveillée, après avoir fui son pays, dans un hôtel de montagne entouré de forêts. Elle l'a entendu une deuxième fois quand elle a nagé en mer l'estomac bourré de comprimés qui lui ont apporté, au lieu de la mort, une paix inattendue. Ce silence, elle veut le protéger par et dans son corps. C'est pourquoi je la vois dans son rêve debout contre la clôture de fils de fer ; dans sa bouche convulsivement serrée elle a un anneau d'or.

En face d'elle il y a six longs cous surmontés de minuscules têtes aux becs plats qui s'ouvrent et se ferment sans bruit. Elle ne les comprend pas. Elle ne sait pas si les autruches la menacent, la mettent en garde, l'exhortent ou l'implorent. Et parce qu'elle ne sait rien, elle éprouve une immense angoisse. Elle a peur pour l'anneau d'or (ce diapason du silence) et elle le garde convulsivement dans sa bouche.

Tamina ne saura jamais ce que sont venus lui dire ces grands oiseaux. Mais moi, je le sais. Ils ne sont venus ni pour l'avertir, ni pour la rappeler à l'ordre, ni pour la menacer. Ils ne s'intéressent pas du tout à elle. Ils sont venus, chacun pour lui parler de soi. Chacun pour lui dire comment il a mangé, comment il a dormi, comment il a couru jusqu'à la clôture et ce qu'il a vu derrière. Qu'il a passé son importante enfance dans l'important village de Rourou. Que son important orgasme a duré six heures. Qu'il a vu une bonne femme se promener derrière la clôture et qu'elle portait un châle. Qu'il a nagé, qu'il est tombé malade et qu'il a ensuite guéri. Qu'il faisait du vélo quand il était jeune et qu'aujourd'hui il a bouffé un sac d'herbe. Ils se dressent tous devant Tamina et lui parlent tous à la fois, avec véhémence, avec insistance et avec agressivité parce qu'il n'est rien au monde de plus important que ce qu'ils veulent lui dire.

18

Quelques jours plus tard, Banaka fit son apparition dans le café. Complètement soûl, il s'assit sur un tabouret du bar, en tomba à deux reprises, y remonta, commanda un calvados et posa la tête sur le comptoir. Tamina s'aperçut qu'il pleurait.

« Qu'est-ce qui se passe, monsieur Banaka ? » demanda-t-elle.

Banaka leva sur elle un regard larmoyant et montra du doigt sa poitrine : « Je ne suis pas, vous comprenez ! Je ne suis pas ! Je n'existe pas ! »

Puis il alla aux toilettes et des toilettes directement dans la rue, sans payer.

Tamina raconta l'incident à Hugo qui, en guise d'explication, lui montra une page de journal où il y avait plusieurs comptes rendus de livres et, sur la production de Banaka, une note composée de quatre lignes sarcastiques.

L'épisode de Banaka, qui pointait son index sur sa poitrine en pleurant parce qu'il n'existait pas, me rappelle un vers du *Divan occidental-oriental* de Goethe : « *Est-on vivant quand vivent d'autres hommes ?* » Dans la question de Goethe se dissimule tout le mystère de la condition d'écrivain : L'homme, du fait qu'il écrit des livres, se change en univers (ne parle-t-on pas de l'univers de Balzac, de l'univers de Tchékhov, de l'univers de Kafka ?) et le propre d'un univers c'est justement d'être unique. L'existence d'un autre univers le menace dans son essence même.

Deux cordonniers, pourvu qu'ils n'aient pas leurs boutiques juste dans la même rue, peuvent vivre en parfaite harmonie. Mais qu'ils se mettent à écrire un livre sur le sort des cordonniers, ils vont aussitôt se gêner mutuellement et se poser la question : « *Un cordonnier est-il vivant quand vivent d'autres cordonniers ?* »

Tamina a l'impression qu'un seul regard étranger peut détruire toute valeur de ses carnets intimes et Goethe est persuadé qu'un seul regard d'un seul être humain qui ne se pose pas sur les lignes de son œuvre remet en question l'existence même de Goethe. La différence entre Tamina et Goethe, c'est la différence entre l'homme et l'écrivain.

Celui qui écrit des livres est tout (un univers unique pour lui-même et pour tous les autres) ou rien. Et parce qu'il ne sera jamais donné à personne d'être *tout*, nous tous qui écrivons des livres, nous ne sommes *rien*. Nous sommes méconnus, jaloux, aigris, et nous souhaitons la mort de l'autre. En cela nous sommes tous égaux : Banaka, Bibi, moi et Goethe.

L'irrésistible prolifération de la graphomanie parmi les hommes politiques, les chauffeurs de taxi, les parturientes, les amantes, les assassins, les voleurs, les prostituées, les préfets, les médecins et les malades me démontre que tout homme sans exception porte en lui sa virtualité d'écrivain en sorte que toute l'espèce humaine pourrait à bon droit descendre dans la rue et crier : Nous sommes tous des écrivains !

Car chacun souffre à l'idée de disparaître, non entendu et non aperçu, dans un univers indifférent, et de ce fait il veut, pendant qu'il est encore temps, se changer lui-même en son propre univers de mots.

Quand un jour (et cela sera bientôt) tout homme s'éveillera écrivain, le temps sera venu de la surdité et de l'incompréhension universelles.

19

Maintenant, Hugo reste son seul espoir. Il l'a invitée à dîner et cette fois-ci elle a accepté l'invitation sans hésiter.

Hugo est assis à table en face d'elle et il n'a qu'une idée : Tamina continue de lui échapper. Il manque d'assurance avec elle et n'ose pas l'attaquer de front. Et plus il souffre de ne pouvoir atteindre une cible aussi modeste et aussi précise, plus grand est son désir de conquérir le monde, cette immensité de l'imprécis. Il sort de sa poche un journal, le déplie et le tend à Tamina. À la page où il l'a ouvert, il y a un long article signé de son nom.

Il entame un long discours. Il parle de la revue qu'il vient de lui donner : oui, pour l'instant, elle a surtout une diffusion locale, mais en même temps c'est une solide revue théorique, ceux qui la font sont des gens courageux et ils iront loin. Hugo parlait, parlait, et ses paroles se voulaient la métaphore de son agressivité érotique, le défilé de sa force virile. Il y avait dans ces paroles la disponibilité de l'abstrait qui s'est précipité pour relayer le concret inflexible.

Et Tamina regarde Hugo et rectifie son visage. Cet exercice spirituel est devenu une manie. Elle ne sait plus regarder un homme autrement. Elle fait un effort, tout le pouvoir de son imagination est mobilisé, mais ensuite les yeux bruns d'Hugo changent vraiment de couleur et, d'un seul coup, ils deviennent bleus. Tamina le regarde fixement parce que, pour éviter que la couleur bleue ne s'évanouisse, elle doit la maintenir dans les yeux d'Hugo avec toute la force de son regard.

Ce regard inquiète Hugo et à cause de cela il parle, parle encore plus, ses yeux sont d'un beau bleu, son front s'allonge doucement sur les côtés jusqu'à ce qu'il ne reste de ses cheveux sur le devant qu'un étroit triangle à la pointe tournée vers le bas.

« J'ai toujours dirigé mes critiques contre notre monde occidental et contre lui seulement. Mais l'injustice qui règne chez nous pourrait nous conduire à une indulgence fautive à l'égard d'autres pays. Grâce à vous, oui, grâce à vous, Tamina, j'ai compris que le problème du pouvoir est le même partout, chez vous et chez nous, à l'Ouest et à l'Est. Nous ne devons pas chercher à remplacer un type de pouvoir par un autre, mais nous devons nier le *principe* même du pouvoir et le nier partout. »

Hugo se penche sur Tamina par-dessus la table et sa bouche souffle une odeur aigre qui la dérange dans ses exercices spirituels si bien que le front d'Hugo se couvre à nouveau d'épais cheveux plantés bas. Et Hugo répète qu'il a compris tout cela grâce à elle.

« Comment ? coupe Tamina. Jamais nous n'avons parlé de ça ensemble ! »

Dans le visage d'Hugo il ne reste plus qu'un seul œil bleu, et encore, il passe lentement au brun.

« Je n'avais pas besoin que vous me parliez, Tamina. Il suffit que j'aie beaucoup pensé à vous. »

Le garçon se pencha pour poser devant eux les assiettes de hors-d'œuvre.

« Je lirai ça chez moi », dit Tamina, et elle fourra la revue dans son sac. Puis elle dit : « Bibi n'ira pas à Prague.

— J'en étais sûr », dit Hugo, et il ajouta : « Ne craignez rien, Tamina. Je vous l'ai promis. Moi, j'irai là-bas pour vous. »

20

« J'ai une bonne nouvelle pour toi. J'ai parlé à ton frère. Il ira voir ta belle-mère samedi.

— Vraiment ? Et tu lui as tout expliqué ? Tu lui as dit que si ma belle-mère ne trouve pas la clé, il n'a qu'à forcer le tiroir ? »

Tamina raccrocha et elle avait l'impression d'être ivre.

« Une bonne nouvelle ? demanda Hugo.

— Oui », fit Tamina.

Elle avait dans l'oreille la voix de son père, gaie et énergique, et elle songeait qu'elle avait été injuste envers lui.

Hugo se leva et s'approcha du bar. Il sortit deux verres et y versa du whisky :

« Tamina, téléphonez de chez moi quand vous voulez et autant que vous voulez. Je peux vous répéter ce que je vous ai déjà dit. Je suis bien avec vous, même si je sais que vous ne coucherez jamais avec moi. »

Il s'était forcé à prononcer « je sais que vous ne coucherez jamais avec moi », uniquement pour se prouver qu'il était capable de dire en face certains mots à cette femme inaccessible (bien que sous une forme prudemment négative) et il se trouvait presque audacieux.

Tamina se leva et s'avança vers Hugo pour prendre son verre. Elle pensait à son frère : ils ne se parlaient plus, pourtant ils s'aimaient bien et ils étaient prêts à s'entraider.

« Que tous vos désirs se réalisent ! » dit Hugo, et il vida son verre.

Tamina aussi but son whisky d'un trait, et elle posa son verre sur la table basse. Elle voulait se rasseoir, mais déjà Hugo la serrait dans ses bras.

Elle ne se défendit pas, elle se contenta de détourner la tête. Sa bouche se tordait et son front se couvrait de rides.

Il l'avait prise dans ses bras, sans même savoir comment. Tout d'abord il s'effraya de son geste et, si Tamina l'avait repoussé, il se serait timidement éloigné d'elle et se serait presque excusé. Mais Tamina ne le repoussa pas et son visage grimaçant et sa tête détournée l'excitèrent énormément. Les quelques femmes qu'il avait connues jusqu'ici ne réagissaient jamais aussi éloquemment à ses caresses.

Étaient-elles décidées à coucher avec lui, elles se déshabillaient tout tranquillement, avec une sorte d'indifférence, et elles attendaient de voir ce qu'il allait faire de leur corps. La grimace sur le visage de Tamina donnait à leur étreinte un relief dont il n'avait jamais rêvé. Il la serrait avec frénésie et tentait de lui arracher ses vêtements.

Mais pourquoi Tamina ne se défendait-elle pas ?

Voici trois ans qu'elle songeait avec crainte à cet instant. Voici trois ans qu'elle vivait sous le regard hypnotique de cet instant. Et il était arrivé exactement comme elle se l'imaginait. C'est pourquoi elle ne se défendait pas. Elle l'acceptait comme on accepte l'inéluctable.

Elle ne pouvait que détourner la tête. Mais ça ne servait à rien. L'image de son mari était là, et à mesure qu'elle faisait pivoter son visage l'image se déplaçait à travers la pièce. C'était un grand portrait d'un mari grotesquement grand, plus grand que nature, oui, exactement ce qu'elle imaginait depuis trois ans.

Et ensuite elle fut entièrement nue, et Hugo, excité par ce qu'il prenait chez elle pour de l'excitation, constata avec stupeur que le sexe de Tamina était sec.

21

Elle avait subi autrefois une petite intervention chirurgicale sans anesthésie et pendant l'opération elle s'était contrainte à répéter les verbes irréguliers anglais. À présent, elle tentait de faire de même et elle concentrait toutes ses pensées sur ses carnets. Elle pensait qu'ils seraient bientôt en sûreté chez son père et que ce brave Hugo irait les lui chercher.

Il y avait déjà un moment que le brave Hugo remuait farouchement sur elle, quand elle s'aperçut qu'il s'était curieusement dressé sur les avant-bras et qu'il agitait les flancs dans tous les sens. Elle comprit qu'il était mécontent de ses réactions, qu'il ne la trouvait pas suffisamment excitée et qu'il s'efforçait de la pénétrer sous des angles différents pour trouver quelque part dans ses profondeurs le point mystérieux de sa sensibilité qui se dérobait à lui.

Elle ne voulait pas voir ses laborieux efforts et elle écarta la tête. Elle tenta de maîtriser ses pensées et de les orienter à nouveau sur ses carnets. Elle s'astreignit à répéter mentalement l'ordre de leurs vacances, tel qu'elle était parvenue, incomplètement encore, à le reconstituer : les premières vacances au bord d'un petit lac de Bohême, puis la Yougoslavie, encore le petit lac de Bohême et une ville d'eaux, également en Bohême, mais l'ordre de ces vacances était incertain. En 1964 ils étaient allés dans les Tatras et l'année suivante en Bulgarie, mais après la trace se perdait. En 1968 ils étaient restés à Prague pendant toutes les vacances, l'année suivante ils étaient allés dans une ville d'eaux, ensuite ç'avait été l'émigration, et leurs dernières vacances ils les avaient passées en Italie.

Hugo se retira d'elle et tenta de retourner son corps. Elle comprit qu'il voulait qu'elle se mît à quatre pattes. À ce moment, elle se rappela qu'Hugo était plus jeune qu'elle et elle eut honte. Mais elle fit un effort pour étouffer en elle tous les sentiments et pour lui obéir avec une totale indifférence. Puis elle sentit les chocs durs de son corps sur sa croupe. Elle comprit qu'il voulait l'éblouir par sa force et son endurance, qu'il livrait un combat décisif, qu'il passait un baccalauréat où il devait fournir la preuve qu'il était capable de la vaincre et d'être digne d'elle.

Elle ne savait pas qu'Hugo ne la voyait pas. De la fugitive vision de la croupe de Tamina (de l'œil ouvert de cette croupe adulte et belle, de l'œil qui le regardait sans pitié) il était tellement excité qu'il fermait les yeux, ralentissait son rythme et respirait profondément. Lui aussi, il s'efforçait maintenant de penser obstinément à quelque chose d'autre (c'était le seul point qu'ils avaient en commun) pour continuer encore un instant à lui faire l'amour.

Et Tamina, pendant ce temps, voyait en face d'elle le visage géant de son mari sur la paroi blanche de l'armoire d'Hugo. Elle ferma bien vite les yeux pour se répéter encore une fois l'ordre de leurs vacances, comme s'il s'était agi de verbes irréguliers : d'abord les vacances au bord du lac ; ensuite, la Yougoslavie, le lac, la ville d'eaux, ou bien, la ville d'eaux, la Yougoslavie, le lac ; ensuite les Tatras et la Bulgarie, puis le fil se perdait ; plus tard Prague, la ville d'eaux, et pour finir, l'Italie.

La respiration bruyante d'Hugo l'arracha à son évocation. Elle ouvrit les yeux et, sur l'armoire blanche, elle vit le visage de son mari.

À son tour, Hugo ouvrit soudain les yeux. Il aperçut l'œil

de la croupe de Tamina ; la volupté le traversa comme la foudre.

22

Quand le frère de Tamina alla chercher les carnets, il n'eut pas à forcer le tiroir. Le tiroir n'était pas fermé à clé et les onze carnets s'y trouvaient tous. Ils n'étaient pas enveloppés, mais jetés n'importe comment. Les lettres aussi étaient en vrac ; ce n'était qu'un tas de papiers informe. Le frère de Tamina les fourra avec les carnets dans une mallette qu'il apporta chez son père.

Au téléphone, Tamina demanda à son père de tout emballer soigneusement, de fermer le paquet avec du papier collant et, surtout, elle insista pour qu'ils ne lisent rien, ni lui ni son frère.

Il l'assura, d'un ton presque offensé, qu'il ne leur serait jamais venu à l'idée d'imiter la belle-mère de Tamina et de lire quelque chose qui ne les concernait pas. Mais je sais (et Tamina le sait aussi) qu'il est des regards à la tentation desquels personne ne résiste : par exemple le regard sur un accident de la circulation ou sur une lettre d'amour qui appartient à l'autre.

Ainsi, les écrits intimes étaient enfin déposés chez son père. Mais Tamina y tenait-elle encore ? Ne s'était-elle pas dit cent fois que les regards étrangers sont comme la pluie qui efface les inscriptions ?

Non, elle se trompait. Elle en a encore plus envie qu'avant, ils lui sont encore plus chers. Ce sont des carnets ravagés et violés, comme elle-même, ils ont donc, elle et ses souvenirs, le même sort fraternel. Elle les aime encore davantage.

Mais elle se sent souillée.

Il y avait de cela très longtemps, quand elle avait sept ans, son oncle l'avait surprise toute nue dans sa chambre à coucher. Elle avait eu affreusement honte et sa honte s'était changée en révolte. Elle s'était fait alors le serment solennel et puéril de ne plus jamais le regarder de sa vie. On avait beau la gronder, lui crier après, se moquer d'elle, sur son oncle qui venait souvent en visite chez eux jamais elle ne levait les yeux.

Elle se trouvait maintenant dans une situation semblable.

Bien qu'elle leur fût reconnaissante, elle ne voulait plus voir ni son père ni son frère. Elle savait, plus clairement que jamais auparavant, qu'elle ne retournerait plus auprès d'eux.

23

Son succès sexuel inespéré avait apporté à Hugo une déception tout aussi inattendue. Il pouvait lui faire l'amour quand il voulait (elle ne pouvait guère lui refuser ce qu'elle lui avait accordé une fois), mais il sentait qu'il n'avait réussi ni à la captiver ni à l'éblouir. Oh ! comment sous son corps un corps nu pouvait-il être à ce point indifférent, hors d'atteinte, lointain, étranger ! Ne voulait-il pas qu'elle fît partie de son monde intérieur, de cet univers grandiose pétri de son sang et de ses pensées ?

Il est assis en face d'elle, au restaurant, et il dit : « Je veux écrire un livre, Tamina, un livre sur l'amour, oui, sur toi et sur moi, sur nous deux, notre journal le plus intime, le journal de nos deux corps, oui, je veux y balayer tous les tabous et tout dire, tout dire de moi, tout ce que je suis et ce que je pense, et ce sera en même temps un livre politique, un livre politique sur l'amour et un livre d'amour sur la politique… »

Tamina regarde Hugo et, brusquement, il ne peut supporter plus longtemps ce regard et perd le fil de ses paroles. Il veut la capturer dans l'univers de son sang et de ses pensées, mais elle est totalement enclose dans son propre monde. De n'être pas partagés, les mots qu'il prononce pèsent de plus en plus lourd dans sa bouche et son débit devient de plus en plus lent :

« … un livre d'amour sur la politique, oui, parce que le monde doit être créé à la mesure de l'homme, à notre mesure, à la mesure de nos corps, de ton corps, Tamina, de mon corps, oui, pour qu'on puisse un jour embrasser autrement et aimer autrement… »

Les mots sont de plus en plus lourds, comme de grosses bouchées d'une viande coriace à mâcher. Hugo se tait. Tamina est belle et il la hait. Il trouve qu'elle abuse de son sort. Elle s'est juchée sur son passé d'émigrante et de veuve comme sur le gratte-ciel d'un faux orgueil du haut duquel elle regarde les autres. Plein de jalousie, Hugo songe à sa propre tour qu'il a tenté de dresser face à ce gratte-ciel et qu'elle a refusé de voir ; une tour faite d'un article publié et d'un livre en projet sur leur amour.

Ensuite, Tamina lui dit : « Quand iras-tu à Prague ? »

Et Hugo songe qu'elle ne l'a jamais aimé. Si elle est avec lui, c'est uniquement parce qu'elle a besoin qu'il aille à Prague. Il est saisi d'un irrésistible désir de se venger d'elle :

« Tamina, dit-il, je croyais que tu comprendrais toi-même. Tu as pourtant lu mon article !

— Oui », fit Tamina.

Il ne la croit pas. Et si elle l'a lu, elle n'y a pris aucun intérêt. Elle n'y a jamais fait allusion. Et Hugo sent que le seul grand sentiment dont il soit capable, c'est la fidélité à cette tour méconnue et abandonnée (la tour de l'article publié et du livre en projet sur son amour pour Tamina), qu'il est capable d'aller au combat pour cette tour et qu'il forcera Tamina à ouvrir les yeux sur elle et à s'émerveiller de sa hauteur.

« Tu sais pourtant que je parle du problème du pouvoir dans mon article. J'y analyse le fonctionnement du pouvoir. Et j'y critique ce qui se passe chez vous. J'en parle sans détours.

— Écoute ! Crois-tu vraiment qu'on connaisse ton article à Prague ? »

Hugo est blessé par son ironie : « Il y a trop longtemps que tu ne vis plus dans ton pays, tu as oublié de quoi votre police est capable. Cet article a eu un grand retentissement. J'ai reçu des tas de lettres. Votre police sait qui je suis. Je le sais. »

Tamina se tait et elle est de plus en plus belle. Mon Dieu, il accepterait de faire une centaine de fois le voyage de Prague aller et retour, si seulement elle ouvrait un peu les yeux sur l'univers où il voulait la saisir, l'univers de son sang et de ses pensées ! Et il change brusquement de ton :

« Tamina, dit-il tristement, je sais que tu m'en veux parce que je ne peux pas aller à Prague. Moi aussi, j'ai d'abord pensé que je pourrais attendre pour publier cet article, mais ensuite j'ai compris que je n'avais pas le droit de me taire plus longtemps. Me comprends-tu ?

— Non », dit Tamina.

Hugo sait qu'il ne dit que des absurdités qui le mènent là où il ne voulait se laisser entraîner pour rien au monde, mais il ne peut plus reculer et il en est désespéré. Des taches rouges lui marbrent le visage et sa voix chevrote : « Tu ne me comprends pas ? Je ne veux pas que ça finisse chez nous comme chez vous ! Si on se tait tous, on finira comme des esclaves. »

À ce moment-là une terrible répugnance s'empara de Tamina, elle se leva de sa chaise et courut aux toilettes ; l'estomac lui remontait dans la gorge, elle s'agenouilla devant la cuvette pour vomir, son corps se tordait comme si elle était secouée de sanglots et elle voyait devant ses yeux les couilles, la queue, les poils de ce type et elle sentait le souffle aigre de sa bouche, elle sentait le contact de ses cuisses sur ses fesses et l'idée lui traversa l'esprit qu'elle ne pouvait plus se représenter le sexe et la toison de son mari, que la mémoire du dégoût est donc plus grande que la mémoire de la tendresse (ah oui, mon Dieu, la mémoire du dégoût est plus grande que la mémoire de la tendresse !) et que dans sa pauvre tête il n'allait rien rester que ce type qui avait mauvaise haleine, et elle vomissait, se tordait et vomissait.

Elle sortit des toilettes et sa bouche (encore pleine de l'odeur acide) était fermement close.

Il était embarrassé. Il voulut la raccompagner chez elle, mais elle ne disait pas un mot et avait toujours la bouche fermement close (comme dans le rêve où elle gardait dans la bouche un anneau d'or).

Il parlait et pour toute réponse elle pressait le pas. Bientôt, il ne trouva plus rien à dire, il fit encore quelques mètres près d'elle en silence, puis il resta sur place, sans bouger. Elle allait droit devant elle et ne se retournait même pas.

Elle a continué de servir des cafés et elle n'a plus jamais téléphoné à Prague.

Cinquième partie

LITOST

QUI EST CHRISTINE ?

Christine est une personne dans la trentaine, elle a un enfant, un mari boucher avec qui elle s'entend bien, et une liaison très intermittente avec un garagiste de la localité, qui lui fait l'amour de temps à autre dans des conditions peu confortables, après les heures de travail, dans un atelier. La petite ville ne se prête guère aux amours extra-conjugales, ou bien, pour nous exprimer autrement, il faudrait des trésors d'ingéniosité et d'audace, qualités dont Mme Christine n'est pas abondamment pourvue.

La rencontre avec l'étudiant ne lui en a que plus fortement tourné la tête. Il est venu passer ses vacances chez sa mère dans la petite ville, il a par deux fois longuement regardé la bouchère debout à son comptoir dans la boutique, la troisième fois il lui a adressé la parole à la baignade et il y avait dans son attitude une si charmante timidité que la jeune femme, habituée au boucher et au garagiste, n'a pu résister. Depuis son mariage (cela fait dix bonnes années), elle n'a pas osé toucher à un autre homme qu'à son mari, sauf quand elle était en sécurité dans le garage verrouillé, entre des automobiles démontées et de vieux pneumatiques, et voilà qu'elle trouva soudain l'audace d'aller à un rendez-vous d'amour en plein air, offerte à tous les regards indiscrets. Ils avaient beau choisir pour leur promenade les endroits les plus isolés, où l'éventualité d'une rencontre avec des importuns était négligeable, Mme Christine avait le cœur battant et elle était pleine d'une stimulante frayeur. Mais plus elle se montrait courageuse face au danger, plus elle était réservée avec l'étudiant. Ils ne sont pas allés bien loin. Il n'a obtenu que de brèves étreintes et de tendres baisers, plus d'une fois elle s'est échappée de ses bras et, quand il la caressait, elle gardait les jambes serrées.

Ce n'est pas parce qu'elle ne voulait pas de l'étudiant. C'est parce qu'elle s'éprit, dès le début, de sa tendre timidité, et elle souhaitait se la préserver. Entendre un homme lui exposer ses idées sur la vie et lui citer des noms de poètes et de philosophes, c'était une chose qui n'était jamais arrivée à Mme Christine. L'étudiant, ce malheureux, ne pouvait parler de rien d'autre, la gamme de son éloquence de séducteur était bien limitée, et il ne savait pas l'adapter à la condition sociale de ses interlocutrices. Il avait d'ailleurs le sentiment de ne rien avoir à se reprocher, car sur cette simple épouse de boucher, les citations tirées des philosophes produisaient beaucoup plus d'effet que sur une camarade de faculté. Une chose pourtant lui échappa : une citation efficace empruntée à un philosophe charmait sans doute l'âme de la bouchère, mais elle dressait comme un obstacle entre le corps de la bouchère et le sien. Car Mme Christine s'imaginait confusément qu'en abandonnant son corps à l'étudiant elle rabaisserait leur liaison au niveau du boucher ou du garagiste et qu'elle n'entendrait plus jamais parler de Schopenhauer.

Devant l'étudiant, elle souffrait d'une gêne qu'elle n'avait encore jamais connue. Avec le boucher et le garagiste, elle parvenait toujours à s'entendre sur tout, promptement et gaiement. Par exemple, il était convenu qu'ils devaient tous les deux faire très attention, parce que le médecin lui avait dit, après son accouchement, qu'elle ne pourrait pas se permettre un deuxième enfant, qu'elle y risquerait la santé, sinon la vie. L'histoire se passe en un temps très ancien où les avortements étaient rigoureusement interdits et où les femmes n'avaient aucun moyen de limiter elles-mêmes leur fécondité. Le boucher et le garagiste comprenaient fort bien les appréhensions de Christine et celle-ci, avant de leur permettre d'entrer en elle, s'assurait avec un naturel plein de bonne humeur qu'ils avaient pris toutes les précautions exigées d'eux. Mais à l'idée qu'elle aurait pu se comporter de la sorte avec son ange qui, pour la rejoindre, était descendu du nuage où il s'entretenait avec Schopenhauer, elle sentait qu'elle ne trouverait pas les mots qu'il fallait. Je peux en conclure que sa réserve érotique avait deux raisons : maintenir l'étudiant le plus longtemps possible dans le territoire enchanté d'une tendre timidité et éviter le plus longtemps possible le dégoût que ne manqueraient pas de lui inspirer les instructions et les précautions triviales dont l'amour physique ne peut, à son avis, se passer.

Mais l'étudiant, malgré toute sa finesse, avait la tête dure. Mme Christine avait beau serrer les cuisses le plus fermement du monde, il la tenait courageusement par la croupe et ce contact voulait dire que si quelqu'un aime citer Schopenhauer il n'est pas pour autant prêt à renoncer au corps qui lui plaît.

D'ailleurs, les vacances s'achèvent et les deux amoureux constatent qu'il leur sera pénible de rester toute une année sans se voir. Mme Christine n'a plus qu'à trouver un prétexte pour le rejoindre. Tous deux savent bien ce que signifiera cette visite. L'étudiant loge à Prague dans une petite mansarde et Mme Christine ne peut finir ailleurs.

QU'EST-CE QUE LA LITOST ?

Litost est un mot tchèque intraduisible en d'autres langues. Sa première syllabe, qui se prononce longue et accentuée, rappelle la plainte d'un chien abandonné. Pour le sens de ce mot je cherche vainement un équivalent dans d'autres langues, bien que j'aie peine à imaginer qu'on puisse comprendre l'âme humaine sans lui.

Je vais donner un exemple : L'étudiant se baignait avec son amie étudiante dans la rivière. La jeune fille était sportive, mais lui, il nageait très mal. Il ne savait pas respirer sous l'eau, il nageait lentement, la tête nerveusement dressée au-dessus de la surface. L'étudiante était irraisonnablement amoureuse de lui et tellement délicate qu'elle nageait aussi lentement que lui. Mais comme la baignade était sur le point de prendre fin, elle voulut donner un instant libre cours à son instinct sportif et elle se dirigea, d'un crawl rapide, vers la rive opposée. L'étudiant fit un effort pour nager plus vite, mais il avala de l'eau. Il se sentit diminué, mis à nu dans son infériorité physique, et il éprouva la *litost*. Il se représenta son enfance maladive sans exercices physiques et sans camarades sous le regard trop affectueux de sa mère et il désespéra de lui-même et de sa vie. En rentrant tous deux par un chemin de campagne ils se taisaient. Blessé et humilié, il éprouvait une irrésistible envie de la battre. « Qu'est-ce qui te prend ? » lui demanda-t-elle, et il lui fit des reproches ; elle savait bien qu'il y avait du courant près de l'autre rive, il lui avait défendu de nager de ce côté-là, parce qu'elle risquait de se noyer — et il la frappa au visage. La jeune fille se mit à pleurer, et lui, à la vue des larmes sur ses joues, il ressentit de la compassion pour elle, il la prit dans ses bras et sa *litost* se dissipa.

Ou bien, un autre événement de l'enfance de l'étudiant : Ses parents lui firent prendre des leçons de violon. Il n'était pas très doué et le professeur l'interrompait d'une voix froide et insupportable lui reprochant ses fautes. Il se sentait humilié, il avait envie de pleurer. Mais au lieu de prendre sur lui pour jouer plus juste et ne pas faire de fautes, voilà qu'il se trompait délibérément, la voix du professeur était encore plus insupportable et plus dure, et lui, il s'enfonçait de plus en plus profond dans sa *litost*.

Alors, qu'est-ce que c'est, la *litost* ?

La *litost* est un état tourmentant né du spectacle de notre propre misère soudainement découverte.

Parmi les remèdes habituels contre notre propre misère, il y a l'amour. Car celui qui est absolument aimé ne peut être misérable. Toutes ces défaillances sont rachetées par le regard magique de l'amour sous lequel même une nage maladroite, la tête dressée au-dessus de la surface, peut devenir charmante.

L'absolu de l'amour est en réalité un désir d'identité absolue : il faut que la femme que nous aimons nage aussi lentement que nous, il faut qu'elle n'ait pas de passé qui lui appartienne en propre et dont elle pourrait se souvenir avec bonheur. Mais dès que l'illusion de l'identité absolue est brisée (la jeune fille se souvient avec bonheur de son passé ou bien elle nage vite), l'amour devient une source permanente du grand tourment que nous appelons *litost*.

Qui possède une profonde expérience de la commune imperfection de l'homme est relativement à l'abri des chocs de la *litost*. Le spectacle de sa propre misère lui est une chose banale et sans intérêt. La *litost* est donc propre à l'âge de l'inexpérience. C'est l'un des ornements de la jeunesse.

La *litost* fonctionne comme un moteur à deux temps. Au tourment succède le désir de vengeance. Le but de la vengeance est d'obtenir que le partenaire se montre pareillement misérable. L'homme ne sait pas nager, mais la femme giflée pleure. Ils peuvent donc se sentir égaux et persévérer dans leur amour.

Comme la vengeance ne peut jamais révéler son véritable motif (l'étudiant ne peut pas avouer à la jeune fille qu'il l'a frappée parce qu'elle nage plus vite que lui), elle doit invoquer de fausses raisons. La *litost* ne peut donc jamais se passer d'une pathétique hypocrisie : le jeune homme proclame qu'il est fou de terreur parce que son amie risque de se noyer, l'enfant joue sans fin une fausse note, simulant une irrémédiable absence de talent.

Ce chapitre devait d'abord s'intituler « Qui est l'étudiant ? ». Mais, s'il a traité de la *litost*, c'est comme s'il nous avait parlé de l'étudiant, qui n'est rien d'autre que la *litost* incarnée. Il ne faut donc pas s'étonner que l'étudiante, dont il est amoureux, ait fini par le quitter. Il n'est guère réjouissant de se faire battre parce qu'on sait nager.

La femme du boucher, qu'il a rencontrée dans sa ville natale, était venue à lui comme un grand morceau de sparadrap, prête à panser ses plaies. Elle l'adorait, elle le divinisait et, quand il lui parlait de Schopenhauer, elle ne tentait pas de manifester par des objections sa propre personnalité indépendante de la sienne (comme l'avait fait l'étudiante de funeste mémoire) mais elle le regardait avec des yeux où il s'imaginait, ému de l'émotion de Mme Christine, apercevoir des larmes. Et aussi, n'oublions pas d'ajouter qu'il n'avait pas couché avec une femme depuis qu'il avait rompu avec l'étudiante.

QUI EST VOLTAIRE ?

Voltaire est assistant à la faculté des lettres, il est spirituel et agressif, et ses yeux plongent dans le visage de l'adversaire un regard acide. C'en est assez pour qu'on l'ait surnommé Voltaire.

Il aimait bien l'étudiant, et ce n'est pas une mince distinction, car Voltaire était exigeant quand il s'agissait de ses sympathies. Après le séminaire, il l'aborda pour lui demander s'il avait un moment de libre le lendemain soir. Hélas ! le lendemain soir, Mme Christine viendrait le voir. Il fallut à l'étudiant bien du courage pour dire à Voltaire qu'il était déjà pris. Mais Voltaire balaya cette objection du revers de la main : « Eh bien, il faudra remettre votre rendez-vous. Vous ne le regretterez pas » et il lui expliqua que les meilleurs poètes du pays se réuniraient le lendemain au Club des gens de lettres et que lui, Voltaire, il serait là-bas avec eux ; il souhaitait que l'étudiant puisse faire leur connaissance.

Oui, il y aurait aussi le grand poète sur lequel Voltaire rédigeait une monographie et chez qui il allait souvent. Il était malade et marchait avec des béquilles. C'est pourquoi il sortait rarement, et l'occasion de le rencontrer était d'autant plus précieuse.

L'étudiant connaissait les livres de tous les poètes qui seraient là-bas le lendemain, mais de l'œuvre du grand poète il connaissait par cœur des pages entières de vers. Il n'avait jamais rien désiré plus ardemment que de passer une soirée dans leur intimité. Puis il se souvint qu'il n'avait pas couché avec une femme depuis des mois et il répéta qu'il lui était impossible de venir.

Voltaire ne comprend pas qu'il puisse y avoir quelque chose de plus important que de rencontrer de grands hommes. Une femme ? N'est-ce pas une chose qu'on peut remettre à plus tard ? Soudain, ses lunettes sont pleines d'étincelles ironiques. Mais l'étudiant a devant les yeux l'image de la femme du boucher qui timidement lui a échappé pendant un long mois de vacances et, bien qu'il lui en coûte un grand effort, il fait non de la tête. Christine à ce moment-là vaut toute la poésie de son pays.

LE COMPROMIS

Elle arriva le matin. Dans la journée, elle fit à Prague une course qui devait lui servir d'alibi. L'étudiant lui avait donné rendez-vous pour la soirée dans un café qu'il avait choisi lui-même. Quand il entra, il eut presque peur : la salle était pleine d'ivrognes et la fée provinciale de ses vacances était assise dans le coin des toilettes, à une table qui n'était pas destinée aux clients, mais à la vaisselle sale. Elle était habillée avec une solennité maladroite, comme seule peut s'habiller une dame de province qui vient visiter la capitale où elle n'est pas venue depuis longtemps et qui veut goûter à toutes ses réjouissances. Elle avait un chapeau, des perles criardes autour du cou et de hauts escarpins noirs.

L'étudiant sentait que ses joues le brûlaient — point d'émotion mais de déconvenue. Sur la toile de fond de la petite ville avec ses bouchers, ses garagistes et ses retraités, Christine avait produit une tout autre impression qu'à Prague, ville d'étudiantes et de jolies coiffeuses. Avec ses perles ridicules et sa dent en or discrète (en haut au coin de la bouche), elle lui apparut comme la négation personnifiée de cette beauté féminine, juvénile et vêtue de jeans, qui le repoussait cruellement depuis plusieurs mois. Il s'avançait vers Christine d'un pas mal assuré et sa *litost* l'accompagnait.

Si l'étudiant était déçu, Mme Christine ne l'était pas moins. Le restaurant où il l'avait invitée avait un beau nom — *Au Roi Venceslas* — et Christine, qui connaissait mal Prague, s'était imaginé un établissement de luxe où l'étudiant allait dîner avec elle pour lui faire découvrir ensuite le feu d'artifice des plaisirs praguois. Ayant constaté que le *Roi Venceslas* était tout à fait le genre d'endroit où le garagiste buvait sa bière et qu'elle devait y attendre l'étudiant dans le coin des toilettes, elle n'éprouvait pas le sentiment que j'ai désigné par le mot *litost*, mais une colère tout à fait banale. Je veux dire par là qu'elle ne se sentait ni misérable ni humiliée, mais qu'elle estimait que son étudiant ne savait pas se conduire. Elle n'hésita d'ailleurs pas à le lui dire. Elle avait l'air furieuse et elle lui parla comme au boucher.

Ils étaient dressés, face à face, elle lui faisait des reproches, avec volubilité et d'une voix forte, et il se défendait mollement. Le dégoût qu'elle lui inspirait n'en était que plus vif. Il voulait l'emmener bien vite chez lui, la cacher à tous les regards et attendre que l'intimité de leur refuge rende vie au charme disparu. Mais elle refusa. Elle n'était pas venue dans la capitale depuis longtemps, et elle voulait voir quelque chose, sortir, s'amuser. Ses escarpins noirs et ses grosses perles criardes revendiquèrent bruyamment leurs droits.

« Mais c'est un troquet formidable, c'est ici que viennent les gens tout ce qu'il y a de mieux », fit observer l'étudiant, laissant ainsi entendre à la femme du boucher qu'elle ne comprenait rien à ce qu'il y avait d'intéressant dans la capitale et à ce qui ne l'était pas. « Malheureusement, aujourd'hui c'est plein, il va falloir que je t'emmène ailleurs. » Mais, comme par un fait exprès, tous les autres cafés étaient pareillement bondés, il y avait un bout de chemin de l'un à l'autre et Mme Christine lui paraissait insupportablement comique avec son petit chapeau, ses perles et sa dent en or qui brillait dans sa bouche. Ils prenaient des rues pleines de jeunes femmes, et l'étudiant comprenait qu'il ne pourrait jamais se pardonner d'avoir renoncé pour Christine à l'occasion de passer une soirée avec les géants de son pays. Mais il ne voulait pas non plus s'attirer son hostilité parce que, comme je l'ai dit, il n'avait pas couché avec une femme depuis longtemps. Seul un compromis magistralement agencé aurait pu venir à bout de ce dilemme.

Ils trouvèrent enfin une table libre dans un café très éloigné. L'étudiant commanda deux verres d'apéritif et il regarda Christine tristement dans les yeux : Ici, à Prague, la vie est pleine de circonstances imprévues. Hier, justement, il a reçu un coup de téléphone du plus illustre poète du pays.

Quand il prononça son nom, Mme Christine sursauta. En classe, elle avait appris par cœur de ses poèmes. Les grands hommes dont on apprend le nom à l'école ont quelque chose d'irréel et d'immatériel, ils entrent vivants dans la majestueuse galerie des morts. Christine ne pouvait croire que c'était vrai, que l'étudiant le connaissait personnellement.

Bien sûr qu'il le connaissait, proclama l'étudiant. C'est même sur lui qu'il faisait sa maîtrise, une monographie qu'il était en train de rédiger et qui allait sans doute paraître un jour en livre. Il n'en avait jamais parlé à Mme Christine, parce qu'elle aurait pu penser qu'il se vantait, mais il fallait bien qu'il le lui dise maintenant, parce que le grand poète s'était mis brusquement en travers de leur chemin. En effet, une discussion privée aura lieu ce soir au Club des gens de lettres avec les poètes du pays, et seuls quelques critiques et quelques initiés y sont conviés. C'est une rencontre extrêmement importante. On s'attend à un débat où voleront des étincelles. Mais évidemment, l'étudiant n'ira pas. Il se réjouit tellement d'être avec Mme Christine !

Dans mon doux et singulier pays, le charme des poètes n'a pas encore cessé d'agir sur le cœur des femmes. Christine éprouva de l'admiration pour l'étudiant et une sorte de désir maternel de le conseiller et de défendre son intérêt. Elle proclama, avec un altruisme remarquable et inattendu, qu'il serait dommage que l'étudiant ne participe pas à une soirée où le grand poète serait présent.

L'étudiant dit qu'il avait tout essayé pour que Christine puisse venir avec lui, parce qu'il savait qu'elle serait heureuse de voir le grand poète et ses amis. Malheureusement, ce n'est pas possible. Même le grand poète ne viendra pas avec sa femme. La discussion s'adresse exclusivement à des spécialistes. Tout d'abord, il n'a vraiment même pas songé à y aller, mais maintenant il comprend que Christine a sans doute raison. Oui, c'est une bonne idée. Il pourrait quand même passer là-bas une petite heure. Pendant ce temps, Christine l'attendra chez lui et ensuite ils seront ensemble, rien que tous les deux.

La tentation des théâtres et des variétés fut oubliée et Christine entra dans la mansarde de l'étudiant. Elle éprouva d'abord la même déception qu'en entrant au *Roi Venceslas*. Ce n'était même pas un appartement, juste une pièce minuscule sans antichambre, avec un divan et une table de travail pour tout mobilier. Mais elle n'était plus sûre de ses jugements. Elle avait pénétré dans un monde où il existait une mystérieuse échelle de valeurs qu'elle ne comprenait pas. Elle se réconcilia donc vite avec cette pièce inconfortable et sale, et elle fit appel à tout son talent féminin pour s'y sentir chez soi. L'étudiant la pria d'enlever son chapeau, lui donna un baiser, la fit asseoir sur le divan et lui montra la petite bibliothèque où elle trouverait de quoi se distraire en son absence.

Alors, Christine eut une idée : « Est-ce que tu n'as pas son livre ? » Elle pensait au grand poète.

Oui, l'étudiant avait son livre.

Elle poursuivit très timidement : « Tu ne veux pas m'en faire cadeau ? Et lui demander une dédicace pour moi ? »

L'étudiant exulta. La dédicace du grand poète remplacerait pour Christine les théâtres et les spectacles de variétés. Elle lui donnait mauvaise conscience et il était prêt à faire n'importe quoi pour elle. Comme il s'y attendait, l'intimité de sa mansarde raviva le charme de Christine. Les jeunes filles qui allaient et venaient dans les rues avaient disparu et l'enchantement de sa modestie envahit silencieusement la pièce. La déception se dissipait lentement et, quand l'étudiant partit pour le club, il était rasséréné et ravi à l'idée du double et magnifique programme que lui promettait la soirée commençante.

LES POÈTES

Il attendit Voltaire devant le Club des gens de lettres et monta avec lui au premier étage. Ils passèrent au vestiaire, puis dans le hall et déjà leur parvenait un joyeux tapage. Voltaire ouvrit la porte du salon et l'étudiant vit autour d'une grande table toute la poésie de son pays.

Je les regarde d'une grande distance de deux mille kilomètres. Nous sommes à l'automne 1977, mon pays sommeille depuis neuf ans déjà dans la douce et vigoureuse étreinte de l'Empire russe, Voltaire a été exclu de l'université et mes livres, ramassés dans toutes les bibliothèques publiques, ont été enfermés dans quelque cave de l'État. J'ai alors attendu encore quelques années, puis je suis monté dans une voiture et j'ai roulé le plus loin possible vers l'ouest jusqu'à la ville bretonne de Rennes où j'ai trouvé dès le premier jour un appartement à l'étage le plus élevé de la plus haute tour. Le lendemain matin, quand le soleil m'a réveillé, j'ai compris que ces grandes fenêtres donnaient à l'est, du côté de Prague.

Donc, je les regarde à présent du haut de mon belvédère, mais c'est trop loin. Heureusement j'ai dans l'œil une larme qui, semblable à la lentille d'un télescope, me rend plus proches leurs visages. Et maintenant, je distingue clairement, solidement assis parmi eux, le grand poète. Il a certainement plus de soixante-dix ans, mais son visage est resté beau, ses yeux sont encore vifs et sages. Ses deux béquilles sont appuyées contre la table à côté de lui.

Je les vois tous sur la toile de fond de Prague éclairée, telle qu'elle était il y a quinze ans, quand leurs livres n'étaient pas encore enfermés dans une cave de l'État et qu'ils bavardaient gaiement et bruyamment autour de la grande table pleine de bouteilles. Je les aime tous beaucoup et j'hésite à leur donner des noms banals pris au hasard dans l'annuaire du téléphone. S'il faut cacher leurs visages derrière le masque d'un nom d'emprunt, je veux leur donner ce nom comme un cadeau, comme un ornement et un hommage.

Si les étudiants ont surnommé l'assistant Voltaire, qu'est-ce qui m'empêche d'appeler Goethe le grand poète bien-aimé ?

En face de lui, c'est Lermontov.

Et celui-là, avec ses yeux noirs et rêveurs, je veux l'appeler Pétrarque.

Et puis, il y a Verlaine, Iessénine et plusieurs autres, dont ce n'est pas la peine de parler, mais il y a aussi quelqu'un qui est certainement là par erreur. De loin (de cette distance de deux mille kilomètres) il est évident que la poésie ne lui a pas fait don de son baiser et qu'il n'aime pas les vers. Il s'appelle Boccace.

Voltaire prit deux chaises contre le mur, il les poussa vers la table pleine de bouteilles et il présenta l'étudiant aux poètes. Les poètes firent un signe de tête courtois, seul Pétrarque ne le remarqua pas, parce qu'il était en train de se disputer avec Boccace. Il termina le débat par ces mots : « La femme nous est toujours supérieure. Là-dessus, je pourrais parler pendant des semaines entières. »

Et Goethe de l'encourager : « Des semaines c'est beaucoup. Parle au moins pendant dix minutes. »

LE RÉCIT DE PÉTRARQUE

« Un soir, la semaine dernière, il m'est arrivé une chose incroyable. Ma femme venait de prendre son bain, elle était dans son peignoir rouge, avec ses cheveux d'or défaits, et elle était belle. Il était neuf heures dix quand quelqu'un a sonné. J'ai ouvert la porte d'entrée et j'ai vu une jeune fille qui se pressait contre le mur. Je l'ai tout de suite reconnue. Je vais une fois par semaine dans un lycée de filles. Elles ont organisé un club de poésie et elles m'adorent en secret.

« Je lui demande : "Qu'est-ce que tu fais ici, s'il te plaît ?

« — Il faut que je vous parle !

« — Qu'est-ce que tu as à me dire ?

« — C'est terriblement important, ce que j'ai à vous dire !

« — Écoute, je lui dis, il est tard, tu ne peux pas venir chez moi maintenant, descends vite et attends-moi devant la porte de la cave."

« Je rentre dans la chambre et je dis à ma femme que quelqu'un s'est trompé de porte. Et ensuite, comme si de rien n'était, j'annonce qu'il faut encore que je descende à la cave chercher du charbon et je prends deux seaux vides. Ça, c'était une connerie. Toute la journée ma vésicule m'avait fait souffrir et j'étais resté couché. Ce zèle inopiné a dû paraître suspect à ma femme.

— Tu as des ennuis avec ta vésicule ? demanda Goethe avec intérêt.

— Depuis bien des années, dit Pétrarque.

— Pourquoi ne te fais-tu pas opérer ?

— Pour rien au monde ! » dit Pétrarque.

Goethe hocha la tête en signe de sympathie.

« Où en étais-je ? demanda Pétrarque.

— Tu as mal à la vésicule et tu as pris deux seaux à charbon, lui souffla Verlaine.

— J'ai trouvé la fille devant la porte de la cave, poursuivit Pétrarque, et je lui ai dit de descendre. J'ai pris une pelle, j'ai mis du charbon dans les seaux et j'ai essayé de savoir ce qu'elle voulait. Elle passait son temps à répéter qu'il *fallait* qu'elle me voie. Je n'en ai rien tiré d'autre.

« Ensuite, j'entends des pas, en haut dans l'escalier. Je saisis le seau à charbon que je viens de remplir et je sors de la cave en courant. Ma femme était en train de descendre. Je lui passe le seau : "S'il te plaît, prends vite ça, je vais remplir l'autre." Ma femme remonte avec le seau, et moi je redescends à la cave et je dis à la fille que nous ne pouvons pas rester là, qu'elle m'attende dans la rue. Je remplis vite le second seau et je remonte en courant. Alors, je donne un baiser à ma femme en lui disant d'aller se coucher, que je veux encore prendre un bain avant de dormir. Elle va se coucher et moi, je passe dans la salle de bains et j'ouvre les robinets. L'eau cognait sur le fond de la baignoire. J'enlève mes pantoufles et je sors dans l'entrée, en chaussettes. Les chaussures que je portais ce jour-là étaient devant la porte d'entrée. Je les y ai laissées, pour montrer que je ne m'étais pas éloigné. Je prends une autre paire de chaussures dans l'armoire, je les enfile, et je me glisse sans bruit hors de l'appartement. »

Ici, Boccace intervint : « Pétrarque, nous savons tous que tu es un grand poète. Mais je constate que tu es aussi quelqu'un de très méthodique, un stratège rusé qui ne se laisse pas une seconde aveugler par la passion ! Ce que tu as fait avec les pantoufles et les deux paires de chaussures, c'est un chef-d'œuvre ! »

Tous les poètes présents approuvèrent Boccace et couvrirent Pétrarque de louanges, ce dont il était visiblement flatté.

« Elle m'attendait dans la rue. J'essaie de la calmer. Je lui explique que je suis obligé de rentrer à la maison et je lui propose de revenir le lendemain après-midi quand ma femme sera à son travail et que nous serons tranquilles. Il y a une station de tram juste devant l'immeuble où j'habite. J'ai insisté pour qu'elle s'en aille. Mais quand le tram est arrivé, elle a éclaté de rire et elle a voulu se précipiter vers la porte de l'immeuble.

— Il fallait la pousser sous le tram, dit Boccace.

— Mes amis, déclare Pétrarque d'un ton presque solennel, il y a des moments où, qu'on le veuille ou non, il faut être méchant avec les femmes. Je lui ai dit : "Si tu ne veux pas rentrer chez toi de ton plein gré, je vais fermer la porte de l'immeuble à clé. N'oublie pas que j'ai ici mon foyer et que je ne peux pas en faire un bordel !" En plus, mes amis, dites-vous bien que pendant que je me disputais avec elle devant l'immeuble, en haut les robinets de la salle de bains étaient ouverts et la baignoire risquait à tout moment de déborder !

« Je fais demi-tour et je m'élance vers la porte de l'immeuble. Elle se met à me courir après. Pour comble, d'autres personnes entraient dans l'immeuble juste à ce moment-là et elle s'est faufilée avec elles à l'intérieur. Je grimpe l'escalier comme un sprinter ! J'entends ses pas derrière moi. Nous habitons au troisième étage ! C'était une performance ! Mais j'ai été plus rapide et, pratiquement, je lui ai claqué la porte au nez. J'ai encore eu le temps d'arracher du mur les fils de la sonnette pour qu'on ne l'entende pas carillonner, parce que je savais très bien qu'elle allait s'appuyer contre la sonnette et qu'elle ne la lâcherait plus. Après ça, j'ai couru sur la pointe des pieds dans la salle de bains.

— La baignoire n'avait pas débordé ? demanda Goethe avec sollicitude.

— J'ai fermé les robinets au dernier moment. Ensuite, je suis allé jeter un coup d'œil sur la porte d'entrée. J'ouvre le judas et je constate qu'elle est toujours là, immobile, les yeux rivés à la porte. Mes amis, ça m'a fait peur. Je me demandais si elle n'allait pas rester là jusqu'au lendemain matin. »

BOCCACE SE CONDUIT MAL

« Pétrarque, tu es un incorrigible adorateur, intervint Boccace. J'imagine que ces filles qui ont formé un club de poésie t'invoquent comme Apollon. Pour rien au monde, je ne voudrais les rencontrer. Une femme poète est doublement femme. C'est trop pour un misogyne comme moi.

— Écoute, Boccace, dit Goethe, pourquoi te vantes-tu toujours d'être misogyne ?

— Parce que les misogynes sont les meilleurs des hommes. »

À ces mots, tous les poètes réagirent par des huées. Boccace fut contraint d'élever la voix :

« Comprenez-moi. Le misogyne ne méprise pas les femmes. Le misogyne n'aime pas la féminité. Les hommes se répartissent depuis toujours en deux grandes catégories. Les adorateurs des femmes, autrement dit les poètes, et les misogynes ou, pour mieux dire, les gynophobes. Les adorateurs ou poètes vénèrent les valeurs féminines traditionnelles comme le sentiment, le foyer, la maternité, la fécondité, les éclairs sacrés de l'hystérie, et la voix divine de la nature en nous, tandis qu'aux misogynes ou gynophobes ces valeurs inspirent un léger effroi. Chez la femme, l'adorateur vénère la féminité, alors que le misogyne donne toujours la préférence à la femme sur la féminité. N'oubliez pas une chose : une femme ne peut être vraiment heureuse qu'avec un misogyne. Avec vous, aucune femme n'a jamais été heureuse ! »

Ces mots provoquèrent une nouvelle clameur hostile.

« L'adorateur ou poète peut apporter à une femme le drame, la passion, les larmes, les soucis, mais jamais aucun plaisir. J'en ai connu un. Il adorait sa femme. Ensuite, il s'est mis à en adorer une autre. Il ne voulait pas humilier l'une en la trompant, et l'autre en faisant d'elle sa maîtresse clandestine. Il a donc tout avoué à sa femme et lui a demandé de l'aider, sa femme en est tombée malade, il passait son temps à pleurer, au point que sa maîtresse a fini par ne plus le supporter et lui a annoncé qu'elle allait le quitter. Il s'est couché sur les rails pour se faire écraser par un tram. Malheureusement, le conducteur l'a vu de loin et mon adorateur a dû payer cinquante couronnes pour entrave à la circulation.

— Boccace est un menteur ! s'écria Verlaine.

— L'histoire que vient de nous raconter Pétrarque, poursuivit Boccace, est du même tabac. Est-ce que ta femme aux cheveux d'or mérite que tu prennes cette hystérique au sérieux ?

— Qu'est-ce que tu sais de ma femme ! répliqua Pétrarque, haussant le ton. Ma femme est ma fidèle amie ! Nous n'avons pas de secrets l'un pour l'autre !

— Alors, pourquoi as-tu changé de chaussures ? » demanda Lermontov.

Mais Pétrarque ne se laissa pas troubler. « Mes amis, en cet instant crucial où cette jeune fille était sur le palier et où je ne savais vraiment pas quoi faire, je suis allé trouver ma femme dans la chambre et je me suis confié à elle.

— Comme mon adorateur ! dit Boccace en riant. Se confier ! c'est le réflexe de tous les adorateurs ! Tu lui as certainement demandé de t'aider ! »

La voix de Pétrarque était pleine de tendresse : « Oui, je lui ai demandé de m'aider. Jamais elle ne m'a refusé son aide. Et cette fois-là non plus. Elle est allée d'elle-même à la porte. Moi, je suis resté dans la chambre parce que j'avais peur.

— Moi aussi j'aurais eu peur, dit Goethe plein de compréhension.

— Quand elle est revenue, elle était tout à fait calme. Elle avait regardé sur le palier par le judas, elle avait ouvert la porte et il n'y avait plus personne. On aurait dit que j'avais tout inventé. Mais brusquement, nous entendons de grands coups derrière nous, et les vitres qui volent en éclats ; comme vous le savez, nous habitons un vieil appartement, les fenêtres donnent sur une galerie. Et la fille, voyant que la sonnette ne fonctionnait pas, avait trouvé une barre de fer, je ne sais où, elle était revenue avec sur la galerie et elle s'était mise à casser toutes nos fenêtres l'une après l'autre. Nous l'observions de l'intérieur de l'appartement, sans rien pouvoir faire, et presque avec effroi. Après cela, nous avons vu apparaître, de l'autre côté de la galerie plongée dans l'obscurité, trois ombres blanches. C'étaient les vieilles dames de l'appartement d'en face. Le fracas du verre les avait réveillées. Elles étaient accourues en chemise de nuit, avides et impatientes, heureuses de ce scandale inattendu.

Imaginez ce tableau ! Une belle adolescente avec une barre de fer à la main et autour d'elle les ombres maléfiques de trois sorcières !

« Ensuite, la fille a brisé la dernière vitre et, par la fenêtre, elle est entrée dans la pièce.

« Je voulais aller lui parler, mais ma femme m'a pris dans ses bras et m'a supplié, "n'y va pas, elle va te tuer !" Et la fille se dressait au milieu de la pièce avec sa barre de fer à la main comme Jeanne d'Arc avec sa lance, belle, majestueuse ! Moi, je me dégage des bras de ma femme et je m'avance vers la fille. Et à mesure que je m'approche d'elle, son regard perd son expression menaçante, s'adoucit, s'emplit d'une paix céleste. Je saisis la barre de fer, je la jette par terre et je prends la fille par la main. »

LES INSULTES

« Je ne crois pas un mot de ton histoire, déclara Lermontov.

— Bien sûr, ça ne s'est pas passé tout à fait comme Pétrarque le raconte, intervint de nouveau Boccace, mais je crois que c'est réellement arrivé. Cette fille est une hystérique à qui tout homme normal, dans une situation semblable, aurait depuis longtemps donné une paire de claques. Les adorateurs ou poètes sont depuis toujours une proie rêvée pour les hystériques qui savent qu'ils ne les gifleront jamais. Les adorateurs sont désarmés devant les femmes, parce qu'ils n'ont jamais franchi l'ombre de leur mère. Ils voient en chaque femme la messagère de la mère et se soumettent à elle. La jupe de leur mère s'étend au-dessus de leur tête comme la voûte céleste. » Cette dernière phrase lui plut beaucoup et il la répéta plusieurs fois : « Poètes, ce que vous voyez au-dessus de votre tête, ce n'est pas le ciel, mais la jupe gigantesque de votre mère ! Vous vivez tous sous la jupe de votre mère !

— Que dis-tu là ? » Iessénine se mit à hurler d'une voix incroyable et bondit de sa chaise. Il vacilla. Depuis le début de la soirée, c'est lui qui buvait le plus. « Qu'est-ce que tu as dit à propos de ma mère ? Qu'est-ce que tu as dit ?

— Je ne parlais pas de ta mère », dit doucement Boccace. Il savait que Iessénine vivait avec une danseuse célèbre qui avait trente ans de plus que lui et il éprouvait pour lui une compassion sincère. Mais déjà, Iessénine avait fait affluer sa bave à la commissure de ses lèvres et, se penchant en avant, il cracha. Mais il était trop soûl, le crachat retomba sur le col de Goethe. Boccace sortit son mouchoir et essuya le grand poète.

D'avoir craché, Iessénine se sentit mortellement las et il se laissa retomber sur sa chaise.

Pétrarque poursuivit : « Je vous souhaiterais à tous, mes amis, d'avoir pu entendre ce qu'elle m'a dit, c'était inoubliable. Elle m'a dit, et c'était comme une prière, comme une litanie, "je suis une fille simple, je suis une fille tout à fait ordinaire, je n'ai rien à offrir, mais je suis venue parce que je suis envoyée ici par l'amour, je suis venue" — et à cet instant elle me pressait la main très fort — "pour que tu saches ce qu'est le véritable amour, pour que tu le connaisses une fois dans ta vie."

— Et qu'a dit ta femme à cette messagère de l'amour ? » demanda Lermontov avec une ironie fortement appuyée.

Goethe s'esclaffa : « Qu'est-ce que Lermontov ne donnerait pas pour qu'une femme vienne lui casser ses carreaux ! Il irait jusqu'à la payer pour ça ! »

Lermontov jeta sur Goethe un regard haineux et Pétrarque poursuivit : « Ma femme ? Tu te trompes, Lermontov, si tu prends cette histoire pour un conte humoristique de Boccace. La petite s'est tournée vers ma femme et elle avait un regard céleste, et elle lui a dit, et c'était de nouveau comme une prière, comme une litanie, "il ne faut pas m'en vouloir, madame, parce que vous êtes bonne et je vous aime aussi, je vous aime tous les deux", et elle aussi, elle l'a prise par la main.

— Si c'était une scène d'un conte de Boccace, je n'aurais rien contre, dit Lermontov. Mais, ce que tu nous racontes là, c'est quelque chose de pire. C'est de la mauvaise poésie.

— Tu m'envies ! lui cria Pétrarque. Ça ne t'est jamais arrivé, dans la vie, d'être seul dans une chambre avec deux jolies femmes qui t'aiment ! Sais-tu comme elle est belle, ma femme, en peignoir rouge avec ses cheveux d'or défaits ? »

Lermontov rit d'un rire moqueur, mais cette fois Goethe décida de le punir de ses commentaires acerbes : « Tu es un grand poète, Lermontov, nous le savons tous, mais pourquoi as-tu de tels complexes ? »

Pendant quelques secondes, Lermontov en fut abasourdi,

puis il répondit à Goethe, en se maîtrisant avec peine : « Johann, il ne fallait pas me dire ça. C'est ce que tu pouvais me dire de pire. C'est une goujaterie de ta part. »

Goethe, ami de la concorde, n'aurait pas continué à taquiner Lermontov, mais son biographe, Voltaire, intervint en riant : « Ça crève les yeux, Lermontov, que tu es plein de complexes », et il commença à analyser toute sa poésie, qui ne posséderait ni l'heureuse grâce naturelle de Goethe, ni le souffle passionné de Pétrarque. Il commença même à décortiquer chacune de ses métaphores pour démontrer avec brio que le complexe d'infériorité de Lermontov est la source directe de son imagination et qu'il prend racine dans l'enfance du poète, marquée par la pauvreté et l'influence oppressive d'un père autoritaire.

À ce moment, Goethe se pencha vers Pétrarque et lui dit dans un chuchotement qui envahit toute la pièce, si bien que tout le monde entendit, y compris Lermontov : « Allons donc ! Balivernes que tout cela. Ce qu'il y a avec Lermontov, c'est qu'il ne baise pas ! »

L'ÉTUDIANT SE RANGE AUX CÔTÉS DE LERMONTOV

L'étudiant gardait le silence, il se versait du vin (un serveur discret emportait sans bruit les bouteilles vides et apportait des bouteilles pleines) et écoutait avec attention la conversation où volaient des étincelles. Il n'avait pas le temps de tourner la tête pour suivre leur tourbillon vertigineux.

Il se demandait lequel des poètes lui était le plus sympathique. Goethe, il le vénérait, tout autant que le vénérait Mme Christine et d'ailleurs tout son pays. Pétrarque l'ensorcelait avec ses yeux incandescents. Mais, chose étrange, c'est Lermontov l'offensé qui lui inspirait la plus vive sympathie, surtout depuis la dernière remarque de Goethe, qui lui donna à penser qu'un grand poète (et Lermontov est vraiment un grand poète) pouvait éprouver les mêmes difficultés qu'un quelconque étudiant comme lui. Il regarda sa montre et constata qu'il était grand temps pour lui de rentrer s'il ne voulait pas finir exactement comme Lermontov.

Pourtant, il ne pouvait pas s'arracher aux grands hommes et, au lieu de partir pour rejoindre Mme Christine, il alla aux toilettes. Il était là, plein de grandioses pensées, devant le carrelage blanc, puis il entendit à côté de lui la voix de Lermontov : « Tu les as entendus. Ils ne sont pas *fins.* Tu comprends, ils ne sont pas *fins.* »

Lermontov prononça le mot « fins » comme s'il était écrit en italique. Oui, il y a des mots qui ne sont pas comme les autres, des mots qui possèdent une valeur particulière connue des seuls initiés. L'étudiant ignorait pourquoi Lermontov avait prononcé le mot « fins » comme s'il était écrit en italique, mais moi, qui fais partie des initiés, je sais que Lermontov avait lu jadis la pensée de Pascal sur l'esprit de finesse et l'esprit de géométrie et répartissait dès lors le genre humain en deux catégories : ceux qui sont fins, et les autres.

« Tu les trouves peut-être *fins*, toi ? » dit-il d'un ton agressif, voyant que l'étudiant se taisait.

L'étudiant boutonna sa braguette et constata que Lermontov, exactement comme l'avait écrit dans son journal la comtesse Roptchinski, il y a cent cinquante ans, avait les jambes très courtes. Il éprouva pour lui de la reconnaissance parce que c'était le premier grand poète qui lui posait une question grave en attendant de lui une réponse aussi grave.

« À mon avis, dit-il, ils ne sont pas fins du tout. »

Lermontov s'immobilisa sur ses jambes courtes : « Non, pas fins du tout. » Et il ajouta, haussant le ton : « Mais moi je suis *orgueilleux* ! Tu comprends, moi je suis *orgueilleux* ! »

Le mot « orgueilleux » aussi était écrit en italique dans sa bouche pour donner à entendre que seul un imbécile aurait pu penser que Lermontov était orgueilleux comme une fille l'est de sa beauté, ou comme un commerçant l'est de son bien, car il s'agit d'un orgueil très singulier, d'un orgueil justifié et noble.

« Je suis *orgueilleux*, moi », vociféra Lermontov, et il retourna avec l'étudiant dans la pièce où Voltaire était en train de prononcer l'éloge de Goethe. Alors, Lermontov se déchaîna. Il se campa devant la table, ce qui fit qu'il eut soudain une tête de plus que les autres, qui étaient assis, et il dit : « Et maintenant, je vais vous montrer comme je suis *orgueilleux* ! Maintenant, je vais vous dire quelque chose, parce que je suis *orgueilleux* ! Il n'y a que deux poètes dans ce pays : Goethe et moi. »

Cette fois, c'est Voltaire qui éleva la voix : « Tu es peut-être un grand poète, mais, en tant qu'homme, tu es haut comme ça ! Je peux le dire de toi, que tu es un grand poète, mais toi, tu n'as pas le droit de le dire. »

Lermontov en resta un instant interdit. Il bégaya : « Et pourquoi est-ce que je n'aurais pas le droit de le dire ? Je suis orgueilleux, moi ! »

Lermontov répéta encore plusieurs fois qu'il était orgueilleux, Voltaire hurla de rire, et les autres hurlèrent de rire avec lui.

L'étudiant comprit que l'instant qu'il attendait était arrivé. Il se leva à l'instar de Lermontov et jeta un regard circulaire sur les poètes présents : « Vous ne comprenez rien à Lermontov. L'orgueil du poète n'est pas un orgueil banal. Seul le poète lui-même connaît la valeur de ce qu'il écrit. Les autres le comprendront beaucoup plus tard que lui ou ne le comprendront peut-être jamais. Le poète a donc le devoir d'être orgueilleux. S'il ne l'était pas, il trahirait son œuvre. »

Un instant plus tôt, ils s'étaient tordus de rire, mais d'un seul coup ils furent tous d'accord avec l'étudiant car ils étaient aussi orgueilleux que Lermontov, seulement ils avaient honte de le dire, parce qu'ils ne savaient pas que le mot orgueilleux, à condition d'être prononcé comme il faut, cesse d'être ridicule et devient au contraire un mot spirituel et noble. Ils étaient donc reconnaissants envers l'étudiant qui venait de leur donner un si bon conseil, et il s'en trouva même un parmi eux, Verlaine sans doute, pour l'applaudir.

CHRISTINE EST CHANGÉE EN REINE PAR GOETHE

L'étudiant s'était assis et Goethe se tourna vers lui avec un sourire aimable : « Mon garçon, vous savez ce que c'est que la poésie. »

Les autres furent de nouveau plongés dans leurs discussions d'hommes ivres, de sorte que l'étudiant se retrouva seul en face du grand poète. Il voulait profiter de cette précieuse occasion, mais soudain il ne savait pas quoi dire. Comme il cherchait intensément la phrase qui conviendrait — Goethe se contentait de lui sourire en silence — il ne pouvait en trouver aucune et ne faisait lui aussi que sourire. Mais le souvenir de Christine vola à son secours.

« En ce moment, je sors avec une fille, plutôt avec une femme. Elle est mariée à un boucher. »

Cela plut beaucoup à Goethe qui répondit par un rire très amical.

« Elle vous vénère. Elle m'a donné un de vos recueils de poèmes pour que vous fassiez une dédicace.

— Donnez », dit Goethe, et il prit le livre des mains de l'étudiant. Il l'ouvrit à la page de titre et poursuivit : « Parlez-moi d'elle. Comment est-elle ? Est-elle belle ? »

Face à Goethe, l'étudiant ne pouvait mentir. Il avoua que la femme du boucher n'était pas une beauté. Aujourd'hui, pour comble, elle était ridiculement habillée. Toute la journée, elle s'était promenée dans Prague avec de grosses perles autour du cou et des chaussures de soirée noires comme on n'en portait plus depuis longtemps.

Goethe écouta l'étudiant avec un intérêt sincère et dit presque avec nostalgie : « C'est merveilleux. »

L'étudiant s'enhardit et alla jusqu'à avouer que la femme du boucher avait une dent en or qui brillait dans sa bouche comme une mouche dorée.

Ému, Goethe rit et rectifia : « Comme une bague.

— Comme un phare ! répliqua l'étudiant.

— Comme une étoile ! » sourit Goethe.

L'étudiant expliqua que la femme du boucher était en réalité une provinciale des plus ordinaires et c'était justement ce qui l'attirait tellement.

« Comme je vous comprends, dit Goethe. Ce sont précisément ces détails-là, une toilette mal choisie, un léger défaut de la denture, une exquise médiocrité d'âme, qui font qu'une femme est vivante et vraie. Les femmes des affiches ou des magazines de mode, que presque toutes les femmes essaient aujourd'hui d'imiter, manquent de charme, parce qu'elles sont irréelles, parce qu'elles ne sont qu'une somme d'instructions abstraites. Elles sont nées d'une machine cybernétique, et non pas d'un corps humain ! Mon ami, je vous le garantis, votre provinciale est bien la femme qu'il faut à un poète et je vous en félicite ! »

Ensuite, il se pencha sur la page de titre, il prit son stylo et il se mit à écrire. Il couvrit toute la page, il écrivit avec enthousiasme, fut presque en transes et son visage irradia l'éclat de l'amour et de la compréhension.

L'étudiant reprit le livre et rougit de fierté. Ce que Goethe avait écrit à une inconnue était beau et triste, nostalgique et sensuel, sage et enjoué, et l'étudiant était certain que jamais encore d'aussi belles paroles n'avaient été adressées à une femme. Il songe à Christine et la désire infiniment. Sur ses vêtements ridicules, la poésie a jeté un manteau tissé des mots les plus sublimes. Elle en a fait une reine.

ON PORTE UN POÈTE

Le serveur entra dans le salon, mais cette fois il n'apporta pas de nouvelle bouteille. Il demanda aux poètes de songer au départ. Il fallait fermer l'immeuble dans quelques instants. La concierge menaçait de fermer la porte à clé et de les laisser tous ici jusqu'au matin.

Il dut encore répéter plusieurs fois cet avertissement, à voix haute et doucement, à tous collectivement et à chacun personnellement, avant que les poètes ne finissent par comprendre qu'il ne s'agit pas de plaisanter avec la concierge. Pétrarque se souvint brusquement de sa femme en peignoir rouge et se leva de table, comme s'il venait de recevoir un coup de pied dans les reins.

C'est alors que Goethe dit, avec une infinie tristesse : « Mes amis, laissez-moi ici. Je veux rester ici. » Ses béquilles étaient à côté de lui, appuyées contre la table, et aux poètes qui essayèrent de le convaincre de partir avec eux, il se contenta de répondre par des hochements de tête.

Tout le monde connaissait sa femme, c'était une dame méchante et sévère. Ils en avaient peur. Ils savaient que si Goethe ne rentrait pas chez lui à l'heure sa femme leur ferait à tous une scène épouvantable. Ils l'implorèrent : « Johann, sois raisonnable, il faut rentrer chez toi ! » et ils le prirent pudiquement sous les aisselles et tentèrent de le soulever de sa chaise. Mais le roi de l'Olympe était lourd et leurs bras étaient timides. Il avait au moins trente ans de plus qu'eux, c'était pour eux un véritable patriarche ; tout à coup, au moment de le soulever et de lui passer ses béquilles, ils se sentirent tous embarrassés et petits. Et lui qui répétait sans cesse qu'il voulait rester ici !

Personne n'était d'accord, seul Lermontov saisit l'occasion pour être plus malin que les autres : « Les mecs, laissez-le ici et je vais lui tenir compagnie jusqu'au matin. Vous ne le comprenez donc pas ? Quand il était jeune, il restait des semaines entières sans rentrer chez lui. Il veut retrouver sa jeunesse ! Vous ne comprenez donc pas ça, bande d'idiots ? N'est-ce pas, Johann, nous allons nous étendre ici sur le tapis et nous resterons jusqu'au matin avec cette bouteille de vin rouge et ils n'ont qu'à partir ! Pétrarque peut courir rejoindre sa femme en peignoir rouge et aux cheveux défaits ! »

Mais Voltaire savait que ce n'était pas la nostalgie de sa jeunesse qui retenait Goethe. Goethe était malade et il lui était interdit de boire. Quand il buvait, ses jambes refusaient de le porter. Voltaire s'empara des deux béquilles et ordonna aux autres de renoncer à une timidité superflue. Alors les faibles bras des poètes éméchés saisirent Goethe sous les aisselles et le soulevèrent de sa chaise. Ils le portaient du salon vers le hall, ou plutôt ils le traînaient (tantôt les pieds de Goethe touchaient le sol, tantôt ils se balançaient comme les pieds d'un enfant avec qui ses parents jouent à l'escarpolette). Mais Goethe pesait lourd et les poètes étaient ivres : arrivés dans le hall, ils le lâchèrent, et Goethe se lamenta et s'écria : « Mes amis, laissez-moi mourir ici ! »

Voltaire se mit en colère et cria aux poètes de ramasser Goethe immédiatement. Les poètes eurent honte. Ils saisirent Goethe, qui par les bras, qui par les jambes, ils le soulevèrent et, une fois franchie la porte du club, le portèrent vers l'escalier. Tout le monde le portait. Voltaire le portait, Pétrarque le portait, Verlaine le portait, Boccace le portait et même le titubant Iessénine se tenait à la jambe de Goethe de peur de tomber.

L'étudiant, lui aussi, tenta de porter le grand poète, car il savait bien qu'une occasion pareille ne se rencontrerait qu'une fois dans une vie. Mais en vain, Lermontov l'aimait trop. Il le tenait par le bras et trouvait sans cesse quelque chose à lui dire.

« Non seulement ils ne sont pas fins, mais ils sont maladroits. Ce sont tous des enfants gâtés. Regarde ça, comme ils le portent ! Ils vont le lâcher ! Jamais ils n'ont travaillé de leurs mains. Tu le sais, que moi j'ai travaillé en usine ? »

(N'oublions pas que tous les héros de ce temps-là et de ce pays-là étaient passés par l'usine, ou bien volontairement, par enthousiasme révolutionnaire, ou bien par contrainte, en guise de punition. Dans les deux cas ils en étaient également fiers, parce qu'il leur semblait qu'à l'usine la Rudesse de la vie, cette noble déesse elle-même, leur avait donné un baiser sur le front.)

Tenant leur patriarche par les jambes et par les bras, les poètes le portèrent dans l'escalier. La cage de l'escalier était carrée, il y avait plusieurs tournants à angle droit qui mettaient à dure épreuve leur agilité et leur force.

Lermontov poursuivit : « Mon ami, tu sais ce que c'est, de porter des traverses ? Toi, tu n'en as jamais porté. Tu es étudiant. Mais ces types-là non plus n'en ont jamais porté. Regarde comme ils le portent bêtement ! Ils vont le faire tomber ! » Se tournant vers les poètes, il leur cria : « Tenez-le bien, espèces d'imbéciles, vous allez le faire tomber ! Vous n'avez jamais travaillé de vos mains ! » Et il s'agrippa au bras de l'étudiant et descendit lentement derrière les poètes titubants qui portaient avec angoisse un Goethe de plus en plus lourd. Enfin, ils arrivèrent en bas sur le trottoir avec leur fardeau et ils l'adossèrent à un réverbère. Pétrarque et Boccace le soutenaient, pour qu'il ne tombe pas, et Voltaire descendit sur la chaussée et héla les voitures mais aucune ne s'arrêta.

Et Lermontov dit à l'étudiant : « Te rends-tu compte de ce que tu vois ? Tu es étudiant et tu ne connais rien à la vie. Et ça, c'est une scène grandiose ! On porte un poète. Sais-tu le poème que ça ferait ? »

Cependant, Goethe s'affaissa sur le trottoir ; Pétrarque et Boccace tentaient à nouveau de le relever.

« Regarde, dit Lermontov à l'étudiant, ils ne pourront même pas le soulever. Ils n'ont pas de force dans les bras. Ils n'ont aucune idée de ce que c'est, la vie. On porte un poète. Quel titre magnifique. Tu comprends. En ce moment, j'écris deux recueils de vers. Deux recueils tout à fait différents. L'un est dans une forme rigoureusement classique, avec des rimes et un rythme précis. Et l'autre est en vers libres. Ça va s'appeler "Comptes rendus". Le dernier poème du recueil sera intitulé On porte un poète. Et ce sera un poème dur. Mais *honnête. Honnête.* »

C'était le troisième mot de Lermontov prononcé en italique. Ce mot exprimait le contraire de tout ce qui n'est qu'ornement et jeu de l'esprit. Il exprimait le contraire des rêveries de Pétrarque et des farces de Boccace. Il exprimait le pathétique du travail ouvrier et une foi passionnée en la susdite déesse Rudesse de la vie.

Verlaine, soûlé par l'air nocturne, se campa au milieu du trottoir, il regarda les étoiles et il chanta. Iessénine s'assit, adossé au mur de l'immeuble, et il s'endormit. Voltaire continua de gesticuler au milieu de la chaussée et il réussit enfin à arrêter un taxi. Ensuite, avec l'aide de Boccace, il installa Goethe sur le siège arrière. Il cria à Pétrarque de s'asseoir à côté du chauffeur, parce que Pétrarque était le seul à pouvoir tant bien que mal amadouer Mme Goethe. Mais Pétrarque se défendit frénétiquement :

« Pourquoi moi ! Pourquoi moi ! J'ai peur, moi !

— Tu le vois, dit Lermontov à l'étudiant. Quand il faut aider un ami, il se dérobe. Personne n'est capable de parler à la mère Goethe. » Puis, se penchant à l'intérieur de la voiture, où Goethe, Boccace et Voltaire étaient affreusement entassés sur la banquette arrière : « Les mecs, dit-il, je viens avec vous. Je me charge de la vieille. » Et il s'installa sur le siège libre, à côté du chauffeur.

PÉTRARQUE CONDAMNE LE RIRE DE BOCCACE

Le taxi chargé de poètes disparut et l'étudiant se souvint qu'il était grand temps d'aller rejoindre Mme Christine.

« Il faut que je rentre », dit-il à Pétrarque.

Pétrarque acquiesça, lui prit le bras et s'engagea dans la direction opposée à celle où logeait l'étudiant.

« Vous savez, lui dit-il, vous êtes un garçon sensible. Vous êtes le seul qui ait été capable d'écouter ce que disaient les autres. »

L'étudiant enchaîna : « Cette fille se dressait au milieu de la pièce, comme Jeanne d'Arc avec sa lance, je pourrais tout vous répéter, exactement avec les mêmes mots que vous.

— D'ailleurs, ces ivrognes ne m'ont même pas écouté jusqu'au bout ! S'intéressent-ils à autre chose qu'à eux-mêmes ?

— Ou bien, quand vous avez dit que votre femme avait peur que cette fille veuille vous tuer, alors vous vous êtes approché d'elle et son regard s'est empli d'une paix céleste, c'était comme un petit miracle.

— Ah, mon ami, c'est vous le poète ! Vous et pas eux ! »

Pétrarque tenait l'étudiant par le bras et le conduisait vers sa lointaine banlieue.

« Et comment l'histoire s'est-elle terminée ? demanda l'étudiant.

— Ma femme a eu pitié d'elle et l'a laissée passer la nuit chez nous. Mais, figurez-vous ! Ma belle-mère couche dans une espèce de débarras derrière la cuisine et elle se lève très tôt. Quand elle a vu que tous les carreaux étaient cassés, elle est vite allée chercher les vitriers qui travaillaient par hasard dans la maison d'à côté, et toutes les vitres étaient de nouveau en place quand nous nous sommes réveillés. Il ne restait pas trace des événements de la veille. J'avais l'impression d'avoir rêvé.

— Et la jeune fille ? demanda l'étudiant.

— Elle aussi, elle est sortie sans bruit de l'appartement au petit matin. »

À ce moment, Pétrarque s'arrêta au milieu de la rue et regarda l'étudiant avec une expression presque sévère : « Vous savez, mon ami, ça me ferait beaucoup de peine si vous interprétiez mon récit comme une de ces anecdotes de Boccace qui s'achèvent dans un lit. Il faut que vous le sachiez : Boccace est un con. Boccace ne comprendra jamais personne, parce que comprendre c'est se confondre et s'identifier. C'est ça le mystère de la poésie. Nous nous consumons dans la femme aimée, nous nous consumons dans l'idée à laquelle nous croyons, nous brûlons dans le paysage qui nous émeut. »

L'étudiant écoutait Pétrarque avec ferveur et il avait devant les yeux l'image de sa Christine, sur le charme de laquelle il avait eu des doutes quelques heures plus tôt. Il avait honte de ces doutes à présent, parce qu'ils appartenaient à la moitié la moins bonne (boccacienne) de son être ; ils n'étaient pas nés de sa force, mais de sa faiblesse : ils étaient la preuve qu'il n'osait pas entrer dans l'amour entièrement, de tout son être, la preuve qu'il avait peur de se consumer dans la femme aimée.

« L'amour est la poésie, la poésie est l'amour », dit Pétrarque, et l'étudiant se promit d'aimer Christine d'un amour ardent et grandiose. Il y a peu de temps, Goethe avait revêtu Christine d'un manteau royal et c'était maintenant Pétrarque qui répandait le feu dans le cœur de l'étudiant. La nuit qui l'attendait serait bénie par deux poètes.

« Par contre, le rire, poursuivit Pétrarque, est une explosion qui nous arrache au monde et nous rejette dans notre froide solitude. La plaisanterie est une barrière entre l'homme et le monde. La plaisanterie est l'ennemi de l'amour et de la poésie. C'est pourquoi je vous le dis encore une fois et je veux que vous vous en souveniez bien : Boccace ne comprend pas l'amour. L'amour ne peut pas être risible. L'amour n'a rien de commun avec le rire.

— Oui », acquiesça l'étudiant avec enthousiasme. Le monde lui apparut divisé en deux moitiés dont l'une est celle de l'amour et l'autre celle de la plaisanterie, et il sut qu'en ce qui le concernait il appartenait et appartiendrait à l'armée de Pétrarque.

LES ANGES VOLENT AU-DESSUS DE LA COUCHE DE L'ÉTUDIANT

Elle n'arpentait pas nerveusement la mansarde, elle n'était pas en colère, elle ne boudait pas, elle ne languissait pas à la fenêtre ouverte. Elle était couchée en chemise de nuit, pelotonnée sous la couverture. Il la réveilla d'un baiser sur les lèvres et pour devancer les reproches il lui raconta avec une volubilité forcée l'incroyable soirée où il avait été témoin d'un dramatique affrontement entre Boccace et Pétrarque cependant que Lermontov insultait tous les autres poètes. Elle ne s'intéressa pas à ses explications et l'interrompit avec méfiance :

« Je parie que tu as oublié le livre. »

Quand il lui tendit le livre de vers où Goethe avait inscrit une longue dédicace, elle ne put en croire ses yeux. Elle relut plusieurs fois de suite ces phrases invraisemblables qui semblaient incarner toute son aventure pareillement invraisemblable avec l'étudiant, tout son dernier été, les promenades clandestines sur des chemins forestiers inconnus, toute cette délicatesse et toute cette tendresse que l'on croirait étrangères à sa vie.

Entre-temps, l'étudiant se déshabilla et s'allongea. Elle le prit fermement dans ses bras. C'était une étreinte comme il n'en avait encore jamais connu. Une étreinte sincère, vigoureuse, ardente, maternelle, fraternelle, amicale et passionnée. Pendant la soirée, Lermontov avait plusieurs fois utilisé le mot *honnête* et l'étudiant se dit que l'étreinte de Christine méritait bien cette appellation synthétique qui contenait en elle toute une cohorte d'adjectifs.

L'étudiant sentait que son corps était dans une remarquable disposition pour l'amour. Dans une disposition si certaine, dure et durable, qu'il se refusait à toute précipitation et ne faisait que savourer les longues et douces minutes de cette étreinte immobile.

Elle plongeait une langue sensuelle dans sa bouche et l'instant d'après elle le baisait le plus fraternellement du monde sur tout le visage. Du bout de la langue il palpait sa dent en or, en haut à gauche, en se souvenant de ce que lui avait dit Goethe : Christine n'est pas née d'une machine cybernétique, mais d'un corps humain ! C'est la femme qu'il faut à un poète ! Il avait envie de hurler de joie. Et dans son esprit retentissaient les paroles de Pétrarque qui lui avait dit que l'amour est la poésie et que la poésie est l'amour et que comprendre c'est se confondre avec l'autre et brûler en lui. (Oui, les trois poètes sont tous ici avec lui, ils volent au-dessus de sa couche comme les anges, se réjouissent, chantent et le bénissent !) L'étudiant débordait d'un immense enthousiasme et décida qu'il était grand temps de transformer l'honnêteté lermontovienne de l'étreinte immobile en une réelle œuvre d'amour. Il se renversa sur le corps de Christine et tenta de lui ouvrir les jambes avec son genou.

Mais quoi ? Christine résiste ! Elle serre les jambes avec la même obstination que cet été pendant leurs promenades dans les bois !

Il aurait voulu lui demander pourquoi elle lui résistait, mais il ne pouvait pas parler. Mme Christine était si timide, si délicate qu'en sa présence les choses de l'amour perdaient leurs noms. Il n'osait parler que le langage du souffle et du toucher. Qu'avaient-ils à faire de la pesanteur des mots ? Est-ce qu'il ne brûlait pas en elle ? Ils flambaient tous deux de la même flamme ! Donc, dans un silence obstiné, il renouvelait ses tentatives pour forcer avec son genou les cuisses solidement fermées de Christine.

Elle aussi, elle se taisait. Elle aussi, elle craignait de parler et voulait tout exprimer par des baisers et des caresses. Mais à la vingt-cinquième tentative qu'il fit pour lui ouvrir les cuisses : « Non, je t'en prie, non, dit-elle. J'en mourrais.

— Comment ?

— J'en mourrais. C'est vrai. J'en mourrais », répéta Mme Christine, et de nouveau elle lui plongea la langue dans la bouche, profondément, tout en serrant très fort les cuisses.

L'étudiant éprouvait un désespoir teinté de béatitude. Il désirait frénétiquement faire l'amour avec elle et en même temps il aurait voulu pleurer de joie. Christine l'aimait comme personne ne l'avait aimé. Elle l'aimait à en mourir, elle l'aimait au point d'avoir peur de faire l'amour avec lui parce que, si elle faisait l'amour avec lui, elle ne pourrait plus jamais vivre sans lui et elle mourrait de chagrin et de désir. Il fut heureux, il fut follement heureux parce qu'il atteignit, brusquement, inopinément et sans avoir rien fait pour le mériter, ce qu'il désirait depuis toujours, cet amour infini auprès duquel tout le globe terrestre avec tous ses continents et toutes ses mers n'est rien.

« Je te comprends ! Je mourrai avec toi ! » disait-il dans un murmure, et en même temps il la caressait et l'embrassait et pour un peu il aurait pleuré d'amour. Pourtant, ce grand attendrissement n'étouffa pas le désir physique qui devint douloureux et presque intolérable. Il fit encore quelques tentatives pour enfoncer un genou comme un levier entre les cuisses de Christine et s'ouvrir ainsi le chemin de son sexe qui fut subitement pour lui plus mystérieux que le Saint-Graal.

« Non, toi, il ne t'arrivera rien. C'est *moi* qui en mourrais ! » dit Christine.

Il imagina une volupté infinie, une volupté à en mourir, et il répéta encore une fois : « Nous mourrons ensemble ! Nous mourrons ensemble ! » Il continua de pousser son genou entre ses cuisses, mais toujours en vain.

Ils n'avaient plus rien à se dire. Ils se pressaient l'un contre l'autre. Christine hochait la tête et il lança encore plusieurs assauts contre la forteresse de ses cuisses avant de renoncer enfin. Il s'allongea à côté d'elle sur le dos, résigné. Elle le saisit par le sceptre de son amour qui se dressait en son honneur et qu'elle serrait avec toute sa splendide honnêteté : sincèrement, vigoureusement, ardemment, fraternellement, maternellement, amicalement et passionnément.

Chez l'étudiant, la béatitude de l'homme qui est infiniment aimé se mêlait au désespoir du corps qui est repoussé. Et la femme du boucher le tenait toujours par son arme d'amour, sans songer à remplacer par quelques gestes simples l'acte charnel qu'il désirait, mais comme si elle tenait dans la main quelque chose de rare, quelque chose de précieux, quelque chose qu'elle ne voulait pas abîmer et qu'elle voulait longtemps, longtemps garder ainsi, érigé et dur.

Mais assez de cette nuit qui va se prolonger sans changement notable presque jusqu'au matin.

LA LUMIÈRE SALE DU MATIN

Comme ils s'étaient endormis très tard, ils ne se réveillèrent guère avant midi et ils avaient tous les deux mal à la tête. Il ne leur restait pas beaucoup de temps, car Christine allait bientôt prendre son train. Ils étaient taciturnes. Christine rangea dans son sac de voyage sa chemise de nuit et le livre de Goethe et la voici de nouveau juchée sur ses escarpins ridiculement noirs et avec son collier incongru autour du cou.

Comme si la lumière sale du matin avait brisé le sceau du silence, comme si après une nuit de poésie était venue une journée de prose, Mme Christine dit à l'étudiant, le plus simplement du monde : « Tu sais, il ne faut pas m'en vouloir, c'est vrai que je pourrais en mourir. Le docteur m'a dit après mon premier accouchement qu'il ne fallait plus jamais que je sois enceinte. »

L'étudiant la regarda avec une expression de désespoir : « Comme si tu pouvais tomber enceinte avec moi ! Pour qui me prends-tu ?

— C'est ce que disent tous les hommes. Ils sont toujours très sûrs d'eux. Je sais ce qui est arrivé à mes amies. Les jeunes gars comme toi sont terriblement dangereux. Et quand ça arrive, il n'y a rien à faire. »

D'une voix désespérée, il lui expliqua qu'il n'était pas un blanc-bec sans expérience et qu'il ne lui aurait jamais fait un enfant. « Tu ne vas tout de même pas me comparer aux copains de tes amies !

— Je sais », dit-elle avec conviction et presque en manière d'excuse. L'étudiant n'avait pas besoin de chercher à la convaincre davantage. Elle le crut. Ce n'était pas un paysan et il connaissait sans doute mieux les choses de l'amour que tous les garagistes du monde. Elle avait sans doute eu tort de lui résister cette nuit. Mais elle ne le regrettait pas. Une nuit d'amour accompagnée d'une brève étreinte (dans l'esprit de Christine l'amour physique ne peut être que bref et hâtif) lui laissait toujours l'impression d'une chose belle mais en même temps dangereuse et perfide. Ce qu'elle avait vécu avec l'étudiant était infiniment meilleur.

Il l'avait accompagnée à la gare et elle se réjouissait déjà à l'idée de s'asseoir dans son compartiment et de se souvenir. Elle se répétait en pensée, avec le sens pratique des femmes simples, qu'elle avait vécu quelque chose que *personne ne pourra lui prendre* : elle avait passé une nuit avec un jeune homme qui lui avait toujours semblé irréel, insaisissable et lointain, et elle l'avait tenu pendant toute une nuit par son membre dressé. Oui, pendant toute une nuit ! C'est une chose qui ne lui était jamais arrivée ! Peut-être qu'elle ne le reverrait pas, mais elle n'avait jamais pensé qu'elle pourrait le voir toujours. Elle était heureuse à l'idée qu'elle allait garder de lui quelque chose de durable : le livre de Goethe et l'incroyable dédicace qui pourrait la convaincre à tout moment que son aventure n'était pas un songe.

L'étudiant, lui, fut désespéré. Il aurait suffi cette nuit d'une seule phrase sensée ! Il aurait suffi d'appeler les choses par leur vrai nom et il pouvait l'avoir ! Elle avait peur qu'il lui fasse un enfant, et lui, il croyait qu'elle redoutait l'infini de l'amour qu'elle lui portait ! Il plongea les yeux dans la profondeur insondable de sa bêtise et il eut envie de hurler de rire, d'un rire larmoyant et hystérique.

Il retournait de la gare vers son désert sans nuits d'amour, et la *litost* l'accompagnait.

NOUVELLES REMARQUES POUR UNE THÉORIE DE LA LITOST

Par deux exemples tirés de la vie de l'étudiant, j'ai expliqué les deux réactions élémentaires de l'homme face à sa propre *litost*. Si notre vis-à-vis est plus faible que nous, nous trouvons un prétexte pour lui faire du mal, comme l'étudiant a fait du mal à l'étudiante qui nageait trop vite.

Si notre vis-à-vis est le plus fort, il ne nous reste plus qu'à choisir une vengeance détournée, une gifle par ricochet, un meurtre par le biais du suicide. L'enfant fait une fausse note sur son violon jusqu'à ce que le professeur devienne fou et le jette par la fenêtre. Et l'enfant tombe et pendant sa chute il se réjouit à l'idée que le méchant prof sera accusé d'assassinat.

Ce sont là deux méthodes classiques, et si la première se rencontre couramment dans la vie des amants et des époux, ce qu'il est convenu d'appeler la grande Histoire de l'humanité offre d'innombrables exemples de l'autre procédé. Il est probable que tout ce que nos maîtres ont baptisé du nom d'héroïsme n'était que cette forme de *litost* que j'ai illustrée par l'anecdote de l'enfant et du professeur de violon. Les Perses conquièrent le Péloponnèse et les Spartiates accumulent les erreurs militaires. Et de même que l'enfant refuse de jouer juste, ils sont aveuglés, eux aussi, par des larmes de rage, ils refusent toute action raisonnable, ils ne sont capables ni de se battre mieux, ni de se rendre, ni de chercher le salut dans la fuite, et c'est par *litost* qu'ils se font tuer jusqu'au dernier.

L'idée me vient, dans ce contexte, que ce n'est nullement un hasard si la notion de *litost* a pris naissance en Bohême. L'histoire des Tchèques, cette histoire d'éternelles révoltes contre les plus forts, cette succession de glorieuses défaites qui mettaient en branle le cours de l'Histoire et conduisaient à sa perte le peuple même qui l'avait déclenchée, est l'histoire de la *litost*. Lorsqu'en août 1968 des milliers de chars russes ont occupé ce petit et merveilleux pays, j'ai vu écrite sur les murs d'une ville la devise : *Nous ne voulons pas de compromis, nous voulons la victoire !* Vous comprenez, à ce moment-là, il n'y avait le choix qu'entre plusieurs variantes de défaites, rien de plus, mais cette ville refusait le compromis et voulait la victoire ! C'était la *litost* qui parlait ! L'homme possédé par elle se venge par son propre anéantissement. L'enfant s'est écrasé sur le trottoir mais son âme immortelle va se réjouir éternellement parce que le professeur s'est pendu à l'espagnolette.

Mais comment l'étudiant peut-il faire du mal à Christine ? Avant qu'il ait le temps d'imaginer quoi que ce soit, elle est montée dans le train. Les théoriciens connaissent une situation de ce genre et affirment qu'on assiste alors à ce qu'ils appellent un *blocage de la litost*.

C'est ce qui peut arriver de pire. La *litost* de l'étudiant était comme une tumeur qui grossissait de minute en minute et il ne savait que faire avec elle. Comme il n'y avait personne sur qui il aurait pu se venger, il aspirait au moins à une consolation. C'est pourquoi il se souvint de Lermontov. Il se souvint de Lermontov que Goethe avait offensé, que Voltaire avait humilié et qui leur avait tenu tête à tous en leur criant son orgueil, comme si tous les poètes assis autour de la table n'étaient que des professeurs de violon et qu'il voulût les provoquer pour qu'ils le flanquent par la fenêtre.

L'étudiant désira Lermontov comme on désire un frère et il plongea la main dans sa poche. Ses doigts palpèrent une grande feuille de papier pliée. C'était une feuille arrachée à un cahier et on pouvait y lire : « *Je t'attends. Je t'aime. Christine. Minuit.* »

Il comprit. La veste qu'il portait était accrochée la veille à un cintre dans sa mansarde. Le message tardivement découvert ne fit que lui confirmer ce qu'il savait. Il avait manqué le corps de Christine à cause de sa propre bêtise. La *litost* l'emplissait à ras bord et ne trouvait pas par où s'échapper.

AU FOND DU DÉSESPOIR

Il était tard dans l'après-midi et il se dit que les poètes devaient être enfin debout après la beuverie de la nuit. Ils seraient peut-être au Club des gens de lettres. Il grimpa quatre à quatre au premier étage, traversa le vestiaire et tourna à droite dans le restaurant. Il n'était pas un habitué, il s'arrêta sur le seuil et regarda. Pétrarque et Lermontov étaient assis au fond de la salle avec deux types qu'il ne connaissait pas. Il y avait une table libre plus près ; il s'y assit. Personne ne le remarquait. Il avait même l'impression que Pétrarque et Lermontov l'avaient regardé une seconde d'un air absent et ne l'avaient pas reconnu. Il commanda un cognac au garçon ; dans sa tête résonnait douloureusement le texte infiniment triste et infiniment beau du message de Christine : « *Je t'attends. Je t'aime. Christine. Minuit.* »

Il était resté comme ça une vingtaine de minutes, à boire son cognac à petites gorgées. La vue de Pétrarque et de Lermontov, loin de le réconforter, ne lui apporta qu'une nouvelle tristesse. Il était abandonné de tous, abandonné de Christine et des poètes. Il était seul ici, n'ayant pour toute compagnie qu'une grande feuille de papier où il y avait écrit : « *Je t'attends. Je t'aime. Christine. Minuit.* » Il eut envie de se lever et de brandir ce papier au-dessus de sa tête, pour que tout le monde le voie, pour que tout le monde sache que lui, l'étudiant, était aimé, infiniment aimé.

Il appela le garçon pour payer. Ensuite, il alluma une cigarette. Il n'avait plus aucune envie de rester au club, mais il éprouvait un terrible dégoût à l'idée de retourner dans sa mansarde où aucune femme ne l'attendait. Il écrasa enfin sa cigarette dans le cendrier et, juste à ce moment, il remarqua que Pétrarque l'avait aperçu et lui faisait signe de la main depuis sa table. Mais c'était trop tard, la *litost* le chassait du club vers sa triste solitude. Il se leva et, au dernier moment, il sortit encore une fois de sa poche la feuille de papier où était inscrit le message d'amour de Christine. Cette feuille de papier ne lui procurait plus aucune joie. Mais s'il la laissait ici, posée sur la table, quelqu'un la remarquerait peut-être et saurait que l'étudiant était infiniment aimé.

Il se dirigeait vers la sortie pour s'en aller.

UNE GLOIRE INOPINÉE

« Mon ami ! » L'étudiant entendit une voix et se retourna. C'était Pétrarque qui lui faisait signe et s'approchait de lui : « Vous partez déjà ? » Il s'excusait de ne pas l'avoir reconnu tout de suite. « Quand je bois, je suis complètement abruti le lendemain. »

L'étudiant expliquait qu'il ne voulait pas déranger Pétrarque car il ne connaissait pas les messieurs avec qui il se trouvait.

« Ce sont des idiots », dit Pétrarque à l'étudiant et il alla s'asseoir avec lui à la table que l'étudiant venait de quitter. L'étudiant regardait avec des yeux angoissés la grande feuille de papier négligemment posée sur la table. Si seulement c'était un petit bout de papier discret, mais cette grande feuille semblait démasquer à grands cris l'intention maladroitement transparente de celui qui l'avait oubliée là.

Pétrarque, ses yeux noirs roulant dans son visage avec curiosité, remarqua aussitôt la feuille et l'examina : « Qu'est-ce que c'est ? Ah ! mon ami, c'est à vous ! »

Maladroitement, l'étudiant tentait de feindre l'embarras d'un homme qui avait laissé traîner par erreur une communication confidentielle et essayait d'arracher le papier des mains de Pétrarque.

Mais celui-ci était déjà en train de lire à haute voix : « Je t'attends. Je t'aime. Christine. Minuit. »

Il regarda l'étudiant dans les yeux puis demanda : « Quand ça, minuit ? J'espère que ce n'était pas hier ! »

L'étudiant baissa les yeux : « Si », dit-il, et il n'essayait plus de reprendre le papier des mains de Pétrarque.

Mais pendant ce temps, Lermontov s'approcha de leur table sur ses pattes courtaudes. Il tendit la main à l'étudiant : « Je suis content de vous voir. Ces gens-là, dit-il, en désignant la table qu'il venait de quitter, sont de redoutables crétins. » Et il s'assit.

Pétrarque lut immédiatement à Lermontov le texte du message de Christine, il le lut plusieurs fois de suite, d'une voix sonore et mélodieuse comme si c'étaient des vers.

Ce qui me donne à penser que lorsqu'on ne peut ni flanquer une gifle à une fille qui nage trop vite ni se faire tuer par les Perses, lorsqu'il n'y a plus moyen d'échapper à la *litost*, alors la grâce de la poésie vole à notre secours.

Qu'est-il resté de cette histoire bel et bien ratée ? Rien que la poésie. Inscrits dans le livre de Goethe, des mots que Christine emporte avec elle, et sur une feuille de papier ligné, des mots qui ont paré l'étudiant d'une gloire inopinée.

« Mon ami, dit Pétrarque en saisissant l'étudiant par le bras, avouez que vous écrivez des vers, avouez que vous êtes poète ! »

L'étudiant baissa les yeux et avoua que Pétrarque ne se trompait pas.

ET LERMONTOV RESTE SEUL

C'est Lermontov que l'étudiant est venu voir au Club des gens de lettres, mais à partir de ce moment il est perdu pour Lermontov et Lermontov est perdu pour lui. Lermontov déteste les amants heureux. Il fronce les sourcils et parle avec dédain de la poésie des sentiments douceâtres et des grands mots. Il dit qu'un poème doit être honnête comme un objet façonné par la main de l'ouvrier. Il se renfrogne et il est désagréable avec Pétrarque et avec l'étudiant. Nous savons bien de quoi il s'agit. Goethe aussi le savait. C'est à force de ne pas baiser. Une épouvantable *litost* de ne pas baiser.

Qui pourrait mieux le comprendre que l'étudiant ? Mais cet incorrigible imbécile ne voit que le visage sombre de Lermontov, il n'entend que ses paroles méchantes et il en est offensé.

Moi, en France, je les regarde de loin, du haut de ma tour. Pétrarque et l'étudiant se lèvent. Ils prennent froidement congé de Lermontov. Et Lermontov reste seul.

Mon cher Lermontov, le génie de cette douleur qu'on appelle dans ma triste Bohême *litost.*

Sixième partie
LES ANGES

1

En février 1948, le dirigeant communiste Klement Gottwald se mit au balcon d'un palais baroque de Prague pour haranguer les centaines de milliers de citoyens massés sur la place de la Vieille-Ville. Ce fut un grand tournant dans l'histoire de la Bohême. Il neigeait, il faisait froid et Gottwald était nu-tête. Clementis, plein de sollicitude, a enlevé sa toque de fourrure et l'a posée sur la tête de Gottwald.

Ni Gottwald ni Clementis ne savaient que Franz Kafka avait emprunté chaque jour pendant huit ans l'escalier par lequel ils venaient de monter au balcon historique, car sous l'Autriche-Hongrie ce palais abritait un lycée allemand. Ils ne savaient pas non plus qu'au rez-de-chaussée du même édifice, le père de Franz, Hermann Kafka, avait une boutique dont l'enseigne montrait un choucas peint à côté de son nom, parce qu'en tchèque kafka signifie choucas.

Si Gottwald, Clementis et tous les autres ignoraient tout de Kafka, Kafka connaissait leur ignorance. Prague, dans son roman, est une ville sans mémoire. Cette ville-là a même oublié comment elle se nomme. Personne là-bas ne se rappelle et ne se remémore rien, même Joseph K. semble ne rien savoir de sa vie d'avant. Nulle chanson là-bas ne se peut entendre pour nous évoquer l'instant de sa naissance et rattacher ainsi le présent au passé.

Le temps du roman de Kafka est le temps d'une humanité qui a perdu la continuité avec l'humanité, d'une humanité qui ne sait plus rien et ne se rappelle plus rien et habite dans des villes qui n'ont pas de nom et dont les rues sont des rues sans nom ou portent un autre nom qu'hier, car le nom est une continuité avec le passé et les gens qui n'ont pas de passé sont des gens sans nom.

Prague, comme disait Max Brod, est la ville du mal. Quand les jésuites, après la défaite de la Réforme tchèque en 1621, tentèrent de rééduquer le peuple en lui inculquant la vraie foi catholique, ils submergèrent Prague sous la splendeur des cathédrales baroques. Ces milliers de saints pétrifiés qui vous regardent de toutes parts, et vous menacent, vous épient, vous hypnotisent, c'est l'armée frénétique des occupants qui a envahi la Bohême il y a trois cent cinquante ans pour arracher de l'âme du peuple sa foi et sa langue.

La rue où est née Tamina s'appelait rue Schwerinova. C'était pendant la guerre et Prague était occupée par les Allemands. Son père est né avenue Tchernokostelecka — avenue de l'Église noire. C'était sous l'Autriche-Hongrie. Sa mère s'est installée chez son père avenue du Maréchal-Foch. C'était après la guerre de 14-18. Tamina a passé son enfance avenue Staline et c'est avenue de Vinohrady que son mari est venu la chercher pour la conduire à son nouveau foyer. Pourtant, c'était toujours la même rue, on lui changeait seulement le nom, sans cesse, on lui lavait le cerveau pour l'abêtir.

Dans les rues qui ne savent pas comment elles se nomment rôdent les spectres des monuments renversés. Renversés par la Réforme tchèque, renversés par la Contre-Réforme autrichienne, renversés par la République tchécoslovaque, renversés par les communistes ; même les statues de Staline ont été renversées. À la place de tous ces monuments détruits des statues de Lénine poussent aujourd'hui dans toute la Bohême par milliers, elles poussent là-bas comme l'herbe sur les ruines, comme les fleurs mélancoliques de l'oubli.

2

Si Franz Kafka est le prophète d'un monde sans mémoire, Gustav Husak en est le bâtisseur. Après T. G. Masaryk, qu'on appelait le *président libérateur* (tous ses monuments sans exception ont été détruits), après Benes, Gottwald, Zapotocky, Novotny et Svoboda, c'est le septième président de mon pays, et on l'appelle le *président de l'oubli.*

Les Russes l'ont installé au pouvoir en 1969. Depuis 1621, l'histoire du peuple tchèque n'a pas connu pareil massacre de la culture et des intellectuels. On s'imagine partout que Husak ne fait que persécuter ses adversaires politiques. Mais la lutte contre l'opposition politique n'a été plutôt pour les Russes que l'occasion rêvée d'entreprendre, par l'intermédiaire de leur lieutenant, quelque chose de beaucoup plus fondamental.

J'estime qu'il est très significatif, de ce point de vue, que Husak ait fait chasser des universités et des instituts scientifiques cent quarante-cinq historiens tchèques. (On dit que pour chaque historien, mystérieusement comme dans un conte de fées, un nouveau monument de Lénine a poussé quelque part en Bohême.) En 1971, l'un de ces historiens, Milan Hübl, avec ses lunettes aux verres extraordinairement épais, était dans mon studio de la rue Bartolomejska. Nous regardions par la fenêtre pointer les tours du Hradchine et nous étions tristes.

« Pour liquider les peuples, disait Hübl, on commence par leur enlever la mémoire. On détruit leurs livres, leur culture, leur histoire. Et quelqu'un d'autre leur écrit d'autres livres, leur donne une autre culture et leur invente une autre Histoire. Ensuite, le peuple commence lentement à oublier ce qu'il est et ce qu'il était. Le monde autour de lui l'oublie encore plus vite.

— Et la langue ?

— Pourquoi nous l'enlèverait-on ? Ce ne sera plus qu'un folklore qui mourra tôt ou tard de mort naturelle. »

Était-ce une hyperbole dictée par une trop grande tristesse ?

Ou bien, est-il vrai que le peuple ne pourra franchir vivant le désert de l'oubli organisé ?

Nul ne sait ce qui va se passer. Une chose, pourtant, est certaine. Dans les instants de clairvoyance le peuple tchèque peut voir de près devant lui l'image de sa mort. Ni comme une réalité ni comme un avenir inéluctable, mais quand même comme une possibilité tout à fait concrète. Sa mort est avec lui.

3

Six mois plus tard, Hübl a été arrêté et condamné à de longues années de prison. À ce moment-là mon père était mourant.

Pendant les dix dernières années de sa vie, il a perdu peu à peu l'usage de la parole. Au début, il ne lui manquait que quelques mots, ou à leur place il en disait d'autres qui leur ressemblaient, et aussitôt il se mettait à rire. Mais à la fin, il n'y avait que très peu de mots qu'il pouvait prononcer et, chaque fois qu'il essayait de préciser sa pensée, ça se terminait par la même phrase, l'une des dernières qui lui restaient : « C'est étrange. »

Il disait « c'est étrange », et il y avait dans ses yeux l'immense étonnement de tout savoir mais de ne rien pouvoir dire. Les choses avaient perdu leur nom et se confondaient en un unique être indifférencié. Et j'étais le seul, quand je lui parlais, à pouvoir faire un instant resurgir de cet infini sans mots le monde perdu des entités dénommées.

Sur son beau visage, ses vastes yeux bleus exprimaient la même sagesse qu'avant. Je l'emmenais souvent faire sa promenade. Nous faisions invariablement le tour du même pâté de maisons, papa n'avait pas la force d'aller plus loin. Il marchait mal, il faisait de tout petits pas et, dès qu'il était un peu fatigué, son corps commençait à pencher en avant et il perdait l'équilibre. Il fallait souvent nous arrêter pour qu'il se repose, le front contre un mur.

Pendant ces promenades nous discutions de musique. Tant que papa avait parlé normalement, je lui avais posé peu de questions. Et maintenant, je voulais rattraper le temps perdu. Donc nous parlions de musique, mais c'était une étrange conversation entre quelqu'un qui ne savait rien mais connaissait des mots en grand nombre et quelqu'un qui savait tout mais ne connaissait pas un seul mot.

Tout au long des dix années qu'a duré sa maladie, papa écrivait un gros livre sur les sonates de Beethoven. Il écrivait sans doute un peu mieux qu'il ne parlait, mais même en écrivant il avait de plus en plus de mal à trouver ses mots, et son texte devenait incompréhensible parce qu'il se composait de mots qui n'existent pas.

Un jour il m'a appelé dans sa chambre. Il avait ouvert sur le piano les variations de la sonate opus 111. Il m'a dit « regarde » en montrant la partition (il ne pouvait plus jouer du piano), il a répété « regarde » et il a encore réussi à dire après un long effort : « Maintenant je sais ! » et il essayait toujours de m'expliquer quelque chose d'important, mais son message se composait de mots tout à fait incompréhensibles et, voyant que je ne le comprenais pas, il m'a regardé avec surprise et il a dit : « C'est étrange. »

Évidemment, je sais de quoi il voulait parler, parce qu'il se posait cette question depuis longtemps. Les variations étaient la forme favorite de Beethoven vers la fin de sa vie. On pourrait croire, de prime abord, que c'est la forme la plus superficielle, un simple étalage de technique musicale, un travail qui convient mieux à une dentellière qu'à Beethoven. Et Beethoven (pour la première fois dans l'histoire de la musique) en a fait une forme souveraine, il y a inscrit ses plus belles méditations.

Oui, c'est une chose bien connue. Mais papa voulait savoir comment il faut la comprendre. Pourquoi justement des variations ? Quel sens se dissimule derrière ?

C'est pour cela qu'il m'avait appelé dans sa chambre et qu'il me montrait la partition en disant : « Maintenant je sais ! »

4

Le silence de mon père devant qui tous les mots se dérobaient, le silence de cent quarante-cinq historiens auxquels on interdit de se souvenir, ce silence innombrable qui retentit en Bohême constitue l'arrière-plan du tableau sur lequel je peins Tamina.

Elle continue de servir le café dans un bistrot d'une petite ville à l'ouest de l'Europe. Mais elle a perdu l'éclat de cette délicate sollicitude qui charmait autrefois les clients. Ça lui a passé, l'envie d'offrir aux gens son oreille.

Un jour que Bibi était revenue s'asseoir sur un tabouret du bar et que sa gamine se traînait par terre en braillant, Tamina, après avoir attendu un instant que la maman y mît bon ordre, perdit patience et dit : « Tu peux pas faire taire ta gosse ? »

Bibi prit la mouche et rétorqua : « Pourquoi tu détestes les enfants, hein ? »

On ne peut pas dire que Tamina détestait les enfants. Pourtant, la voix de Bibi trahissait une hostilité tout à fait inattendue qui n'échappait pas à Tamina. Sans qu'elle sût comment, elles cessèrent d'être amies.

Un jour, Tamina ne vint pas à son travail. Ça ne lui était encore jamais arrivé. La patronne monta chez elle pour voir ce qui se passait. Elle sonna à sa porte, mais personne n'ouvrit. Elle retourna le lendemain et, de nouveau, elle sonna sans résultat. Elle appela la police. On enfonça la porte, mais on ne trouva qu'un logement soigneusement rangé où il ne manquait rien et où il n'y avait rien de suspect.

Tamina ne revint pas les jours suivants. La police continua de s'occuper de l'affaire sans rien découvrir de nouveau. La disparition de Tamina fut classée parmi les affaires jamais réglées.

5

Le jour fatidique, un jeune gars en jeans vint s'asseoir au comptoir. À cette heure-là, Tamina était seule dans le café. Le jeune homme avait commandé un Coca et sirotait lentement le liquide. Il regardait Tamina et Tamina regardait dans le vide.

Au bout d'un moment, il dit : « Tamina. »

S'il croyait l'impressionner, c'était raté. Ce n'était pas bien difficile de découvrir son nom ; dans le quartier tous les clients le connaissaient.

« Je sais que vous êtes triste », poursuivit le jeune homme.

Tamina ne fut pas autrement séduite par cette remarque. Elle savait qu'il est bien des façons de conquérir une femme et que l'un des plus sûrs chemins vers sa chair passe par sa tristesse. Pourtant, elle regarda le jeune homme avec plus d'intérêt qu'un instant plus tôt.

Ils engagèrent la conversation. Ce qui intriguait Tamina, c'étaient ses questions. Pas leur contenu, mais le simple fait qu'il les lui posât. Mon Dieu ça faisait si longtemps qu'on ne lui avait rien demandé ! Elle avait l'impression que ça faisait une éternité ! Seul son mari lui posait sans arrêt des questions, parce que l'amour eſt une interrogation continuelle. Oui. Je ne connais pas de meilleure définition de l'amour.

(Mon ami Hübl me ferait observer que dans ce cas personne ne nous aime mieux que la police. C'eſt vrai. De même que tout *haut* a son symétrique en *bas*, l'intérêt de l'amour a pour négatif la curiosité de la police. On peut parfois confondre le bas et le haut, et je peux fort bien imaginer que des gens qui se sentent seuls souhaitent être conduits de temps à autre au commissariat pour y être interrogés et pouvoir parler d'eux.)

6

Le jeune homme la regarde dans les yeux, il l'écoute puis il lui dit que ce qu'elle appelle se souvenir eſt en réalité tout autre chose : Envoûtée, elle se regarde oublier.

Tamina approuve de la tête.

Et le jeune homme poursuit : Le regard triſte qu'elle jette en arrière n'eſt plus l'expression de sa fidélité à un mort. Le mort a disparu de son champ visuel et elle ne regarde que dans le vide.

Dans le vide ? Mais alors, qu'eſt-ce qui rend si lourd son regard ?

Il n'eſt pas lourd de souvenirs, explique le jeune homme, mais de remords. Tamina ne se pardonnera jamais d'avoir oublié.

« Et qu'eſt-ce qu'il faut que je fasse ? demande Tamina.

— Oublier votre oubli », dit le jeune homme.

Tamina sourit avec amertume : « Expliquez-moi comment il faut m'y prendre.

— N'avez-vous jamais eu envie de partir ?

— Si, avoue Tamina. J'ai une terrible envie de partir. Mais où ?

— Quelque part où les choses sont légères comme une brise. Où les choses ont perdu leur poids. Où il n'y a pas de remords.

— Oui, dit rêveusement Tamina. S'en aller quelque part où les choses ne pèsent rien. »

Et comme dans un conte, comme dans un rêve (mais oui, c'eſt un conte ! mais oui, c'eſt un rêve !), Tamina abandonne le comptoir derrière lequel elle a passé plusieurs années de sa vie et sort du café avec le jeune homme. Une voiture de sport rouge est stationnée contre le trottoir. Le jeune homme se met au volant et invite Tamina à monter à côté de lui.

7

Je comprends les reproches que se fait Tamina. Je m'en suis fait, moi aussi, quand papa est mort. Je ne pouvais pas me pardonner de lui avoir posé si peu de questions, de savoir si peu de chose sur lui, de m'être permis de le manquer. Et ce sont justement ces remords qui m'ont fait brusquement comprendre ce qu'il voulait sans doute me dire devant la partition ouverte de la sonate opus 111.

Je vais essayer de m'expliquer par une comparaison. La symphonie est une épopée musicale. On pourrait dire qu'elle ressemble à un voyage qui conduit, à travers l'infini du monde extérieur, d'une chose à une autre chose, de plus en plus loin. Les variations aussi sont un voyage. Mais ce voyage-là ne conduit pas à travers l'infini du monde extérieur. Vous connaissez certainement la pensée où Pascal dit que l'homme vit entre l'abîme de l'infiniment grand et l'abîme de l'infiniment petit. Le voyage des variations conduit au-dedans de cet *autre* infini, au-dedans de l'infinie diversité du monde intérieur qui se dissimule en toute chose.

Dans les variations, Beethoven a donc découvert un autre espace à explorer. Ses variations sont une nouvelle *invitation au voyage.*

La forme des variations est la forme où la concentration est portée à son maximum ; elle permet au compositeur de ne parler que de l'essentiel, d'aller droit au cœur des choses. La matière des variations est un thème qui n'a souvent pas plus de seize mesures. Beethoven va au-dedans de ces seize mesures comme s'il descendait dans un puits à l'intérieur de la terre.

Le voyage dans l'autre infini n'est pas moins aventureux que le voyage de l'épopée. C'est ainsi que le physicien pénètre dans les entrailles miraculeuses de l'atome. À chaque variation Beethoven s'éloigne de plus en plus du thème initial qui ne ressemble pas plus à la dernière variation que la fleur à son image sous le microscope.

L'homme sait qu'il ne peut embrasser l'univers avec ses

soleils et ses étoiles. Bien plus insupportable est pour lui d'être condamné à manquer l'autre infini, cet infini tout proche et à sa portée. Tamina a manqué l'infini de son amour, moi j'ai manqué papa et chacun manque son œuvre parce qu'à la poursuite de la perfection on va à l'intérieur de la chose, et là on ne peut jamais aller jusqu'au bout.

Que l'infini du monde extérieur nous ait échappé, nous l'acceptons comme une condition naturelle. Mais d'avoir manqué l'autre infini, nous nous le reprocherons jusqu'à la mort. Nous pensions à l'infini des étoiles, mais l'infini que le papa portait en lui, nous ne nous en souciions pas.

Il n'est pas surprenant qu'à l'âge de sa maturité les variations soient devenues la forme préférée de Beethoven qui savait fort bien (comme le sait Tamina et comme je le sais) qu'il n'est rien de plus intolérable que de manquer l'être que nous avons aimé, ces seize mesures et l'univers intérieur de leurs possibilités infinies.

8

Tout ce livre est un roman en forme de variations. Les différentes parties se suivent comme les différentes étapes d'un voyage qui conduit à l'intérieur d'un thème, à l'intérieur d'une pensée, à l'intérieur d'une seule et unique situation dont la compréhension se perd pour moi dans l'immensité.

C'est un roman sur Tamina et, à l'instant où Tamina sort de la scène, c'est un roman pour Tamina. Elle est le principal personnage et le principal auditeur et toutes les autres histoires sont une variation sur sa propre histoire et se rejoignent dans sa vie comme dans un miroir.

C'est un roman sur le rire et sur l'oubli, sur l'oubli et sur Prague, sur Prague et sur les anges. D'ailleurs, ce n'est pas du tout un hasard si le jeune homme qui est au volant s'appelle Raphaël.

Le paysage devenait de plus en plus désert, il y avait de moins en moins de verdure et de plus en plus d'ocre, de moins en moins d'herbe et d'arbres et de plus en plus de sable et de glaise. Puis la voiture quitta la route et s'engagea sur un étroit chemin qui finissait brusquement sur un talus escarpé. Le jeune homme stoppa la voiture. Ils descendirent. Ils étaient à l'extrémité du talus ; au-dessous, une dizaine de mètres plus bas, c'était la mince bordure d'une rive argileuse et, plus loin, une eau trouble, brunâtre s'étendait à perte de vue.

« Où sommes-nous ? » demanda Tamina, la gorge serrée. Elle voulait dire à Raphaël qu'elle avait envie de rentrer, mais elle n'osait pas : elle avait peur qu'il refuse et elle savait que ce refus accroîtrait encore son angoisse.

Ils étaient au bord du talus, devant eux il y avait l'eau et autour d'eux rien que de la glaise, de la glaise détrempée et sans herbe, comme si on extrayait l'argile par ici. Et vraiment, un peu plus loin, se dressait une drague abandonnée.

Ce paysage rappelait à Tamina le coin de Bohême où son mari avait eu son dernier emploi quand il avait trouvé, après avoir été chassé de son travail, une place de conducteur de bulldozer à une centaine de kilomètres de Prague. En semaine, il habitait là-bas dans une roulotte et il ne venait à Prague que le dimanche pour voir Tamina. Une fois, elle était allée le rejoindre et ils s'étaient promenés tous les deux dans un paysage très semblable à celui d'aujourd'hui : dans la terre glaise humide sans herbe et sans arbres, pressés d'en bas par de l'ocre et du jaune et d'en haut par de lourds nuages gris. Ils marchaient côte à côte, chaussés de bottes de caoutchouc qui enfonçaient dans la boue et glissaient. Ils étaient seuls au monde, pleins d'angoisse, d'amour et d'inquiétude désespérée l'un pour l'autre.

C'est le même désespoir qui venait de la pénétrer et elle se réjouit d'y retrouver soudain, comme par surprise, un fragment perdu de son passé. C'était un souvenir totalement perdu et c'était la première fois depuis tout ce temps qu'il lui revenait. Il fallait l'inscrire dans son cahier ! Elle saurait même l'année exacte !

Et elle avait envie de dire au jeune homme qu'elle voulait retourner. Non, il n'avait pas raison quand il disait que sa tristesse n'était qu'une forme sans contenu ! Non, non, son mari était toujours vivant dans cette tristesse, seulement il était perdu et elle devait aller à sa recherche ! À sa recherche dans le monde entier ! Oui, oui ! Elle le savait enfin ! Celui qui veut se souvenir ne doit pas rester au même endroit et attendre que les souvenirs viennent tout seuls jusqu'à lui ! Les souvenirs se sont dispersés dans le vaste monde et il faut voyager pour les retrouver et les faire sortir de leur abri !

Elle voulait dire cela au jeune homme et lui demander de

la reconduire. Mais à ce moment, d'en bas, du côté de l'eau, on entendit siffler.

9

Raphaël saisit Tamina par le bras. C'était une poigne énergique à laquelle il n'était pas question de se soustraire. Un étroit sentier glissant zigzaguait le long de la pente. Il y conduisit Tamina.

Un garçon d'une douzaine d'années attendait sur la rive où tout à l'heure il n'y avait pas la moindre trace de vie. Il tenait au bout d'une corde une barque qui se balançait légèrement au bord de l'eau et il souriait à Tamina.

Elle se tourna vers Raphaël. Il souriait aussi. Elle les regarda tour à tour, puis Raphaël éclata de rire, et de même le garçon. C'était un rire insolite, parce qu'il ne se passait rien de drôle, mais en même temps c'était un rire contagieux et plaisant : il l'invitait à oublier l'angoisse et lui promettait quelque chose de vague, peut-être la joie, peut-être la paix, si bien que Tamina, qui voulait échapper à son angoisse, se mit à rire docilement avec eux.

« Vous voyez, lui dit Raphaël, vous n'avez rien à craindre. »

Tamina monta dans la barque qui se mit à tanguer sous son poids. Elle s'assit sur le banc à l'arrière. Le banc était humide. Elle portait une robe d'été légère et elle sentit l'humidité sur ses fesses. Ce contact gluant sur sa peau réveilla son angoisse.

Le garçon poussa pour écarter la barque de la rive, il prit les rames et Tamina tourna la tête : Raphaël était sur le bord et les suivait des yeux. Il souriait et Tamina trouva quelque chose d'étrange à ce sourire. Oui ! Il souriait en hochant imperceptiblement la tête ! Il souriait et il hochait la tête de droite à gauche, d'un mouvement à peine perceptible.

10

Pourquoi Tamina ne demande-t-elle pas où elle va ?

Celui qui ne se soucie pas du but ne demande pas où il va !

Elle regardait le garçon qui était assis en face d'elle et qui ramait. Elle le trouvait chétif et ses rames trop lourdes.

« Tu ne veux pas que je te remplace ! » demanda-t-elle. Le gamin acquiesça volontiers et lâcha les rames.

Ils échangèrent leurs places. Il s'assit à l'arrière, regarda Tamina ramer et sortit un petit magnétophone qui était rangé sous son banc. Une musique rock se fit entendre, des guitares électriques, des paroles, et le garçon commença à se tortiller en mesure. Tamina le regardait avec répugnance : cet enfant se déhanchait avec des mouvements coquets d'adulte qu'elle trouvait obscènes.

Elle baissa les yeux pour ne pas le voir. À ce moment, le garçon mit le son plus fort et commença à chantonner. Au bout d'un instant, quand Tamina releva les yeux sur lui, il lui demanda : « Pourquoi tu chantes pas ?

— Je ne connais pas cette chanson.

— Comment ça, tu ne la connais pas ? C'est une chanson que tout le monde connaît. »

Il continuait de se tortiller sur son banc et Tamina se sentait fatiguée : « Tu ne veux pas me relayer un peu ?

— Rame ! » répliqua le garçon en riant.

Mais Tamina était vraiment fatiguée. Elle déposa les rames dans la barque pour se détendre : « On arrive bientôt ? »

Le garçon fit un geste devant lui. Tamina se retourna. La rive n'était plus bien loin. Elle offrait au regard un paysage différent de celui qu'ils venaient de quitter : elle était verdoyante, herbeuse, couverte d'arbres.

Au bout d'un instant, la barque toucha le fond. Une dizaine de gosses jouaient au ballon sur la rive et les regardaient avec curiosité. Tamina et le garçon descendirent. Le gamin attacha la barque à un pieu. De la rive sablonneuse partait une longue allée de platanes. Ils s'y engagèrent et, en dix minutes à peine, ils arrivèrent à une grande construction basse. Devant, il y avait de grands objets de couleur dont elle ne comprenait pas l'utilité, et plusieurs filets de volley-ball. Ils avaient quelque chose de curieux qui frappa Tamina. Oui, ils étaient tendus très bas.

Le garçon mit deux doigts dans la bouche et siffla.

11

Une fillette d'à peine neuf ans s'avança. Elle avait une charmante frimousse et le ventre coquettement bombé comme les vierges des tableaux gothiques. Elle regarda Tamina sans intérêt particulier, avec le regard d'une femme qui eſt consciente de sa beauté et veut la souligner par une oſtensible indifférence pour tout ce qui n'eſt pas elle.

La fillette ouvrit la porte du bâtiment aux murs blancs. Ils entrèrent directement (il n'y avait ni couloir ni entrée) dans une grande salle pleine de lits. Son regard fit le tour de la pièce, comme si elle comptait les lits, puis elle en montra un : « Tu coucheras ici. »

Tamina proteſta : « Comment ! Je vais coucher dans un dortoir ?

— Un enfant n'a pas besoin d'avoir sa chambre.

— Comment, un enfant ? Je ne suis pas un enfant !

— Ici, on eſt tous des enfants !

— Tout de même, il doit bien y avoir des adultes !

— Non, ici il n'y en a pas.

— Alors, qu'eſt-ce que je fais ici ? » s'écria Tamina.

La fillette ne remarquait pas sa nervosité. Elle se tourna vers la porte, puis elle s'arrêta sur le seuil : « Je t'ai mise chez les écureuils », dit-elle.

Tamina ne comprenait pas.

« Je t'ai mise chez les écureuils, répéta l'enfant sur le ton d'une inſtitutrice mécontente. On eſt tous classés dans des sections qui ont des noms d'animaux. »

Tamina refusait de discuter des écureuils. Elle voulait retourner. Elle demanda où était le garçon qui l'avait amenée ici.

La fillette fit semblant de ne pas entendre ce que disait Tamina et poursuivit ses explications.

« Ça ne m'intéresse pas ! criait Tamina. Je veux rentrer ! Où eſt ce garçon ?

— Ne crie pas ! » Aucun adulte ne pourrait être aussi hautain que cette belle enfant. « Je ne te comprends pas, reprit-elle en hochant la tête pour exprimer sa surprise : Pourquoi es-tu venue ici si tu veux repartir ?

— Je n'ai pas demandé à venir ici !

— Tamina, ne mens pas. On ne part pas pour un long voyage sans savoir où on va. Perds l'habitude de mentir. »

Tamina tourna le dos à la fillette et s'élança dans l'allée de platanes. Une fois sur la rive, elle chercha la barque que le garçon avait attachée à un piquet une heure plus tôt à peine. Mais il n'y avait pas de barque et pas de piquet non plus.

Elle se mit à courir pour inspecter la rive. La plage de sable se perdit bientôt dans un marécage qu'il fallait contourner de loin, et elle dut chercher un bon moment avant de retrouver l'eau. La rive tournait toujours dans la même direction et (sans trouver trace de la barque ou d'un ponton), elle revint au bout d'une heure à l'endroit où l'allée de platanes débouchait sur la plage. Elle comprit qu'elle était sur une île.

Elle remonta lentement l'allée jusqu'au dortoir. Là, une dizaine d'enfants, filles et garçons âgés de six à douze ans, se tenaient en cercle. Ils l'aperçurent et se mirent à crier : « Tamina, viens avec nous ! »

Ils ouvrirent le cercle pour lui faire place.

À ce moment-là, elle se souvint de Raphaël qui souriait en hochant la tête.

L'effroi lui serrait le cœur. Elle passa froidement devant les enfants, entra dans le dortoir et se tapit sur son lit.

12

Son mari était mort à l'hôpital. Elle allait le voir aussi souvent qu'elle pouvait, mais il était mort la nuit, seul. Le lendemain, quand elle était venue à l'hôpital et qu'elle avait trouvé le lit vide, le vieux monsieur qui était dans la même chambre lui avait dit : « Madame, vous devriez porter plainte ! C'est horrible comme ils traitent les morts ! » La peur était inscrite dans ses yeux, il savait que ce serait bientôt son tour de mourir. « Ils l'ont empoigné par les pieds et l'ont traîné par terre. Ils croyaient que je dormais. J'ai vu sa tête cogner sur le seuil de la porte. »

La mort a un double aspect : Elle est le non-être. Mais elle est aussi l'être, l'être atrocement matériel du cadavre.

Quand Tamina était très jeune, la mort ne lui apparaissait que sous sa première forme, sous l'aspect du néant, et la peur de la mort (d'ailleurs assez vague) c'était la peur de ne plus être. Cette peur-là avait diminué avec les années et elle avait presque disparu (l'idée qu'un jour elle ne verrait plus le ciel ou les arbres ne l'effrayait pas), mais en revanche elle pensait de plus en plus à l'autre aspect, à l'aspect matériel de la mort : elle s'épouvantait à la pensée de devenir un cadavre.

Être un cadavre, c'était l'outrage insupportable. Voici encore un instant on était un être humain protégé par la pudeur, par le sacré de la nudité et de l'intimité, et il suffit que vienne la seconde de la mort pour que notre corps soit soudain à la disposition de n'importe qui, pour qu'on puisse le dénuder, l'éventrer, scruter ses entrailles, se boucher le nez devant sa puanteur, le foutre à la glacière ou dans le feu. Quand elle avait voulu que son mari fût incinéré et ses cendres dispersées, c'était aussi pour ne pas être torturée toute sa vie à l'idée de ce que subissait ce corps bien-aimé.

Et quelques mois plus tard, quand elle avait pensé au suicide, elle avait décidé de se noyer loin en pleine mer pour que l'infamie de son corps défunt ne fût connue que des poissons, qui sont muets.

J'ai déjà parlé de la nouvelle de Thomas Mann : un jeune homme atteint d'une maladie mortelle prend le train et descend dans une ville inconnue. Dans sa chambre il y a une armoire et chaque nuit il en sort une femme nue, douloureusement belle, qui lui raconte longuement quelque chose de doucement triste, et cette femme et ce récit c'est la mort.

C'est la mort tendrement bleutée comme le non-être. Parce que le non-être est un vide infini et l'espace vide est bleu et il n'est rien de plus beau et de plus apaisant que le bleu. Ce n'est pas du tout un hasard si Novalis, poète de la mort, aimait le bleu et n'a jamais cherché que lui dans ses voyages. La douceur de la mort a une couleur bleue.

Seulement, si le non-être du jeune homme de Thomas Mann était si beau, qu'est-il advenu de son corps ? L'a-t-on traîné par les pieds pour franchir le seuil ? L'a-t-on éventré ? L'a-t-on jeté au trou ou dans le feu ?

Mann avait alors vingt-six ans et Novalis n'a jamais atteint la trentaine. J'ai plus, malheureusement, et contrairement à eux, je ne peux pas ne pas penser au corps. Car la mort n'est pas bleue et Tamina le sait comme je le sais. La mort est un labeur épouvantable. Mon père a agonisé des jours durant dans la fièvre et j'avais l'impression qu'il travaillait. Il était en nage et concentré tout entier sur son agonie, comme si la mort était au-dessus de ses forces. Il ne savait même plus que j'étais assis à côté de son lit, il ne pouvait même plus s'apercevoir de ma présence, le travail de la mort l'épuisait totalement, il était concentré comme sur son cheval le cavalier qui veut arriver à un but lointain et qui n'a plus qu'un ultime reste de force.

Oui, il galopait sur un cheval.

Où allait-il ?

Quelque part au loin pour cacher son corps.

Non, ce n'est pas un hasard si tous les poèmes sur la mort la représentent comme un voyage. Le jeune homme de Thomas Mann monte dans un train, Tamina dans une voiture de sport rouge. On éprouve un désir infini de partir pour cacher son corps. Mais ce voyage est vain. On galope sur un cheval, mais on se retrouve dans un lit et on vous cogne la tête sur le seuil d'une porte.

13

Pourquoi Tamina est-elle sur l'île des enfants ? Pourquoi est-ce justement là que je l'imagine ?

Je ne sais pas.

Peut-être parce que le jour où mon père agonisait, l'air était plein de joyeuses chansons chantées par des voix enfantines ?

Partout, à l'est de l'Elbe, les enfants font partie d'associations dites de pionniers. Ils portent un fichu rouge autour du cou, vont à des réunions comme les adultes et chantent quelquefois *L'Internationale*. Ils ont la bonne habitude de nouer de temps à autre un fichu rouge au cou d'un adulte éminent et de lui décerner le titre de pionnier d'honneur. Les adultes aiment ça et plus ils sont âgés plus ça leur fait plaisir de recevoir pour leur cercueil un fichu rouge offert par des mômes.

Ils en ont tous reçu un, Lénine l'a reçu, de même que Staline, Masturbov et Cholokhov, Ulbricht et Brejnev, et Husak aussi recevait le sien ce jour-là à l'occasion d'une grande fête organisée au Château de Prague.

La fièvre de papa avait un peu baissé. On était en mai et nous avions ouvert la fenêtre qui donnait sur le jardin. De la maison d'en face, à travers les branches en fleur des pommiers, nous parvenait la retransmission télévisée de la cérémonie. On entendait des chansons dans le registre aigu des voix enfantines.

Le médecin était dans la chambre. Il était penché sur papa qui ne pouvait plus prononcer un seul mot. Puis il s'est tourné vers moi et il a dit à voix haute : « Il n'est plus conscient. Son cerveau se décompose. » J'ai vu les grands yeux bleus de papa s'ouvrir encore plus grands.

Quand le médecin est sorti, j'étais horriblement embarrassé et je voulais vite dire quelque chose pour chasser cette phrase. J'ai montré la fenêtre : « Tu entends ? C'est marrant ! Aujourd'hui Husak est fait pionnier d'honneur ! »

Et papa s'est mis à rire. Il riait pour me montrer que son cerveau était vivant et que je pouvais continuer de lui parler et de plaisanter avec lui.

La voix de Husak nous parvenait à travers les pommiers : « Mes enfants ! Vous êtes l'avenir ! »

Et, au bout d'un instant : « Mes enfants, ne regardez jamais en arrière ! »

« Je vais fermer la fenêtre pour qu'on ne l'entende pas ! » J'ai adressé un clin d'œil à papa et il m'a regardé avec son sourire infiniment beau en faisant oui de la tête.

Quelques heures plus tard, la fièvre est remontée brusquement. Il a enfourché son cheval et il a galopé pendant plusieurs jours. Il ne m'a plus jamais revu.

14

Mais que peut-elle faire maintenant qu'elle est égarée parmi les enfants, que le passeur a disparu avec la barque et que, autour, il n'y a que l'infini de l'eau.

Elle va tenter de se battre.

Comme c'est triste : dans la petite ville à l'ouest de l'Europe elle ne luttait jamais pour réussir, faute d'ambition, et ici, parmi des enfants (dans le monde des choses sans poids) elle va se battre ?

Et comment veut-elle se battre ?

Le jour de son arrivée, quand elle avait refusé de jouer et qu'elle s'était réfugiée sur son lit comme dans un château fort imprenable, elle avait senti dans l'air l'hostilité naissante des enfants et en avait eu peur. Elle voulait la devancer. Elle avait décidé de gagner leur sympathie. Pour cela, il fallait s'identifier à eux, accepter leur langage. Elle participe donc volontairement à tous les jeux, met dans leurs entreprises ses idées et sa force physique, et les enfants sont bientôt conquis par son charme.

Si elle veut s'identifier à eux, elle doit renoncer à son intimité. Elle va avec eux à la salle de bains, quoique le premier jour elle ait refusé de les y accompagner parce qu'il lui répugnait de faire sa toilette sous leurs regards.

La salle de bains, une grande pièce carrelée, est le centre de la vie des enfants et de leurs pensées secrètes. D'un côté il y a les dix cuvettes des waters, de l'autre dix lavabos. Il y a toujours une équipe assise sur les waters avec la chemise retroussée, et une autre nue devant les lavabos. Ceux qui sont assis regardent ceux qui sont nus devant les lavabos et ceux qui sont devant les lavabos se retournent pour voir ceux qui sont sur les waters et toute la pièce est emplie d'une sensualité secrète qui éveille chez Tamina le vague souvenir d'une chose oubliée depuis longtemps.

Tamina est assise en chemise de nuit sur la cuvette d'un water et les tigres nus qui sont devant les lavabos n'ont d'yeux que pour elle. Puis c'est le gargouillement des chasses d'eau, les écureuils se lèvent des waters et retirent leurs longues chemises de nuit, les tigres quittent les lavabos pour le dortoir d'où arrivent les chats ; ils s'assoient sur les waters libérés et regardent la grande Tamina, avec son bas-ventre noir et ses gros seins, se laver devant les lavabos parmi les écureuils.

Elle n'a pas honte. Elle sent que sa sexualité d'adulte fait d'elle une reine qui domine ceux qui ont le bas-ventre glabre.

15

Il semble donc que le voyage dans l'île n'était pas une conspiration contre elle, comme elle l'avait cru la première fois qu'elle avait vu le dortoir avec son lit. Au contraire, elle se trouvait enfin là où elle désirait être : elle était retombée loin en arrière dans un temps où son mari n'existait pas, où il n'était ni dans le souvenir ni dans le désir, et où il n'y avait donc ni poids ni remords.

Sa pudeur avait toujours été très développée (la pudeur était l'ombre fidèle de l'amour), et voici qu'elle se montrait nue à des dizaines d'yeux étrangers. Au début c'était surprenant et désagréable, mais elle s'y était vite habituée, parce que sa nudité n'était pas impudique, elle perdait simplement sa signification pour devenir une nudité atone, muette et morte. Ce corps, dont chaque partie avait été marquée par l'histoire de leur amour, sombrait dans l'insignifiance et cette insignifiance était un soulagement et un repos.

Si la sensualité adulte était en train de disparaître, un monde fait d'autres excitations commençait lentement à émerger d'un passé lointain. Il lui revenait bien des souvenirs enfouis. Celui-ci par exemple (il n'est pas étonnant qu'elle l'ait oublié depuis longtemps parce que Tamina adulte devait le trouver insupportablement incongru et ridicule) : quand elle était en onzième à l'école communale, elle adorait sa jeune et jolie institutrice et elle avait rêvé pendant des mois entiers d'être avec elle aux waters.

À présent elle est sur la cuvette, elle sourit et ferme à demi les yeux. Elle s'imagine qu'elle est cette institutrice et que la fillette couverte de taches de rousseur qui est assise sur le water d'à côté et lui jette de biais des regards curieux, c'est la petite Tamina d'autrefois. Elle s'identifie aux yeux sensuels de la fillette aux joues tachées de son, si parfaitement qu'elle sent quelque part dans les profondeurs lointaines de sa mémoire frémir l'ancienne excitation à demi réveillée.

16

Grâce à Tamina les écureuils gagnaient à presque tous les jeux et ils décidèrent de la récompenser solennellement. C'est dans la salle de bains que les enfants exécutaient toutes leurs punitions et qu'ils se décernaient toutes leurs récompenses, et la récompense de Tamina c'était d'avoir tout le monde à son service ce soir-là : ce soir, elle n'aurait pas le droit de se toucher de ses propres mains, les écureuils feraient tout à sa place avec diligence en serviteurs totalement dévoués.

Ils se mirent donc à son service : ils commencèrent par l'essuyer soigneusement sur la cuvette du water, puis ils la soulevèrent, tirèrent la chasse d'eau, lui enlevèrent sa chemise, la poussèrent devant le lavabo et là ils voulurent tous lui laver la poitrine et le ventre et ils étaient tous avides de voir comment elle était faite entre les jambes et quelle impression ça faisait de la toucher là. Elle voulait parfois les repousser, mais c'était très difficile : elle ne pouvait pas être méchante avec des gosses, d'autant qu'ils jouaient le jeu avec un sérieux admirable et qu'ils affectaient de ne rien faire que la servir pour la récompenser.

Ils allèrent enfin la coucher pour la nuit sur son lit et là ils trouvèrent de nouveau mille prétextes charmants pour se presser contre elle et la caresser sur tout le corps. Il y en avait trop et elle ne distinguait pas à qui appartenaient cette main et cette bouche. Elle sentait des pressions sur tout son corps, là surtout où elle n'était pas faite comme eux. Elle ferma les yeux et elle crut sentir son corps se balancer, se balancer lentement, comme s'il était dans un berceau : elle éprouvait une paisible et singulière volupté.

Elle sentait que cette volupté lui faisait tressaillir les commissures des lèvres. Elle rouvrit les yeux et aperçut un visage enfantin qui épiait sa bouche et disait à un autre visage enfantin : « Regarde ! Regarde ! » Il y avait maintenant deux visages enfantins penchés sur elle pour observer avidement les commissures de ses lèvres qui tressaillaient, comme s'ils avaient regardé l'intérieur d'une montre démontée ou une mouche aux ailes arrachées.

Mais elle avait l'impression que ses yeux voyaient tout autre chose que ce que sentait son corps, comme s'il n'y avait pas eu de lien entre les enfants penchés sur elle et cette volupté, silencieuse, berceuse, qui l'envahissait. À nouveau, elle ferma les yeux pour jouir de son corps, car pour la première fois de sa vie son corps avait du plaisir sans la présence de l'âme qui n'imaginait rien, ne se rappelait rien et sortit sans bruit de la pièce.

17

Voici ce que papa me racontait quand j'avais cinq ans : chaque tonalité est une petite cour royale. Le pouvoir y est exercé par le roi (le premier degré) qui est flanqué de deux lieutenants (le cinquième et le quatrième degré). Ils ont à leurs ordres quatre autres dignitaires dont chacun entretient une relation spéciale avec le roi et ses lieutenants. En outre, la cour héberge cinq autres notes qu'on appelle chromatiques. Elles occupent certainement une place de premier plan dans d'autres tonalités, mais elles ne sont ici qu'en invitées.

Parce que chacune des douze notes a une position, un titre, une fonction propres, l'œuvre que nous entendons est plus qu'une masse sonore : elle développe devant nous une action. Parfois les événements sont terriblement embrouillés (par exemple comme chez Mahler ou plus encore chez Bartok ou Stravinski), les princes de plusieurs cours interviennent et tout à coup on ne sait plus quelle note est au service de quelle cour et si elle n'est pas au service de plusieurs rois. Mais même alors, l'auditeur le plus naïf peut encore deviner à grands traits de quoi il retourne. La musique, si compliquée qu'elle soit, parle toujours la même langue.

Cela, c'est ce que me disait papa et la suite est de moi : un jour un grand homme a constaté qu'en mille ans le langage de la musique s'était épuisé et ne pouvait plus que rabâcher continuellement les mêmes messages. Par un décret révolutionnaire il a aboli la hiérarchie des notes et les a rendues toutes égales. Il leur a imposé une discipline sévère pour éviter qu'aucune n'apparaisse plus souvent qu'une autre dans la partition et ne s'arroge ainsi les anciens privilèges féodaux. Les cours royales étaient abolies une fois pour toutes et remplacées par un empire unique fondé sur l'égalité appelée dodécaphonie.

La sonorité de la musique était peut-être encore plus intéressante qu'avant mais l'homme, habitué depuis un millénaire à suivre les tonalités dans leurs intrigues de cours royales, entendait un son et ne le comprenait pas. L'empire de la dodécaphonie n'a d'ailleurs pas tardé à disparaître. Après Schönberg est venu Varèse, et il a aboli, non seulement la tonalité mais la note même (la note de la voix humaine et des instruments de musique) en la remplaçant par une organisation raffinée de bruits qui est fascinante mais qui inaugure déjà l'histoire de quelque chose d'autre fondé sur d'autres principes et sur une autre langue.

Lorsque Milan Hübl développait dans mon studio praguois ses réflexions sur l'éventuelle disparition du peuple tchèque dans l'Empire russe, nous savions tous deux que cette idée, peut-être justifiée, nous dépassait, que nous parlions de *l'impensable*. L'homme, bien qu'il soit lui-même mortel, ne peut se représenter ni la fin de l'espace, ni la fin du temps, ni la fin de l'Histoire, ni la fin d'un peuple, il vit toujours dans un infini illusoire.

Ceux que fascine l'idée de progrès ne se doutent pas que toute marche en avant rend en même temps la fin plus proche et que de joyeux mots d'ordre comme *plus loin* et *en avant* nous font entendre la voix lascive de la mort qui nous incite à nous hâter.

(Si la fascination du mot *en avant* est devenue universelle, n'est-ce pas d'abord parce que la mort nous parle déjà de tout près ?)

À l'époque où Arnold Schönberg a fondé l'empire de la dodécaphonie, la musique était plus riche que jamais et ivre de sa liberté. L'idée que la fin pût être si proche n'effleurait personne. Nulle fatigue ! Nul crépuscule ! Schönberg était animé de l'esprit le plus juvénile de l'audace. D'avoir choisi la seule voie possible en avant l'emplissait d'un orgueil légitime. L'histoire de la musique s'est achevée dans l'épanouissement de l'audace et du désir.

18

S'il est vrai que l'histoire de la musique est finie, qu'est-il resté de la musique ? Le silence ?

Allons donc ! il y a de plus en plus de musique, des dizaines, des centaines de fois plus qu'il n'y en a jamais eu à ses époques les plus glorieuses. Elle sort des haut-parleurs accrochés aux murs des maisons, des épouvantables machines sonores installées dans les appartements et les restaurants, des petits transistors que les gens portent à la main dans les rues.

Schönberg est mort, Ellington est mort, mais la guitare est éternelle. L'harmonie stéréotypée, la mélodie banale et le rythme d'autant plus lancinant qu'il est plus monotone, voilà ce qui est resté de la musique, voilà l'éternité de la musique. Sur ces simples combinaisons de notes tout le monde peut fraterniser, car c'est l'être même qui crie en elles son jubilant *je suis là*. Il n'est pas d'accord plus bruyant et plus unanime que le simple accord avec l'être. Là-dessus les Arabes se rencontrent avec les Juifs et les Tchèques avec les Russes. Les corps s'agitent au rythme des notes, ivres de la conscience d'exister. C'est pourquoi aucune œuvre de Beethoven n'a été vécue avec aussi grande passion collective que les coups uniformément répétés sur les guitares.

À peu près un an avant la mort de papa, je faisais avec lui notre promenade habituelle autour du pâté de maisons, et des chansons nous parvenaient de partout. Plus les gens étaient tristes, plus les haut-parleurs jouaient pour eux. Ils invitaient le pays occupé à oublier l'amertume de l'Histoire et à s'abandonner à la joie de vivre. Papa s'est arrêté, il a levé les yeux vers l'appareil d'où provenait le bruit et j'ai senti qu'il voulait me confier quelque chose de très important. Il a fait un gros effort pour se concentrer, pour pouvoir exprimer sa pensée, puis il a dit lentement et avec peine : « La bêtise de la musique. »

Que voulait-il dire par là ? Voulait-il insulter la musique qui était la passion de sa vie ? Non, je crois qu'il voulait me dire qu'il existe un *état originel de la musique*, un état qui précède son histoire, un état d'avant la première interrogation, d'avant la première réflexion, d'avant le premier jeu avec un motif et un thème. Dans cet état premier de la musique (la musique sans la pensée) se reflète la bêtise consubstantielle à l'être humain. Pour que la musique s'élève au-dessus de cette bêtise originelle, il a fallu l'immense effort de l'esprit et du cœur, et ce fut une courbe splendide qui a surplombé des siècles d'histoire européenne et s'est éteinte au sommet de sa trajectoire comme la fusée d'un feu d'artifice.

L'histoire de la musique est mortelle, mais la bêtise des guitares est éternelle. Aujourd'hui la musique est retournée à son état initial. C'est l'état d'après la dernière interrogation, d'après la dernière réflexion, l'état d'après l'histoire.

En 1972, quand Karel Klos, chanteur tchèque de musique pop, partit à l'étranger, Husak eut peur. Il lui écrivit aussitôt à Francfort une lettre personnelle, dont je cite un passage littéralement sans rien inventer : « *Cher Karel, nous ne vous en voulons pas. Revenez, je vous en prie, pour vous nous ferons tout ce que vous souhaiterez. Nous vous aiderons, vous nous aiderez…* »

Réfléchissez un instant à ceci : Husak, sans sourciller, a laissé émigrer des médecins, des savants, des astronomes, des sportifs, des metteurs en scène, des cameramen, des ouvriers, des ingénieurs, des architectes, des historiens, des journalistes, des écrivains, des peintres, mais il ne pouvait pas supporter l'idée que Karel Klos quitte le pays. Parce que Karel Klos représentait la musique sans mémoire, cette musique où sont à jamais ensevelis les os de Beethoven et d'Ellington, les cendres de Palestrina et de Schönberg.

Le Président de l'oubli et l'idiot de la musique faisaient la paire. Ils travaillaient à la même œuvre. « *Nous vous aiderons, vous nous aiderez.* » Ils ne pouvaient pas se passer l'un de l'autre.

19

Mais parfois dans la tour où règne la sagesse de la musique, le rythme monotone du cri sans âme qui nous parvient du dehors et où tous les hommes sont frères nous donne la nostalgie. Il est périlleux de passer tout son temps avec Beethoven comme sont dangereuses toutes les positions privilégiées.

Tamina avait toujours eu un peu honte d'avouer qu'elle était heureuse avec son mari. Elle avait peur de donner ainsi aux autres une raison de la détester.

Aujourd'hui, elle est partagée entre un double sentiment : L'amour est un privilège et tous les privilèges sont immérités et il faut les payer. C'est donc pour sa punition qu'elle est dans l'île des enfants.

Mais ce sentiment cède aussitôt la place à un autre : Le privilège de l'amour n'était pas qu'un paradis, c'était aussi un enfer. La vie dans l'amour se déroulait dans une tension perpétuelle, dans la peur et sans repos. Elle est ici parmi les enfants pour y trouver enfin comme récompense le calme et la sérénité.

Jusqu'ici, sa sexualité avait été occupée par l'amour (je dis occupée parce que le sexe n'est pas l'amour, ce n'est qu'un territoire que l'amour s'approprie), elle participait donc à quelque chose de dramatique, de responsable, de grave. Ici, parmi les enfants, au royaume de l'insignifiance, l'activité sexuelle est enfin redevenue ce qu'elle était à l'origine : un petit joujou à produire une jouissance physique.

Ou bien, pour m'exprimer autrement : la sexualité libérée du lien *diabolique* avec l'amour est devenue une joie d'une *angélique* simplicité.

20

Si le premier viol de Tamina par les enfants était chargé de cette surprenante signification, en se répétant la même situation perdait rapidement son caractère de message pour devenir une routine de plus en plus vide et de plus en plus sale.

Il y eut bientôt des disputes entre les enfants. Ceux qui se passionnaient pour les jeux amoureux se mirent à détester ceux qui y étaient indifférents. Et parmi ceux qui étaient devenus les amants de Tamina, l'hostilité grandissait entre ceux qui se sentaient protégés et ceux qui se sentaient repoussés. Et toutes ces rancœurs commençaient à se retourner contre Tamina et à lui peser.

Un jour que les enfants étaient penchés sur son corps nu (ils étaient agenouillés sur le lit, ou debout à côté, assis à califourchon sur son corps ou accroupis près de sa tête et entre ses jambes), elle sentit soudain une cuisante douleur. Un enfant lui pinçait un mamelon. Elle poussa un cri et ce fut plus fort qu'elle : elle les chassa tous de son lit et se mit à battre l'air avec les bras.

Elle savait que cette douleur n'était l'effet ni du hasard ni de la sensualité : un des mioches la haïssait et lui voulait du mal. Elle mit fin aux rencontres amoureuses avec les enfants.

21

Et soudain il n'y a plus de paix au royaume où les choses sont légères comme la brise.

Ils jouent à la marelle et sautent de case en case, d'abord sur le pied droit, puis sur le pied gauche, et ensuite à pieds joints. Tamina saute aussi. (Je vois son grand corps entre les petites silhouettes des enfants, elle saute, ses cheveux voltigent autour de son visage et elle a au cœur un immense ennui.) À ce moment, les canaris se mettent à crier qu'elle a mordu la ligne.

Évidemment, les écureuils protestent : elle n'a pas

mordu la ligne. Les deux équipes se penchent sur la ligne et cherchent une trace du pied de Tamina. Mais le trait tiré sur le sable a des contours incertains et la trace de la semelle de Tamina aussi. L'affaire est discutable, les enfants vocifèrent, il y a déjà un quart d'heure que ça dure et ils sont de plus en plus absorbés par leur querelle.

À ce moment, Tamina a un geste fatal ; elle lève le bras et dit : « Très bien. C'est d'accord, j'ai mordu. »

Les écureuils commencent à crier à Tamina que ce n'est pas vrai, qu'elle est folle, qu'elle ment, qu'elle n'a pas mordu. Mais ils ont perdu leur procès. Leurs affirmations démenties par Tamina ne pèsent pas lourd et les canaris poussent une clameur victorieuse.

Les écureuils sont furieux, ils crient à Tamina qu'elle est un traître et un garçon la pousse si brutalement qu'elle en tombe presque. Elle veut les frapper, et c'est pour eux le signal, ils se ruent sur elle. Tamina se défend, elle est adulte, elle est forte (et pleine de haine, oh oui, elle cogne sur ces enfants comme si elle cognait sur tout ce qu'elle a toujours détesté dans la vie) et les enfants saignent du nez, mais une pierre vole et atteint Tamina au front et Tamina vacille, elle porte la main à sa tête, son sang coule, les enfants s'écartent. Il y a un brusque silence et Tamina regagne lentement le dortoir. Elle s'étend sur son lit, décidée à ne plus jamais participer aux jeux.

22

Je vois Tamina debout au milieu du dortoir rempli d'enfants couchés. Elle est le point de mire. Dans un coin quelqu'un a crié « Nichons, nichons ! », toutes les voix reprennent en chœur et Tamina entend scander ce cri : « Nichons, nichons, nichons… »

Ce qui était récemment encore son orgueil et son arme, les poils noirs de son bas-ventre et ses beaux seins, était devenu la cible des insultes. Aux yeux des enfants, son être d'adulte s'était changé en une chose monstrueuse : les seins étaient absurdes comme une tumeur, le bas-ventre inhumain à cause des poils leur rappelait une bête.

Maintenant, elle était traquée. Ils la pourchassaient à travers l'île, ils lui lançaient des morceaux de bois et des pierres.

Elle se cachait, elle fuyait et elle entendait de toutes parts son nom : « Nichons, nichons… »

Le fort qui fuit devant le faible, il n'est rien de plus avilissant. Mais ils étaient très nombreux. Elle fuyait et elle avait honte de fuir.

Un jour elle leur tendit une embuscade. Ils étaient trois ; elle en frappa un jusqu'à ce qu'il tombe et les deux autres déguerpirent. Mais elle était plus rapide, elle les saisit par les cheveux.

Alors un filet s'abattit sur elle et encore d'autres filets. Oui, tous les filets de volley-ball qui étaient tendus très bas devant le dortoir. Ils l'attendaient ici. Les trois enfants qu'elle venait de rosser étaient un leurre. Maintenant elle est emprisonnée dans un enchevêtrement de ficelles, elle se tord, elle se débat et les enfants la traînent derrière eux en hurlant.

23

Pourquoi ces enfants sont-ils si méchants ?

Voyons ! ils ne sont pas méchants du tout. Au contraire, ils ont bon cœur et ne cessent de se donner mutuellement des preuves de leur amitié. Aucun ne veut Tamina pour lui seul. On entend à chaque instant leurs « regarde, regarde ». Tamina est captive dans l'enchevêtrement des filets, les ficelles lui déchirent la peau et les enfants se montrent son sang, ses larmes et ses rictus de douleur. Ils se l'offrent généreusement l'un à l'autre. Elle est devenue le ciment de leur fraternité.

Son malheur, ce n'est pas que les enfants soient méchants, mais de s'être trouvée au-delà de la frontière de leur monde. L'homme ne se révolte pas parce qu'on tue des veaux aux abattoirs. Le veau est hors la loi pour l'homme de même que Tamina est hors la loi pour les enfants.

Si quelqu'un est plein d'une haine amère, c'est Tamina, pas les enfants. Leur envie de faire du mal est une envie positive et gaie et on peut à juste titre l'appeler la joie. S'ils veulent faire du mal à celui qui se trouve au-delà de la frontière de leur monde, c'est uniquement pour exalter leur propre monde et sa loi.

24

Le temps fait son œuvre, toutes les joies et tous les divertissements s'épuisent en se répétant ; même la chasse à Tamina. D'ailleurs, c'est vrai que les enfants ne sont pas méchants. Le petit gars qui lui a uriné dessus quand elle gisait sous lui, prise dans les filets de volley-ball, lui sourira un jour d'un beau sourire innocent.

De nouveau Tamina participait aux jeux, mais en silence. De nouveau elle sautait d'une case dans l'autre, d'abord sur un pied, puis sur l'autre, et ensuite à pieds joints. Plus jamais elle n'entrerait dans leur monde, mais elle devait se garder de se retrouver en dehors. Elle faisait un effort pour se tenir exactement sur la frontière.

Mais cette accalmie, cette normalité, ce *modus vivendi* fondé sur le compromis portaient en eux toute l'horreur de la permanence. Si un peu plus tôt la vie de bête traquée faisait oublier à Tamina l'existence du temps et son immensité, maintenant que la violence des attaques était retombée, le désert du temps émergeait de la pénombre, atroce et écrasant, pareil à l'éternité.

Gravez-vous encore une fois cette image dans la mémoire : Tamina doit sauter de case en case, sur un pied, puis sur l'autre et ensuite à pieds joints, et considérer comme important le fait d'avoir ou non mordu la ligne. Elle doit sauter ainsi jour après jour et tout en sautant porter sur ses épaules le poids du temps comme une croix de jour en jour plus lourde.

Regarde-t-elle encore en arrière ? Pense-t-elle à son mari et à Prague ?

Non. Plus maintenant.

25

Les spectres des monuments renversés erraient autour de l'estrade et le Président de l'oubli était à la tribune avec un fichu rouge autour du cou. Les enfants applaudissaient et criaient son nom.

Depuis, huit ans ont passé, mais j'ai encore dans la tête ses paroles, telles qu'elles me parvenaient à travers les branches en fleur des pommiers.

Il disait « Mes enfants, vous êtes l'avenir », et je sais aujourd'hui que ces mots avaient un autre sens qu'il n'y paraissait de prime abord. Les enfants ne sont pas l'avenir parce que ce seront un jour des adultes, mais parce que l'humanité va se rapprocher de plus en plus de l'enfant, parce que l'enfance est l'image de l'avenir.

Il s'écriait « Mes enfants, ne regardez jamais en arrière », et cela signifiait que nous ne devons jamais tolérer que l'avenir ploie sous le poids de la mémoire. Car les enfants sont aussi sans passé et c'est tout le mystère de l'innocence magique de leur sourire.

L'Histoire est une suite de changements éphémères, alors que les valeurs éternelles se perpétuent en dehors de l'Histoire, sont immuables et n'ont pas besoin de mémoire. Husak est président de l'éternel, pas de l'éphémère. Il est du côté des enfants et les enfants sont la vie et vivre c'est « *voir, entendre, toucher, boire, manger, uriner, déféquer, se plonger dans l'eau et regarder le ciel, rire et pleurer* ».

Il paraît que lorsque Husak eut terminé son discours aux enfants (j'avais déjà refermé la fenêtre et papa s'apprêtait à remonter sur son cheval), Karel Klos s'est avancé sur l'estrade et s'est mis à chanter. Husak en avait des larmes d'émotion sur les joues, et le sourire ensoleillé qui rayonnait de partout se réfractait dans ces larmes. À ce moment-là, le grand miracle de l'arc-en-ciel a dessiné sa courbe au-dessus de Prague.

Les enfants ont levé la tête, ils ont vu l'arc-en-ciel et ils ont commencé à rire et à applaudir.

L'idiot de la musique achevait sa chanson et le Président de l'oubli a écarté les bras et s'est mis à crier : « Mes enfants, *vivre est heureux !* »

26

L'île retentit des cris d'une chanson et d'un vacarme de guitares électriques. Un magnétophone est posé par terre sur le terrain de jeu devant le dortoir. À côté il y a un garçon et Tamina reconnaît en lui le passeur avec qui elle est jadis venue dans l'île. Elle est sur le qui-vive. Si c'est le passeur, la barque doit être par ici. Elle sait qu'elle ne doit pas laisser échapper cette occasion. Son cœur bat très fort dans sa poitrine et à partir de ce moment elle ne pense plus qu'à s'enfuir.

Le garçon a les yeux fixés sur le magnétophone et roule des hanches. Des enfants accourent sur le terrain de jeu et se joignent à lui : ils lancent les bras en avant, tantôt l'un, tantôt l'autre, ils renversent la tête en arrière, ils agitent les mains en pointant l'index comme s'ils menaçaient quelqu'un et leurs cris se mêlent à la chanson qui sort du magnétophone.

Tamina est cachée derrière le tronc épais d'un platane, elle ne veut pas qu'ils la voient, mais elle ne peut pas les quitter des yeux. Ils se conduisent avec une coquetterie provocante d'adultes, agitant les hanches en avant puis en arrière comme s'ils imitaient le coït. L'obscénité des mouvements plaqués sur les corps enfantins abolit l'antinomie entre l'obscène et l'innocent, entre le pur et l'immonde. La sensualité devient absurde, l'innocence devient absurde, le vocabulaire se décompose et Tamina se sent mal à l'aise : comme si elle avait une poche vide dans l'estomac.

Et l'idiotie des guitares retentit et les enfants dansent, ils projettent coquettement le ventre en avant, et elle sent le malaise qui émane des choses sans poids. Cette poche vide dans l'estomac, c'est justement cette insupportable absence de pesanteur. Et de même qu'un extrême peut à tout moment se changer en son contraire, la légèreté portée à son maximum est devenue l'effroyable *pesanteur de la légèreté* et Tamina sait qu'elle ne pourra pas la supporter une seconde de plus. Elle fait volte-face et se met à courir.

Elle prend l'allée en direction de l'eau.

Elle est déjà au bord. Elle regarde autour d'elle. Mais il n'y a pas de barque.

Comme le premier jour, elle fait tout le tour de l'île en courant le long du bord pour trouver la barque. Mais elle ne la voit nulle part. Finalement, elle revient à l'endroit où l'allée de platanes débouche sur la plage. Elle voit des gosses excités courir de ce côté-là.

Elle s'arrête.

Les enfants l'aperçurent et s'élancèrent vers elle en hurlant.

27

Elle sauta dans l'eau.

Ce n'était pas parce qu'elle avait peur. Elle y pensait depuis longtemps. Après tout, la traversée en barque jusqu'à l'île n'était pas si longue. On avait beau ne pas voir la rive opposée, il ne devait pas falloir des forces surhumaines pour nager jusque là !

Les gosses se précipitèrent en criant à l'endroit où Tamina venait de quitter la rive et quelques cailloux tombèrent autour d'elle. Mais elle nageait vite et elle fut bientôt hors de portée de leurs bras chétifs.

Elle nageait et, pour la première fois depuis très longtemps, elle était bien. Elle sentait son corps, elle sentait son ancienne force. Elle était toujours excellente nageuse et ses mouvements lui donnaient du plaisir. L'eau était froide, mais elle se délectait de cette fraîcheur qui lui semblait laver sa peau de toute la crasse enfantine, de toute la salive et de tous les regards des gosses.

Elle nageait depuis longtemps et le soleil commençait à descendre lentement dans l'eau.

Puis l'obscurité s'épaissit et il fit bientôt complètement noir, il n'y avait ni lune ni étoile et Tamina s'efforçait de suivre toujours la même direction.

28

Où voulait-elle au juste s'en retourner ? À Prague ?

Elle en a oublié jusqu'à son existence.

Dans la petite ville à l'ouest de l'Europe ?

Non. Elle voulait simplement partir.

Cela veut-il dire qu'elle souhaitait mourir ?

Non, non, pas ça. Au contraire, elle avait une terrible envie de vivre.

Mais elle devait quand même avoir une idée du monde où elle voulait vivre !

Elle n'en avait aucune. En tout et pour tout, il ne lui restait qu'une formidable soif de vivre et que son corps.

Rien que ces deux choses-là, rien de plus. Elle voulait les arracher à l'île pour les sauver. Son corps et cette soif de vivre.

29

Le jour commençait à poindre. Elle plissa les yeux pour tenter d'apercevoir la rive en face d'elle.

Mais il n'y avait rien devant elle, rien que de l'eau. Elle regarda derrière elle. Pas très loin, à une centaine de mètres à peine, c'était la rive de l'île verte.

Comment ! Elle avait nagé sur place toute la nuit ? La détresse l'envahit et dès qu'elle perdit l'espérance, elle sentit que ses membres étaient faibles et l'eau insupportablement glacée. Elle ferma les yeux et fit un effort pour continuer à nager. Elle ne comptait plus atteindre l'autre côté, maintenant elle ne pensait plus qu'à sa mort et elle voulait mourir quelque part au milieu des eaux, loin de tout contact, seule, rien qu'avec les poissons. Ses yeux se fermaient et parce qu'elle s'était assoupie un instant, elle avait de l'eau dans les poumons, elle toussait, elle suffoquait, et, au milieu de sa toux, elle entendit brusquement des voix enfantines.

Elle restait sur place, toussait et regardait autour d'elle. À quelques brasses, il y avait une barque chargée de gosses. Ils criaient. Quand ils s'aperçurent qu'elle les avait vus, ils se turent. Ils approchaient sans la quitter des yeux. Elle voyait leur immense agitation.

Elle eut peur qu'ils veuillent la sauver pour la contraindre à jouer avec eux comme avant. Elle sentit son épuisement et la rigidité de ses membres.

La barque était tout près et cinq visages enfantins se penchaient avec avidité.

Tamina agitait la tête désespérément, comme pour leur dire laissez-moi mourir, ne me sauvez pas.

Mais sa crainte était inutile. Les enfants ne faisaient pas un geste, personne ne lui tendait une rame ou la main, personne ne voulait la sauver. Ils ne faisaient que la regarder de leurs yeux écarquillés et avides, ils l'observaient. Un gamin, avec une rame pour gouvernail, maintenait la barque au plus près.

Elle avala de nouveau de l'eau dans ses poumons, toussa,

agita les bras, sentant qu'elle ne pouvait plus tenir à la surface. Ses jambes pesaient de plus en plus lourd. Elles l'entraînaient vers le fond comme un poids.

Sa tête s'enfonçait sous l'eau. Elle fit des mouvements violents et réussit plusieurs fois à remonter ; à chaque fois elle voyait la barque et les yeux enfantins qui l'observaient.

Puis elle disparut sous la surface.

La citation de la page 1098 est tirée de l'ouvrage d'Annie Leclerc, *Parole de femme.*

Septième partie

LA FRONTIÈRE

I

Ce qu'il trouvait toujours de plus intéressant chez les femmes pendant l'amour, c'était leur visage. C'était comme si les corps, par leurs mouvements, déroulaient une grande bobine cinématographique, projetant sur le visage, comme sur l'écran d'un téléviseur, un film captivant plein de trouble, d'attente, d'explosion, de douleur, de cris, d'émotion et de haine. Seulement, le visage d'Edwige était un écran éteint que Jan regardait fixement, tourmenté de questions auxquelles il ne trouvait pas de réponses : S'ennuyait-elle avec lui ? Était-elle fatiguée ? Faisait-elle l'amour à contrecœur ? Avait-elle l'habitude de meilleurs amants ? Ou bien, est-ce que se cachaient, sous la surface immobile de son visage, des sensations qu'il ne soupçonnait pas ?

Il pouvait évidemment le lui demander. Mais il leur arrivait quelque chose de singulier. Alors qu'ils étaient toujours bavards et ouverts l'un avec l'autre, ils perdaient l'usage de la parole dès que leurs corps nus s'étreignaient.

Il n'avait jamais très bien su s'expliquer ce mutisme. C'était peut-être parce qu'en dehors de leurs relations amoureuses Edwige était toujours plus entreprenante que lui. Bien qu'elle fût plus jeune, elle avait prononcé dans sa vie au minimum trois fois plus de paroles que lui et dispensé dix fois plus de leçons et de conseils. Elle était comme une mère tendre et sage qui lui donnait la main pour le guider à travers la vie.

Il s'imaginait souvent qu'il lui chuchotait à l'oreille des mots obscènes pendant l'amour. Mais même dans ces rêveries, la tentative se soldait par un échec. Il était sûr que poindrait sur son visage un tranquille sourire de reproche et d'indulgente sympathie, le sourire de la mère qui observe son gamin en train de voler dans le placard un biscuit défendu.

Ou bien il s'imaginait qu'il lui susurrait le plus banalement du monde : « Ça te plaît ? » Avec les autres femmes, cette simple interrogation avait toujours une résonance vicieuse. En désignant ne fût-ce que par le convenable « ça » l'acte d'amour, il éveillait aussitôt le désir d'autres mots où l'amour physique pût se refléter comme dans un jeu de miroirs. Il lui semblait pourtant connaître d'avance la réponse d'Edwige : Évidemment que ça me plaît, lui expliquerait-elle patiemment. Crois-tu que je ferais de mon plein gré quelque chose qui me déplaît ? Un peu de logique, Jan !

Donc, il ne lui disait pas de mots obscènes et ne lui demandait pas non plus si ça lui plaisait. Il restait silencieux, tandis que leurs corps se mouvaient vigoureusement et longuement, déroulant une bobine vide.

Il lui arrivait souvent de songer qu'il était lui-même coupable du mutisme de leurs nuits. Il s'était forgé d'Edwige-l'amante une image caricaturale qui se dressait maintenant entre elle et lui et qu'il était incapable d'enjamber pour accéder à la véritable Edwige, à ses sens et à ses ténèbres obscènes. En tout cas, après chacune de leurs nuits muettes, il se promettait de ne pas faire l'amour avec elle la prochaine fois. Il l'aimait comme une amie intelligente, fidèle, irremplaçable, pas comme une maîtresse. Pourtant, il n'était pas possible de séparer la maîtresse de l'amie. Chaque fois qu'il la retrouvait, ils discutaient tard dans la nuit, Edwige buvait, développait des théories, donnait des leçons et, pour finir, quand Jan n'en pouvait plus de fatigue, elle se taisait soudain et sur son visage apparaissait un sourire tranquille et béat. Alors, comme s'il obéissait à une irrésistible suggestion, Jan lui touchait un sein et elle se levait et commençait à se déshabiller.

Pourquoi veut-elle coucher avec moi ? se demandait-il bien souvent, mais il ne trouvait pas de réponse. Il ne savait qu'une chose, que leurs coïts taciturnes étaient inéluctables, comme il est inéluctable qu'un citoyen se mette au garde-à-vous en entendant l'hymne national, même s'il n'en retire certainement aucun plaisir, ni lui ni sa patrie.

2

Au cours des deux cents dernières années le merle a abandonné les forêts pour devenir un oiseau des villes. D'abord en Grande-Bretagne, dès la fin du XVIIIe siècle, quelques dizaines d'années plus tard à Paris et dans la Ruhr. Tout au long du XIXe siècle, il a conquis l'une après l'autre les villes d'Europe. Il s'est installé à Vienne et à Prague aux environs de 1900, puis a progressé vers l'est, gagnant Budapest, Belgrade, Istanbul.

Au regard de la planète, cette invasion du merle dans le monde de l'homme est incontestablement plus importante que l'invasion de l'Amérique du Sud par les Espagnols ou que le retour des Juifs en Palestine. La modification des rapports entre les différentes espèces de la création (poissons, oiseaux, hommes, végétaux) est une modification d'un ordre plus élevé que les changements dans les relations entre les différents groupes d'une même espèce. Que la Bohême soit habitée par les Celtes ou par les Slaves, la Bessarabie conquise par les Roumains ou par les Russes, la Terre s'en moque. Mais que le merle ait trahi la nature pour suivre l'homme dans son univers artificiel et contre nature, voilà qui change quelque chose à l'organisation de la planète.

Pourtant, personne n'ose interpréter les deux derniers siècles comme l'histoire de l'invasion des villes de l'homme par le merle. Nous sommes tous prisonniers d'une conception figée de ce qui est important et de ce qui ne l'est pas, nous fixons sur l'important des regards anxieux, pendant qu'en cachette, dans notre dos, l'insignifiant mène sa guérilla qui finira par changer subrepticement le monde et va nous sauter dessus par surprise.

Si l'on écrivait une biographie de Jan, on pourrait résumer la période dont je parle en disant à peu près ceci : Sa liaison avec Edwige marquait une nouvelle étape dans la vie de Jan, qui avait alors quarante-cinq ans. Il avait enfin renoncé à une vie creuse et décousue et il avait décidé de quitter la ville à l'ouest de l'Europe pour se consacrer en Amérique, avec une énergie nouvelle, à un important travail dans lequel il atteignit ensuite, etc., etc.

Mais que le biographe imaginaire de Jan m'explique pourquoi, justement dans cette période-là, le livre préféré de Jan était l'antique roman de *Daphnis et Chloé* ! L'amour de deux jeunes gens, encore presque des enfants, qui ne savent pas ce qu'est l'amour physique. Le bêlement d'un bélier se mêle au bruit de la mer et un mouton broute l'herbe sous l'ombrage d'un olivier. Les deux jeunes gens sont allongés côte à côte, nus et pleins d'un immense et vague désir. Ils s'étreignent, se pressent l'un contre l'autre, étroitement enlacés. Ils restent ainsi très, très longuement, parce qu'ils ne savent pas ce qu'ils pourraient faire de plus. Ils pensent que cette étreinte est à elle seule tout le but des plaisirs amoureux. Ils sont excités, leurs cœurs tambourinent, mais ils ne savent pas ce que c'est que faire l'amour.

Oui, c'est justement par ce passage-là que Jan est fasciné.

3

Hanna l'actrice avait les jambes croisées sous elle comme on les voit sur les statues des bouddhas en vente dans tous les magasins d'antiquités du monde. Elle parlait sans arrêt tout en regardant son pouce aller et venir lentement sur le bord d'un guéridon posé près du divan.

Ce n'était pas le geste machinal des gens nerveux qui ont l'habitude de battre la mesure avec le pied ou de se gratter la tête. C'était un geste conscient et délibéré, souple et gracieux, qui devait tracer autour d'elle un cercle magique où elle serait tout entière concentrée sur elle-même et où les autres seraient concentrés sur elle.

Elle suivait avec délectation le mouvement de son pouce et levait parfois les yeux sur Jan qui était assis en face d'elle. Elle lui racontait qu'elle avait fait une dépression nerveuse parce que son fils, qui habitait chez son ancien mari, avait fugué et n'était pas rentré pendant plusieurs jours. Le père de son fils était une telle brute qu'il lui avait annoncé la nouvelle au téléphone une demi-heure avant la représentation. Hanna avait eu de la fièvre, des migraines et un rhume de cerveau. « Je ne pouvais même pas me moucher tant j'avais mal au nez ! » dit-elle, et elle fixait sur Jan ses grands beaux yeux. « J'avais le nez comme un chou-fleur ! »

Elle avait le sourire d'une femme qui sait que chez elle,

même un nez rougi par le rhume ne manque pas de charme. Elle vivait dans une harmonie exemplaire avec elle-même. Elle aimait son nez et elle aimait aussi son audace qui appelait un rhume un rhume et un nez un chou-fleur. La beauté insolite du nez cramoisi avait ainsi pour complément l'audace intellectuelle, et le mouvement circulaire du pouce, confondant les deux charmes dans sa circonférence magique, exprimait l'indivisible unité de sa personnalité.

« J'étais inquiète parce que j'avais une forte fièvre. Savez-vous ce que m'a dit le médecin ? Je n'ai qu'un conseil à vous donner, Hanna : ne prenez pas votre température ! »

Hanna rit bruyamment et longuement de la plaisanterie de son médecin, puis elle dit : « Savez-vous de qui j'ai fait la connaissance ? De Passer ! »

Passer était un vieil ami de Jan. La dernière fois que Jan l'avait vu, il y avait de cela plusieurs mois, il devait subir une opération. Tout le monde savait qu'il avait un cancer, seul Passer, plein d'une vitalité et d'une crédulité incroyables, croyait les mensonges des médecins. L'opération qui l'attendait était en tout cas très grave, et il avait dit à Jan, quand ils s'étaient retrouvés seuls : « Après cette opération je ne serai plus un homme, tu comprends. Ma vie d'homme, c'est fini. »

« Je l'ai rencontré la semaine dernière dans la maison de campagne des Clevis, poursuivait Hanna. C'est un type formidable ! Il est plus jeune que nous tous ! Je l'adore ! »

Jan aurait dû se réjouir d'apprendre que son ami était adoré de la belle actrice, mais il n'en était pas particulièrement impressionné car tout le monde aimait Passer. Ses actions avaient beaucoup monté, ces dernières années, à la bourse irrationnelle de la popularité mondaine. C'était presque devenu un rite, pendant les bavardages décousus des dîners en ville, de prononcer quelques phrases admiratives sur Passer.

« Vous connaissez les belles forêts qu'il y a autour de la villa des Clevis. Il y pousse des champignons et j'adore aller aux champignons ! J'ai dit : qui veut aller avec moi aux champignons ? Personne n'en avait envie, mais Passer a dit : moi je viens avec vous ! Vous imaginez ça, Passer, un homme malade ! Je vous le dis, c'est le plus jeune de nous tous ! »

Elle regarda son pouce qui ne cessait pas une seconde de décrire des cercles sur le bord du guéridon, et elle dit : « Donc, je suis allée ramasser des champignons avec Passer.

C'était merveilleux ! On s'est égarés dans la forêt et ensuite on a trouvé un café. Un petit café de campagne crasseux. C'est comme ça que je les adore. Dans ces bistrots-là, on boit du gros rouge bon marché comme en boivent les gars du bâtiment. Passer était splendide. Je l'adore ! »

4

En été, à l'époque dont je parle, les plages de l'ouest de l'Europe se couvraient de femmes qui ne portaient pas de soutien-gorge et la population se répartissait entre partisans et adversaires des seins nus. La famille Clevis — le père, la mère et leur fille de quatorze ans — était assise devant le téléviseur et suivait un débat dont les participants, qui représentaient tous les courants intellectuels de l'époque, développaient leurs arguments pour et contre le soutien-gorge. Le psychanalyste défendait ardemment les seins nus et parlait de la libération des mœurs qui nous délivre de la toute-puissance des fantasmes érotiques. Le marxiste, sans se prononcer sur le soutien-gorge (le Parti communiste comptait parmi ses membres des puritains et des libertins et il n'était pas de bonne politique de dresser les uns contre les autres), fit habilement dévier le débat sur le problème plus fondamental de la morale hypocrite de la société bourgeoise, qui était condamnée. Le représentant de la pensée chrétienne se sentait obligé de défendre le soutien-gorge, mais il ne le faisait que très timidement, car il n'échappait pas non plus à l'esprit omniprésent de l'époque ; il ne trouva en faveur du soutien-gorge qu'un seul argument, l'innocence des enfants qu'à l'entendre nous avons tous le devoir de respecter et de protéger. Il fut pris à partie par une femme énergique qui déclara qu'il fallait en finir dès l'enfance avec le tabou hypocrite de la nudité et recommanda aux parents de se promener chez eux tout nus.

Jan n'arriva chez les Clevis qu'au moment où la speakerine annonçait la fin du débat, mais dans l'appartement l'animation persista encore un bon moment. Tous les Clevis étaient des esprits avancés, donc opposés au soutien-gorge. Le geste grandiose de millions de femmes rejetant au loin, comme en réponse à un ordre, cette pièce de vêtement infamante symbolisait pour eux l'humanité secouant son esclavage. Des femmes aux seins nus défilaient dans l'appartement des Clevis comme un invisible bataillon de libératrices.

Les Clevis, je l'ai dit, étaient des esprits avancés et avaient des idées progressistes. Il existe de multiples sortes d'idées progressistes et les Clevis en défendaient toujours la meilleure possible. La meilleure possible des idées progressistes est celle qui renferme une assez forte dose de provocation pour que son partisan puisse se sentir fier d'être original, mais qui attire en même temps un si grand nombre d'émules que le risque de n'être qu'une exception solitaire est immédiatement conjuré par les bruyantes approbations de la multitude victorieuse. Par exemple, si les Clevis, au lieu d'être contre le soutien-gorge, avaient été contre le vêtement en général et avaient déclaré que les gens devaient se promener nus dans les rues des villes, sans doute auraient-ils encore défendu une idée progressiste, mais certainement pas la meilleure possible. Cette idée serait devenue gênante par ce qu'elle avait d'outré, elle aurait nécessité trop d'énergie superflue pour sa défense (alors que la meilleure idée progressiste possible se défend pour ainsi dire toute seule) et ses partisans n'auraient jamais eu la satisfaction de voir leur attitude absolument non conformiste se révéler soudain l'attitude de tous.

En les entendant fulminer contre le soutien-gorge, Jan se souvenait d'un petit instrument en bois, appelé niveau à bulle, que son grand-père, qui était maçon, posait sur la surface supérieure des murs en construction. Au milieu de l'instrument, sous une plaque de verre, il y avait de l'eau et une bulle d'air dont la position indiquait si la rangée de briques était horizontale. La famille Clevis pouvait servir de niveau à bulle intellectuel. Posé sur une idée quelconque, il indiquait exactement s'il s'agissait ou non de la meilleure idée progressiste possible.

Quand les Clevis, qui parlaient tous à la fois, eurent répété à Jan l'ensemble du débat qui venait d'avoir lieu à la télévision, papa Clevis se pencha vers lui et dit sur le ton du badinage : « Tu ne trouves pas que pour les jolies poitrines c'est une réforme qu'on peut approuver sans réserve ? »

Pourquoi papa Clevis exprimait-il sa pensée dans ces termes-là ? C'était un maître de maison exemplaire et il s'efforçait toujours de trouver une phrase acceptable pour toutes les personnes présentes. Comme Jan avait la réputation de bien aimer les femmes, Clevis formulait son approbation des seins nus non pas dans le sens juste et profond, à savoir comme un enthousiasme *éthique* devant l'abolition d'une servitude millénaire, mais, en manière de compromis (par égard pour les goûts supposés de Jan et contre sa propre conviction), comme un accord *esthétique* avec la beauté d'un sein.

En même temps, il voulait être précis et prudent comme un diplomate : il n'osait pas dire carrément que les vilaines poitrines devraient rester cachées. Pourtant, sans être dite, cette idée absolument inacceptable ne découlait que trop clairement de la phrase prononcée et fut une proie facile pour l'adolescente de quatorze ans.

« Et vos ventres, alors ? Hein ! vos gros bides que vous promenez depuis toujours sur les plages sans la moindre pudeur ! »

Maman Clevis éclata de rire et applaudit sa fille : « Bravo ! »

Papa Clevis se joignit aux applaudissements de maman. Il avait immédiatement compris que sa fille avait raison et qu'il était encore une fois victime de ce malencontreux penchant pour le compromis que son épouse et sa fille lui reprochaient toujours. C'était un homme si profondément conciliant qu'il ne défendait ses opinions modérées qu'avec une très grande modération et qu'il donna aussitôt raison à son enfant extrémiste. D'ailleurs, la phrase incriminée n'exprimait pas sa propre pensée, mais le point de vue supposé de Jan ; il put donc se ranger du côté de sa fille, volontiers, sans hésitation et avec une satisfaction paternelle.

L'adolescente, encouragée par les applaudissements de ses parents, poursuivit : « Croyez-vous que c'est pour vous faire plaisir que nous enlevons nos soutiens-gorge ? Nous le faisons pour nous, parce que ça nous plaît, parce que c'est plus agréable comme ça, parce que comme ça notre corps est plus près du soleil ! Vous êtes incapables de nous regarder autrement que comme des objets sexuels ! »

Papa et maman Clevis applaudirent à nouveau, mais cette fois-ci leurs bravos avaient une tonalité un peu différente. Les paroles de leur fille étaient en effet justes, mais en même temps un peu déplacées pour ses quatorze ans. C'était comme si un gamin de huit ans avait dit : s'il y a un hold-up, je défendrai maman. Dans ce cas-là aussi les parents applaudissent, car l'affirmation de leur fils est incontestablement digne de louanges. Mais comme elle témoigne en même temps d'une assurance excessive, l'éloge se nuance à juste titre d'un certain sourire. C'était de ce sourire-là que les parents Clevis avaient teinté leurs deuxièmes bravos, et l'adolescente, qui avait entendu ce sourire et ne l'approuvait pas, répéta avec une obstination agacée :

« C'est bel et bien fini ce truc-là. Je ne suis un objet sexuel pour personne. »

Les parents se contentaient d'acquiescer de la tête, sans sourire, pour ne pas inciter leur fille à de nouvelles proclamations.

Pourtant, Jan ne put s'empêcher de dire :

« Ma petite fille, si tu savais comme c'est facile de ne pas être un objet sexuel. »

Il prononça cette phrase doucement, mais avec une tristesse tellement sincère qu'elle résonna longuement dans la pièce. C'était une phrase qu'on pouvait difficilement traiter par le silence, mais il n'était pas non plus possible d'y répondre. Elle ne méritait pas d'être approuvée, n'étant pas progressiste, mais elle ne méritait pas non plus une polémique, puisqu'elle n'allait pas manifestement contre le progrès. C'était la pire des phrases possibles, parce qu'elle se situait en dehors du débat dirigé par l'esprit du temps. C'était une phrase au-delà du bien et du mal, une phrase parfaitement incongrue.

Il y eut une pause, Jan souriait d'un air gêné comme s'il s'excusait de ce qu'il venait de dire, puis papa Clevis, passé maître dans l'art de jeter des ponts entre ses semblables, se mit à parler de Passer qui était leur ami commun. Ils étaient unis par leur admiration pour Passer : c'était un terrain sans danger. Clevis fit l'éloge de l'optimisme de Passer, de son amour inébranlable de la vie qu'aucun régime médical ne parvenait à étouffer. Pourtant l'existence de Passer était maintenant limitée à une étroite bande de vie sans femmes, sans mets, sans alcool, sans mouvement et sans avenir. Il était récemment venu les voir dans leur maison de campagne, un jour que l'actrice Hanna y était aussi.

Jan était très curieux de voir ce qu'indiquerait le niveau à bulle des Clevis posé sur l'actrice Hanna chez laquelle il avait constaté les symptômes d'un égocentrisme presque insupportable. Mais le niveau à bulle indiquait que Jan se trompait. Clevis approuvait sans réserves la façon dont l'actrice s'était conduite avec Passer. Elle ne s'était consacrée qu'à lui. C'était extrêmement généreux de sa part. Pourtant, tout le monde savait quelle tragédie elle venait de vivre.

« Quelle tragédie ? » s'enquit avec surprise cet étourdi de Jan.

Comment, Jan n'était pas au courant ? Le fils d'Hanna avait fugué et n'était pas rentré pendant plusieurs jours ! Elle en avait fait une dépression nerveuse ! Et pourtant, devant Passer qui était condamné à mort, elle n'avait plus du tout pensé à elle. Elle voulait l'arracher à ses soucis et elle s'était mise à crier gaiement : « Ça me ferait tellement plaisir d'aller aux champignons ! Qui veut y aller avec moi ? » Passer s'était joint à elle et les autres avaient refusé de les accompagner parce qu'on se doutait qu'il voulait être seul avec elle. Ils avaient marché dans la forêt pendant trois heures et s'étaient arrêtés dans un café pour boire du vin rouge. Passer n'avait le droit ni de se promener ni de boire de l'alcool. Il était rentré exténué mais heureux. Le lendemain, il avait fallu le conduire à l'hôpital.

« Je crois que c'est assez grave », dit papa Clevis, puis, comme s'il adressait à Jan un reproche, il ajouta : « Tu ferais bien d'aller le voir. »

5

Jan se dit : Au commencement de la vie érotique de l'homme il y a l'excitation sans jouissance, et à la fin il y a la jouissance sans excitation.

L'excitation sans jouissance, c'est Daphnis. La jouissance sans excitation, c'est la vendeuse du magasin d'articles de sport en location.

Voici un an, quand il avait fait sa connaissance et qu'il l'avait invitée chez lui, elle lui avait dit une phrase inoubliable : « Si on couche ensemble, ce sera certainement très bien du point de vue technique, mais je ne suis pas certaine de l'aspect sentimental. »

Il lui avait dit qu'en ce qui le concernait elle pouvait être absolument certaine de l'aspect sentimental, et elle avait accepté cette assurance comme elle avait l'habitude d'accepter au magasin un dépôt de garantie pour une location de skis, et n'avait plus soufflé mot des sentiments. En revanche, pour ce qui est de l'aspect technique, elle l'avait littéralement épuisé.

C'était une fanatique de l'orgasme. L'orgasme était pour elle une religion, un but, un impératif suprême de l'hygiène, un symbole de santé, mais aussi son orgueil qui la distinguait de femmes moins chanceuses comme le ferait un yacht ou un fiancé illustre.

Et il n'était pas facile de la faire jouir. Elle lui criait « plus vite, plus vite », puis au contraire « doucement, doucement » et de nouveau « plus fort, plus fort », comme un entraîneur crie ses ordres aux rameurs d'un huit. Concentrée tout entière sur les points sensibles de sa peau, elle guidait sa main pour qu'il la pose au bon endroit au bon moment. Il était en sueur et voyait les regards impatients de la jeune femme et les gestes fiévreux de son corps, cet appareil mobile à produire une petite explosion qui était le sens et le but de toute chose.

En sortant de chez elle la dernière fois, il pensait à Hertz, metteur en scène à l'opéra de la ville d'Europe centrale où il avait lui-même passé sa jeunesse. Hertz obligeait les chanteuses à interpréter nues devant lui tout leur rôle lors de répétitions spéciales avec jeux de scène. Pour vérifier la position de leur corps, il les forçait à se planter un crayon dans le rectum. Le crayon saillait vers le bas dans le prolongement de la colonne vertébrale, si bien que le pointilleux metteur en scène pouvait ainsi contrôler la démarche, le mouvement, le pas et le maintien du corps de la cantatrice avec une précision scientifique.

Un jour, une jeune soprano se disputa avec lui et le dénonça à la direction. Hertz se défendit en disant qu'il n'avait jamais importuné les chanteuses, qu'il n'en avait jamais touché une. C'était vrai, mais le coup du crayon n'en parut que plus dépravé et Hertz dut quitter la ville natale de Jan avec un scandale sur les bras.

Sa mésaventure devint célèbre et, grâce à elle, Jan commença, très jeune, à aller à l'opéra. Il imaginait nues toutes les chanteuses qu'il voyait faire des gestes pathétiques, renverser la tête et ouvrir grande la bouche. L'orchestre gémissait, les chanteuses se saisissaient le côté gauche de la poitrine et il imaginait les crayons sortant des croupes nues. Son cœur tambourinait : il était excité par l'excitation de Hertz ! (Aujourd'hui encore, il ne peut voir autrement un opéra, aujourd'hui encore, s'il va à l'opéra, c'est avec les sentiments d'un très jeune homme qui se glisse en cachette dans un théâtre porno.)

Jan se disait : Hertz était un sublime alchimiste du vice qui avait trouvé dans le crayon fiché dans le derrière la formule magique de l'excitation. Et il avait honte devant lui : Hertz ne se serait jamais laissé contraindre à la laborieuse activité qu'il venait de déployer docilement sur le corps de la vendeuse du magasin d'articles de sport en location.

6

De même que l'invasion des merles a lieu au revers de l'histoire européenne, mon récit se déroule au revers de la vie de Jan. Je le compose à partir d'événements isolés auxquels Jan n'a sans doute pas accordé d'attention particulière, car le devant de sa vie était alors occupé par d'autres événements et d'autres soucis : l'offre d'un nouveau poste en Amérique, une fiévreuse activité professionnelle, la préparation du voyage.

Il a récemment rencontré Barbara dans la rue. Elle lui a demandé d'un ton de reproche pourquoi il ne vient jamais chez elle quand elle reçoit. La maison de Barbara est célèbre pour les divertissements érotiques collectifs qu'elle y organise. Jan redoute la calomnie et il a refusé ces invitations pendant des années. Mais cette fois-ci, il sourit et dit : « Oui, je viendrai volontiers. » Il sait qu'il ne reviendra plus jamais dans cette ville et donc peu lui importe la discrétion. Il s'imagine la maison de Barbara pleine de gens nus et gais et il se dit que ça ne serait finalement pas si mal de fêter ainsi son départ.

Car Jan est sur le départ. Dans quelques mois, il va passer la frontière. Et dès qu'il a cette idée, le mot *frontière*, employé dans le sens géographique courant, lui rappelle une autre frontière, immatérielle et intangible à laquelle il pense de plus en plus depuis quelque temps.

Quelle frontière ?

La femme qu'il a le plus aimée au monde (il avait alors trente ans) lui disait (il était presque désespéré quand il entendait ça) qu'elle ne tenait à la vie que par un très mince fil. Oui, elle voulait vivre, la vie lui procurait une immense joie, mais elle savait en même temps que ce « je veux vivre » était tissé avec les fils d'une toile d'araignée. Il suffisait de si peu, de si infiniment peu, pour se retrouver de l'autre côté de la frontière au-delà de laquelle plus rien n'avait de sens : l'amour, les convictions, la foi, l'Histoire. Tout le mystère de la vie humaine tenait au fait qu'elle se déroule à proximité immédiate et même au contact direct de cette frontière, qu'elle n'en est pas séparée par des kilomètres, mais à peine par un millimètre.

7

Tout homme a deux biographies érotiques. On ne parle en général que de la première, qui se compose d'une liste de liaisons et de rencontres amoureuses.

La plus intéressante est sans doute l'autre biographie : le cortège des femmes que nous voulions avoir et qui nous ont échappé, l'histoire douloureuse des virtualités inaccomplies.

Mais il y a encore une troisième, une mystérieuse et inquiétante catégorie de femmes. Elles nous plaisaient, nous leur plaisions, mais en même temps nous avons bien vite compris que nous ne pouvions pas les avoir car, dans notre rapport avec elles, nous nous trouvions *de l'autre côté de la frontière.*

Jan était dans le train, il lisait. Une jeune et belle inconnue vint s'asseoir dans son compartiment (la seule place libre était justement en face de la sienne) et lui fit un signe de la tête. Il lui rendit son salut et chercha à se rappeler d'où il la connaissait. Puis il replongea les yeux dans les pages de son livre, mais il lisait avec peine. Il sentait le regard de la jeune femme toujours fixé sur lui, plein de curiosité et d'attente.

Il referma le livre : « D'où est-ce que je vous connais ? »

Ce n'était rien d'extraordinaire. Ils s'étaient rencontrés, lui dit-elle, cinq ans plus tôt parmi des gens insignifiants. Il se souvenait de cette période et il lui posa quelques questions : que faisait-elle au juste alors, qui voyait-elle, où travaillait-elle maintenant et avait-elle un travail intéressant ?

Il y était habitué : entre lui et n'importe quelle femme, il savait faire jaillir rapidement l'étincelle. Seulement, cette fois-ci, il avait la pénible impression d'être un employé du service du personnel qui pose des questions à une femme venue solliciter une place.

Il se tut. Il rouvrit son livre et fit un effort pour lire, mais il se sentait observé par un invisible jury d'examen qui possédait sur lui tout un dossier de renseignements et ne le quittait pas des yeux. Il regardait les pages à contrecœur, sans savoir ce qu'il y avait dedans, et il ne lui échappait pas que le jury enregistrait patiemment les minutes de son silence pour en tenir compte dans le calcul de la note finale.

De nouveau il ferma le livre, de nouveau il tenta de nouer la conversation sur un ton léger, et de nouveau il constata que ça ne donnait rien.

Il en conclut que l'échec venait de ce qu'ils discutaient dans un compartiment trop plein. Il invita la jeune femme au wagon-restaurant où ils trouvèrent une table pour deux. Il parlait avec plus d'aisance ; mais là non plus il ne faisait pas jaillir l'étincelle.

Ils retournèrent dans le compartiment. Il rouvrit son livre, mais comme tout à l'heure il ne savait pas ce qu'il y avait dedans.

La jeune femme resta quelques instants assise en face de lui, puis elle se leva et alla dans le couloir pour regarder par la vitre.

Il était terriblement mécontent. La jeune femme lui plaisait et sa sortie n'était qu'un appel silencieux.

Au dernier moment, il voulut encore une fois sauver la situation. Il sortit dans le couloir et se mit à côté d'elle. Il lui dit que s'il ne l'avait pas reconnue tout à l'heure, c'était sans doute parce qu'elle avait changé de coiffure. Il lui écarta les cheveux du front et regarda son visage soudain différent.

« Oui, je vous reconnais maintenant », lui dit-il. Évidemment, il ne la reconnaissait pas. Et c'était d'ailleurs sans importance. Tout ce qu'il voulait, c'était presser fermement la main sur le sommet de son crâne, lui incliner doucement la tête en arrière et la regarder comme ça, dans les yeux.

Combien de fois dans sa vie avait-il posé la main sur la tête d'une femme en lui demandant : « Montrez comment vous seriez comme ça ? » Ce contact impérieux et ce regard souverain renversaient d'un seul coup toute la situation. Comme s'ils contenaient en germe (et tiraient de l'avenir) la grande scène où il s'emparerait d'elle totalement.

Mais cette fois-ci son geste ne produisit aucun effet. Son

propre regard était beaucoup plus faible que le regard qu'il sentait sur lui, le regard dubitatif du jury d'examen qui savait bien qu'il se répétait et qui lui faisait comprendre que toute répétition n'est qu'une imitation et que toute imitation est sans valeur. Jan, tout à coup, se voyait avec les yeux de la jeune femme. Il voyait la pitoyable pantomime de son regard et de son geste, cette pantomime stéréotypée qui s'était vidée de toute signification à force de se répéter au cours des ans. D'avoir perdu sa spontanéité, son sens naturel et immédiat, son geste lui causait tout à coup une fatigue insupportable, comme s'il avait eu des poids de dix kilos attachés aux poignets. Le regard de la jeune femme créait autour de lui un étrange milieu qui décuplait la pesanteur.

Il n'y avait plus moyen de continuer. Il lâcha la tête de la jeune femme et regarda par la vitre les jardins qui défilaient.

Le train arriva à destination. En sortant de la gare, elle dit à Jan qu'elle n'habitait pas loin et elle l'invita chez elle.

Il refusa.

Ensuite, il y pensa pendant des semaines entières : comment avait-il pu refuser une femme qui lui plaisait ?

Dans son rapport avec elle il se trouvait de l'autre côté de la frontière.

8

Le regard de l'homme a déjà été souvent décrit. Il se pose froidement sur la femme, paraît-il, comme s'il la mesurait, la pesait, l'évaluait, la choisissait, autrement dit comme s'il la changeait en chose.

Ce qu'on sait moins, c'est que la femme n'est pas tout à fait désarmée contre ce regard. Si elle est changée en chose, elle observe donc l'homme avec le regard d'une chose. C'est comme si le marteau avait soudain des yeux et observait fixement le maçon qui s'en sert pour enfoncer un clou. Le maçon voit le regard mauvais du marteau, il perd son assurance et se donne un coup sur le pouce.

Le maçon est le maître du marteau, pourtant c'est le marteau qui a l'avantage sur le maçon, parce que l'outil sait exactement comment il doit être manié, tandis que celui qui le manie ne peut le savoir qu'à peu près.

Le pouvoir de regarder change le marteau en être vivant, mais le brave maçon doit soutenir son regard insolent et, d'une main ferme, le changer de nouveau en chose. On dit que la femme vit ainsi un mouvement cosmique vers le haut puis vers le bas : l'essor d'une chose se muant en créature et la chute d'une créature se muant en chose.

Mais il arrivait à Jan de plus en plus souvent que le jeu du maçon et du marteau ne soit plus jouable. Les femmes regardaient mal. Elles gâchaient le jeu. Était-ce parce qu'à cette époque elles avaient commencé à s'organiser et qu'elles avaient décidé de transformer la condition séculaire de la femme ? Ou bien était-ce parce que Jan vieillissait et qu'il voyait autrement les femmes et leur regard ? Était-ce le monde qui changeait ou était-ce lui ?

Difficile à dire. Toujours est-il que la jeune femme du train le toisait avec des yeux méfiants pleins de doutes, et qu'il avait lâché le marteau sans avoir eu le temps de le lever.

Il avait récemment rencontré Pascal qui s'était plaint à lui de Barbara. Barbara l'avait invité chez elle. Il y avait là deux filles que Pascal ne connaissait pas. Il avait bavardé un moment puis, sans crier gare, Barbara était allée dans la cuisine chercher un gros réveil en fer-blanc comme il y en avait autrefois. Elle avait commencé à se déshabiller sans mot dire et les deux filles en avaient fait autant.

Pascal se lamentait : « Vous comprenez, elles se sont déshabillées avec indifférence, nonchalamment, comme si j'étais un chien ou un pot de fleurs. »

Ensuite, Barbara lui avait ordonné de se déshabiller aussi. Il ne voulait pas manquer l'occasion de faire l'amour avec deux inconnues et il avait obéi. Quand il avait été tout nu, Barbara lui avait montré le réveil : « Regarde bien la trotteuse. Si tu ne bandes pas dans une minute, tu prends la porte ! »

« Elles ne quittaient pas des yeux mon entrejambe et, comme les secondes commençaient à filer, elles ont éclaté de rire ! Après cela elles m'ont flanqué dehors ! »

Voilà un cas où le marteau a décidé de castrer le maçon.

« Tu sais, Pascal est un goujat et j'éprouvais une secrète sympathie pour le commando disciplinaire de Barbara, disait Jan à Edwige. D'ailleurs, Pascal et ses copains ont fait à des filles quelque chose qui ressemble beaucoup au tour que lui a joué Barbara. La fille venait, elle voulait faire l'amour, et ils la déshabillaient et l'attachaient sur le divan. La fille s'en fichait d'être attachée, ça faisait partie du jeu. Ce qu'il y a de scandaleux, c'est qu'ils ne lui faisaient rien, qu'ils ne la touchaient même pas, qu'ils se contentaient de l'examiner sur toutes les coutures. La fille avait l'impression d'être violée.

— Ça se comprend, dit Edwige.

— Mais je peux très bien imaginer que ces filles, ligotées et reluquées, étaient excitées pour de bon. Dans une situation semblable, Pascal n'était pas excité. Il était castré. »

La soirée était assez avancée, ils étaient chez Edwige et une bouteille de whisky à moitié vide était posée devant eux sur une table basse. « Que veux-tu dire par là ? demanda-t-elle.

— Je veux dire par là, répondit Jan, que quand un homme et une femme font la même chose, ce n'est pas la même chose. L'homme viole, la femme castre.

— Tu veux dire par là qu'il est immonde de castrer un homme, mais que c'est une belle chose de violer une femme.

— Je veux seulement dire par là, répliqua Jan, que le viol fait partie de l'érotisme, mais que la castration en est la négation. »

Edwige vida son verre d'un trait et répondit avec colère : « Si le viol fait partie de l'érotisme, cela veut dire que tout l'érotisme est dirigé contre la femme et qu'il faut en inventer un autre. »

Jan but une gorgée, garda un instant le silence et reprit : « Il y a bien des années, dans mon ancien pays, nous avons composé avec des copains une anthologie des paroles que nos maîtresses prononçaient pendant l'amour. Sais-tu quel est le mot qui revenait le plus souvent ? »

Edwige n'en savait rien.

« Le mot *non*. Le mot *non* répété plusieurs fois de suite : *non, non, non, non, non, non, non*… La fille venait pour faire l'amour, et quand le garçon la prenait dans ses bras elle le repoussait en disant *non*, de sorte que l'acte d'amour, éclairé par la lueur rouge de ce mot qui est le plus beau de tous, devenait une petite imitation du viol. Même quand elles approchaient de la jouissance, elles disaient *non, non, non, non, non* et il y en avait beaucoup qui jouissaient en criant *non*. Depuis ce temps-là, *non* est pour moi un mot princier. Toi aussi, tu avais l'habitude de dire non ? »

Edwige répondit qu'elle ne disait jamais non. Pourquoi

dire une chose qu'elle ne pensait pas ? « Quand une femme dit non, elle veut dire oui. Cet aphorisme de mâles m'a toujours révoltée. C'est une phrase aussi bête que l'histoire humaine.

— Mais cette histoire est en nous et on ne peut pas y échapper, répliqua Jan. La femme qui fuit et se défend. La femme qui se donne, l'homme qui prend. La femme qui se voile, l'homme qui lui arrache ses vêtements. Ce sont des images séculaires que nous portons en nous !

— Séculaires et idiotes ! Aussi idiotes que les images pieuses ! Et si les femmes commençaient à en avoir plein le dos de se comporter d'après leur modèle ? Si ça leur donnait la nausée, cette éternelle répétition ? Si elles voulaient inventer d'autres images et un autre jeu ?

— Oui, ce sont des images stupides qui stupidement se répètent. Tu as tout à fait raison. Mais si notre désir du corps féminin dépendait précisément de ces images stupides et d'elles seules ? Quand elles seront détruites en nous, ces vieilles images stupides, un homme pourra-t-il faire encore l'amour avec une femme ? »

Edwige éclata de rire : « Je crois que tu te fais de la bile pour rien. »

Puis elle fixa sur lui son regard maternel : « Et n'imagine pas que tous les hommes sont comme toi. Comment sont-ils les hommes quand ils se retrouvent face à face avec une femme ? Qu'en sais-tu ? »

Jan ne savait vraiment pas comment sont les hommes quand ils se retrouvent seuls face à face avec une femme. Il y eut un silence et Edwige avait sur son visage le sourire béat qui indiquait que la soirée était déjà très avancée et que le moment approchait où Jan allait dérouler sur son corps la bobine cinématographique vide.

Après un instant de réflexion, elle ajouta : « Finalement, ça ne compte pas tellement de faire l'amour. »

Jan dressa l'oreille : « Tu crois que ça ne compte pas tellement de faire l'amour ? »

Elle lui souriait tendrement : « Non, ça ne compte pas tellement. »

Il oublia aussitôt leur discussion parce qu'il venait de comprendre quelque chose de beaucoup plus important : pour Edwige, l'amour physique n'était qu'un signe, qu'un acte symbolique qui confirme l'amitié.

Ce soir-là, pour la première fois, il osa dire qu'il était

fatigué. Il s'allongea près d'elle dans le lit comme un ami chaste sans dérouler la bobine. Il lui caressait les cheveux et voyait au-dessus de leur avenir commun se dresser l'arc-en-ciel rassurant de la paix.

9

Il y a dix ans, une femme mariée rendait visite à Jan. Ils se connaissaient depuis des années mais se voyaient très rarement, parce que cette femme travaillait et, même quand elle se libérait pour le voir, ils n'avaient pas de temps à perdre. Elle commençait par s'asseoir dans un fauteuil et ils bavardaient un instant, mais juste un instant. Jan devait bientôt se lever, s'approcher d'elle, lui donner un baiser et la soulever dans ses bras.

Ensuite il relâchait son étreinte, ils s'écartaient un peu l'un de l'autre et commençaient à se déshabiller à la hâte. Jan jetait sa veste sur une chaise. Elle enlevait son pull et le posait sur le dossier de la chaise. Il déboutonnait son pantalon et le laissait glisser. Elle se penchait en avant et commençait à retirer son collant. Ils se dépêchaient tous les deux. Ils étaient debout face à face, penchés en avant, Jan libérait successivement un pied puis l'autre de son pantalon (pour cela il levait très haut les jambes comme un soldat qui défile), elle se courbait pour faire descendre son collant sur ses chevilles, puis en dégageait ses jambes en les levant vers le plafond, tout à fait comme lui.

C'était à chaque fois pareil, mais un jour il se produisit un petit fait anodin qu'il n'oublierait jamais : Elle le regarda et elle ne put retenir un sourire. C'était un sourire presque tendre, plein de compréhension et de sympathie, un sourire timide qui cherchait lui-même à se faire pardonner, mais incontestablement un sourire né de l'éclairage du ridicule qui inonda soudain toute la scène. Il eut beaucoup de mal à se maîtriser et à ne pas retourner ce sourire. Car il voyait lui aussi émerger de la pénombre de l'habitude le ridicule inopiné de deux personnes qui se font face et lèvent très haut les jambes dans une étrange précipitation. Pour un peu, il aurait éclaté de rire. Mais il savait qu'ensuite ils ne pourraient plus faire l'amour. Le rire était là comme un énorme piège qui attendait patiemment dans la pièce, dissimulé derrière une mince paroi invisible. Quelques millimètres à peine séparaient l'amour physique du rire, et il redoutait de les franchir. Quelques millimètres le séparaient de la frontière au-delà de laquelle les choses n'ont plus de sens.

Il s'était maîtrisé. Il avait repoussé le sourire, il avait jeté son pantalon et s'était vite avancé vers son amie pour toucher aussitôt son corps dont la chaleur allait chasser le diable du rire.

10

Il apprit que l'état de santé de Passer empirait. Le malade ne tenait plus que grâce à des piqûres de morphine et ne se sentait bien que quelques heures par jour. Jan prit le train pour lui rendre visite dans une lointaine clinique et, pendant le trajet, il se reprocha d'aller si rarement le voir. Il prit peur en apercevant Passer qui avait tellement vieilli. Quelques cheveux argentés dessinaient une courbe ondulante au-dessus de son crâne, la même que dessinait, il n'y a pas si longtemps, son épaisse chevelure brune. Son visage était le souvenir du visage d'autrefois.

Passer l'accueillit avec son exubérance coutumière. Il le prit par le bras et, d'un pas énergique, l'entraîna dans sa chambre où ils s'assirent de chaque côté d'une table.

La première fois que Jan avait rencontré Passer, il y avait de cela très longtemps, Passer avait parlé des grands espoirs de l'humanité et, tout en parlant, il tapait du poing sur la table au-dessus de laquelle étincelaient ses grands yeux éternellement enthousiasmés. Aujourd'hui, il ne parlait pas des espoirs de l'humanité, mais des espoirs de son corps. Les médecins affirmaient que s'il parvenait, grâce à un traitement intensif par piqûres et au prix de grandes douleurs, à passer le cap des quinze prochains jours, il aurait gagné. En disant cela à Jan, il tapait du poing sur la table et ses yeux étincelaient. Le récit enthousiaste sur les espoirs du corps était l'écho mélancolique du récit sur les espérances du genre humain. Ces deux enthousiasmes étaient pareillement illusoires et les yeux étincelants de Passer leur prêtaient à tous deux une lumière pareillement magique.

Puis il se mit à parler de l'actrice Hanna. Avec une pudique timidité masculine, il avoua à Jan qu'il était encore une dernière fois devenu fou. Il était devenu fou d'une femme follement belle, tout en sachant que c'était la plus insensée de toutes les folies possibles. Il parlait, les yeux étincelants, de la forêt où ils avaient cherché des champignons comme on cherche un trésor, et du café où ils s'étaient arrêtés pour boire du vin rouge.

« Et Hanna était formidable ! Comprends-tu ? Elle ne prenait pas des airs d'infirmière empressée, elle n'avait pas des regards compatissants pour me rappeler mon infirmité et ma décrépitude, elle riait et buvait avec moi. On a descendu un litre de vin ! J'avais l'impression d'avoir dix-huit ans ! Ma chaise était placée exactement sur la ligne de la mort, et j'avais envie de chanter. »

Passer tapa du poing sur la table et regarda Jan de ses yeux étincelants au-dessus desquels l'abondante crinière disparue restait dessinée par trois fils argentés.

Jan dit que nous sommes tous à cheval sur la ligne de la mort. Que le monde entier, qui sombre dans la violence, la cruauté et la barbarie, s'est assis sur cette ligne. Il dit cela parce qu'il aimait Passer et qu'il trouvait atroce que cet homme, qui tapait magnifiquement du poing sur la table, mourût avant le monde qui ne méritait aucun amour. Il s'efforçait de faire paraître plus proche la fin du monde pour que la mort de Passer en devînt plus supportable. Mais Passer n'acceptait pas la fin du monde, il frappait du poing sur la table et recommençait à parler des espérances de l'humanité. Il dit que nous vivons une époque de grands changements.

Jan n'avait jamais partagé l'admiration de Passer pour les choses qui changent mais il aimait son désir de changement, parce qu'il y voyait le plus ancien désir de l'homme, le conservatisme le plus conservateur de l'humanité. Pourtant, bien qu'il aimât ce désir, il souhaitait le lui dérober, maintenant que la chaise de Passer était placée à cheval sur la ligne de la mort. Il voulait salir à ses yeux l'avenir pour qu'il regrette un peu moins la vie qu'il était en train de perdre.

Il lui dit : « On nous raconte toujours que nous vivons une grande époque. Clevis parle de la fin de l'ère judéo-chrétienne, d'autres de la révolution mondiale et du communisme, mais tout ça, ce sont des sottises. Si notre époque est un tournant, c'est pour une tout autre raison. »

Passer le regardait dans les yeux de son regard étincelant

au-dessus duquel le souvenir de la crinière restait dessiné par trois fils argentés.

Jan poursuivait : « Tu connais l'histoire du lord anglais ? »

Passer tapa du poing sur la table et dit qu'il ne connaissait pas cette histoire.

« Après leur nuit de noces, un lord anglais dit à sa femme : Lady, j'espère que vous êtes enceinte. Je ne voudrais pas répéter une seconde fois ces mouvements ridicules. »

Passer sourit, mais sans taper du poing sur la table. Cette anecdote n'était pas de celles qui suscitaient son enthousiasme.

Jan poursuivit : « Qu'on ne me parle pas de révolution mondiale ! Nous vivons une grande époque historique où l'acte sexuel se transforme définitivement en mouvements ridicules. »

Un sourire au tracé délicat parut sur le visage de Passer. Jan connaissait bien ce sourire. Ce n'était pas un sourire joyeux ou approbateur, mais le sourire de la tolérance. Ils avaient toujours été très éloignés l'un de l'autre et, dans les rares moments où leur différence se manifestait de manière trop voyante, ils s'adressaient mutuellement ce sourire pour s'assurer que leur amitié n'était pas en danger.

11

Pourquoi lui resurgit-elle toujours devant les yeux, cette image de la frontière ?

Il se dit que c'est parce qu'il vieillit : Les choses se répètent et perdent chaque fois une fraction de leur sens. Ou, plus exactement, elles perdent goutte à goutte leur force vitale qui leur procure l'illusion du sens. La frontière, d'après Jan, veut donc dire : la dose maximale admissible de répétitions.

Il avait un jour assisté à un spectacle où, au beau milieu de l'action, un comique très doué commençait de but en blanc à compter très lentement et avec une expression d'extrême attention : un, deux, trois, quatre… il prononçait chaque nombre d'un air très absorbé comme s'il lui avait échappé, et il le cherchait dans l'espace autour de lui : cinq, six, sept, huit… À quinze, le public avait commencé à rire, et quand il était arrivé à cent, lentement et avec l'air de plus en plus absorbé, les gens tombaient de leurs bancs.

À une autre représentation, le même acteur s'était mis au piano et avait commencé à jouer, avec la main gauche, l'accompagnement rythmique d'une valse : tamtadam, tamtadam. Sa main droite pendait, on n'entendait aucune mélodie, mais toujours le même tamtadam, tamtadam qui se répétait continuellement, et il regardait le public d'un regard éloquent comme si cet accompagnement de valse était une musique splendide digne d'émotion, d'applaudissements et d'enthousiasme. Il joua sans arrêt, vingt fois, trente fois, cinquante fois, cent fois le même tamtadam, tamtadam et le public s'étranglait de rire.

Oui, quand on a franchi la frontière, le rire retentit, fatidique. Mais quand on va encore plus loin, encore *au-delà* du rire ?

Jan imagine que les dieux grecs ont d'abord participé passionnément aux aventures des hommes. Ensuite ils ont fait halte sur l'Olympe pour regarder en bas et ils ont bien ri. Et aujourd'hui, ils sont depuis longtemps endormis.

À mon avis pourtant, Jan se trompe s'il s'imagine que la frontière est un trait qui coupe la vie de l'homme à un endroit déterminé, qu'elle indique une cassure dans le temps, une seconde précise à l'horloge de la vie humaine. Non. Je suis au contraire certain que la frontière est constamment avec nous, indépendamment du temps et de notre âge, qu'elle est omniprésente, bien qu'elle soit plus ou moins visible selon les circonstances.

La femme que Jan a tellement aimée avait raison de dire que ce qui la retenait à la vie n'était qu'un fil d'araignée. Il suffit de si peu, d'un infime courant d'air pour que les choses bougent imperceptiblement, et ce pour quoi on aurait encore donné sa vie une seconde avant apparaît soudain comme un non-sens où il n'y a rien.

Jan avait des amis qui avaient quitté comme lui son ancienne patrie et qui consacraient tout leur temps à la lutte pour sa liberté perdue. Il leur était déjà arrivé à tous de sentir que le lien qui les unissait à leur pays n'était qu'une illusion et que ce n'était qu'une persévérance de l'habitude s'ils étaient encore prêts à mourir pour quelque chose qui leur était indifférent. Ils connaissaient tous ce sentiment et redoutaient en même temps de le connaître, ils détournaient la tête de peur de voir la frontière et de glisser (attirés par le vertige comme par un abîme) de l'autre côté, là où la langue de leur peuple torturé ne faisait déjà plus qu'un bruit insignifiant pareil au gazouillis des oiseaux.

Si Jan définit pour lui-même la frontière comme la dose maximale admissible de répétitions, je suis donc dans l'obligation de le corriger : la frontière n'est pas le résultat de la répétition. La répétition n'est que l'une des manières de rendre la frontière visible. La ligne de la frontière est couverte de poussière et la répétition est comme le geste de la main qui écarte cette poussière.

Je voudrais rappeler à Jan cette expérience remarquable qui remonte à son enfance : Il avait alors à peu près treize ans. On parlait de créatures qui vivent sur d'autres planètes et il jouait avec l'idée que ces extraterrestres avaient sur leurs corps plus de lieux érotiques que l'homme, habitant de la terre. L'enfant qu'il était alors et qui s'excitait en cachette devant la photo volée d'une danseuse nue avait eu finalement le sentiment que la femme terrestre, dotée d'un sexe et de deux seins, cette trop simple trinité, souffre d'indigence érotique. Il rêvait d'une créature qui aurait eu sur le corps, non pas ce misérable triangle, mais une dizaine ou une vingtaine de lieux érotiques, et aurait fourni au regard des excitations tout à fait inépuisables.

Je veux dire par là qu'il savait déjà, au milieu de son très long trajet de puceau, ce que c'est que d'être las du corps féminin. Avant même de connaître la volupté, il était déjà parvenu en pensée au bout de l'excitation. Il en avait déjà touché le fond.

Il vivait donc depuis l'enfance avec à portée de son regard cette frontière mystérieuse au-delà de laquelle un sein féminin n'est qu'une boule mollasse qui pend sur le buste. La frontière était son partage depuis les premiers commencements. À treize ans, Jan qui rêvait d'autres lieux érotiques sur le corps féminin la connaissait aussi bien que Jan trente ans plus tard.

12

Il faisait du vent et c'était plein de boue. Le cortège funèbre s'était placé en demi-cercle devant la tombe ouverte. Jan était là et il y avait presque tous ses amis, l'actrice Hanna, les Clevis, Barbara et, bien entendu, les Passer : l'épouse avec le fils en larmes et la fille.

Deux hommes aux vêtements râpés soulevèrent les cordes sur lesquelles était posé le cercueil. Au même moment, un personnage nerveux qui tenait une feuille de papier à la main s'approcha de la tombe, se tourna face aux fossoyeurs, leva la feuille et commença à lire à haute voix. Les fossoyeurs le regardèrent, hésitèrent un instant, se demandant s'ils devaient reposer le cercueil à côté de la tombe, puis ils commencèrent à le faire descendre lentement dans la fosse, comme s'ils avaient décidé d'épargner au mort l'obligation d'écouter encore un quatrième discours.

La soudaine disparition du cercueil déconcerta l'orateur. Tout son discours était rédigé à la deuxième personne du singulier. Il s'adressait au mort, lui faisait des promesses, l'approuvait, le rassurait, le remerciait et répondait à ses questions supposées. Le cercueil arriva au fond de la fosse, les fossoyeurs retirèrent les cordes et restèrent humblement immobiles près de la tombe. Voyant que l'orateur les haranguait avec tant de fougue, ils baissaient la tête, intimidés.

Plus l'orateur comprenait l'incongruité de la situation, plus il était attiré par les deux mornes personnages, et il dut presque se faire violence pour regarder ailleurs. Il se tourna vers le demi-cercle du cortège funèbre. Mais même comme ça, son discours écrit à la deuxième personne ne sonnait pas beaucoup mieux, car on avait l'impression que le cher disparu se cachait quelque part dans la foule.

De quel côté l'orateur devait-il regarder ? Il contemplait avec angoisse sa feuille de papier et, quoiqu'il sût son discours par cœur, il gardait les yeux rivés sur le texte.

Toute l'assistance cédait à une nervosité encore exacerbée par les rafales hystériques du vent. Papa Clevis avait son chapeau soigneusement enfoncé sur le crâne, mais le vent était si violent qu'il le lui arracha et vint le déposer entre la tombe ouverte et la famille Passer qui était au premier rang.

Il voulut d'abord se glisser à travers le groupe et courir ramasser son chapeau, mais il s'avisa que cette réaction pourrait faire croire qu'il attachait plus d'importance au chapeau qu'au sérieux de la cérémonie en l'honneur de son ami. Il prit donc la décision de rester tranquille et de faire comme s'il n'avait rien remarqué. Mais ce n'était pas la bonne solution. Depuis que le chapeau était seul dans l'espace désert devant la tombe, l'assistance était encore plus nerveuse et tout à fait incapable d'entendre les paroles de l'orateur. Malgré son humble immobilité, le chapeau troublait beaucoup plus la cérémonie que si Clevis avait fait quelques pas pour le ramasser. Il finit donc par dire à la personne qui se trouvait devant lui *excusez-moi*, et il sortit du groupe. Il se trouva ainsi dans l'espace vide (semblable à une petite scène) entre la tombe et le cortège. Il se baissa, étendit le bras vers le sol, mais juste à ce moment le vent se remit à souffler, entraînant le chapeau un peu plus loin, aux pieds de l'orateur.

Plus personne ne pouvait penser à autre chose qu'à papa Clevis et à son chapeau. L'orateur, qui ne savait rien du chapeau, sentit pourtant qu'il se passait quelque chose dans l'auditoire. Il leva les yeux de sa feuille et aperçut avec surprise un inconnu qui se tenait à deux pas devant lui et le regardait comme s'il s'apprêtait à bondir. Vite, il baissa de nouveau les yeux sur son texte, espérant peut-être que l'incroyable vision aurait disparu quand il les relèverait. Mais il les releva et l'homme était toujours devant lui et le regardait toujours.

Papa Clevis ne pouvait ni avancer ni reculer. Il trouvait inconvenant de se jeter aux pieds de l'orateur et ridicule de s'en retourner sans son chapeau. Il restait donc là sans bouger, cloué au sol par l'indécision, et tentait vainement de découvrir une solution.

Il aurait voulu que quelqu'un lui vînt en aide. Il jeta un coup d'œil vers les fossoyeurs. Ils étaient immobiles de l'autre côté de la fosse et regardaient fixement aux pieds de l'orateur.

À ce moment, il y eut une nouvelle rafale de vent et le chapeau glissa lentement vers le bord de la fosse. Clevis se décida. Il fit un pas énergique, étendit le bras et se baissa. Le chapeau se dérobait, se dérobait toujours, il était presque sous ses doigts quand il glissa le long du bord et tomba dans la fosse.

Clevis étendit encore une fois le bras comme pour le rappeler à lui, mais il résolut tout à coup de faire comme si le chapeau n'avait jamais existé et comme s'il s'était lui-même retrouvé au bord de la fosse à cause d'un hasard tout anodin. Il voulait être absolument naturel et détendu, mais c'était difficile parce que tous les regards étaient fixés sur lui. Il avait l'air crispé ; il fit un effort pour ne voir personne et vint se ranger au premier rang où sanglotait le fils de Passer.

Quand le spectre menaçant de l'homme qui s'apprêtait à bondir eut disparu, le personnage à la feuille de papier retrouva son calme et leva les yeux vers la foule, qui ne l'entendait plus du tout, pour prononcer la dernière phrase de son discours. Se tournant vers les fossoyeurs, il déclara d'un ton très solennel : « Victor Passer, ceux qui t'aimaient ne t'oublieront jamais. Que la terre te soit légère ! »

Il se pencha au bord de la tombe sur un tas de terre glaise où était fichée une petite pelle, il prit de la terre sur la pelle et s'inclina sur la fosse. À ce moment, le cortège fut secoué d'un rire étouffé. Car les gens s'imaginaient tous que l'orateur, qui s'était immobilisé avec la pelle de terre glaise à la main et regardait en bas sans bouger, voyait le cercueil au fond de la fosse et le chapeau sur le cercueil, comme si le mort, dans un vain désir de dignité, n'avait pas voulu rester tête nue pendant l'instant solennel.

L'orateur se domina, jeta la terre glaise sur le cercueil en veillant à ce qu'elle ne tombe pas sur le chapeau, comme si la tête de Passer s'y dissimulait vraiment. Ensuite, il tendit la pelle à la veuve. Oui, il fallait qu'ils boivent tous jusqu'au bout le calice de la tentation. Il fallait qu'ils vivent tous cet effroyable combat contre le rire. Tous, y compris l'épouse et le fils qui sanglotait, il fallait qu'ils prennent de la terre glaise avec la pelle et qu'ils se penchent sur la fosse où il y avait un cercueil et, sur le cercueil, un chapeau, comme si Passer, avec sa vitalité et son optimisme indomptables, voulait sortir la tête.

13

Une vingtaine de personnes étaient réunies dans la villa de Barbara. Tout le monde était dans le grand salon, assis sur le divan, dans les fauteuils ou par terre. Au milieu, dans le cercle des regards distraits, une fille qui venait, paraît-il, d'une ville de province s'agitait et se tordait de toutes les manières possibles.

Barbara trônait dans un vaste fauteuil en peluche : « Tu ne crois pas que ça traîne ? » dit-elle en jetant sur la fille un coup d'œil sévère.

La fille la regarda et fit tournoyer ses épaules, comme si elle désignait ainsi toutes les personnes présentes et se plaignait de leur indifférence et de leur air distrait. Mais la sévérité du regard de Barbara n'admettait pas d'excuse muette et la fille, sans interrompre ses mouvements inexpressifs et inintelligibles, entreprit de déboutonner sa blouse.

À partir de ce moment, Barbara ne s'occupa plus d'elle et posa successivement les yeux sur toutes les personnes présentes. Saisissant ce regard, les gens interrompaient leurs bavardages et tournaient des prunelles dociles vers la fille qui se déshabillait. Puis Barbara releva sa jupe, se mit la main entre les cuisses et pointa de nouveau des yeux provocants dans tous les coins du salon. Elle observait attentivement ses gymnastes pour voir s'ils suivaient sa démonstration.

Les choses finirent enfin par démarrer, selon leur propre rythme paresseux mais sûr, la provinciale était nue depuis longtemps, couchée dans les bras d'un mâle quelconque, les autres se dispersèrent dans les autres pièces. Pourtant, Barbara était partout présente, toujours vigilante et infiniment exigeante. Elle n'admettait pas que ses invités se divisent en couples et se cachent dans leurs coins. Elle s'emporta contre une jeune femme dont Jan enlaçait les épaules : « Va chez lui si tu veux le voir en tête à tête. Ici on est en société ! » Elle la saisit par le bras et l'entraîna dans une pièce voisine.

Jan remarqua le regard d'un jeune chauve sympathique qui était assis à l'écart et avait observé l'intervention de Barbara. Ils se sourirent. Le chauve s'approcha et Jan lui dit : « Le maréchal Barbara. »

Le chauve éclata de rire et dit : « C'est une entraîneuse qui nous prépare pour les jeux Olympiques. »

Ils regardaient ensemble Barbara et observaient la suite de son activité :

Elle s'agenouilla près d'un homme et d'une femme qui faisaient l'amour, insinua sa tête entre leurs visages et pressa sa bouche sur les lèvres de la femme. Plein d'égards pour Barbara, l'homme s'écarta de sa partenaire, croyant sans doute que Barbara la voulait pour elle seule. Barbara prit la femme dans ses bras, la tira vers elle, jusqu'à ce qu'elles soient pressées l'une contre l'autre, couchées toutes deux sur le côté, tandis que l'homme était debout devant elles, humble et respectueux. Barbara, sans cesser d'embrasser la femme, décrivit un cercle dans l'air avec sa main levée. L'homme comprit que c'était un appel qui lui était adressé, mais il ne savait pas si on lui enjoignait de rester ou de s'éloigner. Il observait avec une attention tendue la main dont le mouvement était de plus en plus énergique et impatient. Barbara finit par détacher ses lèvres de la bouche de la femme et exprima son désir à haute voix. L'homme acquiesça, se laissa de nouveau glisser à terre et jouxta par-derrière la femme qui était maintenant captive entre lui et Barbara.

« Nous sommes tous les personnages du rêve de Barbara, dit Jan.

— Oui, répondit le chauve. Mais ça ne colle jamais tout à fait. Barbara est comme un horloger qui doit déplacer lui-même les aiguilles de sa pendule. »

Dès qu'elle fut parvenue à modifier la position de l'homme, Barbara se désintéressa immédiatement de la femme qu'elle venait d'embrasser avec passion. Elle se leva et s'approcha d'un couple de très jeunes amants blottis l'un contre l'autre avec une expression d'angoisse dans un angle du salon. Ils n'étaient qu'à demi dévêtus et le jeune homme s'efforçait de dissimuler la jeune fille avec son corps. Comme des figurants sur une scène d'opéra ouvrent la bouche sans émettre un son et agitent absurdement les mains pour créer l'illusion d'une conversation vivante, ils peinaient tant et plus pour faire croire qu'ils étaient totalement absorbés l'un par l'autre car tout ce qu'ils voulaient, c'était passer inaperçus et échapper aux autres.

Barbara ne se laissa pas tromper par leur manège, elle s'agenouilla contre eux, leur caressa un instant les cheveux et leur dit quelque chose. Puis elle disparut dans une pièce voisine et revint accompagnée de trois hommes nus. Elle se remit à genoux contre les deux amants, prit dans ses mains la tête du jeune homme et l'embrassa. Les trois hommes nus, guidés par les injonctions muettes de son regard, se penchaient sur la petite et lui enlevaient le reste de ses vêtements.

« Quand ce sera fini, il y aura une réunion, dit le chauve. Barbara va tous nous convoquer, elle nous fera mettre en demi-cercle autour d'elle, elle se plantera devant nous, mettra ses lunettes, analysera ce que nous avons fait de bien et de mal, fera l'éloge des élèves appliqués et distribuera des blâmes aux fainéants. »

Les deux amants timides partageaient enfin leurs corps avec les autres. Barbara les abandonna et se dirigea vers les deux hommes. Elle adressa un bref sourire à Jan et s'approcha du chauve. Presque au même moment, Jan sentit sur sa peau le contact délicat de la provinciale dont le déshabillage avait donné le coup d'envoi de la soirée. Il se dit que la grande horloge de Barbara ne fonctionnait pas si mal.

La provinciale s'occupait de lui avec un zèle fervent, mais il laissait à tout moment ses yeux s'égarer de l'autre côté de la pièce, vers le chauve dont le sexe était travaillé par la main de Barbara. Les deux couples étaient dans la même situation. Les deux femmes, le buste incliné, s'occupaient, avec les mêmes gestes, de la même chose ; on aurait dit des jardinières assidues penchées sur un parterre de fleurs. Chaque couple n'était que l'image de l'autre reflétée dans un miroir. Les regards des deux hommes se croisèrent et Jan vit que le corps du chauve tressaillait sous le rire. Et parce qu'ils étaient mutuellement unis, comme l'est une chose à son reflet dans une glace, l'un ne pouvait tressaillir sans que l'autre tressaille à son tour. Jan détourna la tête pour que la jeune fille qui le caressait ne se sente pas offensée. Mais son image reflétée l'attirait irrésistiblement. Il regarda de nouveau de ce côté-là et il aperçut les yeux du chauve qu'exorbitait le rire contenu. Ils étaient unis au minimum par un quintuple courant télépathique. Non seulement chacun savait ce que l'autre pensait, mais il savait qu'il le savait. Toutes les comparaisons dont ils avaient gratifié Barbara quelques instants plus tôt leur revenaient à l'esprit, et ils en découvraient encore de nouvelles. Ils se regardaient tout en évitant mutuellement leur regard, parce qu'ils savaient qu'ici le rire serait aussi sacrilège qu'à l'église quand le prêtre élève l'hostie. Mais dès que cette comparaison leur passa par la tête à tous deux, ils n'en eurent que plus envie de rire. Ils étaient trop faibles. Le rire était plus fort. Leurs corps étaient saisis d'irrésistibles soubresauts.

Barbara regarda la tête de son partenaire. Le chauve avait capitulé et riait pour de bon. Comme si elle devinait où était la cause du mal, Barbara se tourna vers Jan. Juste à ce moment, la provinciale lui murmurait : « Qu'est-ce qui t'arrive ? Pourquoi tu pleures ? »

Mais Barbara était déjà près de lui et sifflait entre ses dents : « N'imagine pas que tu vas me faire le coup de l'enterrement de Passer !

— Ne te fâche pas », dit Jan ; il riait et les larmes lui coulaient sur les joues.

Elle le pria de sortir.

14

Avant son départ pour l'Amérique Jan emmena Edwige au bord de la mer. C'était une île abandonnée où il n'y avait que quelques villages miniatures, des pâturages où broutaient des moutons nonchalants, et un seul hôtel sur une plage clôturée. Ils y avaient loué chacun une chambre.

Il frappa à sa porte. Sa voix, qui lui parvint du fond de la chambre, lui disait d'entrer. Il ne vit d'abord personne. « Je fais pipi », lui cria-t-elle depuis les waters dont la porte était entrouverte.

Il connaissait ça par cœur. Même quand il y avait chez elle une société nombreuse, elle annonçait tranquillement qu'elle allait faire pipi et elle bavardait à travers la porte entrebâillée des waters. Ce n'était ni de la coquetterie ni de l'impudeur. Bien au contraire : c'était l'abolition absolue de la coquetterie et de l'impudeur.

Edwige n'acceptait pas les traditions qui pèsent sur l'homme comme un fardeau. Elle refusait d'admettre qu'un visage nu est chaste, mais qu'un derrière nu est impudique. Elle ne savait pas pourquoi le liquide salé qui nous goutte des yeux devrait être d'une sublime poésie tandis que le liquide que nous émettons par le ventre devrait susciter le dégoût. Tout cela lui paraissait stupide, artificiel, déraisonnable, et elle traitait ces conventions comme une gamine révoltée traite le règlement intérieur d'un pensionnat catholique.

En sortant des waters, elle sourit à Jan et se laissa embrasser sur les deux joues : « On va à la plage ? »

Il accepta.

« Laisse tes vêtements chez moi », lui dit-elle en retirant son peignoir sous lequel elle était nue.

Jan trouvait toujours un peu insolite de se déshabiller devant les autres et il enviait presque Edwige qui allait et venait dans sa nudité comme dans une confortable robe d'intérieur. Elle était même beaucoup plus naturelle nue qu'habillée, comme si en rejetant ses vêtements elle rejetait du même coup sa difficile condition de femme pour n'être plus qu'un être humain sans caractères sexuels. Comme si le sexe était dans les vêtements et que la nudité fût un état de neutralité sexuelle.

Ils descendirent l'escalier nus et se retrouvèrent sur la plage où des groupes de gens nus se reposaient, se promenaient, se baignaient : des mères nues avec des enfants nus, des grand-mères nues et leurs petits-enfants nus, des jeunes hommes et des vieillards nus. Il y avait une terrible quantité de seins féminins aux formes les plus diverses, beaux, moins beaux, laids, gros, recroquevillés, et Jan comprenait avec mélancolie qu'auprès des jeunes seins les vieux ne font pas plus jeunes, qu'au contraire les jeunes font plus vieux et qu'ils sont tous ensemble pareillement bizarres et insignifiants.

Et il fut encore une fois assailli par cette vague et mystérieuse idée de la frontière. Il avait l'impression de se trouver exactement sur la ligne, d'être en train de la franchir. Et il fut saisi d'une étrange tristesse et de cette tristesse émergeait comme d'un brouillard une idée plus étrange encore : c'est en foule et nus que les Juifs allaient dans les chambres à gaz. Il ne comprenait pas exactement pourquoi cette image lui revenait si obstinément à l'esprit ni ce qu'elle voulait au juste lui signifier. Peut-être voulait-elle lui dire qu'à ce moment-là les Juifs aussi étaient de *l'autre côté de la frontière*, donc que la nudité est l'uniforme des hommes et des femmes de l'autre côté. Que la nudité est un linceul.

La tristesse que Jan ressentait à cause des corps nus épars sur la plage était de plus en plus insupportable. Il dit : « C'est tellement curieux, tous ces corps nus ici… »

Edwige acquiesça : « Oui. Et ce qu'il y a de plus curieux, c'est que tous ces corps sont beaux. Regarde, même les corps séniles, même les corps malades sont beaux du moment que ce ne sont que des corps, des corps sans vêtements. Ils sont beaux comme la nature. Un vieil arbre n'est pas moins beau qu'un jeune arbre et le lion malade est toujours le roi des animaux. La laideur de l'homme c'est la laideur des vêtements. »

Ils ne se comprenaient jamais, Edwige et lui, pourtant ils étaient toujours d'accord. Chacun interprétait à sa façon les paroles de l'autre et il y avait entre eux une merveilleuse harmonie. Une merveilleuse solidarité fondée sur l'incompréhension. Il le savait bien et s'y complaisait presque.

Ils marchaient lentement sur la plage, le sable était brûlant sous les pieds, le bêlement d'un bélier se mêlait au bruit de la mer et sous l'ombrage d'un olivier un mouton sale broutait un îlot d'herbe desséchée. Jan se souvint de Daphnis. Il est couché, envoûté par la nudité du corps de Chloé, il est excité mais il ne sait pas vers quoi cette excitation l'appelle, c'est une excitation sans fin ni apaisement, qui s'étend sans limites, à perte de vue. Une immense nostalgie étreignait le cœur de Jan et il avait envie de revenir en arrière. En arrière, à ce jeune garçon. En arrière, aux commencements de l'homme, à ses propres commencements, aux commencements de l'amour. Il désirait le désir. Il désirait le martèlement du cœur. Il désirait être couché près de Chloé et ne pas savoir ce qu'est l'amour charnel. Ne pas savoir ce qu'est la volupté. Se transformer pour n'être rien d'autre qu'excitation, rien d'autre que mystérieuse, incompréhensible, miraculeuse excitation de l'homme devant le corps d'une femme. Et il dit tout haut : « Daphnis ! »

Le mouton broutait l'herbe desséchée et Jan répéta encore une fois avec un soupir : « Daphnis, Daphnis…

— Tu appelles Daphnis ?

— Oui, dit-il, j'appelle Daphnis.

— C'est bien, dit Edwige, il faut retourner à lui. Aller là où l'homme n'a pas encore été mutilé par le christianisme. C'est ce que tu voulais dire ?

— Oui, dit Jan qui voulait dire quelque chose de tout à fait différent.

— Là-bas, il y avait peut-être encore un petit paradis de naturel, reprit Edwige. Des moutons et des bergers. Des gens qui appartiennent à la nature. La liberté des sens. C'est ça pour toi Daphnis, n'est-ce pas ? »

Il lui assura de nouveau que c'était exactement ce qu'il voulait dire et Edwige affirma : « Oui, tu as raison, c'est l'île de Daphnis ! »

Et comme il prenait plaisir à développer leur entente fondée sur le malentendu, il ajouta : « Et l'hôtel où nous habitons devrait s'appeler : *De l'autre côté.*

— Oui ! s'écria Edwige avec enthousiasme. De l'autre côté de cette geôle de notre civilisation ! »

De petits groupes de gens nus s'approchaient d'eux ; Edwige leur présenta Jan. Les gens lui serraient la main, le saluaient, déclinaient leurs titres et disaient qu'ils étaient enchantés. Ensuite, ils traitèrent différents thèmes : la température de l'eau, l'hypocrisie de la société qui mutile l'âme et le corps, la beauté de l'île.

À propos de ce dernier sujet, Edwige fit remarquer : « Jan

vient de dire que c'est l'île de Daphnis. Je trouve qu'il a raison. »

Tout le monde était ravi de cette trouvaille et un homme extraordinairement ventru développa l'idée que la civilisation occidentale allait périr et que l'humanité serait enfin libérée du fardeau asservissant de la tradition judéo-chrétienne. C'étaient des phrases que Jan avait déjà dix fois, vingt fois, trente fois, cent fois, cinq cents fois, mille fois entendues, et ces quelques mètres de plage se changèrent bientôt en amphi. L'homme parlait, tous les autres écoutaient avec intérêt et leurs sexes dénudés regardaient bêtement et tristement vers le sable jaune.

L'INSOUTENABLE LÉGÈRETÉ DE L'ÊTRE

Titre original :
NESNESITELNA LEHKOST BYTI

Traduit du tchèque par François Kérel.

Première partie

LA LÉGÈRETÉ ET LA PESANTEUR

I

L'éternel retour est une idée mystérieuse et, avec elle, Nietzsche a mis bien des philosophes dans l'embarras : penser qu'un jour tout se répétera comme nous l'avons déjà vécu et que même cette répétition se répétera encore indéfiniment ! Que veut dire ce mythe loufoque ?

Le mythe de l'éternel retour affirme, par la négation, que la vie qui disparaît une fois pour toutes, qui ne revient pas, est semblable à une ombre, est sans poids, est morte d'avance, et fût-elle atroce, belle, splendide, cette atrocité, cette beauté, cette splendeur ne signifient rien. Il ne faut pas en tenir compte, pas plus que d'une guerre entre deux royaumes africains du XIVᵉ siècle, qui n'a rien changé à la face du monde, bien que trois cent mille Noirs y aient trouvé la mort dans d'indescriptibles supplices.

Cela changera-t-il quelque chose à la guerre entre deux royaumes africains du XIVᵉ siècle si elle se répète un nombre incalculable de fois dans l'éternel retour ?

Oui : elle deviendra un bloc qui se dresse et perdure, et sa stupidité sera sans rémission.

Si la Révolution française devait éternellement se répéter, l'historiographie française serait moins fière de Robespierre. Mais comme elle parle d'une chose qui ne reviendra pas, les années sanglantes ne sont plus que des mots, des théories, des discussions, elles sont plus légères qu'un duvet, elles ne font pas peur. Il y a une infinie différence entre un Robespierre qui n'est apparu qu'une seule fois dans l'histoire et un Robespierre qui reviendrait éternellement couper la tête aux Français.

Disons donc que l'idée de l'éternel retour désigne une perspective où les choses ne nous semblent pas telles que nous les connaissons : elles nous apparaissent sans la circonstance atténuante de leur fugacité. Cette circonstance atténuante nous empêche en effet de prononcer un quelconque verdict. Peut-on condamner ce qui est éphémère ? Les nuages orangés du couchant éclairent toute chose du charme de la nostalgie ; même la guillotine.

Il n'y a pas longtemps, je me suis surpris dans une sensation incroyable : en feuilletant un livre sur Hitler, j'étais ému devant certaines de ses photos ; elles me rappelaient le temps de mon enfance ; je l'ai vécu pendant la guerre ; plusieurs membres de ma famille ont trouvé la mort dans des camps de concentration nazis ; mais qu'était leur mort auprès de cette photographie d'Hitler qui me rappelait un temps révolu de ma vie, un temps qui ne reviendrait pas ?

Cette réconciliation avec Hitler trahit la profonde perversion morale inhérente à un monde fondé essentiellement sur l'inexistence du retour, car dans ce monde-là tout est d'avance pardonné et tout y est donc cyniquement permis.

2

Si chaque seconde de notre vie doit se répéter un nombre infini de fois, nous sommes cloués à l'éternité comme Jésus-Christ à la croix. Cette idée est atroce. Dans le monde de l'éternel retour, chaque geste porte le poids d'une insoutenable responsabilité. C'est ce qui faisait dire à Nietzsche que l'idée de l'éternel retour est le plus lourd fardeau (*das schwerste Gewicht*).

Si l'éternel retour est le plus lourd fardeau, nos vies, sur cette toile de fond, peuvent apparaître dans toute leur splendide légèreté.

Mais la pesanteur est-elle vraiment atroce et belle la légèreté ?

Le plus lourd fardeau nous écrase, nous fait ployer sous lui, nous presse contre le sol. Mais dans la poésie amoureuse de tous les siècles, la femme désire recevoir le fardeau du corps mâle. Le plus lourd fardeau est donc en même temps l'image du plus intense accomplissement vital. Plus lourd est le fardeau, plus notre vie est proche de la terre, et plus elle est réelle et vraie.

En revanche, l'absence totale de fardeau fait que l'être humain devient plus léger que l'air, qu'il s'envole, qu'il s'éloigne de la terre, de l'être terrestre, qu'il n'est plus qu'à demi réel et que ses mouvements sont aussi libres qu'insignifiants.

Alors, que choisir ? La pesanteur ou la légèreté ?

Nietzsche nous rappelle que Parménide s'est posé cette question au VIe siècle avant Jésus-Christ. Selon lui, l'univers est divisé en couples de contraires : la lumière-l'obscurité ; l'épais-le fin ; le chaud-le froid ; l'être-le non-être. Il considérait qu'un des pôles de la contradiction est positif (le clair, le chaud, le fin, l'être), l'autre négatif. Cette division en pôles positif et négatif peut nous paraître d'une puérile facilité. Sauf dans un cas, dit Nietzsche : qu'est-ce qui est positif, la pesanteur ou la légèreté ?

Parménide répondait : le léger est positif, le lourd est négatif. Avait-il ou non raison ? C'est la question. Une seule chose est certaine. La contradiction lourd-léger est la plus mystérieuse et la plus ambiguë de toutes les contradictions.

3

Il y a bien des années que je pense à Tomas. Mais c'est à la lumière de ces réflexions que je l'ai vu clairement pour la première fois. Je l'ai vu, debout à une fenêtre de son appartement, les yeux fixés de l'autre côté de la cour sur le mur de l'immeuble d'en face, et il ne savait pas ce qu'il devait faire.

Il avait fait connaissance avec Tereza environ trois semaines plus tôt dans une petite ville de Bohême. Ils avaient passé une heure à peine ensemble. Elle l'avait accompagné à la gare et elle avait attendu avec lui jusqu'au moment où il était monté dans le train. Une dizaine de jours plus tard, elle vint le voir à Prague. Ils firent l'amour le jour même. Dans la nuit, elle eut un accès de fièvre et elle passa chez lui toute une semaine avec la grippe.

Il éprouva alors un inexplicable amour pour cette fille qui lui était presque inconnue. Il lui semblait que c'était un enfant qu'on avait déposé dans une corbeille enduite de poix et lâché sur les eaux d'un fleuve pour qu'il le recueille sur la berge de son lit.

Elle resta chez lui une semaine puis, une fois rétablie, elle retourna dans la ville où elle habitait, à deux cents kilomètres de Prague. Et c'est ici que se situe le moment dont je viens de parler et où je vois la clé de la vie de Tomas : il est debout à la fenêtre, les yeux fixés de l'autre côté de la cour sur le mur de l'immeuble d'en face, et il réfléchit :

Faut-il lui proposer de venir s'installer à Prague ? Cette responsabilité l'effraie. Qu'il l'invite chez lui maintenant, elle viendra le rejoindre pour lui offrir toute sa vie.

Ou bien, faut-il renoncer ? Dans ce cas, Tereza restera serveuse de brasserie dans un trou de province, et il ne la reverra jamais.

Veut-il qu'elle le rejoigne, oui ou non ?

Il regarde dans la cour, les yeux fixés sur le mur d'en face, et cherche une réponse.

Il revient, encore et toujours, à l'image de cette femme couchée sur son divan ; elle ne lui rappelait personne de sa vie d'autrefois. Ce n'était ni une maîtresse ni une épouse. C'était un enfant qu'il avait sorti d'une corbeille enduite de poix et qu'il avait posé sur la berge de son lit. Elle s'était endormie. Il s'agenouilla près d'elle. Son haleine fiévreuse s'accélérait et il entendit un faible gémissement. Il pressa son visage contre le sien et lui chuchota des mots rassurants dans son sommeil. Au bout d'un instant, il lui sembla qu'elle respirait plus calmement et que son visage se soulevait machinalement vers le sien. Il sentait à ses lèvres l'odeur un peu âcre de la fièvre et il l'aspirait comme s'il avait voulu s'imprégner de l'intimité de son corps. Alors il imagina qu'elle était chez lui depuis de longues années et qu'elle était mourante. Soudain, il lui parut évident qu'il ne survivrait pas à sa mort. Il s'allongerait à côté d'elle pour mourir avec elle. Mû par cette vision, il enfouit son visage contre le sien dans l'oreiller et resta longtemps ainsi.

À présent, il est debout à la fenêtre et il invoque cet instant. Qu'était-ce, sinon l'amour, qui était ainsi venu se faire connaître ?

Mais était-ce l'amour ? Il s'était persuadé qu'il voulait mourir à côté d'elle, et ce sentiment était manifestement excessif : il la voyait alors pour la deuxième fois de sa vie ! N'était-ce pas plutôt la réaction hystérique d'un homme qui, comprenant en son for intérieur son inaptitude à l'amour, commençait à se jouer à lui-même la comédie de l'amour ? En même temps, son subconscient était si lâche qu'il choisissait pour sa comédie cette pauvre serveuse de province qui n'avait pratiquement aucune chance d'entrer dans sa vie !

Il regardait les murs sales de la cour et comprenait qu'il ne savait pas si c'était de l'hystérie ou de l'amour.

Et, dans cette situation où un homme vrai aurait pu immédiatement agir, il se reprochait d'hésiter et de priver ainsi le plus bel instant de sa vie (il est à genoux au chevet de la jeune femme, persuadé de ne pouvoir survivre à sa mort) de toute signification.

Il s'accablait de reproches, mais il finit par se dire que c'était au fond bien normal qu'il ne sût pas ce qu'il voulait :

L'homme ne peut jamais savoir ce qu'il faut vouloir car il n'a qu'une vie et il ne peut ni la comparer à des vies antérieures ni la rectifier dans des vies ultérieures.

Vaut-il mieux être avec Tereza ou rester seul ?

Il n'existe aucun moyen de vérifier quelle décision est la bonne car il n'existe aucune comparaison. Tout est vécu tout de suite pour la première fois et sans préparation. Comme si un acteur entrait en scène sans avoir jamais répété. Mais que peut valoir la vie, si la première répétition de la vie est déjà la vie même ? C'est ce qui fait que la vie ressemble toujours à une esquisse. Mais même « esquisse » n'est pas le mot juste, car une esquisse est toujours l'ébauche de quelque chose, la préparation d'un tableau, tandis que l'esquisse qu'est notre vie est une esquisse de rien, une ébauche sans tableau.

Tomas se répète le proverbe allemand : *einmal ist keinmal*, une fois ne compte pas, une fois c'est jamais. Ne pouvoir vivre qu'une vie, c'est comme ne pas vivre du tout.

4

Mais un jour, pendant une pause entre deux opérations, une infirmière l'avertit qu'on le demandait au téléphone. Il entendit la voix de Tereza dans l'écouteur. Elle l'appelait de la gare. Il se réjouit. Malheureusement, il était pris ce soir-là, et il ne l'invita chez lui que pour le lendemain. Dès qu'il eut raccroché, il se reprocha de ne pas lui avoir dit de venir tout de suite. Il avait encore le temps de décommander son rendez-vous ! Il se demandait ce que Tereza allait faire à Prague pendant les longues trente-six heures qui restaient jusqu'à leur rencontre et il avait envie de prendre sa voiture et de partir à sa recherche dans les rues de la ville.

Elle arriva le lendemain soir. Elle avait un sac en bandoulière au bout d'une longue courroie, il la trouva plus élégante que la dernière fois. Elle tenait un gros livre à la main ; *Anna Karénine* de Tolstoï. Elle avait des façons joviales, un peu bruyantes même, et s'efforçait de lui montrer qu'elle était passée tout à fait par hasard, à cause d'une circonstance particulière : elle était à Prague pour des motifs professionnels, peut-être (ses propos étaient très vagues) en quête d'un nouvel emploi.

Ensuite, ils se retrouvèrent allongés côte à côte, nus et épuisés sur le divan. Il faisait déjà nuit. Il lui demanda où elle logeait, il voulait la raccompagner en voiture. Elle répondit d'un air gêné qu'elle allait se chercher un hôtel et qu'elle avait déposé sa valise à la consigne.

La veille encore, il craignait qu'elle ne vînt lui offrir toute sa vie s'il l'invitait chez lui à Prague. Maintenant, en l'entendant lui annoncer que sa valise était à la consigne, il se dit qu'elle avait mis sa vie dans cette valise et qu'elle l'avait déposée à la gare avant de la lui offrir.

Il monta avec elle dans sa voiture en stationnement devant l'immeuble, alla à la gare, retira la valise (elle était grosse et énormément lourde) et la ramena chez lui avec Tereza.

Comment se fait-il qu'il se soit décidé si vite, alors qu'il avait hésité pendant près de quinze jours et qu'il ne lui avait même pas envoyé une carte postale ?

Il en était lui-même surpris. Il agissait contre ses principes. Voici dix ans, quand il avait divorcé d'avec sa première femme, il avait vécu son divorce dans une atmosphère de liesse, comme d'autres célèbrent leur mariage. Il avait alors compris qu'il n'était pas né pour vivre aux côtés d'une femme, quelle qu'elle fût, et qu'il ne pouvait être vraiment lui-même que célibataire. Il s'efforçait donc soigneusement d'agencer le système de sa vie de telle sorte qu'une femme ne pût jamais venir s'installer chez lui avec une valise. Aussi n'avait-il qu'un divan. Bien que ce fût un assez large divan, il affirmait à ses compagnes qu'il était incapable de s'endormir près de quelqu'un d'autre sur une couche commune et il les reconduisait toutes chez elles après minuit. D'ailleurs, la première fois, quand Tereza resta chez lui avec la grippe, il ne dormit pas avec elle. Il passa la première nuit dans un grand fauteuil, et les nuits suivantes il alla à l'hôpital où son cabinet de consultation était équipé d'une chaise longue qu'il utilisait en service de nuit.

Pourtant, cette fois-ci, il s'endormit près d'elle. Au matin, quand il se réveilla, il constata que Tereza qui dormait encore lui tenait la main. S'étaient-ils tenus comme ça par la main toute la nuit ? Ça lui semblait difficilement croyable.

Elle respirait profondément dans son sommeil, elle le tenait par la main (fermement, il n'arrivait pas à se dégager de son étreinte) et l'énormément lourde valise était posée à côté du lit.

Il n'osait pas dégager sa main de son étreinte de peur de la réveiller, et il se tourna très prudemment sur le côté pour pouvoir mieux l'observer.

Encore une fois, il se dit que Tereza était un enfant qu'on avait mis dans une corbeille enduite de poix et qu'on avait lâché au fil de l'eau. Peut-on laisser dériver sur les eaux furieuses d'un fleuve la corbeille qui abrite un enfant ! Si la fille de Pharaon n'avait pas retiré des eaux la corbeille du petit Moïse, il n'y aurait pas eu l'Ancien Testament et toute notre civilisation ! Au début de tant de mythes anciens, il y a quelqu'un qui sauve un enfant abandonné. Si Polybe n'avait recueilli le petit Œdipe, Sophocle n'aurait pas écrit sa plus belle tragédie !

Tomas ne savait pas, alors, que les métaphores sont une

chose dangereuse. On ne badine pas avec les métaphores. L'amour peut naître d'une seule métaphore.

5

Il avait vécu deux ans à peine avec sa première femme et il en avait eu un fils. Dans le jugement de divorce, le juge confia l'enfant à la mère et condamna Tomas à leur verser le tiers de son salaire. Il lui garantit en même temps qu'il pourrait voir son fils deux fois par mois.

Mais chaque fois qu'il devait aller le voir, la mère remettait le rendez-vous. S'il leur avait fait de somptueux cadeaux, il aurait certainement pu le voir plus facilement. Il comprit qu'il devait payer à la mère l'amour de son fils, et payer d'avance. Il s'imaginait voulant plus tard inculquer à son fils ses idées qui étaient en tout point opposées à celles de la mère. Rien que d'y penser, il en était déjà fatigué. Un dimanche où la mère l'avait encore une fois empêché à la dernière minute de sortir avec son fils, il décida qu'il ne le verrait plus jamais de sa vie.

D'ailleurs, pourquoi se serait-il attaché à cet enfant plutôt qu'à un autre ? Il n'était lié à lui par rien, sauf par une nuit imprudente. Il verserait scrupuleusement l'argent, mais qu'on n'aille pas, au nom d'on ne sait quels sentiments paternels, lui demander de se battre pour ses droits de père !

Évidemment, personne n'était prêt à accepter pareil raisonnement. Ses propres parents le condamnèrent et déclarèrent que si Tomas refusait de s'intéresser à son fils, eux-mêmes, les parents de Tomas, cesseraient aussi de s'intéresser au leur. Aussi continuaient-ils d'entretenir avec leur bru des rapports d'une ostentatoire cordialité, se vantant auprès de leur entourage de leur attitude exemplaire et de leur sens de la justice.

En peu de temps, il réussit donc à se débarrasser d'une épouse, d'un fils, d'une mère et d'un père. Ne lui en restait en héritage que la peur des femmes. Il les désirait, mais les craignait. Entre la peur et le désir, il fallait trouver un compromis ; c'était ce qu'il appelait « l'amitié érotique ». Il affirmait à ses maîtresses : seule une relation exempte de sentimentalité, où aucun des partenaires ne s'arroge de droits sur la vie et la liberté de l'autre, peut apporter le bonheur à tous les deux.

Pour avoir la certitude que l'amitié érotique ne cède jamais à l'agressivité de l'amour, il ne voyait chacune de ses maîtresses permanentes qu'à de très longs intervalles. Il tenait cette méthode pour parfaite et en faisait l'éloge à ses amis : « Il faut observer la règle de trois. On peut voir la même femme à des intervalles très rapprochés, mais alors jamais plus de trois fois. Ou bien on peut la fréquenter pendant de longues années, mais à condition seulement de laisser passer au moins trois semaines entre chaque rendez-vous. »

Ce système offrait à Tomas la possibilité de ne pas rompre avec ses maîtresses permanentes et d'avoir en même temps beaucoup de maîtresses éphémères. Il n'était pas toujours compris. De toutes ses amies, c'était Sabina qui le comprenait le mieux. Elle était peintre. Elle disait : « Je t'aime bien, parce que tu es tout le contraire du kitsch. Au royaume du kitsch, tu serais un monstre. Il n'existe aucun scénario de film américain ou de film russe où tu pourrais être autre chose qu'un cas répugnant. »

Ce fut donc à Sabina qu'il demanda de l'aider à trouver du travail à Prague pour Tereza. Comme l'exigeaient les règles non écrites de l'amitié érotique, elle lui promit de faire ce qu'elle pourrait et, effectivement, elle ne tarda pas à découvrir une place dans le laboratoire de photo d'un hebdomadaire. Cet emploi n'exigeait pas de qualification particulière mais il éleva Tereza du statut de serveuse à celui de personnel de presse. Sabina vint elle-même la présenter à la rédaction, et Tomas se dit alors qu'il n'avait jamais eu de meilleure amie.

6

La convention non écrite de l'amitié érotique impliquait que l'amour fût exclu de la vie de Tomas. Eût-il enfreint cette condition, ses autres maîtresses se seraient aussitôt retrouvées dans une position inférieure et se seraient révoltées.

Il procura donc à Tereza un studio en sous-location où elle dut emporter sa lourde valise. Il voulait veiller sur elle, la protéger, se réjouir de sa présence, mais il n'éprouvait nul besoin de changer sa façon de vivre. Aussi ne voulait-il pas qu'on pût savoir qu'elle dormait chez lui. Le sommeil partagé était le corps du délit de l'amour.

Avec les autres femmes, il ne dormait jamais. Quand il allait les voir chez elles, c'était facile, il pouvait partir quand il voulait. C'était plus délicat quand elles venaient chez lui et qu'il devait leur expliquer qu'il les raccompagnerait chez elles après minuit car il souffrait d'insomnie et ne parvenait pas à s'endormir près de quelqu'un. Ce n'était pas loin de la vérité, mais la raison principale était pire et il n'osait l'avouer à ses compagnes : dans l'instant qui suivait l'amour, il éprouvait un insurmontable désir de rester seul. Il lui était désagréable de se réveiller en pleine nuit à côté d'un être étranger ; le lever matinal du couple lui répugnait ; il n'avait pas envie qu'on l'entendît se brosser les dents dans la salle de bains et l'intimité du petit déjeuner à deux ne le tentait pas.

C'est pourquoi il fut tellement surpris quand il se réveilla et que Tereza le tenait fermement par la main ! Il la regardait et il avait peine à comprendre ce qui lui était arrivé. Il évoquait les heures qui venaient de s'écouler et il croyait y respirer le parfum d'un bonheur inconnu.

Depuis, tous deux se réjouissaient d'avance du sommeil partagé. Je serais presque tenté de dire que, pour eux, le but de l'acte d'amour n'était pas la volupté mais le sommeil qui lui succédait. Elle, surtout, ne pouvait dormir sans lui. S'il lui arrivait de rester seule dans son studio (qui n'était de plus en plus qu'un alibi), elle ne pouvait fermer l'œil de la nuit. Dans ses bras, même au comble de l'agitation, elle s'assoupissait toujours. Il lui racontait à mi-voix des contes qu'il inventait pour elle, des riens, des mots rassurants ou drôles qu'il répétait d'un ton monotone. Dans la tête de Tereza, ces mots se muaient en visions confuses qui la menaient au premier rêve. Il avait tout pouvoir sur son sommeil et elle s'endormait à la seconde qu'il avait choisie.

Quand ils dormaient, elle le tenait comme la première nuit : elle serrait fermement son poignet, son doigt, sa cheville. Quand il voulait s'éloigner sans la réveiller, il devait agir avec ruse. Il dégageait son doigt (son poignet, sa cheville) de son étreinte, ce qui la réveillait toujours à demi, car elle le surveillait attentivement jusque dans le sommeil. Pour la calmer il lui glissait dans la main, à la place de son poignet, un objet quelconque (un pyjama roulé en boule, une pantoufle, un livre) qu'elle serrait ensuite énergiquement comme si c'était une partie de son corps.

Un jour qu'il venait de l'endormir et qu'elle était dans l'antichambre du premier sommeil où elle pouvait encore répondre à ses questions, il lui dit : « Bon ! Maintenant, je m'en vais. — Où ça ? demanda-t-elle. — Je sors, dit-il d'une voix sévère. — Je vais avec toi ! dit-elle en se dressant sur le lit. — Non, je ne veux pas. Je pars pour toujours », dit-il, et il sortit de la chambre dans l'entrée. Elle se leva et le suivit dans l'entrée en clignant des yeux. Elle ne portait qu'une courte chemisette sous laquelle elle était nue. Son visage était immobile, sans expression, mais ses mouvements étaient énergiques. De l'entrée, il sortit dans le couloir (le couloir commun de l'immeuble de rapport) et ferma la porte devant elle. Elle l'ouvrit d'un geste brusque et le suivit, persuadée dans son demi-sommeil qu'il voulait partir pour toujours et qu'elle devait le retenir. Il descendit un étage, s'arrêta sur le palier et l'attendit. Elle l'y rejoignit, le saisit par la main et le ramena près d'elle, dans le lit.

Tomas se disait : coucher avec une femme et dormir avec elle, voilà deux passions non seulement différentes mais presque contradictoires. L'amour ne se manifeste pas par le désir de faire l'amour (ce désir s'applique à une innombrable multitude de femmes) mais par le désir du sommeil partagé (ce désir-là ne concerne qu'une seule femme).

7

Au milieu de la nuit, elle se mit à gémir dans son sommeil. Tomas la réveilla, mais en apercevant son visage elle dit avec haine : « Va-t'en ! Va-t'en ! » Puis elle lui raconta son rêve : ils étaient tous les deux quelque part avec Sabina. Dans une chambre immense. Il y avait un lit au milieu, on aurait dit la scène d'un théâtre. Tomas lui ordonna de rester dans un coin et il fit l'amour devant elle avec Sabina. Elle regardait, et ce spectacle lui causait une souffrance insupportable. Pour étouffer la douleur de l'âme sous la douleur physique, elle s'enfonçait des aiguilles sous les ongles. « Ça faisait atrocement mal ! » dit-elle, serrant les poings comme si ses mains avaient été réellement meurtries.

Il la prit dans ses bras et lentement (elle n'en finissait pas de trembler) elle s'endormit dans son étreinte.

Le lendemain, en pensant à ce rêve, il se souvint de quelque chose. Il ouvrit son bureau et sortit un paquet de lettres de Sabina. Au bout d'un instant, il trouva le passage que voici : « Je voudrais faire l'amour avec toi dans mon atelier comme sur une scène de théâtre. Il y aurait des gens tout autour et ils n'auraient pas le droit de s'approcher. Mais ils ne pourraient pas nous quitter des yeux… »

Le pire, c'était que la lettre était datée. C'était une lettre récente, écrite alors que Tereza habitait depuis longtemps chez Tomas.

Il s'emporta : « Tu as fouillé dans mes lettres ! »

Sans chercher à nier, elle dit : « Eh bien ! Flanque-moi à la porte ! »

Mais il ne la flanqua pas à la porte. Il la voyait, là, qui s'enfonçait des aiguilles sous les ongles, plaquée contre le mur de l'atelier de Sabina. Il prit ses doigts dans ses mains, les caressa, les porta à ses lèvres et les baisa comme s'il y était resté des traces de sang.

Mais, à partir de ce moment-là, tout parut conspirer contre lui. Il ne se passait pratiquement pas de jour sans qu'elle apprît quelque chose de nouveau sur ses aventures clandestines.

D'abord, il niait tout. Quand les preuves étaient trop criantes, il tentait de démontrer qu'il n'y avait aucune contradiction entre sa vie polygame et son amour pour Tereza. Il n'était pas conséquent : tantôt il niait ses infidélités, tantôt il les justifiait.

Un jour, il téléphonait à une amie pour prendre rendez-vous. Quand la communication fut terminée, il entendit un bruit bizarre dans la pièce voisine, comme un claquement de dents entrechoquées.

Elle était venue chez lui par hasard et il n'en savait rien. Elle tenait à la main un flacon de calmant, buvait au goulot et, comme sa main tremblait, le verre du flacon cognait sur ses dents.

Il s'élança vers elle comme pour la sauver de la noyade. Le flacon de valériane tomba et fit une grosse tache sur le tapis. Elle se débattait, elle voulait lui échapper, et il la maintint pendant un quart d'heure comme dans une camisole de force, jusqu'à ce qu'elle fût calmée.

Il savait qu'il se trouvait dans une situation injustifiable parce que fondée sur une totale inégalité :

Bien avant qu'elle n'eût découvert sa correspondance avec Sabina ils étaient allés ensemble dans un cabaret avec quelques amis. Ils célébraient la nouvelle place de Tereza. Elle avait quitté le laboratoire de photo et était devenue photographe au magazine. Comme il n'aimait pas danser, un de ses jeunes collègues de l'hôpital s'occupait de Tereza. Ils glissaient magnifiquement sur la piste et Tereza paraissait plus belle que jamais. Il était stupéfait de voir avec quelle précision et quelle docilité elle devançait d'une fraction de seconde la volonté de son partenaire. Cette danse semblait proclamer que son dévouement, son ardent désir de faire ce qu'elle lisait dans les yeux de Tomas, n'étaient pas nécessairement liés à la personne de Tomas, mais étaient prêts à répondre à l'appel de n'importe quel homme qu'elle eût rencontré. Il n'était rien de plus facile que d'imaginer Tereza et ce jeune collègue amants. C'était même cette facilité avec laquelle il pouvait les imaginer ainsi qui le blessait ! Le corps de Tereza était parfaitement pensable dans l'étreinte amoureuse avec n'importe quel corps mâle, et cette idée le mit de mauvaise humeur. Tard dans la nuit, quand ils furent de retour, il lui avoua qu'il était jaloux.

Cette absurde jalousie, née d'une possibilité toute théorique, était la preuve qu'il tenait sa fidélité pour une condition sine qua non. Mais alors, comment pouvait-il lui en vouloir d'être jalouse de ses maîtresses tout à fait réelles ?

8

Le jour elle s'efforçait (mais sans y parvenir vraiment) de croire ce que disait Tomas et d'être gaie comme elle l'avait toujours été jusqu'ici. Mais la jalousie, domptée le jour, se manifestait encore plus violemment dans ses rêves qui s'achevaient toujours par un gémissement qu'il ne pouvait interrompre qu'en la réveillant.

Ses rêves se répétaient comme des thèmes à variations ou comme les épisodes d'un feuilleton télévisé. Un rêve qui revenait souvent, par exemple, c'était le rêve des chats qui lui sautaient au visage et lui plantaient leurs griffes dans la peau. À vrai dire, ce rêve peut facilement s'expliquer : en tchèque, chat est une expression d'argot qui désigne une jolie fille. Tereza se sentait menacée par les femmes, par toutes les femmes. Toutes les femmes étaient les maîtresses potentielles de Tomas, et elle en avait peur.

Dans un autre cycle de rêves, on l'envoyait à la mort. Une nuit qu'il l'avait réveillée hurlante de terreur, elle lui raconta ce rêve : « C'était une grande piscine couverte. On était une vingtaine. Rien que des femmes. On était toutes complètement nues et on devait marcher au pas autour du bassin. Il y avait un grand panier suspendu sous le plafond, et dedans il y avait un type. Il portait un chapeau à larges bords qui dissimulait son visage, mais je savais que c'était toi. Tu nous donnais des ordres. Tu criais. Il fallait qu'on chante en défilant et qu'on fléchisse les genoux. Quand une femme ratait sa flexion, tu lui tirais dessus avec un revolver et elle tombait morte dans le bassin. À ce moment-là, toutes les autres éclataient de rire et elles se mettaient à chanter encore plus fort. Et toi, tu ne nous quittais pas des yeux, et si l'une d'entre nous faisait un mouvement de travers tu l'abattais. Le bassin était plein de cadavres qui flottaient au ras de l'eau. Et moi, je savais que je n'avais plus la force de faire ma prochaine flexion et que tu allais me tuer ! »

Le troisième cycle de rêves racontait ce qu'il lui arrivait, une fois morte.

Elle gisait dans un corbillard grand comme un camion de déménagement. Autour d'elle, il n'y avait que des cadavres de femmes. Il y en avait tellement qu'il fallait laisser la porte arrière ouverte et que des jambes dépassaient.

Tereza hurlait : « Voyons ! Je ne suis pas morte ! J'ai encore toutes mes sensations !

— Nous aussi, on a toutes nos sensations », ricanaient les cadavres.

Elles avaient exactement le même rire que les femmes vivantes qui lui disaient autrefois avec plaisir qu'elle aurait les dents gâtées, les ovaires malades et des rides et que c'était tout à fait normal puisqu'elles avaient, elles aussi, les dents gâtées, les ovaires malades et des rides. Avec le même rire, elles lui expliquaient maintenant qu'elle était morte et que tout était en ordre.

Tout à coup, elle eut envie de faire pipi. Elle s'écria : « Mais puisque j'ai envie de faire pipi ! C'est la preuve que je ne suis pas morte ! »

De nouveau, elles rirent aux éclats : « C'est normal, que tu aies envie de faire pipi ! Toutes ces sensations te resteront encore longtemps. C'est comme les gens qu'on a amputés d'une main, ils la sentent encore longtemps après. Nous autres on n'a plus d'urine, et pourtant on a toujours envie de pisser. »

Tereza se serrait contre Tomas dans le lit : « Et elles me tutoyaient toutes, comme si elles me connaissaient depuis toujours, comme si c'étaient mes camarades, et moi j'avais peur d'être obligée de rester avec elles pour toujours ! »

9

Toutes les langues issues du latin forment le mot *compassion* avec le préfixe « com- » et la racine « passio » qui, originellement, signifie « souffrance ». Dans d'autres langues, par exemple en tchèque, en polonais, en allemand, en suédois, ce mot se traduit par un substantif formé avec un préfixe équivalent suivi du mot « sentiment » (en tchèque : soucit ; en polonais : wspol-czucie ; en allemand : Mit-gefühl ; en suédois : med-känsla).

Dans les langues dérivées du latin le mot compassion signifie que l'on ne peut regarder d'un cœur froid la souffrance d'autrui ; autrement dit : on a de la sympathie pour celui qui souffre. Un autre mot, qui a à peu près le même sens, *pitié* (en anglais pity, en italien pietà, etc.), suggère même une sorte d'indulgence envers l'être souffrant. Avoir de la pitié pour une femme, c'est être mieux loti qu'elle, c'est s'incliner, s'abaisser jusqu'à elle.

C'est pourquoi le mot compassion inspire généralement la méfiance ; il désigne un sentiment considéré comme de second ordre qui n'a pas grand-chose à voir avec l'amour. Aimer quelqu'un par compassion, ce n'est pas l'aimer vraiment.

Dans les langues qui forment le mot compassion non pas avec la racine « passio — souffrance » mais avec le substantif « sentiment », le mot est employé à peu près dans le même sens, mais on peut difficilement dire qu'il désigne un sentiment mauvais ou médiocre. La force secrète de son étymologie baigne le mot d'une autre lumière et lui donne un sens plus large : avoir de la compassion (co-sentiment), c'est pouvoir vivre avec l'autre son malheur mais aussi sentir avec lui n'importe quel autre sentiment : la joie, l'angoisse, le bonheur, la douleur. Cette compassion-là (au sens de soucit, wspolczucie, Mitgefühl, medkänsla) désigne donc la plus haute capacité d'imagination affective, l'art de la télépathie des émotions. Dans la hiérarchie des sentiments, c'est le sentiment suprême.

Quand Tereza rêvait qu'elle s'enfonçait des aiguilles sous les ongles, elle se trahissait, révélant ainsi à Tomas qu'elle fouillait en cachette dans ses tiroirs. Si une autre femme lui avait fait ça, jamais plus il ne lui aurait adressé la parole. Parce que Tereza le savait, elle lui dit : « Flanque-moi à la porte ! » Or, non seulement il ne la flanqua pas à la porte, mais il lui saisit la main et lui baisa le bout des doigts car, à ce moment-là, il sentait lui-même la douleur qu'elle éprouvait sous les ongles, comme si les nerfs des doigts de Tereza avaient été reliés directement à son propre cerveau.

Celui qui ne possède pas le don diabolique de la compassion (co-sentiment) ne peut que condamner froidement le comportement de Tereza, car la vie privée de l'autre est sacrée et on n'ouvre pas les tiroirs où il range sa correspondance personnelle. Mais parce que la compassion était devenue le destin (ou la malédiction) de Tomas, il lui semblait que c'était lui-même qui s'était alors agenouillé devant le tiroir ouvert de son bureau et qui ne parvenait pas à détacher les yeux des phrases tracées de la main de Sabina. Il comprenait Tereza, et non seulement il était incapable de lui en vouloir mais il l'en aimait encore davantage.

10

De plus en plus, elle avait des gestes brusques et incohérents. Voilà deux ans qu'elle avait découvert ses infidélités et tout allait de mal en pis. C'était sans issue.

Comment ! Ne pouvait-il en finir avec ses amitiés érotiques ? Non. Ça l'aurait déchiré. Il n'avait pas la force de maîtriser son appétit d'autres femmes. Et puis, ça lui paraissait inutile. Nul ne savait mieux que lui que ses aventures ne faisaient courir aucun risque à Tereza. Pourquoi s'en serait-il privé ? Cette éventualité lui semblait tout aussi absurde que de renoncer à aller aux matches de football.

Mais pouvait-on encore parler de plaisir ? Dès qu'il partait rejoindre une de ses maîtresses, il éprouvait de l'aversion pour elle et il se jurait qu'il la verrait pour la dernière fois. Il avait l'image de Tereza devant les yeux, et il fallait vite qu'il se soûle pour ne plus penser à elle. Depuis qu'il la connaissait, il ne pouvait pas coucher avec d'autres sans le secours de l'alcool ! Mais l'haleine marquée par l'alcool était justement l'indice auquel Tereza découvrait encore plus facilement ses infidélités.

Le piège s'était refermé sur lui : aussitôt qu'il allait les rejoindre, il n'en avait plus envie, mais qu'il fût un jour sans elles, il composait un numéro de téléphone pour prendre rendez-vous.

C'était encore chez Sabina qu'il se sentait le mieux, car il savait qu'elle était discrète et qu'il n'avait pas à craindre d'être découvert. Dans l'atelier flottait comme un souvenir de sa vie passée, sa vie idyllique de célibataire.

Il ne se rendait peut-être même pas compte lui-même à quel point il avait changé : il avait peur de rentrer tard chez lui parce que Tereza l'attendait. Une fois, Sabina s'aperçut qu'il regardait sa montre pendant l'acte d'amour et qu'il s'efforçait d'en précipiter la conclusion.

Ensuite, d'un pas nonchalant, elle se mit à se promener nue à travers l'atelier puis, campée devant une toile inachevée posée sur le chevalet, elle loucha dans la direction de Tomas qui enfilait ses vêtements à la hâte.

Il fut bientôt rhabillé, mais il avait un pied nu. Il regarda autour de lui, puis il se mit à quatre pattes et chercha quelque chose sous la table.

Elle dit : « Quand je te regarde, j'ai l'impression que tu es en train de te confondre avec le thème éternel de mes toiles. La rencontre de deux mondes. Une double exposition. Derrière la silhouette de Tomas le libertin transparaît l'incroyable visage de l'amoureux romantique. Ou bien c'est le contraire : à travers la silhouette du Tristan qui ne pense qu'à sa Tereza, on aperçoit le bel univers trahi du libertin. »

Tomas s'était redressé et écoutait d'une oreille distraite les paroles de Sabina.

« Qu'est-ce que tu cherches ? demanda-t-elle.

— Une chaussette. »

Elle inspecta la pièce avec lui, puis il se remit à quatre pattes et recommença à chercher sous la table.

« Il n'y a pas de chaussette ici, dit Sabina. Tu ne l'avais certainement pas en arrivant.

— Comment, je ne l'avais pas ! s'écria Tomas en regardant sa montre. Je ne suis certainement pas venu avec une seule chaussette !

— Ce n'est pas exclu. Tu es follement distrait depuis quelque temps. Tu es toujours pressé, tu regardes ta montre, alors ça n'a rien d'étonnant que tu oublies de mettre une chaussette. »

Il était déjà résolu à enfiler sa chaussure à même son pied nu.

« Il fait froid dehors, dit Sabina. Je vais te prêter un bas ! »

Elle lui tendit un long bas blanc résille à la dernière mode.

Il savait fort bien que c'était une vengeance. Elle avait caché sa chaussette pour le punir d'avoir regardé sa montre pendant l'amour. Avec le froid qu'il faisait, il ne lui restait plus qu'à se soumettre. Il rentra chez lui et il avait une chaussette à une jambe, à l'autre un bas blanc de femme roulé sur la cheville.

Sa situation était sans issue : aux yeux de ses maîtresses il était marqué du sceau infamant de son amour pour Tereza, aux yeux de Tereza du sceau infamant de ses aventures avec ses maîtresses.

11

Pour apaiser sa souffrance, il l'épousa (ils purent enfin résilier la sous-location, elle n'habitait plus dans le studio depuis longtemps) et il lui procura un petit chiot.

La mère était le saint-bernard d'un collègue de Tomas. Le père était le chien-loup du voisin. Personne ne voulait des petits bâtards et son collègue avait mal au cœur à l'idée de les tuer.

Tomas devait choisir parmi les chiots et savait que ceux qu'il ne choisirait pas allaient mourir. Il se faisait l'effet d'un président de la République quand il y a quatre condamnés à mort et qu'il ne peut en gracier qu'un. Finalement, il choisit l'un des chiots, une femelle qui semblait avoir le corps du chien-loup et dont la tête rappelait sa mère saint-bernard. Il l'apporta à Tereza. Elle prit le toutou, le pressa contre sa poitrine, et l'animal fit aussitôt pipi sur sa blouse.

Ensuite, il fallut lui trouver un nom. Tomas voulait qu'on sût, rien qu'à ce nom, que c'était le chien de Tereza, et il se rappela le livre qu'elle serrait sous son bras le jour où elle était venue à Prague sans prévenir. Il proposa d'appeler le chien Tolstoï.

« On ne peut pas l'appeler Tolstoï, répliqua Tereza, puisque c'est une fille. On peut l'appeler Anna Karénine.

— On ne peut pas l'appeler Anna Karénine, une femme n'a jamais une petite gueule aussi marrante, dit Tomas. Plutôt Karénine. Oui, Karénine. C'est exactement comme ça que je l'ai toujours imaginé.

— Est-ce que ça ne va pas perturber sa sexualité de l'appeler Karénine ?

— Il est possible, dit Tomas, qu'une chienne que ses maîtres appellent toujours d'un nom de chien ait des tendances lesbiennes. »

Le plus curieux, c'est que la prévision de Tomas se réalisa. D'ordinaire, les chiennes s'attachent davantage à leur maître qu'à leur maîtresse, mais chez Karénine ce fut le contraire. Il décida de s'éprendre de Tereza. Tomas lui en était reconnaissant. Il lui caressait la tête et lui disait : « Tu as raison, Karénine, c'est exactement ce que j'attendais de toi. Puisque je n'y arrive pas tout seul, il faut m'aider. »

Mais même avec l'aide de Karénine, il n'arriva pas à la rendre heureuse. Il le comprit une dizaine de jours après l'occupation de son pays par les chars russes. On était en août 1968, le directeur d'une clinique de Zurich, dont Tomas avait fait la connaissance pendant un colloque international, lui téléphonait tous les jours de là-bas. Il tremblait pour Tomas et lui offrait un poste.

12

Si Tomas refusait sans hésitation l'offre du médecin suisse c'était à cause de Tereza. Il pensait qu'elle ne voudrait pas partir. D'ailleurs, elle passa les sept premiers jours de l'occupation dans une sorte de transe qui ressemblait presque à du bonheur. Elle était dans la rue avec un appareil photographique et distribuait ses pellicules aux journalistes étrangers qui se battaient pour en avoir. Un jour qu'elle s'était montrée trop téméraire et qu'elle avait photographié de près un officier qui pointait son revolver sur des manifestants, elle fut appréhendée et on lui fit passer la nuit au quartier général russe. On menaça de la fusiller, mais dès qu'elle fut relâchée elle retourna dans les rues prendre des photos.

Aussi, quelle ne fut pas la surprise de Tomas quand elle lui dit, le dixième jour de l'occupation : « Au fond, pourquoi est-ce que tu ne veux pas aller en Suisse ?

— Et pourquoi est-ce que j'irais ?

— Ici, ils ont des comptes à régler avec toi.

— Avec qui n'en ont-ils pas ? répliqua Tomas avec un geste résigné. Mais dis-moi : tu pourrais vivre à l'étranger ?

— Et pourquoi pas ?

— Après t'avoir vue prête à sacrifier ta vie pour ce pays, je me demande comment tu pourrais le quitter maintenant ?

— Depuis que Dubcek est rentré, tout a changé », dit Tereza.

C'était vrai : l'euphorie générale n'avait duré que les sept premiers jours de l'occupation. Les hommes d'État tchèques avaient été emmenés par l'armée russe comme des criminels, personne ne savait où ils étaient, tout le monde tremblait pour leur vie, et la haine des Russes étourdissait comme un alcool. C'était la fête enivrante de la haine. Les villes de Bohême se couvraient de milliers d'affiches peintes à la main rehaussées d'inscriptions sarcastiques, d'épigrammes, de poèmes, de caricatures de Brejnev et de son armée dont tout le monde se moquait comme d'une troupe de clowns illettrés. Mais aucune fête ne peut durer éternellement. Pendant ce temps, les Russes avaient forcé les hommes d'État tchèques kidnappés à signer à Moscou un compromis. Avec ce compromis Dubcek rentra à Prague et lut son discours à la radio. Ses six jours de séquestration l'avaient à ce point diminué qu'il pouvait à peine parler, qu'il bégayait et cherchait son souffle, marquant au milieu des phrases des pauses interminables qui duraient près d'une demi-minute.

Le compromis sauva le pays du pire : des exécutions et des déportations en masse en Sibérie, dont tout le monde avait peur. Mais une chose apparut tout de suite clairement : la Bohême devait s'incliner devant le conquérant. Elle allait à tout jamais bégayer, bafouiller, chercher son souffle comme Alexandre Dubcek. La fête était finie. On entrait dans le quotidien de l'humiliation.

Tereza expliquait tout cela à Tomas, et il savait que c'était vrai mais que sous cette vérité se cachait encore une autre raison, plus fondamentale, qui faisait que Tereza voulait quitter Prague : sa vie ici était malheureuse.

Elle avait vécu ses plus beaux jours quand elle avait photographié les soldats russes dans les rues de Prague et qu'elle s'était exposée au danger. C'étaient les seuls jours où le feuilleton télévisé de ses rêves s'était interrompu et où ses nuits avaient été paisibles. Avec leurs blindés, les Russes lui avaient apporté la sérénité. À présent que la fête était finie, elle avait de nouveau peur de ses nuits et elle voulait fuir devant elles. Elle avait découvert qu'il existait des circonstances où elle pouvait se sentir forte et satisfaite, et elle désirait partir pour l'étranger dans l'espoir d'y retrouver des circonstances semblables.

« Et ça ne te fait rien, demanda Tomas, que Sabina ait émigré en Suisse ?

— Genève n'est pas Zurich, dit Tereza. Certainement qu'elle me gênera moins là-bas qu'elle ne me gênait à Prague. »

Celui qui veut quitter le lieu où il vit n'est pas heureux. Ce désir de Tereza d'émigrer, Tomas l'accepta comme un coupable accepte le verdict. Il s'y soumit et se retrouva un peu plus tard avec Tereza et Karénine dans la plus grande ville de Suisse.

13

Il acheta un lit pour emménager dans un logement vide (ils n'avaient pas encore de quoi s'acheter d'autres meubles) et se jeta dans le travail avec toute la frénésie d'un homme qui commence une vie nouvelle à quarante ans passés.

Il téléphona plusieurs fois à Sabina à Genève. Par chance, elle y avait eu un vernissage huit jours avant l'invasion russe et les amateurs suisses de peinture, portés par l'élan de sympathie pour son petit pays, avaient acheté toutes ses toiles. « Grâce aux Russes, je suis devenue riche ! » dit-elle en éclatant de rire dans le téléphone, et elle invita Tomas chez elle dans son nouvel atelier qui, assurait-elle, n'était guère différent de celui que Tomas connaissait à Prague.

Il serait volontiers allé la voir, mais il ne trouvait pas de prétexte pour justifier ce voyage à Tereza. Ce fut donc Sabina qui vint à Zurich. Elle descendit à l'hôtel. Tomas alla la voir après sa journée de travail, il s'annonça au téléphone depuis la réception et monta dans sa chambre. Elle lui ouvrit et se campa devant lui sur ses belles longues jambes, déshabillée, en slip et soutien-gorge. Elle avait un chapeau melon juché sur sa tête. Elle regardait longuement Tomas, sans bouger, et ne disait rien. Tomas aussi restait immobile, silencieux. Puis, il se rendit compte qu'il était très ému. Il lui enleva le chapeau melon de la tête et le posa sur la table de chevet. Ils firent l'amour sans dire un mot.

En rentrant de l'hôtel à son foyer zurichois (garni depuis longtemps d'une table, de chaises, de fauteuils, d'un tapis), il se disait avec un sentiment de bonheur qu'il portait avec lui son mode de vie comme l'escargot sa maison. Tereza et Sabina représentaient les deux pôles de sa vie, des pôles éloignés, inconciliables, mais beaux tous les deux.

Mais parce qu'il portait partout avec lui le système de sa vie, comme un appendice de son corps, Tereza faisait toujours les mêmes rêves.

Ils étaient à Zurich depuis six ou sept mois quand il trouva une lettre sur la table, un soir qu'il était rentré tard. Elle lui annonçait qu'elle était retournée à Prague. Elle était partie parce qu'elle n'avait pas la force de vivre à l'étranger. Elle savait qu'ici elle aurait dû être un appui pour Tomas et elle savait aussi qu'elle en était incapable. Elle avait cru naïvement que la vie à l'étranger la changerait. Elle s'était imaginé qu'après ce qu'elle avait vécu pendant les journées de l'invasion elle ne serait plus mesquine, qu'elle deviendrait adulte, raisonnable, courageuse, mais elle s'était surestimée. Elle était un poids pour lui et c'était justement ce qu'elle ne voulait pas. Elle voulait en tirer les conséquences avant qu'il ne soit trop tard. Et qu'il lui pardonne d'avoir emmené avec elle Karénine.

Il prit des somnifères très forts mais ne s'endormit qu'au petit matin. Heureusement c'était un samedi et il pouvait rester à la maison. Pour la cent cinquantième fois, il récapitulait toute la situation : les frontières entre la Bohême et le reste du monde n'étaient plus ouvertes comme elles l'étaient à l'époque où ils étaient partis. Ni les télégrammes ni les coups de téléphone ne pourraient faire revenir Tereza. Les autorités ne la laisseraient plus sortir. Il n'arrivait pas à y croire, mais le départ de Tereza était définitif.

14

L'idée qu'il ne pouvait absolument rien faire le plongeait dans un état de stupeur, mais en même temps le tranquillisait. Personne ne l'obligeait à prendre une décision. Il n'avait pas besoin de contempler le mur de l'immeuble d'en face et de se demander s'il voulait ou ne voulait pas vivre avec elle. Tereza avait elle-même décidé de tout.

Il alla déjeuner au restaurant. Il se sentait triste, mais pendant le repas son désespoir initial parut se lasser, comme s'il avait perdu de sa vigueur et qu'il n'en restât que la mélancolie. Il jetait un regard en arrière sur les années passées avec elle et se disait que leur histoire ne pouvait pas mieux se terminer. L'eût-on inventée, on n'aurait pas pu la conclure autrement :

Un jour, Tereza était venue chez lui sans prévenir. Un jour, elle était repartie de la même manière. Elle était arrivée avec une lourde valise. Avec une lourde valise elle était repartie.

Il paya, sortit du restaurant et alla faire un tour dans les rues, plein d'une mélancolie de plus en plus délicieuse. Il avait derrière lui sept années de vie avec Tereza et voilà qu'il constatait que ces années étaient plus belles dans le souvenir qu'à l'instant où il les avait vécues.

L'amour entre lui et Tereza était certainement beau, mais aussi fatigant : il fallait toujours cacher quelque chose, dissimuler, feindre, réparer, lui remonter le moral, la consoler, lui prouver continuellement qu'il l'aimait, subir les reproches de sa jalousie, de sa souffrance, de ses rêves, se sentir coupable, se justifier et s'excuser. Maintenant, la fatigue avait disparu et il ne restait que la beauté.

La soirée du samedi commençait ; pour la première fois il se promenait seul dans Zurich et aspirait profondément le parfum de sa liberté. L'aventure guettait à chaque coin de rue. L'avenir redevenait un mystère. Il revenait à sa vie de célibataire, cette vie à laquelle il était certain autrefois d'être destiné car c'était la seule où il pouvait être tel qu'il était vraiment.

Il avait vécu enchaîné à Tereza pendant sept ans et elle avait suivi du regard chacun de ses pas. C'était comme si elle lui avait attaché des boulets aux chevilles. À présent, son pas était soudain beaucoup plus léger. Il planait presque. Il se trouvait dans l'espace magique de Parménide : il savourait la douce légèreté de l'être.

(Avait-il envie de téléphoner à Genève à Sabina, de contacter une des femmes de Zurich dont il avait fait la connaissance au cours des derniers mois ? Non, il n'en avait pas la moindre envie. Dès qu'il se retrouverait avec une autre, il le savait, le souvenir de Tereza lui causerait une insoutenable douleur.)

15

Ce bizarre enchantement mélancolique dura jusqu'au dimanche soir. Le lundi tout changea. Tereza fit irruption dans sa pensée : il sentait ce qu'elle avait éprouvé en lui écrivant la lettre d'adieu ; il sentait comme ses mains tremblaient ; il la voyait, traînant d'une main la lourde valise, la laisse de Karénine dans l'autre ; il l'imaginait tournant la clé dans la serrure de l'appartement praguois et il sentait dans son propre cœur la désolation de l'esseulement qui lui avait soufflé au visage quand elle avait ouvert la porte.

Pendant ces deux belles journées de mélancolie, sa compassion (cette malédiction de la télépathie sentimentale) se reposait. La compassion dormait comme le mineur dort le dimanche après une semaine de dur labeur afin de pouvoir retourner travailler au fond le lundi.

Tomas examinait un malade et c'était Tereza qu'il voyait à sa place. Il se rappelait à l'ordre : N'y pense pas ! N'y pense pas ! Il se dit : Je suis malade de compassion et c'est pour ça que c'est une bonne chose qu'elle soit partie et que je ne la revoie jamais. Ce n'est pas d'elle qu'il faut que je me libère, mais de ma compassion, de cette maladie que je ne connaissais pas autrefois et dont elle m'a inoculé le bacille !

Le samedi et le dimanche il avait senti la douce légèreté de l'être venir à lui du fond de l'avenir. Le lundi, il se sentit accablé d'une pesanteur comme il n'en avait encore jamais connu. Toutes les tonnes de fer des chars russes n'étaient rien auprès de ce poids. Il n'est rien de plus lourd que la compassion. Même notre propre douleur n'est pas aussi lourde que la douleur coressentie avec un autre, pour un autre, à la place d'un autre, multipliée par l'imagination, prolongée dans des centaines d'échos.

Il se morigénait, s'intimait l'ordre de ne pas céder à la compassion, et la compassion l'écoutait en baissant la tête comme un coupable. La compassion savait qu'elle abusait de ses droits mais s'obstinait discrètement, ce qui fait que cinq jours après le départ de Tereza, Tomas annonça au directeur de la clinique (celui-là même qui lui téléphonait tous les jours à Prague après l'invasion russe) qu'il devait rentrer immédiatement. Il avait honte. Il savait que le directeur trouverait sa conduite irresponsable et impardonnable. Il avait mille fois envie de tout lui confier et de lui parler de Tereza et de la lettre qu'elle lui avait laissée sur la table. Mais il n'en fit rien. Un médecin suisse n'aurait pu voir dans la façon d'agir de Tereza qu'un comportement hystérique et déplaisant. Et Tomas ne voulait pas permettre qu'on pût penser du mal de Tereza.

Le directeur était vraiment froissé.

Tomas haussa les épaules et dit : « Es muss sein. Es muss sein. »

C'était une allusion. Le dernier mouvement du dernier quatuor de Beethoven est composé sur ces deux motifs :

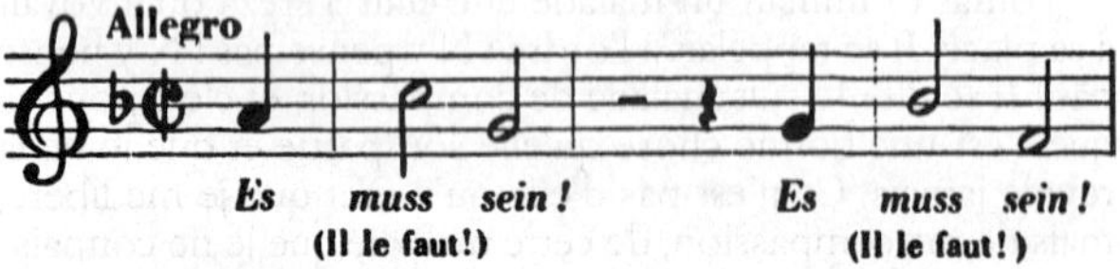

Pour que le sens de ces mots soit absolument clair, Beethoven a inscrit en tête du dernier mouvement les mots : « Der schwer gefasste Entschluss » — la décision gravement pesée.

Par cette allusion à Beethoven Tomas se trouvait déjà auprès de Tereza, car c'était elle qui l'avait forcé à acheter les disques des quatuors et des sonates de Beethoven.

Cette allusion était d'ailleurs plus opportune qu'il ne l'imaginait, car le directeur était mélomane. Avec un sourire serein, il dit doucement, imitant de la voix la mélodie de Beethoven : « Muss es sein ? » Le faut-il ?

Tomas dit encore une fois : « Oui, il le faut ! Ja, es muss sein ! »

16

À la différence de Parménide, Beethoven semblait considérer la pesanteur comme quelque chose de positif. « Der schwer gefasste Entschluss », la décision gravement pesée est associée à la voix du Destin (« es muss sein ! ») ; la pesanteur, la nécessité et la valeur sont trois notions intrinsèquement liées : n'est grave que ce qui est nécessaire, n'a de valeur que ce qui pèse.

Cette conviction est née de la musique de Beethoven et bien qu'il soit possible (sinon probable) que la responsabilité en incombe plutôt aux exégètes de Beethoven qu'au compositeur lui-même, nous la partageons tous plus ou moins aujourd'hui : pour nous, ce qui fait la grandeur de l'homme, c'est qu'il *porte* son destin comme Atlas portait sur ses épaules la voûte du ciel. Le héros beethovénien est un haltérophile soulevant des poids métaphysiques.

Tomas roulait vers la frontière suisse et j'imagine que Beethoven en personne, morose et chevelu, dirigeait la fanfare des pompiers locaux et lui jouait pour son adieu à l'émigration une marche intitulée *Es muss sein !*

Mais plus tard, après avoir franchi la frontière tchèque, il se trouva nez à nez avec une colonne de chars russes. Il dut stopper sa voiture à un carrefour et attendre une demi-heure qu'ils soient passés. Un tankiste terrifiant vêtu d'un uniforme noir avait pris place au carrefour et réglait la circulation comme si toutes les routes de Bohême n'avaient appartenu qu'à lui.

« Es muss sein ! Il le faut », se répétait Tomas, mais bientôt, il commença à en douter : le fallait-il vraiment ?

Oui, il eût été insupportable de rester à Zurich et d'imaginer Tereza seule à Prague.

Mais combien de temps eût-il été tourmenté par la compassion ? Toute la vie ? Toute une année ? Un mois ? Ou juste une semaine ?

Comment pouvait-il le savoir ? Comment pouvait-il le vérifier ?

En travaux pratiques de physique, n'importe quel collégien peut faire des expériences pour vérifier l'exactitude d'une hypothèse scientifique. Mais l'homme, parce qu'il n'a qu'une seule vie, n'a aucune possibilité de vérifier l'hypothèse par l'expérience de sorte qu'il ne saura jamais s'il a eu tort ou raison d'obéir à son sentiment.

Il en était là de ses réflexions quand il ouvrit la porte de l'appartement. Karénine lui sauta au visage, ce qui facilita l'instant des retrouvailles. L'envie de se jeter dans les bras de Tereza (cette envie qu'il éprouvait encore au moment où il était monté en voiture à Zurich) avait entièrement disparu. Ils se faisaient face au milieu d'une plaine enneigée et ils tremblaient tous deux de froid.

17

Depuis le premier jour de l'occupation, les avions russes volaient toute la nuit dans le ciel de Prague. Tomas avait perdu l'habitude de ce bruit et ne parvenait pas à s'endormir.

Il se tournait d'un côté sur l'autre près de Tereza endormie, et il pensait à ce qu'elle lui avait dit quelques années plus tôt au milieu de propos insignifiants. Ils parlaient de son ami Z. et elle avait déclaré : « Si je ne t'avais pas rencontré, j'en serais certainement tombée amoureuse. »

Alors déjà, ces mots avaient plongé Tomas dans une étrange mélancolie. Il avait en effet brusquement compris que c'était tout à fait par hasard que Tereza s'était éprise de lui et non de son ami Z. Qu'en dehors de son amour réalisé pour Tomas, il existait au royaume du possible un nombre infini d'amours irréalisées pour d'autres hommes.

Nous croyons tous qu'il est impensable que l'amour de notre vie puisse être quelque chose de léger, quelque chose qui ne pèse rien ; nous nous figurons que notre amour est ce qu'il devait être ; que sans lui notre vie ne serait pas notre vie. Nous nous persuadons que Beethoven en personne, morose et la crinière terrifiante, joue son « Es muss sein ! » pour notre grand amour.

Tomas se souvenait de la remarque de Tereza sur son ami Z., et constatait que l'histoire d'amour de sa vie ne reposait pas sur « Es muss sein », mais plutôt sur « Es könnte auch anders sein » : ça aurait très bien pu se passer autrement.

Sept ans plus tôt, un cas difficile de méningite s'était déclaré *par hasard* à l'hôpital de la ville où habitait Tereza, et le chef du service où travaillait Tomas avait été appelé d'urgence en consultation. Mais, *par hasard*, le chef de service avait une sciatique, il ne pouvait pas bouger, et il avait envoyé Tomas à sa place dans cet hôpital de province. Il y avait cinq hôtels dans la ville, mais Tomas était descendu *par hasard* dans celui où travaillait Tereza. *Par hasard*, il avait un moment à perdre avant le départ du train et il était allé s'asseoir dans la brasserie. Tereza était de service *par hasard* et servait *par hasard* la table de Tomas. Il avait donc fallu une série de six hasards pour pousser Tomas jusqu'à Tereza, comme si, laissé à lui-même, rien ne l'y eût conduit.

Il était rentré en Bohême à cause d'elle. Une décision aussi fatale reposait sur un amour à ce point fortuit qu'il n'aurait même pas existé si le chef de service n'avait eu une sciatique sept ans plus tôt. Et cette femme, cette incarnation du hasard absolu, était maintenant couchée à côté de lui et respirait profondément dans son sommeil.

Il était très tard. Tomas sentait qu'il commençait à avoir mal à l'estomac, comme ça lui arrivait dans les moments de détresse.

La respiration de Tereza se changea une ou deux fois en léger ronflement. Tomas n'éprouvait pas la moindre compassion. Il ne sentait qu'une chose, une pression au creux de l'estomac et le désespoir d'être rentré.

Deuxième partie

L'ÂME ET LE CORPS

I

Il serait sot, de la part de l'auteur, de vouloir faire croire au lecteur que ses personnages ont réellement existé. Ils ne sont pas nés d'un corps maternel, mais de quelques phrases évocatrices ou d'une situation clé. Tomas est né de la phrase *einmal ist keinmal.* Tereza est née de borborygmes.

La première fois qu'elle franchit le seuil de l'appartement de Tomas, ses entrailles furent prises de gargouillements. Il ne faut pas s'en étonner, elle n'avait ni déjeuné ni dîné, s'étant contentée d'un sandwich sur le quai en fin de matinée, avant de monter dans le train. Toute à l'idée de son audacieux voyage elle en oublia de manger. Mais à ne point se soucier de son corps, on en devient plus facilement la victime. Ce supplice d'entendre son ventre prendre la parole au moment où elle se retrouvait face à face avec Tomas ! Elle était au bord des larmes. Au bout de dix secondes, heureusement, Tomas l'enlaçait, et elle put oublier les voix de son ventre.

2

Tereza est donc née d'une situation qui révèle brutalement l'inconciliable dualité du corps et de l'âme, cette expérience humaine fondamentale.

Jadis, l'homme écoutait avec stupeur le martèlement régulier qui lui parvenait du fond de sa poitrine et se demandait ce que c'était. Il ne pouvait se considérer comme identique à une chose aussi étrangère et inconnue qu'un corps. Le corps était une cage et, à l'intérieur, quelque chose regardait, écoutait, s'effrayait, pensait et s'étonnait ; ce quelque chose, ce reliquat qui subsistait, déduction faite du corps, c'était l'âme.

Bien sûr, aujourd'hui, le corps a cessé d'être un mystère : ce qui cogne dans la poitrine, c'est le cœur, on le sait, et le nez n'est que l'extrémité d'un tuyau qui saillit du corps pour amener l'oxygène aux poumons. Le visage n'est que le tableau de bord auquel aboutissent tous les mécanismes physiques : la digestion, la vue, l'ouïe, la respiration, la réflexion.

Depuis que l'homme peut nommer toutes les parties du corps, le corps l'inquiète moins. Chacun sait aussi désormais que l'âme n'est que l'activité de la matière grise du cerveau. La dualité de l'âme et du corps fut dissimulée derrière des termes scientifiques et n'est, aujourd'hui, qu'un préjugé démodé qui fait franchement rire.

Mais il suffit d'aimer à la folie et d'entendre gargouiller ses intestins pour que l'unité de l'âme et du corps, illusion lyrique de l'ère scientifique, se dissipe aussitôt.

3

Elle tentait de se voir à travers son corps. Aussi se regardait-elle souvent dans le miroir. Et comme elle craignait d'être surprise par sa mère, ces regards portaient la marque d'un vice secret.

Ce n'était pas la vanité qui l'attirait vers le miroir, mais l'étonnement d'y découvrir son moi. Elle oubliait qu'elle avait devant les yeux le tableau de bord des mécanismes corporels. Elle croyait voir son âme qui se révélait à elle sous les traits de son visage. Elle oubliait que le nez est l'extrémité d'un tuyau qui amène l'air aux poumons. Elle y voyait l'expression fidèle de sa nature.

Elle s'y contemplait longuement, et ce qui la contrariait

parfois c'était de retrouver sur son visage les traits de sa mère. Alors, elle n'en mettait que plus d'obstination à se regarder et tendait sa volonté pour s'abstraire de la physionomie maternelle, en faire table rase et ne laisser subsister sur son visage que ce qui était elle-même. Y parvenait-elle, c'était une minute enivrante : l'âme remontait à la surface du corps, pareille à l'équipage qui s'élance du ventre du navire, envahit le pont, agite les bras vers le ciel et chante.

4

Non seulement elle ressemblait physiquement à sa mère, mais j'ai parfois l'impression que sa vie n'a été qu'un prolongement de la vie de sa mère, un peu comme la course d'une boule de billard est le prolongement du geste exécuté par le bras d'un joueur.

Où et quand avait pris naissance ce geste qui, plus tard, se métamorphosa en vie de Tereza ?

Sans doute à l'instant où un commerçant praguois fit pour la première fois devant sa fille, la mère de Tereza, l'éloge de sa beauté. La mère avait alors trois ou quatre ans et il lui disait qu'elle ressemblait à la madone de Raphaël. Elle en prit bonne note et, plus tard, sur les bancs du collège, au lieu d'écouter le professeur, elle se demandait à quelle peinture elle pouvait ressembler.

Quand vint le temps des demandes en mariage, elle eut neuf soupirants. Tous s'agenouillaient en cercle autour d'elle. Elle se tenait au milieu comme une princesse et ne savait lequel choisir : le premier était plus beau, le deuxième plus spirituel, le troisième plus riche, le quatrième plus sportif, le cinquième d'une meilleure famille, le sixième lui récitait des vers, le septième avait parcouru le monde entier, le huitième jouait du violon et le neuvième était le plus viril des hommes. Mais ils s'agenouillaient tous de la même manière et ils avaient tous les mêmes ampoules aux genoux.

Elle choisit finalement le neuvième, pas parce que c'était le plus viril, mais parce qu'au moment où elle lui chuchotait à l'oreille pendant l'amour : « Fais attention ! Fais bien attention ! », il faisait exprès de n'en rien faire, de sorte qu'elle dut se hâter de le prendre pour époux, n'ayant pu trouver à temps un médecin pour la faire avorter. Ainsi naquit Tereza. L'innombrable famille affluait de tous les coins du pays, se penchait sur le berceau et zozotait. La mère de Tereza ne zozotait pas. Elle se taisait. Elle pensait aux huit autres soupirants et les trouvait tous beaucoup mieux que le neuvième.

Comme sa fille, la mère de Tereza aimait bien se regarder dans la glace. Un jour, elle constata qu'elle avait des rides autour des yeux, et elle se dit que son mariage était un non-sens. Elle rencontra un homme pas viril du tout, qui avait derrière lui plusieurs escroqueries et deux divorces. Elle détestait les amants aux genoux couverts d'ampoules. Elle éprouvait une furieuse envie de s'agenouiller à son tour. Elle tomba à genoux devant l'escroc et quitta son mari et Tereza.

Le plus viril des hommes devint le plus triste des hommes. Il était si triste que tout lui était indifférent. Il disait partout et tout haut ce qu'il pensait, et la police communiste, outrée de ses réflexions incongrues, l'interpella, le condamna et l'emprisonna. Expulsée de l'appartement mis sous scellés, Tereza partit chez sa mère.

Au bout de quelque temps, le plus triste des hommes mourut en prison, et la mère, suivie de Tereza, partit avec l'escroc s'installer dans une petite ville au pied des montagnes. Le beau-père était employé de bureau, la mère était vendeuse de magasin. Elle eut encore d'autres enfants. Puis, un jour qu'elle se regardait une fois de plus dans la glace, elle s'aperçut qu'elle était vieille et laide.

5

Ayant constaté qu'elle avait tout perdu, elle chercha un coupable. Coupable, tout le monde l'était : Coupable son premier mari, viril et mal aimé, qui lui avait désobéi quand elle lui chuchotait à l'oreille de faire attention ; coupable son second mari, peu viril et bien-aimé, qui l'avait entraînée loin de Prague dans une petite ville de province et courait après toutes les jupes, de sorte qu'elle n'en finissait pas d'être jalouse. Face à ses deux maris, elle était désarmée. Le seul être humain qui lui appartenait et ne pouvait lui échapper, l'otage qui pouvait payer pour tous les autres, c'était Tereza.

D'ailleurs, il était peut-être exact qu'elle était responsable du sort de sa mère. Elle : l'absurde rencontre d'un spermatozoïde du plus viril des hommes et d'un ovule de la plus belle des femmes. En cette seconde fatidique nommée Tereza, maman avait commencé le marathon de sa vie gâchée.

Elle expliquait inlassablement à Tereza qu'être mère c'est tout sacrifier. Ses paroles étaient convaincantes parce qu'elles exprimaient l'expérience d'une femme qui avait tout perdu à cause de son enfant. Tereza écoutait et croyait que la plus haute valeur de la vie c'est la maternité, et que la maternité est un grand sacrifice. Si la maternité est le Sacrifice même, être fille c'est la Faute que rien ne pourra jamais racheter.

6

Bien entendu, Tereza ignorait l'épisode de la nuit où sa mère avait chuchoté à l'oreille du plus viril des hommes de faire attention. La culpabilité qu'elle ressentait était indéfinissable comme le péché originel. Elle faisait tout pour l'expier. Sa mère l'ayant retirée du collège, elle travaillait comme serveuse depuis l'âge de quinze ans, et tout ce qu'elle gagnait elle le lui remettait. Elle était prête à tout pour mériter son amour. Elle prenait soin du ménage, s'occupait de ses frères et sœurs, passait tout le dimanche à gratter et laver. C'était dommage, car au lycée c'était la plus douée de sa classe. Elle voulait s'élever, mais pour elle, dans cette petite ville, où s'élever ? Elle faisait la lessive et un livre était posé près d'elle à côté de la baignoire. Elle tournait les pages et le livre était mouillé de gouttes d'eau.

À la maison, la pudeur n'existait pas. Sa mère allait et

venait dans l'appartement en sous-vêtements, parfois sans soutien-gorge, parfois même, les jours d'été, toute nue. Son beau-père ne se promenait pas tout nu, mais il attendait toujours que Tereza fût dans la baignoire pour entrer dans la salle de bains. Un jour qu'elle s'y était enfermée à clé, sa mère fit une scène : « Pour qui te prends-tu ? Qu'est-ce que tu te crois ? Il ne va pas te la manger, ta beauté ! »

(Cette situation montre clairement que la haine de la mère pour la fille était plus forte que la jalousie que lui inspirait son mari. La faute de la fille étant infinie, elle englobait même les infidélités du mari. Que la fille veuille s'émanciper et ose revendiquer des droits — comme celui de s'enfermer à clé dans la salle de bains — est beaucoup plus inacceptable pour la mère qu'une éventuelle intention sexuelle du mari à l'égard de Tereza.)

Un jour d'hiver, sa mère se promenait nue dans une pièce avec la lumière allumée. Tereza courut baisser le store pour qu'on ne pût la voir depuis l'immeuble d'en face. Elle l'entendit rire derrière elle. Le lendemain, des amies rendirent visite à sa mère. Une voisine, une collègue du magasin, une institutrice du quartier et deux ou trois femmes qui se réunissaient régulièrement. Tereza vint passer un instant avec elles, accompagnée du fils d'une des dames, un garçon de seize ans. Sa mère en profita aussitôt pour raconter comment Tereza avait voulu protéger sa pudeur. Elle riait, et toutes les femmes s'esclaffaient. Puis, la mère dit : « Tereza ne veut pas admettre qu'un corps humain ça pisse et ça pète. » Tereza était écarlate, mais sa mère poursuivait : « Qu'y a-t-il de mal à ça ? » Et aussitôt, répondant elle-même à sa question, elle lâcha des pets sonores. Toutes les femmes riaient.

7

La mère se mouche bruyamment, donne aux gens des détails sur sa vie sexuelle, exhibe son dentier. Elle sait le dégager d'un coup de langue avec une remarquable adresse, laissant la mâchoire supérieure retomber sur les dents du bas dans un large sourire ; son visage donne soudain la chair de poule.

Tout son comportement n'est qu'un seul brusque geste par lequel elle rejette sa jeunesse et sa beauté. Au temps où les neuf soupirants s'agenouillaient en cercle autour d'elle, elle veillait avec un soin anxieux sur sa nudité. C'était à l'aune de sa pudeur qu'elle jaugeait le prix de son corps. Si elle est impudique à présent, elle l'est radicalement comme si elle voulait, par son impudeur, tirer un trait solennel sur sa vie passée et crier bien haut que la jeunesse et la beauté qu'elle a surestimées n'ont en fait aucune valeur.

Tereza me paraît le prolongement de ce geste par lequel la mère rejeta au loin sa vie de belle femme.

(Et si Tereza elle-même a des allures nerveuses, si ses gestes manquent de gracieuse lenteur, il ne faut pas s'en étonner : ce grand geste de sa mère, autodestructeur et violent, c'est elle, c'est Tereza.)

8

La mère réclame pour elle justice et veut que le coupable soit châtié. Elle insiste pour que sa fille reste avec elle dans le monde de l'impudeur où la jeunesse et la beauté ne signifient rien, où l'univers n'est qu'un gigantesque camp de concentration de corps qui se ressemblent l'un l'autre et dont les âmes sont invisibles.

Maintenant, nous pouvons mieux comprendre le sens du vice secret de Tereza, de ses longs regards répétés devant le miroir. C'était un combat avec sa mère. C'était le désir de ne pas être un corps comme les autres corps, mais de voir sur la surface de son visage l'équipage de l'âme surgir du ventre du navire. Ce n'était pas facile parce que l'âme, triste, craintive, effarouchée, se cachait au fond des entrailles de Tereza et avait honte de se montrer.

Il en fut ainsi le jour où elle rencontra Tomas pour la première fois. Elle se faufilait entre les ivrognes dans la brasserie, son corps ployait sous le poids des chopes de bière qu'elle portait sur un plateau, et elle avait l'âme au creux de l'estomac ou dans le pancréas. À ce moment, elle entendit Tomas l'appeler. Cet appel était important, car il venait de quelqu'un qui ne connaissait ni sa mère ni les ivrognes dont elle entendait chaque jour les remarques obscènes et éculées. Son statut d'inconnu l'élevait au-dessus des autres.

Et quelque chose d'autre aussi : un livre ouvert était posé sur sa table. Dans ce café, personne n'avait encore jamais ouvert de livre sur une table. Pour Tereza, le livre était le signe de reconnaissance d'une fraternité secrète. Contre le monde de la grossièreté qui l'entourait, elle n'avait en effet qu'une seule arme : les livres qu'elle empruntait à la bibliothèque municipale ; surtout des romans : elle en lisait des tas, de Fielding à Thomas Mann. Ils lui offraient une chance d'évasion imaginaire en l'arrachant à une vie qui ne lui apportait aucune satisfaction, mais ils avaient aussi un sens pour elle en tant qu'objets : elle aimait se promener dans la rue avec des livres sous le bras. Ils étaient pour elle ce qu'était la canne élégante pour le dandy du siècle dernier. Ils la distinguaient des autres.

(La comparaison entre le livre et la canne élégante du dandy n'est pas tout à fait exacte. La canne était le signe distinctif du dandy, mais elle en faisait aussi un personnage moderne et à la mode. Le livre distinguait Tereza des autres jeunes femmes, mais en faisait un être suranné. Certes, elle était trop jeune pour pouvoir saisir ce qu'il y avait de démodé dans sa personne. Les adolescents qui se promenaient autour d'elle avec des transistors tonitruants, elle les trouvait idiots. Elle ne s'apercevait pas qu'ils étaient modernes.)

Donc, l'homme qui venait de l'appeler était à la fois inconnu et membre d'une fraternité secrète. Il parlait d'un ton courtois, et Tereza sentit son âme s'élancer à la surface par toutes ses veines, tous ses capillaires et tous ses pores pour être vue de lui.

9

Après son retour de Zurich à Prague, Tomas fut pris de malaise à l'idée que sa rencontre avec Tereza avait été le résultat de six improbables hasards.

Mais un événement n'est-il pas au contraire d'autant plus important et chargé de signification qu'il dépend d'un plus grand nombre de hasards ?

Seul le hasard peut nous apparaître comme un message. Ce qui arrive par nécessité, ce qui est attendu et se répète quotidiennement n'est que chose muette. Seul le hasard est parlant. On tente d'y lire comme les gitanes lisent au fond d'une tasse dans les figures qu'a dessinées le marc de café.

La présence de Tomas dans sa brasserie, ce fut pour Tereza la manifestation du hasard absolu. Il était seul à une table devant un livre ouvert. Il leva les yeux sur elle et sourit : « Un cognac ! »

À ce moment-là, il y avait de la musique à la radio. Tereza partit chercher un cognac au comptoir et tourna le bouton de l'appareil pour augmenter le volume. Elle avait reconnu Beethoven. Elle le connaissait depuis qu'un quatuor de Prague était venu en tournée dans la petite ville. Tereza (comme nous le savons, elle aspirait à « s'élever ») allait au concert. La salle était vide. Elle s'y retrouva seule avec le pharmacien et son épouse. Il y avait donc un quatuor de musiciens sur la scène et un trio d'auditeurs dans la salle, mais les musiciens avaient eu la gentillesse de ne pas annuler le concert et de jouer pour eux seuls pendant toute une soirée les trois derniers quatuors de Beethoven.

Le pharmacien avait ensuite invité les musiciens à dîner et avait prié l'auditrice inconnue de se joindre à eux. Depuis, Beethoven était devenu pour elle l'image du monde « de l'autre côté », l'image du monde auquel elle aspirait. À présent, tandis qu'elle revenait du comptoir avec un cognac pour Tomas, elle s'efforçait de lire dans ce hasard : comment se pouvait-il qu'au moment même où elle s'apprêtait à servir un cognac à cet inconnu qui lui plaisait, elle entendît du Beethoven ?

Le hasard a de ces sortilèges, pas la nécessité. Pour qu'un amour soit inoubliable, il faut que les hasards s'y rejoignent dès le premier instant comme les oiseaux sur les épaules de saint François d'Assise.

10

Il l'appela pour payer. Il referma le livre (ce signe de reconnaissance d'une fraternité secrète) et elle eut envie de savoir ce qu'il lisait.

« Vous pouvez inscrire ça sur ma note d'hôtel ? demanda-t-il.

— Certainement. Quel est votre numéro de chambre ? »

Il lui montra une clé au bout d'une plaquette de bois où un six était peint en rouge.

« C'est curieux, dit-elle. Vous êtes au six.

— Qu'est-ce que ça a de curieux ? » demanda-t-il.

Elle se souvint qu'au temps où elle habitait à Prague chez ses parents, avant leur divorce, leur immeuble était au numéro six. Mais elle dit tout autre chose (et nous ne pouvons qu'admirer sa ruse) : « Vous avez la chambre six et je termine mon service à six heures.

— Et moi, je prends le train de sept heures », dit l'inconnu.

Elle ne savait plus que dire, elle lui tendit la note pour qu'il la signe et l'emporta à la réception. Quand elle termina son service, il avait quitté la table. Avait-il compris son message discret ? En sortant du restaurant, elle se sentait nerveuse.

En face, au centre de la petite ville sale, il y avait un square morne et clairsemé qui avait toujours été pour elle un îlot de beauté : une pelouse avec quatre peupliers, des bancs, un saule pleureur et des forsythias.

Il était assis sur un banc jaune d'où l'on pouvait voir l'entrée de la brasserie. C'était justement le banc où elle s'était assise la veille avec un livre sur les genoux ! Elle comprit alors (les oiseaux des hasards se rejoignaient sur ses épaules) que cet inconnu lui était prédestiné. Il l'appela, l'invita à s'asseoir à côté de lui. (Tereza sentit l'équipage de l'âme s'élancer sur le pont de son corps.) Un peu plus tard, elle l'accompagna à la gare et, au moment de la quitter, il lui tendit une carte de visite avec son numéro de téléphone : « Si, par hasard, vous venez un jour à Prague… »

11

Beaucoup plus que cette carte de visite qu'il lui a tendue au dernier moment, c'est cet appel des hasards (le livre, Beethoven, le chiffre six, le banc jaune du square) qui a donné à Tereza le courage de partir de chez elle et de changer son destin. Ce sont peut-être ces quelques hasards (d'ailleurs bien modestes et banals, vraiment dignes de cette ville insignifiante) qui ont mis en mouvement son amour et sont devenus la source d'énergie où elle s'abreuvera jusqu'à la fin.

Notre vie quotidienne est bombardée de hasards, plus exactement de rencontres fortuites entre les gens et les événements, ce qu'on appelle des coïncidences : Tomas apparaît dans la brasserie au moment où la radio joue du Beethoven. Dans leur immense majorité, ces coïncidences-là passent complètement inaperçues. Si le boucher du coin était venu s'asseoir à une table de la brasserie à la place de Tomas, Tereza n'aurait pas remarqué que la radio jouait du Beethoven (bien que la rencontre de Beethoven et d'un boucher soit aussi une curieuse coïncidence). Mais l'amour naissant a aiguisé en elle le sens de la beauté et elle n'oubliera jamais cette musique. Chaque fois qu'elle l'entendra, elle sera émue. Tout ce qui se passera autour d'elle en cet instant sera nimbé de l'éclat de cette musique, et sera beau.

Au début du roman que Tereza tenait sous le bras le jour où elle était venue chez Tomas, Anna rencontre Vronsky en d'étranges circonstances. Ils sont sur le quai d'une gare où quelqu'un vient de tomber sous un train. À la fin du roman, c'est Anna qui se jette sous un train. Cette composition symétrique, où le même motif apparaît au commencement et à la fin, peut sembler très « romanesque ». Oui, je l'admets, mais à condition seulement que romanesque ne signifie pas pour vous une chose « inventée », « artificielle », « sans ressemblance avec la vie ». Car c'est bien ainsi que sont composées les vies humaines.

Elles sont composées comme une partition musicale.

L'homme, guidé par le sens de la beauté, transforme l'événement fortuit (une musique de Beethoven, une mort dans une gare) en un motif qui va ensuite s'inscrire dans la partition de sa vie. Il y reviendra, le répétera, le modifiera, le développera comme fait le compositeur avec le thème de sa sonate. Anna aurait pu mettre fin à ses jours de toute autre manière. Mais le motif de la gare et de la mort, ce motif inoubliable associé à la naissance de l'amour, l'attirait à l'instant du désespoir par sa sombre beauté. L'homme, à son insu, compose sa vie d'après les lois de la beauté jusque dans les instants du plus profond désespoir.

On ne peut donc reprocher au roman d'être fasciné par les mystérieuses rencontres des hasards (par exemple, par la rencontre de Vronsky, d'Anna, du quai et de la mort, ou la rencontre de Beethoven, de Tomas, de Tereza et du verre de cognac), mais on peut avec raison reprocher à l'homme d'être aveugle à ces hasards et de priver ainsi la vie de sa dimension de beauté.

12

Enhardie par les oiseaux des hasards qui s'étaient rejoints sur ses épaules, elle prit une semaine de congé sans en avertir sa mère et monta dans le train. Elle alla souvent aux waters se regarder dans la glace et implorer son âme de ne pas abandonner une seconde le pont de son corps en ce jour décisif de sa vie. Comme elle se regardait ainsi, elle prit peur : elle sentait que sa gorge était irritée. En cette journée fatidique, allait-elle tomber malade ?

Mais il n'y avait plus moyen de reculer. Elle l'appela de la gare et, au moment où la porte s'ouvrit, son ventre émit soudain d'horribles gargouillements. Elle avait honte. C'était comme d'avoir sa mère dans le ventre et de l'y entendre ricaner pour lui gâcher son rendez-vous.

Elle crut d'abord qu'il allait la mettre dehors à cause de ces bruits incongrus, mais il la prit dans ses bras. Elle lui savait gré d'être indifférent à ses borborygmes, et elle l'embrassait avec d'autant plus de passion, les yeux voilés de brume. Au bout d'une minute à peine, ils faisaient l'amour. Et dans l'amour, elle criait. Elle avait déjà la fièvre. Elle était grippée. L'extrémité du tuyau qui amène l'air aux poumons était rouge et bouchée.

Puis elle revint une autre fois avec une lourde valise où elle avait entassé toutes ses affaires, résolue à ne plus jamais retourner dans la petite ville. Il l'invita chez lui pour le lendemain soir. Elle passa la nuit dans un hôtel bon marché. Le matin, elle déposa la valise à la consigne de la gare, et toute la journée elle traîna dans les rues de Prague avec *Anna Karénine* sous le bras. Le soir, elle sonna, il ouvrit ; elle ne lâchait pas le livre. Comme si c'était son billet d'entrée dans l'univers de Tomas. Elle comprenait qu'elle n'avait pour passeport que ce seul misérable ticket, et ça lui donnait envie de pleurer. Pour éviter de pleurer elle était volubile, parlait fort et riait. Mais comme l'autre fois, à peine eut-elle franchi le seuil, il la prit dans ses bras et ils firent l'amour. Elle glissa dans un brouillard où il n'y avait rien à voir, rien à entendre que son cri.

13

Ce n'était pas un halètement, ce n'était pas un gémissement, c'était vraiment un cri. Elle criait si fort que Tomas éloignait sa tête de son visage, comme si cette voix hurlant à son oreille allait lui crever le tympan. Ce cri n'était pas une expression de sensualité. La sensualité, c'est la mobilisation maximale des sens : on observe l'autre intensément et on écoute ses moindres bruits. Le cri de Tereza voulait au contraire étourdir les sens pour les empêcher de voir et d'entendre. Ce qui hurlait en elle, c'était l'idéalisme naïf de son amour qui voulait abolir toutes les contradictions, abolir la dualité du corps et de l'âme, et peut-être même abolir le temps.

Avait-elle les yeux clos ? Non, mais ils ne regardaient nulle part, ils fixaient le vide du plafond et, par instants, elle tournait violemment la tête tantôt d'un côté, tantôt de l'autre.

Quand son cri s'apaisa, elle s'endormit au côté de Tomas et garda toute la nuit sa main dans la sienne.

Déjà, à l'âge de huit ans, elle s'assoupissait une main pressée contre l'autre, s'imaginant tenir ainsi l'homme qu'elle aimait, l'homme de sa vie. Il est donc bien compréhensible qu'elle serre avec un tel entêtement la main de Tomas dans son sommeil : elle s'y préparait, elle s'y entraînait depuis l'enfance.

14

Une jeune fille qui doit, au lieu de « s'élever », servir de la bière à des ivrognes et passer le dimanche à laver le linge sale de ses frères et sœurs, amasse en elle une immense réserve de vitalité, inconcevable pour des gens qui vont à l'université et bâillent devant des bouquins. Tereza en avait lu plus qu'eux, en savait plus long qu'eux sur la vie, mais ne s'en rendrait jamais compte. Ce qui distingue l'autodidacte de celui qui a fait des études, ce n'est pas l'ampleur des connaissances, mais des degrés différents de vitalité et de confiance en soi. La ferveur avec laquelle Tereza, une fois à Prague, s'élança dans la vie, était à la fois vorace et fragile. Elle semblait redouter qu'on pût lui dire un jour : « Tu n'es pas à ta place ici ! Retourne d'où tu es venue ! » Tout son appétit de vivre était suspendu à un fil : la voix de Tomas, qui avait fait remonter vers les hauteurs l'âme timidement cachée dans les entrailles de Tereza.

Elle trouva une place dans un magazine, au laboratoire photo, mais elle ne pouvait s'en contenter. Elle voulait faire elle-même des photos. L'amie de Tomas, Sabina, lui prêta des monographies de photographes célèbres, la retrouva dans un café et lui expliqua devant des livres ouverts ce que ces photos avaient d'intéressant. Tereza l'écoutait avec une attention silencieuse, comme un professeur en voit rarement sur le visage de ses étudiants.

Grâce à Sabina, Tereza comprit la parenté de la photographie et de la peinture et obligea Tomas à l'accompagner à toutes les expositions. Elle réussit bientôt à publier ses propres photos dans le magazine et quitta le laboratoire pour travailler parmi les photographes professionnels du journal.

Ce soir-là, ils allèrent avec des amis fêter sa promotion dans un cabaret ; ils dansèrent. Tomas se rembrunit et, comme elle insistait pour savoir ce qu'il avait, il lui avoua, quand ils furent enfin de retour, qu'il était jaloux parce qu'il l'avait vue danser avec son collègue.

« C'est vrai que je t'ai rendu jaloux ? » Elle répéta ces mots une dizaine de fois, comme s'il eût annoncé qu'elle avait reçu le prix Nobel et eût refusé de le croire.

Elle le prit par la taille et se mit à danser avec lui dans la chambre. Ce n'était pas du tout la danse mondaine de tout à l'heure sur la piste du cabaret. C'était une sorte de bourrée villageoise, une série de bonds extravagants ; elle levait très haut la jambe, exécutait de grands sauts maladroits et l'entraînait aux quatre coins de la pièce.

Hélas, elle devint bientôt jalouse à son tour. Pour Tomas, sa jalousie ne fut pas le prix Nobel mais un fardeau auquel il n'échapperait qu'un an ou deux avant de mourir.

15

Elle défilait nue autour du bassin de la piscine avec une foule d'autres femmes nues, Tomas était en haut, debout dans un panier suspendu sous la voûte, il hurlait, les obligeait à chanter et à fléchir les genoux. Quand une femme faisait un faux mouvement, il l'abattait d'un coup de revolver.

Je voudrais encore une fois revenir à ce rêve : l'horreur ne commençait pas au moment où Tomas tirait la première balle. Dès le début, c'était un rêve horrible. Marcher au pas, nue parmi d'autres femmes nues, c'était pour Tereza l'image la plus élémentaire de l'horreur. Au temps où elle habitait chez sa mère, il lui était interdit de s'enfermer à clé dans la salle de bains. Par là, sa mère lui disait : ton corps est comme tous les autres corps ; tu n'as pas droit à la pudeur ; tu n'as aucune raison de cacher quelque chose qui existe sous une forme identique à des milliards d'exemplaires. Dans l'univers de sa mère, tous les corps étaient les mêmes et marchaient au pas l'un derrière l'autre. Depuis l'enfance, la nudité était pour Tereza le signe de l'uniformité obligatoire du camp de concentration ; le signe de l'humiliation.

Il y avait encore une autre horreur tout au début du rêve : toutes les femmes devaient chanter ! Non seulement leurs corps étaient les mêmes, pareillement dévalorisés, simples mécanismes sonores sans âme, mais les femmes s'en réjouissaient ! C'était la jubilante solidarité des sans-âmes. Elles étaient heureuses d'avoir rejeté le fardeau de l'âme, cette illusion de l'unicité, cet orgueil ridicule, et d'être toutes semblables. Tereza chantait avec elles mais ne se réjouissait pas. Elle chantait parce qu'elle avait peur d'être tuée par les femmes si elle ne chantait pas.

Mais que signifiait que Tomas les abatte à coups de revolver et qu'elles tombent l'une après l'autre, mortes, dans la piscine ?

Les femmes qui se réjouissent d'être tout à fait semblables et indifférenciées célèbrent en fait leur mort future qui rendra leur ressemblance absolue. Le claquement du coup de feu n'était donc que l'heureux accomplissement de leur marche macabre. Elles riaient d'un rire joyeux à chaque coup de revolver et, tandis que le cadavre coulait lentement sous la surface de l'eau, elles chantaient encore plus fort.

Et pourquoi était-ce Tomas qui tirait, et pourquoi voulait-il aussi tirer sur Tereza ?

Parce que c'était lui qui avait envoyé Tereza parmi ces femmes. C'était cela que le rêve était chargé d'apprendre à Tomas, puisque Tereza ne savait pas comment le lui dire elle-même. Elle était venue vivre avec lui pour échapper à l'univers de sa mère où tous les corps étaient égaux. Elle était venue vivre avec lui pour que son corps devienne unique et irremplaçable. Et voici qu'il avait tracé, lui aussi, un signe d'égalité entre elle et les autres : il les embrassait toutes de la même manière, leur prodiguait les mêmes caresses, ne faisait aucune, aucune, mais aucune différence entre le corps de Tereza et les autres corps. Il l'avait renvoyée à l'univers auquel elle avait cru échapper. Il l'avait envoyée défiler nue avec d'autres femmes nues.

16

Elle faisait alternativement trois séries de rêves : la première, où sévissaient des chats, disait ce qu'elle avait souffert de son vivant ; la seconde montrait dans d'innombrables variantes des images de son exécution ; la troisième parlait de sa vie dans l'au-delà, où son humiliation était devenue un état éternel.

Dans ces rêves, il n'y avait rien à déchiffrer. L'accusation qu'ils adressaient à Tomas était si évidente qu'il ne pouvait que se taire et caresser, tête basse, la main de Tereza.

Outre qu'ils étaient éloquents, ces rêves étaient beaux. C'est un aspect qui a échappé à Freud dans sa théorie des rêves. Le rêve n'est pas seulement une communication (éventuellement une communication chiffrée), c'est aussi une activité esthétique, un jeu de l'imagination, et ce jeu est en lui-même une valeur. Le rêve est la preuve qu'imaginer, rêver ce qui n'a pas été, est l'un des plus profonds besoins de l'homme. Là est la raison du perfide danger qui se cache dans le rêve. Si le rêve n'était pas beau, on pourrait vite l'oublier. Mais Tereza revenait sans cesse à ses rêves, elle se les répétait en pensée, elle en faisait des légendes. Tomas vivait sous le charme hypnotique de la déchirante beauté des rêves de Tereza.

« Tereza, Tereza chérie, tu t'éloignes de moi. Où veux-tu aller ? Tu rêves tous les jours de la mort, comme si tu voulais vraiment disparaître… » lui disait-il un jour qu'ils étaient attablés dans un bar.

Il faisait grand jour, la raison et la volonté avaient repris le gouvernail. Une goutte de vin rouge coulait lentement sur la paroi du verre et Tereza disait : « Tomas, je n'y peux rien. Je comprends tout. Je sais que tu m'aimes. Je sais bien que tes infidélités n'ont rien de dramatique… »

Elle le regardait avec amour, mais elle redoutait la nuit qui allait venir, elle avait peur de ses rêves. Sa vie était coupée en deux. La nuit et le jour se disputaient le pouvoir sur elle.

17

Celui qui veut continuellement « s'élever » doit s'attendre à avoir un jour le vertige. Qu'est-ce que le vertige ? La peur de tomber ? Mais pourquoi avons-nous le vertige sur un belvédère pourvu d'un solide garde-fou ? Le vertige, c'est autre chose que la peur de tomber. C'est la voix du vide au-dessous de nous qui nous attire et nous envoûte, le désir de chute dont nous nous défendons ensuite avec effroi.

Le défilé des femmes nues autour de la piscine, les cadavres dans le corbillard qui se réjouissaient que Tereza fût morte comme eux, c'est l'« en-bas » qui l'effrayait, d'où elle s'était déjà enfuie une fois, mais qui l'attirait mystérieusement. C'était son vertige : elle entendait un appel très doux (presque joyeux) à renoncer au destin et à l'âme. C'était l'appel à la solidarité avec les sans-âmes et, dans les moments de faiblesse, elle avait envie d'y répondre et de retourner vers sa mère. Elle avait envie de rappeler du pont de son corps l'équipage de l'âme ; de descendre s'asseoir parmi les amies de sa mère et de rire quand l'une ou l'autre lâche un pet sonore ; de défiler nue avec elles autour de la piscine et de chanter.

18

Il est vrai qu'avant de quitter sa famille Tereza était en lutte avec sa mère, mais n'oublions pas qu'elle l'aimait en même temps d'un amour malheureux. Elle aurait fait n'importe quoi pour sa mère si seulement celle-ci le lui avait demandé avec la voix de l'amour. N'avoir jamais entendu cette voix lui avait donné la force de partir.

Quand la mère comprit que son agressivité n'avait plus de prise sur sa fille, elle lui écrivit à Prague des lettres larmoyantes. Elle se plaignait de son mari, de son patron, de sa santé, de ses enfants, et disait que Tereza était le seul être qu'elle eût au monde. Tereza crut entendre enfin la voix de l'amour maternel, dont elle avait eu la nostalgie pendant vingt ans, et elle eut envie de retourner près d'elle. Elle en eut d'autant plus envie qu'elle se sentait faible. Les infidélités de Tomas lui révélaient soudain son impuissance, et de ce sentiment d'impuissance naissait le vertige, un immense désir de tomber.

La mère lui téléphona. Elle avait un cancer, disait-elle. Il lui restait à peine quelques mois à vivre. À cette nouvelle, le désespoir où les infidélités de Tomas avaient plongé Tereza se mua en révolte. Elle se reprochait d'avoir trahi sa mère pour un homme qui ne l'aimait pas. Elle était prête à oublier tout ce que sa mère lui avait fait subir. Elle était à même de la comprendre, à présent. Elles étaient toutes les deux dans la même situation : la mère aimait son mari comme Tereza aimait Tomas, et les infidélités du beau-père faisaient souffrir sa mère exactement comme celles de Tomas tourmentaient Tereza. Si sa mère avait été méchante avec elle, c'était uniquement parce qu'elle était trop malheureuse.

Elle parla à Tomas de la maladie de sa mère et lui annonça qu'elle allait prendre une semaine de congé pour aller la voir. Il y avait du défi dans sa voix.

Comme s'il devinait que c'était le vertige qui attirait Tereza auprès de sa mère, Tomas ne souhaitait pas ce voyage. Il téléphona au dispensaire de la petite ville. En Bohême, les dossiers des examens cancérologiques sont très détaillés et il put aisément vérifier que la mère de Tereza n'avait aucun symptôme de cancer et n'avait même pas consulté depuis un an.

Tereza obéit et n'alla pas voir sa mère. Mais le même jour elle tomba dans la rue. Sa démarche devint hésitante ; elle tombait presque quotidiennement, elle se cognait ou, au mieux, lâchait l'objet qu'elle tenait à la main.

Elle éprouvait un insurmontable désir de tomber. Elle vivait dans un continuel vertige.

Celui qui tombe dit : « Relève-moi ! » Patiemment, Tomas la relevait.

19

« Je voudrais faire l'amour avec toi dans mon atelier, comme sur une scène de théâtre. Il y aurait des gens autour et ils n'auraient pas le droit de s'approcher mais ils ne pourraient pas nous quitter des yeux… »

À mesure que le temps passait, cette image perdait de sa cruauté initiale et commençait à l'exciter. Plusieurs fois, pendant l'amour, en chuchotant à l'oreille de Tomas, elle évoqua cette situation.

Elle se dit qu'il existait un moyen d'échapper à la condamnation qu'elle lisait dans ses infidélités : qu'il l'emmène avec lui ! qu'il l'emmène chez ses maîtresses ! Par ce détour, son corps redeviendrait peut-être unique et premier entre tous. Son corps serait l'alter ego de Tomas, son second et son assistant.

Ils s'étreignent, et elle lui murmure : « Je te les déshabillerai, je te les laverai dans la baignoire et je te les amènerai… » Elle voudrait qu'ils se transforment tous deux en créatures hermaphrodites et que les corps des autres femmes deviennent leur jouet commun.

20

Lui servir d'alter ego dans sa vie polygame. Tomas ne voulait pas comprendre, mais elle ne pouvait se débarrasser de cette idée et tentait de se rapprocher de Sabina. Elle lui proposa de faire des photos-portraits.

Sabina l'invita dans son atelier. Tereza découvrait enfin l'immense pièce avec au centre le large divan carré dressé comme une estrade.

« Quelle honte que tu ne sois encore jamais venue chez

moi ! » disait Sabina en lui montrant les tableaux rangés contre le mur. Elle sortit même une vieille toile qu'elle avait peinte au temps où elle était étudiante. On y voyait un chantier de hauts-fourneaux en construction. Elle y avait travaillé à l'époque où les Beaux-Arts exigeaient le réalisme le plus rigoureux (l'art non réaliste était alors considéré comme une tentative de subversion du socialisme), et Sabina, guidée par le goût sportif du pari, s'efforçait d'être encore plus rigoureuse que les professeurs. Avec sa manière d'alors le trait du pinceau était imperceptible, ce qui donnait à ses toiles l'apparence de photos en couleurs.

« Ce tableau-là, je l'avais abîmé. De la peinture rouge avait coulé sur la toile. Au début, j'étais furieuse, mais cette tache a commencé à me plaire parce qu'on aurait dit une fissure, comme si le chantier n'était pas un vrai chantier, mais seulement un vieux décor fendu où le chantier était peint en trompe l'œil. J'ai commencé à m'amuser avec cette fissure, à l'agrandir, à imaginer ce qu'on pouvait voir derrière. C'est comme ça que j'ai peint mon premier cycle de tableaux que j'ai appelé Décors. Évidemment, il fallait que personne ne les vît. On m'aurait fichue à la porte de l'école. Devant, c'était toujours un monde parfaitement réaliste et, en arrière-plan, comme derrière la toile déchirée d'un décor de théâtre, on voyait quelque chose d'autre, quelque chose de mystérieux ou d'abstrait. »

Elle s'interrompit, puis elle ajouta : « Devant c'était le mensonge intelligible, et derrière l'incompréhensible vérité. »

Tereza écoutait avec cette incroyable attention qu'un professeur a rarement l'occasion de voir sur le visage d'un étudiant, et elle constatait que tous les tableaux de Sabina, ceux d'avant et ceux de maintenant, parlaient en fait toujours de la même chose, qu'ils étaient tous la rencontre simultanée de deux thèmes, de deux mondes, qu'ils étaient comme des photographies nées d'une double exposition. Un paysage et, au fond, en transparence, une lampe de chevet allumée. Une main déchirant par-derrière une idyllique nature morte avec pommes, noix et sapin de Noël illuminé.

Elle éprouvait soudain de l'admiration pour Sabina et, comme l'artiste était très amicale, cette admiration n'était pas mêlée de crainte ou de méfiance et se changeait en sympathie.

Pour un peu, elle en oubliait qu'elle était venue pour faire des photos. Sabina dut le lui rappeler. Détachant son regard des tableaux, elle vit le divan dressé comme une estrade au milieu de la pièce.

21

Il y avait une table de chevet à côté du divan et, sur cette table, un socle en forme de tête humaine, un de ces présentoirs dont les coiffeurs se servent pour exposer les perruques. Chez Sabina, la tête postiche ne portait pas de perruque, mais un chapeau melon. Sabina sourit. « Ce chapeau melon me vient de mon grand-père. »

Des chapeaux comme celui-ci, noirs, ronds, rigides, Tereza n'en avait vu qu'au cinéma. Charlie Chaplin en portait toujours un. Elle sourit à son tour, prit le chapeau melon dans la main et l'examina longuement. Puis elle dit : « Veux-tu le mettre pour que je te photographie ? »

Pour toute réponse, Sabina partit d'un grand éclat de rire. Tereza reposa le chapeau melon, se saisit de son appareil et commença à prendre des photos.

Au bout d'une petite heure, elle dit : « Et si je te photographiais nue ?

— Nue ? fit Sabina.

— Oui, dit Tereza, répétant bravement sa proposition.

— Pour ça, il faut d'abord qu'on boive », dit Sabina, et elle alla déboucher une bouteille de vin.

Tereza éprouvait une sorte d'engourdissement, elle se taisait, tandis que Sabina marchait de long en large dans la chambre, un verre de vin à la main, et parlait de son grand-père qui était maire d'une petite ville de province ; Sabina ne l'avait jamais connu ; tout ce qui restait de lui, c'était ce chapeau et une photographie où l'on voyait des notables à une tribune ; l'un des notables était le grand-père de Sabina ; on ne savait pas très bien ce qu'ils faisaient là, peut-être participaient-ils à une cérémonie, peut-être inauguraient-ils un monument à la mémoire d'un autre notable qui portait aussi un chapeau melon dans les occasions solennelles.

Sabina parla longuement du chapeau melon et du grand-père. Ayant vidé son troisième verre, elle dit : « Attends une seconde ! » et elle disparut dans la salle d'eau.

Elle revint en peignoir de bain. Tereza prit son appareil et l'appliqua contre son œil. Sabina écarta le peignoir.

22

L'appareil servait à Tereza d'œil mécanique pour observer la maîtresse de Tomas et en même temps de voile pour lui dissimuler son visage.

Il fallut un bon moment à Sabina pour se résoudre à ôter le peignoir. La situation était plus difficile qu'elle ne l'avait cru. Après avoir posé quelques minutes, elle s'approcha de Tereza et dit : « Maintenant, c'est à mon tour de te photographier. Déshabille-toi ! »

Ces mots « déshabille-toi », que Sabina avait entendus bien des fois de la bouche de Tomas, s'étaient gravés dans sa mémoire. C'était donc l'ordre de Tomas que la maîtresse adressait maintenant à l'épouse. Les deux femmes étaient ainsi reliées par la même phrase magique. C'était sa façon à lui de faire surgir, inopinément, d'une conversation anodine une situation érotique : pas par des caresses, des frôlements, des compliments, des prières, mais par un ordre qu'il proférait soudainement, à l'improviste, d'une voix basse bien qu'énergique et autoritaire, et à distance. À ce moment-là, jamais il ne touchait celle à qui il s'adressait. Même à Tereza, il disait souvent, exactement sur le même ton : « Déshabille-toi ! » Et quoiqu'il dît cela doucement, quoiqu'il ne fît que chuchoter, c'était un ordre, et elle se sentait toujours excitée rien que de lui obéir. Or, elle venait d'entendre ces mêmes mots et son désir de se soumettre était d'autant plus grand que c'est une étrange folie d'obéir à quelqu'un d'étranger, folie en l'occurrence d'autant plus belle que l'ordre n'était pas proféré par un homme, mais par une femme.

Sabina lui saisit l'appareil des mains et Tereza se déshabilla. Elle était debout, nue et désarmée. Littéralement *désarmée* parce que privée de l'appareil dont elle s'était servie pour dissimuler son visage et qu'elle pointait sur Sabina comme une arme. Elle était à la merci de la maîtresse de Tomas. Cette belle soumission la grisait. Puissent ces secondes où elle est nue devant Sabina ne s'achever jamais !

Je pense que Sabina sentit aussi le charme insolite de cette situation où elle avait devant elle la femme de son amant, étrangement docile et timide. Elle appuya deux ou trois fois sur le déclencheur puis, comme effrayée de cet envoûtement et pour le dissiper au plus vite, elle rit très fort.

Tereza en fit autant et toutes deux se rhabillèrent.

23

Tous les crimes passés de l'Empire russe ont été perpétrés à l'abri d'une pénombre discrète. La déportation de centaines de milliers de Lituaniens, l'assassinat de centaines de milliers de Polonais, la liquidation des Tatars de Crimée, tout cela est resté dans la mémoire sans preuves photographiques, donc comme une chose indémontrable que l'on fera tôt ou tard passer pour une mystification. Au contraire, l'invasion de la Tchécoslovaquie, en 1968, a été photographiée, filmée et déposée dans les archives du monde entier.

Les photographes et les cameramen tchèques comprirent l'occasion qui leur était donnée de faire la seule chose qu'on pouvait encore faire : préserver pour l'avenir lointain l'image du viol. Tereza passa ces sept journées-là dans les rues à photographier des soldats et des officiers russes dans toutes sortes de situations compromettantes. Les Russes étaient pris au dépourvu. Ils avaient reçu des instructions précises sur l'attitude à adopter au cas où on leur tirerait dessus ou si on leur lançait des pierres, mais personne ne leur avait indiqué comment réagir devant l'objectif d'un appareil photographique.

Elle prit des photos sur des centaines de pellicules. Elle en distribua à peu près la moitié à des journalistes étrangers sous forme de rouleaux à développer (la frontière était toujours ouverte, les journalistes arrivaient de l'étranger, au moins pour un aller et retour, et ils acceptaient avec reconnaissance le moindre document). Beaucoup de ses photos parurent à l'étranger dans les journaux les plus divers : on y voyait des tanks, des poings menaçants, des immeubles endommagés, des morts recouverts d'un drapeau tricolore ensanglanté, des jeunes gens à moto qui tournaient à toute vitesse autour des chars en agitant des drapeaux tchèques au bout de longues perches, et de très jeunes filles vêtues de minijupes incroyablement courtes, qui provoquaient les malheureux soldats russes sexuellement affamés en embrassant sous leurs yeux des passants inconnus. L'invasion russe, répétons-le, n'a pas été seulement une tragédie ; ce fut aussi une fête de la haine dont personne ne comprendra jamais l'étrange euphorie.

24

Elle avait emporté en Suisse une cinquantaine de photographies qu'elle développa elle-même avec tout le soin et tout l'art dont elle était capable. Elle alla les proposer à un magazine à grand tirage. Le rédacteur en chef la reçut aimablement (tous les Tchèques portaient autour de la tête l'auréole de leur malheur qui touchait les bons Suisses), l'invita à s'asseoir dans un fauteuil, examina les photos, en fit l'éloge et expliqua qu'elles n'avaient aucune chance d'être publiées (« aussi belles soient-elles ! ») l'événement étant maintenant trop éloigné.

« Mais à Prague, rien n'est fini ! » s'indignait Tereza, et elle tentait d'expliquer en mauvais allemand que dans son pays occupé, en ce moment même, envers et contre tout, des conseils ouvriers se constituaient dans les usines, que les étudiants pour protester contre l'occupation étaient en grève et que tout le pays continuait à vivre comme il l'entendait. C'était justement ça, l'incroyable ! Et ça n'intéressait plus personne !

Le rédacteur en chef se sentit soulagé quand une femme énergique entra dans la pièce, interrompant leur conversation. Elle lui tendit un dossier : « Je t'apporte un reportage sur une plage de nudistes. »

Subtil, le rédacteur en chef craignit que cette Tchèque qui

photographiait des tanks ne trouvât frivole l'image de gens tout nus sur une plage. Il repoussa le dossier le plus loin possible sur le bord de son bureau et s'empressa de dire à la nouvelle venue : « Je te présente une collègue de Prague. Elle m'a apporté de splendides photos. »

La femme serra la main de Tereza et prit les photos.

« Pendant ce temps, regardez les miennes ! »

Tereza se pencha sur le dossier et en sortit les photographies.

Le rédacteur en chef dit à Tereza d'une voix presque coupable : « C'est exactement le contraire de ce que vous avez photographié, vous. »

Tereza répondit : « Mais pas du tout ! C'est exactement la même chose. »

Personne ne comprit cette phrase, et moi aussi j'ai quelque peine à m'expliquer ce que Tereza voulait dire en comparant une plage de nudistes à l'invasion russe. Elle examinait les épreuves et s'arrêta longuement sur une photo où l'on voyait en cercle une famille de quatre personnes : la mère toute nue penchée sur ses enfants, avec ses grosses mamelles qui pendaient comme pendent les mamelles d'une chèvre ou d'une vache, et de dos, pareillement penché en avant, le mari dont les bourses ressemblaient à des pis miniatures.

« Ça ne vous plaît pas ? demanda le rédacteur en chef.

— C'est bien photographié.

— Je crois que le sujet la choque, dit la photographe. Rien qu'à vous voir, on devine que vous n'iriez pas sur une plage de nudistes.

— Sûrement pas », dit Tereza.

Le rédacteur en chef sourit : « On voit tout de suite d'où vous venez. C'est fou ce que les pays communistes sont puritains ! »

La photographe ajouta avec une amabilité maternelle : « Des corps nus. Et alors ! C'est normal ! Tout ce qui est normal est beau ! »

Tereza se souvint de sa mère qui se promenait nue dans l'appartement. Elle entendait encore le rire qui l'avait accompagnée quand elle avait couru baisser le store pour qu'on ne vît pas sa mère toute nue.

25

La photographe invita Tereza à prendre un café au bar. « Vos photos sont très intéressantes. J'ai remarqué que vous avez un sens fantastique du corps féminin. Vous savez à quoi je pense ! À ces jeunes filles dans des poses provocantes !

— Les couples qui s'embrassent devant les chars russes ?

— Oui. Vous feriez une remarquable photographe de mode. Bien sûr, il faudrait d'abord prendre contact avec un modèle. De préférence, avec une fille qui débute, comme vous. Ensuite, vous pourriez faire quelques photos pour les présenter à une agence. Évidemment, il vous faudra un certain temps pour percer. En attendant, je pourrais peut-être faire quelque chose pour vous. Vous présenter au journaliste qui dirige la rubrique Votre Jardin. Il aurait peut-être besoin de photos. Des cactus, des roses, des trucs comme ça.

— Je vous remercie beaucoup », dit sincèrement Tereza, voyant que la femme assise en face d'elle était pleine de bonne volonté.

Mais ensuite elle se dit : pourquoi est-ce que je photographierais des cactus ? Elle éprouvait une sorte de dégoût à l'idée de recommencer ce qu'elle avait déjà fait à Prague : se battre pour une place, pour une carrière, pour chaque photo publiée. Elle n'avait jamais été ambitieuse par vanité. Tout ce qu'elle voulait, c'était échapper au monde de sa mère. Oui, elle le voyait soudain clairement : elle avait exercé son métier de photographe avec beaucoup de ferveur, mais elle aurait pu mettre la même ferveur dans n'importe quelle autre activité, car la photographie n'avait été qu'un moyen de « s'élever » et de vivre auprès de Tomas.

Elle dit : « Vous savez, mon mari est médecin et peut me nourrir. Je n'ai pas besoin de faire de la photo. »

La photographe répondit : « Je ne comprends pas que vous puissiez renoncer à la photo après en avoir fait d'aussi belles ! »

Oui, les photographies des journées de l'invasion, c'était

autre chose. Ces photos-là, elle ne les avait pas faites pour Tomas. Elle les avait faites poussée par la passion. Mais pas par la passion de la photographie. Par la passion de la haine. Cette situation-là ne se répéterait plus. D'ailleurs, les photos qu'elle avait faites par passion, plus personne n'en voulait parce qu'elles n'étaient plus actuelles. Seul un cactus était éternellement actuel. Et les cactus ne l'intéressaient pas.

Elle dit : « C'est très gentil de votre part. Mais je préfère rester à la maison. Je n'ai pas besoin de travailler. »

La photographe dit : « Et ça vous satisfait de rester à la maison ? »

Tereza dit : « J'aime mieux ça que de photographier des cactus. »

La photographe dit : « Même si vous photographiez des cactus, c'est *votre* vie à *vous*. Si vous ne vivez que pour votre mari, ce n'est pas *votre* vie. »

Soudain, Tereza se sentit agacée : « Ma vie, c'est mon mari, pas les cactus. »

La photographe parlait avec une certaine irritation : « Voulez-vous dire que vous êtes heureuse ? »

Tereza dit (toujours avec agacement) : « Bien sûr que je suis heureuse ! »

La photographe dit : « Une femme qui dit cela est forcément très… » Elle préféra ne pas achever.

Tereza compléta : « Vous voulez dire : forcément très bornée. »

La photographe se maîtrisa et dit : « Non, pas bornée. Anachronique. »

Tereza dit d'un air songeur : « Vous avez raison. C'est exactement ce que mon mari dit de moi. »

26

Mais Tomas passait des journées entières à la clinique et elle était seule à la maison. Encore heureux qu'elle eût Karénine et qu'elle pût faire avec lui de longues promenades ! Quand elle rentrait, elle s'asseyait devant un manuel d'allemand ou de français. Mais elle avait le cafard et n'arrivait pas à se concentrer. Souvent, elle pensait au discours que Dubcek avait prononcé à la radio à son retour de Moscou. Elle ne se rappelait plus rien de ce qu'il avait dit, mais elle avait encore dans l'oreille sa voix bégayante. Elle pensait à lui : des soldats étrangers l'avaient arrêté dans son propre pays, lui, le chef d'un État souverain, ils l'avaient enlevé, l'avaient séquestré quatre jours durant quelque part dans les montagnes d'Ukraine, lui avaient fait comprendre qu'ils allaient le fusiller comme avait été fusillé douze ans plus tôt son précurseur hongrois Imre Nagy, puis ils l'avaient transféré à Moscou, lui avaient ordonné de prendre un bain, de se raser, de s'habiller, de mettre une cravate, lui avaient annoncé qu'il n'était plus destiné au peloton d'exécution, lui avaient enjoint de se considérer à nouveau comme un chef d'État, l'avaient fait asseoir à une table en face de Brejnev et l'avaient contraint à négocier.

Il était revenu humilié et s'était adressé à un peuple humilié. Il était humilié au point de ne pouvoir parler. Tereza n'oublierait jamais ces pauses atroces au milieu des phrases. Était-il à bout de force ? Malade ? L'avait-on drogué ? Ou bien, n'était-ce que le désespoir ? S'il ne reste rien de Dubcek, il en restera ces longs silences atroces pendant lesquels il ne pouvait pas respirer, pendant lesquels il cherchait son souffle devant un peuple entier collé aux récepteurs. Dans ces silences, il y avait toute l'horreur qui s'était abattue sur le pays.

C'était le septième jour de l'invasion, elle avait écouté ce discours dans la salle de rédaction d'un quotidien qui était devenu pendant ces journées le porte-parole de la résistance. À ce moment-là, tous ceux qui étaient dans la salle et qui écoutaient Dubcek le haïssaient. Ils lui en voulaient du compromis auquel il avait consenti, ils se sentaient humiliés de son humiliation, et sa faiblesse les offensait.

Maintenant, à Zurich, en songeant à cet instant, elle n'éprouvait plus aucun mépris pour Dubcek. Le mot faiblesse ne sonnait plus comme un verdict. On est toujours faible, confronté à une force supérieure, même quand on a le corps d'athlète de Dubcek. Cette faiblesse qui lui paraissait alors insupportable, répugnante, et qui l'avait chassée de son pays, l'attirait soudain. Elle comprenait qu'elle faisait partie des faibles, du camp des faibles, du pays des faibles et qu'elle devait leur être fidèle, justement parce qu'ils étaient faibles et qu'ils cherchaient leur souffle au milieu des phrases.

Elle était attirée par cette faiblesse comme par le vertige. Elle était attirée parce qu'elle-même se sentait faible. Elle était de nouveau jalouse et ses mains s'étaient remises à trembler. Tomas s'en aperçut et fit le geste familier : il lui prit les mains pour la calmer d'une pression des doigts. Elle lui échappa.

« Qu'est-ce que tu as ?

— Rien.

— Qu'est-ce que tu veux que je fasse pour toi ?

— Je veux que tu sois vieux. Que tu aies dix ans de plus. Vingt ans de plus ! »

Elle voulait dire par là : je veux que tu sois faible. Que tu sois aussi faible que moi.

27

Karénine n'avait jamais vu d'un bon œil le départ pour la Suisse. Karénine détestait le changement. Pour un chien, le temps ne s'accomplit pas en ligne droite, son cours n'est pas un mouvement continu en avant, de plus en plus loin, d'une chose à la chose suivante. Il décrit un mouvement circulaire, comme le temps des aiguilles d'une montre, car les aiguilles non plus ne vont pas follement de l'avant, mais tournent en rond sur le cadran, jour après jour, selon la même trajectoire. À Prague, il suffisait qu'ils achètent un fauteuil neuf ou qu'ils changent un pot de fleurs de place, et Karénine était indigné. Son sens du temps en était perturbé. C'est ce qui arriverait aux aiguilles si on leur changeait sans cesse les chiffres du cadran.

Pourtant, il réussit bientôt à rétablir dans l'appartement zurichois l'ancien emploi du temps et les anciens rites. Le matin, comme à Prague, il les rejoignait d'un bond sur le lit pour inaugurer leur journée, puis il faisait avec Tereza les premières courses matinales et il exigeait, comme à Prague, sa promenade quotidienne.

Karénine était l'horloge de leur vie. Dans les moments de désespoir, Tereza se disait qu'il fallait tenir à cause de ce chien parce qu'il était encore plus faible qu'elle, peut-être encore plus faible que Dubcek et que sa patrie abandonnée.

Ils rentraient de la promenade et le téléphone sonnait. Elle souleva le combiné et demanda qui était à l'appareil.

C'était une voix de femme qui parlait allemand et demandait Tomas. La voix s'impatientait et Tereza crut y deviner une note de mépris. Quand elle dit que Tomas était sorti et qu'elle ne savait pas quand il rentrerait, la femme éclata de rire à l'autre bout de la ligne et raccrocha sans prendre congé.

Tereza savait qu'il ne fallait pas y attacher d'importance. C'était peut-être une infirmière de l'hôpital, une malade, une secrétaire, n'importe qui. Pourtant, elle était troublée et n'arrivait pas à se concentrer. Elle comprit qu'elle avait perdu le peu de force qu'elle avait encore à Prague et qu'elle était absolument incapable de supporter cet incident somme toute bien futile.

Qui vit à l'étranger marche dans un espace vide au-dessus de la terre sans le filet de protection que tend à tout être humain le pays qui est son propre pays, où il a sa famille, ses collègues, ses amis, et où il se fait comprendre sans peine dans la langue qu'il connaît depuis l'enfance. À Prague, elle dépendait de Tomas, certes, mais seulement par le cœur. Ici, elle dépendait de lui pour tout. S'il l'abandonnait, que deviendrait-elle ici ? Devait-elle passer toute sa vie dans la terreur de le perdre ?

Elle se disait que leur rencontre reposait depuis le début sur une erreur. *Anna Karénine*, qu'elle serrait sous son bras ce jour-là, était la fausse carte d'identité dont elle s'était servie pour tromper Tomas. Ils s'étaient créé un enfer, mutuellement, même s'ils s'aimaient. C'était vrai qu'ils s'aimaient, et c'était la preuve que la faute ne venait pas d'eux-mêmes, de leur comportement ou de leur sentiment labile, mais bien de leur incompatibilité parce qu'il était fort et qu'elle était faible. Elle était comme Dubcek qui marquait une pause d'une demi-minute au milieu d'une phrase, elle était comme sa patrie qui bégayait, cherchait son souffle et ne pouvait parler.

Mais c'était justement le faible qui devait savoir être fort et partir quand le fort était trop faible pour pouvoir blesser le faible.

Voilà ce qu'elle se disait. Puis, serrant son visage contre le crâne velu de Karénine : « Il ne faut pas m'en vouloir, Karénine, mais il va falloir déménager encore une fois. »

28

Elle se serrait dans un angle du compartiment, sa lourde valise posée au-dessus de sa tête, Karénine blotti à ses pieds. Elle pensait au cuisinier de la brasserie où elle était employée quand elle habitait chez sa mère. Il ne ratait pas une occasion de lui donner une claque sur les fesses et il lui avait plus d'une fois proposé devant tout le monde de coucher avec lui. C'était étrange qu'elle pensât justement à lui. Il incarnait pour elle tout ce qui lui répugnait. Mais à présent, elle n'avait plus qu'une idée, le retrouver et lui dire : « Tu disais que tu voulais coucher avec moi. Eh bien ! me voilà. »

Elle avait envie de faire quelque chose qui l'empêchât de revenir en arrière. Elle avait envie d'anéantir brutalement tout le passé de ses sept dernières années. C'était le vertige. Un étourdissant, un insurmontable désir de tomber.

Je pourrais dire qu'avoir le vertige c'est être ivre de sa propre faiblesse. On a conscience de sa faiblesse et on ne veut pas lui résister, mais s'y abandonner. On se soûle de sa propre faiblesse, on veut être plus faible encore, on veut s'écrouler en pleine rue aux yeux de tous, on veut être à terre, encore plus bas que terre.

Elle se persuadait qu'elle ne resterait pas à Prague et qu'elle ne travaillerait plus comme photographe. Elle retournerait dans la petite ville d'où la voix de Tomas l'avait arrachée.

Mais une fois de retour à Prague, il fallait bien y passer quelque temps pour régler des détails pratiques. Elle retardait son départ.

De sorte qu'au bout de cinq jours Tomas apparut soudain dans l'appartement. Karénine lui sautait au visage, leur épargnant pendant un long moment la nécessité de se parler.

Ils étaient tous deux face à face au milieu d'une plaine enneigée et ils tremblaient de froid.

Puis ils s'approchèrent comme des amants qui ne se sont pas encore embrassés.

Il demanda : « Tout va bien ?
— Oui.
— As-tu été au journal ?
— J'ai téléphoné.
— Alors ?
— Rien. J'attendais.
— Quoi ? »

Elle ne répondait pas. Elle ne pouvait lui dire que c'était lui qu'elle attendait.

29

Retournons à l'instant que nous connaissons déjà. Tomas était désespéré et il avait mal à l'estomac. Il s'endormit très tard.

Quelques instants après, Tereza se réveilla. (Les avions russes tournaient toujours dans le ciel de Prague et on dormait mal dans ce vacarme.) Sa première pensée fut celle-ci : il était revenu à cause d'elle. À cause d'elle, il avait changé de destin. Maintenant, ce n'était plus lui qui serait responsable d'elle ; désormais, elle était responsable de lui.

Cette responsabilité lui semblait au-dessus de ses forces.

Puis elle se souvint : hier, il était apparu à la porte de l'appartement et, quelques instants après, une église de Prague avait sonné six heures. La première fois qu'ils s'étaient rencontrés, elle avait terminé son service à six heures. Elle le voyait en face d'elle, assis sur un banc jaune, et elle entendait le carillonnement des cloches.

Non, ce n'était pas de la superstition, c'était le sens de la beauté qui la délivrait soudain de son angoisse et l'emplissait d'un désir renouvelé de vivre. Une fois de plus, les oiseaux des hasards s'étaient posés sur ses épaules. Elle avait les larmes aux yeux et était infiniment heureuse de l'entendre respirer près d'elle.

Troisième partie

LES MOTS INCOMPRIS

I

Genève est une ville de jets d'eau et de fontaines. On y voit encore dans les jardins publics les kiosques où jouaient autrefois les fanfares. Même l'université se perd au milieu des arbres. Franz, qui venait de terminer son cours du matin, sortit du bâtiment. L'eau pulvérisée jaillissant des tourniquets retombait sur la pelouse ; il était d'excellente humeur. De l'université, il alla directement chez son amie. Elle habitait à quelques rues de là.

Il s'arrêtait souvent chez elle, mais toujours en ami attentif, jamais en amant. S'il avait fait l'amour avec elle dans son atelier genevois, il serait passé d'une femme à l'autre dans la même journée, de l'épouse à la maîtresse, de la maîtresse à l'épouse, et, comme à Genève maris et femmes dorment à la française dans le même lit, il serait ainsi passé en quelques heures du lit d'une femme à celui de l'autre. À ses yeux, c'eût été humilier l'amante et l'épouse et, finalement, s'humilier lui-même.

Son amour pour la femme dont il était épris depuis quelques mois était une chose si précieuse qu'il s'ingéniait à lui façonner dans sa vie un espace autonome, un territoire inaccessible de pureté. Il était souvent invité à donner des conférences dans des universités étrangères et maintenant il acceptait avec empressement toutes les invitations. Comme il n'y en avait pas suffisamment, il les complétait par des congrès et des colloques imaginaires pour justifier ses voyages aux yeux de son épouse. Son amie, qui pouvait user librement de son temps, l'accompagnait. Il lui avait ainsi fait découvrir en un court laps de temps plusieurs villes européennes et une ville d'Amérique.

« Dans une dizaine de jours, si tu n'es pas contre, on pourrait aller à Palerme, dit-il.

— Je préfère Genève. » Debout devant son chevalet, elle examinait une toile inachevée.

Franz tenta de plaisanter : « Comment peut-on vivre sans connaître Palerme ?

— Je connais Palerme, dit-elle.

— Quoi ? demanda-t-il d'un ton presque jaloux.

— Une amie m'a envoyé une carte postale de là-bas. Je l'ai collée avec du scotch dans les waters. Tu ne l'as pas remarquée ? »

Puis elle ajouta : « Écoute l'histoire d'un poète du début du siècle. Il était très vieux et son secrétaire lui faisait faire sa promenade. Un jour, il lui dit : "Levez la tête, Maître, et regardez ! Voilà le premier aéroplane qui passe au-dessus de la ville ! — Je peux l'imaginer", répliqua le Maître à son secrétaire, sans lever les yeux. Eh bien ! vois-tu, moi aussi, je peux m'imaginer Palerme. Il y aura les mêmes hôtels et les mêmes voitures que dans toutes les villes. Au moins, dans mon atelier, les tableaux sont toujours différents. »

Franz se rembrunit. Il était tellement habitué à ce lien entre sa vie amoureuse et les voyages qu'il avait mis dans sa proposition : « Allons à Palerme ! » un message érotique sans équivoque. Pour lui, la réponse : « Je préfère Genève ! » ne pouvait donc signifier qu'une chose : son amie n'avait plus envie de lui.

Comment expliquer ce manque d'assurance devant sa maîtresse ? Il n'avait aucune raison de douter ainsi de lui-même ! C'était elle, pas lui, qui avait fait les premières avances peu après leur rencontre ; il était bel homme, au sommet de sa carrière scientifique et même redouté de ses collègues pour la hauteur et l'obstination dont il faisait preuve dans les polémiques entre spécialistes. Alors, pourquoi se répétait-il chaque jour que son amie allait le quitter ?

Je n'arrive qu'à cette explication : l'amour n'était pas pour lui le prolongement, mais l'antipode de sa vie publique. L'amour, c'était pour lui le désir de s'abandonner au bon vouloir et à la merci de l'autre. Celui qui se livre à l'autre comme le soldat se constitue prisonnier doit d'avance rejeter toutes ses armes. Et, se voyant sans défense, il ne peut s'empêcher de se demander quand tombera le coup. Je peux donc dire que l'amour était pour Franz l'attente continuelle du coup.

Tandis qu'il s'abandonnait à son angoisse, son amie avait posé ses pinceaux et avait quitté la pièce. Elle revint avec une bouteille de vin. Elle l'ouvrit en silence et remplit deux verres.

Il sentit un grand poids lui tomber de la poitrine. Les mots : « Je préfère Genève » ne signifiaient pas qu'elle ne voulait pas faire l'amour avec lui, mais tout le contraire, qu'elle en avait assez de restreindre leurs moments d'intimité à de brefs séjours dans des villes étrangères.

Elle leva son verre et le vida d'un trait. Franz leva le sien et but à son tour. Il était certes très satisfait de constater que le refus d'aller à Palerme n'était en réalité qu'une invitation à l'amour, mais il en éprouva bientôt un certain regret : son amie avait décidé d'enfreindre la règle de pureté qu'il avait introduite dans leur liaison ; elle ne comprenait pas les efforts angoissés qu'il déployait pour protéger l'amour de la banalité et l'isoler radicalement du foyer conjugal.

S'abstenir de faire l'amour avec sa maîtresse à Genève, c'était en fait un châtiment qu'il s'infligeait pour se punir d'être marié avec une autre. Il vivait cette situation comme une faute ou comme une tare. De sa vie amoureuse avec son épouse, il n'y avait pratiquement rien à dire, mais ils couchaient quand même dans le même lit, la nuit chacun réveillait l'autre avec son souffle rauque, et ils aspiraient mutuellement les miasmes de leurs corps. Il aurait certainement préféré dormir seul, mais le lit commun restait le symbole du mariage et les symboles, on le sait, sont intouchables.

Chaque fois qu'il se mettait au lit à côté de sa femme, il pensait à son amie qui l'imaginait en train de se mettre au lit à côté de sa femme. Chaque fois, l'idée lui faisait honte ; aussi voulait-il mettre le plus d'espace possible entre le lit où il dormait avec sa femme et le lit où il faisait l'amour avec sa maîtresse.

Elle se versa un autre verre de vin, but une gorgée puis, sans un mot, avec une étrange indifférence, comme si Franz n'avait pas été là, elle retira lentement sa blouse. Elle se comportait comme se comporte dans un exercice d'improvisation l'élève d'un cours d'art dramatique qui doit se montrer tel qu'il est quand il est seul et que personne ne le voit.

Elle était en jupe et en soutien-gorge. Puis (comme si elle

s'était soudain souvenue qu'il y avait quelqu'un dans la pièce) elle posa un long regard sur Franz.

Ce regard le gênait car il ne le comprenait pas. Il s'établit rapidement entre tous les amants des règles du jeu dont ils n'ont pas conscience mais qui ont force de loi et qu'il ne faut pas transgresser. Le regard qu'elle venait de poser sur lui échappait à ces règles ; il n'avait rien de commun avec les regards et les gestes qui précédaient habituellement leur étreinte. Il n'y avait dans ce regard ni défi ni coquetterie, plutôt une sorte d'interrogation. Seulement, Franz ne savait pas du tout sur quoi ce regard l'interrogeait.

Elle enleva sa jupe. Elle saisit sa main et le fit pivoter en direction d'un grand miroir appuyé contre le mur quelques pas plus loin. Sans lâcher sa main, elle regardait dans ce miroir, posant le même long regard interrogateur tantôt sur elle, tantôt sur lui.

Par terre, au pied du miroir, il y avait une tête postiche coiffée d'un vieux chapeau melon. Elle se pencha pour le prendre et se le planta sur la tête. Aussitôt, l'image changea dans le miroir : on y voyait une femme en sous-vêtements, belle, inaccessible, indifférente, la tête surmontée d'un chapeau melon tout à fait incongru. Elle tenait par la main un monsieur en costume gris et en cravate.

Une fois de plus, il s'étonna de comprendre aussi mal sa maîtresse. Elle ne s'était pas déshabillée pour le convier à l'amour, mais pour lui jouer une étrange espièglerie, un happening intime pour eux deux. Il sourit, compréhensif et consentant.

Il pensait qu'elle allait lui sourire à son tour, mais son attente fut déçue. Elle ne lâchait pas sa main et son regard allait de l'un à l'autre dans le miroir.

La durée du happening dépassait les bornes. Franz trouvait que cette farce (charmante certes, il voulait bien l'admettre) se prolongeait un peu trop. Il prit délicatement le chapeau melon entre deux doigts, l'enleva en souriant de la tête de Sabina et le remit sur le socle. C'était comme de gommer les moustaches dessinées par un enfant polisson sur l'image de la Vierge Marie.

Elle resta encore immobile pendant quelques secondes à se contempler dans le miroir. Puis Franz la couvrit de tendres baisers. Il lui demanda encore une fois de l'accompagner dans une dizaine de jours à Palerme. Cette fois, elle promit sans détour, et il partit.

Sa bonne humeur était revenue. Genève, qu'il avait maudite toute sa vie comme la métropole de l'ennui, lui semblait belle et pleine d'aventures. Il se retourna, les yeux levés vers la baie vitrée de l'atelier. C'étaient les dernières semaines du printemps, il faisait chaud, toutes les fenêtres étaient tendues de stores à rayures. Franz arriva à un parc au-dessus duquel, au loin, flottaient les coupoles de l'église orthodoxe, semblables à des boulets d'or qu'une force invisible aurait retenus juste avant l'impact pour qu'ils se figent dans l'air. C'était beau. Franz descendit vers le quai pour prendre un bateau-mouche et se faire reconduire de l'autre côté du lac sur la rive droite où il habitait.

2

Sabina resta seule. De nouveau, elle se campa devant le miroir. Elle était toujours en sous-vêtements. Elle remit le chapeau melon et s'examina longuement. Elle s'étonnait, après tout ce temps, d'être encore poursuivie par le même instant perdu.

Quand Tomas, voici des années, était venu chez elle, le chapeau melon l'avait captivé. Il l'avait mis et s'était contemplé dans le grand miroir qui était alors appuyé comme ici contre un mur du studio praguois de Sabina. Il voulait voir quelle figure il aurait eue en maire d'une petite ville du siècle dernier. Puis, quand Sabina commença à se déshabiller lentement, il lui posa le chapeau melon sur la tête. Ils étaient debout devant le miroir (ils étaient toujours ainsi quand elle se déshabillait) et épiaient leur image. Elle était en sous-vêtements et coiffée du chapeau melon. Puis elle comprit soudain que ce tableau les excitait tous les deux.

Comment était-ce possible ? Un instant auparavant, le chapeau melon qu'elle avait sur la tête lui faisait l'effet d'une blague. Du comique à l'excitant, n'y aurait-il qu'un pas ?

Oui. En se regardant dans le miroir, elle ne vit d'abord qu'une situation drôle. Mais ensuite, le comique fut noyé sous l'excitation : le chapeau melon n'était plus un gag, il signifiait la violence ; la violence faite à Sabina, à sa dignité de femme.

Elle se voyait, les jambes dénudées, avec un slip mince à travers lequel apparaissait le pubis. Les sous-vêtements soulignaient le charme de sa féminité, et le chapeau d'homme en feutre rigide la niait, la violait, la ridiculisait. Tomas était à côté d'elle, tout habillé, d'où il ressortait que l'essence de ce qu'ils voyaient n'était pas la blague (il aurait été lui aussi en sous-vêtements et coiffé d'un chapeau melon), mais l'humiliation. Au lieu de refuser cette humiliation, elle l'exhibait, provocante et fière, comme si elle s'était laissé violer de bon gré et publiquement, et finalement, n'en pouvant plus, elle renversa Tomas. Le chapeau melon roula sous la table ; leurs corps se tordaient sur le tapis au pied du miroir.

Revenons encore une fois à ce chapeau melon :

D'abord, c'était une trace laissée par un aïeul oublié qui avait été maire d'une petite ville de Bohême au siècle dernier.

Deuxièmement, c'était un souvenir du père de Sabina. Après l'enterrement, son frère s'était approprié tous les biens de leurs parents et elle avait obstinément refusé, par orgueil, de se battre pour ses droits. Elle avait déclaré d'un ton sarcastique qu'elle gardait le chapeau melon comme seul héritage de son père.

Troisièmement, c'était l'accessoire des jeux érotiques avec Tomas.

Quatrièmement, c'était le symbole de son originalité, qu'elle cultivait délibérément. Elle n'avait pas pu emporter grand-chose quand elle avait émigré, et pour se charger de cet objet encombrant et inutilisable elle avait dû renoncer à d'autres affaires plus utiles.

Cinquièmement : à l'étranger, le chapeau melon était devenu un objet sentimental. Quand elle était allée voir Tomas à Zurich, elle l'avait emporté et se l'était mis sur la tête pour lui ouvrir la porte de sa chambre d'hôtel. Il se produisit alors quelque chose d'inattendu : le chapeau melon n'était ni drôle ni excitant, c'était un vestige du temps passé. Ils étaient émus tous les deux. Ils firent l'amour comme jamais : il n'y avait pas place pour les jeux obscènes, car leur rencontre n'était pas le prolongement de jeux érotiques où ils imaginaient chaque fois quelque vice nouveau, mais c'était une récapitulation du temps, un chant à la mémoire de leur passé commun, la récapitulation sentimentale d'une histoire asentimentale qui se perdait dans le lointain.

Le chapeau melon était devenu le motif de la partition

musicale qu'était la vie de Sabina. Ce motif revenait encore et toujours, prenant chaque fois une autre signification ; toutes ces significations passaient par le chapeau melon comme l'eau par le lit d'un fleuve. Et c'était, je peux le dire, le lit du fleuve d'Héraclite : « On ne se baigne pas deux fois dans le même fleuve ! » Le chapeau melon était le lit d'un fleuve et Sabina voyait chaque fois couler un autre fleuve, un autre *fleuve sémantique* : le même objet suscitait chaque fois une autre signification, mais cette signification répercutait (comme un écho, comme un cortège d'échos) toutes les significations antérieures. Chaque nouvelle expérience vécue résonnait d'une harmonie plus riche. À Zurich, dans la chambre d'hôtel, ils étaient émus à la vue du chapeau melon et s'aimaient presque en pleurant, parce que cette chose noire n'était pas seulement un souvenir de leurs jeux amoureux, c'était aussi une trace du père de Sabina et du grand-père qui avaient vécu en des temps sans automobiles et sans avions.

On peut sans doute mieux comprendre à présent l'abîme qui séparait Sabina et Franz : il l'écoutait avidement parler de sa vie, et elle l'écoutait avec la même avidité. Ils comprenaient exactement le sens logique des mots qu'ils se disaient, mais sans entendre le murmure du fleuve sémantique qui coulait à travers ces mots.

C'est pourquoi, quand Sabina se mit le chapeau melon sur la tête devant lui, Franz se sentit gêné comme si on lui avait parlé dans une langue inconnue. Il ne trouvait ce geste ni obscène ni sentimental, c'était seulement un geste incompréhensible qui le déconcertait par l'absence de signification.

Tant que les gens sont encore plus ou moins jeunes et que la partition musicale de leur vie n'en est qu'à ses premières mesures, ils peuvent la composer ensemble et échanger des motifs (comme Tomas et Sabina ont échangé le motif du chapeau melon) mais, quand ils se rencontrent à un âge plus mûr, leur partition musicale est plus ou moins achevée, et chaque mot, chaque objet signifie quelque chose d'autre dans la partition de chacun.

Si je reprenais tous les sentiers entre Sabina et Franz, la liste de leurs incompréhensions ferait un gros dictionnaire. Contentons-nous d'un petit lexique.

3

Petit lexique de mots incompris (première partie)

FEMME

Être femme, c'est pour Sabina une condition qu'elle n'a pas choisie. Ce qui n'est pas l'effet d'un choix ne peut être tenu ni pour un mérite ni pour un échec. Face à un état qui nous est imposé, il faut, pense Sabina, trouver une attitude appropriée. Il lui paraît aussi absurde de s'insurger contre le fait qu'elle est née femme que de s'en faire gloire.

À l'une de leurs premières rencontres, Franz lui dit avec une intonation singulière : « Sabina, vous êtes une *femme.* » Elle ne comprenait pas pourquoi il lui annonçait cette nouvelle du ton solennel d'un Christophe Colomb qui viendrait d'apercevoir le rivage d'une Amérique. Elle comprit seulement plus tard que le mot femme, qu'il prononçait avec une emphase particulière, n'était pas pour lui la désignation de l'un des deux sexes de l'espèce humaine, mais représentait une *valeur*. Toutes les femmes n'étaient pas dignes d'être appelées femmes.

Mais si Sabina est la *femme* pour Franz, que peut être pour lui Marie-Claude, sa véritable épouse ? Voici une vingtaine d'années (ils se connaissaient alors depuis quelques mois), elle l'avait menacé de se suicider s'il l'abandonnait. Cette menace ensorcela Franz. Marie-Claude ne lui plaisait pas tellement, mais son amour lui paraissait sublime. Il se trouvait indigne d'un aussi grand amour et croyait devoir s'incliner très bas devant lui.

Il s'était donc incliné jusqu'à terre et l'avait épousée. Et bien qu'elle ne lui manifestât plus jamais la même intensité de sentiments qu'à l'instant où elle l'avait menacé de se suicider, cet impératif restait vivace tout au fond de lui : ne jamais faire de mal à Marie-Claude et respecter la femme en elle.

Cette phrase est curieuse. Il ne se disait pas : respecter Marie-Claude, mais : respecter la femme en Marie-Claude.

Seulement, puisque Marie-Claude était elle-même une femme, quelle est cette autre femme qui se cache en elle et qu'il doit respecter ? Ne serait-ce pas l'idée platonicienne de la femme ?

Non. C'est sa mère. Jamais il ne lui serait venu à l'idée de dire que ce qu'il respectait chez sa mère, c'était la femme. Il adorait sa mère, non pas quelque femme en elle. L'idée platonicienne de la femme et sa mère, c'était une seule et même chose.

Il avait à peu près douze ans quand un jour elle s'était retrouvée seule, le père de Franz l'ayant subitement quittée. Franz se doutait qu'il s'était passé quelque chose de grave, mais sa mère dissimulait le drame sous des propos neutres et mesurés pour ne pas le traumatiser. C'est ce jour-là, au moment de quitter l'appartement pour aller faire ensemble un tour en ville, que Franz s'aperçut que sa mère avait mis des chaussures dépareillées. Il était confus et voulait l'avertir, tout en craignant de la blesser. Il passa avec elle deux heures dans les rues sans pouvoir détacher les yeux des pieds de sa mère. C'est alors qu'il commença à comprendre ce qu'est la souffrance.

LA FIDÉLITÉ ET LA TRAHISON

Il l'avait aimée depuis l'enfance jusqu'au moment où il l'avait accompagnée au cimetière, et il l'aimait dans ses souvenirs. D'où il tenait l'idée que la fidélité est la première de toutes les vertus ; elle donne son unité à notre vie qui, sans elle, s'éparpillerait en mille impressions fugitives.

Franz parlait souvent de sa mère à Sabina, et peut-être même, inconsciemment, par calcul : Sabina serait séduite par son aptitude à la fidélité, et c'était un moyen de se l'attacher.

Seulement, c'était la trahison qui séduisait Sabina, pas la fidélité. Le mot fidélité lui rappelait son père, provincial puritain qui peignait le dimanche pour son plaisir le soleil couchant au-dessus de la forêt et des bouquets de roses dans un vase. Grâce à lui, elle commença à dessiner très jeune. À quatorze ans, elle tomba amoureuse d'un garçon de son âge. Son père fut épouvanté et lui interdit de sortir seule pendant une année. Un jour, il lui montra des reproductions de Picasso et il en rit très fort. Puisqu'elle n'avait pas le droit d'aimer un garçon de son âge, au moins aima-t-elle le cubisme. Après le baccalauréat, elle partit pour Prague avec l'impression réconfortante de pouvoir enfin trahir son chez-soi.

La trahison. Depuis notre enfance, papa et le maître d'école nous répètent que c'est la chose la plus abominable qui se puisse concevoir. Mais qu'est-ce que trahir ? Trahir, c'est sortir du rang. Trahir, c'est sortir du rang et partir dans l'inconnu. Sabina ne connaît rien de plus beau que de partir dans l'inconnu.

Elle s'inscrivit à l'école des Beaux-Arts, mais il ne lui était pas permis de peindre comme Picasso. Il fallait alors obligatoirement pratiquer ce qui s'appelait le réalisme socialiste, et aux Beaux-Arts on fabriquait des portraits de chefs d'État communistes. Son désir de trahir le père restait inassouvi car le communisme n'était qu'un autre père, pareillement sévère et borné, qui interdisait et l'amour (l'époque était au puritanisme) et Picasso. Elle épousa un médiocre comédien praguois, uniquement parce qu'il avait une réputation d'excentrique et que les deux pères le jugeaient inacceptable.

Puis sa mère mourut. Le lendemain, en revenant à Prague après l'enterrement, elle reçut un télégramme : son père s'était suicidé de chagrin.

Le remords s'emparait d'elle : était-ce si mal, de la part de son père, de peindre des roses dans un vase et de ne pas aimer Picasso ? Était-ce si répréhensible d'avoir peur que sa fille lui revienne enceinte à quatorze ans ? Était-ce ridicule de n'avoir pas pu vivre sans sa femme ?

De nouveau, elle était en proie au désir de trahir : trahir sa propre trahison. Elle annonça à son mari (elle ne voyait plus en lui l'excentrique, mais plutôt l'ivrogne encombrant) qu'elle le quittait.

Mais si l'on trahit B. pour qui l'on a trahi A., ça ne veut pas dire qu'on va se réconcilier avec A. La vie de l'artiste divorcée ne ressemblait pas à la vie de ses parents trahis. La première trahison est irréparable. Elle provoque, par réaction en chaîne, d'autres trahisons dont chacune nous éloigne de plus en plus du point de la trahison initiale.

LA MUSIQUE

Pour Franz, c'est l'art qui se rapproche le plus de la beauté dionysiaque conçue comme ivresse. On peut difficilement s'étourdir avec un roman ou un tableau, mais on peut s'enivrer avec la *Neuvième* de Beethoven, avec la *Sonate pour deux pianos et percussion* de Bartok, et avec une chanson des Beatles. Franz ne fait pas de distinction entre la grande musique et la musique légère. Cette distinction lui paraît hypocrite et vieux jeu. Il aime pareillement le rock et Mozart.

Pour lui, la musique est libératrice : elle le libère de la solitude et de l'enfermement, de la poussière des bibliothèques, elle ouvre dans son corps des portes par où l'âme peut sortir pour fraterniser. Il aime danser et regrette que Sabina ne partage pas avec lui cette passion.

Ils dînent ensemble au restaurant et les haut-parleurs accompagnent leur repas d'une bruyante musique rythmée.

Sabina dit : « C'est un cercle vicieux. Les gens deviennent sourds parce qu'ils mettent la musique de plus en plus fort. Mais comme ils deviennent sourds, il ne leur reste plus qu'à augmenter le volume.

— Tu n'aimes pas la musique ? demande Franz.

— Non », dit Sabina. Puis elle ajoute : « Peut-être que si je vivais à une autre époque… » et elle pense à l'époque de Jean-Sébastien Bach où la musique ressemblait à une rose épanouie sur l'immense plaine neigeuse du silence.

Le bruit sous le masque de la musique la poursuit depuis qu'elle est toute jeune. Quand elle était étudiante aux Beaux-Arts, elle devait passer des vacances entières au Chantier de la jeunesse, comme on disait alors. Les jeunes étaient logés dans des baraquements collectifs et travaillaient à la construction de hauts-fourneaux. De cinq heures du matin à neuf heures du soir les haut-parleurs crachaient une musique hurlante. Elle avait envie de pleurer, mais la musique était gaie et on ne pouvait y échapper nulle part, ni aux waters ni au lit sous la couverture, il y avait des haut-parleurs partout. La musique était comme une meute de chiens lâchés sur elle.

Elle pensait alors que l'univers communiste était le seul où régnait cette barbarie de la musique. À l'étranger, elle constate que la transformation de la musique en bruit est un processus planétaire qui fait entrer l'humanité dans la phase historique de la laideur totale. Le caractère total de la laideur s'est d'abord manifesté par l'omniprésente laideur acoustique : les voitures, les motos, les guitares électriques, les marteaux-piqueurs, les haut-parleurs, les sirènes. L'omniprésence de la laideur visuelle ne tardera pas à suivre.

Ils dînèrent, ils montèrent dans leur chambre, firent l'amour. Puis les idées commencèrent à se brouiller dans la tête de Franz sur le seuil du sommeil. Il se rappelait la musique bruyante du restaurant et se disait : « Le bruit a un avantage. On ne peut pas y entendre les mots. » Depuis sa jeunesse, il ne faisait que parler, écrire, donner des cours, inventer des phrases, chercher des formules, les corriger, de sorte qu'à la fin aucun des mots n'était plus exact, que leur sens s'estompait, qu'ils perdaient leur contenu et qu'il n'en restait que des miettes, des vannures, de la poussière, du sable qui flottait dans son cerveau, qui lui donnait la migraine, qui était son insomnie, sa maladie. Et il eut alors envie, confusément et irrésistiblement, d'une musique immense, d'un bruit absolu, d'un bel et joyeux vacarme qui embrasserait, inonderait, étoufferait toute chose, où sombreraient à jamais la douleur, la vanité, l'insignifiance des mots. La musique c'est la négation des phrases, la musique c'est l'anti-mot ! Il avait envie de rester avec Sabina dans une longue étreinte, de se taire, de ne plus prononcer une seule phrase et de laisser la jouissance confluer avec la clameur orgiaque de la musique. Dans ce bienheureux vacarme imaginaire, il s'endormit.

LA LUMIÈRE ET L'OBSCURITÉ

Pour Sabina, vivre signifie voir. La vision est limitée par une double frontière : la lumière intense qui aveugle et l'obscurité totale. C'est peut-être de là que vient sa répugnance pour tout extrémisme. Les extrêmes marquent la frontière au-delà de laquelle la vie prend fin, et la passion de l'extrémisme, en art comme en politique, est désir déguisé de mort.

Pour Franz, le mot lumière n'évoque pas l'image d'un paysage tendrement éclairé par le jour, mais la source de la lumière en tant que telle : le soleil, une ampoule, un projecteur. Il se souvient des métaphores familières : le soleil de la vérité ; l'éclat aveuglant de la raison, etc.

Comme par la lumière, il est attiré par l'obscurité. De nos jours, éteindre pour faire l'amour passe pour ridicule ; il le sait et laisse une petite lumière allumée au-dessus du lit. À l'instant de pénétrer Sabina, il ferme pourtant les yeux. La volupté qui s'empare de lui exige l'obscurité. Cette obscurité est pure, entière, sans images ni visions, cette obscurité n'a pas de fin, pas de frontières, cette obscurité est l'infini que chacun de nous porte en soi (oui, qui cherche l'infini n'a qu'à fermer les yeux !).

Au moment où il sent la volupté se répandre dans son

corps, Franz se déploie et se dissout dans l'infini de son obscurité, il devient lui-même l'infini. Mais plus l'homme grandit dans son obscurité intérieure, plus il se ratatine dans son apparence extérieure. Un homme aux yeux fermés n'est qu'un rebut de lui-même. C'est désagréable à voir, Sabina ne veut donc pas le regarder et ferme à son tour les yeux. Mais cette obscurité-ci ne signifie pas pour elle l'infini, seulement le désaccord avec ce qu'elle voit, la négation de ce qui est vu, le refus de voir.

4

Sabina s'était laissé convaincre d'aller à une réunion de ses compatriotes. Une fois de plus, la discussion portait sur le point de savoir s'il aurait ou non fallu se battre contre les Russes les armes à la main. Évidemment, ici, à l'abri dans l'émigration, tout le monde proclamait qu'il aurait fallu se battre. Sabina dit : « Eh bien ! Rentrez et battez-vous ! »

Ce n'était pas une chose à dire. Un monsieur à la chevelure grisonnante frisée au fer par le coiffeur pointa sur elle un long index : « Ne parlez pas comme ça. Vous avez tous une part de responsabilité dans ce qui s'est passé. Vous aussi. Qu'est-ce que vous faisiez au pays, contre le régime communiste ? De la peinture, c'est tout… »

Dans les pays communistes, l'inspection et le contrôle des citoyens sont des activités sociales fondamentales et permanentes. Pour qu'un peintre obtienne l'autorisation d'exposer, pour qu'un citoyen ait un visa et passe ses vacances au bord de la mer, pour qu'un footballeur soit admis dans l'équipe nationale il faut d'abord que soient réunis toutes sortes de rapports et de certificats les concernant (de la concierge, des collègues de travail, de la police, de la cellule du parti, du comité d'entreprise), et ces attestations sont ensuite additionnées, soupesées, récapitulées par des fonctionnaires spécialement affectés à cette tâche. Ce qui est dit dans ces attestations n'a rien à voir avec l'aptitude du citoyen à peindre ou à shooter, ou avec son état de santé qui peut exiger un séjour au bord de la mer. Il y est question d'une seule chose, de ce qu'on appelle « le profil politique du citoyen » (ce que dit le citoyen, ce qu'il pense, comment il se comporte, s'il participe aux réunions ou aux cortèges du 1er mai). Étant donné que tout (la vie quotidienne, l'avancement et les vacances) dépend de la façon dont le citoyen est noté, tout le monde est obligé (pour jouer dans l'équipe nationale, avoir une exposition ou passer des vacances au bord de la mer) de se comporter de manière à être bien noté.

C'est à cela que songeait Sabina en entendant parler le monsieur aux cheveux gris. Il s'en fichait pas mal que ses compatriotes jouent bien au football ou peignent avec talent (aucun Tchèque ne s'était jamais soucié de ce qu'elle peignait) ; une seule chose l'intéressait : savoir s'ils avaient été opposants actifs ou passifs au régime communiste, de la première ou de la dernière heure, pour de bon ou pour la frime.

Étant peintre, elle savait observer les visages et connaissait depuis Prague la physionomie des gens qui ont la passion d'inspecter et de noter autrui. Tous ces gens-là avaient l'index un peu plus long que le médius et le pointaient sur leurs interlocuteurs. D'ailleurs, le président Novotny, qui a régné en Bohême quatorze ans durant jusqu'en 1968, avait exactement les mêmes cheveux gris frisés au fer par le coiffeur et pouvait s'enorgueillir du plus long index de tous les habitants d'Europe centrale.

Quand l'émigré émérite entendit de la bouche de cette artiste peintre, dont il n'avait jamais vu les tableaux, qu'il ressemblait au président communiste Novotny, il s'empourpra, pâlit, s'empourpra de nouveau, pâlit encore, voulut dire quelque chose, ne dit rien et se plongea dans le silence. Tout le monde se taisait avec lui, et Sabina finit par se lever et sortit.

Elle en était peinée, mais une fois sur le trottoir elle se dit : au fond, pourquoi devrait-elle fréquenter des Tchèques ? Qu'avait-elle en commun avec eux ? un paysage ? Si on leur avait demandé ce qu'évoquait pour eux la Bohême, ce mot aurait fait surgir devant leurs yeux des images disparates dépourvues de toute unité.

Ou bien la culture ? Mais qu'est-ce que c'est ? La musique ? Dvorak et Janacek ? Oui. Mais si un Tchèque n'aime pas la musique ? D'un seul coup, l'identité tchèque n'est que du vent.

Ou bien les grands hommes ? Jean Hus ? Ces gens-là n'avaient jamais lu une ligne de ses livres. La seule chose qu'ils pouvaient unanimement comprendre, c'étaient les flammes, la gloire des flammes où il avait été brûlé comme hérétique, la gloire de la cendre qu'il était devenu, de sorte que l'essence de l'âme tchèque, songeait Sabina, ce n'était pour eux que de la cendre, rien de plus. Ces gens n'avaient en commun que leur défaite et les reproches qu'ils s'adressaient l'un l'autre.

Elle marchait vite. Ce qui la troublait, plus que sa brouille avec les émigrés, c'étaient ses propres pensées. Elle savait qu'elles étaient injustes. Il y avait quand même parmi les Tchèques d'autres gens que ce type à l'index démesuré. Le silence gêné qui avait suivi ses paroles ne signifiait nullement que tous la désapprouvaient. Ils avaient été plutôt déconcertés par cette irruption de la haine, par cette incompréhension dont tout le monde devient victime dans l'émigration. Alors, pourquoi n'en avait-elle pas plutôt pitié ? Pourquoi ne les voyait-elle pas touchants et abandonnés ?

Nous connaissons déjà la réponse : quand elle a trahi son père, la vie s'est ouverte devant elle comme une longue route de trahisons et chaque trahison nouvelle l'attire comme un vice et comme une victoire. Elle ne veut pas rester dans le rang et n'y restera pas ! Elle ne restera pas toujours dans le rang avec les mêmes gens et avec les mêmes mots ! C'est pourquoi elle est surexcitée par sa propre injustice. Cette surexcitation n'est pas déplaisante, Sabina a au contraire l'impression qu'elle vient de remporter une victoire et que quelqu'un, invisible, l'applaudit.

Mais l'ivresse céda bientôt la place à l'angoisse : il fallait arriver un jour au bout de cette route ! il fallait en finir un jour avec les trahisons ! il fallait s'arrêter une fois pour toutes !

C'était le soir et elle marchait d'un pas pressé sur le quai de la gare. Le train d'Amsterdam était déjà formé. Elle cherchait son wagon. Elle ouvrit la porte du compartiment où l'avait conduite un contrôleur affable et vit Franz assis sur un lit à la couverture rabattue. Il se leva pour l'accueillir, elle le prit dans ses bras et le couvrit de baisers.

Elle avait une terrible envie de lui dire comme la plus banale des femmes : ne me lâche pas, garde-moi auprès de toi, asservis-moi, sois fort ! Mais c'étaient des mots qu'elle ne pouvait et ne savait pas prononcer.

Quand il desserra son étreinte, elle dit seulement : « Qu'est-ce que je suis contente d'être avec toi ! » Avec sa discrétion naturelle, elle ne pouvait en dire davantage.

5

Petit lexique de mots incompris (suite)

LES CORTÈGES

En Italie ou en France, on trouve facilement la solution. Quand les parents vous obligent à aller à l'église, on se venge en s'inscrivant à un parti (communiste, trotskiste, maoïste, etc.). Seulement, le père de Sabina l'envoya d'abord à l'église, et ensuite, par peur, il la força à adhérer aux jeunesses communistes.

Quand elle défilait dans le cortège du 1er mai, elle n'arrivait pas à tenir la cadence, si bien que la fille qui était derrière elle l'apostrophait et lui marchait exprès sur les talons. Et s'il fallait chanter, elle ne connaissait jamais les paroles et ouvrait une bouche muette. Ses collègues s'en aperçurent et la dénoncèrent. Depuis sa jeunesse, elle avait horreur de tous les cortèges.

Franz avait fait ses études à Paris et comme il était exceptionnellement doué, il avait devant lui une carrière scientifique assurée depuis l'âge de vingt ans. Dès ce moment-là, il savait qu'il passerait toute sa vie entre les murs d'un bureau à l'université, des bibliothèques publiques et de deux ou trois amphithéâtres ; à cette idée, il avait l'impression d'étouffer. Il voulait sortir de sa vie comme on sort de chez soi pour aller dans la rue.

Il habitait encore Paris et il allait volontiers aux manifestations. Cela lui faisait du bien d'aller célébrer quelque chose, de revendiquer quelque chose, de protester contre quelque chose, de ne pas être seul, d'être dehors et d'être avec les autres. Les cortèges déferlant sur le boulevard Saint-Germain ou de la République à la Bastille le fascinaient. La foule en marche scandant des slogans était pour lui l'image de l'Europe et de son histoire. L'Europe, c'est une Grande

Marche. Une Marche de révolution en révolution, de combat en combat, toujours en avant.

Je pourrais dire ça autrement : Franz trouvait irréelle sa vie entre les livres. Il aspirait à la vie réelle, au contact d'autres hommes ou d'autres femmes marchant avec lui côte à côte, il aspirait à leur clameur. Il ne se rendait pas compte que ce qu'il jugeait irréel (son travail dans l'isolement des bibliothèques) était sa vie réelle, alors que les cortèges qu'il prenait pour la réalité n'étaient qu'un spectacle, qu'une danse, qu'une fête, autrement dit : un rêve.

Sabina, au temps où elle était étudiante, habitait dans une cité universitaire. Le 1er mai, tout le monde était obligé de se rendre de bonne heure aux points de rassemblement du cortège. Pour qu'il ne manquât personne, des étudiants, militants rétribués, vérifiaient que le bâtiment était vide. Elle allait se cacher dans les toilettes et ne retournait dans sa chambre que lorsque tout le monde était depuis longtemps parti. Il régnait un silence comme elle n'en avait jamais connu. De très loin lui parvenait la musique d'une marche. C'était comme d'être cachée à l'intérieur d'une conque et d'entendre au loin le ressac de l'univers hostile.

Un ou deux ans après avoir quitté la Bohême, elle se trouva tout à fait par hasard à Paris le jour anniversaire de l'invasion russe. Une manifestation de protestation avait lieu ce jour-là et elle ne put s'empêcher d'y participer. De jeunes Français levaient le poing et hurlaient des mots d'ordre contre l'impérialisme soviétique. Ces mots d'ordre lui plaisaient, mais elle constata avec surprise qu'elle était incapable de crier de concert avec les autres. Elle ne put rester que quelques minutes dans le cortège.

Elle fit part de cette expérience à des amis français. Ils s'étonnaient : « Tu ne veux donc pas lutter contre l'occupation de ton pays ? » Elle voulait leur dire que le communisme, le fascisme, toutes les occupations et toutes les invasions dissimulent un mal plus fondamental et plus universel ; l'image de ce mal, c'était le cortège de gens qui défilent en levant le bras et en criant les mêmes syllabes à l'unisson. Mais elle savait qu'elle ne pourrait pas le leur expliquer. Elle se sentit gênée et préféra changer de sujet.

LA BEAUTÉ DE NEW YORK

Ils marchaient des heures entières dans New York ; le spectacle changeait à chaque pas comme s'ils avaient suivi un sentier sinueux dans un fascinant paysage de montagnes : un jeune homme priait à genoux au milieu du trottoir ; à quelques pas de lui, appuyée contre un arbre, une belle négresse somnolait ; un homme en costume noir traversait la rue en gesticulant pour diriger un orchestre invisible ; l'eau ruisselait dans les vasques d'une fontaine autour de laquelle des maçons étaient assis et déjeunaient. Des échelles métalliques escaladaient les façades de vilaines maisons en briques rouges et ces maisons étaient si laides qu'elles en devenaient belles ; tout près se dressait un gigantesque gratte-ciel de verre et derrière un autre gratte-ciel au toit surmonté d'un petit palais arabe avec des tours, des galeries et des colonnes dorées.

Elle pensait à ses toiles : on y voyait aussi se côtoyer des choses qui n'avaient aucun rapport entre elles : des hauts-fourneaux en construction et, dans le fond, une lampe à pétrole ; ou encore, une autre lampe dont l'abat-jour désuet en verre peint explosait en menus fragments qui s'élevaient au-dessus d'un paysage désolé de marécages.

Franz dit : « En Europe, la beauté a toujours eu un caractère intentionnel. Il y a toujours eu un dessein esthétique et un plan de longue haleine ; il a fallu des siècles pour édifier d'après ce plan une cathédrale gothique ou une ville Renaissance. La beauté de New York a une tout autre origine. C'est une beauté non-intentionnelle. Elle est née sans préméditation de la part de l'homme, comme une grotte de stalactites. Des formes, hideuses en elles-mêmes, se retrouvent par hasard, sans plan aucun, dans d'improbables voisinages où elles brillent tout à coup d'une poésie magique. »

Sabina dit : « La beauté non-intentionnelle. Bien sûr. On pourrait dire aussi : la beauté par erreur. Avant de disparaître totalement du monde, la beauté existera encore quelques instants, mais par erreur. La beauté par erreur, c'est le dernier stade de l'histoire de la beauté. »

Elle pensait à son premier tableau vraiment réussi ; de la peinture rouge avait coulé dessus par erreur. Oui, ses tableaux étaient construits sur la beauté de l'erreur et New York était la patrie secrète et vraie de sa peinture.

Franz dit : « Peut-être que la beauté non-intentionnelle de New York est beaucoup plus riche et beaucoup plus variée que la beauté trop austère et trop élaborée née d'un projet humain. Mais ce n'est plus la beauté européenne. C'est un monde étranger. »

Comment ? Il reste quand même quelque chose sur quoi ils sont d'accord tous les deux ?

Non. Ici aussi, il y a une différence. L'étrangeté de la beauté new-yorkaise attire follement Sabina. Elle fascine Franz, mais elle l'effraie en même temps ; elle lui donne le mal de l'Europe.

LA PATRIE DE SABINA

Sabina comprend sa réticence à l'égard de l'Amérique. Franz est l'incarnation de l'Europe : sa mère était originaire de Vienne, son père était français. Quant à lui, il est suisse.

Franz admire la patrie de Sabina. Quand elle lui parle d'elle et de ses amis de Bohême, et qu'il entend les mots prisons, persécutions, tanks dans les rues, émigration, tracts, littérature interdite, expositions interdites, il éprouve une étrange envie empreinte de nostalgie.

Il avoue à Sabina : « Un jour, un philosophe a écrit que tout ce que je dis, ce ne sont que des spéculations qui échappent à toute démonstration et il m'a qualifié de “presque invraisemblable Socrate”. Je me suis senti affreusement humilié et je lui ai répondu avec colère. Imagine-toi que cet épisode dérisoire est le plus grave conflit que j'aie jamais vécu ! Là, ma vie a atteint le maximum de ses possibilités dramatiques ! Nous vivons tous les deux à des échelles différentes. Tu es entrée dans ma vie comme Gulliver au royaume des nains. »

Sabina proteste. Elle dit que les conflits, les drames, les tragédies ne signifient rien du tout, n'ont aucune valeur, ne méritent ni le respect ni l'admiration. Ce que tout le monde peut envier à Franz, c'est le travail qu'il peut accomplir en paix.

Franz hoche la tête : « Dans une société riche, les gens n'ont pas besoin de travailler de leurs mains et se consacrent à une activité intellectuelle. Il y a de plus en plus d'universités et de plus en plus d'étudiants. Pour décrocher leurs parchemins, il faut qu'ils se trouvent des sujets de diplômes. Il y a un nombre infini de sujets, car on peut disserter sur tout. Les liasses de papier noirci s'accumulent dans les archives qui sont plus tristes que des cimetières parce qu'on n'y vient même pas à la Toussaint. La culture disparaît dans une multitude de productions, dans une avalanche de phrases, dans la démence de la quantité. Crois-moi, un seul livre interdit dans ton ancien pays signifie infiniment plus que les milliards de mots que crachent nos universités. »

C'est dans ce sens-là que l'on pourrait comprendre la faiblesse de Franz pour toutes les révolutions. Autrefois, il a sympathisé avec Cuba, puis avec la Chine, et ensuite, écœuré par la cruauté de leurs régimes, il a fini par admettre mélancoliquement qu'il ne lui restait que cet océan de lettres qui ne pèsent rien et ne sont pas la vie. Il est devenu professeur à Genève (où il n'y a pas de manifestations) et, avec une sorte d'abnégation (dans une solitude sans femmes et sans cortèges), il a publié plusieurs ouvrages scientifiques qui ont eu un certain retentissement. Puis, un jour, Sabina a surgi comme une apparition ; elle venait d'un pays où les illusions révolutionnaires étaient depuis longtemps flétries mais où subsistait ce qu'il admirait le plus dans les révolutions : la vie qui se joue à l'échelle grandiose du risque, du courage et de la menace de mort. Sabina lui rendait confiance dans la grandeur du destin humain. Elle était d'autant plus belle que derrière sa silhouette transparaissait le drame douloureux de son pays.

Hélas ! Sabina n'aime pas ce drame. Les mots prisons, persécutions, livres interdits, occupation, blindés, sont pour elle de vilains mots dépourvus de tout parfum romantique. Le seul mot qui tinte doucement à son oreille comme le souvenir nostalgique du pays natal, c'est le mot cimetière.

LE CIMETIÈRE

Les cimetières de Bohême ressemblent à des jardins. Les tombes sont recouvertes de gazons et de fleurs de couleurs vives. D'humbles monuments se cachent dans la verdure du feuillage. Le soir, le cimetière est plein de petits cierges allumés, on croirait que les morts donnent un bal enfantin. Oui, un bal enfantin, car les morts sont innocents comme les enfants. Aussi cruelle que fût la vie, au cimetière régnait toujours la paix. Même pendant la guerre, sous Hitler, sous Staline, sous toutes les occupations. Quand elle se sentait triste, elle prenait sa voiture pour aller loin de Prague se promener dans un de ses cimetières préférés. Ces cimetières de campagne sur fond bleuté de collines étaient beaux comme une berceuse.

Pour Franz, un cimetière n'est qu'une immonde décharge d'ossements et de pierraille.

6

« On ne me fera jamais monter dans une voiture ! J'aurais bien trop peur d'avoir un accident ! Même si on ne se tue pas, on est traumatisé pour le restant de ses jours ! » disait le sculpteur en se saisissant machinalement de son index qu'il avait failli sectionner en travaillant le bois. Par miracle, les médecins avaient réussi à le lui sauver.

« Mais pas du tout ! claironnait Marie-Claude en grande forme. J'ai eu un accident et c'était superbe ! Je ne me suis jamais sentie aussi bien qu'à l'hôpital ! Je ne pouvais pas fermer l'œil et je lisais à jet continu, jour et nuit. »

Tout le monde la regardait avec un étonnement qui lui faisait visiblement plaisir. À l'écœurement de Franz (il se souvenait qu'après cet accident sa femme était extrêmement déprimée et ne cessait pas de se plaindre) se mêlait une sorte d'admiration (ce don de Marie-Claude de métamorphoser tout ce qu'elle avait vécu témoignait d'une vitalité digne de respect).

Elle poursuivait : « C'est à l'hôpital que j'ai commencé à classer les livres en deux catégories : les diurnes et les nocturnes. C'est vrai, il y a des livres pour le jour et des livres qu'on ne peut lire que la nuit. »

Tout le monde exprimait un étonnement admiratif, seul le sculpteur, qui se tenait le doigt, avait le visage crispé par un pénible souvenir.

Marie-Claude se tourna vers lui : « Dans quelle catégorie rangerais-tu Stendhal ? »

Le sculpteur n'écoutait pas et haussa les épaules d'un air gêné. Un critique d'art, à côté de lui, déclara que Stendhal, à son avis, était une lecture pour le jour.

Marie-Claude hocha la tête et annonça de sa voix claironnante : « Mais pas du tout ! Non, non et non, tu n'y es pas du tout ! Stendhal est un auteur nocturne ! »

Franz suivait de très loin le débat sur l'art nocturne et diurne, ne songeant qu'au moment où Sabina ferait son entrée. Ils avaient tous les deux réfléchi pendant plusieurs jours pour savoir si elle devait ou non accepter l'invitation à ce cocktail que Marie-Claude donnait en l'honneur de tous les peintres et sculpteurs qui avaient exposé dans sa galerie privée. Depuis qu'elle avait fait la connaissance de Franz, Sabina évitait sa femme. Mais, redoutant de se trahir, elle décida finalement qu'il serait plus naturel et moins suspect de venir.

Comme il jetait des regards furtifs en direction de l'entrée, il s'aperçut qu'à l'autre bout du salon pérorait, infatigablement, la voix de Marie-Anne, sa fille de dix-huit ans. Il quitta le groupe où officiait sa femme pour le cercle où régnait sa fille. Une personne était dans un fauteuil, les autres debout, Marie-Anne était assise par terre. Franz était certain que Marie-Claude, à l'extrémité opposée du salon, allait bientôt s'asseoir à son tour sur le tapis. À cette époque, s'asseoir par terre devant ses invités était un geste qui signifiait qu'on était naturel, détendu, progressiste, sociable et parisien. Marie-Claude mettait tant de passion à s'asseoir par terre en tous lieux que Franz redoutait souvent de la trouver assise par terre dans la boutique où elle allait s'acheter des cigarettes.

« À quoi travaillez-vous, Alan, en ce moment ? » demanda Marie-Anne à l'homme au pied duquel elle était assise.

Alan, naïf et honnête, voulut répondre sincèrement à la fille de la propriétaire de la galerie. Il commença par lui expliquer sa nouvelle manière de peindre qui combinait la photo et la peinture à l'huile. Il avait à peine prononcé trois phrases quand Marie-Anne émit un sifflement. Le peintre, concentré, parlait avec lenteur et ne l'entendit pas siffler.

Franz chuchote : « Tu peux me dire pourquoi tu siffles ?

— Parce que je déteste qu'on parle politique », réplique tout haut sa fille.

Effectivement, deux hommes debout dans le même groupe parlaient des prochaines élections françaises. Marie-Anne, qui se sentait tenue de diriger la conversation, demanda aux deux hommes s'ils iraient la semaine prochaine au Grand-Théâtre où une troupe lyrique italienne devait interpréter un opéra de Rossini. Alan, le peintre, s'obstinait à chercher des formules de plus en plus précises pour expliquer sa nouvelle manière de peindre, et Franz avait honte de sa fille. Pour la faire taire, il dit qu'il s'ennuyait à mourir, à l'opéra.

« Tu ne comprends rien, dit Marie-Anne, en essayant, sans se lever, de taper sur le ventre de son père, l'interprète principal est tellement beau ! C'est fou ce qu'il est beau ! Je l'ai vu deux fois et, depuis, je suis folle de lui ! »

Franz constatait que sa fille ressemblait atrocement à sa mère. Pourquoi n'était-ce pas à lui qu'elle ressemblait ? C'était sans espoir, elle ne lui ressemblait pas. Il avait déjà entendu Marie-Claude proclamer des milliers de fois qu'elle était amoureuse de ce peintre-ci ou de ce peintre-là, d'un chanteur, d'un écrivain, d'un homme politique, et même une fois d'un coureur cycliste. Ce n'était évidemment que rhétorique de dîners en ville et de cocktails, mais il se souvenait parfois qu'une vingtaine d'années plus tôt elle avait dit exactement la même chose à propos de lui en le menaçant en prime de se suicider.

Juste à ce moment-là, Sabina entra. Marie-Claude l'aperçut et s'avança à sa rencontre. Sa fille continuait la conversation sur Rossini, mais Franz n'avait d'oreille que pour ce que se disaient les deux femmes. Après quelques phrases polies de bienvenue, Marie-Claude prit entre ses doigts le pendentif en céramique que Sabina portait autour du cou et dit d'une voix très forte : « Qu'est-ce que c'est que ce truc-là ? C'est affreux ! »

Franz était captivé par cette phrase. Elle n'avait pas été prononcée d'un ton agressif, au contraire, le rire claironnant devait indiquer aussitôt que le rejet du pendentif ne changeait rien à l'amitié de Marie-Claude pour le peintre, mais, quand même, cette phrase n'était pas dans le ton habituel de Marie-Claude avec les autres.

« Je l'ai fait moi-même, dit Sabina.

— Je trouve ça affreux, sincèrement, répéta très haut Marie-Claude. Tu ne devrais pas le porter ! »

Franz savait que ça n'intéressait aucunement sa femme qu'un bijou fût laid ou joli. Était laid ce qu'elle voulait voir laid, joli ce qu'elle voulait voir joli. Les bijoux de ses amies étaient beaux a priori. Elle pouvait les trouver laids, elle le cachait soigneusement, la flatterie étant depuis longtemps devenue sa seconde nature.

Alors, pourquoi avait-elle décidé de trouver laid le bijou que Sabina avait fait elle-même ?

Pour Franz, tout à coup, c'était parfaitement évident : Marie-Claude avait déclaré que le bijou de Sabina était laid parce qu'elle pouvait se le permettre.

Encore plus précisément, Marie-Claude avait proclamé que le bijou de Sabina était laid pour montrer qu'elle pouvait se permettre de dire à Sabina que son bijou était laid.

L'année dernière, l'exposition de Sabina n'avait pas été un gros succès et Marie-Claude ne se souciait guère de la sympathie de Sabina. Au contraire, Sabina avait toutes les raisons du monde de rechercher la sympathie de Marie-Claude. Sa conduite n'en laissait pourtant rien paraître.

Oui, Franz le comprenait très clairement : Marie-Claude profita de l'occasion pour montrer à Sabina (et aux autres) quel était le vrai rapport de force entre elles deux.

7

Petit lexique de mots incompris (fin)

LA VIEILLE ÉGLISE D'AMSTERDAM

D'un côté, il y a les maisons et, derrière les grandes fenêtres du rez-de-chaussée qui ressemblent à des vitrines de magasin, on aperçoit les minuscules chambrettes des putains. Elles sont en sous-vêtements, assises contre la vitre, dans de petits fauteuils agrémentés d'oreillers. Elles ont l'air de gros matous qui s'ennuient.

L'autre côté de la rue est occupé par une gigantesque église gothique du XIVe siècle.

Entre le monde des putes et le monde de Dieu, comme un fleuve séparant deux royaumes s'étend une âcre odeur d'urine.

À l'intérieur, il ne reste de l'ancien style gothique que les hauts murs nus, les colonnes, la voûte et les fenêtres. Il n'y a aucun tableau, il n'y a de statues nulle part. L'église est vide comme une salle de gymnastique. Tout ce qu'on y voit, ce sont des rangées de chaises qui forment au centre un grand carré autour d'une estrade miniature sur laquelle se dresse la petite table du prédicateur. Derrière les chaises, il y a des boxes en bois ; ce sont les loges destinées aux familles des riches citadins.

Les chaises et les loges sont placées là sans le moindre

égard pour la configuration des murs et la disposition des colonnes, comme pour signifier à l'architecture gothique leur indifférence et leur dédain. Il y a maintenant des siècles que la foi calviniste a fait de l'église un simple hangar qui n'a d'autre fonction que de protéger la prière des fidèles de la neige et de la pluie.

Franz était fasciné : cette salle gigantesque avait été traversée par la Grande Marche de l'histoire.

Sabina se souvenait qu'après le putsch communiste tous les châteaux de Bohême avaient été nationalisés et transformés en centres d'apprentissage, en maisons de retraite, en étables aussi. Elle avait visité une de ces étables-là : des crochets supportant des anneaux de fer étaient fixés aux murs de stuc, et les vaches qui y étaient attachées regardaient rêveusement par les fenêtres dans le parc du château où couraient des poules.

Franz dit : « Ce vide me fascine. On accumule les autels, les statues, les peintures, les chaises, les fauteuils, les tapis, les livres, puis vient l'instant de liesse libératrice où l'on balaie tout ça comme on balaie les miettes d'une table. Peux-tu te représenter le balai d'Hercule qui a balayé cette église ? »

Sabina montra une loge en bois : « Les pauvres restaient debout et les riches avaient des loges. Mais il y avait quelque chose d'autre qui unissait le banquier et le pauvre : la haine de la beauté. »

« Qu'est-ce que la beauté ? » dit Franz et il pensa tout à coup à un vernissage auquel il avait dû récemment assister aux côtés de sa femme. La vanité infinie des discours et des mots, la vanité de la culture, la vanité de l'art.

Quand, étudiante, elle travaillait au Chantier de la jeunesse et avait dans l'âme le venin des joyeuses fanfares qui jaillissaient sans interruption des haut-parleurs, elle était partie un dimanche à moto. Elle parcourut des kilomètres en forêt et s'arrêta dans un petit village inconnu perdu au milieu des collines. Elle appuya la moto contre le mur de l'église et elle entra. On célébrait justement la messe. La religion était alors persécutée par le régime communiste et la plupart des gens évitaient les églises. Sur les bancs il n'y avait que des vieillards, car eux n'avaient pas peur du régime. Ils n'avaient peur que de la mort.

Le prêtre prononçait une phrase d'une voix mélodieuse et les gens la reprenaient en chœur après lui. C'était des litanies. Les mêmes mots revenaient comme un pèlerin qui ne peut détacher les yeux d'un paysage, comme un homme qui ne peut prendre congé de la vie. Elle s'assit au fond, sur un banc ; elle fermait parfois les yeux, rien que pour entendre cette musique des mots, puis elle les rouvrait : elle voyait au-dessus d'elle la voûte peinte en bleu et sur cette voûte de grands astres dorés. Elle cédait à l'enchantement.

Ce qu'elle avait rencontré inopinément dans cette église, ce n'était pas Dieu mais la beauté. En même temps, elle savait bien que cette église et ces litanies n'étaient pas belles en elles-mêmes, mais belles grâce à leur immatériel voisinage avec le Chantier de la jeunesse où elle passait ses jours dans le vacarme des chansons. La messe était belle de lui être apparue soudainement et clandestinement comme un monde trahi.

Depuis, elle sait que la beauté est un monde trahi. On ne peut la rencontrer que lorsque ses persécuteurs l'ont oubliée par erreur quelque part. La beauté se cache derrière les décors d'un cortège du 1er mai. Pour la trouver, il faut crever la toile du décor.

« C'est la première fois que je suis fasciné par une église », dit Franz. Ce n'était ni le protestantisme ni l'ascèse qui l'enthousiasmaient. C'était autre chose, quelque chose de très personnel dont il n'osait parler devant Sabina. Il croyait entendre une voix qui lui enjoignait de se saisir du balai d'Hercule pour balayer de sa vie les vernissages de Marie-Claude, les chanteurs de Marie-Anne, les congrès et les colloques, les discours vains, les vaines paroles. Le grand espace vide de l'église d'Amsterdam lui apparut comme l'image de sa propre libération.

LA FORCE

Dans le lit d'un des nombreux hôtels où ils faisaient l'amour, Sabina jouait avec les bras de Franz : « C'est incroyable, ce que tu es musclé ! »

Ces louanges faisaient plaisir à Franz. Il se leva du lit, saisit une lourde chaise de chêne par le pied, au ras du sol, et entreprit de la soulever lentement. En même temps, il disait à Sabina :

« Tu n'as rien à craindre, je pourrais te défendre en toutes circonstances, j'ai été champion de judo dans le temps. »

Il réussit à dresser le bras à la verticale sans lâcher la

chaise et Sabina lui dit : « Ça fait du bien de te savoir si fort ! »

Mais, tout au fond d'elle-même, elle ajouta encore ceci : Franz est fort, mais sa force est uniquement tournée vers l'extérieur. Avec les gens avec qui il vit, avec ceux qu'il aime, il est faible. La faiblesse de Franz s'appelle la bonté. Franz ne donnerait jamais d'ordres à Sabina. Il ne lui commanderait jamais, comme Tomas autrefois, de poser le miroir par terre et d'aller et venir dessus toute nue. Non qu'il manque de sensualité, mais il n'a pas la force de commander. Il est des choses qu'on ne peut accomplir que par la violence. L'amour physique est impensable sans violence.

Sabina regardait Franz se promener à travers la chambre en brandissant très haut la chaise, ce qui lui paraissait grotesque et l'emplissait d'une étrange tristesse.

Franz posa la chaise et s'assit, le visage tourné vers Sabina.

« Ce n'est pas que ça me déplaise d'être fort, dit-il, mais à quoi ça peut me servir à Genève, des muscles comme ça ? Je les porte comme une parure. Ce sont les plumes du paon. Je n'ai jamais cassé la gueule à personne. »

Sabina poursuivait ses réflexions mélancoliques. Et si elle avait eu un homme qui lui aurait donné des ordres ? Qui aurait voulu la dominer ? Combien de temps l'eût-elle supporté ? Pas cinq minutes ! D'où il découlait qu'aucun homme ne lui convenait. Ni fort ni faible.

Elle dit : « Et pourquoi ne te sers-tu pas de ta force contre moi, de temps en temps ?

— Parce qu'aimer c'est renoncer à la force », dit Franz doucement.

Sabina comprit deux choses : premièrement, que cette phrase était belle et vraie. Deuxièmement, qu'avec cette phrase Franz venait de se disqualifier dans sa vie érotique.

VIVRE DANS LA VÉRITÉ

C'est une formule que Kafka a employée dans son journal ou dans une lettre. Franz ne se souvient plus où exactement. Il est séduit par cette formule. Qu'est-ce que c'est, vivre dans la vérité ? Une définition négative est facile : c'est ne pas mentir, ne pas se cacher, ne rien dissimuler. Depuis qu'il a fait la connaissance de Sabina, il vit dans le mensonge. Il parle à sa femme du congrès d'Amsterdam et des conférences de Madrid qui n'ont jamais eu lieu, il a peur de se promener avec Sabina dans les rues de Genève. Ça l'amuse de mentir et de se cacher, justement parce qu'il ne l'a jamais fait. Il en éprouve un agréable chatouillement comme le premier de la classe quand il se décide enfin à faire l'école buissonnière.

Pour Sabina, vivre dans la vérité, ne mentir ni à soi-même ni aux autres, ce n'est possible qu'à la condition de vivre sans public. Dès lors qu'il y a un témoin à nos actes, nous nous adaptons bon gré mal gré aux yeux qui nous observent, et plus rien de ce que nous faisons n'est vrai. Avoir un public, penser à un public, c'est vivre dans le mensonge. Sabina méprise la littérature où l'auteur révèle toute son intimité, et aussi celle de ses amis. Qui perd son intimité a tout perdu, pense Sabina. Et celui qui y renonce de plein gré est un monstre. Aussi Sabina ne souffre-t-elle pas d'avoir à cacher son amour. Au contraire, c'est le seul moyen pour elle de vivre « dans la vérité ».

Franz, quant à lui, est certain que dans la séparation de la vie en domaine privé et domaine public se trouve la source de tout mensonge : on est un autre en privé et un autre en public. Pour Franz, « vivre dans la vérité », c'est abolir la barrière entre le privé et le public. Il cite volontiers la phrase d'André Breton qui disait qu'il aurait voulu vivre « dans une maison de verre » où rien n'est un secret et qui est ouverte à tous les regards.

En entendant sa femme dire à Sabina : « Quel affreux bijou ! », il avait compris qu'il lui était impossible de continuer à vivre dans le mensonge. À ce moment-là, il devait prendre la défense de Sabina. S'il ne l'avait pas fait, c'était uniquement par peur de trahir leur amour clandestin.

Le lendemain du cocktail, il devait aller passer deux jours à Rome avec Sabina. Les mots : « Quel affreux bijou ! » lui revenaient sans cesse à la mémoire et sa femme lui apparaissait sous un jour différent. Elle n'était plus telle qu'elle lui avait toujours apparu. Son agressivité, invulnérable, bruyante, dynamique, le soulageait du poids de la bonté qu'il avait porté patiemment pendant vingt-trois ans de mariage. Il se souvint de l'immense espace intérieur de l'église d'Amsterdam et sentit affluer l'enthousiasme étrange et incompréhensible que ce vide suscitait en lui.

Il faisait sa valise quand Marie-Claude entra dans la chambre ; elle parlait des invités de la veille, approuvant énergiquement certaines opinions qu'elle avait entendues, en condamnant d'autres d'un ton acerbe.

Franz la regarda longuement, puis il dit : « Il n'y a pas de conférence à Rome. »

Elle ne comprenait pas : « Alors, pourquoi y vas-tu ? »

Il répliqua : « J'ai une maîtresse depuis neuf mois. Je ne veux pas la voir à Genève. C'est pour ça que je voyage tellement. J'ai pensé qu'il valait mieux te prévenir. »

Après ses premiers mots, il eut peur ; son courage initial l'abandonnait. Il détourna les yeux pour ne pas lire sur le visage de Marie-Claude le désespoir qu'il croyait lui infliger avec ses paroles.

Après une courte pause, il entendit : « Oui, moi aussi je pense qu'il vaut mieux que je sois prévenue. »

Le ton était ferme et Franz leva les yeux : Marie-Claude n'était aucunement effondrée. Elle ressemblait toujours à la femme qui disait d'une voix claironnante : « Quel affreux bijou ! »

Elle poursuivit : « Puisque tu as le courage de m'annoncer que tu me trompes depuis neuf mois, peux-tu me dire aussi avec qui ? »

Il s'était toujours dit qu'il ne devait pas offenser Marie-Claude, qu'il devait respecter la femme en elle. Mais qu'était devenue la femme en Marie-Claude ? Autrement dit, qu'était devenue l'image de la mère qu'il associait à son épouse ? Sa mère, sa maman triste et blessée, chaussée de chaussures dépareillées, s'en était allée de Marie-Claude ; et peut-être même pas, puisqu'elle n'y avait jamais été. Il le comprit dans une brusque poussée de haine.

« Je n'ai aucune raison de te le cacher », dit-il.

Puisque ça ne la blessait pas qu'il la trompe, ça allait certainement la blesser d'apprendre qui était sa rivale. Il prononça le nom de Sabina en la regardant droit dans les yeux.

Un peu plus tard il rejoignit Sabina à l'aéroport. L'avion prenait de la hauteur et il se sentait de plus en plus léger. Il se disait qu'au bout de neuf mois il recommençait enfin à vivre dans la vérité.

8

Pour Sabina, ce fut comme si Franz avait forcé la porte de son intimité. C'était comme de voir dans l'embrasure la tête de Marie-Claude, la tête de Marie-Anne, la tête d'Alan le peintre et la tête du sculpteur qui se tenait toujours le doigt, la tête de tous les gens qu'elle connaissait à Genève. Elle allait devenir malgré elle la rivale d'une femme qui lui était tout à fait indifférente. Franz allait divorcer et elle prendrait place à son côté sur un grand lit conjugal. De près ou de loin, tout le monde regarderait ; il lui faudrait jouer la comédie devant tout le monde ; au lieu d'être Sabina, elle serait forcée d'interpréter le rôle de Sabina et de trouver la façon de le jouer. L'amour rendu public prendrait du poids et deviendrait un fardeau. Rien que d'y penser, elle ployait d'avance.

Ils dînaient dans un restaurant de Rome et buvaient du vin. Elle était taciturne.

« C'est vrai, tu n'es pas fâchée ? » demanda Franz.

Elle l'assura qu'elle n'était pas fâchée. Elle était encore en pleine confusion et ne savait s'il fallait ou non se réjouir. Elle songeait à leur rencontre dans le wagon-lit du train d'Amsterdam. Elle avait eu envie, ce soir-là, de se jeter à ses pieds, de le supplier de la garder auprès de lui, au besoin de force, et de ne plus jamais la laisser partir. Elle avait eu envie, ce soir-là, d'en finir une fois pour toutes avec ce dangereux voyage de trahison en trahison. Elle avait eu envie de s'arrêter.

À présent, elle tentait de se représenter le plus intensément possible son désir d'alors, de l'invoquer, de s'y appuyer. En vain. Le malaise était plus fort.

Ils regagnaient l'hôtel dans l'animation du soir. Autour d'eux, les Italiens pétaradaient, braillaient, gesticulaient, de sorte qu'ils pouvaient aller côte à côte et se taire sans entendre leur propre silence.

Ensuite, Sabina fit longuement sa toilette dans la salle de bains pendant que Franz l'attendait sous la couverture du large lit matrimonial. Comme toujours, une petite lampe était allumée.

En revenant de la salle de bains, elle tourna l'interrupteur. C'était la première fois qu'elle agissait ainsi. Franz aurait dû se méfier de ce geste. Il n'y fit pas attention, car pour lui la lumière n'avait aucune importance. Pendant l'amour, nous le savons, il gardait les yeux fermés.

C'est justement à cause de ces yeux fermés que Sabina éteignit la lampe. Elle ne voulait pas voir, même l'espace d'une seconde, ces paupières baissées. Les yeux, comme dit le proverbe, sont la fenêtre de l'âme. Le corps de Franz se débattant sur elle avec les yeux fermés, c'était pour elle un corps sans âme. Il ressemblait à un petit animal qui est encore aveugle et fait entendre des sons pitoyables parce qu'il a soif. Avec ses muscles magnifiques, Franz était dans le coït comme un chiot géant s'allaitant à ses seins. Et c'est vrai, il a un de ses mamelons dans la bouche, comme pour téter ! L'idée qu'en bas Franz est un homme adulte mais qu'en haut c'est un nouveau-né qui tète, donc qu'elle couche avec un nouveau-né, cette idée est pour elle à la limite de l'abject. Non, elle ne veut plus jamais le voir se débattre désespérément sur elle, jamais plus elle ne lui tendra son sein comme une chienne à son petit, c'est aujourd'hui la dernière fois, irrévocablement la dernière fois !

Évidemment, elle savait que sa résolution était le comble de l'injustice, que Franz était le meilleur de tous les hommes qu'elle avait jamais connus, qu'il était intelligent, qu'il comprenait ses tableaux, qu'il était bon, honnête, beau, mais plus elle s'en rendait compte, plus elle avait envie de violer cette intelligence, cette bonté d'âme, de violer cette force débile.

Elle l'aima, cette nuit-là, avec plus de fougue que jamais auparavant, excitée à l'idée que c'était la dernière fois. Elle l'aimait et elle était déjà ailleurs, loin d'ici. De nouveau, elle entendait sonner dans le lointain la trompette d'or de la trahison et se savait incapable de résister à cette voix. Il lui semblait que s'ouvrait devant elle un espace encore immense de liberté, et l'étendue de cet espace l'excitait. Elle aimait Franz follement, farouchement, comme elle ne l'avait jamais aimé.

Franz sanglotait sur son corps et il était sûr de tout comprendre : pendant le dîner, Sabina avait été silencieuse et ne lui avait rien dit de ce qu'elle pensait de sa décision, mais maintenant, elle lui répondait. Elle lui manifestait sa joie, sa passion, son consentement, son désir de vivre pour toujours avec lui.

Il lui semblait être un cavalier qui chevauche dans un vide superbe, un vide sans épouse, sans enfant, sans ménage, un vide superbe balayé par le balai d'Hercule, un vide superbe qu'il emplirait de son amour.

L'un sur l'autre, ils chevauchaient tous deux. Ils allaient tous deux vers des lointains qu'ils désiraient. Ils s'étourdissaient tous deux d'une trahison qui les délivrait. Franz chevauchait Sabina et trahissait sa femme, Sabina chevauchait Franz et trahissait Franz.

9

Pendant une vingtaine d'années, dans sa femme il avait vu sa mère, un être faible qu'il fallait protéger ; cette idée était trop profondément enracinée en lui pour qu'il pût s'en débarrasser en deux jours. Quand il rentra chez lui, il avait des remords : elle avait peut-être eu une crise après son départ, il allait peut-être la trouver accablée de tristesse. Il tourna timidement la clé dans la serrure et gagna sa chambre. Il prit soin de ne pas faire de bruit et tendit l'oreille : oui, elle était à la maison. Après quelques hésitations, il alla lui dire bonjour, comme il en avait l'habitude.

Elle leva les sourcils, feignant la surprise : « Tu es revenu ici ? »

Il eut envie de répondre (avec un étonnement sincère) : « Où voulais-tu que j'aille ? », mais il se tut.

Elle reprit : « Pour que tout soit clair entre nous, je ne vois pas d'inconvénients à ce que tu emménages chez elle immédiatement. »

Quand il lui avait tout avoué le jour de son départ, il n'avait pas de plan précis. Il était prêt à son retour à discuter tout amicalement avec elle afin de lui faire le moins de mal possible. Il n'avait pas prévu qu'elle insisterait avec une froide persévérance pour qu'il s'en allât.

Bien que cette attitude lui facilitât les choses, il était déçu.

Toute sa vie, il avait eu peur de la blesser et c'était uniquement pour cela qu'il s'était imposé la discipline volontaire d'une abêtissante monogamie. Voilà qu'il constatait au bout de vingt ans que ses égards avaient été tout à fait inutiles et qu'il s'était privé de femmes à cause d'un malentendu !

Après son cours de l'après-midi, il alla directement chez Sabina depuis l'université. Il comptait lui demander de le laisser passer la nuit chez elle. Il sonna, mais personne n'ouvrit. Il alla attendre au café d'en face, les yeux braqués sur l'entrée de l'immeuble.

Les heures passaient et il ne savait que faire. Toute sa vie, il avait dormi dans le même lit que Marie-Claude. S'il retournait chez lui maintenant, fallait-il s'étendre à côté d'elle comme avant ? Certes, il pourrait faire son lit sur le divan de la pièce voisine. Mais ne serait-ce pas un geste un peu trop ostentatoire ? Ne pourrait-elle y voir une manifestation d'hostilité ? Il voulait rester ami avec sa femme ! Mais aller dormir auprès d'elle, ce n'était pas possible non plus. Il entendait déjà ses questions ironiques : Comment ? Il ne préférait pas le lit de Sabina ? Il opta pour une chambre d'hôtel.

Le lendemain, il retourna sonner toute la journée à la porte de Sabina. Toujours en vain.

Le troisième jour, il alla trouver la concierge. Elle ne savait rien et le renvoya à la propriétaire qui louait l'atelier. Il lui téléphona et apprit que Sabina avait donné congé l'avant-veille en réglant le loyer des trois mois suivants, comme il était prévu dans le bail.

Pendant plusieurs jours, il essaya encore de surprendre Sabina chez elle, jusqu'à ce qu'il trouve l'appartement ouvert et à l'intérieur trois hommes en bleus qui enlevaient les meubles et les toiles pour les charger dans un grand camion de déménagement garé devant la maison.

Il leur demanda où ils allaient transporter les meubles.

Ils répondirent qu'il leur était formellement interdit de communiquer l'adresse.

Il s'apprêtait à leur glisser quelques billets pour qu'ils lui révèlent leur secret, mais soudain il n'en eut pas la force. Il était totalement paralysé de tristesse. Il ne comprenait rien, ne pouvait rien s'expliquer et savait seulement qu'il s'attendait à cet instant depuis qu'il avait fait la connaissance de Sabina. Il était arrivé ce qui devait arriver. Franz ne se défendait pas.

Il se trouva un petit appartement dans la vieille ville. Il passa à son ancien chez-lui, à un moment où il était certain de n'y trouver ni sa fille ni sa femme, pour prendre quelques vêtements et des livres indispensables. Il eut garde de ne rien emporter qui pût manquer à Marie-Claude.

Un jour il l'aperçut derrière la vitre d'un salon de thé. Elle était avec deux dames et une vive animation se lisait sur son visage où une mimique démesurée avait depuis longtemps gravé d'innombrables rides. Les dames l'écoutaient et n'arrêtaient pas de rire. Franz ne pouvait s'empêcher de penser qu'elle leur parlait de lui. Elle savait certainement que Sabina avait disparu de Genève au moment précis où il avait décidé d'aller vivre avec elle. C'était une histoire vraiment comique ! Il ne pouvait s'étonner d'être la risée des amies de sa femme.

Il regagna son nouveau logis d'où il entendait le carillon de la cathédrale Saint-Pierre. Ce jour-là, on lui avait livré une table d'un magasin. Il oublia Marie-Claude et ses amies. Et pour un instant il oublia aussi Sabina. Il s'assit à la table. Il se réjouissait de l'avoir choisie lui-même. Vingt années durant il avait vécu dans des meubles qu'il n'avait pas choisis. Marie-Claude organisait tout. Pour la première fois de sa vie il en avait fini d'être un petit garçon, et il était indépendant. Le lendemain, devait venir un menuisier auquel il allait commander une bibliothèque. Il avait passé plusieurs semaines à en dessiner la forme, les dimensions et l'emplacement.

Alors, d'un seul coup, étonné, il comprit qu'il n'était pas malheureux. La présence physique de Sabina comptait beaucoup moins qu'il ne le croyait. Ce qui comptait, c'était la trace dorée, la trace magique qu'elle avait imprimée dans sa vie et dont personne ne pourrait le priver. Encore avant de disparaître de son horizon, elle avait eu le temps de lui glisser dans la main le balai d'Hercule et il en avait balayé de son existence tout ce qu'il n'aimait pas. Ce bonheur inopiné, ce bien-être, cette joie que lui procuraient sa liberté et sa vie nouvelle, c'était un présent qu'elle lui avait laissé.

D'ailleurs, il avait toujours préféré l'irréel au réel. De même qu'il se sentait mieux dans les cortèges (qui, comme je l'ai dit, ne sont qu'un spectacle et qu'un rêve) que derrière la chaire où il faisait son cours à des étudiants, de même il était plus heureux avec Sabina métamorphosée en déesse invisible qu'il ne l'était avec Sabina quand il parcourait le monde avec elle et qu'il tremblait à chaque pas pour son amour. Elle lui avait fait présent de la soudaine liberté de l'homme qui vit seul, elle l'avait paré de l'aura de la séduction. Il devenait attirant pour les femmes ; une de ses étudiantes tomba amoureuse de lui.

Ainsi, brusquement, en un laps de temps incroyablement bref, tout le décor de sa vie changea. Tout récemment encore, il habitait un grand appartement bourgeois, avec une bonne, une fille et une épouse, et voilà qu'il se retrouve dans un studio de la vieille ville et que sa jeune amie passe presque toutes les nuits chez lui ! Ils n'ont pas besoin d'aller dans les hôtels du monde entier ; il peut faire l'amour avec elle dans son appartement à lui, sur son lit à lui, en présence de ses livres et de son cendrier posé sur la table de chevet.

Elle n'était ni laide ni belle, mais tellement plus jeune que lui ! Et elle admirait Franz, comme Franz, quelque temps plus tôt, admirait Sabina. Ce n'était pas désagréable. Et s'il pouvait peut-être considérer comme une petite déchéance le remplacement de Sabina par une étudiante à lunettes, sa bonté veillait à ce qu'il l'accueillît avec joie et éprouvât pour elle un amour paternel qu'il n'avait jamais pu satisfaire, Marie-Anne ne se comportant pas comme une fille mais comme une autre Marie-Claude.

Un jour, il alla voir sa femme et lui dit qu'il aurait voulu se remarier.

Marie-Claude fit non de la tête.

« Si on divorce, il n'y aura rien de changé. Tu ne perdras rien. Je te laisse tout !

— Pour moi, l'argent ne compte pas, dit-elle.

— Alors, qu'est-ce qui compte ?

— L'amour.

— L'amour ? » s'étonna Franz.

Marie-Claude souriait. « L'amour est un combat. Je me battrai longtemps. Jusqu'au bout.

— L'amour est un combat ? Je n'ai pas la moindre envie de me battre », dit Franz, et il sortit.

10

Après quatre ans passés à Genève, Sabina habitait Paris et ne parvenait pas à se remettre de sa mélancolie. Si on lui avait demandé ce qui lui était arrivé, elle n'aurait pas trouvé de mots pour le dire.

Le drame d'une vie peut toujours être exprimé par la métaphore de la pesanteur. On dit qu'un fardeau nous est tombé sur les épaules. On porte ce fardeau, on le supporte ou on ne le supporte pas, on lutte avec lui, on perd ou on gagne. Mais au juste, qu'était-il arrivé à Sabina ? Rien. Elle avait quitté un homme parce qu'elle voulait le quitter. L'avait-il poursuivie après cela ? Avait-il cherché à se venger ? Non. Son drame n'était pas le drame de la pesanteur, mais de la légèreté. Ce qui s'était abattu sur elle, ce n'était pas un fardeau, mais l'insoutenable légèreté de l'être.

Jusqu'ici, les instants de trahison l'exaltaient et l'emplissaient de joie à l'idée qu'une nouvelle route s'ouvrait devant elle et, au bout, encore une autre aventure de trahison. Mais qu'allait-il se passer, si le voyage se terminait ? On peut trahir des parents, un époux, un amour, une patrie, mais que restera-t-il à trahir quand il n'y aura plus ni parents, ni mari, ni amour, ni patrie ?

Sabina sentait le vide autour d'elle. Et si ce vide était précisément le but de toutes ses trahisons ?

Jusqu'ici, elle n'en avait évidemment pas conscience, et c'est compréhensible : le but que l'on poursuit est toujours voilé. Une jeune fille qui a envie de se marier a envie d'une chose qui lui est tout à fait inconnue. Le jeune homme qui court après la gloire n'a aucune idée de ce qu'est la gloire. Ce qui donne un sens à notre conduite nous est toujours totalement inconnu. Sabina aussi ignore quel but se cache derrière son désir de trahir. L'insoutenable légèreté de l'être, est-ce cela le but ? Depuis son départ de Genève, elle s'en est beaucoup rapprochée.

Elle était à Paris depuis trois ans quand elle reçut une lettre de Bohême. Une lettre du fils de Tomas. Il avait entendu parler d'elle, s'était procuré son adresse et décida de lui écrire parce qu'elle était « l'amie la plus proche » de son père. Il lui annonçait la mort de Tomas et de Tereza. D'après ce qu'il disait dans sa lettre, ils avaient vécu ces dernières années dans un village où Tomas travaillait comme chauffeur de camion. Ils allaient souvent ensemble à la ville voisine où ils passaient toujours la nuit dans un petit hôtel. La route traversait des collines, tournait beaucoup, et le camion était tombé dans un ravin. On avait retrouvé les corps tout écrasés. La police avait constaté que les freins étaient en très mauvais état.

Elle n'arrivait pas à se remettre de cette nouvelle. Le dernier lien qui la rattachait au passé était rompu.

Selon son ancienne habitude, elle tenta de se calmer en faisant un tour dans un cimetière. Le plus proche était le cimetière Montparnasse. Il se composait de frêles logis de pierre, de chapelles miniatures érigées près des tombes. Sabina ne comprenait pas pourquoi des morts souhaitent avoir au-dessus d'eux ces imitations de palais. Ce cimetière, c'était la vanité faite pierre. Loin d'être plus raisonnables après la mort, les habitants du cimetière étaient encore plus hurluberlus que de leur vivant. Ils étalaient leur importance sur les monuments. Ce n'étaient pas des pères, des frères, des fils ou des grand-mères qui reposaient ici, mais des notables et des fonctionnaires de l'administration, des gens chargés de titres et d'honneurs ; même un employé des postes offrait ici à l'admiration publique son rang, son grade, sa position sociale — sa dignité.

En marchant dans une allée du cimetière, elle s'aperçut qu'il y avait un enterrement un peu plus loin. Le maître des cérémonies avait des fleurs plein les bras et les distribuait aux proches et aux amis : une à chacun. Il en tendit une à Sabina. Elle se joignit au cortège. Il fallait contourner plusieurs monuments pour parvenir à la fosse libérée de la pierre tombale. Elle se pencha. La fosse était très profonde. Elle lâcha la fleur. La fleur décrivit de courtes spirales et heurta le cercueil. Il n'y a pas de tombes aussi profondes en Bohême. À Paris les tombes sont aussi profondes que sont hautes les maisons. Ses yeux se posèrent sur la pierre qui attendait à l'écart à côté de la fosse. Cette pierre l'emplit d'effroi et elle rentra bien vite chez elle.

Toute la journée, elle pensa à cette pierre. Pourquoi l'avait-elle effrayée à ce point ?

Elle se fit cette réponse : si une tombe est fermée avec une pierre, le mort ne peut plus jamais en sortir.

Mais, de toute façon, le mort ne sortira pas de sa tombe ! Alors, est-ce que ça ne revient pas au même, qu'il gise sous la terre glaise ou sous une pierre !

Non, ça ne revient pas au même : si la tombe est fermée avec une pierre, c'est qu'on ne veut pas que le mort revienne. La lourde pierre lui dit : « Reste où tu es ! »

Sabina se souvient de la tombe de son père. Au-dessus du cercueil il y a de l'argile, sur l'argile poussent des fleurs, un érable étend ses racines vers le cercueil, et l'on peut se dire que le mort sort de sa tombe par ces racines et ces fleurs. Si son père avait été recouvert d'une pierre, jamais elle n'aurait pu lui parler après sa mort, jamais elle n'aurait pu entendre dans le feuillage de l'arbre sa voix qui lui pardonnait.

À quoi peut ressembler le cimetière où reposent Tereza et Tomas ?

Une fois de plus, elle pensait à eux. Ils allaient parfois à la ville voisine et restaient à l'hôtel pour la nuit. Ce passage de la lettre l'avait frappée. Il attestait qu'ils étaient heureux. Elle revoyait Tomas comme si c'était une de ses toiles : au premier plan, Don Juan comme un faux décor peint de la main d'un peintre naïf ; par une fente du décor on apercevait Tristan. Il était mort en Tristan, pas en don Juan. Les parents de Sabina étaient morts dans la même semaine. Tomas et Tereza dans la même seconde. Tout à coup, elle eut envie d'être avec Franz.

Quand elle lui avait parlé de ses promenades dans les cimetières, il avait eu un haut-le-cœur et il avait comparé les cimetières à une décharge d'os et de pierraille. Ce jour-là, un abîme d'incompréhension s'était ouvert entre eux. Aujourd'hui seulement, au cimetière Montparnasse, elle vient de comprendre ce qu'il voulait dire. Elle regrette d'avoir été impatiente. S'ils étaient restés ensemble plus longtemps, peut-être auraient-ils commencé à comprendre peu à peu les mots qu'ils prononçaient. Leurs vocabulaires se seraient pudiquement et lentement rapprochés comme des amants très timides, et leur musique à tous deux aurait commencé à se fondre dans la musique de l'autre. Mais il est trop tard.

Oui, il est trop tard et Sabina sait qu'elle ne restera pas à Paris, qu'elle ira plus loin, encore plus loin parce que, si elle mourait ici, elle serait enfermée sous une pierre, et pour une femme qui ne connaît pas de répit c'est une idée insupportable d'être à jamais arrêtée dans sa course.

11

Tous les amis de Franz savaient ce qui se passait avec Marie-Claude, et tous savaient ce qui se passait avec son étudiante aux grandes lunettes. Seule l'histoire de Sabina n'était connue de personne. Franz avait tort de croire que Marie-Claude parlait d'elle à ses amies. Sabina était belle et Marie-Claude n'aurait pas voulu qu'on comparât leurs deux visages.

Par peur d'être découvert, il ne lui avait jamais demandé ni tableau ni dessin, pas même sa photo d'identité. Elle avait donc disparu de son existence sans laisser de traces. Il avait passé avec elle la plus belle année de sa vie, mais il n'en subsistait aucune preuve tangible.

Il n'en avait que plus de plaisir à lui rester fidèle.

Quand ils se retrouvent seuls dans leur chambre, sa jeune amie lève quelquefois la tête de son livre et pose sur lui un regard interrogateur : « À quoi penses-tu ? »

Franz est assis dans un fauteuil, les yeux rivés au plafond. Quoi qu'il réponde, il pense certainement à Sabina.

Quand il publie une étude dans une revue scientifique, son étudiante est sa première lectrice et veut en discuter avec lui. Mais lui, il pense à ce que dirait Sabina de ce texte. Tout ce qu'il fait, il le fait pour Sabina et d'une façon qui plairait à Sabina.

C'est une infidélité très innocente, taillée sur mesure pour Franz qui ne pourrait jamais faire de mal à son étudiante à lunettes. S'il entretient le culte de Sabina, c'est moins de l'amour qu'une religion.

D'ailleurs, il découle de la théologie de cette religion que sa jeune amante lui a été envoyée par Sabina. Entre son amour terrestre et son amour supraterrestre il règne donc une parfaite concorde, et si l'amour supraterrestre contient nécessairement (du seul fait qu'il est supraterrestre) une forte part d'inexplicable et d'inintelligible (souvenons-nous du lexique de mots incompris, de cette longue liste de malentendus !), son amour terrestre repose sur une véritable compréhension.

L'étudiante est beaucoup plus jeune que Sabina, la partition musicale de sa vie est à peine ébauchée et elle y insère avec gratitude les motifs qu'elle a empruntés à Franz. La Grande Marche de Franz est aussi un article de sa foi. Pour elle, comme pour lui, la musique est ivresse dionysiaque. Ils vont souvent danser. Ils vivent dans la vérité, rien de ce qu'ils font n'est secret pour personne. Ils recherchent la compagnie des amis, des collègues, des étudiants et des inconnus, ils s'attablent, boivent et bavardent volontiers avec eux. Ils partent souvent ensemble en excursion dans les Alpes. Franz se penche en avant, la jeune fille lui saute sur le dos et il l'emporte au galop à travers les prairies, déclamant d'une voix forte un long poème allemand que sa mère lui a appris quand il était enfant. La petite rit aux éclats, le tient par le cou et admire ses jarrets, ses épaules et ses poumons.

La seule chose dont le sens lui échappe, c'est cette singulière sympathie que Franz nourrit pour tous les pays qui subissent le joug de la Russie. Le jour anniversaire de l'invasion, une association tchèque de Genève organise une cérémonie commémorative. Il y a très peu de monde dans la salle. L'orateur a des cheveux gris frisés au fer par le coiffeur. Il lit un long discours et réussit à ennuyer cette poignée d'enthousiastes qui sont venus ici pour l'écouter. Il parle français sans faute mais avec un terrible accent. De temps à autre, pour souligner sa pensée, il pointe son index, comme pour menacer les gens assis dans la salle.

L'étudiante aux lunettes est assise à côté de Franz et réprime un bâillement. Mais Franz sourit d'un air béat. Il a les yeux fixés sur le type aux cheveux gris qu'il trouve sympathique avec ce surprenant index. Il se dit que cet homme est un messager secret, un ange qui maintient la communication entre lui et sa déesse. Il ferme les yeux et il rêve. Il ferme les yeux comme il les a fermés sur le corps de Sabina dans quinze hôtels d'Europe et dans un hôtel d'Amérique.

Quatrième partie

L'ÂME ET LE CORPS

I

Tereza rentra vers une heure et demie du matin, alla à la salle de bains, enfila un pyjama et s'allongea à côté de Tomas. Il dormait. Penchée sur son visage, au moment d'y poser les lèvres, elle trouva à ses cheveux une odeur bizarre. Longuement, elle y plongea les narines. Elle le reniflait comme un chien et finit par comprendre : c'était une odeur féminine, l'odeur d'un sexe.

À six heures, le réveil sonna. C'était le moment de Karénine. Il se réveillait toujours bien avant eux, mais n'osait pas les déranger. Il attendait impatiemment la sonnerie du réveil qui lui donnait le droit de bondir sur le lit, de piétiner leurs corps et de leur donner des coups de museau. Au début, ils avaient essayé de l'en empêcher et de le chasser du lit, mais le chien était plus têtu que ses maîtres et avait fini par imposer ses droits. D'ailleurs, Tereza constatait depuis quelque temps qu'il n'était pas désagréable d'entrer dans la journée à l'invitation de Karénine. Pour lui, l'instant du réveil était pur bonheur : il s'étonnait naïvement et bêtement d'être encore de ce monde et s'en réjouissait sincèrement. En revanche, Tereza s'éveillait à contrecœur, avec le désir de prolonger la nuit et de ne pas rouvrir les yeux.

Maintenant, Karénine attendait dans l'entrée, les yeux levés vers le portemanteau où étaient accrochés son collier et sa laisse. Tereza lui passa son collier et ils allèrent faire les courses. Elle acheta du lait, du pain, du beurre et, comme toujours, un croissant pour lui. Sur le chemin du retour, Karénine trottait à côté d'elle, le croissant dans sa gueule. Il regardait fièrement autour de lui, ravi sans doute de se faire remarquer et d'être montré du doigt.

À la maison, il resta à l'affût sur le seuil de la chambre avec le croissant dans la gueule, attendant que Tomas s'aperçoive de sa présence, s'accroupisse, commence à gronder et feigne de le lui arracher. Cette scène se répétait jour après jour : ils passaient cinq bonnes minutes à se poursuivre à travers l'appartement jusqu'à ce que Karénine se réfugie sous la table et dévore bien vite son croissant.

Mais cette fois-là il attendit en vain la cérémonie matinale. Un transistor était posé sur la table et Tomas écoutait.

2

La radio diffusait un programme sur l'émigration tchèque. C'était un montage de conversations privées écoutées clandestinement et enregistrées par un espion qui s'était infiltré parmi les émigrants pour rentrer ensuite en fanfare au pays. Il s'agissait de bavardages insignifiants entrecoupés de temps à autre de mots crus sur le régime d'occupation, mais aussi de phrases où des émigrants se traitaient mutuellement de crétins et d'imposteurs. L'émission insistait surtout sur ces passages-là : il fallait en effet prouver non seulement que ces gens-là parlent mal de l'Union soviétique (ce qui n'indignait personne en Bohême), mais qu'ils se calomnient mutuellement sans hésiter à se traiter de noms d'oiseaux. Chose curieuse, on dit des grossièretés du matin au soir, mais pour peu qu'on entende à la radio un type connu et respecté ponctuer ses phrases d'« *y me font chier* », on est un peu déçu malgré soi.

« Ça, ça a commencé avec Prochazka ! » dit Tomas sans cesser d'écouter.

Jan Prochazka était un romancier tchèque quadragénaire, d'une vitalité de taureau, qui, bien avant 1968, s'était mis à critiquer tout haut la situation dans le pays. C'était l'un des hommes les plus populaires du Printemps de Prague, cette vertigineuse libéralisation du communisme qui s'est terminée par l'invasion russe. Peu après l'invasion, toute la presse sonnait l'hallali, mais plus il était traqué, plus les gens l'aimaient. La radio (on était en 1970) avait donc commencé à diffuser en feuilleton des conversations privées que Prochazka avait eues deux ans plus tôt (donc au printemps 1968) avec un professeur d'université. Aucun des deux hommes ne soupçonnait qu'un système d'écoute était dissimulé dans l'appartement du professeur et que le moindre de leurs gestes était épié depuis longtemps ! Prochazka amusait toujours ses amis avec ses hyperboles et ses outrances. Et voici qu'on pouvait entendre ces incongruités dans une série d'émissions radiodiffusées. La police secrète, qui avait découpé le programme, avait pris soin de souligner un passage où le romancier se moquait de ses amis, par exemple de Dubcek. Bien que les gens ne ratent pas une occasion de calomnier leurs amis, curieusement, leur Prochazka adoré les indignait plus que la police secrète haïe !

Tomas éteignit la radio et dit : « Il y a une police secrète dans tous les pays du monde. Mais il n'y a que chez nous qu'elle diffuse ses enregistrements à la radio ! C'est inouï !

— Pas tant que ça ! dit Tereza. Quand j'avais quatorze ans, je tenais un journal intime. J'avais peur que quelqu'un ne le lise. Je le cachais au grenier. Maman a fini par le dénicher. Un jour, au déjeuner, pendant qu'on mangeait la soupe, elle l'a sorti de sa poche et elle a dit : "Écoutez bien, tous !", et elle s'est mise à le lire tout haut en se tordant de rire à chaque phrase. Toute la famille s'esclaffait et en oubliait de manger. »

3

Il voulait toujours la persuader de le laisser prendre seul son petit déjeuner et de rester couchée. Mais elle ne voulait rien entendre. Tomas travaillait de sept heures à quatre heures, et elle de quatre heures à minuit. Si elle n'avait pas pris son petit déjeuner avec lui, ils n'auraient pu se parler que le dimanche. Elle se levait donc en même temps que lui et, après son départ, elle se recouchait et faisait un somme.

Mais ce jour-là, elle avait peur de se rendormir parce qu'elle voulait aller à dix heures au sauna des bains de l'île de Sophie. Il y avait beaucoup d'amateurs, peu de places et l'on ne pouvait entrer que par piston. Heureusement, la caissière était la femme d'un professeur exclu de l'université. Le professeur était l'ami d'un ancien malade de Tomas. Tomas avait parlé au malade, le malade avait parlé au professeur, le professeur à sa femme et Tereza avait sa place réservée une fois par semaine.

Elle alla à pied. Elle exécrait les trams perpétuellement bondés où les gens se serraient dans une étreinte rancunière, se marchaient sur les pieds, s'arrachaient les boutons de leurs manteaux et s'injuriaient.

Il bruinait. Les gens se pressaient, levaient au-dessus des têtes leurs parapluies ouverts et, soudain, sur les trottoirs, c'était la bousculade. Les voûtes des parapluies s'entrechoquaient. Les hommes étaient courtois et, en passant près de Tereza, ils levaient très haut leur parapluie pour lui faire place. Mais les femmes ne s'écartaient pas d'un pouce. Elles regardaient devant elles, le visage dur, chacune attendant que l'autre s'avoue plus faible et capitule. La rencontre des parapluies était une épreuve de force. Au début, Tereza s'écartait, mais quand elle comprit que sa courtoisie n'était jamais payée de retour, elle serra plus fermement son parapluie, comme les autres. À plusieurs reprises, son pépin heurta violemment un pépin qui venait en face, mais aucune femme ne disait jamais pardon. D'habitude, tout se passait en silence ; deux ou trois fois, elle entendit : « Salope ! » ou « Merde ! ».

Parmi les femmes armées de parapluies, il y en avait de jeunes et de plus âgées, mais les jeunes étaient parmi les combattantes les plus intrépides. Tereza se rappelait les journées de l'invasion. Des jeunes filles en minijupe passaient et repassaient, arborant le drapeau national au bout d'une perche. C'était un attentat sexuel contre les soldats russes astreints à plusieurs années de chasteté. À Prague, ils devaient se croire sur une planète inventée par un auteur de science-fiction, planète peuplée de femmes incroyablement élégantes qui exhibaient leur mépris, juchées sur de longues jambes galbées comme la Russie tout entière n'en avait pas vu depuis cinq ou six siècles.

Pendant ces journées, elle avait pris d'innombrables photos de ces jeunes femmes sur fond de chars. Comme elle les admirait alors ! Et c'était exactement les mêmes femmes qu'elle voyait aujourd'hui s'avancer à sa rencontre, hargneuses et méchantes. En guise de drapeau, elles tenaient un parapluie, mais elles le tenaient avec la même fierté. Elles étaient prêtes à affronter avec le même acharnement une armée étrangère et le parapluie qui refusait de céder le passage.

4

Elle arriva place de la Vieille-Ville où se dresse l'austère cathédrale de Tyn et les maisons baroques rangées en quadrilatère irrégulier. L'ancien hôtel de ville du XIVe siècle, qui occupait jadis tout un côté de la place, est en ruine depuis vingt-sept ans. Varsovie, Dresde, Cologne, Budapest, Berlin ont été affreusement mutilés par la dernière guerre, mais leurs habitants les ont reconstruits, et ils ont eu généralement à cœur de restaurer les quartiers historiques avec le plus grand soin. Aux Praguois, ces villes donnaient des complexes d'infériorité. Chez eux, le seul bâtiment historique que la guerre ait détruit, c'est cet ancien hôtel de ville. Ils ont décidé d'en conserver à jamais les décombres de peur que le premier Polonais ou le premier Allemand venu ne leur reproche de n'avoir pas assez souffert. Devant ces illustres gravats qui doivent être pour l'éternité la mise en accusation de la guerre, une tribune faite de barres métalliques se dressait pour la manifestation à laquelle le parti communiste a mené hier ou mènera demain le peuple de Prague.

Tereza regardait l'hôtel de ville détruit et ce spectacle lui rappelait soudain sa mère : ce besoin pervers d'exposer ses ruines, de se vanter de sa laideur, d'arborer sa misère, de dénuder le moignon de sa main amputée et de contraindre le monde entier à le regarder. Tout, ces derniers temps, lui rappelait sa mère, comme si l'univers maternel auquel elle avait échappé une dizaine d'années plus tôt l'avait rejointe et l'encerclait de toutes parts. C'était pour cela qu'au petit déjeuner elle avait raconté que sa mère lisait son journal intime à la famille pouffant de rire. Quand une conversation d'amis devant un verre de vin est diffusée publiquement à la radio, ce ne peut vouloir dire qu'une chose : que le monde est changé en camp de concentration.

Tereza utilisait ce mot presque depuis son enfance pour exprimer l'idée qu'elle se faisait de la vie dans sa famille. Le camp de concentration, c'est un monde où l'on vit perpétuellement les uns sur les autres, jour et nuit. Les cruautés et les violences n'en sont qu'un aspect secondaire (et nullement nécessaire). Le camp de concentration, c'est l'entière liquidation de la vie privée. Prochazka, qui n'était même pas à l'abri chez lui quand il discutait devant un verre avec un ami, vivait (sans s'en douter, ce fut son erreur fatale !) dans un camp de concentration. Tereza avait vécu dans un camp de concentration quand elle habitait chez sa mère. Depuis, elle savait que le camp de concentration n'est rien d'exceptionnel, rien qui doive nous surprendre, mais quelque chose de donné, de fondamental, quelque chose où l'on vient au monde et d'où l'on ne peut s'évader qu'avec une extrême tension de toutes ses forces.

5

Sur trois bancs disposés en gradins, les femmes étaient assises, serrées l'une contre l'autre à se toucher. Une femme dans la trentaine, au très joli visage, transpirait à côté de Tereza. Sous ses épaules pendaient deux seins incroyablement volumineux qui se balançaient au moindre de ses mouvements. Quand elle se leva, Tereza s'aperçut que son postérieur aussi ressemblait à deux énormes musettes et qu'il n'avait rien de commun avec le visage.

Peut-être cette femme, elle aussi, passe-t-elle de longs moments devant la glace pour regarder son corps et tenter d'y apercevoir son âme en transparence comme Tereza s'y essaie depuis l'enfance. Certainement, autrefois, elle aussi a cru bêtement que son corps pouvait servir de blason à son âme. Mais combien monstrueuse doit être cette âme si elle ressemble à ce portemanteau avec quatre sacoches ?

Tereza se leva pour passer sous la douche. Puis elle alla prendre l'air. Il bruinait toujours. Elle était sur un ponton jeté sur quelques mètres carrés de la Vltava entre de hauts panneaux en planches qui protégeaient les dames des regards de la ville. En baissant la tête, elle aperçut au-dessus de la surface de l'eau le visage de la femme à laquelle elle venait de penser.

La femme lui souriait. Elle avait le nez fin, de grands yeux marron et le regard enfantin.

Elle remontait l'échelle et, sous le tendre visage, reparurent deux musettes qui ballottaient et projetaient alentour des gouttelettes d'eau froide.

6

Elle alla s'habiller. Elle était devant un grand miroir.

Non, son corps n'avait rien de monstrueux. Elle n'avait pas de sacoches sous les épaules mais des seins plutôt menus. Sa mère se moquait d'elle parce qu'ils n'étaient pas assez gros, pas comme ils doivent être, ce qui lui avait donné des complexes dont seul Tomas avait fini par la débarrasser. À présent, elle pouvait accepter leurs dimensions, mais elle leur reprochait leurs aréoles trop larges et trop foncées autour des mamelons. Si elle avait pu tracer elle-même l'épure de son corps, elle aurait des tétins discrets, délicats, saillant à peine de la voûte du sein et d'une teinte à peine discernable du reste de la peau. Cette grande cible rouge foncé lui semblait l'ouvrage d'un peintre paysan qui aurait confectionné des images obscènes pour nécessiteux.

Elle s'examinait et se demandait ce qui arriverait si son nez s'allongeait d'un millimètre par jour. Au bout de combien de temps son visage serait-il méconnaissable ?

Et si chaque partie de son corps se mettait à grandir et à rapetisser au point de lui faire perdre toute ressemblance avec Tereza, serait-elle encore elle-même, y aurait-il encore une Tereza ?

Bien sûr. Même à supposer que Tereza ne ressemble plus du tout à Tereza, au-dedans son âme serait toujours la même et ne pourrait qu'observer avec effroi ce qui arrive à son corps.

Mais alors, quel rapport y a-t-il entre Tereza et son corps ? Son corps a-t-il un droit quelconque au nom de Tereza ? Et s'il n'a pas ce droit, à quoi se rapporte ce nom ? Rien qu'à une chose incorporelle, immatérielle.

(Ce sont toujours les mêmes questions qui passent par la tête de Tereza depuis l'enfance. Car les questions vraiment graves ne sont que celles que peut formuler un enfant. Seules les questions les plus naïves sont vraiment de graves questions. Ce sont les interrogations auxquelles il n'est pas de réponse. Une question à laquelle il n'est pas de réponse est une barrière au-delà de laquelle il n'y a plus de chemins. Autrement dit : ce sont précisément les questions auxquelles il n'est pas de réponse qui marquent les limites des possibilités humaines et qui tracent les frontières de notre existence.)

Tereza est immobile, envoûtée devant le miroir, et regarde son corps comme s'il lui était étranger ; étranger, et pourtant assigné à personne d'autre qu'elle. Il lui répugne. Il n'a pas eu la force de devenir pour Tomas le corps unique de sa vie. Ce corps l'a déçue, l'a trahie. Toute une nuit, elle a été contrainte à respirer dans les cheveux de Tomas l'odeur intime d'une autre.

Elle a soudain envie de renvoyer ce corps comme une bonne. De ne plus être avec Tomas qu'une âme et de chasser le corps au loin pour qu'il se comporte comme les autres corps féminins se comportent avec les corps mâles ! Puisque son corps n'a pas su devenir le corps unique pour Tomas et qu'il a ainsi perdu la plus grande bataille de la vie de Tereza, eh bien ! qu'il s'en aille, ce corps !

7

Elle rentra à la maison, déjeuna sans appétit debout dans la cuisine. À trois heures et demie, elle mit sa laisse à Karénine et gagna avec lui (toujours à pied) l'hôtel où elle travaillait dans un quartier périphérique. Quand on l'avait congédiée du magazine, elle avait trouvé une place de barmaid. Ça s'était passé quelques mois après son retour de Zurich ; finalement on ne lui avait pas pardonné d'avoir photographié les chars russes sept jours durant. Elle avait obtenu cette place grâce à des amis : des gens qui avaient perdu leur travail à peu près au même moment qu'elle y avaient aussi trouvé refuge. À la comptabilité il y avait un ancien professeur de théologie, à la réception un ancien ambassadeur.

Elle avait de nouveau peur pour ses jambes. Autrefois, quand elle travaillait en province comme serveuse, elle observait avec effroi les mollets de ses collègues, qui étaient couverts de varices. C'était la maladie de toutes les filles de salle, qui passaient leur vie à marcher, à courir, ou debout, les bras lourdement chargés. Le travail était quand même moins pénible qu'autrefois en province. Avant de commencer son service, il lui fallait porter de lourdes caisses de bouteilles de bière et d'eau minérale, mais le reste du temps elle se tenait derrière le comptoir, versait des alcools aux clients et, dans l'intervalle, rinçait les verres dans un petit évier installé à l'extrémité du bar. Karénine restait patiemment couché à ses pieds pendant tout son service.

Il était minuit passé quand elle termina ses comptes et remit l'argent au directeur de l'hôtel. Ensuite elle alla dire au revoir à l'ambassadeur qui était de service de nuit. Derrière le long comptoir de la réception, une porte donnait sur une alcôve où il était possible de faire un somme sur une étroite couchette. Au-dessus, il y avait des photographies encadrées : on le voyait toujours avec des gens qui souriaient à l'objectif ou lui serraient la main, ou qui étaient assis à ses côtés et signaient quelque chose. Sur une photographie bien en évidence, on reconnaissait près de son visage le visage souriant de John F. Kennedy.

Ce n'était pas avec le Président des États-Unis qu'il discutait ce soir-là, mais avec un sexagénaire inconnu qui se tut en voyant Tereza.

« C'est une amie, dit l'ambassadeur. Tu peux parler tranquillement. » Puis, se tournant vers Tereza : « Son fils vient d'être condamné à cinq ans, pas plus tard qu'aujourd'hui. »

Elle apprit que, dans les premiers jours de l'invasion, le fils du sexagénaire surveillait avec des amis l'entrée d'un immeuble où était installée une section spéciale de l'armée russe. Les Tchèques qui sortaient de là, cela ne faisait pour lui aucun doute, étaient des indicateurs au service des Russes. Il les suivait avec ses copains, repérait le numéro minéralogique de leurs voitures et les signalait aux journalistes d'un émetteur tchèque clandestin qui avertissait la population. Il en avait rossé un avec l'aide de ses amis.

Le sexagénaire disait : « Cette photo est la seule preuve matérielle. Il a tout nié, jusqu'au moment où on lui a présenté ça. »

Il sortit une coupure de presse de sa poche de poitrine : « Ça a paru dans le *Times* à l'automne 1968. »

Sur la photo on voyait un jeune homme qui tenait un type à la gorge. Autour, des gens regardaient. Au-dessous de la photo on pouvait lire : Le châtiment d'un collabo.

Tereza se sentit soulagée. Non, ce n'était pas elle qui avait pris cette photo.

Elle rentra chez elle avec Karénine en traversant les rues noires de Prague. Elle pensait à ces journées où elle avait photographié des tanks. Ce qu'ils avaient été naïfs, tous ! Ils croyaient risquer leur vie pour la patrie, et au lieu de ça ils travaillaient à leur insu pour la police russe.

Elle arriva chez elle à une heure et demie. Tomas dormait déjà. Dans ses cheveux, il y avait une odeur féminine, une odeur de sexe.

8

Qu'est-ce que la coquetterie ? On pourrait dire que c'est un comportement qui doit suggérer que le rapprochement sexuel est possible, sans que cette éventualité puisse être perçue comme une certitude. Autrement dit : la coquetterie est une promesse non garantie de coït.

Tereza est debout derrière le comptoir du bar et les clients auxquels elle sert des alcools lui font des avances. Trouve-t-elle déplaisant cet assaut continuel de compliments, de sous-entendus, d'histoires grivoises, d'invites, de sourires et de regards ? Pas du tout. Elle éprouve un insurmontable désir d'offrir son corps (ce corps étranger qu'elle voudrait chasser au loin), de l'offrir à ce ressac.

Tomas essaie sans cesse de la persuader que l'amour et l'acte d'amour sont deux mondes différents. Elle refusait de l'admettre. À présent, elle est entourée d'hommes quine lui inspirent pas la moindre sympathie. Quel effet ça lui ferait de coucher avec eux ? Elle a envie d'essayer, du moins sous la forme de cette promesse non garantie qu'est la coquetterie.

Qu'on ne s'y trompe pas : elle ne cherche pas à se venger de Tomas. Elle cherche une issue pour sortir du labyrinthe. Elle sait qu'elle lui pèse : elle prend les choses trop au sérieux, elle tourne tout au tragique, elle ne parvient pas à comprendre la légèreté et la joyeuse futilité de l'amour physique. Elle voudrait apprendre la légèreté ! Elle voudrait qu'on lui apprenne à ne plus être anachronique !

Si pour d'autres femmes la coquetterie est une seconde nature, une routine insignifiante, c'est désormais pour elle le champ d'une importante investigation qui doit lui faire découvrir ce dont elle est capable. Mais d'être si importante, si grave, sa coquetterie a perdu toute légèreté, elle est forcée, voulue, excessive. L'équilibre entre la promesse et l'absence de garantie (en quoi réside précisément l'authentique virtuosité de la coquetterie !) en est rompu. Elle est trop prompte à promettre sans montrer assez clairement que sa promesse ne l'engage à rien. Autrement dit, tout le monde la croit extraordinairement facile. Et ensuite, quand les hommes réclament l'accomplissement de ce qui leur a paru promis, ils butent sur une résistance soudaine qu'ils ne peuvent s'expliquer que par la cruauté raffinée de Tereza.

9

Un adolescent d'à peu près seize ans vint s'asseoir au bar sur un tabouret inoccupé. Il prononça quelques phrases provocantes qui s'incrustaient dans la conversation comme s'incruste dans un dessin le faux trait qu'on ne peut ni continuer ni gommer.

« Vous avez de jolies jambes », dit-il.

Elle se rebiffa : « Comme si on les voyait à travers le bois du comptoir !

— Je vous connais. Je vous vois dans la rue », expliqua le jeune homme.

Mais Tereza s'était éloignée et s'occupait d'autres clients. Il commanda un cognac. Elle refusa.

« Je viens d'avoir dix-huit ans, protestait l'adolescent.

— Alors, montrez-moi votre carte d'identité !

— Pas question, répliqua l'adolescent.

— Très bien ! Prenez une limonade ! »

Sans mot dire, l'adolescent se leva de son tabouret et sortit. Au bout d'une demi-heure environ, il revint et retourna s'asseoir au bar. Il faisait de grands gestes et son haleine puait l'alcool à trois mètres.

« Une limonade !

— Vous êtes ivre ! » dit-elle.

L'adolescent montra un écriteau accroché au mur derrière Tereza : *Il est expressément interdit de servir des boissons alcoolisées aux mineurs de moins de dix-huit ans.*

« Il vous est interdit de me servir de l'alcool, dit-il, désignant Tereza d'un grand geste de la main, mais il n'est écrit nulle part que je n'ai pas le droit d'être soûl.

— Où vous êtes-vous arrangé comme ça ? demanda Tereza.

— Au bistrot d'en face ! » Il partit d'un gros rire et, de nouveau, il exigea une limonade.

« Alors, pourquoi n'y êtes-vous pas resté ?

— Parce que je veux vous regarder, dit l'adolescent. Je vous aime. »

En disant cela, il avait le visage étrangement crispé. Elle ne comprenait pas : se payait-il sa tête ? lui faisait-il des avances ? était-ce une blague ? ou simplement, il était ivre et ne savait pas ce qu'il disait ?

Elle posa une limonade devant lui et s'occupa d'autres clients. Les mots « Je vous aime ! » semblaient avoir épuisé les forces de l'adolescent. Il ne dit plus rien, posa sans bruit la monnaie sur le comptoir et s'esquiva sans que Tereza s'en aperçût.

Mais à peine était-il sorti qu'un petit chauve qui en était à sa troisième vodka prit la parole. « Madame, vous savez que vous n'avez pas le droit de servir de l'alcool à des mineurs.

— Mais je ne lui ai pas servi d'alcool ! Il a pris une limonade !

— J'ai très bien vu ce que vous lui versiez dans sa limonade !

— Qu'est-ce que vous inventez ! s'écria Tereza.

— Encore une vodka », commanda le chauve et il ajouta : « Ça fait un bout de temps que je vous ai à l'œil.

— Eh bien ! estimez-vous heureux de pouvoir regarder une belle femme, et fermez-la ! » intervint un grand type qui s'était approché du comptoir et avait observé toute la scène.

« Vous, ne vous mêlez pas de ça ! Ça ne vous concerne pas ! cria le chauve.

— Et pouvez-vous m'expliquer en quoi ça vous concerne, vous ? » demanda le grand type.

Tereza servit au chauve la vodka qu'il avait commandée. Il la but d'un trait, paya et sortit.

« Je vous remercie, dit Tereza au grand type.

— Il n'y a pas de quoi », dit le grand type, et il sortit à son tour.

10

Quelques jours plus tard, il reparut au bar. En le voyant, elle lui sourit comme à un ami : « Il faut encore que je vous remercie. Ce chauve vient souvent et il est affreusement désagréable.

— N'y pensez plus !

— Pourquoi voulait-il me nuire, l'autre jour ?

— Ce n'est qu'un ivrogne ! Je vous le demande encore une fois : n'y pensez plus !

— Puisque vous me le demandez, je ne vais plus y penser. »

Le grand type la regardait dans les yeux : « Il faut me le promettre.

— Je vous le promets.

— Ça me fait plaisir de vous entendre me promettre quelque chose », dit l'homme sans cesser de la regarder dans les yeux.

On était en pleine coquetterie : ce comportement qui doit suggérer que le rapprochement sexuel est possible, même si ce n'est qu'une éventualité sans garantie et toute théorique.

« Comment se fait-il qu'on puisse tomber sur une femme

comme vous dans le quartier le plus moche de Prague ? dit-il.

— Et vous ? Qu'est-ce que vous faites ici, dans le quartier le plus moche de Prague ? »

Il lui dit qu'il n'habitait pas loin, qu'il était ingénieur et que la dernière fois il s'était arrêté tout à fait par hasard en rentrant de son travail.

11

Elle regardait Tomas. Ce n'était pas sur ses yeux qu'était pointé son regard, mais une dizaine de centimètres plus haut, sur ses cheveux, qui exhalaient l'odeur du sexe d'une autre.

Elle dit : « Tomas, je n'en peux plus. Je sais que je n'ai pas le droit de me plaindre. Depuis que tu es revenu à Prague à cause de moi, je me suis interdit d'être jalouse. Je ne veux pas être jalouse, mais je ne peux pas m'en empêcher, je n'en ai pas la force. S'il te plaît, aide-moi ! »

Il la prit par le bras et la conduisit dans un square où ils allaient souvent se promener des années plus tôt. Dans ce square il y avait des bancs : des bleus, des jaunes, des rouges. Quand ils furent assis, Tomas lui dit :

« Je te comprends. Je sais ce que tu veux. J'ai tout arrangé. Maintenant, tu vas aller au Mont-de-Pierre. »

Aussitôt, elle fut saisie d'angoisse : « Au Mont-de-Pierre ? Pour quoi faire, au Mont-de-Pierre ?

— Tu monteras tout en haut et tu comprendras. »

Elle n'avait aucune envie de s'en aller ; son corps était si faible qu'elle n'arrivait pas à se détacher du banc. Mais elle ne pouvait désobéir à Tomas. Elle fit un effort pour se lever. Elle se retourna. Il était toujours assis sur le banc et lui souriait presque gaiement. Il fit un geste de la main, sans doute pour l'encourager.

12

En arrivant au Mont-de-Pierre, cette colline verdoyante qui se dresse au centre de Prague, elle s'aperçut avec stupeur qu'il n'y avait personne. C'était curieux, car d'habitude des foules de Praguois venaient à toute heure y prendre l'air. Elle avait l'angoisse au cœur, mais les chemins étaient tellement silencieux et le silence si rassurant qu'elle ne se défendait pas et s'abandonnait avec confiance dans les bras de la colline. Elle montait, s'arrêtant de temps à autre pour regarder en arrière. À ses pieds, elle voyait une multitude de tours et de ponts. Les saints menaçaient du poing, leurs yeux pétrifiés fixés sur les nuages. C'était la plus belle ville du monde.

Elle arriva en haut. Derrière les stands où l'on vendait d'ordinaire des glaces, des cartes postales et des biscuits (les vendeurs étaient absents ce jour-là) une pelouse s'étendait à perte de vue, plantée d'arbres clairsemés. Elle y aperçut quelques hommes. Plus elle s'en approchait, plus elle ralentissait le pas. Il y en avait six. Ils étaient immobiles ou bien allaient et venaient très lentement, un peu comme des joueurs sur un terrain de golf quand ils examinent le relief, soupèsent leur canne dans leur main et se concentrent pour se mettre en condition avant la compétition.

Elle arrivait enfin tout près d'eux. Parmi les six hommes, elle fut certaine d'en reconnaître trois qui étaient venus ici pour jouer le même rôle qu'elle : ils étaient intimidés, ils donnaient l'impression de vouloir poser des tas de questions mais d'avoir peur de déranger, de sorte qu'ils préféraient se taire et qu'ils regardaient autour d'eux d'un air interrogatif.

Les trois autres irradiaient une indulgente bonhomie. L'un d'eux tenait un fusil à la main. En apercevant Tereza, il lui fit signe avec un sourire : « Oui, c'est ici. »

Elle le salua d'un hochement de tête et se sentit terriblement mal à l'aise.

L'homme ajouta : « Pour qu'il n'y ait pas d'erreur. C'est *votre* volonté ? »

Il était facile de dire « non, ce n'est pas ma volonté » ; mais il était impensable pour elle de tromper la confiance de Tomas. Quelle excuse invoquer, une fois de retour à la maison ? De sorte qu'elle dit : « Oui. Évidemment. C'est ma volonté. »

L'homme au fusil poursuivait : « Il faut que vous compreniez pourquoi je vous pose cette question. Nous ne faisons ça que lorsque nous sommes certains que ceux qui viennent nous trouver ont eux-mêmes expressément décidé de mourir. Ce n'est qu'un service que nous leur rendons. »

Son regard interrogateur restait posé sur Tereza et elle dut une fois encore lui assurer : « Oui, soyez sans crainte ! C'est ma volonté.

— Voulez-vous passer la première ? » demanda-t-il.

Elle voulait retarder l'exécution, ne fût-ce que de quelques instants.

« Non, s'il vous plaît, non. Si possible, je voudrais passer en dernier.

— Comme vous voulez », dit l'homme et il s'en alla vers les autres. Ses deux assistants ne portaient pas d'arme et n'étaient là que pour s'occuper des gens qui devaient mourir. Ils les prenaient par le bras et les accompagnaient sur la pelouse. C'était une immense surface gazonnée qui s'étendait à perte de vue. Les candidats à l'exécution pouvaient choisir eux-mêmes leur arbre. Ils s'arrêtaient, regardaient longuement, ne pouvaient se décider. Deux d'entre eux choisirent enfin deux platanes, mais le troisième allait de plus en plus loin, ne trouvant aucun arbre convenant à sa mort. L'assistant, qui le tenait doucement par le bras, l'accompagnait sans s'impatienter, mais à la fin, l'homme n'eut plus le courage d'avancer et s'arrêta près d'un érable touffu.

Les assistants mirent un bandeau sur les yeux des trois hommes.

Sur l'immense pelouse il y avait donc trois hommes adossés à trois troncs d'arbres, chacun avec un bandeau sur les yeux et la tête tournée vers le ciel.

L'homme au fusil mit en joue et fit feu. À part le chant des oiseaux, on n'entendit pas un bruit. Le fusil était muni d'un silencieux. On voyait seulement que l'homme adossé à l'érable commençait à s'affaisser.

Sans s'éloigner de l'endroit où il se trouvait, l'homme au fusil se tourna dans une autre direction et le personnage adossé au platane s'écroula à son tour dans un total silence, et quelques instants plus tard (l'homme au fusil pivotait sur place) le troisième candidat au supplice tomba lui aussi sur le gazon.

13

L'un des assistants s'approcha sans un mot de Tereza. Il tenait à la main un bandeau bleu foncé.

Elle comprit qu'il voulait lui bander les yeux. Elle hocha la tête et dit : « Non, je veux tout voir. »

Mais ce n'était pas la vraie raison de son refus. Elle n'avait rien des héros qui sont résolus à regarder bravement droit dans les yeux le peloton d'exécution. Elle cherchait seulement à retarder sa mort. Il lui semblait qu'au moment où elle aurait les yeux bandés, elle serait déjà dans l'antichambre de la mort, sans espoir de retour.

L'homme ne chercha pas à la contraindre et la prit par le bras. Ils marchaient sur l'immense pelouse et Tereza ne pouvait se décider pour un arbre ou un autre. Personne ne l'obligeait à se hâter, mais elle savait que, de toute façon, elle ne pouvait échapper. Apercevant devant elle un marronnier en fleur, elle s'en approcha. Elle s'adossa au tronc et leva la tête : elle voyait le feuillage traversé par les rayons du soleil et elle entendait la ville qui murmurait au loin, faiblement et tendrement, comme la voix de mille violons.

L'homme leva son fusil.

Elle ne se sentait plus de courage. Elle était désespérée de sa faiblesse, mais elle ne put la maîtriser. Elle dit : « Non ! Ce n'est pas *ma* volonté. »

L'homme abaissa immédiatement le canon de son fusil et dit très calmement : « Si ce n'est pas votre volonté, on ne peut pas le faire. On n'en a pas le droit. »

Sa voix était aimable, comme s'il s'excusait auprès de Tereza de ne pouvoir l'exécuter si ce n'était pas sa volonté. Cette gentillesse lui crevait le cœur ; elle tourna son visage vers l'écorce de l'arbre et éclata en sanglots.

14

Elle étreignait l'arbre, le corps secoué de sanglots, comme si ce n'était pas un arbre, mais son père qu'elle avait perdu, son grand-père qu'elle n'avait pas connu, son bisaïeul, son trisaïeul, un homme infiniment vieux venu des plus lointaines profondeurs du temps pour lui tendre son visage dans l'écorce rugueuse de l'arbre.

Elle se retourna. Les trois hommes étaient déjà loin, ils allaient et venaient sur la pelouse comme des joueurs de golf, et c'était bien à une canne de golf que faisait penser le fusil dans la main de celui qui était armé.

Elle redescendait par les allées du Mont-de-Pierre et elle gardait au fond de son âme la nostalgie de l'homme qui devait la fusiller et ne l'avait pas fait. Il lui manqua. Elle avait besoin de quelqu'un pour l'aider, à la fin ! Tomas ne l'aiderait pas. Tomas l'envoyait à la mort. Seul un autre pouvait l'aider !

Plus elle approchait de la ville, plus elle éprouvait de langueur pour cet homme et plus elle craignait Tomas. Il ne lui pardonnerait pas de ne pas avoir tenu sa promesse. Il ne lui pardonnerait pas d'avoir manqué de courage et de l'avoir trahi. Elle était déjà dans la rue où ils habitaient et elle savait qu'elle allait le voir d'une minute à l'autre. À cette idée elle fut prise d'une telle peur qu'elle en avait des crampes d'estomac et envie de vomir.

15

L'ingénieur l'avait invitée chez lui. Elle avait déjà refusé deux fois. Cette fois, elle avait accepté.

Elle déjeuna comme d'habitude debout dans la cuisine et puis sortit. Il était à peine deux heures.

Elle approchait de l'endroit où il habitait et sentait ses jambes ralentir d'elles-mêmes le pas.

Puis elle songea que c'était en fait Tomas qui l'envoyait chez cet homme. N'était-ce pas lui qui passait son temps à lui expliquer que l'amour et la sexualité n'ont rien de commun ? Elle allait simplement chercher une confirmation à ses paroles. Elle entendait sa voix qui lui disait : « Je te comprends. Je sais ce que tu veux. J'ai tout arrangé. Tu monteras tout en haut et tu comprendras. »

Oui, elle ne faisait qu'exécuter les ordres de Tomas.

Elle ne voulait rester qu'un moment chez l'ingénieur ; juste le temps de boire une tasse de café, juste le temps de découvrir ce que ça fait de s'avancer jusqu'à la frontière même de l'infidélité. Elle voulait pousser son corps jusqu'à cette frontière, l'y laisser un instant comme au pilori puis, au moment où l'ingénieur tenterait de la prendre dans ses bras, elle dirait, comme elle avait dit à l'homme au fusil sur le Mont-de-Pierre : « Non, non ! Ce n'est pas ma volonté. »

L'homme abaisserait le canon de son fusil et dirait d'une voix douce : « Si ce n'est pas votre volonté, on ne peut pas le faire. On n'en a pas le droit. »

Et elle se tournerait vers le tronc d'arbre et éclaterait en sanglots.

16

C'était un immeuble du début du siècle dans une banlieue ouvrière de Prague. Elle pénétra dans le couloir aux murs sales enduits de chaux. Les marches usées de l'escalier de pierre à la rampe métallique l'amenèrent au premier étage. Elle tourna à gauche. C'était la deuxième porte, sans carte de visite ni sonnette. Elle frappa.

Il ouvrit.

Tout le logement se composait d'une seule pièce coupée par un rideau à deux mètres de la porte pour donner l'illusion d'une entrée ; là, il y avait une table avec un réchaud, et un petit réfrigérateur. En s'avançant à l'intérieur, elle aperçut en face d'elle le rectangle vertical de la fenêtre au bout d'une pièce étroite et tout en longueur ; d'un côté, il y avait une bibliothèque, de l'autre un divan et un unique fauteuil.

« C'est très simple chez moi, dit l'ingénieur. J'espère que ça ne vous déçoit pas.

— Non, pas du tout », dit Tereza, les yeux fixés sur le mur entièrement recouvert d'étagères pleines de livres. Cet homme n'avait pas de table digne de ce nom, mais il avait des centaines de livres. Tereza s'en réjouit ; l'angoisse, qui l'avait accompagnée en venant ici, commençait à retomber. Depuis l'enfance, elle voyait dans le livre le signe d'une fraternité secrète.

Quelqu'un qui avait une bibliothèque pareille ne pouvait pas lui faire de mal.

Il lui demanda ce qu'il pouvait lui offrir. Du vin ?

Non, non ; elle ne voulait pas de vin. Si elle prenait quelque chose, ce serait du café.

Il disparut derrière le rideau et elle s'approcha de la bibliothèque. Un des livres la captiva. C'était une traduction de l'*Œdipe* de Sophocle. Comme c'était étrange de trouver ce livre-là chez cet inconnu ! Des années plus tôt, Tomas l'avait offert à Tereza en la priant de le lire attentivement, et il lui en avait parlé longuement. Il avait ensuite publié ses réflexions dans un journal et c'était cet article qui avait mis toute leur vie sens dessus dessous. Elle regardait le dos de ce livre et cette vue la calmait. C'était comme si Tomas avait délibérément laissé ici sa trace, un message qui signifiait qu'il avait tout arrangé lui-même. Elle prit le livre et l'ouvrit. Quand l'ingénieur reviendrait, elle lui demanderait pourquoi il avait ce livre, s'il l'avait lu et ce qu'il en pensait. Elle passerait ainsi, par une ruse de la conversation, du territoire dangereux du logement de l'inconnu à l'univers familier des idées de Tomas.

Puis elle sentit une main sur son épaule. L'ingénieur lui retira le livre de la main, le remit sans rien dire dans la bibliothèque et la guida vers le divan.

Elle repensa à la phrase qu'elle avait dite à l'exécuteur du Mont-de-Pierre et la proféra à voix haute : « Non, non ! Ce n'est pas ma volonté ! »

Elle était persuadée que c'était une formule enchantée qui allait immédiatement retourner la situation, mais dans cette chambre ces mots perdirent leur pouvoir magique. Je crois même qu'ils incitèrent l'homme à se montrer encore plus résolu : il la pressa contre lui et lui mit la main sur un sein.

Chose étrange : ce contact la libéra aussitôt de son angoisse. Comme si, par ce contact, l'ingénieur eût montré son corps et qu'elle eût compris que l'enjeu, ce n'était pas elle (son âme), mais son corps et lui seul. Ce corps qui l'avait trahie et qu'elle avait chassé loin d'elle parmi les autres corps.

17

Il défit un bouton de son corsage, s'attendant qu'elle continue elle-même. Elle n'obéit pas à cette attente. Elle avait chassé son corps loin d'elle, mais ne voulait prendre pour lui aucune responsabilité. Elle ne se déshabillait pas, et ne se défendait pas non plus. Son âme voulait ainsi montrer que, tout en désapprouvant ce qui était en train de se produire, elle avait choisi de rester neutre.

Il la déshabillait et, pendant ce temps, elle était presque inerte. Quand il l'embrassa, ses lèvres ne répondirent pas. Puis elle s'aperçut soudain que son sexe était humide et elle en fut consternée.

Elle sentait son excitation qui était d'autant plus grande qu'elle était excitée contre son gré. Déjà, son âme consentait secrètement à tout ce qui était en train de se passer, mais elle savait aussi que pour prolonger cette grande excitation, son acquiescement devait rester tacite. Si elle avait dit oui à voix haute, si elle avait accepté de participer de plein gré à la scène d'amour, l'excitation serait retombée. Car ce qui excitait l'âme, c'était justement d'être trahie par le corps qui agissait contre sa volonté, et d'assister à cette trahison.

Puis il lui retira son slip ; maintenant, elle était complètement nue. L'âme voyait le corps dénudé entre les bras de l'inconnu et ce spectacle lui semblait incroyable, comme de contempler de près la planète Mars. Sous l'éclairage de l'incroyable, son corps perdit pour la première fois sa banalité ; pour la première fois, elle le regardait envoûtée ; la singularité, l'inimitable unicité de son corps passaient au premier plan. Ce n'était pas le plus ordinaire de tous les corps (c'était ainsi qu'elle l'avait vu jusqu'à présent), mais le plus extraordinaire. L'âme ne pouvait arracher son regard de la tache de naissance, ronde et brunâtre, juste au-dessus de la toison ; l'âme voyait dans cette tache le sceau dont elle avait elle-même marqué le corps et trouvait blasphématoire que le membre d'un inconnu se mût si près de ce sceau sacré.

Quand Tereza leva les yeux et qu'elle vit son visage, elle se souvint qu'elle n'avait jamais consenti à ce que le corps, où l'âme avait gravé sa signature, se trouvât dans les bras de quelqu'un qu'elle ne connaissait pas et ne voulait pas connaître. Elle fut envahie d'une haine étourdissante. Elle fit affluer la salive à ses lèvres pour cracher au visage de l'inconnu. Ils s'observaient tous deux avec la même avidité ; il s'aperçut de sa colère et précipita ses mouvements. Tereza, sentant de loin la volupté la gagner, se mit à crier : « Non, non, non », elle résistait à la jouissance qui approchait, et comme elle lui résistait, la jouissance réprimée irradiait longuement dans tout son corps n'ayant aucune issue par où s'échapper ; la volupté se propageait comme de la morphine injectée dans une veine. Elle se débattait dans les bras de l'homme, frappait en aveugle et lui crachait au visage.

18

Les cuvettes des waters modernes se dressent au-dessus du sol comme la fleur blanche du nénuphar. L'architecte fait l'impossible pour que le corps oublie sa misère et que l'homme ignore ce que deviennent les déjections de ses entrailles quand l'eau tirée du réservoir les chasse en gargouillant. Les tuyaux des égouts, bien que leurs tentacules viennent jusque dans nos appartements, sont soigneusement dissimulés à nos regards et nous ignorons tout des invisibles Venise de merdes sur lesquelles sont bâtis nos cabinets de toilette, nos chambres à coucher, nos salles de bal et nos parlements.

Les cabinets de ce vieil immeuble d'une banlieue ouvrière de Prague étaient moins hypocrites ; le sol était en carreaux gris, d'où s'élevait, orpheline et misérable, la cuvette des waters. Sa forme n'évoquait pas la fleur du nénuphar, mais rappelait au contraire ce qu'elle était : l'embouchure évasée d'un tuyau. Il y manquait même le siège en bois et Tereza dut s'asseoir sur la tôle émaillée qui la fit frissonner.

Elle était assise sur la cuvette, et le désir de vider ses entrailles, qui l'avait assaillie soudain, était le désir d'aller jusqu'au bout de l'humiliation, le désir d'être corps, rien que corps, ce corps dont sa mère disait toujours qu'il n'était là que pour digérer et pour évacuer. Tereza vide ses entrailles et elle éprouve à cet instant une tristesse et une solitude infinies. Il n'est rien de plus misérable que son corps nu assis sur l'embouchure évasée d'un tuyau de vidange.

Son âme a perdu sa curiosité de spectateur, sa malveillance et son orgueil : de nouveau, elle est retournée tout au fond du corps dans ses replis les plus cachés et attend désespérément qu'on la rappelle.

19

Elle se leva de la cuvette, tira la chasse d'eau et revint dans l'entrée. L'âme tremblait dans le corps nu et rejeté. Tereza sentait encore sur l'anus le contact du papier dont elle s'était essuyée.

Il se produisit alors quelque chose d'inoubliable : elle eut envie de le rejoindre dans la chambre et d'entendre sa voix, son appel. S'il lui avait parlé d'une voix douce et grave, son âme aurait trouvé l'audace de remonter à la surface du corps, et elle se serait mise à pleurer. Elle l'aurait enlacé comme elle avait enlacé en rêve le large tronc du marronnier.

Elle était dans l'entrée et s'efforçait de maîtriser cet immense désir de fondre en larmes devant lui. Si elle ne le maîtrisait pas, elle le savait, il arriverait ce qu'elle ne voulait pas. Elle tomberait amoureuse.

À ce moment-là, une voix lui parvint du fond du logement. En entendant cette voix désincarnée (sans voir en même temps la haute stature de l'ingénieur), elle s'étonna : c'était une voix grêle et aiguë. Était-ce possible qu'elle ne l'eût jamais remarqué ?

Ce fut sans doute grâce à l'impression déconcertante et

désagréable que lui causait cette voix qu'elle put repousser la tentation. Elle rentra dans la pièce, ramassa ses vêtements épars, se rhabilla rapidement et sortit.

20

Elle revenait des courses avec Karénine qui tenait un croissant dans la gueule. C'était une matinée froide, il gelait un peu. Elle longeait un lotissement où l'on avait aménagé sur de grandes parcelles entre les maisons de minuscules champs cultivés et de petits jardins. Karénine s'arrêta net ; il regardait par là, fixement. Elle regarda aussi de ce côté, mais sans rien remarquer de particulier. Karénine la tirait et elle se laissa conduire. Finalement, au-dessus de l'argile gelée d'une plate-bande déserte, elle aperçut la petite tête noire d'une corneille au long bec. La petite tête sans corps bougeait doucement et, de temps à autre, le bec émettait un son triste et rauque.

Karénine était tellement agité qu'il lâcha le croissant. Tereza dut l'attacher à un arbre pour qu'il ne fît pas de mal à la corneille. Puis elle s'agenouilla et tenta de creuser le sol tassé autour du corps de l'oiseau enterré vivant. Ce n'était pas facile. Elle se cassa un ongle ; elle saignait.

À ce moment, une pierre s'abattit près d'elle. Elle leva les yeux et aperçut deux gamins d'une dizaine d'années à peine dans l'encoignure d'une maison. Elle se leva. Voyant sa réaction et le chien attaché à l'arbre, ils prirent la fuite.

Elle se remit à genoux sur le sol pour creuser la terre glaise et réussit enfin à libérer la corneille de sa tombe. Mais l'oiseau était paralysé et ne pouvait ni marcher ni voler. Elle l'enveloppa dans l'écharpe rouge qu'elle portait autour du cou et la serra dans sa main gauche contre son corps. De la main droite, elle détacha Karénine de l'arbre, et elle eut besoin de toute sa force pour le maîtriser et le maintenir contre sa jambe.

Elle sonna, n'ayant pas de main libre pour chercher la clé dans sa poche. Tomas lui ouvrit. Elle lui tendit la laisse de Karénine. « Tiens-le ! » ordonna-t-elle, et elle porta la corneille dans la salle de bains. Elle la posa par terre sous le lavabo. La corneille se débattait mais ne pouvait bouger. Un liquide épais et jaunâtre coulait de son corps. Tereza lui fit une litière avec de vieux chiffons sous le lavabo pour qu'elle ne sente pas le froid du carrelage. L'oiseau agitait désespérément son aile paralysée ; son bec pointait comme un reproche.

21

Elle était assise sur le rebord de la baignoire et ne pouvait détacher son regard de la corneille agonisante. Elle voyait dans son esseulement l'image de son propre sort et se répétait : je n'ai personne au monde sauf Tomas.

L'épisode de l'ingénieur lui avait-il appris que les aventures amoureuses n'ont rien à voir avec l'amour ? Qu'elles sont légères et ne pèsent rien ? Était-elle plus calme ?

Nullement.

Une scène la hantait : elle venait de sortir des waters et son corps était debout dans l'entrée, nu et abandonné. L'âme, épouvantée, tremblait dans ses entrailles. À ce moment-là, si l'homme, du fond de la chambre, s'était adressé à son âme, elle aurait éclaté en sanglots, elle serait tombée dans ses bras.

Elle imaginait qu'une amie de Tomas se fût trouvée à sa place dans l'entrée devant les waters et Tomas dans la chambre à la place de l'ingénieur. Il n'aurait dit qu'un mot à la jeune femme, rien qu'un mot, et elle l'aurait enlacé en pleurant.

C'est à cela que ressemble, Tereza le sait, l'instant où naît l'amour : la femme ne résiste pas à la voix qui appelle son âme épouvantée ; l'homme ne résiste pas à la femme dont l'âme devient attentive à sa voix. Tomas n'est jamais en sécurité devant le piège de l'amour et Tereza ne peut que trembler pour lui à chaque heure, à chaque minute.

Quelle arme peut-elle avoir ? Rien que sa fidélité. Sa fidélité qu'elle lui a offerte dès le début, dès le premier jour, comme si elle avait tout de suite su qu'elle n'avait rien d'autre à lui donner. Leur amour est une architecture étrangement asymétrique : il repose sur la certitude absolue de la fidélité de Tereza comme un palais gigantesque sur une seule colonne.

Maintenant, la corneille n'agitait presque plus les ailes ; à peine remuait-elle sa patte meurtrie, brisée. Tereza ne voulait pas la quitter, comme si elle veillait au chevet d'une sœur mourante. Elle finit quand même par aller dans la cuisine pour déjeuner à la hâte.

Quand elle revint, la corneille était morte.

22

Dans la première année de leur liaison, Tereza criait pendant l'amour, et ce cri, comme je l'ai dit, cherchait à aveugler et assourdir les sens. Ensuite, elle criait moins, mais son âme était toujours aveuglée par l'amour et ne voyait rien. Quand elle avait couché avec l'ingénieur, l'absence d'amour avait enfin rendu la vue à son âme.

Elle était retournée au sauna et elle était de nouveau devant le miroir. Elle se regardait et revoyait en pensée la scène d'amour chez l'ingénieur. Ce qu'elle se rappelait, ce n'était pas l'amant. À vrai dire, elle n'aurait même pas pu le décrire, peut-être n'avait-elle même pas remarqué de quoi il avait l'air tout nu. Ce dont elle se souvenait (et ce qu'elle regardait maintenant avec excitation devant le miroir) c'était de son propre corps ; sa toison et la tache ronde juste au-dessus. Cette tache, qui n'avait été jusqu'ici pour elle qu'un simple défaut cutané, s'était gravée dans sa mémoire. Elle voulait la voir et la revoir dans l'incroyable proximité du membre de l'inconnu.

Je ne peux que le souligner encore une fois : elle n'avait pas envie de voir le sexe de l'inconnu. Elle voulait voir, à proximité de ce sexe, son propre pubis. Elle ne désirait pas le corps de l'autre. Elle désirait son propre corps, soudain révélé, d'autant plus excitant qu'il était plus proche et plus étranger.

Elle regarde son corps couvert des fines gouttelettes de la

douche et songe que l'ingénieur va passer au bar d'un jour à l'autre. Elle a envie qu'il vienne, qu'il l'invite ! Elle en a immensément envie !

23

Jour après jour, elle craignait de voir l'ingénieur apparaître au comptoir et de ne pas avoir la force de dire « non ». À mesure que les jours passaient, la crainte de le voir faisait place à la crainte qu'il ne vînt pas.

Un mois s'était écoulé et l'ingénieur ne donnait pas signe de vie. Pour Tereza, c'était inexplicable. Le désir déçu céda la place à l'inquiétude : pourquoi ne venait-il pas ?

Elle servait des clients. Le petit chauve était revenu, celui qui l'avait accusée l'autre soir de servir de l'alcool à des mineurs. Il racontait d'une voix forte une histoire sale, la même qu'elle avait entendue des centaines de fois de la bouche des ivrognes auxquels elle servait des demis en province. Se sentant de nouveau assaillie par l'univers de sa mère, elle l'interrompit très brutalement.

Il se vexa : « Vous n'avez pas d'ordres à me donner ! Estimez-vous heureuse que nous vous laissions travailler dans ce bar.

— Comment *nous* ? Qui ça *nous* ?

— Nous, dit l'homme, et il commanda une autre vodka. Et rappelez-vous que je ne vais pas me laisser insulter par vous. »

Puis, montrant le cou de Tereza qui portait plusieurs rangées de perles bon marché : « D'où elles viennent, vos perles ? Ce n'est sûrement pas un cadeau de votre mari qui est laveur de carreaux ! Ce n'est pas lui qui peut vous payer des perles avec ce qu'il gagne ! C'est les clients qui vous donnent ça ? En échange de quoi, hein ?

— Bouclez-la, et tout de suite ! » s'écria Tereza.

L'homme tenta de saisir le collier entre ses doigts : « Souvenez-vous que la prostitution est interdite chez nous ! »

Karénine se dressa, appuya ses pattes de devant sur le comptoir et grogna.

24

L'ambassadeur dit : « C'était un flic.

— Si c'est un flic, il devrait être plus discret, fit observer Tereza. À quoi sert une police secrète qui n'est pas secrète ! »

L'ambassadeur s'assit sur le divan en joignant les pieds sous lui comme il l'avait appris aux cours de yoga. Au mur, Kennedy souriait et conférait à ses paroles une sorte de consécration.

« Madame Tereza, dit-il d'un ton paternel, les flics ont plusieurs fonctions. La première est classique. Ils écoutent ce que les gens disent et en informent leurs supérieurs.

« La deuxième est une fonction d'intimidation. Ils nous montrent qu'ils nous tiennent à leur merci et ils veulent que nous ayons peur. C'est ce que cherchait votre pelé.

« La troisième fonction consiste à mettre en scène des situations qui peuvent nous compromettre. Personne n'a plus aucun intérêt à nous accuser de complot contre l'État, car ça ne ferait que nous attirer de nouvelles sympathies. Ils préfèrent trouver du hasch au fond de nos poches ou prouver que nous avons violé une fillette de douze ans. Ils trouveront toujours une gamine pour en témoigner. »

Tereza se souvint de l'ingénieur. Comment expliquer qu'il ne fût jamais revenu ?

L'ambassadeur poursuivait : « Il faut qu'ils prennent les gens au piège pour les avoir à leur service et les utiliser pour tendre à d'autres d'autres pièges, et ainsi de suite pour faire peu à peu de tout un peuple une immense organisation d'indicateurs. »

Tereza ne pensait plus qu'à une chose, que l'ingénieur lui avait été envoyé par la police. Et qui était ce garçon bizarre qui était allé se soûler au café d'en face et était revenu lui faire des déclarations ! C'était à cause de ce garçon que le flic l'avait prise à partie et que l'ingénieur l'avait défendue. Tous les trois ils avaient joué un rôle dans un scénario préparé à l'avance ; il s'agissait de lui rendre sympathique l'homme qui avait pour tâche de la séduire.

Comment n'y avait-elle pas pensé ? Ce logement avait quelque chose de louche et n'allait pas du tout avec ce type. Pourquoi cet ingénieur bien habillé aurait-il habité dans un logement aussi minable ? Était-il vraiment ingénieur ? Dans ce cas, comment avait-il pu s'absenter de son travail à deux heures de l'après-midi ? Et comment imaginer un ingénieur lisant Sophocle ! Non, ce n'était pas une bibliothèque d'ingénieur ! Cette chambre ressemblait plutôt au logement confisqué d'un intellectuel impécunieux aujourd'hui sous les verrous. Quand elle avait dix ans, ils avaient arrêté son père et ils avaient aussi confisqué l'appartement et toute la bibliothèque. Qui sait à quoi l'appartement avait servi, après ça ?

Maintenant, elle voyait clairement pourquoi il n'était jamais revenu. Il avait rempli sa mission. Laquelle ? Le flic éméché l'avait révélé à son insu quand il avait dit : « À présent la prostitution est interdite chez nous, ne l'oubliez pas ! » Cet ingénieur imaginaire témoignerait qu'il avait couché avec elle et qu'elle lui avait réclamé de l'argent ! Ils la menaceraient de scandale et la feraient chanter pour qu'elle dénonce les gens qui venaient se soûler au bar.

L'ambassadeur tentait de la tranquilliser : « Votre mésaventure ne me paraît guère dangereuse.

— Ça se peut », dit-elle d'une voix étranglée, et elle sortit avec Karénine dans les rues noires de Prague.

25

Pour échapper à la souffrance, le plus souvent on se réfugie dans l'avenir. Sur la piste du temps, on imagine une ligne au-delà de laquelle la souffrance présente cessera d'exister. Mais Tereza ne voyait pas cette ligne devant elle. Seul le regard en arrière pouvait lui apporter une consolation. C'était encore une fois dimanche. Ils prirent la voiture pour aller loin de Prague.

Tomas était au volant, Tereza à côté de lui et Karénine, sur la banquette arrière, avançait parfois la tête pour leur lécher les oreilles. Au bout de deux heures, ils arrivèrent dans une petite ville d'eaux où ils avaient passé quelques jours ensemble cinq ou six ans plus tôt. Ils voulaient s'y arrêter pour la nuit.

Ils garèrent la voiture sur la place et descendirent. Rien n'avait changé. En face se trouvaient l'hôtel où ils étaient descendus cette année-là, et le vieux tilleul devant l'entrée. À gauche de l'hôtel s'étendaient d'anciennes arcades en bois et, tout au bout, l'eau d'une source ruisselait dans une vasque de marbre. Des gens s'y penchaient, comme autrefois, avec leur verre à la main.

Tomas montrait l'hôtel. Il y avait quand même quelque chose de changé. Autrefois, il s'appelait le Grand Hôtel et maintenant, d'après l'enseigne, c'était le Baïkal. Ils regardèrent la plaque, à l'angle du bâtiment : c'était la place de Moscou. Ils firent ensuite le tour (Karénine les suivait seul, sans laisse) de toutes les rues qu'ils connaissaient, et ils regardaient leurs noms : il y avait la rue de Stalingrad, la rue de Leningrad, la rue de Rostov, la rue de Novossibirsk, la rue de Kiev, la rue d'Odessa, il y avait la maison de convalescence Tchaïkovski, la maison de convalescence Tolstoï, la maison de convalescence Rimski-Korsakov, il y avait l'hôtel Souvorov, le cinéma Gorki et le café Pouchkine. Tous les noms étaient tirés de la Russie et de l'histoire russe.

Tereza se souvenait des premières journées de l'invasion. Les gens retiraient les plaques des rues de toutes les villes et arrachaient des routes les panneaux indicateurs. Le pays était devenu anonyme en une nuit. Sept jours durant, l'armée russe avait erré à travers le pays sans savoir où elle était. Les officiers cherchaient les immeubles des journaux, de la télévision, de la radio pour les occuper, mais ne pouvaient les trouver. Ils interrogeaient les gens, mais les gens haussaient les épaules ou indiquaient de fausses adresses et une fausse direction.

Avec les années, il semble que cet anonymat n'ait pas été sans danger pour le pays. Ni les rues ni les maisons n'ont pu retrouver leur nom originel. Une station thermale de Bohême était ainsi devenue du jour au lendemain une petite Russie imaginaire, et Tereza constatait que le passé qu'ils étaient venus chercher ici leur était confisqué. Il leur était impossible d'y rester pour la nuit.

26

Ils regagnaient la voiture en silence. Tereza se disait que toutes les choses et tous les gens se produisaient sous un déguisement : la vieille ville de Bohême s'était couverte de noms russes ; en prenant des photos de l'invasion, les Tchèques travaillaient en fait pour la police secrète russe ; l'homme qui l'avait envoyée à la mort portait sur le visage le masque de Tomas ; le policier s'était fait passer pour un ingénieur, et l'ingénieur voulait jouer le rôle de l'homme du Mont-de-Pierre. Le signe du livre dans son logement était un signe trompeur qui était là pour la fourvoyer.

À présent, en pensant au livre qu'elle avait tenu dans la main, une idée lui traversa l'esprit, et ses joues s'empourprèrent : Comment les choses se sont-elles passées ? L'ingénieur avait dit qu'il allait faire du café. Elle s'était approchée de la bibliothèque et elle en avait retiré l'*Œdipe* de Sophocle. Ensuite, l'ingénieur était revenu. Mais sans café !

Elle retournait la situation dans tous les sens : quand il était parti, sous prétexte de préparer le café, combien de temps était-il resté ? Une minute au moins, ça ne faisait pas de doute, deux, peut-être même trois. Qu'avait-il pu faire si longtemps dans cette minuscule entrée ? Était-il allé aux waters ? Tereza essayait de se rappeler si elle avait entendu le claquement de la porte ou le gargouillement de la chasse d'eau. Non, elle n'avait certainement pas entendu l'eau, elle s'en serait souvenue. Et, elle en était à peu près certaine, elle n'avait pas entendu la porte claquer. Alors, qu'avait-il fait dans l'entrée ?

Brusquement, ce n'était que trop clair. Pour la prendre au piège, le simple témoignage de l'ingénieur ne suffisait pas. Il leur fallait une preuve irréfutable. Pendant cette longue absence suspecte, l'ingénieur avait installé une caméra dans l'entrée. Ou bien, ce qui était plus plausible, il avait introduit un type muni d'un appareil photo qui, caché derrière le rideau, les avait ensuite photographiés.

Voici quelques semaines à peine, elle avait été étonnée

que Prochazka ne sût pas qu'il vivait dans un camp de concentration où il ne peut y avoir de vie privée. Et elle alors ? En partant de chez sa mère, elle avait cru, naïve, être devenue une fois pour toutes maîtresse de sa vie privée. Mais la maison maternelle s'étendait au monde entier et la rattrapait partout. Nulle part Tereza n'y échapperait.

Ils descendirent un escalier entre des jardins pour rejoindre la place où ils avaient garé la voiture.

« Qu'est-ce que tu as ? » demanda Tomas.

Avant qu'elle n'ait eu le temps de répondre, quelqu'un dit bonjour à Tomas.

27

C'était un homme dans la cinquantaine au visage buriné par le vent, un paysan que Tomas avait opéré autrefois. Depuis, on l'envoyait chaque année faire une cure dans cette ville d'eaux. Il invita Tomas et Tereza à boire un verre. Les chiens n'étant pas admis dans les lieux publics, Tereza alla mettre Karénine dans la voiture et les hommes s'assirent au café en l'attendant. Quand elle revint, le paysan disait : « Chez nous, c'est le calme. J'ai même été élu président de la coopérative il y a deux ans.

— Félicitations, dit Tomas.

— Là-bas, vous savez, c'est la campagne. Tout le monde s'en va. En haut lieu, ils peuvent s'estimer heureux que quelqu'un accepte de rester. Ils ne peuvent pas se permettre de nous chasser de notre travail.

— Ce serait le coin idéal pour nous, dit Tereza.

— Vous vous y ennuieriez, ma petite dame. Là-bas, il n'y a rien. Rien de rien. »

Tereza regardait le visage buriné par le vent. Ce paysan lui était très sympathique. Après si longtemps, elle trouvait enfin quelqu'un de sympathique ! Un tableau champêtre surgit devant ses yeux : un village et le clocher de l'église, des champs, des bois, un lièvre détalant dans un sillon, un garde-chasse au feutre vert. Elle n'avait jamais vécu à la campagne. C'était une image qu'elle s'était faite par ouï-dire. Ou par ses lectures. Ou de lointains ancêtres l'avaient inscrite dans son subconscient. Pourtant, cette image était en elle, claire et nette comme la photographie de l'arrière-grand-mère dans l'album de famille, ou comme une vieille gravure.

« Avez-vous encore des douleurs ? » demanda Tomas.

Le paysan montra derrière son cou le point où le crâne est raccordé à la colonne vertébrale : « J'ai quelquefois mal par ici. »

Sans se lever de sa chaise, Tomas lui palpa l'endroit qu'il venait d'indiquer et posa encore quelques questions à son ancien malade. Puis il dit : « Je n'ai plus le droit de faire des ordonnances. Mais, à votre retour, dites à votre médecin que vous m'avez parlé et que je vous recommande de prendre ça. » Il sortit un bloc-notes de sa poche intérieure et en arracha une feuille. Il y inscrivit le nom du médicament en majuscules.

28

Ils roulaient en direction de Prague.

Tereza pensait à la photo où son corps était nu dans les bras de l'ingénieur. Elle cherchait à se rassurer : même en admettant que cette photo existe, Tomas ne la verrait jamais. Pour ces gens-là, cette photo n'avait d'utilité que s'ils pouvaient s'en servir pour faire chanter Tereza. Une fois envoyée à Tomas, la photo perdrait aussitôt toute sa valeur.

Mais qu'arriverait-il si les flics décidaient que Tereza n'avait aucun intérêt pour eux ? Dans ce cas, la photo ne serait plus pour eux qu'une bonne blague et, si quelqu'un en avait envie, personne ne pourrait l'empêcher de la mettre sous enveloppe et de l'expédier à l'adresse de Tomas, histoire de rire.

Que se passerait-il si Tomas recevait une telle photo ? La mettrait-il dehors ? Peut-être pas. Plutôt pas. Mais le fragile édifice de leur amour serait bel et bien détruit, car cet édifice reposait sur l'unique colonne de sa fidélité, et les amours sont comme les empires : que disparaisse l'idée sur laquelle ils sont bâtis, ils périssent avec elle.

Elle avait une image devant les yeux : un lièvre détalant dans un sillon, un garde-chasse au feutre vert et le clocher d'une église au-dessus de la forêt.

Elle voulait dire à Tomas qu'ils devraient quitter Prague. Partir loin des enfants qui enterrent vivantes les corneilles, loin des flics, loin des filles armées de parapluies. Elle voulait lui dire qu'ils devaient s'en aller vivre à la campagne. Que c'était leur seule voie de salut.

Elle tourna la tête vers lui. Mais Tomas se taisait, les yeux fixés sur le macadam devant lui. Elle était incapable de franchir la clôture du silence qui se dressait entre eux. Elle perdit le courage de parler. Elle était dans le même état que le jour où elle était redescendue du Mont-de-Pierre. Elle avait des crampes d'estomac et envie de vomir. Tomas lui faisait peur. Il était trop fort pour elle et elle était trop faible. Il donnait des ordres qu'elle ne comprenait pas. Elle s'efforçait de les exécuter, mais elle ne savait pas comment s'y prendre.

Elle voulait retourner au Mont-de-Pierre et demander à l'homme au fusil de lui permettre de se bander les yeux et de s'adosser au tronc du marronnier. Elle avait envie de mourir.

29

Elle se réveilla et constata qu'elle était seule à la maison.

Elle sortit et prit vers les quais. Elle voulait voir la Vltava. Elle voulait s'arrêter sur la berge et longuement regarder l'eau, car la vue de l'eau courante apaise et guérit. Le fleuve coule de siècle en siècle et les histoires des hommes ont lieu sur la rive. Elles ont lieu pour être oubliées demain et que le fleuve n'en finisse pas de couler.

Appuyée contre le parapet, elle regardait en bas. C'était la banlieue de Prague, la Vltava avait déjà traversé la ville, laissant derrière elle la splendeur du Hradchine et des églises, semblable à une actrice après la représentation, lasse et pensive. Le flot coulait entre des rives sales clôturées de palissades et de murs derrière lesquels il y avait des usines et des terrains de jeu abandonnés.

Elle regarda longtemps l'eau qui paraissait ici encore plus triste, encore plus sombre ; puis, elle aperçut tout à coup au milieu du fleuve un objet étrange, un objet rouge, oui, un banc. Un banc de bois aux pieds métalliques comme il y en a tant dans les jardins publics de Prague. Il flottait lentement au milieu de la Vltava. Et derrière venait un autre banc. Puis un autre, puis un autre encore, et Tereza comprit enfin qu'elle voyait les bancs des jardins publics de Prague sortir de la ville au fil du courant, il y en avait beaucoup, il y en avait de plus en plus, ils flottaient sur l'eau comme les feuilles dans l'automne quand l'eau les emporte loin des forêts, il y en avait des rouges, il y en avait des jaunes, il y en avait des bleus.

Elle se retourna pour demander aux gens ce que ça voulait dire. Pourquoi les bancs des jardins publics de Prague s'en allaient-ils au fil de l'eau ? Mais les gens passaient avec une mine indifférente, ça leur était bien égal qu'un fleuve coule, de siècle en siècle, au milieu de leur ville éphémère.

Elle se remit à contempler l'eau. Elle se sentait infiniment triste. Elle comprenait que ce qu'elle voyait, c'était un adieu. L'adieu à la vie qui s'en allait avec son cortège de couleurs.

Les bancs avaient disparu du champ de son regard. Elle en vit encore quelques-uns, les derniers retardataires, puis il y eut encore un banc jaune, puis encore un, un bleu, le dernier.

Cinquième partie

LA LÉGÈRETÉ ET LA PESANTEUR

I

Quand Tereza était venue à l'improviste chez Tomas à Prague, il avait fait l'amour avec elle, comme je l'ai déjà dit dans la première partie, le jour même, dans l'heure même, mais ensuite elle avait eu de la fièvre. Elle était allongée sur son lit et il était à son chevet, persuadé que c'était un enfant qu'on avait posé dans une corbeille et qu'on lui avait envoyé au fil de l'eau.

Depuis, il affectionnait cette image de l'enfant abandonné et il pensait souvent aux mythes anciens où elle apparaît. Sans doute faut-il voir là le motif caché qui l'incita à aller chercher la traduction de l'*Œdipe* de Sophocle.

L'histoire d'Œdipe est bien connue : un berger, ayant trouvé un nouveau-né abandonné, l'apporta au roi Polybe qui l'éleva. Quand Œdipe fut grand, il rencontra sur un chemin de montagne un char où voyageait un prince inconnu. Ils se prirent de querelle, Œdipe tua le prince. Plus tard, il épousa la reine Jocaste et devint roi de Thèbes. Il ne se doutait pas que l'homme qu'il avait tué autrefois dans la montagne était son père et la femme avec laquelle il couchait, sa mère. Le sort s'acharnait entre-temps sur ses sujets et les accablait de maladies. Quand Œdipe comprit qu'il était lui-même coupable de leurs souffrances, il se creva les yeux avec des épingles et, à jamais aveugle, il partit de Thèbes.

2

Ceux qui pensent que les régimes communistes d'Europe centrale sont exclusivement la création de criminels laissent dans l'ombre une vérité fondamentale : les régimes criminels n'ont pas été façonnés par des criminels, mais par des enthousiastes convaincus d'avoir découvert l'unique voie du paradis. Et ils défendaient vaillamment cette voie, exécutant pour cela beaucoup de monde. Plus tard, il devint clair comme le jour que le paradis n'existait pas et que les enthousiastes étaient donc des assassins.

Alors, chacun s'en prit aux communistes : Vous êtes responsables des malheurs du pays (il est appauvri et ruiné), de la perte de son indépendance (il est tombé sous l'emprise des Russes), des assassinats judiciaires !

Ceux qui étaient accusés répondaient : On ne savait pas ! On a été trompés ! On croyait ! Au fond du cœur, on est innocents !

Le débat se ramenait donc à cette question : Était-il vrai qu'ils ne savaient pas ? Ou faisaient-ils seulement semblant de n'avoir rien su ?

Tomas suivait ce débat (comme dix millions de Tchèques) et se disait qu'il y avait certainement parmi les communistes des gens qui n'étaient quand même pas aussi totalement ignorants (ils devaient quand même avoir entendu parler des horreurs qui s'étaient produites et n'avaient pas cessé de se produire dans la Russie postrévolutionnaire). Mais il était probable que la plupart d'entre eux n'étaient vraiment au courant de rien.

Et il se disait que la question fondamentale n'était pas : savaient-ils ou ne savaient-ils pas ? Mais : est-on innocent parce qu'on ne sait pas ? un imbécile assis sur le trône est-il déchargé de toute responsabilité du seul fait que c'est un imbécile ?

Admettons que le procureur tchèque qui réclamait au début des années cinquante la peine de mort pour un innocent ait été trompé par la police secrète russe et par le gouvernement de son pays. Mais maintenant que l'on sait que les accusations étaient absurdes et les suppliciés innocents, comment se peut-il que le même procureur défende la pureté de son âme et se frappe la poitrine : ma conscience est sans tache, je ne savais pas, je croyais ! N'est-ce pas précisément dans son « je ne savais pas ! je croyais ! » que réside sa faute irréparable ?

Alors, Tomas se rappela l'histoire d'Œdipe : Œdipe ne savait pas qu'il couchait avec sa propre mère et, pourtant, quand il eut compris ce qui s'était passé, il ne se sentit pas innocent. Il ne put supporter le spectacle du malheur qu'il avait causé par son ignorance, il se creva les yeux et, aveugle, il partit de Thèbes.

Tomas entendait le hurlement des communistes qui défendaient la pureté de leur âme, et il se disait : À cause de votre ignorance, ce pays a peut-être perdu pour des siècles sa liberté et vous criez que vous vous sentez innocents ? Comment, vous pouvez encore regarder autour de vous ? Comment, vous n'êtes pas épouvantés ? Peut-être n'avez-vous pas d'yeux pour voir ! Si vous en aviez, vous devriez vous les crever et partir de Thèbes !

Cette comparaison lui plaisait tellement qu'il s'en servait souvent dans les conversations avec ses amis et qu'il l'exprimait par des formules de plus en plus acérées et de plus en plus élégantes.

Il lisait à cette époque un hebdomadaire culturel qui avait acquis une autonomie considérable à l'intérieur du régime et parlait de choses dont les autres ne pouvaient pas parler publiquement. Le journal publiait même des articles où l'on demandait qui était coupable, et dans quelle mesure, des assassinats judiciaires commis lors des procès politiques des premières années du communisme.

Dans toutes ces discussions, la même question revenait toujours. Est-ce qu'ils savaient ou est-ce qu'ils ne savaient pas ? Comme Tomas jugeait cette question secondaire, il écrivit un jour ses réflexions sur Œdipe et les envoya à l'hebdomadaire. Un mois plus tard, il reçut une réponse. On le priait de passer à la rédaction. Quand il s'y rendit, il fut reçu par un journaliste de petite taille, droit comme un i, qui lui proposa de modifier la syntaxe d'une phrase. Le texte parut un peu plus tard à l'avant-dernière page parmi les « lettres des lecteurs ».

Tomas n'en éprouva aucune satisfaction. Ils avaient jugé

bon de le convoquer au journal pour lui faire approuver un changement de syntaxe, mais ensuite, sans rien lui demander, ils avaient tellement coupé son texte que ses réflexions se réduisaient à une thèse fondamentale (un peu trop schématique et agressive) et ne lui plaisaient plus du tout.

Ça se passait au printemps 1968. Alexandre Dubcek était au pouvoir et il était entouré de communistes qui se sentaient coupables et qui étaient disposés à faire quelque chose pour réparer leur faute. Mais les autres communistes, qui hurlaient qu'ils étaient innocents, redoutaient que le peuple en colère ne les fît passer en jugement. Ils allaient tous les jours se plaindre à l'ambassadeur de Russie et implorer son appui. Quand la lettre de Tomas parut, ils poussèrent une clameur : On en est donc arrivé là ! On ose écrire publiquement qu'il faut nous crever les yeux !

Deux ou trois mois plus tard, les Russes décidèrent que la libre discussion était inadmissible dans leur province et leur armée occupa en l'espace d'une nuit le pays de Tomas.

3

À son retour de Zurich, Tomas avait retrouvé son poste dans le même hôpital de Prague. Mais un peu plus tard, il fut convoqué par le chef de service.

« En fin de compte, mon cher collègue, lui dit-il, vous n'êtes ni écrivain ni journaliste, ni le sauveur du peuple, vous êtes médecin et homme de science. Je ne voudrais pas vous perdre et je ferai n'importe quoi pour vous garder ici. Mais il faut rétracter cet article que vous avez écrit sur Œdipe. Y tenez-vous tellement ?

— Patron, dit Tomas, se souvenant qu'on lui avait coupé le tiers de son texte, c'est la dernière chose au monde à laquelle je tienne.

— Vous savez de quoi il retourne ? » dit le chef de service.

Il le savait : il y avait deux choses en balance : d'un côté, son honneur (qui exigeait qu'il ne désavoue pas ce qu'il avait écrit) et de l'autre, ce qu'il avait pris l'habitude de considérer comme le sens de sa vie (son travail d'homme de science et de médecin).

Le chef de service poursuivit : « C'est une pratique moyenâgeuse d'exiger d'un homme qu'il rétracte ce qu'il a écrit. Qu'est-ce que ça veut dire "rétracter" ? À l'époque moderne, on ne peut pas rétracter une idée, on ne peut que la réfuter. Et parce que, mon cher collègue, rétracter une idée est une chose impossible, purement verbale, formelle, magique, je ne vois pas pourquoi vous ne feriez pas ce qu'on vous demande. Dans une société régie par la terreur, les déclarations n'engagent à rien parce qu'elles sont extorquées par la violence et qu'un honnête homme a le devoir de ne pas y prêter attention, de ne pas les entendre. Je vous le dis, mon cher collègue, dans mon intérêt et dans l'intérêt de vos malades, il faut que vous restiez à votre poste.

— Patron, vous avez certainement raison, dit Tomas, et il avait un air malheureux.

— Mais ? fit le chef de service, s'efforçant de deviner ses pensées.

— J'ai peur d'avoir honte.

— Devant qui ? Avez-vous une si haute opinion des gens qui vous entourent qu'il faille vous soucier de ce qu'ils pensent ?

— Non, fit Tomas. Je n'ai pas une haute opinion des gens.

— D'ailleurs, ajouta le chef de service, on m'a donné l'assurance qu'il ne s'agirait pas d'une déclaration publique. Ce sont des bureaucrates. Ils ont besoin d'avoir dans leurs dossiers quelque chose qui prouve que vous n'êtes pas contre le régime pour pouvoir se défendre si jamais on venait leur reprocher de vous avoir laissé à votre poste. Ils m'ont promis que votre déclaration resterait entre vous et les autorités et ils n'envisagent pas qu'elle puisse être publiée.

— Accordez-moi une semaine de réflexion », dit Tomas, concluant l'entretien.

4

Il était considéré comme le meilleur chirurgien de l'hôpital. On disait déjà que le chef de service, qui approchait de l'âge de la retraite, lui céderait bientôt sa place. Quand le bruit se répandit que les hautes autorités exigeaient de lui une déclaration autocritique, personne ne douta qu'il obtempérerait.

Ce fut la première chose qui le surprit : bien qu'il n'eût rien fait qui justifiât cette supposition, les gens misaient sur sa malhonnêteté plutôt que sur sa droiture.

L'autre chose surprenante, c'était leur réaction devant son comportement supposé. Je pourrais, en gros, la diviser en deux catégories :

Le premier type de réaction se rencontrait chez ceux qui avaient eux-mêmes (eux ou leurs proches) renié quelque chose, qui avaient été contraints de se déclarer publiquement d'accord avec le régime d'occupation ou qui s'apprêtaient à le faire (à contrecœur, certes ; personne ne faisait ça de gaieté de cœur).

Ces gens-là lui adressaient un sourire étrange qu'il n'avait encore jamais connu : le timide sourire d'une complicité secrète. C'était le sourire de deux hommes qui se sont croisés par hasard au bordel ; ils ont un peu honte et en même temps ça leur fait plaisir que leur honte soit réciproque. Il se crée entre eux comme un lien de fraternité.

Ils lui souriaient d'autant plus volontiers qu'il n'avait jamais passé pour conformiste. Son acceptation supposée de l'offre du chef de service était donc la preuve que la lâcheté devenait lentement et sûrement une règle de conduite et cesserait bientôt d'être tenue pour ce qu'elle était. Ces gens-là n'avaient jamais été ses amis. Tomas comprit avec effroi que s'il rédigeait pour de bon la déclaration qu'on exigeait de lui, ils l'inviteraient chez eux à prendre un verre et chercheraient à le fréquenter.

Le deuxième type de réaction, c'était la réaction de ceux qui étaient eux-mêmes (eux ou leurs proches) persécutés, qui refusaient d'accepter un quelconque compromis avec la puissance occupante ou dont personne n'exigeait de compromis ou de déclaration (peut-être parce qu'ils étaient trop jeunes et n'avaient encore été mêlés à rien) mais qui étaient persuadés qu'ils n'y consentiraient pas.

L'un d'eux, S., jeune médecin d'ailleurs très doué, demanda un jour à Tomas : « Alors, tu leur as écrit leur truc ?

— S'il te plaît, de quoi veux-tu parler ?

— De ta rétractation », dit S. Il ne disait pas ça méchamment. Il était même souriant. Dans le riche herbier des sourires, c'était un sourire tout différent : le sourire de la supériorité morale satisfaite.

« Écoute, dit Tomas, qu'est-ce que tu en sais de ma rétractation ? Tu l'as lue ?

— Non, répondit S.

— Alors, qu'est-ce que tu racontes ? » dit Tomas.

S. avait toujours le même sourire satisfait : « Voyons ! On sait comment ça se passe. Ces déclarations-là sont rédigées sous forme de lettre au directeur, ou au ministre ou à Tartempion qui promet que la lettre ne sera pas publiée, pour que l'auteur ne se sente pas humilié. C'est ça, hein ? »

Tomas haussa les épaules et attendit la suite.

« Après ça, la déclaration est soigneusement classée, mais l'auteur sait qu'elle peut être publiée à tout moment. Dans ces conditions, il ne pourra plus jamais rien dire, plus jamais rien critiquer, plus jamais protester, car alors sa déclaration serait publiée et il serait déshonoré aux yeux de tous. Au bout du compte, c'est une méthode plutôt gentille. On pourrait en imaginer de pires.

— Oui, c'est une méthode très gentille, dit Tomas. Mais je serais curieux de savoir qui t'a dit que j'avais marché. »

Le collègue haussa les épaules, mais le sourire ne disparaissait pas de son visage.

Tomas comprit une chose étrange. *Tout le monde* lui souriait, *tout le monde* souhaitait qu'il rédigeât sa rétractation, en se rétractant il aurait fait plaisir à *tout le monde* ! Les uns se réjouissaient parce que l'inflation de lâcheté banalisait leur propre conduite et leur rendait l'honneur perdu. Les autres s'étaient accoutumés à voir dans leur honneur un privilège particulier auquel ils ne voulaient point renoncer. Aussi nourrissaient-ils envers les lâches un amour secret ; sans eux leur courage n'aurait été qu'un effort banal inutile que personne n'eût admiré.

Tomas ne pouvait supporter ces sourires et croyait en voir partout, même dans la rue sur le visage d'inconnus. Il ne pouvait pas dormir. Quoi ? Accordait-il tant d'importance à ces gens-là ? Pas du tout. Il n'en pensait rien de bon et s'en voulait de se laisser bouleverser par leurs regards. Il n'y avait là rien de logique. Comment quelqu'un qui avait une si piètre opinion des autres pouvait-il dépendre à ce point de leur jugement ?

Il se peut que sa profonde méfiance à l'égard des hommes (le doute quant à leur droit de décider de son sort et de le juger) ait déjà joué un rôle dans son choix d'un métier qui excluait qu'il fût exposé aux regards du public. Celui qui choisit, par exemple, une carrière d'homme politique fait volontairement du public son juge avec la foi naïve et avouée de gagner sa faveur. L'éventuelle hostilité de la foule l'incite ensuite à des performances de plus en plus exigeantes, de la même façon que Tomas était stimulé par la difficulté d'un diagnostic.

Le médecin (à la différence de l'homme politique ou de l'acteur) n'est jugé que par ses malades et par ses confrères les plus proches, donc entre quatre murs et d'homme à homme. Confronté aux regards de ceux qui le jugent, il peut répondre dans le même moment, s'expliquer ou se défendre. Mais Tomas se trouvait maintenant (pour la première fois de sa vie) dans une situation où il y avait plus de regards fixés sur lui qu'il n'en pouvait saisir. Il ne pouvait y répondre ni avec son propre regard ni avec des mots. Il était livré à leur merci. On parlait de lui à l'hôpital et en dehors de l'hôpital (Prague avait les nerfs à vif et les nouvelles de ceux qui flanchaient, dénonçaient, collaboraient, y circulaient avec l'extraordinaire vélocité du tam-tam africain) et il le savait et ne pouvait rien contre. Il était lui-même surpris de voir à quel point ça lui était insupportable et dans quelle panique ça le plongeait. L'intérêt que tout le monde lui portait le mettait mal à l'aise comme la pression d'une foule ou comme le contact des gens qui nous arrachent nos vêtements dans un cauchemar.

Il alla trouver le chef de service et lui annonça qu'il ne signerait rien.

Le chef de service lui serra la main beaucoup plus fort qu'à l'accoutumée et dit qu'il s'attendait à sa décision.

Tomas dit : « Patron, vous pourriez peut-être me garder ici, même sans déclaration », et il voulait ainsi lui donner à entendre qu'il suffirait que tous ses collègues menacent de donner leur démission s'il était forcé de partir.

Mais personne ne songea à brandir sa démission, et un peu plus tard Tomas (le chef de service lui serra la main plus fort encore que la dernière fois ; il en eut des bleus) dut quitter son poste à l'hôpital.

5

Il trouva d'abord un emploi dans une clinique de province à quatre-vingts kilomètres de Prague. Il y allait tous les jours en train et rentrait mortellement fatigué. Un an plus tard, il réussit à trouver une place plus commode mais tout à fait subalterne dans un dispensaire de banlieue. Il ne pouvait plus se consacrer à la chirurgie et travaillait comme généraliste. La salle d'attente était bondée, il avait cinq minutes à peine pour chacun de ses malades, il leur prescrivait des cachets d'aspirine, leur rédigeait des certificats de maladie pour leurs employeurs et les envoyait à des consultations dans des services spécialisés. À ses yeux, il n'était plus médecin, mais employé de bureau.

Un jour, à la fin de la consultation, il reçut la visite d'un monsieur dans la cinquantaine à qui l'embonpoint donnait un air sérieux. Le monsieur se présenta comme chef de bureau au ministère de l'Intérieur, et il invita Tomas au café d'en face.

Il commanda une bouteille de vin. Tomas protestait : « Je conduis. Si la police m'arrête, on me retirera mon permis. » L'homme du ministère de l'Intérieur sourit : « S'il vous arrive quelque chose, recommandez-vous de moi », et il tendit à Tomas une carte de visite où il y avait son nom (certainement faux) et le numéro de téléphone du ministère.

Puis, il expliqua longuement à Tomas en quelle estime il le tenait. Au ministère, tout le monde déplorait qu'un chirurgien de son envergure en fût réduit à prescrire des cachets d'aspirine dans un dispensaire de banlieue. Il lui fit même indirectement comprendre que la police, sans pouvoir le dire tout haut, regrettait que les spécialistes soient aussi cavalièrement chassés de leurs postes.

Comme il y avait longtemps que Tomas n'avait entendu quelqu'un faire son éloge, il écoutait très attentivement le petit homme ventripotent et constatait avec surprise qu'il était fort bien informé, et en détail, de ses succès de chirurgien. Comme on est sans défense devant la flatterie ! Tomas ne pouvait s'empêcher de prendre au sérieux ce que disait l'homme du ministère.

Mais ce n'était pas seulement par vanité. C'était surtout par inexpérience. Quand on se trouve en face de quelqu'un qui est aimable, déférent, courtois, il est très difficile de se convaincre à chaque instant que *rien* de ce qu'il dit n'est vrai, que *rien* n'est sincère. Pour réussir à *ne pas croire* (continuellement et systématiquement, sans une seconde d'hésitation), il faut un effort gigantesque, et aussi de l'entraînement, donc de fréquents interrogatoires policiers. C'était cet entraînement-là qui manquait à Tomas.

L'homme du ministère poursuivait : « Nous savons, docteur, que vous aviez une excellente situation à Zurich. Et nous apprécions beaucoup que vous soyez rentré. C'était bien de votre part. Vous saviez que votre place était ici. » Puis il ajouta, comme s'il adressait un reproche à Tomas : « Mais votre place est dans la salle d'opération !

— Je suis d'accord avec vous », dit Tomas.

Il y eut une courte pause et l'homme du ministère reprit d'une voix navrée : « Mais dites-moi, docteur, croyez-vous vraiment qu'il faille crever les yeux des communistes ? Ne trouvez-vous pas curieux que ce soit vous qui le disiez, vous qui avez rendu la santé à tant de gens ?

— Mais ça n'a aucun sens, protesta Tomas. Lisez bien ce que j'ai écrit.

— Je l'ai lu, dit l'homme du ministère d'une voix qui se voulait désolée.

— Et j'ai peut-être écrit qu'il fallait crever les yeux des communistes ?

— C'est ce que tout le monde a compris, dit l'homme du ministère et sa voix était de plus en plus désolée.

— Si vous aviez lu le texte tout entier, tel que je l'avais écrit, vous n'auriez jamais pu penser une chose pareille. Le texte a été un peu raccourci.

— Comment ? dit l'homme du ministère, dressant l'oreille. Ils n'ont pas publié votre texte tel que vous l'aviez écrit ?

— Ils l'ont raccourci.

— De beaucoup ?

— Environ du tiers. »

L'homme du ministère paraissait sincèrement indigné : « Ce n'était évidemment pas très loyal de leur part. »

Tomas haussa les épaules.

« Il fallait vous défendre ! Il fallait exiger immédiatement une rectification !

— Que voulez-vous ! Les Russes sont arrivés peu de temps après. On avait tous d'autres soucis, dit Tomas.

— Pourquoi laisser croire qu'un médecin comme vous souhaite que d'autres hommes perdent la vue ?

— Allons donc ! Mon article a paru quelque part en fin de journal parmi d'autres lettres. Personne ne l'aura remarqué.

— Ne dites pas ça, docteur ! J'ai moi-même discuté avec beaucoup de gens qui m'ont parlé de votre article et se sont étonnés que vous ayez pu l'écrire. Mais tout est beaucoup plus clair pour moi maintenant que vous m'avez expliqué que votre article, tel qu'il a été publié, n'est pas exactement celui que vous aviez écrit. On vous avait suggéré de l'écrire ?

— Non, dit Tomas, je l'ai envoyé spontanément.

— Vous connaissiez ces gens-là ?

— Lesquels ?

— Ceux qui ont publié votre article.

— Non.

— Vous ne leur avez jamais parlé ?

— Je ne les ai vus qu'une fois. Ils m'avaient demandé de passer à la rédaction.

— Pourquoi ?

— À cause de cet article.

— Et à qui avez-vous parlé ?

— À un journaliste.

— Comment s'appelait-il ? »

Tomas comprit enfin que c'était un interrogatoire. Il se dit que chacune de ses paroles pouvait mettre quelqu'un en danger. Il connaissait évidemment le nom du journaliste, mais il nia : « Je ne sais pas.

— Voyons, docteur ! dit l'homme d'un ton plein d'indignation devant ce manque de sincérité. Il a bien dû se présenter ! »

Il est tragi-comique que ce soit précisément notre bonne

éducation qui soit devenue l'alliée de la police. Nous ne savons pas mentir. L'impératif « Dis la vérité ! », que nous ont inculqué papa et maman, fait que nous avons automatiquement honte de mentir, même devant le flic qui nous interroge. Il nous est plus facile de nous disputer avec lui, de l'insulter (ce qui n'a aucun sens) que de lui mentir carrément (ce qui est la seule chose à faire).

En entendant l'homme du ministère lui reprocher son manque de sincérité, Tomas se sentit presque coupable ; il dut surmonter une sorte de blocage moral pour persévérer dans son mensonge : « Il s'est sans doute présenté, dit-il, mais comme son nom ne me disait rien, je l'ai tout de suite oublié.

— Comment était-il ? »

Le journaliste auquel il avait eu alors affaire était petit et avait des cheveux blonds très courts coupés en brosse. Tomas tenta de choisir des caractéristiques diamétralement opposées : « Il était grand. Il avait de longs cheveux noirs.

— Ah oui ? dit l'homme du ministère. Et le menton en galoche ?

— C'est ça, dit Tomas.

— Un type un peu voûté.

— C'est ça », répéta encore une fois Tomas, et il comprit que l'homme du ministère venait d'identifier quelqu'un. Non seulement Tomas avait dénoncé un infortuné journaliste, mais par-dessus le marché sa dénonciation était mensongère.

« Mais pourquoi vous avait-il convoqué ? De quoi avez-vous parlé ?

— Ils voulaient changer la syntaxe d'une phrase. »

Cette réponse fit l'effet d'un ridicule subterfuge. De nouveau, l'homme du ministère était révolté que Tomas refusât de lui dire la vérité : « Voyons, docteur ! Vous venez de m'affirmer qu'ils ont coupé votre texte d'un tiers et maintenant vous me dites que vous avez discuté d'un changement de syntaxe ! Ce n'est tout de même pas logique ! »

Aussitôt, Tomas trouva plus facilement une réponse car ce qu'il disait était la pure vérité : « Ce n'est pas logique, mais c'est comme ça, dit-il en riant. Ils m'ont demandé l'autorisation de changer la syntaxe d'une phrase et après ils ont coupé le tiers de l'article. »

De nouveau, l'homme du ministère hocha la tête, comme s'il ne pouvait comprendre un comportement aussi immoral, et il dit : « Ces gens-là n'ont pas été corrects vis-à-vis de vous. »

Il vida son verre de vin et conclut : « Docteur, vous avez été victime d'une manipulation. Ce serait dommage que ce soit vous et vos malades qui en fassiez les frais. Nous connaissons parfaitement vos qualités, docteur. On va voir ce qu'on peut faire. »

Il tendit la main à Tomas et prit cordialement congé. Ils sortirent du café et chacun regagna sa voiture.

6

Cette rencontre rendit Tomas d'humeur sombre. Il se reprochait de s'être laissé prendre au ton jovial de l'entretien. Puisqu'il n'avait pas refusé de parler au policier (il n'était pas préparé à une telle situation et ne savait pas ce que la loi autorise et ce qu'elle interdit), du moins aurait-il dû refuser d'aller avec lui au café boire un verre comme avec un ami ! Et si quelqu'un l'avait vu, quelqu'un qui connaissait ce type ! Il en aurait certainement conclu que Tomas était au service de la police ! Et pourquoi avoir dit à ce flic que son article avait été coupé ! Pourquoi lui avoir donné, sans raison aucune, cette information ? Il était profondément mécontent de lui-même.

Une quinzaine de jours plus tard, l'homme du ministère revint. Il proposa d'aller au café d'en face comme la dernière fois, mais Tomas préféra rester dans son cabinet de consultation.

« Je vous comprends, docteur », dit l'autre avec un sourire.

Cette phrase frappa Tomas. L'homme du ministère venait de s'exprimer comme le joueur d'échecs qui confirme à son adversaire que celui-ci a commis une erreur dans le coup précédent.

Ils étaient assis sur leurs chaises, face à face, séparés par le bureau de Tomas. Au bout de dix minutes pendant lesquelles il fut question de l'épidémie de grippe qui sévissait alors, l'homme dit : « Nous avons réfléchi à votre cas, docteur. S'il ne s'agissait que de vous, les choses seraient simples. Mais nous devons tenir compte de l'opinion publique. Que vous le vouliez ou non, votre article a contribué à l'hystérie anticommuniste. Je ne vous cacherai pas qu'il nous a même été suggéré de vous traduire en justice à cause de votre article. Il y a une disposition du code là-dessus. Incitation publique à la violence. »

L'homme du ministère de l'Intérieur marqua une pause et regarda Tomas dans les yeux. Tomas haussa les épaules. L'homme prit un ton rassurant : « Nous avons écarté cette idée. Quelle que soit votre responsabilité, l'intérêt de la société exige que vous soyez employé là où vos compétences sont utilisées au mieux. Votre ancien chef de service vous estime beaucoup. Et nous nous sommes aussi renseignés auprès de vos malades. Vous êtes un grand spécialiste, docteur ! Personne ne peut exiger qu'un médecin comprenne quelque chose à la politique. Vous vous êtes fait berner, docteur. Il faut arranger ça. C'est pourquoi nous voudrions vous proposer le texte d'une déclaration que vous devriez, à notre avis, mettre à la disposition de la presse. Ensuite, nous ferions le nécessaire pour qu'elle soit publiée le moment venu », dit-il en tendant un papier à Tomas.

Tomas lut ce qui y était écrit et il en eut un choc. C'était bien pire que ce que son ancien chef de service avait exigé de lui deux ans plus tôt. Ce n'était plus une simple rétractation de l'article sur Œdipe. Il y avait là-dedans des phrases sur l'amour de l'Union soviétique et sur la fidélité au parti communiste, il y avait une condamnation des intellectuels qui, était-il écrit, voulaient conduire le pays à la guerre civile, mais surtout, il y avait une dénonciation de la rédaction de l'hebdomadaire culturel avec le nom du journaliste à la haute silhouette voûtée (Tomas ne l'avait jamais rencontré mais connaissait son nom et sa photo) qui l'avait délibérément abusé en déformant le sens de son article pour en faire un appel contre-révolutionnaire ; ils étaient trop lâches, était-il écrit, pour rédiger eux-mêmes un article pareil et ils avaient voulu se cacher derrière un médecin naïf.

L'homme du ministère lisait l'épouvante dans les yeux de Tomas. Se penchant en avant, il lui tapota amicalement le genou sous le bureau : « Docteur, ce n'est qu'un projet ! Vous allez réfléchir et si vous voulez changer une formule ou une autre, on pourra certainement s'entendre. Au bout du compte, c'est *votre* texte ! »

Tomas rendit le papier au policier comme s'il redoutait de le garder une seconde de plus dans sa main. Pour un peu, il se serait imaginé qu'on allait y chercher ses empreintes digitales.

Au lieu de reprendre le papier, l'homme du ministère écarta les bras dans un geste de surprise feinte (c'était le geste du pape bénissant les foules du haut du balcon) : « Mais, docteur, pourquoi me le rendez-vous ? Il faut le garder. Vous réfléchirez tranquillement chez vous. »

Tomas hochait la tête et tenait patiemment le papier dans sa main tendue. L'homme du ministère cessa d'imiter le Saint-Père bénissant les foules et dut se résigner à prendre le papier.

Tomas voulait lui dire très fermement qu'il ne rédigerait et ne signerait jamais rien. Mais il changea de ton au dernier moment. Il dit calmement : « Je ne suis pas illettré. Pourquoi faudrait-il que je signe quelque chose que je n'ai pas écrit ?

— Très bien, docteur, on peut choisir la démarche inverse. Vous allez d'abord écrire vous-même quelque chose et ensuite on regardera ça ensemble. Ce que vous venez de lire peut au moins vous servir de modèle. »

Pourquoi Tomas n'avait-il pas tout de suite catégoriquement refusé la proposition du policier ?

Très vite, il se tint ce raisonnement : outre que les déclarations de ce genre avaient pour but de démoraliser toute la nation, la police poursuivait vraisemblablement dans son cas un objectif plus précis : peut-être préparaient-ils un procès contre les journalistes de l'hebdomadaire auquel Tomas avait envoyé son article. Dans ce cas-là, la déclaration de Tomas leur servirait de pièce à conviction et ils l'utiliseraient aussi dans la campagne de presse qu'ils déclencheraient contre les journalistes. En refusant tout de suite, fermement et catégoriquement, il courait le risque de voir la police publier le texte préparé d'avance en y apposant frauduleusement sa signature. Aucun journal ne publierait jamais ses démentis ! Personne au monde ne croirait qu'il n'avait pas écrit et signé l'article ! Il avait déjà compris que les gens se réjouissaient trop de l'humiliation morale d'autrui pour se laisser gâcher ce plaisir par des explications.

En donnant à la police l'espoir qu'il rédigerait lui-même un texte, il gagnait du temps. Dès le lendemain, il écrivit sa lettre de démission. Il supposait (correctement) qu'une fois qu'il serait volontairement descendu au degré le plus bas de l'échelle sociale (où avaient dû descendre alors des milliers d'intellectuels d'autres disciplines), la police n'aurait plus prise sur lui et cesserait de s'intéresser à lui. Dans ces conditions, ils ne pourraient plus publier de déclaration soi-disant signée par lui, car ce ne serait absolument pas crédible. Ces ignobles déclarations publiques s'accompagnaient toujours de la promotion et non de la chute des signataires.

Mais comme en Bohême les médecins sont des fonctionnaires, l'État peut certes les libérer de leurs fonctions, mais il n'y est pas obligé. L'employé avec lequel Tomas discuta de sa démission le connaissait de réputation et l'estimait. Il tenta de le persuader de ne pas quitter sa place. Tomas comprit subitement qu'il n'était pas du tout certain d'avoir fait le bon choix. Mais il se sentit déjà lié à cette décision par une sorte de serment de fidélité, et s'obstina. Aussi devint-il laveur de vitres.

7

Quelques années plus tôt, en roulant de Zurich à Prague, Tomas se répétait doucement : « es muss sein ! » en songeant à son amour pour Tereza. Une fois la frontière franchie, il commença à douter qu'il le fallût vraiment : il comprit qu'il n'avait été poussé vers Tereza que par une série de hasards ridicules qui s'étaient produits sept ans plus tôt (ils avaient débuté par la sciatique du chef de service) et qui le ramenaient dans une cage dont il n'y aurait plus moyen d'échapper.

Faut-il en conclure qu'il n'y avait pas d'« es muss sein ! » dans sa vie, pas de grande nécessité ? Selon moi, il y en avait une. Ce n'était pas l'amour, c'était le métier. Ce qui l'avait amené à la médecine, ce n'était ni le hasard ni un calcul rationnel, mais un profond désir intérieur.

S'il y a moyen de classer les êtres en catégories, c'est certainement d'après ces désirs profonds qui les guident vers telle ou telle activité qu'ils exercent toute leur vie durant. Chaque Français est différent. Mais tous les acteurs du monde se ressemblent — à Paris, à Prague, et jusque dans le plus modeste théâtre de province. Est acteur celui qui accepte depuis l'enfance de s'exposer au public anonyme. Sans ce consentement fondamental qui n'a rien à voir avec le talent, qui est quelque chose de plus profond que le talent, on ne peut pas devenir acteur. De même, le médecin est celui qui accepte de s'occuper, toute sa vie durant et avec toutes les conséquences, de corps humains. C'est cet accord fondamental (nullement le talent ou l'habileté) qui lui permet d'entrer en première année dans la salle de dissection et de devenir médecin six ans plus tard.

La chirurgie élève l'impératif fondamental de la profession médicale à l'extrême limite où l'humain touche au divin. Quand on frappe violemment quelqu'un sur le crâne à coups de gourdin, il s'écroule et cesse à jamais de respirer. Mais un jour ou l'autre, il cesserait de toute façon de respirer. Cet assassinat ne fait qu'avancer ce que Dieu arrangerait lui-même un peu plus tard. Dieu, on peut le supposer, a prévu l'homicide, mais pas la chirurgie. Il ne se doutait pas qu'on oserait plonger la main à l'intérieur du mécanisme qu'il avait inventé, soigneusement emballé de peau, scellé et caché aux yeux de l'homme. Quand Tomas posa pour la première fois son scalpel sur la peau d'un patient assoupi sous anesthésie, puis, d'un geste énergique, fendit cette peau et la décousit d'un trait droit et précis (comme un bout de tissu inanimé, un pardessus, une jupe, un rideau), il éprouva un bref mais intense sentiment de sacrilège. Mais c'était sûrement ça qui l'attirait ! C'était cette nécessité, cet « es muss sein ! » profondément enraciné en lui et auquel ne l'avait poussé ni un hasard ni une sciatique du chef de service, rien d'extérieur.

Mais alors, comment se peut-il qu'il se soit dégagé si vite, si résolument et si facilement de quelque chose de si profond ?

Il nous répondrait qu'il avait agi ainsi pour empêcher la police d'abuser de lui. Mais, franchement, même si c'était théoriquement possible (des cas de ce genre se sont réellement produits), il n'était guère probable que la police fît publier une fausse déclaration suivie de sa signature.

On a évidemment le droit de redouter même des dangers guère probables. Admettons-le. Et admettons aussi qu'il était en colère contre lui-même, contre sa propre maladresse et qu'il voulait éviter d'avoir avec la police de nouveaux contacts qui n'auraient fait qu'exacerber son sentiment d'impuissance. Et admettons encore qu'en réalité il avait déjà perdu son métier, car son travail mécanique au dispensaire où il prescrivait des cachets d'aspirine n'avait rien de commun avec l'idée qu'il se faisait de la médecine. Malgré tout cela, la soudaineté de sa décision me paraît étrange. Ne cache-t-elle pas quelque chose de plus profond, quelque chose qui échappait à sa réflexion rationnelle ?

8

Tomas s'était mis à aimer Beethoven pour faire plaisir à Tereza, mais il n'était pas très féru de musique et je doute qu'il connût la véritable histoire de l'illustre motif beethovénien « muss es sein ? es muss sein ! ».

Ça s'était passé comme ça : un certain M. Dembscher devait cinquante forint à Beethoven, et le compositeur, éternellement sans le sou, vint les lui réclamer. « Muss es sein ? le faut-il ? » soupira le pauvre M. Dembscher, et Beethoven répliqua avec un rire gaillard : « Es muss sein ! il le faut ! », puis inscrivit ces mots avec leur mélodie dans son calepin et composa sur ce motif réaliste une petite pièce pour quatre voix : trois voix chantent « es muss sein, ja, ja, ja », il le faut, il le faut, oui, oui, oui, et la quatrième voix ajoute : « heraus mit dem Beutel ! », sors ta bourse !

Le même motif devint un an plus tard le noyau du quatrième mouvement du dernier quatuor opus 135. Beethoven ne pensait plus du tout à la bourse de Dembscher. Les mots « es muss sein ! » prenaient pour lui une tonalité de plus en plus solennelle comme si le Destin en personne les avait proférés. Dans la langue de Kant, même « bon jour ! », dûment prononcé, peut ressembler à une thèse métaphysique. L'allemand est une langue de mots *lourds*. « Es muss sein ! » n'était plus du tout une plaisanterie mais « der schwer gefasste Entschluss », la décision gravement pesée.

Beethoven avait donc mué une inspiration comique en quatuor sérieux, une plaisanterie en vérité métaphysique. C'est un exemple intéressant de passage du léger au lourd (donc, selon Parménide, de changement du positif en négatif). Chose curieuse, cette mutation ne nous surprend pas. Nous serions au contraire indignés si Beethoven était passé du sérieux de son quatuor à la blague légère du canon à quatre voix sur la bourse de Dembscher. Pourtant, il aurait agi tout à fait dans l'esprit de Parménide : il aurait changé du lourd en léger, donc du négatif en positif ! Au début, il y aurait eu (sous forme d'esquisse imparfaite) une grande vérité métaphysique et à la fin (comme œuvre achevée) une plaisanterie on ne peut plus légère ! Seulement, nous ne savons plus penser comme Parménide.

Je crois qu'au fond de lui Tomas s'irritait depuis déjà longtemps de cet agressif, solennel et austère « es muss sein ! » et qu'il y avait en lui un désir profond de changer, selon l'esprit de Parménide, le lourd en léger. Souvenons-nous qu'il lui avait jadis suffi d'un seul instant pour refuser de jamais revoir sa première femme et son fils et qu'il avait appris avec soulagement que son père et sa mère avaient rompu avec lui. Était-ce autre chose qu'un geste brusque et peu rationnel par lequel il repoussa ce qui voulait s'affirmer à lui comme une obligation pesante, comme un « es muss sein ! » ?

Évidemment, il s'agissait alors d'un « es muss sein ! » extérieur, imposé par les conventions sociales, tandis que l'« es muss sein ! » de son amour de la médecine était une nécessité intérieure. Justement, c'était encore pire. Car l'impératif intérieur est encore plus fort et n'incite que plus fortement à la révolte.

Être chirurgien, c'est ouvrir la surface des choses et regarder ce qui se cache au-dedans. Ce fut peut-être ce désir qui donna à Tomas l'envie d'aller voir ce qu'il y avait *au-delà* de l'« es muss sein ! » ; autrement dit : d'aller voir ce qui reste de la vie quand l'homme s'est débarrassé de tout ce qu'il a jusqu'ici tenu pour sa mission.

Pourtant, quand il vint se présenter à l'affable directrice des entreprises praguoises de nettoyage des vitres et vitrines, le résultat de sa décision lui apparut soudain dans toute sa réalité et il fut presque effrayé. Dans cette frayeur il vécut les premières journées de son nouvel emploi. Mais une fois surmontée (au bout d'une semaine environ) la stupéfiante étrangeté de sa vie nouvelle, il réalisa subitement qu'il se trouvait en longues vacances.

Il faisait des choses auxquelles il n'attachait aucune importance, et c'était beau. Il comprenait le bonheur des gens (dont il avait toujours eu pitié jusque-là) qui exercent un métier auquel ils n'ont pas été conduits par un « es muss sein ! » intérieur et qu'ils peuvent oublier en quittant leur travail. Il n'avait encore jamais connu cette bienheureuse indifférence. Autrefois, quand une opération n'avait pas marché comme il l'aurait voulu, il était au désespoir et ne dormait pas. Il en perdait même souvent le goût des femmes. L'« es muss sein ! » de son métier était comme un vampire qui lui suçait le sang.

À présent, il parcourait Prague avec sa longue perche à laver les vitrines et constatait avec surprise qu'il se sentait rajeuni de dix ans. Les vendeuses des grands magasins l'appelaient « docteur » (le tam-tam praguois fonctionnait parfaitement) et lui demandaient conseil au sujet de leurs rhumes, de leurs douleurs lombaires et de leurs retards de règles. Elles avaient presque honte quand elles le regardaient asperger d'eau les vitrines, emmancher une brosse au bout de sa perche et commencer à laver. Si elles avaient pu planter leurs clients dans le magasin, elles lui auraient certainement pris la perche des mains pour laver les carreaux à sa place.

Tomas travaillait surtout dans les grands magasins, mais son entreprise l'envoyait aussi chez des particuliers. À cette époque, les gens vivaient encore les persécutions contre les intellectuels tchèques dans une sorte d'euphorie de la solidarité. Quand ses anciens malades apprirent que Tomas était laveur de vitres, ils téléphonèrent à son entreprise pour le réclamer. Ils l'accueillaient avec une bouteille de champagne ou d'eau-de-vie, inscrivaient sur sa feuille qu'il leur avait lavé treize fenêtres et passaient ensuite deux heures à bavarder et trinquer avec lui. Quand il partait pour aller chez d'autres particuliers ou dans un autre magasin, il était d'une humeur splendide. Les familles des officiers russes venaient s'installer dans le pays, la radio diffusait les discours comminatoires des fonctionnaires du ministère de l'Intérieur qui remplaçaient les journalistes congédiés, et lui, il titubait entre deux vins à travers les rues de Prague dans l'état d'esprit d'un homme qui va de fête en fête. C'étaient ses grandes vacances.

Il revenait à l'époque de sa vie de célibataire. Car il était soudain sans Tereza. Il ne la voyait que la nuit, quand elle rentrait du bar et qu'il ouvrait un œil dans le premier sommeil, puis le matin quand c'était elle qui était ensommeillée et qu'il se dépêchait d'aller à son travail. Il avait seize heures pour lui tout seul et c'était un espace de liberté qui lui était inopinément offert. Pour lui, depuis sa prime jeunesse, un espace de liberté ça voulait dire des femmes.

9

Quand ses amis lui demandaient combien de femmes il avait eues, il faisait une réponse évasive et, s'ils insistaient, il disait : « Ça doit faire dans les deux cents. » Quelques envieux affirmaient qu'il exagérait. Il se défendait : « Ça ne fait pas tant que ça. Mes rapports avec les femmes durent à peu près depuis vingt-cinq ans. Divisez deux cents par vingt-cinq. Vous verrez que ça fait à peu près huit femmes nouvelles par an. Ce n'est pas tellement. »

Mais depuis qu'il vivait avec Tereza, son activité érotique se heurtait à des difficultés d'organisation ; il ne pouvait lui réserver (entre la salle d'opération et son foyer) qu'une étroite bande de temps qu'il exploitait certes intensément (comme l'agriculteur de montagne cultive avec assiduité son étroite parcelle) mais qui ne pouvait se comparer à l'espace de seize heures dont il avait soudain reçu l'aubaine. (Je dis seize, car même les huit heures pendant lesquelles il lavait les carreaux offraient mille occasions de faire la connaissance de nouvelles vendeuses, employées ou ménagères et de prendre rendez-vous.)

Que cherchait-il chez toutes ces femmes ? Qu'est-ce qui l'attirait chez elles ? L'amour physique n'est-il pas l'éternelle répétition du même ?

Nullement. Il reste toujours un petit pourcentage d'inimaginable. Quand il voyait une femme tout habillée, il pouvait évidemment s'imaginer plus ou moins comment elle serait une fois nue (ici son expérience de médecin complétait l'expérience de l'amant), mais entre l'approximation de l'idée et la précision de la réalité il subsistait une petite lacune d'inimaginable, et c'était cette lacune qui ne le laissait pas en repos. Et puis, la poursuite de l'inimaginable ne s'achève pas avec la découverte de la nudité, elle va plus loin : quelles mines ferait-elle en se déshabillant ? que dirait-elle quand il lui ferait l'amour ? sur quelles notes seraient ses soupirs ? quel rictus viendrait se graver sur son visage dans l'instant de la jouissance ?

L'unicité du « moi » se cache justement dans ce que l'être humain a d'inimaginable. On ne peut imaginer que ce qui est identique chez tous les êtres, que ce qui leur est commun. Le « moi » individuel, c'est ce qui se distingue du général, donc ce qui ne se laisse ni deviner ni calculer d'avance, ce qu'il faut d'abord dévoiler, découvrir, conquérir chez l'autre.

Tomas, qui pendant les dix dernières années de son activité médicale s'était occupé exclusivement du cerveau humain, savait qu'il n'est rien de plus difficile à saisir que le « moi ». Entre Hitler et Einstein, entre Brejnev et Soljenitsyne, il y a beaucoup plus de ressemblances que de différences. Si on pouvait l'exprimer arithmétiquement, il y a entre eux un millionième de dissemblable et neuf cent quatre-vingt-dix-neuf mille neuf cent quatre-vingt-dix-neuf millionièmes de semblable.

Tomas est obsédé du désir de découvrir ce millionième et de s'en emparer et c'est cela, à ses yeux, le sens de son obsession des femmes. Il n'est pas obsédé par les femmes, il est obsédé par ce que chacune d'elles a d'inimaginable, autrement dit, par ce millionième de dissemblable qui distingue une femme des autres.

(Peut-être que sa passion de chirurgien rejoignait ici sa passion de coureur. Il ne lâchait pas le scalpel imaginaire, même quand il était avec ses maîtresses. Il désirait s'emparer de quelque chose qui était profondément enfoui à l'intérieur d'elles-mêmes, ce pour quoi il fallait déchirer leur enveloppe superficielle.)

On est évidemment en droit de se demander pourquoi il n'allait chercher que dans la sexualité ce millionième de dissemblable. Ne pouvait-il le trouver, par exemple, dans leur démarche, dans leurs goûts culinaires ou dans leurs préférences esthétiques ?

Bien entendu, ce millionième de dissemblable est présent dans tous les domaines de la vie humaine, seulement il y est partout publiquement dévoilé, on n'a pas besoin de le découvrir, on n'a pas besoin de scalpel. Qu'une femme préfère le fromage aux pâtisseries et qu'une autre ne supporte pas le chou-fleur, c'est certes un signe d'originalité, mais on voit immédiatement que cette originalité-là est tout à fait insignifiante et vaine et qu'on perdrait son temps en s'y intéressant et en y cherchant une valeur quelconque.

C'est seulement dans la sexualité que le millionième de dissemblable apparaît comme une chose précieuse, car il n'est pas accessible publiquement et il faut le conquérir. Il y a encore un demi-siècle, ce genre de conquête exigeait beaucoup de temps (des semaines, parfois même des mois !) et la valeur du conquis se mesurait au temps consacré à le conquérir. Même aujourd'hui, bien que le temps de la conquête ait considérablement raccourci, la sexualité apparaît toujours comme le coffret d'argent où se cache le mystère du moi féminin.

C'était donc non pas le désir de volupté (la volupté venait pour ainsi dire en prime) mais le désir de s'emparer du monde (d'ouvrir au scalpel le corps gisant du monde) qui le jetait à la poursuite des femmes.

10

Les hommes qui poursuivent une multitude de femmes peuvent aisément se répartir en deux catégories. Les uns cherchent chez toutes les femmes leur propre rêve, leur idée subjective de la femme. Les autres sont mus par le désir de s'emparer de l'infinie diversité du monde féminin objectif.

L'obsession des premiers est une obsession *romantique* : ce qu'ils cherchent chez les femmes, c'est eux-mêmes, c'est leur idéal, et ils sont toujours et continuellement déçus parce que l'idéal, comme nous le savons, c'est ce qu'il n'est jamais possible de trouver. Comme la déception qui les pousse de femme en femme donne à leur inconstance une sorte d'excuse mélodramatique, bien des dames sentimentales trouvent émouvante leur opiniâtre polygamie.

L'autre obsession est une obsession *libertine*, et les femmes n'y voient rien d'émouvant : du fait que l'homme ne projette pas sur les femmes un idéal subjectif, tout l'intéresse et rien ne peut le décevoir. Et précisément cette inaptitude à la déception a en soi quelque chose de scandaleux. Aux yeux du monde, l'obsession du baiseur libertin est sans rémission (parce qu'elle n'est pas rachetée par la déception).

Comme le baiseur romantique poursuit toujours le même type de femme, on ne remarque même pas qu'il change de maîtresses ; ses amis lui causent de perpétuels malentendus car ils ne perçoivent pas de différence entre ses compagnes et les appellent toutes par le même nom.

Dans leur chasse à la connaissance, les baiseurs libertins (et c'est évidemment dans cette catégorie qu'il faut ranger Tomas) s'éloignent de plus en plus de la beauté féminine conventionnelle (dont ils sont vite blasés) et finissent immanquablement en collectionneurs de curiosités. Ils le savent, ils en ont un peu honte et, pour ne pas gêner leurs amis, ils ne se montrent pas en public avec leurs maîtresses.

Il était laveur de vitres depuis près de deux ans quand il fut demandé par une nouvelle cliente. La première fois qu'il la vit sur le seuil de l'appartement, il fut aussitôt captivé par sa bizarrerie. C'était une bizarrerie discrète, réservée, qui se maintenait dans les limites d'une plaisante banalité (le goût de Tomas pour les curiosités n'avait rien de commun avec l'affection fellinienne pour les monstres) : elle était extraordinairement grande, encore plus grande que lui, elle avait le nez délicat et très long, et son visage était à ce point insolite qu'il était impossible de dire qu'elle était belle (tout le monde aurait protesté !) bien qu'elle ne fût pas tout à fait sans beauté (au moins d'après Tomas). Elle portait un pantalon et une blouse blanche, on eût dit l'étrange synthèse d'un gamin gracile, d'une girafe et d'une cigogne.

Elle le regardait d'un long regard attentif et scrutateur où ne manquait même pas un éclair d'intelligente ironie.

« Entrez, docteur », dit-elle.

Il comprit que la femme savait qui il était. Pour ne rien en laisser paraître, il demanda : « Où est-ce que je peux prendre de l'eau ? »

Elle ouvrit la porte de la salle de bains. Il aperçut devant lui le lavabo, la baignoire, la cuvette des waters ; devant la baignoire, devant le lavabo et devant les waters étaient posés de petits tapis roses.

La femme semblable à une girafe et à une cigogne souriait en clignant des yeux, et tout ce qu'elle disait donnait l'illusion d'un sens ou d'une ironie cachés.

« La salle de bains est à votre entière disposition, docteur, dit-elle. Faites-y ce que bon vous semble.

— Je peux même y prendre un bain ?

— Vous aimez prendre des bains ? » demanda-t-elle.

Il remplit son seau d'eau chaude et retourna dans le salon. « Par où voulez-vous que je commence ?

— Ça ne dépend que de vous, dit-elle avec un haussement d'épaules.

— Puis-je voir les fenêtres des autres pièces ?

— Voulez-vous visiter mon appartement ? » Elle souriait comme si le nettoyage des vitres était un caprice de Tomas et que ce caprice ne l'intéressât nullement.

Il entra dans la pièce voisine. C'était une chambre avec une grande fenêtre, deux lits serrés l'un contre l'autre et un tableau représentant un paysage automnal de bouleaux éclairé par le soleil couchant.

Quand il revint, il y avait sur la table une bouteille de vin débouchée et deux verres. « Vous ne voulez pas prendre un peu de forces avant vos durs travaux ? demanda-t-elle.

— Avec grand plaisir, dit Tomas en s'asseyant.

— Ce doit être intéressant pour vous d'aller comme ça chez les gens ? dit-elle.

— Ce n'est pas trop mal, dit Tomas.

— Vous tombez partout sur des femmes dont le mari est au travail.

— Beaucoup plus souvent sur des mémés et des belles-mères, dit Tomas.

— Et votre ancien métier ne vous manque pas ?

— Dites-moi plutôt comment vous avez entendu parler de mon ancien métier.

— Votre employeur est très fier de vous, dit la femme-cigogne.

— Encore maintenant ? s'étonna Tomas.

— Quand j'ai téléphoné pour qu'on envoie quelqu'un me faire les carreaux, on m'a demandé si ce n'était pas vous que je voulais. Il paraît que vous êtes un grand chirurgien qu'on a mis à la porte de l'hôpital. Je vous crois que ça m'a intéressée !

— Vous êtes merveilleusement curieuse, dit-il.

— Ça se voit ?

— Oui, à la façon dont vous regardez.

— Et comment est-ce que je regarde ?

— Vous plissez les yeux. Et vous posez sans cesse des questions.

— Vous n'aimez pas répondre ? »

Grâce à elle, la conversation tournait d'emblée au badinage. Rien de ce qu'elle disait ne concernait le monde extérieur. C'était à eux seuls que s'adressaient toutes ses paroles. La conversation les ayant tout de suite intronisés tous deux comme thème principal, il n'était rien de plus facile que de compléter les mots par des attouchements, et Tomas, tout en parlant de ses yeux qu'elle plissait, les lui caressait. Et elle répondait à chacun de ces attouchements par sa propre caresse. Elle n'agissait pas spontanément, mais plutôt avec une persévérance voulue, comme s'ils avaient joué à « ce que tu me fais, je te le fais ». Ils étaient assis face à face, chacun les mains posées sur le corps de l'autre.

Quand Tomas tenta de lui mettre la main entre les cuisses, elle commença enfin à se défendre. Il n'arrivait pas à discerner si elle se défendait sérieusement, mais il s'était déjà écoulé pas mal de temps et il était attendu dans dix minutes chez son prochain client.

Il se leva et expliqua qu'il devait partir. Elle avait les joues en feu.

« Il faut que je vous signe votre bordereau, dit-elle.

— Mais je n'ai rien fait, protesta-t-il.

— C'est ma faute », dit-elle, puis elle ajouta d'une voix douce, traînante, innocente : « Il faudra que je vous redemande, pour que vous puissiez achever ce que vous n'avez même pas pu commencer à cause de moi. »

Comme Tomas refusait de lui donner son bordereau à signer, elle dit tendrement, du ton qu'elle aurait pris pour demander un service : « S'il vous plaît, donnez-moi ça », et elle ajouta en plissant les yeux : « Ce n'est pas moi qui paye mais mon mari, et ce n'est pas vous qui êtes payé mais l'entreprise d'État. Cette transaction ne nous concerne ni l'un ni l'autre. »

11

La curieuse dissymétrie de la femme semblable à une girafe et à une cigogne l'excitait rien que d'y penser : la coquetterie alliée à la maladresse ; un désir sexuel naïvement avoué accompagné d'un sourire ironique ; la vulgaire banalité de l'appartement et la singularité de sa propriétaire. Comment serait-elle quand ils feraient l'amour ? Il tentait de l'imaginer, mais ce n'était pas facile. Ce fut sa seule préoccupation pendant plusieurs jours.

Quand elle l'invita pour la deuxième fois, la bouteille de vin attendait déjà sur la table avec deux verres. Mais cette fois, tout alla très vite. Ils se retrouvèrent bientôt face à face dans la chambre (le soleil se couchait sur le paysage de bouleaux blancs) et ils s'embrassèrent. Il lui dit son habituel « Déshabillez-vous ! » mais, au lieu d'obéir : « Non, vous d'abord », ordonna-t-elle.

Il n'était pas habitué à ça et perdit un peu contenance. Elle commença à lui déboutonner son pantalon. « Déshabillez-vous ! » lui enjoignit-il encore à plusieurs reprises (avec un insuccès comique) mais il ne lui restait plus qu'à accepter un compromis ; d'après les règles du jeu qu'elle lui avait déjà imposées la dernière fois (« ce que tu me fais, je te le fais »), elle le débarrassa de son pantalon et lui de sa jupe, puis elle lui retira sa chemise et lui sa blouse, jusqu'à ce qu'ils soient enfin nus face à face. Il avait la main posée sur son sexe moite et il faisait glisser ses doigts vers l'orifice anal, chez toutes les femmes l'endroit de leur corps qu'il chérissait le plus. Elle l'avait extrêmement protubérant, ce qui suggérait distinctement l'idée du long tube digestif se terminant ici par une légère saillie. Il palpait l'anneau ferme et sain, cette bague, la plus belle de toutes, appelée sphincter dans le langage de la médecine, quand il sentit soudain les doigts de la femme se poser au même endroit de son postérieur. Elle répétait tous ses gestes avec la précision d'un miroir.

Bien qu'il eût, comme il l'a dit, connu dans les deux cents femmes (et depuis qu'il était laveur de vitres ça faisait encore beaucoup plus) il ne lui était encore jamais arrivé qu'une femme plus grande que lui se campe devant lui, plisse les yeux et lui palpe l'anus. Pour surmonter sa gêne, il la poussa vivement vers le lit.

La soudaineté de ce geste la prit au dépourvu. Son grand corps tombait sur le dos et le visage couvert de taches rouges avait l'air effrayé de quelqu'un qui a perdu l'équilibre. Comme il était debout devant elle, il la saisit sous les genoux et souleva très haut ses jambes légèrement écartées. Tout à coup, on eût dit les bras levés du soldat pris de panique qui se rend devant une arme brandie.

La maladresse jointe à la ferveur, la ferveur jointe à la maladresse excitaient magnifiquement Tomas. Ils s'aimèrent très longuement. Il observait son visage couvert de taches rouges et y cherchait l'expression d'effroi d'une femme à qui on a fait un croc-en-jambe et qui tombe, inimitable expression qui venait de lui faire monter à la tête le flux de l'excitation.

Quand ce fut fini, il alla se laver dans la salle de bains. Elle l'y accompagna et lui expliqua longuement où était le savon, où était le gant de toilette et comment il fallait s'y prendre pour faire couler l'eau chaude. Il trouvait curieux qu'elle lui expliquât ces choses simples avec tant de détails. Il lui dit qu'il avait compris et qu'il voudrait rester seul dans la salle de bains.

« Vous ne me laisserez pas assister à votre toilette ? » dit-elle d'un ton suppliant.

Il réussit enfin à la faire sortir. Il se lavait, il urinait dans le lavabo (pratique courante chez les médecins tchèques) et il avait l'impression qu'elle allait et venait impatiemment devant la salle de bains, cherchant un prétexte pour y pénétrer. Quand il eut fermé les robinets, il remarqua qu'un silence total régnait dans l'appartement et il crut qu'elle l'observait. Il était presque sûr qu'il y avait un trou dans la porte et qu'elle y pressait son bel œil plissé.

En la quittant, il se sentait d'excellente humeur. Il s'efforçait de se remémorer l'essentiel, de condenser le souvenir dans une formule chimique qui permît de définir l'unicité (le millionième de dissemblable) de cette femme. Il arriva finalement à une formule qui se composait de trois éléments :

1. la maladresse jointe à la ferveur ;

2. le visage effrayé de quelqu'un qui perd l'équilibre et qui tombe ;

3. les jambes levées comme les bras d'un soldat qui se rend devant une arme brandie.

En se répétant cette formule, il éprouvait le sentiment radieux de s'être une fois de plus emparé d'un fragment du monde ; d'avoir découpé avec son scalpel imaginaire une mince bande de tissu dans la toile infinie de l'univers.

12

Voici ce qui lui arriva à peu près à la même époque : il avait eu plusieurs rendez-vous avec une jeune femme dans un appartement qu'un vieil ami lui prêtait tous les jours jusqu'à minuit. Au bout d'un mois ou deux, elle lui rappela une de leurs rencontres : ils avaient fait l'amour sur le tapis devant la fenêtre, disait-elle, et dehors les éclairs jaillissaient et le tonnerre grondait. Ils avaient fait l'amour pendant tout l'orage et c'était, disait-elle, d'une inoubliable beauté !

En l'écoutant, Tomas s'étonnait : oui, il se rappelait qu'ils avaient fait l'amour sur le tapis (il n'y avait dans le studio de son ami qu'un étroit divan sur lequel il ne se sentait pas à son aise), mais il avait complètement oublié l'orage ! C'était étrange : il arrivait à se rappeler les quelques rendez-vous qu'il avait eus avec elle, il se souvenait même exactement de quelle manière ils avaient fait l'amour (elle refusait de faire l'amour par-derrière), il se rappelait les quelques phrases qu'elle avait prononcées pendant l'amour (elle lui demandait toujours de lui serrer fermement les hanches, et elle protestait s'il la regardait), il se rappelait même la coupe de sa lingerie — mais il ne se souvenait absolument plus de l'orage.

Sa mémoire n'enregistrait de ses aventures amoureuses que l'étroit chemin escarpé de la conquête sexuelle : la première agression verbale, le premier attouchement, la première obscénité qu'il lui avait dite et qu'elle lui avait dite, toutes les petites perversions auxquelles il l'avait peu à peu contrainte et jusqu'à celles qu'elle avait refusées. Tout le reste (avec un soin presque pédant) était exclu de sa mémoire. Il oubliait même l'endroit où il avait rencontré telle ou telle femme pour la première fois, car cet instant se passait encore avant la conquête sexuelle proprement dite.

La jeune femme parlait de l'orage, le visage baigné d'un sourire rêveur, et il la regardait étonné et presque avec honte : elle avait vécu quelque chose de beau et il ne l'avait pas vécu avec elle. La réaction dichotomique de leur mémoire à l'orage nocturne exprimait toute la différence qu'il peut y avoir entre l'amour et le non-amour.

Par non-amour, je ne veux pas dire que Tomas se soit conduit en cynique à l'égard de cette jeune femme, qu'il n'ait vu en elle, comme on dit, qu'un objet sexuel : au contraire, il l'aimait comme une amie, il appréciait son caractère et son intelligence, il était prêt à l'aider chaque fois qu'elle en aurait eu besoin. Ce n'était pas lui qui se conduisait mal envers elle ; c'était sa mémoire qui l'avait, sans qu'il y fût pour rien, exclue de la sphère de l'amour.

Il semble qu'il existe dans le cerveau une zone tout à fait spécifique qu'on pourrait appeler la *mémoire poétique* et qui enregistre ce qui nous a charmés, ce qui nous a émus, ce qui donne à notre vie sa beauté. Depuis que Tomas avait fait la connaissance de Tereza, aucune femme n'avait le droit de laisser de marque, même la plus éphémère, dans cette zone de son cerveau.

Tereza occupait en despote sa mémoire poétique et en avait balayé toute trace des autres femmes. Ce n'était pas juste, parce que, par exemple, la jeune femme avec laquelle il avait fait l'amour sur le tapis pendant l'orage n'était pas moins digne de poésie que Tereza. Elle lui criait : « Ferme les yeux, prends-moi par les hanches, serre-moi fort ! » Elle ne pouvait supporter que Tomas ait les yeux ouverts, attentifs et scrutateurs pendant l'amour, et que son corps, légèrement soulevé au-dessus du sien, n'adhère pas à sa peau. Elle ne voulait pas qu'il l'étudie. Elle voulait l'entraîner dans le flot de l'enchantement où l'on ne peut entrer qu'avec les yeux fermés. Elle refusait de se mettre à quatre pattes car dans cette position leurs corps se touchaient à peine et il pouvait l'observer d'une distance de près de cinquante centimètres. Elle détestait cet éloignement. Elle voulait se confondre avec lui. Aussi lui affirmait-elle obstinément en le regardant dans les yeux qu'elle ne jouissait pas, bien que tout le tapis fût mouillé de son orgasme : « Je ne cherche pas à jouir, je cherche le bonheur, et jouir sans le bonheur n'est pas jouir. » Autrement dit, elle frappait à la porte de sa mémoire poétique. Mais la porte était fermée. Il n'y avait pas de place pour elle dans la mémoire poétique de Tomas. Il n'y avait de place pour elle que sur le tapis.

L'aventure de Tomas avec Tereza avait commencé exactement là où se terminaient ses aventures avec les autres femmes. Elle se jouait de l'autre côté de l'impératif qui le poussait à la conquête des femmes. Il ne voulait rien dévoiler chez Tereza. Il l'avait trouvée dévoilée. Il avait fait l'amour avec elle sans avoir pris le temps de se saisir du scalpel imaginaire dont il ouvrait le corps gisant du monde. Sans prendre le temps de se demander comment elle serait pendant l'amour, il l'aimait déjà.

L'histoire d'amour n'avait commencé qu'après : elle avait eu de la fièvre et il n'avait pas pu la reconduire chez elle comme les autres femmes. Il s'était agenouillé à son chevet et l'idée lui était venue qu'elle lui avait été envoyée dans une corbeille au fil de l'eau. J'ai déjà dit que les métaphores sont dangereuses. L'amour commence par une métaphore. Autrement dit : l'amour commence à l'instant où une femme s'inscrit par une parole dans notre mémoire poétique.

13

Elle ne tarda pas à renouveler son empreinte : elle était allée chercher le lait comme chaque matin et, quand il lui ouvrit, elle serrait contre sa poitrine une corneille enveloppée dans l'écharpe rouge. C'est ainsi que les gitanes portent leurs enfants dans leurs bras. Il n'oublierait jamais l'immense bec accusateur de la corneille auprès de son visage.

Elle l'avait trouvée à moitié ensevelie. Jadis, les cosaques traitaient ainsi les ennemis faits prisonniers. « C'est des enfants qui ont fait ça », dit-elle, et il y avait dans cette phrase plus qu'une simple constatation ; c'était l'expression d'un soudain dégoût du genre humain. Il se rappelait qu'elle lui avait dit récemment : « Je commence à t'être reconnaissante de n'avoir jamais voulu d'enfants. »

La veille, elle s'était plainte d'avoir été insultée par un type dans le bar où elle travaillait. Il avait empoigné son collier de pacotille en affirmant qu'elle l'avait sans doute gagné en se prostituant. Elle en était toute retournée. Plus qu'il n'y avait lieu, songeait Tomas. Soudain, il se sentit mal à l'aise à l'idée qu'il la voyait si peu depuis deux ans et qu'il n'avait même plus l'occasion de serrer longuement ses mains dans les siennes pour les empêcher de trembler.

Il se faisait ces réflexions en allant le matin au bureau où une employée donnait aux laveurs de vitres leur travail de la journée. Un particulier avait expressément demandé qu'on lui envoie Tomas pour nettoyer ses fenêtres. Il se rendit avec mauvaise humeur à l'adresse indiquée, craignant que ce ne fût encore une femme qui le demandât. Il était tout à ses réflexions sur Tereza et les aventures ne le tentaient pas.

Quand la porte s'ouvrit, il se sentit soulagé. Il vit devant lui un homme de haute taille un peu voûté. L'homme avait le menton en galoche et lui rappelait quelqu'un.

Il souriait : « Entrez, docteur », dit-il et il l'introduisit dans le salon.

Un jeune homme l'y attendait. Il était debout, la figure écarlate. Il regardait Tomas et s'efforçait de sourire.

« Vous deux, je ne crois pas que ce soit la peine de vous présenter, dit l'homme.

— Non », dit Tomas sans sourire, et il tendit la main au jeune homme. C'était son fils.

L'homme au menton en galoche se présenta enfin.

« Je savais bien que vous me rappeliez quelqu'un ! dit Tomas. Comment donc ! Bien sûr que je vous connais ! En photo. »

Ils prirent place dans des fauteuils entre lesquels il y avait une table basse. Tomas songea que les deux hommes assis en face de lui étaient ses propres créations non volontaires et non voulues. Il avait fait un fils sous la contrainte de sa femme, et sous la contrainte du policier qui l'interrogeait il avait tracé le portrait de ce grand homme voûté.

Pour chasser ses pensées, il dit : « Eh bien ! par quelle fenêtre faut-il commencer ? »

Les deux hommes en face de lui riaient franchement.

Oui, c'était clair, il ne s'agissait pas du tout de fenêtres. Il n'était pas invité pour laver des fenêtres, il était invité dans un piège. Il n'avait jamais parlé à son fils. C'était la première fois qu'il lui serrait la main. Il ne le connaissait que de vue et ne voulait pas le connaître autrement. Il voulait ne rien savoir de lui et souhaitait qu'il en fût de même pour son fils.

« Belle affiche, n'est-ce pas ? » dit le journaliste en montrant un grand dessin encadré qui était accroché au mur en face de Tomas.

Pour la première fois depuis qu'il était entré, Tomas leva les yeux. Les murs étaient couverts de tableaux intéressants, il y avait pas mal de photographies et d'affiches. Le dessin qu'avait montré le journaliste avait paru en 1969 dans un des derniers numéros de l'hebdomadaire, avant son interdiction par les Russes. C'était une imitation d'une célèbre affiche de la guerre civile russe de 1918 qui appelait la population à s'engager dans l'Armée rouge : un soldat à la casquette ornée d'une étoile rouge et au regard extraordinairement sévère vous regardait dans les yeux et braquait sur vous une main à l'index pointé. Le texte russe original disait : « Citoyen, tu ne t'es pas encore engagé dans l'Armée rouge ? » Il avait été remplacé par le texte tchèque suivant : « Citoyen, toi aussi tu as signé les deux mille mots ? »

C'était une excellente plaisanterie ! Les deux mille mots avaient été le premier grand manifeste du Printemps 1968 et exigeaient une démocratisation radicale du régime communiste. Ils avaient été signés par une foule d'intellectuels, puis les gens ordinaires avaient signé à leur tour, tant et si bien qu'il y avait une telle multitude de signatures qu'on n'avait jamais pu les compter. Quand l'Armée rouge eut envahi la Bohême et que les purges politiques commencèrent, l'une des questions posées au citoyen était : « Toi aussi, tu as signé les deux mille mots ? » Ceux qui reconnaissaient avoir signé étaient licenciés sur-le-champ.

« Joli dessin. Je m'en souviens », dit Tomas.

Le journaliste sourit : « Espérons que le soldat de l'Armée rouge n'écoute pas ce que nous disons. »

Il ajouta d'un ton sérieux : « Pour que tout soit clair, docteur ce n'est pas chez moi, ici. C'est l'appartement d'un ami. Il n'est donc pas certain que la police nous écoute en ce moment. C'est seulement possible. Si je vous avais fait venir chez moi, ce serait certain. »

Puis il continua d'un ton de nouveau plus léger : « Mais je pars du principe que nous n'avons rien à cacher à personne. D'ailleurs, imaginez cet avantage pour les historiens tchèques de l'avenir ! Ils trouveront dans les archives de la police la vie de tous les intellectuels enregistrée sur bandes magnétiques ! Savez-vous l'effort que ça représente, pour l'historien, de reconstituer la vie sexuelle d'un Voltaire, d'un Kant ou d'un Tolstoï ? Dans le cas des Tchèques, ils n'auront aucun doute. Tout est enregistré. Le moindre soupir. »

Se tournant vers les micros imaginaires cachés dans le

mur, il dit en élevant la voix : « Messieurs, comme toujours en pareille occasion, je veux vous encourager dans votre travail et vous remercier en mon nom et au nom des futurs historiens. »

Ils rirent tous les trois, puis le journaliste se mit à parler longuement des circonstances qui avaient entouré l'interdiction de son hebdomadaire, de ce que faisait le dessinateur qui avait eu l'idée de cette caricature et de ce que faisaient les autres peintres, philosophes et cinéastes tchèques. Après l'invasion russe, ils avaient tous été privés de leur travail et ils étaient devenus laveurs de vitres, gardiens de parkings, portiers de nuit, chauffeurs de chaudières dans les bâtiments publics et au mieux, parce que ça supposait déjà des appuis, chauffeurs de taxis.

Ce que disait le journaliste n'était pas inintéressant, mais Tomas ne parvenait pas à se concentrer sur ses paroles. Il pensait à son fils. Il se souvenait qu'il le rencontrait dans la rue depuis quelques mois. Ce n'était évidemment pas par hasard. Ce qui le surprenait, c'était de le voir maintenant en compagnie du journaliste persécuté. La première femme de Tomas était une communiste bon teint, et Tomas en déduisait automatiquement que son fils devait être sous son influence. Il ne savait rien de lui. Il aurait évidemment pu lui demander quels étaient ses rapports avec sa mère, mais cette question lui paraissait déplacée en présence d'un étranger.

Le journaliste arriva enfin au cœur du sujet. Il dit qu'il y avait de plus en plus de gens arrêtés, uniquement pour avoir défendu leur opinion, et il termina son exposé par ces mots : « Et finalement, nous nous sommes dit qu'il fallait faire quelque chose.

— Que voulez-vous faire ? » demanda Tomas.

À ce moment, son fils intervint. C'était la première fois qu'il l'entendait parler. Il constata avec surprise qu'il bégayait.

« D'après ce que nous savons, dit-il, les prisonniers politiques sont mal traités. Quelques-uns sont dans un état vraiment critique. Alors, nous nous sommes dit que ce serait une bonne chose de rédiger une pétition qui serait signée par les intellectuels tchèques les plus en vue dont le nom a encore un certain poids. »

Non, ce n'était pas un bégaiement, c'était plutôt un hoquet qui ralentissait son élocution, de sorte que chaque mot qu'il prononçait était martelé et souligné malgré lui. Il s'en apercevait certainement car ses joues, après avoir repris une coloration plus normale, s'empourpraient de nouveau. « Vous voudriez que je vous indique des gens de ma spécialité auxquels vous pourriez vous adresser ? demanda Tomas.

— Non, rit le journaliste. Ce n'est pas un conseil que nous voulons. C'est votre signature ! »

Une fois de plus, il se sentait flatté ! Une fois de plus, il était heureux que quelqu'un n'eût pas encore oublié qu'il était chirurgien ! Il ne se défendit que par modestie : « Écoutez ! Ce n'est pas parce qu'on m'a viré que je suis un grand médecin !

— Nous n'avons pas oublié ce que vous avez écrit dans notre hebdomadaire », dit, souriant, le journaliste à Tomas.

Avec un enthousiasme qui échappa peut-être à Tomas, son fils souffla : « Oui !

— Je ne vois pas, dit Tomas, en quoi mon nom sur une pétition peut aider les prisonniers politiques. Ceux qui devraient signer, ce sont plutôt ceux qui ne sont pas encore tombés en disgrâce et qui ont conservé un minimum d'influence auprès des gens en place, vous ne croyez pas ?

— Bien sûr qu'ils devraient signer ! » dit le journaliste, et il rit.

Le fils de Tomas aussi fit entendre le rire d'un homme qui a déjà compris pas mal de choses : « Seulement, ces gens-là ne signeront jamais ! »

Le journaliste poursuivit : « Ça ne veut pas dire que nous n'allons pas les trouver ! Nous ne sommes pas assez bons pour leur épargner leurs contorsions, dit-il. Je voudrais que vous entendiez leurs excuses. Elles sont superbes ! »

Le fils rit d'un rire approbateur.

Le journaliste poursuivit : « Évidemment, ils nous affirment tous qu'ils sont d'accord avec nous sur tout, seulement, à les entendre, il faut s'y prendre autrement : en tacticiens, plus raisonnablement, plus discrètement. Ils ont peur de signer tout en ayant peur que nous pensions du mal d'eux s'ils ne signent pas. »

Le fils et le journaliste rirent de concert.

Le journaliste tendit à Tomas une feuille de papier où il y avait un texte bref qui demandait au président de la République, sur un ton relativement courtois, d'amnistier les prisonniers politiques.

Tomas tenta de réfléchir rapidement : Amnistier les prisonniers politiques ? Très bien. Mais allait-on les amnistier parce que des gens rejetés par le régime (donc des prisonniers politiques potentiels) le demandaient au président de la République ? Le seul résultat que pouvait avoir une pétition de ce genre, c'était que les prisonniers politiques ne seraient pas amnistiés, même si, par hasard, on s'apprêtait à les amnistier !

Ces réflexions furent interrompues par son fils : « L'essentiel, c'est de faire savoir qu'il y a encore dans ce pays une poignée d'hommes et de femmes qui n'ont pas peur. De montrer qui est avec qui. De séparer le bon grain de l'ivraie. »

Tomas réfléchissait : Oui, c'est exact, mais qu'est-ce que ça a à voir avec les prisonniers politiques ! De deux choses l'une : ou il s'agit d'obtenir une amnistie, ou il s'agit de séparer le bon grain de l'ivraie. Ça ne revient pas au même.

« Vous hésitez, docteur ? » demanda le journaliste.

Oui. Il hésitait. Mais il craignait de le dire. Sur le mur, en face de lui, il y avait l'image du soldat qui menaçait du doigt et disait : « Tu hésites encore à t'engager dans l'Armée rouge ? » Ou bien : « Tu n'as pas encore signé les deux mille mots ? » Ou bien : « Toi aussi, tu as signé les deux mille mots ? » Ou encore : « Tu ne veux pas signer la pétition pour l'amnistie ? » Quoi qu'il dît, il menaçait.

Le journaliste venait de faire savoir ce qu'il pensait des gens qui, tout en estimant aussi qu'il fallait amnistier les prisonniers politiques, invoquaient mille arguments pour ne pas signer la pétition. D'après le journaliste, ces raisonnements-là n'étaient que des prétextes derrière lesquels se cachait la lâcheté. Alors, que pouvait dire Tomas ?

Le silence se prolongeait, mais cette fois, ce fut lui qui le rompit en riant. Montrant le dessin sur le mur, il dit : « Regardez ce type-là qui me menace et me demande si oui ou non je vais signer. Il est difficile de réfléchir sous son regard ! »

Ils rirent un moment tous les trois.

Tomas dit ensuite : « Très bien. Je vais réfléchir. On pourrait se revoir dans les prochains jours ?

— Ça me fera toujours plaisir de vous voir, dit le journaliste, mais il ne reste plus beaucoup de temps pour cette pétition. Nous voulons la remettre demain au président.

— Demain ? »

Tomas pensait au gros flic qui lui avait tendu un texte où il devait précisément dénoncer l'homme au menton en galoche. Tout le monde voulait l'obliger à signer des textes qu'il n'avait pas écrits lui-même.

Son fils dit : « En l'occurrence, il n'y a pas besoin de réfléchir ! »

Les mots étaient agressifs, mais le ton presque suppliant. Cette fois ils se regardaient dans les yeux et Tomas s'aperçut que son fils, lorsqu'il regardait attentivement, relevait légèrement le coin gauche de sa lèvre supérieure. Il connaissait ce rictus pour l'avoir vu sur son propre visage quand il vérifiait soigneusement dans la glace s'il était bien rasé. Il ne put réprimer un sentiment de malaise en le voyant maintenant sur le visage d'un autre.

Quand on a toujours vécu avec ses enfants, on s'habitue à ces ressemblances, on les trouve normales, et s'il arrive qu'on les remarque, on peut même s'en amuser. Mais c'était la première fois de sa vie que Tomas parlait à son fils ! Il n'avait pas l'habitude d'être assis en face de son propre rictus !

Supposez qu'on vous ait amputé d'une main pour la greffer à un autre. Et un jour, quelqu'un vient s'asseoir en face de vous et gesticule avec cette main sous votre nez. Vous la prendrez sans doute pour un épouvantail. Et bien que vous la connaissiez intimement, bien que ce soit votre main à vous, vous aurez peur qu'elle ne vous touche !

Le fils poursuivait : « Tu es, j'espère, du côté des persécutés ! »

Pendant toute la conversation, Tomas s'était demandé si son fils allait le vouvoyer ou le tutoyer. Jusqu'ici, il avait tourné ses phrases de manière à ne pas avoir à choisir. Cette fois, enfin, il avait choisi. Il le tutoyait et Tomas eut soudain la certitude que pendant toute cette scène il ne s'était nullement agi de l'amnistie des prisonniers politiques, que l'enjeu c'était son fils : s'il signait, leurs deux destinées se rejoindraient et Tomas serait plus ou moins forcé de se rapprocher de lui. S'il ne signait pas, leurs rapports seraient inexistants, comme ils l'avaient toujours été, mais cette fois, ce ne serait pas par sa volonté, mais par la volonté de son fils qui renierait son père à cause de sa lâcheté.

Il était dans la situation du joueur d'échecs qui ne peut plus rien tenter pour échapper à la défaite et doit abandonner la partie. Après tout, qu'il signe ou ne signe pas, ça revenait exactement au même. Ça ne changerait rien à son sort, ni au sort des prisonniers politiques.

« Donnez-moi ça », dit-il, et il prit le papier.

14

Comme s'il avait voulu le récompenser de sa décision, le journaliste dit : « Ce que vous avez écrit sur Œdipe, c'était rudement bien. »

Son fils lui tendit un stylo et ajouta : « Il y a des idées qui sont comme un attentat. »

Les éloges du journaliste le flattaient, mais la métaphore de son fils lui semblait exagérée et déplacée. Il dit : « Malheureusement, c'est un attentat qui n'a fait qu'une victime : moi. À cause de cet article, je ne peux plus opérer mes malades. »

Ces paroles sonnèrent froidement et presque hostilement.

Pour effacer cette petite dissonance, le journaliste fit observer (avec l'air de quelqu'un qui présente des excuses) : « Mais votre article a aidé beaucoup de gens. »

Pour Tomas, les mots « aider les gens » s'identifiaient depuis l'enfance à une seule activité : la médecine. Un article de journal avait-il jamais aidé quelqu'un ? Que voulaient-ils lui faire croire, ces deux-là ? Ils ramenaient toute sa vie à une misérable réflexion sur Œdipe, et à moins que ça encore : à un seul *non* simpliste qu'il avait prononcé à la face du régime.

Il dit (toujours avec la même froideur dans la voix, mais sans s'en rendre compte) : « J'ignore si cet article a aidé qui que ce soit. Mais, dans mon travail de chirurgien, j'ai sauvé la vie à pas mal de gens. »

Il y eut une nouvelle pause. Elle fut interrompue par son fils : « Les idées aussi peuvent sauver la vie. »

Tomas voyait sa propre bouche sur le visage de son fils et se disait : ça fait un drôle d'effet de voir bégayer sa propre bouche.

Le fils continua avec un perceptible effort : « Il y avait quelque chose de formidable dans ton article : le refus du compromis. Cette faculté, que nous sommes en train de perdre, de distinguer clairement entre le bien et le mal. On ne sait plus ce que c'est que de se sentir coupable. Les communistes ont trouvé une excuse : Staline les a trompés. Un assassin s'excuse en disant que sa mère ne l'aimait pas et qu'il était frustré. Et tout d'un coup, tu as dit : Il n'y a aucune justification. Personne, en son âme et conscience, n'était plus innocent qu'Œdipe. Et pourtant, il s'est puni lui-même quand il a vu ce qu'il avait fait. »

Tomas fit un effort pour détacher son regard de sa lèvre qu'il voyait sur le visage de son fils et tenta de concentrer son attention sur le journaliste. Il était agacé et il avait envie de les contredire. Il dit : « Vous savez, tout ça n'est qu'un malentendu. La frontière entre le bien et le mal est terriblement vague. Je ne réclamais le châtiment de personne, ce n'était pas du tout mon but. Châtier quelqu'un qui ne savait pas ce qu'il faisait, c'est de la barbarie. Le mythe d'Œdipe est un beau mythe. Mais l'utiliser de cette façon-là… » Il allait ajouter quelque chose, mais il se rappela que ce qu'il disait était peut-être enregistré. Il n'avait pas la moindre ambition d'être cité par les historiens des siècles futurs. Il redoutait plutôt d'être cité par la police. Car ce qu'elle avait exigé de lui, c'était exactement cette condamnation de son article. Il lui déplaisait qu'elle pût enfin l'entendre de sa propre bouche. Il savait que chaque phrase prononcée dans ce pays pouvait être un jour diffusée à la radio. Il se tut.

« Qu'est-ce qui vous a amené à changer d'avis ? demanda le journaliste.

— Je me demande plutôt ce qui m'a amené à écrire cet article », dit Tomas, et aussitôt, il s'en souvint : elle s'était échouée sur la berge de son lit comme un enfant lâché dans une corbeille au fil de l'eau. Oui, c'était pour ça qu'il était allé chercher ce livre ; il retournait aux histoires de Romulus, de Moïse, d'Œdipe. Soudain, elle fut ici, il la voyait devant lui, serrant contre sa poitrine la corneille enveloppée dans l'écharpe rouge. Cette image le réconfortait. Comme si elle était venue lui dire que Tereza était vivante, qu'elle était en cet instant dans la même ville que lui et que rien d'autre ne comptait.

Le journaliste rompit le silence : « Je vous comprends, docteur. Moi non plus, je n'aime pas qu'on punisse. Mais nous ne réclamons pas de châtiment. Nous demandons la rémission du châtiment.

— Je sais », dit Tomas. Il acceptait l'idée qu'il allait, dans quelques secondes, faire une chose peut-être généreuse, mais à coup sûr parfaitement inutile (parce qu'elle n'aiderait aucunement les prisonniers politiques) et qui lui était personnellement désagréable (parce qu'il agissait dans des circonstances qui lui étaient imposées).

Son fils dit encore (d'un ton presque suppliant) : « C'est ton devoir de signer ! »

Devoir ? Son fils allait lui rappeler son devoir ? C'était la pire chose qu'on pût lui dire ! L'image de Tereza serrant dans ses bras la corneille reparut devant ses yeux. Il s'en souvint, elle lui avait dit qu'un flic était venu la veille au bar et l'avait importunée. Ses mains recommençaient à trembler. Elle avait vieilli. Rien ne comptait pour lui. Elle seule comptait. Elle, qui était issue de six hasards, elle, la fleur née de la sciatique du chef de service, elle qui était de l'autre côté de tous les « es muss sein ! », elle, la seule chose à laquelle il tenait vraiment.

Pourquoi se demander encore s'il fallait ou non signer ? Il n'existait qu'un seul critère pour toutes ses décisions : ne rien faire qui pût nuire à Tereza. Tomas ne pouvait pas sauver les prisonniers politiques, mais il pouvait rendre Tereza heureuse. Non, même ça, il n'en était pas capable. Mais, s'il signait la pétition, il était presque certain que les flics viendraient encore plus souvent l'importuner et que ses mains trembleraient encore plus fort.

Il dit : « Il est beaucoup plus important de déterrer une corneille enterrée vivante que d'envoyer une pétition à un président. »

Il savait que cette phrase était incompréhensible, mais il n'en était que plus satisfait. Il éprouvait une ivresse soudaine et inattendue. La même ivresse noire que le jour où il avait annoncé à sa femme qu'il ne voulait plus jamais les voir, elle et son fils. La même ivresse noire que le jour où il avait jeté dans la boîte la lettre par laquelle il renonçait à jamais à son métier de médecin. Il n'était pas du tout sûr de bien agir, mais il était sûr d'agir comme il le voulait.

« Excusez-moi, dit-il, je ne signerai pas. »

15

Quelques jours plus tard, tous les journaux parlaient de la pétition.

Naturellement, il n'était dit nulle part que c'était une humble requête en faveur des prisonniers politiques et qu'on y demandait leur libération. Aucun journal ne citait la moindre phrase de ce texte succinct. Mais il était longuement question, en termes vagues et menaçants, d'un appel subversif qui devait servir de tremplin pour un nouveau combat contre le socialisme. Les signataires étaient nommément désignés, et leurs noms étaient suivis de calomnies et d'attaques qui donnaient froid dans le dos.

Évidemment, c'était prévisible. À moins d'être organisée par le parti communiste, toute action publique (réunion, pétition, manifestation de rue) était alors tenue pour illégale et mettait en danger quiconque y participait. Chacun le savait. À cause de cela sans doute Tomas s'en voulait encore davantage de ne pas avoir signé la pétition. Pourquoi, au juste, ne l'avait-il pas signée ? Il ne comprenait même plus très bien les motifs de sa décision.

Et une fois encore, je le vois tel qu'il m'est apparu au début de ce roman. Il est à la fenêtre et regarde dans la cour le mur de l'immeuble d'en face.

Il est né de cette image. Comme je l'ai déjà dit, les personnages ne naissent pas d'un corps maternel comme naissent les êtres vivants, mais d'une situation, d'une phrase, d'une métaphore qui contient en germe une possibilité humaine fondamentale dont l'auteur s'imagine qu'elle n'a pas encore été découverte ou qu'on n'en a encore rien dit d'essentiel.

Mais n'affirme-t-on pas qu'un auteur ne peut parler d'autre chose que de lui-même ?

Regarder, impuissant, dans la cour et ne pas arriver à prendre de décision ; entendre le gargouillement obstiné de son propre ventre dans un instant d'exaltation amoureuse ; trahir et ne pas savoir s'arrêter sur la route si belle des trahisons ; lever le poing dans le cortège de la Grande Marche ;

exhiber son humour devant les micros dissimulés par la police : j'ai connu et j'ai moi-même vécu toutes ces situations ; d'aucune, pourtant, n'est issu le personnage que je suis moi-même dans mon curriculum vitæ. Les personnages de mon roman sont mes propres possibilités qui ne se sont pas réalisées. C'est ce qui fait que je les aime tous et que tous m'effraient pareillement. Ils ont, les uns et les autres, franchi une frontière que je n'ai fait que contourner. C'est cette frontière franchie (la frontière au-delà de laquelle finit mon moi) qui m'attire. Et c'est de l'autre côté seulement que commence le mystère qu'interroge le roman. Le roman n'est pas une confession de l'auteur, mais une exploration de ce qu'est la vie humaine dans le piège qu'est devenu le monde. Mais il suffit. Revenons à Tomas.

Il est à la fenêtre et regarde dans la cour le mur sale de l'immeuble d'en face. Il éprouve une sorte de nostalgie pour ce grand type au menton en galoche et pour ses amis qu'il ne connaît pas et dont il ne fait pas partie. C'est comme s'il avait croisé une belle inconnue sur le quai d'une gare et, avant qu'il ait pu l'accoster, elle serait montée dans le wagon-lit d'un train en partance pour Lisbonne ou Istanbul.

Il se remit à réfléchir : qu'aurait-il fallu faire ? Même en écartant tout ce qui relevait du sentiment (l'admiration qu'il éprouvait pour le journaliste, l'irritation que lui causait son fils), il n'arrivait toujours pas à savoir si oui ou non il aurait dû signer le texte qu'on lui avait présenté.

Est-il juste d'élever la voix, quand on tente de réduire un homme au silence ? Oui.

Mais d'un autre côté : Pourquoi les journaux consacraient-ils tant de place à cette pétition ? La presse (entièrement manipulée par l'État) aurait très bien pu ne pas souffler mot de toute l'affaire et personne n'en eût jamais rien su. Si elle en parlait, c'était que ça arrangeait les maîtres du pays ! Pour eux, c'était un don du ciel, et ils s'en servaient pour justifier et déclencher une nouvelle vague de persécutions.

Alors, qu'aurait-il fallu faire ? Signer ou ne pas signer ?

On peut aussi formuler la question en ces termes : Vaut-il mieux crier et hâter ainsi sa propre fin ? Ou se taire et s'acheter une plus lente agonie ?

Existe-t-il seulement une réponse à ces questions ?

Et de nouveau, il lui vint une idée que nous connaissons déjà : La vie humaine n'a lieu qu'une seule fois et nous ne pourrons jamais vérifier quelle était la bonne et quelle était la mauvaise décision, parce que, dans toute situation, nous ne pouvons décider qu'une seule fois. Il ne nous est pas donné une deuxième, une troisième, une quatrième vie pour que nous puissions comparer différentes décisions.

Il en va de l'histoire comme de la vie de l'individu. En 1618, la noblesse de Bohême s'enhardit, décida de défendre ses libertés religieuses et, furieuse contre l'empereur assis sur son trône viennois, précipita par une fenêtre du Hradchine deux de ses éminents représentants. C'est ainsi qu'a débuté la guerre de Trente Ans qui a entraîné la destruction presque totale du peuple tchèque. Les Tchèques avaient-ils alors besoin de plus de prudence que de courage ? La réponse semble facile, mais elle ne l'est pas.

Trois cent vingt ans plus tard, en 1938, après la conférence de Munich, le monde entier décida de sacrifier leur pays à Hitler. Devaient-ils tenter alors de se battre seuls contre un ennemi huit fois supérieur en nombre ? Contrairement à ce qu'ils avaient fait en 1618, ils montrèrent alors plus de prudence que de courage. Leur capitulation marqua le début de la Seconde Guerre mondiale qui s'est soldée par la perte de leur liberté en tant que nation et personne ne savait pour combien de temps. Avaient-ils alors besoin de plus de courage que de prudence ? Que fallait-il faire ?

Si l'histoire tchèque pouvait se répéter, il serait certainement intéressant d'essayer chaque fois l'autre éventualité et de comparer ensuite les deux résultats.

À défaut de cette expérience, tous les raisonnements ne sont qu'un jeu d'hypothèses.

Einmal ist keinmal. Une fois ne compte pas. Une fois c'est jamais. L'histoire de la Bohême ne va pas se répéter une seconde fois, l'histoire de l'Europe non plus. L'histoire de la Bohême et l'histoire de l'Europe sont deux esquisses qu'a tracées la fatale inexpérience de l'humanité. L'histoire est tout aussi légère que la vie de l'individu, insoutenablement légère, légère comme un duvet, comme une poussière qui s'envole, comme une chose qui va disparaître demain.

Tomas pensa encore une fois avec une sorte de nostalgie, presque avec amour, au journaliste à la haute silhouette voûtée. Cet homme-là agissait comme si l'histoire n'était pas une esquisse, mais un tableau achevé. Il agissait comme si tout ce qu'il faisait devait se répéter un nombre incalculable de fois dans l'éternel retour, et il était certain de ne jamais douter de ses actes. Il était convaincu d'avoir raison et ne voyait pas là le signe d'un esprit borné, mais une marque de vertu. Il vivait dans une autre histoire que Tomas : dans une histoire qui n'était pas (ou n'avait pas conscience d'être) une esquisse.

16

Un peu plus tard, il se fit encore cette réflexion que je mentionne pour éclairer le chapitre précédent : Supposons qu'il y ait dans l'univers une planète où l'on viendrait au monde une deuxième fois. En même temps, on se souviendrait parfaitement de la vie passée sur la Terre, de toute l'expérience acquise ici-bas.

Et il existe peut-être une autre planète où chacun verrait le jour une troisième fois avec l'expérience de deux vies déjà vécues.

Et peut-être y a-t-il encore d'autres et d'autres planètes où l'espèce humaine va renaître en s'élevant chaque fois d'un degré (d'une vie) sur l'échelle de la maturité.

C'est l'idée que Tomas se fait de l'éternel retour.

Nous autres, sur la Terre (sur la planète numéro un, sur la planète de l'inexpérience), nous ne pouvons évidemment nous faire qu'une idée très vague de ce qu'il adviendrait de l'homme sur les autres planètes. Serait-il plus sage ? La maturité est-elle seulement à sa portée ? Peut-il y accéder par la répétition ?

Ce n'est que dans la perspective de cette utopie que les notions de pessimisme et d'optimisme ont un sens : l'optimiste, c'est celui qui se figure que l'histoire humaine sera moins sanglante sur la planète numéro cinq. Le pessimiste, c'est celui qui ne le croit pas.

17

Un célèbre roman de Jules Verne, que Tomas aimait beaucoup quand il était enfant, s'intitule *Deux ans de vacances*, et il est bien vrai que deux ans c'est la durée maximale pour des vacances. Ça faisait bientôt trois ans que Tomas était laveur de vitres.

Pendant ces semaines-là il comprit (avec tristesse, et aussi avec un rire secret) qu'il commençait à se fatiguer physiquement et que, sans avoir rien perdu de son désir, il ne possédait les femmes qu'au prix d'une ultime tension de ses forces. (J'ajoute : nullement de ses forces sexuelles, mais de ses forces physiques ; il n'avait pas de difficultés avec son sexe, mais avec le souffle, et c'était justement ce qui lui paraissait un peu comique.)

Un jour, il tentait de prendre rendez-vous pour l'après-midi, mais, comme il arrive parfois, aucune de ses amies ne répondait au téléphone, et l'après-midi risquait de rester désert. Il en était désespéré. Il téléphona une dizaine de fois chez une jeune femme, très charmante étudiante en art dramatique dont le corps doré au soleil sur des plages de nudistes quelque part en Yougoslavie s'enorgueillissait d'un hâle parfaitement uniforme, comme s'il avait tourné lentement sur une broche au mécanisme étonnamment précis.

Il l'appela en vain de tous les magasins où il travaillait. Vers quatre heures, une fois sa tournée terminée, comme il rentrait au bureau pour y remettre ses bordereaux signés, il fut hélé par une inconnue dans une rue du centre de Prague. Elle lui souriait : « Docteur, où est-ce que vous vous cachez ? Je vous ai complètement perdu de vue ! »

Tomas faisait un effort pour se rappeler d'où il la connaissait. Était-ce une de ses anciennes malades ? Elle se comportait comme s'ils avaient été des amis intimes. Il tentait de répondre de façon à ne pas montrer qu'il ne la reconnaissait pas. Il se demandait déjà comment la convaincre de l'accompagner dans le studio de son ami, dont il avait la clé dans sa poche, quand une remarque inopinée lui révéla qui était cette femme : c'était l'étudiante en art dramatique au corps magnifiquement bronzé qu'il avait appelée sans relâche toute la journée.

Cette mésaventure l'amusa et l'effraya à la fois : il était fatigué, pas seulement physiquement, mais aussi mentalement ; les deux ans de vacances, on ne peut les prolonger indéfiniment.

18

Les vacances sans la table d'opération étaient aussi des vacances sans Tereza : ils étaient des jours entiers sans se voir, et le dimanche, enfin ensemble, pleins de désir mais éloignés l'un de l'autre comme le soir où Tomas était rentré de Zurich, ils avaient un long chemin à parcourir pour pouvoir se toucher, s'embrasser. L'amour physique leur apportait du plaisir mais aucune consolation. Elle ne criait plus comme autrefois, et, au moment de l'orgasme, sa grimace semblait exprimer la douleur et une étrange absence. Tendrement unis, ils ne l'étaient que la nuit, dans le sommeil. Ils se tenaient toujours par la main, et elle oubliait l'abîme (l'abîme de la lumière du jour) qui les séparait. Mais ces nuits ne donnaient à Tomas ni le temps ni le moyen de la protéger et d'en prendre soin. Le matin, quand il la voyait, son cœur se serrait et il tremblait pour elle : elle avait l'air triste et malade.

Un dimanche, elle proposa d'aller quelque part à la campagne en voiture. Ils allèrent dans une ville d'eaux où ils constatèrent que toutes les rues avaient été rebaptisées de noms russes et où ils rencontrèrent un ancien malade de Tomas. Cette rencontre le bouleversa. Tout à coup, on lui parlait de nouveau comme à un médecin et il crut un instant retrouver sa vie d'avant, avec sa réconfortante régularité, avec les heures de consultation, avec le regard confiant des malades auquel il ne semblait guère prêter attention mais qui, en réalité, lui apportait une satisfaction et dont il avait besoin.

Ils rentraient, et Tomas, tout en conduisant, se répétait

que leur retour de Zurich à Prague avait été une erreur catastrophique. Il gardait les yeux convulsivement fixés sur la route pour ne pas voir Tereza. Il lui en voulait. Sa présence à ses côtés lui apparaissait dans son insoutenable contingence. Pourquoi était-elle à côté de lui ? Qui l'avait déposée dans une corbeille et l'avait lâchée au fil de l'eau ? Et pourquoi avait-il fallu qu'elle accostât sur la berge du lit de Tomas ? Et pourquoi elle et pas une autre ?

Ils roulaient ; de tout le trajet, ni l'un ni l'autre ne desserra les dents.

Une fois à la maison ils dînèrent en silence.

Le silence se dressait entre eux comme le malheur. Il s'alourdissait de minute en minute. Pour s'en débarrasser, ils allèrent vite se coucher. Pendant la nuit il la réveilla pour la tirer de ses sanglots.

Elle lui raconta : « J'étais enterrée. Depuis longtemps. Tu venais me voir une fois par semaine. Tu frappais sur le caveau et je sortais. J'avais les yeux pleins de terre.

« Tu disais : "Tu ne peux rien voir", et tu m'enlevais la terre des yeux.

« Et je te répondais : "De toute façon, je ne vois rien. J'ai des trous à la place des yeux."

« Après, tu es resté parti longtemps et je savais que tu étais avec une autre. Les semaines passaient et tu ne revenais toujours pas. Je ne dormais plus du tout parce que j'avais peur de rater ton retour. Un jour, tu as fini par revenir et tu as frappé sur le caveau, mais j'étais tellement épuisée d'être restée tout un mois sans dormir que j'avais à peine la force de remonter. Quand j'y suis enfin parvenue, tu as eu l'air déçu. Tu m'as dit que j'avais mauvaise mine. Je sentais que je te déplaisais, que j'avais les joues creuses, que je faisais des gestes brusques et incohérents.

« Pour m'excuser, je t'ai dit : "Pardonne-moi, je n'ai pas dormi de tout ce temps-là."

« Et tu as dit d'une voix rassurante, mais qui sonnait faux : "Tu vois, il faut te reposer. Tu devrais prendre un mois de vacances."

« Et je savais bien ce que tu voulais dire en parlant de vacances ! Je savais que tu voulais rester un mois entier sans me voir parce que tu serais avec une autre. Tu es parti et je suis redescendue au fond de la tombe, et je savais que j'allais être encore tout un mois sans dormir, pour ne pas te rater, et qu'une fois que tu serais de retour, au bout d'un mois, je serais encore plus moche et que tu serais encore plus déçu. »

Il n'avait jamais rien entendu de plus déchirant que ce récit. Il serrait Tereza dans ses bras, sentait son corps trembler et croyait ne plus avoir la force de porter l'amour qu'il avait pour elle.

La planète pouvait vaciller sous les déflagrations des bombes, la patrie pouvait être chaque jour pillée par un nouvel intrus, tous les habitants du quartier pouvaient être conduits au peloton d'exécution, il aurait supporté tout cela plus facilement qu'il n'eût osé se l'avouer. Mais la tristesse d'un seul rêve de Tereza lui était intolérable.

Il retournait à l'intérieur du rêve qu'elle venait de lui raconter. Il se voyait en face d'elle : il lui caressait la joue et, discrètement, pour qu'elle s'en aperçût à peine, il lui enlevait la terre des orbites. Puis il l'entendit prononcer cette phrase, la plus déchirante de toutes : « De toute façon, je ne vois rien. J'ai des trous à la place des yeux. »

Son cœur se serrait ; il se crut au bord de l'infarctus.

Tereza s'était rendormie ; mais lui ne pouvait pas dormir. Il l'imaginait morte. Elle était morte et elle faisait d'horribles rêves ; mais parce qu'elle était morte, il ne pouvait pas la réveiller. Oui, c'était ça la mort : Tereza dormait, elle faisait des rêves atroces et il ne pouvait pas la réveiller.

19

Depuis cinq ans que l'armée russe avait envahi le pays de Tomas, Prague avait beaucoup changé : les gens que Tomas croisait dans la rue n'étaient plus les mêmes qu'avant. La moitié de ses amis avaient émigré et la moitié de ceux qui étaient restés étaient morts. C'est un fait qui ne sera consigné par aucun historien : les années qui ont suivi l'invasion russe ont été une période d'enterrements ; jamais les décès n'ont atteint une telle fréquence. Et je ne parle pas seulement des cas (somme toute assez rares) où des gens ont été traqués à mort comme l'a été Jan Prochazka. Quinze jours après que la radio eut commencé à diffuser quotidiennement l'enregistrement de ses conversations privées, il fut hospitalisé. Le cancer qui sommeillait sans doute discrètement dans son corps depuis quelque temps avait fleuri comme une rose. L'opération eut lieu en présence de la police et quand celle-ci eut constaté que le romancier était condamné, elle cessa de s'intéresser à lui et le laissa mourir dans les bras de sa femme. Mais la mort frappait aussi ceux qui n'étaient pas directement persécutés. S'infiltrant à travers l'âme, le désespoir qui s'était saisi du pays s'emparait des corps et les terrassait. Certains fuyaient désespérément devant les faveurs du régime qui voulait les combler d'honneurs et les contraindre à paraître en public à côté des nouveaux dirigeants. C'est comme ça que le poète Frantisek Hrubine est mort, en fuyant l'amour du Parti. Le ministre de la Culture, auquel il avait de toutes ses forces tenté d'échapper, le rattrapa dans son cercueil. Il prononça sur la tombe un discours sur l'amour du poète pour l'Union soviétique. Peut-être avait-il proféré cette énormité pour réveiller le poète. Mais le monde était si laid que personne ne voulait ressusciter d'entre les morts.

Tomas alla au crématorium pour assister aux obsèques d'un biologiste célèbre chassé de l'université et de l'Académie des sciences. Pour éviter que la cérémonie ne tournât à la manifestation, il avait été interdit d'indiquer l'heure sur les faire-part, et les proches n'avaient appris qu'à la dernière minute que le défunt serait incinéré à six heures et demie du matin.

En pénétrant dans la salle du crématorium, Tomas eut peine à comprendre ce qui arrivait : la salle était éclairée comme un studio de cinéma. Il regarda autour de lui avec surprise et aperçut des caméras installées dans trois angles de la salle. Non, ce n'était pas la télévision, c'était la police qui filmait l'enterrement pour pouvoir identifier ceux qui y assistaient. Un ancien collègue du savant décédé, qui était encore membre de l'Académie des sciences, eut le courage de prononcer quelques mots devant le cercueil. Il n'avait pas pensé devenir ainsi vedette de cinéma.

Après la cérémonie, quand tout le monde eut serré la main de la famille du défunt, Tomas aperçut dans un coin de la salle un petit groupe où il reconnut le journaliste à la haute silhouette voûtée. Il éprouva de nouveau une sorte de nostalgie pour ces gens qui n'ont peur de rien et, certainement, sont liés entre eux par une grande amitié. Il s'approcha de lui, sourit, voulut lui dire bonjour, mais l'homme au grand corps voûté lui dit : « Attention, docteur, il vaut mieux ne pas vous approcher. »

C'était une phrase étrange. Il pouvait y voir un avertissement sincère et amical (« Prenez garde, on est filmés, si vous nous adressez la parole, vous serez bon pour un nouvel interrogatoire ») mais une intention ironique n'était pas exclue (« Vous n'avez pas eu le courage de signer une pétition, soyez logique et n'ayez pas de contacts avec nous ! »). Quelle que fût la bonne interprétation, Tomas obéit et s'éclipsa. Il avait l'impression que la belle inconnue croisée sur le quai d'une gare montait dans le wagon-lit d'un rapide et, à l'instant où il allait lui dire qu'il l'admirait, elle se mettait un doigt sur les lèvres pour lui interdire de parler.

20

L'après-midi il fit une autre rencontre intéressante. Il lavait la vitrine d'un magasin de chaussures quand un homme encore jeune s'arrêta à deux pas de lui. L'homme se penchait contre la devanture pour examiner les étiquettes.

« Tout augmente », dit Tomas, sans cesser de passer son éponge sur le verre ruisselant.

L'homme tourna la tête. C'était un collègue de l'hôpital, celui que j'ai appelé S., et qui s'indignait, souriant, à l'idée que Tomas avait rédigé son autocritique. Tomas se réjouissait de cette rencontre (ce n'était que le plaisir naïf que nous apporte l'inattendu), mais il saisit dans le regard de son collègue (dans la première seconde où S. n'avait pas encore eu le temps de contrôler sa réaction) une expression de désagréable surprise.

« Comment ça va ? » demanda S.

Avant même d'avoir formulé sa réponse, Tomas comprit que S. avait honte de sa question. Il était évidemment inepte, de la part d'un médecin qui exerçait toujours son métier, de demander « comment ça va ? » à un médecin qui lavait des vitrines.

« On ne peut mieux », répondit Tomas le plus gaiement

du monde pour le soulager de sa gêne, mais il sentit aussitôt que cet « on ne peut mieux » pouvait être interprété malgré lui (et précisément à cause du ton enjoué auquel il s'était contraint) comme une amère ironie.

C'est pourquoi il s'empressa d'ajouter : « Quoi de neuf à l'hôpital ?

— Rien, tout est normal », répondit S.

Même cette réponse, qui se voulait pourtant tout à fait neutre, était on ne peut plus déplacée et chacun le savait et savait que l'autre le savait : comment tout pouvait-il être normal quand l'un des deux médecins lavait des carreaux ?

« Et le chef de service ? s'enquit Tomas.

— Tu ne le vois pas ? demanda S.

— Non », dit Tomas.

C'était exact. Depuis son départ de l'hôpital, il n'avait jamais revu le chef de service bien qu'ils aient été autrefois d'excellents collaborateurs et qu'ils aient eu presque tendance à se considérer comme des amis. Quoi qu'il fît, le « non » qu'il venait de prononcer avait quelque chose de triste et Tomas devinait que S. s'en voulait de lui avoir posé cette question parce que lui-même, S., tout comme le chef de service, n'était jamais venu prendre des nouvelles de Tomas et lui demander s'il n'avait besoin de rien.

La conversation entre les deux anciens collègues devenait impossible, même si tous deux, Tomas surtout, le regrettaient. Il ne tenait pas rigueur à ses collègues de l'avoir oublié. Il l'eût volontiers expliqué, et tout de suite, au jeune médecin. Il avait envie de lui dire : « Ne prends pas cet air gêné. C'est normal, tout à fait dans l'ordre des choses, que vous ne cherchiez pas à me fréquenter ! N'en aie aucun complexe ! Ça me fait plaisir de t'avoir rencontré ! », mais même ça, il avait peur de le dire, parce que jusqu'ici aucune de ses paroles n'avait eu le sens qu'il y avait mis et son ancien collègue aurait pu soupçonner un sarcasme derrière cette phrase pourtant sincère.

« Excuse-moi, dit enfin S., je suis pressé », et il lui tendit la main. « Je te téléphonerai. »

Autrefois, quand ses collègues le méprisaient à cause de sa lâcheté supposée, ils lui souriaient tous. Maintenant qu'ils ne pouvaient plus le mépriser, qu'ils étaient même forcés de le respecter, ils l'évitaient.

D'ailleurs, ses anciens malades ne l'invitaient plus à sabler le champagne. La situation des intellectuels déclassés n'avait plus rien d'exceptionnel ; c'était un état permanent et désagréable à voir.

21

Il rentra chez lui, se coucha et s'endormit plus vite que de coutume. Au bout d'une heure environ, il fut réveillé par une douleur à l'estomac. C'était son ancien mal qui se manifestait toujours dans les moments de dépression. Il ouvrit l'armoire à pharmacie et jura. Il n'y avait pas de médicaments. Il avait oublié de s'en procurer. Il tenta de juguler la crise à force de volonté et y parvint plus ou moins, mais il ne put se rendormir. Quand Tereza rentra, vers une heure et demie du matin, il eut envie de bavarder avec elle. Il raconta l'enterrement, l'épisode du journaliste qui avait refusé de lui parler, sa rencontre avec son collègue S.

« Prague est devenue laide, dit Tereza.

— C'est vrai », dit Tomas.

Au bout d'un petit moment, Tereza dit à mi-voix : « Le mieux, ce serait de partir d'ici.

— Oui, dit Tomas. Mais on ne peut aller nulle part. »

Il était assis sur le lit, en pyjama ; elle vint s'asseoir à côté de lui et lui passa un bras autour de la taille.

« À la campagne, dit Tereza.

— À la campagne ? dit-il, surpris.

— Là-bas, on serait seuls. Tu ne rencontrerais ni le journaliste ni tes anciens collègues. Là-bas, il y a d'autres gens, et il y a la nature qui est restée comme avant. »

À ce moment, Tomas sentit encore une douleur confuse à l'estomac ; il se trouvait vieux, il avait l'impression de ne rien désirer d'autre qu'un peu de tranquillité et de paix.

« Tu as peut-être raison », dit-il avec peine, car il respirait difficilement quand il avait mal.

Tereza reprit : « On aurait une bicoque avec un bout de jardin, et Karénine pourrait s'en donner à cœur joie.

— Oui », dit Tomas.

Puis il tenta d'imaginer ce qui se passerait, s'ils allaient vraiment vivre à la campagne. Dans un village, ce serait difficile d'avoir une nouvelle femme tous les huit jours. Ce serait la fin de ses aventures érotiques.

« Seulement, tu t'embêterais seul avec moi à la campagne », dit Tereza, devinant ses pensées.

La douleur augmentait. Il ne pouvait pas parler. Il songea que sa poursuite des femmes était aussi un « es muss sein ! », un impératif qui le réduisait en esclavage. Il avait envie de vacances. Mais de vacances totales, de prendre congé de *tous* les impératifs, de tous les « es muss sein ! ». S'il avait pu prendre à jamais congé de la table d'opération de l'hôpital, pourquoi ne pourrait-il prendre congé de la table d'opération du monde où son scalpel imaginaire ouvrait l'écrin du moi féminin pour y trouver l'illusoire millionième de dissemblance ?

« Tu as mal à l'estomac ? » s'aperçut enfin Tereza.

Il acquiesça.

« Tu t'es fait une piqûre ? »

Il fit non de la tête : « J'ai oublié d'acheter des médicaments. »

Elle lui reprocha sa négligence et caressa son front en sueur.

« Ça va mieux, dit-il.

— Étends-toi », dit-elle en rabattant sur lui la couverture. Elle alla à la salle de bains et revint au bout d'un instant s'étendre à côté de lui.

Il tourna la tête vers elle sur l'oreiller et fut ébahi : la tristesse qui émanait des yeux de Tereza était insupportable.

Il dit : « Tereza, écoute ! Qu'est-ce que tu as ? Tu es bizarre depuis quelque temps. Je le sens. Je le sais. »

Elle hochait la tête : « Non, je n'ai rien.

— Ne nie pas !

— C'est toujours la même chose », dit-elle.

« Toujours la même chose », ça signifiait qu'elle était jalouse et lui toujours infidèle.

Mais Tomas insistait : « Non, Tereza. Cette fois-ci, c'est autre chose. Je ne t'ai jamais vue dans un état pareil. »

Tereza répliqua : « Eh bien ! Puisque tu veux que je te le dise : Va te laver la tête ! »

Il ne comprenait pas.

Elle dit avec tristesse, sans agressivité, presque tendrement : « Tes cheveux sentent très fort depuis plusieurs mois. Ils puent le sexe. Je ne voulais pas te le dire. Mais voilà je ne sais combien de nuits que tu me fais respirer le sexe d'une de tes maîtresses. »

À ces mots, les crampes d'estomac reprirent. C'était désespérant. Il se lavait tellement ! Il se frottait scrupuleusement tout le corps, les mains, la figure pour n'y laisser aucune trace d'odeur inconnue. Dans les salles de bains des autres, il évitait les savonnettes parfumées. Il était toujours muni de son propre savon de Marseille. Mais il avait oublié les cheveux. Non, les cheveux, il n'y avait pas pensé !

Et il se souvint de la femme qui se mettait à califourchon sur son visage et exigeait qu'il lui fît l'amour avec toute sa figure et avec le sommet de son crâne. Comme il la détestait maintenant ! Ces idées idiotes ! Il voyait qu'il n'y avait pas moyen de nier et qu'il ne pouvait que rire bêtement et aller à la salle de bains se laver la tête.

Elle se remit à lui caresser le front. « Reste au lit. Ce n'est plus la peine. J'y suis habituée maintenant. »

Il avait mal à l'estomac et il ne désirait que le calme et la paix.

Il dit : « Je vais écrire à cet ancien malade qu'on a rencontré dans la ville d'eaux. Tu connais la région où se trouve son village ?

— Non », fit Tereza.

Tomas avait beaucoup de mal à parler. Il réussit seulement à articuler : « Des bois… des collines…

— Oui, c'est ça. Allons-nous-en d'ici. Mais ne parle plus maintenant », et elle lui caressait toujours le front. Ils étaient allongés côte à côte et ne disaient plus rien. La douleur refluait lentement. Bientôt, ils s'endormirent tous les deux.

22

Il se réveilla au milieu de la nuit et constata avec surprise qu'il avait fait des rêves érotiques. Il ne se souvenait avec précision que du dernier : une géante nageait nue dans une piscine, elle était bien cinq fois plus grande que lui et son ventre était entièrement recouvert d'un crin épais, de l'entrejambe au nombril. Il l'observait depuis le bord et il était énormément excité.

Comment pouvait-il être excité pendant que son corps était affaibli par des crampes d'estomac ? Et comment pouvait-il être excité à la vue d'une femme qui, s'il avait été réveillé, ne lui aurait inspiré que du dégoût ?

Il se dit : Il y a deux roues dentées qui tournent en sens inverse dans le mécanisme d'horlogerie du cerveau. Sur l'une, il y a les visions, sur l'autre, les réactions du corps. La dent sur laquelle est gravée la vision d'une femme nue s'imbrique dans la dent opposée, sur laquelle est inscrit l'impératif de l'érection. Qu'une roue saute d'un cran, pour une raison ou pour une autre, et que la dent de l'excitation entre en contact avec la dent sur laquelle est peinte l'image d'une hirondelle en plein vol, notre sexe se dressera à la vue de l'hirondelle.

D'ailleurs, il avait eu connaissance d'une étude dans laquelle un de ses collègues, spécialiste du sommeil, affirmait qu'un homme qui rêve est toujours en érection, *quel que soit* son rêve. L'association de l'érection et d'une femme nue n'était donc qu'un mode de réglage choisi entre mille possibilités par le Créateur pour ajuster le mécanisme d'horlogerie dans la tête de l'homme.

Et qu'y a-t-il de commun entre tout cela et l'amour ? Rien. Si une roue saute d'un cran dans la tête de Tomas, et s'il n'est plus excité qu'à la vue d'une hirondelle, cela ne changera rien à son amour pour Tereza.

Si l'excitation est un mécanisme dont se divertit le Créateur, l'amour est au contraire ce qui n'appartient qu'à nous et par quoi nous échappons au Créateur. L'amour, c'est notre liberté. L'amour est au-delà de l'« es muss sein ! ».

Mais ça non plus, ce n'est pas toute la vérité. Même si l'amour est autre chose que le mécanisme d'horlogerie de la sexualité, que le Créateur a imaginé pour son divertissement, il y est quand même lié comme une tendre femme nue au balancier d'une énorme horloge.

Tomas se dit : Lier l'amour à la sexualité, c'est l'une des idées les plus bizarres du Créateur.

Et il se dit encore ceci : Le seul moyen de sauver l'amour de la bêtise de la sexualité ce serait de régler autrement l'horloge dans notre tête et d'être excité à la vue d'une hirondelle.

Il s'assoupit avec cette douce pensée. Et, au seuil du sommeil, dans l'espace enchanté des visions confuses, il fut tout à coup certain qu'il venait de découvrir la solution de toutes les énigmes, la clé du mystère, une nouvelle utopie, le Paradis : un monde où l'on est en érection à la vue d'une hirondelle et où il peut aimer Tereza sans être importuné par la bêtise agressive de la sexualité.

Il se rendormit.

23

Il était au milieu de femmes à demi nues qui tournoyaient autour de lui, et il se sentait las. Pour leur échapper, il ouvrit une porte qui donnait dans une pièce voisine. Il aperçut en face de lui une jeune femme allongée sur un divan. Elle était à demi nue elle aussi, vêtue seulement d'un slip ; elle était couchée sur le côté et s'appuyait sur le coude. Elle le regardait en souriant, comme si elle savait qu'il allait venir.

Il s'approcha. Un immense bonheur se répandait en lui parce qu'il l'avait enfin trouvée et qu'il pouvait être avec elle. Il s'assit à côté d'elle, il lui dit quelques mots, et elle lui dit quelques mots à son tour. Elle irradiait le calme. Les mouvements de sa main étaient lents et souples. Toute sa vie, il avait eu le désir de ces gestes paisibles. C'était ce calme féminin qui lui avait manqué toute sa vie.

Mais en ce moment il glissa du sommeil à la demi-conscience. Il était dans ce *no man's land* où l'on ne dort plus et où l'on n'est pas encore à l'état de veille. Il était désespéré de voir disparaître cette femme et il se disait : Grand Dieu ! Il ne faut pas que je la perde ! Il tentait de toutes ses forces de se rappeler où il l'avait rencontrée, ce qu'il avait vécu avec elle. Comment pouvait-il ne pas s'en souvenir puisqu'il la connaissait si bien ? Il se promit de lui téléphoner à la première heure. Mais aussitôt, il frémit à l'idée qu'il ne pourrait pas lui téléphoner parce qu'il ne se souvenait pas de son nom. Comment avait-il pu oublier le nom de quelqu'un qu'il connaissait si bien ? Ensuite, presque complètement réveillé, les yeux ouverts, il se dit : où suis-je ?

oui, je suis à Prague, mais cette femme est-elle de Prague ? est-ce que je ne l'ai pas rencontrée ailleurs ? je l'ai peut-être connue en Suisse ? Il lui fallut un moment pour comprendre qu'il ne connaissait pas cette femme, qu'elle n'était ni de Zurich ni de Prague, que cette femme était du rêve et de nulle part ailleurs.

Il en était tellement troublé qu'il s'assit sur le bord du lit. Tereza respirait profondément à côté de lui. Il se disait que la jeune femme de son rêve ne ressemblait à aucune des femmes qu'il avait connues dans sa vie. Cette jeune femme qui lui avait paru si familière lui était en fait totalement inconnue. Mais c'était elle qu'il avait toujours désirée. S'il trouvait un jour son paradis personnel, à supposer que ce paradis existât, il devrait y vivre à côté de cette femme. La jeune femme de son rêve, c'était l'« es muss sein ! » de son amour.

Il se souvint du mythe célèbre du *Banquet* de Platon : autrefois, les humains étaient hermaphrodites et Dieu les a séparés en deux moitiés qui errent depuis lors à travers le monde et se cherchent. L'amour, c'est le désir de cette moitié perdue de nous-mêmes.

Admettons qu'il en soit ainsi ; que chacun de nous ait quelque part au monde un partenaire avec lequel il ne formait autrefois qu'un seul corps. Cette autre moitié de Tomas, c'est la jeune femme dont il a rêvé. Mais nul ne retrouvera l'autre moitié de soi-même. À sa place, on lui envoie une Tereza au fil de l'eau dans une corbeille. Mais qu'arrive-t-il, plus tard, s'il rencontre vraiment la femme qui lui était destinée, l'autre moitié de lui-même ? À qui donner la préférence ? À la femme trouvée dans une corbeille ou à la femme du mythe de Platon ?

Il s'imagine qu'il vit dans un monde idéal avec la femme de son rêve. Et voici que Tereza passe sous les fenêtres ouvertes de leur villa. Elle est seule, elle s'arrête sur le trottoir et pose sur lui, de loin, un regard infiniment triste. Et lui, il ne peut soutenir ce regard. Une fois de plus, il sent la douleur de Tereza dans son propre cœur ! Une fois de plus, il est la proie de la compassion et s'engouffre dans l'âme de Tereza. Il bondit par la fenêtre. Mais elle lui dit amèrement qu'il n'a qu'à rester où il se sent heureux, et elle a ces gestes brusques et incohérents qui l'ont toujours irrité et qu'il a toujours trouvés déplaisants. Il se saisit de ses mains nerveuses, il les presse dans les siennes pour les apaiser. Et il sait qu'il est prêt à quitter à tout moment la maison de son bonheur, qu'il est prêt à quitter à tout moment son paradis où il vit avec la jeune femme de son rêve, qu'il va trahir l'« es muss sein ! » de son amour pour partir avec Tereza, cette femme née de six hasards grotesques.

Assis sur le lit, il regardait la femme couchée à côté de lui, qui lui pressait la main dans son sommeil. Il éprouvait pour elle un inexprimable amour. À cette minute, elle dormait sans doute d'un sommeil très fragile car elle ouvrit les yeux et les posa sur lui, hagards.

« Qu'est-ce que tu regardes ? » demanda-t-elle.

Il savait qu'il ne fallait pas la réveiller, mais la reconduire vers le sommeil ; il tenta de lui répondre avec des mots qui feraient naître dans sa pensée l'étincelle d'un nouveau rêve.

« Je regarde les étoiles, dit-il.

— Ne mens pas, tu ne regardes pas les étoiles, tu regardes par terre.

— Parce qu'on est en avion, les étoiles sont au-dessous de nous.

— Ah bon », fit Tereza. Elle pressa encore plus fort la main de Tomas et se rendormit. Tomas savait que Tereza regardait maintenant par le hublot d'un avion qui volait très haut au-dessus des étoiles.

Sixième partie

LA GRANDE MARCHE

I

Ce n'est qu'en 1980, par un article publié dans le *Sunday Times*, qu'on a appris comment est mort le fils de Staline, Iakov. Prisonnier de guerre en Allemagne pendant la Seconde Guerre mondiale, il était interné dans le même camp que des officiers anglais. Ils avaient des latrines communes. Le fils de Staline les laissait toujours sales. Les Anglais n'aimaient pas voir leurs latrines souillées de merde, fût-ce de la merde du fils de l'homme alors le plus puissant de l'univers. Ils le lui reprochèrent. Il en prit ombrage. Ils répétèrent leurs remontrances, l'obligeant à nettoyer les latrines. Il se fâcha, se disputa avec eux, se battit. Finalement, il demanda audience au commandant du camp. Il voulait qu'il arbitre leur différend. Mais l'Allemand était trop imbu de son importance pour discuter de merde. Le fils de Staline ne put supporter l'humiliation. Proférant vers le ciel d'atroces jurons russes, il s'élança vers les barbelés sous courant à haute tension qui entouraient le camp. Il se laissa choir sur les fils. Son corps qui ne souillerait plus jamais les latrines britanniques y resta suspendu.

2

Le fils de Staline n'a pas eu la vie facile. Son père l'engendra avec une femme dont tout indique qu'il finit par la fusiller. Le jeune Staline était donc à la fois fils de Dieu (car son père était vénéré comme Dieu) et damné par lui. Les gens en avaient doublement peur : il pouvait leur nuire par son pouvoir (il était tout de même le fils de Staline) et par son amitié (le père pouvait châtier l'ami à la place du fils réprouvé).

La damnation et le privilège, le bonheur et le malheur, personne n'a senti plus concrètement à quel point ces oppositions sont interchangeables et combien la marge est étroite entre les deux pôles de l'existence humaine.

Tout au début de la guerre il fut capturé par les Allemands, et d'autres prisonniers, membres d'une nation qui lui était depuis toujours viscéralement antipathique par son incompréhensible retenue, l'accusaient d'être sale. Lui qui portait sur ses épaules le drame le plus sublime qui se puisse concevoir (il était à la fois fils de Dieu et ange déchu), fallait-il qu'il fût maintenant jugé non pas pour des choses nobles (concernant Dieu et les anges) mais pour de la merde ? Le plus noble drame et le plus trivial incident sont-ils si vertigineusement proches ?

Vertigineusement proches ? La proximité peut-elle donc donner le vertige ?

Certainement. Quand le pôle Nord se rapprochera du pôle Sud presque au point de le toucher, la planète disparaîtra et l'homme se retrouvera dans un vide qui l'étourdira et le fera céder à la séduction de la chute.

Si la damnation et le privilège sont une seule et même chose, s'il n'y a pas de différence entre le noble et le vil, si le fils de Dieu peut être jugé pour de la merde, l'existence humaine perd ses dimensions et devient d'une insoutenable légèreté. Alors, le fils de Staline s'élance vers les barbelés électrifiés pour y jeter son corps comme sur le plateau d'une balance qui monte pitoyablement, soulevé par l'infinie légèreté d'un monde devenu sans dimensions.

Le fils de Staline a donné sa vie pour de la merde. Mais mourir pour de la merde n'est pas une mort dénuée de sens. Les Allemands qui ont sacrifié leur vie pour étendre le territoire de leur empire plus à l'est, les Russes qui sont morts pour que la puissance de leur pays porte plus loin vers l'ouest, oui, ceux-là sont morts pour une sottise et leur mort est dénuée de sens et de toute portée générale. En revanche, la mort du fils de Staline a été la seule mort métaphysique au milieu de l'universelle idiotie de la guerre.

3

Quand j'étais gosse et que je feuilletais l'Ancien Testament raconté aux enfants et illustré de gravures de Gustave Doré, j'y voyais le Bon Dieu sur un nuage. C'était un vieux monsieur, il avait des yeux, un nez, une longue barbe et je me disais qu'ayant une bouche il devait aussi manger. Et s'il mangeait, il fallait aussi qu'il eût des intestins. Mais cette idée m'effrayait aussitôt, car j'avais beau être d'une famille plutôt athée, je sentais que l'idée des intestins de Dieu était blasphématoire.

Sans la moindre préparation théologique, spontanément, l'enfant que j'étais alors comprenait donc déjà qu'il y a incompatibilité entre la merde et Dieu et, par conséquent, la fragilité de la thèse fondamentale de l'anthropologie chrétienne selon laquelle l'homme a été créé à l'image de Dieu. De deux choses l'une : ou bien l'homme a été créé à l'image de Dieu et alors Dieu a des intestins, ou bien Dieu n'a pas d'intestins et l'homme ne lui ressemble pas.

Les anciens gnostiques le sentaient aussi clairement que moi dans ma cinquième année. Pour trancher ce problème maudit, Valentin, Grand Maître de la Gnose du IIe siècle, affirmait que Jésus « mangeait, buvait, mais ne déféquait point ».

La merde est un problème théologique plus ardu que le mal. Dieu a donné la liberté à l'homme et on peut donc admettre qu'il n'est pas responsable des crimes de l'humanité. Mais la responsabilité de la merde incombe entièrement à celui qui a créé l'homme, et à lui seul.

4

Au IVe siècle, saint Jérôme rejetait catégoriquement l'idée qu'Adam et Ève aient pu faire l'amour au Paradis. Jean Scot Érigène, illustre théologien du IXe siècle, admettait au contraire cette idée. Mais, selon lui, Adam pouvait dresser son membre à peu près comme on lève le bras ou la jambe, donc quand il voulait et comme il voulait. Ne cherchons pas derrière cette idée le rêve éternel de l'homme obsédé par la menace de l'impuissance. L'idée de Scot Érigène a une autre signification. Si le membre viril peut se dresser sur une simple injonction du cerveau, il s'ensuit qu'on peut se passer de l'excitation. Le membre ne se dresse pas parce qu'on est excité, mais parce qu'on le lui ordonne. Ce que le grand théologien jugeait incompatible avec le Paradis, ce n'était pas le coït et la volupté qui lui est associée. Ce qui était incompatible avec le Paradis, c'était l'excitation. Retenons bien cela : au Paradis la volupté existait, mais pas l'excitation.

On peut trouver dans le raisonnement de Scot Érigène la clé d'une justification théologique (autrement dit d'une théodicée) de la merde. Tant qu'il était permis à l'homme d'être au Paradis, ou bien (de même que Jésus d'après la théorie de Valentin) il ne déféquait pas, ou bien, ce qui paraît plus vraisemblable, la merde n'était pas perçue comme quelque chose de répugnant. En chassant l'homme du Paradis, Dieu lui a révélé sa nature immonde et le dégoût. L'homme a commencé à cacher ce qui lui faisait honte, et dès qu'il écartait le voile il était ébloui d'une grande lumière. Donc, aussitôt après avoir découvert l'immonde, il découvrit aussi l'excitation. Sans la merde (au sens littéral et figuré du mot) l'amour sexuel ne serait pas tel que nous le connaissons : accompagné d'un martèlement du cœur et d'un aveuglement des sens.

Dans la troisième partie de ce roman, j'ai évoqué Sabina à demi nue, debout avec le chapeau melon sur la tête à côté de Tomas tout habillé. Mais il y a une chose que j'ai cachée.

Tandis qu'ils s'observaient dans la glace et qu'elle se sentait excitée par le ridicule de sa situation, elle s'imagina que Tomas allait la faire asseoir, telle qu'elle était, coiffée du chapeau melon, sur la cuvette des waters et qu'elle allait vider ses intestins devant lui. Son cœur se mit à tambouriner, ses idées se brouillèrent et elle renversa Tomas sur le tapis ; l'instant d'après elle hurlait de plaisir.

5

Le débat entre ceux qui affirment que l'univers a été créé par Dieu et ceux qui pensent qu'il est apparu tout seul concerne quelque chose qui dépasse notre entendement et notre expérience. Autrement réelle est la différence entre ceux qui doutent de l'être tel qu'il a été donné à l'homme (peu importe comment et par qui) et ceux qui y adhèrent sans réserve.

Derrière toutes les croyances européennes, qu'elles soient religieuses ou politiques, il y a le premier chapitre de la Genèse, d'où il découle que le monde a été créé comme il fallait qu'il le fût, que l'être est bon et que c'est donc une bonne chose de procréer. Appelons cette croyance fondamentale *accord catégorique avec l'être.*

Si, récemment encore, dans les livres, le mot merde était remplacé par des pointillés, ce n'était pas pour des raisons morales. On ne va tout de même pas prétendre que la merde est immorale ! Le désaccord avec la merde est métaphysique. L'instant de la défécation est la preuve quotidienne du caractère inacceptable de la Création. De deux choses l'une : ou bien la merde est acceptable (alors ne vous enfermez pas à clé dans les waters !), ou bien la manière dont on nous a créés est inadmissible.

Il s'ensuit que l'*accord catégorique avec l'être* a pour idéal esthétique un monde où la merde est niée et où chacun se comporte comme si elle n'existait pas. Cet idéal esthétique s'appelle le *kitsch.*

C'est un mot allemand qui est apparu au milieu du XIXe siècle sentimental et qui s'est ensuite répandu dans toutes les langues. Mais l'utilisation fréquente qui en est faite a gommé sa valeur métaphysique originelle, à savoir : le kitsch, par essence, est la négation absolue de la merde ; au sens littéral comme au sens figuré : le kitsch exclut de son champ de vision tout ce que l'existence humaine a d'essentiellement inacceptable.

6

La première révolte intérieure de Sabina contre le communisme n'avait pas un caractère éthique, mais esthétique. Ce qui lui répugnait, c'était beaucoup moins la laideur du monde communiste (les châteaux convertis en étables) que le masque de beauté dont il se couvrait, autrement dit, le kitsch communiste. Le modèle de ce kitsch-là, c'est la fête dite du 1ᵉʳ mai.

Elle avait vu les cortèges du 1ᵉʳ mai à l'époque où les gens étaient encore enthousiastes ou s'appliquaient encore à le paraître. Les femmes portaient des chemises rouges, blanches ou bleues et, vues des balcons et des fenêtres, elles composaient toutes sortes de motifs : des étoiles à cinq branches, des cœurs, des lettres. Entre les différentes sections du cortège, s'avançaient de petits orchestres qui donnaient le rythme de la marche. Quand le cortège approchait de la tribune, même les visages les plus moroses s'éclairaient d'un sourire, comme s'ils avaient voulu prouver qu'ils se réjouissaient comme il se doit, ou, plus exactement, qu'*ils étaient d'accord* comme il se doit. Et il ne s'agissait pas d'un simple accord politique avec le communisme, mais d'un accord avec l'être en tant que tel. La fête du 1ᵉʳ mai s'abreuvait à la source profonde de l'*accord catégorique avec l'être*. Le mot d'ordre tacite et non écrit du cortège n'était pas « Vive le communisme ! » mais « Vive la vie ! ». La force et la ruse de la politique communiste, c'était de s'être accaparé ce mot d'ordre. C'était précisément cette stupide tautologie (« Vive la vie ! ») qui poussait dans le cortège communiste même ceux que les idées communistes laissaient tout à fait indifférents.

7

Une dizaine d'années plus tard (elle vivait déjà en Amérique) un sénateur américain ami de ses amis lui faisait faire un tour dans une énorme voiture. Quatre gosses se serraient sur la banquette arrière. Le sénateur stoppa ; les enfants descendirent et s'élancèrent sur une grande pelouse vers le bâtiment d'un stade où il y avait une patinoire artificielle. Le sénateur restait au volant et regardait d'un air rêveur les quatre petites silhouettes qui couraient ; il se tourna vers Sabina : « Regardez-les ! » dit-il, sa main décrivant un cercle qui englobait le stade, la pelouse et les enfants : « C'est ça que j'appelle le bonheur. »

Ces mots n'étaient pas seulement une expression de joie devant les enfants qui couraient et l'herbe qui poussait, c'était aussi une manifestation de compréhension à l'égard d'une femme qui venait d'un pays communiste où, le sénateur en était convaincu, l'herbe ne pousse pas et les enfants ne courent pas.

Mais dans l'instant, Sabina imagina ce sénateur à une tribune sur une place de Prague. Sur son visage, il avait exactement le même sourire que les hommes d'État communistes adressaient du haut de leur tribune aux citoyens pareillement souriants qui défilaient en cortège à leurs pieds.

8

Comment ce sénateur pouvait-il savoir que les enfants signifiaient le bonheur ? Lisait-il dans leur âme ? Et si, à peine sortis de son champ de vision, trois d'entre eux s'étaient jetés sur le quatrième et s'étaient mis à le rosser ?

Le sénateur n'avait qu'un argument en faveur de son affirmation : sa sensibilité. Lorsque le cœur a parlé, il n'est pas convenable que la raison élève des objections. Au royaume du kitsch s'exerce la dictature du cœur.

Il faut évidemment que les sentiments suscités par le kitsch puissent être partagés par le plus grand nombre. Aussi le kitsch n'a-t-il que faire de l'insolite ; il fait appel à des images clés profondément ancrées dans la mémoire des hommes : la fille ingrate, le père abandonné, des gosses courant sur une pelouse, la patrie trahie, le souvenir du premier amour.

Le kitsch fait naître coup sur coup deux larmes d'émotion. La première larme dit : Comme c'est beau, des gosses courant sur une pelouse !

La deuxième larme dit : Comme c'est beau, d'être ému avec toute l'humanité à la vue de gosses courant sur une pelouse !

Seule cette deuxième larme fait que le kitsch est le kitsch.

La fraternité de tous les hommes ne pourra être fondée que sur le kitsch.

9

Nul ne le sait mieux que les hommes politiques. Dès qu'il y a un appareil photo à proximité, ils courent après le premier enfant qu'ils aperçoivent pour le soulever dans leurs bras et l'embrasser sur la joue. Le kitsch est l'idéal esthétique de tous les hommes politiques, de tous les mouvements politiques.

Dans une société où plusieurs courants coexistent et où leur influence s'annule ou se limite mutuellement, on peut encore échapper plus ou moins à l'inquisition du kitsch ; l'individu peut sauvegarder son originalité et l'artiste créer des œuvres inattendues. Mais là où un seul mouvement politique détient tout le pouvoir, on se trouve d'emblée au royaume du kitsch *totalitaire*.

Si je dis totalitaire, c'est parce que tout ce qui porte atteinte au kitsch est banni de la vie : toute manifestation d'individualisme (car toute discordance est un crachat jeté au visage de la souriante fraternité), tout scepticisme (car qui commence à douter du moindre détail finit par mettre en doute la vie en tant que telle), l'ironie (parce qu'au royaume du kitsch tout doit être pris au sérieux), mais aussi la mère qui a abandonné sa famille ou l'homme qui préfère les hommes aux femmes et menace ainsi le sacro-saint slogan « croissez et multipliez-vous ».

De ce point de vue, ce qu'on appelle le goulag peut être considéré comme une fosse septique où le kitsch totalitaire jette ses ordures.

10

Les dix premières années qui ont suivi la Seconde Guerre mondiale ont été l'époque de la plus épouvantable terreur stalinienne. C'est à cette époque que le père de Tereza fut arrêté pour une vétille et que la gamine de dix ans qu'elle était alors fut chassée de sa maison. Sabina avait alors vingt ans et faisait ses études aux Beaux-Arts. Le professeur de marxisme leur expliquait, à elle et à ses condisciples, ce postulat de l'art socialiste : la société soviétique était déjà si avancée que le conflit fondamental n'y était plus le conflit entre le bien et le mal mais le conflit entre le bon et le meilleur. La merde (c'est-à-dire ce qui est essentiellement inacceptable) ne pouvait donc exister que « de l'autre côté » (par exemple, en Amérique) et c'était seulement à partir de là, de l'extérieur, et seulement comme un corps étranger (par exemple sous l'apparence d'espions) qu'elle pouvait pénétrer dans le monde « des bons et des meilleurs ».

En effet, en ce temps cruel entre tous, les films soviétiques qui inondaient les salles de cinéma des pays communistes étaient imprégnés d'une incroyable innocence. Le plus grave conflit qui pouvait se produire entre deux Russes, c'était le malentendu amoureux : il s'imaginait qu'elle ne l'aimait plus, et elle pensait la même chose de lui. À la fin, ils tombaient dans les bras l'un de l'autre et des larmes de bonheur leur dégoulinaient des yeux.

L'explication conventionnelle de ces films est aujourd'hui celle-ci : ils peignaient l'idéal communiste, alors que la réalité communiste était beaucoup plus sombre.

Cette interprétation révoltait Sabina. L'idée que l'univers du kitsch soviétique pût devenir réalité et qu'elle pût être forcée d'y vivre lui donnait la chair de poule. Sans une seconde d'hésitation, elle préférait la vie dans le régime communiste réel, même avec toutes les persécutions et les queues à la porte des boucheries. Dans le monde communiste réel, il est possible de vivre. Dans le monde de l'idéal communiste réalisé, dans ce monde de souriants crétins avec lesquels elle n'aurait pu échanger la moindre parole, elle aurait crevé d'horreur au bout de huit jours.

Il me semble que le sentiment que le kitsch soviétique éveillait chez Sabina ressemble à l'effroi que Tereza éprouvait dans le rêve où elle défilait autour d'une piscine avec des femmes nues et où elle était obligée de chanter de joyeuses chansons. Des cadavres flottaient au-dessous de la surface. Il n'y avait pas une femme à qui Tereza pût dire une seule parole, poser une seule question. Elle n'aurait entendu pour toute réponse que le couplet suivant de la chanson. Il n'y en avait aucune à qui elle pût adresser un clin d'œil discret. Elles l'auraient aussitôt désignée à l'homme debout dans la corbeille au-dessus du bassin pour qu'il fît feu sur elle.

Le rêve de Tereza dénonce la vraie fonction du kitsch : le kitsch est un paravent qui dissimule la mort.

11

Au royaume du kitsch totalitaire, les réponses sont données d'avance et excluent toute question nouvelle. Il en découle que le véritable adversaire du kitsch totalitaire, c'est l'homme qui interroge. La question est comme le couteau qui déchire la toile peinte du décor pour qu'on puisse voir ce qui se cache derrière. C'est ainsi que Sabina a expliqué à Tereza le sens de ses toiles : devant c'est le mensonge intelligible, et derrière transparaît l'incompréhensible vérité.

Seulement, ceux qui luttent contre les régimes dits totalitaires ne peuvent guère lutter avec des interrogations et des doutes. Ils ont eux aussi besoin de leur certitude et de leur vérité simpliste qui doivent être compréhensibles du plus grand nombre et provoquer une sécrétion lacrymale collective.

Un jour, un mouvement politique organisa une exposition de toiles de Sabina en Allemagne. Sabina prit le catalogue : devant sa photo étaient dessinés des fils de fer barbelés. À l'intérieur, il y avait sa biographie qui ressemblait à l'hagiographie des martyrs et des saints : elle avait souffert, elle avait combattu l'injustice, elle avait été contrainte d'abandonner son pays torturé et elle continuait le combat. « Avec ses tableaux, elle se bat pour la liberté », disait la dernière phrase du texte.

Elle protesta, mais on ne la comprenait pas.

Comment, n'est-il pas vrai que le communisme persécute l'art moderne ?

Elle répondit avec rage : « Mon ennemi, ce n'est pas le communisme, c'est le kitsch ! »

Depuis, elle entourait sa biographie de mystifications et, plus tard, quand elle se retrouva en Amérique, elle réussit même à cacher qu'elle était tchèque. C'était un effort désespéré pour échapper au kitsch que les gens voulaient fabriquer avec sa vie.

12

Elle était debout devant son chevalet sur lequel était posée une toile encore inachevée. Un vieux monsieur était assis derrière elle dans un fauteuil et observait chaque trait de son pinceau.

Puis il regarda sa montre : « Je crois qu'il est temps d'aller dîner », dit-il.

Elle posa sa palette et alla faire un brin de toilette dans la salle de bains. L'homme se leva de son fauteuil et se pencha pour prendre sa canne appuyée contre une table. La porte de l'atelier donnait directement sur une pelouse. La nuit tombait. De l'autre côté, à une vingtaine de mètres, il y avait une maison blanche en bois dont les fenêtres du rez-de-chaussée étaient éclairées. Sabina était émue à la vue de ces deux fenêtres qui brillaient dans le crépuscule.

Toute sa vie, elle a affirmé que son ennemi c'est le kitsch. Mais est-ce qu'elle ne le porte pas elle-même au fond de son être ? Son kitsch, c'est la vision d'un foyer paisible, doux, harmonieux, où règnent une mère aimante et un père plein de sagesse. Cette image a pris naissance en elle après la mort de ses parents. Comme sa vie a été bien différente de ce beau rêve, elle n'est que plus sensible à son charme et elle a senti plus d'une fois ses yeux s'humecter en voyant à la télévision, dans un film sentimental, une fille ingrate serrant dans ses bras un père abandonné, et briller dans le crépuscule les fenêtres d'une maison où vit une famille heureuse.

Elle avait fait la connaissance du vieux monsieur à New York. Il était riche et il aimait la peinture. Il vivait seul à la campagne, dans une villa, avec sa femme qui avait le même âge que lui. Dans la propriété, en face de la villa, se trouvait une ancienne écurie. Il l'avait fait transformer en atelier, y avait invité Sabina et, depuis, il passait des journées entières à suivre les mouvements de son pinceau.

À présent, ils sont tous les trois en train de dîner. La vieille dame appelle Sabina « ma petite fille ! », mais d'après toutes les apparences c'est plutôt l'inverse : Sabina est ici comme une mère avec ses deux enfants pendus à ses jupes, ils l'admirent et seraient prêts à lui obéir pour peu qu'elle veuille bien leur donner des ordres.

A-t-elle trouvé au seuil de la vieillesse les parents auxquels elle s'est arrachée quand elle était jeune fille ? A-t-elle enfin trouvé les enfants qu'elle n'a jamais eus ?

Elle sait bien que c'est une illusion. Son séjour chez ces charmants vieillards n'est qu'une halte provisoire. Le vieux monsieur est gravement malade et sa femme, quand elle se retrouvera sans lui, ira chez son fils au Canada. Sabina reprendra le chemin des trahisons et, de temps à autre, au plus profond d'elle-même, tintera dans l'insoutenable légèreté de l'être une ridicule chanson sentimentale qui parlera de deux fenêtres éclairées derrière lesquelles vit une famille heureuse.

Cette chanson la touche, mais elle ne prend pas son émotion au sérieux. Elle sait fort bien que cette chanson-là n'est qu'un joli mensonge. À l'instant où le kitsch est reconnu comme mensonge, il se situe dans le contexte du non-kitsch. Ayant perdu son pouvoir autoritaire, il est émouvant comme n'importe quelle faiblesse humaine. Car nul d'entre nous n'est un surhomme et ne peut échapper entièrement au kitsch. Quel que soit le mépris qu'il nous inspire, le kitsch fait partie de la condition humaine.

13

La source du kitsch, c'est l'accord catégorique avec l'être. Mais quel est le fondement de l'être ? Dieu ? L'humanité ? La lutte ? L'amour ? L'homme ? La femme ?

Il y a là-dessus toutes sortes d'opinions, si bien qu'il y a toutes sortes de kitsch : le kitsch catholique, protestant, juif, communiste, fasciste, démocratique, féministe, européen, américain, national, international.

Depuis l'époque de la Révolution française une moitié de l'Europe s'intitule la *gauche* et l'autre moitié a reçu l'appellation de *droite.* Il est pratiquement impossible de définir l'une ou l'autre de ces notions par des principes théoriques quelconques sur lesquels elles s'appuieraient. Ça n'a rien de surprenant : les mouvements politiques ne reposent pas sur des attitudes rationnelles mais sur des représentations, des images, des mots, des archétypes dont l'ensemble constitue tel ou tel *kitsch politique.*

L'idée de la Grande Marche, dont Franz aime à s'enivrer, c'est le kitsch politique qui unit les gens de gauche de tous les temps et de toutes les tendances. La Grande Marche, c'est ce superbe cheminement en avant, le cheminement vers la fraternité, l'égalité, la justice, le bonheur, et plus loin encore, malgré tous les obstacles, car il faut qu'il y ait des obstacles pour que la marche puisse être la Grande Marche.

La dictature du prolétariat ou la démocratie ? Le refus de la société de consommation ou l'augmentation de la production ? La guillotine ou l'abolition de la peine de mort ? Ça n'a aucune importance. Ce qui fait d'un homme de gauche un homme de gauche ce n'est pas telle ou telle théorie, mais sa capacité à intégrer n'importe quelle théorie dans le kitsch appelé Grande Marche.

14

Je ne veux pas dire par là que Franz est l'homme du kitsch. L'idée de la Grande Marche joue dans sa vie à peu près le même rôle que dans la vie de Sabina la chanson sentimentale qui parle de deux fenêtres éclairées. Pour quel parti politique Franz vote-t-il ? J'ai bien peur qu'il ne vote pas du tout et que le jour des élections il ne préfère partir en excursion à la montagne. Ça ne veut pas dire que la Grande Marche a cessé de l'émouvoir. C'est beau de rêver qu'on fait partie d'une foule en marche qui s'avance à travers les siècles, et Franz n'a jamais oublié ce beau rêve.

Un jour, des amis lui téléphonèrent de Paris. Ils organisaient une marche sur le Cambodge et ils l'invitaient à se joindre à eux.

À cette époque, le Cambodge avait derrière lui une guerre civile, les bombardements américains, les atrocités perpétrées par les communistes locaux qui avaient réduit d'un cinquième la population de ce petit pays, et finalement, l'occupation par le Viêt Nam voisin qui n'était plus alors qu'un instrument de la Russie. Au Cambodge, il y avait la famine et les gens mouraient sans soins médicaux. Les organisations internationales de médecins avaient déjà demandé plusieurs fois l'autorisation d'entrer dans le pays, ce que les Vietnamiens refusaient. De grands intellectuels occidentaux avaient donc décidé d'organiser une marche à la frontière cambodgienne et, par ce grand spectacle joué sous les yeux du monde entier, d'imposer l'admission des médecins dans le pays occupé.

L'ami qui avait téléphoné à Franz était l'un de ceux avec lesquels il défilait jadis dans les rues de Paris. Il fut d'abord enthousiasmé par sa proposition, mais ensuite son regard se posa sur l'étudiante. Elle était assise en face de lui dans un fauteuil et ses yeux paraissaient encore plus grands derrière ses lunettes à la mode. Franz crut que ses yeux l'imploraient de ne pas partir. Il s'excusa.

Mais dès qu'il eut raccroché, il regretta. Il avait exaucé les vœux de son amante terrestre, mais il avait négligé son amour céleste. Le Cambodge n'était-il pas une variante de la patrie de Sabina ? Un pays occupé par l'armée communiste d'un pays voisin ! Un pays sur lequel s'était abattu le poing de la Russie ! Il se dit soudain que son ami presque oublié lui avait téléphoné sur un signe secret de Sabina.

Les créatures célestes savent tout et voient tout. S'il participait à cette marche, Sabina le verrait et s'en réjouirait. Elle comprendrait qu'il lui restait fidèle.

« Tu m'en voudrais si j'y allais quand même ? » demanda-t-il à son amie à lunettes qui déplorait chaque jour passé sans lui mais ne savait rien lui refuser.

Quelques jours plus tard, il se retrouva dans un grand avion à l'aéroport de Paris. Parmi les passagers, il y avait une vingtaine de médecins escortés d'une cinquantaine d'intellectuels (professeurs, écrivains, députés, chanteurs, acteurs et maires) et quatre cents journalistes et photographes qui les accompagnaient.

15

L'avion atterrit à Bangkok. Les quatre cent soixante-dix médecins, intellectuels et journalistes se rendirent dans le grand salon d'un hôtel international où les attendaient déjà d'autres médecins, acteurs, chanteurs et philologues accompagnés d'autres centaines de journalistes munis de leurs carnets, magnétophones, appareils photos et caméras. Au fond de la salle il y avait une estrade avec une longue table à laquelle étaient assis une vingtaine d'Américains qui commençaient déjà à diriger la réunion.

Les intellectuels français auxquels Franz s'était joint se sentaient marginalisés et humiliés. La marche sur le Cambodge, c'était leur idée à eux et voici que les Américains, avec un admirable naturel, prenaient les choses en main et, pour comble, parlaient anglais sans même se demander si un Français ou un Danois pouvait les comprendre. Bien entendu, les Danois avaient depuis longtemps oublié qu'ils constituaient jadis une nation de sorte que, de tous les Européens, les Français furent les seuls qui songèrent à protester. Gens à principes, ils refusaient de protester en anglais et s'adressaient dans leur langue maternelle aux Américains siégeant sur l'estrade. Ne comprenant pas un mot de ce qu'ils disaient, les Américains répondaient à leurs paroles par des sourires affables et approbateurs. Finalement, les Français n'eurent d'autre ressource que de formuler leurs objections en anglais. « Pourquoi ne parle-t-on qu'anglais à cette réunion ? Il y a aussi des Français ici ! »

Les Américains se montrèrent fort surpris d'une objection aussi curieuse, mais ils ne cessaient pas de sourire et ils acceptèrent que tous les discours fussent traduits. On chercha longuement un interprète pour que la réunion pût continuer. Ensuite, comme il fallait écouter chaque phrase en anglais, puis en français, la réunion dura le double de temps et, à vrai dire, plus du double car tous les Français connaissaient l'anglais, interrompaient l'interprète, le corrigeaient et se querellaient avec lui à propos de chaque mot.

L'apparition d'une star américaine sur l'estrade marqua l'apogée de la réunion. Pour elle, d'autres photographes et d'autres cameramen firent irruption dans la salle et chaque syllabe que prononçait l'actrice était saluée d'un cliquetis d'appareils. L'actrice parlait des enfants qui souffrent, de la barbarie de la dictature communiste, du droit de l'homme à la sécurité, des menaces qui pèsent sur les valeurs traditionnelles de la société civilisée, de la liberté individuelle et du président Carter qui était navré de ce qui se passait au Cambodge. Elle dit ces derniers mots en pleurant.

À ce moment, un jeune médecin français à la moustache rousse se leva et se mit à vociférer : « On est ici pour sauver des mourants ! On n'est pas ici pour la gloire du Président Carter ! Cette manifestation ne doit pas dégénérer en cirque de propagande américain ! On n'est pas venus ici pour protester contre le communisme, mais pour soigner des malades ! »

D'autres Français se joignirent au médecin moustachu. L'interprète avait peur et n'osait pas traduire ce qu'ils disaient. Comme tout à l'heure, les vingt Américains de l'estrade les regardaient avec des sourires pleins de sympathie et plusieurs d'entre eux approuvaient d'un signe de tête.

L'un d'eux eut même l'idée de lever le poing parce qu'il savait que les Européens font volontiers ce geste dans les moments d'euphorie collective.

16

Comment se fait-il que des intellectuels de gauche (car le médecin moustachu en était un) acceptent de défiler contre les intérêts d'un pays communiste alors que le communisme a jusqu'ici toujours fait partie de la gauche ?

Lorsque les crimes du pays baptisé Union soviétique sont devenus trop scandaleux, l'homme de gauche s'est trouvé devant une alternative : ou bien cracher sur sa vie passée et renoncer à défiler, ou bien (avec plus ou moins d'embarras) ranger l'Union soviétique parmi les obstacles à la Grande Marche et continuer sa route dans le cortège.

J'ai déjà dit que ce qui fait que la gauche est la gauche, c'est le kitsch de la Grande Marche. L'identité du kitsch n'est pas déterminée par une stratégie politique mais par des images, des métaphores, un vocabulaire. Il est donc possible de transgresser l'habitude et de défiler contre les intérêts d'un pays communiste. Mais il n'est pas possible de remplacer les mots par d'autres mots. On peut menacer du poing l'armée vietnamienne. On ne peut pas lui crier : « À bas le communisme ! » Car « À bas le communisme ! » c'est le mot d'ordre des ennemis de la Grande Marche, et celui qui ne veut pas perdre la face doit rester fidèle à la pureté de son propre kitsch.

Je ne dis cela que pour expliquer le malentendu entre le médecin français et la star américaine qui se crut, dans son égocentrisme, victime d'envieux ou de misogynes. En réalité, le médecin français faisait preuve d'une grande sensibilité esthétique : les mots « le Président Carter », « nos valeurs traditionnelles », « la barbarie du communisme », faisaient partie du vocabulaire du *kitsch américain* et n'avaient rien à voir avec le kitsch de la Grande Marche.

17

Le lendemain matin, ils montèrent tous dans des autocars pour traverser toute la Thaïlande en direction de la frontière cambodgienne. Le soir, ils arrivèrent dans un petit village où étaient réservées pour eux quelques maisonnettes construites sur pilotis. Le fleuve aux crues menaçantes obligeait les gens à loger en haut tandis qu'en bas, au pied des pilotis, se serraient les cochons. Franz couchait dans une pièce avec quatre autres professeurs d'université. D'en bas lui parvenait dans son sommeil le grognement des porcs tandis qu'à son côté ronflait un illustre mathématicien.

Au matin, tout le monde reprit l'autocar. À deux kilomètres de la frontière, la circulation était interdite. Il n'y avait qu'une route étroite conduisant au poste frontière gardé par l'armée. Les autocars s'arrêtèrent. En descendant, les Français constatèrent que les Américains les avaient une fois de plus devancés et les attendaient, déjà rangés à la tête du cortège. Ce fut le moment le plus délicat. De nouveau, l'interprète dut intervenir et la dispute alla bon train. Finalement, on arriva à un compromis : un Américain, un Français et une interprète cambodgienne prirent place en avant du cortège. Venaient ensuite les médecins et, derrière, tous les autres ; l'actrice américaine se retrouva à la queue.

La route était étroite et bordée de champs de mines. Toutes les deux minutes, ils tombaient sur une chicane : deux blocs de béton surmontés de barbelés et, entre les blocs, un étroit passage. Il fallait avancer en file indienne.

À cinq mètres environ devant Franz marchait un célèbre poète et chanteur pop allemand, qui avait déjà écrit neuf cent trente chansons pour la paix et contre la guerre. Il portait au bout d'une longue perche un drapeau blanc qui allait fort bien avec son épaisse barbe noire et le distinguait des autres.

Photographes et cameramen allaient et venaient au pas de course autour de ce long cortège. Ils faisaient cliqueter et ronronner leurs appareils, couraient devant, s'arrêtaient, prenaient du recul, s'accroupissaient, puis se remettaient à courir en avant. De temps à autre ils criaient le nom d'un homme ou d'une femme célèbre ; l'interpellé se tournait machinalement dans leur direction et, juste à ce moment-là, ils appuyaient sur le déclencheur.

18

Il y avait un événement dans l'air. Les gens ralentissaient le pas et se retournaient.

La star américaine, qu'on avait placée au bout du cortège, refusa de supporter plus longtemps cette humiliation et décida d'attaquer. Elle se mit à courir. C'était comme au cinq mille mètres, quand un coureur qui a ménagé ses forces et qui est resté jusque-là à la queue du peloton fonce en avant et dépasse tous les concurrents.

Les hommes souriaient d'un air gêné et s'écartaient pour permettre la victoire de l'illustre coureuse, mais des femmes se mirent à crier : « Dans le rang ! Ce n'est pas une marche pour stars de cinéma ! »

L'actrice ne se laissa pas intimider et continua d'avancer en courant, suivie de cinq photographes et de deux cameramen.

Une Française, professeur de linguistique, saisit l'actrice par le poignet et lui dit (dans un anglais épouvantable) : « C'est la marche des médecins pour sauver des Cambodgiens mortellement malades. On ne fait pas un show pour les stars ! »

L'actrice avait le poignet pris comme dans un étau dans la main de la prof de linguistique et n'avait pas assez de force pour se dégager.

Elle dit (en excellent anglais) : « Allez vous faire foutre ! J'ai déjà participé à des centaines de défilés ! Partout, il faut qu'on voie des stars ! C'est notre travail ! C'est notre devoir moral !

— Merde », dit la prof de linguistique (en excellent français).

La star américaine la comprit et fondit en larmes.

« Restez comme ça », s'écria un cameraman en s'agenouillant devant elle.

L'actrice fixa longuement l'objectif ; les larmes ruisselaient sur ses joues.

19

La prof de linguistique finit par lâcher le poignet de la star américaine. Le chanteur allemand qui avait une barbe noire et portait le drapeau blanc cria le nom de l'actrice.

La star n'avait jamais entendu parler de lui, mais en cette minute d'humiliation elle était plus sensible qu'à l'ordinaire aux manifestations de sympathie et elle s'élança dans sa direction. Le poète-chanteur fit passer la hampe du drapeau dans sa main gauche pour enlacer de son bras droit les épaules de l'actrice.

Photographes et cameramen sautillaient autour de l'actrice et du chanteur. Un célèbre photographe américain voulait avoir leurs deux visages et le drapeau dans son objectif, ce qui n'était pas facile vu la hauteur de la hampe. Il se mit à courir à reculons dans une rizière. C'est ainsi qu'il posa le pied sur une mine. Il y eut une explosion et son corps déchiqueté vola en morceaux, aspergeant d'une averse de sang l'intelligentsia internationale.

Le chanteur et l'actrice étaient épouvantés et restaient cloués sur place. Tous deux levèrent les yeux vers le drapeau. Il était éclaboussé de sang. Tout d'abord, ce spectacle ne fit qu'accroître leur terreur. Ensuite, à plusieurs reprises, ils levèrent timidement les yeux et ils commencèrent à sourire. Ils éprouvaient un orgueil étrange, encore inconnu, à l'idée que le drapeau qu'ils portaient était sanctifié par le sang. Ils se remirent en marche.

20

La frontière était constituée par une petite rivière, mais on ne pouvait pas la voir car tout le long se dressait un mur d'un mètre cinquante de haut surmonté de sacs de sable destinés aux tireurs thaïlandais. Le mur ne s'interrompait qu'à un seul endroit. Là, un pont voûté enjambait la rivière. Personne ne devait s'y avancer. Des troupes vietnamiennes d'occupation étaient postées de l'autre côté de la rivière, mais on ne les voyait pas non plus. Leurs positions étaient parfaitement camouflées. Il ne faisait pourtant aucun doute que d'invisibles Vietnamiens ouvriraient le feu dès que quelqu'un tenterait de franchir le pont.

Des membres du cortège s'approchèrent du mur et se hissèrent sur la pointe des pieds. Franz s'appuya sur un créneau entre deux sacs et essaya de voir. Il ne vit rien car il fut repoussé par un photographe qui estimait avoir le droit de prendre sa place.

Il se retourna. Sur les branches d'un arbre solitaire, semblables à une bande de grosses corneilles, sept photographes étaient assis, les yeux fixés sur l'autre rive.

À ce moment, l'interprète qui marchait en tête du cortège appliqua ses lèvres à un gros entonnoir et se mit à crier en langue khmère à travers la rivière : il y a ici des médecins et ils exigent d'être admis en territoire cambodgien pour y dispenser des secours médicaux ; leur action n'a rien à voir avec une ingérence politique ; seul les guide le souci de la vie humaine.

La réponse de l'autre rive fut un incroyable silence. Un silence si entier que tout le monde en fut saisi d'angoisse. Seul le cliquetis des appareils photographiques résonnait au milieu de ce silence comme le chant d'un insecte exotique.

Franz eut brusquement l'impression que la Grande Marche touchait à sa fin. Les frontières du silence se resserraient sur l'Europe, et l'espace où s'accomplissait la Grande Marche n'était plus qu'une petite estrade au centre de la planète. Les foules qui se pressaient jadis au pied de l'estrade avaient depuis longtemps détourné la tête, et la Grande Marche continuait dans la solitude et sans spectateurs. Oui, songeait Franz, la Grande Marche continue, malgré l'indifférence du monde, mais elle devient nerveuse, fébrile, hier contre l'occupation américaine au Viêt Nam, aujourd'hui contre l'occupation vietnamienne au Cambodge, hier pour Israël, aujourd'hui pour les Palestiniens, hier pour Cuba, demain contre Cuba, et toujours contre l'Amérique, chaque fois contre les massacres et chaque fois pour soutenir d'autres massacres, l'Europe défile et pour pouvoir suivre le rythme des événements sans en manquer un seul, son pas s'accélère de plus en plus, si bien que la Grande Marche est un cortège de gens pressés défilant au galop, et la scène rétrécit de plus en plus, jusqu'au jour où elle ne sera qu'un point sans dimensions.

21

L'interprète cria une deuxième fois son appel dans le mégaphone. Comme la première fois, il n'y eut pour toute réponse qu'un énorme silence infiniment indifférent.

Franz regardait. Ce silence de l'autre rive les frappait tous au visage comme une gifle. Même le chanteur au drapeau blanc et l'actrice américaine étaient gênés et hésitants.

Franz comprit soudain combien ils étaient ridicules, lui et les autres, pourtant cette prise de conscience ne l'éloignait pas d'eux, elle ne lui inspirait aucune ironie, au contraire, il éprouvait pour eux un infini amour, comme celui qu'on éprouve pour les condamnés. Oui, la Grande Marche touche à sa fin, mais est-ce une raison pour que Franz la trahisse ? Sa propre vie ne s'approche-t-elle pas également de sa fin ? Doit-il tourner en dérision l'exhibitionnisme de ceux qui ont accompagné à la frontière des médecins courageux ? Tous ces gens-là peuvent-ils faire autre chose que donner un spectacle ? Leur reste-t-il quelque chose de mieux ?

Franz a raison. Je songe au journaliste qui organisait à Prague une campagne de signatures pour l'amnistie des prisonniers politiques. Il savait bien que cette campagne n'aiderait pas les prisonniers. L'objectif véritable n'était pas de libérer les prisonniers mais de démontrer qu'il y a encore des gens qui n'ont pas peur. Ce qu'il faisait tenait du spectacle. Mais il n'avait pas d'autre possibilité. Il n'avait pas le choix entre l'action et le spectacle. Il n'avait qu'un seul choix : donner un spectacle ou ne rien faire. Il y a des situations où l'homme est *condamné* à donner un spectacle. Son combat contre le pouvoir silencieux (contre le pouvoir silencieux de l'autre côté de la rivière, contre la police changée en microphones muets cachés dans le mur), c'est le combat d'une troupe de théâtre qui s'attaque à une armée.

Franz vit son ami de la Sorbonne lever le poing et menacer le silence de l'autre rive.

22

Pour la troisième fois, l'interprète cria son appel dans le mégaphone.

De nouveau, le silence lui répondit, changeant soudain l'angoisse de Franz en rage frénétique. Il était à quelques pas du pont qui séparait la Thaïlande du Cambodge et il fut saisi de l'immense désir de s'y précipiter, de lâcher vers le ciel de terribles injures et de mourir dans l'énorme vacarme de la fusillade.

Ce désir soudain de Franz nous rappelle quelque chose ; oui, il nous rappelle le fils de Staline qui a couru se suspendre aux barbelés électrifiés parce qu'il ne pouvait supporter de voir les pôles de l'existence humaine se rapprocher au point de se toucher, de sorte qu'il n'y avait plus de différence entre le noble et l'abject, entre l'ange et la mouche, entre Dieu et la merde.

Franz ne pouvait admettre que la gloire de la Grande Marche se réduise à la vanité comique de gens qui défilent, et que le vacarme grandiose de l'histoire européenne disparaisse dans un silence infini, de sorte qu'il n'y a plus de différence entre l'histoire et le silence. Il aurait voulu mettre sa propre vie dans la balance pour prouver que la Grande Marche pèse plus lourd que la merde.

Mais on ne peut rien prouver de semblable. Sur un plateau de la balance, il y avait la merde, le fils de Staline a mis tout son corps sur l'autre plateau et la balance n'a pas bougé.

Au lieu de se faire tuer, Franz courba la tête et repartit en file indienne avec les autres pour reprendre l'autocar.

23

Nous avons tous besoin que quelqu'un nous regarde. On pourrait nous ranger en quatre catégories selon le type de regard sous lequel nous voulons vivre.

La première cherche le regard d'un nombre infini d'yeux anonymes, autrement dit le regard du public. C'est le cas du chanteur allemand et de la star américaine, c'est aussi le cas du journaliste au menton en galoche. Il était habitué à ses lecteurs, et quand son hebdomadaire fut interdit par les Russes il eut l'impression de se retrouver dans une atmosphère cent fois raréfiée. Personne ne pouvait remplacer pour lui le regard des yeux inconnus. Il avait l'impression d'étouffer. Puis, un jour, il comprit qu'il était suivi à chaque pas par la police, écouté quand il téléphonait et même discrètement photographié dans la rue. Soudain, des yeux anonymes l'accompagnaient partout, et il put de nouveau respirer ! Il fut heureux ! Il interpellait d'un ton théâtral les microphones cachés dans le mur. Il retrouvait dans la police le public perdu.

Dans la deuxième catégorie, il y a ceux qui ne peuvent vivre sans le regard d'une multitude d'yeux familiers. Ce sont les inlassables organisateurs de cocktails et de dîners. Ils sont plus heureux que les gens de la première catégorie qui, lorsqu'ils perdent le public, s'imaginent que les lumières se sont éteintes dans la salle de leur vie. C'est ce qui leur arrive à presque tous, un jour ou l'autre. Les gens de la deuxième catégorie, par contre, parviennent toujours à se procurer quelque regard. Marie-Claude et sa fille sont de ceux-là.

Vient ensuite la troisième catégorie, la catégorie de ceux qui ont besoin d'être sous les yeux de l'être aimé. Leur condition est tout aussi dangereuse que celle des gens du premier groupe. Que les yeux de l'être aimé se ferment, la salle sera plongée dans l'obscurité. C'est parmi ces gens-là qu'il faut ranger Tereza et Tomas.

Enfin, il y a la quatrième catégorie, la plus rare, ceux qui vivent sous les regards imaginaires d'êtres absents. Ce sont les rêveurs. Par exemple, Franz. S'il est allé jusqu'à la frontière cambodgienne, c'est uniquement à cause de Sabina. L'autocar brimbale sur la route thaïlandaise et il sent qu'elle fixe sur lui son long regard.

Le fils de Tomas appartient à la même catégorie. Je l'appellerai Simon. (Il se réjouira d'avoir un nom biblique comme son père.) Le regard auquel il aspire, c'est le regard des yeux de Tomas. Compromis dans la campagne de signatures, il fut exclu de l'université. La jeune fille qu'il fréquentait était la nièce d'un curé de campagne. Il l'épousa, devint conducteur de tracteur dans une coopérative, catholique pratiquant et père de famille. Il apprit que Tomas aussi habitait à la campagne et ça lui fit plaisir. Le destin avait rendu leurs vies symétriques ! C'est ce qui l'incita à lui écrire une lettre. Il ne demandait pas de réponse. Il ne voulait qu'une chose : que Tomas pose son regard sur sa vie.

24

Franz et Simon sont les rêveurs de ce roman. À la différence de Franz, Simon n'aimait pas sa mère. Depuis l'enfance, il cherchait le papa. Il était prêt à croire qu'une offense faite à son père précédait et expliquait l'injustice que son père avait commise à son égard. Il ne lui en avait jamais voulu, refusant de devenir l'allié de sa mère qui passait son temps à calomnier Tomas.

Il vécut avec elle jusqu'à l'âge de dix-huit ans et, après le baccalauréat, il partit faire ses études à Prague. À ce moment-là, Tomas était déjà laveur de vitres. Simon l'attendit bien des fois pour provoquer une rencontre fortuite dans la rue. Mais son père ne s'arrêtait jamais.

S'il s'était attaché à l'ancien journaliste au menton en galoche, c'était uniquement parce qu'il lui rappelait le sort de son père. Le journaliste ne connaissait pas le nom de Tomas. L'article sur Œdipe était oublié et il en apprit l'existence par Simon qui lui demandait d'aller voir Tomas avec lui pour lui proposer de signer une pétition. Le journaliste n'accepta que pour faire plaisir au jeune homme qu'il aimait bien.

Quand Simon pensait à cette rencontre, il avait honte de son trac. Il avait certainement déplu à son père. En revanche, son père lui avait plu. Il se rappelait chacune de ses paroles et il lui donnait de plus en plus raison. Une phrase surtout s'était gravée dans sa mémoire : « Châtier ceux qui ne savaient pas ce qu'ils faisaient, c'est de la barbarie. » Quand l'oncle de son amie lui mit une bible entre les mains, il fut impressionné par les paroles de Jésus : « Pardonne-leur, car ils ne savent pas ce qu'ils font. » Il savait que son père était athée, mais la similitude des deux phrases était pour lui un signe secret : son père approuvait la voie qu'il avait choisie.

Il habitait à la campagne depuis plus de deux ans quand il reçut une lettre où Tomas l'invitait chez lui. La rencontre fut amicale, Simon se sentait à l'aise et ne bégayait plus du tout. Il ne s'apercevait sans doute pas qu'ils ne se comprenaient pas tellement. Peu après, il reçut un télégramme. Tomas et sa femme étaient morts écrasés sous un camion.

C'est alors qu'il entendit parler d'une femme qui avait été jadis la maîtresse de son père et qui vivait en France. Il se procura son adresse. Comme il avait désespérément besoin d'un œil imaginaire qui continuerait à observer sa vie, il lui écrivait de temps à autre de longs messages.

25

Jusqu'à la fin de ses jours, Sabina ne cessera de recevoir les lettres de ce triste épistolier villageois. Beaucoup ne seront jamais ouvertes, car le pays d'où elle est originaire l'intéresse de moins en moins.

Le vieux monsieur est mort et Sabina est partie s'installer

en Californie. Toujours plus à l'ouest, toujours plus loin de la Bohême.

Ses toiles se vendent bien et elle aime bien l'Amérique. Mais seulement en surface. Au-dessous de la surface, il y a un monde qui lui est étranger. Elle n'y a sous terre aucun grand-père, aucun oncle. Elle a peur de se laisser enfermer dans un cercueil et de descendre dans la terre d'Amérique.

Elle a donc rédigé un testament où elle a stipulé que sa dépouille doit être brûlée et ses cendres dispersées. Tereza et Tomas sont morts sous le signe de la pesanteur. Elle veut mourir sous le signe de la légèreté. Elle sera plus légère que l'air. Selon Parménide, c'est la transformation du négatif en positif.

26

L'autocar s'arrêta devant un hôtel de Bangkok. Personne n'avait plus envie d'organiser de réunions. Les gens s'éparpillèrent par petits groupes à travers la ville, quelques-uns pour visiter des temples, d'autres pour aller au bordel. Son ami de la Sorbonne proposa à Franz de passer la soirée avec lui, mais il préférait rester seul.

Le soir tombait et il sortit. Il pensait continuellement à Sabina et sentait sur lui son long regard sous lequel il commençait toujours à douter de lui-même, car il ne savait pas ce que Sabina pensait vraiment. Cette fois encore ce regard le jetait dans la confusion. Est-ce qu'elle ne se moquait pas de lui ? Ne trouvait-elle pas stupide le culte qu'il lui vouait ? Ne voulait-elle pas lui dire qu'il devrait enfin se conduire en adulte et se consacrer pleinement à l'amie qu'elle lui avait elle-même envoyée ?

Il tenta d'imaginer le visage aux grandes lunettes rondes. Il comprenait combien il était heureux avec son étudiante. Le voyage au Cambodge lui paraissait soudain ridicule et insignifiant. Au fond, pourquoi est-il venu ici ? À présent, il le sait. Il avait fait ce voyage pour comprendre enfin que sa vraie vie, sa seule vie réelle, ce n'étaient ni les défilés ni

Sabina, mais son étudiante à lunettes ! Il avait fait ce voyage pour se convaincre que la réalité est plus que le rêve, beaucoup plus que le rêve !

Puis une silhouette émergea de la pénombre et lui adressa quelques mots dans une langue inconnue. Il la regardait avec une surprise mêlée de compassion. L'inconnu s'inclinait, souriait et ne cessait de baragouiner sur un ton très insistant. Que lui disait-il ? Il crut qu'il le priait de le suivre. L'homme le prit par la main et l'entraîna. Franz se dit qu'on avait besoin de son aide. Peut-être n'était-il pas venu ici pour rien ? Peut-être avait-il été appelé ici pour y secourir quelqu'un ?

Tout à coup, deux autres types surgirent à côté de l'homme qui baragouinait et l'un d'eux enjoignit en anglais à Franz de leur donner de l'argent.

À ce moment, la jeune fille à lunettes disparut du champ de sa conscience. C'était de nouveau Sabina qui le regardait, l'irréelle Sabina au destin grandiose, Sabina devant laquelle il se sentait tout petit. Ses yeux étaient posés sur lui avec une expression de colère et de mécontentement : encore une fois, il s'était fait duper ? encore une fois, on abusait de sa stupide bonté ?

D'un geste brusque, il se dégagea de l'homme qui l'agrippait par la manche. Il savait que Sabina avait toujours aimé sa force. Il saisit le bras que le deuxième homme avait brandi sur lui. Il le serra fermement, et, exécutant une prise de judo parfaite, il le fit virevolter par-dessus sa tête.

Maintenant, il était content de lui. Les yeux de Sabina ne le quittaient pas. Elle ne le verrait plus jamais humilié ! Elle ne le verrait plus jamais reculer ! Franz ne serait plus jamais faible et sentimental !

Il éprouvait une haine presque joyeuse à l'égard de ces hommes qui avaient voulu se jouer de sa naïveté. Il se tenait légèrement voûté et ne quittait pas ces types des yeux. Mais, soudain, quelque chose de lourd le frappa à la tête et il s'écroula. Il réalisait vaguement qu'on le portait quelque part. Puis il tombait dans le vide. Il sentit un choc violent et perdit connaissance.

Il se réveilla beaucoup plus tard dans un hôpital de Genève. Marie-Claude se penchait sur son lit. Il voulait lui dire qu'il ne voulait pas d'elle ici. Il voulait qu'on prévînt immédiatement l'étudiante aux grandes lunettes. Il pensait à elle et à personne d'autre. Il voulait crier qu'il ne supporterait personne d'autre à son chevet. Mais il constata avec effroi qu'il ne pouvait parler. Il regardait Marie-Claude avec une haine infinie et voulait se tourner vers le mur pour ne pas la voir. Mais il ne pouvait bouger son corps. Il tenta de détourner au moins la tête. Mais même avec sa tête, il ne pouvait faire le moindre mouvement. Il ferma alors les yeux pour ne pas la voir.

27

Franz mort appartient enfin à sa femme légitime comme il ne lui a jamais appartenu avant. Marie-Claude décide de tout, se charge d'organiser les obsèques, envoie les faire-part, commande les couronnes, se fait faire une robe noire qui est en réalité une robe de noces. Oui, pour l'épouse, l'enterrement de l'époux est enfin son vrai mariage ; le couronnement de sa vie ; la récompense de toutes ses souffrances.

D'ailleurs, le pasteur le comprend bien et, sur la tombe, il parle de l'indéfectible amour conjugal qui a dû traverser bien des épreuves mais qui est resté pour le défunt, jusqu'à la fin de ses jours, un havre sûr où il a pu revenir à l'ultime moment. Même le collègue de Franz auquel Marie-Claude a demandé de prononcer quelques mots sur le cercueil rend surtout hommage à la courageuse épouse du défunt.

Quelque part en arrière, recroquevillée, soutenue par une amie, il y a la jeune fille aux grandes lunettes. Elle a étouffé tant de larmes et avalé tant de cachets qu'elle est prise de convulsions avant la fin de la cérémonie. Elle se plie en deux, elle se tient le ventre et son amie doit l'aider à sortir du cimetière.

28

Dès qu'il reçut le télégramme du président de la coopérative, il enfourcha sa moto et se mit en route. Il se chargea de l'enterrement. Sur la stèle, il fit graver au-dessus du nom de son père cette inscription : *Il voulait le Royaume de Dieu sur la terre.*

Il sait bien que son père n'aurait jamais employé ces mots-là. Mais il est certain que l'inscription exprimait exactement ce que voulait son père. Le Royaume de Dieu signifie la justice. Tomas avait soif d'un monde où régnerait la justice. Simon n'a-t-il pas le droit d'exprimer la vie de son père avec son propre vocabulaire ? N'est-ce pas depuis des temps immémoriaux le droit de tous les héritiers ?

Après un long égarement, le retour, peut-on lire sur le monument funéraire de Franz. Cette inscription peut être interprétée comme un symbole religieux : l'égarement dans la vie terrestre, le retour dans les bras de Dieu. Mais les initiés savent que cette phrase a aussi un sens tout à fait profane. D'ailleurs, Marie-Claude en parle tous les jours :

Franz, ce cher, ce brave Franz, n'a pas supporté la crise de la cinquantaine. Il est tombé dans les griffes d'une pauvre fille ! Elle n'était même pas jolie (vous avez remarqué ces énormes lunettes derrière lesquelles on la voit à peine ?). Mais un quinquagénaire (nous le savons tous !) vendrait son âme pour un morceau de jeune chair. Seule sa propre femme peut savoir comme il en a souffert ! Pour lui, c'était une vraie torture morale ! Parce que Franz, au fond de son âme, était un homme honnête et bon. Comment expliquer autrement ce voyage absurde et désespéré dans un coin perdu d'Asie ? Il est allé y chercher sa mort. Oui, Marie-Claude en est certaine : Franz a délibérément cherché la mort. Pendant ses derniers jours, alors qu'il était à l'agonie et qu'il n'avait plus besoin de mentir, il ne voulait voir qu'elle. Il ne pouvait pas parler, mais il la remerciait au moins du regard. Ses yeux lui demandaient pardon. Et elle lui a pardonné.

29

Qu'est-il resté des agonisants du Cambodge ?

Une grande photo de la star américaine tenant dans ses bras un enfant jaune.

Qu'est-il resté de Tomas ?

Une inscription : Il voulait le Royaume de Dieu sur la terre.

Qu'est-il resté de Beethoven ?

Un homme morose à l'invraisemblable crinière, qui prononce d'une voix sombre : « Es muss sein ! »

Qu'est-il resté de Franz ?

Une inscription : Après un long égarement, le retour.

Et ainsi de suite, et ainsi de suite. Avant d'être oubliés, nous serons changés en kitsch. Le kitsch, c'est la station de correspondance entre l'être et l'oubli.

Septième partie

LE SOURIRE DE KARÉNINE

I

La fenêtre donnait sur un coteau parsemé des corps tordus des pommiers. Au-dessus du coteau, la forêt enserrait l'horizon, et la courbe des collines s'étendait au loin. Le soir, une lune blanche pointait sur le ciel pâle et c'était le moment où Tereza sortait sur le seuil. La lune suspendue dans le ciel pas encore assombri était comme une lampe qu'on a oublié d'éteindre le matin et qui est restée allumée toute la journée dans la chambre des morts.

Les pommiers tordus poussaient sur le coteau et aucun ne pourrait quitter l'endroit où il avait pris racine, de même que Tereza et Tomas ne pourraient plus jamais quitter ce village. Ils avaient vendu leur voiture, leur téléviseur, leur radio pour pouvoir acheter une maisonnette avec un jardin à un paysan qui était parti s'installer à la ville.

Aller vivre à la campagne, c'était la seule possibilité d'évasion qui leur restait, car la campagne manquant en permanence de bras ne manquait pas de logements. Personne ne s'intéressait au passé politique de ceux qui acceptaient d'aller travailler aux champs ou dans les forêts et nul ne les enviait.

Tereza était heureuse d'avoir quitté la ville et d'être loin du bar aux clients soûls, loin des femmes inconnues qui laissaient l'odeur de leur sexe dans les cheveux de Tomas. La police avait renoncé à s'occuper d'eux et comme l'histoire de l'ingénieur se confondait dans sa mémoire avec la scène du Mont-de-Pierre, elle distinguait à peine ce qui était le rêve et ce qui était la réalité. (D'ailleurs, l'ingénieur était-il vraiment au service de la police secrète ? Peut-être que oui, peut-être que non. Il ne manque pas d'hommes qui se font prêter des appartements pour leurs rendez-vous intimes et n'aiment pas coucher plus d'une fois avec la même femme.)

Donc, Tereza était heureuse et croyait toucher au but : ils étaient ensemble Tomas et elle, et ils étaient seuls. Seuls ? Je dois être plus précis : ce que j'ai appelé la solitude signifiait qu'ils avaient interrompu tout contact avec leurs anciens amis et connaissances. Ils avaient coupé leur vie passée comme on coupe, avec des ciseaux, un ruban. Mais ils se sentaient bien en compagnie des paysans avec lesquels ils travaillaient, auxquels ils rendaient visite de temps à autre et qu'ils invitaient chez eux.

Le jour où elle avait fait la connaissance du président de la coopérative dans la ville d'eaux dont les rues étaient baptisées de noms russes, Tereza avait soudain découvert en elle l'image de la campagne qu'y avaient laissée des souvenirs de lecture ou ses ancêtres : un monde harmonieux dont tous les membres forment une grande famille qui partage les mêmes intérêts et les mêmes habitudes : tous les dimanches la messe à l'église, l'auberge où les hommes se retrouvent sans les femmes, et la salle de cette même auberge où il y a un orchestre le samedi et où tout le village danse.

Mais sous le communisme le village ne ressemble plus à cette image séculaire. L'église se trouvait dans une commune voisine et personne n'y allait, l'auberge avait été transformée en bureaux, les hommes ne savaient pas où se retrouver pour boire une bière, les jeunes ne savaient pas où aller danser. On ne pouvait pas célébrer les fêtes religieuses, les fêtes officielles n'intéressaient personne. Le cinéma le plus proche était à la ville, à vingt kilomètres. Après la journée de travail, pendant laquelle les gens s'interpellaient gaiement et profitaient d'une pause pour bavarder, on s'enfermait entre les quatre murs de maisonnettes au mobilier moderne d'où le mauvais goût soufflait comme un courant d'air et on gardait les yeux fixés sur l'écran allumé du téléviseur. On ne se rendait pas visite, à peine allait-on de temps à autre échanger quelques mots avec un voisin avant le souper. Tout le monde rêvait de partir s'installer à la ville. La campagne n'offrait rien de ce qui aurait pu donner un peu d'intérêt à la vie.

C'est peut-être parce que personne ne veut s'y fixer que l'État a perdu son autorité sur la campagne. L'agriculteur qui n'est plus propriétaire de sa terre et n'est qu'un salarié travaillant aux champs n'est plus attaché ni au paysage ni à son travail, il n'a rien qu'il puisse craindre de perdre. Grâce à cette indifférence, la campagne a conservé une marge considérable d'autonomie et de liberté. Le président de la coopérative n'était pas imposé de l'extérieur (comme le sont tous les responsables dans les villes), il était élu par les paysans et il était des leurs.

Comme tout le monde voulait partir, Tereza et Tomas avaient une position exceptionnelle : ils étaient venus volontairement. Les autres saisissaient la moindre occasion d'aller passer une journée dans les bourgs des environs, mais Tereza et Tomas ne demandaient qu'à rester où ils étaient et ne tardèrent pas à mieux connaître les villageois que les villageois ne se connaissaient entre eux.

Le président de la coopérative devint leur véritable ami. Il avait une femme, quatre enfants et un cochon qu'il avait dressé comme si c'était un chien. Le cochon s'appelait Méphisto et il était la gloire et l'attraction du village. Il obéissait à la voix, il était bien propre et rose et trottinait sur ses petits sabots comme une femme aux gros mollets trottine sur de hauts talons.

La première fois que Karénine vit Méphisto, il en fut déconcerté et passa un long moment à lui tourner autour et à le renifler. Mais il se lia bientôt d'amitié avec lui et il le préféra aux chiens du village qu'il méprisait parce qu'ils étaient attachés à leur niche et aboyaient bêtement, perpétuellement et sans motif. Karénine appréciait la rareté à sa juste valeur et je serais tenté de dire qu'il tenait à cette amitié avec le cochon.

Le président de la coopérative était à la fois heureux de pouvoir aider son ancien chirurgien et malheureux de ne pouvoir faire davantage pour lui. Tomas était chauffeur de camion, il conduisait les agriculteurs aux champs ou transportait le matériel.

La coopérative avait quatre grands bâtiments d'élevage et en plus une petite étable de quarante génisses. Elles avaient été confiées à Tereza qui les menait au pré deux fois par jour. Les prairies voisines, aisément accessibles, étant destinées à la fenaison, Tereza devait mener son troupeau dans les collines environnantes. Les génisses broutaient l'herbe de pâturages de plus en plus éloignés et Tereza parcourait avec elles au cours de l'année toute la vaste contrée qui entourait le village. Comme jadis dans la petite ville, elle avait toujours un livre à la main ; une fois dans les prés elle l'ouvrait et lisait.

Karénine l'accompagnait toujours. Il avait appris à aboyer après les jeunes vaches quand elles étaient trop folâtres et qu'elles voulaient s'éloigner des autres ; il y prenait un plaisir évident. De tous les trois, il était le plus heureux. Jamais sa fonction de « chancelier de l'horloge » n'avait été aussi scrupuleusement respectée qu'ici où il n'y avait aucune place pour l'improvisation. Ici, le temps dans lequel vivaient Tereza et Tomas se rapprochait de la régularité du temps de Karénine.

Un jour après le déjeuner (c'était le moment où ils avaient tous les deux une heure de liberté), ils faisaient une promenade avec Karénine à flanc de coteau derrière la maison.

« Je n'aime pas comme il court », dit Tereza.

Karénine boitait de la patte gauche. Tomas se pencha et lui palpa la patte. Il découvrit une petite boule à la cuisse.

Le lendemain, il le fit monter à côté de lui sur le siège du camion et il s'arrêta au village voisin où habitait le vétérinaire. Il passa le voir au bout d'une semaine et revint en annonçant que Karénine avait un cancer.

Trois jours après, il l'opéra lui-même avec le vétérinaire. Quand il le ramena à la maison, Karénine ne s'était pas encore réveillé de l'anesthésie. Il était couché sur le tapis, il avait les yeux ouverts et gémissait. Sur la cuisse, les poils étaient rasés et il avait une plaie avec six points de suture.

Un peu plus tard, il tenta de se lever. Mais en vain.

Tereza eut peur : et s'il ne pouvait plus jamais remarcher ?

« Ne crains rien, dit Tomas, il est encore sous le coup de l'anesthésie. »

Elle essaya de le soulever, mais il fit claquer ses mâchoires. C'était la première fois qu'il voulait la mordre !

« Il ne sait pas qui tu es, dit Tomas. Il ne te reconnaît pas. »

Ils l'étendirent auprès de leur lit où il s'assoupit rapidement. Ils s'endormirent à leur tour.

Il les réveilla subitement vers trois heures du matin. Il remuait la queue et piétinait Tereza et Tomas. Il se frottait contre eux, sauvagement, insatiablement.

C'était aussi la première fois qu'il les réveillait ! Il attendait toujours que l'un des deux fût réveillé pour oser sauter sur le lit.

Mais cette fois, il n'avait pu se maîtriser quand il avait soudain repris pleinement conscience au milieu de la nuit.

Qui sait de quels lointains il revenait ! Qui sait quels spectres il avait affrontés ! Et maintenant, voyant qu'il était chez lui et reconnaissant les êtres qui lui étaient le plus proches, il ne pouvait s'empêcher de leur communiquer sa joie terrible, la joie qu'il éprouvait de son retour et de sa nouvelle naissance.

2

Tout au début de la Genèse, il est écrit que Dieu a créé l'homme pour qu'il règne sur les oiseaux, les poissons et le bétail. Bien entendu, la Genèse a été composée par un homme et pas par un cheval. Il n'est pas du tout certain que Dieu ait vraiment voulu que l'homme règne sur les autres créatures. Il est plus probable que l'homme a inventé Dieu pour sanctifier le pouvoir qu'il a usurpé sur la vache et le cheval. Oui, le droit de tuer un cerf ou une vache, c'est la seule chose sur laquelle l'humanité tout entière soit fraternellement d'accord, même pendant les guerres les plus sanglantes.

Ce droit nous semble aller de soi parce que c'est nous qui nous trouvons au sommet de la hiérarchie. Mais il suffirait qu'un tiers s'immisce dans le jeu, par exemple un visiteur venu d'une autre planète dont le Dieu aurait dit « Tu régneras sur les créatures de toutes les autres étoiles », et toute l'évidence de la Genèse serait aussitôt remise en question. L'homme attelé à un char par un Martien, éventuellement grillé à la broche par un habitant de la Voie lactée, se rappellera peut-être alors la côtelette de veau qu'il avait coutume de découper sur son assiette et présentera (trop tard) ses excuses à la vache.

Tereza s'avance avec son troupeau de génisses, elle les pousse devant elle, il y en a toujours une qu'il faut gronder parce que les jeunes vaches sont folâtres et s'écartent du chemin pour courir dans les champs. Karénine l'accompagne. Voilà déjà deux ans qu'il la suit jour après jour au pâturage. D'habitude, ça l'amuse beaucoup de se montrer sévère avec les génisses, de leur aboyer après et de les injurier (son Dieu l'a chargé de régner sur les vaches et il en est fier). Mais aujourd'hui, il marche avec beaucoup de mal et sautille sur trois pattes ; sur la quatrième, il a une plaie qui saigne. Toutes les deux minutes, Tereza se penche pour lui caresser le dos. Quinze jours après l'opération, il est évident que le cancer n'est pas enrayé et que Karénine ira de mal en pis.

En chemin ils rencontrent une voisine qui se rend à l'étable, chaussée de bottes en caoutchouc. La voisine s'arrête : « Qu'est-ce qu'il a, votre chien ? On dirait qu'il boite ! », Tereza répond : « Il a un cancer. Il est condamné », et elle sent sa gorge se serrer et elle a du mal à parler. La voisine aperçoit les larmes de Tereza et se met presque en colère : « Bon Dieu, vous n'allez tout de même pas pleurer pour un chien ! » Elle n'a pas dit ça méchamment, elle est brave, c'est plutôt pour consoler Tereza. Tereza le sait, elle habite le village depuis assez longtemps pour comprendre que si les paysans aimaient leurs lapins comme elle aime Karénine, ils ne pourraient en tuer aucun et ne tarderaient pas à crever de faim en même temps que leurs animaux. Pourtant, la remarque de la voisine lui paraît hostile. « Je sais », répond-elle sans protester, mais elle s'empresse de se détourner et poursuit son chemin. Elle se sent seule avec son amour pour son chien. Elle songe avec un sourire mélancolique qu'elle doit le cacher plus jalousement que s'il fallait dissimuler une infidélité. L'amour qu'on porte à un chien scandalise. Si la voisine apprenait qu'elle trompe Tomas, elle lui taperait gaiement dans le dos d'un air complice !

Donc, elle poursuit son chemin avec ses génisses qui se frottent les flancs l'une contre l'autre, et elle se dit que ce sont des bêtes très sympathiques. Paisibles, sans malice, parfois d'une gaieté puérile : on croirait de grosses dames dans la cinquantaine qui feraient semblant d'avoir quatorze ans. Il n'est rien de plus touchant que des vaches qui jouent. Tereza les regarde avec tendresse et se dit (c'est une idée qui lui revient irrésistiblement depuis deux ans) que l'humanité vit en parasite de la vache comme le ténia vit en parasite de l'homme : elle s'est collée à leurs pis comme une sangsue. L'homme est un parasite de la vache, c'est sans doute la définition qu'un non-homme pourrait donner de l'homme dans sa zoologie.

On peut voir dans cette définition une simple plaisanterie et en sourire avec indulgence. Mais si Tereza la prend au sérieux, elle s'engage sur une pente glissante : ces idées-là sont dangereuses et l'éloignent de l'humanité. Déjà, dans la Genèse, Dieu a chargé l'homme de régner sur les animaux, mais on peut expliquer cela en disant qu'il n'a fait que lui *prêter* ce pouvoir. L'homme n'était pas le propriétaire mais seulement le gérant de la planète, et il aura un jour à rendre compte de sa gestion. Descartes est allé plus loin : il a fait de l'homme « le maître et le possesseur de la nature ». Et il y a certainement une profonde logique dans le fait que lui, précisément, ait nié que les animaux ont une âme. L'homme est le propriétaire et le maître tandis que l'animal, dit Descartes, n'est qu'un automate, une machine animée, une « machina animata ». Lorsqu'un animal gémit, ce n'est pas une plainte, ce n'est que le grincement d'un mécanisme qui fonctionne mal. Quand la roue d'une charrette grince, ça ne veut pas dire que la charrette a mal, mais qu'elle n'est pas graissée. De la même manière il faut interpréter les plaintes de l'animal et ne pas se lamenter sur le chien qu'on découpe vivant dans un laboratoire.

Les génisses broutent dans une prairie, Tereza est assise sur une souche et Karénine est étendu à ses pieds, la tête posée sur ses genoux. Et Tereza se souvient d'une dépêche de deux lignes qu'elle a lue dans le journal voici une douzaine d'années : il y était dit que dans une ville de Russie tous les chiens avaient été abattus. Cette dépêche, discrète et apparemment sans importance, lui avait fait sentir pour la première fois l'horreur qui émanait de ce grand pays voisin.

C'était une anticipation de tout ce qui est arrivé ensuite ; dans les deux premières années qui suivirent l'invasion russe, on ne pouvait pas encore parler de terreur. Étant donné que presque toute la nation désapprouvait le régime d'occupation, il fallait que les Russes trouvent parmi les Tchèques des hommes nouveaux et les portent au pouvoir. Mais où les trouver, puisque la foi dans le communisme et l'amour de la Russie étaient choses mortes ? Ils allèrent les chercher parmi ceux qui nourrissaient en eux le désir vindicatif de régler leurs comptes avec la vie. Il fallait souder, entretenir, tenir en alerte leur agressivité. Il fallait d'abord l'entraîner contre une cible provisoire. Cette cible, ce furent les animaux.

Les journaux commencèrent alors à publier des séries d'articles et à organiser des campagnes sous forme de lettres de lecteurs. Par exemple, on exigeait l'extermination des pigeons dans les villes. Exterminés, ils le furent bel et bien. Mais la campagne visait surtout les chiens. Les gens étaient encore traumatisés par la catastrophe de l'occupation, mais dans les journaux, à la radio, à la télé, il n'était question que des chiens qui souillaient les trottoirs et les jardins publics, qui menaçaient ainsi la santé des enfants et qui ne servaient à rien mais qu'il fallait pourtant nourrir. On créa une véritable psychose, et Tereza redoutait que la populace excitée ne s'en prît à Karénine. Un an plus tard, la rancœur accumulée (d'abord essayée sur les animaux) fut pointée sur sa véritable cible : l'homme. Les licenciements, les arrestations, les procès commencèrent. Les bêtes pouvaient enfin souffler.

Tereza caresse la tête de Karénine qui repose paisiblement sur ses genoux. Elle se tient à peu près ce raisonnement : Il n'y a aucun mérite à bien se conduire avec ses semblables. Tereza est forcée d'être correcte avec les autres villageois, sinon elle ne pourrait pas y vivre, et même avec Tomas elle est *obligée* de se conduire en femme aimante car elle a besoin de Tomas. On ne pourra jamais déterminer avec certitude dans quelle mesure nos relations avec autrui sont le résultat de nos sentiments, de notre amour ou non-amour, de notre bienveillance ou haine, et dans quelle mesure elles sont d'avance conditionnées par les rapports de force entre individus.

La vraie bonté de l'homme ne peut se manifester en toute pureté et en toute liberté qu'à l'égard de ceux qui ne représentent aucune force. Le véritable test moral de l'humanité (le plus radical, qui se situe à un niveau si profond qu'il échappe à notre regard), ce sont ses relations avec ceux qui sont à sa merci : les animaux. Et c'est ici que s'est produite la faillite fondamentale de l'homme, si fondamentale que toutes les autres en découlent.

Une génisse s'est approchée de Tereza, s'est arrêtée et l'examine longuement de ses grands yeux bruns. Tereza la connaît. Elle l'appelle Marguerite. Elle aurait aimé donner un nom à toutes ses génisses, mais elle n'a pas pu. Il y en a trop. Avant, il en était encore certainement ainsi voici une trentaine d'années, toutes les vaches du village avaient un nom. (Et si le nom est le signe de l'âme, je peux dire qu'elles en avaient une, n'en déplaise à Descartes.) Mais le village est ensuite devenu une grande usine coopérative et les vaches passent toute leur vie dans leurs deux mètres carrés d'étable. Elles n'ont plus de nom et ce ne sont plus que des « machinæ animatæ ». Le monde a donné raison à Descartes.

J'ai toujours devant les yeux Tereza assise sur une souche, elle caresse la tête de Karénine et songe à la faillite de l'humanité. En même temps, une autre image m'apparaît : Nietzsche sort d'un hôtel de Turin. Il aperçoit devant lui un cheval et un cocher qui le frappe à coups de fouet. Nietzsche s'approche du cheval, il lui prend l'encolure entre les bras sous les yeux du cocher et il éclate en sanglots.

Ça se passait en 1889 et Nietzsche s'était déjà éloigné, lui aussi, des hommes. Autrement dit : c'est précisément à ce moment-là que s'est déclarée sa maladie mentale. Mais, selon moi, c'est bien là ce qui donne à son geste sa profonde signification. Nietzsche était venu demander au cheval pardon pour Descartes. Sa folie (donc son divorce d'avec l'humanité) commence à l'instant où il pleure sur le cheval.

Et c'est ce Nietzsche-là que j'aime, de même que j'aime Tereza, qui caresse sur ses genoux la tête d'un chien mortellement malade. Je les vois tous deux côte à côte : ils s'écartent tous deux de la route où l'humanité, « maître et possesseur de la nature », poursuit sa marche en avant.

3

Karénine avait accouché de deux minuscules croissants et d'une abeille. Il regardait avec surprise sa bizarre progéniture. Les croissants se tenaient tranquilles mais l'abeille ahurie titubait ; bientôt elle s'envola et disparut.

C'était un rêve que Tereza venait de faire. À son réveil, elle le raconta à Tomas et ils y trouvèrent tous deux une consolation : ce rêve changeait la maladie de Karénine en grossesse et le drame de l'accouchement avait une issue à la fois comique et attendrissante : deux tout petits croissants et une abeille.

Elle fut de nouveau saisie d'un espoir absurde. Elle se leva et s'habilla. Au village aussi, sa journée commençait par les courses : elle allait à l'épicerie acheter du lait, du pain, des croissants. Mais ce jour-là, quand elle appela Karénine pour qu'il l'accompagne, le chien leva à peine la tête. C'était la première fois qu'il refusait de participer à la cérémonie qu'il avait toujours, avec entêtement, réclamée lui-même.

Elle partit donc sans lui. « Où est Karénine ? » demanda la vendeuse qui avait déjà un croissant prêt pour lui. Cette fois, ce fut Tereza qui emporta elle-même le croissant dans son cabas. Dès qu'elle fut sur le seuil, elle le sortit pour le montrer à Karénine. Elle voulait qu'il vienne le chercher. Mais il restait couché et ne bougeait pas.

Tomas voyait combien Tereza était triste. Il prit lui-même le croissant dans la bouche et se mit à quatre pattes en face de Karénine. Puis il approcha lentement.

Karénine le regardait, une lueur d'intérêt parut s'allumer dans ses yeux, mais il ne se levait pas. Tomas avança son visage tout près de son museau. Sans déplacer son corps, le chien prit dans la gueule un morceau du croissant qui sortait de la bouche de Tomas. Puis Tomas lâcha le croissant pour le laisser tout entier à Karénine.

Tomas, toujours à quatre pattes, recula, se recroquevilla et se mit à grogner. Il faisait semblant de vouloir se battre pour le croissant. Le chien répondit à son maître par son propre grognement. Enfin ! C'était ça qu'ils attendaient ! Karénine avait envie de jouer ! Karénine avait encore le goût de vivre.

Ce grognement, c'était le sourire de Karénine et ils voulaient faire durer ce sourire le plus longtemps possible. De nouveau, Tomas, toujours à quatre pattes, s'approcha du chien et saisit l'extrémité du croissant qui saillait de la gueule du chien. Leurs visages étaient tout près l'un de l'autre, Tomas sentait l'haleine du chien, et les longs poils qui poussaient autour du museau de Karénine lui chatouillaient le visage. Le chien émit encore un grognement et secoua brusquement son museau. Il leur restait à chacun une moitié de croissant serrée entre les dents. Karénine commit sa vieille erreur. Il lâcha son bout de croissant et voulut s'emparer du morceau que son maître tenait dans la bouche. Il avait, comme toujours, oublié que Tomas n'était pas un chien et qu'il avait des mains. Tomas ne lâcha pas le croissant qu'il avait à la bouche et ramassa la moitié tombée par terre.

« Tomas, cria Tereza, ne lui prends pas son croissant ! »

Tomas laissa tomber les deux moitiés devant Karénine qui en avala une bien vite mais garda l'autre dans sa gueule, longtemps et ostensiblement, pour montrer fièrement à ses deux maîtres qu'il avait gagné la partie.

Ils le regardaient et se répétaient que Karénine souriait et que, tant qu'il souriait, il aurait encore une raison de vivre, même s'il était condamné.

Le lendemain, son état parut s'améliorer. Ils déjeunèrent. C'était le moment où ils avaient tous les deux une heure de liberté et où ils emmenaient le chien faire sa promenade. Il le savait et, d'ordinaire, quelques instants avant, il gambadait autour d'eux d'un air inquiet, mais cette fois, quand Tereza prit sa laisse et son collier, il les regarda longuement sans bouger. Ils étaient campés devant lui et s'efforçaient de paraître gais (à cause de lui et pour lui) afin de lui communiquer un peu de bonne humeur. Au bout d'un moment, comme s'il avait eu pitié d'eux, le chien s'approcha en boitant sur trois pattes et se laissa mettre son collier.

« Tereza, dit Tomas, je sais que tu es brouillée avec l'appareil photo. Mais aujourd'hui, prends-le ! »

Tereza obéit. Elle ouvrit un placard pour y chercher l'appareil enfoui dans un coin et oublié. Tomas reprit : « Un jour, on sera très contents d'avoir ces photos-là. Karénine, c'était une part de notre vie.

— Comment, *c'était* ? » dit Tereza, comme si un serpent l'avait mordue. L'appareil était devant elle au fond du placard, mais elle ne faisait pas un geste. « Je ne le prendrai pas. Je ne veux pas croire que Karénine ne sera plus là. Tu en parles déjà au passé !

— Ne m'en veux pas ! dit Tomas.

— Je ne t'en veux pas, dit doucement Tereza. Moi aussi, combien de fois je me suis surprise à penser à lui au passé ! Combien de fois je me le suis reproché ! C'est pour ça que je n'emporterai pas l'appareil. »

Ils marchaient sur la route sans parler. Ne pas parler, c'était la seule façon de ne pas penser à Karénine au passé. Ils ne le quittaient pas des yeux et ils étaient constamment avec lui. Ils guettaient le moment où il allait sourire. Mais il ne souriait pas ; il ne faisait que marcher, et toujours sur trois pattes.

« Il fait ça uniquement pour nous, dit Tereza. Il n'avait pas envie de sortir. Il est venu uniquement pour nous faire plaisir. »

Ce qu'elle disait était triste, mais ils étaient heureux malgré cela sans s'en rendre compte. S'ils étaient heureux, ce n'était pas en dépit de la tristesse, mais grâce à la tristesse. Ils se tenaient par la main et ils avaient tous les deux la même image devant les yeux : un chien boiteux qui incarnait dix années de leur vie.

Ils firent encore un bout de chemin. Puis Karénine, à leur grande déception, s'arrêta et fit demi-tour. Il fallut retourner.

Peut-être encore le même jour ou le lendemain, en entrant à l'improviste dans la chambre de Tomas, Tereza remarqua qu'il lisait une lettre. Quand il entendit claquer la porte, il repoussa la lettre parmi d'autres papiers. Elle s'en aperçut. Et en sortant de la pièce, elle vit qu'il glissait une lettre dans sa poche. Mais il avait oublié l'enveloppe. Une fois seule dans la maison, elle l'examina. L'adresse était rédigée d'une écriture inconnue qui lui parut très nette et où elle crut voir une écriture de femme.

Plus tard, quand ils se retrouvèrent, elle lui demanda, mine de rien, s'il y avait eu du courrier.

« Non », dit Tomas, et le désespoir s'empara de Tereza, un désespoir d'autant plus cruel qu'elle en avait perdu l'habitude. Non, elle ne croyait pas que Tomas pût voir ici une femme en cachette. C'était pratiquement impossible. Elle était au courant de tous ses moments de liberté. Mais il était sans doute à Prague une femme à laquelle il pensait et à laquelle il tenait même si elle ne pouvait lui laisser l'odeur de son sexe dans les cheveux. Elle ne croyait pas que Tomas pût la quitter pour cette femme, mais elle avait le sentiment que le bonheur des deux dernières années passées à la campagne était, comme autrefois, avili par le mensonge.

Une idée ancienne lui revenait : son chez-soi, ça n'était pas Tomas, mais Karénine. Qui remonterait l'horloge de leurs journées quand il ne serait plus là ?

Tereza était en pensée dans l'avenir, dans un avenir sans Karénine, et elle s'y sentait abandonnée.

Karénine était couché dans un coin et gémissait. Tereza alla au jardin. Elle examina l'herbe entre deux pommiers et se dit que c'était ici qu'ils enterreraient Karénine. Elle plongea le talon dans la terre pour tracer dans l'herbe un rectangle. Ce serait l'emplacement de la tombe.

« Qu'est-ce que tu fais ? » lui demanda Tomas, qui la surprit tout aussi inopinément qu'elle l'avait surpris quelques heures plus tôt lisant une lettre.

Elle ne répondit pas. Il voyait qu'elle avait les mains qui tremblaient ; c'était la première fois depuis longtemps. Il les lui saisit. Elle se dégagea.

« C'est la tombe de Karénine ? »

Elle ne répondit pas.

Son silence irritait Tomas. Il éclata : « Tu m'as reproché de penser à lui au passé. Et toi, qu'est-ce que tu fais ? Tu veux déjà l'enterrer ! »

Elle lui tourna le dos et rentra.

Tomas alla dans sa chambre et claqua la porte derrière lui.

Tereza la rouvrit en disant : « Tu n'as beau penser qu'à toi, tu pourrais au moins penser à lui en ce moment. Il dormait et tu l'as réveillé. Il va se remettre à gémir. »

Elle savait qu'elle était injuste (le chien ne dormait pas), elle savait qu'elle se comportait comme la bonne femme la plus vulgaire qui veut faire mal et sait comment s'y prendre.

Tomas entra sur la pointe des pieds dans la pièce où Karénine était couché. Mais elle ne voulait pas le laisser seul avec lui. Ils se penchaient sur le chien, chacun d'un côté. Ce mouvement commun n'était pas un geste de réconciliation. Au contraire. Chacun était seul. Tereza avec son chien, Tomas avec son chien.

J'ai bien peur qu'ils ne restent ainsi avec lui jusqu'au dernier moment, tous deux séparés, chacun seul.

4

Pourquoi le mot idylle est-il si important pour Tereza ?

Nous qui avons été élevés dans la mythologie de l'Ancien Testament, nous pourrions dire que l'idylle est l'image qui est restée en nous comme un souvenir du Paradis : La vie au Paradis ne ressemblait pas à la course en ligne droite qui nous mène dans l'inconnu, ce n'était pas une aventure. Elle se déplaçait en cercle entre des choses connues. Sa monotonie n'était pas ennui mais bonheur.

Tant que l'homme vivait à la campagne, au milieu de la

nature, entouré d'animaux domestiques, dans l'étreinte des saisons et de leur répétition, il restait toujours avec lui ne serait-ce qu'un reflet de cette idylle paradisiaque. Aussi, le jour où Tereza rencontra dans la ville d'eaux le président de la coopérative, vit-elle surgir devant ses yeux l'image de la campagne (de la campagne où elle n'avait jamais vécu, qu'elle ne connaissait pas) et elle en fut ravie. C'était comme de regarder en arrière, en direction du Paradis.

Au Paradis, quand il se penchait sur la source, Adam ne savait pas encore que ce qu'il voyait, c'était lui. Il n'aurait pas compris Tereza qui, quand elle était petite, se plantait devant la glace et s'efforçait de voir son âme à travers son corps. Adam était comme Karénine. Souvent, pour s'amuser, Tereza le conduisait devant le miroir. Il n'y reconnaissait pas son image et la regardait d'un air distrait, avec une incroyable indifférence.

La comparaison entre Karénine et Adam m'amène à l'idée qu'au Paradis l'homme n'était pas encore l'homme. Plus exactement : l'homme n'était pas encore lancé sur la trajectoire de l'homme. Nous autres, nous y sommes lancés depuis longtemps et nous volons dans le vide du temps qui s'accomplit en ligne droite. Mais il existe encore en nous un mince cordon qui nous rattache au lointain Paradis brumeux où Adam se penchait sur la source et, à la différence de Narcisse, ne se doutait pas que cette pâle tache jaune qu'il y voyait paraître, c'était bien lui. La nostalgie du Paradis, c'est le désir de l'homme de ne pas être homme.

Quand elle était adolescente et qu'elle trouvait les serviettes hygiéniques de sa mère tachées de sang menstruel, elle en était dégoûtée et détestait sa mère de ne même pas avoir la pudeur de les cacher. Mais Karénine, qui était une chienne, avait aussi ses règles. Elles arrivaient une fois tous les six mois et duraient quinze jours. Pour qu'il ne salît pas l'appartement, Tereza lui mettait un gros morceau de coton entre les pattes et l'habillait d'un de ses vieux slips ingénieusement fixé au corps par un long ruban. Pendant quinze jours, elle souriait de cet accoutrement.

Comment expliquer que les règles d'une chienne éveillaient en elle une tendresse enjouée, alors que ses propres règles lui répugnaient ? La réponse me semble facile : le chien n'a jamais été chassé du Paradis. Karénine ignore tout de la dualité du corps et de l'âme et ne sait pas ce qu'est le dégoût. C'est pourquoi Tereza se sent si bien et si tranquille auprès de lui. (Et c'est pour cela qu'il est si dangereux de changer l'animal en machine animée et de faire de la vache un automate à produire du lait : l'homme coupe ainsi le fil qui le rattachait au Paradis, et rien ne pourra l'arrêter ni le réconforter dans son vol à travers le vide du temps.)

Du chaos confus de ces idées, une pensée blasphématoire dont elle ne peut se débarrasser germe dans l'esprit de Tereza : l'amour qui la lie à Karénine est meilleur que l'amour qui existe entre elle et Tomas. Meilleur, pas plus grand. Tereza ne veut accuser personne, ni elle, ni Tomas, elle ne veut pas affirmer qu'ils pourraient s'aimer *davantage*. Il lui semble plutôt que le couple humain est créé de telle sorte que l'amour de l'homme et de la femme est a priori d'une nature inférieure à ce que peut être (tout au moins dans la meilleure de ses variantes) l'amour entre l'homme et le chien, cette bizarrerie de l'histoire de l'homme, que le Créateur, vraisemblablement, n'avait pas planifiée.

C'est un amour désintéressé : Tereza ne veut rien de Karénine. Elle n'exige même pas d'amour. Elle ne s'est jamais posé les questions qui tourmentent les couples humains : est-ce qu'il m'aime ? a-t-il aimé quelqu'un plus que moi ? m'aime-t-il plus que moi je l'aime ? Toutes ces questions qui interrogent l'amour, le jaugent, le scrutent, l'examinent, peut-être le détruisent-elles dans l'œuf. Si nous sommes incapables d'aimer, c'est peut-être parce que nous désirons être aimés, c'est-à-dire que nous voulons quelque chose de l'autre (l'amour), au lieu de venir à lui sans revendications et ne vouloir que sa simple présence.

Et encore une chose : Tereza a accepté Karénine tel qu'il est, elle n'a pas cherché à le changer à son image, elle a acquiescé d'avance à son univers de chien, elle ne veut pas le lui confisquer, elle n'est pas jalouse de ses penchants secrets. Si elle l'a élevé, ce n'est pas pour le changer (comme un homme veut changer sa femme et une femme son homme), mais uniquement pour lui enseigner le langage élémentaire qui leur a permis de se comprendre et de vivre ensemble.

Et aussi : son amour pour le chien est un amour volontaire, personne ne l'y a contrainte. (Une fois de plus, Tereza pense à sa mère, et elle en éprouve un grand regret : si sa mère avait été une des femmes inconnues du village, sa joviale grossièreté lui eût peut-être été sympathique ! Ah ! si seulement sa mère avait été une étrangère ! Depuis l'enfance Tereza a toujours eu honte que sa mère occupe les traits de son visage et lui ait confisqué son moi. Et le pire, c'est que l'impératif millénaire « Aime ton père et ta mère ! » l'obligeait à accepter cette occupation, à qualifier d'amour cette agression ! Ce n'est pas la faute de sa mère si Tereza a rompu avec elle. Elle n'a pas rompu avec sa mère parce que sa mère était telle qu'elle était, mais parce que c'était sa mère.)

Mais surtout : aucun être humain ne peut faire à un autre l'offrande de l'idylle. Seul l'animal le peut parce qu'il n'a pas été chassé du Paradis. L'amour entre l'homme et le chien est idyllique. C'est un amour sans conflits, sans scènes déchirantes, sans évolution. Autour de Tereza et de Tomas, Karénine traçait le cercle de sa vie fondée sur la répétition et il attendait d'eux la même chose.

Si Karénine avait été un être humain au lieu d'être un chien, il aurait certainement dit depuis longtemps à Tereza : « Écoute, ça ne m'amuse plus de porter jour après jour un croissant dans la gueule. Tu ne peux pas me trouver quelque chose de nouveau ? » Il y a dans cette phrase toute la condamnation de l'homme. Le temps humain ne tourne pas en cercle mais avance en ligne droite. C'est pourquoi l'homme ne peut être heureux puisque le bonheur est désir de répétition.

Oui, le bonheur est désir de répétition, songe Tereza.

Quand le président de la coopérative allait promener son Méphisto après le travail et rencontrait Tereza, il n'oubliait jamais de dire : « Madame Tereza ! Si seulement je l'avais connu plus tôt ! On aurait couru les filles ensemble ! Aucune femme ne résiste à deux cochons ! » À ces mots, le cochon poussait un grognement, il avait été dressé pour ça. Tereza riait, et pourtant elle savait une minute à l'avance ce qu'allait lui dire le président. La répétition n'enlevait rien de son charme à la plaisanterie. Au contraire. Dans le contexte de l'idylle, même l'humour obéit à la douce loi de la répétition.

5

Par rapport à l'homme, le chien n'a guère de privilèges, mais il en a un qui est appréciable : dans son cas, l'euthanasie n'est pas interdite par la loi ; l'animal a droit à une mort miséricordieuse. Karénine marchait sur trois pattes et passait de plus en plus de temps couché dans un coin. Il gémissait. Tereza et Tomas étaient tout à fait d'accord : ils n'avaient pas le droit de le laisser souffrir inutilement. Mais leur accord sur ce principe ne leur épargnait pas une angoissante incertitude : comment savoir à quel moment la souffrance devient inutile ? comment déterminer l'instant où ça ne vaut plus la peine de vivre ?

Si seulement Tomas n'avait pas été médecin ! Il aurait alors été possible de se cacher derrière un tiers. Il aurait été possible d'aller trouver le vétérinaire et de lui demander de piquer le chien.

Il est si dur d'assumer soi-même le rôle de la mort ! Longtemps, Tomas avait énergiquement déclaré qu'il ne lui ferait jamais de piqûre lui-même et qu'il appellerait le vétérinaire. Mais il finit par comprendre qu'il pouvait lui accorder un privilège qui n'est à la portée d'aucun être humain : la mort viendrait à lui sous l'apparence de ceux qu'il aimait.

Karénine avait passé toute la nuit à gémir. Au matin, après l'avoir ausculté, Tomas dit à Tereza : « Il ne faut plus attendre. »

Ils devaient bientôt partir à leur travail tous les deux. Tereza alla chercher Karénine dans la chambre. Jusque-là il était resté couché avec indifférence (même quelques instants plus tôt, pendant que Tomas l'examinait, il n'y avait prêté aucune attention), mais à ce moment, en entendant la porte s'ouvrir, il leva la tête et regarda Tereza.

Elle ne put soutenir ce regard, il lui fit presque peur. Jamais il ne regardait Tomas comme ça, il ne regardait qu'elle de cette façon. Mais jamais avec la même intensité qu'aujourd'hui. Ce n'était pas un regard désespéré ou triste, non. C'était un regard d'une effrayante, d'une insoutenable confiance. Ce regard était une question avide. Toute sa vie durant, Karénine avait attendu la réponse de Tereza et il lui faisait maintenant savoir (avec encore beaucoup plus d'insistance qu'autrefois) qu'il était toujours prêt à apprendre d'elle la vérité (car tout ce qui vient de Tereza est pour lui la vérité : qu'elle lui dise « assis ! » ou « couché ! », ce sont des vérités avec lesquelles il fait corps et qui donnent un sens à sa vie).

Ce regard d'une effrayante confiance fut bref. Il reposa aussitôt sa tête sur ses pattes. Tereza savait que personne ne la regarderait plus jamais *ainsi*.

Ils ne lui donnaient jamais de sucreries, mais quelques jours plus tôt elle avait acheté des tablettes de chocolat. Elle les retira du papier d'argent, les cassa en menus morceaux et les posa autour de lui. Elle y joignit un bol d'eau pour qu'il ne manquât de rien pendant les quelques heures où il allait rester seul à la maison. Mais le regard qu'il avait posé sur elle semblait l'avoir fatigué. Bien qu'entouré de morceaux de chocolat, il ne releva plus la tête.

Elle se mit par terre près de lui et le prit dans ses bras. Il la renifla très lentement et la lécha une ou deux fois avec une grande fatigue. Elle reçut cette caresse les yeux fermés, comme si elle avait voulu la graver à jamais dans sa mémoire. Elle tourna la tête pour qu'il lui lèche encore l'autre joue.

Puis il fallut partir s'occuper des génisses. Elle ne revint qu'après le déjeuner. Tomas n'était pas encore rentré. Karénine était toujours couché, entouré de bouts de chocolat, et il ne leva plus la tête en entendant Tereza s'approcher. Sa jambe malade était enflée et la tumeur avait éclaté à un autre endroit. Une gouttelette rouge pâle (qui ne ressemblait pas à du sang) était apparue entre les poils.

Comme le matin, elle s'allongea par terre contre lui. Elle avait passé un bras autour de son corps et elle fermait les yeux. Puis elle entendit tambouriner à la porte. « Docteur, docteur ! Voilà le cochon et son président ! » Elle était incapable de parler à personne. Elle ne fit pas un geste et garda les yeux fermés. On entendit encore une fois : « Docteur, les cochons sont venus vous voir », puis ce fut de nouveau le silence.

Tomas rentra une demi-heure plus tard. Il alla à la cuisine, sans mot dire, pour préparer la piqûre. Quand il revint dans la chambre, Tereza était debout et Karénine fit un effort pour se relever. En voyant Tomas, il agita faiblement la queue.

« Regarde ! dit Tereza, il sourit encore. »

Elle dit cela d'un ton suppliant, comme si elle avait voulu, par ces mots, demander un bref sursis, mais elle n'insista pas.

Lentement, elle étendit un drap sur le lit. C'était un drap blanc parsemé de motifs représentant de petites fleurs violettes. D'ailleurs, elle avait déjà tout préparé, déjà réfléchi à tout, comme si elle avait imaginé bien des jours à l'avance la mort de Karénine. (Ah ! quelle horreur ! nous rêvons d'avance la mort de ceux que nous aimons !)

Il n'avait plus la force de sauter sur le lit. Ils le prirent dans leurs bras et le soulevèrent ensemble. Tereza le posa sur le flanc et Tomas lui examina la patte. Il cherchait un endroit où la veine était saillante et nettement visible. Il coupa les poils avec des ciseaux à cet endroit-là.

Tereza était agenouillée au pied du lit et tenait la tête de Karénine dans ses mains contre son visage.

Tomas lui demanda de serrer fermement la patte de derrière juste au-dessus de la veine qui était mince et où il était difficile d'enfoncer l'aiguille. Elle tenait la patte de Karénine, mais sans éloigner son visage de sa tête. Elle lui parlait sans cesse d'une voix douce et il ne pensait qu'à elle. Il n'avait pas peur. Il lui lécha encore deux fois le visage. Et Tereza lui chuchotait : « N'aie pas peur, n'aie pas peur, là-bas tu n'auras pas mal, là-bas tu rêveras d'écureuils et de lièvres, il y aura des vaches, et il y aura aussi Méphisto, n'aie pas peur… »

Tomas piqua l'aiguille dans la veine et pressa le piston. Un léger tressaillement parcourut la patte de Karénine, sa respiration s'accéléra puis s'arrêta net. Tereza était agenouillée par terre au pied du lit et pressait son visage contre sa tête.

Ils durent retourner tous les deux à leur travail et le chien resta couché sur le lit, sur le drap blanc orné de fleurs violettes.

Ils rentrèrent le soir. Tomas alla dans le jardin. Il trouva entre deux pommiers les quatre traits du rectangle que Tereza avait tracé avec son talon quelques jours plus tôt. Il se mit à creuser. Il observait rigoureusement les dimensions indiquées. Il voulait que tout fût comme Tereza le souhaitait.

Elle était restée dans la maison avec Karénine. Elle avait peur qu'ils n'enterrent le chien vivant. Elle appliqua son oreille contre son museau et crut entendre un léger souffle. Elle s'écarta et constata que sa poitrine bougeait un peu.

(Non, elle n'a entendu que sa propre respiration qui imprime un mouvement imperceptible à son propre corps, et elle croit que c'est la poitrine du chien qui bouge !)

Elle trouva un miroir dans son sac à main et l'appliqua contre la truffe du chien. Le miroir était tellement sale qu'elle crut y voir la buée laissée par le souffle.

« Tomas, il est vivant ! » s'écria-t-elle quand Tomas revint du jardin avec ses chaussures couvertes de boue.

Il se pencha, et fit non de la tête.

Ils prirent, chacun à une extrémité, le drap sur lequel reposait Karénine. Tereza du côté des pattes, Tomas du côté de la tête. Ils le soulevèrent et l'emportèrent dans le jardin.

Tereza sentit à ses mains que le drap était mouillé. Il nous a apporté une petite mare en arrivant et il nous en laisse une en partant, pensa-t-elle. Elle était heureuse de sentir sous ses doigts cette humidité, le dernier adieu du chien.

Ils le portèrent entre les deux pommiers et le déposèrent au fond de la fosse. Elle se pencha pour arranger le drap de façon à l'en envelopper tout entier. Elle ne pouvait supporter l'idée que la terre qu'ils allaient jeter sur lui pût retomber sur son corps *nu*.

Puis elle rentra dans la maison et revint avec le collier, la laisse et une poignée de bouts de chocolat qui étaient restés intacts, par terre, depuis le matin. Elle jeta le tout dans la tombe.

À côté de la fosse, il y avait un tas de terre fraîchement retournée. Tomas se saisit de la pelle.

Tereza se souvenait de son rêve : Karénine avait donné le jour à deux tout petits croissants et à une abeille. Soudain, cette phrase ressemblait à une épitaphe. Elle imaginait, entre les pommiers, un monument avec cette inscription : « Ici repose Karénine. Il a donné le jour à deux tout petits croissants et à une abeille. »

La pénombre s'épaississait dans le jardin, ce n'était ni le jour ni le soir, il y avait une lune pâle dans le ciel, comme une lampe oubliée dans la chambre des morts.

Ils avaient tous les deux leurs chaussures pleines de terre et ils rapportèrent la bêche et la pelle dans l'appentis où étaient rangés les outils : des râteaux, des pioches, des sarclettes.

6

Il était assis à la table de sa chambre, là où il s'installait toujours pour lire un livre. À ces moments-là, quand Tereza venait le rejoindre, elle se penchait sur lui et pressait par-derrière son visage contre le sien. En faisant ce geste, ce jour-là, elle s'aperçut que Tomas ne lisait pas de livre. Une lettre était posée devant lui, et bien qu'elle eût à peine cinq lignes dactylographiées, Tomas la contemplait fixement d'un long regard immobile.

« Qu'est-ce que c'est ? » demanda Tereza avec angoisse.

Sans se retourner Tomas prit la lettre et la lui tendit. Il y était écrit qu'il devait se rendre le jour même à l'aérodrome de la ville voisine.

Quand il tourna enfin la tête vers Tereza, elle lut dans ses yeux la même horreur qu'elle venait de ressentir.

« Je vais t'accompagner », dit-elle.

Il hocha la tête : « Cette convocation ne concerne que moi. »

Elle répéta : « Non, je vais t'accompagner », et ils montèrent dans le camion de Tomas.

Quelques instants plus tard, ils arrivaient au terrain d'aviation. Il y avait de la brume. Devant eux, très vaguement, se profilaient des silhouettes d'avions. Ils allaient de l'un à l'autre, mais les portes de tous ces avions étaient fermées, il n'y avait pas moyen d'entrer. Ils finirent par en trouver un dont la porte avant était ouverte, une passerelle y était accostée. Ils montèrent les marches, un steward parut dans l'encadrement de la porte et leur fit signe de continuer. C'était un petit avion, d'une trentaine de places à peine, et il était complètement vide. Ils s'avancèrent dans l'allée entre les sièges, sans cesser de se tenir l'un à l'autre et sans trop s'intéresser à ce qui se passait autour d'eux. Ils s'assirent côte à côte sur deux sièges et Tereza posa la tête sur l'épaule de Tomas. L'horreur initiale se dissipait et se changeait en tristesse.

L'horreur est un choc, un instant de total aveuglement.

L'horreur est dépourvue de toute trace de beauté. On ne voit que la lumière violente de l'événement inconnu qu'on attend. Au contraire, la tristesse suppose que l'on sait. Tomas et Tereza savaient ce qui les attendait. L'éclat de l'horreur se voilait et l'on découvrait le monde dans un éclairage bleuté et tendre qui rendait les choses plus belles qu'elles ne l'étaient auparavant.

À l'instant où elle avait lu la lettre, Tereza n'avait pas éprouvé d'amour pour Tomas, elle avait seulement pensé qu'elle ne devait pas le quitter une seconde : l'horreur étouffait tous les autres sentiments, toutes les autres sensations. Maintenant qu'elle était serrée contre lui (l'avion flottait dans les nuages), l'effroi était passé et elle sentait son amour et savait que c'était un amour sans limites et sans mesure.

L'avion atterrit enfin. Ils se levèrent et se dirigèrent vers la porte que le steward avait ouverte. Ils se tenaient toujours par la taille et ils étaient debout sur les marches en haut de la passerelle. En bas, ils virent trois hommes qui avaient des cagoules sur le visage et des fusils à la main. Il était inutile d'hésiter, car il n'y avait pas moyen d'échapper. Ils descendirent lentement et quand ils posèrent le pied sur la piste, l'un des hommes leva son fusil et mit en joue. Il n'y eut pas de détonation, mais Tereza sentit que Tomas, qui à peine une seconde avant se pressait contre elle et lui enlaçait la taille, s'affaissait sur le sol.

Elle voulut le serrer contre elle mais ne put le retenir. Il tomba sur le béton de la piste d'atterrissage. Elle se pencha. Elle voulait se jeter sur lui pour le couvrir de son corps, mais il se produisit alors une chose étrange : son corps se mit à rapetisser sous ses yeux, très vite. C'était si incroyable qu'elle en était pétrifiée et qu'elle restait clouée au sol. Le corps de Tomas rétrécissait de plus en plus, il ne ressemblait plus du tout à Tomas, il n'en restait plus que quelque chose de minuscule, et cette chose infime commençait à bouger puis se mettait à courir et s'enfuyait sur le terrain d'aviation.

L'homme qui avait tiré enleva son masque et sourit d'un air affable à Tereza. Puis il se retourna et se lança à la poursuite de cette chose minuscule qui courait en zigzaguant de-ci, de-là, comme si elle évitait quelqu'un et cherchait désespérément un abri. La chasse dura quelques instants, puis l'homme se jeta brusquement à terre et la poursuite prit fin.

Il se releva et vint vers Tereza. Il lui apportait la chose dans les mains. La chose tremblait de peur. C'était un lièvre. Il le tendit à Tereza. Alors, l'effroi et la tristesse disparurent et elle fut heureuse de tenir ce petit animal entre ses bras, un petit animal qui était à elle et qu'elle pouvait serrer contre son corps. De bonheur, elle fondit en larmes. Elle pleurait, elle n'arrêtait pas de pleurer, elle ne voyait pas à travers ses larmes et elle emportait le lièvre chez elle en se disant qu'elle arrivait enfin tout près du but, qu'elle était là où elle voulait être, là où il n'y avait plus aucune raison de s'évader.

Elle prit par les rues de Prague et trouva facilement sa maison. Elle y avait vécu avec ses parents quand elle était petite. Sa mère et son père n'y habitaient plus ni l'un ni l'autre. Elle fut accueillie par deux vieillards qu'elle n'avait jamais vus, mais elle savait que c'étaient son arrière-grand-père et son arrière-grand-mère. Ils avaient tous les deux le visage ridé comme l'écorce d'un arbre et Tereza se réjouissait d'habiter avec eux. Mais pour l'instant, elle voulait être seule avec son petit animal. Elle trouva sans difficulté la chambre où elle avait habité à partir de l'âge de cinq ans, quand ses parents avaient décidé qu'elle méritait d'avoir une pièce pour elle toute seule.

La chambre était meublée d'un divan, d'une petite table et d'une chaise. Sur la table, il y avait une lampe allumée qui l'attendait depuis tout ce temps. Et sur cette lampe reposait un papillon aux ailes ouvertes ornées de deux grands yeux peints. Tereza savait qu'elle touchait au but. Elle s'allongea sur le divan et pressa le lièvre contre son visage.

7

Il était assis à la table où il s'installait toujours pour lire des livres. Il avait devant lui une enveloppe ouverte et une lettre. Il dit à Tereza : « Je reçois de temps en temps des lettres dont je ne voulais pas te parler. C'est mon fils qui m'écrit. J'ai tout fait pour éviter un contact entre ma vie et la sienne. Et regarde comme le destin s'est vengé de moi.

Il a été exclu de l'université voici quelques années. Il est conducteur de tracteur dans un village. C'est vrai, il n'y a pas de contact entre ma vie et la sienne, mais elles sont tracées côte à côte dans la même direction comme deux lignes parallèles.

— Et pourquoi ne voulais-tu pas me parler de ces lettres ? dit Tereza, profondément soulagée.

— Je ne sais pas. Ça m'était désagréable.

— Il t'écrit souvent ?

— De temps en temps.

— Et pour te parler de quoi ?

— De lui.

— Et est-ce que c'est intéressant ?

— Oui. Sa mère, comme tu le sais, était une communiste enragée. Il a depuis longtemps rompu avec elle. Il s'est lié à des gens qui se trouvaient dans la même situation que nous. Ils ont essayé d'avoir une activité politique. Quelques-uns sont aujourd'hui en prison. Mais avec ceux-là aussi, il s'est brouillé. Il a pris ses distances. Il les qualifie d'"“éternels révolutionnaires”.

— Il s'est réconcilié avec ce régime ?

— Non, pas du tout. Il est croyant et il pense que c'est la clé de tout. D'après lui, chacun de nous doit vivre la vie de tous les jours d'après les normes données par la religion sans tenir compte du régime. Il faut l'ignorer. D'après lui, si l'on croit en Dieu, on est capable d'instaurer par sa conduite, dans n'importe quelle situation, ce qu'il appelle “le Royaume de Dieu sur la terre”. Il m'explique que l'Église est dans notre pays la seule association volontaire qui échappe au contrôle de l'État. Je me demande s'il pratique pour mieux résister au régime ou s'il croit vraiment.

— Eh bien ! Pose-lui la question ! »

Tomas poursuivit : « J'ai toujours admiré les croyants. Je pensais qu'ils possédaient le don particulier de perception extrasensorielle qui m'est refusée. Un peu comme les voyants. Mais je m'aperçois maintenant, d'après l'exemple de mon fils, qu'il est en fait très facile d'être croyant. Quand il s'est trouvé en difficulté, des catholiques se sont occupés de lui et il a tout d'un coup découvert la foi. Peut-être s'est-il décidé par gratitude. Les décisions humaines sont affreusement faciles.

— Tu n'as jamais répondu à ses lettres ?

— Il ne m'a pas donné son adresse. »

Puis il ajouta : « Il y a évidemment le nom du village sur le cachet de la poste. Il suffirait d'envoyer une lettre à la coopérative locale. »

Tereza avait honte de ses soupçons devant Tomas et voulait réparer sa faute par un brusque élan de générosité envers son fils : « Alors, pourquoi ne lui écris-tu pas ? Pourquoi ne l'invites-tu pas ?

— Il me ressemble, dit Tomas. Quand il parle, il fait exactement le même rictus que moi avec sa lèvre supérieure. Voir ma propre bouche parler du Royaume de Dieu, ça me semble un peu trop bizarre. »

Tereza éclata de rire.

Tomas rit avec elle.

Tereza dit : « Tomas, ne sois pas enfantin ! C'est une si vieille histoire. Toi et ta première femme. En quoi est-ce que cette histoire le concerne ? Qu'a-t-il de commun avec elle ? Si tu as eu mauvais goût dans ta jeunesse, est-ce une raison pour faire du mal à quelqu'un ?

— Pour être sincère, cette rencontre me donne le trac. C'est surtout pour ça que je n'ai pas envie de le voir. Je ne sais pas pourquoi j'ai été si têtu. Un jour, on prend une décision, on ne sait même pas comment, et cette décision a sa propre force d'inertie. Avec chaque année qui passe, il est un peu plus difficile de la changer.

— Invite-le ! » dit-elle.

Quelques mois plus tard, en rentrant de l'étable, elle entendit des voix depuis la route. En s'approchant, elle vit le camion de Tomas. Tomas était penché et démontait une roue. Autour, il y avait un petit groupe qui regardait, attendant que Tomas en eût terminé avec la réparation.

Elle était immobile et ne pouvait détourner son regard : Tomas faisait vieux. Il avait les cheveux gris, et la maladresse avec laquelle il s'y prenait n'était pas la gaucherie d'un médecin devenu chauffeur de camion, mais la maladresse d'un homme qui n'est plus jeune.

Elle se souvenait d'une récente conversation avec le président. Il lui avait dit que le camion de Tomas était dans un état lamentable. Il avait dit cela comme une plaisanterie, ce n'était pas une plainte, mais il était quand même soucieux. « Tomas connaît mieux ce qu'il y a dans le corps d'un homme que ce qu'il y a dans un moteur », dit-il en riant. Puis il lui confia qu'il avait déjà fait plusieurs démarches auprès de l'administration pour que Tomas pût exercer la médecine dans le canton. Il avait appris que la police ne l'y autoriserait jamais.

Elle se dissimula derrière un tronc d'arbre pour ne pas être vue des hommes autour du camion, mais elle ne le quittait pas des yeux. Elle avait le cœur lourd de remords : c'était à cause d'elle qu'il avait quitté Zurich pour rentrer à Prague. C'était à cause d'elle qu'il avait quitté Prague. Et même ici, elle avait continué à le harceler, même devant Karénine agonisant elle l'avait tourmenté avec ses soupçons inavoués.

En son for intérieur, elle lui reprochait toujours de ne pas l'aimer assez. Elle considérait que son amour à elle était au-dessus de tout reproche, mais que son amour à lui était une simple condescendance.

Elle voyait maintenant comme elle avait été injuste : Si elle avait vraiment aimé Tomas d'un grand amour, elle serait restée avec lui à l'étranger ! Là-bas, Tomas était heureux, une vie nouvelle s'ouvrait devant lui ! Et elle l'avait quitté, elle était partie ! Bien sûr, elle s'était persuadée qu'elle agissait par générosité, pour ne pas être un poids pour lui ! Mais cette générosité était-elle autre chose qu'un subterfuge ? En réalité, elle savait qu'il rentrerait, qu'il viendrait la rejoindre ! Elle l'avait appelé, elle l'avait entraîné de plus en plus bas, comme les fées attirent les paysans dans les tourbières et les laissent s'y noyer. Elle avait profité d'un instant où il avait des crampes d'estomac pour lui soutirer la promesse qu'ils iraient s'installer à la campagne ! Comme elle avait été rusée ! Elle l'avait appelé à la suivre, chaque fois pour le mettre à l'épreuve, pour s'assurer qu'il l'aimait, elle l'avait appelé jusqu'à ce qu'il se retrouve ici : gris et fatigué, avec des doigts raidis qui ne pourraient plus jamais tenir le scalpel du chirurgien.

Ils sont arrivés au bout. D'ici, où pourraient-ils encore aller ? Jamais on ne les laisserait partir à l'étranger. Ils ne pourraient jamais retourner à Prague, personne ne leur y donnerait du travail. Quant à aller dans un autre village, à quoi bon !

Mon Dieu, fallait-il vraiment venir jusqu'ici pour qu'elle ait la certitude qu'il l'aime !

Il réussit enfin à remonter la roue du camion. Les gars sautèrent sur les ridelles et le moteur vrombit.

Elle rentra et se fit couler un bain. Elle était étendue dans l'eau brûlante et songeait qu'elle avait, toute la vie durant, abusé de sa propre faiblesse contre Tomas. On a tous tendance à voir dans la force un coupable et dans la faiblesse une innocente victime. Mais maintenant, Tereza s'en rend compte : dans leur cas, c'était le contraire ! Même ses rêves, comme s'ils avaient connu la seule faiblesse de cet homme fort, lui offraient en spectacle la souffrance de Tereza pour le contraindre à reculer ! La faiblesse de Tereza était une faiblesse agressive qui le forçait chaque fois à capituler, jusqu'au moment où il avait cessé d'être fort et où il s'était métamorphosé en lièvre entre ses bras. Elle pensait sans cesse à ce rêve.

Elle sortit de la baignoire et alla chercher une robe habillée. Elle voulait mettre sa plus jolie toilette pour lui plaire, pour lui faire plaisir.

Elle avait à peine attaché le dernier bouton quand Tomas fit bruyamment irruption dans la maison, suivi du président de la coopérative et d'un jeune paysan visiblement pâle.

« Vite ! cria Tomas. De l'eau-de-vie, quelque chose de très fort ! »

Tereza courut chercher une bouteille de prune. Elle versa de l'alcool dans un verre et le jeune homme le vida d'un trait.

Entre-temps, on lui expliquait ce qui s'était passé : le jeune homme s'était démis l'épaule en travaillant et hurlait de douleur. Personne ne savait que faire et on avait appelé Tomas qui, d'un seul geste, lui avait remis le bras en place dans l'articulation.

Le jeune homme avala un deuxième verre et dit à Tomas :

« Ta femme est fichtrement belle aujourd'hui !

— Imbécile, dit le président, Mme Tereza est toujours belle.

— Je le sais, qu'elle est toujours belle, dit le jeune homme, mais en plus, aujourd'hui, elle a mis une jolie robe. On ne vous a jamais vue avec cette robe-là. Vous allez en visite ?

— Non. Je me suis habillée pour Tomas.

— T'en as de la chance, docteur, fit le président. C'est pas ma bourgeoise qui se mettrait sur son trente et un pour me faire plaisir.

— C'est bien pour ça que tu sors avec ton cochon et pas avec ta femme, dit le jeune homme, et il rit longuement.

— Que devient Méphisto ? dit Tomas, je ne l'ai pas vu depuis au moins... (il parut réfléchir) une heure !

— Il s'ennuie de moi, dit le président.

— Quand je vous vois avec cette belle robe, ça me donne envie de danser avec vous, dit le jeune homme à Tereza. Tu la laisserais danser avec moi, docteur ?

— On va tous aller danser, dit Tereza.

— Tu viendrais ? dit le jeune homme à Tomas.

— Mais où ? » demanda Tomas.

Le jeune homme indiqua un bourg des environs où il y avait un hôtel avec bar et piste de danse.

« Tu viens avec nous », dit le jeune homme au président, d'un ton sans réplique, et comme il en était à son troisième verre de prune, il ajouta : « Si Méphisto a le cafard, emmenons-le ! Comme ça, on aura deux cochons avec nous ! Toutes les nanas vont tomber à la renverse en voyant arriver deux cochons ! » Et il repartit d'un long rire.

« Si Méphisto ne vous gêne pas, je viens avec vous », dit le président, et tout le monde monta dans le camion de Tomas.

Tomas se mit au volant, Tereza s'assit à côté de lui et les deux hommes prirent place derrière avec la bouteille d'eau-de-vie à moitié vide. Ils étaient déjà sortis du village quand le président se rappela qu'on avait oublié Méphisto à la maison. Il cria à Tomas de faire demi-tour.

« Ce n'est pas la peine, un cochon suffit », dit le jeune homme, et le président se calma.

Le jour déclinait. La route montait en lacets.

Ils arrivèrent à la ville et s'arrêtèrent devant l'hôtel. Tereza et Tomas n'y étaient jamais allés. Un escalier menait au sous-sol où il y avait le bar, la piste de danse et quelques tables. Un monsieur dans la soixantaine jouait sur un piano droit, et une dame du même âge tenait le violon. Ils jouaient des airs d'il y a quarante ans. Quatre ou cinq couples dansaient sur la piste.

Le jeune homme jeta un regard circulaire dans la salle. « Y'en a pas une seule pour moi ici ! » dit-il, et il invita tout de suite Tereza à danser.

Le président s'assit à une table libre avec Tomas et commanda une bouteille de vin.

« Je ne peux pas boire. Je conduis ! protesta Tomas.

— Et après ? dit le président. On va passer la nuit ici. Je vais réserver deux chambres. »

Quand Tereza revint de la piste avec le jeune homme, le président l'invita à danser ; puis elle dansa enfin avec Tomas.

En dansant, elle lui dit : « Tomas, dans ta vie, c'est moi la cause de tout le mal. C'est à cause de moi que tu es venu jusqu'ici. C'est moi qui t'ai fait descendre si bas qu'on ne peut pas aller plus bas.

— Tu divagues, répliqua Tomas. D'abord, qu'est-ce que ça veut dire, *si bas* ?

— Si on était restés à Zurich, tu opérerais tes malades.

— Et toi, tu ferais de la photo.

— On ne peut pas comparer, dit Tereza. Pour toi, ton travail comptait plus que tout au monde, tandis que moi, je peux faire n'importe quoi, je m'en fous pas mal. Je n'ai rien perdu, moi. C'est toi qui as tout perdu.

— Tereza, dit Tomas, tu n'as pas remarqué que je suis heureux ici ?

— C'était ta mission, d'opérer !

— Mission, Tereza, c'est de la foutaise. Je n'ai pas de mission. Personne n'a de mission. Et c'est un énorme soulagement de s'apercevoir qu'on est libre, qu'on n'a pas de mission. »

Au ton de sa voix, il était impossible de douter de sa sincérité. Elle revit la scène de l'après-midi : il réparait le camion et elle trouvait qu'il faisait vieux. Elle était arrivée où elle voulait arriver : elle avait toujours souhaité qu'il fût vieux. Elle pensa encore une fois au lièvre qu'elle pressait contre son visage dans sa chambre d'enfant.

Qu'est-ce que ça signifie, se changer en lièvre ? Ça signifie oublier sa force. Ça signifie que désormais on n'a pas plus de force l'un que l'autre.

Ils allaient et venaient, esquissant les figures de la danse au son du piano et du violon ; Tereza avait la tête posée sur son épaule. Comme dans l'avion qui les emportait tous deux à travers la brume. Elle ressentait maintenant le même étrange bonheur, la même étrange tristesse qu'alors. Cette tristesse signifiait : nous sommes à la dernière halte. Ce bonheur signifiait : nous sommes ensemble. La tristesse était la forme, et le bonheur le contenu. Le bonheur emplissait l'espace de la tristesse.

Ils retournèrent à leur table. Elle dansa encore deux fois avec le président et une fois avec le jeune homme déjà tellement soûl qu'il s'écroula avec elle sur la piste.

Puis ils montèrent tous les quatre et gagnèrent leurs chambres.

Tomas tourna la clé et alluma le lustre. Elle vit deux lits

poussés l'un contre l'autre et près d'un lit une table de nuit avec une lampe de chevet. Un gros papillon de nuit effrayé par la lumière s'échappa de l'abat-jour et se mit à tournoyer à travers la chambre. D'en bas leur parvenait l'écho affaibli du piano et du violon.

BIOGRAPHIE DE L'ŒUVRE

Habent sua fata libelli.

RISIBLES AMOURS

Préhistoire tchèque (I) : l'âge lyrique.

« Si j'imagine la genèse d'un romancier en forme de récit exemplaire, de "mythe" », peut-on lire dans la partie centrale du *Rideau*, « cette genèse m'apparaît comme l'*histoire d'une conversion* ; Saül devient Paul ; le romancier naît sur les ruines de son monde lyrique ».

Dans le cas de Kundera, cette « conversion » se produit dans la seconde moitié des années 1950 (il est né en 1929). Le changement est brusque et définitif : en 1956, il achève l'écriture de son troisième livre de poésie, *Monologues*, édité en 1957, après quoi il cesse à tout jamais d'écrire des vers ; en 1958, il compose sa toute première prose narrative, une nouvelle intitulée « Moi, Dieu pitoyable », et son orientation n'ira plus dès lors que vers le roman. Pour éclairer la signification de cette rupture, le mieux est de relire les propos que le romancier tiendra une quarantaine d'années plus tard à Massimo Rizzante :

> Évitons un malentendu : le lyrisme et la poésie sont deux notions différentes. Pour paraphraser Hegel : fasciné par son âme, le poète lyrique laisse parler son « moi » intérieur, afin d'éveiller chez le lecteur les mêmes sentiments. Toutefois, selon Hegel, l'art le plus lyrique n'est pas la poésie mais la musique, car c'est elle qui représente la confession la plus intime, la plus subjective d'une âme. Cela veut dire que les mots *lyrisme* ou *lyrique* ne désignent pas en premier lieu un genre littéraire, les vers, mais bien une notion à portée existentielle, c'est-à-dire une attitude de l'homme à l'égard

> de sa propre vie et à l'égard de la vie humaine en général[1].

Comment définir cette attitude ? Dans le même passage du *Rideau* que je citais au début, Kundera la décrit ainsi : « l'individu, concentré presque exclusivement sur lui-même, est incapable de voir, de comprendre, de juger lucidement le monde autour de lui ». Mais ce n'est là qu'une des nombreuses définitions qui parsèment son œuvre, où le « lyrisme » et ses variantes (« jeunesse », « kitsch », « graphomanie », « extase », etc.), thème jamais épuisé, font l'objet d'une interrogation (et d'une critique) inlassable, non seulement dans *La vie est ailleurs* (voir en particulier le sixième chapitre de la cinquième partie), mais presque dans tous les romans et les essais, comme s'il s'agissait de rappeler constamment à quoi le roman s'est arraché pour naître et pour découvrir l'« attitude anti-lyrique » qui est la sienne et que Kundera évoquera en ces termes dans un entretien publié en 1979 par la revue montréalaise *Liberté* :

> Un lyrique s'identifie toujours à ses sentiments. L'attitude anti-lyrique, c'est la méfiance face à ses propres sentiments et face à ceux des autres. L'attitude anti-lyrique, c'est la conviction qu'il y a une distance infinie entre ce qu'on pense de soi-même et ce qu'on est en réalité ; une distance infinie entre ce que les choses veulent être ou pensent être et ce qu'elles sont. Saisir ce décalage, c'est briser l'illusion lyrique. Saisir ce décalage, c'est l'art de l'ironie. Et l'ironie, c'est la perspective du roman.

Donc, si Kundera est conduit, peu avant sa trentième année, à abandonner pour de bon et sans le moindre regret non seulement la poésie, mais aussi cet « art le plus lyrique » qu'est l'écriture musicale (qui jusqu'alors l'a occupé autant, sinon plus, que la poésie : « jusqu'à mes vingt-cinq ans, mes compositions musicales étaient pour moi beaucoup plus importantes que la littérature[2] »), ce n'est pas simplement parce qu'il est mécontent de la valeur esthétique de ses vers et de sa musique, mais bien parce que son « attitude à l'égard de sa propre vie et à l'égard de la vie humaine en général » s'est radicalement transformée. Quitter la

1. De larges extraits de cet entretien sont publiés en italien (« Dialogo tra M. K. e M. R. sulla poesia ») dans la revue *Riga*, n° 20, 2002.
2. « De la Note de l'auteur pour la première édition tchèque de *La Plaisanterie* après la libération du pays de l'occupation russe » (1991), dans Kvetoslav Chvatik, *Le Monde romanesque de Milan Kundera*, Gallimard, 1995.

composition musicale et la poésie, c'était sortir de la jeunesse, mettre fin à son « âge lyrique ».

Son amour juvénile pour la poésie et la musique était lié à son admiration passionnée de l'art moderne, qu'illustraient dans son pays natal des figures d'une grandeur exceptionnelle, surtout parmi les poètes : Vitezslav Nezval, le fondateur du premier groupe surréaliste tchèque (que Kundera a connu personnellement et qu'il a beaucoup aimé) ; Konstantin Biebl (qui s'est suicidé en 1951 en se jetant d'une fenêtre) ; Jaroslav Seifert (lauréat du prix Nobel de littérature en 1984) ; Frantisek Halas (l'ami de son cousin, le poète Ludvik Kundera, membre du groupe surréaliste *Ra*, fondé en 1946) ; Vladimir Holan (dont la poésie sera publiée chez Gallimard avec une préface d'Aragon [1]). Toute cette littérature tchèque « moderniste » était tournée vers la culture française probablement plus qu'aucune autre littérature européenne (Nezval a traduit en tchèque toute l'œuvre de Rimbaud ; Karel Capek, le romancier le plus connu de la même génération, a compilé et traduit une anthologie de poésie française contemporaine — y compris « Zone » d'Apollinaire), et, à l'instar du modernisme français, elle manifestait beaucoup de sympathie pour le communisme et pour la Russie soviétique.

Au sujet de la Russie, il convient de noter ceci : contrairement à leurs voisins d'Europe centrale, les Tchèques, pendant toute leur histoire, n'avaient jamais eu ni frontière commune avec la Russie ni aucun contact direct avec elle ; ils pouvaient donc être ouvertement russophiles (pendant tout le XIXe siècle, cette russophilie avait fait tout naturellement partie de leur sentiment national anti-allemand). De plus, il ne faut pas oublier le choc qu'a représenté pour les Tchèques la trahison des démocraties européennes qui, en 1938, à Munich, les ont abandonnés à Hitler, alors que, à ce moment tragique de leur histoire, ils n'avaient aucune raison de douter de la Russie. (Les plus grands poètes tchèques, Halas et Holan, ont écrit alors des vers inoubliables, connus de toute la population tchèque, qui anathématisaient la France et l'Angleterre et chantaient l'amour de la Russie.) Vers la fin de la Deuxième Guerre mondiale, l'armée soviétique s'est emparée de la Roumanie et de la Hongrie ; les soldats de ces deux pays s'étaient battus avec les Allemands contre les Russes, et ceux-ci se sont donc comportés chez eux avec toute la cruauté des conquérants. En Tchécoslovaquie, en revanche, les mêmes Russes ont été accueillis

1. *Une nuit avec Hamlet*, préface de Louis Aragon, coll. « Du monde entier », 1968 ; nouvelle édition : *Une nuit avec Hamlet et autres poèmes*, coll. « Poésie / Gallimard », 2000 ; les traductions françaises sont de Dominique Grandmont.

comme des libérateurs ; Vladimir Holan (qui quelques années plus tard allait devenir un poète durement proscrit par le régime communiste) publiait alors des recueils de vers d'une grande beauté sur la Russie et les soldats russes. Il est donc tout à fait compréhensible que lors des élections de 1946, élections entièrement libres, ce soit le Parti communiste qui ait rassemblé le plus de membres et obtenu le plus de votes, et que les grands intellectuels du pays l'aient soutenu (surtout ceux qui, dans le domaine de l'art, étaient considérés comme des « modernistes »). Aussi, lorsqu'en février 1948 les communistes s'empareront entièrement du pouvoir avec le soutien ouvert (et agressif) de l'URSS, les premiers grands conflits politiques qui s'ensuivront laisseront-ils les Tchèques surpris, choqués et désorientés : ceux qui se montrent tout d'un coup si cruels sont-ils nos ennemis ou nos amis devenus fous ? Et à propos de l'art : l'esthétique de l'art moderne, qui représentait pour nous le progrès, doit-elle être remplacée par le réalisme socialiste si absurdement conservateur ?

Si Kundera est devenu membre du Parti le jour même de son dix-huitième anniversaire, en 1947, c'est par pur lyrisme. Dans la Tchécoslovaquie encore libre, c'était la dernière année où un jeune homme pouvait devenir communiste sans la moindre connaissance de la réalité du communisme importé de Russie. Un an plus tard, la désillusion aurait commencé à se faire jour et, avec elle, peu à peu, le processus de contestation se serait mis en branle. Mais, étant donné les traditions historiques locales, ce processus, en Tchécoslovaquie, serait un peu plus lent qu'en Pologne ou en Hongrie. Et jusqu'en 1968, il serait souvent vécu comme une volonté de transformer, de remodeler le communisme plutôt que de le détruire jusqu'à ses racines.

Entre vingt-quatre et vingt-huit ans, Kundera a publié trois livres de vers. Le premier s'intitulait *L'Homme vaste jardin* (*Clovek zahrada sira*). Édité en 1953, écrit quelques années plus tôt, il nous apparaîtrait aujourd'hui (et à juste titre) comme naïvement procommuniste, même si, lors de sa parution, il a été pourfendu assez durement par la presse officielle (surtout à cause de la section appelée « Vers polémiques », où le poète attaquait le côté dogmatique du communisme contemporain). Puis est venu *Le Dernier Mai* (*Posledni maj*), publié en 1955 mais écrit lui aussi plusieurs années auparavant : c'était un poème à la mémoire de Julius Fucik, héros de la résistance antinazie et auteur du fameux *Reportage écrit sous la potence* (*Reportaz psana na opratce*) qu'il avait rédigé en prison avant son exécution en 1943.

Les vers par lesquels le jeune Kundera a pu passer pour un « poète communiste » auront complètement disparu de son troisième livre de poésie, *Monologues* (*Monology*), achevé en 1956, édité en 1957 et dont les poèmes avaient été écrits tout au long de cette décennie. Il s'agissait de vers intimes, surtout érotiques, auxquels la critique a reproché haineusement leur côté apolitique, pessimiste et noir. La première édition s'étant épuisée rapidement, il faudra attendre 1964, c'est-à-dire après que la libéralisation culturelle du pays sera bien enclenchée, pour voir paraître une seconde édition du recueil. Pourtant, même si Kundera ne trouve pas ces vers mauvais, il les renvoie aujourd'hui à la « préhistoire » de son œuvre. Car il faut y insister : s'il a tourné le dos à la poésie de sa jeunesse, ce n'est pas d'abord parce qu'il n'aimait plus les vers qu'il avait écrits, mais parce qu'il n'aimait plus celui qui les avait écrits. Qu'il ne s'identifiait plus à lui.

En 1967, dans un long dialogue, Antonin Liehm lui fait remarquer à propos de son abandon de la poésie : « J'ai l'impression que vous vous êtes mis à délaisser les vers en général. » Et lui :

> Oui, je les ai désaimés, et je n'arrivais plus à en écrire. Pour tout vous dire, je ne me suis jamais senti bien dans ma peau quand il m'arrivait de me voir affublé de ce titre un peu grotesque : « poète ». Si je rencontrais des copains avec qui j'avais fait de la boxe dans nos années d'adolescence, je prenais bien soin de leur faire croire que ce poète Kundera était tout simplement mon homonyme. À l'instant où je me suis rendu compte que je n'étais plus capable d'écrire un vers, j'ai fait ouf ! Quel soulagement, l'affaire était classée[1] !

Mais, encore une fois, lyrisme et poésie sont deux choses différentes, et celui qui est sorti de son « âge lyrique » n'est pas pour autant devenu un ennemi de la poésie. Au contraire, c'est pendant cette période « post-lyrique » que Kundera a traduit (avec son ami Adolf Kroupa) et préfacé un choix de poèmes d'Apollinaire et qu'il a préparé une anthologie de la poésie de Nezval, pour laquelle il a également rédigé une longue préface, pleine de sympathie pour le poète[2]. Mais surtout, dans la conception du roman qu'il fait sienne à cette époque et dont il ne cessera de se réclamer par la suite, l'art romanesque n'est pas

1. Dans A. Liehm, *Trois générations. Entretiens sur le phénomène culturel tchécoslovaque*, Gallimard, 1970.

2. Le recueil des traductions d'Apollinaire, publié en 1965, s'intitule *Alkoholy života* (« Alcools de la vie ») ; l'anthologie de Nezval, *Podivuhodný kouzelník* (« Le Magicien sublime »), est de 1963.

du tout considéré comme un art anti-poétique. Loin de là. Dans son entretien de 2002 avec Massimo Rizzante, il explique :

> Le roman, par définition, est l'art anti-lyrique. Mais pas « anti-poétique ». Au contraire : le roman — et surtout le roman moderne — je le vois comme une poésie anti-lyrique. Flaubert : un romancier violemment anti-lyrique : objectivité, ironie, mise à l'écart du « moi » de l'auteur ; mais en même temps, c'est lui qui a élevé le roman au rang de la plus grande poésie : son intention de « chercher par-dessus tout la beauté » ; son souci pour chaque mot particulier ; pour la mélodie des phrases ; pour l'originalité de chaque détail. Selon André Breton, le grand but de la poésie moderne est « la fusion du rêve et de la réalité ». Pourtant, c'est dans les romans de Kafka que cet idéal poétique a été réalisé quelque dix ans plus tôt ! La prose de Kafka est de la plus grande poésie que les vers de Breton ! Musil est un romancier extrêmement ironique, donc anti-lyrique. Pourtant, c'est lui le grand maître de la métaphore. Mais ce ne sont jamais des métaphores lyriques, nées d'un enchantement, d'une exaltation ; ce sont les métaphores de la lucidité analytique. C'est en ce sens-là que, pour moi, le roman est une poésie anti-lyrique.

Revenant sur le moment de sa « conversion anti-lyrique », Kundera écrit en 1991, dans sa « Note de l'auteur pour la première édition tchèque de *Risibles amours* après la libération du pays de l'occupation russe »[1] :

> J'ai écrit mon premier « risible amour » en 1958 ; il s'intitulait « Moi, Dieu pitoyable ». Je me torturais à cette époque à rédiger ma pièce *Les Propriétaires des clés*, et lors d'une pause, comme un repos, comme un divertissement, j'ai écrit la première nouvelle de ma vie, en un jour ou deux, avec légèreté et plaisir. Ce n'est qu'après un certain recul que je me suis rendu compte que cette légèreté et ce plaisir ne signifiaient pas que la nouvelle, du fait qu'elle n'avait pas été bénie de ma sueur, était quelque chose d'insignifiant ou de marginal mais au contraire, pour la première fois, que je m'étais alors trouvé moi-même, comme on dit, que j'avais trouvé mon ton, la

1. Des extraits de ce texte sont reproduits dans *Le Monde romanesque de Milan Kundera*.

distance ironique à l'égard du monde et de ma propre vie, bref, mon chemin de romancier ; en effet, ce n'est qu'à partir de ce moment que commence mon évolution littéraire continue qui m'a apporté, il est vrai, bien des surprises mais plus jamais aucun changement essentiel de mon orientation esthétique.

Le soleil brille au-dessus de l'opus 1.

Ce plaisir et cette légèreté que lui apporte l'écriture de « Moi, Dieu pitoyable » (« Ja, truchlivy buh ») éclairent toutes les autres proses que Kundera va rédiger pendant la décennie suivante et qui finiront par former le recueil *Risibles amours*. Même si celui-ci ne sera achevé et publié qu'après *La Plaisanterie*, il constitue donc, en raison de son caractère fondateur, le tout premier livre de l'œuvre de Kundera, son « opus 1 », celui dans lequel s'expriment pour la première fois son art et sa voix de romancier, et qui contient en germe une large part de la matière thématique et formelle qu'il explorera dans ses romans futurs. En ce sens, *Risibles amours* est bien, comme le dit Chvatik, la « grande ouverture » de l'œuvre romanesque de Kundera.

Livre de découverte, livre inaugural, *Risibles amours* est aussi celui que Kundera considérera comme son livre le plus heureux, un livre de bonne humeur : c'est « celui de mes livres », écrit-il en 1981 dans l'introduction de *Jacques et son maître*, « auquel je me sens le plus attaché parce qu'il reflète la période la plus heureuse de ma vie ». Bien qu'il tienne surtout à des raisons personnelles, ce bonheur témoigne aussi du climat de toute l'époque pendant laquelle le livre a été écrit, c'est-à-dire les dix années précédant le Printemps de Prague. Il est d'ailleurs symbolique que ce soit très précisément en août 1968, le même mois où a lieu l'invasion russe, que Kundera termine la toute dernière nouvelle du cycle d'où sortira *Risibles amours*.

Commencée à l'aube des années 1960, cette époque est paradoxale. Tandis que le régime d'Antonin Novotny poursuit officiellement la politique voulue par Moscou, les Tchèques vivent et pensent de plus en plus librement. Dans le domaine culturel, une audace et une effervescence sans précédent se mettent progressivement en place, faisant de cette décennie l'une des plus fécondes et des plus euphoriques de l'histoire tchèque du XXe siècle (avec celles de l'entre-deux-guerres), et ce, dans pratiquement tous les domaines de la vie artistique et intellectuelle. Dans le cinéma, c'est l'arrivée de la « nouvelle vague » des Milos Forman, Jiri Menzel, Evald Schorm, Ivan Passer, Jaromil Jires, Vera Chytilova. Au théâtre, c'est l'âge d'or, grâce à des metteurs en scène comme Otomar Krejca, Alfred Radok, Jan Grossman, et à des auteurs comme Ladislav Smocek, Josef Topol, Vaclav Havel. En philosophie, c'est l'époque de Jan Patocka (*Le Monde naturel et le Mouvement de l'existence humaine*) et de Karel Kosik (*La Dialectique du concret*).

Mais le rôle central appartient à la littérature. Dans un texte de 1980[1], Antonin Liehm rappellera avec quelle ferveur, depuis la réhabilitation de l'œuvre de Kafka lors d'un colloque international tenu en Bohême (à Liblice) en 1963, le public intellectuel tchèque se détourne de l'idéologie officielle et s'ouvre aux œuvres nouvelles, si anticonformistes qu'elles soient. En témoigne, d'ailleurs, le niveau tout à fait exceptionnel de la critique littéraire tchèque (c'est seulement en arrivant en Occident que Kundera pourra, par contraste, en apprécier pleinement la qualité), une critique qui ne se borne pas à réagir aux nouveautés à la manière des journalistes obsédés par l'actualité, mais qui se manifeste par des réflexions longues et approfondies sur la littérature et sur les œuvres. Or cette critique ne pourrait pas exister sans la présence de grandes revues comme *Svetova literatura* (« Littérature du monde »), *Plamen* (« La Flamme »), *Host do domu* (« L'Invité de la maison »), *Orientace* (« Orientations ») et surtout l'hebdomadaire *Literarni noviny* (« La Gazette littéraire »), dont le tirage dépasse les cent trente mille exemplaires (pour une nation de dix millions d'habitants). De leur côté, l'Union des écrivains tchécoslovaques (*Ceskoslovensky spisovatel*) et ses appareils de presse et d'édition, dont le rayonnement est très étendu, se montrent de plus en plus indépendants à l'égard du pouvoir et préoccupés d'abord de valeur artistique, ce qui permet à Liehm d'affirmer : « Personnellement, je ne connais aucun texte ni aucun auteur de quelque importance auquel on ait refusé l'accès à la publication pendant ces années pour des raisons idéologiques. » Quant à la création littéraire elle-même, quoique la poésie y conserve une place de choix, c'est principalement dans le roman que se manifestent son abondance et sa qualité, à travers des œuvres comme celles de Bohumil Hrabal, Arnost Lustig, Josef Skvorecky, Ludvik Askenazy, Jan Prochazka, Ludvik Vaculik, Jan Trefulka, Ladislav Fuks, Vera Linhartova, pour ne mentionner que ceux-là.

Ainsi, la couleur si unique d'un livre comme *Risibles amours*, cette grâce euphorique qui l'éclaire du début à la fin, sont à la

1. « Some Observations on Czech Culture and Politics in the 1960's », dans *Czech Literature Since 1956 : A Symposium*, William E. Harkins et Paul I. Trensky éd., New York, Bohemica, 1980.

fois un témoignage et un effet du climat de liberté et de création fervente sous lequel se déroule cette période aussi intense que brève de l'histoire récente de la Tchécoslovaquie.

À la recherche d'une architecture.

L'écriture et la première publication des textes qui composeront l'ouvrage s'échelonnent sur une dizaine d'années. Après « Moi, Dieu pitoyable », l'auteur écrit deux autres nouvelles : « Oh petites sœurs de mes petites sœurs » (« Sestricko mych sestricek ») et « Personne ne va rire » (« Nikdo se nebude smat »). Toutes trois sont réunies en 1963 dans un petit livre publié à Prague sous le titre de *Risibles amours* (*Smesne lasky*), accompagné du sous-titre « Trois anecdotes mélancoliques ». Deux ans plus tard, en 1965, c'est-à-dire l'année même où Kundera achève le manuscrit de *La Plaisanterie*, un nouveau recueil voit le jour ; il s'intitule *Deuxième cahier de risibles amours* (*Druhy sesit smesnych lasek*) et contient trois autres nouvelles : « La Pomme d'or de l'éternel désir » (« Zlate jablko vecne touhy »), « Le Messager » (« Zvestovatel ») et « Le Jeu de l'auto-stop » (« Falesny autostop »). Les rééditions du recueil de 1963 qui paraissent au cours des années suivantes reçoivent alors un nouveau titre : *Premier cahier de risibles amours*, et perdent leur sous-titre. En 1968, enfin, c'est-à-dire presque deux ans après la publication de *La Plaisanterie*, paraît un *Troisième cahier de risibles amours* (*Treti sesit smesnych lasek*), qui comprend cette fois quatre nouvelles : « Que les vieux morts cèdent la place aux jeunes morts » (« At ustoupi stari mrtvi mladym mrtvym »), « Le Colloque » (« Symposion »), « Édouard et Dieu » (« Eduard a Buh ») et « Le Docteur Havel dix ans plus tard » (« Doktor Havel po deseti letech »).

Au fur et à mesure de leur parution, les trois « cahiers » reçoivent en Tchécoslovaquie un accueil de plus en plus favorable de la critique et du public. Deux adaptations cinématographiques en sont produites par des réalisateurs de la jeune génération : Hynek Bocan tourne en 1965, d'après un scénario de Pavel Juracek, « Personne ne va rire », film que Kundera n'a pas aimé, d'où la résolution qu'il prend alors de ne plus autoriser l'adaptation de ses écrits à moins de pouvoir en écrire lui-même le scénario (principe qu'il trahira une seule fois, et à son grand dam, pour *L'Insoutenable Légèreté de l'être*) ; puis Antonin Kachlik, en 1969, signe une excellente comédie cinématographique tirée de « Moi, Dieu pitoyable », cette fois d'après un scénario de Kundera lui-même ; quand le romancier exclura plus tard cette nouvelle de l'ensemble définitif des *Risibles amours*, il justifiera sa décision en pensant à ce film et en se disant que le scénario qu'il a écrit est plus riche et plus réussi que sa nouvelle.

Après la publication de son *Troisième cahier*, Kundera entreprend de réunir l'ensemble de ses nouvelles en un seul recueil dont la construction soit aussi cohérente que possible. Une première version de ce recueil, intitulée *Risibles amours* (*Smesne lasky*), paraîtra à Prague en janvier 1970, tout juste avant que l'œuvre de Kundera ne soit mise à l'index par le nouveau régime issu de l'occupation russe, lequel commence alors à s'implanter brutalement ; ce sera donc le dernier livre que Kundera aura publié dans sa patrie avant son émigration. Pour le composer, il élimine deux nouvelles qu'il juge moins réussies, « Oh petites sœurs de mes petites sœurs » et « Le Messager », qu'il ne republiera plus ; puis, sans modifier l'ordre originel des huit nouvelles qui restent, il les répartit en trois sections, dont le contenu ne correspond pas exactement à celui des trois « cahiers » :

I

Moi, Dieu pitoyable
Personne ne va rire
La Pomme d'or de l'éternel désir

II

Le Jeu de l'auto-stop
Que les vieux morts cèdent la place aux jeunes morts

III

Le Colloque
Édouard et Dieu
Le Docteur Havel dix ans plus tard

Cette composition a sa logique : les trois nouvelles de la première partie sont narrées à la première personne (technique que Kundera reprendra pour les quatre narrateurs de *La Plaisanterie*, mais qu'il abandonnera complètement par la suite) ; les deux nouvelles de la deuxième partie, écrites l'une et l'autre à la troisième personne, ont une forme semblable : celle d'un drame à la temporalité serrée mettant en scène deux amants ; enfin, les trois dernières nouvelles annoncent plus directement l'écriture des œuvres ultérieures du romancier, en particulier celle de *La Valse aux adieux*.

Or, dès l'automne 1969, pendant que l'édition tchèque attend sa sortie, Gallimard a déjà mis en train ce qui sera la première édition étrangère de *Risibles amours*. Puisque les frontières de la Tchécoslovaquie restent encore ouvertes, Kundera peut alors relire le manuscrit de la traduction française et y apporter deux changements qu'il lui sera impossible toutefois de faire effectuer dans l'édition praguoise : il retire la première nouvelle, « Moi, Dieu pitoyable »[1], et il déplace « Édouard et Dieu » à la toute fin du recueil, de manière que celui-ci se referme sur le « sourire heureux » d'un incurable mécréant voyant émerger devant lui « le visage réel et *vivant* de Dieu ».

Par la suite, il n'a plus aucun contrôle sur le destin de son livre en France. Surveillé par la police, privé de passeport, donc sans possibilité de contact permanent et facile avec son éditeur parisien, il ne peut ni corriger les épreuves ni surveiller la présentation de l'ouvrage (par exemple, le texte du prière d'insérer et la note biographique à son sujet lui échappent complètement). Cette absence de l'auteur est ce qui explique que, dans la première édition française de *Risibles amours* publiée à l'automne 1970 dans la collection « Du monde entier », l'organisation du recueil soit si bizarrement bancale (et évidemment fautive) :

PREMIÈRE PARTIE

Personne ne va rire
La Pomme d'or de l'éternel désir

DEUXIÈME PARTIE

Le Jeu de l'auto-stop

TROISIÈME PARTIE

Le Colloque
Que les vieux morts cèdent la place aux jeunes morts
Le Docteur Havel dix ans plus tard
Édouard et Dieu

Le défaut ne pourra être corrigé qu'après que l'auteur se sera installé en France, c'est-à-dire dans la « nouvelle édition » de *Risibles amours* que Gallimard publiera en 1979 : l'ordre des nouvelles, maintenant numérotées de I à VII, y demeure le même, mais la division en trois parties est abandonnée, si bien que « Le Colloque », qui est la nouvelle la plus longue, devient clairement le centre de l'ensemble, autour duquel les six autres se disposent symétriquement, selon leurs parentés formelles et thématiques.

1. Jamais republiée ni traduite, cette nouvelle continuera néanmoins de circuler en République tchèque, d'abord à travers la version cinématographique de Kachlík, puis, après 1989, sous forme d'une lecture radiophonique diffusée à plusieurs reprises, avec le consentement de l'auteur.

L'auteur profite également de cette édition de 1979 pour affiner la traduction française et pour apporter de légers changements à son texte original : par exemple, afin d'en rendre la forme théâtrale plus frappante, il présente les cinq parties du « Colloque », simplement annoncées jusque-là par des chiffres discrets, comme des « actes ».

Sept ans plus tard, c'est-à-dire en 1986, toujours aux Éditions Gallimard, une « nouvelle édition revue par l'auteur » voit le jour. Kundera apporte encore quelques retouches à son texte et place la table des matières en début de volume, comme dans tous ses autres livres. (Un autre changement, plus drôle celui-là, se produit aussi dans cette édition : le protagoniste de l'avant-dernière nouvelle, intitulée jusque-là « Le Docteur Havel dix ans plus tard », prend soudainement un coup de vieux lorsque le titre de son histoire devient « Le Docteur Havel *vingt* ans plus tard », comme si l'auteur, en prenant lui-même de l'âge, voulait repousser plus loin la frontière du vieillissement.) C'est cette édition de 1986 qui est reprise la même année dans la collection « Folio », où elle n'a cessé d'être réimprimée depuis.

Autre détail intéressant : à partir de 1986, les sept récits de *Risibles amours* ne sont plus identifiés, en page de titre, comme des « nouvelles » ; dans les traductions allemande et espagnole, comme l'explique Kundera dans sa « Note de l'auteur » citée précédemment, ils seront même désignés, « à la manière des romans, comme les différentes *parties* d'un seul tout ». Cette façon de faire lui a été inspirée, dit-il, par l'expérience du *Livre du rire et de l'oubli*, achevé en 1978, qui lui a fait découvrir la possibilité d'un roman dans lequel « l'unité de l'action serait entièrement remplacée par l'unité des thèmes » — le « thème » correspondant, pour lui, à une question ou une situation *existentielle* ; et il fait remarquer que dans toutes les nouvelles de *Risibles amours*, en effet, les quatre mêmes thèmes ainsi entendus reviennent constamment : « la mystification ; l'impossibilité du donjuanisme dans le monde moderne ; l'identité problématique d'un individu ; le comique de l'âge lyrique (jeunesse) ». De plus, tout comme l'unité du *Livre du rire et de l'oubli* sera renforcée par la présence du même personnage (Tamina) dans la quatrième et la sixième partie, l'unité de *Risibles amours* est soulignée de la même façon, le docteur Havel étant le protagoniste de la quatrième et de la sixième nouvelle.

Est-ce à dire que *Risibles amours* peut — ou devrait — être lu comme un roman ? Le critique Kvetoslav Chvatik, dans son grand essai sur *Le Monde romanesque de Milan Kundera*, ne le pense pas ; pour lui, l'ouvrage se présente bel et bien, même dans sa version définitive, « comme un recueil de nouvelles ». D'ailleurs, tandis que Kundera comprendra dès le début de l'écriture du *Livre du rire et de l'oubli* (après avoir terminé la deuxième des sept parties) que son ouvrage sera un roman, l'unité « quasi romanesque » des nouvelles de *Risibles amours* ne lui est apparue qu'après coup, une dizaine d'années après leur rédaction. De plus, jamais il ne parle de cet ouvrage comme d'un véritable « roman », même si, à ses yeux, la nouvelle n'est pas « ontologiquement » différente du roman, dont elle représente simplement la « petite forme ». Chose certaine, par leur construction à la fois discontinue (la richesse et la variété formelles) et fortement unifiée (l'unité thématique), le recueil des *Risibles amours* et le roman du *Livre du rire et de l'oubli* se ressemblent beaucoup, montrant à quel point, depuis ses commencements, Kundera est obsédé par l'architecture de ses livres, obsession qui restera présente tout au long de son œuvre.

Traductions.

La traduction française de *Risibles amours* est due à François Kérel, qui agit en France, depuis le début des années 1960, comme l'un des « passeurs » les plus assidus de la littérature tchèque contemporaine, ayant publié notamment des traductions de Josef Skvorecky, Bohumil Hrabal, Karel Capek, Vitezslav Nezval et Vaclav Havel. Entre Kundera et lui la relation est déjà ancienne, et Kérel a été le premier à introduire l'œuvre de Kundera en France : dès l'été 1964, avant même que « La Pomme d'or de l'éternel désir » ne paraisse en tchèque dans le *Deuxième cahier de risibles amours*, il en publiait une traduction dans *Les Lettres françaises*, accompagnée d'une note présentant l'auteur praguois au public français ; puis, quelques mois plus tard, une autre nouvelle de Kundera traduite par Kérel, « Personne ne va rire », paraissait dans *Les Temps modernes* (octobre 1964) ; enfin, c'est également Kérel qui a signé la traduction française des *Propriétaires des clés*, la pièce de théâtre de Kundera éditée chez Gallimard en 1969. Cette collaboration entre l'auteur tchèque et son traducteur — doublée d'une amitié indéfectible — va se poursuivre jusqu'à la publication de *L'Insoutenable Légèreté de l'être* au milieu des années 1980.

Lors de sa sortie en France à l'automne 1970, *Risibles amours* est accueilli par une presse aussi abondante qu'enthousiaste. Il est vrai que Kundera jouit alors de la réputation et de la sympathie que lui a apportées deux ans plus tôt la publication de *La Plaisanterie*, ce que ne manquent jamais de rappeler les commentateurs. Tout en louant l'humour et la finesse des nouvelles, la plupart en font toutefois une lecture avant tout politique, en particulier, mais pas seulement, dans les journaux de droite, qui y voient la « terrible condamnation d'un régime où tout homme qui a un tant soit peu d'humour est suspect » et où « les jeux de la séduction sont peut-être l'une des dernières activités qui échappent à la pression morale et au collectivisme » (*Le Figaro*). Cela dit, quelques critiques se distinguent par leurs préoccupations plus nettement littéraires, tels Roger Grenier — « il faut placer ce jeune Tchèque parmi les tout premiers écrivains de notre époque », écrit-il dans *Le Nouvel Observateur* — et surtout Claude Roy qui, dans son article du *Monde*, avec une perspicacité quasi prophétique, inscrit l'auteur de *Risibles amours* « dans une filiation qui, dit-il, me paraît évidente : il est de la famille du Diderot des nouvelles, et de la constellation des grands écrivains de "contes moraux" du XVIIIe siècle, Laclos, Crébillon fils, le Sade des récits, le Vivant Denon de *Point de lendemain* », auteurs que Kundera, à cette époque, n'a pas encore lus. L'idée de Claude Roy sera reprise plus tard par le critique Jocelyn Maixent, qui en fera l'hypothèse centrale d'une comparaison entre *Risibles amours* et *Jacques le fataliste* dans son étude de 1998 intitulée *Le XVIIIe siècle de Milan Kundera ou Diderot investi par le roman contemporain*. Pour compléter le tableau du destin de *Risibles amours* en France, signalons que des transpositions théâtrales du « Jeu de l'auto-stop » et de « Que les vieux morts cèdent la place aux jeunes morts », transpositions écrites par Kundera lui-même, seront jouées au printemps 1977 par le Théâtre de l'Est parisien (TEP), dans une mise en scène de Jacques Lassalle, avec les comédiens Patrick Chesnais, Emmanuelle Riva, Christian Ruché et Josiane Stoléru.

Hors de France, quelques traductions des premiers « cahiers » de *Risibles amours* paraissent dès les années 1960, en Estonie (1965), en Hongrie et en Pologne (1967) ; dans ce dernier pays, les maisons d'édition demeurent relativement libres et à l'abri de la terreur idéologique, et une édition complète du recueil y sera publiée en 1971. Au cours des années suivantes, après la publication parisienne de l'ouvrage, d'autres traductions voient le jour en Italie (1973), puis en Yougoslavie (1974 en slovène ; 1981 en serbo-croate), où le régime titiste est très libéral en matière d'édition littéraire.

En langue anglaise, une traduction du « Jeu de l'auto-stop » figure dès 1969 dans une anthologie de *New Writing in Czechoslovakia* (Penguin). Puis le recueil, intitulé *Laughable Loves* et traduit du tchèque par Suzanne Rappaport, est publié à New York, chez Alfred A. Knopf, en 1974, et repris l'année suivante chez Penguin dans la collection « Writers from the Other Europe » (« Écrivains de l'autre Europe »), dirigée par Philip Roth. Dans une préface chaleureuse, celui-ci situe Kundera aux côtés non seulement de ses compatriotes Franz Kafka et Jaroslav Hasek, mais aussi d'Anton Tchékhov, Yukio Mishima et Norman Mailer. L'éditeur, toutefois, non content de « polir l'anglais » de la traduction en coupant les phrases en deux, s'est permis en plus, sans consulter l'auteur, de modifier la disposition des nouvelles : « Le Jeu de l'auto-stop », sans doute jugé plus aguichant, est placé au tout début, suivi de « Que les vieux morts cèdent la place aux jeunes morts » puis de « Personne ne va rire ». Étant donné l'importance que revêt à ses yeux la composition de son ouvrage, comme on a pu le voir, Kundera fait alors connaître son mécontentement et exige que les tirages suivants de *Laughable Loves* respectent l'ordre voulu par lui. Ainsi, en 1987, toujours chez Penguin, mais cette fois hors collection et sans la préface de Roth, paraît une édition « revue par l'auteur » et contenant « le texte anglais définitif » du recueil. Une autre édition de ce texte définitif, de nouveau révisée par l'auteur et par Aaron Asher, sera publiée en 1999, chez HarperCollins, dans la collection « HarperPerennial », sous une couverture dessinée par Kundera lui-même. Toutes ces éditions corrigées ne modifient que rarement et très légèrement le texte original, leur but étant avant tout de produire une traduction toujours plus fidèle, plus exacte et plus parfaite.

Entre les années 1980 et 2010, *Risibles amours* sera traduit (ou retraduit) dans presque toutes les langues occidentales, ainsi qu'au Japon (1992), en Thaïlande, en Russie (2001), en Chine (2004), au Viêtnam (2010) et dans les pays de l'ancien bloc communiste. Quelques-unes de ces traductions porteront, avec l'accord de l'auteur, des titres soulignant la parenté formelle avec *Le Livre du rire et de l'oubli* : *Das Buch der lächerlichen Liebe* en allemand (1986), *El libro de los amores ridiculos* en espagnol (1987), *O livro dos amores risiveis* en portugais (1988).

En Tchécoslovaquie, l'ouvrage a été interdit dès le lendemain de sa parution. En 1981, il sera publié dans sa langue originale à Toronto (Canada), par 68 Publishers, la maison d'édition de littérature tchèque et slovaque fondée par Josef Skvorecky et sa femme Zdena Salivarova. En 1991, après la chute du régime communiste, il reparaîtra aux éditions Atlantis, maison sise à Brno, la ville natale de Kundera, accompagné de la longue « Note de l'auteur » déjà mentionnée.

LA PLAISANTERIE

Roman à quatre voix.

Le premier cahier de *Risibles amours* (1963) n'est pas encore publié que déjà l'auteur définitivement converti à l'art « anti-lyrique » de la prose met en chantier une œuvre d'envergure, dont l'idée de départ, racontera-t-il en 1985 dans une des éditions du roman, lui a été suggérée par une histoire réelle entendue de la bouche de ses amis :

> Un jour, en 1961, je suis allé voir des amis dans la région minière où autrefois j'avais vécu. Ils m'ont raconté l'histoire d'une jeune ouvrière, arrêtée et écrouée parce qu'elle volait, pour son amant, des fleurs dans les cimetières. Son image ne me quittait pas, et devant mes yeux se dessinait le destin d'une jeune femme pour qui l'amour et la chair étaient mondes séparés, pour qui la sexualité se trouvait à l'opposé de l'amour. Une autre image se joignait en contrepoint à celle de la voleuse de fleurs : un long acte d'amour qui n'était en réalité qu'un superbe acte de haine. Ainsi est née l'idée de mon premier roman, que j'ai achevé en décembre 1965 et intitulé *La Plaisanterie*[1].

Cette jeune femme, bien sûr, deviendra le personnage de Lucie, et cet acte de haine érotique, la grande scène du coït de Ludvik et Helena dans la cinquième partie du roman, point nodal de toute son action et emblème de sa thématique paradoxale. Dans un autre texte au sujet de *La Plaisanterie*, une « *Author's Preface* » rédigée pour l'édition américaine de 1982, Kundera raconte également ceci :

> Depuis l'enfance j'ai été fasciné par la tradition folklorique dite de la Chevauchée des Rois : cérémonie d'une

1. « Note de l'auteur », *La Plaisanterie*, version définitive, Gallimard, coll. « Du monde entier », 1985.

beauté singulière dont le sens s'est perdu depuis longtemps et qui ne survit que comme une suite de gestes obscurs. Ce rite encadre l'action du roman ; ce cadre est celui de l'oubli. L'action d'hier est obscurcie par le jour présent, et le lien le plus fort qui nous attache à une vie constamment dévorée par l'oubli est la nostalgie.

Quant à l'incident de la carte postale et de ses suites, par quoi s'enclenche la chute de Ludvik, il n'a rien d'invraisemblable dans le contexte où il est situé, celui de la Tchécoslovaquie communiste de la toute fin des années 1940 où se mettent en place, à l'intérieur du Parti comme dans l'ensemble de la société, les conditions qui vont conduire aux grands procès staliniens et aux exécutions des années suivantes.

Quoi qu'il en soit de ces sources possibles, le roman que Kundera se met à écrire en 1961 ou 1962 n'a aucune visée historique ou documentaire. Il ne s'agit pas de décrire ou de critiquer une époque ou un milieu, mais de découvrir des aspects de la vie et de la psyché humaines sur lesquels cette époque et ce milieu jettent une lumière particulière. C'est ce que l'auteur déclare dès l'automne 1966, avant même la parution de son livre :

> Les années cinquante [époque de la terreur stalinienne] m'ont sollicité parce que l'histoire, alors, procédait sur l'homme à des expériences inédites, le montrant dans des situations jusqu'alors inconnues et enrichissant ainsi mes doutes et mes hypothèses sur ce qu'est l'homme et sa condition[1].

Bien qu'elle ne rompe pas radicalement avec les grandes conventions héritées du XIXe siècle (effacement de l'auteur, récit centré sur une histoire dont la progression ne déroute jamais le lecteur, construction temporelle simple, où alternent sans se confondre les évocations rétrospectives et les scènes situées dans le présent, etc.), la forme de ce premier roman est en même temps résolument moderne (voire « moderniste », comme le dira David Lodge[2]) et l'objet d'un grand soin architectural de la part de l'auteur. En témoigne surtout la répartition de la narration entre quatre personnages différents (Ludvik, Helena, Jaroslav, Kostka) dont les monologues entrecroisés tantôt se

1. Dans Antonin Liehm, *Trois générations. Entretiens sur le phénomène culturel tchécoslovaque*, Gallimard, 1970.
2. Voir « Milan Kundera and the Idea of the Author in Modern Criticism », *After Bakhtin. Essays on Fiction and Criticism*, Londres et New York, Routledge, 1990.

complètent, tantôt se contredisent, créant ensemble un univers « polyphonique » dans lequel il n'est aucune vérité stable et ultime, aucune énigme définitivement résolue. Dans la septième (et dernière) partie, trois voix (Ludvik, Helena, Jaroslav) résonnent en même temps, comme la conclusion d'une grande fugue — la *strette* —, et préfigurent ainsi la façon dont Kundera va achever plusieurs de ses romans à venir. À cela s'ajoutent : l'hétérogénéité stylistique résultant du fait que chacun de ces personnages a une façon de parler, une respiration, une syntaxe qui ne sont qu'à lui et qui diffèrent entièrement de celles des autres narrateurs ; l'insertion, dans la quatrième partie, d'un chapitre quasi scientifique sur la musique traditionnelle de Moravie ; ou le recours — dans un roman « sérieux » — à des scènes franchement scabreuses comme la copulation collective des « noirs » avec la blonde juchée sur une machine agricole (troisième partie), l'accouplement humiliant infligé à Helena (cinquième partie) ou la diarrhée de la même Helena dans les dernières pages du roman.

Des censeurs timides.

« Achevé le 5 décembre 1965 », comme le précise la note inscrite à la fin du roman, le manuscrit de *La Plaisanterie* est confié à la maison d'édition de l'Union des écrivains tchécoslovaques (*Ceskoslovensky spisovatel*), qui le reçoit avec enthousiasme mais redoute des complications de la part de la censure gouvernementale, sans l'approbation de laquelle aucun livre ne peut paraître. Ces craintes s'avéreront à la fois fondées — puisque le livre devra attendre presque une année avant de recevoir l'imprimatur officiel — et illusoires — puisqu'il paraîtra sans aucun changement ni aucune coupure, l'auteur, régulièrement convoqué chez les censeurs, refusant obstinément de se rendre à la moindre de leurs « suggestions ». Ce fait peut sembler paradoxal : comment se fait-il qu'un ouvrage qui, bientôt, sera accueilli de l'autre côté du Rideau de fer comme une œuvre radicalement anticommuniste ait pu obtenir ainsi un aval officiel, ou du moins ne pas être interdit dans la Tchécoslovaquie de Novotny ? Pour répondre à cette question, il faut se déprendre des représentations historiques toutes faites et tenir compte de la réalité concrète de l'époque. Depuis le début des années 1960, en effet, le régime a beau continuer de se réclamer officiellement de l'idéologie communiste la plus stricte, dans la société — tout comme à l'intérieur du Parti, et notamment chez ses membres écrivains et intellectuels —, le courant de liberté s'affirme et s'intensifie à tel point qu'il transforme les opinions et les mentalités jusque dans les sphères de l'État, et que même les fonctionnaires du Bureau de la censure croient de moins en moins à l'utilité de leur travail, qu'ils accomplissent de manière routinière, presque honteuse, allant bientôt, selon ce que raconte Pavel Tigrid dans son récit du *Printemps de Prague* (Le Seuil, 1968), jusqu'à proposer eux-mêmes l'abolition de toute censure, et donc leur propre congédiement.

La Plaisanterie (*Zert*) sort des presses en avril 1967. C'est aussitôt un immense succès, tant commercial que critique. En moins de deux ans, trois éditions sont imprimées et s'écoulent chaque fois en quelques semaines, pour un tirage total de près de cent vingt mille exemplaires, et le roman obtient au printemps 1968 le prix de l'Union des écrivains tchécoslovaques. Dans la presse, les éloges sont quasi unanimes. Mais ce qui frappe et surprend aujourd'hui, c'est la manière dont le livre est lu par les critiques tchèques, qui ne s'intéressent à peu près pas à sa dimension politique et locale ni ne songent à le soumettre à quelque appréciation morale (comme le fera plus tard une partie de la critique anglophone), mais l'abordent d'emblée pour ce qu'il est d'abord, un roman, c'est-à-dire une œuvre d'art dont il s'agit d'évaluer et de comprendre l'originalité aussi bien formelle que thématique. Ainsi, Milos Pohorsky, dans la revue *Ceska literatura*, écrit : « la plaisanterie révèle ce qui est caché, ce qui demeure enfoui sous la surface, ce dont nous n'avons pas conscience, [...] l'embarras et le rire conduisant à la connaissance de soi » ; Zdenek Kozmin, dans *Host do domu*[1], décrit *La Plaisanterie* comme « le roman de l'existence humaine » ; Ivan Klima, dans *Orientace*, y voit lui aussi « une exploration de la signification de l'existence humaine aujourd'hui » ; Milan Jungmann, dans une étude de 1969, écrit de même : « Les questions fondamentales que pose Kundera dans son livre sont : l'homme détermine-t-il vraiment son destin ? L'humanité contrôle-t-elle vraiment la destinée ? » D'autres commentateurs situent le roman dans le contexte plus large de la littérature européenne (par exemple en opposant son « existentialisme » à celui de Sartre) ou soumettent sa prose et son architecture à des analyses sophistiquées. Très rapidement, *La Plaisanterie* apparaît à tous comme l'une des œuvres les plus importantes de la littérature tchèque et européenne contemporaine : déjà un « classique », comme le dira Kvetoslav Chvatik[2].

1. Cet article (« Roman lidske existence ») de 1967 sera repris un quart de siècle plus tard comme postface dans la nouvelle édition tchèque de *La Plaisanterie* (Brno, Atlantis, 1991), et publié en traduction italienne dans le numéro spécial de la revue *Riga* (nº 20, 2002) consacré à l'œuvre de Kundera.

2. *Le Monde romanesque de Milan Kundera*, Gallimard, 1995 ; pour un aperçu de la

Un an et demi après la parution du roman, le cinéaste Jaromil Jires, que Kundera a connu à l'Académie des arts cinématographiques de Prague et qui est l'un des représentants de la « nouvelle vague » du cinéma tchèque, entreprend le tournage d'un long métrage tiré de *La Plaisanterie*, d'après un scénario écrit par le romancier lui-même. Le film (en noir et blanc) est ensuite projeté dans toutes les salles de Tchécoslovaquie, où l'accueil du public est enthousiaste. Tout cela (tournage et projection) se passe entre l'automne 1968 et l'automne 1969, donc *après* l'invasion russe d'août 1968. Car, on l'oublie aujourd'hui, ce n'est qu'au bout d'un an ou deux d'occupation (après l'élimination de Dubcek) que le nouveau pouvoir réussira vraiment à prendre le contrôle du pays, qu'une censure étouffante sera rétablie et que les frontières seront hermétiquement fermées. Pendant ce court laps de temps, le pays aura vécu dans une ambiance d'interrègne, à la faveur de laquelle, paradoxalement, la présence des chars russes n'empêche pas la liberté des années précédentes de se maintenir et même de s'intensifier : c'est ainsi que le film de Jires peut être vu dans tout le pays au long de l'année 1969, que la deuxième pièce de Kundera, *Ptakovina*, est jouée dans quatre théâtres tchèques et qu'un troisième tirage de *La Plaisanterie* peut paraître la même année, suivi du recueil *Risibles amours*, publié dans les premiers jours de 1970. Après ce bref intervalle, toutefois, tous les livres de Kundera, comme le film de Jires, seront interdits par le nouveau régime et le resteront pendant plus de vingt ans. C'est seulement en 1991 que *La Plaisanterie* sera de nouveau publié en Tchécoslovaquie, par la maison Atlantis (Brno), avec une importante « Note de l'auteur[1] » (Kundera demandera que les redevances de cette édition, au lieu de lui être versées, servent à éditer les romans de Louis-Ferdinand Céline en tchèque[2]).

Des chars russes et de Louis Aragon.

L'interdiction qui le frappe en Tchécoslovaquie n'empêche pas le roman de connaître au long de ces deux décennies une carrière internationale fulgurante, qui fait qu'aujourd'hui il est

critique tchèque, voir notamment Peter Kussi, *Essays on the Fiction of Milan Kundera*, thèse de doctorat, New York, Columbia University, 1978.

1. Une traduction française partielle de cette « Note de l'auteur » est publiée dans *Le Monde romanesque de Milan Kundera*. Signalons aussi qu'une édition de *La Plaisanterie* en langue tchèque a paru en 1989, à Toronto (Canada), chez 68 Publishers, la maison d'édition de Josef et Zdena Skvorecky.

2. Entre 1995 et 2002, Atlantis publiera des traductions tchèques de sept ouvrages de Céline, de *Voyage au bout de la nuit* à *Guignol's band*.

traduit et lu dans toutes les grandes langues d'Europe et d'Asie. Mais cette carrière ne s'est pas déroulée sans réserver diverses surprises à l'auteur.

Très tôt après sa parution en Tchécoslovaquie, *La Plaisanterie* suscite des échos à l'extérieur du pays. Mais le rôle déclencheur, à cet égard, revient à l'édition française publiée à l'automne 1968. On peut le dire tout net : c'est son aventure française qui a décidé du destin de *La Plaisanterie*, c'est la France qui l'a fait connaître dans le monde entier.

Le commencement de l'histoire est d'ailleurs assez drôle. Tout heureux du succès remporté par le roman, l'éditeur praguois s'empresse (dès 1967, immédiatement après sa parution) de proposer *La Plaisanterie* aux Éditions Gallimard. Là, comme le veut la règle, le livre est confié à un lecteur professionnel, une dame tchèque vivant à Paris ; mais celle-ci, comme le veut également la règle, ne voit guère d'intérêt à ce livre d'un parfait inconnu et en déconseille la publication. L'affaire en serait restée là si, par hasard, l'ami de l'auteur et grand intellectuel Antonin Liehm, qui a de nombreux contacts à l'étranger, n'avait eu entre les mains, au printemps 1966, le manuscrit de *La Plaisanterie* et n'en avait parlé l'année suivante à Louis Aragon, réputé alors pour sa sympathie à l'égard des opposants intellectuels des pays communistes, auprès desquels il jouit en retour d'un immense prestige. Aragon connaît bien la Tchécoslovaquie, où il est venu notamment en septembre 1962 afin de recevoir un titre honorifique de l'université Charles. À cette occasion, il a prononcé un discours très critique envers l'idéologie littéraire officielle, le « schématisme » d'inspiration stalinienne, et célébré la liberté des créateurs, pour la plus grande joie des jeunes écrivains tchèques présents, dont Liehm, qui racontera l'épisode en disant : « Prague venait de connaître sa première grande manifestation culturelle des années 1960. » Même s'il ne lit pas le tchèque, Aragon recommande donc le roman de Kundera à Claude Gallimard, en promettant d'écrire une préface ; Gallimard accepte et confie la traduction à Marcel Aymonin, un Français qui vit et enseigne à Prague depuis vingt ans. La parution est prévue pour la rentrée de 1968.

Or voici qu'à la fin de l'été 1968, dans la nuit du 20 au 21 août, près d'un demi-million de soldats des forces du Pacte de Varsovie envahissent la Tchécoslovaquie pour étouffer le Printemps de Prague, ce mouvement qui a voulu libéraliser et transformer le système communiste. Cet événement tragique, par un tour ironique du hasard, devient pour le roman de Kundera un « coup » publicitaire tel qu'aucun manipulateur de l'actualité, même le plus génial, n'aurait pu en imaginer d'aussi spectaculaire et efficace. Scandalisé par ce qui se passe à Prague, Aragon se hâte d'écrire sa préface, un texte flamboyant dans lequel il célèbre la beauté du roman et, du même souffle, dénonce solennellement l'intervention russe. Cette préface — qui mérite d'être largement citée — a pour titre : « Ce roman que je tiens pour une œuvre majeure ». Aragon, qui vient de publier *Blanche ou l'Oubli* (1967), y déclare d'abord son attachement à l'art du roman :

> Un jour, les mythographes qui se parent du nom d'historiens écriront à leur façon l'histoire de la Tchécoslovaquie, cinquante années bientôt, et l'on peut être sûr que, ce jour-là, ce sera selon les yeux du vainqueur, quel qu'il soit, qu'ils en noirciront les pages. […]
>
> Mais peut-être, mais assurément à mon sens, dans le livre que voici, le lecteur, s'interrogeant sur l'un des plus grands romans de ce siècle, trouvera-t-il la clef de ce que l'historien ignore ou dissimule. Un roman, dira-t-on. La vérité ne sort pas toujours nue du puits où l'on cherche à la maintenir. Il est de mode aujourd'hui de décrier ce genre littéraire. *La Plaisanterie* cependant est une preuve de ce que le roman est indispensable à l'homme, comme le pain. […]
>
> Oui, dès aujourd'hui, et demain, bien plus tard, c'est dans des livres comme *La Plaisanterie* de Milan Kundera que l'on pourra comprendre, suivre, par ce chemin profond que fraye le roman dans l'époque, ce que fut au vrai la vie en notre temps, la vie de tous les jours, pour les hommes et les femmes dont le nom ne s'étale point sur les journaux, n'est pas retenu par les encyclopédies, et en qui cependant mûrissent les changements confus d'un monde en gestation.

Suit une présentation de Milan Kundera et de son livre. Puis le ton se fait plus grave et, à travers la voix du directeur des *Lettres françaises*, membre prestigieux du Comité central du Parti communiste français, c'est toute la gauche française et européenne qui exprime sa consternation face aux événements de Prague :

> J'ai été plusieurs fois en Tchécoslovaquie, j'y ai des amis, j'ai su bien des choses de leur vie, j'en ai devinées d'autres, vaguement. C'est un pays que j'aime […]. Quand j'ai commencé à lire *La Plaisanterie*, déjà l'extraordinaire effervescence de discussion et d'idées dans ce

> pays s'accompagnait de sourdes menaces extérieures, que je ne savais comment contribuer à conjurer. Voilà des mois et des mois que l'inquiétude m'a tenu éveillé la nuit. [...]
>
> Voyez où nous en sommes. Nous qui avons vécu toute notre vie les yeux sur l'avenir, pour l'avenir... et ce que nous avons sacrifié de nous-mêmes, déchiré de nous, de notre passé, est impossible à évaluer, mais nous le faisions pour l'avenir des autres. Et voilà qu'une fin de nuit, au transistor, nous avons entendu la condamnation de nos illusions perpétuelles. Que disait-elle, cette voix d'ombre, derrière les rideaux encore fermés du 21 août à l'aube ? Elle disait que l'avenir avait eu lieu, qu'il ne serait plus qu'un recommencement. Cette voix qui depuis ne se tait plus, qui impose d'appeler vertu le crime, qui appelle aide au peuple de Tchécoslovaquie l'intervention brutale par quoi le voilà plongé dans la servitude. Cette voix du mensonge qui prétend parler au nom de ce qui fut un demi-siècle l'espoir de l'humanité. Par les armes et le vocabulaire. Ô mes amis, est-ce que tout est perdu ?

À cette question, le préfacier, toujours porte-parole officiel de l'intelligentsia communiste en France, se sent incapable de répondre par l'affirmative :

> Je me refuse à croire qu'il va se faire là-bas un Biafra de l'esprit. Je ne vois pourtant aucune clarté au bout de ce chemin de violence. Mais quand je lis ce roman dont je parle, il me semble en inventer une. Ce roman que je tiens pour une œuvre majeure, par quoi ce qui fut, même si nous devions être, nous les témoins, un jour effacés par l'atome, risque encore de survivre dans un avenir qui n'a pas eu lieu, un avenir qui ne sera pas un recommencement. Riez si cela vous plaît, riez de moi pour cette foi que je conserve, comme si je n'avais rien appris de ce que j'ai vu et souffert, que les œuvres de l'esprit sont les graines de cet avenir vainement nié par les chars et les canons.

On a peine aujourd'hui à imaginer le retentissement de ce texte (également publié dans *Les Lettres françaises*), à l'étranger aussi bien qu'en France. Retentissement politique, d'abord, en ce qu'il représente l'un des premiers signes de la grande désaffection prochaine de la gauche occidentale à l'égard de l'URSS ; mais retentissement littéraire, également, en ce qu'il propulse le roman (et le nom) de Kundera à l'avant-scène de l'actualité éditoriale et attire fortement sur lui l'attention de la critique et du public, déjà bombardés de dépêches et d'opinions sur les événements de Prague. D'ailleurs, un rédacteur de la maison Gallimard, pour profiter de la vague, n'hésite pas, en quatrième de couverture, à présenter *La Plaisanterie* comme une sorte de manifeste commandé par l'urgence de la situation tchécoslovaque : « Roman idéologique par excellence. L'écriture et l'action n'y représentent que peu de chose par rapport à la leçon que l'auteur tire de ce récent passé. » Il est facile d'imaginer combien cette définition de son roman a dû réjouir Kundera, lui qui ne détestait rien tant que les « romans idéologiques » et les « leçons » mais qui, enfermé dans son pays, n'y pouvait rien.

Et qu'aurait-il pu faire, de toute façon ? Ludvik, dans le roman, a beau se moquer des plaisanteries de l'Histoire, celle-ci joue un rôle providentiel dans le lancement du premier livre de Kundera publié en France. Du jour au lendemain, le lointain romancier praguois — invité à Paris par son éditeur — voit sa photo imprimée à la une des journaux et son nom entouré subitement de la grâce ironique que procure à ceux qu'elle touche l'« Actualité Historique Planétaire Sublime », comme l'entomologiste tchèque de *La Lenteur*. Dans les librairies, les exemplaires de *La Plaisanterie* sont rapidement écoulés. Cette faveur a, bien sûr, son triste revers : porté par les circonstances, le roman en devient aussi la victime, sa signification se trouvant presque tout entière déterminée, dans les comptes rendus de la presse comme dans l'esprit de bien des lecteurs sans doute, par ce seul contexte politique immédiat. L'auteur peut bien tâcher de s'en défendre — il déclare par exemple en novembre 1968 à un journaliste de *L'Express* : « On aurait tort de faire de mon livre un pamphlet politique, idéologique. Pour moi, c'est d'abord un roman sur l'amour, sur ce que devient l'amour dans une société déterminée par des conditions historiques sans précédent » —, les critiques, influencés par le bruit ambiant, ne peuvent s'empêcher de voir surtout dans *La Plaisanterie* un « témoignage sur l'idéologie marxiste-léniniste dans un pays où elle triomphe et qu'elle gouverne par la machine du Parti » (*Le Figaro littéraire*), une condamnation de « la longue, l'aberrante, la criminelle parodie du socialisme, qui fut la plus sinistre plaisanterie de notre siècle » (*Les Nouvelles littéraires*). Deux exceptions notables, cependant : un article de Piotr Rawicz, dans *Le Monde*, qui situe l'œuvre dans un mouvement plus large, celui de « la rentrée impressionnante sur la grande scène de la littérature mondiale » du roman tchèque, illustré par *La Plaisanterie*, mais également par les œuvres de Skvorecky et de Vaculik, de mieux en mieux connues à l'extérieur de leur pays ; et un compte rendu dithyrambique publié dans *Le Nouvel Observateur* du 21 octobre 1968 : « Si vous lisez beaucoup de livres, que *La Plaisanterie* soit le premier de tous. Si vous ne lisez qu'un seul livre cette année, je vous prie de toute ma force que ce soit *La Plaisanterie* de Milan Kundera » ; ce compte rendu porte la signature de Claude Roy, qui sera dès lors, et pendant plus de quinze ans, l'un des critiques français les plus attentifs et les plus fidèles à l'œuvre de Kundera.

Cela dit, *La Plaisanterie* mettra bien des années à se délivrer des interprétations politiques dans lesquelles les circonstances de sa publication l'auront enfermé, comme si la manière dont les camarades de Ludvik lisent sa carte postale à Marketa était une préfiguration involontaire de la manière dont le roman lui-même serait lu. Pour que les choses changent, il faudra notamment que d'autres critiques, avec le recul, proposent des interprétations différentes, mettant mieux en évidence la complexité et la valeur proprement littéraire du roman. Il faudra que la suite de l'œuvre de l'auteur modifie le regard des lecteurs et les amène, rétrospectivement, à lire autrement ce premier roman dans lequel se trouve en germe, comme le fait remarquer Chvatik, « la poétique romanesque de Kundera ainsi que toute une série de motifs qui ne seront développés que dans ses romans ultérieurs ». Mais surtout, il faudra que le temps efface peu à peu le souvenir des événements de l'an 1968 et finisse par libérer *La Plaisanterie* du cortège de chars russes qui a accompagné son arrivée en Europe de l'Ouest et en Amérique : « Aujourd'hui, écrit Kundera en 1985, les rumineurs de l'actualité ont depuis longtemps oublié le Printemps de Prague ainsi que l'invasion russe. Grâce à cet oubli, *La Plaisanterie* va pouvoir redevenir enfin ce qu'il a toujours voulu être : roman et rien que roman. » C'est ainsi qu'en 2009, quarante ans après la préface « protestataire » d'Aragon, un philosophe comme Alain Finkielkraut pourra proposer de « ce déchirant roman comique » une lecture qui n'a plus rien à voir avec les luttes politiques ou idéologiques et tout à voir, au contraire, avec la simple révélation de ce qu'est l'existence humaine, qui met « un malin plaisir à flouer ceux qui s'enorgueillissent d'en façonner le sens[1] ».

1. « Le sage ne rit qu'en tremblant. Lecture de *La Plaisanterie* de Milan Kundera », *Un cœur intelligent : lectures*, Stock, 2009.

Le choc de la traduction.

La première édition française de *La Plaisanterie*, publiée dans la collection « Du monde entier », est reprise en format de poche en « Folio » à compter de 1975, mais il s'agit toujours du même texte, qui continue d'être réimprimé tel quel jusqu'à la fin des années 1970. C'est alors qu'Alain Finkielkraut, à l'occasion d'une interview, demande à Kundera pourquoi le style français de son roman a si peu à voir avec la simplicité et le dépouillement de *Risibles amours*. Intrigué, le romancier se met à lire pour la première fois la traduction en laquelle il avait jusqu'alors une entière confiance, pour constater que le traducteur a réécrit son roman dans ce style enjolivé, « fleuri et baroque » qui, croit-on souvent dans les milieux de l'édition, est le mieux fait pour plaire aux amateurs de « belle littérature ». « Je fus stupéfait », racontera-t-il plus tard en évoquant cette découverte :

> Surtout à partir du deuxième quart, le traducteur (ah non, ce n'était pas François Kérel, qui, lui, s'est occupé de mes livres suivants !) n'a pas traduit le roman ; il l'a réécrit :
>
> 1) Il y a introduit une centaine (oui !) de métaphores embellissantes (chez moi : le ciel était bleu ; chez lui : sous un ciel de pervenche octobre hissait son pavois fastueux ; chez moi : les arbres étaient colorés ; chez lui : aux arbres foisonnait une polyphonie de tons ; chez moi : elle commença à battre l'air furieusement autour d'elle ; chez lui : ses poings se déchaînèrent en moulin à vent frénétique ; chez moi : je fus saisi par la tristesse ; chez lui : j'ai été pris au nœud coulant d'une énorme tristesse ; chez moi : Lucie pardonne ; chez lui : elle accorde l'aumône de son pardon ; chez moi : Helena bondissait de joie ; chez lui : elle bondissait dans un sabbat du diable ; etc., etc.).
>
> 2) Ludvik, narrateur des deux tiers du roman, s'exprime chez moi dans une langue sobre et précise ; dans la traduction, il devint un cabotin affecté qui mélangeait argot, préciosités et archaïsmes pour rendre à tout prix son discours amusant (chez moi : les femmes sont nues ; dans la traduction : elles portent un costume d'Ève ; chez moi : il la frappa d'une bouteille sur la tête ; dans la traduction : il lui fila un coup de bouteille sur la cafetière ; chez moi, un médecin retourne le corps mort d'Alexej ; dans la traduction, il le retourne comme une crêpe ; chez

moi, un harmonium émet une série de sons ; dans la traduction, il émet une série de borborygmes ; chez moi, Helena parle à voix basse ; dans la traduction, elle roucoule ; chez moi, elle dit à Ludvik : « Vous n'êtes pas un phraseur ! » ; dans la traduction : « Les salades, c'est pas votre rayon ! » ; etc., etc.). Par ce discours, le caractère des personnages fut dénaturé : Helena devint caricaturalement bête, Lucie n'était qu'une pauvre fille paumée.

3) Chez moi, toutes les réflexions sont d'une exactitude scrupuleuse ; dans la traduction, elles étaient à peine intelligibles ; à cause de formules alambiquées (« les moments décisifs dans l'évolution de l'amour » devinrent « les nœuds à grimper de l'amour » ; « notre histoire à nous deux » devint « la trame événementielle que nous tissâmes de conserve » ; etc., etc.), mais aussi parce que le traducteur a suivi de façon démesurée la fameuse règle du « beau style » qui interdit la répétition du même mot. J'ai toujours exécré cette règle. La pensée qui se veut exacte ne peut jouer avec des synonymes. En outre, la répétition donne à mon texte un rythme, une mélodie qui, dans la traduction, disparurent complètement. […]

Oui, aujourd'hui encore, j'en suis malheureux. Penser que pendant douze ans, dans de nombreuses réimpressions, *La Plaisanterie* s'exhibait en France dans cet affublement[1] !…

Plus familier avec le français depuis son installation en France en 1975, Kundera entreprend donc, avec l'aide de l'écrivain Claude Courtot (auteur d'ouvrages sur René Crevel et sur Benjamin Péret), de revoir entièrement la traduction d'Aymonin, afin de la dépouiller de ses joliesses et de la rendre plus proche du texte original. C'est un travail de moine, très long, très lent, et qui ne laisse à peu près aucune phrase du texte intacte. De plus, comme il s'agit d'un livre achevé quinze ans plus tôt, et que le style du romancier, depuis ce temps, grâce à l'écriture de *La vie est ailleurs*, de *La Valse aux adieux* et du *Livre du rire et de l'oubli*, a évolué vers la recherche d'une plus grande simplicité, d'une concentration et d'une transparence plus « classiques », il profite de l'occasion pour apporter à *La Plaisanterie* un certain nombre de retouches qui vont dans ce sens : allégement

1. « Note de l'auteur », *La Plaisanterie*, version définitive, Gallimard, coll. « Du monde entier », 1985 ; voir aussi l'article « Litanie » dans la sixième partie de *L'Art du roman*, au tome II de la présente édition.

de phrases, suppression ou condensation de paragraphes, et modification de certains passages afin d'éliminer une douzaine de notes explicatives que le traducteur s'était cru obligé d'insérer dans la première version. (Toutefois, quand la nouvelle édition tchèque de *La Plaisanterie* sera publiée en 1991, Kundera tiendra à ce qu'elle reproduise l'édition originale de 1967, sans les corrections qu'il aura effectuées entre-temps dans l'édition française ou dans les éditions et rééditions étrangères de son roman. Par nostalgie et fidélité au temps passé.)

La « nouvelle édition entièrement révisée par Claude Courtot et l'auteur » est publiée chez Gallimard en 1980, et aussitôt saluée dans *Le Monde* par Alain Finkielkraut : « C'est un livre en grande partie *inédit* qui nous est aujourd'hui offert. *La Plaisanterie*, qui était noyée dans le "beau style", a retrouvé son style, et c'est un bonheur. » Mais relisant cette traduction quelques années plus tard, le romancier continue de ne pas être tout à fait content : « Hélas, j'ai découvert combien d'affectations, de tournures tarabiscotées, d'inexactitudes, d'obscurités et d'outrances m'avaient échappé. » Il décide donc de reprendre encore une fois le travail de correction, cette fois avec l'aide de Claudine Méal, correctrice chez Gallimard. Une nouvelle édition — « traduction du tchèque par Marcel Aymonin entièrement révisée par Claude Courtot et l'auteur, version définitive » — paraît ainsi en 1985 : la préface d'Aragon, qui a accompagné le texte français de *La Plaisanterie* pendant dix-huit ans, disparaît ; la mise en pages est aérée, chaque chapitre commençant maintenant sur une nouvelle page, comme dans *La vie est ailleurs* (1973) et dans *L'Insoutenable Légèreté de l'être* (1984) ; afin de rendre la lecture plus claire, les sept parties sont maintenant annoncées dans le texte même par le nom du ou des personnages qui y prennent la parole ; et une « Note de l'auteur » datée de mai 1985 est ajoutée à la fin, rappelant les grandes étapes de l'histoire du livre et de sa publication en France, y compris le rôle joué par Aragon. C'est cette édition — légèrement modifiée dans les tirages suivants par le déplacement de la table des matières en début de volume — qui circule depuis dans la collection « Folio », d'où la « Note de l'auteur » a disparu en 2003, remplacée par une postface critique.

Le choc du cynisme.

Le succès du roman en France et la préface d'Aragon ne tardent pas à éveiller l'intérêt des éditeurs étrangers. En moins de trois ans, des traductions sont publiées en allemand (1968), italien, turc (1969), danois, suédois, japonais (1970), grec, espagnol, hébreu (1971). Derrière le Rideau de fer, même si *La Plaisanterie* sera bientôt officiellement à l'index, des éditions paraissent en Hongrie (1968), où le livre est interdit de diffusion dès sa publication mais circulera longtemps sous le manteau ; en Pologne (1970), où la censure est plus libérale que dans les autres pays communistes ; et en Yougoslavie, où des éditions paraissent librement dès 1969 à Zagreb (en serbo-croate), à Ljubljana (en slovène) et à Skopje (en macédonien).

Mais le plaisir et la reconnaissance que ce succès international lui apporte s'accompagnent pour Kundera, ainsi qu'il le racontera au début de la sixième partie de *L'Art du roman*, d'un choc qui le marque à jamais : si la première traduction française était une traduction gâchée, mais gâchée, quel triste paradoxe, avec la meilleure volonté du monde par un traducteur qui ne voulait qu'améliorer et embellir le texte d'un auteur débutant et inconnu, les autres traductions que le romancier peut lire dans les années suivantes sont tout le contraire ; aucune bonne volonté ne les inspire, mais une incurie et un cynisme justifiant en sous-main les pires déformations du texte. Pour la première fois il affronte le monde éditorial occidental soumis aux règles de la publicité et du commerce, en particulier dans cet Occident « libre » qui deviendra bientôt son asile. Car presque toutes les traductions de *La Plaisanterie* publiées dans les premières années suivant sa sortie en Tchécoslovaquie et en France sont exécutées à la va-vite, sans souci de précision, et uniquement pour battre le fer de l'actualité politique pendant qu'il est chaud. Approximatives, gouvernées avant tout par des considérations mercantiles, elles dénaturent effrontément le texte original de l'auteur qui, à ce moment-là, n'a aucun moyen d'intervenir.

Petite scène italienne, vers 1969. Le traducteur de la maison Mondadori attend Kundera à sa descente d'avion ; celui-ci s'adresse à lui en tchèque, mais le traducteur ne connaît pas un traître mot de tchèque ; « Comment avez-vous fait pour traduire mon livre ? » lui demande Kundera ; « Je l'ai traduit avec mon cœur », répond l'autre, en sortant de sa poche la photo de Kundera, qui en est si éberlué qu'il croit un instant que oui, on peut traduire avec le cœur ; mais il comprend bientôt que la traduction italienne n'est en fait qu'un décalque de la traduction française, réalisé par une équipe qui a travaillé à une vitesse folle. Autre exemple : dans la première traduction espagnole (1971), toute la deuxième partie du roman, qui dans l'original n'est qu'une longue phrase dite par Helena, comme d'un seul souffle, devient une suite de phrases brèves, sèches, hachées menu comme dans un livre de Marguerite Duras.

Mais de tous ces émois causés par les traductions de *La*

Plaisanterie, l'un des premiers, et peut-être le pire, vient d'Angleterre, en 1969, lorsque paraît à Londres, chez Macdonald, un livre décrit comme « *a novel of Czechoslovakia today* » et intitulé *The Joke*. Bien qu'il soit attribué à l'auteur Milan Kundera et donné pour une œuvre traduite du tchèque par David Hamblyn (qui a préparé le mot à mot) et Oliver Stallybrass (qui s'est chargé de la rédaction finale), ce livre est en fait une réécriture de *La Plaisanterie* : des chapitres ont été raccourcis, simplifiés ou omis, l'essai sur le folklore de la quatrième partie a disparu, et le roman compte huit parties au lieu de sept, sans parler des adaptations et autres « embellissements » d'ordre stylistique. Outré, Kundera envoie de Prague une lettre de protestation au *Times Literary Supplement*, où elle paraît le 30 octobre 1969 :

> Toute ma vie j'ai protesté contre la mutilation des œuvres d'art au nom d'une doctrine idéologique, comme cela se pratique dans les pays socialistes d'Europe. [...] Je ne doute pas que l'éditeur anglais ait dénaturé mon livre de bonne foi, en croyant que cela augmenterait les ventes. À Moscou, c'est également de bonne foi que le texte d'une de mes pièces de théâtre a naguère été dénaturé, dans l'espoir que cela aiderait à obtenir plus facilement l'autorisation de la monter. Ni à Moscou ni à Londres l'on ne s'est demandé si j'approuvais ou non ces changements. La mentalité d'un éditeur londonien et celle d'un officiel moscovite responsable de l'activité artistique semblent étrangement parentes. La profondeur de leur mépris pour l'art est pareillement insondable. [...] Je demande donc seulement au lecteur anglais de ne pas lire *The Joke* s'il s'intéresse aux livres des écrivains plutôt qu'aux livres des manipulateurs.

La lettre fait un certain bruit et s'attire des répliques au cours des semaines qui suivent. L'éditeur, James McGibbon, fait amende honorable, tandis que le principal traducteur, Stallybrass, tout en s'excusant lui aussi, tient tout de même à justifier son travail : les « manipulations », déclare-t-il, n'ont pas été faites pour des raisons commerciales ni par mépris de l'art, mais parce qu'elles ont été jugées « artistiquement souhaitables », y compris l'omission du chapitre sur le folklore morave qui, aux yeux d'un lecteur anglais, ne peut que paraître aussi « abstrus », voire « ennuyeux », que le seraient pour un lecteur morave « les réflexions d'un personnage de roman anglais sur un championnat provincial de cricket ». Finalement, McGibbon se rend à Prague pour discuter avec l'auteur, et l'on s'entend pour que le roman soit rendu à sa forme originale dans l'édition suivante. Celle-ci voit le jour en 1970 chez Penguin, en format de poche ; l'ordre et l'intégrité des chapitres et des parties y sont rétablis, mais en relisant la traduction (c'est toujours celle de Hamblyn et Stallybrass), Kundera s'aperçoit que le style en est encore très différent du texte qu'il a écrit. « J'ai refermé le livre, dira-t-il, et décidé de ne plus m'en occuper[1]. » Mais l'expérience lui aura appris une chose : le cynisme commercial n'est pas moins détestable ni moins actif que la bêtise idéologique. Quand plus tard il viendra poursuivre sa carrière d'écrivain dans le monde capitaliste, cette leçon n'aura pas été oubliée.

Le choc de la morale.

À New York, une première édition de *The Joke* est publiée en 1969, chez Coward-McCann. Fondée sur la traduction de Hamblyn et Stallybrass, elle respecte l'architecture du roman et la suite des chapitres, mais le texte y a subi des coupes importantes. Kundera, là encore, a beau envoyer des télégrammes de protestation, « l'éditeur américain, racontera-t-il, était prêt à montrer sa sympathie pour les écrivains des pays communistes en proie à la censure, mais seulement à condition qu'ils se soumettent à sa propre censure commerciale ». Ainsi, jusqu'au début des années 1980, *La Plaisanterie* n'existe en langue anglaise que sous une forme tronquée, quasi méconnaissable.

C'est alors qu'Aaron Asher entre en action. Œuvrant dans le milieu de l'édition new-yorkaise depuis plus de vingt ans, connu pour la justesse de ses goûts littéraires, pour ses compétences éditoriales et pour son mépris de la barbarie commerciale ambiante, Asher est l'« *editor* » attitré d'auteurs aussi considérables que Saul Bellow, Arthur Miller, Philip Roth et Carlos Fuentes. Quoiqu'il ne connaisse pas le tchèque (mais sa compétence en français est remarquable), c'est avec empressement qu'il accepte de prendre sous son aile l'œuvre de Kundera, dont *Le Livre du rire et de l'oubli* (*The Book of Laughter and Forgetting*), publié à New York en 1980, connaît alors un grand succès. Entre les deux hommes naît une amitié qui va durer jusqu'à la mort d'Asher en 2008. Leur première collaboration consiste donc en la préparation d'une toute nouvelle traduction anglaise de *La Plaisanterie*, qu'il s'agit de rendre enfin conforme aux volontés esthétiques de son auteur. Pour cela, Asher recourt aux services de Michael Henry Heim, le traducteur du *Livre du*

1. « *Author's Note* », *The Joke*, New York, HarperCollins, et Londres, Faber & Faber, 1992 ; la plupart des renseignements donnés ici proviennent de ce texte.

rire et de l'oubli, qui a publié, une dizaine d'années plus tôt, dans une petite revue spécialisée (*Journal of the Folklore Institute*, 1972), la traduction d'un passage de *La Plaisanterie* omis dans les premières éditions en langue anglaise. Et c'est ainsi qu'en 1982 une toute nouvelle édition de *The Joke* voit le jour, d'abord chez Harper & Row (New York), puis, en format *paperback*, chez Penguin (États-Unis et Royaume-Uni), dans la collection « Writers from the Other Europe » dirigée par Philip Roth. Kundera y ajoute une « *Author's Preface* » où il présente cette édition comme « la première version anglaise valide et authentique d'un livre qui parle du viol et qui a été lui-même si souvent violé ».

Mais une fois encore, comme cela se passe à peu près au même moment pour la traduction française, le texte de Heim, après une lecture plus attentive, laisse le romancier insatisfait, et il se résout à tout remettre de nouveau sur le métier. De concert avec Asher, et en se fondant sur la version française « définitive » de 1985, il revoit minutieusement les traductions anglaises existantes, auxquelles il apporte tous les changements jugés nécessaires, pour en venir peu à peu à une nouvelle version anglaise — la cinquième ! — qui sera finalement publiée chez HarperCollins (New York) et chez Faber & Faber (Londres) en 1992. Accompagnée de la mention « *definitive version fully revised by the author* », mais sans nom de traducteur, cette édition comprend une nouvelle « *Author's Note* » dans laquelle Kundera relate les aventures survenues à son roman depuis qu'il a fait son entrée dans le monde anglophone vingt-trois ans plus tôt.

Tout au long de ces années, *La Plaisanterie* a reçu un accueil plutôt tiède de la part des journaux anglais et américains, du moins si on le compare à celui qu'il a eu en Europe continentale ou, plus encore, à celui qui sera réservé par le public et la critique de langue anglaise au *Livre du rire et de l'oubli* et à *L'Insoutenable Légèreté de l'être*. Certes, on admire la qualité du récit, on déplore la vie sous les régimes communistes et on sympathise avec les malheurs des personnages, mais le « cynisme », sinon le « sadisme » de l'auteur en dérange plusieurs. « La plupart des lecteurs, écrit par exemple en 1969 un collaborateur du *Times Literary Supplement*, auront tendance à s'identifier à Ludvik, jusqu'à ce qu'ils arrivent à l'affreuse scène de la séduction d'Helena, où il abuse sans aucune pitié de cette femme belle, mûre et excitée. » Même reproche en 1982, sous la plume d'un journaliste du *New York Times* : « En sortant de cette scène [celle du « viol » d'Helena], j'ai eu l'impression que, jusqu'à un certain point, l'écrivain Kundera était complice de l'acte accompli par le personnage de Ludvik, tant la description en est piquante et étrangement joyeuse. » Encore en 2006, dans les pages de la revue britannique *Areté*, des réserves analogues se retrouveront, étonnamment, sous la plume d'un Salman Rushdie, déjà auteur, vingt-trois ans auparavant, d'un premier compte rendu très élogieux de ce « *very beautiful novel* » dans le journal *The Observer*. Cette fois, Rushdie estime que la scène montrant Helena en proie à la diarrhée révèle « un certain manque de chaleur, peut-être même de respect, dans l'humour de Milan Kundera lui-même » ; l'auteur des *Versets sataniques* conclut toutefois son article d'une manière plus relevée, mettant en lumière la beauté profonde du roman, qui n'est autre selon lui, par-delà l'évanouissement des circonstances dans lesquelles il a d'abord vu le jour, que sa vérité proprement *romanesque*, c'est-à-dire son inaltérable actualité :

> Tout écrivain qui accepte d'engager son œuvre dans l'histoire connaît le risque : il sait que la vraie valeur de son œuvre se révélera seulement après que l'histoire aura changé, après que la vie se sera retirée de la matière publique qu'il a choisi de faire sienne. Quand le bruit de la bataille se sera dissipé, alors son livre deviendra ou meilleur ou pire : pire, si on le trouve trop directement lié aux aléas de l'actualité, ou meilleur, si, une fois évanoui le sujet immédiat dont il traite, on juge sa construction purement littéraire assez forte pour survivre. Mais il y a une troisième possibilité, peut-être la moins probable de toutes, sûrement la plus difficile à réaliser ou même à prédire : on s'apercevra que le livre porte sur quelque chose d'universel, quelque chose d'éternel, quelque chose qui revient et revient sans cesse hanter l'humanité, dans des lieux divers, à des époques diverses, sous diverses apparences. Tel est, je crois, le destin de *La Plaisanterie* : en abordant la cruauté et l'inhumanité qui logent à l'intérieur de l'homme, il atteint à la seule immortalité à laquelle un livre, ou son auteur, peut aspirer : l'immortalité de ce qui est pertinent, l'improbable durée de ce qui importe.

LA VIE EST AILLEURS

L'étrange liberté du proscrit.

L'écrasement du Printemps de Prague et la « normalisation » entreprise par les occupants russes marquent un tournant majeur dans la vie et la carrière de Milan Kundera. Au début de 1970, il est exclu de l'Union des écrivains tchécoslovaques (*Ceskoslovensky spisovatel*) et chassé de son poste d'enseignant à l'Académie des arts cinématographiques de Prague ; il n'a plus le droit de publier et les livres qu'il a déjà fait paraître (même les recueils de poésie de ses années de débutant) sont bannis des librairies et des bibliothèques publiques. Ce changement, pour le moins drastique, inaugure ce que je considère comme la deuxième période de son œuvre. À cette période, qui va durer six années au cours desquelles, ne songeant pas encore à quitter son pays, il y vit pratiquement comme un étranger, un absent, appartiennent deux romans, *La vie est ailleurs* et *La Valse aux adieux*, ainsi qu'une pièce de théâtre, *Jacques et son maître*.

L'interdiction qui frappe l'écrivain est motivée, évidemment, par des raisons politiques : on le tient pour l'un des fomentateurs de la « contre-révolution », ainsi que l'Union soviétique et le Parti communiste tchèque interprètent alors le Printemps de Prague, dont la première manifestation a été, en juin 1967, le IVe congrès des écrivains tchécoslovaques. Kundera y a prononcé le discours inaugural, discours demeuré célèbre qui, suivi d'un quart d'heure d'applaudissements, a influencé toute l'atmosphère révoltée du congrès, si bien que, examinant ensuite les faits pendant une séance du Politburo, Antonin Novotny, le président de la République et chef du Parti, a déclaré : « Ce Kundera, je le considère, bien sûr, comme le principal instigateur[1]. »

Pourtant, le thème de ce discours concernait presque exclusivement la littérature et la culture, l'orateur s'efforçant de

1. Voir l'étude du congrès de 1967 par Jan Mervart dans la revue *Host*, Brno, juin 2007.

démontrer qu'un pouvoir politique qui limite la liberté de l'art étouffe non seulement cet art lui-même mais la vie de sa nation, surtout s'il s'agit d'une petite nation comme la nation tchèque, puisque celle-ci, depuis ses origines, a dépendu beaucoup moins des armes que de sa culture, et en premier lieu de sa littérature. Kundera ouvrait ainsi le grand sujet que, quelque quinze ans plus tard, il devait développer dans ses essais sur l'Europe centrale (comme espace géographique des petites nations)[1]. Voici les derniers mots de son discours :

> Les écrivains tchèques sont responsables de l'existence même de leur nation, car du niveau de la littérature tchèque, de sa grandeur ou de sa médiocrité, de son audace ou de sa lâcheté, de son provincialisme ou de son universalisme dépend dans une large mesure la réponse à cette question vitale : l'existence de la nation tchèque, de la langue tchèque se justifie-t-elle ? Il n'existe pas encore de réponse définitive. C'est pourquoi tous ceux qui, par leur bigoterie, leur vandalisme, leur manque de culture ou de libéralisme, compromettraient le présent épanouissement culturel, compromettraient également l'existence de cette nation[2].

L'auteur ne pouvait pas savoir, alors, que « le présent épanouissement culturel » n'en avait plus pour longtemps. Deux ans après ce discours, quand l'armée russe aurait envahi le pays, tout serait fini, la « bigoterie », le « vandalisme », le mépris de la culture s'abattraient sur Prague, y imposant un silence qui, à Kundera et à ses confrères écrivains, paraîtrait ne devoir jamais finir. En 1980, au cours d'un entretien avec Alain Finkielkraut publié dans *L'Express*, le romancier résume ainsi cette dévastation :

> On n'a pas massacré la culture oppositionnelle, mais la culture tout court. Tout ce qui était important et authentique devait être anéanti. Un grand nombre d'écrivains, y compris les plus grands, non seulement ont été interdits de publication, mais leurs livres ont été retirés de toutes les bibliothèques publiques, et leurs noms gommés des manuels d'histoire. Au lieu d'une quaran-

1. À ce sujet, voir le chapitre sur *Le Rideau*, au tome II de la présente édition.
2. Le discours est imprimé à Prague en 1968, dans les actes du congrès ; la même année, des traductions paraissent en allemand (à Francfort) et en français (dans la livraison d'avril 1968 des *Temps modernes*, n° 263), sous le titre : « Culture et existence nationale ».

taine de revues littéraires et culturelles, il n'y en a plus qu'une. Le grand cinéma tchèque n'existe plus. Les meilleurs dramaturges ont été chassés du pays. L'histoire politique et culturelle a été récrite…

Pendant l'année 1970, Kundera se retire donc dans la solitude. Empêché d'exercer tout métier intellectuel, surveillé par la police (de même que sa femme Vera qui, pendant les premiers jours de l'occupation, a participé aux émissions clandestines de la télévision), il n'a d'autre choix que de se replier sur sa vie privée et sur l'écriture. De temps en temps, cette solitude est rompue par les visites d'écrivains et d'intellectuels étrangers venus lui témoigner leur amitié (ce qui est quelque chose de tout nouveau dans sa vie), comme Claude Gallimard, son fidèle éditeur français, comme Philip Roth, ou comme le trio latino-américain formé de Gabriel Garcia Marquez, Julio Cortazar et Carlos Fuentes. C'était, dira-t-il dans *Une rencontre*, « l'époque la plus noire de ma vie et de mon pays natal ». Mais c'est aussi, paradoxalement, l'époque d'une surprenante liberté qu'il n'a jamais connue auparavant.

Comme il le confiera en 1984 au romancier britannique Ian McEwan (*Granta*, n° 11), la situation dans laquelle il se retrouve subitement, celle d'un écrivain prohibé, si elle le prive brusquement de son public, le délivre en même temps de la pression que ce même public exerce normalement sur un auteur (en particulier sur un auteur déjà connu), lui donnant tout à coup, comme par miracle, le sentiment d'être complètement libre, à l'abri non seulement du pouvoir politique et de la critique littéraire, mais aussi de ses lecteurs. Ne voyant aucun avenir pour lui-même ni pour son pays, il ne se sent plus aucune obligation, aucune dette, aucun compte à rendre à qui ni à quoi que ce soit, sauf à lui-même et à son art. Certes, sa *Plaisanterie* puis ses *Risibles amours* commencent à être publiés en France et dans d'autres pays non communistes ; mais ce public étranger reste comme invisible, trop lointain et trop abstrait pour vraiment l'influencer. Si bien qu'à quarante ans, il se retrouve, presque du jour au lendemain, dans la position d'un inconnu : sans public, mais aussi sans contrainte.

C'est pourquoi il ne faut pas l'imaginer, pendant ces années de relégation intérieure, comme une simple victime. L'étrange climat de loisir et d'abandon dans lequel se déroule alors son existence fait un peu penser à cette « idylle » du « non-destin » dans laquelle se retrouvent, après avoir été chassés de leur profession, le quadragénaire de *La vie est ailleurs* ou le Tomas de *L'Insoutenable Légèreté de l'être*. Le romancier redécouvre les avantages de l'anonymat et l'imprévisible liberté qui s'y rattache. (C'est en songeant avec une bizarre nostalgie à cette expérience qu'il écrira plus tard l'article « Pseudonyme » dans la sixième partie de *L'Art du roman*.)

La critique romanesque de l'âge lyrique.

La première et la deuxième édition française de *La vie est ailleurs* se terminent par ces mots : « Achevé au mois de juin 1969 », mention qui apparaît aussi à la fin des premières éditions en langue anglaise. Curieusement, l'édition en langue tchèque, publiée à Toronto (Canada) par Josef et Zdena Skvorecky en 1979 (avec, en guise de préface, un article de Claude Roy d'abord paru dans *Le Nouvel Observateur*), indique : « Achevé en Bohême en 1970 ». Enfin, dans les éditions françaises publiées depuis 2000, on ne trouve plus aucune indication de ce genre. Cette imprécision s'explique par le fait que l'auteur, réfractaire à toute entreprise autobiographique, n'a jamais tenu de journal et ne peut donc pas se souvenir avec exactitude des dates de sa carrière littéraire. Il se peut aussi que les ajouts, ratures et autres corrections qu'il n'a cessé d'apporter à son texte aient fini par rendre le moment précis de son achèvement quasiment impossible à établir. Disons donc : *La vie est ailleurs* a été achevé en 1969 ou en 1970, en tout cas dans les toutes premières années qui ont suivi la fin du Printemps de Prague.

Mais Kundera songeait à ce livre depuis longtemps. Son premier titre de travail était : *L'Âge lyrique*, expression qui apparaît déjà dans *La Plaisanterie*, dont elle désigne l'un des thèmes importants. Dans une « Postface pour les éditions américaine, italienne et allemande de *La vie est ailleurs* » écrite en 1986, l'auteur explique le changement de titre et rappelle le thème central de son roman :

> « La vie est ailleurs » est une référence à la célèbre phrase de Rimbaud. André Breton la cite en conclusion du *Manifeste du surréalisme*. À Paris, en mai 1968, les étudiants l'ont gravée comme un slogan sur les murs de la Sorbonne. Mais le titre original du roman était *L'Âge lyrique*. Je l'ai changé quand j'ai vu l'effroi sur le visage de mes éditeurs doutant que quelqu'un pût acheter un roman pourvu d'un titre si abstrait.
>
> L'âge lyrique, c'est la jeunesse. Mon roman est une épopée de la jeunesse, une analyse de ce que j'appelle l'attitude lyrique. L'attitude lyrique est l'une des possibilités de tout un chacun, l'une des catégories fonda-

> mentales de l'existence humaine. Si la poésie lyrique en tant que genre littéraire existe depuis toujours, c'est que depuis toujours l'attitude lyrique est propre à l'homme. Le poète est l'incarnation de l'attitude lyrique[1].

On a voulu voir dans *La vie est ailleurs* une charge contre la poésie, alors qu'il s'agit en fait, à travers le récit d'une vie imaginaire, d'une « analyse », ou mieux : d'une exploration — aussi ironique et impitoyable que l'on voudra — de ce que l'auteur appelle l'attitude lyrique. Illustrée de manière exemplaire par la figure du poète — non seulement Jaromil, mais tout le cortège des grands poètes occidentaux qui l'accompagnent au long de son aventure —, cette attitude est aussi, comme le dit encore l'auteur dans sa postface, « virtuellement présente en chacun de nous. Elle est en moi. Elle est en vous. Elle est, virtuellement, en chaque jeune homme de toutes les époques et de tous les régimes ».

Pour aucun de ses livres, ni avant ni après celui-ci, le romancier ne se sera autant documenté ni n'aura entrepris d'aussi vastes recherches. Aux ouvrages qu'il peut consulter à Prague s'ajoutent ceux que ses amis de la maison Gallimard lui envoient de Paris : documents sur les événements de mai 1968 (exemple par excellence, à ses yeux, de l'explosion lyrique, et qui deviendra un motif important de la quatrième partie du roman) et, surtout, de très nombreuses biographies de poètes de tous les temps. Ainsi, dans sa version finale, le roman évoquera avec plus ou moins d'insistance des éléments de la vie ou de l'œuvre d'une bonne trentaine de poètes modernes appartenant aux diverses traditions littéraires de l'Europe : l'allemande (Celan, Heine, Hölderlin, Rilke, Schiller, Trakl), l'anglaise (Byron, Keats, Shelley, Wilde), la française (Baudelaire, Breton, Desnos, Éluard, Hugo, Lautréamont, Nerval, Verlaine), la russe (Blok, Essenine, Maïakovski, Pouchkine), sans oublier la tradition tchèque, représentée par Biebl, Halas, Macha, Neruda, Nezval et Orten. Mais trois figures en particulier retiennent l'attention du romancier pour leur exemplarité, et occupent par conséquent une place plus importante dans le roman, surtout dans la quatrième et la septième partie, où elles sont traitées quasiment comme des personnages à part entière. Célèbres pour leur génie précoce et leur fin pathétique, pour la force de leur lyrisme et, bien sûr,

1. Ce texte est reproduit dans Kvetoslav Chvatik, *Le Monde romanesque de Milan Kundera*, Gallimard, 1995. La toute dernière phrase du premier *Manifeste du surréalisme* (1924) — « L'existence est ailleurs » — évoque ces paroles du « compagnon d'enfer » dans « Délires I » (*Une saison en enfer*) de Rimbaud : « La vraie vie est absente. Nous ne sommes pas au monde. »

pour la présence auprès d'eux d'une mère ou d'une grand-mère surprotectrice, ces trois poètes se ressemblent comme des frères, malgré les différences d'époque et de pays : le premier, le Russe Mikhaïl Iourievitch Lermontov, a vécu au début du XIXe siècle ; le deuxième, le Français Arthur Rimbaud, dans la seconde moitié du même siècle ; et le troisième, le Tchèque Jiri Wolker, au début du XXe siècle. Ensemble, ils forment donc comme une lignée ininterrompue dont Jaromil, vivant au milieu du XXe siècle, est le rejeton d'autant plus fidèle que le contexte où il se trouve (celui de la Tchécoslovaquie d'après-guerre) constitue pour la compréhension de l'attitude lyrique un « piège » particulièrement révélateur.

Il faut évidemment ajouter à ces sources livresques les expériences vécues par l'auteur : sa connaissance personnelle des poètes lyriques de son temps et, bien sûr, sa connaissance de lui-même, de sa propre psychologie de poète et de son propre « âge lyrique » sans laquelle ce roman n'aurait certainement pas pu exister. Cela dit, il importe de bien souligner que le romancier a tenu à éviter deux grands dangers : le récit autobiographique (il n'y a dans *La vie est ailleurs* aucune situation concrète prise dans sa propre vie ni la moindre confession) et la séduction (si tentante) du roman à clefs (il n'y a dans tout le livre aucun portrait de poète vivant que l'auteur aurait connu, ni aucune attaque dissimulée contre qui que ce soit). Bref, c'est peut-être dans ce roman que Kundera a pris pleinement conscience pour la première fois de sa propre morale de romancier, une morale violemment hostile à toute indiscrétion, à toute utilisation de son art pour un règlement de comptes personnel. Reste que ce sont ses propres expériences qui lui ont permis de saisir et d'explorer le grand thème de « l'âge lyrique » et d'arriver ainsi à cette radicale « transvaluation de toutes les valeurs » que constitue pour lui l'écriture de *La vie est ailleurs*. Il en parle dans la postface de 1986 déjà citée :

> J'ai vu de très près cette époque où « le poète régnait avec le bourreau ». J'ai entendu alors mon poète adoré, Paul Éluard, renier, publiquement et solennellement, son ami praguois Zavis Kalandra que la justice stalinienne avait envoyé au poteau. Cet épisode (j'en parle dans *Le Livre du rire et de l'oubli*) fut pour moi un traumatisme : quand un bourreau extermine c'est, en fin de compte, dans l'ordre des choses. Mais si le poète (en plus, un grand poète) devient le chantre de cette extermination, tout le système de valeurs qu'on a considéré comme intouchable se trouve, d'emblée, ébranlé. Il n'y a plus

aucune certitude, tout devient problème, question, objet d'examen et de doutes : le Progrès et la Révolution. La Jeunesse. La Maternité. Mais aussi l'Homme. Et la Poésie. J'ai vu devant moi le monde des valeurs ébranlées et, dans mon esprit, lentement, des années durant, naissaient le personnage de Jaromil et avec lui sa mère et les jeunes filles qu'il a aimées.

Bien qu'il n'y soit fait allusion nulle part, il existe peut-être encore, me semble-t-il, une autre source d'inspiration de *La vie est ailleurs* : le roman d'Anatole France, *Les dieux ont soif*, que Kundera a découvert au début des années 1950, à l'époque des purges staliniennes, et qui lui a semblé alors, comme il le confiera en 1980 à une journaliste du *Nouvel Observateur*, « le meilleur roman publié sur notre sort » — il lui rendra encore hommage dans *Une rencontre*. En tout cas, les points de rapprochement entre les deux œuvres ne manquent pas. Les contextes sont semblables : la Révolution française chez Anatole France, la révolution communiste de 1948 chez Milan Kundera ; les protagonistes sont l'un et l'autre de jeunes artistes que leur idéalisme conduit à se mettre au service de la terreur : le peintre Gamelin dans un cas, le poète Jaromil dans l'autre ; et les deux romans mettent en scène, à côté de leur jeune héros tourmenté, un personnage secondaire « tout différent, pétri d'une tout autre pâte », celui d'un homme mûr en qui semblent s'incarner les derniers restes d'humanité, d'ironie et de simplicité subsistant dans le monde en délire qui les entoure : le quadragénaire de *La vie est ailleurs*, « tout occupé de soi-même, de ses divertissements privés et de ses livres », et le citoyen Brotteaux des *Dieux ont soif*, qui, « au milieu des troubles publics et dans la grande infortune dont il était lui-même accablé, […] gardait une âme sereine, lisant pour se récréer son Lucrèce » et faisant « de la recherche du plaisir la fin unique de [sa] vie[1] ». D'ailleurs, et le quadragénaire et Brotteaux vivent à l'écart, le premier dans son studio, le second dans son grenier, où ils recueillent l'un et l'autre une pauvre jeune fille pour tâcher (vainement) de la mettre à l'abri.

Vers une nouvelle esthétique du roman.

Si elle confirme et renforce l'orientation « anti-lyrique » de l'art romanesque de Kundera, l'écriture de *La vie est ailleurs* marque également une étape importante dans son cheminement esthétique. Rompant de manière beaucoup plus affirmée

1. Anatole France, *Œuvres*, Bibl. de la Pléiade, t. IV, p. 439 et 480.

que dans *Risibles amours* et *La Plaisanterie* avec les conventions traditionnelles du récit romanesque, mais sans renoncer encore au déroulement linéaire de l'intrigue, l'auteur y explore avec plus de hardiesse, sinon pour la toute première fois, quelques-unes des innovations formelles qui marqueront plus tard des œuvres comme *Le Livre du rire et de l'oubli*, *L'Insoutenable Légèreté de l'être* ou *L'Immortalité* ; par exemple :

— le récit onirique traité sur le même plan que le récit « réaliste » (autour du personnage de Xavier, l'alter ego rêvé de Jaromil) ;

— l'interpénétration de différentes époques historiques (les aventures fictives de Jaromil se conjuguant à l'évocation de personnages et d'épisodes réels appartenant au passé — les vies des poètes — et même au futur — les événements parisiens de mai 1968) ;

— l'introduction de passages réflexifs émanant directement du narrateur (notamment au début de la sixième partie) ;

— et, de manière générale, la construction d'une architecture savante, audacieuse, qui ne craint ni les ruptures de ton ni les variations de rythme narratif. À cet égard, l'une des inventions les plus frappantes est l'insertion, vers la fin du roman, d'un épisode tout à fait imprévisible, qui semble n'avoir aucun lien avec l'histoire de Jaromil. Kundera s'en souviendra ainsi dans la quatrième partie de *L'Art du roman*, « Entretien sur l'art de la composition » :

> Le roman était presque fini et il avait six parties. J'étais insatisfait. L'histoire me paraissait plate. Subitement l'idée m'est venue d'insérer dans le roman une histoire qui se passait trois ans après la mort du héros (c'est-à-dire au-delà du temps du roman). C'est l'avant-dernière partie, la sixième : « Le Quadragénaire ». D'emblée, tout a été parfait.

Suspendant l'intrigue, brisant la continuité temporelle et narrative, introduisant un personnage jusque-là complètement inconnu, cette partie donne en effet à l'ensemble de la composition un équilibre et un relief inattendus, comme si, soudain, une fenêtre s'ouvrait par où l'air et la lumière pénétraient l'univers frénétique du roman et, pendant un instant, l'allégeaient.

Un vrai poète peut-il être l'allié des oppresseurs ?

La toute première édition de *La vie est ailleurs* (*Zivot je jinde*) est publiée à Paris, aux Éditions Gallimard, au début du mois d'octobre 1973, dans la collection « Du monde entier ». C'est Claude Gallimard, le patron de la maison, qui en a rapporté le manuscrit dans ses bagages au retour d'une de ses visites à Prague, et en a confié la traduction à François Kérel.

Dès sa sortie, le roman connaît un vif succès, que vient renforcer quelques semaines plus tard l'attribution du prix Médicis étranger, dont le jury est présidé par Félicien Marceau. À l'étranger, les traductions ne tardent pas à voir le jour. Entre 1974 et 1980, il en paraît en Allemagne, en Norvège, en Italie, en Finlande, au Danemark, en Suède, en Croatie, aux Pays-Bas, en Slovénie, ainsi qu'au Japon. En Espagne (1979), le livre est précédé d'une longue préface de Carlos Fuentes intitulée « El otra K. » (« L'Autre K. »)[1]. De nouvelles traductions s'ajouteront au cours des années 1980 (Grèce, Israël), 1990 (Hongrie, Taiwan, Portugal, Brésil, Roumanie, Turquie, Catalogne) et 2000 (Lituanie, Pologne, Roumanie, Islande, Estonie, Russie, Chine).

Pour ce qui est de la langue anglaise, *Life Is Elsewhere*, traduit du tchèque par Peter Kussi, est publié dès 1974 à New York, chez Alfred A. Knopf, en même temps que *Laughable Loves*, la traduction de *Risibles amours*. La première page porte, en français, cette phrase tirée d'*Une saison en enfer* : « Il faut être absolument moderne », épigraphe qui ne sera reprise dans aucune autre édition française ou anglaise du roman, et les passages concernant Xavier, le personnage imaginé par Jaromil, sont imprimés en italique (intervention dont l'auteur n'a pas été informé au préalable et qui l'a irrité, car son intention était de traiter le réel et l'onirique sur le même plan). Cet écart corrigé, la traduction de Peter Kussi, qui vaut à celui-ci une nomination aux National Book Awards, fera l'objet d'une nouvelle édition en 1986, chez Penguin. Accompagnée d'un texte rédigé pour l'occasion par Kundera[2], cette édition comporte aussi une note précisant qu'elle est le fruit d'une « étroite collaboration entre l'auteur et le traducteur » et qu'elle contient « le texte anglais définitif » du roman. Pourtant, quatorze ans plus tard, une autre version de *Life Is Elsewhere* paraît chez HarperCollins (New York) et chez Faber & Faber (Londres) : il s'agit d'une toute nouvelle traduction, signée Aaron Asher, l'« *editor* » américain de Kundera depuis 1982, et réalisée cette fois à partir du français, et non plus du tchèque. Chaque chapitre, comme le

1. Ce titre reprend, à l'insu du préfacier, celui dont Dominique Fernandez coiffait en 1973 son compte rendu du roman paru dans *L'Express* : « L'Autre K. de Prague ».

2. C'est la version française de ce texte qui est reproduite, sous le titre « Postface pour les éditions américaine, italienne et allemande de *La vie est ailleurs* », dans *Le Monde romanesque de Milan Kundera*.

souhaite l'auteur, commence sur une nouvelle page, et la couverture est ornée d'un dessin de Kundera représentant une statue du dieu Apollon.

Si, en 2000, Aaron Asher peut baser sa traduction sur le texte français de *La vie est ailleurs*, c'est que celui-ci possède alors, aux yeux de l'auteur, « la même valeur d'authenticité que le texte tchèque ». Mais ce texte français n'est plus tout à fait le même que celui qui a été édité pour la première fois en 1973 (et repris dans « Folio » en 1976). Entre-temps, c'est-à-dire au fil des réimpressions et surtout pendant la grande campagne de 1985-1987 au cours de laquelle Kundera révisera systématiquement les traductions françaises de tous ses livres[1], une deuxième édition de *La vie est ailleurs* aura été publiée chez Gallimard ; datée de 1985, elle est présentée ainsi : « Roman traduit du tchèque par François Kérel. Nouvelle édition revue par l'auteur. » Comme la traduction originale de François Kérel était d'une grande fidélité, les changements y sont toutefois minimes. Enfin, l'auteur apportera encore d'autres retouches à son texte dans une réimpression « Folio » de 1987, mais sans que cela constitue à proprement parler une nouvelle édition. C'est donc ce texte français de 1985-1987 qu'Aaron Asher, avec la collaboration de Kundera, traduira pour l'édition en langue anglaise de 2000.

Lors de sa parution en France en 1973, *La vie est ailleurs* reçoit une critique unanimement favorable, à laquelle les comptes rendus enthousiastes de Dominique Fernandez (*L'Express*), Claude Roy (*Le Nouvel Observateur*) et Maurice Nadeau (*La Quinzaine littéraire*) donnent le ton. « *La Plaisanterie*, écrit par exemple Roy, c'était un très, très bon livre. *Risibles amours*, c'étaient de très, très bonnes nouvelles. *La vie est ailleurs*, c'est encore meilleur, plus fort, plus intéressant », ce qui, aux yeux du critique, ne fait que confirmer la place de Kundera parmi les plus grands auteurs du siècle, Kafka, Sartre, Malcolm Lowry, Beckett, Joyce. Mais les raisons invoquées par les critiques pour louer le romancier ne tiennent pas toujours d'abord aux qualités de son livre : le plus souvent, c'est à sa condition d'« écrivain persécuté », de « proscrit », d'« auteur plus ou moins réduit au silence » dans son pays qu'ils se montrent sensibles, ne ratant pas l'occasion de vitupérer une fois de plus au passage les horreurs du système communiste.

Sur l'originalité formelle du roman, sur la beauté de son écriture et de sa composition, rien ou presque. À peu près rien, non plus, sur son thème central : la mise en question de la

1. À ce sujet, voir le chapitre sur *L'Immortalité*, au tome II de la présente édition.

poésie lyrique et la révélation des liens secrets et inattendus entre l'attitude lyrique et le totalitarisme révolutionnaire. Tout se passe comme si les critiques (en France et ailleurs) étaient incapables de concevoir qu'un poète puisse, *en tant que poète*, s'identifier avec la terreur et l'État policier. Pour échapper à cette conclusion proprement scandaleuse, la plupart n'ont d'autre choix que de dénigrer les poèmes de Jaromil et de refuser à ce dernier la qualité de poète véritable. Les uns (plutôt de droite) voient en lui un jeune homme trompé, un poète au talent détruit par le régime où il est forcé de vivre, bref, une victime ; pour d'autres (plutôt de gauche), les agissements de Jaromil prouvent au contraire qu'il n'est qu'un « faux poète », « le prototype même du poète médiocre », « un pitre pitoyable et burlesque » dont les vers ne sont que « fadeurs », bref, un salaud. Dans son article du *Nouvel Observateur*, Claude Roy est le seul, là encore, à considérer les écrits de Jaromil comme « d'*excellents* poèmes » et donc à suivre jusqu'au bout la logique démystificatrice du roman, sur laquelle Kundera reviendra d'ailleurs dans le chapitre de la huitième partie des *Testaments trahis* intitulé « Le Procès contre le siècle » :

> Comment est-il possible que le chauvin de la Russie soviétique, le faiseur de propagande versifiée, celui que Staline lui-même appela « le plus grand poète de notre époque », comment est-il possible que Maïakovski demeure pourtant un immense poète, un des plus grands ? Avec sa capacité d'enthousiasme, avec ses larmes d'émotion qui l'empêchent de voir clairement le monde extérieur, la poésie lyrique, cette déesse intouchable, n'a-t-elle pas été prédestinée à devenir, un jour fatal, l'embellisseuse des atrocités et leur « servante au grand cœur » (Baudelaire) ? Voilà les questions qui m'ont fasciné quand, il y a vingt-trois ans, j'ai écrit *La vie est ailleurs*, roman où Jaromil, un jeune et talentueux poète de moins de vingt ans, devient le serviteur exalté du régime stalinien. Être un vrai poète et adhérer en même temps à une incontestable horreur est un *scandale*. C'est par ce mot que les Français désignent un événement injustifiable, inacceptable, qui contredit la logique et qui est pourtant réel. Nous sommes tous inconsciemment tentés d'éluder les scandales, de faire comme s'ils n'existaient pas. C'est pourquoi nous préférons dire que les grandes figures de la culture compromises avec les horreurs de notre siècle étaient des salauds.

LA VALSE AUX ADIEUX

Un épilogue en forme de roman tragi-comique.

C'est durant la première moitié des années 1960, c'est-à-dire à la même époque où il a l'idée de *La vie est ailleurs*, que Kundera conçoit le projet d'écrire un roman vaudevillesque autour d'un avortement. Mais il aura fallu à l'auteur le loisir et l'étrange liberté que lui apporte l'occupation de son pays pour qu'il puisse enfin s'y consacrer. La seule mention chronologique concernant l'écriture de *La Valse aux adieux* se trouve à la fin de la troisième édition américaine, qui date de 1998 : « *Completed in Bohemia in 1971 or 1972* ». Le roman a donc été rédigé juste après *La vie est ailleurs* (achevé en 1969 ou en 1970), mais dans une ambiance quelque peu différente.

Si les feux du Printemps de Prague ont pu continuer de briller pendant plus d'une année après l'invasion russe d'août 1968, à présent tout est terminé : le nouveau régime du président Gustav Husak contrôle la situation ; la police secrète, la censure, la propagande ont retrouvé leur efficacité ; les arrestations et autres exclusions se multiplient ; pour cette Tchécoslovaquie « normalisée », réduite à l'ordre et au silence, il ne subsiste alors, aux yeux de la plupart, aucun espoir de résurrection. Dans une « Note de l'auteur » ajoutée en 1998 à une réédition de *Jacques et son maître*, Kundera se rappellera ce sentiment d'une fin irrémédiable : « Si nous avons vécu l'invasion russe de 1968 comme une tragédie, ce n'était pas parce que la persécution était tellement cruelle, mais parce que nous étions persuadés que tout (tout, à savoir l'essence même du pays, son occidentalité) était perdu à jamais. »

À ce deuil public s'ajoute au même moment, pour le romancier, le deuil privé que lui causent la longue maladie puis l'agonie de son père, qui s'éteint au printemps 1971, à l'âge de quatre-vingts ans.

Pour l'heure, Kundera donne à son livre en chantier un titre qui dit bien l'atmosphère morale dans laquelle il l'écrit, ainsi que la conviction qu'il éprouve alors, vu les circonstances, d'être arrivé au terme de sa carrière de romancier. Ce titre tient en un mot : *Épilogue*. Et pourtant, tout hanté qu'il est par l'idée de la fin (le décor automnal, la stérilité des patientes du docteur Skreta, la santé fragile de Bertlef, le départ de Jakub), ce livre est écrit d'un bout à l'autre sur le mode de la comédie, une comédie des erreurs pleine d'intrigues, de coïncidences, de rebondissements imprévus, de tromperies involontaires, se déroulant à la frontière de l'invraisemblable et peuplée de personnages comme sortis tout droit d'un vaudeville et cependant dotés, chacun, d'une complexité et d'une profondeur qui leur sont propres, comme des bouffons qui seraient en même temps des héros. Car tel est le pari de ce roman : alléger le tragique en le soumettant au jeu romanesque le plus libre et le plus divertissant, et charger le comique d'une gravité qu'il fuit d'ordinaire, en traitant avec la même attention et la même ironie les questions en apparence les plus triviales (comment se débarrasser d'une maîtresse encombrante ? comment déjouer les menées d'une femme jalouse ?) et les grands thèmes philosophiques comme la responsabilité de l'homme, la procréation, le meurtre, la sainteté, la beauté.

Il est difficile de ne pas voir dans cette écriture ludique et tout aérienne, sinon l'influence, du moins un écho des lectures que fait alors le romancier, en particulier celle de Diderot, dont le *Jacques le fataliste* reposait sans doute sur sa table tandis qu'il écrivait, à cette époque précisément, son propre *Jacques et son maître*, daté de « Prague, juillet 1971 ». En tout cas, les « principes » par lesquels il résumera l'esthétique de Diderot et des « anciens romanciers » dans *Les Testaments trahis* définissent à merveille le « programme » de sa *Valse aux adieux* : « 1) la liberté euphorique de la composition [liberté qui se marie ici avec un souci tout aussi "euphorique" de la rigueur architecturale] ; 2) le voisinage constant des histoires libertines et des réflexions philosophiques ; 3) le caractère non-sérieux, ironique, parodique, choquant, de ces mêmes réflexions. »

« Je crois », dit encore Kundera dans une entrevue publiée en 1979 par la revue québécoise *Liberté*, « que l'omniprésence du comique dans le tragique est réalisée dans *La Valse aux adieux* mieux que dans mes autres romans. Toute la narration se place sur la mince frontière qui sépare le sérieux du non-sérieux » ; et il ajoute : « c'est pourquoi c'est mon roman préféré ». Car, précisera-t-il dans *L'Art du roman*, « de même que *Risibles amours*, je l'ai écrit avec plus d'amusement, plus de plaisir que les autres. Dans un autre état d'esprit. Beaucoup plus vite aussi. »

Cette vitesse d'exécution se reflète dans le rythme narratif du roman, un rythme bref et soutenu, porté par l'enchaînement rapide des scènes et par l'écoulement aussi précis qu'inexorable des heures et des « journées », et donc très proche, en effet, de celui qui caractérisait les nouvelles de *Risibles amours*, notamment « La Pomme d'or de l'éternel désir », « Le Docteur Havel vingt ans plus tard » et surtout « Le Colloque » (dont *La Valse aux adieux* rappelle la narration « théâtralisée » et la division en cinq parties). Mais la vitesse à laquelle il travaille n'empêche pas l'auteur de bien se documenter : « J'ai lu quatre tomes de vies de saints », confiera-t-il en 1984 à un journaliste de *La Quinzaine littéraire*, « et des études sur la peinture religieuse », en particulier sur la représentation des auréoles. Dans une « Note de l'auteur pour l'édition tchèque de *La Valse aux adieux* » (1997)[1], il écrit :

> Malgré toutes les circonstances (ou bien pour leur échapper), j'ai écrit ce roman avec une jouissance extraordinaire, comme probablement aucun autre de mes livres : je me suis réjoui de l'imagination qui effaçait la frontière entre le probable et l'improbable, entre le sérieux et le non-sérieux. Je me suis réjoui des personnages. J'ai aimé (sans exception) chacun deux. Et si je les ai tous vus (sans exception) sous un éclairage ironique, cette ironie n'était ni satirique ni méchante. Malgré toute la cruauté de cette histoire, pour moi c'était avant tout un roman sur l'amitié ; il m'a semblé qu'elle s'élevait au-dessus de cette féerie noire comme un arc-en-ciel. (« Les valeurs que j'admets n'ont rien de commun avec la justice. » « Par exemple ? » demanda Olga. « Par exemple, l'amitié », répondit doucement le docteur Skreta.)

L'émigration.

Comme Kundera prendra soin de le préciser à Alain Finkielkraut (*L'Express*, 1980), « Jakub n'est pas mon autoportrait », ni surtout un prête-nom autobiographique, quoi qu'aient pu en penser certains lecteurs trompés par le fait que *La Valse aux adieux* a été publié quelques mois seulement après l'installation de son auteur en France. S'il est vrai que la décision d'émigrer prise par Jakub et son départ vers la frontière à la fin du roman ressemblent aux circonstances dans lesquelles Kundera quittera lui-même son pays, il reste qu'au moment où le romancier imagine ce personnage et son histoire, tout cela appar-

1. Des extraits de ce texte (inédit en français) ont paru en traduction italienne (par Massimo Rizzante) dans le numéro de la revue *Riga* (n° 20, 2002) consacré à Kundera.

tient pour lui à la pure fiction, et n'a rien à voir avec sa vie présente ni même avec ses intentions. Après l'invasion de 1968, en effet, pas un instant il n'a cherché à quitter la Tchécoslovaquie parce que, expliquera-t-il plus tard au romancier Ian McEwan (*Granta*, nº 11, 1984), « je pensais qu'un écrivain ne pouvait pas vivre ailleurs que dans sa patrie ». Il est donc resté, quitte à subir les tracasseries et les menaces qu'allait lui valoir son statut officiel de « contre-révolutionnaire ». Ce n'est qu'à l'automne 1973, donc bien après avoir achevé *La Valse aux adieux* et raconté la fuite de Jakub, alors qu'il séjournera à Paris afin de recevoir le prix Médicis étranger attribué à *La vie est ailleurs* et que ses amis français lui suggéreront de venir s'établir en France, que l'idée, après leur avoir paru incongrue et irréalisable, commencera timidement à les attirer, sa femme et lui. Donc, si l'on tient à tout prix à parler d'autobiographie à propos de *La Valse aux adieux* et du personnage de Jakub, encore faudrait-il admettre que c'est une forme d'autobiographie pour le moins étrange : un roman où l'auteur ferait le récit de sa vie… future. Dans sa note pour l'édition tchèque de *La Valse aux adieux* déjà citée, Kundera explique :

> Les gens pensent souvent que, dans le personnage de Jakub qui part à l'étranger, je parle de moi-même et de mon émigration planifiée. Mais j'ai écrit ce roman à une époque où je n'avais pas la moindre idée que j'émigrerais et où j'étais profondément persuadé d'appartenir à ceux qui ne sont pas capables de vivre hors de leur patrie. Je ne sentais aucune affinité personnelle ni avec Jakub (rien ne pouvait m'être plus étranger que sa vie sacrifiée à la politique) ni avec d'autres personnages (je n'aime pas l'autobiographie dans les romans). Lorsque, quatre ans plus tard, dans ma petite voiture, je suis parti de mon pays natal pour toujours (j'étais quadragénaire comme Jakub et invité comme lui par une université étrangère), alors seulement j'ai pu m'étonner de cette ressemblance que je n'avais pas du tout désirée.

Le départ du romancier et de sa femme n'aura lieu qu'au mois d'août 1975, lorsque leur situation à Prague sera devenue intenable. Après avoir obtenu leur permis de sortie du gouvernement tchèque — trop heureux de voir partir ses citoyens indésirables —, ils empilent livres et effets personnels dans leur Renault 5 et, comme Jakub, se mettent en route vers la frontière. En France, leurs amis ont fait en sorte que le romancier se voie offrir un poste de professeur associé à l'université de

Rennes, ville où ils s'installent aussitôt, « heureux de pouvoir recommencer leur vie à zéro[1] ». Leur appartement se trouve au dernier étage d'un grand immeuble dont les fenêtres donnent à l'est, vers le pays quitté. En octobre, le nouveau professeur de littérature comparée entame son premier cours : « Le roman de Franz Kafka et la tradition culturelle de l'Europe centrale ».

« Un bizarre auteur français de langue tchèque ».

Ayant précédé son auteur en France, le manuscrit de *La Valse aux adieux* se trouve alors entre les mains de Claude Gallimard, qui l'a rapporté de Prague trois ans plus tôt à la suite de l'une de ses visites aux Kundera. François Kérel, de nouveau, est chargé de la traduction. Le titre *Épilogue* étant déjà pris, c'est Kérel qui, pendant une visite chez les Kundera en Tchécoslovaquie, a l'idée d'intituler le nouveau livre *La Valse aux adieux* (*Valcik na rozloucenou*), titre qui n'est pas sans rappeler celui de l'opus 69 n° 1 de Chopin (« La Valse de l'adieu ») et celui d'une nouvelle qu'Aragon a fait paraître quelques années plus tôt, « La Valse des adieux »[2].

Dédié « À François Kérel », le roman sort aux Éditions Gallimard, dans la collection « Du monde entier », au début de 1976, c'est-à-dire quelques mois à peine après l'arrivée de l'écrivain en France. Comme c'est devenu l'habitude depuis *La Plaisanterie* (1968), *La Valse aux adieux*, quatrième livre de Kundera publié en France, reçoit une presse des plus favorables. Dominique Fernandez, dans *L'Express*, compare « les jeux de miroirs de Kundera » au *Don Giovanni* de Mozart ; Kléber Haedens, dans le *Journal du dimanche*, loue « un livre tragique traversé d'humour » ; tandis que Pascal Lainé, dans un long article des *Cahiers du chemin* (n° 27, avril 1976), y voit une fable sur la naissance et la mort, sur le meurtre et la procréation. Mais comme plusieurs critiques ont du mal à déchiffrer la signification ou le « message » — mot que Kundera déteste — qui se cache derrière « cette parabole dont on ne sait s'il faut la prendre au sérieux ou pas » (« on » désignant ici un chroniqueur de *La Quinzaine littéraire*), ils tournent la difficulté en se lançant, une fois encore, dans l'interprétation politique, alimentée par la nouvelle de l'« exil » récent de l'auteur, martyr du

1. « Kundera, Milan (1929-...) », *Dictionnaire des écrivains contemporains de langue française par eux-mêmes*, Jérôme Garcin éd., Mille et Une Nuits, 2004.

2. D'abord publiée dans *Les Lettres françaises* en 1972, cette nouvelle sera la dernière qu'Aragon reprendra dans *Le Mentir-vrai*, Gallimard, 1980 ; les mots « la valse des adieux » y désignent une ancienne chanson dont le souvenir refait surface dans l'esprit du narrateur.

totalitarisme et de l'intolérance. Pour l'un, *La Valse aux adieux* est « une allégorie qui fait comprendre la situation des artistes dans un pays socialiste » (*Le Nouvel Observateur*) ; pour un autre, cette « chronique brumeuse d'une Tchécoslovaquie provinciale, ouatée, morose et mal à l'aise » est « le roman du *regel* de la Tchécoslovaquie » (*Le Point*) ; pour un troisième, même si le livre est « apparemment désamorcé de la réalité politique », on peut y lire, en creux, une dénonciation qui « nous habitera plus durablement que ne l'eût fait un réquisitoire en bonne et due forme » (*Le Soir*). Il y a même un commentateur trotskyste du journal *Rouge* qui, tout en admirant la qualité du roman, se désole de la « misanthropie », de la « misogynie » et du « désespoir métaphysique » qui s'y expriment : « Voilà, conclut-il, ce que le stalinisme (fût-il "déstalinisé") fait des artistes les plus doués. »

La première édition en langue anglaise paraît pendant la même année 1976 à New York, chez Alfred A. Knopf (elle sera publiée l'année suivante à Londres, chez John Murray). La traduction, effectuée à partir du tchèque, est due à Peter Kussi, qui a signé deux ans plus tôt celle de *La vie est ailleurs* et qui prépare une thèse sur Kundera à l'université de Columbia. Le titre anglais, *The Farewell Party* (« La Fête des adieux »), aurait été suggéré par Philip Roth. Le livre reçoit un accueil critique bienveillant, quoique plutôt superficiel et dominé, là encore, par les considérations d'ordre politique et idéologique. Un article se détache toutefois, celui d'Elizabeth Pochoda dans *The Nation*, qui saisit bien le caractère tragi-comique du roman et la portée de son ironie : « Il est difficile, conclut-elle, d'imaginer quelque chose de plus glaçant et de plus profond que la légèreté apparente de Kundera. » Retravaillé, l'article sera repris l'année suivante comme introduction à la réédition du roman dans la collection de Philip Roth, « Writers from the Other Europe », chez Penguin ; traduit en français, il sera également imprimé comme « Préface » dans la première édition de *La Valse aux adieux* en « Folio » (1978).

Entre-temps, d'autres traductions paraissent en Allemagne, en Israël (1977), au Danemark, en Norvège, en Suède et en Slovénie (1978). En Italie, la traduction de Serena Vitale, publiée en 1978 chez Bompiani sous le titre *Il valzer degli addii*, connaît un grand succès et vaut à Kundera le prestigieux prix Mondello pour le meilleur roman étranger, distinction reçue l'année précédente par Günter Grass. S'étant rendu en Sicile pour l'occasion, le romancier a la désagréable surprise de se buter à une cabale orchestrée par l'énorme délégation soviétique, sous la direction de Evgueni Evtouchenko, poète célèbre et controversé qui voudrait amener le jury à modifier son choix (déjà arrêté) en faveur d'un auteur russe plus recommandable que cet « émigré tchèque ». Leonardo Sciascia, indigné par ces intrigues, s'interpose alors en organisant chez lui une fête — une « contre-fête », pourrait-on dire — en l'honneur de Kundera, qui finit par recevoir le prix. Cette histoire créera entre les deux romanciers une amitié durable[1].

Poursuivant la même carrière internationale que les autres romans de Kundera, *La Valse aux adieux* est abondamment traduit au cours des années 1980 (Grèce, Roumanie, Pays-Bas, Yougoslavie, Espagne, Finlande, Hongrie, Turquie, Portugal, Catalogne), des années 1990 (Brésil, Bulgarie, Taiwan, Islande, Japon, Estonie, Pologne) et des années 2000 (Chine, Russie, Lituanie, Croatie). Une première édition en langue tchèque paraît à Toronto (Canada), chez 68 Publishers, en 1979 ; une autre paraîtra en 1997, à Brno, aux éditions Atlantis.

En France, le roman fait l'objet en 1986 d'une « nouvelle édition revue par l'auteur ». Il s'agit toujours de la traduction de François Kérel, à laquelle Kundera apporte cependant quelques rectifications ou ajouts. Un de ces changements est assez amusant : comme il l'a fait pour le docteur Havel de *Risibles amours*, le romancier décide, en révisant le texte de *La Valse aux adieux*, de vieillir de dix ans le personnage de Bertlef, jugeant, maintenant qu'il a lui-même dépassé la cinquantaine, qu'un homme qui a « des veines variqueuses sur les mollets » et des cheveux « grisonnants et clairsemés » ne peut pas être un simple « quinquagénaire » (comme l'était Bertlef dans la première édition), mais qu'il doit avoir atteint au moins l'âge vénérable de « soixante, soixante-cinq ans peut-être » (ce qui est le cas de Bertlef dans les éditions plus récentes).

Reprise dans la collection « Folio », cette version française revue par l'auteur devient le texte de référence de *La Valse aux adieux* ; possédant « la même valeur d'authenticité que le texte tchèque », elle pourra servir de texte de départ pour les traductions en langue étrangère. C'est ainsi que paraît en 1998, chez HarperCollins (New York) et chez Faber & Faber (Londres), une nouvelle traduction anglaise, signée Aaron Asher et réalisée cette fois d'après le texte français : le titre du roman y devient conforme au titre original : *Farewell Waltz*. Signalons enfin que la version française de *La Valse aux adieux* sera rééditée de nouveau en 2007, toujours chez Gallimard, mais dans la collection « Blanche », normalement destinée aux ouvrages écrits en fran-

1. Claude Roy mentionne cet épisode dans ses carnets (*La Fleur du temps [1983-1987]*, Gallimard, 1988, p. 26-27).

çais ; ce changement est le fruit de la volonté de l'éditeur de mettre fin à la « ségrégation » dont les livres de Kundera font l'objet dans les librairies, où la moitié de son œuvre, sous l'étiquette « Du monde entier », loge dans les rayons de littérature étrangère et l'autre moitié, c'est-à-dire les six livres français qu'il a écrits jusqu'alors (*L'Art du roman*, *Les Testaments trahis*, *La Lenteur*, *L'Identité*, *L'Ignorance*, *Le Rideau*), tous publiés dans la « Blanche », sur les rayons de littérature française. On décide donc, à compter de 2007, que tous les titres signés Kundera, y compris ceux qui ont d'abord été écrits en tchèque, seront réimprimés dorénavant dans la collection « Blanche ».

Ainsi, celui qui, depuis qu'il avait été réduit au silence dans son pays, était devenu jusqu'en 1975, selon ses propres termes, « un bizarre auteur français de langue tchèque et domicilié à Prague[1] », entre de plain-pied dans la littérature de France.

LE LIVRE DU RIRE ET DE L'OUBLI

Le bonheur de l'émigré.

Succédant à l'époque euphorique de *Risibles amours* et de *La Plaisanterie*, puis aux années d'exclusion et de retraite vécues en Tchécoslovaquie à la suite de l'écrasement du Printemps de Prague (années qui sont celles de *La vie est ailleurs*, de *La Valse aux adieux* et de *Jacques et son maître*), l'installation en France à la fin de l'été 1975 inaugure une troisième période dans la carrière et l'œuvre romanesque de Kundera, période qui va durer une quinzaine d'années. Après avoir connu l'existence d'un exilé de l'intérieur, le voici maintenant *émigré*, c'est-à-dire loin de son pays et de sa langue d'origine, des choses et des gens au milieu desquels s'est déroulée son histoire et formée son identité, et face à la nécessité de se faire une nouvelle vie, de tout recommencer.

1. Entretien accordé à Nicole Boulanger, *Le Nouvel Observateur*, 30 août 1980.

Cette coupure est loin d'être ressentie comme une tragédie. Au contraire, à celui qui, les années précédentes, a déjà été amené par la force des choses à se séparer de son existence publique d'écrivain et d'intellectuel, elle apporte l'occasion de défaire les derniers liens qui le rattachaient encore à son passé et de connaître enfin la liberté et la paix de quiconque n'a plus d'autre souci que sa vie quotidienne et privée. À Rennes, où sa femme et lui habiteront trois ans, perchés au sommet de la plus haute tour, l'exercice de son métier de professeur invité le comble, et il consacre l'essentiel de son temps à la préparation de ses séminaires de littérature comparée. À quoi s'ajoute, pour lui dont toute la jeunesse a été marquée par « une francophilie passionnée[1] », la simple joie de se trouver en France. Bref, le Kundera de ces premières années d'émigration est un homme heureux.

Heureux, c'est-à-dire déchargé des deux fardeaux qui en étaient venus à lui peser de plus en plus : la littérature et la politique. Au moment où il arrive à Rennes, en effet, la création littéraire ne fait plus partie de sa vie. N'ayant rien écrit depuis qu'il a terminé *La Valse aux adieux* trois ou quatre ans auparavant, il considère que son œuvre de romancier est maintenant derrière lui. Mais il ne souffre pas de ne pas écrire, soulagé au contraire de ne plus avoir à assumer les tracas, les sollicitations, l'inévitable vanité et les blessures d'amour-propre qui viennent avec le métier d'écrivain. Cela dit, le bien-être et la tranquillité de ces années bretonnes, c'est surtout à son éloignement de la politique que Kundera les doit, lui qui se définira bientôt, dans l'introduction de *Jacques et son maître*, comme « un hédoniste piégé dans un monde politisé à l'extrême ». Finie, désormais, l'atmosphère de conflits, de luttes, de manifestations incessantes dans laquelle s'est déroulée une trop grande partie de la vie des intellectuels en Tchécoslovaquie ; finies les sommations de participer aux débats publics, de défendre des causes, de prendre sur soi le sort de la nation que comportait, qu'il le veuille ou non, son statut d'écrivain en vue. L'émigré redevient un simple citoyen, et qui plus est, un citoyen étranger, sans voix ni responsabilité, libre de mener l'existence modeste d'un professeur de province entièrement voué à l'accomplissement de son devoir d'état.

Ce répit sera toutefois de courte durée, et la littérature comme la politique ne tarderont pas à le rattraper.

1. « La Phrase de Schlegel », dans Kvetoslav Chvatik, *Le Monde romanesque de Milan Kundera*, Gallimard, 1995.

Le roman en forme de variations.

Cédant aux instances de ses amis qui le pressent de reprendre la plume — notamment son éditeur Claude Gallimard —, Kundera revient à l'écriture deux ans environ après son arrivée en France. Ce retour, qu'il évoquera brièvement dans la sixième partie des *Testaments trahis*, se fait d'abord « sans passion » et plutôt timidement, par la composition de quelques nouvelles à la manière de *Risibles amours*, le livre par lequel, « vingt ans avant, [il avait] commencé [s]on itinéraire de prosateur ».

Mais cette apparente « régression » le conduit bientôt vers « quelque chose de tout différent » : une façon nouvelle d'organiser la matière romanesque, guidée non plus par la nécessité de raconter une aventure, mais par le désir d'explorer d'une manière toujours plus riche et approfondie le contenu d'un thème ou d'un réseau de thèmes (un thème romanesque étant pour lui, comme il le précisera dans *L'Art du roman*, « une interrogation existentielle »). En 1991, dans sa « Note de l'auteur pour la première édition tchèque de *Risibles amours* après la libération du pays de l'occupation russe[1] », il raconte ainsi l'histoire de cette découverte :

> Après mon déménagement en France en 1975, je me suis mis à écrire un nouveau recueil de nouvelles, [...] mais après avoir terminé la deuxième nouvelle j'ai compris que ce que j'entreprenais était un livre lié par une unité de composition, un livre dont les parties ne seraient pas indépendantes comme c'est le cas dans un recueil de nouvelles, mais où chacune jetterait une lumière nouvelle sur les parties précédentes si bien que seule la dernière donnerait au livre son sens tout entier.

Ainsi naît cette invention typiquement kundérienne, dont le principe était déjà à l'œuvre dans les livres précédents, mais qui devient ici beaucoup plus consciente : le roman en forme de variations, c'est-à-dire un roman qui, d'une part, peut ressembler à un recueil de nouvelles en ce qu'il est composé de plusieurs récits autonomes, mais dans lequel, d'autre part, le retour des mêmes thèmes (et des mêmes motifs) lie si étroitement ces récits les uns aux autres que le sens de chacun d'eux, comme le sens général de l'ouvrage et la signification de chaque thème, ne peut être compris que si l'on tient compte de l'ensemble des

1. Texte reproduit en partie dans *Le Monde romanesque de Milan Kundera.*